HEYNE

In gleicher Aufmachung erschienen in der Reihe
HEYNE SCIENCE FICTION & FANTASY
herausgegeben von Wolfgang Jeschke:

Das Science Fiction Jahr # 1 (1986) · 06/4260
Das Science Fiction Jahr # 2 (1987) · 06/4371
Das Science Fiction Jahr # 3 (1988) · 06/4464
Das Science Fiction Jahr # 4 (1989) · 06/4550
Das Science Fiction Jahr # 5 (1990) · 06/4640
Das Science Fiction Jahr # 6 (1991) · 06/4760
Das Science Fiction Jahr # 7 (1992) · 06/4850
Das Science Fiction Jahr # 8 (1993) · 06/4960
Das Science Fiction Jahr # 9 (1994) · 06/5080
Das Science Fiction Jahr # 10 (1995) · 06/5245
Das Science Fiction Jahr # 11 (1996) · 06/5380
Das Science Fiction Jahr # 12 (1997) · 06/5638
Das Science Fiction Jahr # 13 (1998) · 06/5925
Das Science Fiction Jahr # 14 (1999) · 06/5995
Das Science Fiction Jahr # 15 (2000) · 06/6339
Das Science Fiction Jahr # 16 (2001) · 06/6369
Das Science Fiction Jahr # 17 (2002) · 06/6390
Das Science Fiction Jahr # 18 (2003) · (in Vorb.)

DAS SCIENCE FICTION JAHR

17

Ein Jahrbuch für den
Science Fiction Leser

AUSGABE 2002

Herausgegeben
von
Wolfgang Jeschke

WILHELM HEYNE VERLAG · MÜNCHEN

HEYNE SCIENCE FICTION & FANTASY

Band 06/6390

Umwelthinweis:
Dieses Buch wurde auf
chlor- und säurefreiem Papier gedruckt

Redaktion: Wolfgang Jeschke

http://www.heyne.de

Originalausgabe 4/2002
Printed in Germany 2/2002
Das Umschlagbild malte Donato Giancola
Umschlaggestaltung: Nele Schütz Design, München
Technische Betreuung: M. Spinola
Satz: Schaber Satz- und Datentechnik, Wels
Druck und Bindung: Ebner Ulm

ISBN 3-453-19674-0

DAS SCIENCE FICTION JAHR # 17

INHALT

DAS SCIENCE FICTION JAHR # 17

INHALT

DAS SCIENCE FICTION JAHR # 17

INHALT

DAS SCIENCE FICTION JAHR # 17

INHALT

ÜBER SCIENCE FICTION

DAS SCIENCE FICTION JAHR # 17

INHALT

DAS SCIENCE FICTION JAHR # 17

INHALT

EDITORIAL

Lieber Leser,

was wurde ich wieder gescholten von klugen Leuten in ihren Briefen und Rezensionen! Die Science Fiction tät ich ›herunterreden‹, alter Miesepeter, der ich sei, reibe mir plötzlich verwundert die Augen, inne werdend (nach vierzig Jahren im Gewerbe), dass auch Verlage nach wirtschaftlichen Gesichtspunkten arbeiteten. Wie ich zu solchen Unkenrufen überhaupt Anlass habe, wurde mir bedeutet, wo doch mein Autor und Mitarbeiter Hermann Urbanek ein paar Seiten weiter im SF-Jahr jedes Mal schwarz auf weiß nachrechne, wie Unrecht ich habe und wie es mit der SF unaufhaltsam aufwärts ginge!

Gestatten Sie mir ein paar klärende Worte? Danke.

Weshalb Hermann Urbaneks Analysen mit meinen nicht übereinstimmen, hat einen simplen Grund: Er zählt die Anzahl der Titel, die alljährlich erscheinen, ich habe die Auflagenziffern im Auge, die von Heyne und die der anderen Taschenbuchverlage, soweit sie mir bekannt sind durch Kollegen, Außendienstmitarbeiter und Buchhändler. Und vor diesem Hintergrund hat sich in den letzten Jahrzehnten einiges getan.

Vor 25 Jahren gab es kein SF-Taschenbuch, das nicht mindestens eine Startauflage von 12 000, meistens jedoch zwischen 15 000 und 20 000 gehabt hätte. Heute sind diese Zahlen erheblich geschrumpft; der Durchschnitt liegt bei 6 000, manche erreichen 8 000, viele nur 4 000, einige – wie dieses Buch – nur 3 000 Auflage. Und das ist beim Taschenbuch die Schmerzgrenze. Nachdrucke sind die Ausnahme, früher waren sie die Regel.

Dafür ist die Anzahl der veröffentlichten Titel seither um etwa das Zehnfache gestiegen (wie die steilen Aufwärtskurven von Herrn Urbanek beweisen). Aber was sagt das aus?

Einiges.

Erstens: Mehr Autoren haben die Chance, ihre Texte veröffentlicht zu sehen – vor allem in kleineren Verlagen. Das ist ein eminent positiver Aspekt, aber die Implikation ist alles andere als zufriedenstellend: Viele von den Autoren erreichen mit ihren Texten weniger als 1 000 Leser – und von Rendite, sowohl für den Verlag als auch für den Autor, kann keine Rede sein. Und es gibt längst smarte Unternehmer, die eine Art Egoboo-Service betreiben und sich das Veröffentlichen von den Möchtegern-Autoren sogar löhnen lassen. POD macht's für jeden möglich, sich seinen Lebenswunsch zu erfüllen und gedruckt zu sehen. Nun, weshalb sollte man sich diesen Wunsch nicht erfüllen? Freilich, Eitelkeit hat ihren Preis. Ganz klar, dadurch werden die Kurven in der Statistik noch weiter in die Höhe schnellen. Nur – geht's dadurch der Science Fiction besser?

Zweitens: Was den Aspekt der Wirtschaftlichkeit in den großen Verlagen betrifft, hier ist eine Differenzierung nötig. Wohlfahrtsinstitute für Autoren waren sie noch nie. (Und wenn's einer versucht hat, dann nicht lange.) Doch es gibt – wenn auch immer weniger – Verleger, die etwas aufs Image halten und die genau wissen, dass sich Prestige, langfristig gesehen, auszahlt. Rolf Heyne war immer stolz auf seine SF-Reihe und stolz auf die Preise, die sie wiederholt errungen hat. Wenn ein anspruchsvoller Titel sich nicht so gut absetzen ließ, hat er nicht nachgerechnet, sondern den Verlust als eine Art Werbungskosten betrachtet. Er konnte sich das leisten. Aber nicht alle denken in solchen Kategorien. Ein Verleger sagte einmal wörtlich zu mir: »Wenn sich der Scheiß nicht von alleine verkauft, fliegt er raus.« Image und Prestige schlagen sich nicht unmittelbar in klingender Münze nieder, sind nicht aus der Lagerbewegungsstatistik und den Nachbestellzahlen ersichtlich – aber ausschließlich diesen Zahlen gilt der Blick des Managers, des Verkaufsleiters und des Cheflektors, denn sie signalisieren den Umsatz und den Gewinn, an dem allein sie interessiert (sein müssen) und meistens beteiligt sind. Weshalb sollten sie sich für eine vage Rendite interessieren, die sich möglicherweise erst nach Jahren (wenn sie vielleicht gar nicht mehr im Hause sind) in Form von Prestige niederschlägt. Dieser Verzicht auf Image-Pflege schlägt sich in einer zunehmenden Gesichtslosigkeit der Verlage nieder, eine der beklagenswertesten Folgen der Fusionen, der Globalisierung.

Ich hoffe, es ist mir gelungen, das Problem auch jenen zu verdeutlichen, die mir in dieser Hinsicht Blauäugigkeit vorgeworfen haben.

Der Tiefpunkt auf dem deutschen SF-Markt, der ziemlich genau mit der Jahrtausendwende zusammenfiel, scheint überwunden. Jedenfalls sind die Auflagezahlen seither nicht weiter gesunken, haben sich sogar wieder etwas erholt. War es eine Art Zukunftsverdrossenheit, weil in den Medien Scharen von Auguren, Kaffeesatzlesern und Eingeweideschauern ihr Geseire auftischten, das jedes Interesse an Künftigem nachhaltig erstickte? Möglicherweise. Ich hoffe, dass das Lüftlein an Aufwind sich zu einer Brise entwickelt, denn nichts ist bitterer, als von Bord eines dümpelnden Schiffleins zu gehen, das man 28 Jahre lang durch alle Untiefen gesteuert hat.

Jedenfalls weiß ich das Steuer bei Sascha Mamczak in besten Händen, der schon seit drei Jahren mit mir zusammengearbeitet hat, und Martina Geißler (für die Fantasy, denn auch Friedel Wahren hat das Haus verlassen, um bei Piper das Programm des erworbenen Weitbrecht Verlags neu zu organisieren und aufzubauen). Ich danke beiden von ganzem Herzen, und natürlich der altbewährten Crew, ohne die wir niemals das hätten schaffen können, was wir geschafft haben; Gisela Frerichs, Renate Peterhammer und Friedel Wahren selbst, die mehr als 25 Jahre mit an Bord war. Manfred Spinola, der die Herstellung mit Kompetenz betreute, Rudolf Schaber, der den Satz fast aller SF-Neuerscheinungen mit Geschmack gestaltete, und Nele Schütz und ihr Team, die sich für die Umschläge der Heyne SF mit Begeisterung und Engagement immer wieder etwas Neues ausdenken.

Nicht zu vergessen die große Schar freier Mitarbeiter, von denen ich einige, wie Birgit Reß-Bohusch und Walter Brumm, bereits von meinem Vorgänger Günther Schelwokat übernommen habe. Ihnen allen herzlichen Dank.

Ganz besonderen Dank den Freunden und Mitarbeitern, die an der Festschrift anlässlich meines Abschieds, ›GOOD BYE, Wolfgang‹, mitgewirkt haben: Brian W. Aldiss, Hans Joachim Alpers, Carl Amery, Karl Michael Armer, Stefan Bauer, Werner Bauer, Andreas Decker, Rainer Eisfeld, Gaby Engel, Rainer Erler, Andreas Eschbach, Herbert W. Franke, Klaus N. Frick, Werner Fuchs, Ronald M. Hahn, Harry Harrison, Irene Holicki, Sascha Mamczak, Florian F. Marzin, Bernd Matt, Horst Pukallus, Birgit Reß-Bohusch, Franz Rottensteiner, Rudolf Schaber, Thomas Schlück, Nele Schütz, Robert Silverberg, Erik Simon, Angela und Karlheinz Steinmüller, Ian Watson und Ruth Weibel, sowie Arndt Drechsler, der mein Konterfei überlebensgroß für die Nachwelt porträtiert hat.

Dank auch allen Kollegen im Heyne Verlag, die mich anlässlich der Abschiedsfeier am 31. Januar mit Ehrungen und Applaus überhäuft und mir mit ihrer Zuwendung und Herzlichkeit einen Abend geschenkt haben, den ich nie vergessen werde.

Und auch Ihnen, lieber Leser, danke ich, dass Sie uns die Treue gehalten haben. Bange Frage am Schluss: Wird es das SF-JAHR weiterhin geben? Aber ja doch! Aus der Chefetage war bislang nichts Gegenteiliges zu hören. Also, Leute, macht euch an die Arbeit!

Ich persönlich werde mir jetzt aber erst einmal ein wenig Ruhe gönnen.

HERZLICHST IHR

W. Jeschke

SZENE

Die deutsche SF-Szene 2000/2001

von Hermann Urbanek

1. VORBEMERKUNGEN

Allen herkömmlichen Prognosen zum Trotz setzte sich auf dem deutschsprachigen Markt der Aufwärtstrend der phantastischen Literatur in ihrer Gesamtheit, der seit dem Markteinbruch des Jahres 1987 regelmäßig verzeichnet wurde, auch im Jahr 2000 nicht nur ungebrochen, sondern, wie auch schon im Vorjahr, erneut dynamisch fort und führte bei der Zahl der veröffentlichten Titel zu einem neuen Rekordergebnis, das in seiner Größenordnung doch überraschte. Es war das beste Ergebnis, das seit 1986, als das SCIENCE FICTION JAHR mit den genauen Marktanalysen und Aufschlüsselungen in die diversen Publikationen und Genre begann, gezählt wurde und ohne jeden Zweifel auch das beste Ergebnis in der deutschen Publikationsgeschichte überhaupt. Erstmals wurden über 1900 Titel auf den Markt gebracht, im Schnitt also über 160 pro Monat, eine schier unfasslich anmutende Zahl. Und noch unglaublicher, wenn man sich vor Augen hält, dass schon seit Jahren ein beinharter Verdrängungswettbewerb zwischen den immer größer werdenden Verlagshäusern um den Platz auf den Buchracks stattfindet, der wieder Hand in Hand mit reduzierten Auflagen und niedrigen Verkaufszahlen ging und geht, verbunden mit allen unangenehmen Begleiterscheinungen. Das trifft vor allem für die Science Fiction zu, die sich schon seit längerer Zeit in einem Tief befindet, das seine Auswirkungen auch auf bislang gut verkäufliche Serien und Reihen zeigte und es schon seit einiger Zeit den Redakteuren in den großen Verlagen schwer bis unmöglich macht, qualitativ hochwertige Titel, die sich in der Regel schlechter verkaufen als Lesefutter, in der bisher gewohnten Menge herauszubringen – sofern sie überhaupt SF noch im Programm haben und sie nicht schon eingestellt haben. Aber auch die Fantasy, in letzter Zeit der große Hoffnungsträger, hat nicht alle in sie gesetzten Erwartungen erfüllt und einige Verlage, die hoffnungsfroh in diesen Bereich eingestiegen sind, ihr diesbezügliches Angebot schon wieder reduziert haben. Aber die Situation ist eben sehr vielschichtig. Während die etablierten Verlage, auch und vor allem die Taschenbuchverlage, also zu kämpfen haben und im Preiskampf auch verstärkt auf Sonderproduktionen und Billigpreis-Reihen setzen, sieht die Lage in einem anderen Bereich ganz anders aus. Seit 1999 haben sich neben der etablierten Verlagsszene auch zahlreiche Kleinverlage etabliert, die ihre Nischen gesucht und auch gefunden haben, und die Zahl dieser Kleinanbieter ist ständig im Steigen begriffen. Einen nicht zu unterschätzenden Faktor stellt auch das BoD, das »Book on Demand«-Verfahren dar, also die Produktion von Büchern erst auf Bestellung, wenn erforderlich auch in der Menge von nur einem Exemplar. LIBRI machte den Anfang und ist in diesem Bereich sicherlich als Marktführer anzusehen, aber mittlerweile haben sich mehrere »Print on Demand«-Verlage etabliert, und nahezu alle haben auch eine mehr oder minder große Titelzahl an phantastischen Büchern im Angebot. Noch gar nicht berücksichtigt sind Bücher, die bislang nur als eBooks oder für den Palm lieferbar sind. Hier entwickelt sich jenseits des Printmediums eine neue Form des Lesens, über dessen Zukunftschancen die Fachleute noch geteilter Meinung sind. Auf jeden Fall wird es aber sehr spannend. Aber auch im Jugendbuchbereich gibt es laufende Zuwächse bei den eingeplanten phantastischen Titeln, das, angeheizt durch HARRY POTTER, die Verlage dazu ermuntert, sich ebenfalls an die Publikation entsprechender Titel zu wagen. So hat ein Verlag, der bislang nur Bilderbücher herausgebracht hat, jetzt erstmals einen Roman im Programm – einen Fantasy-Roman natürlich.

Infolge der nach wie vor sehr angespannten Situation bei den im Genre tätigen Taschenbuchverlagen werden diese auch in der nächsten Zukunft ihre Programme in erster Linie nach deren Verkäuflichkeit ausrichten und daher auf Zyklen und Serien sowie auf Autorinnen und Autoren setzen, die dem potenziellen Leser und Kunden schon bekannt oder ein Begriff sind. Für Experimente und den dringend nötigen Aufbau neuer SchriftstellerInnen wird kaum Spielraum sein, was für das Genre ein Teufelskreis darstellt, aus dem es offensichtlich aus eigener Kraft nicht herauskommt, denn so viele Genreschriftsteller von Ruf gibt es nicht, die den Buchhändlern bekannt sind. Das heißt aber auch, dass sich auch an der tristen Situation der deutschsprachigen AutorInnen und ihrer nicht angloamerikanischen KollegInnen nichts zum Positiven ändern wird. Auch bei den Nischenverlagen hat man zur Kenntnis nehmen müssen, dass sich deutsche AutorInnen auch in Kleinauflagen nur schwer verkaufen, weshalb sie in diesem Bereich nahezu ausschließlich als Mitarbeiter bei Serienprojekten eingesetzt werden können. Aber auch hier gilt natürlich der Grundsatz, dass in der Regel nur bekannte Namen zum Zug kommen und Newcomer kaum eine Chance haben. Und hier schließt sich dann der Kreis, denn viele machen ihren eigenen Verlag auf, wie Patrick Grieser den BASILISK-VERLAG, oder sie versuchen ihr Glück mit BoD. Diesen Weg gehen aber auch schon etablierte Autoren, man denke an Roland M. Hahns VERLAG NUMMER EINS. Zwar haben schon zahlreiche Autorinnen und Autoren aus deutschsprachigen Landen erfolgreich viel beachtete und von der Kritik positiv aufgenommene Genre-Titel publiziert, wie Martin Eisele, Ronald M. Hahn, Horst Pukallus, Herbert W. Franke, Ernst Petz, Rainer Fuhrmann, Andreas Melzer, Rainer Zubeil, Uwe Anton, Hans Joachim Alpers, Michael Szameit, Hugh Walker, Uschi Zietsch, Michael Marrak, Andreas Findig, Thomas Görden oder Marcel Feige; es ist aber nur wenigen gelungen, trotz aller medialen Aufmerksamkeit und Aufnahme einschlägiger Titel in die Programme angesehener Verlage, die sie allerdings nicht unter dem Label SF oder Fantasy anbieten, sondern unter Belletristik laufen lassen, die nach wie vor vorhandenen Ghettogrenzen zu überwinden und sich auch außerhalb der Szene einen Namen zu machen, wie Wolfgang Jeschke, Carl Amery, Michael Ende,

Otfried Preußler, Wolfgang Hohlbein, Harald Braem, Gudrun Pausewang, Thomas R. P. Mielke, Herbert Rosendorfer, Hanns Kneifel, Bernhard Kegel, Rafik Schami, Hans Bemmann, Kai Meyer, Jörg Kastner und Andreas Eschbach. Was die Kurzgeschichten betrifft, so bleibt von den Magazinen nur noch die vierzehntägliche Computerfachzeitschrift C'T als regelmäßige Veröffentlichungsmöglichkeit, nachdem in PINK! in der letzten Zeit keine Stories mehr erschienen sind, das deutsche SF-Magazin ALIEN CONTACT in seiner Printversion eingestellt wird und nur mehr Online-Ausgaben erscheinen werden, und es auch ASIMOV'S nicht mehr geben wird.

Besser präsentiert sich die Situation auf dem Kinder- und Jugendbuchsektor, wo sich in den letzten Jahren eine Reihe von Autorinnen und Autoren etabliert hat, die Kindern und Jugendlichen die Phantastische Literatur in all ihren Spielarten näher bringen, wie Cornelia Funke, Ursel Scheffler, Sigrid Heuck, Klaus-Peter Wolf, KNISTER, Marliese Arold, Monika Pelz, Theo Schwartz, Andreas Schlüter, Peter Horn, Ralf Isau, Franz Sales Sklenitzka, Thorsten Lipinski, Helmut W. Pesch, Christopher Zimmer, Käthe Recheis, Martin Auer, Barbara Büchner und Dieter Winkler. Der Wiener VERLAG CARL UEBERREUTER schreibt 2002 zum dritten Mal den »Wolfgang Hohlbein Preis« aus, der mit 10 000 € dotiert ist. Autorinnen und Autoren sind eingeladen, ein bislang unveröffentlichtes Manuskript aus den Genres Fantasy und Abenteuer (160 bis 300 Seiten mit je 1800 Anschlägen) bis spätestens 15. September 2002 an den Verlag zu senden: Verlag Carl Ueberreuter GmbH, Kennwort Wolfgang Hohlbein Preis, Alser Straße 24, A-1091 Wien. Das Peisträgermanuskript wird in der von Wolfgang Hohlbein herausgegebenen Reihe MEISTER DER FANTASY erscheinen.

2. DAS JAHR 2000 – EINE RETROSPEKTIVE

2000 war für die phantastische Literatur allgemein im deutschen Sprachraum wieder ein erfolgreiches Jahr, in dem kleineren und größeren Rückschlägen wie Titelreduktionen viele neue positive Entwicklungen gegenüber standen, die diese wieder mehr als nur egalisierten. Zwar reduzierten im Taschenbuchprogramm beispielsweise RORORO, FISCHER oder DTV ihr Angebot an phantastischen Titeln, dafür brachten andere Verlage wie die Marktführer HEYNE und BLANVALET als auch ARGUMENT und KNAUR zum Teil beträchtlich mehr Titel heraus als 1999. Neue Buchverlage und Imprints betraten die Szene und brachten erstmals SF, Fantasy und Horror heraus, wie PEPPERMIND, MINOTAURUS, AGIMOS, AMA DEUS, MIDAS, RIEMANN, SCHWARTEN, GLARE, HEINZ MOHLBERG, GUDERJAHN, EMONS, KÖNIGSFURT, METZ, HEIKO RICHTER und ENVOYER. Die Zahl der Veröffentlichungen ist ordentlich gestiegen, und zwar von 1803 auf nunmehr 1986 Titel. Dieses Plus war das Ergebnis einer Steigerung sowohl bei den Taschenbüchern als auch bei den Hardcovern, wobei das Plus ziemlich linear verlief: 2000 gab es 98 Taschenbücher mehr (plus 10,1 %, jetzt 1066) und 85 Hardcoverpublikationen mehr (plus 10,2 %; jetzt 920) als im Vorjahr (968 TB und 835 HC). Die Anthologie und die diversen Titel wiesen ein Minus aus, in allen übrigen Bereichen wurden 2000 mehr Titel herausgebracht als im Vorjahr, wobei die größte Steigerung bei den Sammelbänden erzielt wurde (Stichwort: WELTBILD SAMMLEREDITIONEN). Bei den Marktanteilen legten die Storysammlung und die Omnibus-Ausgabe zu, während Roman und Anthologie an Terrain verloren. Der Roman konnte aber seine dominierende Rolle spielend verteidigen und rangiert mit knapp 77 % klar vorn, gefolgt von Storysammlung und Sammelband mit jeweils über 7 %. Die Phantastik, die 1998 die Spitzenposition errungen und diesen 1999 verteidigt hatte, konnte ihn auch im Jahr 2000 halten, der Abstand ist aber geschrumpft, und zwar von 74 auf 52 Titel (jetzt: 664 PH und 612 SF). Schon ziemlich weit abgeschlagen rangiert die Fantasy mit 365 Veröffentlichungen auf Platz 3, vor dem Horror mit 256 Titeln. Fantasy und Horror konnten auf Kosten der Phantastik ihren Marktanteil steigern, die SF blieb auf dem Prozentsatz des Vorjahres. Das Verhältnis von neuen Titeln zu Reprints hat sich zugunsten der Neuauflagen verschoben. Während die Zahl der Erst- und Originalveröffentlichungen, die mit knapp über 62 % deutlich unter die Zweidrittelmarke gefallen ist, um lediglich 34 Titel auf 1234 gestiegen ist, boomten die Reprints von 603 auf 752 Publikationen.

Wie sich die einzelnen Genres aufgegliedert haben, wie sie sich in deutsche Erst- bzw. Originalveröffentlichungen aufsplitteten, wie die einzelnen Taschenbuchanbieter im letzten Jahr des vorigen Jahrtausends abgeschnitten haben und in welcher Relation die einzelnen Zahlen und Ergebnisse dieses Jahres zu denen aus 1999 stehen, wird im Anschluss im Detail behandelt. Berücksichtigt wurden dabei alle bekannt gewordenen einschlägigen Publikationen des Jahres 2000 in gebundener Form, als Paperback und im Taschenbuch. Nicht aufgenommen und berücksichtigt wurden phantastische Kinderbücher mit niedriger Seitenzahl und überwiegendem Bildteil, bei denen der Text nur eine untergeordnete Rolle spielt. Bei der Zuordnung in die einzelnen Kategorien wurde die von den Verlagen selbst gewählte Genrebezeichnung übernommen, sofern sie sich nicht entschieden im Widerspruch zum Inhalt befand (etliche als Fantasy deklarierte Werke gehörten eindeutig zu Phantastik oder Science Fiction und wurden dort zugeordnet). Als Nachdrucke galten alle Neuveröffentlichungen von Titeln, die zuvor schon in deutscher Sprach erschienen sind, unabhängig von Publikationsform, Übersetzung oder Komplettheit der Erstveröffentlichung. Eine Storysammlung, Anthologie oder Sammelband wurde nur dann als Nachdruck geführt, wenn kein einziger Beitrag eine Erst- oder Originalveröffentlichung darstellte. Als Sammelbände wurden Zusammenfassungen mehrerer Roman und/oder Storysammlungen oder Anthologien oder eine Kombination davon zwischen zwei Buchdeckeln, im Schuber oder als eingeschweißte mehrteilige Sonderausgaben bezeichnet; eine Kassettenedition allerdings nur dann, wenn ihre Bestandteile nicht auch einzeln erhältlich waren. Die Unterscheidung zwischen Paperback und Taschenbuch erfolgte ausschließlich über das Format.

Die im Vorjahr erstmals durchgeführte Modalität, zusammen gehörende Verlage, Verlagshäuser und Imprints auch als Einheit bei der Taschenbuch-Aufschlüsselung zu betrachten, wurde auch für 2000 beibehalten. So wurden RORORO mit

WUNDERLICH, HEYNE mit DIANA und PAVILLON, BLANVALET mit GOLDMANN, MANHATTAN, OMNIBUS & PORTOBELLO, ULLSTEIN mit LIST und BASTEI mit BLT zusammengefasst.

Tabelle 1: *Aufschlüsselung nach Publikationsform*:

	Roman	*%*	*Anthologie*	*%*	*Storysammlung*	*%*
TB	873	43,9	48	2,4	57	2,9
Buch	655	33,0	27	1,4	90	4,5
Gesamt	1528	76,9	75	3,8	147	7,4

	Sammelband	*%*	*Diverses*	*%*	*Summe*	*%*
TB	57	2,9	31	1,6	1066	53,7
Buch	90	4,5	58	2,9	920	46,3
Gesamt	147	7,4	89	4,5	1986	100,0

Tabelle 2a: *Vergleich nach Publikationszahl/Titelzahl*

	Roman			*Anthologie*			*Storysammlung*		
	1999	*2000*	*%*	*1999*	*2000*	*%*	*1999*	*2000*	*%*
TB	807	873	+8,2	58	48	–17,3	45	57	+26,7
Buch	589	655	+11,5	33	27	–18,2	83	90	+8,4
Gesamt	1396	1528	+9,5	91	78	–17,6	128	147	+14,8

	Sammelband			*Diverses*			*Summe*		
	1999	*2000*	*%*	*1999*	*2000*	*%*	*1999*	*2000*	*%*
TB	30	57	+90,0	28	31	+10,7	968	1066	+10,1
Buch	64	90	+40,6	66	58	–12,1	835	920	+10,2
Gesamt	94	147	+56,4	94	89	–5,3	1803	1986	+10,1

Tabelle 2b: *Aufschlüsselung nach Publikationsform und Marktanteil*

	Roman %			*Anthologie* %			*Storysammlung* %		
	98	*99*	*00*	*98*	*99*	*00*	*98*	*99*	*00*
TB	50,5	44,7	43,9	3,2	3,2	2,4	4,3	2,5	2,9
Buch	27,8	32,7	33,0	1,2	1,8	1,4	3,2	4,6	4,5
Gesamt	78,3	77,4	76,9	4,4	5,0	3,8	7,4	7,1	7,4

	Sammelband %			*Diverses* %			*Summe* %		
	98	*99*	*00*	*98*	*99*	*00*	*98*	*99*	*00*
TB	1,7	1,7	2,9	1,3	1,6	1,6	61,0	53,7	53,7
Buch	3,2	3,5	4,5	3,7	3,7	2,9	39,0	46,3	46,3
Gesamt	4,9	5,2	7,4	5,0	5,2	4,5	100,0	100,0	100,0

Tabelle 3: *Aufschlüsselung nach Genrezugehörigkeit*

	TB	%	*Buch*	%	*Summe*	%
SF NEU	205	10,3	213	10,7	418	21,0
SF REPRINT	148	7,4	46	2,3	194	9,8
SF GESAMT	353	17,8	259	13,0	612	30,8
HORROR NEU	61	3,0	84	4,4	145	7,3
HORROR REPRINT	64	3,2	47	2,4	111	5,6
HORROR GESAMT	125	6,3	131	6,8	156	12,9
FANTASY NEU	147	7,4	88	4,4	235	11,8
FANTASY REPRINT	94	4,7	36	1,8	130	6,5
FANTASY GESAMT	241	12,1	124	6,2	365	18,4
PHANTASTIK NEU	81	4,1	278	14,0	359	18,1
PHANTASTIK REPR.	235	11,8	70	3,5	305	15,3
PHANTASTIK GES.	316	15,9	348	17,5	664	33,4
DIVERSES NEU	20	1,0	57	2,9	77	3,9
DIVERSES REPRINT	11	0,6	1	0,0	12	0,6
DIVERSES GESAMT	31	1,5	58	2,9	89	4,5
SUMME NEU	514	25,9	720	36,3	1234	62,1
SUMME REPRINT	552	27,8	200	10,1	752	37,9
SUMME GESAMT	1066	53,7	920	46,3	1986	100,0

Tabelle 4: *Vergleich nach Genrezugehörigkeit*

	Taschenbuch			*Buch*			*Summe*		
	1999	*2000*	%	*1999*	*2000*	%	*1999*	*2000*	%
SFN	205	205	0,0	180	213	+18,3	385	418	+8,6
FR	137	148	+10,1	34	46	+35,3	171	194	+13,5
SFG	342	353	+3,2	214	259	+21,0	556	612	+10,0
HN	53	61	+15,1	91	84	−7,7	144	145	+0,1
HR	44	64	+45,5	27	47	+74,1	71	111	+56,3
HG	97	125	+28,9	118	131	+11,0	215	256	+19,1
FN	143	147	+2,8	66	88	+33,3	209	235	+12,4
FR	62	94	+51,6	37	36	−2,7	99	130	+31,3
FG	205	241	+17,6	103	124	+20,1	308	365	+18,5
PN	88	81	−9,0	287	278	−3,1	375	359	−4,3
PR	208	235	+13,0	47	70	+48,9	255	305	+19,6
FG	296	316	+7,1	334	348	+4,2	630	664	+5,4
DN	24	20	−16,7	63	57	−9,6	87	77	−13,5
DR	4	11	175,0	3	1	−66,7	7	12	+71,4
DG	28	31	+10,7	66	58	−12,1	94	89	−5,3
SN	513	514	+0,2	687	720	+4,8	1200	1234	+2,8
SR	455	552	+21,3	148	200	+35,1	603	752	+24,7
SG	968	1066	+10,1	835	920	+10,2	1803	1986	+10,1

Tabelle 5: *Aufschlüsselung der Taschenbücher nach Verlagen*

Verlag	*Anzahl 2000*	*Marktanteil %*	*Anzahl 1999*	*Marktanteil %*
Heyne/Diana/Pavillon	262	25,0	228	23,1
Blanvalet/btb/Gold-Mann/Omnibus/Portobello	197	18,5	186	18,9
Bastei/BLT	116	10,9	116	11,8
Knaur/Weltbild/Scherz	71	6,7	61	6,2
Ullstein/List	49	4,6	45	4,5
dtv	45	4,2	59	6,0
Libri BoD	38	3,6	12	1,2
rororo/Wunderlich	36	3,4	54	5,5
Fischer	34	3,2	41	4,1
detebe	25	2,3	9	0,9
Arena	22	2,1	11	1,1
Piper/SP	21	2,0	18	1,8
Insel it/Suhrkamp st	17	1,6	16	1,6
Ariadne/Nachtbrenner	16	1,5	7	0,7
Aufbau AtV	16	1,5	8	0,8
Gulliver	14	1,3	11	1,1
Reclam RUB/RBL	10	0,9	5	0,5
Wagenbach WAT	10	0,9	2	0,2
Dino	7	0,7	3	0,3
Ravensburger	6	0,5	10	1,0
Frieling	5	0,5	12	1,2
Schulte & Gerth/Projektion J	5	0,5	5	0,5
Unionsverlag	4	0,4	10	1,0
Aarachne	4	0,4	4	0,4
Phoenix	4	0,4	2	0,2
Obelisk Club	3	0,3	–	
Cora	3	0,3	3	0,3
Haffmans	3	0,3	5	0,5
Königsfurt	3	0,3	–	
Brendow	3	0,3	2	0,2

Verlag	*Anzahl 2000*	*Marktanteil %*	*Anzahl 1999*	*Marktanteil %*
KiWi	2	0,2	3	0,3
Kröger	2	0,2	–	
Verbrecherverlag	2	0,2	–	
New Era	2	0,2	–	
Herder	1	0,1	1	0,1
Epilog	1	0,1	–	
H & F	1	0,1	–	
Schwartenverlag	1	0,1	–	
Medusenblut	1	0,1	1	0,1
FiFa	1	0,1	2	0,2
Pegasus	1	0,1	1	0,1
Espresso	1	0,1	–	
Envoyer	1	0,1	–	
BKH	–		5	0,5
Freies Geistesleben	–		1	0,1
Maas	–		1	0,1
Männerschwam-Skript	–		1	0,1
Eulenspiegel	–		1	0,1
Bimax	–		1	0,1
Rotbuch	–		1	0,1
Guhl	–		1	0,1
Tabu	–		1	0,1
Drei Eichen	–		1	0,1
Aussaat	–		1	0,1
Institut Drachenhaus	–		1	0,1
Elles	–		1	0,1
Gesamtsumme	1066	100,0	963	100,0

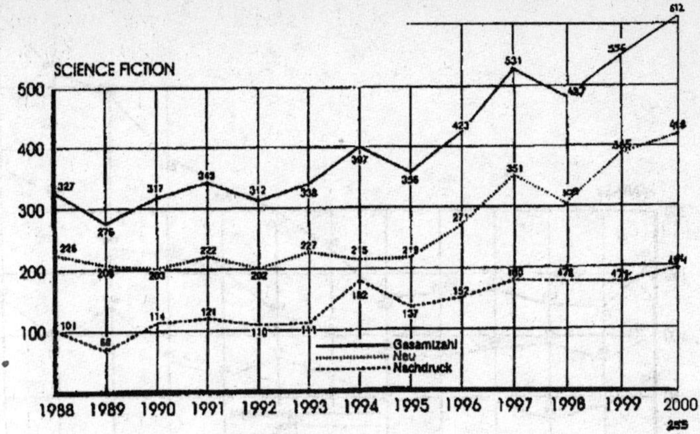
SCIENCE FICTION
500
400
300
200
100
1988
1989
1990
1991
1992
1993
1994
1995
1996
1997
1998
1999
2000
Gesamtzahl
Neu
Nachdruck

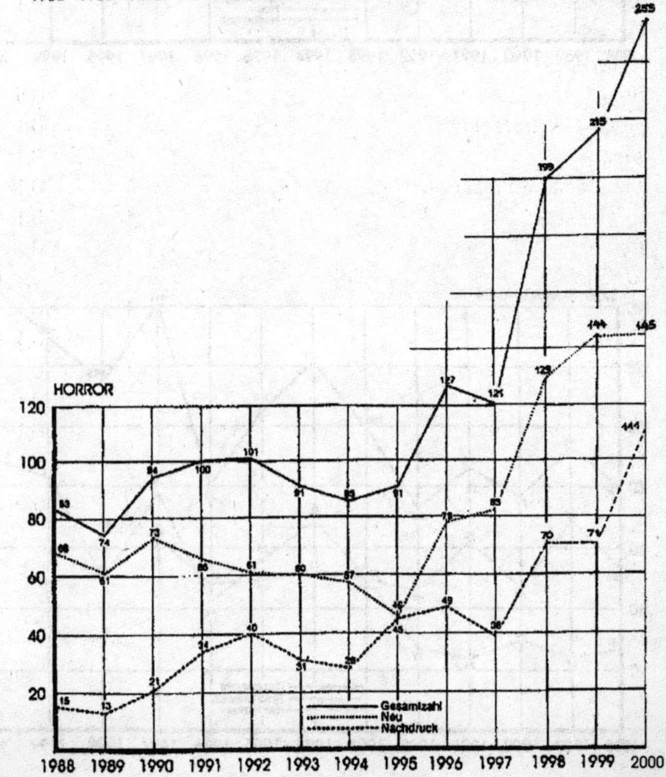
HORROR
120
100
80
60
40
20
1988
1989
1990
1991
1992
1993
1994
1995
1996
1997
1998
1999
2000
Gesamtzahl
Neu
Nachdruck

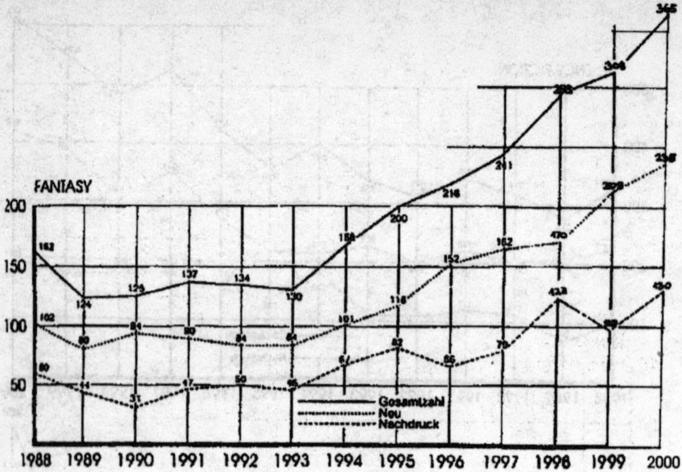
FANTASY
Gesamtzahl
Neu
Nachdruck
1988
1989
1990
1991
1992
1993
1994
1995
1996
1997
1998
1999
2000

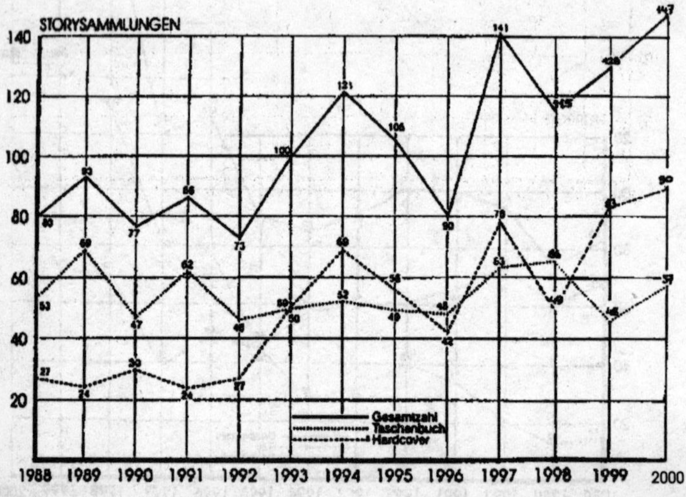
STORYSAMMLUNGEN
Gesamtzahl
Taschenbuch
Hardcover
1988
1989
1990
1991
1992
1993
1994
1995
1996
1997
1998
1999
2000

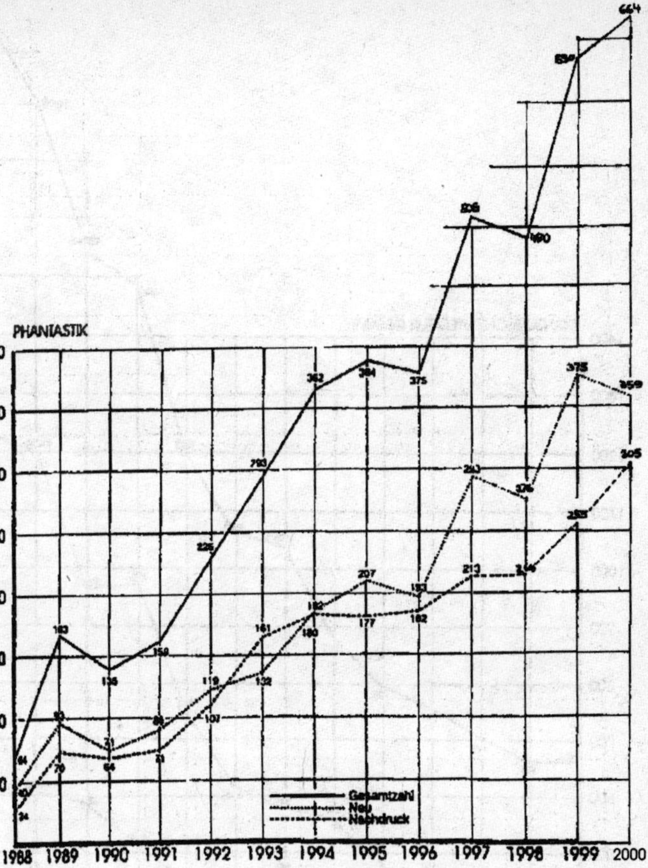
PHANTASTIK
400
350
300
250
200
150
100
50
1988
1989
1990
1991
1992
1993
1994
1995
1996
1997
1998
1999
2000
Gesamtzahl
Neu
Nachdruck

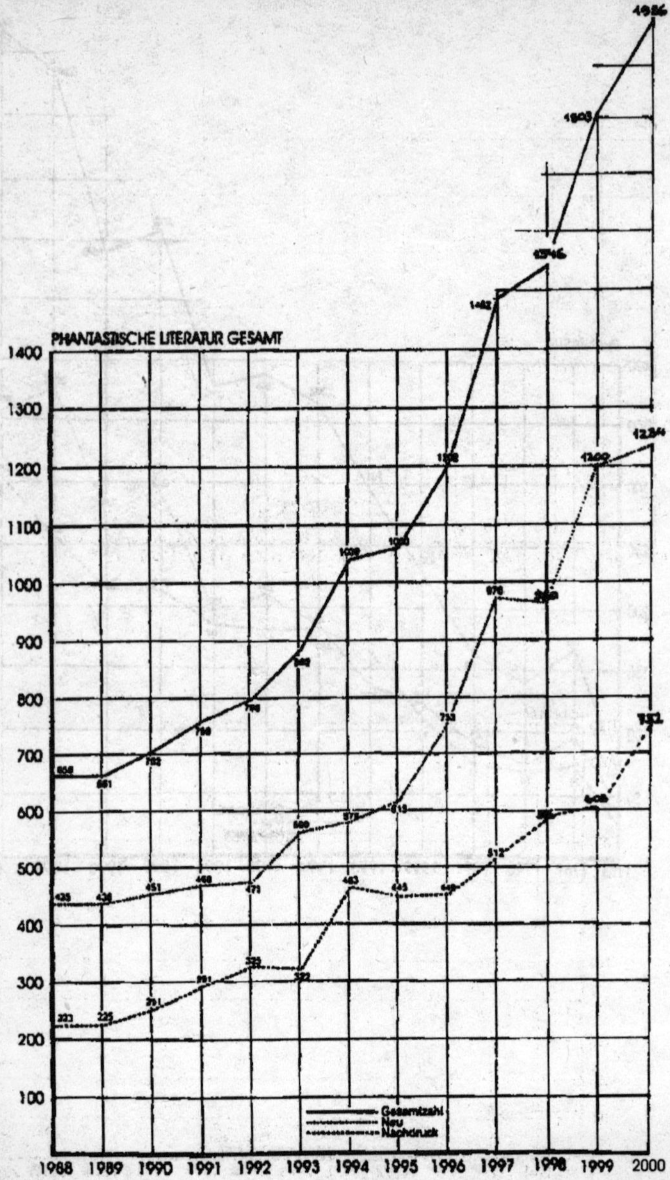
PHANTASTISCHE LITERATUR GESAMT
1400
1300
1200
1100
1000
900
800
700
600
500
400
300
200
100
1988
1989
1990
1991
1992
1993
1994
1995
1996
1997
1998
1999
2000
1986
1803
1546
1482
1234
1200
978
661
702
613
512
451
468
471
463
325
322
291
251
225
Gesamtzahl
Neu
Nachdruck

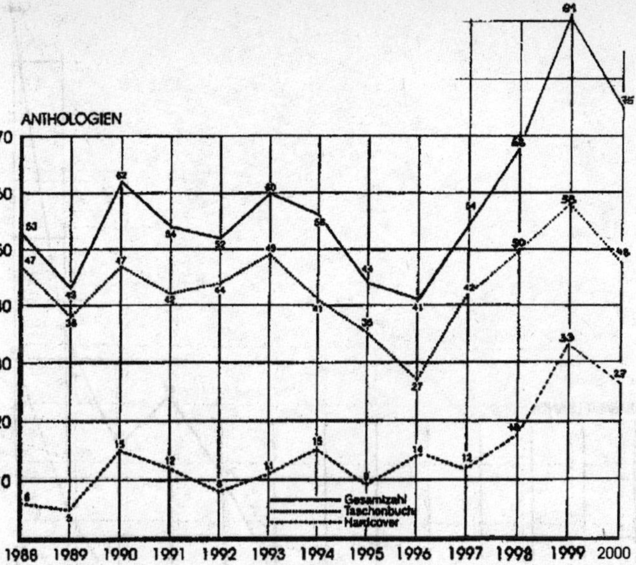
ANTHOLOGIEN
70
60
50
40
30
20
10
Gesamtzahl
Taschenbuch
Hardcover
1988
1989
1990
1991
1992
1993
1994
1995
1996
1997
1998
1999
2000

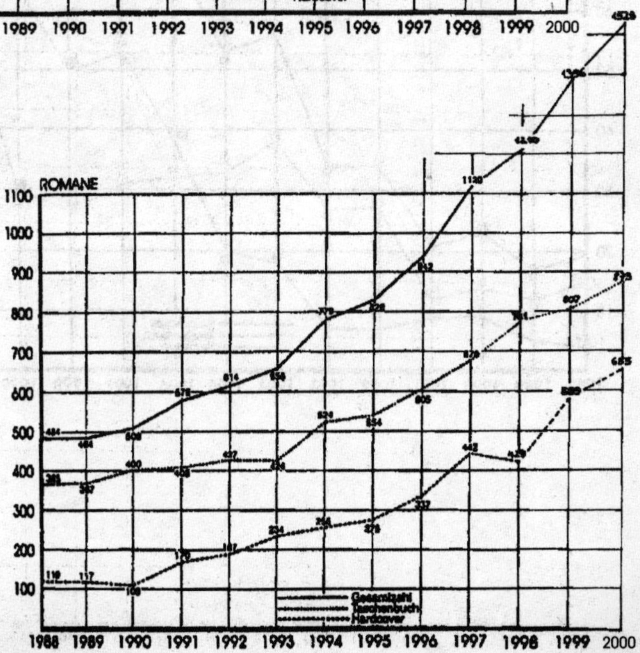
ROMANE
1100
1000
900
800
700
600
500
400
300
200
100
Gesamtzahl
Taschenbuch
Hardcover
1988
1989
1990
1991
1992
1993
1994
1995
1996
1997
1998
1999
2000

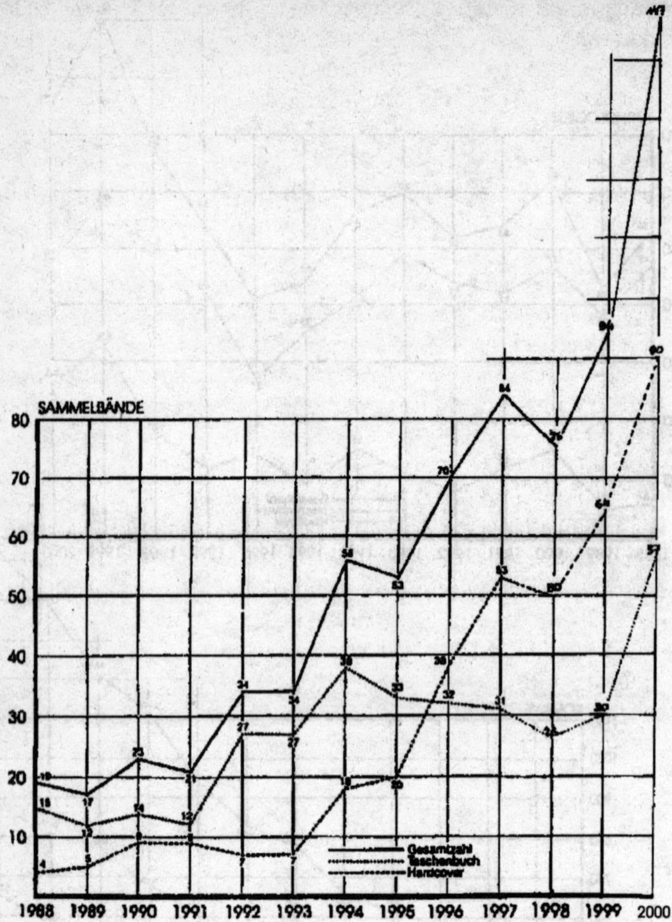
SAMMELBÄNDE
80
70
60
50
40
30
20
10
1988
1989
1990
1991
1992
1993
1994
1995
1996
1997
1998
1999
2000
Gesamtzahl
Taschenbuch
Hardcover

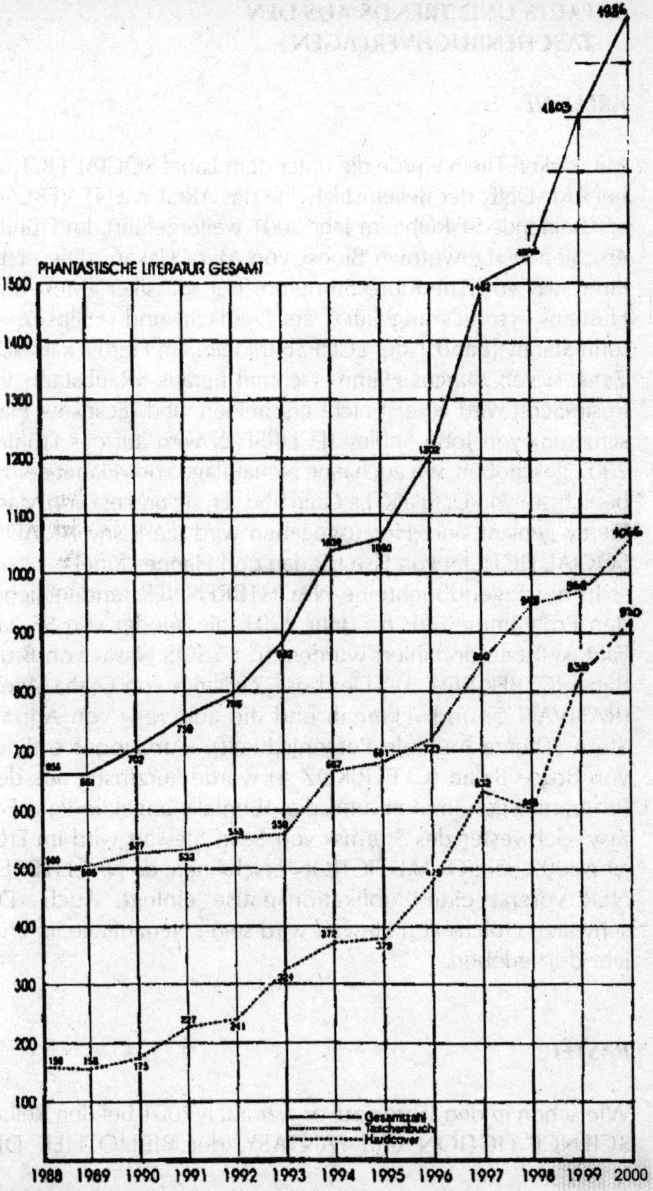
PHANTASTISCHE LITERATUR GESAMT
1500
1400
1300
1200
1100
1000
900
800
700
600
500
400
300
200
100
Gesamtzahl
Taschenbuch
Hardcover
1988
1989
1990
1991
1992
1993
1994
1995
1996
1997
1998
1999
2000

3. FACTS UND TRENDS AUS DEN TASCHENBUCHVERLAGEN

ARIADNE

Mit starken Titeln wurde die unter dem Label SOCIAL FICTION bei ARIADNE, der Belletristik-Reihe des ARGUMENT VERLAGS erscheinende SF-Reihe im Jahr 2001 weitergeführt. Im Frühjahr erschienen »Downtown Blues« von Myra Cakan, »Die ersten ihrer Art« von Theodore Sturgeon (der Klassiker »More than Human« erstmals ungekürzt auf Deutsch) und »Eclipse« von John Shirley (Band 1 der ECLIPSE-Trilogie), im Herbst kam »Der Zensor« von Marcus Hammerschmitt heraus. »Raubstadt« von Rosie Scott wird vorerst nicht erscheinen, und »Eclipse – Halbschatten« von John Shirley (ECLIPSE 2) wird auf das Frühjahr 2002 geschoben, wo auch eine Neuauflage von »Planet der Habenichtse« von Ursula K. Le Guin und »Er, sie und es« von Marge Piercy geplant sind. Herausgegeben wird die Reihe ARIADNE SOCIAL FICTION von Else Laudan und Hannes Riffel.

In der Jugendbuchreihe NACHTBRENNER fanden sich in den Programmen für das Jahr 2001, die wieder von SF- und Fantasy-Titeln dominiert wurden, u. a. »SOS Nasa« von Bruce Balan (CYBER.KDZ 3), »Der böse Zwilling« von Diana Wieler (RANVAN 2) und »Hannah und die anderen« von Adriana Stern (Thema multiple Persönlichkeit). »Amazonas offline!« von Bruce Balan (CYBER.KDZ 4) wurde kurzfristig aus dem Programm genommen, und die ebenfalls angekündigte Fantasy »Schwester des Sturms« von Sean Stewart wird im Frühjahr 2002 bei SOCIAL FICTION erscheinen, da NACHTBRENNER vorerst eine Publikationspause einlegt. Auch »Der schwarze Dolch« von Stewart wird seine Neuauflage im Frühjahr dort erleben.

BASTEI

Wie schon in den Jahren zuvor war auch 2001 bei den Reihen SCIENCE FICTION und FANTASY, der BIBLIOTHEK DER

PHANTASTISCHEN LITERATUR sowie bei den ebenfalls von Stefan Bauer betreuten Genre-Titeln in der ALLGEMEINEN REIHE Kontinuität angesagt, sowohl bei der Zahl der veröffentlichten Titel als auch deren inhaltlicher Qualität. 2000 landete BASTEI erwartungsgemäß wieder auf dem 3. Platz, der Abstand zum Zweitplatzierten BLANVALET/BERTELSMANN ist weiter angewachsen und betrug nunmehr 81 Titel. Wie auch bei den anderen in diesem Bereich tätigen großen Taschenbuchverlagen ist die Situation der deutschsprachigen Autoren mehr als nur unbefriedigend, wobei es im Vergleich zum Vorjahr keine wesentlichen Veränderungen gab. Jason Dark alias Helmut Rellergerd war mit seinen Taschenbüchern um den Geisterjäger JOHN SINCLAIR mit einem neuen Band pro Monat und mit einem Sammelband mit Nachdrucken alter Heftromane alle zwei Monate wieder überproportional vertreten. Jörg Kastner veröffentlichte den historischen Roman »Arminius – Fürst der Germanen« und Bernhard von Mücklich den ersten Band der BERNSTEIN SAGA unter dem Titel »Die Kinder der Sonne«, zudem erschienen die von Stefan Bauer zusammengestellte Anthologie »Das Vermächtnis des Rings« mit Geschichten deutscher Autoren zu Ehren Tolkiens, »Die Ritter von Avalon« von Hanns Kneifel, der Sammelband »Das Jahr des Greifen« mit der kompletten Trilogie zu DAS SCHWARZE AUGE von Wolfgang Hohlbein & Bernhard Hennen, »Die Ketzerin« von Peter Berling, »Mose – Sohn der Verheißung« von Wolfram zu Mondfeld sowie die Sammelbände »Maddrax« mit den ersten Bänden der gleichnamigen SF-Heftserie und »Charity – Die beste Frau der Space Force« mit den ersten drei Romanen der Serie von Wolfgang Hohlbein. Für das Frühjahr 2002 angekündigt sind »Karl Martell – Der erste Karolinger« von Thomas R. P. Mielke, »Die Kinder der Nibelungen« von Helmut W. Pesch (KINDER-Trilogie 1) und »Die Nomaden der Meere« von Bernhard von Mücklich (DIE BERNSTEIN-SAGA 2).

Interessante Titel sind regelmäßig in der ALLGEMEINEN REIHE zu finden. Zu den herausragenden Titeln, die hier erschienen sind, gehörten zuletzt »Die Kinder von Eden« von Ken Follett, »Patrick von Irland« von Juilene Osborne-Mc-

Knight, »Faule Fische« von Garry Kilworth, »Im Schatten der Burg« von Marion Zimmer Bradley & Holly Lisle (GLENRAVEN 2), »Das Messias-Komplott« von Jon Land, »Das erste der sieben Siegel« von John F. Case, »Die Königin der Wälder« von Alice Borchardt (Fortsetzung von »Die Mauern von Chantillon«), »Intrige« von Thomas Gifford, »Das Skalpell« von Paul Carson, »Die Kathedrale der Erinnerung« und »Der Tag, an dem ich unsichtbar wurde« von Jack Dann, »Outlaw Fantasy/Outlaw Lover« von Saskia Hope und »Der Tag, an dem der Wind dich trägt« von James Patterson. Für die ersten Monate des Jahres 2002 sind u. a. »Die Maskentänzerin« von Naomi M. Stokes, »Der Schrei des Windes« von Sue Harrison (1. Band einer Vorzeit-Trilogie), »Chaos« von R. L. Pineiro sowie »Das elfte Gebot«, »Ein Mann von Ehre« und »Abels Tochter« von Jeffrey Archer zur Veröffentlichung vorgesehen.

In der Reihe FANTASY erschienen 2001 abwechselnd zwei oder drei Titel pro Monat, wobei man mit einer Ausnahme versuchte, zusammenhängende Bände oder Trilogien geschlossen in einem Monat zu veröffentlichen. Bände, die zu Reihen oder Zyklen gehörten, waren erneut stark in der Überzahl. Weitergeführt wurden David Eddings' BELGARIAD- und MALLEORAN-Zyklus mit »Polgara die Zauberin« von ihm und Leigh Eddings, die DRENAI-SAGA von David Gemmell mit »Die Augen von Alchazzar« und »Winterkrieger« (7 & 8), DIE SCHATTENGILDE von Lynn Flewelling mit »Unter dem Verrätermond«, DIE KINDER DES EXILS von Angus Wells mit den Bänden 3 und 4, »Die Zuflucht« und »Der letzte Kampf«, DIE LEGENDE VOM MEISTERMAGIER des Niederländers W. J. Maryson mit »Fiander – Das Schwert der Elfen« und Piers Anthonys SAGA VOM MAGISCHEN LAND XANTH mit Band 22 (»Zombie-Lover«), komplett herausgebracht wurde Dave Duncans Trilogie DES KÖNIGS KLINGEN, bestehend aus den Einzelromanen »Die vergoldete Kette«, »Der Herr des Feuerlandes« und »Schwur der Schwerter«, gestartet wurde der Zweiteiler DER DORNENRING mit »Die ewige Krone« von J. V. Jones, James Stoddard präsentierte mit »Rückkehr nach Abendsee« die Fortsetzung seines sensationellen Erstlings »Das Hohe Haus« und Roger Taylor ließ in »Schicksalsbote«

die Helden seiner anderen Romane gemeinsam gegen eine Bedrohung antreten. An abgeschlossenen Titeln wurden »Im Schatten des Drachen« von Margaret Weis & David Baldwin, »Maxies Dämon« von Michael Scott Rohan und »Das Schwert der Amazone« von Marion Zimmer Bradley vorgelegt. Weitere Highlights der ersten Monate des Jahres 2002 sind der DION VON MORIA-Roman »Die Herrin der Rosen« von Jane Routley, Band 4 vom MYTHOS DES ARKTUR, »Die Waffen der Götter« von Gilles Servat, der 2. DORNENRING-Band »Krone aus Blut« von J. V. Jones, »Der Sternendrache« von Barbara Hambly (DRACHE 3), der humorvolle »Gestern noch sahen wir Meerjungfrauen« von Esther Friesner, »Und schütze des Königs Tochter« von Angus Wells und »Die Rückkehr des Nebelgeistes«, Band 1 des Zyklus DIE SCHATTENKRIEGE und Fortsetzung des NEBELGEIST-Zyklus.

Serien und Zyklen hatten auch bei der SCIENCE FICTION einen hohen Stellenwert, wenn auch keinen so dominierenden wie bei der FANTASY. Mit neuen Titel weitergeführt wurden DIE ABENTEUER VON OWEN TODTSTELTZER von Simon R. Green mit Band 5, »Todtsteltzers Schicksal«, die ABENTEUER AUS DEM RINGWELTUNIVERSUM mit »Katz und Maus« (DIE KZIN-KRIEGE 8), DIE CHAOS-KOMPANIE von Robert Asprin & Peter J. Heck mit »Viel Rummel um Nichts«, Peter F. Hamiltons ARMAGEDDON-UNIVERSUM mit »Zweite Chance auf Eden«, David Webers Military-SF um HONOR HARRINGTON mit »Der Stolz der Flotte« und Robert Rankins ARMAGEDDON-Trilogie mit »Das Remake«. Zu den Höhepunkten des Jahres 2001 gehörten in der ROBERT A. HEINLEIN-Reihe die Klassiker »Farmer im All« wie auch »Reiseziel: Mond« und in der JACK VANCE EDITION »Der galaktische Spürhund« sowie »Genesis« von Poul Anderson, »Best of Asimov« von Isaac Asimov, »Rainbow Mars« von Larry Niven, »Spuren im Nichts« von Jack McDevitt, »Der Drache von Samarkand« von Neil Asher und »Der Arm des Perseus« von Julian May. Für Anfang 2002 sind des Weiteren »Kriegssprachen« von Jack Vance (Sammler mit »Die Kriegssprachen von Pao« und »Krieg der Gehirne«), »Kreuzzüge« von John Barnes, »Heldin wider Willen« von Elizabeth Moon, »Die Falter« und »Der Weber« von

China Mieville, »Tod eines Androiden« von Janet Asimov sowie die RINGWELT-Bände »Tal der Katzen« von Dean Ing und »Höllenfeuer« von Poul Anderson eingeplant.

Im August 2001 kam die Sonderaktion PALETTE auf den Markt, innerhalb derer u. a. »Cujo« von Stephen King, »Die Zauberquelle« von Judith Merkle Riley und »Morgengrauen« von Dean Koontz eine Neuauflage unter neuer Nummer erlebten. Ende Oktober folgte HALLOWEEN, in der neben der Antholgie »Halloween« aus dem Vorjahr (aber mit neuer Nummer) in neuer Aufmachung »Das große Halloween Lesebuch«, »Der Exorzist« von William Peter Blatty, »Gänsehaut um Mitternacht« von Christopher Pike, »Frankenstein & Verney« von Mary Shelley, »Phantastische Romane und Geschichten« von Sir Arthur Conan Doyle, »Geisterstunde« von Wolfgang Hohlbein, »Dracula« und »Im Schatten der Vampire« von Bram Stoker, »Offenbarungen«, hrsg. von Douglas E. Winter, »Dr. Jekyll & Mr. Hyde« von Robert Louis Stevenson und »Popsy« von Stephen King u. a. ausgeliefert wurden. Für den Januar 2002 ist die EURO-PALETTE mit u. a. »Geisterbahn« von Dean Koontz und »Nachtschicht« von Stephen King vorgesehen.

BLANVALET

Die BLANVALET FANTASY, die infolge interner Umorganisationen bei BERTELSMANN (jetzt: VERLAGSGRUPPE RANDOM HOUSE) die Nachfolge der traditionsreichen GOLDMANN FANTASY angetreten und deren Nummernkreis beibehalten hat, wird nach wie vor redaktionell von Volker Busch betreut, der auch für die Genre-Titel im ALLGEMEINEN PROGRAMM von BLANVALET (wie die STAR WARS-Romane) und GOLDMANN (z. B. Terry Pratchetts SCHEIBENWELT) verantwortlich zeichnet. Er setzte und setzt im FANTASY-Bereich nahezu ausschließlich auf angloamerikanische Autoren. Einzige Ausnahme von dieser Regel ist Wolfgang Hohlbein, dessen ENWOR-Bände 1 bis 10 mit neuer Nummerierung und Gestaltung mit dem elften Roman nochmals auf den Markt kamen.

Die BLANVALET FANTASY wird ebenso wie die Reihen der anderen großen Taschenbuchverlage fast ausschließlch von Zyklen und Serien beherrscht, wobei Romane zu Spielen auch im Jahr 2001 einen viel geringeren Stellenwert als früher hatten. Zudem wurde erfreulicherweise versucht, das Splitten von umfangreicheren Romanen möglichst zu vermeiden, was sich speziell bei den DRACHENLANZE-Bänden überaus positiv bemerkbar machte. Die Zahl der Veröffentlichungen blieb bei drei Titeln pro Monat, die nach wie vor ein breites Spektrum moderner Fantasy boten, wobei der Begriff FANTASY recht locker interpretiert wurde. Sondereditionen wie der zuvor erwähnte ENWOR-Reprint kamen zusätzlich zu den drei Monatsbänden heraus. Weitergeführt wurden R. A. Salvatores Zyklus DÄMONENDÄMMERUNG mit »Der ewige Fluch« (7) und »Das brennende Herz« (8), STERNENKRONE von Kate Elliott mit »Kind des Feuers« (7) und »Schatten des Gestern« (8), Anne McCaffreys gemeinsam mit wechselnden Co-Autorinnen verfasster ACORNA-Zyklus mit »Acornas Welt« (mit Elizabeth Ann Scarborogh), Terry Brooks' JOHN ROSS-Zyklus mit »Dämonensommer« und »Stadt der Dämonen«, George R. R. Martins sensationelles Epos DAS LIED VON EIS & FEUER mit »Sturm der Schwerter« (5), DER KREIS DES OROKON mit Band 7, »Das ferne Inselreich« von Tom Arden, DIE RÄTSEL VON KARENTA von Glen Cook mit »Goldfieber« (9), DAS SPIEL DER GÖTTER von Steven Erikson mit Band 3, »Im Bann der Wüste«, und DIE VERGESSENEN WELTEN – FORGOTTEN REALMS mit »Der schwarze Zauber« von R. A. Salvatore. Abgeschlossen wurden Holly Lisles Trilogie DER MAGISCHE SPIEGEL mit »Der Flug des Falken« und DIE ZAUBERSCHIFFE von Robin Hobb mit Band 6, »Herrscher der drei Reiche«, neu gestartet dafür DIE TIELMARK-CHRONIKEN von Katya Reimann mit »Die göttlichen Schwestern«, DER STEIN DER KÖNIGE von Margaret Weis & Tracy Hickman mit »Quell der Finsternis« und DIE NORDLAND-SAGA von B. Andreas Bull-Hansen mit »Die Tränen des Drachen«. Bei der DRACHENLANZE begann mit »Die silbernen Stufen« von Jean Rabe der neue Zyklus DIE NACHT DER DRACHENLANZE, in der bis Jahresende 2001 noch »Auf roten Schwingen« von Chris Pierson und »Die schwarzen Ritter« von Mary H. Herbert herausgekommen sind. Abgeschlossene Titel waren »Der Pirat von Saros« von Chris Bunch, »Cyber Blues« von Alexander Besher und die Parodie »Der Herr der Augenringe« von Dschey Ar Tollkühn (alias H. N Beard & D. C. Kenney). Für Anfang 2001 sind die Serientitel »Krieg der Seelen« und »Der verlorene Stern« von Margaret Weis & Tracy Hickman (DIE KINDER DER DRACHENLANZE 3 & 4), »Die Tochter des Königs« und »Der Kreis des Verderbens« von Chaz Brenchley (DIE KREUZFAHRER 1 & 2), »Schwester der Finsternis« und »Der Palast des Kaisers« von Terry Goodkind (DAS SCHWERT DER WAHRHEIT 11 & 12), »Im Herzen des Feindes« von Katya Reimann (DIE TIELMARK-CHRONIKEN 2), »Der Rabenkönig« von Miller Lau (DIE HIGHLANDER 1), »Dämonenfeuer« von Terry Brooks (JOHN ROSS), »Das blaue Juwel« von Tom Arden (DER KREIS DES OROKON 8), »Der Hexenturm« von Kate Forsysth (DER MAGISCHE SCHLÜSSEL 1) und »Die Tränen der Götter« von Raymond Feist (MIDKEMIA – DIE KRONDOR-SAGA 3) eingeplant.

Zum Erscheinen des 11. ENWOR-Romans »Das elfte Buch« wurden die ersten Bände dieses Zyklus von Wolfgang Hohlbein ab Mai 2001 mit zwei Titeln pro Monat in neuer Ausstattung angeboten: »Der wandernde Wald«, »Die brennende Stadt«, »Das tote Land«, »Der steinerne Wolf«, »Das schwarze Schiff«, »Die Rückkehr der Götter«, »Das schweigende Netz«, »Der flüsternde Turm«, »Das vergessene Heer« und »Die verbotenen Inseln«.

In der ALLGEMEINEN REIHE von BLANVALET standen 2001 u. a. folgende Genre-Titel auf dem Programm: »Nachtwald« von Frances Gordon, »Rendezvous mit einem Mörder« und »Tödliche Küsse« von J. D. Robb (Startbände der SF-Krimiserie EVE DALLAS), »Die Kommission« von F. Paul Wilson, »Der Gesang der Wölfin« von Alice Borchardt (WERWOLF 1), »Indiana Jones und das Geheimnis der Sphinx« von Max McCoy, »Feuerfrau« von Federica de Cesco, »Doppeltes Spiel« von Andy McNab, »Das Experiment« von Robin Cook, »Die Prophetin von Luxor« von Suzanne Frank, »Die Schneewölfin« von Donna Boyd, »STAR WARS – Planet der Verräter« von

Greg Bear, »Schild und Feder« von Glenna McReynolds, »Das Elixier« von Gary Braver, »Dunkles Vermächtnis« von Valerio Evangelisti (NOSTRADAMUS 3), »Finale« und »Heimsuchung« von Tim LaHaye & Jerry B. Jenkins (DIE LETZTEN TAG DER ERDE 1 & 2), »Dunkler Schmetterling« von V. C. Andrews, »Die brennende Gasse« von Ann Benson, »Der Schattenpilot« von Dale Brown, »Das Alexandria-Komplott« von Clive Cussler (DIRK PITT/NUMA), »Herrin der Täler« von Jennifer Roberson, »STAR WARS – Die schwarze Flut« von Michael Stackpole (DAS ERBE DER JEDI-RITTER 2), »Die Keltin« von William V. Crockett und »Die Inselkönigin« von Cory Daniels. Für das Frühjahr 2002 zur Veröffentlichung vorgesehen sind »Brennendes Wasser« von Clive Cussler & Paul Cemprecos (NUMA), »Die Feuer von Camelot« von Deepak Chopra, »Chinesisches Feuer« von Peter May, »Wo niemand dich sieht« von Catherine Coulter, »Die Seherin von Knossos« von Suzanne Frank, »Verbrannte Spuren« von Andy McNab, »Die Flucht der Waisen« von V. C. Andrews, »Grünes Gift« von Robin Cook, »Der magische Steinkreis« von Diana Gabaldon, »Schattenkuss« von Laurell K. Hamilton, »Lautlose Jagd« von Dale Brown, »Zeit der Pharaonen« von Judith Tarr, »Das Nikolai-Komplott« von Tim LaHaye & Jerry B. Jenkins (DIE LETZTEN TAGE 3) und »Im Kreis der Verschwörer« von F. Paul Wilson.

HEYNE

Wie schon in den vorangegangenen Jahren schaffte es Marktführer HEYNE auch 2000 wieder spielend, seine dominierende Position auf dem Taschenbuchmarkt in Sachen Science Fiction, Fantasy, Horror und Phantastik zu behaupten. Der Vorsprung zum Zweitplatzierten BLANVALET/RANDOM HOUSE ist von 42 auf 65 Bände angestiegen. Nach wie vor wurde die FANTASY von Friedel Wahren betreut, aber nur mehr bis zum Jahresende 2001, danach wechselte sie zu THIENEMANNS. Ihre Nachfolgerin wird Martina Geißler, die schon seit Jahren als freie Mitarbeiterin redaktionell tätig war. Auch bei der Leitung der SF-Reihe gab es zum gleichen Zeitpunkt eine Änderung: Wolfgang Jeschke geht in den Ruhestand; sein offizieller Nachfolger ist Sascha Mamczak, der dem langjährigen Herausgeber schon in den letzten Jahren als Unterstützung zur Seite stand. Sowohl bei der SF als auch bei der FANTASY gab es von der Einplanung her keine wesentlichen Änderungen bei der Zahl der monatlichen Titel, es wurden 2000/2001 in etwa zehn Bände eingeplant, veröffentlicht wurden dann tatsächlich zwischen zehn und zwölf Bänden, nur im Mai waren es 14, wobei sich SF und Fantasy ziemlich die Waage hielten. Wie auch schon in den Jahren zuvor waren Abweichungen zwischen Einplanung und tatsächlicher Auslieferung im letzten Berichtsjahr relativ gering, was die Titelzahl betraf, aber enorm, was die Titel an sich anging. Gelegentlich kam zwar auch vor, dass ein Band früher als geplant erschienen ist, aber das war nicht die Regel, denn zumeist kamen die Titel mit bisweilen gehöriger Verspätung auf den Markt. Schuld daran waren einerseits zu spät einlangende Übersetzungen, andererseits aber oft auch die finanzstrategische Überlegung, nicht zu viele umfangreiche und damit höherpreisige Titel in einem Monat geballt auf den Mark zu werfen. Während die BATTLETECH-Romane etwa ein halbes Jahr hinter den Einplanungen hinterher hinken, liegt Robert Jordans DAS RAD DER ZEIT nach den Problemen in der Vergangenheit jetzt wieder exakt auf Terminkurs. Infolge offenbar nicht kurzfristig oder nur schwer lösbarer Probleme lagen bei Redaktionsschluss folgende bereits länger angekündigte Titel noch nicht vor und sind auf unbestimmt verschoben: »Sesam, öffne dich« von Tom Holt, »Die Pest der Engel« von Sheri S. Tepper, »Die UFO-Aliens auf Hawaii« von Mel Gilden, »Verrat auf Kregen« von Alan Burt Akers, »König Laurins Mantel«, »Befehl aus dem Dunkel« und »Atomgewicht 500« von Hans Dominik, »Der schwarze Gott« von J. Gregory Keyes, »Ein Spitzenhund« von Jerry J. Carroll, »Lafferty im Orbit« von R. A. Lafferty, »Sankt Cambers Schatten« von Katherine Kurtz und »Stadt des Feuers« von Larry Niven & Jerry Pournelle. Auf einen Titel geschrumpft ist die Zahl der Hardcover-Ausgaben innerhalb der HEYNE SCIENCE FICTION & FANTASY; dieser Titel der Subreihe HIGH 8000 ist beim Kapitel BUCHPROGRAMME aufgeführt. Nicht gerade oft waren deutschsprachige Autorinnen und Autoren wie auch deren nicht-angloamerikanischen KollegInnen bei HEYNE mit Genre-Titeln vertreten, die Tendenz war aber erfreulicherweise steigend. Neben den Romanen zum Spiel DAS SCHWARZE AUGE erschienen bei SF&F zuletzt »Wiener Blei« von Leo Lukas (SHADOWRUN), »Quest« von Andreas Eschbach (Roman aus dem TEPPICHKNÜPFER-Universum), »Die Ketten des Inquisitors« von Valerio Evangelisti (INQUISITOR-ZYKLUS 3) und »Der dunkle Pakt« von Harald Evers (HÖHLENWELT-SAGA 3), in Vorbereitung für 2002 befinden sich »Das Geheimnis des Inquisitors« und »Die Versuchung des Inquisitors« von Valerio Evangelisti (INQUISITOR 4 & 5) und die ersten beiden Bände des Epos DIE DUNKLE ZEIT von Markus Heitz, »Schatten über Ulldart« und »Der Orden der Schwerter«. In der ALLGEMEINEN REIHE kamen »Das Hotel Agarthi« und »Liebhaber des Todes« von Barbara Büchner (SOPHIE ANDERLAND), »Loreley« und »Nibelungengold« (Sammler mit vier Romanen um die Nibelungen) von Kai Meyer, »Wolfgang Hohlbeins Fantasy Selection« mit Geschichten deutschsprachiger AutorInnen, »Spiegelzeit« von Wolfgang Hohlbein und »Die Weissagerin« von Albrecht Gralle heraus, Anfang 2002 sollen »Unterland« von Wolfgang & Heike Hohlbein, »Das Haus des Daedalus« von Kai Meyer und »Wolfgang Hohlbeins New Fantasy Selection« erscheinen.

Da sich vor allem Zyklen und Serien besonderer Beliebtheit bei der Leserschaft erfreuen, werden ihnen auch bei HEYNE traditionell überproportional viele Programmplätze reserviert. Bei der FANTASY wurde die langlaufende Serie um Robert E. Howards schwertschwingenden Barbaren CONAN mit Band 54, »Conan der Gnadenlose« von Roland Green zum Abschluss gebracht. Zwar liegen im Original noch weitere Titel vor, aber diese werden wegen ihrer minderen Qualität nicht mehr gebracht. Robert Jordans Bestsellerserie DAS RAD DER ZEIT wurde mit »Die Herrschaft des Seanchaner« und »Flucht der Sklaven« (Bände 25 & 26) weitergeführt, und von L. E. Modesitts RECLUCE-Zyklus sind zuletzt »Die Farben des Chaos« (9) und »Der Magier von Fairhaven« (10) erschienen, in Vorbereitung befinden sich »Sturm de Barbaren« (11), »Freiheit für

Cyador« (12) und »Die Waffenhändler von Hamor« (13). Zwei neue Romane kamen zur britischen Spieleserie WARHAMMER heraus, »Der Graue Prophet« und »Die Chaos-Wüste« von William King. Jane Gaskell schloss ihren ATLANTIS-Zyklus mit »Die Länder des Sommers« ab und Sean Russell seine BARBAREN-Trilogie mit »Der goldene Khan«. Brian Stableford startete seine GENESYS-Trilogie mit »Das Blut der Schlange« und »Das Feuer des Salamanders«, Guy Gavriel Kay den SARRANTIUM-Zyklus mit »Das Komplott« und »Das Mosaik«, Dirk Strasser die ATREU-SAGA mit »Der verschlungene Pfad« und »Die Windreiter«, Dave Luckett legte die aus den Einzelbänden »Dunkler Winter«, »Dunkle Reise« und »Dunkle Burg« bestehende TENEBRA-Trilogie komplett vor und Freda Warrington die Romane »Die Bernstein-Zitadelle« und »Der Turm von Heliodor«, die ersten beiden Bände der JUWELENFEUER-SAGA. Die ersten vier Bände des SCHWERTTÄNZER-Zyklus von Jennifer Roberson wurden in zwei Sammlern, »Schwerttänzer & Schwertsänger« und »Schwertmeister & Schwertmagier« neu aufgelegt, dann folgten die Bände 5 und 6, »Schwertprinz« und »Schwertrache«. Neu gestartet wurden auch die KATECHISTEN-Trilogie von Alan Dean Foster mit »Der Geist des Speers« und der SCHICKSAL-Zyklus von Matthew Woodring Stover mit »Eiserne Dämmerung«. An abgeschlossenen Titeln kamen 2001 der Erzählband »Das Vermächtnis von Erdsee« von Ursula K. Le Guin, die Romane »Die Blume der Diener« von Delia Sherman, »Der Weg des Richters« von Michael A. Stackpole und »Clan der Magier« von Roger Zelazny sowie die von Erik Simon & Friedel Wahren zusammengestellte Anthologie »Tolkiens Erbe« heraus. Für 2001 sind im Programm »Der Saphir-Thron« und »Das Tor ins Dunkel« von Freda Warrington (JUWELENFEUER-SAGA 3 & 4), »Der Neunte Wagenlenker« und »Herr aller Herrscher« von Guy Gavriel Kay (SARRANTIUM 3 & 4), »Die Welt von Robert Jordans DAS RAD DER ZEIT« von Robert Jordan & Teresa Patterson (Sachbuch), »Dionysos erwacht« und »Der Fischerkönig« von Tim Powers (DAS BLUT DES KÖNIGS 1 & 2), »Mond über Jericho« von Matthew Woodring Stover (SCHICKSAL 2), »Die gefangene Zeit« und »Die Kälte des Schwerts« von Alan Dean Foster (KATECHIS-

TEN 2 & 3), »Die Eisrebellen« und »Der Eiszauber« von Julia Gray (IM LAND DER VULKANE 1 & 2), »Der Hort der Drachen« von William King (WARHAMMER) und »Zum Helden geboren« von Michael A. Stackpole.

Weiter ging es 2001 auch in der Subserie DAS SCHWARZE AUGE, bzw. AVENTURIEN, und zwar mit vier Bänden pro Halbjahr. Es liegen bisher knapp 60 Bände vor. Zuletzt erschienen »Das zerbrochene Rad – Dämmerung« und »Das zerbrochene Rad – Nacht« von Ulrich Kiesow, »Der Letzte wird Inquisitor« von Jesco von Voss, »Druiden-Rache« von Olaf Flatergast, »Die Piraten des Südmeers« von H. J. Alpers (Sammler mit der kompletten Trilogie) und »Blakharons Fluch« von Alexander Wichert & Christian Thon, in Vorbereitung befinden sich »Westwärts, Geschuppte!« von Karl-Heinz Witzko und »Die Mühle der Tränen« von Alexander Lohmann.

2001 kam kein neuer Titel in der Subserie MAGIC – DIE ZUSAMMENKUNFT heraus.

Bei der SCIENCE FICTION wurde die Reduktion des STAR TREK-Programms auf einen Titel pro Monat mit sporadischer Auslieferung eines zweiten auch im Jahr 2001 beibehalten, wobei sich alle vier Serien – CLASSIC, THE NEXT GENERATION, DEEP SPACE NINE und VOYAGER – in loser Folge abwechseln. Zuletzt kamen »Dunkler Sieg« und »Die Bewahrer« von William Shatner (CLASSIC), »Märtyrer« und »Die Waffe« von Peter David (DIE NEUE GRENZE), »Die Badlands 1« und »Die Badlands 2« von Susan Wright, »Die galaktische Barriere«, »Die Entführung« und »Der Widersacher« von Greg Cox (TNG – DAS Q-KONTINUUM) und »Endspiel« von Diane Carey (VOYAGER – FINALE) heraus. Weitergeführt wurden auch die Romanserien zu den Spielen SHADOWRUN und BATTLETECH, in denen jeweils zwei Titel pro Halbjahr erscheinen und die es mittlerweile auf 43 bzw. 52 Bände gebracht haben, sowie CRIMSON SKIES, wo zuletzt »Piratengold« von Stephen Kenson und »Geisterflieger« von Jason Hardy erschienen sind, die Bände 2 & 3, »Luftpiraten« und »Gefecht in den Wolken« indes noch nicht. Verschiebungen gab es auch bei den von Herausgeber Wolfgang Jeschke halbjährlich zusammengestellten internationalen Anthologienbänden, die die ganze Bandbreite der modernen Science Fiction präsentieren und ein Highlight im SF-Programm von Heyne und der gesamten deutschen SF-Szene darstellen: 2001 erschien leider nur »Reptilienliebe«, und im Januar 2002 »Auf der Strasse nach Odnadatta« als letzte der internationalen SF-Anthologien. Die angekündigte Anthologie »Mord an der Zukunft« wird leider nicht mehr erscheinen. Damit endet eine fast dreißigjährige Tradition, die der Heyne Verlag mit »Planetoidenfänger« (1973), eine Lizenz aus dem Lichtenberg Verlag, begann und die ein Forum war, auf dem auch zahlreiche deutsche Autoren ihr Debüt hatten. Aus dem Programm genommen wurden auch neben dem beliebten, seit 1980 von Wolfgang Jeschke herausgegebenen »Heyne SF-Jahresband« die deutschen Auswahlbände aus den bekannten amerikanischen SF-Magazinen ASIMOV'S SCIENCE FICTION (ausgewählt von Friedel Wahren, mit zumindest einem deutschen Beitrag pro Ausgabe) und THE MAGAZINE OF FANTASY AND SCIENCE FICTION (zusammengestellt von Ronald M. Hahn), die es auf 55 bzw. 101 Ausgaben gebracht haben. Beide Serien wurden nun gestoppt. Die F&SF-Auswahl »Helden des 3. Jahrtausends«, 102. Folge, wurde kurzfristig aus dem Programm genommen. Es wird leider keine weiteren Auswahlbände aus diesem renommierten Magazin mehr geben. Auch hier wird mit einer langen Tradition gebrochen, die 1962, also vor genau vierzig Jahren mit der Anthologie »Saturn im Morgenlicht« begann. (ASIMOV'S SCIENCE FICTION brachte es auf 23 Jahre.) Ein herber Verlust für alle Story-Leser. Dafür wurden die Anthologien-Serien IKARUS – THE BEST OF SCIENCE FICTION (Nachdrucke hervorragender Stories) und ZUKUNFT (ältere und neue Stories) aus der Taufe gehoben. Letztere soll auch erstklassigen Erzählungen deutscher Autoren Raum bieten, die Gegenwarts- und Zukunftsprobleme zum Thema haben.

Ein Highlight des Jahres 2001 war die Auslieferung des ersten Bandes der FRÜHEN CHRONIKEN DES WÜSTENPLANETEN, »Das Haus Atreides« von Brian Herbert & Kevin J. Anderson, zur Ausstrahlung von »Dune« als TV-Dreiteiler und die Neuauflage der fünfbändigen WÜSTENPLANET-Serie von Frank Herbert in einheitlicher Neugestaltung. Aus dem exzellenten Programm, das wie gewohnt für jeden Geschmack etwas zu bieten hatte, ragten besonders die Romane »Rückkehr zum Mars« von Ben Bova, »Brennendes Land« von Bruce Sterling, »Himmelsfluss« und »Lichtgezeiten« von Gregory Benford (CONTACT-Zyklus), »Feuerflut« von Charles Sheffield, »Das tropische Millenium« von Norman Spinrad, »Die Erzähler« von Ursula K. Le Guin, »Antarktika« von Kim Stanley Robinson, die aus »Der Hammer des Nordens«, »Der Pfad des Königs« und »König und Imperator« bestehende Alternativwelt-Trilogie HAMMER UND KREUZ von Harry Harrison & John Holm, »Die Farben der Zeit« von Connie Willis, »Sternensplitter« von Ken MacLeod, »Moskito« von Nancy Kress, »Das Haus Harkonnen« von Brian Herbert & Kevin J. Anderson (DER WÜSTENPLANET – DIE FRÜHEN CHRONIKEN 2) und »Unendlichkeit« von Alastair Reynolds heraus. In den ersten Monaten des Jahres 2002 werden u. a. »Darwinia« von Robert Charles Wilson, »Piratenehre« von Stephen Kenson (CRIMSON SKIES 6), »Schwerkraftträume« von L. E. Modesitt jr., »Die Amok-Schleife« von Christopher Priest, »Inseln im Netz« von Bruce Sterling, »Das Rennen zum Mars« von Gregory Benford, »Plasma City« von Walter Jon Williams, »Der Weg des Ruhms« von Randall Bills (BATTLETECH 53), »Ikarus 2002«, hrsg. von Wolfgang Jeschke, »Am Ende des Krieges« von Joe Haldeman, »Drachenklänge« von Anne McCaffrey (DRACHENREITER VON PERN), »Die Hunde des Krieges« von Peter David (DIE NEUE GRENZE 5), »Zeit in Flammen« von Stephen Kenson (SHADOWRUN 44), »Venus« von Ben Bova, »Die Mars-Stadt« von Ken MacLeod, »Exzession« von Iain Banks, »Die Kristallwelt 1« von John Vornholt (TNG) und »Flammen der Revolte« von Loren Coleman (BATTLETECH 54) veröffentlicht.

Infolge von Problemen bei der Beschaffung für eine optimale Ausgabe notwendiger Unterlagen stockte auch 2001 die Weiterführung der Gesammelten Werke von HANS DOMINIK; in diesem Jahr wurde kein einziger Band herausgebracht. »Atomgewicht 500« soll jedoch im Frühjahr 2002 endlich erscheinen.

Auch 2001 wurden wieder zahlreiche Titel mit phantastischen oder spekulative Elementen von renommierten wie auch weniger bekannten AutorInnen des Genres in der ALLGEMEINEN REIHE veröffentlicht, darunter »Atlantis« von Stephen King, »Vandalen« von Tom Clancy & Steve Pieczenik (TOM CLANCYS SPECIAL NET FORCE 2), »Der Wüstenplanet« von Frank Herbert (mit Filmbildern), »Der Kampf des Jedi« von Michael Stackpole (STAR WARS), »Dracula« von Bram Stoker, »Vogelfrei« von Julianne Lee (DAS SCHWERT DER ZEIT 1), »Der Ring der Zeit« von James Long, »Der Gandolfo-Anschlag & Das Ostermann-Wochenende« von Robert Ludlum, »In tödlicher Mission – H.M.S. Unseen« von Patrick Robinson, »Das Beben« von Peter Hernon, »Die Flucht des Falken« von Stephan Grundy und Melodi Grundy, »Rincewind, der Zauberer« von Terry Pratchett (4 SCHEIBENWELT-Romane), »Der Schwarze Orden« von Colin Forbes, »Jäger des Grauens« von John Saul, »Mission Starfighter« von James Cobb, »Die Messerkönigin« von Neil Gaiman, »Das Volk der Masken« von Gear & Gear (VOLK-Serie), »Die dritte Plage« von Pierre Ouellette, »Das goldene Buch« von Anne Perry, »Im Bann der Dunkelheit« von Dean Koontz, »Der elektrische Mönch« und der »Per Anhalter durch die Galaxis«-Sammelband von Douglas Adams, »Der Schattenkrieg« von Tom Clancy, »Planet der Affen« von Pierre Boulle, »Künstliche Intelligenzen« von Brian Aldiss (Romanvorlage zum Film), »Roter Drache & Das Schweigen der Lämmer« von Thomas Harris, »Magier der Nacht« von Marion Zimmer Bradley, »Enigma« von Robert Harris, »Retter der Ewigkeit«, hrsg. von Erik Simon & Friedel Wahren, »Tochter des Regens« von Amanda Cockell, »Schatten der Verdammnis« von Steve Alten und »Die Mandalorianische Rüstung« von K. W. Jeter (STAR WARS – DER KOPFJÄGERKRIEG 1). Für Anfang 2002 sind u. a. »Mutation« von Michael Cordy, »Die Verbannung« von Julianne Lee (DAS SCHWERT DER ZEIT 2), »Sternwanderer« von Neil Gaiman, »Gegenschlag« von Eric L. Harry, »Der Hades-Faktor« von Robert Ludlum & Gayle Lynds, »Schöpfung für Anfänger« von Rupert Morgan, »Jungfernflug« von Tom Clancy & Steve Pieczenik (TOM CLANCYS SPECIAL NET FORCE 3), »Im Zeichen des Drachen« von Tom Clancy, »In letzter Minute« von Colin Forbes und »Das Sklavenschiff« von K. W. Jeter (STAR WARS – DER KOPFJÄGERKRIEG 2) eingeplant.

Im Herbst 2001 startete in der ALLGEMEINEN REIHE die Autoren-Edition R. L STINE. Bislang sind erschienen bzw. werden zur Veröffentlichung vorbereitet »Der Anhalter«, »Die Babysitterin«, »Der Anruf«, »Tödliche Freundin«, »Die Halloween-Party«, »Die Geisterfahrt«, »Die große Prüfung«, »Die Stimme aus dem Jenseits« und »Todesgeflüster«.

In der Reihe TIPP DES MONATS erschienen 2001 die Sammelbände »Die Alchimistin & Das Gelübde« von Kai Meyer und »Nimitz Class & Kilo Class« von Patrick Robinson.

In der Sonderedition ZWEI IN EINEM BAND gab es im August 2001 u. a. »Vision & Ort des Grauens« von Dean Koontz, »Lawinenexpress & Endspurt« von Colin Forbes und »Das geheimnisvolle Mädchen & Die fremde Frau« von Peter Straub.

Im gleichen Monat kam auch die Sonderedition GEHEIMNIS DER ZAUBERWELT auf den Markt, mit den Romanen »Das Geheimnis der Zauberuhr« von John Bellairs, »Das magische Messer« und »Der goldene Kompass« von Philip Pullman, »Der Magier – Der Erbe der Macht« von Wolfgang Hohlbein, »Herr der Jahrhunderte« von Murphy Warren & Molly Cochran, »Das Haus der verschwundenen Jahre« von Clive Barker und »Das Wunschtal« von Ursula K. Le Guin. In der September-Sonderedition zum runden EURO-PREIS gab es den »Friedhof der Kuscheltiere« von Stephen King und »Das Schweigen der Lämmer« von Thomas Harris. Und im November 2001 kamen GROSSE HISTORISCHE ROMANE im Schuber heraus, darunter »Adler und Falke« von Stephan Grundy und Melodi Grundy sowie »Die Alchimistin« von Kai Meyer.

KNAUR

Bei der im Sommer 1998 im KNAUR TASCHENBUCH gestarteten neuen und ambitionierten Fantasy-Reihe EXCALIBUR gab es zum Jahresbeginn 2001 Wechsel in der Redaktion: Timothy Sonderhüsken hat die bisherigen Herausgeber Melissa Anderson (ein Pseudonym von Sky Nonhoff) und Gerd Rottenecker abgelöst, deren befristeter Vertrag nicht verlängert wurde. 2001 wurde die Zahl der hier veröffentlichten Titel auf neun Bände pro Halbjahr reduziert, wobei auch frühere Paperbacks nochmals im Taschenbuch aufgelegt wurden. Zudem wurden kurzfristig einige Titel auf unbestimmte Zeit verschoben. Es ist das Ziel des neuen Herausgebers, ein Programm auf die Beine zu stellen, das nicht nur für traditionelle Fantasy-Leser von Interesse ist. Auch bei der KNAUR FANTASY dominierten 2001 wieder Zyklen und Serien. Der FEY-Zyklus von Kristine Kathryn Rusch wurde mit »Die roten Klippen« (9) und »Das Seelenglas« (10) abgeschlossen, die EVERIEN-Trilogie von Valerie Leith mit »Die Schatten von Jai Pendu« und »Nacht und Istar« sowie DIE LEGENDE VOM EISERNEN TURM von Dennis L. McKiernan mit »Die schwarze Flut« begonnen und DIE CHRONIKEN VON DEVERRY mit »Die Feuerechse« weitergeführt, dazu gab es »Stadt der Schwerter« von K. J. Parker (DIE FARBEN DES STAHLS 1), »Grüner Reiter« von Kristen Britain, »Mutter Ozean, Tochter See« von Diana Marcellas und »Die Tochter der Wälder« von Juliet Marillier. Für das Frühjahr 2002 eingeplant sind die Anthologie »Jenseits von Avalon«, hrsg. von Melissa Anderson & Jennifer Roberson, die Bände 5 und 6 des Zyklus DIE LETZTE RUNE von Mark Anthony mit den Titeln »Der Tod der Götter« und »Die sterbende Stadt« sowie »Der Fluch des Magiers« und »Der Kristall der Macht«, die beiden ersten Bände der CHRONIKEN VON AMARID von David B. Coe.

Weitergeführt wurde bei KNAUR 2001 auch die Edition MARION ZIMMER BRADLEY – DER DARKOVER-ZYKLUS mit den Romanen »Sturmwind«, »Kräfte der Comyn« und »Retter des Planeten« sowie den Lesebüchern »Der Preis des Bewahrers«, »Das Schwert des Chaos«, »Die Schwesternschaft des Schwertes« und »Rote Sonne«, 2001 folgen die Lesebücher »Die andere Seite des Spiegels« und »Die Türme«.

Auch 2001 wurden wieder zahlreiche interessante Titel in der ALLGEMEINEN REIHE veröffentlicht bzw. für eine Veröffentlichung vorbereitet, wie »Projekt Schlaraffenland« von Hanne Tügel, »Libidissi« von Georg Klein, »Riptide« von Douglas Preston & Lincoln Child, »Das rote Zelt der Frauen« von Anita Diamant, »Die Stadt der fliegenden Schiffe« von Michael Stuhr, »Babylon« von Raymond A. Scofield, »Der Gedankenleser« von Gunter Groß, »Lichtauge« von Roland Kübler, »Die Feuerfrau« von Susan Carroll, »Tauben, die den Mambo tanzen« von C. D. Payne, »Mose – Der Gesetzgeber« von Gerald Messadie, »Gestohlene Seelen« von Darian North, »Kates Geheimnis« von Brenda Joyce und »Ein guter Sohn« von Peter James. Im Frühjahr 2002 sollen »Die schwarze Kathedrale« von Charles Palliser, »Der Engelspapst« von Jörg Kastner, »Die Krypta« von Thomas Görden, »Das Avalon-Projekt« von Wolfgang Hohlbein, »Der Himmelsstein« von Jack Whyte und »Die Steine der Fatima« von Franziska Wulf erscheinen.

SUHRKAMP

Auf zwei Veröffentlichungen pro Jahr ist die PHANTASTISCHE BIBLIOTHEK in den SUHRKAMP TASCHENBÜCHERN, in der in ihrer Glanzzeit zwei Titel pro Monat erschienen sind, im Jahr 2001 geschrumpft, und bei diesen handelte es noch dazu um Neuauflagen: Neuauflagen von »Memoiren, gefunden in der Badewanne« von Stanisław Lem und »Schlaf in den Flammen« von Jonathan Carroll. Zusätzlich wurden außerhalb der Reihe an phantastischen Titeln noch »Mahlers Zeit« von Daniel Kehlmann, »Berge, Meere und Giganten« von Alfred Döblin, »Jesus' Sohn« von Denis Johnson und »Sterntagebücher« von Stanisław Lem herausgebracht, und für März 2002 ist Joseph Conrads Klassiker »Herz der Finsternis« eingeplant.

SONSTIGE TASCHENBUCHVERLAGE

Zum zehnjährigen Bestehen des *AARACHNE VERLAGS* wurde die Anthologie »Spinnen spinnen« publiziert, für die die Herausgeber Ernst Petz & Heinrich Droege unterschiedlichste Geschichten über die nützlichen Achtfüßer gesammelt haben, darunter auch phantastische und SF-Texte, u. a. von Heinrich Steinfest, Andreas Gruber, Armin Rößler, Florian F. Marzin, Uwe Neuhold, Klaus von der Landwehr, Ernst Petz und J. Th. Thanner.

Im *AKTIVRAUM-VERLAG* (BOD) erschien 2000 »Das Märchen von der neuen Zärtlichkeit« von Pierre Eberhard Sczersputowski.

Phantastische Jugendbücher bilden schon traditionell einen Schwerpunkt im Taschenbuchprogramm von *ARENA,* wobei es sich zumeist um Neuausgaben von zuvor in Buchform publizierten Titeln handelt. Bisweilen werden auch Originalveröffentlichungen und deutsche Erstausgaben herausgebracht, wie die Spielbuch-Abenteuer-Serie HIGHLAND MYSTERIES von Franck Parcabe (»Das Monster in der Themse«, »Der Glockenblumenmörder« und »Das Schattenphantom«), »Die Nacht des Wolfes« von Paul van Loon, »Die Omega-Krieger« und »Angriff auf die Omega-Basis« von Chris Archer (ALPHA KIDS 7 & 8) und »Cry Wolf« von Susan Gates. Zuletzt erschienen hier »Jens-Peter und der Unsichtbare«, »Jens-Peter und der Unsichtbare gegen den Rest der Welt«, »Jens-Peter und der Unsichtbare in der Zeitmaschine« und »Jens-Peter und der Unsichtbare voll verknallt« von Klaus-Peter Wolf (JENS-PETER UND DER UNSICHTBARE 1 bis 4), »König Artus« von Auguste Lechner, »Mumins lange Reise«, »Komet im Mumintal« und »Die Mumins – Eine drollige Gesellschaft« von Tove Jansson, die ersten drei Bände um diese liebenswerten Geschöpfe, »Die Saurier kehren zurück« von Nortrud Boge-Erli, »Die Reiter des eisernen Drachen« und der Sammler »Teppichpiloten jagen durch die Zeiten« von KNISTER, »Die Sklaven des Traumfressers« von Barbara Büchner, »Die Katzen« von Marie-Helene Delval und der ALPHA-KIDS-Sammelband »Verfolger aus der Zukunft« von Chris Archer.

Der historische Roman »Am Horizont der Sonne« von Katharina Remy kam 2000 bei *ARMANA* (BOD) heraus.

Auch im letzten Jahr standen wieder relativ wenige phantastische oder spekulative Titel im *AUFBAU TASCHENBUCHVERLAG* auf dem Programm, wie Neuausgaben von »Die Truhen des Arcimboldo« von Hanjo Lehmann, »Diebe der Schönheit« von Pascal Bruckner und »Die Geisterseher« von Kai Meyer,

»Das Geheimnis des Hofnarren« von Detlef Bluhm, »Das Buch der Nächte« von Sylvie Germain, »Die Herrin der Schwalben« von Stephanie Hale, »Die Könige der ersten Nacht« von Bernhard Hennen und »Melusine« von Ludwig Bechstein. Für Anfang 2002 sind »Die Mystifikationen der Sophie Silber« von Barbara Frischmuth, »Biographie des Teufels« von Jeffrey Burton Russell und »Das Karpfenkind« von Norbert Klugmann (Beginn einer phantastischen Historienserie) eingeplant.

2000 wurde von J. M. Munsonius der *BÄRENKLAU VERLAG* (BOD) gegründet, der sich auf Thriller spezialisiert hat. Im Grenzbereich zum Genre standen bislang »Die Berlin-Verschwörung« und »Gnadenlose Wölfe und andere nette Leute« von Alfred Bekker.

Der neue Kleinverlag *BASILISK* präsentierte im Sommer 2001 den phantastischen Roman »Der 24. Buchstabe« von Antje Ippensen.

Im Herbst 2001 startete der *BERLIN VERLAG* seinen eigenen Taschenbuch-Bereich. Für Anfang 2002 sind u. a. »Der schwarze Mantel« von Ljudmilla Petruschewskaja und »Der blinde Mörder« von Margaret Atwood zur Veröffentlichung vorgesehen.

Drei phantastische Titel gab es 2001 in BASTEI-LÜBBES Taschenbuchimprint *BLT,* in dem ausgewählte Bücher in aufwendigerer Aufmachung neu aufgelegt werden: »Ein Haus in Umbrien« von Barry Unsworth, »Der Sohn des Donnergottes« von Arto Paasilinna und »Der Engel mit den dunklen Flügeln« von Elizabeth Knox. Und für das Frühjahr 2002 sind »Der dreizehnte Jünger« von Larry H. Robinson, »Kometen« von Stefan Beuse und »Prinzessin Metaphysika« von Markus Tiedemann eingeplant.

Peter Mennigen, bekannt u. a. durch seine Romane zu PRINZ EISENHERZ und PRETENDER, hat in seinem *BOOKMARK-VERLAG* neue Jugendbücher herausgebracht. In der Reihe MIT-

TERNACHTSBÜCHER erschien der Roman »Drei Wünsche«, und die neue Serie TATTOO UND DIE TELEBANDE startete mit den ersten vier Titeln: »Der Schatten-Code«, »Der Feuerteufel«, »Der Power-Chip« und »Falschgeld«.

In der bibliophilen Taschenbuchedition *BTB* der VERLAGSGRUPPE RANDOM HOUSE kamen auch 2001 wieder Titel mit mehr oder weniger stark ausgeprägten phantastischen oder spekulativen Elementen heraus, wie »Das Glasauge – Neue Kille Kille Geschichten« von E. W. Heine, »Die Ehen zwischen den Zonen Drei, Vier und Fünf« (CANOPUS IN ARGOS: ARCHIVE 2) und »Das fünfte Kind« von Doris Lessing, »Matilde, unverrückbar« von Gabriele von Arnim, »Die Hochzeit von Kadmos und Harmonia« von Roberto Calasso, »Das Tagebuch des Oscar Wilde« von Peter Ackroyd, »England, England« von Julian Barnes, »Der Bär kommt heim« von Rafi Zabor, »Guadalajara« von Quim Monzo und »Unter Glas« von Margaret Atwood. In den ersten Monaten des Jahres 2002 erscheinen »Ben in der Welt« von Doris Lessing (Fortsetzung zu »Das fünfte Kind«), »Jetlag« von Christine Wunnicke, »Das Haus des Magiers« von Peter Ackroyd, »Der Rabe« von Lionel Davidson, »Zombie« von Joyce Carol Oates und »Bitterer Wein« von Caroline Llewellyn.

Im Herbst 2001 startete CARLSEN, der die SANSIBAR-Reihe des UNIONSVERLAGS übernommen hat, das *CARLSEN TASCHENBUCH.* Im ersten Programm waren folgende Genre-Titel eingeplant: »Der Sängerkrieg der Heidehasen« von James Krüss, »Lulu aus dem All« von Cornelia Franz, »Der goldene Kompass« von Philip Pullman (1. Band der Trilogie), »Die Kinder des Mondfalken 1 – Suths Geschichte« und »Die Kinder des Mondfalken 2 – Nolis Geschichte« von Peter Dickinson, »Yacca Fieber« von Abbin & van Cleeff und »Morgen war Krieg« von John Marsden (1. Band der SF-Trilogie).

Phantastische Kinderbücher hat *CLUB,* die Taschenbuchreihe von OBELISK, regelmäßig im Programm, zuletzt »Das quiek-fidele Borstentier« von Mira Lobe, »Konstantin wird berühmt«

und »Konstantin auf Reisen« von Walter Wippersberg, »Ein Krokodil geht in die Stadt« und »Der Schattenspringer und das Monster« von Georg Bydlinski, »Zwei im Baumhaus« von Käthe Recheis, »Pusselkram wird Millionär« und »Tante Rübchen zieht um« von Vera Ferra-Mikura und »Das Ungeheuer« von Lene Mayer-Skumanz.

Im Oktober 2001 erschien bei *CORA* Band 1 der TB-Reihe MYSTERY HALLOWEEN mit drei Romanen: »Hotel zur Mitternacht« von Benjamin Knight, »Der Duft des Todes« von Diane Hoh und »Schwarze Rosen« von Gisela Tobien Sherman.

CULTFISH hat Neuauflagen bereits vergriffener BUFFY-Romane im Programm. Bislang sind im Jahr 2001 »Halloween« von Christopher Golden & Nancy Holder, »Der Hexer von Sunnydale« von John Vornholt, »Die Nacht der Wiederkehr« von Arthur Byron Cover und »Die Wiederkehr des Meisters« von Richard Tankersley Cusick erschienen.

Mit schöner Regelmäßigkeit bringt auch der *DEUTSCHE TASCHENBUCH VERLAG DTV* SF, Fantasy, Horror und Phantastik in seinen diversen Reihen heraus. Zu den interessantesten Genre-Titeln in der Belletristik-Reihe DAS LITERARISCHE PROGRAMM gehörten 2001 »Ein Garten im Norden« von Michael Kleeberg, »Das Durchdrehen der Schraube« von Henry James, »Der schwarze Engel« von Antonio Tabucchi, »Mesopotamia« von Christian Kracht, »Durch einen Spiegel, in einem dunklen Wort« von Jostein Gaarder und »Sieben Doppelgänger« von Rafik Schami, bei DTV ZWEISPRACHIG sind »Contes de Fees/Märchen« von Charles Perrault und »Unheimliche Geschichten/Weird Tales« erschienen, und im Unterhaltungsprogramm GALLERIA gab es »Der Centurio« von John Stewart, »Die Königstochter aus Fanien« von Amanda Prantera, »Des Königs dunkle Botin« von Vera Chapman, »Der kleine Hobbit« von J. R. R. Tolkien und »Das Jerusalem-Syndrom« von Robert Stone. In der Reihe DTV JUNIOR erschienen 2001 die Kinder- und Jugendbücher »Kleiner König Kalle Wirsch« von Tilde Michels (Gesamtausgabe), »Neue Abenteuer mit Taschi« von

Anna Fienberg, die TEEN POWER COMPANY-Romane »Ein Star in der Klemme«, »Tödliche Orchideen« und »Böses Spiel in Banyan-Bay« von Emily Rodda, »Lippels Traum« von Paul Maar, »Die Meute der Morrigan« von Pat O'Shea, »Der weiße Wal« von Robert Siegel, »Zartog aus dem All« von Herbie Brennan, »Das Haus des Magiers – Die Stufen im Kamin« von William Corlett, »Der Windsänger« von William Nicholson und »Merlin und der Zauberspiegel« von T. A. Barron (MERLIN 4), und in der REIHE HANSER »Die wundersame Reise des kleinen Kröterichs« von Mirjam Pressler & Yaakov Shabtai, »Viegelchen will fliegen« von Joke van Leeuwen, »Die Mennyms ganz allein« von Sylvia Waugh (MENNYMS 4), »Der gestiefelte Pinocchio« von Luigi Malerba, »Die Insel der sprechende Tiere« von Gerhard Mensching & Nikolaus Heidelbach, »Der geheime Bericht über den Dichter Goethe« von Rafik Schami & Uwe-Michael Gutzschhahn, »Das Kartengeheimnis« von Jostein Gaarder und »Im Herzen des Tals« von Nigel Hinton. 2002 folgen bei der LITERATUR »Der Geliebte des dritten Tages« von Gert Heidenreich und »DoppelgängerGeschichten«, hrsg. von Walter Rösler, in GALLERIA »Der Spiegel im Spiegel« von Michael Ende und »Der Mumiengarten« von Stephan Sarek, in der Paperback-Reihe PREMIUM »Fleisch« von Claire Legendre, »Shirker« von Chad Taylor und »Die Nacht der Elfen« von Jean-Louis Fetjaine (Teil 2 der ELFEN-Trilogie), in der JUNIOR-Reihe »Das Haus des Magiers – Die Tür im Baum« von William Corlett, »Achtung Außerirdische!« von Gail Gauthier, »Gefährliche Wünsche« und »Im Bann der Dämonen« von William Sleator, »Luise Indiewelt – Reise um die halbe Erde in acht Tagen« von Eckhard Mieder, »Die drei??? und das brennende Schwert« von Alfred Hitchcock/Andre Marx und »Feuer in der Hand« von Anna Fienberg, und in der REIHE HANSER »Die Mennyms unter Menschen« von Sylvia Waugh (MENNYMS 5), »Reise zwischen Nacht und Morgen« von Rafik Schami und »Felis, Felis« von Hanna Johansen.

Literarisch besonders anspruchsvolle Titel bringt der HEYNE VERLAG im Imprint *DIANA TASCHENBUCH*. An Genre-Titel kamen 2001 u. a. »Jagd auf Amanda« von Andrew Klavan,

»Geisterbeschwörung« und »Die Verwandlung des Schmetterlings« von Antonia S. Byatt und »Das schöne schräge Weihnachtsbuch«, hrsg. von Gerd Haffmanns heraus.

DINO setzte 2001 die SF-Serie STAR WARS – JEDI PADAWAN mit den Romanen »Die tödliche Jagd« (11), »Das teuflische Experiment« (12), »Die riskante Rettung« (13) und »Die Kraft der Verbundenheit« (14), alle von Jude Watson, fort und startete im Herbst 2001 den Fantasy-Zyklus DER SIEBTE TURM von Garth Nix mit den Bänden »Sturz in die Dunkelheit«, »Mauern des Todes« und »Aenir – Reich der Schatten«.

DIOGENES veröffentlichte in seiner Taschenbuchreihe *DETEBE* zuletzt u. a. »Mein Vater, der Kater« und »Aktion Löwenbrücke« von Henry Slesar, »Reise um den Mond« von Jules Verne, »Herbst in der Großen Orange« von Hugo Loetscher und »Der Taxitänzer« von Fanny Morweiser. In den ersten Monaten 2001 erschienen »Die dunkle Seite des Mondes« von Martin Suter, »Utopia« von Thomas Morus und »Ein schönes Paar« von Gwendoline Butler (JOHN COFFIN).

In der *EDITION SALZ & PFEFFER* (BOD) erschien »Judas 2000« von Daniel Oliver Bachmann.

Bei *ESPRESSO* wurden 2000/2001 die Thriller »Glaube Liebe Mord« von Thomas Pfanner und »Projekt Dark Eye« von Wolfgang Burger herausgebracht.

Zur Frankfurter Buchmesse 2000 erschien bei *FIFA* der abschließende Band der HOLYFORT-Trilogie von Harry T. Masters unter dem Titel »Die Gemeinde auf Sedu-Pio«.

Auch 2001 sind im Unterhaltungsprogramm der *FISCHER TASCHENBÜCHER* wieder etliche Titel erschienen, die dem phantastischen Genre angehören oder zumindest im Grenzbereich dazu angesiedelt sind, wie die Romane und Geschichtenbände »Eva«, »Abels Bruder« und »Noreas Geschichte« von Marianne Fredriksson, »Der Herrscher vom Nil«

und »Die Prophezeiung« von Peter Danielson (KINDER DES LÖWEN), »Der Engel an meiner Seite« von Laura Restrepo, »Mimikry« von Astrid Paprotta, »Bitteres Geheimnis« von Barbara Wood, »Gespenster sehen« von Marie Darrieussecq, »Schlangenschwester«, hrsg. von Marion Zimmer Bradley (MAGISCHE GESCHICHTEN 15) und »Die Schöpfung« von Franco Ferrucci. Für Anfang 2002 ist der Autorenwürfel Christoph Ransmayr mit den Romanen »Die letzte Welt«, »Morbus Kitahara« und »Die Schrecken des Eises« eingeplant. Auch 2001 präsentierte die Kinder- und Jugendbuchreihe FISCHER SCHATZINSEL wieder phantastische Titel, und zwar »Sophies Kater« von Dick King-Smith, »Zwei wilde kleine Hexen« von Cornelia Funke, »Oberschnüffler Oswald« und »Oberschnüffler Oswald jagt den Weihnachtsmann« von Christian Bieniek, »Das Geheimnis der Delphinbucht« von Dieter Kühn und »Gewitter im Kopf« von Susan Gates, und 2002 sollen »Hodder, der Nachtschwärmer« von Bjarne Reuter und »Mascha Marabu« von Ingrid Uebe herauskommen.

FRIELING publizierte 2000/2001 im Taschenbuch »Leichenteile isst man nicht« von Horst Stockem, »Menetekel – Aufstand der Bücher« von Heinz Günter Behnert, »Chandras Geist« von Tamara Denn und »Der Mond über Halibut Point« von Peter Schönau.

Seit der Neugliederung der Taschenbuchverlage von RANDOM HOUSE sind deutlich weniger Genre-Titel bei GOLDMANN erschienen als zuvor. 2001 kamen u. a. »Erwins Badezimmer« von Hans Bemmann, »Der Lustmolch« von Christopher Moore, »Das Phantom von Manhattan« von Frederick Forsyth, »Girlfriend in a Coma« von Douglas Coupland, »Die Musik des Himmels« von Niall Williams, »Die unendliche Geschichte« von Michael Ende, »Cave Canem« von Akif Pirincci (FELIDAE 3), »Interview mit einem Alien« von Robert Olen Butler, »Tomb Raider« von Dave Stern, »Planet der Affen« von William T. Quick, »Die Meister lassen morden«, hrsg. von Lawrence Block, mit Stories von Stephen King, Joyce Carol Oates, Donald E. Westlake, Harlan Ellison und Joe Gores, »Voll im Bilde & Alles Sense«, »Rollende Steine« und »Echt zauberhaft« von Terry Pratchett, »Manhattan Babylon« von Nik Cohn, »Das Geheimnis des Hieronymus Bosch« von Peter Dempf, »Der Kandidat« von Richard North Patterson und »Diamond Age« von Neal Stephenson heraus, 2002 folgen »Timeline« von Michael Crichton, »Wer erschoss Jesus Christus« von Erich Follath, »Der Peststein« von Gillian White, »Geistertanz« von Mark T. Sullivan, »Der Mullah von Bullerbü« von Wiglaf Droste & Gerhard Henschel, »Das Gefängnis der Freiheit« von Michael Ende, »Der Kuss des Vampirs« von Whitley Strieber und »Anonymus Rex« von Eric Garcia.

GULLIVER TASCHENBUCH ist der Reihentitel der Taschenbuchedition des Jugendbuchverlags BELTZ & GELBERG. 2001 erschienen hier die MISS WISS-Bände »Total verrückt, Miss Wiss!« und »Im Ernst, Miss Wiss!« von Terence Blacker, »Blueprint/Blaupause« von Charlotte Kerner, »Die Kreuze im Nebel« und »Die Abrechnung« von Rodney Bennett, die BARTLETT-Romane »Bartlett und die Fahrt ins Eis« und »Bartlett in die Flammenstadt« von Odo Hirsch, »Sieben und eine Hex« von Mirjam Pressler, »Die Perlenschnur« von Sigrid Heuck, »Das große Nöstlinger Lesebuch«, »Der Tiger im Brunnen« von Philip Pullman (SALLY LOCKHART 3) und »Das Geheimnis des siebten Weges« von Tonke Dragt, für Anfang 2002 sind »Der Drache, der den Sommer fraß« von Brenda Seabrooke, »Die verliebten Riesen« von Christine Nöstlinger, »Beutejäger« von Rachel Anderson, »Miss Wiss Supermodel« von Terence Blacker, »Bartlett und die Fahrt ins Eis« von Odo Hirsch und »Saaski aus dem Meer« von Eloise McGraw geplant.

Im literarischen Magazin DER RABE 62 des *HAFFMANS VERLAGS* fanden sich u. a. auch Stories von Philip K. Dick, Eugen Egner und Barbara Slawig.

In *HERDER SPEKTRUM,* dem Taschenbuchprogramm von HERDER, wurde im Herbst 2001 das Schelmenbuch »Die fabelhaften Heldentaten des weisen Narren Mulla Nasrudin« von Idries Shah herausgebracht.

Im Taschenbuch veröffentlichte Karl Ganzbiller im *HOBBY NOSTALGIE DRUCK* die Romane »Die Abgottschlange« und »Die Schatzkammer des Pharao« von Robert Kraft.

In den bibliophilen *INSEL TASCHENBÜCHERN* sind zuletzt »Märchen« und »Märchen meines Lebens« von Hans Christian Andersen, »Dr. Jekyll und Mr. Hyde« von Robert Louis Stevenson, »Der Baron Bagge« von Alexander Lernet-Holenia, »Spiegel, das Kätzchen« von Gottfried Keller, »Lebensansichten des Katers Murr« von E. T. A. Hoffmann und »Die Sturmhöhe« von Emily Brontë herausgekommen, im Frühjahr 2002 folgen »Der Bericht des Arthur Gordon Pym« von Edgar Allan Poe und »Mars im Widder« von Alexander Lernet-Holenia.

Sporadisch erscheinen auch in *KIWI,* der Taschenbuchreihe von KIEPENHEUER & WITSCH, phantastische oder spekulative Titel. 2001 standen »Eine Art Idol« von Marc Fischer, »Henry Silber geht zu Ende« von Michael Ebmeyer und »Die Schönschreibübungen des Gilbert Hasdrubal Koch« von Herbert Rosendorfer auf dem Programm.

KÖNIGSFURT publizierte im Taschenbuch eine aktualisierte und erweiterte Neufassung von »Die Reise in die Anderswelt – Feengeschichten und Feenglaube in Irland« von Frederik Hetmann.

Zwei SF-Taschenbücher brachte der *KRÖGER-VERTRIEB* im Frühjahr 2001 heraus: Den Originalroman »Der erste Versuch« und die Neuausgabe des DDR-Klassikers »Der Geist des Nasreddin« von Alexander Kröger alias Helmut Routschek.

Beachtlich war die Zahl der Genre-Titel, die 2000/2001 bei *LIBRI BOD* als Taschenbücher angeboten wurden: »Die Wahrheit steht in den Sternen« von Mathias Pitz, »S.E.E.L.E.« von Angelika Bull, »Nali vom anderen Stern« von Klaus Mohrdiek, »The Space War« von Thomas Leszim, »Legenden« von Jeanne Schakal, »Amadis – Ritter des Meeres« von Harald Franke, »Yogi Sherkas« und »Yogi Sherkas II« von Markus Schmidt, »Als

Engel des Lichts – Die letzte Generation 2« von Peter Hoeft, »Nemesis« von Thomas Heimgartner, »Godcula oder Die Harmonie der Insekten« von Hans Jürgen Kugler, »Das blaue Getränk« von Johannes Rubner, »Gedankensklaven« von Volker Schmid (Band 2 des SF-Siebenteilers TERRA STARFLEET), »Riss im Weltraum« von Michael Gerloff, »Die unglaubliche Geschichte über Protonchen« von Toddy K. Weiffenbach, »Horros – Die Schatten der Magie« von Stefan Schumacher, »Das Kind« von Ivo Cassani (SPIRALSTERN 1), »Kreis der Ewigkeit« von Sven Svenson, »Bert Bonsai und das Geheimnis der grünen Insel« von Tom Pfeil und »Wächter Wahn im Sturm der Realität« von Kerstin Schaich.

Seit der Neustrukturierung der Taschenbuchreihen der VERLAGSGRUPPE ECON ULLSTEIN LIST präsentieren die *LIST TASCHENBÜCHER* wieder handverlesene Literatur und Belletristik sowie anspruchsvolle Sachbücher. Auch etliche Titel mit phantastischen oder spekulativen Elementen waren 2001 wieder hier zu finden, wie »Das Geisterhaus« von Isabel Allende, »Die dunkle Macht« von Ilona Maria Hilliges, »Das Mädchen mit dem Perlohrring« von Tracy Chevalier, »Töne aller Arten« von Peter Trabert, »Elementarteilchen« von Michel Houellebecq, »Heile, heile Segen« von Kate Wilhelm, »Christuslegenden« von Selma Lagerlöf und »Der Gesandte« von Timothy Findley. Für die ersten Monate des Jahres 2002 eingeplant sind »Rückkehr von den Sternen« von Stanisław Lem, »Der Weg nach Vinland« von Margaret Elphinstone und »Ich, Jane« von Cecilia Bornäs. Im November 2001 erschien die Sonderaktion ENTDECKE DEN ZAUBER mit historischen Romanen, darunter auch »Der Leuchtturm von Alexandria« von Gillian Bradshaw und »Die Herrin von Camelot« von Rosalind Miles.

Im Taschenbuch wurde bei *LOEWE* der erste Band der Reihe R. L. STINES SCHATTENWELT, »Ich krieg dich doch!«, neu auf den Markt gebracht.

Phantastische Literatur, und das vor allem in Form von Grusel und Science Fiction, hatte vom Start weg einen hohen Stellenwert bei *OMNIBUS,* der Taschenbuchreihe für Kinder und Jugendliche von C. BERTELSMANN/RANDOM HOUSE. Ihr Rückgrat bildete bis Oktober 2001 gewissermaßen die amerikanische Gruselbestseller-Serie GOOSEBUMPS von R. L. Stine in all ihren Variationen, die sich in deutschen Landen unter dem Serientitel GÄNSEHAUT sowohl im Buch als auch als TV-Serie eine treue Fangemeinde erworben hat und bis zu diesem Zeitpunkt monatlich alternierend mit einem Roman und einem Spielebuch vertreten war, wobei zuletzt die Romane 51 bis 57 – »Der Geist ohne Kopf«, »Das Geisterpiano«, »Es atmet«, »Fürchte dich sehr«, »Der Geist im Spiegel«, »Das Biest kommt in der Nacht« und »Das Phantom in der Aula« – und der Erzählband »Mehr Schauergeschichten« erschienen sind. Danach sind lediglich GÄNSEHAUT-ABENTEUER-SPIELBÜCHER herausgekommen, und zwar »Im Haus der Poltergeister«, »Der Fluch der Klapperschlange«, »Die Rache der Werwölfe« und »Der Fluch des Ruhelosen«, also die Bände 9 bis 12. Weitergeführt wurden auch die SF-Serie REPLICA von Marilyn Kaye mit »Amy unter Verdacht« (10) und die Fantasy-Serie um die tapferen Mäuse der Abtei REDWALL mit »Mariel – Das Geheimnis der Mäusemaid« (9), »Mariel – Der Klang der Glocke« (10) von Brian Jacques, neu herausgebracht wurde PUMUCKL von Ellis Kaut mit »Meister Eder und sein Pumuckl«, »Immer dieser Pumuckl«, »Pumuckl spukt weiter«, »Pumuckl und das Schlossgespenst«, »Pumuckl auf Hexenjagd«, »Pumuckl und Puwackl« und »Pumuckl und die Schatzsucher«. Zudem erschienen 2001 noch die zum Welttag des Buchs herausgebrachte Anthologie »Ich schenk dir eine Geschichte« mit Erzählungen aus aller Welt, »Nils Puk in der Luk« und »Nils Puk – Mit der Schule stimmt was nicht« von Boy Lornsen, »Treffpunkt Kuckucksbaum« von Joan Aiken (DIDO TWITE/ALTERNATE ENGLAND), »Die Drachenprinzessin rettet den Zauberwald« von Patricia Wrede (ZAUBERWALD-CHRONIK II), »Teufelchen« von Heike & Wolfgang Hohlbein, »Der Drache, der nicht kämpfen wollte« von Kenneth Grahame, »Die unendliche Geschichte« von Michael Ende, »Doktor Norbert Bär« von Paul Carson, »Im Land der fliegenden Bären« von Stephen Elboz, »Wölfchen Wolfs tapfere Taten« von Ian Whybrow,

»Herbst in den Weiden« von William Horwood, »Die Erbsenprinzessin« von Martin Auer, »Das Geheimnis der Satanseiche« von Henning Pawel, »Urmel fliegt ins All« und »Urmel spielt im Schloss« von Max Kruse, »Der Schwan mit der Trompete« von E. B. White, »Die Gespensterkoppel« von Christiane Holler und »Dreizehn Geschichten von Hexen und Zaubermeistern« von Otfried Preußler. Für Anfang des Jahres 2002 werden »Pumuckl geht aufs Glatteis« und »Hallo, hier Pumuckl« von Ellis Kaut, »Wölfchen Wolfs schaurig-schöne Schule« von Ian Whybrow, »Zeitenriss« von Joachim Friedrich, »Salamandastron – Von Abenteurern und Ausreißern« und »Salamandastron – Von Kriegern und Ungeheuern« von Brian Jacques (REDWALL 11 & 12), »Der Geisterpirat« von Ursel Scheffler, »Schepper« von Iris Anna Otto, »Boggart« von Susan Cooper und »Nessie – Das Geheimnis von Loch Ness« von Julian McGregor zur Veröffentlichung vorbereitet.

PAVILLON ist der Titel eines Niedrigpreis-Taschenbuchimprints des HEYNE VERLAGS, in dem im zweimonatlichen Rhythmus neue Titel herauskommen. Zuletzt sind hier u. a. »Das Tor zur Hölle« von Colin Forbes, »Teuflischer Engel« von Eric Van Lustbader, »Flüstern in der Nacht« von Dean Koontz sowie »Am Strand des Todes« und »Im Banne des Bösen« von John Saul erschienen, im Frühjahr 2002 folgen »Creed« von James Herbert, »Schlüssel der Dunkelheit« von Dean Koontz und »Zero« von Eric Van Lustbader.

Bei *PHOENIX,* der primär- und sekundärliterarischen Reihe von FANTASY PRODUCTIONS, lag zuletzt der Schwerpunkt auf Romanen zu Spielen. Es wurden »Kompanie der Verdammten« von Manuel Krainer (ARMALION – DAS SCHWARZE AUGE), »Auf dem Sprung« und »Töne der Unendlichkeit« von Harri Aßmann (SHADOWRUN), »Der Tag des Zorns« von Daniela Knor (ARMALION – DAS SCHWARZE AUGE) und »Ash« von Lars Möller (SHADOWRUN) veröffentlicht, in Vorbereitung befinden sich die SHADOWRUN-Romane »Pesadillas« von Maike Hallmann und »Die Anfänger« von Ivan Nedic sowie die Anthologie »Der große Heliumkrieg«, u. a. mit Michael Stackpole.

Bei *PORTOBELLO,* dem Niedrigpreis-Taschenbuchprogramm von BERTELSMANN/RANDOM HOUSE, das im Herbst 2000 gestartet wurde und im Jahr 2001 annähernd vierteljährlich ein neues Programm auslieferte, fanden sich zuletzt u. a. »Um Haaresbreite« von Clive Cussler, »Gottspieler« von Glen Cook, »Blumen der Nacht« von V. C. Andrews, »Im Schatten der Götter« von Sidney Sheldon, »Die Zauberlehrlinge« von Robert Goddard und »Die Stunde der Schatten« von Andrew Klavan. Im Frühjahr 2002 erscheinen »Hebt die Titanic« von Clive Cussler (DIRK PITT) und »Wie Blüten im Wind« von V. C. Andrews.

Nach längerer Pause wurde im Sommer 2001 bei *PROJEKTION J* die SF-Serie FINALE FÜR TEENS von Jerry B. Jenkins & Tim LaHaye mit den Bänden 5 & 6 – »Highschool« und »Die Untergrund-Kids« – fortgesetzt.

Auch 2001 waren phantastische Themen wieder in beachtlicher Anzahl in den *RAVENSBURGER TASCHENBÜCHERN* vertreten: »An der Themse um Mitternacht«, hrsg. von Mike Stocks, »Elfangors Geheimnis« von Katherine Applegate (ANIMORPHS – MEGAMORPHS 3), »Absolut unheimlich!« von Paul Jennings, »Die Augen des Alien« von Pete Johnson, »Der Geist im Gartenhaus« von Penny Kendal, »Blancas Rache« von Karin Kinge Linboe (DAS FEUER DER SONNENFRAU 1) sowie die Bände 1 bis 4 der SF-Serie DNA von Luc Roth mit den Titeln »Die überwachte Welt«, »Ein ungleicher Kampf«, »Flucht ins falsche Paradies« und »Tödliche Geheimnisse«.

In der *RECLAM UNIVERSABIBLIOTHEK* erschienen zuletzt der LEKTÜRESCHLÜSSEL »Friedrich Dürrenmatt, Die Physiker« von Franz-Josef Payrhuber, bei der WELTLITERATUR »Das Märchen vom Zaren Saltan« von Alexander Puschkin, bei den FREMDSPRACHENTEXTEN »The Witches« von Roald Dahl, »The Murders in the Rue Morgue« von Edgar Allan Poe und »Ten Fairy Tales«, hrsg. von Heike Jüngst, in DEUTSCHE LITERATUR »Die Abenteuer des Don Sylvio von Rosalva« von Christoph Martin Wieland, und bei der LITERATURWISSENSCHAFT »Alfred Döblin« von Gabriele Sander. Bei *RECLAM*

LEIPZIG kam im Frühjahr die Anthologie »Schöne Katastrophen«, hrsg. von Peter Köhler und mit schwarzem Humor von Ambrose Bierce bis Robert Gernhardt heraus, und im Winter 2001 folgte »Der seltsame Fall des Dr. Jekyll und Mr. Hyde« von Robert L. Stevenson.

Bei *RORORO,* den *ROWOHLT-ROTATIONS-ROMANEN,* ist in den letzten Jahren die Zahl der zum Genre zurechenbaren Titel stetig angestiegen, jetzt ist dieser Anstieg abgeflacht. 2001 sind in der Reihe BELLETRISTIK »Olympisches Feuer« von Liza Marklund, »Norys Storys« von Nicholson Baker, »Der zweite Engel« von Philip Kerr, »Die Stirn, die Augen, der Mund« von Tilman Spengler, »Der Ägypter« von Christian Jacq, die aus »Der fremde Pharao«, »In der Oase« und »Die Straße des Horus« von Pauline Gedge bestehende Trilogie HERRSCHER DER ZWEI LÄNDER und »Der Ausbruch« von Petra Hammesfahr erschienen. Auch in der Kinder- und Jugendbuchreihe ROTFUCHS wurden 2001 phantastische Titel veröffentlicht, und zwar »Der kleine Vampir und die Tanzstunde« (17) von Angela Sommer-Bodenburg, »Magische Schwestern« von Francesca Lia Block (WEETZIE BAT 1 – 3) sowie die Roald Dahl-Romane »Das Wundermittel« und »James und der Riesenpfirsich«. Für die ersten Monate des Jahres 2002 stehen Veröffentlichungen wie Aktionsausgaben von »Die Prozedur« von Harry Mulisch, »Die Stadt der Blinden« von José Saramago, »Wie ich eines schönen Morgens im April das 100 %ige Mädchen sah« von Haruki Murakami und »Der Plan von der Abschaffung des Dunkels« von Peter Høeg als auch John Updikes SF-Roman »Gegen Ende der Zeit«, »Der Zeitmesser« von Christopher Wilkins, »Die Kaiserin« von Thomas R. P. Mielke, »Die Feuerprobe« von Laurie R. King und »Ortegas Finale« von James Coltrane bei der BELLETRISTIK auf dem Programm, und bei ROTFUCHS »Der kleine Vampir und die Tanzstunde« von Angela Sommer-Bodenburg (18) und »Switcher von Kate Tompson.

In der im Frühjahr 2001 revivierten Taschenbuchreihe *SAMMLUNG LUCHTERHAND* werden im Frühjahr 2002 »Zwischenfälle. Paradoxe Texte« von Daniil Charms, »Der Hut des Krämers Ephraim. Märchen für große und kleine Leute« von Alexander Kostinskij und »Amanda. Ein Hexenroman« von Irmtraud Morgner herauskommen, für den Sommer sind »Zur Mündung. 37 Geschichten von Leben und Tod« von Franz Hohler, »Pizzeria Kamikaze (und Der Busfahrer, der Gott sein wollte)« von Etgar Keret und »Leben und Abenteuer der Trobadora Beatriz« von Irmtraud Morgner zur Veröffentlichung vorgesehen.

Phantastische und spekulative Titel sind bisweilen auch bei den *SCHERZ TASCHENBÜCHERN* zu finden. Im Jahr 2001 wurde hier kein Genre-Titel veröffentlicht, im März 2002 erscheint »Im Land der leeren Häuser«, der SF-Roman der Krimi-Autorin P. D. James.

Weitergeführt wurde bei *SCHULTE & GERTH* innerhalb der Reihe HOSENTASCHENBÜCHER die Serie SPÜRHUND & CO von Bill Myers, in der die jugendlichen Hauptfiguren mit phantastischen Begebenheiten konfrontiert werden: »Die Ufos kommen!« (4), »Ein Fall mit Biss« (5) und »Die Gedankendiebe« (6).

2001 wurden auch in der *SERIE PIPER* des PIPER VERLAGS wieder etliche einschlägige Titel herausgebracht, wie »Rosehill« von Susanna Kearsley, »Der Menschensohn. Die Geschichte vom Leiden Jesu«, »Der Blick in die Weite. Geschichten und Märchen von Heimatlosen« und »Moses – Geschichten von der Bibel« von Michael Köhlmeier, »Der lange Schlaf« von Fran Dorf, »Das Bildnis des Dorian Gray« von Oscar Wilde, »Der Todesstein« von Peter Tremayne, »Zwanzig und eine«, hrsg. von Rebekka Göpfert, »Alexander – Der makedonische Prinz«, »Alexander – König von Asien« und »Alexander – Der Herrscher der Welt« von Valerio Massimo Manfredi, »Aidan in der Hand des Kalifen« von Stephen Lawhead, »In Irland gibt es keine Schlangen« von Frederick Forsyth, »Der Glückliche Prinz und andere Märchen« von Oscar Wilde, »Die Büßerin von Gudheim« von Jan Guillou, »Die drei Talismane«

von Guido Gozzano und »Neunzehn und eine«, hrsg. von Linda Walz & Gerhard Seidl, die AMEISEN-Romane »Die Ameisen« und »Der Tag der Ameisen« von Bernard Werber sowie eine Sonderausgabe der COC ROUGE-Romane »Coc Rouge«, »Der ehrenwerte Mörder«, »Im Interesse der Nation«, »Feind des Feindes« und »Der demokratische Terrorist« von Jan Guillou. Für 2002 eingeplant sind u. a. »Die zweite Haut« von Sonja Rudorf, »«Mariana & Glanz und Schatten« von Susanna Kearsley, »Das Lexikon der Verschwörungstheorien« von Robert Anton Wilson und die restlichen COQ ROUGE-Thriller »Unternehmen Vendetta«, »Niemandsland«, »Der einzige Sieg«, »Im Namen Ihrer Majestät« und »Über jeden Verdacht erhaben«.

Ende 2001 ist beim *SCHWARTEN VERLAG* ein Taschenbuch mit den besten Abenteuern des vom Internet her bekannten Weltraum-Heroen »Scott Bradley« geplant, von Andreas Winterer wie gewohnt politisch höchst unkorrekt in Szene gesetzt.

Im Taschenbuch erschien beim *SHAYOL VERLAG* das ALIEN CONTACT-Buch »Die letzte Fahrt der Enora Time« mit zwei Novellen und fünf Kurzgeschichten von Andreas Gruber.

Im Juli 2001 wurde von SPACE CONTACT die neue Reihe *SPACE CONTACT BUCH* mit dem SF-Roman »Danach« von LeVar Burton gestartet.

Im Taschenbuch wurden im Herbst 2001 bei *UEBERREUTER* die ersten sechs Bände von Wolfgang Hohlbeins Phantastik-Serie KAPITÄN NEMOS KINDER unter dem Serientitel OPERATION NAUTILUS neu aufgelegt: »Die vergessene Insel«, »Das Mädchen von Atlantis«, »Im Tal der Giganten«, »Die Herren der Tiefe«, »Das Meeresfeuer« und »Die Schwarze Bruderschaft«.

Bei *SSI MEDIA* erscheint im Frühjahr 2002 ein Sachbuch über die SF-Serie SUN KOH und ihren Schöpfer Paul Alfred Müller, verfaßt von Heinz Jürgen Galle. Ungefähr zur gleichen Zeit startet die EDITION PAUL ALFRED MÜLLER, in der SUN KOH und andere Werke des Autors in der ursprünglichen Originalfassung kontinuierlich neu aufgelegt werden.

Im *ULLSTEIN TASCHENBUCH,* dessen Programm nach der Zusammenlegung mit ECON und LIST seit Frühjahr 2000 Unterhaltung und populäre Sachthemen auf seine Fahnen geschrieben hat, erschienen 2001 u. a. »Das Mädchen« von Stephen King (schwarz und weiß), »Tod aus der Tiefe« von James Powlik, »Khalid – Das Schwert Gottes« von Larry Collins, »Der Euro-Coup« von Horst Ehmke (STOCKMANN-Trilogie 2), »Botin der Götter« von Frank Littek, »Der goldene Krieger« von Lyn Hamilton, »Der Patient« von Michael Palmer, »Das Reich unter den Hügeln« von Sean Russell, »Das Lächeln des Delphins« von Pascale Noa Bercovitch, »Die Stadt unter den Steinen« von Jens Johannes Kramer, »Am Abgrund« und »Der Vampyr« von Wolfgang Hohlbein (DIE CHRONIK DER UNSTERBLICHEN 1 & 2), »Der heilige See« von Rosalind Miles, »Stark – The Dark Half« von Stephen King und »Der Puppenspieler von Murmansk« von Donald James. In den ersten Monaten 2002 erscheinen »Der fünfte Reiter« von Larry Collins & Dominique Lapierre, »Das Wunder der Unschuld« von Catherine Ryan Hyde, »Der Tempel« von Matthew Riley, »Das Sylt-Virus« von Silke Jensen, »Brunnenkinder« von James Blaylock, »Das Haus der Angst« von Dean Koontz, »Der Hexenladen« von Britta Glodde, »Langoliers« von Stephen King, »Sub Terra« von James Rollins, »Das Protokoll« von Steven Ford, »Cossack« von Colin Forbes und »Der Seelenkompass« von Sean Russell (Fortsetzung von »Das Reich unter den Hügeln«).

In der Herbstaktion NICHTS ALS LESEN vom September 2001 fand sich u. a. der Horrorroman »Brandzeichen« von Dean Koontz. HELLWACH AN HALLOWEEN präsentierte dann im Oktober 2001 »Der Vampir« von Tom Holland, »Der Schutzengel« von Dean Koontz, »Dracula« von Bram Stoker, »Messias« von Boris Sterling, »Die Wächter« von John Saul und »Semana Santa« von David Hewson.

Als *UNIONSVERLAG TASCHENBUCH UT* wurde 2001 die Anthologie »Wie Frauen die Welt erschufen«, hrsg. von Frederik Hetmann, mit Mythen, Märchen und Legenden von der weiblichen Gottheit veröffentlicht.

Schon einige Jahre gibt es den *VERBRECHER VERLAG* in Berlin und hier sind auch einige SF-Taschenbücher herausgekommen: »Cordula killt Dich!« Oder: »Wir sind doch nicht Nemesis für jeden Pfeifenheini« von Dietmar Dath (1995), »Skye Boat Song« von Dietmar Dath (2000), »Am blinden Ufer« von Dietmar Dath (2000), »Die verbesserte Frau« von Barbara Kirchner (2001) und »Die Elfe im Schlafsack« von Wolfgang Müller (2001).

WAGENBACH publizierte in der *WAT*-Reihe, *WAGENBACHS ANDEREN TASCHENBÜCHERN,* 2001 u. a. »Der Voyeur« von Boris Vian. Neu im Februar 2002 der SF-Roman »Terra!« von Stefano Benni.

Seit Sommer 2001 hat *WELTBILD* auch eigene Taschenbuch-Sonderausgaben im Programm, und von denen sind vor allem »Wolfsherz« von Wolfgang Hohlbein, »Der Fluch von Belheddon Hall« von Babara Erskine, »Die Mumie« von Anne Rice, »Gärten der Nacht« von V. C. Andrews und »Das Haus der bösen Ahnungen« für den Genre-Freund von Interesse.

Auch die jüngsten Programme des ROWOHLT-Taschenbuch-Imprints *WUNDERLICH* präsentierten Phantastik, wenn auch weniger als in den vergangenen Jahren, wie »Im Kreis der Welt« von Michael Crichton, »Küsschen, Küsschen ... und noch ein Küsschen« von Roald Dahl und den fünfbändige RAMSES-Zyklus von Christian Jacq: »Der Sohn des Lichts«, »Der Tempel der Ewigkeit«, »Die Schlacht von Kadesch«, »Die Herrin von Abu Simbel« und »Im Schatten der Akazie«. Anfang 2002 gibt es »Game over« von Philip Kerr.

4. NEWS AUS DER HEFTROMANSZENE

BASILISK VERLAG

Im Dezember 2001 startet im BASILISK VERLAG die Dark-Fantasy-Serie CAINE – DER DUNKLE PROPHET. Die Idee dazu stammt von Patrick Grieser, und an Autoren konnten bislang Alfred Wallon, Wilfried A. Hary und Alfred Bekker gewonnen werden. Band 1 trägt den Titel »Das Amulett der Dunkelelfen« und stammt von Alfred Wallon, der auch die redaktionelle Betreuung übernimmt.

BASTEI VERLAG

Seit rund eineinhalb Jahrzehnten ist BASTEI der führende Verlag für Horror-Literatur im Heftformat, und diese Markt beherrschende Position konnte der Bergisch Gladbacher Verlag im vergangenen Jahr nicht nur problemlos behaupten, sondern sogar noch weiter ausbauen. Dazu hat man begonnen, mit Serien, die neben Horror und Fantasy auch SF-Elemente enthalten, in solcherart eingeschränktem Maße auch in diesem Genre ein Standbein aufzubauen und so der Konkurrenz – namentlich PERRY RHODAN aus dem Hause VPM MOEWIG – eine Alternative entgegen zu halten.

Spitzenreiter im Programm war dabei erneut die wöchentliche Serie um den Geisterjäger JOHN SINCLAIR, die es in der Erstauflage schon auf über 1200 Bände gebracht hat und in der in loser Folge Mehrteiler und abgeschlossene Einzeltitel zum Abdruck gelangen. Die ebenfalls wöchentlich erscheinende Zweitauflage strebt mittlerweile Heft 750 zu. Dass es für Taschenhefte in Deutschland einfach keinen Markt gibt, zumindest im Spannungssegment nicht, dafür zeugt die Einstellung der vierzehntägig in diesem aufwendigeren Format publizierten JOHN SINCLAIR SAMMLEREDITION, in der die klassischen Abenteuer des von Jason Dark alias Helmut Rellergerd erfundenen erfolgreichsten deutschen Horror-Heroen optisch gefälliger erneut auf den Markt gebracht wurden, mit Ausgabe 140.

Nach wie vor mit vierzehntägigem Abstand kommen die Romane um PROFESSOR ZAMORRA, den Meister des Übersinnlichen heraus, dessen Kämpfe gegen höllische und überirdische Gefahren SF- und Fantasy-Elemente aufweisen und bisweilen in anderen Dimensionen oder auf fremden Welten stattfinden. Hauptautor der Serie ist Werner Kurt Giesa, der viele Jahre lang alleine unter dem Verlagspseudonym Robert Lamont als Autor fungierte, wobei er bisweilen auch anonym von anderen MitarbeiterInnen wie Claudia Kern und Rolf Michael unterstützt wurde. Im letzten Jahr hat man sich dazu entschlossen, das Verlagspseudonym aufzugeben, vor allem auch, da W. K. Giesa aus Zeitgründen dazu gezwungen war, weitere Autoren an ZAMORRA zu beteiligen. So waren zuletzt Roger Clement, Claudia Kern, Timothy Stahl, Manfred Rückert und Altmeister Giesa im Einsatz. Von der 1975 gestarteten und somit langlebigsten deutschen Horror-Heftserie sind bislang knapp 720 Titel erschienen. Die Ende 1999 begonnene Zweitauflage, die PROFESSOR ZAMORRA LIEBHABER EDITION, die nicht über das Zeitschriftengrosso ausgeliefert wird, sondern nur direkt vom Verlag oder über die Romantruhe (Joachim Otto & Maria Janta, Röntgenstraße 79, D-50169 Kerpen-Türnich) zu beziehen ist und in Form von Dreifachbänden die Serie lückenlos von Anfang an bringt, hat es inzwischen auf sieben Paperbacks gebracht.

Die im Herbst 1999 als legitimer Nachfolger der hochgelobten Reprint-Reihe DÄMONEN-LAND aus der Taufe gehobene Horror-Heftreihe GRUSEL-SCHOCKER, in der sich Reprints und Neuerscheinungen zuletzt in etwa die Waage hielten, wurde relativ kurzfristig mit Band 73 eingestellt, wodurch beispielsweise W. K. Giesas zehnbändiger Zyklus um den Geisterreporter TED EWIGK nicht mehr komplett neu aufgelegt werden konnte. An neuen Titeln erschienen gegen Ende »Die Burg des schwarzen Grafen« und »Die Tore der Zeit« von Mortimer Grave, »Der Seelenfresser« von Jack Raymond, »Brut des Bösen« und »Labor des Bösen« von Marc J. Forrester, »Die Vampire von Paris« von Arndt Ellmer und »Lucifers Töchter« von Philippe Pacal sowie die REVEREND PAIN-Romane 5 bis

7, »Die Sklavin des Vampirs«, »Ortrus, der Verfluchte« und »Wo Satan herrscht« von Steve Salomo.

An Stelle des GRUSEL-SCHOCKER trat die von Michael J. Parrish konzipierte und bislang auch fast zur Gänze allein geschriebene Grusel-Fantasy-Serie TORN – WANDERER DER ZEIT. TORN war ursprünglich als Serie innerhalb des GRUSEL-SCHOCKER entwickelt worden, die Redaktion war vom Konzept aber so begeistert, dass daraus eine eigene Serie wurde. Sie erzählt von den Abenteuern eines Mannes, den ein Experiment ans Ende der Zeit schleuderte und den die Richter der Zeit, die Lu'cen, zu einem ruhelosen Wanderer gemacht haben, der, ausgestattet mit deren mächtigen Hilfsmitteln, zu allen Zeiten und auf allen Welten die Horden des Bösen bekämpft. Diese hatten vor Urzeiten versucht, die Welten der Sterblichen zu überrennen, waren jedoch von der Alten Allianz aufgehalten und zurückgedrängt worden. Doch ein Teil der Grah'tak ist in der Welt der Sterblichen zurückgeblieben und versucht immer wieder und überall, ihre Ziele doch noch zu verwirklichen. Neben Michael J. Parrish schreiben auch Roger Clement und Steve Salomo an TORN mit, der es bis Jahreswechsel schon auf über 20 Bände gebracht hat.

Schon fest auf dem Markt etabliert und eine treue Fangemeinde erworben hat sich die SF-Serie MADDRAX – DIE DUNKLE ZUKUNFT DER ERDE. Maddrax alias Matt Drax ist, nachdem er in Europa die fatalen Ergebnisse des Meteoriteneinschlags gesehen und die Kriegerin Aruula kennen gelernt hat, als Sklave nach Amerika verschleppt worden. Auf dem Weg dorthin wurden die beiden getrennt. Matt schafft es, sich zu befreien, und er gelangt über New York und Philadelphia nach Washington, wo er auf eine Regierung trifft, die sich »Weltrat« nennt. Als dieser ohne Rücksicht auf seine Person seine Loyalität auf die Probe stellt, nimmt Maddrax verstimmt Kontakt mit der Widerstandsbewegung, den »Running Men« auf, und führt so den Weltrat auf deren Spur. Überraschenderweise taucht auch Matts alter, tot geglaubter Kamerad McKenzie in Washington auf, mit dem Matt nach Florida geschickt wird, um den Zustand des Weltraumbahnhofs Cape

Canaveral zu erkunden. Und sie finden heraus, dass die Internationale Weltraumstation nach wie vor im Orbit ist. Matt wird vom Widerstand davon überzeugt, dass er sich gegen den Weltrat wenden muss, bei dem sich in der Zwischenzeit Aruula, die über Island nach Amerika gelangt ist, aufhält. Die beiden kommen in Kontakt und brechen Richtung Westen auf, verfolgt von Weltrat-Agenten. Bei ihrer gefahrvollen Reise treffen sie u. a. auf die Nachkommen einer Armee-Einheit, deren Zugriff sie nur knapp entkommen, auf einen Reverend, der in allen Mutanten Geschöpfe des Bösen sieht (Crossover mit REVEREND PAINE aus dem GRUSEL-SCHOCKER), einen Mörder von Elvis-Imitatoren, Cyborgs, Rollenspieler und Indianer, die sich in eine Parallelwelt geflüchtet haben. Maddrax' vorerst wichtigstes Ziel ist die Internationale Raumstation, wo alle Daten seit dem Einschlag des Kometen gespeichert sind. Die Mischung aus Science Fiction, Fantasy und Horror erfreut sich bei der Leserschaft nach wie vor ungebrochener Beliebtheit, was auch zur Veröffentlichung von bislang zwei Büchern bei ZAUBERMOND geführt hat. Die Idee, MADDRAX wöchentlich herauszubringen, wurde vorerst verworfen. An der Serie schreiben Jo Zybell, Timothy Stahl, Brian Frost, Ronald M. Hahn, Michael J. Parrish, Bernd Frenz und Claudia Kern.

Neu gestartet wurde im Oktober 2001 die neue Horror-Serie VAMPIRE – IMPERIUM DER FINSTERNIS, die nicht nur vom Titel her an die WHITE WOLFE-Spiele und Romanserie erinnert. Wie dort stehen auch in der neuen vierzehntägigen BASTEI-Heftserie die Menschen nicht an der Spitze der Evolution, sie sind nur ein weiteres Glied in der Nahrungskette. Die eigentliche Macht liegt in den Händen der Vampire, die aus dem Verborgenen heraus agieren und alle Fäden in der Hand halten. Und nur wenige Menschen erkennen die Wahrheit – und noch weniger leben lange genug, um sich dieser Erkenntnis bewusst zu werden. Erdacht und geschrieben wird die neue Heftserie von Claudia Kern, Alfred Bekker, Holger Friedrichs, Roger Clement und Manfred Weinland, auch Timothy Stahl hat Interesse an seiner Mitarbeit bekundet.

CORA

Schon seit etlichen Jahren publiziert der CORA VERLAG u. a. Gruselromane im Taschenheft-Format, die sich in erster Linie an eine weibliche und/oder jugendliche Leserschaft richten. In den Reihen MYSTERY, MYSTERY THRILLER, SUPER MYSTERY und GRUSELBOX sind auch im letzten Jahr wieder einige einschlägige Titel prominenter Autoren publiziert worden, wie »Aus dem Totenreich« von Peter Lerangis, »Doppelt killt besser«, »Der Henker wartet schon«, »Vorsicht, Kurve!«, »Blutsbande«, »Auf ewig online« und »Das Grab von Becky Ambertson« von Benjamin Knight, »Hiiilfe!«, »Let's Party!« und »Die Schlangen des Doktor Lavane« von Richard Tankersley Cusick sowie »Die Nacht der Wölfe«, »Horrorscope« und »Tödlicher Hard Rock« von Nicholas Adams.

HARY-PRODUCTION

Neben seinen DISKOMAN-Diskettenausgaben hat sich die HARY-PRODUCTION (c/o Wilfried A. Hary, Waldwiesenstraße 22, D-66538 Neunkirchen) seit Ende 1998 auch schwerpunktmäßig auf die Herausgabe von Romanheft-Reihen und Serien spezialisiert, die zum überwiegenden Teil zum Genre gehören. Den Reigen eröffnet hatte die ursprünglich zweimonatliche SF-Serie HERR DER WELTEN, die Hary zumeist unter dem Pseudonym Erno Fischer publiziert. Mit Mai 2001 wurde die Serie auf monatliches Erscheinen umgestellt und präsentierte ab Heft 14 den Vergangenheitszyklus um das Geheimnis des Sternenvogts.

Ab Jahresanfang 2001 ebenfalls monatlich erschien die ganz in der Tradition von STAR-GATE – an der Hary ja auch mitschrieb und technische Details entwickelte – stehende SF-Heftserie GAARSON-GATE, in der Transmitter eine dominierende Rolle spielen. Hary schreibt hier als W. A. Travers, zeitweilig unterstützt von Alfred Wallon. Bislang liegen 24 Hefte vor.

Einen Horror-Heft-Klassiker hat der Verlag mit dem TEUFELSJÄGER MARK TATE im Programm, allerdings nur mehr bis zum Januar 2002 und zu Heft 35. Denn dann schließt sich der Kreis: Die Serie wird bei HARY abgeschlossen und startet Ende Januar 2002 bei KELTER – wo im GEISTER-KRIMI 135 MARK TATE sein Debüt gab – neu. An deren Stelle startet HARY im Februar 2002 die neue Reihe HORROR mit Romanen und Storysamlungen von Alfred Bekker, Irene Salzmann, Henry Rohmer, K. H. Reeg u. a.

Eine der wenigen Möglichkeiten für deutschsprachige AutorInnen, ihre Romane, Collections, Stories und Zyklen zu publizieren, bot und bietet die Heftreihe AD ASTRA. Hier wurden im letzten Jahr u. a. die Trilogie »Adrian« von Marc Schneider, der Episodenroman »Yuka Tan« von Antje Ippensen, die Collections »Ghostwriter« und »Terraforming« von Axel Kruse sowie der Erzählband »Invasion des Rauchers« mit Beiträgen von Wilfried Hary und Mario Magazin veröffentlicht.

Auf bislang 23 kleinformatige Hefte hat es die im Frühjahr 2000 gestartete phantastische Krimiserie DR. NO – DER MANN AUS DEM NICHTS gebracht, die alle von Wilfried Hary verfasst wurden.

KELTER

Auf Gruselromane für Frauen hat sich KELTER in den letzten Jahren spezialisiert, auch wenn immer wieder Versuche unternommen wurden, auch im Spannungsbereich wieder Fuß zu fassen. In der Reihe GASLICHT wurde die in SPUKLICHT begonnene Subserie DAS MAGISCHE AMULETT von Ira Korona weiter geführt, und zwar beginnend mit Heft 4 in jeder vierten Ausgabe. Diese Serie handelt von den unheimlichen Begebenheiten, mit denen die versierte Archäologin Brenda Logan und deren Ehemann Daniel Conners konfrontiert werden. In der Reihe GASLICHT sind bislang 30 Hefte um die sympathische Protagonistin erschienen, in denen sie zuletzt auf eine teuflische Heilerin, eine Geisterseherin und einen Werwolf traf.

Ende Januar 2002 startet bei KELTER die Horror-Serie MARK TATE mit Band 1, »Auf Schloss Pennymore ist der Teufel los«, der Neuauflage des ersten Romans der Serie, ursprünglich erschienen als GEISTER-KRIMI 135. Die Serie wird vorerst vierzehntäglich weitergeführt.

Als Band 73 der Krimi-Reihe THRILLER wurde der CHECKPART-Roman »Fehlkalkulation« neu aufgelegt.

KÖNIG

Im VERLAG THOMAS KÖNIG (Greizer Straße 14, D-12689 Berlin) erschien im Sommer 2001 der von W. A. Hary nach einer Idee von Marten Munsonius geschriebene Fantasy-Roman »Märchenerde«. Es war dies der erste Band der neuen Heftreihe ZAUBERWALD, von der künftig vier Bände pro Jahr erscheinen sollen.

MOHLBERG

Heinz Mohlberg hat in seinem neu gegründeten HEINZ MOHLBERG VERLAG (Hermeskeiler Straße 9, D-50925 Köln) auch das Heftprogramm ausgebaut. In der REN DHARK-Fanserie (auch: PROJEKT 99), die eine andere Weiterführung des Brand'schen Weltraumepos präsentiert als der BERNT VERLAG, sind zuletzt die Bände 118 bis 121 auf den Markt gekommen, und zwar »Kosmische Verschwörung« von Janet E. Spinpen, »Rückkehr ins Nirgendwo« von Clint O. Connors sowie »Vergessene Welten« und »Die letzten Salter«, beide wieder von Janet E. Spinpen. Es ist geplant, diesen Handlungsstrang abzuschließen und die Serie mit Heft 133 zu beenden. Ebenfalls weitergeführt wurde die Heftserie REN DHARK XTRA mit Einzelabenteuern aus diesem RD-Alternativ-Kosmos. Als Band 2 gab es »Die Vergessenen« von Dirk van den Boom.

Im Oktober 2001 gestartet wurde auch die neue Heft-Reihe SIRIUS, in der bekannte Autoren und hoffnungsvolle Talente eine Publikationsmöglichkeit erhalten. Als erstes im Programm stehen SF-Klassiker von Peter Dubina, Ronald M. Hahn, Tensor

Mc Dyke, W. W. Shols und Dwight V. Swain sowie neue Titel von Marten Munsonius & Markus Kastenholz (SCHARLACHTRÄNEN-Trilogie), Alfred Bekker, Alfred Wallon (3. THORIN-Zyklus), Dirk van den Boom (ONETH-Serie) und Martin Kay (KANA-Zyklus). Alle drei Monate sollen vorerst zwei Hefte herauskommen.

POLLISCHANSKY

Mit vier neuen Titeln wurde 2001 die phantastische Abenteuer-Serie BOB BARRING von Rolf Shark im VERLAG POLLISCHANSKY (Dreyhausenstraße 16, A-1140 Wien) weitergeführt. Als Bände 76 bis 79 kamen »Der Feine-Leute-Club«, »Der unheimliche Lord«, »Die Macht aus dem Dunkel« und »Die Todesfalle« heraus, als nächstes Heft ist für 2002 »Der Mord im Nachtexpress« angekündigt.

VPM VERLAGSUNION PABEL MOEWIG

Was BASTEI beim Horror ist, das ist die VPM VERLAGSUNION PABEL MOEWIG bei der Science Fiction: Der eindeutige und nahezu unumschränkte Marktführer in diesem Romanheftsegment. Und das ausschließlich durch das Phänomen PERRY RHODAN, die größte Weltraumserie der Welt. Die vierzehntägig alternierend erscheinenden Paperback-Ausgaben der 3. und 5. Auflage von PERRY RHODAN, in denen jeweils zwei Hefte zusammengefasst sind und die auch Leserstories enthalten, konnten sich auf dem Markt behaupten, bedingt durch die klassischen Zyklen, die jetzt dort neu aufgelegt wurden bzw. starten: In der 3. Auflage wurde der actionbetonte CANTARO-Zyklus zum Abschluss gebracht und im Spätherbst 2001 mit Band 1500 der nicht minder spannende LINGUIDEN-Zyklus begonnen, und in der 5. Auflage endete die Thematik um die Horden vor Garbesch, und mit Band 1000, einem der besten Romane der Serie überhaupt aus der Feder von William Voltz, begann der Zyklus

DIE KOSMISCHE HANSE. Zudem wurde die Titelbildgestaltung einer Revision unterzogen und optisch der 1. Auflage wieder angeglichen, was zweifellos zusätzliche Kaufimpulse vermittelt. Bei der Erstauflage wurde im November 2001 mit Band 2099 der Zyklus DIE SOLARE RESIDENZ beendet. Konsequent beibehalten wurde die Aufteilung auf drei Handlungsebenen, von denen eine die Geschehnisse in der Milchstraße, die zweite die Abenteuer der in Raum und Zeit verschollenen SOL-Besatzung und die dritte die Abenteuer der ins Ungewisse geschleuderten Monochrom-Mutanten schilderten, von denen die beiden letzteren dann zusammengeführt wurden, wobei jeweils vier oder acht Bände einen Handlungsblock bildeten, bevor zu einem anderen übergewechselt wurde. In der Galaxis spitzt sich die Lage dramatisch zu. Wrehemo Seelenquell, der alte Wächter der Sternstation der Ritter und Lehrmeister des Morkhero Seelenquell, wird durch die psionischen Hilferufe der in Para-City versammelten Monochrom-Mutanten in die heimatliche Milchstraße versetzt, wo es im Arkon-System durch das Zusammenspiel der Monochrom-Bewusstseine und des Anzugs der Phantome mit anderen Faktoren zur Bildung der negativen Superintelligenz SEELENQUELL kommt, die mit ihren überragenden Geistesgaben sofort die Kontrolle über das Kristallimperium übernimmt, ohne dass die meisten Arkoniden davon etwas mitbekommen, und hinter dem neu gebildeten Kristallschirm das Göttliche Imperium ausruft. Als es Agenten der Neuen USO gelingt, nach der Besetzung von Ertrus Imperator Bostich zu entführen, wird dieser für tot erklärt und an seiner Stelle eine Marionette SEELENQUELLS als offizieller Herrscher installiert. Bostich erklärt sich gegen die Zusage eines Zellaktivators zur aktiven Unterstützung des Kampfs gegen die Superintelligenz bereit. Diese lässt ihre Flotten gegen Terra aufmarschieren. Nachdem die Wachflotte des Sol-Systems durch ein Trojanisches Pferd ausgeschaltet wurde, wird auch die Heimatwelt der Menschheit von den unter SEELENQUELLS Einfluss stehenden Arkoniden besetzt. Rhodan gelingt mit der Solaren Residenz die Flucht in letzter Minute. Auch eine Shifting-Flotte aus Plantagoo, die den bedrängten Milchstraßenvölkern zu Hilfe kommen soll, gerät in den Bann der Superintelligenz und ihre Besatzungen werden psionisch aufgesogen. Doch der Widerstand erlahmt nicht, weder auf Terra, noch auf Ertrus, und schon gar nicht bei den Arkoniden, und zeitigt seine Früchte. Es gelingt, die Posbis vom Einfluss SEELENQUELLS zu befreien und Morkhero Seelenquell, den verlängerten Arm der Superintelligenz auf Terra, zu töten. Perry Rhodan, der glaubt, im Wega-System eine Spur der verschwundenen positiven Superintelligenz ES gefunden zu haben, tappt in eine Falle SEELENQUELLS und gerät in die Gewalt seines gnadenlosen Gegners. Hinter dem Kristallschirm, im Zentrum der Superintelligenz, kommt es schließlich zur Entscheidung um die Zukunft der Milchstraße. Die Jahrmillionen in der Vergangenheit gestrandete SOL entdeckt »in der Zwischenzeit« das INSHARAM, ein rätselhaftes Gebilde, das sich als Geburtsstätte von Superintelligenzen entpuppt. Und hier erfahren die Männer und Frauen auf der SOL die Entstehungsgeschichte von ES und Delorian Rhodan, das Kind von Perry Rhodan und Mondra Diamond, findet seine kosmische Bestimmung. Nachdem diese für die Realgegenwart so wichtige Mission der SOL geglückt ist, nimmt sie Kurs durch den PULS von Segafrendo und hofft, in ihrer Gegenwart wieder zu ihrem Ausgangspunkt in DaGlausch zu gelangen. Doch sie kommt durch einen anderen Pilzdom in einem bislang völlig unbekannten Gebiet des Universums wieder heraus, allerdings nur wenige Jahre in der Zukunft: Im Land Dommrath, von wo ja, wovon die Solaner aber nichts wissen, auch die Seelenquells stammen. Und dort sind auch die beiden Monochrom-Mutanten Trim Marath und Startac Schroeder gelandet, die beim Transfer Wrehemo Seelenquells quasi im Austausch in dessen Herkunftsbereich versetzt wurden. Im Land Dommrath ist die Raumfahrt verboten, und die Legion, die als Einzige über Raumschiffe verfügt, wacht streng auf Einhaltung dieses Gesetzes. Die Fortbewegung innerhalb des Landes erfolgt über Portale. Im Zentrum von Dommrath befindet sich der Cluster 0001, strengstes Sperrgebiet für alle. Weil sie nur dort eine Chance auf eine Rückkehr in die Milchstraße sehen, wagen die beiden Mutanten den Vorstoß dorthin, und dort kommt es auch zum Zusammentreffen mit den Solanern unter dem Kommando von Atlan, die mit ihrem Transit durch den Pilzdom den Krisenfall Heliot ausgelöst und die Organisation der Ritter von Dommrath kennen gelernt haben, ein Wächterorden ähnlich den Rittern der Tiefe, allerdings ohne Verbindung zu den höheren Ordnungsmächten, und die heimlichen Herrscher dieser Sterneninsel. Auf der Suche nach einem verschwundenen Mitglied der Ritterorganisation stößt die SOL in den Verbotenen Sektor von Dommrath vor und entdeckt auf dem Planeten Clurmerthak ein mysteriöses Gebilde, das von einigen die Dunkle Null, von anderen ZENTAPHER genannt wird. Nachdem sie ins Innere vorgestoßen sind und etliche Gefahren gemeistert haben, finden sie den verschollenen Ritter und erfahren, dass er auf den Spuren eines Unbekannten in ZENTAPHER eingedrungen ist. ZENTAPHER entpuppt sich als uralter Chaostender, und der Unbekannte ist niemand anderer als Torr Samaho, der ehemalige Diener der Materie, der wegen seiner Fehlschläge von den Kosmokraten all seiner Macht beraubt und verstoßen wurde. Nachdem diese Gefahr ein für alle Mal beseitigt ist, bricht die SOL zu einer weiten Reise zu den Pangalaktischen Statistikern auf, von denen sich Atlan und seine Gefährten die Antworten auf etliche in der letzten Zeit aufgetretene Fragen zur Koalition Thoregon und Informationen über andere Thoregons erhoffen. Mit Band 2100 startete dann der neue Zyklus DAS REICH TRADOM. In ihm erforscht Atlan das Geheimnis der Pangalaktischen Statistiker, greift die Inquisition der Vernunft über Raum und Zeit nach Terra und erhebt der Konquestor des Reiches Tradom, ebenfalls ein Thoregon, Anspruch auf die Erde, die LFT und die gesamte Milchstraße.

Der zweite Part des Zyklus DIE SOLARE RESIDENZ brachte wieder jede Menge Unterhaltung, Spannung und knallige Weltraumabenteuer, so wie es sich die Leser der großen deutschen SF-Serie von PERRY RHODAN erwarten. Die Protagonisten mussten, auf sich allein gestellt und ohne den Deus ex Machina in Form von Superintelligenzen drohenden Gefahren begegnen und Rätsel lösen, deren Ursprünge weit in die Vergangenheit zurückreichten. Die Lösung des Ursprungs von ES, auf das die Leser der ersten Stunde fast vierzig Jahre warten mussten, war zwar geschickt und gekonnt konzipiert und zu Papier gebracht, konnte aber speziell langjährige Leser nicht befriedigen. Erfreulich war, dass auch einige offene Fragen beantwortet wurden, wenn auch wieder zahlreiche neue aufgeworfen wurden. So bleibt zu erwarten, dass PR auch im nächsten Jahr genug Spannung, Action und Dramatik bieten wird, um seine Leserschaft bei der Stange zu halten. Mit Heft 2101 ist Andreas Findig aus dem PR-Team ausgeschieden, wird sich aber anderen Projekten rund um die Serie widmen. Dafür gibt es einen neuen »regelmäßigen Gastautor«: den Wiener Kabarettisten Leo Lukas. Und mit Band 2110 wird H. G. Ewers wieder als Autor vertreten sein.

WILBERT VERLAG

Ursprünglich war vom neuen WILBERT VERLAG geplant gewesen, die SF-Serie JOHN COAN im August 2001 als wöchentliche Heftserie auf den Markt zu bringen, im Frühsommer entschied man sich dann aber kurzfristig dafür, COMMANDER JOHN COAN – OUTERSPACE monatlich als Paperback zu veröffentlichen.

VERSCHIEDENES

Bei DANA sollte zur Frankfurter Buchmesse 2001 die spirituelle Geschichte »Im Garten der Liebe« von Wolfgang Sewald herauskommen, doch es gab Verzögerungen bei der Fertigstellung.

Auf Nachdrucke klassischer Heftserien, überwiegend aus der Zwischenkriegszeit und kurz nach dem 2. Weltkrieg, und bisweilen auch deren Weiterführung hat sich der HOBBY-NOSTALGIE-DRUCK KARL GANZBILLER, Föhrengasse 5, A-3434 Wilfersdorf spezialisiert. Neben reinen Abenteuer- und Wild West-Serien wie JÖRN FARROW, ROLF TORRING,

TOM SHARK, KLAUS STÖRTEBECKER, BOB HUNTER, BILLY JENKINS, TOM MIX oder ALASKA JIM hat der Reprint-Verlag auch utopisch-phantastische Serien im Angebot, alle in kleiner Sammlerauflage. So sind die ersten 26 Hefte der Serie JOHN KLING'S ERINNERUNGEN ebenso nachgedruckt worden wie die Hefte 1 bis 16 von ROBERT PERKINS UND SEINE 1000 ABENTEUER und alle 20 Nummern von HANNS HART – ABENTEUER EINES SEEMANNES. In den letzten Jahren hat sich Karl Ganzbiller auf die Herausgabe von Romanen und Serien des beliebten deutschen Autors Robert Kraft im Heftformat spezialisiert. Zuletzt erschienen im Original-Reprint die Romane EIN MODERNER LEDERSTRUMPF (10 Hefte), ATLANTA (abschließende Nummern 41 bis 60), DAS GLÜCK DES ROBIN HOOD (6 Hefte), WENN ICH KÖNIG WÄRE (4 Hefte), DAS ZWEITE GESICHT (10 Hefte) sowie UM DIE INDISCHE KAISERKRONE – BAND 1 (11 Hefte) und BAND 2 (12 Hefte).

Im Oktober 2001 startete Martin Kay alias Martin Knöpper im Eigenverlag die SF-Heftserie DUST, von der zumindest der erste, aus elf Bänden bestehende Zyklus herauskommen wird. Die Titel der ersten Bände der Serie, deren konzeptionelle Wurzeln bis in die achtziger Jahre zurückreichen, lauten »Die Legion von Scardeen« und »Die 4. Dynastie«.

Sehr schleppend ging auch im vergangenen Jahr die Weiterführung der ATLAN FANZINE SERIE in der PERRY RHODAN FANZENTRALE voran. Anfang 2001 erschien lediglich Heft 22, der zweite Band des neuen Zyklus MEISTER DER TRÄNEN unter dem Titel »Algain« von Rüdiger Schäfer. Die ebenfalls von Rüdiger Schäfer verfasste Fortsetzung »Lamont, der Farmer« war noch für das 1. Quartal 2001 geplant, war also zu Redaktionsschluss schon mehr als ein dreiviertel Jahr überfällig. Ebenfalls in der PRFZ herausgebracht werden die Romane der neuen PERRY RHODAN FAN EDITION, von denen ein Erscheinungsmodus von vier Bänden pro Jahr angepeilt ist, professionell aufgemacht und von der PR-Redaktion betreut. Sie soll hoffnungsvollen neuen Talenten als erstes Sprungbrett dienen und diesen eine Publikationsmöglichkeit eröffnen. Zuletzt sind die Hefte 4 bis 6 erschienen: »Der Normon-Konflikt« von Alexander Kaiser, »Kampf um die Krone« von Anja Merritt und »Mit den Augen des Mörders« von Michael Marcus Thurner. Bezug: SpaceShop Achim Havemann, Harlinger Straße 119, D-29456 Hitzacker.

In der LIGHT-EDITION sind 2000 bzw. 2001 als Gemeinschaftsprojekte mit dem SFC UNIVERSUM zwei Romane erschienen, die im PERRY RHODAN-Universum spielen: »Zeit der Unschuld« von Werner M. Höbart und »Die Sklavenhändler« von Irene Salzmann. Die Geschichte des ersten Romans soll in »Wer hat Angst vor dem Sternenwolf?« weiter geführt werden, eine Fortsetzung des zweiten Bandes befindet sich unter dem Arbeitstitel »Im Zentrum der Milchstraße« in Vorbereitung. Bezug: SpaceShop, s.o.

Noch immer nicht erschienen ist der abschließende 7. Roman der PR-Fan-Serie DIE GRAUE ALLIANZ, die von Wendelin Abt konzipiert und geschrieben wurde. Bezug: SpaceShop, s.o.

Eine weitere PERRY RHODAN-Fanromanserie ist RÄTSEL DER GALAXIEN, eine Gemeinschaftsproduktion des PRC FAMUG und des SFC BLACK HOLE GALAXIE (c/o Sandra Schäfer, Cuxhavener Straße 168, D-21149 Hamburg). Sie wird von einem Autorenteam unter der Leitung von Marc Stiewe verfasst und hat es bislang auf 16 reguläre Hefte und eine Spezialausgabe gebracht. Zuletzt erschienen das RDG-SPEZIAL »Anekdoten aus Kaplor« von Torben Kneesch und Band 16, »Trumpfkarte Attentat!« von Martin Marheinecke. In Vorbereitung befindet sich »Gefangen auf Labor« von Alexander Kaiser. Als Sonderpublikation des SFC BLACK HOLE GALAXIE wird die Reihe IRREGULAR GALAXY herausgebracht. Die Bände 1 und 3 waren Romane von Roland Triankowski – »Die Macht der Mythen« und »Die letzte Drangwäsche« –, Heft 2 präsentierte unter dem Titel »Das Schiff« die Siegerstories eines Wettbewerbs von Thomas Kohlschmidt und Harun Raffael.

In seiner ARKHAM PRESS schloss Guido Latz (Bergstraße 34, D-52222 Stolberg) die monatliche Print-Ausgabe der Online-Serie DÄMONENJÄGER FRANK MACLACHLAN, in der jedes Heft zwei Originalabenteuer enthielt, mit Band 10 ab. Im Frühjahr 2002 startet eine aufwendige Paperback-Serie, in der die gesamte Horrorserie von Anfang an in überarbeiteter Form nochmals aufgelegt wird.

In der Reihe SOLEDAD – ALTERNATIVEN ZUR ALLTÄGLICHKEIT erschienen Ende 2000/Anfang 2001 die Bände 2 und 3. Band 2, »Nocturnalien«, enthielt jeweils eine Erzählung von Eddie M. Angerhuber und Thomas Wagner, das von Thomas Wagner herausgegebene Heft 3 präsentierte unter dem Titel »Incognitaville« sechs Geschichten von Thomas Ligotti, Michael Siefener, John B. Ford, Eddie M. Angerhuber und Malte S. Sembten als Original- bzw. deutsche Erstveröffentlichung. Bezug: Thomas Wagner, Urbanstraße 88, D-10967 Berlin.

Anfang 2001 starteten Rhiannon Brunner und Deniz Taskiran ihre Anthologienreihe DIE WELT DES MONDES mit dem ersten Band der Horror-Edition »Neues vom Vampir, Neues vom Werwolf«, und noch im Frühjahr kam das zweite Heft der Horror-Reihe heraus. In diesen ersten beiden Heften waren neben den Herausgebern auch noch Arnold Reisner, Stefan Stahrlinger, Thomas Azag-Thoth und H. Crow mit einschlägigen Geschichten vertreten. In Vorbereitung befinden sich als Doppelband 3/4 von DIE WELT DES MONDES »Fantasywelten I« und als Heft 5 »Neues vom Werwolf, Neues vom Vampir III«. Bezug: Rhiannon Brunner, Vogelsanggasse 18/18, A-1050 Wien.

In der K&C BUCHOASE (Sandstraße 33, D-42655 Solingen) erschienen drei phantastische Kurzgeschichten von Sonja Kraus in der Sammlung »Begegnungen mit anderen Dimensionen«.

5. BERICHTE VON DER MAGAZIN- UND ZEITSCHRIFTENFRONT

PHANTASTISCH! – so hieß die Beilage des Magazins SOL der PERRY RHODAN FANZENTRALE, die ab der Ausgabe 19 beigeheftet oder beigelegt war. Im Frühjahr 2001 wurde nun PHANTASTISCH! als eigenständiges, vierteljährliches Magazin im VERLAG ACHIM HAVEMANN gestartet und präsentierte in den ersten vier Ausgaben zahlreiche interessante Beiträge, wie Artikel und Essays von Florian Breitsameter (über Andreas Eschbachs »Quest«), Michael Nagula (»Marion Zimmer Bradley – 40 Jahre Darkover-Romane« und über die Psycho-SF des Daniel Keyes), Martin Leng & Horst Illmer (über J. R. R. Tolkien), Götz Roderer (»Von Fliegen und Genen«), Torsten Dewi (»Science Fiction – Made in Germany«), Nessun Sapra (»Dyson-Sphären, Ringwelten und andere Mega-Strukturen« und »Hermann Oberth und der deutsche Zukunftsroman in den Goldenen Zwanzigern«), Horst Illmer (»Stephen Kings »Duddits««), Uwe Anton (über Philip K. Dick bei HAFFMANS), Doris Dreßler (über Sean Stewarts BARBAREN-Trilogie), Martin Marheinecke (über SF und Drogenkonsum) und Heiko Langhans (über Poul Anderson), Stories von Clark Ashton Smith, S. P. Somtow, Arthur Gordon Wolf, Frank W. Haubold und H. P. Lovecraft & Lin Carter, sowie Interviews mit Andreas Eschbach, Thomas Thiemeyer und Frank Borsch. Bezug: VERLAG ACHIM HAVEMANN, Harlingen 119, D-29456 Hitzacker.

Nachdem die zur Buchmesse 2000 geäußerte Idee eines Neustarts von SCIENCE FICTION MEDIA als reines Newsmagazin im Printformat nun doch nicht realisiert wird, plant der VERLAG THOMAS TILSNER nun eine Weiterführung als Online-Newsletter, wobei aber die Details noch nicht endgültig feststehen. Mit dem Start ist frühestens im Frühjahr 2002 zu rechnen.

Im Frühjahr 2001 erschien die zweite Ausgabe des REN DHARK MAGAZIN im MOHLBERG VERLAG (Hermeskeiler Straße 9, D-50935 Köln) mit Artikeln zu REN DHARK, RAUM-

SCHIFF PROMET – CLASSIC und NEUE ABENTEUER – sowie REX CORDA von Hajo Breuer, Heinz Mohlberg, Karl Eisner, Manfred Rückert, Manfred Schneider und Dirk van den Boom, ein Autorenporträt über Manfred Wegener von Gustav Gaisbauer und die RD-Story »Reiner Wahnsinn« von Janet Spinpen. Für die für Frühjahr 2002 geplante Nummer 3 sind u. a. Beiträge über Paul Alfred Müller-Murnau und seine SUN KOH-Serie, RAUMSCHIFF PROMET, REN DHARK und STAR-GATE vorgesehen.

Bereits im 12. Jahrgang erscheint das deutsche SF-Magazin ALIEN CONTACT, von dem bislang 41 Ausgaben vorliegen. Die letzten Nummern präsentierten neue Kurzgeschichten von internationalen AutorInnen wie Maureen McHugh, Myra Cakan, Ekkehard Redlin, J. C. Dunyach, Gerd Frey, Gabi Neumayer, Ian Watson, Myra Cakan, Michael Szameit und Silke Rosenbüchler, Artikel und Essays von Ian Watson (»Die Ich-Illusion«), Michael Iwoleit (»Top Ten der Science Fiction« und »Die Klassiker-Bibliothek«), Hardy Kettlitz & Siegfried Breuer (»Science Fiction History«), John Clute (über »Futurematic« von William Gibson, »Das Bernstein-Teleskop« von Philip Pullman und »Die volle Wahrheit« von Terry Pratchett), Henrik Loyche (»Science Fiction in Dänemark«), Michael Marrak (H. P. Lovecraft bei der EDITION PHANTASIA) und J. C. Dunyach (zur Situation der neueren französischen SF), Interviews mit George R. R. Martin und Ekkehard Redlin, sowie News und Rezensionen, das alles reich illustriert und zuletzt mit Vierfarbcover. Der einzige Wermutstropfen: Die Herausgeber haben angekündigt, dass die Ausgabe 42 die letzte in gedruckter Form sein wird. Danach soll AC nur mehr über das Internet als Online-Magazin erhältlich sein. Aber vielleicht ändern sie ihre Meinung noch. Bezug: Edition AVALON, Graudenzer Straße 1a, D-10243 Berlin.

Anlässlich des 40-jährigen Jubiläums der größten Weltraumserie der Welt erschien im September 2001 ein neues PERRY RHODAN MAGAZIN mit einem Editorial und einer Vorschau auf das Geschehen ab Band 2100 von Robert Feldhoff, einer

Würdigung der Serie durch Klaus N. Frick, Interviews mit Rodrigo de Lelis, dem leitenden Redakteur des Verlags SSGP, in dem die brasilianische Ausgabe von PR erscheint, und Marcus Rosenmüller, Creative Producer von MME, die PR ins TV bringen werden, einem Feature über den alten PR-Film und Infos über die geplante Neuverfilmung von Torsten Dewi, einem Artikel über die Neuverfilmung vom »Planet der Affen« und eine Exklusiv-PR-Story von Andreas Eschbach.

Mit den Ausgaben 10 und 11 wurde das von Dr. Michael Siefener redaktionell betreute Phantastik-Magazin DAEDALOS aus dem Hause HUBERT KATZMARZ (Wilhelmstraße 3, D-53111 Bonn) weitergeführt. Das Jubiläumsheft 10 war dem neuen Horror-Talent Eddie M. Angerhuber gewidmet und präsentierte fünf Erzählungen, ein Interview mit der Autorin, ein Essay über ihr Werk und eine Bibliografie, Band 11 enthielt die übliche Mischung neuer und klassischer Beiträge, diesmal von Paul Bradshaw, Frank W. Haubold, Sven Klöpping, John B. Ford und Rhoda Broughton. Doch nicht realisiert wird die ursprünglich geplante Edition DAEDALOS-EXTRA, dafür soll es künftig verstärkt Monographien im »Story-Reader für Phantastik« geben.

Satire und Stories von Fans und Profis – das sind die Schwerpunkte des Magazins TERRAsse des gleichnamigen Dresdener URANIA SF Clubs unter der Redaktion von Bernd Hutschenreuther und Holger Kunath mit zeitweiliger Mitarbeit von Ralf P. Krämer. In den zuletzt publizierten Ausgaben »Unendlich III« (Begleitheft zum PENTA-CON 2001) sowie 20 und 21 fanden sich u. a. Beiträge von Claudiu Tufan, Bernd Hutschenreuther, Gundula Sell, Beate Balzer, Ute Gelfert, Marc Oberst, Paul Kirchfeld, Mike Noris, Markus Hammerschmitt, Wolfgang Jeschke, Erik Simon, Ronald M. Hahn & Horst Pukallus sowie Rolf Krohn. Bezug: URANIA SF-CLUB TERRAsse im URANIA Stadtverband Dresden e.V., Florian-Geyer-Straße 6, D-01307 Dresden.

Auf über 140 Ausgaben hat es bislang SOLAR-X, das Fanzine des ANDROMEDA SF-CLUBS HALLE (c/o Wilko Müller jr.,

Volhardstraße 20, D-06112 Halle) gebracht, bei dem man 2001 bewusst vom monatlichen Erscheinungsrhythmus abgewichen ist. Nach wie vor werden hier aber neben umfangreichen und sachkundigen Rezensionen regelmäßig Stories ausländischer und deutscher Autoren in Erst- oder Originalveröffentlichung gebracht. Zuletzt vertreten waren Daniel Marinow, Ulrike Nolte, Frank Roger, Silke Rosenbüchler, Frank Neugebauer, Michael Tillmann, stok, Daniel Hengst, Frank W. Haubold, Andreas Gruber, Markus Pristovsek, Peter Schünemann, Alfred Bekker, Alex Gajic, Uwe Post, Daniel Gronau, Helge Lange, Catrin Hahne, Axel Kruse, Thorsten Küper, Achim Hiltrop, Hans-Dietmar Sievers, J. Th. Thanner, Veronika Fischer, Karl-Heinz Tuschel, Anne Neuschwander und Kate Burgauer.

Um einerseits die zahlreichen Geschichten, die zur Veröffentlichung in SOLAR-X bei der Redaktion einlangen, auch veröffentlichen zu können, und andererseits auch Schwerpunkten zugeordnete Anthologien zu veröffentlichen, wurde im Rahmen der Edition SOLAR-X die neue Reihe SOLAR TALES als Storyzine der Edition SOLAR-X gestartet, in der bis zum Redaktionsschluss die Ausgaben 1 bis 4 und 6 vorlagen. In den ersten vier Nummern wurden Stories von u. a. Neal Chadwick, Alfred Bekker, Frank W. Haubold, Sven Klöpping, Frank Neugebauer, Wilko Müller jr., Linda Budinger, Mario Magazin, Helge Lange, Axel Kruse, Pascal Gregory, Thorsten Küper, Irene Salzmann, Christel Scheja, Chris C. Reul, Catrin Hahne und Philipp D. Laner publiziert, ST 6 präsentierte den 2. STRONBART HAR-Roman von Wilko Müller jr. unter dem Titel »Das Tor der Dunkelheit«.

NOKTURNO ist der Titel eines neuen Magazins, das im Frühjahr 2001 gestartet wurde. Die Pilotnummer, zusammengestellt von Markus Kastenholz (Rothenbergstraße 39, D-65366 Geisenheim), präsentierte neue Geschichten von Antje Ippensen, Alfred Bekker, Stefan Melneczuk, Stephan Peters, C. J. Walkin, Monika Wunderlich, Simon Rhys Beck, Boris Koch, Christel Scheja, Kuno Liesegang, Irene Salzmann und Marten Munsonius. In der Ausgabe 2, in der Kuno Liesegang als Mitherausgeber fungierte und die zur Frankfurter Buchmesse erschienen ist, fanden sich Stories von u. a. Michael Siefener, Hans Joachim Alpers, Irene Salzmann, Linda Budinger, Britta van den Boom, Curtis Nike, Dr. Ulrich Tretter, Charlotte Engman, Alfred Bekker, Robert Richter, Michael Siefener & Marten Munsonius sowie Dennis Merbach.

Seit seinem Neustart im Frühjahr 2000 ist das Abenteuer & Phantastik-Magazin NAUTILUS regelmäßig vierteljährlich in den Handel gekommen, sodass bislang 14 Ausgaben vorliegen. Die letzten enthielten unter der Chefredaktion von Thomas Finn neben umfassenden und ausführlichen Infos zur Spiele- und Literaturszene u. a. eine Artikelreihe über die wundersame Welt des Harry Potter von Peer Kröger und Momo Evers, Essays über den Mythos Mars in der SF-Literatur von Alexander Huiskes, die »Welt der Dunkelheit« von Lars Schiele, die Fortschritte auf dem »Harry Potter«-Filmset von Momo Evers und den Film selbst von Lars Schiele, die phantastischen Welten der Barbara Hambly und den ZAUBERMOND VERLAG von Alexander Huiskes, Isaac Asimovs FOUNDATION-Saga von Jens Altmann, künstliche Menschen in der Literatur von Martin Ruf, die Geschichte des Cyberpunks von Ralf Reiter, zum Tod von Douglas Adams von Wolfgang Sautter, zur Verfilmung des »Herrn der Ringe« von Marc Höhne und die Beschreibung eines Hobbit-Dorfes von Alexander Huiskes, Harald Evers und Bernhard Hennen lieferten Berichte aus ihrer Schreibwerkstatt ab, Ralf Reiter setzte sich eingehend mit dem FEY-Zyklus der Kristine Kathryn Rusch auseinander, dazu gab es noch Interviews mit Terry Pratchett, Kai Meyer, Barbara Hambly, Michael Schönenbröcher, Stan Winston (zuständig für die Dinosauriermodelle in allen »Jurassic Park«-Filmen) und Bernhard Hennen. Die letzten Ausgaben enthielten auch interessante Beilagen: »Harrys kleines Zauberbuch der arkanen Künste« von Peer Kröger & Momo Evers, »Von Zaubertinten, unsichtbaren Schriften und verborgenen Botschaften« von Steffen Schütte, Jürgen Pirner & Lars Schiele sowie eine CD-ROM zum Thema »Roboter«.

MEPHISTO, das »Magazin der Dunklen Welten« - auch »Die dunkle Seite der Spiele« - aus dem Hause MARTIN ELLERMEIER (An der Lehmkaute 30, D-64625 Bensheim), brachte auch im letzten Jahr in erster Linie Beiträge zu Spielen wie JÄGER, MAGUS, KULT, ENGEL, ENDLAND, SHADOWRUN, VAMPIRE oder WERWOLF. In jede Ausgabe integriert, gewissermaßen ein Magazin im Magazin, ist NACHTSCHATTEN, die neueste Inkarnation des legendären Horror-Magazins. Die letzten Hefte bis einschließlich der Doppelnummer 14/15 präsentierten neben Infos über Neuheiten auf dem Buchmarkt u. a. ein Porträt des amerikanischen Comic-Verlags CHAOS, eine Vorstellung der Edition H. P. LOVECRAFTS BIBLIOTHEK DES SCHRECKENS, den Versuch der Genrebestimmung des Religions-Thrillers, die Hintergründe der Buchreihe DORIAN HUNTER, die Stories »Die Farben der Klänge« von M. Angerhuber und »Apokalyptische Träume« von Boris Koch, Interviews mit Malte S. Sembten, Joachim Körber, Steve Wieck und Frank Festa sowie einen Artikel über Clark Ashton Smith und seine phantastischen Welten. Beigelegt ist der Ausgabe 14/15 ein 28seitiges Heft mit der Erzählung »Die Kälte zwischen den Rädern« von Astrid Mosler aus der WELT DER DUNKELHEIT.

Neben vielen News aus der Szene präsentieren die einzelnen Ausgaben des zweimonatlichen DRAGON MAGAZIN unter der Chefredaktion von Martin Ellermeier und mit Uwe Körner als Herausgeber vor allem Module, Backgroundinfos zu den zahlreichen am Markt befindlichen Spielen, in erster Linie von TSR und WIZARDS OF THE COAST, sowie Besprechungen von Büchern und Comics. Zudem wurde die bei ZAUBERMOND erscheinende Buchserie DIE ABENTEURER vorgestellt und Marten Veit, der Exposé-Autor der neuen Romane, interviewt.

Im August 2001 ist die 32. Ausgabe von SAGITTARIUS erschienen. PR-Chefredakteur Klaus N. Frick präsentierte in der neueste Nummer seines phantastischen Fanzines Artikel von Michael Nagula & Berthold Dirnfellner (über die Erzählgewalt der irischen Autoren), Klaus N. Frick (zum Projekt »Dark Space«, über die neue Trilogie zum Wüstenplaneten und die Romane von N. Lee Wood) und Lee Sherburne (zum Tod des Horror-Autors Richard Laymon), ein Interview mit Fantasy-Bestsellerautor Raymond E. Feist, ein Comic von Manfred Lafrentz und Stories von Dirk Schmidtke, Hermann Ritter, Andreas Gruber, Klaus N. Frick und Robert Musa. Bezug: Klaus N. Frick, Hirschstraße 63, D-76133 Karlsruhe.

2001 erschien der schon länger angekündigte 11. Band der sekundärliterarischen Reihe SF PERSONALTY über »Cordwainer Smith und die Instrumentalität der Menschheit« von Hardy Kettlitz im SHAYOL VERLAG (Bergmannstraße 25, D-10961 Berlin). In Vorbereitung befinden sich Ausgaben über Edmond Hamilton, Michael Moorcock, Stanley G. Weinbaum, Charles L. Harness und Clifford D. Simak.

Nur mehr sporadisch ist im letzten Jahr das SCIENCE FICTION OKULAR, das Fanzine des SCIENCE FICTION CLUB NORDRHEIN-WESTFAHLEN e.V. erschienen, bedingt durch interne Probleme und mehrmaligen Wechsel der Redaktion. Einige Ausgaben, wie 187 bis 190, 196 & 204 sind bislang noch nicht erschienen. Die publizierten Ausgaben bis einschließlich Nummer 205 präsentierten Artikel und Essays von Michael Thiesen (»Die Farben einer vergangenen Zukunft«), Manfred Reitz (»Außerirdische Zivilisationen«), Barbara Kirchner (»Rasse oder Art«), H. P. Lovecraft (»Einige Anmerkungen zu interplanetarischen Erzählungen«), Michael Falkenstein (»Future Business – Verbindungen zwischen SF und Wirtschaft«), Christoph Spehr (»Verbotene Planeten«), Markus Schwerin (»Ist der Mensch bald überflüssig?«), Uwe Anton (»Robert Silverberg. Leben und Werk«) und Willy Ley (»Dein Leben im Jahr 1977«) sowie die Stories »Der königliche Strahl« von Widukind Swafhard, »Begegnung in der Nacht« von Ronald M. Hahn & Jörg Kaegelmann, »Zu Besuch auf der Entenpreis« von Birgit Brandau & Hartmut Schickert, »Die Gerd-Verschiebung« von Christoph Spehr, »Schatten ohne Lächeln« von Horst Pukallus und »Als Arthur Lanthrop den Arsch vollkriegte« von Ronald M.

Hahn & Andreas Decker. Bezug: Michael Falkenstein, Unversitätsstraße 55, D-50931 Köln.

Sehr fleißig war man erneut beim ERSTEN DEUTSCHEN FANTASY CLUB e.V. (Postfach 1371, D-94003 Passau). Im letzten Jahr sind wieder einige Ausgaben des Magazins FANTASIA, darunter auch Titel der SCHRIFTENREIHE (siehe SEKUNDÄRTITEL), nebst neuen Bänden der BELLETRISTISCHEN REIHE – siehe Kapitel BUCHMARKT – herausgekommen. Die reguläre Doppelnummer 140/141 enthielt Artikel von Werner Onken (»Momo für Ökonomen. Reiseführer in die Welt von morgen«), Walther Ulrich Erwes (»Wie man zum Sammler wird, ohne süchtig zu werden«), Wolfgang Thadewald (»Des Sammelbildes weite Welten«), Karl E. Aulbach (über Marion Zimmer Bradley), Alfred Bekker & Marten Munsonius (zum Neustart der SUPERMAN-Comics), Gabriel Nemeth (die klassischen Dschungelhelden) und Marten Munsonius (zum Tod von Curt Siodmak) sowie Erzählungen von u. a. Carola Cwik, Frank Neugebauer, Gerald Meyer, Sven Klöpping, Stephan Peters, Manfred Borchard, Frank W. Haubold, Chris C. Reul, Michael Tillmann und Sonja Rehak, die Ausgabe 147 präsentierte Artikel von Andreas Gruber (»Wie man keinen erfolgreichen Roman schreibt«) und Konrad Lehmann (kleine Streitschrift zur Kunst), Stories von Matthias Schütt, Thomas Kredelbach, Christian Kloer und Markus Kastenholz sowie ein Interview mit Nicole Rensmann, während in FANTASIA 148 Artikel von Frank P. Böhmert (»Wo Dick drauf steht, braucht nicht Borges drin zu sein«), Alfred H. Bekker (über das Werk von Samuel R. Delany), R. Gustav Gaisbauer (zum Tod von Manfred Wegener), Klaus Hammer (der Berliner Autor Paul Scheerbart) und Bernd Mehrtens (über Aleister Crowley) als auch Geschichten von Armin Rößler, Andreas Gruber, Sven Klöpping, Stephan Peters, Monika Wunderlich, Bertram Kuzzath u. a. zu finden waren.

Die Doppelnummer 91/92 des QUARBER MERKUR, die insgesamt sechste Ausgabe von Franz Rottensteiners unillustrierter Literaturzeitschrift, die im Paperback beim EDFC erscheint, präsentierte Artikel von Thomas Ballhausen (»Zur Rezeption von Martin Amis im deutschen Sprachraum«), Christian Hoffmann (»Phantastische Literatur aus Afrika«), Heiko Fiedler (»Eintragungen über das Lebermeer. Logbücher des Grauens (I)«), Karin Harrasser (»Variationen über das Populär und die Science Fiction. Der Autor Marcus Hammerschmitt, kultursoziologisch analysiert«), Thomas Ballhausen (»Von Bürgern und Bestien. Vampirismus und Lycanthropie in Leonora Carringtons ›Das Fest des Lamms‹ und Elfriede Jelineks ›Bählamms Fest‹«), Sven-Eric Wehmeyer (»The Thing Cannot Be Described. Das Böse als das Unnennbare im Werk Howard P. Lovecrafts«), Jörg Helbig (»Was wäre wenn ... 150 Jahre parahistorische Literatur in Großbritannien und den USA«), Daniela Kahls (»Subversives Schreiben? Die Spezifik des Phantastischen bei Barbara Neuwirth im Vergleich mit Barbara Frischmuth«), Jens Schumacher (»Der Golem in der Populärliteratur des späten zwanzigsten Jahrhunderts«) und Andreas Meyer (»Cosmic Fear und Atmosphäre im Werk H. P. Lovecrafts, Teil 1«) sowie zahlreiche Rezensionen auch weniger bekannter Bücher auf dem SEZIERTISCH. Ende 2001 folgte QUARBER MERKUR 93/94 mit Beiträgen von Erik Simon (»Das Strugatzki-Politikum«), Mark Amusin (»Die Strugatzkis und die Phantastik des Textes«), Oleg Shestapalov (»Dreißig Jahre danach«), Ivo Gloss, Hans-Peter Neumann & Erik Simon (»Arkadi und Boris Strugatzki im deutschen Sprachraum«), Gerald Funk (»Von Engeln, Teufeln und Kindern. Beheim-Schwarzbach«), Thomas Ballhausen (»Interview mit Nika Bertram«), Karsten Kruschel (»Schwärzlinge und Schafe – Haruki Murakami«), Robert N. Bloch (»Frederic Boutet – Ein Obscurant«), Andreas Meyer (»Cosmic Fear und Atmosphäre im Werk H. P. Lovecrafts, Teil 2«), Signe Kirde (»Der Schatten«) und Armin Müller (»Cyberdiskurse und Posthumanismus«).

Der langjährigen Tradition, unveröffentlichte Romanmanuskripte und Leihbuchrariäten bzw. neue Geschichten von Profis zu veröffentlichen, blieb FANTASTIK NEWS, der Clubletter von DAN SHOCKERS FANTASTIK CLUB (c/o Uwe Schnabel, Kurmainzer Straße 161, D-65936 Frankfurt am Main), der zwischenzeitlich zu einem Jahrbuch geworden ist, auch 2000/2001 treu. Die zuletzt erschienene Ausgabe 104, die einen Umfang von 376 Seiten aufwies, enthielt neben den regulären News- und Rezensionsrubriken den phantastischen Jugendroman »Tanis – Die Abenteuer eines Jungsauriers« von Michael Knoke, eine tiefschürfende Betrachtung der phantastischen Serien des ZAUBERKREIS-VERLAGS von Uwe Schnabel, sowie Essays über Marion Zimmer Bradley von Erik Schreiber und Robert Louis Stevenson von Ralf Radzuweit.

Mit der Nummer 22 beendete das Phantastik-Magazin DOOM, dessen Schwerpunkt beim Horror-Film lag, aber immer wieder Berührungspunkte zur Genre-Literatur aufwies, sein Erscheinen. In der letzten Ausgabe fanden sich Interviews mit Udo Kier und Adrienne Barbeau, der 2. Teil der Comic-Historie von Ralf Maier und ein Nachruf auf den Autor Curt Siodmak.

In der Reihe ARKHAM TALES (ARKHAM PRESS, c/o Guido Latz, Bergstraße 34, D-52222 Stolberg) erschien als Heft 11 die Horror-Erzählung »Die Kammer« von Michael Ebert-Hanke.

Die Ausgabe 147 von ANDROMEDA, dem literarischen Magazin des SCIENCE FICTION CLUB DEUTSCHLAND e.V., war unter der Herausgeberschaft von Thomas Hofmann dem Thema »Alchemie« gewidmet und enthielt neue Kurzgeschichten von u. a. Elmar Schenkel, Klaus vor der Landwehr, Christian von Aster, Andreas Gruber, Arnold Reisner, Boris Koch, Michael Siefener, Peter Schünemann, Christian Dörge, Uwe Neuhold und Ulrike Nolte. Bestellung über das Archiv des SFCD, Andreas Kuschke, Billerbeck 25, D-29456 Schnega.

Regelmäßig mit einer neuen Ausgabe pro Vierteljahr weitergeführt wurde SOL, das Magazin der PERRY RHODAN FANZENTRALE (c/o VPM, Postfach 2352, D-76413 Rastatt). In gewohnt professioneller Aufmachung sind zuletzt die Ausgaben 20 bis 24 erschienen. Sie enthielten Artikel von Rüdiger Schäfer, Jürgen Menge & Hermann Ritter (»20 Ausgaben und

5 Jahre SOL«), Kurt Kobler (»Besuch im Hause Scheer«), Dr. Robert Hector (»Dag Hammarskjold: Vision einer Menschheitsethik«), Patrick Achenbach (»Negative Energie, Wurmlöcher und Zeitreisen«), Hermann Ritter (Artikelserie »Tausend Jahre ›Das galaktische Rätsel‹« und zum 60. Geburtstag von Hugh Walker alias Hubert Straßl), Robert Vogel (über die geplante PR-Fernsehserie), Uschi Zietsch (über ihre Tier-Romane), Götz Roderer (über Raumschiffantriebe in der PR-Serie), Michael Thiesen (das Imperium der Arkoniden und die Autoren von ATLAN-EXCLUSIV), Heiko Langhans (die unbekannten Welten des Gene Roddenberry) und Roland Triankowski (über die Ritter der Tiefe), die Stories »Partoc – Die Verlockung der Sterblichkeit« von Franz Hardt, »Pital« von Martin Aegerter, »Versuchung« von Roland Triankowski und »Der Spötter« von Götz Roderer, sowie Interviews mit Andreas Findig, Leo Lukas, Horst Hoffmann und Dirk Hess. Im Frühjahr 2001 erschien die EDITION SOL: STORIES 1 mit früheren PR-Geschichten aus SOL von Arndt Ellmer, Hubert Haensel, Rainer Castor, Achim Mehnert, Günter Ruch, Konrad Schaef, Rüdiger Schäfer und Michael Thurner sowie einer Exclusiv-Story von Achim Mehnert. Bezug: PRFZ oder ACHIM HAVEMANN, s.o.

Durchaus kritisch mit der größten Weltraumserie der Welt setzt sich die PERRY RHODAN PERSPEKTIVE auseinander, bei der es infolge privater Probleme von Chefredakteur Thorsten Krietsch auch im vergangenen Jahr anfangs zu Verzögerungen kam, die aber gegen Jahresende durch gleichzeitige Auslieferung von zwei Ausgaben aufgeholt wurden, sodass insgesamt sieben Ausgaben heraus kamen. Die zuletzt publizierten Hefte 50 bis 56 enthielten neben ausführlichen Kritiken zu allen Neuerscheinungen aus dem PERRY RHODAN-Kosmos, News, Conberichten und sachspezifischen Artikeln die abschließenden Kapitel 4 bis 10 des Fortsetzungsromans »Wer hat Angst vorm Sternenwolf?« von Werner Höbart und den Start des daran anschließenden Abenteuers »Die Traumkonstante« sowie Interviews mit Andreas Findig, Klaus Bollhöfener und Leo Lukas. Bezug: Achim Havemann, s.o.

Von KOMETEN, Dr. Holger Eckhardts »Vierteljahresschrift für phantastische Literatur« (DREI BÄREN BISSENDORF, Dr. Holger Eckhardt, Emilienstraße 50a, D-42287 Wuppertal), sind zuletzt die Ausgaben 12–15 erschienen. In diesen fanden sich neben dem in der Endzeit des PERRY RHODAN-Universums angesiedelten Fortsetzungsroman »Am Ende der Unsterblichkeit« aus der Feder des Herausgebers u. a. ein Nachruf auf Nikolai von Michalewski, eine komparative Studie zur Ausstellung »Surreale Welten« in Wuppertal, eine Betrachtung zur Frühzeit der SF von Horst-Dieter Radke, weitere Fortsetzungen der Artikelreihe »SF der Siebziger« sowie neue SF-Stories.

Nach längerer Pause wurde vom SFCD UNIVERSUM (c/o Frank Zeiger, Ehweilerstraße 7, D-66871 Konken) die Reihe KLEINE KOSTBARKEITEN weitergeführt. Die Ausgabe 11 vom April 2001 präsentierte die Gewinner des vom Club ausgeschriebenen K. H. Scheer Awards 1997, darunter Geschichten von Roland Triankowski, Saskia Kraft, Claude Pfeiffer, Andreas Schweitzer und Robert Hector.

Aus beruflichen und privaten Gründen wird die Nummer 16 des RAUMPATROUILLE-ORION-NACHRICHTENKURIERS, des Magazins des RAUMPATROUILLE ORION FANCLUB URACEEL (c/o Ralf Kramer, Marler Straße 14, D-46282 Dorsten) nicht mehr erscheinen.

Nachdem es 2000 ziemlich still um den REN DHARK CLUB (Kontakt: Heinz Mohlberg, Hermeskeiler Straße 9, D-50935 Köln) gewesen ist und kaum mehr Aktivitäten zu verzeichnen gewesen waren, sind im letzten Jahr wieder alle vier Quartalsausgaben des REN DHARK FANZINE herausgekommen. Neben Leserbriefen wurden hier u. a. Artikel von Karl Eisner, Dirk van den Boom, Manfred & Benjamin Rückert und Joachim Geupel sowie die RD-Story »Wenn Blicke töten könnten ...« von Uwe Helmut Grave publiziert.

Fest im Fandom verwurzelt ist, wie der Titel schon programmatisch aussagt, der von Martin Kempf herausgegebene FAN-

DOM OBSERVER. Die Ausgaben des letzten Jahres erschienen unter wechselnden Redaktionen von Günther Freunek, Manfred Müller, Martin Kempf, Florian Breitsameter, Doris Dressler und Olaf Funke. Der regelmäßig Monat für Monat erscheinende FO bringt aktuelle News aus dem Fandom und der Profiszene, zu Literatur, Film und Comic, Rezensionen und Conberichte, sowie eine ausführliche Fanzine-Rubrik, die bis Jahresende 2001 von Dirk van den Boom betreut wurde. Bezug: Martin Kempf, Märkerstraße 27, D-63755 Alzenau.

Mit der Ausgabe 13 eingestellt wurde Uwe Vöhls Horror-Infoblatt DAS DUNKLE ARCHIV zum Jahresbeginn 2001. Die letzte Ausgabe der Loseblattsammlung präsentierte neben News und Rezensionen eine Vorstellung der phantastischen Novelle »Abigael« von Sigurd Mathiesen aus dem Jahre 1908 sowie ein Interview mit Christian Dörge. Herausgeber Uwe Vöhl (Woldemarstraße 6, D-32105 Bad Salzuflen) plant für die Zukunft ein anderes, professionelleres Konzept zur Weiterführung des Newsletters.

Ebenfalls eingestellt wurde Anfang 2001 der von Guido Latz herausgegebene Infoletter FANTASTIKREADERNEWS, der monatlich als Printausgabe eine Auswahl der interessantesten News von der Internet-Infosite PHANTASTIK.DE präsentierte.

Informationen über alle multimedialen Ereignisse im Genre bietet schon seit mehr als drei Jahrzehnten ANDROMEDA NACHRICHTEN, das nichtkommerzielle Infozine des SCIENCE FICTION CLUB DEUTSCHLAND e.V. Bisweilen werden auch Interviews veröffentlicht, seit der Nummer 183 bietet die AN auch ein Forum für Stories. Zuletzt gelangten Kurzgeschichten von Johann Seidl, Ulrike Nolte, Frank Scheiper, Klaus Eylmann, Jürgen Müller, Frank Neugebauer, Axel Kruse und Rainer Innreiter zum Abdruck. Bezug: SFCD-Archiv, c/o Andreas Kuschke, Billerbeck 25, D-29465 Schnega.

Auch 2000/2001 präsentierte die Fachzeitschrift c't – magazin für computertechnik wieder in nahezu jeder Ausgabe neue technikorientierte SF-Stories. Zuletzt wurden hier Geschichten von Claudia Kasper (»Debug Session«), Jo Beer (»Head Hunter«), Ralf Steinbach (»Forschungsergebnisse«), Oliver Szymanski (»Irrealis«) Uwe Post (»Danichhin«), Gerhard Weinreich (»Alan Turings letztes Problem«), Martin Kuhn (»Ein schöner Tag zum Sterben«), Thorsten Küper (»Der Tank«), Helmut Barz (»My Home Is My Castle«), Marcus Haas (»Cyberhunter«), Helge Lange (»Area«), Uwe Hermann (»Der Umkehr-Virus«), Carsten Elsner (»Das chinesische Labyrinth«), Martin Schemm (»GraveCam«) und Ralph Altmann (»Level 101«), die vierteilige Artikelreihe »Kaltstart« von Marcus Hammerschmitt sowie ein Interview mit William Gibson publiziert.

Fantasy vor allem im Comic ist der Schwerpunkt des im Oktober 2001 gestarteten Magazins MAGIG ATTACK. Dazu bietet jede Ausgabe auch News aus der Literatur-Szene und zahlreiche Rezensionen.

Phantastik bildet auch 2000/2001 einen Schwerpunkt in PINK!, dem von Ex-NACHTSCHATTEN-Herausgeber Carsten Scheibe betreuten »Herren-Magazin für den PC«. Zuletzt erschienen hier Geschichten von Uwe Lachmann sowie Artikel zum ZAUBERMOND-Programm, zu neuen Horror-Veröffentlichungen, den vierten HARRY POTTER-Bestseller, die neue Thriller-Serie DER KELTE des CORA-VERLAGS und BASTEIS Heftserien-Hit MADDRAX.

Im NATURDRACHEN, der ganzheitlich-naturkundlichen Zeitschrift aus dem INSTITUT DRACHENHAUS (Alte Straße 16, D-98554 Benshausen), erscheinen ab und zu auch SF-Geschichten, wie »Genies werden nicht geboren« von Uwe Hermann in Heft 3 des 5. Jahrgangs.

Zum Thema »Phänomen Zeit« gab es 2000 eine Sonderausgabe der oberösterreichischen Literaturzeitschrift DIE RAMPE, die in diesem Jahr ihren 25-jährigen Bestand feierte. In ihm fand sich u. a. der SF-Text »Das Uhrwerk« von Michael M. Thurner. Bezug: Fachbuchverlag Rudolf Trauner, Köglstraße 14, Postfach 523, A-4021 Linz.

Der interaktive Schreibwettbewerb mit Wolfgang Hohlbein, der Anfang 2000 im Sci-Fi-Magazin SPACE VIEW gestartet wurde und bei dem die LeserInnen des Magazins nach der Vorlage des Bestseller-Autors die Fortsetzungen schrieben, wurde in der Ausgabe 6/2000 zum Abschluss gebracht.

Unter dem Generalthema »Science & Fiction« stand die Ausgabe 01 vom Januar 2001 der Zeitschrift LITERATUREN, dem Journal für Bücher und Themen, und präsentierte u. a. Artikel und Essays von Ulf Poschardt (»2001 – Die Geburt der Zukunft. Von der Menschwerdung des Computers und dem Ende der Kultur«), Fritz Göttler (»Amerikas verzweifelter Optimist. Ein Porträt des Science-Fiction-Autors und Schöpfer des ›Blade Runner‹ Philip K. Dick«), Michael Kandel (»Ein Genre und seine Helden. Amerikas Weltherrschaft über Science Fiction schwindet, und die Grenzen zwischen Science und Fiction werden immer durchlässiger«), Sigrid Löffler (»Apokalyptisches Ticktack. T. C. Boyle und John Updike versuchen sich in Science Fiction und verlagern ihren Weltverdruss in die Zukunft«), Hans-Jörg Rheinberger (»Botanisieren auf hohem Niveau. Oder: Was wir auch in hundert Jahren nicht sicher wissen werden«), Slavoj Zizek (»Der Mensch auf dem Weg zum reinen Geist. Vorüberlegungen zum Umgang mit spirituellen Maschinen«) und Dieter Thomä (»Plädoyer gegen die Flucht in die Zukunft. Ein Blick in den Rückspiegel des Nano-In Vitro-Decode-Dotcom-Cyber-Hype«).

Mit Zukunftsfragen aller Art beschäftigt sich NEXT, das »Zukunftsmagazin der Uniqa Group Austria«, das als Kundenzeitschrift an alle Versicherungsnehmer dieser Unternehmensgruppe geht. In der Ausgabe 2/2000 wurden vier österreichische Science Fiction- und Zukunfts-Schriftstellerinnen in Wort und Bild vorgestellt: Ilse Krüger, Barbara Neuwirth, Daniela Hoppaus und Marianne Gruber. Und in Nummer 2/2001 wurde auf die Berufe der Zukunft näher eingegangen. UNIQA VERSICHERUNGEN AG, Praterstraße 1–7, A-1020 Wien.

Für Freunde von Heftromanen aller Genres, Leih- und Serienbüchern sowie Comics ist DER ROMANHEFT-SAMMLER (ARTUS-VERLAG, Birmensdorferstraße 225, CH-8003 Zürich) das ideale Informationsmagazin, das neben Artikeln über die einschlägigen Reihen und Serien auch eine Plattform zum Meinungsaustausch bietet. Das Magazin erscheint vierteljährlich und hat mittlerweile die Ausgabe 23 erreicht. Zuletzt wurden hier u. a. Sachartikel zu Autor Hal Warner alias Helmut Werner, die Taschenbuchreihen der Leihbuchverlage, des SEMRAU-VERLAGS und des LEHNING-VERLAGS, die Ur- und weitere Fassungen von Rob Wards »Signal aus dem All« (von Heinz-Jürgen Ehrig), »Sun Koh im finsteren Weltall« (von Gerd Küveler), Autor Paul Alfred Müller & SUN KOH (von Heinz J. Galle), RAUCHS WELTRAUMBÜCHER (von Hans-Jürgen Kelkel), die österreichische Nachkriegsserie JERRY CLIFFORD – KÖNIG DER LÜFTE und »MADDRAX – Der neue Bestseller von BASTEI« (beide von Andreas Ecker) veröffentlicht.

Als ROMANTRUHE SPECIAL zum Thema MADDRAX publizierte der Buchversand von Joachim Otto & Maria Janta (Röntgenstraße 69, D-50169 Kerpen-Türnich) ein Interview mit MX-Redakteur Michael Schönenbröcher und stellte auch die beteiligten Autoren kurz vor.

Zum PERRY RHODAN CON im Sommer 2000 in Garching brachten die Mitglieder des Münchner Perry Rhodan Stammtisch ERNST ELLERT ein umfangreiches CONBUCH in Ringbindung heraus, das Beiträge von u. a. Clark Darlton, H. G. Ewers, Susan Schwartz, Hubert Haensel, Thomas Martner, Dr. Robert Hector, Klaus N. Frick und Hermann Ritter enthielt. Bezug: Space Shop Havemann, s. o.

Zum BUCHMESSECONVENT 2001 erschien das kostenlose Programmheft BUCON 16 mit einem Artikel über die neuen

Phantastik-Serien aus dem Hause BASTEI von M. Schönenbröcher & H. Kappel, eine Vorstellung der dort anwesenden Fantasy-Autorin Monika Felten von Sabine Thol und die Story »Das Leben nach dem Tode« von Kurt Zelt. Kontakt: Roger Murmann, Wilhelm-Leuschner-Straße 17, D-64859 Eppertshausen.

Im Januar 2001 startete die NÜRTINGER ZEITUNG zusammen mit der Fantasy-Autorin Astrid Nagel einen Wettbewerb für Nachwuchsautoren, in dem im monatlichen Abstand die Geschichte um »Das verwunschene Haus« von den jugendlichen TeilnehmerInnen weitergeführt wird, wobei die jeweils beste eingesandte Geschichte zum Abdruck gelangt und der/die VerfasserIn vorgestellt werden. Mittlerweile interessieren sich auch andere Regionalzeitungen für das Projekt.

Unter dem Motto »Fiction & Science« stand die 12. Internationale Frühjahrsbuchwoche, die im März 2001 in München stattfand. Dazu erschien im Kulturreferat der Landeshauptstadt München die Themenausgabe DIE BUCHWOCHE vom März 2001 mit Artikeln und Essays zu Thema und Autoren.

Ende September 2001 startete die FAZ eine Sonntagsausgabe, und vom Start weg ist Bestseller-Autor Andreas Eschbach mit seinem Wissenschafts-Thriller »Exponentialdrift« in der FRANKFURTER ALLGEMEINEN SONNTAGSZEITUNG vertreten. Die wöchentlichen Fortsetzungen können auch über die Homepage des Autors heruntergeladen werden.

6. HIGHLIGHTS AUS DEN BUCHVERLAGEN

Neu bei AARE war das SF-Jugendbuch »IQ – Das Experiment« von Brian Caswell.

Der Alternativwelt-Roman »Die Zeitmaschine Karls des Großen« wurde im Frühjahr 2001 bei ACCRA (BOD) veröffentlicht.

Die ACHILLA PRESSE startete im Herbst 2001 die neue Edition MUTABOR – PHANTASTISCHE BÜCHER mit »Der Fluch« von Franz Kreidemann und »Die Menschenhaut« von Arno Hach. Zudem wurde noch der Erzählband »Die Maske des Roten Todes« von Edgar Allan Poe herausgebracht.

Ein doppelbödiger Roman, der das Genre Krimi mit absurdem Humor parodiert und der mit ausufernder Phantasie glänzt – das ist der 2001 bei ALBATROS publizierte Band »Die Erhebung« von Walter Baco.

Im 2001 gegründeten ALLITERA VERLAG erscheinen als BOD Neudrucke deutschsprachiger Belletristik und Neuausgaben wichtiger Sachbücher. Zudem werden interessante Neuerscheinungen von Autoren verlegt, die aktiv an der Vermarktung ihrer Bücher mitarbeiten. Bislang wurden hier »Der Elefant auf dem Dach« von Frank Böhmert, »Tamba und seine Tiere« von Dietmar Beetz, »Das Buch« von Alfons Schweiggert und »Bis zum Nullpunkt des Seins« von Kurd Laßwitz angeboten.

Beim ALTBERLINER VERLAG erschienen 2001 folgende Jugendbücher mit phantastischem Inhalt: »Chaos im Netzwerk-Clan« von Andreas Schlüter (BEN UND SEINE FREUNDE), »Das Wahnsinnsteam im Geisterfieber« und »Der Feenkrieg« von Martina Dierks, »Streng geheim ...« von Nick Manns, »Rattke oder Hubsi schweigt« von Sobo, »Eine echt verrückte Nacht« von Kemal Kurt und »Thanis« von Helen Riley.

Um geklonte Menschen ging es in Bernhard Kegels neuem Roman »Sexy Sons«, im Herbst 2001 bei AMMANN.

Im Klein- und Autorenverlag ANDERS MC-VERLAG (Criseldis Stierl, Friedrich-Ebert-Straße 65, D-38440 Wolfsburg) publizierte Ruth Anders seit 2000 u. a. einige bezaubernde und sehr erfolgreiche Märchenbücher für Jugendliche und Junggebliebene: »Märchen von Ruth Anders, Teil 1«, »Märchen von Ruth Anders, Teil 2«, »Die kleine Elfe und andere Märchen«

und »Der magische Ring der Tina M.«, das zur Frankfurter Buchmesse 2001 herauskam.

Fortsetzungen bei ANRICH: Die Fortsetzung der Fledermaus-Fantasy »Silberflügel« wurde 2001 unter dem Titel »Sonnenflügel« (Autor: Kenneth Oppel) herausgebracht, ebenfalls erschienen ist der 4. Roman um Hamster FREDDY von Dietlof Reiche, »Freddy und die Frettchen des Schreckens«.

Bei ANSATA ist der phantastische Roman »Sara und die Eule« von Ester und Jerry Hicks erschienen.

Im ARCHIV DER JUGENDKULTUREN E.V. (Fidicinstraße 3, D-10965 Berlin) kam in Zusammenarbeit mit dem VERLAG THOMS TILSNER im Oktober 2001 »Der Erstkontakt« mit Stories und Bildern aus dem auf der Buchmesse 2000 in Frankfurt ausgeschriebenen PERRY RHODAN-Wettbewerb heraus.

ARENA ist schon seit Jahren einer der führenden Verlage für phantastische Kinder- und Jugendbücher jedweden Genres. Ende 2000 standen noch »Der letzte Magier« von Andreas Hesse, »Cybernet City« von Frank Stieper, »Pinocchios Abenteuer« von Carlo Collodi und »Peterchens Mondfahrt« von Gerdt von Bassewitz auf dem Programm. Im Frühjahr 2001 gab es »Gespenstergeschichten« von Nortrud Boge-Erli, »Das Geheimnis der alten Burg« von Uschi Flacke (ABENTEUERLAND – GESPENSTER), »Das Grab des Pharaos« von Jan Flieger (ABENTEUERLAND – GESCHICHTE), »Der Fluch der gestohlenen Maske« und »Die Rache des schwarzen Ritters« von Herbert Friedmann (ABENTEUERLAND – DETEKTIVE & RITTER), »Das Geheimnis des Schwarzen Buches« von Franz Sales Sklenitzka (GRUSEL & CO), »Die Stunde des Vampirs« von Paul van Loon (GRUSEL & CO), »Das Marsprojekt« von Andreas Eschbach, »Malvea und der Herr der Adler« von Isolde Heyne und »Hexenkind« von Cecilia Rees. Für den Herbst 2001 waren eingeplant: »Kampf um den Ritterschatz« von Herbert Friedmann (ABENTEUERLAND – RITTER), »Duell mit dem Tyrannosaurus« von Jan Flieger (ABENTEUERLAND – ZEIT-

REISE), »Taran im Land der dunklen Mächte« und »Taran in der Schatzkammer des Bösen« von Lloyd Alexander (der gesamte fünfteilige Fantasy-Zyklus in zwei Büchern), »Das Dschungelbuch« von Rudyard Kipling, »Rittergeschichten« von Wolfram Hänel, »Hokuspokus Fidibus – Hexengeschichten« von Ingrid Uebe, »Abenteuergeschichten von Rittern, Räubern und Drachen«, »Das geheime Leben der Puppen« von Ann M. Martin & Laura Godwin, »Ein unsichtbarer Gast« und »Grusel auf Burg Grauenstein« von Marlene Jablonski (KLEINES MONSTER SKOK 1 & 2), »Hexe Lilli und das magische Schwert« von KNISTER (HEXE LILLI 12), »Das Feuer des Prometheus« von Willi Fährmann, »Der Helm – Tempel der Goldenen Rüstung 1« von Richard Brown (Start einer Fantasy-Tetralogie), »Die Schattenjäger und die Augen des Dämons« und »Die Schattenjäger und die Todesraben« von Andreas D. Hesse (SCHATTENJÄGER 1 & 2), »Die Geister aus dem Rittergrab« von Regina Rusch (GRUSEL & CO), »Das Geisterpferd« von Federica de Cesco und »Sleepy Simon« von Frank Stieper.

Der ARGO VERLAG publiziert 2001/2002 Peter Krassas Horror-Thriller »Die Macht aus dem Dunkel«

Die ARKHAM PRESS, die mit Jahresbeginn 2002 im ATLANTIS VERLAG aufgeht, setzte 2001 die von Dirk van de Boom konzipierte SF-Serie RETTUNGSKREUZER IKARUS mit den Bänden 4 bis 8 – »Die Spielhölle« von Irene Salzmann, »Requiem« von Dirk van den Boom, »Konvoy« von Martin a, »Netzvirus« von Sylke Brandt und »Das Janus-Elixier« von Irene Salzmann – fort, im Januar 2002 folgt »Seer'Tak Ciy Blues« von Dirk van den Boom. Gestartet wird Ende 2001 eine Paperback-Ausgabe der Internet-Horror-Serie FRANK MacLACHLAN, während die 3. Ausgabe von MERLINS STERN auf das Frühjahr 2002 geschoben wurde.

Bei ARTEMIS & WINKLER erschienen 2000 »Vom Einhorn und der schönen Melusine«, hrsg. von Ursula Schulze & Ulrich Mattejiet, »Der Druide und die Mondkönigin« von Jacob und Wilhelm Grimm, »Träumereien an französischen Kaminen«, hrsg. von Richard von Volkmann-Leander, »Erzählungen« von Edgar Allan Poe und »Sturmhöhe« von Emily Brontë (Dünndruck- und Normalausgabe), 2001 »Irische Elfenmärchen« der Brüder Grimm und »Hexen, Teufel und Gespenster« von Sabine Prilop mit satanischen Geschichten von Walpurgisnacht bis Halloween.

Im Frühjahr 2001 wurde der ASU POLENG VERLAG aus der Taufe gehoben. In seiner EDIZIONE ONDINA kamen im Frühjahr drei Titel von Palomo Paloma heraus, die dem phantastischen Realismus zuzuordnen sind: »Die Hexe in der Papierwelt«, »Der Schatz-Engel auf dem Pfauenhügel« und »Die Nymphe im Schatten des Regenbogens«.

Um mysteriöse Briefe und eine Schnittstelle zwischen Traumzeit und Zeitgeschichte ging es im neuesten Roman von Barbara Frischmuth, »Die Entschlüsselung«, bei AUFBAU, wo 2001 auch der neue Roman von Syvie Germain, »Sara in der Nacht« herauskam.

Bei B & B VINETA GLOBAL FANTASIES (BOD) startete Bruno Vineta mit »Geheimagent John Brampton kämpft für Europa« eine Serie um einen Geheimagenten der Zukunft.

Beim Münchener DR. BACHMAIER VERLAG wurde im Herbst 2001 der phantastische Kriminalroman »Die Geistheilerin« von Bettina Szrama verlegt, die sich schon mit der Collection »Der letzte Reiter und andere phantastische Geschichten« und dem Roman »Die Patienten des Doktor Goldhahn« (beide bei LIBRI BOD) im Genre einen Namen gemacht hat.

Neu gestartet im Sommer 2001 wurde der BASILISK VERLAG mit dem interessanten Fantasy-Epos »Der Hüter des Taermons« von Patrick Grieser, dem Verlagsgründer. Zur Buchmesse erschienen dann »Das Blutsiegel« von Alfred Wallon (Band 1 der in der Welt von THORIN spielenden Serie um die Amazone JESCA) und »Venusfliegenfalle – Die Stadt der Nacht« mit zwei Novellen von Patrick J. Grieser. Im Januar

2002 startet die neue Fantasy-Serie DIE SUCHE NACH DHUM von Alfred Bekker mit »Das Buch Edro«, und bereits im März kommt wegen des großen Erfolgs der zweite JESCA-Band heraus.

Als Sonderausgaben zum Dumpingpreis kamen bei BASSERMANN zwei phantastische Titel von Thomas Brezina heraus: »Das streng geheime Spuk- und Gruselbuch« und »Alle meine Monster – Die schaurigsten Geschichten«.

BASTEI präsentierte in seiner Hardcover-Reihe PHANTASTISCHE BIBLIOTHEK 2001 »Eine Tochter Trojas« von Franklin, »Die Göttin der Sümpfe« von Routley.

Neu beim WELTBILD-Imprint BECHTERMÜNZ waren zuletzt preiswerte Sonderausgaben von u. a. »Mutter Ozean, Tochter See« von Diana Marcellas, »Langoliers«, »Schlaflos« und »Nachts« von Stephen King, »Dreifach« von Ken Follett, »Die siebte Geisel« von Ann Benson, »Rittergeschichten und Gespenstersagen« von Friedrich de la Motte Fouqué, »Patrick von Irland« von Juilene Osborne-McKnight, »Die Könige der ersten Nacht« von Bernhard Hennen, »Die Seherin von Knossos« von Suzanne Frank, »Das fünfte Evangelium« von Philipp Vandenberg, »Alexander der Große – Der Löwe von Macedonien« von David Gemmell, »Gomorrha« von Thomas Gifford und »Die Stimme« von Judith Merkle Riley sowie »Tochter der Wälder« von Juliet Marillier, eine deutsche Erstausgabe.

Im 1999 gegründeten Verlag BEJOT veröffentlichte Barbara Jung zum Jahresende 2000 die beiden letzten Bände ihrer SF-Tetralogie LOST PLANETS: »Space Rovers« und »Planets of No Return«.

Groß war wieder das Angebot phantastischer Texte bei BELTZ & GELBERG, wo 2000 noch die Fantasy »Schloss Draußendrin« von David Henry Wilson herausgekommen ist. Im Frühjahr 2001 erschienen die Bände 3 und 4 von Lemony Snickets DIE SCHAURIGE GESCHICHTE VON VIOLET, SUNNY UND

KLAUS, »Das zerbrochene Fenster« und »Die unheimliche Mühle«, »Drachenblut« von Jane Yolen (1. Band einer SF-Trilogie), »Elmare« von Marian van der Heiden und »Die Stadt der Diebe« von Klaus Kordon & Julian Jusim. Und im Herbst 2001 standen »Feuerbote« von David Clement-Davis, »Das Internat des Schreckens« von Lemony Snicket, »Die Brut der Drachensteine« von Geraldine McCaughrean sowie »Der Zwerg im Kopf« und »Der Hund kommt!« von Christine Nöstlinger auf dem Programm.

2000 kam bei BENZIGER »Karma, der Geschichtenerzähler« von Corneille Jest mit tibetanischen Legenden heraus.

Phantastische und surreale Elemente enthält der im BERENKAMP VERLAG im Herbst 2001 publizierte Roman »Die kurze, aber denkwürdige Geschichte der Tiroler Flussschiffahrt bei Kiefersfelden am grünen Ohoja« von Engelbert J. Winkler. Hier erschien auch der phantastische Erzählband »Der verlorene Garten« von Gert Müller.

Der Alternativwelt-Roman »Die geheimen Aufzeichnungen Marinas« erschienen 2000 im BERLIN VERLAG. Und 2001 kamen zwei weitere SF-Romane heraus: »David Kanchelli« von Michael Roes und »Buenos Aires. Anderswelt« von Alban Nikolai Herbst (ANDERSWELT 2). Zudem erschien »Als Kind« von Mario Gonzalez Suarez.

Im Mai 2001 erschienen beim BERNT VERLAG der zuvor schon ins Netz gestellte erste Band der SF-Reihe SYNDIC von Konrad Schaef unter dem Titel »Geheimprojekt Exodus« und der 2. Band der HJB-PERRY RHODAN-EDITION, »Kolonisten Terras« von Kurt Mahr. Der DRAKHON-ZYKLUS der REN DHARK-Serie wurde weitergeführt mit »Die Herren von Drakhon« (4), »Der Kampf um IKO 1« (5), »Sonne ohne Namen« (6), »Schatten über Babylon« (7) und »Herkunft unbekannt« (8), bei den REN DHARK SONDERBÄNDEN gab es »Ex« von W. K. Giesa (10), »Türme des Todes« von Conrad Shepherd (11), »Die Schwarze Garde« von Michael Nagula (12), »Dreizehn«

von Werner K. Giesa (13). Neu gestartet wurde die Buchreihe REN DHARK SPECIAL, in der die sechs frühen RD-Taschenbücher von KELTER in 3 Büchern neu aufgelegt werden. Band 1 mit »Sternen-Saga« und »Dursttod über Terra« erschien im Mai 2001.

BERTELSMANN präsentierte im Frühjahr 2001 »Paneb der Feurige« von Christian Jacq (STEIN DES LICHTS) sowie den SF-Roman »Zwillingspark« von John Darnton und hatte im Herbst 2001 »Die Stätte der Wahrheit« von Christian Jacq (Abschlussband der Tetralogie STEIN DES LICHTS) und »Kinkerlitzchen« von E. W. Heine (neue »Kille Kille Geschichten«) im Programm.

Beim BERTELSMANN JUGENDBUCH erschienen 2000 noch »Glücksfang« von Alan Timperley und »Das Geheimnis der Luft« von Tor Seidler, 2001 dann »Cairo Jim im Tal der Könige« von Geoffrey McSkimming (CAIRO JIM 2), »Herrin der See« von Alan Timperley (Fantasy), die prachtvolle Kassettenedition der »Fabeln« von de la Fontaine und die NEVERWORLD-Romane 5 bis 9 von Katherine Applegate: »Im Dienste des Drachen«, »Im Land des Ka Anor«, »Das Tor zu den Göttern«, »Der Opfergott« und »Im Innern der Illusion«.

Im BERTELSMANN CLUB und den angeschlossenen Buchgemeinschaften kamen in der Reihe CLUB PREMIERE als deutsche Erstveröffentlichungen zwei Bücher zur TV-Serie BUFFY – IM BANN DER DÄMONEN heraus: »Die Angel-Chroniken« von Nancy Holder & Richard Tankersley und »Blanke Knochen« von John Passarella. Die PERRY RHODAN EDITION wurde mit Band 83, also der TERRANIA EDITION 12, vorerst gestoppt. Zuletzt wurden hier »Sternvogels Geheimnis«, »Die Galaktische Krone«, »Stadt der Mutanten«, »Intrigen auf Arkon«, »Operation Stiller Riese«, »Tod im Türkisozean«, »Der Gejagte von Santanz«, »Kampf um Para-City« und »Neun Stunden zur Ewigkeit« (Bände 78 bis 83) herausgebracht.

Die zum Klassiker avancierten »Mäusegeschichten« von Jill Barklem gab es im August 2001 gesammelt unter dem Titel

»Das große Buch von Brombeerhag« beim ANNETTE BETZ VERLAG.

Im Buchprogramm von BLANVALET kamen 2001 »Die Söhne der Wölfin« von Tanja Kinkel, »Die Erscheinung« von Danielle Steel, »Stonehenge« von Bernard Cornwell und der DIRK PITT-Roman »Akte Atlantis« von Clive Cussler heraus.

Im Verlag der BUCHHANDLUNG BLESSING (BOD) kamen »Der Schwanensee« und »Im Land der blauen Blumen« von Bianca Blessing heraus.

Anlässlich des fünfjährigen Bestehens des VERLAGS KARL BLESSING wurde 2001 »Timeline« von Michael Crichton in einer Sonderausgabe neu aufgelegt. Außerdem gab es »Der letzte Samurai« von Helen DeWitt.

Große Veränderungen gab es in Jörg Kaegelmanns BLITZ-VERLAG: Frank Festa schied im Frühjahr 2001 als Programmleiter aus und gründete den FESTA VERLAG, in dem seit April 2001 sämtliche Serien, die von ihm in den vergangenen Jahren bei BLITZ aufgebaut worden waren, jetzt erscheinen, wie NECROSCOPE, H. P. LOVECRAFTS BIBLIOTHEK DES SCHRECKENS, die EDITION METZENGERSTEIN und die bisherige Hardcover-Reihe. Vor dem Einschnitt wurden noch »Marionetten des Schreckens« von Dan Shocker (MACABROS 6), »Das Geheimnis der Nekroniden« von Kurt Brand (RAUMSCHIFF PROMET CLASSIC 9), »Feuerwurm« von Ian Watson, »Caprona – Im Reich der Dinosaurier« von Edgar Rice Burroughs (BLITZ 19), »Kreaturen der Nacht« und »Untot« von Brian Lumley (NECROSCOPE 3 & 4), »Der Schacht« von David J. Schow (METZENGERSTEIN 15), »Vorstoß zur Erde« von W. K. Giesa (STAR GATE 5) und »Spiel des Verderbens« von Clive Barker (METZENGERSTEIN 16) heraus. Nach der Trennung erschienen »Die 2. Basis« von W. K. Giesa (STAR GATE 6), »Der Herrscher von Manila« von Ronald M. Hahn (T. N. T. SMITH 7), »Die Macht der Andorer« von Kurt Brand (RAUMSCHIFF PROMET CLASSIC 10), »Die Totenbarke nach Xantilon« von Dan Shocker (MACABROS 7), »Im Reich der zwölf Monde« von M. H. Rückert (RAUMSCHIFF PROMET – NEUE ABENTEUER 12), »Draculas Liebesbiss« (LARRY BRENT CLASSIC 7) und »Mark Tate« von Wilfried Hary (signiert und limitiert auf 444 Exemplare). Danach legte der Verlag eine Pause ein, nach der mit Ausnahme der RP-Klassiker alle Paperbackreihen auf Hardcover umgestellt werden. BLITZ setzt die RAUMSCHIFF PROMET CLASSICS mit »Die Zeitmeister«, »Fehltransition« und »Katastrophe auf Bankor« fort, womit der Reprint aller alten Hefte abgeschlossen ist, und will sie ab Band 14, »Die Hölle von Bankor« von Manfred Rückert, in die neu benannte Reihe RAUMSCHIFF PROMET – NEUE STERNENABENTEUER (bisher: NEUE ABENTEUER) integrieren, in der u. a. »Wächter der Ewigen« von Alfred Bekker & Martin Kay, »Das Virtuversum«, »Söldner der Goch'Dschiach« und »Sturm auf den Feuerwall« von Achim Mehnert sowie »Spur ins Parakon« von Michael Iwoleit & Manfred Rückert zur Veröffentlichung vorbereitet werden. Dan Shockers LARRY BRENT geht 2002 mit den Sammelbänden »Die Pest fraß alle«, »Bis die Ratten dich zerfetzen« und »Dämonenbrut« weiter, von MACABROS gelangen »Gruft der bösen Träume«, »Unter der Dämonenpeitsche« und »Tal der tausend Foltern« zur Auslieferung, in den GEHEIMEN X-AKTEN DER PSA sind »Alraunenfluch« von Dario Vandis und »Werwölfe im Ruhrgebiet« von Stefan Krüger vorgesehen, und bei den UTOPISCHEN KLASSIKERN stehen »Die Männer der Raumstation« von Hanns Kneifel auf dem Programm. In der in MAGIC COLLECTION umbenannten ALLGEMEINEN REIHE sind als Erstes »Die Geisterseherin« von Pat Murphy und »Das Lied der Sirenen« von Markus Gerwinski zur Veröffentlichung vorgesehen.

In einer auf 75 Ausgaben limitierten Edition erschien im PRIVATDRUCK ROBERT BLOCH »Das Grimoire« von Montague Summers.

Im Lübecker BOHMEIER VERLAG befindet sich der Phantastik-Thriller »Projekt Mikrokosmos« des Sachbuchautors Peter Krassa in Vorbereitung.

Im Sommer 2001 setzte Peter Mennigen seine Jugendbuch-Serie KETCHUP mit dem zweiten Band, »Ketchup fühlt Drakula auf den Zahn«, bei BOOKMARK fort.

BOOKS AGAIN, im Internet zu finden unter http://www.books-again.de, plant die Neuherausgabe der SF-Jugendbuchserie MARK BRANDIS. Damit es die Neuauflage gibt, ist für den auf Kleinauflagen spezialisierten Verlag eine Mindestbestellmenge von 30 Exemplaren erforderlich.

Im Hardcover-Programm von BTB gab es 2001 den phantastischen Roman »Die Satteltasche« von Bihiyyi Nakhjavani.

BURGSCHMIET VERLAG: Im Jahr 2000 kam noch der Roman zum Film »Der Grinch« heraus, 2001 erschienen neben diversen Sachbüchern Romane zu den Filmen »Unbreakable«, »Red Planet«, »Thirteen Days«, »Evolution« sowie »Jurassic Park III« und die STARGATE SG-1-Romane »Unsichtbare Feinde« und »Tödlicher Verrat« von Wolfgang Hohlbein.

Nachdem im Herbst 2000 noch der SF-Roman »Switcher« von Kate Thompson erschienen ist, kamen bei CARLSEN im Frühjahr 2001 nicht nur eine Liebhaberausgabe von »Harry Potter und der Gefangene von Askaban« von Joanne K. Rowling (HARRY POTTER 3) und nach mehrfachen Verschiebungen endlich der abschließende Roman der Fantasy-Trilogie HIS DARK MATERIALS von Philip Pullman unter dem Titel »Das Bernstein-Teleskop« heraus, es wurde mit »Zauberstreit in Caprona« und »Neun Leben für den Zauberer« die fünfbändige Fantasy-Serie DIE WELT DES CHRESTOMANCI von Diana Wynne Jones gestartet, und zusätzlich erschienen noch der SF-Roman »Blaues Licht« von Gary Paulsen sowie die James Krüss-Bände »Mein Urgroßvater und ich«, »Mein Urgroßvater, die Helden und ich« sowie »Florentine«. Umfangreich war auch das Herbstprogramm 2001: »Sieben Tage Hexerei« von Diana Wynne Jones (DIE WELT DES CHRESTOMANCY 3), »Der kecke Knappe und sein König« und »Rache dem ruchlosen Ritter« von Gerald Morris (DIE RITTER DER TAFELRUNDE

1 & 2), »Hokuspokus ... wie war das gleich?« von Thomas Winding, »Weihnachten auf den Hummerklippen« von James Krüss, »Wie finden wir DAS denn?« von Ingvar Ambjörnsen (SAMSON + ROBERTO 3), »Auf der Suche nach dem Blau« von Lois Lowry, »Sammy und das Elfenkind« von Wendelin VanDraanen und die Sonderausgabe von »Harry Potter und der Feuerkelch« von Joanne K. Rowling (HARRY POTTER 4).

Gangsterkomödie, wilde Reise durch die Jahrhunderte und ein verrückter Vampir-Roman in einem – das ist »Die Vampire von New York« von Marc Behm, im Sommer 2001 beim ARENA-Imprint CHILI.

Um eine faschistische Weltverschwörung ging es in dem 2001 bei CLAASSEN verlegten Roman »Mauberleys Ende« von Timothy Findley. Zudem erschien noch eine Neuausgabe des SF-Klassikers »Der Report der Magd« von Margaret Atwood.

Der SF-Roman »AIONIK VIII« von Günter Einbeck erschien im COMPUTERDRUCK & VERLAG (Norikerstraße 19, Block 2. OG, D-90402 Nürnberg).

Zu einem Supersonderpreis kam bei CORMORAN der Kinderbuch-Klassiker »Peterchens Mondfahrt« von Gerdt von Bassewitz neu heraus.

Im Mai 2001 erschien bei CORONA der spirituelle Roman »Nicht ohne meine Seele« von Halina Kamm.

Im Frühjahr 2001 erschienen im Wiener DACHS-VERLAG die Jugendbücher »Der Lachschrittmacher« von Jutta Treiber und »Blackbox« von Barbara Büchner.

Neu aufgelegt wurden bei DANA die beiden »Menschenfreund«-Romane in einem Band sowie der phantastische Roman »Die Reise zum Zauberberg« von Wolfgang Sewald.

Schon seit dem Jahr 1999 gibt es den DEAD SOFT VERLAG (zuvor ALTER EGO VERLAG) in Lengerich, den Verlag für Gothik, Erotik, Phantastik und Fantasy. 1999 erschienen von Simon Rhys Beck »Ewiges Blut« und »Julians süßes Blut«, die beiden ersten Bände einer Vampir-Trilogie, sowie der Horror-Roman »Strange Love« und die Anthologie »Aus der Villa Deodati« mit düster-erotischen Kurzgeschichten, 2000 folgte der Vampir-Roman »Das steinerne Gewissen« von Tankred Kiesmann, und im Frühjahr 2001 kamen der erotische Fantasy-Roman »Entführung nach Alhalon« von Charlotte Engmann und die Anthologie »Love and Other Demons«, wieder von Beck zusammengestellt, heraus. Im August 2001 publizierte Simon Rhys Beck den Abschlussband seiner Vampir-Trilogie »Blutige Tränen«. In Vorbereitung befindet sich »Craig's Little Dawn« von J. C. Skylark.

Neu im Jahr 2001 bei DEUTICKE »Nil« von Martin Amanshauser, »Maui fängt die Sonne« von Manfred Chobot, »Das Mirakel« von Josef Škvorecký und »Doktor Paranoiski« von Erich Molden.

Die Patientin eines Hypnosearztes scheint von der Idee besessen zu sein, jemand anders zu sein – in »Die Versuchung des August Perlmann« von Brooks Hansen, im Frühjahr 2001 bei der DEUTSCHEN VERLAGSANSTALT.

2000 kam bei DIANA der SF-Roman »Mutation« von Michael Cordy heraus, und im Januar 2002 präsentiert Gisbert Haefs sein neuestes Monumentalepos: »Roma – Der erste Tod des Marc Aurel«.

Anfang 2000 wurden bei DIEDERICHS der von Martin Löpelmann zusammengestellte Band »Keltische Sagen aus Irland« sowie der 2. Band der »Isländische Vorzeitsagen« publiziert.

Auf unbestimmt geschoben wurde von DIELMANN der schon für 2000 angekündigte SF-Roman »Die Zwangsjacke« von Jack London.

Im Frühjahr 2001 erschien bei DINO ENTERTAINMENT als Band 7 der Serie SABRINA – TOTAL VERHEXT »Hokuspokus, Hund und Harvey« von Cathy East Dubowski, und für Herbst eingeplant ist der 8. Roman zur TV-Serie, diesmal aus der Feder von Diana G. Gallagher.

Eine schöne Neuausgabe erlebte »Weihnachtslied« von Charles Dickens bei DIOGENES, wo 2001 auch »Tomi Ungerers Märchenbuch«, »Steinbauers Fuß« von F. K. Waechter, »Der Dämon und Fräulein Prym« von Paulo Coelho und »Das Streichquartett« von Hartmut Lange veröffentlicht wurden.

Bei DITTRICH kam der SF-Roman »Apokatastasis« von Lennart Nezoge heraus.

Im DRAVA VERLAG erschienen 2000 in einer zweisprachigen Ausgabe Märchen, Erzählungen und Lieder der Roma aus dem Burgenland unter dem Titel »Der Rom und der Teufel/O Rom taj o beng«.

Im VERLAG DREI EICHEN erschien im Frühjahr 2001 das indische Märchen »Der Königsgaukler« von Manfred Kyber.

Phantastische Kinder- und Jugendbücher auch bei DRESSLER: Im Frühjahr 2001 standen »Wölfchen Wolfs kunterbunter Kummerkasten« von Ian Whybrow, »Das Geheimnis der verbogenen Insel« von Eva Ibbotson und »Peter Pan« von James M. Barrie auf dem Programm, im Herbst dann »Als der Weihnachtsmann vom Himmel fiel« von Cornelia Funke, »Der verborgene Schatz von Big Hill« von Michael Morpurgo, »Pinocchio« von Carlo Collodi, »Die Kinder von Arden« von Edith Nesbit und »Märchen aus 1001 Nacht«.

DROEMER brachte im Frühjahr 2001 »Thunderhead«, den neuesten Thriller des Erfolgsduos Douglas Preston & Lincoln Child, und den Vorzeit-Roman »Die Töchter der großen Göttin« von Brenda Gates Smith und im Herbst den Wissenschaftsthriller »Missing Link« von Walt Becker und den Alternativwelt-Roman »Der 21. Juli« von Christian v. Difurth auf den Markt.

Im Jahr 2000 kam im DUMONT LITERATURVERLAG der SF-Roman »Der himmelblaue Speck« von Vladimir Sorokin heraus und 2001 der neue Roman von Christian Mähr, »Die letzte Insel«.

Neu im DUSSY VERLAG der Fantasy-Roman »Der Verrat der Fremden« von Sibylle Dussy (2001).

Um »Weihnachtswunder« ging es im gleichnamigen Buch von Eva Prawitt (2000). Das biblische Märchen »Der Erzesel Gabriel« von Mark Kleber kam im Frühjahr 2001 in der EDITION ANKER heraus.

Neu gestartet wurde im August 2001 die von Thomas Braatz und Walter Mayrhofer gegründete EDITION BRAATZ & MAYRHOFER mit »Der Schlüssel zum Paradies«, Band 1 der Edition ROBERT KRAFT – GESAMMELTE ROMANE UND NOVELLEN. Der zweite Band soll noch 2001 herauskommen, ebenso eine Kraft-Bibliographie in Farbe.

In der EDITION BÜCHERBÄR erschien im Frühjahr 2001 das phantastische Kinderbuch »Anna und die Buchstabenhexe« von Anne Steinwart.

Die EDITION ANDREAS IRLE führte zum Jahreswechsel 2000/2001 ihre JACK VANCE EDITION mit dem SF-Roman »Der Sternenkönig«, dem erstmals ungekürzt auf Deutsch publizierten 1. Band des DÄMONENPRINZEN-Zyklus, weiter.

»Bachs Biss – Eine Liebe in Lüneburg« von Ulrike Längle ist 2000 in der EDITION ISELE herausgekommen.

Neu in der EDITION NAUTILUS gab es im Herbst 2001 den Roman »Bluemoon Baby« von Frank Witzel und den Erzählband »Last Orders« von Sean McGuffin.

In Sammlerauflage publizierte die renommierte EDITION PHANTASIA »Gesammelte Werke 5 - Erzählungen 5« und »Die Musik des Erich Zann« von H. P. Lovecraft.

In der EDITION SELENE kam die Cyber-Soap-Opera »Kimberly« von Patricia Brooks im Herbst 2001 auf den Markt.

Der zweite Krimi der Reihe KOMMISSAR LAGLERS FÄLLE von Dr. Helmut Neumann, der wie der erste phantastische Elemente enthält, erschien im Oktober 2001 in der EDITION VA BENE.

Im Herbst 2000 waren die Highlights bei EHRENWIRTH »Tod in Dublin« von Paul Carson und »Sonne, Mord und Sterne« von James Patterson. Der neueste Near-Future-Thriller von David Ambrose erschien im Frühjahr 2001 unter dem Titel »Epsilon«, der neueste Thriller um den Ermittler Alex Cross von James Patterson im Herbst unter dem Titel »Wer hat Angst vorm Schattenmann« zusammen mit »Der Sommer der lachenden Kühe« von Arto Paasilinna.

Bei EICHBORN, dem »Verlag mit der Fliege«, sind 2000 und 2001 folgende für SF- und Phantastik-Freunde interessante Titel erschienen: »Der Teufelsvogel des Salomon Idler« von Peter Dempf (Historie), »Das Bildnis des Dorian Gray« von Oscar Wilde, »Das Orakel von Cumae« von Beate Schaefer (Fantasy), »Die wilden Götter« von Tor Age Bringsvaerd (Phantastik), »Himmelsfackeln« von Horst Ehmke (3. Band seiner Polit-Thriller-Serie), »Der Kahuna Modus« von Nika Bertram (SF), »Die Maya-Priesterin« von Andreas Gößling (historischer Roman mit magischen Elementen), »Todestag« und »Neverwake« von Tobias O. Meißner (SF), »Dufays Requiem« von Wolfgang Schlüter (Phantastik), »Wilde Reise durch die Nacht« von Walter Moers (Fantasy), »Der Zorn des Seth« von Sabine Wassermann (Historie) und »Gencode J« von Udo Ulfkotte (Thriller).

Beim jetzt ebenfalls zu BERTELSMANN - jetzt VERLAGSGRUPPE RANDOM HOUSE - gehörenden Jugendbuchverlag

ELEFANTEN PRESS wurden 2001 »Stella vom roten Stern« von Christa Zeuch, »Das Geheimnis der versunkenen Pyramide« von Silvana Gandolfi, »Die Bärenbraut« und »Prinzessin Frosch«, hrsg. von Gabriele Dietz, und »Als ich ein Kaninchen war« von Almut Tina Schmidt herausgebracht.

Im seit Jahresbeginn 2001 zu ARENA gehörenden ENSSLIN VERLAG wurde die SF-Jugendbuchserie MYSTERY PARK von Andreas Schreiner mit den Bänden 3 und 4, »Mystery Park in Gefahr« und »Duell der Superhacker«, fortgesetzt, neu gestartet wurde die Serie MONDTÖCHTER, in der Lynne Ewing vier Mädchen gegen dunkle Mächte und Dämonen kämpfen lässt, mit »Vanessas Verfolger« und »Serenas Verrat«.

Der sonst im Bereich Rollenspielmagazine tätige Verlag ENVOYER publizierte Ende 2000 den Fantasy-Roman »Der Lehrling des Zauberschmieds« von Bernd Spilker.

In seiner BELLETRISTISCHEN REIHE präsentierte der ERSTE DEUTSCHE FANTASY CLUB e.V. 2000/2001 den Roman »Finsternis und Helle« von Robert Persson (4. und abschließender Band des Fantasy-Zyklus ANIMALAND) sowie die phantastischen Erzählbände »Die Hexe von Varvinay – Geschichten von hüben und drüben« von Hermann Wolfgang Zahl und »Das Tor der Träume« von Frank W. Haubold.

Neu bei ESPRESSO »Saubermann« von Marcus Rafelsberger.

Wissenschaftler, die sich mit biotechnischen Forschungen beschäftigen, werden ermordet – in »Gottes Gehirn« von Jens Johler & Olaf Axel Burow (EUROPA VERLAG).

Neu im EWERTVERLAG der phantastische Roman »Im Pyramidenfeuer« von Ingeborg Freimuth.

Der FANTASY CLUB e.V. legte im August 2001 die erste Paperback-Ausgabe von »Magira – Das Fantasy-Jahrbuch« vor.

Gestartet wurden bei FEDER & SCHWERT im Oktober 2001 die neue fünfbändige Paperback-Reihe EDITION VAMPYR, eine Reihe von Vampir-Krimis, mit »Blutzoll« von Tanya Huff, und eine Romanreihe zum neuen Spiel ENGEL mit »Brandland« von Severin Rast & Oliver Hoffmann. Weitergeführt wurde 2000/2001 auch die Reihe CLANSROMAN mit den Bänden »Setiten« von Kathleen Ryan (4), »Ventrue« von Gherbod Fleming (5), »Lasombra« von Richard E. Dansky (6), »Ravnos« von Kathleen Ryan (7), »Assamiten« von Gherbod Fleming (8), »Malkavianer« von Stewart Wieck (9), »Brujah« von Gherbod Fleming (10), und »Giovanni« von Justin Achilli (11). Für das erste Halbjahr 2002 angekündigt sind der zweite ENGEL-Band »Fegefeuer« von Severin Rast und eine CLANSROMAN-Anthologie.

FESTA VERLAG: Nach der Trennung von BLITZ und der Gründung seines eigenen Verlags brachte Frank Festa ab April 2001 folgende Titel heraus: »Hippokratische Gesichter« von Malte S. Sembten (EDITION METZENGERSTEIN 1; NA), »In einer fremden Stadt, in einem fremden Land« von Thomas Ligotti (EDITION METZENGERSTEIN 17), »Parasit« von Richard Laymon (METZENGERSTEIN 18), »Dunkle Engel« von S. P. Somtow (METZENGERSTEIN 19), »Necropolis« von Clark Ashton Smith (LOVECRAFTS BIBLIOTHEK 5), »Die Opferung« von Graham Masterton (LOVECRAFTS BIBLIOTHEK 6), »Die Masken des Cthulhu« von August Derleth (LOVECRAFTS BIBLIOTHEK 7), die NECROSCOPE-Bände 5 & 6, »Totenwache« und »Das Dämonentor«, wobei die Bände 1 und 4 neu aufgelegt wurden, sowie die beiden ersten Bände der Sekundärreihe SPEKTRUM DER PHANTASTEN. Als Nächstes eingeplant sind »Die Eishölle« von Basil Copper (BIBLIOTHEK DES SCHRECKENS 8), »Die dunkle Kammer« von Leonard Kline (DIE BIZARRE BIBLIOTHEK 1), »Blutlust« von Brian Lumley (NECROSCOPE 7), »Rebellenkampf« von William Johnstone (ASHES 2), »Der König in Gelb« von R. W. Chambers (BIBLIOTHEK DES SCHRECKENS 9) und »Der Mr. Hyde-Effekt« von Steve Vance (METZENGERSTEIN 20). In DAS VOLK DER NACHT kommen 2002 folgende Bücher heraus: »Der Traum des Satyrs« von

Manfred Weinland & Corinna Bomann (10), »Am Abgrund« von Manfred Weinland & Roland Rosenbauer (11), »Sterbende Zukunft« von Manfred Weinland & Uschi Zietsch (12) und »Die Tücher der Erinnerung« von Manfred Weinland (12/MONA 2). Bei DIE BIZARRE BIBLIOTHEK stehen u. a. »Die Teufelsjäger« von Hanns Heinz Ewers, »Das Haus an der Grenze« von William Hope Hodgson, die von Frank Reiner Scheck zusammengestellte Anthologie »Berührungen der Nacht« und zwei Romane von Sarban vor der Veröffentlichung. Neu gestartet werden 2002 die sieben Bände umfassende Dark Fantasy-Serie KAI MEYERS MYTHENWELT, vom amerikanischen Autor James A. Owen nach Vorlagen des deutschen Erfolgsautors verfasst, und Brian Lumleys vier Bände umfassende DREAMLAND-SAGA, während bei der geplanten ROBERT E. HOWARD-Reihe plötzlich rechtliche Probleme aufgetaucht sind. In Vorbereitung befinden sich unter dem neuen Reihentitel NOSFERATU die besten Vampir-Romane der Welt, u. a. Romane und Serien von Chelsea Quinn Yarbro (ST. GERMAIN), Nancy Kilpatrick und P. N. Elrod (VAMPIRE FILES), sowie weitere Romane von Sarban, Michael Marrak und Abraham Merritt.

R. G. FISCHER, im Herbst 2001 in FISCHER & FISCHER MEDIENVERLAG umbenannt, publizierte auch 2000/2001 wieder einige interessante Genre-Titel, und zwar: »Die tausendundzweite Nacht« von Jutta Schöps-Körber, »Babajaga und der Kampf der Liebe« von Gabrielle Aulehner, »Erdbiberli und Würmeline« von Helga Heil, »Zeitspanner« und »Die Dreiunddreißiger« von Karl H. Demuß, »Cornelia – Herrin von Nivoheim« von Ulrich Both, »Das Daimonion« von Uschi Hammes, »Im Land meiner Träume« von Michael Ketter, »Expedition Terra 3« von Karl-Heinz Albrecht, »Die gefährliche Begegnung mit einer verlorenen Seele« von Viktoria Hemmelmayr, »Sambola, der Gnom« von R. Schey & D. Koye, »Sonnen der Nacht« von Astrid Nagel (M.A.C. 4), »?Spiegeleulen fliegen rückwärts?« und »Und es hob sich der Schleier der Zeit« von Verena M. Holzberg, »Sieg ohne Gewalt« von Margret Brügger, »Im Land der weißen Raben« von Paul J. Mark, »Wesen unterm

Katzenvollmond« von Christian Moos, »Jungfer Sonnentau braucht dringend Hilfe« von Ruth Kling, »Das Mädchen und die Zwillinge« und »Traumkönigs Mantel« von Sibylle Mews, »Wasserschön« von Gerhard Roth, »Porn, der Außerirdische« von Bärbel Wortmann, »Das Wesen des Mars« von Christiane Blasius, »Verkaufte Seelen« von Liz Graf und »Das Weltenpendel« von Harry Kreuzmann.

Ende August 2001 kam bei S. FISCHER »Hauke Haiens Tod« von Andrea Paluch & Robert Habeck mit der »wahren« Geschichte des Schimmelreiters heraus.

In der FISCHER SCHATZINSEL wurde Ende 2001 als einmalige Sonderausgabe »Matilda« von Roald Dahl in gebundener Form herausgebracht.

Unter dem Pseudonym Frank Skodi publizierte Frank M. Skowronek Ende 2000 im Eigenverlag FMS (BOD) zwei Romane mit phantastischen Elementen: »Reise durch die Dämmerung« und »Die Expedition zu den Bratwurstfressern«.

Die besten Stories des vom FÖRDERKREIS PHANTASTIKA RAUM & ZEIT e.V. im Sommer 2000 auf seiner Website http://www.ScienceFiction.de ausgeschriebenen Wettbewerbs zum Thema Alternativwelten, die von einer aus Torsten Dewi, Andrea Duwe und Klaus N. Frick bestehenden Jury ausgewählt wurden, wurden im Herbst 2001 in der Anthologie »Fleisch und Blut« veröffentlicht.

Bereits 1999 startete der FOUQUÉ LITERATURVERLAG sein Programm, in dem auch bislang drei SF-Titel publiziert wurden: »Commander John – Liebe ist stärker als der Tod« von Klaus F. Kandel, »Das Rätsel der Zeitmaschine« von Harry Kreuzmann und »Wenn der Himmel sich öffnet« von Markus Fraundorfer.

Im Frühjahr 2001 erschienen im VERLAG FREIES GEISTESLEBEN Neuausgaben von Tonke Dragts »Der Goldschmied und der Dieb« und »Die Meute der Morrigan« von Pat O'Shea sowie »Der Geist von Fossil Glen« von Cynthia DeFelice und »Das Wunder des Lachens« von Dagmar Fink.

Auch bei FRIELING & PARTNER sind zuletzt wieder einige Genre-Titel erschienen, und zwar »Der Affen Doktor« von Gerhard Nemany, »Tee mit Herr von Goethe« von Ingrid Lorenzen, »Willkommen in Preusoponien« von Gerda Möhring, »Die Bewohner der blauen Stadt« von Hans-Dieter Tubandt, »Gelbgestreifte Ratten oder: Was geschah mit Valentin Hagen?« von Herbert Paust, »Wanderungen zu den Sternen« von Alain J. Catalain, »Die Tauträren« von Werner Boll und »Mitternachtsmelodie« von Matthias Fröhlich. Zur Veröffentlichung vorbereitet werden u. a. »Der gefälschte Wunschzettel« von Eva Maria Heine, »Das Universum ... und von allem ein bisschen« von Rene Hemmerling, »Unterwegs mit Amos« von Roland Höhr, »Worldbrain – Das Gewissen der Welt« von Engelbert Rausch und »Besuch im Feenreich« von Michael Schulz.

Der Wiener Kinder- und Jugendbuchverlag G & G präsentierte im September 2001 den 9. TIMMI TIGER-Roman »Die Augen der Titanen« von Stefan Karch und den 4. UNFASSBAR!-Band von Markus J. Altenfels unter dem Titel »Das Haus der lebenden Schatten«. Von Interesse ist auch der Originalreprint des großformatigen Sammelbands »Das bunte Buch der 1000 Späße« mit Geschichten aus der WUNDERWELT.

30 orientalische Märchen enthielt der Band »Drei Säcke voll Rosinen« von Chaddischa Hassan, Najim A. Mustafa & Urs Gösken, der zeitgleich mit »Orpheus, Sisyphos & Co.« von Dimiter Inkiow 2001 bei GABRIEL herauskam.

Der Phantastik-Klassiker »Das Land der Verheißung« von Manfred Kyber wurde im Sommer 2001 beim GENIUS VERLAG neu aufgelegt.

In der Reihe GERSTENBERGS VISUELLE LITERATUR erschienen 2000/2001 »Gullivers Reisen« von Jonathan Swift, »Das

Bildnis des Dorian Gray« von Oscar Wilde und »Das Dschungelbuch« von Rudyard Kipling, dazu gab es die von Arnhild Kantelhardt zusammengestellte Anthologie »Es war eine dunkle und stürmische Nacht« und den Klassiker »Der geheime Garten« von Frances Hodgson Burnett.

Schon 1994 erschien der erste Band der Reihe GLÜHWURMS MÄRCHENHEFTE beim GLÜHWURM-TEAM (Eisenbahnstraße 29, D-72555 Metzingen), »Nur ein Baum« von Tara Tamon. Im Sommer und Herbst 2000 erschienen dann »Wer bin ich?«, »Grenzbewohner« und »Das Sternenkind« von Tara Tamon unter dem neuen Reihentitel MÄRCHEN, FABELN UND GEDICHTE VOM GLÜHWÜRMCHEN.

Im GO-VERLAG erschienen die Collection »Dar'Lor und Elora oder Rituale der Sinnlichkeit« und die Anthologie »Delfine im Nebel«. In Co-Produktion mit BEJOT wurde im Herbst 2001 die von Barbara Jung zusammengestellte Anthologie »Jenseits des Happy Ends« mit neuen Stories von u. a. Alisha Bionda, Linda Budinger, Björn Jagnow, Michael Fritzsche und Christel Scheja herausgebracht. Gegen Ende des Jahres schließlich startete mit »Schatten der Vergangenheit« die Space Opera-Serie DER KORSAIR von Jeannot Bildgen, deren erste Bände schon vor Jahren im Eigenverlag publiziert wurden.

Zu Jahresbeginn 2001 gab Jörg Bartscher-Kleudgen (Droste-Hülshoff-Straße 1, D-59757 Arnsberg-Neheim) den von ihm und Marco Meier verfassten phantastischen Roman »Hagazussa« in der GOBLIN-PRESS heraus. Zur Zeit arbeitet er an der Fortsetzung mit dem Titel »Incubus«. Noch vor Jahresende 2001 soll eine überarbeitete Fassung seiner vergriffenen Geschichtensammlung »Cosmogenesis« mit leicht verändertem Inhalt herauskommen.

In »Die Damalstür« von Akif Pirincci bietet diese einem Mann die Chance, an einen bestimmten Punkt in seiner Vergangenheit zurückzukehren. Im Herbst 2001 bei GOLDMANN.

Erst im Frühjahr 2001 veröffentlichte GOLLENSTEIN den schon länger angekündigten Phantastik-Klassiker »Pharos der Ägypter« von Guy Newell Boothby.

GRASMÜCK publizierte 2000/2001 »Die Seelenwanderer« von Paul Busson.

Im GRÜNVERLAG (BOD) erschienen im Jahr 2000 die phantastischen Paperbacks »Branwen eine alte Geschichte/Etain/Keridwen« und »Lugovios oder Der Weg des Opfers« von Felice Mantovan-Verdi.

Folgende phantastische Titel kamen zuletzt bei HAAG + HERCHEN heraus: »Senor Morales« von Uwe Gronau, »Ulrike mit den Segelohren« von Rainer Jaeckle, »Krater« von Winfried Crohn und »Der Fall Planquadrat XY III 34-BL« von Joachim Damme.

Endlich zum Abschluss gebracht wurde bei HAFFMANS im Frühjahr 2001 die zehnbändige Edition SÄMTLICHE SF-GESCHICHTEN VON PHILIP K. DICK mit Band 6, »Foster, du bist tot«, dazu erschien noch »Das Hauptwerk in vier Bänden« von Rudyard Kipling. Fünf phantastische Erzählungen enthielt »Die Eisenberg-Konstante« von Eugen Egner, der im November 2001 erschien. Kurz danach meldete der Verleger den Konkurs an.

Als Teil eines gemeinsamen Projekts erschienen im Herbst 2001 bei HAINHOLZ drei phantastische Kurzromane von Jorge Volpi, Eloy Urroz und Ignacio Padilla unter dem Titel »Drei Skizzen des Bösen«.

Im Frühjahr 2001 brachte HANSER den SF-Roman »Ein Freund der Erde« von T. C. Boyle und »Prinz« von Michael Ib heraus, im Herbst folgte der neueste historische Schmöker von Umberto Eco mit dem Titel »Baudolino«, dazu gab es »Siegfried« von Harry Mulisch um einen fiktiven Sohn von Hitler und Eva Braun, »Suche Traum, biete mich« von Kurt Vonnegut mit frühen Erzählungen des Autors und eine von Raoul Schrott überarbeitete Fassung des Heldenepos »Gilgamesch«.

In den HANSER KINDERBÜCHERN erschienen 2001 »Im Kreis des Feuers« von Marianne Curley und »Das Weihnachtsgeheimnis« von Jostein Gaarder.

Als Book on Demand kam bei der HARGROVE PRESS der SF-Roman »Babel's Park« von Annette Turner heraus. In diesem »medialen Märchen aus der Wortspielhölle« will die unheilbar erkrankte Protagonistin ihren Körper mit einem cybernetischen Organismus tauschen, um als Cyberhure unsterblich zu werden.

Neu im VERLAG ACHIM HAVEMANN erschien der vom Verleger zusammen mit Jürgen Hoffmann zusammengestellte »Taschenbuchkatalog der Science Fiction-, Fantasy- und Horror-Literatur 2001«.

Dass auch im 21. Jahrhundert archaische Gefühle die Handlungen der Menschen bestimmen, davon ging Harald Kollegger 2001 in seinem Roman »Sommerholz« bei HAYMON aus, wo Ende 2000 die Siegerstories des neuen SIEMENS-LITERATUR-WETTBEWERBS unter dem Titel ».txtour 2000«, hrsg. von Semir Insayif, Roland Leeb & Alfred Rubatschek präsentiert wurden.

Im auf Sekundärtitel spezialisierten HEEL-VERLAG ist für 2002 der SF-Roman »Kampf um die Erde« von W. K. Giesa & Claudia Kern, der 2. HAGAR QIM-Band, eingeplant.

Um einen Wanderprediger, der zu ewigem Leben verdammt wurde, ging es in »El Malik – Wanderer durch die Zeiten« von Gudrun Embacher, im Herbst 2001 bei HERBIG. Ebenfalls hier erschienen sind »Indalo – Der Gott der Liebenden« von Christiane Gohl und »Karl May und der Wettermacher« von Jürgen Heinzerling.

Im Frühjahr 2001 standen im Buchprogramm des HEYNE VERLAGS folgende phantastische oder spekulative Titel auf dem

Programm: »Unter Beschuss – U.S.S. Seawolf« von Patrick Robinson, »Im Zeichen des Drachen« von Tom Clancy, »Das Lied der alten Steine« von Barbara Erskine, »Die Nacht des Falken« von Stephan Grundy & Melodi Grundy (3. Band des FALKEN-Zyklus), »Stimmen der Angst« von Dean Koontz und »Kaltgestellt« von Colin Forbes; im Herbst 2001 erschienen »Die Täuschung« von Caleb Carr und »Die Unsterbliche« von Kai Meyer (Fortsetzung zu »Die Alchimistin«), im Januar 2002 »Der Prometheus-Verrat« von Robert Ludlum, »Der Ring des Sarazenen« von Wolfgang Hohlbein und »Tödliche Tiefe – U.S.S. Shark« von Patrick Robinson.

Im Taschenbuchprogramm von HEYNE wurden 2000/2001 wieder Hardcover publiziert, wie die ersten drei Romane der LUIS BARNAVELT-Serie des 1991 verstorbenen Jugendbuchautors John Bellairs, »Das Geheimnis der Zauberuhr«, »Der magische Schatten« und »Das Rätsel des verwunschenen Rings«, sowie »Der große Süden« von Ward Moore.

Sagen und Märchen vom Ostseestrand enthielt Albert Burkhardts »Vineta«, das ebenso wie das finnische Nationalepos »Kalevala« im Frühjahr 2001 bei HINSTORFF erschienen ist.

Highlights im Frühjahrsprogramm 2001 von HOFFMANN UND CAMPE waren Douglas Couplands »Miss Wyoming«, der den Leser in die schöne neue Welt Kaliforniens mit den trashigen Zügen einer postapokalyptischen Zukunft entführte, und »Pandora« von Anne Rice. Drei interessante Titel mit Genre-Bezug standen im Herbst 2001 auf dem Programm: »Die Inkas – Prinzessin der Sonne« von Antoine B. Daniel, »Armand, der Vampir« von Anne Rice (CHRONIK DER VAMPIRE) und »Mara und Dann« von Doris Lessing.

Im Herbst 2001 brachte der IBERA VERLAG den phantastischen Roman »Der Schalenstein« von Siegfried Weger heraus, in dem sich das Tiroler Hochtal als letztes Rückzugsgebiet mythologischer Wesen entpuppt.

Im Herbst 2001 erschienen ist bei IGEL das in der geheimnisvollen Welt der Kelten spielende Jugendbuch »Der Schatten des Mädchens« von Herbert Helfrich.

Im Frühjahr 2001 erschienen bei INSEL »Lots Töchter« von Daniel Katz, »Märchen und Erzählungen« von Oscar Wilde und »Besessen« von Antonia S. Byatt, im Herbst folgten »Das Geheimnis des Biographen« von Antonia S. Byatt und »Die Reisen des Herrn Baldassare« von Amin Malouf.

In seinem zweite Programm veröffentlichte der VERLAG JUNG UND JUNG im Herbst 2001 den phantastischen Horror-Roman »Schwarze Lämmer« von Elfriede Kern.

Im Februar 2001 lieferte der VERLAG JUNGBRUNNEN die phantastischen Jugendromane »Die Reise zu den Fliegenden Inseln« von Heinz Janisch und »Unternehmen Halbmond« von Monika Pelz aus.

In der K&C BUCHOASE, die sich als Plattform für neue begabte Autorinnen und Autoren versteht, sind zuletzt die Collection »Ariane, Bastian, Luzifee und Co.« von Nicole Rensmann und »Die Regenbogenkugel« von Sigrid Spitzer erschienen. In Vorbereitung befinden sich für 2001/2002 »Gänsehautgeschichten« von Monika Felten & Sabine Streufert und »Die Staubfee« von Nicole Rensmann.

»Rosehill« von Susanna Kearsley und »Die Perleninsel« von Ippolita Avalli kamen 2000 bei KABEL heraus, und der neueste Psychothriller von Fran Dorf erschien Ende Februar 2001 unter dem Titel »Dämonenlied«.

Noch mehr Schauergeschichten aus der Eifel präsentierte der KBV-VERLAG in der Anthologie »Abendgrauen II«, hrsg. von Ralf Kramp & Manfred Lang, u. a. mit Beiträgen von Alfred Andersch, Clara Viebig und Theodor Seidenfaden. Zudem erschien der Roman »Das geheime Leben des Ettore Majorana« von Burkhard Ziebolz.

Ende 2000 erschien im KEMA-VERLAG der phantastische Roman »Die Vision« von Inge Pflüger, die in sich abgeschlossene Fortsetzung zum Märchenroman »Die Schneekugel« aus dem Jahre 1998.

Im Frühjahr 2001 ist bei KERLE der Klassiker »Kleiner König Kalle Wirsch« von Tilde Michels neu herausgekommen, im Sommer das Kinderbuch »Amalia im Fledermausschloss« von Alexandra Fischer-Hunold.

Bei KIEPENHEUER & WITSCH berichtete Herbert Rosendorfer 2001 von den Erlebnissen eines einsamen Teilzeitgottes – in »Kadon – ehemaliger Gott«.

Neu präsentierte DER KINDERBUCHVERLAG 2001 die phantastischen Kinderbücher »Pommi, Paula und Söhnchen: Dracula wohnt nebenan« von Ingrid Uebe, »Der Geist aus dem Watt« von Thomas Machowina und »Kleine Hexe Toscanella« von Gunter Preuß.

2000 erschien bei KINDLER »Der Zeitmesser« von Christopher Wilkins.

Die Fantasy-Edition bei KLETT-COTTA, wo 2000 noch die Bände 1 und 2 von Tolkiens »Das Buch der verlorenen Geschichten« eine Neuauflage erfuhren, wurde im Frühjahr 2001 mit dem klassischen Sagenstoff »Beowulf« sowie den Romanen »Das Lied des Basilisken« von Patricia A. McKillip und »Ginevra – Königin unter Sternen« von Persia Woolley weitergeführt. Ein Wissenschaftskrimi und eine Geschichte der Quantenphysik gleichermaßen war der in Nazideutschland spielende Thriller »Das Klingsor-Paradox« von Jorge Volpi. Ebenfalls im Sommer 2001 erschienen »Der Steinkreis des Chamäleons: Die Auserwählten« von Ricardo Pinto, »Die Stimme der Finsternis« von Tad Williams & Nina Kiriki Hoffmann und zwei Neuausgaben von »Der Herr der Ringe – Die Gefährten« von J. R. R. Tolkien.

Das phantastische Jugendbuch »Der Junge mit dem Silberhelm« von Hanne Kvist erschien 2000 bei ERIKA KLOPP.

Im Frühjahr 2001 standen bei KNAUR der DARKOVER-Roman »Die Schattenmatrix« von Marion Zimmer Bradley und »Teufel auch! Mein Schutzengel heißt Luzifer« von Klaus Hellmann auf dem Programm. Interessante Titel im Herbst 2001 waren der Thriller »Das Vermächtnis von Mont Saint-Michel« von Arnaud Delalande und der historische Roman »Die Hexe und die Heilige« von Ulrike Schweikert.

Zwei Grenzfälle zum Genre kamen 2001 bei KNAUS heraus: »Tanz der Zwerge« von Anne Marie Lon und »Der Blitzkäfig« von Alan Wall.

Ende 2000 erschien im LUCY KÖRNER VERLAG die Anthologie »Sternengebrüll« mit elf zum Teil phantastischen Denk- und Fühlgeschichten.

Zur Frankfurter Buchmesse 2000 publizierte der KONTRAST-VERLAG (D-56291 Pfalzfeld) das SF-Jugendbuch »Fahrt nach Futuras« von Gerd Breitenfeld über eine Reise in eine andere Welt als Anstoß zum Nachdenken über Demokratie. Zur Buchmesse 2001 folgte der phantastische Jugendroman »Robert und der magische Knopf« von Jo Hartwig über einen Jungen, dem ein Amulett Zauberkräfte verleiht, über die er aber mit niemandem sprechen darf, weil sie sonst wirkungslos werden.

KOSMOS startete in seinem Jugendbuch-Programm im September 2001 mit »Das düstere Portal« von Robert Jarvis die Fantasy-Trilogie DIE MÄUSE VON DEPTFORTH, ein Ratten- und Mäuse-Epos. Zudem von Interesse waren »Das Hexenhandy« und »Das schwarze Monster« (DIE DREI???) sowie »Gefahr im Gruselpark« (DIE DREI??? KIDS).

Im Frühjahr 2001 kam bei KREMAYR & SCHERIAU der phantastische Roman »Irren ist göttlich« der ungarischen Journalistin Agota Bozai heraus.

KRÜGER präsentierte im Frühjahr 2001 den Fantasy-Roman »Ring der Steine« von Anna Lee Waldo und im Sommer den letzten AVALON-Roman von Marion Zimmer Bradley: »Die Priesterin von Avalon«

In der KULTURINITIATIVE KÜRBIS WIES erschien die von Werner Schandor zusammengestellte SF-Anthologie »2001« mit Beiträgen von u. a. Franzobel, Bettina Balaka, Stefan Schmitzer, Martin Krusche, Ilse Kilic & Fritz Widhalm und Wolfgang Pollanz.

Das außergewöhnliche Leben der Mary Shelley beleuchtete Karin Priester in ihrer bei LANGEN MÜLLER publizierten Biografie »Wie ein Schilfrohr im Wind«. Dazu gab es 2001 den Roman »Ein Mann namens Sokrates« von Gerald Messadie.

Zwei interessante Bücher sind im LEDA-VERLAG (Kolonistenweg 24, D-26789 Leer) erschienen: »Lemuels Welt« von Bernd Flessner (mysteriöse Geschichten) und »Im Mahlstrom des Grauens«, hrsg. von Klaus Seehafer (unheimliche Geschichten von Strand und Meer, u. a. von H. C. Artmann, Bram Stoker, Francis Marion Crawford und W. H. Hodgson).

Im Februar 2001 setzte LEIV seine OZ-Edition mit »Dorothy in der Smaragdenstadt« von L. Frank Baum fort und im August 2001 die ZAUBERWELT-Serie mit »Die unsichtbaren Fürsten« von Nikolai Bachnow und legte auch die beiden ersten Bände, »Der Zauberer der Smaragdenstadt« und »Der gelbe Nebel« von Alexander Wolkow, in neuer Aufmachung nochmals auf. Dazu gab es »Philipp und der Katzentiger« von Christa Kozik.

Weitere Zuwachsraten bei der Zahl der angebotenen Phantastik-Titel verzeichnete LIBRI BOD, das »Book on Demand«-System von LIBRI. Im Paperback erschienen im Jahr 2000 noch »Der letzte Reiter und andere phantastische Geschichten« von Bettina Szrama, »Area-Y-Project« von Burkhardt ED Rump, »Irgendwo« von Michael Dignal, »Mayacan – Stadt im Verborgenen« von Bernhard Masenger, »Netzgeschichten 2«, hrsg. von

Sven Trautwein, »Stella und Marc oder Was wollen die Alien-Damen wirklich in München?« von Clemens Terrell, »Hagazussa – Der Hexensaga 1. Teil« von Gerald Michael Fähnrich, »EvA war blond« von JeaMY Lee, »e-Mail aus der Zukunft« von Andre Olejko, »Mauwwi, der Tropenplanet« von Lairgh McDougall, »Aurania« von Rosemarie Peil, »Copydays ... als die Zeit begann, still zu stehen« von Wilfried Lemm, »Die WasserMannFrau« von Marie Lou von Werdt, »Roleplay« von Willam Nuke (alias Dr. Bernd Diehl) und »Tom und der Roboter« von Gerd Ulrich, 2001 folgten bislang u. a. »Zaungast und der Kosmokator« von Werner Fletcher, »Die Zaubermeister« von Klaus Lehmich, »Der Schatten des Marabouts« von Janko Kozmus, »Die Seeleninsel« von Christina Pollack-Tremel, »Alkoth« von Wolfgang Ansgard, »Der Plasmanebel« von Ehrenfried Erhardt, »Wolgor, der Zauberer« von Hans-Jürgen Conrad, »Morleys Traum«, »Orkneys Geheimnis«, »Schweres Erbe« und »Waldland« von Toni Roberts (HINTER DEM WELTENRAND 1 bis 4), »Mutter« von Wudak Sill, »Geschichten zwischen Tag und Traum« von Alexander L. Czoppelt, »Von der Welt nebenan« von Slawomir Suchy, »Doktor Sternhüpfers Reise in den Himmel«, »Epi und die Monster« von Martin Schröder, »Der Seher« von Ray O. Nolan und »Geniale Debütanten« von H. J. Schiffer.

Der dritte Roman der BLAUEN SERIE von Daniel de Roulet erschien im Herbst 2001 bei LIMMAT unter dem Titel »Blaugrau«.

Einen Thriller, der sich beängstigend nahe an der Wirklichkeit bewegt, präsentierte LIST im Frühjahr 2000 mit »Tödliche Ehre« von Werner Sonne & Mort Ehudin. Um einen kindlichen Meisterdieb, eine kämpferische Elfe und ein geheimes Buch ging es dann im Herbst im phantastischen Roman »Artemis Fowl« von Eoin Colfer, während Jörg Kastner den »Mozartzauber« enträtselte.

Auch LOEWE gehört zu den Jugendbuchverlagen, die traditionell einen Schwerpunkt auf die Phantastik legen. Das zeigten auch wieder die Einplanungen 2000/2001. Im Frühjahr 2001 standen »Gefahr am Amazonas« und »Im Land der Samurai« von Mary Pope Osborne (DAS MAGISCHE BAUMHAUS 5 & 6), »Gespensterjäger in großer Gefahr« und die ersten vier GESPENSTERJÄGER-Romane von Cornelia Funke in neuer Aufmachung, »Der Club der 13« und »Schwimm um dein Leben!« aus der Serie R. L. STINES SCHATTENWELT, die FEAR STREET-Romane »Ahnungslos«, »Besessen«, »Risiko« und »Teufelskreis« von R. L. Stine, »Tor zwischen den Welten« von Kai Meyer (SIEBEN SIEGEL 9), »Holly Finn im Haus der Schatten« und »Holly Finn und der neunte Rabe« von Phyllis Reynolds Naylor (HOLLY FINN 1 & 2) sowie »Saphir« von Judy Waite (PFERDEZAUBERER 4) auf dem Programm. Und im Herbst 2001 kamen »Das Superlöwen Grusellesebuch«, »Lucy und das Geheimnis der Fledermäuse« von Ursel Scheffler (LUCY 2), »Abenteuer auf dem Mond« und »Im Reich der Mammuts« von Mary Pope Osborne (DAS MAGISCHE BAUMHAUS 7 & 8), »Holly Finn und das zweite Gesicht« von Phyllis Reynolds Naylor (HOLLY FINN 3), »Die Fließende Göttin« von Kai Meyer (Auftakt zu einer grandiosen Fantasy-Trilogie), »Starlight« von Judy Waite (DER PFERDEZAUBERER 4), die Romane »Aliens unter uns!«, »Geisterfluch an Halloween«, »Das magische Amulett« und »Spukhaus in der Fear Street«, die zu R. L. STINES SCHATTENWELT gehören, sowie die FEAR STREET-Romane »Falsch verbunden« und »Eifersucht« von R. L. Stine heraus.

Zuletzt erschienen im LUCHTERHAND LITERATURVERLAG die Erzählbände »«Die Launen des Messias« von Melvin Jules Bukiet und »Der Mann, der Gott sein wollte« von Etgar Keret.

2001 brachte der GUSTAV LÜBBE VERLAG »Aquila« von Thomas Gifford, »Die Herrin der Raben« von Diana L. Paxson (CAMELOT 2), »Eine Billion Dollar«, den jüngsten Roman von Andreas Eschbach, »Das zweite Gedächtnis« von Ken Follett und »Althalus« von David & Leigh Eddings heraus, im Januar 2002 folgt »Die Herrin von Camelot«, der Abschlussband der CAMELOT-Trilogie von Diana L. Paxson.

Peter Horn, bekannt durch seine Jugendbuchserie FLORIAN UND DIE GEISTERWELT, publizierte im VERLAG MACONDO (BOD) die Romane »Die Stimmen der Sterne« und »Benedikt und die Schmetterlingsmenschen«.

MANESSE setzte seine Klassikerreihe MANESSE INDIGO 2000/2001 mit »Hundert chassidische Geschichten« von Martin Buber und »Der seltsame Fall von Dr. Jekyll und Mr. Hyde« von Robert Louis Stevenson fort.

»Cryptonimocon«, der neue Roman des Erfolgsautor Neal Stephenson, kam im Sommer 2001 bei MANHATTAN heraus, gefolgt vom reich bebilderten SCHEIBENWELT-Roman »Wahre Helden« von Terry Pratchett. Zuvor waren »Mein Rendezvous mit Satan« von Stacey Richter und »Die volle Wahrheit« von Terry Pratchett (SCHEIBENWELT) erschienen.

Im Eigenverlag gab KERSTIN MAYBAUM-MÖRS (Am Domplatz 55, D-53347 Alfter) ihren phantastischen Roman »Dust in the Wind – Irgendwann wird alles einen Sinn ergeben« heraus.

Als Band 10 erschien in der Edition MEDUSENBLUT (c/o Boris Koch, Libauer Straße 10, D-10245 Berlin) der phantastische Roman »Albert Duncel – Ein biographischer Versuch« von Michael Siefener, als Band 11 folgte ebenfalls 2001 die Collection »Der Tote im Maisfeld« von Boris Koch. Als Nächstes eingeplant sind die Erzählbände »Das Anakastische Syndrom« von Eddie M. Angerhuber (MEDUSENBLUT 12) und »Websters Pandaemonium« von Christian von Aster (MEDUSENBLUT 13).

Bereits 1999 gab es beim METZ-VERLAG den Zeitreise-Jugendroman »Manchmal fällt das Leben aus dem Rahmen« von Traudel Witter.

Neu kamen bei G. MEYER als Paperback 2000/2001 folgende Titel heraus: Die Erzählbände »Galaxistor & Raumschiffkommandant Golldock« von Jürgen Müller, »MegaFusion« von

Sven Klöpping, »Sinzigs Arche & Ein ganz normaler Tag im Leben eines Gottes« von Thorsten Küper und »Philipp und Melanie« von Nicole Rensmann sowie die Romane »Dreamland – Der Herr der Träume« von Thomas Achtzehner, »Prinz Florisel oder Der Selbstmordklub« von R. L. Stevenson, »!Chiapas!« von Robsie Richter und »Abyssus« von Theo Armin Zimsch & Gero Kreuzberg.

2000/2001 sind beim MG VERLAG »Tempelsturz« (CHATARC 1) und »Das Kompendium« (STERNENPULS 1) von Martin Hoyer, »TRI-COPAS ZYKLUS: Sterbende Träume« von Ulrich Evers, »Ein neuer König« von Markus Rehm-Hunke (NORKIA 1), »Das Leid der Wölfe« von Janina Radny (DIE FARBEN VON ANDERSWELT 1), »Der Verfluchte« von Cedric Caine (alias Alfred Wallon; DIE STEINERNE ROSE 1), »Todeszone« von Alfred Wallon & Marten Munsonius (CORRIGAN 1), »Das Aasahl« von Martin Schumann, »Schattengeist« von Corinna Bormann und »Meister der Lügen« von Alfred Wallon & Antje Ippensen (MURPHY 4) erschienen. Für Herbst 2001 eingeplant sind der Pilotband der SF-Serie X-WORLD, »Gefahr aus der Urzeit« von Manfred Weinland, AXTMANN 1 von Alfred Bekker, NORKIA II, CHATARC II, DIE HÜTER, SCHATTENGEIST und MURPHY 4.

Im Eigenverlag MIDAS publizierte Allroundkünstler Christian von Aster 2000/2001 die Erzählbände »Phantasmagoria Animalis«, »Sieben sonderliche Schellen« und »Karawane der Diebe« sowie das Märchen »Höllenherz«. Als Gemeinschaftswerk mit Boris Kochs MEDUSENBLUT kam der Band »Das goldene Kalb« heraus.

Bei MIDDELHAUVE LITERATUR erschien 2001 die Collection »Glasbruch« von Daniel Krieg mit sieben unwahrscheinlichen Geschichten, bei MIDDELHAUVE das Kinderbuch »Liebste Mäuse« von Leo Lionni.

MILENA setzte 2001 die von Claudia Rath verfasste Fantasy-Serie DIE MIDLAND-SAGA mit »Das Kind der Sterne und der Schlangen« (3) und »Midlands Mummenschanz« (4) fort.

Im Jahr 2000 erschien im MILITZKE VERLAG der Thriller »Die Klon-Farm« von Tilo Ballien.

Bei MINOTAURUS, dem Imprint von BLITZ, erschienen zuletzt die GESCHICHTEN AUS DER SCHATTENWELT 3, »Xatyrrah« von Thomas Riedel & Christian Pfeiler und »Kriecher« von Alastor E.E., Band 1 von SPECTRE DRAGON.

Im November 2001 brachte der MITTELDEUTSCHE VERLAG die phantastische Erzählung »Der Man auf dem Olivenbaum« von Hanns von Mühlenfels heraus.

Kurz vor Erscheinen aus dem Programm genommen wurden die drei für Herbst 2001 eingeplanten Bände der Reihe MOEWIG FANTASTIK, »Lotsen im Sandmeer« von Hans Kneifel (ATLAN), »Das Geistermeer von Oros« von Hugh Walker (DRAGON) und »Die galaktische Rallye« von Horst Hoffmann, die PERRY RHODAN KOSMOS CHRONIKEN 2, »Reginald Bull« von Hubert Haensel, wurden auf das Frühjahr 2002 verschoben. Tatsächlich erschienen sind »Im Netz der Nonggo« von Arndt Ellmer und »Die Verlorenen von Chearth« von Ernst Vlcek (PERRY RHODAN AUTORENBIBLIOTHEK 1 & 2), die MOEWIG FANTASTIK-Bände »Fährte nach Andromeda« von Peter Terrid (TERRA ASTRA), »Fluchtpunkt Schemmenstern« von Frank Borsch (ATLAN) und »Krieger des Namenlosen« von Hugh Walker (DRAGON), die von Horst Hoffmann zusammengestellten PERRY RHODAN-Silberbände »Schach der Finsternis« (73), »Konzil der Sieben« (74), »Die Laren« (75) und »Raumschiff Erde«, sowie die ATLAN-Bücher 18 & 19, »Die Folterwelt« und »Piraten der Sterne«, hrsg. von Rainer Castor.

Im Frühjahr 2001 wurde vom HEINZ MOHLBERG VERLAG der ursprünglich verdruckte Band 4 der KURT BRAND EDITION mit den Einzelbänden »Aus Weltraumtiefen«, »Milchstraße M1« und »Stern ohne Wiederkehr«, der gemeinsam mit dem ersten Band von Kurt Brands »Yal der Weltraumreporter« Ende 2000 erschienen war, neu ausgeliefert, und im gleichen

Jahr kamen auch die Sammelbände »Der Prokaskische Krieg 2« von W. W. Shols (UTOPISCHE WELTEN 2) und »Yal der Weltraumreporter 2« von Kurt Brand auf den Markt. In Vorbereitung befinden sich in der Reihe UTOPISCHE WELTEN ein Sammler mit drei Einzelbänden von Jürgen ten Hoevel, die YAL-Bände 3 und 4 von Kurt Brand (mit der bislang unveröffentlichten elften Reportage), »Seher von Yys« von W. A. Hary & Alfred Bekker (Vorgeschichte zu GAARSON GATE), der GARAD-Zyklus von Hans Peschke und UTO-SPION von W. W. Shols.

Im Verlagshaus MONSENSTEIN UND VANNERDAT kam im Sommer 2001 der phantastische Erzählband »Kurzgeschichten 1982–1999« von Marc Albrecht heraus.

Zwölf neue Märchen präsentierte Wolfgang Wenger in seinem im 2. Halbjahr 2001 beim OTTO MÜLLER VERLAG herausgebrachten Erzählband »Die Zeitenmühle«.

Zur Frankfurter Buchmesse 2001 stellte der MUT-VERLAG seinen ersten Genre-Titel vor, die von Jörg Weigand zusammengestellte Anthologie »Wagnis 21 - Visionen, Hoffnungen, Ängste«. Die 21 enthaltenen Geschichten, in der Regel Originalveröffentlichungen, stammen u. a. von Monika Niehaus-Osterloh, Frank G. Gerigk, Gisbert Haefs, Iny Klocke, Rainer Erler, Herbert W. Franke, Uschi Zietsch, Werner Zillig, Ulrich Harbecke, Marcel Bieger, Thomas Le Blanc, Elmar Wohlrath, Michael Dignal, Bernd Flessner und Jürgen vom Scheidt.

Im zusammen mit ihrem Sohn gegründeten MYSTERY VERLAG brachte Gerdi M. Büttner ihren Debüt-Roman »Blutsfreunde«, den ersten Band einer Vampirchronik heraus.

2000 erschienen bei NAGEL & KIMCHE die Fantasy »Timi Donner im Reich der Kentauren« von Lukas Hartmann und die Collection »Curriculum eines Grabräubers« von Dante Andrea Franzetti, 2001 folgten die Tier-Fantasy »Heiße Spur in Dixies Bar« von Paul Shipton (WANZE MULDOON 2), das poetische

Märchen »Auliya« von Veronica Murguia, das Fantasy-Jugendbuch »Das magische Licht« von Gabrielle Alioth und der phantastische Roman »Geheime Schlüssel, verborgene Türen« von Catherine Storr.

Im Frühjahr 2001 wurde beim Verlag DAS NEUE BERLIN die russische Space Opera »Menschen wie Götter« von Sergej Snegov neu aufgelegt.

Nach längerer Pause lag bei NEUE ERDE im Herbst wieder ein neuer Titel von Moyra Caldecott vor: »Mythen vom heiligen Baum«. Zuvor war ihr Erzählband »Kristall-Legenden« neu ausgeliefert worden

Anfang August 2001 brachte NEUGEBAUER seinen ersten Kinder- und Jugendbuchroman heraus: »RO und die Windmaschine« ist der Pilotband einer Fantasy-Trilogie von Linard Bardill.

Im Februar 2001 ist bei NEW ERA der abschließende 10. Band von L. Ron Hubbards SF-Zyklus MISSION ERDE unter dem Titel »Der verdammte Planet« herausgekommen.

Im September 2001 erschien im NIEDERÖSTERREICHISCHEN PRESSEHAUS Franz Sales Sklenitzkas neuestes phantastisches Jugendbuch »Wo steckt Kuno?«.

Fünf neue Titel gab es 2001 bei NITZSCHE in der REIHE PHANTASTIK: »Mondin – Schein und Sein« (20), »Aton Vater Sonne« (21), »Still rufen uns die Sterne« (22) und »Spiegelwelten deiner Seele« (23) von Rainar Nitzsche, sowie »Equinox« von Timothy McNeal (24).

NYMPHENBURGER präsentierte 2001 den historischen Kriminalroman »Mord im Tal der Könige« von Cay Rademacher.

Der Innsbrucker OBELISK VERLAG brachte 2000/2001 u. a. »Gefangen in Kids City« von Rene Appel und »Heiße Spur in Dixies Bar« von Paul Shipton heraus.

Im Herbst 2000 erschien bei OETINGER noch »Mutig wie Maja« von Wilhelm Topsch, im Frühjahr 2001 kamen »Timm Thaler oder Das verkaufte Lachen« von James Krüss und »Ein Hauch von Frost« von Joan Aiken heraus, die Herbsttitel waren »Der durch den Spiegel kommt« von Kirsten Boie, »Der Geisterwelt-Express« von Hilary McKay, »Das Sam wird Filmstar« von Paul Maar und Neuauflagen der SAMS-Romane »Eine Woche voller Samstage«, »Am Samstag kam das Sams zurück« und »Neue Punkte für das Sams«.

Der phantastische homoerotische Roman »Der Fee« von Georg Bachar kam beim OMEGA EIGENVERLAG (BOD) heraus.

Neu aus der Taufe gehoben wurde der BERTELSMANN-JUGENDBUCH-Imprint OMNIBUS im Frühjahr 2001. Die ersten Veröffentlichungen waren drei Bände der neuen Reihe GRUSELFIEBER von R. L. Stine – »Vergesst mich nicht!«, »Schließfach Nr. 13« und »Unheil droht« –, im Herbst folgten »Das große Giggler-Geheimnis« von Roddy Doyle und die Bände 4 bis 6 von GRUSELFIEBER: »Zweimal ich«, »Das Tagebuch des Grauens« und »Im Wald der Bestien«.

Im Jugendbuch-Programm von PATMOS standen in der letzten Zeit die phantastischen Romane »Tistou mit dem grünen Daumen« von Maurice Druon, »Die Jagd nach den Feen« von Christia Linker, »Sturmwind – Die Tochter des Magiers« von Andrea Klier und »Die Legende vom vierten König« von Edzard Schaper auf dem Programm.

»Die Muschel von Vineta« von Bernhard Langenstein, ein Märchen von der Liebe, kam 2001 bei PATTLOCH heraus.

Neuauflagen der Klassiker »Zanoni« von Edward Bulwer-Lytton und »Die Kinder von Arden« von Edith Nesbit kamen im PEGASUS-VERLAG (Viktoriastraße 23, D-80803 München) heraus.

Bei PEPPERMIND, dem Imprint des EGMONT FRANZ SCHNEIDER VERLAGS für ältere Jugendliche, erschienen seit seiner Gründung im Jahr 2000 die WELTENSPRINGER-Romane »Das Schwert der Macht«, »Die Tochter der Wüste« und »Die Türme von Shalaan« von Andreas D. Hesse, der SF-Roman »2038 – Staat der Klone« von Kathryn Lasky und die Horror-Romane »Voodoo – Schwarze Liebe« und »Dunkle Engel« von Notrud Boge-Erli.

Die PERRY RHODAN FANZENTRALE legte im November 2000 das zweite Paperback der ATLAN FANZINE SERIE mit den überarbeiteten Heften 6 bis 10 unter dem Titel »Kosmokratenfieber« vor.

Beim HEYNE-Imprint PIAZZA standen 2000 die phantastischen Titel »Schöpfung für Anfänger« von Rupert Morgan, »Atlantis« von Stephen King und »Sternwanderer« von Neil Gaiman auf dem Programm. Die zweite Katzen-Fantasy von Gabriel King alias Jane Johnson & M. John Harrison erschien im Frühjahr 2001 unter dem Titel »Die Goldene Katze«.

Der Wiener PICUS VERLAG brachte den Gruselroman »Das Gespenst und die Blitzmaschine« von Els Rooijers (Band 3 der Serie LUCY UND DIE GESPENSTER) heraus.

In ihrem Verlag PONTE NOVU (BOD) veröffentlichten Ina Schimpf & Andre Restau 2000/2001 »Abenteuer auf Rico Plage« und »Corsica Phantastica«.

2001 führte PROJEKTION J die Bestseller-Endzeitserie FINALE – DIE LETZTEN TAGE DER ERDE von Tim LaHaye & Jerry B. Jenkins mit den Bänden 7 & 8, »Die Rückkehr« und »Das Zeichen«, weiter, zudem erlebte Band 2 mit dem neuen Titel »Die Heimsuchung« eine Neuauflage.

In der PROMEDIA DRUCK- UND VERLAGSGESELLSCHAFT Wien erschien die von El Awadalla, Helga Gartner, Barbara Neuwirth & Angelika Volst herausgegebene Anthologie »Female Science Fiction« mit ausgewählten Geschichten vom Lise Meitner Literaturpreis, darunter die Siegerstories von Marianne Sula, Katharina Prinzenstein, Doris Nußbaumer und Silke Rosenbüchler.

Bei RAINBOW (BOD) kam 2001 der New-Age-Roman »Regenbogenkrieger« von Thomas Zimmermann heraus.

Bereits Anfang 2000 erschien beim RAKE VERLAG der Erzählband »If ..., die wahre Geschichte der Welt« von Martin Perscheid & Jens O. Haas.

Im Frühjahr 2001 kamen bei RAVENSBURGER »Ätze, das Rittermonster« von Ursel Scheffler (ÄTZE 7), »Schießt die Jungen auf den Mond!« von Thomas Brezina (UNSER GEHEIMNIS 9), »Die Hexe in der Badewanne« von Tino, »Der Fluch« von Waltraud Lewin, »Drachengeschichten« von Karlhans Frank »Im Dschungel der Großstadt« von Avi und die ANIMORPH-Romane 20 & 21 von Katherine Applegate – »Die Entdeckung« und »Die Drohung« – heraus. Im Herbstprogramm fanden sich u. a. »Ein Monster im Klassenzimmer« von Manfred Mai, »Vampirgeschichten« von Regina Färber, »Schlechte Noten gehören verboten!« von Thomas Brezina (UNSER GEHEIMNIS 10), »Eine Ecke vom Paradies« von David Almond, »Die Invasion der Slobberer« von Paul Jennings & Morris Gleitzman (2 Bände), »Die Legende vom Ende der Welt« von Rodman Philbrick, »Im Zeichen des Kreuzes« von Michael Cadnum, »Eine Ecke vom Paradies« von David Almond und die ANIMORPH-Romane »Die Lösung« (22) und »Der Erbe« (23) von Katherine Applegate.

Um eine Persönlichkeitsspaltung ging es in dem im Herbst 2001 im Salzburger RESIDENZ VERLAG publizierten Roman »Ein Ego kommt selten allein« von Donald Antrim.

2000 kam im RICHTER VERLAG, Klagenfurt und Wien, der SF-Roman »Rhoems letzte Welten. 2037 – das 1. Buch Zzzapp« von Wilfried A. Resch heraus.

Der Erzählband »Schatten über der Saale« von Rolf Krohn kam im Herbst 2000 im HEIKO RICHTER VERLAG heraus.

Zwei Süchtige des 21. Jahrhunderts sind die Protagonisten des Romans »Boxy und Star« von Daren King, m Frühjahr 2001 bei ROGNER & BERNHARD BEI ZWEITAUSENDEINS verlegt.

Im Frühjahr 2001 erschienen bei ROTBUCH die Romane »Im Namen des Wolfes« von John F. Deane und »Als würdet ihr leben« von Peter O. Chotjewiz.

ROWOHLT brachte 2001 den Mystery-Roman »Die Rache des Baumeisters« von Milos Urban, den Schauerroman »Lord Byrons Schatten« von Federico Andahazi, den Thriller »Das Glück der anderen« von Stewart O'Nan, »Mitte« von Manfred Ohler und als Paperback den SF-Roman »Stark, der Traumdetektiv« von Michael Marshall Smith heraus.

Phantastik auch bei RÜTTEN & LOENING: 2001 standen »Anonymus« von Russell Andrews, »Ich, Lilith« von Brigitte Göbel, »Der Paradiesgarten« von Eva Maaser und »Das Fest der Engel« von Lea Wilde auf dem Programm.

Im Frühjahr 2001 wurden bei SAUERLÄNDER die phantastischen Jugendbücher »Liebes Monster Margaret« von Tor Seidler, »Twig im Dunkelwald« von Paul Stewart & Chris Riddell (Startband der KLIPPENLAND-CHRONIKEN), »Flüsternde Hände« von Sherryl Jordan und »Cecil springt ins Universum« von Sid Hite herausgebracht. Drei interessante Titel gab es auch im Herbst: »Der Yeti in Berlin« von Will Gmehling, »Twig bei den Himmelspiraten« (DIE KLIPPENLAND-CHRONIKEN 2) und »Ein Jahr mit sieben Wintern« von Louise Erdrich.

Im Sommer 2001 erschienen im SCHARDT VERLAG u. a. »Geisterhochzeit« von Al Schirasi (persische Geschichten), »Abel« von Helmut Aydt und »Axte niX – Die unheimlichen Fälle des Juchsman« von Hartmut Rißmann.

Neu im Herbst 2001 bei SCHERZ der Wissenschafts-Thriller »Gefälschtes Gedächtnis« von John F. Case und der Horror-Thriller »Karma-Attacke« von Klaus-Peter Wolf.

SCHLEIFE publizierte 2000 das dritte Buch von Rick Joyner: »Eine prophetische Vision für das 21. Jahrhundert«.

Im Frühjahr 2001 kamen bei SCHNEEKLUTH das neueste Epos von Wolfgang Hohlbein mit dem Titel »Flut« und der historisch-phantastische Roman »Kriemhild – Königin der Nibelungen« von Sabina Trooger heraus.

Enorm war auch das Angebot an phantastischen Kinder- und Jugendbüchern beim SCHNEIDER VERLAG. So gab es neben drei neuen Serien – JULE UND DIE GEISTEROMA von Karin Müller mit »Spuken verboten!« und »Der Zaubertrank«, DAS GAME-TEAM von Ingrid Kellner mit »Die versunkene Maya-Stadt« und »Das Geheimnis von Futura« sowie GERITON 5 von Thomas Feibel mit »Der Gefangene der Schattengalaxie« und »Feuer auf Ra-Biblios« – Weiterführungen bereits etablierter Reihen: »Aufstand der Computer« von Thomas Feibel (COMPUTERKIDS AUF HEISSER SPUR 7), »Invasion vom Mars« von Mathew Stone (MISSION X Bd. 6), »Der Junge aus dem Jenseits« und »Schreckensnacht im Spukhotel« (GRUSELCLUB 17 & 18) als auch »Der Kämpfer im Ewigen Eis«, »Die Schlacht am Teufelsberg«, »Die Rache der eisernen Raben«, »Die dunkle Kraft des Silberpfeils« und »In den Fängen des Greifs« (DRACHENHERZ 5–9) sowie »Die Hexenschule« (BIBI BLOCKSBERG 16) und »Der Pferdetausch« (BIBI UND TINA 22) von Theo Schwartz. Im Herbst 2001 wurden die Serien NO JUNGS! – ZUTRITT NUR FÜR HEXEN von Thomas Brezina (»Zwei allerbeste Feindinnen« und »Wie man Brüder in Frösche verwandelt«), MAGIC CIRCLE von Isobel Bird (»Liebeszauber für Kate«, »Geheimnisvolle Offenbarung«, »Hilferuf aus dem Jenseits« und »Im Bann der Karten«) und SPUTNIK UND DIE FANTASTISCHEN 3 von Till-Carsten Mann (»In der Höhle des Drachen« und »Das Geisterschiff«) neu gestartet, weitergeführt wurden JULE UND DIE GEISTEROMA von Karin

Müller mit »Ein zauberhafter Gewinn« (3) und »Das verhexte Klassenzimmer« (4), die Horror-Serie GRUSEL-CLUB von Thomas Brezina mit »Angriff aus dem Geisterreich« (19) und »Der Lehrer aus Transsilvanien« (20), die Fantasy-Serie DRACHENHERZ von Thomas Brezina mit »Das Turnier der Schwarzen Ritter« (10), die SF-Serie GERITON 5 von Thomas Feibel mit »Planet de Verderbens« (3), die SF-Serie DAS GAME-TEAM von Ingrid Kellner mit »Entführung am Nil« (3) und die Hexen-Reihe BIBI UND TINA mit »Gefahr für Falkenstein« (23) und »Das Findel-Fohlen« (24). Dazu gab es noch »Meine kleine Hexenschwester« von Irma Krauß und den TABALUGA-Band »Ein neuer Anfang«.

Im Sommer & Herbst 2001 gab es dann bei SCHULTE & GERTH den Ahasver-Roman »Der ewige Wanderer« von Angela E. Hunt und den anonym publizierten Thriller »Der Herzensleser«.

Der Esoterik-Verlag SILBERSCHNUR publizierte im September 2001 den SF-Roman »Countdown 2002« von Brit Morf.

Bei SISYPHUS stand 2000 der Erzählband »Letzte Weihnachten« von Ludwig Roman Fleischer auf dem Programm.

Interessante Bücher für den Phantastik-Freund gab es 2000/2001 auch wieder im auf Esoterik spezialisierten SMARAGD VERLAG, wie »Im Zauberbann des Feenreichs«, hrsg. von Wallrath, »Orientalische Frauenmärchen«, hrsg. von Elke Wegner, »Das verschlossene Buch« von Evelyn Felderbach und »Hexenmärchen« von Melissa Bonya.

Greg Bears preisgekrönter SF-Roman »Darwin's Radio« kam im Sommer 2001 unter dem Titel »Das Darwin-Virus« beim SPEKTRUM AKADEMISCHER VERLAG heraus.

Im Herbst 2001 wurde bei SPHINX die mythopoetische Erzählung »Der Geist des Falken« von Gerhard Buzzi herausgebracht.

Im Verlag STAR COMMAND erschien als BOD »Die Rückkehr des Captain Norad« von Thorsten Reimnitz nach dem Drehbuch von Robert Amper zur SF-Parodie RAUMSCHIFF HIGHLANDER.

Im Herbst 2001 stand bei STENDEL »Schlaf und Traum – Märchen, Brauchtum, Aberglaube« von Ulrike Krawczyk auf dem Programm.

Die besten Geschichten der im Netz durchgeführten STORY-OLYMPIADE 2000, die unter dem Thema »Traumpfade« stand, erschien unter diesem Titel, herausgegeben von Stefanie Pappon & Ernst Wurdack.

Neu aus der Taufe gehoben wurde von FANTASY PRODUCTIONS der neue Imprint STRANGE VERLAG, bei dem der Name Programm ist und sowohl Belletristik als auch Sachbücher umfassen wird. Zur Buchmesse in Frankfurt 2001 wurden die ersten beiden Titel vorgestellt: »Tiere, Menschen und Götter« von Ossendowski (Okkult-Klassiker) und »Der Sodom-Kontrakt« von Martin Compart (Thriller). In Vorbereitung befinden sich der Abenteuerroman »Captain Blood« von Rafael Sabatini und das Sachbuch »Tötet den Rock'n'Roll« von Alex Constantine. Eingeplant sind auch die bislang noch nicht auf Deutsch erhältlichen Romane der Abenteuer-Serie FLASHMAN von George MacDonald Fraser.

SÜDWEST publizierte den Roman zum Film »Hilfe! Ich bin ein Fisch« von Stefan Fjeldmark.

TEBBERT hatte wieder etliche phantastische Titel im Angebot, wobei ihr Erscheinen aber nicht verifiziert werden konnte, da eine diesbezüglich Bestellung per Internet nicht ausgeliefert wurde: »Tödliche Prognosen« von Apitz & May, »Angys Träume« von Günter P. Blech, »Deathlok – Todespunkt« von Michael Burning, »Sieg« von Luzia Giesder, »Blaupelz« von Ulrich Grebner, »Der Kaiser von Theron« von Björn Harmening, »Geschichten aus Nimmerland« von Manuela Kern, »Die sieben Träume der kleinen Sophia« von Franz Georg Kersting, »Schatten über Avatar« von Saskia Kurztusch & Franziska Czybulka, »Das versunkene Paradies« von Suzanne McLane und »Hexensabbat und andere Geschichten« von Stefan Thede.

In der neuen Edition TES REPRINT präsentierte Gerd-Michael Rose (Scharnhorststraße 36, D-99099 Erfurt) im Frühjahr 2001 einen Nachdruck der Geschichtensammlung »Die Maschine des Theodulos Energeios« von Carl Grunert.

Der Stuttgarter THIENEMANN VERLAG gehört zu den bedeutendsten Anbietern phantastischer Kinder- und Jugendbücher im deutschen Sprachraum, sowohl qualitativ als auch quantitativ. 2000 standen noch die NETSURFER-Romane »52 Stunden Angst« und »Michelle in Gefahr« von Dieter Winkler und »Die Superhexen« von Sissi Flegel (INTERNAT STERNENFELS) auf dem Programm, im Frühjahr 2001 kamen »Gute Nacht Geschichten«, hrsg. von Sonja Hartl, »Urmel auf dem Mond« von Max Kruse, »Das Geheimnis der 13. Sprache« von Milan (THIENEMANNS FLIEGENDER TEPPICH), »Auch Hexen brauchen Ferien« von Joachim Friedrich, »Martin der Krieger – Der Ruf nach Freiheit« von Brian Jacques (REDWALL 6), »Der schwarze Mond« von Gabriele Beyerlein, »Abenteuer in New York« von Dieter Winkler (NETSURFER 7), »Funkelrot« von Irmgard Lindner, »Circus Barone & der Fluch des Papageis« von Joachim Friedrich (AMANDA X Bd. 3), »Latte Igel und der Wasserstein« von Sebastian Lybeck, »Zum Geburtstag Gänsehaut« von Sissi Flegel, »Dunkle Zeichen« von Günther Bentele und »Bruder Feuer« von Luise Rinser heraus. In der zweiten Jahreshälfte 2001 sind dann »Tamino Pinguin« von Christian Berg, »Teufelchen« von Wolfgang & Heike Hohlbein, »Wölfchen Zauberstein – Das Geheimnis der schwebenden Kuh« von Joachim Friedrich, »Kerlchens wundersame Reise« von Max Kruse, »Latte Igel reist zu den Lofoten« von Sebastian Lybeck, »Weihnachten in den Weiden« von William Horwood (WEIDEN 4), »Krümel und Rosine« von Irmgard Lindner, »Das Versteck in der Burg« von Ingeborg Blazy, »Nummer 5 hebt ab« von Dieter Winkler (NETSURFER), »Das Geheimnis der Spinnenhexe« von Henny Fortuin, »Post aus der Zukunft« von Thomas Fuchs, »Urmel in der See« von Max Kruse sowie »Der Kreis der Dämmerung, Teil III: 1946–1958« und »Der Kreis der Dämmerung, Teil IV: 1958–2000« von Ralf Isau erschienen.

Bei THQ-EGOSOFT gab es als Beilage zum Spiel »X-Beyond the Frontier« den SF-Roman »Farnhams Legende« von Helge Kautz (2000).

Bei THREE MAQUAQUE'S PUBLISHING (BOD) startete mit »Im Zeichen des Kreuzes« die Trilogie DER PREIS DER GERECHTIGKEIT von Marc Krueger.

Im Eigenverlag TWILIGHT PRESS (BOD) publizierte Kathrin Elfman 2001 ihr zweites Buch, den Psychothriller »Neunmaltot«, nachdem 2000 schon ihr beeindruckender SF-Roman »Camouflage« hier erschienen ist.

U-BOOKS ist ein neuer Verlag für Print on Demand und Buchshop, der seit dem Herbst 2001 mit DEAD SOFT eine Kooperation eingegangen ist und dessen Bücher vertreibt. Hier kann man etliche Genre-Bücher beziehen, wie »Winter der Tränen oder LACRIMOSA«, »Märchensommer« und »Die Reise oder Märchensommer II« von Nicodemus Loure, »Roter Mond« von Dirk Wonhöfer und »Ein Märchenbuch« von Christine Köck. Für DEAD SOFT entstanden die Anthologie »WebStorys« sowie die Romane »Becoming« von Simon Rhys Beck und »Die Chronik der McEres« von Ingo Löchel.

Zu Jahresbeginn 2001 brachte der Wiener VERLAG CARL UEBERREUTER, der schon traditionell einen Schwerpunkt auf phantastische Literatur legt, folgende Titel heraus: »Käpt'n Superslip und die Invasion der unglaublich frechen Kantinen-Ladys aus dem Weltall (und der nachfolgende Angriff der genauso nervenden Streber-Zombies)« und »Käpt'n Superslip und der perverse Plan von Professor Powerpuuups« von Dav Pilkey (KÄPT'N SUPERSLIP 3 & 4), »Ferienclub Erde – Auch

Außerirdische brauchen Urlaub« von Gail Gauthier, »Grauen, Grusel & Co. – 12 Geschichten für schaurige Stunden«, »Sackgasse 13« von Hermann Mensing, »Elbenschwert« von Wolfgang & Heike Hohlbein (DIE LEGENDE VON CAMELOT 2) und »Das Geheimnis des Drachenamuletts« von Michael Borlik (EDITION MÄCHENMOND). Auch im Herbst 2001 gab es wieder zahlreiche Genre-Titel, wobei die EDITION MÄRCHENMOND jetzt in MEISTER DER FANTASY umbenannt wurde: »Mörderisches Klassentreffen und andere unheimliche Geschichten« von Klaus-Peter Wolf, »Die Prophezeiung« von Wolfgang & Heike Hohlbein (Sonderausgabe), »Filip Filander und das geraubte Wissen« von Jörg Hagemann (MEISTER DER FANTASY), »Die Lichter von Thalis« von Christoph Zimmer (MEISTER DER FANTASY) und »Die Kinder von Avalon« von Helmut W. Pesch (KINDER 3; MEISTER DER FANTASY). Der abschließende Band der Trilogie DIE LEGENDE VON CAMELOT, »Runenschild« von Wolfgang & Heike Hohlbein, wurde auf das Frühjahr 2002 geschoben.

Stephen Kings neuster Roman »Duddits – Dreamcatcher« wurde im Frühjahr 2001 bei ULLSTEIN veröffentlicht, wie auch »Die Strohpuppe« von David Hewson, »Die Botanikerin« von Leslie Forbes und »Im Reich der Engel« von Bernard Werber. Der für August 2001 angekündigte Fantasy-Roman »Der Krieg der Schwäne« von Sean Russell wird jetzt im Frühjahr 2002 bei HEYNE herauskommen.

Der Klassiker »Purpursegel« von Alexander Grin kam neu beim UNIONSVERLAG heraus.

Highlights im Herbst 2000 beim VERLAG URACHHAUS waren »Der Kampf um den Drachenfelsen« von Bert Kouwenberg, »Das höllische Paradies« von Thea Beckman (Fortsetzung zu »Kinder der Mutter Erde«) und »Die Prinzessin mit den Sommersprossen« von Godfried Bomans. In der ROSEN-BIBLIOTHEK des VERLAG URACHHAUS erschien im Frühjahr 2001 die von Martin Sandkühler betreute Anthologie »Der Mond – Hüter unseres Traumreichs«, dazu kam noch »Das Geheimnis der verbotenen Insel« von William Bell. »Artus – Der magische Spiegel« von Kevin Crossley-Holland war eine neue zauberhafte Variante des bekannten Mythos, der ebenso wie »Es geschah in finstrer Nacht« von Henri van Daele und »Wenn ich König wär'« von Georg Dreißig im Herbst 2001 heraus kam.

In der EDITION PFADINTEGRAL des VERBRECHER VERLAGS erschien 2001 der SF-Roman »Phonon oder Die Stadt ohne Namen« von Dietmar Dath.

Nach mehrjähriger Pause wurde die SF- und Fantasy-Reihe EDITION X im VERLAG 71 weitergeführt, allerdings im Paperback: Im September 2001 erschien »Frogmusic« von Harald Braem. Die bisherigen vier Titel – »Die Mission« von Olaf von der Heydt, »Caleena« von T. W. Stern, »Das rote Haus« von Angelika Zöllner und »Auf Zeitmaschinen gibt's kein Patent« von Konrad Rudzik – sind noch lieferbar.

Neu kamen im VERLAG DER CRIMINALE der Thriller »Schafspelz« von Peter Schmidt und die Sammlung »Der Anhalter« mit unheimlichen Geschichten von Thomas Kredelbach heraus.

Im zu DROEMER WELTBILD gehörenden VERLAG DER VAMPIRE wurde im Sommer 2001 die Phantastik-Serie DARREN SHAN mit den ersten Bänden, »Darren Shan und der Mitternachtszirkus« und »Darren Shan und die Freunde der Nacht« gestartet.

Ronald M. Hahn brachte in seinem VERLAG NUMMER EINS nach »Imperium Rhodanum« seinen gemeinsam mit Horst Pukallus verfassten Alternativwelt-Roman »Wo keine Sonne scheint« heraus.

Wieder sehr umfangreich und breit gefächert, aber mit einem Schwerpunkt auf Begleitbänden zu TV-Serien, war das Phantastik- und Mystery-Angebot der Kölner VERLAGSGESELLSCHAFT VGS, die seit Herbst 2001 zur EGMONT-Gruppe gehört. 2000 gab es noch den CHARMED-Roman »Der Geist mit der Maske« und »Das zehnte Königreich« von Kathryn Wesley, im Frühjahr 2001 folgten »Die Sonnenlanze« von Verena Scheuerle, »Hüter der Finsternis, Buch 1 & Buch 2« von Christopher Golden & Nancy Holder (BUFFY), »Mutter der Monster« von Cameron Dokey (BUFFY), »Stille Wasser« von Laura Anne Gilman & Josepha Sherman (BUFFY), »Stadt der Träume« und »Der Todesgott« von Nancy Holder (ANGEL), »Der Blutorden« von Mel Odom (ANGEL), die CHARMED-Romane »Zirkuszauber« und »Merlins Vermächtnis«, sowie »Der geheimnisvolle Außerirdische« und »Mörderischer Flirt« von Melinda Metz zu ROSWELL. Und im Herbstprogramm fanden sich »Hüter der Finsternis 3« von Christopher Golden & Nancy Holder (BUFFY), »Ravanas Rückkehr« von Ray Garton (BUFFY), »Xander – Allein unter Bestien« von Jeff Mariotte (BUFFY), »Spike & Dru – Dämonische Liebe« von Christopher Golden (BUFFY), »Die Willow-Akten II« von Yvonne Navarro (BUFFY), »Kriegerin aus Fernost« von Mel Odom (BUFFY), »Die geheime Geschichte 1 & 2« von Nancy Holder & Jeff Mariotte (BUFFY & ANGEL), »Die Erde bebt« von Don DeBrandt (ANGEL), »Der Preis der Unsterblichkeit« von Jeff Mariotte (ANGEL), »Hollywood Noir« von Nancy Holder (ANGEL), »Kampf gegen die Götter« von Elisabeth Lenhard (CHARMED), »Der verhängnisvolle Wunsch« von Steve Gallagher (CHARMED), »Unheilvolle Liebe«, »Auf immer und ewig«, »Der blinde Passagier« und »Liebe in Gefahr« von Melinda Metz (ROSWELL), »Der Untergang« von Wolfgang Hohlbein (DIE CHRONIK DER UNSTERBLICHEN) und die DAWSON'S CREEK THRILLER »Geheimnisvolle Stimmen«, Ein rätselhaftes Foto« und »Liebe und Voodoo«.

Bei VIENNA UNDERGROUND (BOD) kam im Jahr 2000 der Fantasy-Roman »Alkoth« von Wolfgang Ansgard heraus.

Bereits 1999 startete Monika Wunderlich den VIRPRIV-VERLAG, und im gleichen Jahr kam ihr SF-Roman »Schlangen im Jahr des Drachen« heraus. Im Herbst 2000 folgten der Erzählband »Terry und andere erotisch-morbide Stories aus dem Leichenhaus« von Stephan Peters und gemeinschaftlich mit dem

KLAUS BIELEFELD VERLAG die von den beiden Verlagschefs herausgegebene Anthologie »Heiligabend mit Cher«. Im Sommer 2001 hat Frau Wunderlich ihr Domizil zwar in den Norden verlegt, aber trotzdem noch die Zeit für neue Veröffentlichungen in ihrem Verlag gefunden. Im Mai 2001 erschien die Collection »Dämonium« von Markus Kastenholz, und zur Buchmesse wurde die zweibändige Anthologie »Tod eines Satanisten« vorgestellt, in der Monika Wunderlich phantastische, morbide, skurrile, mystische und gruselige Geschichten präsentierte, u. a. aus der Feder von Hans Joachim Alpers, Eddie M. Angerhuber, Simon Rhys Beck, Alfred Bekker, Irene Fleiss, Andreas Gruber, Ronald M. Hahn, Frank Haubold, Boris Koch, Gerald Meyer, Irene Salzmann, Malte S. Sembten, Michael Siefener & Marten Munsonius und Christel Scheja. Für Jahresende geplant sind »Der Teufel von Arkham« von Stephan Peters (Horror) und »Von Zaunkönigen und anderen Zeitgenossen« von Peggy Wehmeier (Satiren).

Neu bei VOLK & WELT die Romane »Reise in den siebenten Himmel« von Ljudmilla Ulitzkaja und »Der Kameramörder« von Thomas Glavinic.

WAGENBACH brachte im Herbst 2000 noch »Napoleon VII« von Javier Tomeo heraus, präsentierte im Frühjahr 2001 den SF-Roman »Geister« von Stefano Benni und den Essay-Band »Das Leben der Gespenster« von Javier Marias, und im Herbst »Das griechische Feuer« von Javier Marias und »Der Herzausreißer« von Boris Vian.

Seinen eigenen Verlag hat der bekannte Schriftsteller Walter Appel gegründet, in dem er frühere Romane und neue Bücher herausgibt. Bei WAP BOOKS liegen bislang drei Titel vor: Die Sammler »Morgana, die Schwertkämpferin« und »Kreuzfahrt des Grauens« sowie der neue Roman »Ein Yeti am Kudamm«, der erste Teil einer neuen Horror-Trilogie.

Neu gegründet wurde im Sommer 2001 der WEB-SITE-VERLAG. Die ersten Titel waren »Der Bote des Morgen« von Marc

Albrecht (Auftakt der Fantasy-Reihe ELERION), »Marius der Mahr« von Marc Albrecht (phantastisches Kinderbuch) und die von Marc Albrecht herausgegebene Anthologie »Web-Site-Stories Band 01/2001«. In Vorbereitung befinden sich »Das zweite Traumpuzzle« von Kai Beisswenger, »MyLoPa - Mein verlorenes Paradies« von Ulrike Linnenbrink und »Warén« von Ulrike Jonack.

Der CBV WEDEL publizierte ein Sachbuch, das sich sehr kritisch mit einem Phänomen unserer Tage auseinander setzt: »Harry Potter - Fantasy oder Magie« von Richard Abanes.

Interessante Fantasy-Titel sind auch stets beim zu THIENEMANN gehörenden WEITBRECHT VERLAG zu finden, wo Ende 2000 noch »Wolfgang Hohlbeins Fantasy Selection 2001« und »Das Avalon-Projekt« von Wolfgang Hohlbein erschienen sind. Im Frühjahr 2001 waren das »Das Herz des Waldes« von Wolfgang Hohlbein und »Elfenfeuer« von Monika Felten. Im Herbst 2001 gab es dann »Camelot - Feuerkönig & Die Erbin von Camelot« von Parke Godwin, »Nachtauge« von Thomas Görden, »Final Game« von Britta Glodde und Bernhard Hennens bereits für das Frühjahr angekündigte Fantasy »Nebenan«.

Bei WELTBILD wurde die JOHN SINCLAIR EDITION von Jason Dark mit Band 34 abgeschlossen. Die letzten Titel lauteten »Im Land des Vampirs« (17), »Der Gigant von Atlantis« (18), »Desteros Rache« (19), »Die Rache der Horror-Reiter« (20), »Ghouls in Manhattan« (21), »Die Werwolf-Elite« (22), »Hexenwahn« (23), »Bring mir den Kopf von Asmodis« (24), »Das Geistergrab« (25), »Die Hexeninsel« (26), »John Sinclair-Lexikon« (27), »Lupinas Sohn« (28), »Dr. Tods Rache« (29), »Sieben Siegel der Magie« (30), »Belphegors Rückkehr« (31), »Der Seelen-Vampir« (32), »Xorron - Mein Lebensretter« (33) und »Der Hexenjäger von Blackmoor« (34). Auf insgesamt 17 Bände bringt es die MYTHOR-Buchausgabe, womit der erste Zyklus der größten deutschen Fantasy-Serie komplett vorliegt, wobei die Titel der bis zum Redaktionsschluss herausgebrachten Bände »Die Insel des Schreckens« (4), »Die Wolkenstadt« (5), »Der Fall von Thormain« (6), »Das verwunschene Tal« (7), »Das Nest der Nadelschlange« (8), »Die Kundschafter« (9), »Der kleine Nadomir« (10), »Der Glücksritter« (11), »Drachenflug« (12), »Der Koloss von Tillorn« (13), »Treibgut der Strudelsee« (14) und »Am Kreuzweg der Lichtwelt« (15) lauteten. Nach wie vor läuft Marion Zimmer Bradleys DARKOVER, in der alle 21 Bände des Zyklus herauskommen werden. Zuletzt standen »Die Erben von Hammerfell« (5), »Die zerbrochene Kette« (6), »Gildenhaus Thendara« (7), »Die Schwarze Schwesternschaft« (8), »An den Feuern von Hastur« (9), »Das Zauberschwert« (10), »Der verbotene Turm« (11), »Die Kräfte der Comyn« (12), »Sturmwind« (13), »Hasturs Erbe« (14), »Retter des Planeten« (15) und »Sharras Exil« (16) auf dem Programm. Überlegt wird eine Gesamtausgabe aller publizierten DARKOVER-Kurzgeschichten im Anschluss.

2000/2001 wurden auch preisgünstige Sonderausgaben von »Die Wiege des Bösen«, »Wenn Mäuse Katzen jagen« und »Der Tag an dem der Wind dich trägt« von James Patterson, »Der schwarze Orden« von Colin Forbes, »Sophies Welt« und »Das Weihnachtsgeheimnis« von Jostein Gaarder, »Die brennende Gasse« von Ann Benson, »Die Herrin vom Nil« von Pauline Gedge, »Kelch und Schwert« von Glenna McReynolds, »Die Runenmeisterin« von Claudia Groß, »Die Feuerprobe« von Laurie King, »Die Barakuda-Trilogie« von Gisbert Haefs, »Das dunkelste Blau« von Tracy Chevalier und »Die Jesus-Verschwörung« von Eliette Abecassis herausgebracht.

Drei SF-Serien hatte der im Frühjahr 2001 gegründete WILBERT VERLAG bis Jahresende im Programm: Die in fernster Zukunft spielende IMPERIUM OMEGA von Werner Wilbert selbst, die vom Verleger konzipierte Serie JOHN COAN – OUTERSPACE, an der neben Werner Wilbert auch andere Autoren schreiben, darunter Alfred Bekker und Volker Krämer, und STAR GATE in direkter Weiterführung der bei BLITZ mit Band 6 beendeten Neuauflage früherer Hefte und Manuskripte, wobei die ersten beiden Titel von der Newcomerin Margarete Schwekendiek stammen. Während STAR GATE und

IMPERIUM OMEGA zweimonatlich erscheinen, ist bei JOHN COAN eine monatliche Erscheinungsweise geplant. Bereits erschienen sind JOHN COAN 1 bis 4, »Störfall Mars«, »Testflug der Observer 2«, »Freund oder Feind?« und »Brennende Welten«, IMPERIUM OMEGA 1 & 2, »Imperium Omega« und »Kolonien in Not«, sowie STAR GATE 7 mit dem Titel »Dhuul-Suche«. In Vorbereitung befinden sich »Sonnenmörder« und »Planeten-Schilde« (OMEGA 3 & 4), »Zentrale Mars« (COAN 5) sowie »Xybrass« und »Zentrum der Macht« (STAR GATE 3 & 4). Im Februar 2001 startet ein Reprint der BASTEI-SF-Heftserie REX CORDA, die Serie erscheint im Hardcover, wobei jeder monatliche Band zwei Hefte umfassen wird.

Ein düsteres Bild der wirtschaftlichen Entwicklung zeichnete Bruno Hollnagel in seinem im WIRTSCHAFTSVERLAG LANGEN MÜLLER publizierten Buch »Euro-Crash 2001 – Der Countdown läuft«.

2000 kamen beim zu ROWOHLT gehörenden WUNDERLICH VERLAG die Bände 2 und 3 von Pauline Gedges phantastischer historischer Trilogie HERRSCHER DER ZWEI LÄNDER, »In der Oase« und »Die Straße des Horus«, sowie »Die Feuerprobe« von Laurie King und »Die Kaiserin«, der neueste historische Schmöker von Thomas R. P. Mielke heraus. Im Frühjahr 2001 präsentierte WUNDERLICH den im Jahr 1960 spielenden Thriller »Der Tag X« von Philip Kerr und den historischen Roman »Die Alchemie der Wünsche« von Fidelis Morgan. Der neueste Roman von Bill Napier, dem Autor des Bestsellers »Nemesis«, kam dann im Herbst 2001 unter dem Titel »Die Offenbarung« heraus.

Bei YING YANG MEDIA kam 2001 der Märchenband »Der Prinz im Schaffell« von Uta Franck heraus.

Stark ausgeweitet wurde im vergangenen Jahr das Angebot phantastischer Reihen und Serien bei ZAUBERMOND, wobei die Intervalle zwischen den einzelnen Bänden reduziert wurden. Im Herbst 2001 startete in Kooperation mit FESTA die erfolgreiche amerikanische Endzeit-Saga ASHES von William Johnstone, wobei Band 1 den Titel »Die Stunde Null« trug. 2001 erschienen DIE ABENTEURER 2 bis 6, und zwar »Prophet des Unheils« von Robert deVries, »Die Nächte des Krokodils« von Marten Veit, »Der starke Arm des Drachen« von Jürgen Heinzerling, »Armee der Schattenmänner« von Bernd Frenz und »Der Hexer von Havanna« von Leo Lukas, die EDITION DK mit den neuen Abenteuern des Dämonenjägers wurde mit »Diabolo« von Dario Vandis (7) weiter geführt, und in der Reprint-Serie DORIAN HUNTER gab es die Bände 3 bis 6, »Der Folterknecht«, »Das Dämonenauge«, »Die Vampirin Esmeralda« und »Die Masken des Dr. Faustus«, alle von Ernst Vlcek & Neal Davenport, während zu COCO ZAMIS der 3. Band, »Das kalte Herz«, ausgeliefert wurde. In der Serie DAS VOLK DER NACHT wurden »Blutskinder« von Michael Nagula & Claudia Kern (6), »Krieg der Vampire« von Manfred Weinland & Martin Kay (7), »Das Volk der Tiefe« von Jo Zybell (8) und »Brandzeichen« von Uwe Vöhl (9) ausgeliefert, Manfred Weinland setzte seine auf sieben Bände angelegte ultimative Vampir-Saga DIE WAHRE GESCHICHTE DER VAMPIRE mit »Die Spiegel der Nacht« (2) und »Die Kinder der Nacht« (3) fort, dazu erschien noch MADDRAX 2 von Jo Zybell unter dem Titel »Genesis«. Für 2002 sind bislang die Romane »Der Traum des Satyrs«, »Am Abgrund« und »Sterbende Zukunft« in der Serie VOLK DER NACHT, »Die Herren von Oake Dun« und »Inseln der Stürme« bei den ABENTEURERN, »Der tätowierte Tod« und »Die Frau aus Grab Nr. 13« bei DORIAN HUNTER, »Das Kind des Krakatau« und »Teufelsdiener« bei der EDITION DK und »Die unheimliche Verwandlung« bei COCO ZAMIS eingeplant.

In einer Kleinstadt geschehen Dinge, die teilweise rational nicht erklärbar sind – in »Das Recht des Fremdlings« von Andrew Taylor, 2001 bei ZSOLNAY.

Im Herbst 2001 standen bei ZWEITAUSENDEINS »Sämtliche Glossen und Parodien 1973–2000« von Umberto Eco und »Aus der Welt der Menschen« von Eugen Egner auf dem Programm.

Erst im Frühjahr 2001 erschien bei ZYTGLOGGE »Jaromir bei den Mammutjägern« von Heinrich Wiesner mit der dritten Reise des jugendlichen Protagonisten in vergangene Zeiten.

7. DISKETTENBÜCHER UND PUBLIKATIONEN AUF CD-ROM

Nach wie vor fest in der Szene etabliert und unumschränkter Marktführer in diesem Segment sind die DISKOMANE von Wilfried Hary (HARY-PRODUCTION, Waldwiesenstraße 22, D-66538 Wieskirchen), also die Publikation von Romanen und Kurzgeschichten auf Diskette, wobei im Jahr 2001 auch die Möglichkeit eröffnet wurde, die jeweilige Monatsproduktion preisgünstiger auch von seiner Website mittels Code herunterzuladen. Monat für Monat wird hier ein breites Spektrum durch alle Genres der Unterhaltungsliteratur geboten, wobei der Schwerpunkt schon traditionell bei der phantastischen Literatur in ihrer ganzen Bandbreite liegt. So setzte Herausgeber Wilfried Hary unter diversen Pseudonymen wie Erno Fischer, W A. Travers und Mark Tate die auf eine lange Publikationsgeschichte zurückblickende Horror-Serie um den TEUFELSJÄGER MARK TATE – in der Anfang 2002 beim Heft ein neues Kapitel aufgeschlagen wird – ebenso fort wie die SF-Serien HERR DER WELTEN und GAARSON-GATE. Aber auch andere, bisweilen neue Autoren wurden und werden hier präsentiert, wie Harry T. Masters (SEDU-PIO), Axel Kruse, Antje Ippensen, K. H. Reeg, Irene Salzmann, Alfred Bekker, Stefan Pinternagel, Bodo Kroll, Mark Gregory und Th. Pensator. Die meisten dieser DISKOMAN-Beiträge kann man auch gebündelt auf CD-ROM gebrannt erwerben.

Mehr und mehr an Interesse und Zuspruch gewinnen auch Hörbücher auf CD-ROM, wobei mittlerweile schon fast alle großen Verlagshäuser ihren eigenen diesbezüglichen Bereich haben. Zumeist werden Romane und Erzählungen, die früher schon in Printform auf dem Markt waren, in dieser neuen Publikationsform präsentiert, wie beispielsweise die vier HARRY

POTTER-Romane von J. K. Rowling, gelesen von Rufus Beck, die bei DER HÖRVERLAG herausgebracht wurden. Bisweilen kommen aber auch Silberscheiben auf den Markt, deren Inhalt es nur in dieser Form gibt. Einige davon sind in der Folge beispielhaft erwähnt.

Bei ULLSTEIN erschienen ist exklusiv als Hörbuch »Blut und Rauch« mit drei Erzählungen von Stephen King, gelesen von Ulrich Pleitgen.

Udo Mörschs GO VERLAG brachte SF-Erzählungen von Udo M. Fischer, gelesen von Autor selbst, unter dem Titel »Eiswelt« heraus.

Insgesamt 25 Hörbücher um den TEUFELSJÄGER MARK TATE, gelesen von Wilfried Hary, die es nur in dieser Form gibt, hat HARY PRODUCTIONS ebenfalls auf den Markt gebracht.

Als Kassette oder CD gibt es auch bislang 12 Hörspiele mit den Abenteuern von GEISTERJÄGER JOHN SINCLAIR. Zuletzt kamen »Das Horror-Schloss«, »Das Mädchen von Atlantis«, »Das Dämonenauge«, »Die Horror-Reiter«, »Kino des Schreckens« und »Der Hexer von Paris«.

Nachdem zu PERRY RHODAN sechs Silberscheiben um den Mausbiber Gucky für jüngere Fans der größten Weltraumserie erschienen sind, wurden die zwölf alten Hörspielkassetten als CDs neu aufgelegt und von H. G. Francis drei neue PR-Hörspiele geschrieben: »Duell über Terrania«, »Gestrandet in der Dimensionsfalle« und »Das Geheimnis der Schereckander«.

Der ERSTE DEUTSCHE FANTASY CLUB hat die Doppelnummer 142/143 des Phantastik-Magazins FANTASIA, das Neuerscheiungs-Infos und Rezensionen enthält, nur auf CD-ROM herausgebracht, eine Printausgabe gibt es davon nicht. Ebenfalls in diesem Format sind die ersten zwanzig Ausgaben von Franz Rottensteiners legendären QUARBER MERKUR auf zwei Silberscheiben neu aufgelegt worden.

Sekundäres bietet auch FANTASY PRODUCTIONS mit seiner CD-Reihe FANDIX. Während die erste die Heftreihe TERRA vorstellt, widmet sich die zweite der »Fantasy« und präsentiert als erster Teil der Bibliografie aller deutschsprachigen Fantasyromane auf CD-ROM die Reihen/Serien KNAUR EXCALIBUR, TERRA FANTASY, DRAGON, MYTHOR und TORGO.

Erneut Verzögerungen gab es leider bei den Romanfortsetzungen der ursprünglich bei PABEL mit 145 Heften publizierten SF-Serie RAUMPATROUILLE ORION im RAUMPATROUILLE ORION FANCLUB URACEEL (c/o Ralf Kramer, Marler Straße 14, D-46282 Dorsten), sodass auch im letzten Jahr keine neue Romandiskette ausgeliefert wurde. Doch Band 151, »Signale aus dem Hyperraum«, ist mittlerweile fertig, an 152 (»In den Fängen der Frogs«) wird gearbeitet. Vorbestellungen sind möglich und erwünscht.

8. INTERNET-AKTIVITÄTEN

Das Internet wird mehr und mehr zur Plattform für angehende Schriftsteller, die alleine oder als Mitglieder von Autorenringen versuchen, erste Erfahrungen zu sammeln, Reaktionen auf ihre ins Netz gestellten Geschichten zu erhalten oder mit Gleichgesinnten neu gemeinsame Welten zu erschaffen. Viele bereits arrivierte Autoren haben eigene Websites eingerichtet, auf denen sie Informationen über laufende oder künftige Projekte, Leseproben und auch Kurzgeschichten zum kostenlosen Lesen am Bildschirm oder Downloaden anbieten. Es gibt wohl keinen wichtigen Verlag, der nicht über eine Internetpräsenz verfügt und in diesem immer wichtiger werdenden Medium sein Programm und auch seine Autoren vorstellt und bisweilen auch zusätzlich das eine oder andere Extra bietet. Auch in Sachen Information wird den Interessenten von einigen Websites alles geboten, wonach sie suchen: Verlagsnews, Interviews, Neuigkeiten aus Film und TV, Personalia und vieles mehr. In der Regel bieten sie auch kostenlose Newsletter per eMail an, wobei das Angebot schon nicht mehr überschaubar ist. Stark im Kommen sind auch die eBooks diversester Anbieter. Aus dieser Fülle nur eine kleine Auswahl:

SF-FAN.DE – Florian Breitsameters unregelmäßig erscheinender Newsdienst, bietet neben ausgewählten News, Interviews, Rezensionen und bisweilen auch eine – nicht monatlich erscheinende – »Story des Monats«, zuletzt von Frank W. Haubold, Till Frommann, Michael M. Thurner und Andreas Gruber. http://www.sf-fan.de.

PHANTASTIK.DE – Olaf J. Menkes Informationsdienst bietet mit Ausnahme von Urlaubszeiten einen täglichen Newsletter per Mail, mit vielen Infos, Rezensionen und vor allem Interviews. http://www.phantastik.de.

EPILOG.DE – die Newssite von UFO Phantastische Buchhandlung, ALIEN CONTACT, PREHISTORIC NEWS und dem BÄRZIN, präsentiert auch Stories, Autorenporträts, Interviews und Romanauszüge, erreichbar unter http://www.epilog.de.

SF4YOU – Internetsite mit Interviews, News, Gedichten, Links zu Autoren und Büchern sowie Kurzgeschichten, zuletzt von Frank Haubold, Wolfgang G. Fienhold, Sylvia Englert, Florian Dobler und Thorsten Küper. Zu erreichen unter http://www.sf4you.de.

SCIENCE FICTION UND FANTASY – Eine interessante Webpage ist die deutsche Autorenseite http://www.science-fiction-und-fantasy.de. Die hier mitarbeitenden bzw. sie unterstützenden Autoren – darunter Hans Joachim Alpers, Myra Cakan, Marcel Feige, Linda Budinger, Florian Marzin, Ronald M. Hahn, Harald Evers, Michael Iwoleit, Helmut W. Pesch und Christel Scheja – stellen hier Geschichten und Romanauszüge zum Download bereit.

PHANTASTISCHE ARCHIVE – Hier präsentiert der BASILISK VERLAG ab November 2001 ausgewählte Kurzgeschichten.

Den Reigen eröffnete eine Story von Antje Ippensen. Nähere Infos und Download unter http://www.basilisk-verlag.de

H. G. EWERS – publiziert seinen neuesten SF-Roman in Fortsetzungen im NEWSLETTER der MARS SOCIETY DEUTSCHLAND. Bislang sind zwei Folgen von »Asylwelt Roter Planet« unter der Website http://www.marssociety.de erschienen.

ANDREAS ESCHBACH – bietet auf seiner Homepage u. a. neben Infos und bislang unveröffentlichten Erzählungen auch den Fortsetzungsroman »Exponentialdrift« der FRANKFURTER ALLGEMEINEN SONNTAGSZEITUNG zum Lesen und Downloaden an. http://www.andreaseschbach.de.

BJÖRN JAGNOW – stellte auf seiner Homepage http://www.bjoernjagnow.de die als Prolog zu seinem Fantasy-Roman »Wilde Jagd« dienende Geschichte »Dualismus – Fliehe die Vergangenheit« zur kostenlosen Nutzung an.

TONY TANNER – Der »Agent der Weißen Väter« erlebt seine Abenteuer – bislang liegen fünf längere Teile vor – auf der Website des BASTEI VERLAGS, http://www.bastei.de.

WELTENSEGLER – ist der Titel eines Internet-Fortsetzungsromans von Andreas Podgurski, von dem bislang zehn Folgen vorliegen. Download und Abobestellung unter http://weltensegler.virtualve.net.

MacLACHLAN – Frank McLachlan, Special Agent bei einer mysteriösen Polizeiorganisation, kämpft in einer eigenen Internet-Serie gegen das Böse. Bislang wurden 42 Folgen bei http://www.maclachlan.de ins Netz gestellt.

KERIMON – KERIMON – DAS LAND DER VIER KRATER ist der Titel einer Fantasy-Serie aus der Feder von Dirk Taeger, von dessen erstem, auf zwanzig Teile angelegtem Zyklus bislang elf Folgen abrufbar sind.

DIE HÖHLE DES DRACHEN – Von 1997 bis Ende 2000 sind auf der Homepage des STORISENDE VERLAGS – http://www.storisende.com – Kurzgeschichten ins Netz gestellt worden, zuletzt deutsche Erstveröffentlichungen von Beth Bernobich, Brian A. Hopkins, Douglas Smith, Jörg Isenberg und Ken Basarke. Dann dürfte der Drache aber in einen Winterschlaf gefallen sein, denn seither ist nur mehr der Auszug »Thunder Past – der Held des Universums« von Rufus T. Firefly aus dem noch immer nicht erschienenen Roman »Voyage, Voyage« hier präsentiert worden.

TARKUM – ist der Name einer Fantasy-Welt, die Bernd Spilker entworfen und zu der er auch schon einige Romane und Geschichten geschrieben hat. Infos über http://www.tarkum.de.

SONNENSTURM-MEDIA – Unter http://www.sonnensturm-media.de werden neben News und Rezensionen u. a. auch SF-Serien angeboten. Bereits einige Zeit läuft die Alternativwelt-Serie CIVITAS TERRENA, die jetzt nochmals in Doppelbänden ins Netz gestellt wurde, wobei Band 5 für Januar 2002 angekündigt ist. Autoren sind Marc Romain, Martin Hoyer, Achim Hiltrop, Daniel Schenkel und Andreas Suchanek. In Vorbereitung befindet sich die von Armin Steiner konzipierte SF-Serie DIE PILGER.

DORGON – ist der Titel einer im PERRY RHODAN-Universum spielenden Online-SF-Serie des PERRY RHODAN ONLINE CLUB (PROC), deren erster Zyklus mit Band 49 endete. Im Herbst 2001 startete der zweite Zyklus. Insgesamt liegen bis dato Fan-Romane vor. Downloaden unter http://www.proc.org, wo es nicht nur einen Link zu http://www.dorgon.de gibt, sondern auch weitere PR-Geschichten und das Internet-Magazin TERRACOM zu finden sind.

RAGNAR – ist Jürgen Friemels groß angelegte Fantasy-Saga, die in gedruckter Form auch bei G. MEYER'S TASCHENBÜCHER heraus kommt. Vier Romane, zum Teil als

Leseproben, gibt es unter http://home.t-online.de/home/juergen.friemel/hptmp.htm.

CLOU GALLAGHER – Auf der Site http://www.clou-gallagher.de sind die Abenteuer des raumfahrenden Söldners Clou Gallagher zu finden und downzuloaden, als deren Autor Achim Hiltrop zeichnet. Bislang liegen sechs Romane, zwei Erzählungen und 13 Kurzgeschichten vor und Achim Hiltrop hat mit den Arbeiten an der nächsten Roman-Trilogie bereits begonnen. Die Print-Versionen erscheinen im MG VERLAG.

ANORIVRIN – Eine Fantasy-Welt mit allem was so dazu gehört, also Geschichten, Karten, Historie und Bildern, präsentiert die Homepage http://www.anorivrin.net.

NORKIA – Die Welt der Prismenmagie ist eine der gelungensten Fantasy-Welten voll Abenteuer und Spannung, die im Internet zu finden ist. Martin Rehm-Hunke hat bislang fünf Romane und ebenso viele Kurzgeschichten der im Printformat bei MG erscheinenden Serie geschrieben, ein sechster befindet sich in Vorbereitung. Leseproben und Stories gibt es unter http://www.norkia.de.vu.

SCOTT BRADLEY – Satire und Humor pur bietet Andreas Winterer mit seiner Serie um SCOTT BRADLEY, die alle gängigen Klischees der SF auf die Schippe nimmt, zu finden unter http://scottbradley.de. Bislang gibt es 17 Geschichten um den unverwüstlichen Weltraum-Haudegen.

ZAURIUS – ist ein Online-Fantasy-Fortsetzungsroman, der von Maike Stein geschrieben wird. Bisher stehen unter http://www.geniusideas.com/zaurius/ 22 Folgen zum Download bereit.

DAS ERBE DER MACHT – Mike Hard ist der Autor dieser Horror-Serie, die es bislang auf 14 Kapitel gebracht hat, von denen die Folgen 1 bis 10 den ersten Zyklus bildeten. Abrufbar unter http://www.mystery-page.de.

LAND DER TAUSEND INSELN – ist ein Fantasy-Online-Projekt, das über die Website des G. MEYER'S TASCHENBUCH VERLAGS – http://www.geocities.com/ers1245/index/ – erreichbar ist. An ihm beteiligt sind bislang Sabina Luger, E. T. Bartholomäus, Cassidy Rees, Rudolf W. Baumgarten, Paul Tobias Dahlmann, J. Th. Tanner, Günter Schrön, Klaus vor der Landwehr, Gerald Meyer, Nicole Rensmann und Timothy McNeal.

GROSCHENSTORY – Unter http://www.GroschenStory.de werden Zyklen und Erzählungen in Heften mit 16 Seiten Umfang ins Netz gestellt, und zwar zu allen phantastischen Genres. Bislang präsentiert wurden der Fünfteiler »Das Beil des Henkers« von Morris Düsterhoff, »Ninas Nachtmahr« von Timothy McNeal, »Das Hochglanzmädchen« von Martin Clauß, »Amoklauf« von Armin Rößler und »Der Ledertrichter« von Arthur Conan Doyle.

GEISTERDRACHE – Durch die bei MINOTAURUS publizierte Collection »Kriecher« wurde die Website http://www.geisterdrache.de zum Begriff für außergewöhnliche Dark Fantasy. Und tatsächlich stehen hier bislang an die fünfzehn ungewöhnliche Geschichten zum Lesen oder Herunterladen bereit und zahlreiche weitere werden laut Titelliste für eine Online-Publikation vorbereitet.

SCIENCE FICTION & FANTASY AUF DEUTSCH ARCHIV – Das wohl umfassendste Archiv von SF-, Fantasy- und Horror-Geschichten hat Markus Privostek gesammelt, abzurufen unter http://www.physik.tu-berlin.de/~prissi/inhalt.html. Es enthält z. Zt. 626 Geschichten von 171 AutorInnen, darunter Torsten Altmann, Monika Angerhuber, Christian von Aster, Alfred Bekker, Neal Chadwick, Charlotte Engmann, Andreas Eschbach, Herbert W. Franke, Bernd Frenz, Jürgen Friemel, Markus Gerwinski, Pascal Gregory, Andreas Gruber, Frank W. Haubold, Andrea Herzog, Andreas Hirn, Carsten Hohlfeld, Sven Klöpping, Karsten Kruschel, Holger Kunadt, Thorsten Küpers, Klaus vor der Landwehr, Helge Lange, Dennis Merbach, Wilko Müller jr., Stefan T. Pinternagel, Josella Playton, Uwe Post, Markus Pristovsek, Janina Radny, Arnold Reisner, Silke Rosenbüchler, Peter Schünemann, Malte S. Sembten, Michael Siefener, Achim Stößer, Dirk Taeger, Michael Tillmann und Thomas Wagner.

STORYLINE – Weitere phantastische Geschichten gibt es im Online-Magazin STORYLINE von Autoren für Autoren unter http://www.storyline-net.de.

KLAUS EYLMANN – veröffentlicht eigene SF-Stories auf seiner Website http://web.tiscalinet.it/keylmann/keylmann.

SF-ONLINE – Weitere Kurzgeschichten stehen auch bei http://members.aol.com/sfonweb/ im Netz.

TEXTE & AUTOREN – Kurzgeschichten deutscher Autoren finden sich auch unter http://eicnet.com/anubis/texte.htm.

ROMANSUCHE – Unter http://www.romansuche.de wird Nachwuchsautoren und Verlagen ein Forum geboten, wo die Verlage unveröffentlichte Texte nach Genres geordnet finden und für eine Veröffentlichung prüfen können und Jungautoren die Möglichkeit haben, ihre Texte branchenweit anzubieten, mit Exposé und Leseprobe.

FICTION & FANTASY E.V. – Über die eMail-Anschrift FiFi-Verlag@t-online.de kann man den Abschlussband der HOLYFORT-Trilogie von Harry T. Masters gegen eine geringe Gebühr als eBook beziehen.

ONLINEBOOKDIRECT – bietet seit Frühjahr 2000 preisgünstige eBooks an. Neu ins immer größer werdende Angebot an phantastischer Literatur aufgenommen wurden zuletzt Romane und Storysammlungen von Wilko Müller jr., Frank Roger, Michael J. Crystal, Philipp D. Laner, Timothy McNeal, Jürgen Sroka und Karl-Heinz Tuschel (die Erstveröffentlichungen »Zwischen Perseus und Schütze«, »Sternenbedeckung« und »Balance am Rande des Todes«). Kontakt und Bestellung unter http://www.onlinebookdirect.de.

READERSPLANET – Im Herbst 2001 startete der Münchener eBook-Anbieter READERS PLANET, der zahlreiche bekannte Autoren unter Vertrag hat, deren Bücher man als eBook kaufen kann. Das Grundangebot, mit dem die Site http://www.readersplanet.de seine Pforten eröffnete, bestand aus Titeln von u. a. Clark Darlton, Jürgen Duensing, Peter Dubina, Viktor Farkas, C. H. Guenter, Alexander Kröger, Rolf Michael, A. F. Morland, Hans Peschke, Roland Rosenbauer, Jürgen ten Hoevel, Alfred Wallon, Manfred Wegener sowie Susanne Wiemer und wird laufend erweitert. Insgesamt verfügt READERSPLANET zur Zeit über ein Repertoire von rund 5 000 Titeln.

MADDRAX – Fanstories zur beliebten SF-Heftserie MADDRAX finden sich unter http://www.bastei.de/maddrax/, darunter Geschichten von Andreas Gruber, Martin Carter, Dirk Taeger und Kadir Özdemir.

E-TALES OF TERROR – Der FESTA VERLAG startete im Sommer 2001 auf seiner Homepage http://www.festa-verlag.de die von Malte S. Sembten herausgegebene Online-Anthologie E-TALES OF TERROR. Bislang sind Geschichten von Malte S. Sembten, Arthur Gordon Wolf, Bertram Lange, Mark Fahnert, Andreas Gruber, Boris Koch, Uwe Vöhl, Rüdiger Silber und Romy Kluge enthalten.

REN DHARK – Der BERNT VERLAG präsentiert auf der REN DHARK-Homepage zusätzlich zu Informationen, Autorenporträts und Vorschauen auch Kurzgeschichten und Artikel zu Kurt Brands bekanntester Serie. Zuletzt ins Netz gestellt wurden die Geschichten »Falsches Spiel mit Robert Saam« von Achim Mehnert, »Die Kolonie«, »Legende« und »Im Auftrag des Nareidums« von Manfred Weinland, »Todesschwadron Giaur« von Michael Nagula sowie »Ein Colonel namens Clark« und »Eine Frage der Berechnung« von Uwe Helmut Grave und die Artikel/Glossen »Wie lebt es sich in einem Chip ...?«, »Die Lazarus-Lüge oder: Wer waren die Salter wirklich?« und »Die Quoorn – Meister der Nanotechnik«, alle von Manfred Weinland.

9. DIVERSES

TODESFÄLLE:

H. C. ARTMANN: Am 4. Dezember 2000 starb der österreichische Schriftsteller, Übersetzer und Mundart-Poet Hans Carl Artmann in Wien an einem Krebsleiden. Er war 79 Jahre alt. Der am 12. Juni 1921 in Wien geborene Autor war nicht nur einer der prägenden Literaten der Alpenrepublik, sein Werk wies auch oft phantastische Elemente auf, wobei er die unterschiedlichsten Versatzstücke des Genres verwendete, ohne sich darauf festzulegen. Zu seinen bekanntesten Veröffentlichungen, zu denen auch Kinderbücher zählen, gehören »Dracula, Dracula« (1966), »Frankenstein in Sussex« (1969) und »Die Jagd nach Dr. U.« (1977). 1968 erschien die von ihm übersetzte Sammlung »Cthulhu. Geistergeschichten« von H. P. Lovecraft, die im deutschen Sprachraum das Interesse an diesem Autor weckte.

NIKOLAI VON MICHALEWSKI: Am 27. Dezember 2000 starb der Regisseur, Drehbuch- und Hörspielautor und Schriftsteller Nikolai von Michalewski in Gralsberg (Teufelsmoor). Er war 69 Jahre alt. Der am 17 Januar 1931 in Dahlewitz, Brandenburg geborene Autor, der u. a. auch als Kaffeepflanzer und Taucher tätig war, wurde im Genre vor allem durch seine Jugendbücher bekannt, die unter den Pseudonymen Mark Brandis (WELTRAUMPARTISANEN), Nick Norden (KENNWORT P) und Bo Anders (OMEGA 2) erschienen sind. Sein Debüt gab er 1970 mit dem SF-Roman »Bordbuch Delta VII«, dem ersten Band der WELTRAUMPARTISANEN-Serie, dem bis 1987 noch weitere dreißig Romane sowie ein Erzählband folgten. 1999 war der Autor Ehrengast des Trinity-Cons in Dortmund. Im Jahr 2000 erschien sein neuer Roman »Ambivalente Zone«

als Book on Demand, mit dem er mit den WELTRAUMPARTISANEN, diesmal für erwachsene Leser konzipiert, einen Neustart versuchte.

OTTO BONHOFF: Am 7. Januar 2001 starb der Schauspieler, Journalist und Schriftsteller Otto Bonhoff nach langer schwerer Krankheit. Er war 70 Jahre alt. Bonhoff wurde am 21. Februar 1931 in Leipzig geboren und arbeitete als Theaterschauspieler und als Volontär bei den THÜRINGER NACHRICHTEN, bevor er ab 1961 als freier Journalist und Autor Erzählungen und Romane sowie Hör- und Fernsehspiele schrieb. Der einziger Beitrag Bonhoffs zum Genre war der Roman »Besuch aus dem Nebel« (1974), entstanden nach seinem gleichnamigen, 1973 uraufgeführten Bühnenstück, in dem Extraterrestrier aus dem Andromedanebel Kontakt mit den Erdbewohnern aufnehmen.

SEKUNDÄRLITERATUR:

Richard Abanes: HARRY POTTER. FANTASY ODER MAGIE; Paderborn 2001, Christliche Verlagsbuchhandlung Wedel

Kevin J. Anderson & Daniel Wallace: STAR WARS – DIE ULTIMATIVE CHRONIK. DER DEFINITIVE FÜHRER DURCH DAS STAR WARS UNIVERSUM; München 2001, Heyne TB 01/10222

Detlev Arens: FRANZ KAFKA; München 2001, dtv TB 31047

Danila Bartens & Ingrid Spörk (Hrsg.): BARBARA FRISCHMUTH; Salzburg 2001, Residenz Verlag

Barbara Belford: OSCAR WILDE. EIN PARADOXES GENIE; Zürich 2000, Haffmans Verlag

Paul Berf & Astrid Surmatz (Hrsg.): ASTRID LINDGREN. ZUM DONNERDRUMMEL! EIN WERK-PORTRÄT; Hamburg 2001, Rogner & Bernhard bei Zweitausendeins

Brigitte Beuning & Jörg Knobloch: LITERATUR-KARTEI ZUM JUGENBUCH VON JOANNE K. ROWLING: »HARRY POTTER UND DER STEIN DER WEISEN«; Mülheim an der Ruhr 2000, Verlag an der Ruhr

Norbert Borrmann: FRANKENSTEIN UND DIE ZUKUNFT DES KÜNSTLICHEN MENSCHEN; Kreuzlingen/München 2001, Diederichs im Heinrich Hugendubel Verlag

Matthew Bunson: DAS BUCH DER VAMPIRE. VON DRACULA, UNTOTEN UND ANDEREN FÜRSTEN DER FINSTERNIS. EIN LEXIKON; München 2001, Heyne PB 19/765

Marc Cerasini: JURASSIC PARK III. EIN STORYBUCH; Nürnberg 2001, Burgschmiet Verlag

D. J. Conway: DIE ZAUBERWELT DER KELTEN; München 2001, dtv TB 20430

Michael Coren: J. R. R. TOLKIEN. DER MANN, DER »HERR DER RINGE« ERSCHUF; Königswinter 2001, HEEL Verlag

Rainer Delfs: GEISTERJÄGER JOHN SINCLAIR LEXIKON. FREUNDE – FEINDE – DÄMONEN – WAFFEN – SCHAUPLÄTZE – INHALTE; Augsburg 2001, Weltbild Verlag – Sammler-Edition JOHN SINCLAIR 27

Alexander Demandt: HÄNDE IN UNSCHULD. PONTIUS PILATUS IN DER GESCHICHTE; Freiburg im Breisgau 2001, Herder PB 4990

Alexander Demandt UNGESCHEHENE GESCHICHTE – EIN TRAKTAT ÜBER DIE FRAGE »WAS WÄRE GESCHEHEN, WENN ...?« – 3., ERWEITERTE AUFLAGE; Göttingen/Zürich 2001, Kleine Reihe V+R 4022

John A. Dern: MARTIANS, MONSTERS & MADONNA. FICTION & FORM IN THE WORLD OF MARTIN AMIS; New York/Bern 2000, Peter Lang Verlag – Reihe STUDIES IN TWENTIETH-CENTURY BRITISH LITERATURE, Band 2

Torsten Dewi: DUNE – DER WÜSTENPLANET. DER STORYBILDBAND. DAS OFFIZIELLE BUCH ZUM FILM; München 2001, Heyne PB 01/20074

Hans Dieckmann: DER ZAUBER AUS 1001 NACHT. MÄRCHEN UND SYMBOLE; Klein Königsförde 2000, Königsfurt Verlag

Albrecht Driesen: LITERARISCHE NACHLESE. GESAMMELTE REZENSIONEN; Hamburg 1999, Libri BoD

Richard Ellmann: OSCAR WILDE; München 2000, Piper Verlag

Thomas Elsaesser: METROPOLIS. DER FILMKLASSIKER VON FRITZ LANG; Hamburg/Wien 2001, Europa Verlag

Marcel Feige: DAS GROSSE COMIC-LEXIKON. VON ASTERIX UND AKIRA ÜBER DONALD DUCK UND DAN DARE BIS SUPERMAN UND YPS, DIGEDAGS UND HERGE: DIE GANZE WUNDERBARE WELT DER BILDGESCHICHTEN, IHRE ZEICHNER & AUTOREN, MAGAZINE & FIGUREN; Berlin 2001, Lexikon Imprint Verlag im Schwarzkopf & Schwarzkopf Verlag

Marcel Feige: SCIENCE FICTION; Hamburg 2001, Rotbuch Verlag - Band 3014

Jude Fisher: DER HERR DER RINGE - DIE GEFÄHRTEN. DAS OFFIZIELLE BEGLEITBUCH. FIGUREN, LANDSCHAFTEN UND ORTE MITTELERDES; Stuttgart 2001, Klett-Cotta

Klaus N. Frick & Olaf Kutzmutz (Hrsg.): NICHT VON DIESER WELT? AUS DER SCIENCEFICTION-WERKSTATT; Wolfenbüttel 2001, Bundesakademie für kulturelle Bildung - Reihe WOLFENBÜTTELER AKADEMIE-TEXTE Band 3

Michael Jan Friedman: LARA CROFT: TOMB RAIDER. TECHNISCHES HANDBUCH; Nürnberg 2001, Burgschmiet Verlag

R. Gustav Gaisbauer (Hrsg.): DAS PSEUDONYME UNIVERSUM. JÖRG WEIGAND ZUM 60. GEBURTSTAG; Passau 2000, EDFC - BELLETRISTISCHE REIHE Band 15

Rolf Giesen: LEXIKON DER SPECIAL EFFECTS. VON DEN ERSTEN FILMTRICKS BIS ZU DEN COMPUTERANIMATIONEN DER GEGENWART; Berlin 2001, Lexikon Imprint Verlag im Schwarzkopf & Schwarzkopf Verlag

Christopher Golden & Nancy Holder: BUFFY - IM BANN DER DÄMONEN. SUNNYDALE HIGH YEARBOOK. DAS OFFIZIELLE JAHRBUCH; Stuttgart 2001, Dino entertainment

Christopher Golden & Nancy Holder mit Keith R. A. DeCandido: BUFFY - IM BANN DER DÄMONEN. DER OFFIZIELLE SERIENGUIDE BAND 1. ALLES ÜBER STEFFEL I UND II; Stuttgart 2001, Dino entertainment

Matthias Gründer (unter Mitarbeit von Karl-Heinz Ingenhaag & Horst Hoffmann): LEXIKON DER BEMANNTEN RAUMFAHRT. RAKETEN, RAUMFAHRZEUGE UND ASTRONAUTEN; Hamburg 2000, Lexikon Imprint Verlag im Schwarzkopf & Schwarzkopf Verlag

Wilhelm Haefs: SUCHEN NACH DEM BLAU, AN DEM MEIN HERZ HÄNGT. ANNE SEGHERS; München 2000, List TB 65056

Ronald M. Hahn & Rolf Giesen: DAS NEUE LEXIKON DES FANTASY-FILMS. MEHR ALS 1300 FANTASY-FILME MIT FILMOGRAFISCHEN ANGABEN, PRODUKTIONSDATEN, INHALTEN, BESETZUNG UND BESPRECHUNGEN; Berlin 2001, Lexikon Imprint Verlag im Schwarzkopf & Schwarzkopf Verlag

Ronald M. Hahn & Horst Pukallus: IMPERIUM RHODANUM EIN HAARSTRÄUBENDER TRIP DURCH DAS REICH DER PERRY RHODAN-FANS DER ERSTEN STUNDE; Wuppertal 2001, Verlag Nummer Eins (BoD)

Rudolf Hein: KENNEN SIE SEVERUS SNAPE? AUF DEN SPUREN DER SPRECHENDEN NAMEN BEI HARRY POTTER; Bamberg 2001, Collibri Verlag/Erich Weiß Verlag

Heinz-Albert Heindrichs & Harlinda Lox (Hrsg.): ALS ES NOCH KÖNIGE GAB; Kreuzlingen/München 2001, Heinrich Hugendubel Verlag (Diederichs Verlag) – Reihe FORSCHUNGSBERICHTE AUS DER WELT DER MÄRCHEN

Paul Herrmann: DEUTSCHE MYTHOLOGIE; Berlin 2001, Aufbau TB 8015

Frederik Hetmann: DIE REISE IN DIE ANDERSWELT. FEENGESCHICHTE UND FEENGLAUBE IN IRLAND; Krummwisch 2001, Königsfurt Verlag

Josef Hilger: RAUMPATROUILLE. DIE PHANTASTISCHEN ABENTEUER DES RAUMSCHIFFES ORION; Berlin 2000, Schwarzkopf & Schwarzkopf Verlag

Jürgen Hoffmann & Achim Havemann: TASCHENBUCH-KATALOG DER SCIENCE FICTION-, FANTASY- UND HORROR-LITERATUR 2001; Hitzacker 2001, Verlag Achim Havemann

Wolfgang Hohlbein (& Frank Rehfeld): STARGATE SG-1. EPISODENGUIDE BAND 1; Nürnberg 2000, Burgschmiet Verlag

Wolfgang Hohlbein (& Frank Rehfeld): STARGATE SG-1. EPISODENGUIDE BAND 2; Nürnberg 2001, Burgschmiet Verlag

Nancy Holder mit Jeff Mariotte & Maryelizabeth Hart: BUFFY – IM BANN DER DÄMONEN. DER OFFIZIELLE SERIENGUIDE BAND 2. ALLES ÜBER DIE 3. ND 4. STAFFEL; Stuttgart 2001, Dino entertainment

John Houghton: WAS BRINGT HARRY POTTER UNSEREN KINDERN? CHANCEN UND NEBENWIRKUNGEN DES MILLIONEN-BESTSELLERS; Basel und Gießen 2001, Brunnen Verlag

Veronika Ions: DIE WELT DER MYTHOLOGIEN. MYTHEN DER WELTLITERATUR IM VERGLEICH – VON DER SCHÖPFUNG BIS ZUM WELTUNTERGANG; Wien 2001, Tosa Verlag

Carola M. Jansen: DISNAELAND. DIE WELTEN UND MIKROKOSMEN DES ALASDAIR GRAY; Frankfurt am Main 2000, Peter Lang Verlag – Reihe SCOTTISH STUDIES INTERNATIONAL Band 31

Wolfgang Jeschke (Hrsg.): DAS SCIENCE FICTION JAHR 2001. EIN JAHRBUCH FÜR DEN SCIENCE FICTION LESER; München 2001, Heyne TB 06/6369

Alan Jones: LARA CROFT TOMB RAIDER. DAS OFFIZIELLE BEGLEITBUCH; Nürnberg 2001, Burgschmiet Verlag

S. T. Joshi: MODERNE HORRORAUTOREN BAND 1; Almersbach 2001, Festa Verlag – Reihe SPEKTRUM DER PHANTASTEN 1001

S. T. Joshi: MODERNE HORRORAUTOREN BAND 2; Almersbach 2001, Festa Verlag – Reihe SPEKTRUM DER PHANTASTEN 1002

Rick Joyner: EINE PROPHETISCHE VISION FÜR DAS 21. JAHRHUNDERT. NAVIGATIONSHILFEN FÜR DIE ZUKUNFT; Winterthur 2000, Schleife-Verlag

Verena Kast: LIEBE IN MÄRCHEN; Krummwisch 2001, Königsfurt Verlag

Rainer Kessler: GENZSITUATION UND NUKLEARE GEFAHR. STUDIEN ZUR JUGENDLITERATUR UND IHRER VERMITTELBARKEIT. ZUR FUNKTION VON GRENZSITUATION, DENKSTIL, CHARAKTER UND REIFUNG SOWIE DYSTOPIE UND UTOPIE IN DER DEUTSCH- UND ENGLISCHSPRACHIGEN JUGENDLITERATUR; Frankfurt am Main

2000, Peter Lang Verlag – Reihe XI – PÄDAGOGIK Band 819

Günter W. Kienitz & Bettina Grabis: ALLES ÜBER HARRY POTTER. INTERNET-POCKET-GUIDE; Kempen 2001, moses. Verlag

Stephen King: DANSE MACABRE. DIE WELT DES HORRORS; München 2000, Ullstein TB 36259

Lena Klaassen: ARTHUR MACHENS PHANTASTISCHER RAUM; Passau 2000, EDFC – SCHRIFTENREIHE Band 36

Jörg Knobloch: DIE ZAUBERWELT DER J. K. ROWLING. HINTERGRÜNDE & FACTS ZU »HARRY POTTER«; Mülheim an der Ruhr 2000, Verlag an der Ruhr

Thomas König: GEISTERWALD KATALOG. DIE HEFTROMAN-BIBLIOGRAPHIE BAND 2: MÄRCHEN & FANTASY; Berlin 2001, Verlag Thomas König (Libri BoD)

Joachim Körber (Hrsg.): BIBLIOGRAPHISCHES LEXIKON DER UTOPISCH-PHANTASTISCHEN LITERATUR. 63., 64. & 65. ERGÄNZUNGSLIEFERUNG; Meitingen 2000/2001, Corian-Verlag Heinrich Wimmer

Allan Zola Kronzek & Elizabeth Kronzek: DAS ZAUBERER-HANDBUCH. DIE MAGISCHE WELT DER JOANNE K. ROWLING VON A BIS Z; München 2001, Goldmann TB 45153

Olaf Kutzmutz (Hrsg.): HARRY POTTER ODER WARUM WIR ZAUBERER BRAUCHEN; Wolfenbüttel 2001, Bundesakademie für kulturelle Bildung – Reihe WOLFENBÜTTELER AKADEMIE-TEXTE Band 5

Spencer Lamm (Hrsg.): THE MATRIX; Nürnberg 2000, Burgschmiet Verlag

Diana Landau (Hrsg.): PLANET DER AFFEN. NEUBEARBEITUNG VON TIM BURTON; Nürnberg 2001, Burgschmiet Verlag

Christian Langhagen, Ralph Sander u. a.: HEXENSERIEN. BUFFY, SABRINA UND ANDERE. ALLE HINTERGRÜNDE UND FAKTEN ZU DEN SERIEN; Königswinter 2000, HEEL Verlag – Reihe SPACE VIEW SPECIAL Band 12

Heiko Langhans: JAHRMILLIONEN-CHRONIK 3. 2910 – 3460. VOM PANITHER-AUFSTAND BIS ZUR INVASION

DES KONZILS; Herschweiler-Pettersheim 2001, SFC Universum

Heiko Langhans: K. H. SCHEER. KONSTRUKTEUR DER ZUKUNFT; Rastatt 2001, VPM Verlagsunion Pabel Moewig

Guido Latz (Hrsg.): MERLINS STERN SONDERBAND 2; Stolberg 2000, Arkham Press

Stanisław Lem: RISKANTE KONZEPTE; Frankfurt am Main und Leipzig 2001, Insel Verlag

Christian Lukas & Sascha Westphal: BUFFY – DIE JAGD GEHT WEITER. DAS INOFFIZIELLE BUCH ÜBER DIE 4. STAFFEL DER KULTSERIE UND IHRE HINTERGRÜNDE; München 2001, Knaur TB 61851

Paul Maar: DAS SAMS WIRD FILMSTAR; Hamburg 2001, Verlag Friedrich Oetinger

Ulrich Magin: AUSFLÜGE IN DIE ANDERSWELT. BEDEUTUNGEN RÄTSELHAFTER PHÄNOMENE; Klein Königförde 2000, Königsfurt Verlag

Javier Marias: DAS LEBEN DER GESPENSTER; Berlin 2001, Verlag Klaus Wagenbach

Ralf Peter Märtin: DRACULA. DAS LEBEN DES FÜRSTEN VLAD TEPES; Berlin 2001, Wagenbach Taschenbuch WaT 396

Florian F. Marzin: GRENZBEBAUUNG. AUFSÄTZE ZUR PHANTASTISCHEN LITERATUR; Passau 2001, EDFC – Reihe FANTASIA 144/145 – SEKUNDÄRLITERARISCHE REIHE Band 37

Reinhard Merker: REKLAME FÜR DEN SCHLECHTEN LAUF DER DINGE. EINWÄNDE GEGEN DIE SPEKULATIVE WELTHALTUNG. AUFSÄTZE ZU SCIENCE FICTION UND PHANTASTISCHEN SACHLITERATUR; Verlag U. T. (Libri BoD)

Christian Mertens: ZUKUNFTSBILDER. UTOPISCHE VISIONEN IN LITERATUR UND FILM. KATALOG DER 239. WECHSELAUSSTELLUNG DER WIENER STADT- UND LANDESBIBLIOTHEK; Wien 2001, Stadt Wien – MA 9

Stephan Meyer: DIE ANTI-UTOPISCHE TRADITION. EINE IDEEN- UND PROBLEMGESCHICHTLICHE DARSTELLUNG; Frankfurt am Main 2001, Peter Lang Verlag – EU-

ROPÄISCHE HOCHSCHULSCHRIFTEN Reihe 1: DEUTSCHE SPRACHE UND LITERATUR Band 1790

Marie Moretti: BUFFY PRIVAT. SARAH MICHELLE GELLAR; Königswinter 2001, HEEL Verlag – SPACE VIEW VAMPIR-SERIEN SONDERBAND

Winfried Münch: MÄRCHENBILDER UND IHRE GEHEIMNISSE. ANALYTISCHES VERSTEHEN UND SELBSTSPIEGELUNG IM MÄRCHEN; Frankfurt am Main 2001, Brandes & Apsel Verlag

Michael Nagula: TOLKIENS WELT. VON A WIE AUENLAND BIS Z WIE ZAUBERRING. ALLES ÜBER DEN SCHÖPFER DES »HERR DER RINGE« UND SEIN WERK; München 2001, Knaur TB 70249

Michael Nagula (Hrsg.): DARKOVER-ATLAS 2. HINTERGRÜNDE – LEXIKON – INHALTE; Augsburg 2001, Weltbild Verlag – Sammler-Edition DARKOVER

Michael Nagula (Hrsg.): DARKOVER-ATLAS 3. HINTERGRÜNDE – LEXIKON – INHALTE; Augsburg 2001, Weltbild Verlag – Sammler-Edition DARKOVER

Julia Niemann: HALLOWEEN; München 2000, Heyne Mini 33/1490

Horst Obleser: PARZIFAL. EIN INITIATIONSWEG UND SEINE BEDEUTUNG; Klein Königsförde 2000, Königsfurt Verlag

Heinz Ohff: KÖNIG ARTUS. EINE SAGE UND IHRE GESCHICHTE; München 2001, Serie Piper SP 2468

Peter Osteried: VAMPIRSERIEN. BUFFY & ANGEL; Königswinter 2001, HEEL Verlag – Reihe SPACE VIEW SPECIAL Band 13

Camille Paglia: DIE VÖGEL. DER FILMKLASSIKER VON ALFRED HITCHCOCK; Hamburg/Wien 2000, Europa Verlag

Ulrike Pelchen & Sylvia Schlüter (Hrsg.): PHANTASTI 2002. TASCHENKALENDER; Friedberg 2001, Pegasus Verlag

Ernst Petz: COUNTDOWN MIT ARNO SCHMIDT. ASSOZIATIVES GEDRÄNGE. Co-STARRING HARRY HARRISON; Wien 2001, Aarachne Verlag

Jesco von Puttkamer: VON APOLLO ZUR ISS. EINE GESCHICHTE DER RAUMFAHRT. AUS MEINEM WELT-

RAUMJOURNAL; München 2001, F. A. Herbig Verlagsbuchhandlung

Perry Rhodan Stammtisch Wien & Perry Rhodan FanZentrale (Hrsg.): AUTOR, MENSCH, TERRANER. 60 JAHRE ERNST VLCEK; Rastatt 2001, Perry Rhodan FanZentrale (normale und limitierte Ausgabe)

Dieter Petzold mit Adelheid Kegler, Gisbert Kranz, Christian Rendel, Elmar Schenkel, Angelika Schenkel & Manfred Siebald (Hrsg.): INKLINGS JAHRBUCH FÜR LITERATUR UND ÄSTHETIK BAND 18 – 2000; Moers 2000, Brendow Verlag

Terry Pratchett: DAS SCHEIBENWELT-ALBUM; München 2001, Goldmann Verlag (44422)

Terry Pratchett & Stephen Briggs: DER SCHEIBENWELT KALENDER 2002; München 2001, Goldmann Verlag (45049)

Terry Pratchett, Stephen Briggs & Tina Hannan: NANNY OGGS KOCHBUCH. EIN ÜBERRASCHEND NÜTZLICHER ALMANACH MIT ERSTAUNLICHEN REZEPTEN AUS TERRY PRATCHETTS SCHEIBENWELT; München 2001, Goldmann Verlag (45050)

Karin Priester: MARY SHELLEY. DIE FRAU, DIE FRANKENSTEIN ERFAND; München 2001, Langen Müller in der Herbig Verlagsbuchhandlung

Saskia & Sarah Preissner: DER INOFFIZIELLE HP-FANCLUB PRÄSENTIERT: DAS ZAUBERINTERNAT. DAS BUCH FÜR KLUGE MAGIER; München 2001, Ullstein TB 36309

Saskia & Sarah Preissner: DER INOFFIZIELLE HP-FANCLUB PRÄSENTIERT: DIE ZAUBERSCHULE; München 2000, Ullstein TB 36300

Quark (d.s. Ira Steven Behr & Robert Hewitt Wolfe): STAR TREK – DEEP SPACE NINE: DIE MYTHEN UND LEGENDEN DER FERENGI; Königswinter 2000, HEEL Verlag

Armin Rößler: CARL AMERYS »DER UNTERGANG DER STADT PASSAU«. EINE UNTERSUCHUNG DER ZENTRALEN THEMENKOMPLEXE; Passau 2001, EDFC – Reihe FANTASIA 146 – SEKUNDÄRLITERARISCHE REIHE Band 38

Franz Rottensteiner (Hrsg.): QUARBER MERKUR 91/92. FRANZ ROTTENSTEINERS LITERATURZEITSCHRIFT FÜR SCIENCE FICTION UND PHANTASTIK; Passau 2000, EDFC

Franz Rottensteiner & Michael Koseler (Hrsg.: WERKFÜHRER DURCH DIE UTOPISCH-PHANTASTISCHE LITERATUR. 32. & 33. ERGÄNZUNGSLIEFERUNG; Meitingen 2000/2001, Corian-Verlag Heinrich Wimmer

Rüdiger Safranski: E. T. A. HOFFMANN. DAS LEBEN EINES SKEPTISCHEN PHANTASTEN; Frankfurt am Main 2000, Fischer TB 14301

Gabriele Sander: ALFRED DÖBLIN; Stuttgart 2001, Reclams Universal-Bibliothek 17632

Elmar Schenkel: H. G. WELLS. DER PROPHET IM LABYRINTH; Wien und München 2001, Zsolnay Verlag

Friedhelm Schneidewind: DAS ABC RUND UM HARRY POTTER. ALLES WISSENSWERTE ZU DEN ERSTEN VIER BÜCHERN VON JOANNE K. ROWLING, DEN FIGUREN UND IHREN MYTHEN, DEN ORTEN UND DEN BEGRIFFEN, GESCHICHTEN UND HINTERGRÜNDEN; Berlin 2000, Lexikon Imprint Verlag im Schwarzkopf & Schwarzkopf Verlag

Friedhelm Schneidewind: DAS GROSSE TOLKIEN-LEXIKON. VON »ROVERANDOM« BIS ZUM »SILMARILLION«, VOM »KLEINEN HOBBIT« BIS ZUM »HERRN DER RINGE« – EINE PHANTASTISCHE REISE DURCH DIE WELT DES JOHN R. R. TOLKIEN; Berlin 2001, Lexikon Imprint Verlag im Schwarzkopf & Schwarzkopf Verlag

Friedhelm Schneidewind: DAS LEXIKON VON HIMMEL UND HÖLLE. DAS LEXIKON VON JENSEITS UND ANDERSWELT, UNTERWELT UND OLYMP, HADES UND ELYSIUM, FEGEFEUER UND NIRWANA, GÖTTERN UND TEUFELN, ENGELN UND DÄMONEN; Berlin 2000, Lexikon Imprint Verlag im Schwarzkopf & Schwarzkopf Verlag

Newt Seamander: PHANTASTISCHE TIERWESEN & WO SIE ZU FINDEN SIND; Reinbek 2001, Carlsen Verlag

Ferdinand Seibt: UTOPICA. ZUKUNFTSVISIONEN AUS DER VERGANGENHEIT; München 2001, Orbis Verlag für Publizistik

Stefan Servos & Andreas Kasprzak: HERR DER RINGE u. a. FANTASY-FILE UND -BÜCHER; Königswinter 2001 – HEEL-Verlag – Reihe SPACE VIEW SPECIAL 16

Marc Shapiro: J. K. ROWLING. DIE ZAUBERIN HINTER HARRY POTTER. EINE AUTORISIERTE BIOGRAFIE; Nürnberg 2000, Burgschmiet Verlag

Brian Sibley: DER HERR DER RINGE. DAS OFFIZIELLE FILMBUCH; Stuttgart 2001, Klett-Cotta

Günter Sippert: DIE STARS VON BUFFY. EINE UNAUTORISIERTE BIOGRAPHIE; Kaufbeuren 2000, Action Media Verlag in der Action Media Group

Bill Slavicsek: DAS GROSSE STAR WARS UNIVERSUM VON A–Z; München 2001, Heyne TB 01/13354

Ola R. Spittel: SCIENCE FICTION IN DER DDR. BIBLIOGRAPHIE; Barnstorf 2000, Verlag 28 Eichen

Falk N. Stein: VON ALRAUNE BIS ZENTAUR. EIN HARRY POTTER LEXIKON; Düsseldorf 2000, Albatros Verlag im Patmos Verlag

Norbert Stresau (†) & Heinrich Wimmer (Hrsg.): ENZYKLOPÄDIE DES PHANTASTISCHEN FILMS. 60., 61. & 62. ERGÄNZUNGSLIEFERUNG; Meitingen 2000/2001, Corian-Verlag Heinrich Wimmer

Maria Szepes & W. Charon: DIE GEHEIMEN LEHREN DES ABENDLANDES. ACADEMIA OCCULTA; München 2001, Orbis Verlag für Publizistik

Evge Tarantul: ELFEN, ZWERGE UND RIESEN. UNTERSUCHUNG ZUR VORSTELLUNGSWELT GERMANISCHER VÖLKER IM MITTELALTER; Frankfurt am Main 2001, Peter Lang Verlag – EUROPÄISCHE HOCHSCHULSCHRIFTEN Reihe 1: DEUTSCHE SPRACHE UND LITERATUR Band 1791

Michael Thiesen: ATLAN ZEITRAFFER TEIL 2. DER HELD VON ARKON. DER INHALT DER ATLAN-EXCLUSIV-BÄNDE 88 BIS 299; Herschweiler-Pettersheim 2000, SFC Universum

Michael Thiesen: ATLAN ZEITRAFFER TEIL 5. DIE ABENTEUER DER SOL I. DER INHALT DER ATLAN-BÄNDE 500 BIS 599; Herschweiler-Pettersheim 2001, SFC Universum

Michael Thiesen: ATLAN ZEITRAFFER TEIL 6. DIE ABENTEUER DER SOL II. DER INHALT DER ATLAN-BÄNDE 600 BIS 674; Herschweiler-Pettersheim 2001, SFC Universum

Michael Thiesen & Klaus Bollhöfener Hrsg.: PERRY RHODAN

JAHRBUCH 2001; Hitzacker 2001, Verlag Achim Havemann

Stefan Thiesen: TREK SCIENCE. MIT WARP-GESCHWINDIGKEIT IN DIE ZUKUNFT?; Selm 2001, MindQuest (Libri BoD)

Stefan Thiesen: DAS VERBOTENE BUCH. MARKTWIRTSCHAFT UND ZENSUR IM JAHR 2000; Selm 2000, MindQuest (Libri BoD)

Michael Westmore, Alan Sims, Bradley M. Loo & William J. Birnes: STAR TREK – MASKEN, MAKE-UP & KOSTÜME; Königswinter 2001, HEEL Verlag

Sascha Westphal & Christian Lukas: DIE SCREAM TRILOGIE ... UND DIE GESCHICHTE DES TEEN-HORRORFILMS; München 2000, Heyne TB 13271

Kennilworthy Whisp: QUIDDITCH IM WANDEL DER ZEITEN; Reinbek 2001, Carlsen Verlag

John Whitman: DIE MUMIE KEHRT ZURÜCK. DAS BEGLEITBUCH ZUM FILM; Nürnberg 2001, Burgschmiet Verlag

David Wilkinson: MÖGE DIE MACHT MIT UNS SEIN. DIE SPIRITUELLE SEHNSUCHT IN DEN STAR WARS-FILMEN; Basel und Gießen 2001, Brunnen Verlag

Colin Wilson: TANZ DER TEUFEL. SCHARLATANE – GURUS – SEKTENFÜHRER; Kreuzlingen/München 2001, Heinrich Hugendubel Verlag (Diederichs)

Heinrich Wimmer (Hrsg.): BIBLIOGRAPHISCHES LEXIKON DER UTOPISCH-PHANTASTISCHEN LITERATUR. VERLAGS- UND REIHENBIBLIOGRAPHIEN. 29. ERGÄNZUNGSLIEFERUNG; Meitingen 2000, Corian-Verlag Heinrich Wimmer

Barbara Maria Zollner: LANGENSCHEIDTS GROSSES ZAUBERWÖRTERBUCH ENGLISCH-DEUTSCH. FÜR HARRY POTTER FANS; Berlin und München 2001, Langenscheidt KG

INTERVIEWS:

EDDIE M. ANGERHUBER interviewt von N.N.; in DAEDALOS 10 (2001)

WALTER APPEL interviewt von Carsten Kuhr; Phantastik.de (2001)

ADRIENNE BARBEAU interviewt von Joe Wissler; in DOOM 22 (2001)

RUFUS BECK interviewt von N.N.; amazon.de (2000)

KLAUS BOLLHÖFENER interviewt von Thorsten Krietsch; in PERRY RHODAN PERSPEKTIVE 51 (2000)

FRANK BORSCH interviewt von Klaus N. Frick; in PHANTASTISCH! 2 (2001)

GERDI M. BÜTTNER interviewt von Carsten Kuhr; Phantastik.de (2001)

OCTAVIA BUTLER interviewt von Usch Kiausch; in HEYNE TB 06/6369

MYRA CAKAN interviewt von Olaf J. Menke; Phantastik.de (2001)

RAINER CASTOR interviewt von Cpt. Krause; hjb-news.de (2001)

RODRIGO DE LELIS interviewt von Frank Borsch; in PERRY RHODAN MAGAZIN Sonderausgabe September 2001 (2001)

CHRISTIAN DÖRGE interviewt von N.N.; in DAS DUNKLE ARCHIV 13 (2001)

ANDREA DUWE interviewt von Carsten Kuhr; Phantastik.de (2001)

MARC-ALASTOR E.-E. interviewt von Carsten Kuhr; Phantastik.de (2001)

EDITION PHANTASIA (JOACHIM KÖRBER & ULI KÖHNLE) interviewt von Carsten Kuhr; Phantastik.de (2001)

ANDREAS ESCHBACH interviewt von N.N.; in PHANTASTISCH! 1 (2001)

ANDREAS ESCHBACH interviewt von Olaf J. Menke; Phantastik.de (2001)

HARALD EVERS interviewt von Olaf J. Menke; Phantastik.de (2001)

RAYMOND E. FEIST interviewt von J. A. Hitchcock; in SAGITTARIUS 32 (2001)

MONIKA FELTEN interviewt von Irene Salzmann; Aeon-Team (2001)

MONIKA FELTEN interviewt von Thomas Kohlschmidt; Warp online (2001)

FRANK FESTA interviewt von Marcel Feige; Phantastik.de (2001)
FRANK FESTA interviewt von Felix Darwin; Amazon.de (2001)
FRANK FESTA interviewt von Boris Koch; in MEPHISTO 14/15 (2001)
ANDREAS FINDIG interviewt von Werner Höbart; in PERRY RHODAN PERSPEKTIVE 50 (2000) & SOL 20 (2000)
KLAUS N. FRICK interviewt von Carsten Kuhr; Phantastik.de (2001)
JOSTEIN GAARDER interviewt von Amelie Znidaric; in WIENERIN Winter 2000/2001 (2000)
WILLIAM GIBSON interviewt von Stefan Becht & Markus Friedrich; in TELEPOLIS.DE (2001) und C'T 1/2001 (2001) (gekürzt)
PATRICK J. GRIESER interviewt von Carsten Kuhr; Phantastik.de (2001)
JOE HALDEMAN interviewt von Usch Kiausch; in HEYNE TB 06/6340 (2000)
BARBARA HAMBLY interviewt von Jens H. Altmann; in NAUTILUS 11 (2001)
BERNHARD HENNEN interviewt von Iris Lanz; in NAUTILUS 14 (2001)
DIRK HESS interviewt von Michael Thiesen; in SOL 23 (2001)
HORST HOFFMANN interviewt von Thorsten Krietsch; in SOL 23 (2001)
ANTJE IPPENSEN interviewt von Olaf J. Menke; Phantastik.de (2001)
WOLFGANG JESCHKE interviewt in TERRAsse PENTA-CON-SONDERHEFT 3 (2001)
S. T. JOSHI interviewt von Frank Festa; Midnight Mail 1 (2001)
JÖRG KAEGELMANN interviewt von Roman Sander; Pantastik.de (2001)
HELGE KAUTZ interviewt von Max Steller; epilog.de (2000)
WALTER KELCH interviewt von Carsten Kuhr; Phantastik.de
UDO KIER interviewt von Joe Wissler; in DOOM 22 (2001)
DR. JÖRG KNOBLOCH interviewt von Olaf J. Menke; Phantastik.de (2001)

JOACHIM KÖRBER interviewt von Boris Koch; in MEPHISTO 11 (2001)

GUIDO KRAIN interviewt von Carsten Kuhr; Phantastik.de (2001)

LEO LUKAS interviewt von Werner Höbart; in PERRY RHODAN PERSPEKTIVE 51-53 (2000/2001) & SOL 22 (2001) (gekürzt)

MICHAEL MARRAK interviewt von Olaf J. Menke; Phantastik.de (2001)

GEORGE R. R. MARTIN interviewt von Hardy Kettlitz; in ALIEN CONTACT 40 (2001)

KAI MEYER interviewt von Rainer Scheer; in NAUTILUS 10 (2000)

KAI MEYER interviewt von Olaf J. Menke; Phantastik.de (2001)

KAI MEYER interviewt von Carsten Kuhr; Phantastik.de (2001)

HEINZ MOHLBERG interviewt von Carsten Kuhr; Phantastik.de (2001)

MICHAEL NAGULA interviewt von Steve Kups; splashpages.de (2000)

MICHAEL NAGULA interviewt von Florian Breitsameter; SF-Fan.de & in SOL 24 (2001)

MICHAEL NAGULA interviewt von Manuel Schneider; in PERRY RHODAN PERSPEKTIVE 55 (2001)

MICHAEL NAGULA interviewt von Werner Höbart; in PERRY RHODAN PERSPEKTIVE 56 (2001)

MICHAEL NAGULA interviewt von Manuel Schneider; Phantastik.de (2001)

TERRY PRATCHETT interviewt von Rainer Gladys; in NAUTILUS 10 (2000)

EKKEHARD REDLIN interviewt von Hardy Kettlitz & Siegfried Breuer; in ALIEN CONTACT 41 (2001)

NICOLE RENSMANN interviewt von Ramona Roth-Berghofer; in FANTASIA 147 (2001)

THOMAS RIEDEL & CHRISTIAN PFEILER interviewt von Carsten Kuhr; Phantastik.de (2001)

MARCUS ROSENMÜLLER interviewt von Torsten Dewi; in PERRY RHODAN MAGAZIN Sonderausgabe September 2001 (2001)

J. K. ROWLING interviewt von N.N; amazon.de (2000)
MICHAEL SCHÖNENBRÖCHER interviewt von N.N.; in MADDRAX – ROMANTRUHE SPECIAL (2000)
MICHAEL SCHÖNENBRÖCHER interviewt von Olav Linke; in NAUTILUS 12 (2001)
MALTE S. SEMBTEN interviewt von Boris Koch; in MEPHISTO 10 (2000)
MALTE SCHULZ-SEMBTEN interviewt von Carsten Kuhr; Phantastik.de (2001)
CONRAD SHEPHERD interviewt von Cpt. Krause; HJB News 10 (2001)
THOMAS THIEMEYER interviewt von Florian Breitsameter; in SOL 20 – PHANTASTISCH!-BEILAGE 4 (2000)
THOMAS THIEMEYER interviewt von N.N.; in PHANTASTISCH! 1 (2001)
MARTEN VEIT interviewt von N.N.; in DRAGON 14 (2001)
MARTEN VEIT interviewt von Carsten Kuhr; Phantastik.de (2001)
WERNER A. WILBERT interviewt von Olaf J. Menke; Phantastik.de (2001)
STAN WINSTON interviewt von Lars Schiele; in NAUTILUS 13 (2001)
PETER DAVID interviewt von Mike Hillenbrand; amazon.de (2001)

Die amerikanische SF-Szene 2000/2001

von Hermann Urbanek

In den neunziger Jahren hatte es zunächst für den amerikanischen SF-, Fantasy- und Horror-Markt wenig Gründe zum Feiern gegeben, dann erfolgte nach Jahren des kontinuierlichen Rückgangs 1998 wieder ein kleiner Aufschwung bei der Zahl der veröffentlichten Genre-Titel, verbunden mit einer Konsolidierung im darauf folgenden Jahr. Das letzte Jahr des zweiten Jahrtausends brachte dann einen leichten Rückgang bei der Gesamtzahl der Publikationen, der aber mit rund zwei Prozent nicht Besorgnis erregend ausfiel. Einer der Gründe dafür war, dass der Zusammenschluss von Morrow/Avon und HarperCollins abgeschlossen wurde und die beiden SF-Reihen HarperPrism und Avon Eos zur neuen Reihe Eos zusammengefasst wurden, in der dann beträchtlich weniger Titel erschienen als zuvor bei den beiden zusammen genommen. Und zum anderen, dass LOCUS, das internationale Fachblatt der SF-Szene, nur Titel auflistet, deren Erscheinen verifiziert werden kann – so wie es auch bei der DEUTSCHEN SZENE der Fall ist – und dadurch viele »Print on Demand«-Titel oder Publikationen, die nur über das Internet angeboten werden und zu beziehen sind, zwangsläufig schlichtweg durch den Rost fallen.

Der amerikanischen SF-Fachzeitschrift **LOCUS** zufolge erschienen 2000 alles in allem 1927 dem Genre zurechenbare Titel, also um 32 Publikationen weniger als 1998 oder 1999. Wie schon in den vergangenen Jahren hatten auch diesmal die Nachdrucke und Neuauflagen einen beachtlichen Marktanteil, und zwar sowohl beim gebundenen Buch als auch beim Paperback und Taschenbuch, der in den USA noch immer wichtigsten und verbreitetsten Publikationsform. Der Anteil der Original- und Erstveröffentlichungen ist 2000 kräftig gesunken und lag nur mehr bei 53 %, einem historischen Tiefstand. Diese Entwicklung verlief bei den einzelnen Publikationsformen ziemlich einheitlich. Bei den Hardcovern ging die Zahl der Originalveröffentlichungen anteilig am stärksten zurück, und zwar um 8 %, was in absoluten Zahlen bedeutete, dass anstatt von 479 Bänden im Jahr 1999 jetzt nur mehr 439 erschienen sind, während es bei den Reprints die größte Steigerung gab, von 164 auf 199 Bücher, was einem Plus von 21 % entsprach. Die Gesamtzahl der Hardcover reduzierte sich 2000 dadurch um 5 Titel auf 638. Beim Paperback gab es einen Rückgang der Erstveröffentlichungen von 278 auf 264 Titel oder minus 5 Prozentpunkte, während es auch hier bei den Reprints einen deutlichen Anstieg gab, von 262 auf 288 Bände (plus 10 %). Dadurch gab es in dieser Publikationsform die einzige Steigerung des Jahres, und zwar um 2 Titel auf jetzt 542. Großer Verlierer war 2000 das Taschenbuch, wo es Reduktionen sowohl bei den neuen Titel – von 350 auf 324 – als auch bei den Neuausgaben – 413 statt 426 – gab. Das bedeutete, dass die Zahl der Taschenbuch-Publikationen um 13 Titel auf ein historisches Tief von 737 rutschte. Insgesamt teilten sich die 1927 Publikationen des Jahres 2000 auf in 1027 Erstveröffentlichungen (1999: 1107; minus 7 %) und 900 Neuauflagen (im Vorjahr 852; plus 6 % und somit ein neuer Rekord in der Publikationsgeschichte der amerikanischen Science Fiction).

Die 1027 Erstveröffentlichungen des Jahres 2000 setzten sich wie folgt zusammen: 230 SF-Romane (22,4; davon 38 Jugendbücher), 258 Fantasy-Romane (25,1 %; davon 72 Jugendbücher), 80 Horror-Romane (7,8 %; davon 13 Jugendbücher), 67 Anthologien (6,5 %), 48 Sachbücher (4,7 %), 77 Collections (7,5 %), 183 Medientitel (17, %), 35 Kunstbücher (3,4 %), 44 Omnibusbände (4,3 %) und 5 nicht einzuordnende Titel. 1999 bestanden die 1107 Erstveröffentlichungen aus 251 SF-Romanen (22,7 %, davon 32 Jugendbücher), 275 Fantasy-Romanen (24,8 %; davon 67 Jugendbücher), 95 Horror-Romanen

(8,6 %; davon 21 Jugendromane), 74 Anthologien (6,7 %), 73 Storysammlungen (6,6 %), 191 Medienbüchern (17,3 %) 59 Sekundärwerken (5,3 %), 38 Kunstbänden 3,4 %), 42 Sammelbänden (3,8 %) und 9 nicht eindeutig zuordbaren Titeln. Große Gewinner waren die Collections und die Anthologien, von denen trotz der allgemeinen Reduzierung mehr Titel als im Vorjahr erschienen sind. Zumindest an Marktanteilen konnten trotz Rückgang in absoluten Zahlen noch die Fantasy (plus 0,3 %) und Medientitel (plus 0,5 %) eine Steigerung verbuchen, alle übrigen Kategorien verbuchten Verluste bei Marktanteilen und der Zahl der Publikationen.

2000 gab es wieder größere und spektakuläre Fusionen und Eigentümerwechsel bei den führenden ***Genre-Verlagen und Verlagsgruppen,*** die zumindest teilweise das Gesamtbild des Marktes für das Jahr verändert haben und auch signifikante Auswirkungen auf die Marktpositionen der jeweiligen Anbieter hatten. Das wäre in erster Linie die oben schon kurz erwähnte 2000 abgeschlossene Fusion der Verlagsgruppen **Morrow/ Avon** und **HarperCollins,** die zu einer deutlichen Titelreduktion in der aus dem Zusammenschluss der beiden SF-Reihen HarperPrism und Avon Eos entstandenen neuen Edition Eos geführt hat. Keinerlei Einflüsse auf das SF-Geschehen hatte hingegen die spektakulärste Fusion des Jahres 2000 zwischen den Mediengiganten **Time Warner** und **America Online.** Und da **Bantam/Doubleday/Dell** zwar zu **Random House** gehört, die beiden aber getrennt operieren, gab es in diesem Bereich, mit Ausnahme des Kinderbuchsektors, zumindest vorläufig keine Änderung. Die Trends fielen bei den führenden Verlagen bzw. Verlagsgruppen, die phantastische Literatur in all ihren verschiedenen Spielarten im Programm hatten, wiederum sehr unterschiedlich aus, die Bandbreite reichte von einem Plus von 38 Prozent (**DAW**) bis zu einem Minus von 28 Prozent **(Bantam/Doubleday/Dell). Tor Books** gelang es, trotz einer Reduktion um 15 Titel auf nunmehr 258, seine Position als Marktführer zu behaupten, vor **Penguin Putnam,** der es auf 215 Veröffentlichungen brachte (minus 14). Neuer Drittplatzierter war der **Science Fiction Book Club** mit 165 Büchern

(30 mehr als 1999), gefolgt vom neuen **HarperCollins** mit 158 Titeln (45 weniger als zuvor bei **HarperCollins** und **Morrow/Avon** zusammen). **Simon & Schuster/Pocket** sind mit 11 Titeln weniger als 1999 auf Platz 5 zurück gerutscht, gefolgt von **Random/Ballantine** (140 statt 122), **Bantam/Doubleday/Dell** (74 statt 103), **Baen** (62 statt 59) und **DAW** (58 statt 42). Auf Platz 10 landete **Wildside Press,** der im Vorjahr keinen Titel herausgebracht hatte, mit 49 Publikationen, dann standen **Wizards of the Coast** (48 statt 39, einschließlich **TSR**) und **Warner** (34 statt 39) auf der Liste. Auf den Plätzen landeten **Scholastic** (29), **St. Martin's** (28), **Harcourt** (27) und **Kensington/Pinnacle** (22). Alle übrigen publizierten **LOCUS** zufolge 2000 weniger Titel als 20. Die 1927 Publikationen wurden von insgesamt 215 Verlagen auf den Markt gebracht, also von 11 mehr als im Jahr zuvor. Wie auch schon 1999 wurden mehr als die Hälfte aller Titel von den führenden sechs Verlagen bzw. Verlagshäusern publiziert.

Die Gewinner des **Warner Aspect First Novel Contest** wurden im Januar 2001 bekannt gegeben. Auf Platz eins landete »Warchild« von Karin Lowachee, der im Februar 2002 veröffentlicht wird, gefolgt von »Herodias' Daughters« von Leslie Ellen Jones und »The Calculus of Chance« von Steve Laurent.

Rosetta Books, der Eigentümer der literarischen Agentur Scott Meredith, hat eine e-book-Reihe gestartet und kam in Rechtskonflikt mit **Random House** über die Veröffentlichungsrechte einiger Autoren. Die Gerichte wurden aufgerufen, ein Grundsatzurteil zu fällen, ob die Rechte an Publikationen, bei denen nicht ausdrücklich auch die Rechte an elektronischer Veröffentlichung angeführt sind, dann bei den Autoren verbleiben.

Die **FASA Corporation,** eine der ersten Gesellschaften, die SF-Rollenspiele entwickelt haben, hat Ende April 2001 alle geschäftlichen Aktivitäten eingestellt und ihre wichtigsten Besitztümer, die Rechte an BattleTech und Shadowrun, an WizKids verkauft. **WizKids,** vom früheren FASA-Mitgründer Jordan Weisman gestartet, hat die Spiele neu auf den Markt gebracht und auch die Buchreihen weitergeführt, und zwar über Roc.

Im Mai 2001 startete Mediengigant **Time Warner** seinen digitalen Verlag **iPublish.**

Auch **Barnes & Noble** engagiert sich im e-book-Sektor. Im September 2001 startete **Barnes & Noble Digital** mit der Originalveröffentlichung »The Book of Counted Sorrows« von Dean Koontz, und es ist geplant, künftig monatlich 10 bis 15 Titel in diesem Format anzubieten.

Harry Potter zeigt Wirkung: **Penguin Putnam** startet im Frühjahr 2002 seine neue Science Fiction- und Fantasy-Jugendbuchreihe **Firebird.** Es ist gedacht, dreimal pro Jahr vier bis sechs Titel zu publizieren. Die ersten Titel sind »I Am Mordred« von Nancy Springer, »Westmark« von Lloyd Alexander, »Fire Bringer« von David Clement-Davies und »The Ear, the Eye and the Arm« von Nancy Farmer. In der Folge sind Titel von Charles de Lint, Meredith Ann Pierce, Patricia A. McKillip, Nina Kiriki Hoffman und Pamela Dean eingeplant.

Im Januar 2002 startet **Tor Books** seine neue SF- und Fantasy-Jugendbuchreihe **Starscape,** in der vorerst zwei Bände pro Monat geplant sind. Zu den ersten Titeln in diesem neuen Imprint gehören »The Eye of the World« von Robert Jordan – gesplittet in »From the Two Rivers« und »To the Blight« –, »Ender's Game« von Orson Scott Card, »Jumper« von Steven Gould, »Briar Rose« von Jane Yolen, »The Cockatrice Boys« von Joan Aiken, »Mairelon the Magician« von Patricia Wrede, »Dogland« von Will Shetterley, »Ender's Shadow« von Orson Scott Card, »The Garden Behind the Moon« von Howard Pyle, »City of Darkness« von Ben Bova und »Deep Secret« von Diana Wynne Jones.

Wie auch schon in den vergangenen Jahren waren SF-, Fantasy- und Horror-Titel auch 2000/2001 wieder auf den ***Bestsellerlisten*** vertreten, und einige davon schafften sogar den Sprung an die Spitze, wie die HARRY POTTER-Romane von J. K. Rowling, »Winter's Heart« von Robert Jordan, »The Amber Spyglass«

von Philip Pullman, »Timeline« von Michael Crichton, »From the Corner of His Eye« von Dean Koontz und »Dreamcatcher« von Stephen King. Auf den Plätzen landeten u. a. »Before I Say Goodbye« von Mary Higgins Clark, die STAR WARS-Romane »Rogue Planet« von Greg Bear, »The New Jedi Order: Dark Tide 2: Ruin« von Michael Stackpole, »The New Jedi Order: Vector Prime« von R. A. Salvatore, »Cloak of Deception«, »The New Jedi Order: Agents of Chaos 1: Hero's Trial« und »The New Jedi Order: Jedi Eclipse« von James Luceno, »The New Jedi Order: Balance Point« von Kathy Tyers, »Darth Maul: Shadow Hunter« von Michael Reeves, »The New Jedi Order: Edge of Victory I: Conquest« und »The New Jedi Order: Edge of Victory II: Rebirth« von Greg Keyes und »Jedi Apprentice: The Ties That Bind« von Jude Watson, »Star Trek: Preserver« von William Shatner, »Star Trek – The Next Generation: The Genesis Wave, Book 2« von John Vornholt, »The Legend of Luke«, »Castaways of the Flying Dutchman« und »Lord Brocktree« von Brian Jacques, »Spindle's End« von Robin McKinley, »The Great War: Breakthroughs«, »American Empire: Blood & Iron« und »Colonization: Aftershock« von Harry Turtledove, »Dune: House Atreides« und »Dune: House Harkonnen« von Brian Herbert & Kevin J. Anderson, »Ship of Destiny« von Robin Hobb, »Hearts in Atlantis« und »On Writing« von Stephen King, »Faith of the Fallen« von Terry Goodkind, »The Voyage of the Jerle Shannara: Ilse Witch« von Terry Brooks, »All Tomorrow's Parties« von William Gibson, »A Clash of Kings« und »A Storm of Swords« von Georg R. R. Martin, »A Kiss of Shadows« von Laurell K. Hamilton, »Merrick«, »Vittorio the Vampire« und »The Vampire Armand« von Anne Rice, »The Annotated Wizard of Oz« von L. Frank Baum, »J. K. Rowling: The Wizard Behind Harry Potter« von Marc Shapiro, »Killing Time« von Caleb Carr, »The Truth« und »Thief of Time« von Terry Pratchett, »Forgotten Realms: Servant of the Shard« von R. A. Salvatore, »The Redemption of Althalus« von David und Leigh Eddings, »Ender's Shadow«, »Ender's Game« und »Shadow of the Hegemon« von Orson Scott Card, »False Memory« und »Whispers« von Dean Koontz, »DragonLance: Dragons of a Fallen Sun« und »DragonLance: Dragons of a Lost Star« von Margaret Weis & Tracy Hickman, »The Golden Compass« und »The

Subtle Knife« von Philip Pullman, »Krondor: Tears of the Gods« von Raymond E. Feist, »Changer of Worlds« von David Weber, »The Skies of Pern« von Anne McCaffrey, »Otherland: Sea of Silver Night« von Tad Williams, »Wizardborn« von David Farland, »Priestess of Avalon« von Marion Zimmer Bradley & Diana L. Paxson, »March Upcountry« und »March to the Sea« von David Weber & John Ringo, »Artemis Fowl« von Eoin Colfer, »American Gods« von Neil Gaiman, »Nightshade« von John Saul, »The Lord of the Rings« und »The Hobbit« von J. R. R. Tolkien sowie »The Talisman« von Stephen King & Peter Straub.

Bei der Fantasy, die, was die Zahl der Veröffentlichungen betrifft, nach dem Positionswechsel im Vorjahr jetzt zum zweiten Mal vor der Science Fiction rangiert, dominierten auch 2000/2001 wieder mehrbändige Zyklen und Endlos-Serien. Zu vielen davon erschienen neue Fortsetzungsbände, einige wurden eingestellt und zumindest ebenso viele neu gestartet. Wieder sehr umfangreich war das Angebt zum TSR-Spiel **DRAGONLANCE,** zu dem zuletzt »The Citadel« von Richard A. Knaak, »Children of the Plains« von Paul B. Thompson & Tanya C. Cook, »Draconian Measures« von Don Perrin & Margaret Weis, »The Thieves' Guild« von Jeff Crook, »The Messenger« von Douglas Niles, »The Inheritance« von Nancy Varian Berberick, »Betrayal« von Jean Rabe, »Brother of the Dragon« von Paul B. Thompson & Tonya C. Cook und »The Search For Magic: Tales From the War of Souls«, hrsg. von Margaret Weis & Tracy Hickman, erschienen sind +++ Zur Subserie **DRAGONLANCE: THE FIFTH AGE,** die chronologisch später handelt, gab es »Bertrem's Guide to the Age of Mortals: Everyday Life in Krynn of the Fifth Age«, hrsg. von Nancy Varian Berbrick, Stan Brown & Paul P. Thompson +++ Auch zum zweiten erfolgreichen TSR-Spiel **FORGOTTEN REALMS** gab es viele neue Bücher, wie »Baldur's Gate II: Shadows of Amn« von Philip Athans, »The Nether Scroll« von Lynn Abbey, »Shadow's Witness« von Paul S. Kemp, »Servant of the Shard« von R. A. Salvatore, »The City of Ravens« von Richard Baker, »The Summoning« von Troy Denning, »The Floodgate« von Elaine Cunningham, »The Shattered Mask« von Richard Lee Byers, »Pool of Radiance: Ruins of Myth Drannor« von

Carrie A. Bebris, »Elminster in Hell« von Ed Greenwood und »Baldur's Gate II: Throne of Bhaal« sowie »Temple Hill« von Drew Karpyshyn +++ Weitergeführt wurde die neu TSR-Serie **GRAYHAWK** mit »The Temple of Elemental Evil« von Thomas M. Reid und »Queen of the Demonweb Pits« von Paul Kidd +++ Bei **EVERWORLD,** der neuen Serie von Katherine Applegate, die mit ANIMORPHS zu Bestsellerehren gelangt war, sind zuletzt herausgekommen: »Inside the Illusion« (9), »Understand the Unknown« (10), »Mystify the Magician« (11) und »Entertain the End« (12) +++ Robert Jordan führte die **WHEEL OF TIME**-Serie mit Band 9, »Winter's Heart«, weiter +++ Terry Brooks setzte seine **SHANNARA**-Serie mit »The Voyage of the Jerle Shannara: Ilse Witch« und »The Voyage of the Jerle Shannara: Antrax« fort +++ Sehr aktiv war auch Christopher Stasheff; von ihm erschienen neue Romane zu seinen diversen Serien: zu **WARLOCK** »Here Be Monsters« und zu **CHRONICLES OF THE ROGUE WIZARD** »A Wizard in the Way« und »A Wizard in A Feud« +++ Zahlreiche neue und interessante Titel gab es zuletzt auch zu **MAGIC THE GATHERING,** der Buchreihe zum größten und erfolgreichsten Sammelkartenspiel der Welt, und zwar »Invasion« von J. Robert King, »The Shattered Alliance« von Jeff Grubb, »Plainshift« von J. Robert King, »Johan« von Clayton Emery, »Apocalypse« von J. Robert King, »The Dragons of Magic«, hrsg,. von J. Robert King und »Odyssey« von Vance Moore +++

Dennis L. Kiernan brachte seinen **MITHGAR**-Zyklus mit »Silver Wolf, Black Falcon« zu einem Abschluss +++ Die Romanreihe **THE VOYAGE OF THE BASSET,** die auf dem gleichnamigen herrlich illustrierten Roman von James C. Christensen basiert, wurde mit »Journey to Otherwhere« von Sherwood Smith (Band 3), »Thor's Hammer« von Will Shetterly (Band 4) und »Fire Bird« von Mary Frances Zambreno (Band 5) weiter geführt +++ Brad Strickland brachte weitere neue Romane um **LEWIS BARNAVELT** heraus, und zwar »The Beast Under the Wizard's Bridge« und »The Tower at the End of the World« +++ Über die Kriegerprinzessin **XENA** gab Martin H. Greenberg die Anthologie »The Further Adventures of Xena: Warrior Princess« heraus +++ Der **HERCULES** der TV-Serie spielte auch die Hauptrolle im Roman »The Gates of Hades« von John Gregory Betancourt +++ In der **RECLUCE**-Serie von L. E. Modesitt jr. erschien als jüngster Beitrag »Scions of Cyador« +++ Die Jugendbuch-Serie **THE LOST YEARS OF MERLIN** von T. A. Barron ging weiter mit Band 5, »The Wings of Merlin« +++ L. Frank Baums Kinderbuch-Klassiker **OZ** wurde weiter gesponnen mit »The Green Star of Oz« von Roger S. Baum +++ Weitere Informationen über kürzere Zyklen, Fortsetzungen zu früher erschienenen Romanen und Reihen sowie über neue Serienprojekte, sowohl was die Fantasy, als auch die SF und den Horror betrifft, finden sich im Abschnitt AUTOREN UND PROJEKTE.

Ein ähnliches Bild bot sich bei der ***Science Fiction:*** Auch hier beherrschten 2000/2001 Zyklen und Serien das Bild, wenn auch nicht so dominant wie bei der Fantasy. Zur beliebten TV-Serie **STARGATE SG-1** erschien als 4. Roman »The Morpheus Factor« von Ashley McConnell +++ Einen regelrechten Boom erlebten die Romane zu **STAR WARS:** »The New Jedi Order: Agents of Chaos: Jedi Eclipse« von James Luceno, »The New Jedi Order: Balance Point« von Kathy Tyers, »Darth Maul: Shadow Hunter« von Michael Reaves, »The New Jedi Order: Edge of Victory I: Conquest« von Greg Keyes, »Cloak of Deception« von James Luceno und »The New Jedi Order: Edge of Victory: Rebirth« von Greg Keyes +++ In der Romanreihe zu **GENE RODDENBERY'S EARTH: FINAL CONFLICT** gab es neues Lesefutter mit »Augur's Teacher« von Sherwood Smith +++ Weitergeführt wurde auch die Jugendbuchserie zu James Gurneys **DINOTOPIA** mit »Survive!« von Brad Strickland, »The Explorers« von Scott Ciencin, »Dolphin Watch« von John Vornholt und »The Hand of Dinotopia« von Alan Dean Foster +++ Neue Romane gab es auch zu **BATTLETECH:** »Path of Glory« von Randall N. Bills (49), »Flashpoint« von Loren Coleman (50), »Test of Vengeance« von Bryan Nystul (51) und »Patriots and Tyrants« von Loren Coleman (52) +++ In der Romanreihe, die die Geschehnisse aus **BABYLON 5** weiterführt, erschienen die Romane »Casting Shadows« und »Summoning Light« von Jeanne Cavelos, die die Trilogie THE PASSING OF THE TECHNOMAGS einleiten +++ Zur TV-Serie **HIGHLANDER** kam die Anthologie

»An Evening at Joe's«, hrsg. von Gillian Horvath, heraus +++ Neue Bücher auch zur TV-Serie **ROSWELL:** »The Salvation« von Melinda Metz und »Loose Ends« von Greg Cox +++ Insgesamt betrachtet waren auch im letzten Jahr die diversen **STAR TREK**-Reihen wieder am erfolgreichsten. Zu **STAR TREK: NEW FRONTIER** kamen »Excalibur: Requiem«, »Excalibur: Renaissance« und »Excalibur: Restauration« sowie »Gateways, Book Six: Cold Wars«, alle von Peter David heraus, zu **STAR TREK CLASSIC** »The Eugenic Wars: The Rise and Fall of Khan Noonien Singh, Volume One« von Greg Cox, »Section 31: Cloak« von S. D. Perry und »Gateways, Book One: One Small Step« von Susan Wright. **STAR TREK – THE NEXT GENERATION** wurde mit »The Genesis Wave, Book One« von John Vornholt, »Diplomatic Implausibility« von Keith R. A. DeCandido, »Tooth and Claw« von Duranna Durgin, »Maximum Warp, Book One« und »Maximum Warp, Book Two« von Dave Galanter & Greg Brodeur, »Section 31: Rogue« von Andy Mangels & Michael A. Martin und »Gateways, Book Three: Door Into Chaos« von Robert Weinberger weiter geführt, **STAR TREK – DEEP SPACE NINE** mit »Avatar, Book One« und »Avatar, Book Two« von S. D. Perry, »Section 31: Abyss« von David Weddle & Jeffrey Lang und »Gateways, Book Four: Demons of Air and Darkness« von Keith R. A. DeCandido, und zu **STAR TREK – VOYAGER** kamen »Dark Matters, Book One: Cloak and Dagger«, »Dark Matters, Book Two: Ghost Dance« und »Dark Matters, Book Three: Shadow of Heaven« von Christie Golden, »Endgame« von Diane Carey, »Section 31: Shadow« von Dean Wesley Smith & Kristine Kathryn Rusch und »Gateways, Book Five: No Man's Land« von Christie Golden heraus. Dazu gab es ein Buch **STAR TREK: CHALLENGER** mit dem Titel »Gateways, Book Two: Chainmail« von Diane Carey, den abschließenden Band des alle ST-Serien umspannenden Siebenteilers **STAR TREK: GATEWAYS** »Gateways, Book Seven: What Lay Beyond« von Diane Carey, Peter David, Keith R. A. DeCandido, Robert Greenberger & Susan Wright, den mehrere STAR TREK Serien überschneidenden Zweiteiler »Dark Passions, Book One« und »Dark Passions, Book Two« von Susan Wright und die Anthologie »Strange New Worlds IV«, hrsg. von Dean Wesley Smith & John J. Ordover.

Neu gestartet wurde die Buchreihe **STAR TREK – ENTERPRISE** zur 5. STAR TREK-TV-Serie mit dem Roman zum Pilotfilm »Broken Bow« von Diane Carey +++ Zum Rollenspiel **VOR – THE MAELSTROM** erschienen die Romane »Hell Heart« von Robert E. Vardeman und »Operation Sierra-75« von Thomas S. Gressman +++ Eine Romanserie zu **FARSCAPE** startete mit »The House of Cards« von Keith R. A. DeCandido, »The Dark Side of the Sun« von Andrew Dymond und »Ship of Ghosts« von David Bischoff +++ Neu auf den Markt kam K. A. Applegates SF-Jugendbuchserie **REMNANTS.** Bislang liegen »The Mayflower Project« und »Destination Unknown« vor +++ David Weber präsentierte die dritte Anthologie um seine Heroin **HONOR HARRINGTON,** »Changer of Worlds« +++ Neu zu **SHADOWRUN** die Romane »Tails You Lose« von Lisa Smedman (39) und »The Burning Time« von Stephen Kenson (40) +++ Deborah J. Ross führte den von Marion Zimmer Bradley erdachten **DARKOVER**-Zyklus weiter mit »The Fall of Neskaya«, der in der Zeit der Hundert Königreiche spielt und den Auftakt zur CLINGFIRE-Trilogie bildet +++ In der SF-Reihe **AREA 51** kam der fünfte Band, »The Grail« von Robert Doherty +++ Die SF-Krimiserie **EVE DALLAS,** die die Bestseller-Autorin Nora Roberts unter dem Pseudonym J. D. Robb veröffentlicht, ging mit »Judgement in Death« (11), »Betrayal in Death« (12) und »Seduction in Death« (13) weiter +++ In der TSR-Serie **STAR*DRIVE** kam zuletzt »Gridrunner« von Thomas M. Reid heraus +++ Neu zum SF-Computerspiel **RESIDENT EVIL** kamen »Nemesis« und »Code: Veronica« von S. D. Perry (5 & 6) heraus +++ Und auch zu **BATTLESTAR GALACTICA** gab es eine neue Veröffentlichung: »Resurrection« von Richard Hatch & Stan Timmons +++ Peter David setzte seine SF-Abenteuerserie **PSI-MAN** mit »Stalker« (5) fort und schloss sie mit »Haven« (6) ab +++ Die SF-Jugendbuchserie **REPLICA** von Marilyn Kaye wurde weitergeführt mit »Ice Cold« (10), »Lucky Thirteen« (11), »In Search of Andy« (12), »The Substitute« (13), »The Beginning« (14), »Transformation« (15), »Happy Birthday, Dear Amy« (16), »Missing Pieces« (17), »Return of the Perfect Girls« (18), »Dreamcrusher« (19) und »Like Father, Like Son« (20) +++

POST-HOLOCAUST-Serien: James Axler setzte **OUTLAN-**

DERS mit »Hell Rising« (14), »Doom Dynasty« (15), »Tigers of Heaven« (16), »Purgatory Road« (217) und »Sargasso Plunder« (18) fort und **DEATHLANDS** mit »Rat King« (51), »Zero City« (52), »Savage Armada« (53), »Judas Strike« (54) und »Shadow Fortress« (55) +++ Weitergeführt wurde auch **ASHES** von John W. Johnstone: »Tyranny in the Ashes«, »Warrior from the Ashes« und »Destiny in the Ashes« kamen zuletzt heraus.

Eine ähnliche Situation bot sich beim ***Horror.*** Auch hier war der Trend zu Zyklen und Serien feststellbar. Zum TV-Hit BUFFY, THE VAMPIRE SLAYER kam wieder eine Vielzahl von Titeln heraus, und zwar »Paleo« von Yvonne Navarro, »Spike and Dru: Pretty Maids all in A Row« von Christopher Golden, »Ghoul Trouble« von John Passarella, »Doomsday Deck« von Diana G. Gallagher, »Revenant« von Mel Odom, »The Willow Files II« von Yvonne Navarro, »The Book of Fours« von Nancy Holder, »The Faith Trials« von James Laurence, »The Lost Slayer, Part One: Prophecies«, »The Lost Slayer, Part Two: Dark Times« und »The Lost Slayer, Part Three: King of the Dead« von Christopher Golden sowie die Anthologie »Tales of the Slayer, Vol. 1« +++ Auch zur Ableger-Serie gab es neue Bücher: »Shakedown« von Don DeBrandt, »Hollywood Noir« von Jeff Mariotte, »Avatar« von John Passarella und »Soul Trade« von Thomas E. Sniegoski, BUFFY & ANGEL kämpften in der Trilogie »Unseen: The Burning«, »Unseen 2: Door to Alternity« und »Unseen: Long Way Home« von Nancy Holder & Jeff Mariotte gemeinsam gegen das Böse +++ Die Romanreihe zu **SABRINA, THE TEENAGE WITCH** wurde ebenfalls weitergeführt, und zwar mit »Pirate Pandaemonium« von Mel Odom (35), »Wake-Up Call« von Diana G. Gallagher (36), »Witch Way Did She Go?« von Paul Rudits (37), »Milady's Dragon« von Cathy East Dubowski (38), »From the Horse's Mouth« von Diana G. Gallagher (39), »Dream Boat« von Mel Odom (40) und »Tiger Tale« von Mel Odom (41) +++ Chelsea Quinn Yarbro setzte ihren Zyklus um **SAINT-GERMAINE** mit »Come Twilight« und »A Feast in Exile« fort +++ Auch zu **CHARMED** gab es neue Begleitromane: »Haunted by Desire« von Cameron Dokey, »Voodoo Moon« von Wendy Corsi Staub, »Beware What You Wish« von Constance M. Burge & Diana G.

Gallagher, »Soul of the Bride« von Elizabeth Lenhard, »The Legacy of Merlin« von Eloise Flood und »The Gypsy Enchantment« von Carla Jablonski +++ Die Romane zum Dark Fantasy-Computerspiel **DIABLO** wurden gestartet mit »Legacy of Blood« von Richard Knaak +++ Auch zu **THE CROW** wurden zwei neue Romane publiziert: »Wicked Prayer« von Norman Partridge und »Hellbound« von A. A. Attanasio +++ Neue Bücher über die **WORLD OF DARKNESS** waren »Predator & Prey: Vampire« von Carl Bowen, »Nosferatu« von Gherbod Fleming, »Clan Novel Anthology«, hrsg. von Stewart Wieck, »Predator & Prey: Judge« von Gherbod Fleming, »Heralds of the Storm« von Andrew Bates, »Shadow Lords & Get Off Fenris« (2 Romane) von Gherbod Fleming & Eric Griffin, »Silent Striders & Black Furies« (2 Romane) sowie die Anthologie »Inherit the Earth«, hrsg. von Stewart Wieck +++ Charles Grant veröffentlichte einen neuen Roman zur Horror-Serie **BLACK OAK** um Erforscher des Unerklärlichen: »When the Cold Wind Blows« (5) +++ Zum Rollenspiel **DARK MATTER** kamen »In Fluid Silence« von G. W. Tirpa und »Of Aged Angels« von Monte Cook heraus +++ Neu in **THE VAMPIRE FILES** von P. N. Elrod Band 9. der Serie, »Lady Crymsyn«.

Ziemlich wenig hat sich hingegen im letzten Jahr bei den ***Superhelden*** getan. Bei MARVEL gab es »X-Men: Shadows of the Past« von Michael Jan Friedman, »Spider-Man: Revenge of the Sinister Six« von Adam-Troy Castro und »X-Men/Magneto: The Chaos Engine Trilogy, Book One« von Steven A. Roman. Und von den WILDSTORM/DC-Superhelden erschien »GEN 13: Time and Chance« von Jeff Mariott & Scott Ciencin.

Anthologien erfreuen sich in den USA nach wie vor großer Beliebtheit. Aus der Fülle des Angebotes wären vor allem zu erwähnen: »My Favorite Fantasy«, hrsg. von Martin H. Greenberg, »Star Colonies«, hrsg. von Martin H. Greenberg & John Helfers, »My Favorite Horror Story«, hrsg. von Martin H. Greenberg & Mike Baker, »Guardsmen of Tomorrow«, hrsg. von Martin H. Greenberg & Larry Segriff, »Genometry«, hrsg. von Jack Dann & Gardner Dozois, »Bending the Landscape: Horror«, hrsg. von Nicola Griffith & Stephen Pagel, »Nebula Awards Showcase 2001«, hrsg. von Robert Silverberg, »Sword & Sorceress XVIII«. hrsg. von Marion Zimmer Bradley & Lisa Waters, »Year's Best SF 6«, hrsg. von David G. Hartwell, »The SFWA Grand Masters, Volume 3«, hrsg. von Frederik Pohl, »Out of Avalon«, hrsg. von Jennifer Roberson & Martin H. Greenberg, »Year's Best Fantasy«, hrsg. von David G. Hartwell & Kathryn Kramer, »The Year's Best Fantasy and Horror: Fourteenth Annual Collection«, hrsg. von Ellen Datlow & Terri Windling, »The Year's Best Science Fiction: Eighteenth Annual Collection«, hrsg. von Gardner Dozois, »The Best Alternate History Stories of the 20th Century«, hrsg. von Harry Turtledove & Martin H. Greenberg und »A Woman's Liberation: A Choice of Futures By and About Women«, hrsg. von Connie Willis & Sheila Williams.

Im Einzelnen ist von den ***Autoren,*** ihren jüngsten ***Veröffentlichungen, Aktivitäten*** und ***Projekten*** – alphabetisch nach Autorennamen geordnet – Folgendes zu berichten:

Piers Anthony – setzte seine Fantasy-Serie um das magische Land XANTH mit Band 4, »The Dastard«, und 25, »Swell Foop«, fort und veröffentlichte den vierten MODE-Roman, »DoOon Mode«.

Catherine Asaro – Neu der 6. Band der SF-Serie RUBY EMPIRE unter dem Titel »The Quantum Rose«.

Robert Asprin – Mit seiner Gattin Lynn Abbey schrieb er den vierten TIME SCOUT-Roman »The House That Jack Built« und mit Peter J. Heck den 4. PHULE-Roman »Phule Me Twice«. Zusätzlich hat er nach mehrjähriger Pause wieder einen neuen MYTH-Roman veröffentlicht: »Myth-ion Improbable«.

Kage Baker – setzte seinen SF-Zykuls THE COMPANY mit »Mendoza in Hollywood« (3) und »The Graveyard Game« (4) fort.

David Barbou – schrieb gemeinsam mit Richard Raleigh den Horror-Roman »Shadows Bend«, in dem Lovecraft und Howard gemeinsam gegen Cthulhu antreten.

Neal Barrett – schrieb den Roman zum Film »Dungeons & Dragons« sowie die zusammengehörigen Fantasy-Romane »The Prophecy Machine« und »The Treachery of Kings« und gab die Colection »A Diffrent Vintage« heraus.

Peter S. Beagle – Neu die Fantasy-Erzählung »A Dance for Emilia«.

Gregory Benford – publizierte die Collection »Worlds Vast and Various« mit 12 Stories.

Michael Bishop – vier Novellen enthielt der Erzählband »Blue Kansas Sky.«

Terry Bisson – legte zuletzt die SF-Satire »The Pickup Artist« vor.

James P. Blaylock – Sechzehn Geschichten, von denen zwei in Kooperation mit Tim Powers entstanden sind, enthält die Collection »Thirteen Phantasms and Other Stories«.

T. Coraghessan Boyle – Der renommierte Literat verfasste den SF-Roman »A Friend of the Earth«.

Ray Bradbury – Neu vom SF-Literaten der Episodenroman »From the Dust Returned« um eine Vampirfamilie.

Gillian Bradshaw – veröffentlichte den historischen Roman »The Wolf Hunt«, der auch Fantasy- und Werwolf-Elemente enthält.

Poppy Z. Brite – In einer Alternativwelt spielt und über eine Rockgruppe wie die Beatles handelt der neue Roman »Plastic Jesus«.

Dale C. Brittain – Der sechste Band der Serie WIZARD OF YURT kam unter dem Titel »Is This Apocalypse Necssary?« heraus.

Fredric Brown – Das komplette Kurzgeschichtenwerk Browns, 111 Geschichten von 1940 bis 1965, enthielt der Omnibus-Band »From the Ashes: The Complete Short SF of Fredric Brown«.

Lois McMaster Bujold – machte mit »The Curse of Chalion« einen zweiten Abstecher zur Fantasy.

Stephen L. Burns – Neu der SF-Roman »Call from a Distant Shore« um den telepathischen Hilferuf eines Außerirdischen.

Orson Scott Card – In seiner ENDER-SAGA erschien zuletzt als direkte Fortsetzung zu »Ender's Shadow« der Roman »Shadow of the Hegemon«.

Caleb Carr – Ein Kriminologe aus dem Jahr 2023 untersucht den Mord an der US-Präsidentin im Jahr 2018 – in »Killing Time«.

Jonathan Carroll – In einer edleren Aufmachung publizierte

Carroll die phantastische Novelle »The Heidelberg Cylinder«, zudem erschienen ist »The Wooden Sea«, der letzte Band einer losen Trilogie, zu der noch »Kissing the Beehive« und »The Marriage of Sticks« gehören.

C. J. Cherryh – startete mit »Hammerfall« den neuen SF-Zyklus THE GENE WARS.

Douglas Clegg – Neu vom Horror-Spezialisten die Romane »Mischief« und »The Infinite«.

Hal Clement – NESFA Press publizierte »The Essential Hal Clement, Volume 3: Variations on a Theme by Sir Isaac Newton«.

Adrian Cole – Acht Geschichten um den VOIDAL enthielt die Collection »Oblivion Hand«.

Max Allan Collins – verfasste den Roman zum Film »The Mummy Returns«.

John Crowley – Nach langer Wartezeit kam endlich »Daemonomania« heraus, nach »Aegypt« und »Love & Sleep« Band 3 der projektierten Tetralogie.

Julie E. Czerneda – veröffentlichte nach »Beholder's Eye« mit »Changing Vision« Band 2 der Serie WEB SHIFTERS.

Tony Daniel – Ein repressives System hält die besiedelten Planeten des Sonnensystems im Würgegriff – in »Metaplanetary«.

Jack Dann – veröffentlichte die Storysammlng »Jubilee«.

Charles de Lint – Sechzig Stories und Gedichte enthielt der umfangreiche Wälzer »Triskell Tales«.

Tananarive Due – publizierte mit »The Living Blood« eine Fortsetzung zu ihrem sensationellen Erstling »My Soul to Keep«.

Andy Duncan – publizierte die Collection »Beluthahatchie and Other Stories«.

Dave Duncan – In der zu THE KING'S BLADES gehörenden Trilogie THE KING'S DAGGERS erschien Band 2, »The Crooked House«

David Feintuch – setzte die NICHOLAS SEAFORT-Serie mit »Children of Hope«, dem neunten Band fort.

Alan Dean Foster – Neu der abgeschlossene Fantasy-Roman »Kingdom of Light«, der SF-Thriller »Interlopers« und der zur PIP UND FLINX-Serie gehörende »Reunion«.

John M. Ford – In einem Chicago, in dem sich die Welt der

Menschen mit der Elfenwelt überlappt, spielt der Roman »The Last Hot Time«.

Esther M. Friesner – gab mit Martin H. Greenberg die vierte CHICKS-Anthologie heraus: »The Chick is in the Mail«.

Eric Garcia – Neu der SF/Fantasy/Lost World-Roman »Casual Rex«, die Fortsetzung von »Rex«.

Neil Gaiman – veröffentlichte den sensationellen phantastischen Roman »American Gods«.

Joe Haldeman – brachte den SF-Roman »The Coming« heraus.

Edmond Hamilton – Neun Pulp-Klassiker enthielt die Collection »The Vampire Master and Other Tales of Terror«.

Peter F. Hamilton – Um einen Mord unter nahezu Unsterblichen geht es im neuen SF-Roman »Watching Trees Grow«.

Howard V. Hendrix – Es erschien der Post-Holocaust-Roman »Empty Cities of the Full Moon«.

James P. Hogan – publizierte den SF-Roman »The Legend that was Earth«.

Cecilia Holland – Im Europa des 9. Jahrhunderts spielt der Fantasy-Roman »The Angel and the Sword«.

J. Gregory Keyes – Band 4 seines Zyklus AGE OF UNREASON kam unter dem Titel »The Shadow of God« heraus.

Nancy Kilpatrick – 19 Geschichten enthielt die Themencollection »The Vampire Stories of Nancy Kilpatrick« und 27 Erzählungen fanden sich in »Cold Comfort«. Zudem publizierte sie den 4. Band des Zyklus POWER OF THE BLOOD, »Bloodlover«, und gab mit Thomas S. Roche die Anthologie »Graven Images« heraus.

Stephen King – Der Horrormeister publizierte sein neuestes Epos »Dreamcatcher«

Desan Koontz – Neu ist der Horror/SF-Roman »From the Corner of His Eye«.

Nancy Kress – veröffentlichte mit »Probability Sun« eine Fortsetzung zu »Probability Moon«.

Katherine Kurtz – Um einen phantastischen Roman handelte es sich bei »St. Patrick's Gargoyle«. Gemeinsam mit Deborah Harris Turner schrieb sie auch »The Temple and the Crown«, die Fortsetzung von »The Temple and the Stone«.

Mercedes Lackey – Keiner ihrer Serien gehörte die Fantasy »The Serpent's Shadow« an.

Joe R. Lansdale – Ausgesuchte 21 Geschichten präsentierte die Sammlung »High Cotton: Selected Stories of Joe R. Lansdale«.

Ursula K. Le Guin – veröffentlichte den neuen ERDSEE-Roman »The Other Wind«.

Valery Leith – Unter diesem Pseudonym publiziert Triscia Sullivan den Fantasy-Zyklus EVERIEN: Zuletzt erschien hier »The Riddled Night« (2).

Jonathan Lethem – veröffentlichte die surreale Novelle »This Shape We're In« und gab die Anthologie »Vintage Book of Amnesia« heraus.

Paul Levinson – Um den Start des ersten interstellaren Raumschiffs geht es im Thriller »Borrowed Tides«.

Holly Lisle – schloss die Trilogie THE SECRET TEXTS mit »Courage of Falcons« ab.

Brian Lumley – publizierte die Sammlung »The Whisperer and Other Voices«.

Barry N. Malzberg – 24 Stories enthält die Sammlung »In the Stone House«.

Julian May – setzte ihre SF-Serie RAMPART WORLDS mit Band 3, »Sagittarius Whorl«, fort.

Paul J. McAuley – Neu der Near-Future-Thriller »The Secret of Life« um einen pilzähnlichen Organismus von vermutlich außerirdischem Ursprung, der das Leben auf der Erde bedroht.

Jack McDevitt – publizierte den Hard-SF-Roman »Deepsix«.

Ian McDonald – Die zuletzt publizierte Erzählung »Tendeleo's Story« gehört zum CHAGA-Zyklus.

Dennis McKiernan – präsentierte mit »Once upon a Winter's Night« die Nacherzählung eines alten Märchens.

L. E. Modesitt – Vom Autor der RECLUCE-Serie stammt der SF-Roman »Octagonal Raven«.

Elizabeth Moon – Band 9 der HERIS SERRANO-Serie erschien unter dem Titel »Against the Odds«.

Linda Nagata – Um außer Kontrolle geratene Biotechnik ging es im Roman »Limit of Vision«.

William F. Nolan – Seine besten 41 Geschichten aus den Jahren 1951 bis 2001 sind in der Collection »Dark Universe« enthalten.

Andre Norton – Zusammen mit Sasha Miller schrieb sie »To the King a Daughter«, den Startband einer neuen Fantasy-Serie, und mit Rosemary Edghill »Leopard in Exile«, die Fortsetzung von »Shadow of Albion«.

Jerry Oltion – baute seine mit dem Nebula ausgezeichnete Story »Abandon in Place« zu einem Roman aus.

Heyford Pierce – veröffentlichte fünf humorvolle SF-Stories unter dem Titel »Jonathan White: Stockbreaker in Orbit«.

Tom Piccirilli – Sein neuer Horror-Roman trägt den Titel »The Deceased«.

Tim Powers – Neu die Collection »Night Moves and Other Stories«.

Spider Robinson – Der Autor der CALLAHAN-Geschichten legte eine Collection unter dem Titel »By Any Other Name« sowie den Near-Future-SF-Roman »The Free Lunch« vor.

Joel Rosenberg – in der Fantasy-Welt der GUARDIANS OF THE FLAME spielt such »Not Quite Scaramouche«, die Fortsetzung von »Not Exactly the Three Musketeers«.

Kristine Kathryn Rusch – schloss mit »The Black King« den in der Welt der FEY spielenden Zweiteiler BLACK THRONE ab und brachte die Collection »Stories for an Enchanted Afternoon« heraus.

Eric Frank Russell – 30 Geschichten des Altmeisters werden in der Sanmmlung »Major Ingredients« vorgestellt.

Richard Paul Russo – Neu die Collection »Terminal Visions« mit 14 Stories und der SF-Roman »Ship of Fools«.

Fred Saberhagen – setzte seinen Fantasy-Zyklus BOOK OF THE GODS mit »The Arms of Hercules« (3) und »God of the Golden Fleece« (4) fort.

Sarban – Die Collection »Ringstones and Other Curious Tales« enthielt sechs Erzählungen, eine davon ein erst vor kurzem entdecktes Original.

Pamela Sargent – schloss die mit »Venus of Dreams« und »Venus of Shadows« begonnene Trilogie um das Leben auf einem teilweise terraformten Planten Venus mit »Child of Venus« ab.

John Saul – Sein neuester Horror-Roman erschien unter dem Titel »The Manhattan Hunt Club«.

Michael Shea – führte mit »The A'rak« seine Serie um den Dieb NIFFT THE LEAN fort.

Sharon Shinn – legte den Fantasy-Roman »Summers at Castle Auburn« vor.

John Shirley – Neu die Storysammlung »Darkness Divided« mit 22 Stories, 3 davon bislang unveröffentlicht, und der Horror-Roman »The View from Hell«.

Robert Silverberg – Jüngst brachte er die Collection »Sailing to Byzantium« mit titelgebender Nebula Award Story heraus.

Brian Stableford – Zu seiner Future History gehört der chronologisch vor »Inherit the Earth« spielende Roman »The Cassandra Complex«.

Allen Steele – erweiterte die mit Hugo und Locus Award ausgezeichnete Novelle »... Where Angels Fear to Tread« zum Roman »Chronospace«.

Bruce Sterling – veröffentlichte mit »Zeitgeist« einen satirischen Techno-Thriller.

S. M. Stirling – gab die Anthologie »Drakas!« heraus, in der er anderen Autoren gestattete, seine Alternativwelt zur Grundlage neuer Geschichten zu machen. Neu auch der Roman »T2: Infiltrator«, der in der Welt von »Terminator 2« handelt.

J. Michael Straczynski – Vom Schöpfer des B5-Universum kam der übernatürliche Serienkiller/Horror-Roman »Tribulations«.

Theodore Sturgeon – Die Gesamtausgabe seines Kurzgeschichtenwerks wurde fortgesetzt mit »A Saucer in Loneliness: The Complete Short Stories of Theodore Sturgeon, Volume VII«.

Judith Tarr – Zuletzt erschienen ist die Fantasy »Kingdom of the Grail«, inspiriert von »The Song of Roland«. Sie schrieb mit »Daughter of Lir« den zweiten Band der EPONA-Trilogie, die mit »White Mares Daughter« begonnen hatte, und verfasste »Pride of Kings«, den ersten von zwei Alternativweltromanen um Richard Löwenherz.

Steve Rasnic Tem – veröffentlichte die Collection »City Fishing«.

Mark Tiedemann – In der Welt von Isaac Asimov ROBOT spielen die Romane »Asimov's Mirage« und »Asimov's Chimera«.

Harry Turtledove – Neu die Fantasy »Sentry Peak« und die Alternativwelt-Romane »Colonization: Aftershock« und »American Empire: Blood & Iron«.

Lawrence Watt-Evans – setzte seine Fantasy-Serie ESHKAR mit »Night of Madnesss« fort.

Angus Wells – legte mit »Yesterday's Kings« seinen neuesten Fantasy-Roman vor.

Jack Williamson – Weitergeführt wurde die Gesamtausgabe von Williamsons Geschichten mit »The Collected Stories of Jack Williamson, Volume Three: Wizard's Isle«. Zudem gab es den neuen Roman des Doyen der amerikanischen SF-Szene unter dem Titel »Terraforming Earth«.

Connie Willis – Um Nahetod-Experimente ging es im neuen SF-Roman »Passage«.

Gene Wolfe – veröffentlichte »Return to the Whorl«, den Anschlussband der Trilogie BOOK OF THE SHORT SUN, der Fortsetzung von BOOK OF THE LONG SUN.

Timothy Zahn – präsentierte mit »Angelmass« einen in fernster Zukunft angesiedelten SF-Roman.

Im letzten Jahr sind von deutschsprachigen Autoren in den USA drei Bücher erschienen, und zwar »Lost in Time« von Hans Magnus Enzensberger (»Wo warst du, Robert?«), »Blueprint« von Charlotte Kerner (»Blueprint/Blaupause«) und »The Glass Bees« von Ernst Jünger (»Gläserne Bienen«). Vertreter anderer Länder waren ebenfalls präsent: Kirr Bulychev mit »Those Who Survive«, Christian Jacq mit »The Stone of Light: The Wise Woman«, »The Stone of Light: Paneb the Ardent« und »The Stone of Light: The Place of Truth«, Elisabeth Vonarburg mit »The Slow Machines of Time«, Fedrico Andahazi mit »The Merciful Women«, Leopoldo Lugones mit »Strange Forces«, Massimo Bontempelli mit »Separations«, Julio Cortazar mit »62: A Model Kit« und José Saramago mit »All the Names« und »The Tale of the Unknown Island«.

Auf dem ***Magazinmarkt*** sah 2000 die Situation noch trister aus als ohnehin schon üblich. Einer der Gründe war die Einstellung von **SCIENCE FICTION AGE** und das neuerliche Aus für **AMAZING STORIES,** was infolge ersterem zu einem neuen historischen Tief bei den ***professionellen Magazinen*** führte, zumindest, was die Zahl der Publikationen als solches betrifft, die von 49 auf 46 und damit neuerlich auf ein historisches Tief sank. Erneut ging auch bei allen auf dem Markt befindlichen professionellen Magazinen die verkauft Auflage zurück, zum Teil sogar dramatisch wie bei **ASIMOV'S** und **REALMS OF FANTASY,** wo der Einbruch im zweistelligen Prozentbereich lag. Davon unabhängig die Qualität des Gebotenen, die wieder weit über der üblichen Norm lag, was aber offensichtlich von der Leserschaft nicht honoriert wurde. Und da für die Bilanz 2001 auch **AMAZING** wegfällt, von dem 2000 immerhin noch vier Ausgaben erschienen sind, sieht die weitere Entwicklung auf dem Magazinmark noch trostloser aus als in den ohnehin schon deprimierenden vergangenen Jahren.

ANALOG SCIENCE FICTION & FACT, von dem auch 2000 wieder nur 11 Ausgaben publiziert wurden, verzeichnete diesmal bei den Verkaufszahlen ein Minus von über 7 %, sie sanken auf knapp 48 000 Exemplare, was de facto eine Halbierung seit 1988 bedeutete. Trotzdem konnte das Magazin seine bisherige Spitzenposition weiter behaupten und sogar ausbauen, da Hauptkonkurrent **REALMS OF FANTASY** noch mehr an Terrain verloren hat. Die Differenz liegt jetzt bei über 12 000 Exemplaren. Das Traditionsmagazin, das nach wie vor von Stanley Schmidt betreut wird, ist für seine Vorliebe für Hard SF bekannt, wo auch 2000/2001 der Schwerpunkt der Fortsetzungsromane und Stories lag.

Den mit über 12 % größten Verkaufszahlen-Rückgang des Jahres 2000 musste erneut **ASIMOV'S SCIENCE FICTION** hinnehmen, von dem im Schnitt nur mehr knapp 32 000 Exemplare pro Ausgabe über den Ladentisch wanderten. Was aber knapp ausreichte, um Platz 3 bei den Genre-Magazinen zu halten, wobei die Differenz zu F&SF auf 1500 Exemplare geschrumpft ist. Trotzdem: **ASIMOV'S** verkaufte Auflage hat sich seit 1994 mehr als halbiert! Das Magazin, von dem 2000 wieder 11 Ausgaben, davon eine Doppelnummer, publiziert wurden, bot unter der bewährten Herausgeberschaft von Gardner Dozois eine gewohnt breite Themenpalette auf höchstem Niveau, wobei sich die Liste der AutorInnen, die hier mitarbeiten, wie das Who's Who der amerikanischen SF und Fantasy liest.

Nicht viel erfreulicher verlief 2000 die Entwicklung beim von Gordon Van Gelder betreuten und mittlerweile auch vom bisherigen Eigentümer Edward L. Ferman erstandenen **MAGAZINE OF FANTASY & SCIENCE FICTION,** von dem in diesem Jahr wie bei ANALOG und ASIMOV'S ebenfalls 11 Ausgaben erschienen sind. Wie auch schon in den Jahren zuvor gab es auch diesmal wieder einen Rückgang bei der Zahl der verkauften Titel, der aber mit knapp über 8 % geringer als bei **ASIMOV'S** und **REALMS OF FANTASY** ausfiel, aber die Verkaufszahl erstmals auf unter 30 000 Exemplare herunter drückte und nur mehr die Hälfte des Jahres 1993 betrug.

Das ursprünglich vom Start weg überaus erfolgreiche **REALMS OF FANTASY** blieb von der negativen Entwicklung auf dem Magazin-Markt nicht verschont und musste nach dem Einbruch des Vorjahres 2000 erneut eine Reduzierung der Verkaufszahlen hinnehmen. Sie gingen von 40 000 auf 35 000 zurück. Trotzdem landete **ROF** wieder auf Platz 2 in der Reihung nach Verkaufszahlen. In dem von Shawna McCarthy herausgegebenen, aufwendig gestalteten Fantasy-Periodikum im Illustriertenformat sind 2000 die geplanten 6 Ausgaben erschienen, bei denen nicht nur die Optik, sondern auch der Inhalt zu überzeugen wussten.

Bei den ***semiprofessionellen Magazinen*** – das sind solche, die nicht über das Zeitschriftengrosso vertrieben werden, eine Auflage von weniger als 10 000 Exemplare aufweisen oder nicht zumindest vierteljährlich erscheinen, ansonsten aber professionell aufgemacht sind – gab es wieder einige Neuzugänge und Einstellungen. Prominentestes Opfer der tristen Situation auf dem Magazinmarkt war **ABORIGINAL SF,** hrsg. von Charles C. Ryan, das 1999 von Warren Lapines DNA Publishing übernommen und weitergeführt worden war und von dem 2000 zwei Ausgaben erschienen sind. Nun gab es für das 1986 aus der Taufe gehobene Periodikum das Aus, die dafür angekauften Beiträge werden aber in anderen DNA-Magazinen gedruckt. Die anderen sind **ABSOLUTE MAGNITUDE** (hrsg. von Warren Lapine, 2 Ausgaben in 2000), **FANTASTIC STORIES OF THE IMAGINATION** (zuvor: **PIRATE WRITINGS;** hrsg. von Edward J. McFadden; 2 Ausgaben), **DREAMS OF DECADENCE** (hrsg. von Angela Kessler; 3 Nummern im Jahr 2000) und das 2000 von Andrew Porter übernommene News-Magazin **SCIENCE FICTION CHRONICLE.** Von DNA Publishing übernommen wurde auch das von George H. Scithers & Darrell Schweitzer herausgegebene traditionsreiche Horror-Magazin **WEIRD TALES,** von dem im Jahr 2000 4 neue Ausgaben herausgekommen sind. Mit **MARION ZIMMER'S FANTASY MAGAZIN,** hrsg. von Rachel E. Holmen, ist Ende 2000 mit der Jubiläumsausgabe 50 eine Ära zu Ende gegangen und ein weiteres prominentes semiprofessionelles Magazin von der Bildfläche verschwunden. Ansonsten noch erwähnenswerte Periodika waren im Jahr 2000 **ARTEMIS,** ein neues Magazin, hrsg. von Randal Strock, mit drei Nummern, **CENTURY** (Hrsg.: Robert K. J. Killheffer), das nach drei Jahren Pause im Jahr 2000 wieder mit zwei Ausgaben und mit Stories prominenter Autoren aufwartete, das neue halbjährliche Horror-Magazin **HORROR GARAGE** (hrsg. von Paula Guran), **TALEBONES** von Patrick & Honna Swenson mit drei Nummern im Digest-Format und **CEMETARY DANCE,** hrsg. von Richard Chizmar, das es 2000 nur auf eine neue Ausgabe brachte.

Unterschiedlich, aber ähnlich im Vergleich zum Vorjahr, präsentierte sich die Lage bei den Fachzeitschriften **LOCUS** und **SCIENCE FICTION CHRONICLE.** Während **LOCUS** auch 2000 die geplanten 12 Ausgaben heraus brachte, die alle relativ pünktlich erschienen sind, kamen von **SFC** nur fünf Ausgaben, die Nummern 205 bis 209, wobei die Nummer 207 die erste von DNA war. 2001 konsolidierte sich dann die Herausgabe, und seit März 2001 ist **SFC** wieder ein Monatsmagazin. Beide setzten ihre Interviewreihen fort. Bei **SFC** wurden zuletzt u. a. Bradley Denton und Joan D. Vinge interviewt, bei **LOCUS** waren es Frederik Pohl, Ken MacLeod, Ben Bova, Linda Nagata,

George R. R. Martin, Philip Pullman, Vernor Vinge, Will McCarthy, Lois McMaster Bujold, Terry Brooks, Frank Kelly Freas, Ellen Datlow, Bruce Sterling, John Crowley, Steven Erikson, Thomas M. Disch, Kathleen Ann Goonan, Harlan Ellison, Bob Eggleton, Andy Duncan, Ursula K. Le Guin, Nalo Hopkinson, Joe Haldeman, Lucius Shepard und Jack Zipes.

2000/2001 hatte die internationale SF-Gemeinschaft wieder einige ***Todesfälle*** zu beklagen:

Am 4. Juli 2000 starb die amerikanische Schriftstellerin **Evelyn E. Smith,** die vor allem mit ihren Detektivromanen um Miss Melville bekannt wurde, nach einem Sturz nahe ihrer Wohnung in der Upper West Side von New York City. Sie war 77 Jahre alt. Die am 25. Juli 1922 geborene Autorin verfasste zwischen 1952 und 1969 zahlreiche Kurzgeschichten, die vor allem in GALAXY, FANTASTIC UNIVERSE und F & SF erschienen sind. Zu ihren SF-Romanen gehören »The Perfect Planet« (1962), »Unpopular Planet« (1975) und »The Copy Shop« (1985). Für einige Veröffentlichungen verwendete sie auch das Pseudonym Delphine C. Lyons, darunter auch für den phantastischen Roman »Valley of Shadows« (1968).

Der amerikanische Science Fiction- und Fantasy-Autor **Lyon Sprague de Camp,** der auch historische Romane und Sachbücher veröffentlichte, starb am 6. November 2000 in Plano, Texas an den Folgen eines Schlaganfalls. Er war 92 Jahre alt und einer der letzten SF-Autoren aus dem Goldenen Zeitalter der Magazin-SF. Lyon Sprague de Camp wurde am 27. November 1907 in New York City geboren, erwarb 1930 seinen BS in Luftfahrttechnik am California Institute of Technology in Pasadena und 1933 den MS am Stevens Institute of Technology in Hoboken, New Jersey. Danach arbeitete er bis 1936 als Dozent an der Inventors Foundation in New York und war 1936/37 Direktor der School of Inventing and Patenting in Scranton, Pennsylvania. Die so gemachten Erfahrungen flossen in seine erste Publikation, das zusammen mit Alf K. Berle verfasste Sachbuch »Inventions and Their Management« (1937) ein. Seit Mitte der dreißiger Jahre beschäftigte er sich auch mit dem Schreiben von SF, wobei er zuerst mit seinem Schriftstellerkollegen P. Schuyler Miller am Roman »Genus Homo« arbeitete, der aber erst 1941 veröffentlicht wurde. Seine erste SF-Veröffentlichung war daher die Story »The Isolinguals« (1937). Im gleichen Jahr begann auch eine Zusammenarbeit mit John W. Campbell jr., sowohl für ASTOUNDING als auch das Schwestermagazin UNKNOWN, wo seine bekanntesten Frühwerke erschienen: »Divide and Rule« (1939), »The Gnarly Man« (1939), »None But Lucifer« (1939), »Lest Darkness Fall« (1939), »The Wheels of If« (1940), »Solomon's Stone« (1942) und »The Undesired Princess« (1942). 1939 begegnete er Fletcher Pratt, mit dem zusammen er die humorvolle Fantasy-Serie THE INCOMPLETE ENCHANTER um Harold Shea schrieb, die aus »The Incomplete Enchanter« (1940), »The Castle of Iron« (1940) und »Wall of Serpents« (1953) bestand; nach Pratts Tod im Jahre 1956 führte er die Serie mit »Sir Harold and the Gnome King« (1991) weiter und publizierte zusammen mit Christopher Stasheff »The Enchanter Reborn« (1992) und »The Exotic Enchanter« (1995). De Camp und Pratt schrieben auch eine Vielzahl von Club-Geschichten, die 1953 zu »Tales from Gavagan's Bar« zusammengefasst wurden, und die Fantasy-Romane »The Land of Unreason« (1942) und »The Carnelian Cube« (1948). 1938 lerne er seine spätere Frau Catherine A. Crook kennen, die er 1939 ehelichte und mit der er bis zu ihrem Tod im Jahr 2000 beisammen war. Von 1942 bis 1945 diente de Camp in der United States Naval Reserve in Philadelphia, gemeinsam mit Isaac Asimov und Robert A. Heinlein. 1949 veröffentlichte er die Kurzgeschichte »The Animal Cracker Plot«, mit der er seine Serie VIAGENS INTERPLANETARIAS begann, in der Brasilien die führende Weltmacht ist. Diese Serie besteht aus den Romanen »Rogue Queen« (1951), »The Hand of Zei« (1950), »Cosmic Manhunt« (1954; überarbeitet: »The Queen of Zamba«), »The Tower of Zanid« (1958), »The Hostage of Zir« (1977), »The Prisoner of Zhamanak« (1982), »The Bones of Zora« (1983; mit Catherine Crook de Camp), »The Stones of Nomuru« (1988; mit Catherine Crook de Camp), »The Swords of Zinjaban« (1991; mit Catherine Crook de Camp) und »The Venom Trees of Sunga« (1992) sowie zahlreiche Geschichten, von denen etliche in »The Continent Makers and Other Tales of the Viagens« (1953) enthalten sind. 1950 entdeckte er Robert E. Howards CONAN, als er gerade an seinem Fantasy-Roman »The Tritonian Ring« arbeitete und der zusammen mit einigen Geschichten den PUSAD-Zyklus bildet. Von Howards Agenten erhielt er unvollendete Manuskripte, die er zu Ende schrieb und in »Tales of Conan« (1950; revidiert »Conan: The Flame Knive«) veröffentlichte. Ende der 50er Jahre wandte sich de Camp dem Sachbuch zu und verfasste auch einige historische Romane, wie »An Elephant for Aristotle« (1958), »The Bronze God of Rhodos« (1960) und »The Dragon of the Ishtar Gate« (1961). Er gab auch einige beeindruckende Anthologien heraus, die für ihre Zeit bahnbrechend waren und die Bekanntheit der Fantasy als eigenständige Literaturgattung förderten: »Swords and Sorcery: Stories of Heroic Fantasy« (1963), »The Spell of Seven« (1965), »The Fantastic Swordsmen« (1967) und »Warlocks and Warriors« (1970). Andere wichtige SF-Werke de Camps waren »The Glory that Was« (1952) und »The Great Fetish« (1978) sowie die Collection »A Gun for Dinosaur« (1963).

Am 31. Januar 2001 starb der SF- und Fantasy-**Autor Gordon R. Dickson** in Richfield, Minnesota an den Folgen seines Asthmas, an dem er den Großteil seines Lebens gelitten hatte. Er war 77 Jahre alt. Gordon Rupert Dickson wurde am 1. November 1923 in Edmonton, Alberta in Kanada geboren. Nach dem Tod seines Vaters kehrte seine amerikanische Mutter mit ihm und seinem jüngeren Bruder 1937 in die USA zurück. In Minneapolis entdeckte er bald die einschlägigen Pulp-Magazine. Nachdem er die Highschool 1939 abgeschlossen hatte, begann er mit 15 Jahren an der University of Minnesota ein Studium in kreativem Schreiben. 1942 wurde er Mitglied der gerade gegründeten Minneapolis Fantasy Society, wo er u. a. Clifford D. Simak und Donald Wandrei kennen lernte. 1943 wurde er eingezogen und diente trotz seines Asthmas bis 1946. Danach nahm er sein Studium wieder auf und lernte einen anderen Studenten kennen, der Mitglied der MFS war und Schriftsteller werden wollte: Poul Anderson, mit dem ihn eine lebenslange Freundschaft verband und mit dem er eine Reihe von Geschichten um Teddybären ähnliche Außerirdische, die Hokas, schrieb, die in »Earthman's Burden« (1957) zusammengefasst wurden. Der

Hoka-Jugendroman »Star Prince Charlie« erschien dann 1975, und mit weiteren Hoka-Geschichten kam es schließlich zu Publikation der Sammlungen bzw. Omnibus-Ausgaben »Hoka!« (1983), »Hoka! Hoka! Hoka!« (1993) und »Hokas Pokas!« (2000). 1948 erwarb sich Dickson seinen BA in Kreativem Schreiben und entschloss sich 1950 dazu, Schriftsteller zu werden. Im gleichen Jahr verkaufte er seine erste Story, die gemeinsam mit Anderson verfasste »Trespass!«, im darauffolgenden Jahr kam seine erste solo geschriebene Geschichte »The Friendly Man« heraus. Eine Vielzahl weiterer Stories folgte, genug, um 24 Storysammlungen zu füllen, wie »Danger – Human« (1970), »Mutants« (1970), »Ancient, My Enemy« (1974), »Gordon R. Dickson's SF Best« (1978) »In Iron Years« (1980), »Love Not Human« (1981) und »Dickson!« (1984). 1956 kamen seine ersten beiden Romane heraus, »Alien from Arcturus« und »Mankind on the Run«. 1959 markierte die Veröffentlichung seines dritten Romans »Dorsai!« den Beginn seines ambitioniertesten literarischen Projekts: »Dorsai!«, 1960 in gekürzter Fassung als »The Genetic General« veröffentlicht und 1976 wieder restauriert, stellt den Beginn des CHILDE-Zyklus, auch als DORSAI-Zyklus bezeichnet, dar, in dem er sich mit der menschlichen Erfahrung beschäftigte und erforschte, wie die Menschen, besonders Soldaten, unter Stress reagieren. Ursprünglich als Zyklus konzipiert, der aus sechs SF-Romanen, drei Gegenwarts-Romanen und drei historischen Romanen bestehen sollte, schrieb Dickson schließlich nur die SF-Bände. Es folgten die Romane »Necromancer« (1962), »Soldier, Ask Not« (1967, eine Erweiterung der gleichnamigen, mit dem Hugo ausgezeichneten Erzählung) und »The Tactics of Mistake« (1971) sowie die Erzählbände »The Spirit of Dorsai« (1979), »Lost Dorsai« (1980; die Titelgeschichte erhielt den Hugo) und »The Dorsai Companion« (1986). Noch weiter in die Zukunft verlagerte Dickson die CHILDE-Romane »The Final Encyclopedia« (1984), »The Chantry Guild« (1986), »Young Bleys« (1991) und »Other« (1994). Am nächsten, »Antagonist«, arbeitete er gerade zum Zeitpunkt seines Todes. Weitere kleinere Zyklen waren die DILBIA-Serie, bestehend aus den Romanen »Spacial Delivery« (1961) und »Spacepaw« (1969) sowie der Novelle »The Law-Twister Shorty«

(1971) – 2000 zusammengefasst zum Omnibus »The Right to Arm Bears« – und die UNDERWATER-Kinder-SF-Serie mit den Einzelbänden »Secret under the Sea« (1960), »Secret under Antarctica« (1963) und »Secret under the Carribean« (1964), 1985 zusammengefasst zu »Secrets of the Deep«. 1976 veröffentlichte er den humorvollen Fantasy-Roman »The Dragon and the George«, der den British Fantasy Award gewann. Dies markierte den Beginn seines zweiten umfangreichen Zyklus, der DRAGON KNIGHT-Serie, an der er erst in den neunziger Jahren weiter schrieb, und zwar mit »The Dragon Knight« (1990), »The Dragon on the Border« (1992), »The Dragon at War« (1992), »The Dragon, the Earl, and the Troll« (1994), »The Dragon and the Djinn« (1996), »The Dragon and the Gnarly King« (1997), »The Dragon in Lyonesse« (1998) und »The Dragon and the Fair Maid of Kent« (2000), sein letztes veröffentlichtes Buch. Erwähnenswert wären noch die in sich abgeschlossenen Romane »Naked to the Stars« (1961), »The Space Swimmers« (1967), »None But Man« (1969), »Hour of the Horde« (1970), »The Far Call« (1973), »Way of the Pilgrim« (1987) und »Wolf and Iron« (1990). Seine Erzählung »Call Him Lord« brachte Dickson den Nebula Award ein. Er war auch einer der Begründer der amerikanischen SF-Autorenvereinigung SFWA, deren Präsident er von 1969 bis 1971 war.

Der amerikanische SF- und Fantasy-Autor **Rick Shelley** starb am 27. Januar 2001 im Vanderbilt University Medical Center in Nashville, Tennessee an den Folgen eines schweren Herzinfarkts, den er 14 Tage zuvor erlitten hatte. Er war 54 Jahre alt. Richard Michael Shelley wurde am 1. Januar 1947 in Kaukakee, Illinois geboren. Nach der Schule ging er zur US Army und diente über zwei Jahre in Westdeutschland. Nach seiner Ausmusterung besuchte er das College und machte den BA in Geschichte an der University of Illinois und den MA an der University of Missouri in St. Louis. Danach übte er die unterschiedlichsten Berufe aus, bevor er 1985 seine erste Story »The Singing of the Vestry, the Praying for the Sky« an ANALOG verkaufte, wo in den nächsten Jahren etliche weitere folgten. Seine ersten Romane bildeten die Fantasy-Trilogie VARAYAN MEMOIR, gefolgt vom SEVEN TOWERS-Zweiteiler. Danach wandte er sich der SF zu und veröffentlichte verschiedene Military-SF-Zyklen, wie THE LUCKY 13TH (1994/95), THE FEDERATION WAR (1995–1998) und THE DIRIGENT MERCENARY CORPS (1998–2000).

Richard Laymon, der gegenwärtige Präsident der HORROR WRITERS OF AMERICA und Autor von weit über dreißig Büchern, starb am 14. Februar 2001 in seinem Haus in Los Angeles an einem Herzinfarkt. Er war 54 Jahre alt. Richard Carl Laymon wurde am 14. Januar 1947 in Chicago geboren. 1973 übersiedelte er mit seiner Familie nach Kalifornien, wo er den Rest seines Lebens verbrachte. Er erwarb sich einen Abschluss in Englischer Literatur an der Willamette University in Oregon, machte seinen MA an der Loyola University in Los Angeles und arbeitete als Lehrer, Bibliothekar und Magazinredakteur, bevor er hauptberuflich Schriftsteller wurde. Sein erster Roman »The Cellar« erschien 1980 und gehörte, wie die meisten seiner drei Dutzend Bücher, zum Horror-Genre. Wie »The Beast House« und »The Midnight Tour« ist er ein Teil der BEAST HOUSE CHRONICLES. Zu den Romanen, die Laymon, der auch das Pseudonym Richard Kelly benutzte, in den folgenden zwanzig Jahren veröffentlichte, gehörten u. a. »The Woods Are Dark« (1981), »Out Are the Lights« (1982), »Beware!« (1985), »Resurrection Dreams« (1988), »Flesh« (1988), »Funland« (1989), »The Stake« (1990), »Savage« (1993), »Quake« (1995), »Bite« (1996), »Cuts« (1999), »The Travelling Vampire Show« (2000) und »Once upon a Halloween« (2000). Posthum erscheinen die BEAST HOUSE CHRONICLES »Friday Night in the Beast House« und »Night in Lonesome October«.

Am 12. März 2001 starb Thriller-Autor **Robert Ludlum** in Naples, Florida, nachdem er zuvor einen schweren Herzinfarkt erlitten hatte. Er war 73 Jahre alt. Robert Ludlum wurde am 25. Mai 1927 in New York City geboren und machte mit dem BA in den Schönen Künsten den Abschluss auf der Wesleyan University in Middletown, Connecticut, wo er auch seine erste Frau kennen lernte. Er schlug in den 50er und 60er Jahren eine Laufbahn als Broadwayschauspieler und Produzent ein und arbeitete auch für das Fernsehen. 1969 wurde er freiberuflicher Schriftsteller und veröffentlichte 1971 »The Scarlatti Inheritance«, den ersten seiner vom Kalten Krieg geprägten, bisweilen sehr spekulativen Thriller. Für seine 21 Bücher verwendete er zumeist seinen eigenen Namen, bisweilen benutzte er auch die Pseudonyme Jonathan Ryder und Michael Shepherd. Zu erwähnen wären u. a. »The Matlock Paper« (1973), »Trevayne« (1973), »The Road to Gandolfo« (1975), »The Gemini Contenders« (1976), »The Parsifal Mosaic« (1982), »The Icarus Agenda« (1988) und »The Prometheus Deception« (2000).

Der französische SF-Autor **Pierre Versins,** der das erste SF-Lexikon der Welt verfasste und das erste und bislang einzige SF-Museum leitete, starb am 19. April 2001 in einem Krankenhaus in Avignon friedlich im Schlaf. Er war 78 Jahre alt. Geboren wurde er am 12. Januar 1923 unter seinem bürgerlichen Namen Jacques Chamson. Während des Zweiten Weltkriegs wurde er wegen seiner Beteiligung am Widerstand ins KZ Auschwitz gesteckt und dort 1945 von den Alliierten befreit. Nach dem Krieg ließ er sich in der Schweiz nieder, wo er mehr als drei Jahrzehnte lang lebte. In den frühen 50er Jahren begann Versins SF zu schreiben, wobei er in diesem Jahrzehnt neben rund zwanzig Geschichten auch vier Romane veröffentlichte: »Les étoiles ne s'en foutent pas« (1954), »En avant Mars!« (1955), »Feu d'artifice« (1956) und »Le professeur« (1956). Von 1957 bis 1962 gab er das damals wichtigste Fanzine Frankreichs, AILLEURS, heraus und produzierte von 1957 an die SF-Radioserie »Passeport pour l'inconnu« für Radio Genf. 1971 kamen die Anthologie »Outrepart« und der Roman »Les Transhumains« heraus. Eine Reihe von Artikeln und Essays bildeten die Grundlage für sein wichtigstes Werk, die »Encyclopedie de l'utopie, des voyages extraordinaires et de la science-fiction« (1972). Dafür erhielt Versins den Special Award auf dem WorldCon 1973 in Toronto und auch den Pilgrim Award der SFRA (1991).

Morton Klass, der jüngere Bruder von Philip Klass alias William Tenn, starb am 28. April 2001 in seiner Wohnung in Manhattan an einem Aneurisma an der Aorta. Er war 73 Jahre alt. Morton Klass wurde am 24. Juni 1927 in Brooklyn geboren und war ebenso wie sein Bruder ein begeisterter SF-Leser, der die Theorie des Schreibens perfekt beherrschte. Über seinen Bruder Philip wurde er 1948 der erste professionelle Lektor der Literarischen Agentur Scott Meredith. 1950 wurde er Redakteur beim Magazin SUPER SCIENCE STORIES. Er war das erste reguläre Mitglied des Hydra Club, der Nachfolge-Organisation der Futurians, und publizierte selbst fast ein Dutzend Stories, die meisten davon zwischen 1950 und 1954, bevor er 1955 auf dem Brooklyn College mit einem BA in Anthropologie graduierte und 1959 ein Doktorat von der Columbia University erwarb. Seine bekanntesten Beiträge zur SF sind »Invitation from the Stars« (1950), »In the Beginning« (1954), »Day of Reckoning« (1957) und »The Kappa Nu Nexus« (1961, zusammen mit Avram Davidson).

Der seit 1999 in den USA lebende britische SF-Autor **Douglas Adams** erlitt am 11. Mai 2001 während eines Workouts im Fitnesscenter einen Herzinfarkt und starb in seinem Haus in Santa Barbara, Kalifornien. Er war 49 Jahre alt. Douglas Noel Adams wurde am 11. März 1952 in Cambridge, Großbritannien geboren und erwarb einen BA und MA in Englischer Literatur an der Cambridge University. Seine Laufbahn begann er als Redakteur und Drehbuchautor für die BBC, wo er von 1978 bis 1980 auch an der TV-Serie DR. WHO mitarbeitete. Die Idee zu einem »Reiseführer durch die Galaxis für Anhalter« kam ihm, als er als Achtzehnjähriger 1971 mit einem »Hitchhiker's Guide to Europe« quer durch Europa reiste. Aus dieser Idee wurde 1978 eine BBC-Radioserie, dann ein Buch und 1979 auch eine TV-Serie mit dem Titel »The Hitch Hiker's Guide to the Galaxy«. Dieser Roman sowie die Fortsetzungen »The Restaurant at the End of the Universe« (1980), »Life, the Universe, And Everything« (1982) und »So Long, and Thanks for All the Fish« (1984) haben die Grenzen des Genres gesprengt und sind Teil der populären Kultur geworden. 1995 folgte noch ein fünfter Teil, »Mostly Harmless«. Weitere Werke Adams' waren das mit John Loyd verfasste alternative Wörterbuch »The Meaning of Life« (1983), der humorvolle Detektiv-Roman »Dirk Gently's Holistic Detective Agency« (1987) und dessen Fortsetzung »The Long Dark Tea-Time of the Soul« (1988) sowie das Sachbuch »Last Chance to See« (1990, mit Mark Carwardine).

Die finnische Autorin und Künstlerin **Tove Jansson** verstarb am 27. Juni 2001 nach langer schwerer Krankheit in einem Krankenhaus in Helsinki. Sie war 86 Jahre alt. Die Schriftstellerin, die in erster Linie mit ihren Kinderbüchern um die MUMINS, eine Familie exzentrischer Trolle, und ihre nicht minder sonderbaren Freunde bekannt wurde, wurde am 9. August 1914 in Helsinki, Finnland als Kind schwedisch sprechender Eltern geboren. Mit 15 verließ sie die Schule und studierte Kunst zuerst in Stockholm, dann in Paris und Helsinki. Ihre Trolle entwickelte sie schon in ihrer Jugendzeit, und den ersten MUMIN-Roman schrieb sie bereits 1939/40 während des Finnischen Winterkriegs gegen die UdSSR. Zwischen 1945 und 1970 kamen acht Romane und eine Collection um diese liebenswerten Gesellen mit den großen Nasen, die Böses, Angst und Einsamkeit bekämpfen, um den Zauber ihres idyllischen Mumintals zu bewahren. Von 1954 bis 1959 zeichnete sie den MUMIN-Comicstrip, der in der LONDON EVENING NEWS erschien, selbst, danach wurde er von anderen Künstlern, darunter auch ihrem Bruder Lars Jansson, bis 1970 weiter geführt.

Der kanadische Autor **Mordecai Richler** starb am 3. Juli 2001 in Montreal an Krebs. Er war 70 Jahre alt. Richler, der in den 60er Jahren in London als freiberuflicher Schriftsteller und Journalist gearbeitet hatte, ist vor allem durch seine phantastischen Romane »The Apprenticeship of Duddy Kravitz« (1959), »St. Urbain's Horseman« (1971) und »Barney's Version« (1997) sowie die SF-Kinderbücher »Jacob Two-Two Meets the Hooded Fang« (1975) und »Jacob Two-Two and the Dinosaur« (1987) im Genre bekannt geworden.

Poul Anderson, einer der angesehensten und beliebtesten amerikanischen SF- und Fantasy-Autoren, starb am 31. Juli 2001 gegen Mitternacht in seinem Haus in Orinda, Kalifornien an durch Prostatakrebs hervorgerufenem Nierenversagen. Poul William Anderson, der in Laufe seiner schriftstellerischen Karriere über 120 Bücher veröffentlichte, von denen die meisten zur SF und Fantasy gehören, neben zahllosen anderen Preisen sieben Hugos und drei Nebulas erhielt, Grand Master der SFWA und Gandalf Grand Master of Fantasy war und alle Spielarten von Fantasy und Science Fiction meisterlich beherrschte, wurde am 25. November 1926 in Bristol, Pennsylvania als Sohn skandinavischer Einwanderer geboren. In der High School entflammte seine Begeisterung für die Science Fiction, während seiner Collegezeit, in der er Gordon R. Dickson als Nachbarn hatte, wurde er Mitglied der Minneapolis SF Society. Seine erste professionelle Veröffentlichung, die Vignette »A Matter of Relativity«, erschien 1944, als er 17 Jahre alt war. 1947 kam seine erste reguläre SF-Story heraus, die gemeinsam mit F. N. Waldrop konzipierte »Tomorrow's Children«. Nach dem Abschluss seines Studiums an der University of Minnesota 1948 mit einem Grad in Physik beschloss Anderson, der mittlerweile zwei weitere Stories verkauft hatte, freischaffender Autor zu werden. In den nächsten Jahren stieg seine Produktion an Kurzgeschichten stark an, und 1952 erschien sein erster Roman »Vault of the Ages«. 1953 heiratete er den Fan Karen Kruse, im Jahr darauf wurde Tochter Astrid geboren (jetzt mit Greg Bear verheiratet). Die 50er Jahre waren für Anderson ein überaus produktives Jahrzehnt, es kamen die SF-Romane »Brain Wave« (1954), »The Long Way Home« (1955) und »The Enemy Stars« (1959) wie auch der Fantasy-Roman »The Broken Sword« (1954) heraus, zudem erschienen die ersten Geschichten zu seinen bekanntesten Serien, zu den HOKAS (mit Gordon R. Dickson, 1957 gesammelt in »Earthman's Burden«), zu NICHOLAS VAN RIJN/POLESOTECHNIC LEAGUE (»War of the Wing-Men« [1958]), DOMINIC FLANDRY und die PSYCHOTECHNIC LEAGUE. 1959 kam auch sein erster Kriminalroman »Perish By the Sword« heraus, der den Cock Robin Award gewann. In den 60er Jahren publizierte Anderson knapp hundert Kurzgeschichten und mehr als dreißig Romane und Storysammlungen, wobei er für die Erzählungen »The Longest Voyage« (1960), »No Truce with Kings« (1963) und »The Sharing of Flesh« (1968) den Hugo erhielt. Die wichtigsten Werke dieses Jahrzehnts waren »Guardians of Time« (1960, der erste Sammlung von TIME PATROL-Geschichten), »The High Crusade« (1960), »Three Hearts and Three Lions« (1961), »The Makeshift Rocket« (1962), »Trader to the Stars« (1964), »Agent of the Terran Empire« (1965, das erste von vielen Büchern um DOMINIC FLANDRY) und die Collection »Beyond the Beyond« (1969). Die siebziger Jahre brachten Anderson noch mehr Preise: »The Queen of Air and Darkness« (1971) gewann Nebula, Hugo und Locus Award,

»Goat Song« (1972) Hugo und Nebula, »Hunter's Moon« (1978) den Hugo und »Hrolf Kraki's Saga« (1973) wurde mit dem August Derleth Award ausgezeichnet. Herausragende Publikationen dieser Dekade waren »Tau Zero« (1970), »Operation Chaos« (1971), »The Queen of Air and Darkness and Other Stories« (1973) »The Best of Poul Anderson« (1976) und »The Earth Book of Stormgate« (1978). Im darauf folgenden Jahrzehnt reduzierte Anderson seine Arbeit an Kurzgeschichten, um sich auf längere Werke zu konzentrieren. Mit »The Saturn Game« (1981) gewann er Hugo und Nebula, und zu seinen bedeutendsten Werken zählten »Orion Shall Rise« (1983), »Time Patrol« (1983) und »The King of Ys« (1988, mit Ehefrau Karen). In den 90er Jahren schuf Anderson eine lange Serie über die Zukunft der menschlichen Rasse bis über eine Milliarde Jahre in die Zukunft, die man als sein Opus Magnum ansehen kann und aus den Romanen »Harvest of Stars« (1993), »The Stars Are Also Fire« (1994; Prometheus Award), »Harvest the Fire« (1995), »The Fleet of Stars« (1997) und »Genesis« (2000; John W. Campbell Award) besteht. Posthum erscheinen die Fantasy »Mother of Kings«, die Space Opera »For Love and Glory« und die Collection »Going for Infinity«.

Am 6. August 2001 starb der brasilianische Autor **Jorge Amado** in Salvador, Bahia, im Nordosten Brasiliens gelegen, an durch Diabetes verursachten Komplikationen. Er war 88 Jahre alt. Jorge Luis Amado wurde am 10. August 1912 in Bahia geboren und zählt zu den erfolgreichsten Autoren seines Landes im 20. Jahrhundert. Viele seiner Werke sind dem phantastischen Realismus zuzuordnen, wie seine bekanntesten Werke »Dona Flor e seus Dois Maridos« und »A Morte e a Morte de Quincas Berro D'Agua«.

SZENE

Die britische SF-Szene 2000/2001

von Hermann Urbanek

Das Jahr 2000 brachte für den britischen Science Fiction-, Fantasy- und Horror-Markt nach dem kleinen Aufschwung im Vorjahr, dem ein drastischer Einbruch bei der Zahl der veröffentlichten Genre-Titel vorausgegangen war, wieder ein recht deutliches Plus, das mit acht Prozentpunkten doch erfreulich hoch ausfiel und deutlich zu machen schien, dass sich die Lage wieder schön langsam normalisieren würde. Doch die bislang vorliegenden Zahlen für das Jahr 2001 deuten darauf hin, dass der Aufschwung leider nur ein sehr kurzfristiger war und das Gesamtergebnis deutlich unter dem der vergangenen Jahre liegen dürfte. Doch zurück zum Jahr 2000: Erneut rückläufig war die Zahl der Erst- und Originalveröffentlichungen, hingegen ist die Zahl der Verlage, die Genre-Titel publizierten, 2000 wieder angestiegen.

Der amerikanischen SF-Fachzeitschrift **LOCUS** zufolge wurden 2000 in Großbritannien im phantastischen Genre unter Einbeziehung aller Grenzfälle insgesamt 823 Titel veröffentlicht, was einer Steigerung von 8,1 % entspricht (1999 waren es 761 gewesen). Einen Rückgang gab es erneut bei den neuen Titeln, von denen 2000 mit 387 um 10 weniger erschienen als im Jahr davor, während es bei den Reprints einen Zuwachs von 364 auf 436 gab. Diese 387 Original- und britischen Erstveröffentlichungen (letztere in der Regel von US-Autoren, es wurden aber auch phantastische Texte von Autoren anderer Länder herausgebracht) setzten sich aus 81 SF-Romanen (20,9 %), 91 Fantasy-Romanen (23,5 %), 24 Horror-Romanen (6,2 %), 12 Anthologien (3,1 %), 28 Storysammlungen (7,2 %), 10 Sekundärtiteln (2,6 %), 54 Medienbüchern (14,0 %), 6 % Jugendbüchern (15,8 %), 13 Omnibus-Bänden (3,3 %), 12 Kunstbüchern (3,1 %) und einem nicht zuordbaren Titel zusammen. Im Jahr 1999 hatten die 387 Titel aus 78 SF-Romanen (19,6 %), 112 Fantasy-Romanen (28,2 %), 26 Horror-Romanen (6,5 %), 12 Anthologien (3,0 %), 23 Storysammlungen (5,8 %), 10 Sekundärwerken (2,5 %), 50 Medien-Titeln (12,6 %), 55 Jugendbüchern (13,9 %), 17 Sammelbänden (4,3 %), 11 Kunstbüchern (2,8 %) und 3 diversen Publikationen bestanden.

Damit bot sich im Vergleich zum Vorjahr doch wieder ein recht unterschiedliches Bild. Eine Steigerung nicht nur bei der Zahl der erschienenen Titel, sondern auch beim Marktanteil gab es beim SF-Roman (plus 1,3 %), bei den Medienbüchern (plus 1,4), Jugendbuch (plus 1,8), Kunstbuch (plus 0,2 %) und bei den Collections (plus 1,4 %), während die Anthologien und Sekundärtitel bei gleicher Titelzahl jeweils ein Plus von 0,1 % erzielten. Großer Verlierer war in erster Linie der Fantasy-Roman (minus 4,7 %), gefolgt vom Horror-Roman (minus 0,3 %). Der Fantasy-Roman konnte seine Führung, die er seit 1991 inne hat, zwar weiterhin behaupten, der Abstand zum erneut auf Platz 2 liegenden SF-Roman ist aber drastisch auf 10 Titel geschrumpft, dahinter liegt dann das Jugendbuch, das erneut die Medien-Bücher auf Platz 4 verwiesen hat. Schon deutlich abgeschlagen folgen Collection, Horror-Roman, Sammelband, Anthologie und Kunstbuch vor dem Sachbuch. Den bislang vorliegenden Zahlen von 2001 zufolge sieht es ganz so aus, als würde sich an dieser Reihung, speziell was die vorderen Positionen betrifft, nichts ändern.

Bei den ***Verlagen,*** die 2000 Genre-Titel herausgebracht haben, bot sich wieder ein sehr unterschiedliches Bild mit zum Teil völlig divergierenden Trends. Von den Top Ten (besser: Twelve, denn auf Platz 10 gab es einen Gleichstand) veröffentlichten sieben – **Orion/Gollancz, HarperCollins/Voyager, Hodder Headline, Simon & Schuster/Pocket/Earthlight, Scholastic, Viking/Penguin** und **Paper Tiger** – zum Teil beträchtlich mehr Titel als im Vorjahr, während **Little Brown/Orbit**, **Transworld/Bantam** und **Pan Macmillan** ihr Programm drastisch zurückfuhren und **Random House** und **BBC Books** einige Titel weniger als im Vorjahr herausbrachten. Alter und neuer Marktführer war **Orion/Gollancz** mit 177 Titeln, die neue Gruppe hat also nach dem Zusammenschluss erneut mehr Genre-Titel herausgebracht als zuvor getrennt, und zwar 177 Titel, 46 mehr als 1999. Auf Platz 2 vorgestoßen ist der Vorjahres-Dritte **Harper-Collins/Voyager,** der seinen Output von 94 auf 122 Publikationen steigerte, während der nunmehr auf Platz 3 rangierende **Little Brown/Orbit** einen Rückgang von 108 auf 96 Titel verkraften musste. Nach dem Einbruch des Jahres 1998 wieder auf Erfolgskurs präsentierte sich **Hodder Headline** auf Platz 4 (64 statt 56), gefolgt von **Random** (53 statt 56), **Simon & Schuster/Pocket/Earthlight** (46 statt 35), **Transworld/Bantam** (32 statt 54), **Scholastic** (31 statt 28), **Pan Macmillan** (30 statt 48), **BBC Books** (22 statt 23), **Viking/Penguin** (22 statt 13) und **Paper Tiger** (22 statt 7). Alles in allem haben 2000 insgesamt 54 Verlage SF, Fantasy und Horror auf den Markt gebracht.

In der britischen ***Verlagsszene*** hat sich 2000/2001 nicht sehr viel getan:

Mit Jahresbeginn 2001 wurde **Gollancz,** nach der Aquisition durch Orion Ende 1998 nur ein Imprint des Verlags für Hardcover und Paperbacks, zur alleinigen Bezeichnung für die SF- und Fantasy-Reihe der Verlagsgruppe, in der auch Taschenbücher erscheinen. Dafür wird der Reihenname Millenium, unter dem letztere bislang publiziert wurden, aufgegeben.

Im Sommer 2001 startete Collins Children's Books die neue SF- und Fantasy-Jugendbuchreihe **Collins Voyager.**

Auch in England waren ***Serien und Zyklen*** der große Renner. Zumeist wurden sie aus den USA übernommen, importiert oder – bisweilen in einer weltweiten Edition – gemeinsam heraus gebracht, wie beispielsweise die STAR TREK- und STAR WARS-Bände, es gab und gibt aber auch eigenständige britische Projekte:

Sie laufen und laufen immer weiter, und nach wie vor ist kein Ende abzusehen, auch wenn es schon ewig lange her ist, seitdem die letzten neuen Abenteuer über die Bildschirme geflimmert sind oder auf der Leinwand zu sehen waren – die Romanreihen zum britischen TV-Phänomen DOCTOR WHO! Zuletzt erschienen in der Hauptreihe THE NEW ADVENTURES folgende Titel: »The Ancestor Cell« von Peter Anghelides & Stephen Coile (36), »The Burning« von Justin Richards (37), »Casualties of War« von Steve Emmerson (38), »Turin Test« von Paul Leonard (39), »Endgame« von Terrance Dicks (40), »Father Time« von Lance Parkin (41), »Escape Velocity« von Colin Brake (42), »Earthworld« von Jacqueline Rayner (43), »Vanishing Point von Stephen Cole (44), »Eater of Wasps« von Trevor Baxendale (45), »The Year of Intelligent Tigers« von Kate Orman (46), »The Slow Empire« von Dave Stone (47) und »Dark Progeny« von Steve Emmerson (48). Bei den MISSING ADVENTURES standen zuletzt »Prime Time von Mike Tucker (32), »Imperial Moon« von Christopher Bulis (33), »Festival of Death« von Jonathan Morris (34), »Independence Day« von Peter Darvill-Evans (35), »The King of Terror« von Keith Topping (36), »The Quantum Archangel« von Craig Hinton (37), »Bunker Soldiers« von Martin Day (38), »Rags« von Mick Lewis (39), »The Shadow in the Glass« von Justin Richards & Stephen Cole (40), »Asylum« von Peter Darvill-Evans (41), »Superior Being« von Nick Walters (42), »Byzantium!« von Keith Topping (43) und Bullet Time« von David A McIntee (44) auf dem Programm. Ebenfalls in der Welt des DOCTOR WHO und mit den von dort bekannten Charakteren, aber ohne den guten Doktor, spielt die Serie BERNICE SUMMERFIELD, in der nur »Professor Bernice Summerfield and the Dead Men Diary«, hrsg. von Paul Cornell, erschienen ist.

Weitergeführt wurden auch die Buchserien zu den Spielen WARHAMMER 40,000 und WARHAMMER. Zum SF-Spiel WARHAMMER 40,000 sind zuletzt die Anthologien »Status: Deadzone« und »Dark Imperium«, hrsg. von Marc Gascoigne & Andy Jones, sowie die Romane »The Last Chancers: 13th Legion« von Gav Thorpe, »Xenos« von Dan Abnett, »Pawns of Chaos« von Brian Craig und »Gaunt's Ghost: Honour Guard« von Dan Abnett heraus gekommen, zum Fantasy-Spiel WARHAMMER gab es die Romane »Dragonslayer« von William King (GOTREK & FELIX 4), »The Wine of Dreams« von Brian Craig, »Beastslayer«

von William King (GOTREK & FELIX 5) und »Gilead's Blood« von Dan Abnett & Nik Vincent sowie die Anthologie »Lords of Valour«, hrsg. von Marc Gascoigne & Christian Dunn.

Darüber hinaus gibt es von den britischen ***Autoren*** und ihren in Großbritannien erstveröffentlichenden amerikanischen Kollegen, ihren jüngsten ***Aktivitäten, Veröffentlichungen*** und ***Projekten*** wieder einiges zu berichten:

Brian W. Aldiss – Die zuvor in der Anthologie »Anticipations« (1978) erschienene Erzählung »A Chinese Perspective« wurde jetzt in bearbeiteter Form als Einzelpublikation neu aufgelegt.

Tom Arden – setzte seinen Fantasy-Zyklus THE OROKON mit Band 4, »Sisterhood of the Blue Storm«, fort.

J. G. Ballard – Neu vom SF-Literaten der Mainstream-Roman »Super-Cannes«.

Iain M. Banks – Der neuste Roman aus der CULTURE-Serie erschien unter dem Titel »Look to Windward«.

Stephen Baxter – schloss seine Serie um Reid Malefant nach »Time: Manifold 1« mit »Space: Manifold 2« und »Origin: Manifold 3« ab, publizierte das Sachbuch »Deep Future« und beendete die MAMMOTH-Trilogie mit »Icebones«.

Clive Barker – Neu vom britischen Horror-Meister die Dark Fantasy »Coldheart Canyon«.

Marion Zimmer Bradley – Gemeinsam mit Diana L. Paxson entstand der 4. Roman des AVALON-Zyklus, »Priestess of Avalon«.

Gillian Bradshaw – Neu der SF-Roman »The Wrong Reflection«.

Keith Brooke – Mit Eric Brown entstand die gemeinsame Collection »Parallax View« mit sechs Coproduktionen und jeweils einer solo verfassten Geschichte jedes Autors.

Eric Brown – publizierte zuletzt den phantastischen Roman »A Writer's Life«.

Eugene Byrne – publizierte den Alternativwelt-Roman »Things Unborn«.

Pat Cadigan – Der aus »Tea From An Empty Cup« bekannte Detektiv Dore Konstantin ist auch die Hauptfigur in »Dervish is Digital«.

Mark Chadbourn – Nach »World's End« erschien mit »Darkest Hour« Band 2 des Zyklus AGE OF MISRULE.

Eoin Colfer – Einen internationalen Bestseller landete der bislang unbekannte irische Autor mit dem Jugendbuch »Artemis Fowl«.

Louise Cooper – Neu die Collection »The Spiral Garden«.

Bernard Cornwell – Zur Zeit des Hundertjährigen Krieges, aber mit Fantasy-Elementen, spielt THE GRAIL QUEST, die mit »Harlequin« gestartet wurde.

David & Leigh Eddings – In einer völlig neuen Fantasy-Welt, in der ein Dieb die Hauptrolle spielt, handelt das neueste Fantasy-Epos »The Redemption of Althalus«.

Steven Erikson – Nach »Gardens of the Moon« publizierte er den zweiten Band des Zyklus THE MALAZAN BOOK OF THE FALLEN: »Deadhouse Gates«.

Barbara Erskine – veröffentlichte ihren neuesten phantastischen Roman: »Whispers In the Sand«.

Raymond E. Feist – schloss mit »Krondor: Tears of the Gods« die Trilogie THE RIFTWAR LEGACY ab und schieb zusammen mit William Forstchen den Startband der neuen Serie LEGENDS OF THE RITWAR, »Honoured Enemy«.

Maggie Furey – setzte ihren neuen Zyklus THE SHADOWLEAGUE, der mit »The Heart of Myrial« begann, mit »The Spirit of the Stone« fort.

David Gemmell – publizierte zuletzt »Ravenheart«, Band 3 der RIGANTE-Serie, in der schon »Sword in the Storm« und »Midnight Falcon« erschienen sind.

Terry Goodkind – setzte seine Serie THE SWORD OF TRUTH mit Band 6, »Faith of the Fallen«, fort und publizierte den in der gleichen Welt spielenden Fantasy-Roman »Debt of Bones«.

Simon R. Green – schloss seine Fantasy-Serie HAWK & FISHER mit »Beyond the Blue Moon« ab, zu dem auch »Blue Moon Rising« and »Blood and Honour« gehören.

Jon Courtenay Grimwood – startet mit »Pashazade: The First Arabesk« eine Alternativwelt-Trilogie, in der Deutschland den Ersten Weltkrieg gewonnen hat und ein Ottomanisches Reich den Mittleren Osten beherrscht.

Ann Halam – Unter diesem Pseudonym publizierte Gwyneth Jones die Jugendbücher »Don't Open Your Eyes« und »Dr. Franklin's Island«.

Peter F. Hamilton – Die SF-Kriminovelle »Watching Trees Grow« wurde als Einzelpublikation auf den Markt gebracht. Und zur NIGHT'S DAWN-Trilogie publizierte er das Sekundärwerk »The Confederation Handbook«.

M. John Harrison – Die zusammengehörenden Fantasy-Romane »The Pastel City«, »A Storm of Wings« und »In Viriconium« wurden mit der Storysammlung »Viriconium Nights« zum Omnibus »Viriconium« zusammengefasst.

Tom Holt – Sein neuester Streich: Der humorvolle SF-Roman »Nohing But Blue Skies«.

Robert Holdstock – begann mit »Celtika« den neuen Fantasy-Zyklus THE MERLIN CODEX.

Kate Jacobi – präsentierte nach »Exile's Return« und »Voice of the Demon« den dritten Band des Zyklus BOOK OF ELITA.

Brian Jacques – publizierte »Lord Brocktree« und »Taggerung«, die Bände 13 und 14 um die sympathischen Mäuse von REDWALL.

Donald James – setzte seine mit »Monstrum« und »The Fortune Teller« begonnene Near-Future-Serie mit »Vadim« fort.

K. W. Jeter – führte Philip K. Dicks »Blade Runner« mit einem dritten Buch fort: »Blade Runner 4: Eye & Talon«.

Diana Wynne Jones – setzte die mit »Dark Lord of Derkholm« begonnene Serie mit »Year of the Griffin« fort.

Katherine Kerr – Zusammen mit Kate Daniel schrieb sie »Polar City Nightmare«, die Fortsetzung von »Polar City Blues«.

Garry Kilworth – begann mit »Gaslight Geezers« eine Subserie zu seinen WELKIN WEASELS-Büchern.

Gabriel King – Unter diesem Pseudonym publizierten Jane Johnson und M. John Harrison den dritten Roman der Katzen-Fantasy-Serie WILD ROADS: »The Knot Garden«.

Dean Koontz – Ein neuer Horror-SF-Roman erschien unter dem Titel »From the Corner of His Eye«.

Stephen Lawhead – setzte den Fantasy-Zyklus THE CELTIC CRUSADES mit »The Mystic Rose« (3) fort.

Richard Laymon – publizierte 25 Horror- und Mainstream-

Geschichten unter dem Titel »Dreadful Tales«. Zusammen mit »Out of the Lights« und »Fiends« liegt sein Kurzgeschichten-Material jetzt komplett vor. Posthum erschien auch der Roman »Night in the Lonesome October«.

Tanith Lee – schloss die WOLF TOWER-Trilogie mit »Queen of the Wolves« ab.

James Lovegrove – publizierte seinen jüngsten SF-Roman »The Foreigners«.

Brian Lumley – schloss die E-BRANCH-Trilogie seiner NECROSCOPE-Serie mit »Avengers« ab.

Ken MacLeod – startete mit »Cosmonaut Keep« die SF-Serie ENGINES OF LIGHT.

Graham Masterton – 12 Horror-Geschichten enthielt die Storysammlung »Feelings of Fear«.

Paul McAuley – Neu der SF-Roman »The Secret of Life« um eine genetisch veränderte Marsprobe und eine Expedition zum vierten Planeten.

Anne McCaffrey – Der neueste Roman der PERN-Serie erschien unter dem Titel »The Skies of Pern«.

Ian McDonald – Zur CHAGA-Serie gehört die einzeln publizierte Novelle »Tendeleo's Story«, und im Universum von »Desolation Road« spielt der neue Roman »Ares Express«.

Juliet E. McKenna – setzte den Fantasy-Zyklus TALES OF EINARINN mit Band 3, »The Gambler's Fortune«, fort.

Michael Moorcock – Gemeinsam mit Storm Constantine schrieb er einen Roman aus dem Multiversum: »Silverheart«. Sowohl Elric als auch Ulric von Bek sind die Protagonisten des neuen Fantasy-Epos »The Dreamthief's Daughter«.

Kim Newman – 14 Dark Fantasy/Alternativweltgeschichten präsentierte die Collection »Unforgiveable Stories«.

Terry Pratchett – veröffentlichte mit »The Truth« und »Thief of Time« die Bände 25 und 26 der DISCWORLD-Serie.

Robert Rankin – In der humorvollen LAZLO WOODBINE-Serie kam »Waiting fo Godalming« heraus.

Alastair Reynolds – Im Universum von »Revelation Space« spielt auch der neue Roman »Chasm City«.

J. K. Rowling – setzte ihre Serie um den Zauberlehrling Harry Potter mit Band 4, »Harry Potter and the Goblet of Fire«, fort.

Sean Russell – Der Fantasy-Zyklus THE SWAN'S WAR wurde begonnen mit »The One Kingdom«.

Geoff Ryman – publizierte den phantastischen Roman »Lust«.

James Sallis – 49 SF- und Mainstream-Stories enthielt die Storysammlung »Tim's Hammers: The Collected Short Fiction of James Sallis«.

Martin Scott – Band 4 der humorvollen THRAXAS-Serie erschien unter dem Titel »«Thraxas and the Elvish Isles«.

Darren Shan – Unter diesem Pseudonym publizierte Darren O'Shaughnessy die Horror-Jugendbuchserie THE SAGA OF DARREN SHAN, in der zuletzt »Tunnels of Blood« (3) und »Vampire Mountain« (4) herausgekommen sind.

Margaret Weis – Zusammen mit Tracy Hickman startete sie die Trilogie THE SOVEREIGN STONE: »The Well of Darkness« und »Guardians of the Los« liegen bereits vor.

Jane Welch – startete mit »Dawn of A Dark Age« die Trilogie BOOK OF MAN, die Fortsetzung der BOOK OF ÖND-Trilogie.

Janny Wurts – publizierte mit »Peril's Gate« Band 3 des Zyklus THE ALLIANCE OF LIGHT (zugleich Band 6 von THE WARS OF LIGHT AND SHADOW).

Auch in Großbritannien war die Lage auf dem ***Magazinmarkt*** 2000/2001 alles andere als erfreulich. Großer Lichtblick war wieder einmal das monatlich erscheinende SF-Magazin **INTERZONE,** in dem zahlreiche Autoren der neuen britischen Schriftstellergeneration ihre ersten Arbeiten veröffentlicht haben und laufend neue Talente entdeckt und gefördert werden. 2000 sind von dem exzellenten großformatigen Magazin, das sich unter der bewährten Leitung von David Pringle in gewohnter Qualität und Aufmachung präsentierte, wieder die angekündigten 12 Ausgaben erschienen, in denen wie üblich Stories bekannter sowie neuer Autoren, Interviews und Rezensionen zu finden waren.

Auch das 1997 vom Spielehersteller Games Workshop aus der Taufe gehobene Magazin **INFERNO!** hat es geschafft, sich auf dem schwierigen Markt durchzusetzen. 2000 sind wieder sechs Ausgaben erschienen. Das von Andy Jones & Marc

Gascoigne herausgegebene Periodikum präsentiert im Zwei-Monats-Rhythmus Comics und Geschichten zu diversen GW-Spielen, vor allem zu WARHAMMER und WARHAMMER 40,000.

Erwähnenswert ist auch das semiprofessionelle Magazin **THE THIRD ALTERNATIVE,** hrsg. von Andy Cox, von dem 2000 insgesamt drei Nummern erschienen sind. Die zuletzt publizierten Ausgaben enthielten Geschichten namhafter Autoren und Interviews. Ebenfalls sehr interessant das Anfang 2000 gestartete Magazin **SPECTRUM SF** aus Schottland, herausgegeben von Paul Fraser. Im ersten Jahr sind vier interessante Ausgaben mit Geschichten und Serien prominenter Autoren herausgebracht worden.

Der Vollständigkeit halber seien noch die australischen Magazine **ALTAIR, EIDOLON, AUREALIS** und das neue **ORB** sowie **ON SPEC** aus Kanada erwähnt. Vom halbjährlich neuen **ALTAIR** erschienen die Ausgaben 5 und 6/7, von **EIDOLON** und **AUREALIS** gab es 2000 jeweils nur eine Doppelnummer, und vom neuen **ORB** ist 2000 nur die Nummer 1 erschienen. **ON SPEC** ist ein Magazin im klassischen Digest-Format, von der es im Vorjahr wieder vier Ausgaben gab und dessen Beiträge in erster Linie von kanadischen Künstlern und Autoren stammten.

2000/2001 hatte die britische SF-Szene wieder einige ***Todesfälle*** zu beklagen:

Am 5. Oktober 2000 starb der bekannte britische SF-Autor und Illustrator **Keith Roberts** infolge von Komplikationen bei einer Lungenentzündung und Bronchitis. Der seit 1990 an Multipler Sklerose leidende Keith John Kingston Roberts wurde am 20. September 1935 in Kettering, Northamptonshire geboren. Er besuchte die dortige Kunstschule, erwarb 1956 das Diplom in Design und besuchte im Anschluss das Leicester College of Art. Er arbeitete als Werbegraphiker, bevor er seine erste Geschichte »Boulter's Canaries« an Ted Carnell verkaufte, die 1964 publiziert wurde. Weitere Veröffentlichungen folgten, wobei er zwischen 1964 und 1967 40 Stories veröffentlichte und auch später sehr produktiv war. 1966 erschien sein erster Roman »The Furies«, es folgten »Pavane« (1968), »Anita« und

»The Inner Wheel« (beide 1970). Weitere wichtige Werke sind »The Boat of Fate« (1970), »The Chalk Giants« (1974), »Molly Zero« (1980), »Kiteworld« (1985), »Grainne« (1987) sowie die KAETI-Bücher »Kaeti & Company« (1986) und »Kaeti on Tour« (1992). Mit dem Roman »Grainne« sowie den Kurzgeschichten »Kitemaster« und »Kaeti and the Hangman« gewann Roberts den BSFA Award.

Der britische Verleger **Rayner Unwin** starb am 23. November 2000 in einem Hospiz in Berkhamsted, England, an Krebs. Rayner Stevens Unwin wurde am 23. Dezember 1925 geboren, besuchte das Trinity College in Oxford und Harvard, Massachusetts. Von 1944 bis 1947 diente er in der Royal Navy. 1951 trat er nach seinem Abschluss in Harvard in den väterlichen Verlag Allen & Unwin ein. 1952 brachte ihm J. R. R. Tolkien das Manuskript von »The Lord of the Rings«, und er entschloss sich spontan zur Veröffentlichung, die 1954/55 in drei Büchern erfolgte.

Die britische Autorin **Mary Williams,** die vor allem durch ihre zahlreichen Gespenstergeschichten bekannt wurde, starb am 26. Dezember 2000 in Cornwall an einer Virusinfektion. Die 1903 als Winifred Mary Harvey geborene Schriftstellerin konnte auf eine 78 Jahre lange Karriere zurückblicken, von ihrem ersten Gedichtband »Dreams of England« (1922) bis »The Secret Pool« (2000), der letzten Sammlung mit Gespenstergeschichten. Insgesamt 17 dieser Collections mit über 200 Stories sind erschienen, beginnend mit »The Dark Land« (1975). Eine weitere Sammlung wird posthum herauskommen.

Am 6. Januar 2001 starb die Kinderbuchautorin **Catherine Storr** im Alter von 87 Jahren. Die am 21. Juli 1913 in London geborene Catherine Cole schrieb ihr erstes Buch 1940, dem zahlreiche weitere folgten, etliche davon mit phantastischen Elementen. Am erfolgreichsten waren »Clever Polly and the Stupid Wolf« (1958), »Marianne Dreams« (1958) und »Marianne und Mark« (1960). Posthum kam das Fantasy-Jugendbuch »The If Game« heraus.

Der britische Horror-Autor **Gerald Suster** starb am 4. Februar 2001 an einem Herzinfarkt. Der am 2. August 1951 geborene Autor studierte in Cambridge und arbeitete als Lehrer, bevor er Ende der 70er Jahre Profischriftsteller wurde. Suster schrieb eine Zahl okkulter Thriller, von denen »The Devil's Maze« (1979), »The God Game« (1997) und »The Labyrinth of Satan« eine lose Trilogie bilden. Erwähnenswert auch die Romane »The Elect« (1980), »The Scar« (1981), »The Offering« (1982), »The Block« (1983), »The Force« (1984) und »Stryker« (1984) sowie die Sachbücher »Hitler and the Age of Horus« (1981), »The Truth About the Tarot« (1990) und »The Hellfire Friars« (2000).

Am 20. März 2001 starb **R. Chetwynd-Hayes** in einem Pflegeheim in Teddington, South London, an Lungenentzündung. Der am 30. Mai 1919 in Isleworth, Middlesex geborene und in erster Linie für seine Gespenstergeschichten bekannte Ronald Henry Glynn Chetwynd-Hayes übte verschiedene Berufe aus, bevor er 1953 seine erste Story, »The Orator«, verkaufen konnte. Sein erster Roman war »The Man from the Bomb« (1959), ein SF-Roman, während der zweite, »The Dark Man« (1966; auch: »And Love Survived«) von Gespenstern handelte. Mit der Horror-Story »The Thing« gelang ihm 1966 der Durchbruch in diesem Genre, und ihm blieb er mit zahlreichen Storybänden treu. Zu seinen bekanntesten Veröffentlichungen zählen die Collections »The Monster Club« (1975) und »Dracula's Children«. Die Serie CLAVERING GRANGE, die aus den Romanen »The King's Ghost« (1985; auch »The Grange«) und »The Haunted Grange« (1988) sowie rund einem Dutzend Kurzgeschichten besteht, von denen einige in »Tales from the Hidden World« (1988) gesammelt wurden, gehört zu seinem Hauptwerk, ebenso die Serie um den okkulten Detektiv Francis St. Clare und seine psychisch begabte Assistentin Frederica Masters, die 1974 ihr Debüt gaben und in den meisten der späteren Storysammlungen ebenso anzutreffen waren wie im Roman »The Psychic Detective« (1993). Er gab auch einige Anthologien heraus, zu denen er unter den Pseudonymen Angus Campbell und Henry Glynn Geschichten beisteuerte. 1988 erhielt er den Special Award der British Fantasy Society, 1989 wurde er mit dem Life Achievment Award der Horror Writers of America ausgezeichnet.

Daniel Counihan, der Autor des Fantasy-Kinderbuchs »Unicorn Magic«, starb am 25. März 2001 in Hastings, Großbritannien. Der am 14. Dezember 1917 geborene Autor war von 1947 bis 1976 Radiojournalist bei der BBC und verfasste zahlreiche Artikel und Sachbücher. »Unicorn Magic« (1953) war sein einziger Roman, zu dem er auch eine nie veröffentlichte Fortsetzung schrieb.

Am 12. Mai 2001 starb der britische Romanautor und Fernsehschauspieler **Simon Raven** in einem Londoner Hospital an den Folgen eines Schlaganfalls. Der am 28. Dezember 1927 als Simon Arthur Noel Raven geborene Autor wurde vor allem durch seinen klassischen Vampir-Roman »Doctors Wear Scarlet« (1960) bekannt, der später als »Incense for the Damned« (US-Titel: »Bloodsuckers«) verfilmt wurde. Weitere Genre-Romane waren »The Roses of Picardie« (1980), dessen Fortsetzung »September Castle« (1983) sowie »The Islands of Sorrow« (1994). Er schrieb auch zahlreiche phantastische und Gespenster-Geschichten, von denen einige in »Remember Your Grammar and Other Haunted Stories« (1997) gesammelt wurden.

Der berühmte Astrophysiker, Lehrer und SF-Autor **Sir Fred Hoyle** starb am 20. August 2001 in Bournemouth, England, nachdem er im Juli einen schweren Schlaganfall erlitten hatte. Der am 24. Juni 1915 in Bingley, Yorkshire, England geborene Autor interessierte sich schon in jungen Jahren für Astronomie. Er studierte in Cambridge und machte dort 1939 seinen MA. Seine erste Veröffentlichung war das Sachbuch »The Nature of the Universe« (1950). 1957 begann er damit, SF zu veröffentlichen. Zu seinen bekanntesten alleine verfassten Romanen gehören »The Black Cloud« (1957), »Ossians Ride« (1959), »October the First Is Too Late« (1966) und »Comet Halley« (1986). Seine Arbeit an einer TV-Serie für die BBC führte zur Zusammenarbeit mit John Elliot, aus der zwei Romane resultierten: »A for Andromeda« (1962) und »Andromeda Breakthrough« (1964). Die meisten seiner späteren Romane, die er zusammen mit seinem Sohn Geoffrey schrieb, handelten von Katastrophen, die über die Menschheit hereinbrechen, wie »Fifth Planet« (1963), »Rockets in Ursa Major« (1969), »Seven Steps to the Sun« (1970), »The Inferno« (1973), »Into Deepest Space« (1974) sowie »The Westminster Disaster« (1978). Seine Kurzgeschichten wurden in »Element 79« (1967) gesammelt.

Preise – Preise – Preise 2000/2001

GRAND PRIX DE L'IMAGINAIRE 2000

(die alljährlichen nationalen französischen SF-Preise)

ROMAN FRANZÖSISCH: **Rene Reouven, BOUCHARD, PECUCHET ET LES SAVANTS FOUS**
ROMAN AUSLAND: Andreas Eschbach, **DES MILLIARDS DE TAPIS DE CHEVEUX (DIE HAARTEPPICHKNÜPFER)**
KURZGESCHICHTE FANZÖSISCH: Jeanne Faivre d'Arcier, **MONSIEUR BOUM-BOUM**
KURZGESCHICHTE AUSLAND: Terry Bisson, **MEUCS (MACS)**
ÜBERSETZER: **Jean Pierre Pugi** für Michael Swanwick, JACK FAUST
KINDER- UND JUGENDBUCH: **Francis Bertelot, LA MAISON BRISEE**
SACHBUCH: **Denis Mellier** für LA LITTERATURE FANTASTIQUE und L'ECRITURE DE L'EXCES: FICTION FANTASTIQUE ET POETIQUE DE LA TERREUR
SPEZIALPREIS: **Pierre Pelot** für SOUS LE VENT DU MONDE
GRAND PRIX EUROPEEN DE L'IMAGINAIRE: **Piergiorgio Nicolazzini** für seine Tätigkeit als Herausgeber und literarischer Agent.

IGNOTUS 1999

(die nationalen SF-Preise Spaniens, von der SF-Gesellschaft alljährlich auf dem HispaCon vergeben)

ROMAN: **Rodolfo Martinez, L' ABISMO TE DEVUELVE LA MIRADA**
ERZÄHLUNG: **Rodolfo Martinez, ESTE RELAMPAGO, ESTA LOCURA**
KURZGESCHICHTE: **Leon Arsenal, EN LAS FRAGUAS MARCIANAS**
ROMAN AUSLAND: **Connie Willis, TO SAY NOTHING OF THE DOG**
GESCHICHTE AUSLAND: **Connie Willis, CHANCE** punktegleich mit **Connie Willis, NONSTOP TO PORTALES**

2000 WORLD FANTASY AWARDS

(alljährlich von einer Jury ermittelt und auf der WORLD FANTASY CONVENTION bekannt gegeben)

ROMAN: Martin Scott, THRAXAS
Nominiert: Peter S. Beagle, TAMSIN
James P. Blaylock, THE RAINY SEASON
Steven Erikson, GARDENS OF THE MOON
Terence M. Green, A WITNESS TO LIFE
Nina Kiriki Hoffman, A RED HEART OF MEMORIES
ERZÄHLUNG: Jeff Vandermeer, THE TRANSFORMATION OF MARTIN LAKE zusammen mit
Laurel Winter, SKY EYES
Nominiert: Tanith Lee, SCARLET AND GOLD
Michael Meddor, THE WIZARD RETIRES
Lucius Shepard, CROCODILE ROCK
Connie Willis, THE WINDS OF MARBLE ARCH
KURZGESCHICHTE: Ian R. MacLeod, THE CHOP GIRL
Nominiert: Eleanor Arnason, THE GRAMMARIAN'S FIVE DAUGHTERS
Paul J. McAuley, NAMING THE DEAD
Kim Newman, AMERIKANSKI DEAD AT THE MOSCOW MORGUE
Robert Reed, HUMAN BAY
Delia Sherman, THE PARWAT RUBY
Howard Waldrop, THE DYNASTERS VOL. 1: ON THE DOWNS
COLLECTION: Charles de Lint, MOONLIGHT AND VINES punktegleich mit
Stephen R. Donaldson, REAVE THE JUST AND OTHER TALES
Nominiert: Stephen King, HEARTS IN ATLANTIS
Tom Piccirilli, DEEP INTO THAT DARKNESS PEERING
Darrell Schweitzer & Jason Van Hollander, NECROMANCIES AND NETHERWORLDS
ANTHOLOGIE: Ellen Datlow & Terri Windling (eds.), SILVER BIRCH, BLOOD MOON
Nominiert: Ellen Datlow & Terri Windling (eds.), THE YEAR'S BEST FANTASY AND HORROR: TWELFTH ANNUAL COLLECTION
Don Hutchinson (ed.), NORTHERN FRIGHTS 5
Stephen Jones (ed.), DARK DETECTIVES: ADVENTURES OF THE SUPERNATURAL SLEUTHS
Al Sarrantonio (ed.), 999: NEW STORIES OF HORROR AND SUSPENSE

KÜNSTLER: Jason Van Hollander
SPEZIALPREIS: Gordon Van Gelder für seine Verdienste als Herausgeber
LIFE ACHIEVEMENT AWARD: Marion Zimmer Bradley & **Michael Moorcock**

2000 JAMES WHITE AWARD

(in diesem Jahr erstmals vergeben für die Kurzgeschichte eines nichtprofessionellen Autors, bestehend aus einem Geldpreis, einem Pokal und der Veröffentlichung der Siegerstory in INTERZONE)

Mark Dunn, THINK TANK

2000 GEFFEN AWARDS

(seit 1999 alljährlich verliehene SF-Preise Israels, verliehen von der ISRAELI SOCIETY FOR SCIENCE FICTION AND FANTASY)

SF-ROMAN: **Brian Herbert/Kevin J. Anderson, DUNE: HOUSE ATREIDES**
FANTASY-ROMAN: **Neil Gaiman, STARDUST**

2000 DITMAR AWARDS

(die australischen SF-Preise, verliehen für die besten Veröffentlichungen des Vorjahres)

ROMAN: Greg Egan, TERANESIA
Nominiert: Damien Broderick & Rory Barnes, THE BOOK OF REVELATION
Richard Harland, HIDDEN FROM VIEW
Dave Luckett, A DARK VICTORY
Stephen Dedman, FOREIGN BODIES
Jane Routley, ARAMAYA
Sean McMullen, SOULS IN THE GREAT MACHINE
KURZGESCHICHTE: Chris Lawson, WRITTEN IN BLOOD
Nominiert: Paul Collins, THE NABOKOV AFFAIR
Robert Hood, GROUND UNDERFOOT
Paul Collins & Jack Wodhams, GENERATION X
Robert Hood, PRIMAL ETIQUETTE
COLLECTION/ANTHOLOGIE: Sean Williams, NEW ADVENTURES IN SCI-FI
Nominiert: David G. Hartwell & Damien Broderick, eds., CENTAURIS: THE BEST OF AUSTRALIAN SCIENCE FICTION

Terry Dowling, ANTIQUE FUTURES: THE BEST SF TERRY DOWLING

Paul Collins & Meredith Costain, SPINOUTS!

Stephen Dedman, THE LADY OF SITUATIONS

WILLIAM ATHELING JR. AWARD: Russell Blackford, Van Ikin & Sean McMullen, STRANGE CONSTELLATIONS: A HISTORY OF AUSTRALIAN SCIENCE FICTION zusammen mit

Helen Merrick & Tess Williams, WOMEN OF OTHER WORLDS

PREMIO UPC DE CIENCA FICCION 2000

(alljährlicher SF-Kurzgeschichtenwettbewerb der UNIVERSIDAD POLITECNICA DE CATLUNYA in Barcelona)

Javier Negrete, BUCADOR DE SOMBRAS zusammen mit

Jose Antonio Cotrina, SALIR DE FASE

Besondere Erwähnungen: Jose Luis Zarate, DEL CIELO PROFUNDO Y DEL ABISMO

Miguel Lopez, HALGOL

Ehrenvolle Erwähnungen: Vladimir Hernandez, SIGNOS DE GUERRA

Alain Le Bussy, DEUX

Bud Sparhawk, MAGIC'S PRICE

2000 ROMANTIC TIMES REVIEWER'S CHOICE AWARD

(vergeben von den Rezensenten der ROMANTIC TIMES)

SCIENCE FICTION: Catherine Asaro, THE RADIANT SEAS

Nominiert: Marion Zimmer Bradley, TRAITOR'S SUN

Lois McMaster Bujold, A CIVIL CAMPAIGN

Sharon Shinn, WRAPT IN CRYSTAL

Sheri S. Tepper, SINGER FROM THE SEA

Julie Czerneda, TIES OF POWER

FANTASY: Elizabeth Haydon, RHAPSODY

Nominiert: Anne Bishop, HEIR TO THE SHADOWS

Cory Daniells, BROKEN VOWS

Stephen Lawhead, AVALON

L. E. Modesitt, Jr., DARKSONG RISING

20TH ANNUAL SCIENCE FICTION WRITERS OF EARTH STORY CONTEST

(Kurzgeschichtenwettbewerb der SF WRITERS OF EARTH, ermittelt von Edward Bryant)

1. Platz: Larry Taylor, ANNIE
2. Platz: Theodora Goss, HYACINTH
3. Platz: Nathan Burrage, SNOWSTORM

5TH ANNUAL SAPPHIRE AWARD 2000

(seit 1995 von der Zeitschrift SCIENCE FICTION ROMANCE verliehen)

ROMAN: Saira Ramasastry, HEIR TO GOVANDHARA
2. Platz: Catherine Asaro, THE VEILED WEB
3. Platz: Marilynn Byerly, STAR-CROSSED

KURZGESCHICHTE: Mary Janice Davidson, LOVE'S PRISONER
2. Platz: Catherine Asaro, A ROLL OF THE DICE punktegleich mit
Linnea Sinclair, GAMBIT
Jan Toombs, GHOST OF LOVE

2000 AUREALIS AWARDS

(australische Genre-Preise, verliehen vom SF-Magazin AUREALIS)

ROMAN/SF: **Sean McMullen, THE MIOCENE ARROW**
ROMAN/FANTASY: **Juliet Marillier, SON OF THE SHADOWS**
ROMAN/HORROR: **Kim Wilkins, THE RESURRECTIONISTS**
ROMAN/JUGENDLICHE: **Sonya Hartnett THURSDAY'S CHILD**
KURZGESCHICHTE/SF: **Damien Broderick, INFINITE MONKEY**
KURZGESCHICHTE/FANTASY: **Geoffrey Maloney, THE WORLD ACCORDING TO KIPLING (A PLAIN TALE FROM THE HILLS)**
KURZGESCHICHTE/HORROR: **Deborah Biancotti, THE FIRST AND FINAL GAME**
KURZGESCHICHTE/JUGENDLICHE: **Margo Lanagan, THE QUEEN'S NOTICE**

2000 NEBULA AWARDS

(alljährlich verliehen von der amerikanischen SF-Autorenvereinigung SFWA, den SCIENCE FICTION WRITERS OF AMERICA)

ROMAN: Greg Bear, DARWIN'S RADIO
Finalisten: Lois McMaster Bujold, A CIVIL CAMPAIGN
Charles de Lint, FORESTS IN THE HEART
Kathleen Ann Goonan, CRESCENT CITY RHAPSODY
Nalo Hopkinson, MIDNIGHT ROBBER
Jack McDevitt, INFINITY BEACH
NOVELLE: Linda Nagata, GODDESSES
Finalisten: Andy Duncan, FORTITUDE
Jonathan Lethem, James Patrick Kelly & John Kessel, NINETY PERCENT OF EVERYTHING
Mike Resnick, HUNTING THE SNARK
Lucius Shepard, CROCODILE ROCK
Walter Jon Williams, ARGONAUTICA
ERZÄHLUNG: Walter Jon Williams, DADDY'S WORLD
Finalisten: Eleanor Arnason, STELLAR HARVEST
Gardner Dozois, KNIGHT OF GHOSTS AND SHADOWS
Greer Gilman, JACK DAW'S PACK
Mike Moscoe, A DAY'S WORK ON THE MOON
Bruce Holland Rogers, HOW THE HIGHLAND PEOPLE CAME TO BE
Stanley Schmidt, GENERATION GAME
KURZGESCHICHTEN: Terry Bisson, MACS
Finalisten: Jeffrey Ford, THE FANTASY WRITER'S ASSISANT
Ellen Klages, FLYING OVER WATER
Severna Park, THE GOLEM
Michael Swanwick, SCHERZO WITH TYRANNOSAURUS
Pat York, YOU WANDERED OFF LIKE A FOOLISH CHILD TO BREAK YOUR HEART AND MINE
GRAND MASTER AWARD: Philip José Farmer

2001 PHILIP K. DICK AWARD

(für den besten SF-Roman, dessen Erstveröffentlichung in den USA im Taschenbuch erfolgte, dotiert $ 1500,- bzw. $ 500,- und von einer Jury ermittelt)

Michael Marshall Smith, ONLY FORWARD
Spezielle Erwähnung: Scott Westerfield, EVOLUTION'S DARLING

Nominiert: Stephen L. Burns, CALL FROM A DISTANT SHORE
Nalo Hopkinson, MIDNIGHT ROBBER
Maggie Thomas, BROKEN TIME
Janine Ellen Young, THE BRIDGE

2000 BSFA AWARDS

(die alljährlich auf dem EasterCon verliehenen nationalen Preise der BRITISH SCIENCE FICTION ASSOCIATION)

ROMAN: **Mary Gentle, ASH: A SECRET HISTORY**
KURZGESCHICHTE: **Peter F. Hamilton, THE SUSPECT GENOME**

2001 ARTHUR C. CLARKE AWARD

(für den besten in Großbritannien veröffentlichten SF-Roman des Vorjahres, verliehen von der BRITISH SCIENCE FICTION ASSOCIATION und der SCIENCE FICTION FOUNDATION und dotiert mit 1000,– Pfund Sterling)

China Mieville, PERDIDO STREET STATION
Nominiert: Octavia E. Butler, PARABLE OF THE TALENTS
Mary Gentle, ASH: A SECRET HISTORY
Ken MacLeod, ASTRONAUT KEEP
Alastair Reynolds, REVELATION SPACE
Adam Roberts, SALT

2000 ASIMOV'S READER'S AWARD

(verliehen von der Leserschaft von ASIMOV'S SF)

NOVELLE: **Greg Egan, ORACLE**
ERZÄHLUNG: **Stephen Baxter, ON THE ORION LINE**
KURZGESCHICHTE: **Mike Resnick, THE ELEPHANTS ON NEPTUNE**

2001 AURORA AWARDS/ PRIX AURORA 2001

(die kanadischen SF- und Fantay-Preise, vergeben von der CANADIAN SCIENCE FICTION AND FANTASY ASSOCIATION für die besten Veröffentlichungen aus 1999/2000)

LANGE FORM ENGLISCH: Eileen Kernaghan, THE SNOW QUEEN
Nominiert: Julie E. Czerneda, CHANGING VISION
James Alan Garner, HUNTED

Robert J. Sawyer, CALCULATING GOD
Lisa Smedman, THE PLAYBACK AR

LANGE FORM FRANZÖSISCH: Jean-Louis Trudel, DEMAIN, LES ETOILES

KURZE FORM ENGLISCH: Marcie Tentchoff, SURRENDERING THE BLADE

Nominiert: Julie E. Czerneda, DOWN ON THE FARM
Donna McMahon, SQUAT
Robert J. Sawyer, THE SHOULDERS OF GIANTS
Edo van Belkom, COMING OF AGE

KURZE FORM FRANZÖSISCH: Douglas Smith, LA DANSE DES ESPRITS

ANDERES WERK ENGLISCH: David Widdicombe, SCIENCE FICTION: THE PLAY

Nominiert: Edo van Belkom, WRITING HORROR
Edo van Belkom (ed.), NORTHERN HORROR
Edo van Belkom für die Herausgabe der Anthologie BE AFRAID!
ON SPEC, hrsg. von Jena Snyder

ANDERES WERK FRANZÖSISCH: SOLARIS, Redakteur Joel Champetier

KÜNSTLER: Jean-Pierre Normand

2001 DITMAR AWARDS

(die AUSTRALIAN SCIENCE FICTION ACHIEVEMENT AWARDS, die nationalen australischen SF-Preise, für Veröffentlichungen des Vorjahres)

ROMAN: Sean Williams & Shane Dix, EVERGENCE 2: THE DYING LIGHT

Nominiert: Paul Collins, CYBERSKIN
Sean McMullen, THE MIOCENE ARROW
Tess Williams, SEA AS MIRROR

KURZTEXT: Stephen Dedman, THE DEVOTEE punktegleich mit **Terry Dowling, THE SALTIMBANQUES**

Nominiert: Robert Hood, THAT OLD BLACK GRAFFITI
Deborah Biancotti, THE FIRST AND FINAL GAME
Russell Blackford, THE KING WITH THREE DAUGHTERS
Terry Dowling, BASIC BLACK

MAGAZIN/ANTHOLOGIE/COLLECTION: Terry Dowling, BLACKWATER DAYS

Nominiert: Paul Collins (ed.), TALES FROM THE WASTELAND

Paul Collins & Meredith Costain, eds., SPINOUTS BRONZE
Margo Lanagan, WHITE TIME

KÜNSTLER: Shaun Tan

WILLIAM ATHELING JR. AWARD: Grant Watson & Simon Oxwell, WAKING HENSON: A JIM HENSON RETROSPECTIVE

2000 BRAM STOKER AWARDS

(alljährlich vergebene Preise der HORROR WRITERS OF AMERICA, der US-Horror-Autorenvereinigung, für die besten Veröffentlichungen des Jahres)

ROMAN: Richard Laymon, THE TRAVELING VAMPIRE SHOW
Nominiert: Gary A. Braunbeck, THE INDIFFERENCE OF HEAVEN
Ramsey Campbell, SILENT CHILDREN
Brian A. Hopkins, THE LICKING VALLEY COON HUNTERS CLUB
Tom Piccirilli, THE DECEASED

DEBÜTROMAN: Brian A. Hopkins, THE LICKING VALLEY COON HUNTERS CLUB
Nominiert: Simon Clark, NAILED BY THE HEART
Mark Z. Danielewski, HOUSE OF LEAVES
Douglas E. Winter, RUN

ERZÄHLUNG: Steve Rasnic Tem & Melanie Tem, THE MAN ON THE CEILING
Nominiert: Steven King, RIDING THE BULLET
Joyce Carol Oates, IN SHOCK
Lawrence P. Santoro, GOD SCREAMED AND SCREAMED, THEN I ATE HIM

KURZGESCHICHTE: Jack Ketchum, GONE
Nominiert: Gerard Daniel Houarner, DEAD CAT BOUNCE
Robert J. Sawyer, FALLEN ANGEL
Karen E. Taylor, MEXICAN MOON

COLLECTION: Peter Straub, MAGIC TERROR: SEVEN TALES
Nominiert: Charlee Jacob, UP, OUT OF CITIES THAT BLOW HOT AND COLD
Bruce Holland Rogers, WIND OVER HEAVEN AND OTHER DARK TALES
Steve Rasnic Tem, CITY FISHING

ANTHOLOGIE: Ellen Datlow & Terri Windling, THE YEAR'S BEST FANTASY AND HORROR: THIRTEENTH ANNUAL COLLECTION
Nominiert: Steve Eller, ed., BRAINBOX: THE REAL HORROR

Brian A. Hopkins, ed., EXTREMES: FANTASY & HORROR FROM THE ENDS OF THE EARTH
Richard Laymon, ed., BAD NEWS

SACHBUCH: Stephen King, ON WRITING

COMIC/GRAPHIC NOVEL: Alan Moore, THE LEAGUE OF EXTRAORDINARY GENTLEMEN

DREHBUCH: Steve Katz, SHADOW OF THE VAMPIRE

PUBLIKATION FÜR JUGENDLICHE: Nancy Etchemendy, THE POWER OF UN

Nominiert: J. K. Rowling, HARRY POTTER AND THE GOBLET OF FIRE
Edo van Belkom, ed., BE AFRAID!
F. Paul Wilson, THE CHRISTMAS THINGY

ANDERE MEDIEN: CHIAROSCURO (Website)

LIFETIME ACHIEVEMENT AWARD: Nigel Kneale

SPEZIALITY PRESS AWARD: SUBTERRANEAN PRESS, William K. Schafer

TRUSEES HAMMER AWARD: Nancy Etchemendy

THE RICHARD LAYMON **AWARD: Judy Rohring** und **Kathy Ptacek**

2001 PROMETHEUS AWARD

(verliehen von der LIBERTARIAN FUTURIST SOCIETY für einen neuen Roman, in dem liberales Ideengut verbreitet wird)

L. Neil Smith FORGE OF THE ELDERS

Nominiert: Steve White, ESAGLE AGAINST THE STARS
Michael Flynn, LODESTAR
Ken MacLeod, THE SKY ROAD
Terry Pratchett, THE TRUTH

2001 PROMETHEUS HALL OF FAME AWARD

(verliehen von der LIBERTARIAN FUTURIST SOCIETY für eine klassische SF-Publikation, in der die Prinzipien des Liberalismus einen hohen Stellenwert besitzen)

Jerry Pournelle & John Carr, eds., THE SURVIVAL OF FREEDOM

Nominiert: Sinclair Lewis, IT CAN'T HAPPEN HERE
Poul Anderson, ORION SHALL RISE
Melinda Snodgrass, STAR TREK: THE NEXT GENERATION: THE MEASURE OF A MAN
L. Neil Smith, THE WARDOVE

LIFETIME ACHIEVEMENT AWARD

Poul Anderson

PILGRIM AWARD

(für lebenslange Beiträge zur wissenschaftlichen Arbeit an SF und Fantasy)

Dave Samuelson

PIONEER AWARD

(für wissenschaftliche Artikel zur SF)

De Witt Douglas Kilgore, CHANGING REGIMES: VONDA N. MCINTYRE'S PARODIC ASTROFUTURISM

CLARESON AWARD

(für Verdienste um die SF-Gemeinschaft)

Donald Hassler

2001 LOCUS AWARDS

(der amerikanischen SF-Fachzeitschrift LOCUS)

SF-ROMAN: Ursula K. Le Guin, THE TELLING
2. Platz: Gregory Benford, EATER
3. Platz: Bruce Sterling, ZEITGEIST
4. Platz: Joe Haldeman, THE COMING
5. Platz: Gene Wolfe, IN GREEN'S JUNGLE
FANTASY-ROMAN: George R. R. Martin, A STORM OF SWORDS
2. Platz: Tim Powers, DECLARE
3. Platz: Philip Pullman, THE AMBER SPYGLASS
4. Platz: China Mieville, PERDIDO STREET STATION
5. Platz: Mary Gentle, ASH: A SECRET HISTORY
DEBÜT-ROMAN: Geoffrey A. Landis, MARS CROSSING
2. Platz: Alastair Reynolds, REVELATION SPACE
3. Platz: Platz: David Herter, CERES STORM
4. Platz: Ian Stewart & Jack Cohen, WHEELERS
5. Platz: Mark Z. Danielewski, HOUSE OF LEAVES

ANTHOLOGIE: Gardner Dozois, ed., THE YEAR'S BEST SCIENCE FICTION: SEVENTEENTH ANNUAL COLLECTION

2. Platz: Ellen Datlow & Terri Windling, eds., THE YEAR'S BEST FANTASY & HORROR: THIRTEENTH ANNUAL COLLECTION

3. Platz: David G. Hartwell, ed., YEAR'S BEST SF

4. Platz: Ellen Datlow, ed., VANISHING ACTS

5. Platz: Sheree R. Thomas, ed., DARK MATTER: A CENTURY OF SPECULATIVE FICTION FROM THE AFRICAN DIASPORA

COLLECTION: Michael Swanwick, TALES OF OLD EARTH

2. Platz: Theodore Sturgeon, THE COMPLETE STORIES OF THEODORE STURGEON VOLUME VII: SAUCER OF LONELINESS

3. Platz: James H. Schmitz, TELZEY AMBERTON

4. Platz: Andy Duncan, BELUTHAHATCHIE AND OTHER STORIES

5. Platz: Gene Wolfe, STRANGE TRAVELERS

NOVELLE: Lucius Shepard, RADIANT GREEN STAR

2. Platz: Greg Egan, ORACLE

3. Platz: George R. R. Martin, PATH OF THE DRAGON

4. Platz: Ted Chiang, SEVENTY-TWO LETTERS

5. Platz: Michael Bishop, BLUE KANSAS SKY

ERZÄHLUNG: Ursula K. Le Guin, THE BIRTHDAY OF THE WORLD

2. Platz: Stephen Baxter, ON THE ORION LINE

3. Platz: Brian Stableford, SNOWBALL IN HELL

4. Platz: Bradley Denton, BLOODY BUNNIES

5. Platz: Orson Scott Card, THE ELEPHANTS OF POZNAN

KURZGESCHICHTE: Larry Niven, THE MISSING MASS

2. Platz: Michael Swanwick, MOON DOGS

3. Platz: Stephen Baxter, SILVER GHOST

4. Platz: Ursula K. Le Guin, THE ROYALS OF HEGN

5. Platz: Stephen Baxter, SHEENA 5

SACHBUCH: Stephen King, ON WRITING

KUNSTBUCH: Cathy Fenner & Arnie Fenner, eds., SPECTRUM 7: THE BEST IN CONTEMPORARY FANTASTIC ART

KÜNSTLER: Bob Eggleton

HERAUSGEBER: Gardner Dozois

MAGAZIN: ASIMOV'S

VERLAG: TOR

2001 JOHN W. CAMPBELL MEMORIAL AWARD

(für den besten SF-Roman des Vorjahres, 1973 ins Leben gerufen und von einer Jurorengruppe unter dem Vorsitz von James Gunn ermittelt)

Preisträger: Poul Anderson, GENESIS
2. Platz: Jack McDevitt, INFINITY BEACH, punktegleich mit
Mary Gentle, ASH: A SECRET HISTORY und
Robert J. Sawyer, CALCULATING GOD
3. Platz: Sheri S. Tepper, THE FRESCO

2001 THEODORE STURGEON MEMORIAL AWARD

(für die beste SF-Kurzgeschichte des Vorjahrs, 1987 etabliert von Sturgeons Erben und James Gunn, dessen Vorauswahl durch einen Kreis von Rezensenten, Herausgebern und Kolumnisten erfolgt und von einer Jury unter dem Vorsitz von James Gunn ermittelt wird)

Preisträger: Ian McDonald, TENDELEO'S STORY
2. Platz: Stephen Baxter, SHEENA 5
3. Platz: Lucius Shepard, RADIANT GREEN STAR

11TH ANNUAL HOMER AWARDS 2001

(verliehen vom COMPUSERVE SCIENCE FICTION AND FANTASY LITERATURE AND MEDIA SERVICE für Veröffentlichungen des Vorjahrs)

ROMAN: Robert J. Sawyer, CALCULATING GOD
Nominiert: David Gerrold, JUMPING OFF THE PLANET
Ken MacLeod, THE SKY ROAD
NOVELLE: Catherine Asaro, A ROLL OF THE DICE
Nominiert: William Barton, HEART OF GLASS
Lucius Shepard, RADIANT GREEN STAR
Jack Williamson THE ULTIMATE EARTH
ERZÄHLUNG: Ron Collins, THE TARANTH STONE
Nominiert: Allen Steele, AGAPE AMONG THE ROBOTS
Kage Baker, BLACK SMOKER
Amy Sterling Casil, CHROMOSOME CIRCUS
James Patrick Kelly, FEEL THE ZAZ
Mike Resnick, REDCHAPEL
KURZGESCHICHTE: Mike Resnick, THE ELEPHANTS OF NEPTUNE
Nominiert: David Langford, DIFFERENT KINDS OF DARKNESS
Jeffrey Ford, THE FANTASY WRITER'S ASSISTANT

Nick DiChiaro, FLY-BY ALIENS
Michael A. Burstein, KADDISH FOR THE LAST SURVIVOR
Michael Swanwick, MOON DOGS

FILM/TV: CROUCHING TIGER, HIDDEN DRAGON
Nominiert: CHICKEN RUN
DUNE (TV-Serie)
THE X-MEN

2001 RAY BRADBURY AWARD

(sporadisch verliehen für besondere Leistungen im Filmbereich)

Harlan Ellison, Yuri Rasowski & Warren Dewey

ALIEN CONTACT LESERPREIS 2001

(verliehen von den Lesern des deutschen SF-Magazins ALIEN CONTACT für Veröffentlichungen des Vorjahres)

BESTE KURZGESCHICHTE (IN AC PUBLIZIERT)
Michael Szameit, HAPPY INDEPENDENCE DAY

BESTER ROMAN:
Barbara Slawig, DIE LEBENDEN STEINE VON JARGUS

BESTER AUSLÄNDISCHER ROMAN:
Greg Egan, DIASPORA

KURD LASSWITZ PREIS 2001

(seit 1980 alljährlich von den deutschsprachigen SF-Profis für Leistungen im davor liegenden Jahr vergeben)

ROMAN: Michael Marrak, LORD GAMMA
2. Platz: Marcus Hammerschmitt, DER OPAL
3. Platz: Barbar Slawig, DIE LEBENDEN STEINE VON JARGUS
4. Platz: Ulrike Nolte, JÄGERWELTEN
5. Platz: H. D. Klein, GOOGOL
6. Platz: Andreas Winterer, COSMO POLLITE

KURZGESCHICHTE: Marcus Hammerschmitt, TROUBADOURE
2. Platz: Ronald M. Hahn, ANSCHLAG AUF DIE GÖTTER
3. Platz: Michael Szameit, HAPPY INDEPENDENCE DAY
4. Platz: Gisbert Haefs, UNTER OLYMPIERN

5. Platz: Myra Cakan, KOMMEN SIE OFT HIERHER?
6. Platz: Ulkrike Nolte, PARADIESVÖGEL
7. Platz: Andreas Möhn, DIE REITER DES MARS

AUSLÄNDISCHES WERK: Mary Doria Russell, SPERLING (THE SPARROW)
2. Platz: Iain Banks, FÖRCHTBAR MASCHIEN (FEERSUM ENDJINN)
3. Platz: Greg Egan, DIASPORA (DIASPORA)
4. Platz: Robert Silverberg, DIE JAHRE DER ALIENS (THE ALIEN YEARS)
5. Platz: Iain Banks, INVERSIONEN (INVERSIONS)
6. Platz: Paul McAuley, FEENLAND (FAIRYLAND)
7. Platz: Peter F. Hamilton, DIE UNBEKANNTE MACHT/FEHLFUNKTION/SEELENGESÄNGE/DER NEUTRONIUM-ALCHIMIST (THE REALITY DYSFUNCTION/THE NEUTRONIUM ALCHEMIST)
8. Platz: Wladimir Sorokin, DER HIMMELBLAUE SPECK

ÜBERSETZUNG: Horst Pukallus und Michael Iwoleit für Iain Banks, FÖRCHTBAR MASCHIEN
2. Platz: Hannes Riffel & Iris Konopik für Maureen F. McHugh, ABC ZHANG
3. Platz: Hanns Riffel für Bruce Sterling, SCHISMATRIX
4. Platz: Irene Bonhorst für Iain Banks, INVERSIONEN
5. Platz: Gisela Stege für Mary Doria Russell, SPERLING und GOTTES KINDER
6. Platz: Axel Merz für Peter F. Hamilton, DIE UNBEKANNTE MACHT/FEHLFUNKTION/SEELENGESÄNGE/DER NEUTRONIUM-ALCHIMIST

GRAPHIK: Fred Jürgen Rogner für das Titelbild zu Joe Haldeman, DER EWIGE FRIEDEN
2. Platz: Peter Domanski für das Titelbild zu Ian McDonald, KIRINJ punktegleich mit
Arndt Drechsler für das Titelbild zu Philip K. Dick, DAS ORAKEL VOM BERGE
4. Platz: Thomas Thiemeyer für das Titelbild zu PHANTASTISCH! 4
5. Platz: Babbarammdass für das Titelbild zu Ronald M. Hahn, IM AUFTRAG DES STERNENKAISERS
6. Platz: Klaus Brandt für das Titelbild zu Alexander Kröger, DIE SAAT DES HIMMELS

SF-HÖRSPIEL: für 2000 nicht vergeben

SONDERPREIS FÜR HERAUSRAGENDE LEISTUNGEN IM BEREICH DER DEUTSCHSPRACHIGEN SF: Wolfgang Jeschke für sein Lebenswerk und seine Verdienste um die SF in Deutschland (als Autor, Herausgeber und Förderer der SF)

2. Platz: Phantastische Bibliothek Wetzlar für die kontinuierliche Arbeit und Förderung junger Autoren
3. Platz: Else Laudan für die Schaffung einer neuen SF-Reihe und für ein eindeutiges Veto zugunsten der SF
4. Platz: Freundeskreis Science Fiction Leipzig e.V. für die Durchführung des ElsterCon 2000 sowie die Herausgabe der Anthologie VON KOMMENDEN SCHRECKEN
5. Platz: Jörg Weigand für die Herausgabe der Anthologie HERR ÜBER RAUM UND ZEIT. WALTER ERNSTING ZUM 80. GEBURTSTAG
6. Platz: Bruno della Chiesa für die Durchführung des Utopia-Festivals 2000, das wieder dafür gesorgt hat, dass die Stimme der deutschen SF nicht nur national, sondern auch international bekannt wird
7. Platz: Martin Kempf für langjährige Herausgeberschaft des FANDOM OBSERVER

2001 LAMBDA AWARD

(von der LAMBDA LITERARY FOUNDATION vergeben für Beiträge zur Homosexuellen- und Lesbenliteratur, darunter auch in der Kategorie SF & Fantasy)

Jim Grimsley, KIRITH KIRIN

Nominiert: Perry Brass, ANGEL LUST
David Gerrold, JUMPING OFF THE PLANET
Anne Rice, MERRICK
Michael Rowe, ed., QUEER FEAR

DEUTSCHER SCIENCE FICTION PREIS 2001

(alljährlich von einem Komitee im Namen des SCIENCE FICTION CLUB DEUTSCHLAND, der größten Organisation deutschsprachiger SF-Fans, verliehener Preis, bis 1998 unter der Bezeichnung SFCD-LITERATURPREIS)

ROMAN: Fabian Vogt, ZURÜCK

2. Platz: Barbara Slawig, DIE LEBENDEN STEINE VON JARGUS
3. Platz: H. D. Klein, GOOGOL
4. Platz: Michael Marrak, LORD GAMMA

5. Platz: Andreas Winterer, COSMO POLLITE
6. Platz: Marcus Hammerschmitt, DER OPAL
7. Platz: Bernd Setzepfandt, CARMENS GEHEIMNIS

KURZGESCHICHTE: Rainer Erler, EIN PLÄDOYER
2. Platz: Marcus Hammerschmitt, TROUBADOURE
3. Platz: Michael Wimmer, DIE KLINGE
4. Platz: Silke Rosenbüchler, RAILWAY BLUES
5. Platz: Myra Cakan, KOMMEN SIE OFT HIERHER?
7. Platz: Holger Eckhardt, ÜBER ALLEN GIPFELN IST RUH

2001 JAMES TIPTREE JR. MEMORIAL AWARD

(für Werke, die geschlechtsspezifische Rollen in SF und Fantasy erforschen und erweitern, ermittelt von einer Jury, deren Mitglieder von den Gründerinnen des Preises, Pat Murphy und Karen Joy Fowler, bestimmt werden)

Molly Gloss, WILD LIFE

2001 MYTHOPOEIC FANTASY AWARDS

(verliehen von der MYTHOPOEIC FANTASY SOCIETY für Werke in der Tradition der Inklings)

FANTASY FÜR ERWACHSENE: Midori Snyder, THE INNAMORATI
Nominiert: Win Blevins, RAVENSHADOW
Charles de Lint, FORESTS OF THE HEART
Guy Gavriel Kay, THE SARANTINE MOSAIC: SAILING TO SARANTIUM/LORD OF EMPERORS
FANTASY-JUGENDBUCH: Dia Calhoun, ARIA OF THE SEA
Nominiert: Rita Murphy, NIGHT FLYING
Donna Jo Napoli, BEAST
Laurel Winter, GROWING WINGS
Jane Yolen, BOOTS AND THE SEVEN LEAGUERS
SCHOLARSHIP AWARD FÜR MYTHEN- UND FANTASY-STUDIEN: Alan Lupack & Barbara Tepa Lupack, KING ARTHUR IN AMERICA
SCHOLARSHIP AWARD FÜR INKLINGS-STUDIEN: Tom Shippey, J. R. R. TOLKIEN: AUTHOR OF THE CENTURY

2001 COMPTON CROOK/ STEVEN TALL MEMORIAL AWARD

(für den besten SF-, Fantasy- oder Horror-Debütroman des Vorjahres, vergeben von der BALTIMORE FANTASY SOCIETY)

Syne Mitchell, MURPHY'S GAMBIT

2001 ENDEAVOUR AWARD

(für einen SF- oder Fantasy-Roman bzw. eine Storysammlung von einem Autor aus dem Nordwest-Pazifischen Raum, mit $ 700,– dotiert)

Louise Marley, THE GLASS HARMONICA zusammen mit
Ursula K. Le Guin, THE TELLING
Nominiert: Chris Bunch, STORM FORCE
Richard Paul Russo, TERMINAL VISIONS
Bruce Holland, WIND OVER HEAVEN AND OTHER DARK TALES

2001 SKYLARK AWARD

(der Preis, der offiziell EDWARD E. SMITH MEMORIAL AWARD FOR IMAGINATIVE FICTION heißt, wird jährlich von der NEW ENGLAND SCIENCE FICTION ASSOCIATION [NESFA] an einen Autor vergeben, der ein signifikantes Werk im Geiste von »Doc« Smith verfasst hat)

Ellen Asher

2001 SEIUN AWARDS

(die nationalen SF-Preise Japans, mit dem HUGO vergleichbar)

ROMAN AUSLAND: Robert J. Sawyer, FRAMESHIFT
Nominiert: William Gibson, ALL TOMORROW'S PARIES
Lois McMaster Bujold, BARRAYAR
Greg Bear, DARWIN'S RADIO
Orson Scott Card, ENDER'S SHADOW
Arthur C. Clarke & Stephen Baxter, THE LIGHT OF OTHER DAYS
Vonda N. McIntyre, THE MOON AND THE SUN
Isaac Asimov & Robert Silverberg, THE POSITRONIC MAN
Daniel F. Galouye, SIMULACRON-3
GESCHICHTE AUSLAND: Greg Egan, OCEANIC
Nominiert: George R. R. Martin, ... FOR A SINGLE YESTERDAY
Greg Egan, THE HUNDRED LIGHT-YEAR DIARY
Bruce Sterling, THE LITTLE MAGIC SHOP

Dan Simmons, ORPHANS OF THE HELIX
Brian W. Aldiss, THE SALIVA TREE
Joe Haldeman, A SEPERATE WAR
Michael G. Coney, THE SHARKS OF PENTREATH

2001 HUGO AWARDS

(die Preise der amerikanischen SF-Fans, alljährlich auf dem WorldCon – diesmal in Philadelphia – vergeben)

ROMAN: J. K. Rowling, HARRY POTTER AND THE GOBLET OF FIRE
2. Platz: George R. R. Martin, A STORM OF SWORDS
3. Platz: Robert J. Sawyer, CALCULATING GOD
4. Platz: Ken MacLeod, THE SKY ROAD
5. Platz: Nalo Hopkinson, MIDNIGHT ROBBER
NOVELLE: Jack Williamson, THE ULTIMATE EARTH
2. Platz: Catherine Asaro, A ROLL OF THE DICE
3. Platz: Kristine Kathryn Rusch, THE RETRIEVAL ARTIST
4. Platz: Greg Egan, ORACLE
5. Platz: Ted Chiang, SEVENTY-TWO LETTERS
ERZÄHLUNG: Kristine Kathryn Rusch, MILLENIUM BABIES
2. Platz: Stephen Baxter, ON THE ORION LINE
3. Platz: Allen Steele, AGAPE AMONG THE ROBOTS
4. Platz: Stanley Schmidt, GENERATION GAP
5. Platz: Mike Resnick, REDCHAPEL
KURZGESCHICHTE: David Langford, DIFFERENT KINDS OF DARKNESS
2. Platz: Michael A. Burstein, KADDISH FOR THE LAST SURVIVOR
3. Platz: Michael Swanwick, MOON DOGS
4. Platz: Mike Resnick, THE ELEPHANTS ON NEPTUNE
5. Platz: Stephen Baxter, THE GRAVITY MINE
SACHBUCH: Eggleton & Sucking, GREETINGS FROM EARTH: THE ART OF BOB EGGLETON
TV/KINO: CROUCHING TIGER, HIDDEN DRAGON
HERAUSGEBER/PROFESSIONELL: Gardner Dozois
KÜNSTLER/PROFESSIONELL: Bob Eggleton
MAGAZIN/SEMIPROFESSIONELL: LOCUS

1951 RETRO HUGO AWARDS

(nachträglich verliehene HUGO AWARDS, präsentiert auf dem Millenium PhilCon)

ROMAN: Robert A. Heinlein, FARMER IN THE SKY
2. Platz: Isaac Asimov, PEBBLE IN THE SKY
3. Platz: C. S. Lewis, THE LION, THE WITCH AND THE WARDROBE
4. Platz: Edward E. Smith, FIRST LENSMAN
5. Platz: Jack Vance, THE DYING EARTH
NOVELLE: Robert A. Heinlein, THE MAN WHO SOLD THE MOON
2. Platz: Theodore Sturgeon, THE DREAMING JEWELS
3. Platz: Isaac Asimov, ... AND NOW YOU DON'T
4. Platz: H. Beam Piper, THE LAST ENEMY
5. Platz: L. Ron Hubbard, TO THE STARS
ERZÄHLUNG: C. M. Kornbluth, THE LITTLE BLACK BAG
2. Platz: Cordwainer Smith SCANNERS LIVE IN VAIN
3. Platz: Poul Anderson, THE HELPING HAND
4. Platz: James Blish, OKIE
5. Platz: Eric Frank Russell, DEAR DEVIL
KURZGESCHICHTE: Damon Knight, TO SERVE MAN
2. Platz: Fritz Leiber, COMING ATTRACTION
3. Platz: Richard Matheson, BORN ON MAN AND WOMAN
4. Platz: A. J. Deutsch, A SUBWAY NAMED MOEBIUS
5. Platz: Reginald Bretnor, THE GNURRS COME FROM THE VOODVORK OUT
FILM: DESTINATION MOON
HERAUSGEBER: John W. Campbell
KÜNSTLER: Kelly Freas

2001 JOHN W. CAMPBELL AWARD

(für den besten Nachwuchsautor der beiden letzten Jahre, also 1999/2000)

Kristine Smith
2. Platz: Jo Walton
3. Platz: Thomas Harlan
4. Platz: Douglas Smith
5. Platz: James L. Cambias

2001 SIDEWISE AWARDS

(alljährlich für den besten Alternativwelt-Roman und die beste Alternativwelt-Geschichte des Vorjahres)

ROMAN: Mary Gentle, THE BOOK OF ASH
Nominiert: Suzanne Alles Blom, INCA
S. M. Stirling, THE NANTUCKET TRILOGY: ISLAND IN THE SEA OF TIME, AGAINST THE TIDE OF YEARS & ON THE OCEANS OF ETERNITY

ERZÄHLUNG: Ted Chiang, SEVENTY-TWO LETTERS
Nominiert: Eugene Byrne, HMS HABAKKUK
Paul J. McAuley, A VERY BRITISH HISTORY
Kim Newman, THE OTHER SIDE OF MIDNIGHT: ANNO DRACULA 1981
Carla Pereira, XOCHIQUETZAL

2001 GAYLACTIC NETWORK SPECTRUM AWARDS

(des GAYLACTIC NETWORK für die besten Veröffentlichungen des Vorjahrs, in denen gleichgeschlechtliche Liebe eine positive Rolle spielt)

ROMAN: David Gerrold, JUMPING OFF THE PLANET
Nominiert: Michael Chabon, THE AMAZING ADVENTURES OF KAVALIER & CLAY
Ricardo Pinto, THE COSEN
Rick Reed, A FACE WITHOUT A HEART
Melissa Scott, THE JAZZ
Jim Grimsley, KIRITH KIRIN

ANDERES WERK: BUFFY, THE VAMPIRE SLAYER
Nominiert: THE AUTHORITY: UNDER NEW MANAGEMENT (Comic)
Colleen Doran, A DISTANT SOIL (Comic)
Greg Egan, ORACLE
Michael Rowe, ed., QUEER FEAR

HALL OF FAME: Arthur C. Clarke, IMPERIAL EARTH punktegleich mit **Mary Doria Russell, THE SPARROW & CHILDREN OF GOD** und **Francesca Lia Block, DANGEROUS ANGELS** (the collected WEETZIE BAT-Serie)
Nominiert: Tanya Huff, BLOOD-Serie
Marion Zimmer Bradley, DARKOVER-Serie
Ursula K. Le Guin, THE LEFT HAND OF DARKNESS

PEOPLE'S CHOICE: BUFFY, THE VAMPIRE SLAYER
SPECIAL ACHIEVEMENT AWARD: Samuel R. Delany

2001 GOLDEN DUCK AWARDS

(vergeben von der GOLDEN DUCK FOUNDATION auf dem Duck-Con für besondere Leistungen im Kinder- und Jugendbuchbereich)

BILDERBUCH: **Robert Gould & Kathleen Duey, REX**
KINDERBUCH: **Nancy Etchemendy, THE POWER OF UN**
JUGENDBUCH/HAL CLEMENT AWARD: **David Gerrold, JUMPING OFF THE PLANET**

7TH INTERNATIONAL HORROR GUILD AWARDS 2000

(von Nancy Collins initiierter Preis für Horror und Dark Fantasy, von einer mehrköpfigen Jury ermittelt und auf der WORLD HORROR CONVENTION bekannt gegeben)

ROMAN: **Tim Powers, DECLARE**
DEBÜTROMAN: **Sean Desmond, ADAM'S FALL**
ERZÄHLUNG: **Melanie & Steve Rasnic Tem, THE MAN ON THE CEILING**
KURZGESCHICHTE: **Steve Duffy, THE RAG-AND-BONE MEN**
COLLECTION: **Steve Rasnic Tem, CITY FISHING** punktegleich mit **Thomas Tessier, GHOST MUSIC AND OTHER TALES**
ANTHOLOGIE: **Richard Chizmar & Robert Morris, eds., OCTOBER DREAMS: A CELEBRATION OF HALLOWEEN**
SEKUNDÄRWERK: **Bill Sheehan, AT THE FOOT OF THE STORY TREE**
COMIC: **I FEEL SICK # 1 & 2**
PUBLIKATION: **HORROR GARAGE**

2001 SCIENCE FICTION WEEKLY READER'S POLL

(gewählt von den Lesern des Online-Magazins SCIENCE FICTION WEEKLY auf Grundlage der HUGO-Nominierungen)

ROMAN: **George R. R. Martin, A STORM OF SWORDS**
NOVELLE: **Jack Williamson, THE ULTIMATE EARTH**
ERZÄHLUNG: **Stephen Baxter, ON THE ORION LINE**
KURZGESCHICHTE: **Stephen Baxter, THE GRAVITY MINE**
SACHBUCH: **James Gifford, ROBERT A. HEINLEIN: A READER'S COMPANION**

TV/KINO: **CROUCHING TIGER, HIDDEN DRAGON**
HERAUSGEBER: **Gardner Dozois**
KÜNSTLER: **Michael Whelan**
SEMIPROZINE: **SCIENCE FICTION CHRONICLE**

2001 SUNBURST AWARD

(verliehen an einen Autor oder eine Autorin aus Kanada für einen Roman oder eine Storysammlung des Vorjahres, dotiert mit C$ 1000,–, 2001 erstmals vergeben)

Sean Stewart, GALVESTON
Finalisten: Beth Goobie, BEFORE WINGS
Nalo Hopkinson, MIDNIGHT ROBBER
Marie Jakober, THE BLACK CHALICE
Guy Gavriel Kay, LORD OF EMPERORS
Dan Robinson, MONKEY BEACH

2001 BRITISH FANTASY AWARDS

(der BRITISH FANTASY SOCIETY, alljährlich auf dem FantasyCon verliehen)

ROMAN (= AUGUST DERLETH AWARD): China Mieville, PERDIDO STREET STATION
Nominiert: Ramsey Campbell, SILENT CHILDREN
Tim Lebbon & Gavin Williams, HUSH
Steve Lockley & Paul Lewis, THE RAGCHILD
Peter Straub, MR. X
ERZÄHLUNG: Tim Lebbon, NAMING OF PARTS
Nominiert: Ramsey Campbell, NO STORY IN IT
Steve Lockley & Paul Lewis, THE WINTER HUNT
Stan Nicholls, THE TAKING
Michael Marshall Smith, THE HANDOVER
ANTHOLOGIE: Brian Willis, ed., HIDEOUS PROGENY
Nominiert: Mike Chinn, ed., SWORDS AGAINST THE MILLENIUM
Stephen Jones, ed., BEST NEW HORROR 11
Stepe Jones & David Sutton, eds., DARK TERRORS 5
M.P.N. Sims, L.H. Meynard & David Howe, eds., F20
COLLECTION: Kim Newman, WHERE THE BODIES ARE BURIED
Nominiert: R. Chetwynd-Hayes, PHANTOMS & FIENDS
Robert E. Howard, THE CONAN CHRONICLES
Terry Lamsley, DARK MATTERS
Stephen Laws, MIDNIGHT MEN

KÜNSTLER: **Jim Burns**
SONDERPREIS (= KARL EDWARD WAGNER AWARD): **Peter Haining**

GRAND PRIX DE L'IMAGINAIRE 2001

(die nationalen französischen SF-Preise)

ROMAN FRANZÖSISCH: **Pierre Pevel, LES OMBRES DE WIELSTADT**
ROMAN AUSLAND: **J. Gregory Keyes, LES DEMONS DU ROI-SOLEIL (NEWTON'S CANNON)**
KURZGESCHICHTE FRANZÖSISCH: **Olivier Paquet, SYNESTHESIS**
KURZGESCHICHTE AUSLAND: **Christopher Priest, RETOUR A FOYER (THE DISCHARGE)**
ÜBERSETZER: **Claire Duval**
KINDERBUCH/JUGENDBUCH: **Danielle Martinigol, LES ABIMES D'AUTRE MER**
SACHBUCH: **Renan Polles, LA MOMIE, DE KHEOPS A HOLLYWOOD, GENEALOGIE D'UN MYTHE**

IGNOTUS 2000

(für herausragende Leistungen auf dem Gebiet Fantasy & Science Fiction in Spanien vergeben)

ROMAN: **Jose Antonio Suarez, NUXLUM**
ERZÄHLUNG: **Eduardo Vaquerizo, RAX**
KURZGESCHICHTE: **Rafael Marin, LA CANICA EN LA PALMERA**
ANTHOLOGIE: **Leon Arsenal, BESOS DE ALACRAN Y OTROS RELATOS**
SACHBUCH: **Miquel Barcelo, PARADOJAS: CIENCA EL LA CIENCA FICCION**
AUSLÄNDISCHER ROMAN: **Neal Stephenson, SNOW CRASH**
AUSLÄNDISCHE STORY: **Robert Silverberg, ENTRA UN SOLDADO, DESPUES OTRO (ENTER A SOLDIER. LATER: ENTER ANOTHER)**

2001 GEFFEN AWARDS

(die nationalen SF-Preise Israels, zum 3. Mal jetzt verliehen auf dem Jahrescon von der ISRAELI SOCIETY FOR SCIENCE FICTION AND FANTASY)

SCIENCE FICTION: **Orson Scott Card, ENDER'S SHADOW**
FANTASY: **Tim Powers, THE ANUBIS GATES**

DEUTSCHER PHANTASTIK PREIS 2001

(vergeben von den Lesern und Abonnenten des Online-News-Services PHANTASTIK.DE für die besten Veröffentlichungen des Vorjahrs)

DEUTSCHER ROMAN: Michael Marrak, LORD GAMMA
2. Platz: Jo Zybell, APOKALYPSE: DER TOD KAM AUS DEM ALL
3. Platz: Wolfgang Hohlbein, CAMELOT 1: GRALSZAUBER
4. Platz: Kai Meyer, DAS HAUS DES DAEDALUS
5. Platz: Björn Jagnow, WILDE JAGD
6. Platz: Micha Pansi, DAS BUCH DER SCHLÜSSEL

AUSLÄNDISCHER ROMAN: J. K. Rowling, HARRY POTTER UND DER FEUERKELCH
2. Platz: Stephen King, DAS MÄDCHEN
3. Platz: Sean Stewart, DER SCHWARZE DOLCH
4. Platz: Robert Bloch, CTHULHUS RÜCKKEHR
5. Platz: Neil Gaiman, STERNENWANDERER

KURZGESCHICHTE: Manfred Weinland, HERZ IN BERNSTEIN
2. Platz: Marcus Hammerschmitt, TROUBADOUR
3. Platz: Michael Marrak, PIMPERLINGE
4. Platz: Andreas Eschbach, HALLOWEEN
5. Platz: Andreas Gruber, DER FÜNFTE ERZENGEL

ORIGINAL-ANTHOLOGIE/COLLECTION: Wolfgang Hohlbein (Hrsg.), WOLFGANG HOHLBEINS FANTASY SELECTION 2001
2. Platz: Malte S. Sembten (Hrsg.), DIE EIN BÖSES ENDE FINDEN
3. Platz: Frank Festa (Hrsg.), LOVECRAFTS DUNKLE IDOLE
4. Platz: Andreas Gruber, DER FÜNFTE ERZENGEL
5. Platz: Marco Schneiders (Hrsg.), HALLOWEEN

SERIE/REIHE: MADDRAX
2. Platz: PROFESSOR ZAMORRA
3. Platz: NECROSCOPE
4. Platz: REN DHARK
5. Platz: GRUSEL-SCHOCKER

AUTOR DES JAHRES: Jo Zybell
2. Platz: W. K. Giesa
3. Platz: Wolfgang Hohlbein
4. Platz: Claudia Kern
5. Platz: Michael Marrak

ÜBERSETZUNG: Klaus Fritz für J. K. Rowling, HARRY POTTER UND DER FEUERKELCH
2. Platz: Christine Strüh für Neil Gaiman, STERNENWANDERER
3. Platz: Andreas Diesel & Rainer Marquardt für Brian Lumley, NECROSCOPE
4. Platz: Hannes Riffel für Bruce Sterling, SCHISMATRIX
5. Platz: Michael Plogmann für Ian Watson, FEUERWURM

FILM: X-MEN
2. Platz: GALAXY QUEST
3. Platz: CARY MOVIE
4. Platz: THE CELL
5. Platz: UNBREAKABLE

TV-SERIE: FARSCAPE
2. Platz: FUTURAMA
3. Platz: BUFFY
4. Platz: STARGATE SG-1
5. Platz: ANGELK

DARSTELLERIN: Sarah Michelle Geller
DARSTELLER: Patrick Stewart
INTERNET-SEITE: SF-Radio.de

EHREN-AWARD: J. K. Rowling – HARRY POTTER
2. Platz: Wolfgang Jeschke – 40 Jahre SF & F im HEYNE VERLAG
3. Platz: SF-Radio.de – Internet-Site
4. Platz: W. K. Giesa – PROFESSOR ZAMORRA
5. SOCIAL FANTASIES – SF-Reihe des ARGUMENT VERLAGS

FLOP 2000: STAR TREK: VOYAGER
2. Platz: TV-Serie JOHN SINCLAIR
3. Platz: David Duchovny – AKTE X
4. Platz: DER HERR DER RINGE – Neuübersetzung von Wolfgang Krege
5. Platz: VERLAG MARXMÜHLE

2001 JAMES WHITE AWARD

(für die beste unveröffentlichte SF-Kurzgeschichte, wird von einem Gremium vergeben und in INTERZONE veröffentlicht)

David D. Levine, NUCLEON

2001 WORLD FANTASY AWARDS

(alljährlich von einer Jury ermittelt und auf der WORLD FANTASY CONVENTION bekannt gegeben)

ROMAN: Tim Powers, DECLARE punktegleich mit
Sean Stewart, GALVESTON
Nominiert: Pala Volsky, THE GRAND ELLIPSE
Philip Pullman, HIS DARK MATERIALS 3: THE AMBER SPYGLASS
Guy Gavriel Kay, LORD OF EMPERORS
China Mieville, PERDIDO STREET STATION
ERZÄHLUNG: Steve Rasnic Tem & Melanie Tem, THE MAN ON THE CEILING
Nominiert: Michael Bishop, BLUE KANSAS SKY
Elizabeth Hand, CHIP CROCKETT'S CHRISTMAS CAROL
Glen Hirshberg, MR. DARK'S CARNIVAL
Susanna Clarke, MR. SIMONELLI OR THE FAIRY WIDOWER
David Case, PELICAN CAY
Ted Chiang, SEVENTY-TWO LETTERS
KURZGESCHICHTE: Andy Duncan, THE POTTAWATOMIE GIANT
Nominiert: Tia V. Travis, DOWN HERE IN THE GARDEN
Kim Newman, IS THERE ANYBODY THERE?
Andy Duncan, LINCOLN IN FROGMORE
Michael Swanwick, THE RAGGLE-TAGGLE GYPSY-O
Terry Dowling, THE SALTIMBANQUES
Kelly Link, SHOE AND MARRIAGE
COLLECTION: Andy Duncan, BELUTHAHATCHIE AND OTHER STORIES
Nominiert: Terry Dowling, BLACKWATER DAYS
Peter Straub, MAGIC TERROR: SEVEN TALES
Neal Barrett jr., PERPETUITY BLUES AND OTHER STORIES
Robert Charles Wilson, THE PERSEIDS AND OTHER STORIES
M. John Harrison, TRAVEL ARRANGEMENTS: SHORT STORIES
ANTHOLOGIE: Sheree R. Thomas, ed., DARK MATTER: A CENTURY OF SPECULATIVE FICTION FROM THE AFRICAN DIASPORA
Nominiert: Stephen Jones & David Sutton, eds., DARK TERRORS 5
Barbara Roden & Christopher Roden, eds., SHADOWS AND SILENCE
Ellen Datlow, ed., VANISHING ACTS
Nalo Hopkinson, ed., WHISPERS FROM THE COTTON TREE ROOT: CARIBBEAN FABULIST FICTION
Ellen Datlow & Terri Windling, eds., THE YEAR'S BEST FANTASY AND HORROR: THIRTEENTH ANNUAL COLLECTION

KÜNSTLER: Shaun Tan
SPEZIALPREIS PROFESSIONELL: Tom Shippey für J. R. R. TOLKIEN: AUTHOR OF THE CENTURY
LIFE ACHIEVEMENT AWARD: Philip José Farmer und **Frank Frazetta**

SFINKS-PREISE 2001

(verliehen von der polnischen SF/Fantasy-Großbuchhandlung ›Verbum II‹ und ermittelt anhand verschickter Fragebögen)

BUCH DES JAHRES
Jacek Dukaj, *W kraju niewiernych* (Im Land der Ungläubigen)

POLNISCHER ROMAN
Feliks W. Kres, *Grombelardzka legenda* (Die Legende von Grombelard)

AUSLÄNDISCHER ROMAN
George R. R. Martin, *A Clash of Kings*

POLNISCHE ERZÄHLUNG
Andrzej Ziemianski, *Bomba Heisenberga* (Heisenbergs Bombe)

AUSLÄNDISCHE ERZÄHLUNG
Mike Resnick, *Hunting the Snark*

FILM

Das Jahrtausend der Bilder

Die Filmszene 2000/2001

von Peter M. Gaschler

Die Sensation ist perfekt, der erste ausschließlich am Computer entstandene Spielfilm mit glaubhaften menschlichen Darstellern aus Bits & Bytes auf dem Markt. *Final Fantasy: The Spirits Within*, eine 140 Millionen Dollar schwere, in grausamer 4-jähriger Kleinstarbeit entstandene US-japanische Coproduktion zwischen Square Pictures und Columbia von Kironobu Sakaguchi, dem Schöpfer des gleichnamigen Rollenspiels, ist nicht nur ein beispielloser technischer Quantensprung, sondern ein nie dagewesener historischer Wendepunkt, welcher unsere Vorstellung von Film am radikalsten verändern, ja geradezu auf den Kopf stellen wird. Jedes Einzelne der 60 000 Haare von Dr. Aki Ross, im Jahr 2065 mit sieben geheimnisvollen »Spirits« die Erde vor kriegslüsternen Invasoren rettend, weht im Wind. Sakaguchi ist George Lucas' Traum vom voll digitalisierten Kino der Zukunft zuvorgekommen. Was handelnde Charaktere anbelangt, ist ihm die Ironie des Schicksals entgegengekommen: Prinzessin Fiona aus *Shrek* fiel zunächst so fotorealistisch aus, dass sie DreamWorks-Chef Jeffrey Katzenberg schweren Herzens wieder in die Karikatur ihrer Kinderstube zurückverwandeln lassen musste.

Nicht nur in Hollywood hat die virtuelle Invasion aus Fernost bereits letzte Phantasien ausgelöst. Big Arnie, nicht mehr der Jüngste, spricht sich in Roger Spottiswoodes SF-Raubkopie *The 6th Day* vorsorglich mit seinem Klon ab (oder ist es umgekehrt?), Julia Roberts' 20 Millionen Dollar pro Film ließen sich kostengünstig einsparen. Im heißen US-Männermagazin *Maxim* aalt sich Dr. Aki Ross zum offiziellen Filmstart weniger offiziell in den unglaublichsten Stellungen, Madonna, Marilyn und Sammy Davis Jr. werden bald reproduzierbar sein wie die Suppendosen von Pop-Star Andy Warhol. Keine Frage: die makellosen, ewig sportlichen Kolleginnen und Kollegen aus Pixeln werden spätestens bei schlechter Laune, Streik oder Krankheit ihrer »echten« Verwandten per Mausklick einspringen. Wahrlich der Beginn eines neuen Jahrtausends!

Aber noch herrscht Hollywoods radikale Tier- und Pflanzenwelt über die Leinwände, egal, ob Dinosaurier (längst abrufbarer Alltag), Drachen, Bären, Dalmatiner, Lamas, Affen, Esel, Biber, Cats & Dogs oder gleich die gesamte Stammesgeschichte in Ivan Reitmans Kasperltheater *Evolution*. Der Teufel hält die Traumfabrik idiotischerweise im Griff, noch die inaktuellste Mottenkiste wie die Mumie weist Hollywood den Weg in die Zukunft. Der Film/Rollenspiel-Wahn greift um sich, eigentlich ein sich gegenseitig ausschließendes Ding der Unmöglichkeit, aber der Markt verlangt ihn. Albernster Teeny-Scream-Terror, abgefahrenste Serienkiller-Klischees sind nicht mehr aus der Welt zu schaffen. Der Rest bremst bedächtig: *Scary Movie 2, Nutty Professor 2, Urban Legends 2, Dr. Dolittle 2, Blair Witch 2, Jurassic Park III* usw.

Digital Versatile Disc: Revolution im Netz

Die Zukunft von Film kennt Gott sei Dank noch eine andere, paradoxerweise in die Vergangenheit führende Richtung. Die heißt DVD, die technische Revolution des Heimkinos. Angereichert mit mehr oder weniger wichtigen wachsenden Bergen an Informationen wie fehlenden/alternativen Passagen, Musikvideos, Audio-Kommentaren, Web-Connection, SFX-Dokumentationen, Interviews, Making ofs, Trailern, Produktionsfotos oder Bio-Filmografien von Regisseuren/Stars, sind die Glitzerscheiben meist von bestechender optischer Qualität. So offeriert der Berliner DVD-Anbieter Videodrome Mail Order, für Insider längst die erste Adresse in Deutschland, ein breites In- und Auslandsan-

Der Blick der Medusa. Final Fantasy *führt uns in ein aufregendes digitales Zeitalter unbegrenzter virtueller Realität. Wird er unsere Wahrnehmung für immer verändern?*

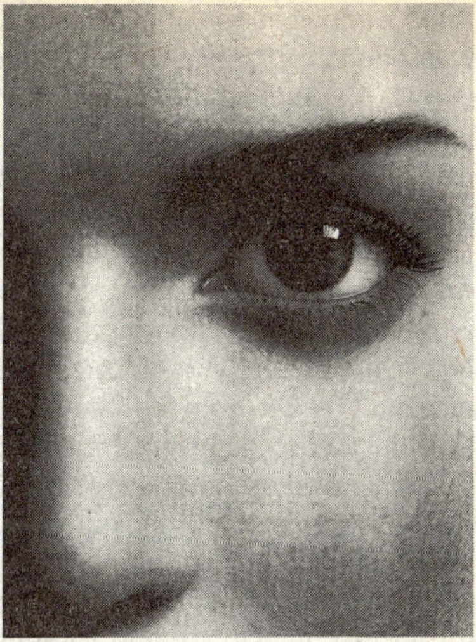

gebot verkäuflicher Disketten. Der bis heute vielleicht am akribischsten recherchierte Film ist kurioserweise ein Klassiker aus den Fünfzigern, Jack Arnolds »bekannter« *The Creature from the Black Lagoon*, vorletztes Jahr von Universal als letzter Teil ihrer Classic Monsters Collection auf den Markt gebracht, eine unglaubliche, seltsam fesselnde Packung. Neben dem digital präzisierten, mehr Details als sonst sichtbar machenden Film geht der Kommentar von Tom Weaver, selbst Autor des definitiven Buches zum Thema und einer der größten Spezialisten des Genres, in ungeahnte Tiefen. Weaver scheint die gesamte Entstehungsgeschichte Schritt für Schritt, Tag für Tag, Drehort für Drehort (manchmal 3000 Meilen von einander entfernt und doch am selben »Set«) in- und auswendig zu kennen und interviewt jeden noch halbwegs lebenden Teilnehmer, sogar *Revenge*-Star Lori Nelson, geht aber auch hart ins Gericht mit drohenden Angebern wie Make-up-Patron Bud Westmore oder Creature-Ersatzmann Henry Escalante, sich selbst in der Rolle des Fischmenschen sehend. David J. Shows 39-minütige DOKU *Back to the Black Lagoon* widmet viel Zeit der Entwicklung des Monster-Designs und dessen – im Gegensatz zu Bud Westmore – wirklichen Schöpfern Jack Kevan und Millicent Patrick, während sich Adams, Chapman und Browning überrascht zeigen, dass ausgerechnet *Creature* zum Höhepunkt ihrer Karriere wurde. Nun, *Creature from the Black Lagoon* ist nichts Geringeres als der Vorläufer/Prototyp heutiger Special Make-up-Effects-Monster! Und *Black Lagoon* ist noch viel mehr, wie Paul M. Jensen in einer »Nebenszene« diagnostiziert, in welcher Julia Adams gerade einen Zigarettenstummel von Bord der *Rita* wirft, worauf sich das sympathische, sie von unten bewundernde Monster in klarere Wasser verzieht. Das Monster sind eindeutig wir, und *Creature from the Black Lagoon* ist der erste SF-Film, der sich der bedenkenlosen Zerstörung von Natur und Umwelt durch den Menschen bewusst ist. Sehenswerter, entdeckenswerter als jede Neuerscheinung.

Die digitale Restaurierung von Film, das Ringen um die ursprünglich geplante, von einstigen Zeitumständen/Markterfordernissen unabhängige Fassung ist ein seit längerem zu beobachtender Prozess, welcher 2001 der Wiederauferstehung von Eckpfeilern wie *The Lost World, Metropolis, The Exorcist, 2001: A Space* Odyssey oder *Apocalypse Now* verhalf. ARTE-Zuschauern von Robert Aldrichs *Vera Cruz* dürfte aufgefallen sein, dass nicht nur die Ouvertüre von der bekannten deutschen Kinofassung mit ihrem unbelebten Standfoto abweicht, sondern Farbton und Bildschärfe erheblich differieren. Das internationale Riesensortiment an DVDs, auch in der Bundesrepublik bereits auf über 3000 Titel angewachsen, zwingt zur Auswahl, und die ist angesichts der verhaltenen Qualität neuester Produkte immer einfacher. Was immer Hollywood an Altehrwürdigem digital überbackt, geht grausam daneben, von Jan de Bonts »Geisterschloss« über Gus Van Sants »Psyche« zum »Grinch«, von Tim Burtons »Planet der Affen« zu John McTiernans »Rollerball«. Das heutige Publikum von Stephen Sommers' hirnlosem Sommer-Event *The Mummy Returns* scheint verlernt zu haben, was einen normalen Film normal macht. Ein simpler Griff zu Turner/Images Laserdisc *Cat People*, einem auf jeglichen Hokuspokus verzichtenden, 40 Jahre alten Edelstein des Kinos, zeigt warum.

Die Spur des Panthers

New York. Im Zoo des Central Park lernen sich Schiffsarchitekt Oliver Reed (Kent Smith) und die vor einem Pantherkäfig zeichnende serbische Modedesignerin Irena Dubrovna (Simone Simon) kennen. In ihrem Apartment erzählt Irena Oliver vom Geheimbund der Marmeluken in ihrer Heimat, Menschen, die sich in Katzen verwandeln konnten, bevor sie von König Johann verfolgt und ausgerottet wurden. Etwas davon, befürchtet sie, habe sich auch in ihrem Blut gehalten. Oliver heiratet Irena, die aus ihrer Furcht heraus aber auf Distanz bleibt und Angst hat, ihren Mann zu töten. Oliver überredet sie, den Psychiater Dr. Judd (Tom Conway) aufzusuchen, aber Irena wird misstrauisch, als Oliver seiner Arbeitskollegin, Alice Moore (Jane Randolph), von ihren Problemen erzählt. Irena besucht den Panther im Zoo erneut, wo Dr. Judd sie aufsucht und interessant findet. Alice gesteht Oliver ihre Zuneigung, aber Irena wird grundlos eifersüchtig, als sie ein nächtliches Rendezvous der beiden missversteht. In der Nacht hat Alice den Eindruck, im Hallenbad und im Park verfolgt zu werden. Ihre Kleidung ist wie von einem wilden Tier zerfetzt, als sie das Becken verlässt. Als Oliver seiner Frau die Liebe zu Alice gesteht, fühlt sich das Paar von einem Panther bedroht. Dr. Judd sucht Irena auf, um sie zu vergewaltigen, wird aber von einer katzenartigen Gestalt getötet, die er mit der Spitze seines Stocks verletzt. Irena schleppt sich in den Zoo und befreit den Panther, der von einem Auto überfahren wird, bevor auch sie stirbt.

Das Erscheinen von RKOs B-Produzent Val Lewton in der Filmgeschichte ist gleichbedeutend mit der Schaffung eines Zyklus' faszinierend persönlicher, extrem kostenbewusster, psychologisch ausgefeilter, sich wie niemand zuvor auf subtile Andeutungen einlassender intelligenter Horrorfilme ähnlicher Bauart. Der Zeitpunkt hätte nicht günstiger gewählt sein können: Das von Universal in den Dreißigern mit *Dracula* und *Frankenstein* so selbstbewusst und erfolgreich etablierte Genre verblasste in verzweifelten Spin Offs wie Robert Siodmaks *Son of Dracula* (1943). Geradezu verräterisch wirkten die peinlichen Späße Abbotts und Costellos. *The Mummy's Tomb* von 1942 kündigte Lon Chaney Jr. in der Titelrolle an, den Sohn des berühmten Stummfilmstars und einen angeblichen Superstar, von dem in *The Mummy's Tomb* weit und breit nichts zu sehen ist. Die Zeit der Klassiker war vorbei, große Regisseure wie Tod Browning oder James Whale hatten sich zurückgezogen, Stars wie Boris Karloff oder Bela Lugosi konnten in minderwertigen Produktionen nicht mehr an ihre einstigen Erfolge anknüpfen. Lewton entdeckte, dass der größere vom Publikum empfundene Terror in der Vorstellungskraft des Zuschauers selbst liegt und nicht in seiner unmittelbaren Präsentation: das unsichere Warten, der nur gefühlte Horror außerhalb des Bildes lässt sich schwer durch irgendetwas anderes ersetzen. Die Kunst besteht darin, die Bedrohung so unspezifisch zu gestalten, dass sie von den eigenen Erfahrungen des Zuschauers, die durchaus unterschiedlicher Art sein können, ausgefüllt werden kann. Der Zuschauer wird eingebracht statt überrumpelt: kein passiver, manipulierter Konsument mehr wie in früheren Horrorfilmen, sondern aktive Hauptfigur seiner eigenen Befürchtungen. Das war neu und könnte heute wieder neu sein.* Um die bloße Suggestion von Horror aufrecht erhalten zu können, müssen Charaktere/Locations so real wie möglich gehalten, der Streitfall Wirklich-Unwirklich so behutsam wie möglich strapaziert werden. Die Folge ist, wie später bei Mario Bava, der vollständige Verzicht auf Monster, Splatter, abgetrennte Körperteile, tobende Unwetter, knarrende Türen, kreischende Ladies, schaurige Fratzen, verwöhnte Stars oder das Übernatürliche: sie werden lediglich empfunden. Was Lewtons Helden zustößt, könnte *uns* zustoßen. Wenn Alice wie hunderte Male zuvor durch den stillen nächtlichen Central Park nach Hause eilt, verfolgt von nichts anderem als ihrer Einbildungskraft, ist es kein schwarzer Panther, der sie um Haaresbreite erwischt, sondern der urplötzlich neben ihr wie eine Bestie fauchende Linienbus an der Haltestelle, die sie schlichtweg vergessen hatte.

---

* Wer Michael Hanekes *Code: unbekannt* genauer inspiziert, wird schnell feststellen, dass Hanekes Weltanschauung oder die Swimming-pool-Sequenz ihren Ursprung in Werken Lewtons wie *Cat People* oder *The Leopard Man* haben.

Lewtons Verzicht auf die handelsüblichen Klischees und kruden Visualisierungen des Gewerbes durch die Majors brachte ihm natürlich das Missfallen der Studioleitung ein, welche seine intimen Schwarzweißwerke mit ebenso stumpfsinnigen wie marktschreierischen Pulp-Titeln, Groschenromanflair und Double Bills bekämpfte. RKOs Werbung von *Cat People* (wie in der hier abgebildeten italienischen) war das größte Missverständnis in der Geschichte des Films des 20. Jahrhunderts. Tiertrainer Mel Koonts und sein Panther wurden nach einer glatt verlaufenen, immens erfolgreichen Preview für einen weiteren Tag verpflichtet, eine völlig absurde Entscheidung, die Lewtons Dramaturgie der Angst vor dem Unsichtbaren frontal entgegenläuft. *Cat People* ist wie *The Seventh Victim* und *Rosemary's Baby* die Geschichte einer von der Realität verunsicherten Frau und sonst gar nichts. Ihre Verständlichkeit findet sich genau in ihrer Unverständlichkeit, im Schlüssel, den der Zoowärter im Schloss des Pantherkäfigs vergessen hat.

ALLGEMEINE ABKÜRZUNGEN

Art	Wichtige Artikel; auch Interviews, Essays, Drehberichte, Porträts, Analysen, Vergleiche unterschiedlicher Schnittfassungen etc.
DF	Deutsche Fassung
(DOKU)	Dokumentarfilm
F	FILMFESTIVAL (*PHANTASTISCHE* kursiv)
FaFF	*FANTASY FILMFEST* (München, Berlin, Frankfurt/M., Hamburg, Köln, Stuttgart)
K	Kinostart/BRD
(K)	Originalfassung im Kino erstaufgeführt
Kr	Kritik
(KURZ)	Kurzfilm
Lit	Weiterführende Literatur
OF	Originalfassung
OmU	Originalfassung mit deutschen Untertiteln
(REKON)	Rekonstruktion der Urfassung
(SERIE)	TV-Serie
(STUMM)	Stummfilm
TV	TV-Erstausstrahlung/BRD
(TV)	Originalfassung im Fernsehen erstaufgeführt
UA	Erste öffentliche Aufführung im Herstellungsland bzw. Festivalstart (UA/F)
UT	Untertitel
V	Videostart/BRD
(V)	Originalfassung auf Video erstaufgeführt
VMO	Videodrome Mail Order/Berlin
WA	Wiederaufführung
Wh	Wiederholung

BEWERTUNGSSYSTEM

○	uninteressant
●	mittelmäßig
●●	gut
●●●	sehr gut
●●●●	überragend

(DOKU/TV) ●●●●
The American Nightmare
The American Nightmare
USA. Adam Simon – UA: 13./19./28./31. 10. 2000. Independent Film Channel, F/SW-73min – F: BERLIN (01). *FaFF* (01; OmU) – Art: Cfq 32/4-5 (00). Fg 198 (00) – Kr: epd (2001/4).

□ Der das Genre wie nie zuvor befreiende Independent-Horrorfilm der fruchtbaren Siebziger Jahre in seiner zeitgeschichtlichen Perspektive. *Night of the Living Dead* (68), welcher Duane Jones' farbigen Helden vor *Easy Rider* einem völlig sinnlosen Tod ausliefert, brachte Romero in derselben Nacht zu seinem Verleiher, in der Martin Luther King Jr. von einem Weißen erschossen wurde. Das knallharte, nichts hinterfragende Vorgehen von Sheriff und Bürgerwehr und die ausgesiebte TV-Berichterstattung wecken Erinnerungen an Rassenhass, Lynchjustiz und Vietnam, wo Splatter-Realist Tom Savini sein blutiges Handwerk erlernte. Hinter den orientierungslos wirkenden, nach Sprit suchenden Jugendlichen von Hoopers Meisterwerk *The Texas Chainsaw Massacre* (74) lauert die Ölkrise der 70er Jahre, die Angst vor dem Rückfall in die Steinzeit. Cravens *The Last House on the Left* (72) war der erste Horrorfilm, welcher den Horror, anders noch als William Wyler in *The Desperate Hours* (An einem Tag wie jeder andere; 55), völlig ungeniert in einer spießbürgerlichen Familie verankerte, unzählige sind ihm gefolgt. *Shivers/They Came from Within/The Parasite Murders* (74) ist schwer zu trennen von der Epoche sexueller Befreiung, aus der Cronenberg stammt. Der neue Stil dieser Filme war tabubrechend, schockierend, oft apokalyptisch. Bei *Psyche* (60), so John Landis, befände man sich immer noch in den Händen eines Meisters wie Hitchcock, bei den Unabhängigen des Horrorfilms der 70er Jahre allerdings in den Händen von Verrückten. In *Psycho* wird das Monster erklärt, Michael Myers in *Halloween* (783) könnte jeder sein. Verrückt, wie sich vieles von damals heute als völlig normal und harmlos durchgesetzt hat. Der richtige Film zur richtigen Zeit, nicht nur vor dem Hintergrund der anhaltenden Flaute des in unpolitischen Teen/Serienkiller-Dummheiten stagnierenden Genres. Absorbierend, längst überfällig.

(TV) ●●
Arabian Nights – Abenteuer aus 1001 Nacht
Arabian Nights
USA. Steve Barron (*1956) – UA: 30. 4./1. 5. 2000. ABC, F-180 min – TV: 26./27. 11. 00 (RTL) – Kr: Az 29. 11. 00.

□ Bagdad. Stürmische Zeiten für den kurz vor dem Überschnappen stehenden Sultan Schahriar (Dougray Scott): Seit dem fiesen Mordanschlag seines ersten Weibes und dessen Bruders plagen ihn furchtbarste Albträume. Der Irre muss, will er seine Macht behalten, schnellstens heiraten und lässt sich auf Scheherazades (Mili Avital) zerstreuende Erzählkunst ein, um sie gleich nach der Hochzeitsnacht dem Scharfrichter zu übergeben. Doch es kommt alles ganz, ganz anders. Konzentrierte Liebeserklärung an die unserem Leben

einen Sinn verleihende Notwendigkeit des Geschichtenerzählens/Überlieferns, vorteilhaft monsterfrei/schnörkellos, weitaus stilsicherer und abwechslungsreicher als NBCs *Noah's Ark* oder unverzeihliche Jugendsünden wie *The Secret Adventures of Jules Verne*. Die sprunghafte Plot/Personenstruktur lässt an Has' »Handschrift von Sa-

Vollkost im Free TV-Schotter: Steve Barrons Arabian Nights (s. o.), *Nick Willings* Jason and the Argonauts

ragossa« (64) denken, die prächtigen CGI-Visuals wie die putzig eigensinnigen Drachen der vorzüglichen Ali Baba-Episode oder der Aladdin (Jason Scott Lee) von John Leguizamos Lampengeist hingezauberte Palast sind eine wahre Sünde an Kleinbildfernsehen. James Frain, Rufus Sewell, Alan Bates, Tcheky Karye, Vanessa Mae als Prinzessin Zobeide.

(K) ○
Battlefield Earth – Kampf um die Erde
Battlefield Earth
USA. Roger Christian (*1944) – UA: 12. 5. 2000. Warner Bros, F-117 min – V: 20. 7. 01 (Warner) – Art: Cfq 31/12-32/1 (00). Slg 274 (00; John Travolta), 275 (00; Barry Pepper), 276 (00; Christian) – Kr: SaS 10/7 (00).

□ Die Menschheit im Würgegriff der kapitalistisch orientierten ausserirdischen Psychlos, aber ein junger Stammesfürst (Pepper) der auf Steinzeitniveau dahinsiechenden Restmenschheit leistet Widerstand. Kaum zu übertreffende Wahnvorstellung nach Dianetics/Scientology-Gründer L. Ron Hubbard: Die Story um Psychlo-Sicherheitschef Terl (Travolta), der Peppers unliebsame Revolte selbst startet, indem er ihm eine vermottete Kopie der amerikanischen Unabhängigkeitserklärung zu lesen gibt, ist so dämlich, dass man ihre Existenz anzuzweifeln beginnt. Forest Whitaker, Kim Goates, Sabine Karsenti.

(K) ●●●
Blair Witch 2
Blair Witch 2: Book of Shadows
USA. Joe Berlinger – UA: 27. 10. 2000. Artisan, F/SW-95 min – K: 9. 11. 00 (Highlight) – Art: Cfq 32/4-5 (00). Fg 197 (00; Berlinger), 198 (00; Gast) – Kr: Az 9. 11. 00. Film (2000/11). Filter 6 (00). SaS 10/12 (00). Tagesspiegel 9. 11. 00.

□ Blair Witch-Fans Stephen (Stephen Barker Turner) und seine schwangere Freundin Tristen (Tristen Skyler), die übersinnlich begabte Erica (Erica Leerhsen) und Goth Girl Kim (Kim Director) nutzen eine von dem gestörten Jeff (Jeffrey Donovan) per Internet feilgebotene Blair Witch Hunt, um dem Geheimnis von Elly Kedward, der Hexe von Burkittsville, auf die Spur zu kommen. Mehr als Gruseltourismus: Wie das unerreichbare Original mehr als verwirrend. Videoaufzeichnungen bereits gezeigter Aktionen/Vorgänge zeigen jetzt radikal veränderte Abläufe wie Kims Ermordung der Verkäuferin anstelle der vorher gesehenen rein verbalen Auseinandersetzung, ein Vorgang, den nur die Perspektive der Überwachungskamera verrät, und verstören bis ins Mark, verwischen die Grenze zwischen Fact und Fiction bis zur Unkenntlichkeit. Natürlich lässt Berlinger das Rätsel von Burkittsville ungelöst, das Rätsel um nichts anderes als unsere eigene Wahrnehmung. Kurt Loder, Bruce Reed, Chuck Scarborough.

(K) ●
Cats & Dogs – Wie Hund und Katz
Cats & Dogs
USA. Lawrence Guterman – UA: 4. 7. 2001. Warner Bros, F-90 min – K: 19. 7. 01 (Warner) – Art: Slg 288 (01; Guterman) – Kr: Az 19. 7. 01. epd (2000/8). SaS 11/9 (01).

□ Hinter der friedlichen Fassade von US-Familie Brody (Jeff Goldblum/Elizabeth Perkins/Alexander Pollock) geschieht Ungeheuerliches: Beagle-Welpe Lou ist in Wahrheit der »Abwehrchef« Schwanz wedelnder Vierbeiner, die in High Tech/James Bond-Manier die Weltherrschaft der Katzen unter der verzogenen *Dr. No*-Perserpussy Mr. Tinkles verhindern müssen. Lou muss handeln, nachdem ein älterer, unvorsichtigerer Kollege von den Miezen geschnappt wurde und auszupacken droht. Biederer Blöff trotz perfekter Effekte. OF-Tierstimmen: Tobey Maguire, Sean Mayes, Alec Baldwin, Charlton Heston.

(K) •
The Cell
The Cell
USA. Tarsem Singh – UA: 18. 8. 2000. New Line, F-109 min – K: 23. 11. 00 (Kinowelt) – Art: Cfq 32/3 (00). Fg 196 (00; Mark Protosevich). MS 64 (00; Jennifer Lopez). Slg 278 (00; Protosevich) – Kr: Az 23. 11. 00. epd (2000/12). Film (2000/11). SaS 10/11 (00). SI 44 (00). SZ 23. 11. 00. Tagesspiegel 23. 11. 00.
□ Campbell Center, CA: Hightech-Neuropartizipationstherapeutin Catherine Deane (Lopez) muss sich ins katatonische Hirn von Serienkiller Car Stargher (Vincent D'Onofrio) einscannen, will sie dem Monster sein letztes Opfer entreißen. Piranesis *Carzeri*, Bauhaus-Kostümdesign, *Bram Stoker's Dracula:* Protosevichs bunt zusammengewürfeltes Script liest sich wie eine »Neubearbeitung von *The Silence of the Lambs* durch Carlos Castaneda« (Ken Hollings, SaS). New Line Cinema hätte beim guten alten Freddy bleiben sollen. Vince Vaughn, Marianne Jean-Baptiste, Jake Weber.

(K) ••••
Code: unbekannt
Code inconnu: Récit incomplet de divers voyages
BRD/Fr/Rum. Michael Haneke – UA/F: Mai 2000. CANNES, F-117 min – UA/K (BRD): 8. 2. 2001. Prokino, F-117 min – Art (Haneke): Az 8. 2. 01. SaS 11/6 (01) – Kr: Az 8. 2. 01. epd (2001/2). SaS 11/5 (01).
□ Brillant verstörendes, zur Stellungnahme zwingendes europäisches Kunstkino, in der Lage, unsere Vorstellungen von Film/Realität radikal in Frage zu stellen. Ein scheinbarer Zufall – ein der illegalen rumänischen Bettlerin Maria (Luminita Gheorghiu) verächtlich in die bittenden Hände geworfenes Stück Papier – löst eine unkalkulierbare Kettenreaktion unterschiedlichster Figuren aus, der Schauspielerin Anne (Juliette Binoche), Freundin des engagierten Kriegsberichterstatters Georges (Thierry Neuvic), Georges' Bruder Jean (Alexandre Hamidi), dem farbigen Lehrer Amadou (Oua Lu Yenka) und der Polizei. Haneke enttarnt menschliches Verhalten als extreme Störung unseres Realitätsempfindens. Wir haben Angst vor uns selbst und den Konsequenzen unseres Handelns. Wir drücken uns. Die Probleme sind nicht wirklich überbrückbar, was wir nicht verstehen, sortieren wir aus. Wie soll Europa oder die Welt angesichts derartiger Schwierigkeiten jemals zusammenwachsen, wenn es schon im Privaten nicht stimmt? Die Wirklichkeit ist eine Illusion mit unbekanntem Code, weil wir ihren Wahrheitsgehalt aus irrationaler

Angst vor uns selbst und dem Fremden zerstören. Haneke, einer der großen Moralisten des Kinos und ein Meister der zu selten angewandten und noch seltener beherrschten Kunst des Raums außerhalb des Bildes, lähmt uns in 45 absolut schnittfreien Plansequenzen, die aufs Äußerste irritieren, weil sie unsere Wahrnehmungsausreden und Selbstbeschwichtigungen als das eigentlich Irreale brandmarken. Muss man gesehen haben. Helene Diarra, Bob Nicolescu, Sepp Bierbichler.

(K) ●●●●

Die Dämonischen

Invasion of the Body Snatchers

USA. Don Siegel (1912–1991) – UA: 5. 2. 1956. Allied Artists, SW-80 min – K: 24. 5. 57 (Austria) – TV (Wh): 4. 3. 01 (K1) – Lit (Siegel): Atkins, ed: Science Fiction Films (76). Cowie, ed: The Hollywood Professionals Volume 4 (75). Johnson, ed: Focus on the Science Fiction Film (72). Kaminsky: DS: Director (74). Lovell: DS: American Cinema (75). Siegel: A Siegel Film: An Autobiography (93) – Art (Siegel): Cfq 2/3 (73). Fg 4 (800). IeS 238 (70). MFB 599 (83), 601 (84). Slg 174 (92) – Lit (Jack Finney): Johnson, ed: Focus on the Science Fiction Film (72) – Lit (Emile LaVigne): Taylor/Roy: Making a Monster: The Creation of Screen Characters by the Great Makeup Artists (81) – Art (Kevin McCarthy): Slg 124 (87). Slg Yearbook Vol. 6 (90) – Art (Dana Wynter): Slg 270 (00) – Lit: Amelio, ed: Hal in the Classroom: Science Fiction Films (74). Rovin: From Jules Verne to Star Trek (77). Saleh: Science Fiction Gold: Film Classics of the 1950s (79). Steinbrunner/Goldblatt: Cinema of the Fantastic (72) – Art: L'ASC 231/ 232 (79). Cfq 2/3 (73), 28/1 (96). L'EF 3 (78). Fg 4 (80). JPF 1 (72). Literature/Film Quarterly 3 (78). SaS 48/2 (79), 2/8 (92), 4/5 (94). Sb 7 (79). Slg 190 (93). Vp 9 (75) – Kr: BeN 18/12 (57). MFB 273 (56). SFV 1 (88). Va 29. 2. 56. Wa I (82).

□ Santa Mira/Kalifornien: Psychologe Dr. Miles Bennell (McCarthy) wird immer häufiger mit Menschen konfrontiert, die behaupten, Freunde/Verwandte verhielten sich zunehmend gleichgültig. Wenig später scheint aber alles wieder in Ordnung zu sein.

Sleep No More! in Anspielung an Shakespeares *Hamlet* und *Macbeth* hätte *Invasion of the Body Snatchers* nach Siegels eigenen Verstellungen heißen müssen, und der Schluss wäre Bennell auf dem Highway gewesen, mit dem Finger, weit aufgerissenen Augen und den Worten »Ihr seid die Nächsten!« ins Publikum zeigend. *Invasion* handelt nicht von einer körperlichen sondern geistigen Gefangennahme. Der Gegner sind wir selbst. Alles sieht normal aus und doch ist alles anders. Nach Siegel fühlen wir nicht wirklich und merken gar nicht, wie uns unsere Menschlichkeit nach und nach verlässt. Der Kampf darum ist verpönt, weil er unserem Dasein einen Sinn verleihen würde. Wir ziehen ein gefahrloses Leben in Sicherheit und Komfort, welches kein Leben ist, einem Leben in Angst, Schmerz, Leidenschaft und Schwierigkeiten vor. Wir tragen bequeme Masken und wollen es auch gar nicht anders. Liebe, Gefühle sind nicht erforderlich, sondern riskant und gefährlich. Man muss für seine Überzeugungen kämpfen, aber wer es wirklich tut, hat keine Chance und wird wie Bennell wahnsinnig. Das Ergebnis ist ein atemberaubender Film, nicht über eine Invasion aus dem All, sondern über die viel schlimmere, schleichende, unausweichbare Bestimmung unseres Lebens. Es gibt kein Erwachen, weder in Siegels Film noch in unserem Leben, weil es im menschlichen Schicksal nicht vorgesehen ist. Am Anfang rennt der kleine Jimmy (Bobby Clark) vor Bennelis Wagen und behauptet, seine Mutter sei nicht wirklich seine Mutter. Natürlich glaubt Bennell ihm nicht. Am Schluss rennt Bennell über die Bundesstrasse, die Weiterfahrenden vergeblich warnend. Was immer wir tun oder sagen werden, man wird uns nicht glauben, noch macht es irgendeinen Unterschied. Dana Wynter, King Donovan, Carolyn Jones, Whit Bissell.

(K) ●●
Dinosaurier
Dinosaur
USA. Ralph Zondag, Eric Leighton – UA: 19. 5. 2000. Buena Vista, F-82 min – K: 16. 11. 00 (Buena Vista) – Lit: Kurtiss: Dinosaur (01) – Art: Cfq 31/12-32/1 (00). MS 65 (01; Zondag/Leighton/Neil Eskuri). Slg 276 (00) – Kr: Az 16. 11. 00. epd (2000/11). SaS 10/11 (00). SI 44 (00).

□ Iguanodon-Sprössling Aladar, getrennt von Eltern und einen gefährlichen Meteoritenschauer überlebend, wird zur Herausforderung von Kron, dem unsozialen Anführer einer neuen Herde. Zum Schmusen mit Freundin Neera bleibt wenig Zeit: hungrige Aasfresser schnuppern fette Beute. Disneys Vermenschlichung von Phantasiefiguren ist sicherlich nichts Neues, Plot/Aussage ein Rückfall in längst ausgestorben geglaubte familientaugliche Klischees. Bleiben Forschung/Software im Gesamtwert von 200 Mio. Dollar, die *Dinosaur* einzigartig und oft einzigartig faszinierend machen. Dennoch: Kinderfasching im Vergleich mit BBCs *Living with Dinosaurs* (SFJ-2001; S. 277). OF-Stimmen: D. B. Sweeney, Samuel E. Wright, Julianna Margulies.

(K) ○
Digimon – Der Film
Digimon Digital Monsters The Movie/Gekijoban Poketto Monsuta: Maboroshi no Pokemon Ekkusu-Rugia Bakudan
USA/Jap. Mamoru Hosada, Shigeyasu Yamauchi – UA (USA): 2001. Fox, F-89 min – K: 8. 3. 01 (Fox) – Kr: SaS 11/3 (01).

□ Fließbandmix dreier Kurz-Amimes: Digitalmonster Diaboromon macht Stress im Netz und löst einen Raketenangriff auf Tokio aus. Anscheinend rechnet er nicht mit dem globalen Kindergarten Digi-Destined und dessen Freude an e-mails. Sprunghafter Episodenwahnsinn.

(K) ●●
The Dish
The Dish
Austr. Rob Sitch – UA: 2000. Working Dog, F-101 min – K: 19. 7. 01 (Highlight) – Kr: Az 19. 7. 01. epd (2000/7). SaS 11/5 (01).

□ Provinzkaff Parkes im australischen Neu Süd-Wales, Juli 1969: Die weltweite TV-Übertragung von Neil Armstrongs Mondlandung (600 Millionen Zuschauer) wäre um ein Haar an einem Stromausfall in der größten Satelittenschüssel der südlichen Hemisphäre gescheitert.

The Dish verzichtet auf lärmende Aliens, virtuelle Kosmetik, konstruierten Nervenkitzel, das menschliche Drama von *Marooned* (69) und *Apollo 13* (95). Die simple Selbstüberschätzung der Aussis um den urgemütlichen, Pfeife rauchenden Teleskopchef Cliff Buxton (Sam Neill) ist Gänsehaut pur und die Naivität der Zeit perfekt eingefangen anhand einer sich an »James Hendrix« orientierenden Boy Group, deren musikalische Begrüßung des US-Botschafters (John McMartin) von der Nationalhymne zur schaurigen *Hawaii-5-0*-Nummer entgleist. Science Fiction vom Land, wie sie trotz ihres Wahrheitsgehalts in keinem Geschichtsbuch auftaucht, extrem charmant, eine Entwarnung nach Hollywoods Störmanövern im All. Kevin Harrington, Tom Long, Patrick Warburton.

(K) ●●

Dr. Dolittle 2

Doctor Dolittle 2

USA. Steve Carr – UA: 22. 6. 2000. Fox, F-87 min – K: 9. 8. 01 (Fox) – Kr: SaS 11/8 (01).

□ Tierische Sprechstunde für Dr. Dolittle: Sollen die Mehrbeiner vor den Bulldozern des gierigen Holzfällerkonzerns Potter Wood Industries gerettet werden, müssen Western Pacific-Bärin Ava und Heiratsmuffel Archie vermählt werden, nur so wäre der Status eines Nationalparks durchzuboxen. Doch Meister Petz denkt nicht ans Heiraten, während Dolittle sich mit seiner flügge werdenden Tochter abplagen muss. Eddys Multitalent der Kommunikation mit den Arten (echten, am Computer nachbearbeiteten) wirkt wie das Natürlichste auf der Welt und nicht ganz stubenreine, aber wahre Dialoge vor allem zwischen Archie und Dolittle bringen die Rücksichtnahme auf Komödien für die ganze Familie in arge Bedrängnis. Wo soll das hinführen! US-Tierstimmen: Steve Zahn, Lisa Kudrow, Jacob Vargas.

(K) ●●●●

Dr. Seltsam oder Wie ich lernte, die Bombe zu lieben

Doctor Strangelove or: How I Learned to Stop Worrying and Love the Bomb

GB. Stanley Kubrick (1928–1999) – UA: Jan. 1964. Columbia, SW-102 min – K: 10. 4. 64 (Columbia-Bavaria) – V (DVD): Aug. 2001 (VMO/Columbia TriStar) – Lit/Art (Kubrick/Stuart Freeborn): s. 2001 – Odyssee im Weltraum – Lit (Terry Southern): McGilligan, ed: Backstory 3: Interviews with Screenwriters of the 60s (97) – Lit (Ken Adam): Landesmuseum für Technik u. Arbeit/Mannheim: James Bond & Co. – KA und seine Meisterwerke der Filmarchitektur (97; Ausstellungskatalog) – Art (Adam): Cfq 8/4 (79). SaS 9/9 (99) – Lit (Peter Sellers): Evans: PS: The Mask Behind the Mask (69) – Lit (Sterling Hayden): Hayden: Wanderer (63); Voyage (78; Autobiografien) – Art (James Earl Jones): Slg 128 (88) – Lit: Crist: The Private Eye, the Cowboy and the Very Naked Girl (68). Henriksen: Dr. Strangelove's America (98). Peary: Cult Movies 3 (89). Pohl/Pohl IV: Science Fiction: Studies in Film (81). Rovin: From Jules Verne to Star Trek (77) – Art: FC 3 (65). JPF 1 (76). New Politics 3 (64).

SaS 3/12 (93) – Kr: Commonweal 24. 2. 64. FiR (64/2). FSR (67/1). MFB 361 (64). SaS 41 (72), 6/10 (96). SFV 1 (88). Va 22. 1. 64. VW 13 (92) – Oscar-Nominierungen 1964: Picture, Director, Actor (Sellers), Adapted Screenplay.

□ Burpelson Air Base: General Jack D. Ripper (Hayden) lässt den US-Luftwaffenstützpunkt hermetisch abriegeln, nachdem er den rund um die Sowjetunion positionierten B52-Bombern den Angriff befohlen hatte, um einem grauenhaften feindlichen Anschlag auf »unsere kostbaren Körpersäfte« zuvor zu kommen.

Der Kalte Krieg wird höllisch heiß in Stanley Kubricks kerngesundem ersten SF-Meisterwerk vor *2001: A Space Odyssey* (68) und *A Clockwork Orange* (71), einer total aus den Fugen geratenden Rüstungsdebatte. Der krankhafteste Witz, den er je gehört habe, meinte Bosley Crowther in der *New York Times. Doctor Strangelove* sprach peinlich deutlich aus, worum andere sich drückten: Eine derart obszöne, auf nichts und niemanden Rücksicht nehmende Komödie wäre vom Ernst eines Atomkriegs am weitesten entfernt, aber genau das interessierte Kubrick. Was sollen hollywoodgerechte Dinger vom Mars, japanische Ammenmärchen wie Godzilla oder schwermütige Rechtfertigungsdebatten wie in *On the Beach* (59), *Seven Days in May* (63) oder *Fail Safe* (64), wenn die Weltvernichtungsmaschinerie der USA direkt über unseren Köpfen kreist! Die Fotografie kann nur glasklares, authentisches Schwarzweiß sein als beißender Kontrast zu Kubricks enorm farbigen Comic Strip-Figuren. Geradezu zärtlich swingt die Kamera mit beim Fortpflanzungsakt des Auftankens eines wie Rippers Zigarren phallusartigen Bombers zum Song »Try a Little Tenderness« über den Wolken. Peter Sellers' wie Anthony Perkins in *Psycho* stotternder Gruppenkapitän Mandrake ist eine vor lauter Beflissenheit geradezu auf der Zunge zergehende Verspottung eines britischen RAF-Offiziers, aber selbst er wird noch in den Schatten gestellt von Sterling Haydens zigarrekauendem Übermensch, dessen schwindende Potenz auf »kommunistische Infiltration« zurückgeht und mindestens einen Atomkrieg rechtfertigen würde und vor dem selbst die Kamera untertänigst in die Knie geht. Sogar im Kriegsraum des Pentagon selbst scheint ein Krieg auszubrechen, als General Turgidson (George C. Scott), überstolz auf die fliegerische Leistung Major King Kongs aus Texas (Slim Pickens), die Bombe doch noch ins Ziel zu bringen, De Sadeskys (Peter Bull) trotz Weltuntergang schussbereite Mikrokamera entdeckt und Muffley (Sellers) die auf sich einprügelnden Kontrahenten mit dem Hinweis auf die Plätze verweist, im Kriegsraum werde nicht gekämpft. Dr. Seltsam selbst (Sellers) kann seine Lust an Untergang und Neuordnung wie Langs Rotwang in *Metropolis* kaum bezähmen. So entsetzlich es klingen mag, aber Kubricks Exorzismus war nach der Kuba-Krise, geradezu paranoider, ständiger Kriegsgefahr und dem lähmenden Schock der Ermordung Kennedys letztlich ein Befreiungsschlag aus unerträglich gewordenen Situationen. Keenan Wynn, Tracy Reed, Jack Creley, Frank Berry.

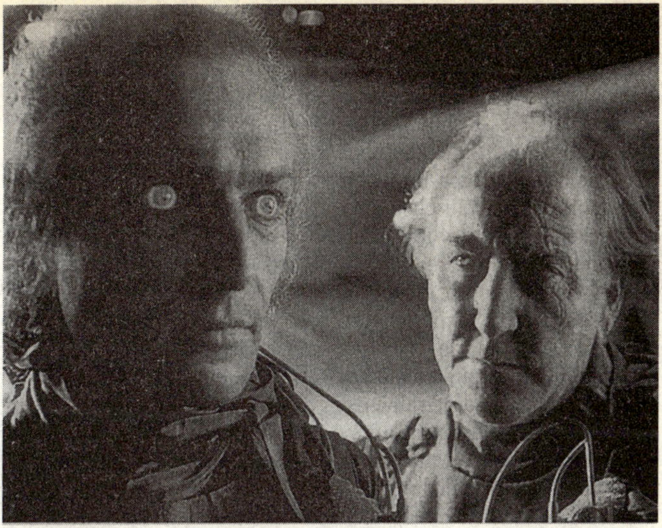

Blauäugig im Krieg der Privatsender. Karel Dobry, P. H. Moriarty, Dune

(TV) •
Dune – Der Wüstenplanet
Dune
USA/BRD/Kan. John Harrison – UA (USA): 3./4./5. 12. 2000. Sci-Fi Channel, F-287 min – UA (BRD) / TV: 22./23./24. 4. 2001. PRO7, F-287 min (3-Teiler) – Art: Cfq 32/4-5 (00). SaS 11/9, (01). Slg 282 (01; Harrison), 284 (01; Alec Newman/Ian McNeice) – Kr: Az 26. 4. 01.

□ 10191. Herzog Leto Atreides (William Hurt), von Imperator Shaddam IV (Giancarlo Giannini) als Statthalter des lebensfeindlichen Planeten *Arrakis* zur Förderung des *Spice* zwangsverpflichtet, fällt einem heimtückischen Komplott von Erzfeind Baron Harkonnen (McNeice) zum Opfer: Gattin Jessica (Saskia Reeves) und Sohn Paul (Newman) müssen in die Wüste fliehen. Ockertöne in Pauls Jugendzeit, Rot für die Harkonnens, luftiges Blau für den über allem thronenden, fahrbaren imperialen Palast, Grün für die Höhlen der Fremen, weißes Licht, wenn der Held seine Bestimmung erreicht: Vittorio Storaros strenge Farbpalette, Theodor Pisteks nicht weniger extravagante Gewänder und Mirken Kreka Kljakovics übergreifendes Production Design sorgen für opulente Eigenwilligkeit, drohen aber im Gegensatz zu David Lynchs charakterbetonteren Version von 1984 vom Inhalt abzulenken. Ja nicht nachdenken bei dieser überstilisierten, für das Auge eleganten Popcorn/Softcore-

Version von Herberts komplexem Hugo/Nebula Award-Bestseller von 1965! Barbara Kodetová, Uwe Ochsenknecht, Robert Russell, Julie Cox, Matt Keeslar.

(K) ○
Dungeons & Dragons
Dungeons & Dragons
USA. Courtney Solomon (*1971) – UA: 8. 12. 2000. New Line, F-108 min – K: 12. 4. 01 (Helkon) – Art: Cfq 32/4-5 (00). FFa 9/10 (00; Thora Birch/Zoe McLellan/Kristen Wilson). Slg 282 (01; Solomon) – Kr: SaS 11/4 (01).
□ Sumdall/Kaiserreich Izmer: Magier Profion (Jeremy Irons) will mithilfe der Roten Drachen eine minderjährige George Lucas-Prinzessin (Birch) entmachten. Ernstzunehmende Konkurrenz zu *Battlefield Earth* um den schlechtesten Film des Jahres. Justin Whalin, Marlon Wayans, Kristen Wilson.

(K) •
Düstere Legenden 2
Urban Legends: Final Cut
USA/Fr. John Ottman – UA (USA): 15. 9. 2000. Columbia, F-98 min – K: 28. 12. 00 (Columbia) – Art: Cfq 32/3 (00). Fg 197 (00; Ottman/Jennifer Morrison) – Kr: Az 4. 1. 01. SaS 11/1 (01). Sl 44 (00).
□ Alpine University/Neu-England: Im Horrorfilmdebüt von Absolventin Amy Mayfield (Morrison) um den Hitchcock Award tauchen bestialische Morde auf, scheinbar von einem Wahnsinnigen eingeschmuggelt und nur ihr auffallend. Im Gegensatz zu François Truffauts chef d'œuvre *La Nuit américaine* (73), den er neben tausenden anderer Filme zitiert ohne ihn zu verstehen, spielt Ottman lediglich mit den Grenzen von filmischer Illusion und Realität, die er manipulierend vertauscht statt reflektiert. Dem *Final Cut* fehlt der letzte Schliff! Matthew Davis, Hart Bochner, Loretta Devine.

(K) •
Evolution
Evolution
USA. Ivan Reitman (*1946) – UA: 8. 6. 2001. DreamWorks, F-101 min – K: 19. 7. 01 (Columbia TriStar) – Art: Az 19. 7. 01 (David Duchovny). epd (2001/8; Reitman). Slg 288 (01; Reitman), 289 (01; Duchovny) – Kr: Az 19. 7. 01. epd (2001/8). SaS 11/8 (01).
□ Arizona: College-Pauker Dr. Ira Kane (*X-Files*-Fernsehgott David Duchovny) trifft der Schlag, als er in der gelben Meteoritenflüssigkeit zehn statt vier DNA-Basispaare entdeckt! Ghostbusters-Erfinder Ivan Reitman besitzt das seltene Talent, Science Fiction immer dann zu verblöden, wenn sie am interessantesten wird. Phil Tippetts aufmüpfiges außerirdisches Ökosystem hätte Besseres verdient gehabt. Julianne Moore, Orlando Jones, Ted Levine.

(K) ••••
Der Exorzist – Director's Cut
The Exorcist (The Version You've Never Seen Before)
USA. William Friedkin (*1939) – UA: 25. 12. 1973. Warner Bros, F-122 min – UA (DirCut): 22. 9. 2000. Warner Bros, F-133 min – F: *PARIS* (74) – F (DirCut): *GERARDMER* (01) – K: 20. 9. 74 (Warner-Columbia) – K (DirCut): 1. 3. 01 (Warner Bros) – Lit (Friedkin): Perry: Dark Dreams: A Psychological History of the Modern Horror

Film (77). Thomas, ed: Directors in Action (73) – Art (Friedkin): Am 11 (97). Cfq 3/3 (74), 3/4 (74). DS 14 (91). Fg 60 (87). FQ (72/Summer). SaS 5/12 (95) – Art (William Peter Blatty): Az 15. 3. 01. Cfq 19/5 (89). DS 14 (91). Fg 60 (87). MS 66 (01) – Lit (Dick Smith): Salisbury/Hedgcock: Behind the Mask: The Secrets of Hollywood's Monster Makers (96). Smith: Dick Smith's Do-It-Yourself Monster Makeup Book (85). Taylor/Roy: Making a Monster: The Creation of Screen Charakters by the Great Make-up Artists (81). Timpone: Men, Makeup, and Monsters: Hollywood's Masters of Illusion and F/X (96). – Art (Smith): Cfq 11/1 (81). Fg 60 (87). MMo 84 (93) – Art (Marcel Vercoutere): Fg 31 (83) – Art (Linda Blair): Dr 32 (98). DS 14 (91). Fear

Magazine 6 (88). FFa 1/1 (92). Fg 60 (87), 159 (97). Sh 23 (90), 24 (91). Vsc 16 (95) – Art (Jason Miller): Cfq 3/4 (74). Fg 60 (87) – Art (Max von Sydow): Fg 60 (87) – Lit (Der Teufel/Besessenheit/Exorzismus): Newman: Nightmare Movies (84). Perry: Dark Dreams (77). Rovin: The Fabulous Fantasy Films (77). Schreck: The Satanic Screen: An Illustrated History of the Devil in Cinema (01) – Art (Teufel/Besessenheit/Exorzismus): Fg 179 (99). MI 3 (93) – Lit: Kermode: The Exorcist (97). Newman: The Exorcist: The Strange Story Behind the Film (74). Travers/Reiff: The Story Behind The Exorcist (74) – Art: Cfq 3/4 (74). Fg 130 (94). LS 3 (76). MMo 46 (87). VW 6 (91) – Art (DirCut): Fg 197 (00). SaS 8/7 (98) – Kr: BO 8 (75). Cfq 3/2 (74). Cin 34 (74). DS 52 (95). Esquire (74/4). FC 10/3 (74). MFB 483 (74). Mo 25 (77). Vp 8 (74). VW 42 (97) – Kr (DirCut): epd (2001/4) – Oscars 1973: Screenplay, Sound.

□ Nördlicher Irak/Georgetown: Die Sonne verdunkelt sich, als sich der assyrische Wind-Dämon Pazuzu, von Pater Merrin (von Sydow) in Form steinerner Überreste bei Ausgrabungsarbeiten entdeckt, Regans (Blair) Körper und Geist bemächtigt, der 12-jährigen Tochter von Filmschauspielerin Chris MacNeill (Ellen Burstyn).

Weniger pessimistisch ausklingende Restaurierung der 1973 von Friedkin selbst gekürzten Kinofassung. Vor allem Regans unheimlicher Spinnengang und eine Dialogszene auf der Treppe vor ihrem Zimmer, in welcher Merrin Karras (Miller) erklärt, der Dämon habe es nicht auf Regan abgesehen, sondern auf ihre zweifelnden Beobachter, wurden integriert. Die »zweifelnden Beobachter« sind natürlich wir selbst, *The Exorcist* meint uns. *The Exorcist*, wie *Rosemary's Baby* (68) in realer Umgebung spielend und von sehr realen Dingen handelnd wie Karras' im Stich gelassener Mutter oder den unvergesslichen Gesichtern der Menschen in orientalischen Hinterhöfen oder New Yorker U-Bahnen, ist ein Meisterwerk über den drohenden Verlust des Glaubens/Vertrauens an/in uns selbst. Seine beunruhigende Intelligenz findet sich in der Tatsache, dass bestimmte Dinge in der Natur unnatürlich sind, dass aber ausgerechnet sie dem System das Überleben sichern. Es ist Karras' eigener Dämon, welcher seine zu lange mit sich herumgeschleppte Identitätskrise zum Ausbruch bringt (»Nimm mich!«) und ihn besessen macht wie Gene Hackmans zerfressenen, gleichfalls erfolglosen Drogencop in Friedkins *The French Connection* (71), und nicht Regan/Pazuzu. Immer noch fesselnder, atemberaubender als jeder andere Film. Lee J. Gobb, Kitty Winn, Jack MacGowran, Mercedes McCambridge.

(K) ••••

Das Experiment

BRD. Oliver Hirschbiegel (*1957) – UA/K: 8. 3. 2001. Senator, F-120 min – Art (Hirschbiegel): epd (2001/3) – Kr: Az 8. 3. 01. epd (2001/3).

□ Ex-Undercover-Journalist Tarek Fahd (Moritz Bleibtreu), eine Skandalstory witternd, spekuliert auf hyperschnelle 4000 DM Gage für 2 Wochen Pseudoknast als Freiwilliger in Professor Thons (Edgar Selge) das Verhalten normaler Bürger bei künstlicher Haftsituation stu-

Sehen und Sehen. *Jean-Pierre Jeunets Meisterwerk* Le Fabuleux Destin d'Amélie Poulain

dierendes harmloses Uni-Sozialexperiment. Es dauert nicht lange, bis Bürger zu Bestien werden, Mord & Totschlag das Kommando übernehmen. Auf dem berühmten Stanford-Experiment von 1971 basierendes, mit 3 Bayerischen Filmpreisen gekröntes Meisterwerk nach dem Roman *Black Box* von Mario Giordano: *Das Experiment* bohrt sich ohne falsche Töne in unser Bewusstsein, eine schallende Ohrfeige für Hollywoods fiktivmarkiges Action-Kino. Einer der besten deutschen SF-Filme, lange nachwirkend, nicht abschüttelbar. Oliver Stokowski, Christian Berkel, Justus von Dohnanyi, Timo Dierkes, Andrea Sawatzki.

(K) ●●●●
Die fabelhafte Welt der Amélie
Le Fabuleux Destin d'Amélie Poulain
Fr/BRD. Jean-Pierre Jeunet (*1953) – UA (Fr): 25. 4. 2001. UGC, F-120 min – UA (BRD) K: 16. 8. 2001. Prokino, F-120 min – F: MÜNCHEN 01). FaFF (01; OF/OmU). EDINBURGH (01). KARLOVY VARY (01) – Art: Az 16. 8. 01 (Jeunet). SaS 11/8 (01) – Kr: Az 16. 8. 01. epd (2000/8).

□ Montmartre. Ihre Umgebung mag in Amélie Poulain (hinreißend: Frankreichs weiblicher Superstar neben Juliette Binoche, Audrey Tauteu) nur eine lächerliche, scheue Café-Glucke mit übergroßen Rehaugen sehen, aber in Wahrheit ist sie ein selten zu findender Schutzengel, der sich mit der Griesgrämigkeit der Welt nicht abfindet und erstaunlichste Gegeninitiativen ergreift. Die große Liebe droht in Gestalt des überhaupt nichts schnallenden Pornohändlers/Geisterbahndarstellers Nino (Mathieu Kassovitz), dabei übersieht sich Amélie beinahe selbst.

Jeunets vieldiskutierter Sensationserfolg nach dem anonymen Hollywood-Desaster *Alien: Resurrection* (97) greift zu einer magischen Poesie, die dennoch nie die Realität aus den Augen verliert. Das ist Phantasie aus dem Herzen und nicht aus der Steckdose. Politiker rannten in die Kinos, Jacques Chirac forderte eine Sondervorstellung im Elysée-Palast. Wie viele Filme gibt es, denen es so kinderleicht und beispiellos wie hier gelingt, das in sinnloser Hektik und dem Selbstbetrug des Alltags verdrängte Gute in uns anzusprechen, die positive Kraft, die in uns steckt, wiederzubeleben? Einzigartig, aus jedem Rahmen fallend. Rufus, Yolande Mereau, Dominique Pinon.

(TV) ••••
Fail Safe – Befehl ohne Ausweg
Fail Safe
USA. Stephen Frears (*1931) – UA: 9. 4. 2000. CBS, F-120 min – V: (Warner) – Kr: SaS 10/10 (00).
□ Ein Datenfehler manövriert einen mit Nuklearwaffen bestückten US-Bomber unumkehrbar in Richtung Moskau. Gänsehauterzeugendes Remake von Sidney Lumets klaustrophobem, bestürzendem SW-Meisterwerk von 1964 mit dem Glücksfall Walter Bernstein als damaligem und heutigem Drehbuchautor nach dem Roman von Burdick/Wheeler und einem überzeugenden Richard Dreyfuß in der höllischen Fonda-Rolle des amerikanischen Präsidenten, welcher in den aussichtslosesten moralischen Konflikt steuert, den man sich vorstellen kann. Dass die Tragödie in 40 Jahren nichts von ihrer Brisanz verloren hat, macht die Verbreitung des Films in NATO-Ländern, die sich mit Videokonserven über Wasser halten müssen, mehr als deutlich. Ein Skandal! Spitzenbesetzung: Noah Wyle, Brian Dennehy, George Clooney, Harvey Keitel, James Cromwell, John Diehl.

(K) ••
Familie Klumps und der verrückte Professor
Nutty Professor II: The Klumps
USA. Peter Segal – UA: Juli 2000. Universal, F-106 min – K: 21. 9. 99 – Kr: Film (2000/9). SaS 10/11 (00).
□ Hochzeitsprügelei zwischen Kalorienbomber Prof. Klumps (Eddie Murphy) und dessen parasitärem alter ego Buddy Love (Eddie Murphy) um ein Jugend-Serum. Auch Familie Klumps nascht heimlich von dem Teufelszeug und wird ebenfalls zu Eddie. Murphys acht sehr unterschiedliche Rollen sind ein echter Triumph an schauspielerischer *tour de force,* und Segal schafft emotionalen Tiefgang auch ohne Effekthascherei nicht nur im bewegenden Finale, in dem der völlig Durchgeknallte durch eine einzige Träne seiner angebeteten Denise (Janet Jackson) gerettet wird. Na also, geht doch! Larry Miller, John Ales, Richard Gant.

(K) ••••
Fellinis Satyricon
Fellinis Satyricon
It/Fr. Federico Fellini (1920–1993) – UA: 1969. United Artists, F-138 min – K: 6. 3. 70 (United Artists) – TV (Wh): 4. 2. 01 (H3) – Lit (Fellini): Bondanella, ed: FF: Essays in Criticism (78). Bondanella: The Cinema of FF (92). Budgen: F (66). Constantini, ed: F on F (95). Gieri: Contemporary Italian Filmmaking: Strategies of Subversion. Pirandello, Fellini, Scola and the Directors of the New Generation (95). Murray: F the Artist (77). Rosenthal: The Cinema of FF (76). Salachas: FF

(69). Solmi: F (68) - Art (Fellini): Mademoiselle (70/1). SaS 3/4 (93), 4/1 (94) - Lit: Dillard: Horror Films (76). Fellini: Fellini Satyricon (70). Sütterlin: Petronius Arbiter und Federico Fellini. Ein strukturanalytischer Vergleich (96) - Art: FH (71/Summer). Life, 15. 8. 69. Playboy (70/5). Psychology Today (70/12) - Kr: L'EF 36 (83). MFB 441 (70). SaS 4/12 (94).

□ Ein Träumen verwandtes, unerklärbares und doch seltsam vertrautes Universum jenseits unserer Vorstellungen von Raum und Zeit. Die beiden Jünglinge Ascyltus (Hiram Keller) und Encolpius (Martin Potter) werben um die Gunst des von Ascyltus entführten und an den Schauspieler Vernacchio (Fanfulla) verkauften Lustknaben Giton (Max Born).

Nach Fellinis Co-Autor Bernardino Zapponi handelt es sich bei *Satyricon* um einen »psychedelischen Film, historische Science Fiction, eine Reise in die Zeit, eine planetarische Welt jenseits unserer Vorstellungen von Logik und Rhythmus«, nach Fellini um »Science Fiction im Sinne einer Reise ins Unbekannte, eines Planeten wie Merkur oder Mars, nur hier ein heidnischer Planet«. Hilflose Umschreibungen dessen, was schwer oder eigentlich gar nicht zu umreißen ist. *Satyricon* ist ein zeitloses, provozierendes Meisterwerk aus den befreienden, wilden Sechzigern, ein zorniger Abgesang auf alles Feststehende. Fellini bringt alles in die Schwebe. Ist es Tag oder Nacht, Vor- oder Nachmittag? Befinden wir uns im Wach- oder Traumzustand? Was ist Gegenwart, was Vergangenheit? Ist Vergangenheit auch dann noch Vergangenheit, wenn sie uns lebendig erscheint? Welche Rolle spielt es für den Künstler? *Satyricon* ist ein Generalangriff auf unsere Art zu sehen und zu denken, wie Bergmans *Vargtimmen* (67), Harry Kümels *Malpertuis* (71) oder Wojciech Has' *Sanatorium pod Klepsydra* (73) sowie alles von Fellini selbst, ein Film aus einem Guss, unverfälscht dem Kopf des Schöpfers entsprungen wie das riesige, anonyme steinerne Haupt, welches zu Anfang einmal durch *Satyricons* imaginäre Gassen gerollt wird wie das fliegende Götterhaupt von John Boormans *Zardoz* (73). Fellini bricht alle Regeln. Nichts ist bewusst oder unbewusst, nichts vorhersehbar. Die Menschen schweben wie bei Mario Bava in einer Zone zwischen Leben und Tod, Bewusstsein und Unterbewusstsein, nicht wissend, wer sie wirklich sind, in einer Welt voller Herausforderungen, die keine Anhaltspunkte, Erklärungen oder gar Lösungen bereithält. Nichts wird sich jemals daran ändern. Sind wir verwitternde Statuen und Fresken wie in *Lisa e il Diavolo*? Sind Kultur, Kunst, Geschichte, Gesellschaft nur das Make-up unseres animalischen, irrationalen inneren Zustandes? Ist unsere Fähigkeit zu transzendieren pure Einbildung, die der Traum auf den Boden der Realität zurückholt?

Satyricon hat nichts gemein mit westlichen oder einheimischen Produktionen des Antik-Films wie *Quo Vadis*? (51), *Cleopatra* (62) oder *The Fall of the Roman Empire* (64). Fellinis nie vorher oder nachher gesehene Welt wirkt in ihrer im Zerfall begriffenen vorchristlichen Dekadenz extrem fremdartig, ausweglos und fragmentarisch wie unser Unterbewusstsein selbst. Wie

Dr. Aki Ross in der Dämmerung eines neuen Jahrtausends.
Final Fantasy

das Schicksal selbst: Die Wertlosigkeit, das Scheitern von Menschen in einer korrupten, nihilistischen Welt macht Fellinis Meisterwerk zu einem heimlichen Zeitgenossen von Romeros ähnlich klaustrophobem, lichtlosem, hoffnungslosem *Night of the Living Dead* aus dem Vorjahr. Das einzige liebevolle, zivilisierte Paar des gesamten Films schickt seine Kinder in die Fremde und begeht Selbstmord. Vernacchios schockierendes Theater ist nicht blutiger oder grotesker als unsere Welt, es erscheint uns lediglich so. Trimalchios (Marie Romagnoli) zum obszönen Gelage entgleisendes Bankett entartet nicht, sondern ist an sich ein Skandal, eine Perversion menschlichen Denkens, Fühlens und Handelns. Fellinis unkritische Distanz irritiert uns: *Satyricon* ist, wie jedes andere bedeutende Kunstwerk auch, ein beunruhigender, unverständlich anmutender dunkler Spiegel von nichts anderem als unseren eigenen, innersten, unverfälschten Gedanken und Widersprüchen. Salvo Randone, Magali Noel, Alain Cuny, Lucia Besé, Capucine, Joseph Wheeler.

(K) ●●
Final Fantasy – Die Mächte in Dir
Final Fantasy
Jap/USA. Hironobu Sakaguchi – UA (USA): 11. 7. 2001. Columbia, F-105 min – 23. 8. 01 (Columbia TriStar) – Art: Focus 20. 8. 01. MS 69) 01; Sakaguchi/Chris Lee/Jun Aida). Slg 288 (01), 289 (01) – Kr: Az 23. 8. 01. epd (2001/9). SaS 11/9 (01). □ New York 2065: Die von Aliens infizierte Biologin Dr. Aki Ross will die versprengte, uneinige

Restmenschheit auf natürlichem Weg spirituell gegen die Monster aus dem All bündeln. Nicht die geistreichste aller Geschichten, aber Sakaguchis finanzielles Wagnis und das Geschichte machende, atemberaubende visuelle Ergebnis sind zu bewundern. *Final Fantasy* ist Neuland ohne neues Land: eine Rollenspiel-Adaption, die uns nicht selbst eingreifen lässt und sich irrtümlich an Hollywoods Erfolgsrezepten labt. US-Stimmen: Ming-Na, Alec Baldwin, Ving Rhames, James Woods, Donald Sutherland, Steve Buscemi.

(K) ●●●●
Der Fluch von Siniestro
The Curse of the Werewolf
GB. Terence Fisher (1904–1980) – UA: Juni 1961. Rank, F-88 min – F: PARIS (82) – K: 26. 9. 61 (Universal) – TV: .17. 10. 92 (ARD) – TV (Wh): 6. 6. 01 (Premiere Movie World: VOLLMONDNACKT: WERWÖLFE) – Lit/Art (Fisher/Hammer/Michael Carreras/Les Bowie): s. Spaceways – Art (Anthony Hinds) DT 16 (98). Fg 74 (88), 75 (88). Fx 37 (93). HHB 10 (99). LSK 4 (78), 5 (80) – Art (Anthony Nelson Keys): HHB 10 (99) – Art (Bernard Robinson): DT 11 (95). HHB 11 (99) – Lit (Roy Ashton): Sachs/Wall: Greasepaint and Gere: The Hammer Monsters of RA (98). Taylor/Roy: Making a Monster: The Creation of Screen Characters by the Great Makeup Artists (80) – Art (Ashton): DT 10 (95), 11 (95). L'EF 15 (80). FFG 3 (78). Fg 35 (84). Sab 1 (77). Sb 33 (81) – Lit (Oliver Reed): Goodwin: Evil Spirits: The Life of OR (01) – Art (Reed): FC (99/7–8). MMo 11 (76). VW 52 (99) – Lit (Michael Ripper): Pykett: MR Unmasked (99) – Art (Ripper): DS 86 (00) – Lit (Werwolf-Filme): Glut: Classic Movie Monsters (78). Jones: The Illustrated W Movie Guide (96). Rovin: The Fabulous Fantasy Films (77). Twitchell: Dreadful Pleasures: An Anatomy of Modern Horror (85) – Art (Werwolf-Filme): GTM 2 (95). L'EF 21 (82). Fg 129 (94). Fsy 5 (93). IM 1/4 (94). MMo 88 (94). Sb 34 (81). Scream Factory 15 (94). – Art: GFa 1 (77). *GTM 2* (95). FFG 3 (78). FMoF 12 (61). HH 10 (77). HHB 3 (97). Vpi 1 (71) – Kr: Fg 67 (87). MFB 329 (61). MM 45 (93). VW 15 (93).

□ Um 14 Schnitte, darunter 2 vollständige Sequenzen, insgesamt 5 Minuten, sei *Curse* in seiner britischen Gestalt betrogen worden, sagt Anthony Hinds. Was John Trevelyan, Vorsitzender der britischen Zensurbehörde BBFC und völlig ahnungslos Moral, Ethik und Filmkunst gegenüber, auf die Barrikaden brachte, war die angeblich zu delikate Verbindung Sex-Horror in der zentralen Vergewaltigungssequenz – mehr als harmlos verglichen mit heutigen Tagesstandards des Privatfernsehens, die kein Mensch mehr infrage stellt –, welche jetzt die Verrohung des Bettlers zurückdrängt, den Zwang, die Tragik, die Ausweglosigkeit der Opfer unverantwortlich zurückschraubt, und *Werewolf* ist Fishers zwanghafteste, tragischste und ausweglosestе Liebesgeschichte. Fishers Werwolf ist nicht musisch wie sein Phantom der Oper, sondern einsam und verloren, weil im Stich gelassen. In Trevelyans Verbot könnte sich nicht deutlicher das Thema des Films widerspiegeln, die

Sünden der Väter. Wordsworths mit rohem Fleisch gefütterter, zum Tier gezwungener Bettler vergewaltigt Yvonne Romains wohlwollende Tochter des Kerkermeisters, die wie er selbst bereits ein Opfer des Marquis (Anthony Dawson) ist, ihr chancenloser Sohn (Justin Walters/Reed) also für Verbrechen bezahlen muss, für die echte und falsche Väter gleichermaßen verantwortlich sind. Ein zeitloser, sich durch die Jahrhunderte fressender Teufelskreis.

Ein zweites wichtiges Thema ist die totale Infragestellung christlicher Werte und Traditionen. Die Hochzeitsglocken, welche den Aufstieg des Marquis einläuten, bedeuten den Fall Léons vom Glockenturm in der Schlusssequenz. Christi Geburt ist auch Léons Geburtsdatum, der Tag, an dem seine Mutter anstelle der Jungfrau Maria sterben muss. Christlicher Glaube, christliche Werte haben wenig mit den grausamen Gesetzen des Universums und sozialer Realität zu tun. Léons Schicksal kann von Gott ebensowenig verhindert werden wie Christinas selbstmordgefährdete Seele in *Frankenstein Created Woman*: Jede Intervention würde nichts daran ändern. Das Ergebnis ist nicht nur der größte Werwolf-Film aller Zeiten, sondern ein Werk unerbittlicher sozialer Anklage. Clifford Evans, Catherine Feller, Warren Mitchell.

(K) ●●●●
Frankenstein
Frankenstein
USA. James Whale (1889–1957) – UA: 21. 11. 1931. Universal, SW-71 min – V: VENEDIG (32). *TRIEST* (82) – K: vor 1939. – V (DVD): 14. 8. 00 (Universal) – Lit (Whale): Brosnan: The Horror People (76). Curtis: JW: A New World of Gods and Monsters (98). Gattis: JW: A Biography (95). Jensen: The Men Who Made the Monsters (96). McCartky, ed: The Fearmakers (94). Reed: A Journey Into Darkness: The Art of JW's Horror Films (80) – Art (Whale): Cfq 30/11 (98). FiR (62/5). SaS 27/2 (57) – Lit (Universal Pictures): Dettman/Bedford: The Horror Factory: The Horror Films of Universal 1931–1955 (76). Dick: City of Dreams: The Making and Remaking of Universal Pictures (97). Hirschhorn: The Universal Story (85). Wathen: The Great Universal Horror Films (85). Weaver/brunas: Universal Horrors: The Studio's Classic Films, 1931–1946 (90) – Lit (Jack C. Pierce): Taylor/Roy: Making a Monster: The Creation of Screen Charakters by the Great Make-up Artists (81) – Art (Kenneth Strickfaden): Fx 48 (94). GC 24 (75) – Art (Colin Clive): GC 23 (75) – Lit (Boris Karloff): Barbour/Marrill/Parish: K (69). Bojarski/Beals: The Films of BK (75). Brosnan: The Horror People (76). Buehrer: BK: A Bio-Bibliography (94).
Gifford: K: The Man, the Monster, the Movies (73). Jensen: BK and His Films (74). Karloff: Frankenstein and Me (69). Lindsay: Dear Boris: The Life of William Henry Blatt, aka BK (75). Nollen: BK: A Critical Account of His Stage, Screen, Radio, Television, and Recording Work (91). Underwood: K: The Life of BK (72) – Art (Karloff): Biz 24–25 (62). FaF (57/11). FC (70/Spring). Saturday Evening Post 3. 11. 62. Sh 6 (88) – Art (Edward Van Sloan): Fx 35 (92) – Lit (Dwight Frye): Mank/Cough-

Die Sünden der Väter. Justin Walters, Clifford Evans, The Curse of the Werewolf

lin/Dwight David Frye: Dwight Frye's Last Laugh: An Authorized Biography (96) – Art (Frye): CM 22 (97). L'EF 6 (78). The Missing Link 4 (95). SS 16 (94) – Art (Marilyn Harris): MM 63 (00) – Art (Lionel Belmore): MM 31 (82) – Lit (Frankenstein-Filme): Badley: Film, Horror, and the Body Fantastic (96). Glut: The F Legend (73). Jones: The Illustrated F Movie Guide (94). Mank: It's Alive! The Classic Cinema Saga of F (81). Gary/Susan Svehla, eds: We Belong Dead: F on Film (97) – Art (Frankenstein-Filme): Slg 164 (91) – Lit: Anobile, ed: James Whale's Frankenstein (74). Dillard: Horror Films (76). Everson: Classics of the Horror Film (74). Grant, ed: Planks of Reason: Essays on the Horror Film (84). Rovin: From Jules Verne to Star Trek (77). Senn: Golden Horrors: An Illustrated Critical Filmography, 1931–1939 (97) – Art: L'EF 1 (77). Sb 32 (81) – Kr: Cfq 30/11(98). L'EF 1 (77). Fg 72 (88). MFB 55 (38). NYT 5. 12. 31. Outlook & Independent 9. 12. 31. SFV 1 (88).

□ Goldstadt/Bayern: Henry Frankenstein (Clive), getrieben von der Idee, künstliches Leben zu schaffen, plündert mit seinem buckligen Assistenten Fritz (Frye) Gräber und Gehängte, um eine aus Leichenteilen zusammengesetzte Kreatur (Karloff) zu beleben.

Neben Tod Brownings erheblich schwächerem *Dracula* (31) der Grundstein für Universals extrem erfolgreiche, die 30er und 40er Jahre dominierende Reihe von Horror/SF-Filmen. Karloffs überraschend sensible Darstellung und der damit verbundene Aufstieg zum größten Horror-Star seiner Zeit, Kenneth Strickfadens funkensprühendes Labor und Jack Pierce' überzeugendes Make-up waren lange Zeit gültige Genre-Standards. *Frankenstein* ist ein Werk bitterer Ironie, in welchem der Baron, im Gegensatz zum späteren Frankenstein-Zyklus Terence Fishers, von der aktiveren Figur des Monsters in den Schatten gestellt wird. Clive kann im Gegensatz zu Peter Cushing mit seiner Schöpfung nicht nur nicht umgehen, er will sie loswerden und mit Elisabeth (Mae Clarke) ein neues Leben beginnen. Ein scheinheiliger, gefährlicher Saubermann also, der sein dunkles alter ego dem ebenfalls ständig dunkel gekleideten Fritz in der heimlichen Hoffnung überlässt, er und das Monster würden sich am besten gleich gegenseitig erledigen. Whales *Frankenstein* ist ein grandioses Werk scharfsinniger sozialer Beobachtungsgabe und arbeitet perfekt mit filmdienlichen Metaphern wie Schwarz/Weiß, Licht/Dunkelheit, Erde, Wasser, Feuer oder Blumen, brillant analysiert von R. H. W. Dillard in der ersten wichtigen Besprechung des Films (vgl. *Horror Films*, 1976, S. 11–32). Wenn Henry nach seinem befriedigten Ehrgeiz in die Dunkelheit des Nachhausewegs zurückkehrt und das Monster Fritz' Verantwortung überlässt, glaubt er seine eigene Dunkelheit mit der Hilfe von Fritz, der lediglich als abgründiger Teil seiner selbst agiert, abschütteln zu können. Seine Aktionen spiegeln nicht den Sieg der Wissenschaft über das Unbekannte, sondern den tragischen Sieg über sich selbst. Gleichsam führt Whale Sprache als Mittel der Problemerörterung ad absurdum, wenn er Frankensteins falsches Selbstmitleid und Pathos, die verlogenen Phrasen, die unbeschwerte Harmonie von Elisabeth/Henry unter der Geborgenheit von Henrys Vater (Frederick Kerr), vor allem in der sonnigen Sequenz auf der Schlossterrasse, mit Karloffs sprachloser Begegnung Marias (Harris) am Seeufer konfrontiert. In beiden Fällen hat Licht keine Chance, die Dunkelheit zu durchdringen und wirkt wie reiner Hohn. Und es ist auch kein Zufall, wenn die letzten Worte von einem echten Vater gesprochen werden, der einen echten Sohn will und kein Monster. *Frankenstein* ist ein trauriges Gedicht über das Scheitern eines falschen, verantwortungslosen »Vaters«. Edward Van Sloan, John Boles, Lionel Belmore, Michael Mark.

(K) ●●●●
Frankensteins Braut
The Bride of Frankenstein
USA. James Whale (1889–1957) – UA: 22. 4. 1935. Universal, SW-80 min – F: LEEDS (88) – TV: 4. 6. 70. (HR) – V (DVD): 01/1 (Universal) – Lit/Art (Whale/Universal Pictures/Jack Pierce/Kenneth Strickfaden/Boris Karloff/Colin Clive/Dwight Frye/Frankenstein-Filme): s. Frankenstein (31) – Art (Franz Waxman): L'EF 6 (78) – Lit (Elsa Lanchesters Autobiografien): Charles Laughton and I (38); EL Herself (83) – Lit: Ever-

son: Classics of the Horror Film (74). Grant, ed: Flanks of Reason: Essays on the Horror Film (84). Huss/Ross, eds: Focus on the Science Fiction Film (72). Manguel: Bride of Frankenstein (97). Riley, ed: The Bride of Frankenstein: Original Shooting Script (89). Rovin: From Jules Verne to Star Trek (77). Senn: Golden Horrors: An Illustrated Critical Filmography, 1931–1939 (97). Steinbrunner/Goldblatt: Cinema of the Fantastic (72) – Art: L'EF 10 (79). GC 25 (76; Waxmans Musik). Sb 33 (81). Shv 45 (97). SM 16 (95) – Kr: Cfq 30/11 (98). IM 3/1 (95). Kine Weekly 6. 6. 35. MFB 18 (35). NYT 11. 5. 35. SFV 1 (88). Spectator 5. 7. 35. Va 15. 5. 35. WBD 2 (92) – Oscar-Nominierung 1935: Sound.

□ In einer grellen Gewitternacht voller Kontraste drängen Lord Byron (Gavin Gordon) und Percy Shelley (Douglas Walton) die Autorin des *Frankenstein* (Lanchester), ihre Horrorgeschichte weiterzuspinnen. Und die lässt den finsteren Dr. Pretorius (Ernest Thesiger) auf eine sozialverträgliche Idee kommen, den vor Selbstmitleid zugrunde gehenden Baron (Clive) ins Labor zurückzuzwingen.

The Bride of Frankenstein lässt den gewissensgeplagten Schöpfer Milde heucheln, aber es ist Boris Karloffs im Mittelpunkt stehendes Monster, allein in einer Welt voller Irrer, welches Henrys von Pretorius erpresstes Entgegenkommen ablehnt und sich zuletzt mit ähnlich verkommenem menschlichem Restrisiko in die Luft jagt. Es ist wichtig zu sehen, dass das Monster seinen Schöpfer und dessen Braut aus Mitleid verschont, während Frankenstein selbst mit seiner Schöpfung kein Mitleid empfand. Das »Monster« ist nichts anderes als unser alter ego in einer Welt, in die es ebensowenig hineingehört wie wir. Es ist schuldlos zum Mörder Unschuldiger geworden. Der künstliche Uhu, welcher Roy Battys Mord an Dr. Tyrell und Sebastian in *Blade Runner* (82) als einziger Zeuge beobachten wird, ist ein Nachkomme jener Eule, die als einzige die Ermordung von Marias Eltern durch das Monster sieht. Leben und Tod, Horror und Schönheit vermischen sich in der vollständig irritierten Braut, einer weiteren Groteskerie wie das Leben selbst. Whale, der sich 1957 im Swimming Pool seines Hauses in Pacific Palisades ertränkte, haben vor allem Christopher Bram mit seinem Roman *Father of Frankenstein* und Bill Condon mit der filmischen Independent-Adaption *Gods and Monsters* (98) psychologisch überwältigende, hinreißende Denkmäler gesetzt. Whale ist so zeitlos und modern wie nie zuvor. Valerie Hobson, Dwight Frye, O. P. Heggis, E. E. Clive, Una O'Connor, John Carradine.

(K) •

Der Grinch

How the Grinch Stole Christmas

USA. Ron Howard (*1953) – UA: 17. 11. 2000. Universal, F-105 min – K: 23. 11. 00 (UIP) – Art: Cf 84 (00). Cfq 32/4-5 (00). Slg 232 (01; Michael Corenblith) – Kr: Az 23. 11. 00. epd (2000/12). Film (2000/12). SaS 11/1 (01). Tagesspiegel 23. 11. 00 – Oscar 2000: Make-up.

□ Märchenwelt Whoville: Jim Carreys zotteliger, beschissen aussehender Giftgnom vermiest den Bewohnern einer Schneeflocke ihr verlogenes Weihnachtsfest. Irgendjemand muss Theodor Geisels Witwe Audrey weichgekocht haben, denn Geisels 1957 geschriebener US-Kinderbuchklassiker (*How the Grinch Stole Christmas* unter dem Pseudonym Dr. Seuss) verdammt genau jenen heimtückischen Kommerzrummel, für den *The Grinch* selbst das beste Beispiel abgibt. Carreys gebremste Satire, das frei erfundene Happy End oder nervös eingestreute Sub-Plots verwässern die Klarheit/Einfachheit des sämtlichen Annäherungsversuchen tapfer widerstehenden Originals. Chuck Jones' wüst fluchender Warner-Cartoon von 1966 rückt diese Lektion in Traumstadt-Heuchelei ins rechte Licht. Christiane Baranski, Taylor Momsen, Jeffrey Tamber.

(K) •
Hannibal
Hannibal
USA. Ridley Scott (*1939) – UA: 14. 2. 2001. Universal, F-131 min – K: 15. 2. 01 (Tobis) – Art: Az 15. 2. 01 (Anthony Hopkins). Cfq 32/6 (01). FFa 9/11 (00; Julianna Moore), 10/1 (01; Moore). MS 67 (01; Hopkins) – Art (Scott): SaS 11/4 (01) – Kr: Az 15. 2. 01. Focus 12. 2. 01. SaS 11/4 (01). SI 45 (01).
□ FBI-Agentin Clarice Starling (Moore) warnt Florenz-Cop Pazzi (Giancarlo Giannini) beim Alleingang, Museums-Monster Dr. Hannibal Lecter (Hopkins) zu stellen. Ein Himmelfahrtskommando! Was *The Silence of the Lambs* (91) zum Meisterwerk machte, war die inoffizielle Zusammenarbeit von Lecter und Clarice, eine psychische Verwandtschaft, mit der *Hannibal*, auf Konfrontationskurs zu seinen isolierten Figuren segelnd, nichts anfangen kann. Am Schluss ist alles wie am Anfang. Die erlesensten Spitzenbeamtenhirnspezialitäten und Hopkins' Transformation in einen Wohltäter wie Schwarzenegger in *Terminator 2: Judgement Day* sind gleichfalls entwicklungshemmend, das Plot als pures Grand Guignol im Stich lassend. Ray Liotta, Frankie R. Faison, Francesca Neri.

(K) ○
Highlander: Endgame
Highlander: Endgame
USA. Douglas Aarniokoski – UA: 1. 9. 2000. Miramax, F-96 min – K: 8. 2. 01 (Highlight) – Art: Slg 279 (00; Adrian Paul) – Kr: Az 8. 2. 01. SaS 11/6 (01).
□ New York: Superfiesling Kell (Bruce Payne), interessiert an der Weltherrschaft, hat vorsorglich die Belegschaft eines Spezialklosters durch Hell's Angels köpfen lassen, um mit neuer Energie gegen Connor MacLeod (abwesend: Christopher Lambert) und dessen TV-Bruder Duncan (Paul) vorgehen zu können. Es kann nur einen geben, aber einer ist besser als 3 völlig überflüssige Sequels. Kompetent gehandhabte Sets und Donnie Yens Fernost-Choreografie sind erbärmlicher Ersatz für die Demontage von Mulcahys Kaugummi-Mythologie, der Titel die dreisteste Lüge seit langem. Peter Wingfield, Lisa Barbuscia, Adam Copeland.

(K) •
Hollow Man – Unsichtbare Gefahr
Hollow Man
USA. Paul Verhoeven (*1938) – UA: 28. 7. 2000. Sony, F-112 min – K: 12. 10. 00 (Columbia Tri Star) – Art (Verhoeven): Fg 195 (00). MS 64 (00). Slg 276 (00), 277 (00) –

Art: Cf 83 (00). Cfq 31/12-32/1 (00), 32/2 (00). MS 64 (00; Elisabeth Shue). Slg 278 (00; Kevin Bacon) – Kr: Az 12. 10. 00. epd (2000/10). SaS 10/10 (00). SI 43 (00). SZ 12. 10. 00.

□ Pentagon-Metropole Washington DC: Ein nur zur Hälfte erfolgreiches Unsichtbarkeitsserum macht den ehrgeizigen Wissenschaftler Dr. Sebastian Caine (Bacon) zum gnadenlosen Rächer an Ex-Freundin Linda McKay (Shue) und deren verheimlichtem, längst im Team des unwissenden Caine arbeitenden Lover Matthew Kensington (Josh Brolin). Die faszinierend in die Tiefe gehenden visuellen Effekte sind die einzige Tiefe, die Andrew Marlowes quälend vorhersehbares Drehbuch zulässt. Popcorn-Feuerwerk nach Verhoevens verhaltenen Markterfolgen *Showgirls* und *Starship Troopers*. Kim Dickens, Greg Grunberg, Joey Slotnick, William Devane.

(K) •
102 Dalmatiner
102 Dalmatians
USA. Kevin Lima – UA: Nov. 2000, Buena Vista, F-100 min – K: 8. 2. 01 (Buena Vista) – Art: Cf 84 (00) – Kr: SaS 11/1 (01).

□ London: In Dr. Pavlovs (David Horovitch) neue tierische Wege gehender Reha-Klinik schmust ausgerechnet Hunde-Hitler Gruella de Vil (Glenn Close) mit einem Rudel süßer Dalmatiner-Welpen. Doch Schläge des Big Ben verwandeln die grausam Geläuterte in Mrs. Hyde zurück! Nichts Neues oder Beunruhigendes: Close' Eiserne Lady entstammt einer so monströsen Realität, dass uns ihre Verarbeitung in eine Eistorte eiskalt lässt. Gérard Depardieu, Alice Evans, Joan Gruffudd.

(TV) ••
Jason und der Kampf um das Goldene Vlies
Jason and the Argonauts
USA. Nick Willing – UA: 30. 4./1. 5. 2000. NBC, F-240 min – TV: 7./8. 1. 01 (RTL; 2-teilig) – Art: Slg 275 (00; Jason London).

□ Jason (London) auf der tödlichen Jagd nach dem Goldenen Vlies, um das Leben seiner Mutter zu retten. Kein Vergleich mit der vielfarbigen Opulenz des stabileren Harryhausen-Klassikers von 1963. Der Kampf mit Aertes' verwesten Skelettkriegern verpufft zum Kickbox-Gag und der Stier des Hyphystos zum immerhin ulkigen Computer-Bullen, aber die in der Finsternis lauernden gefräßigen Harpyen sind Gänsehaut erzeugende Verwandte von Gigers *Alien*-Schöpfungen und Orpheus' musikalische Besänftigung des Drachens gehört zu den poetischsten Augenblicken des TV-Fantasy-Gewerbes. Willing erkennt die mythische Essenz des Stoffes besser als Chaffey – das Vlies als Symbol für unsere Einbildung, unsere Verblendung, unseren Hochmut –, aber er gibt sich in der gefahrlosen Einebnung einer TV-Großproduktion geschlagen. Dennis Hopper, Frank Langella, Derek Jacobi, Natasha Henstridge, Angus MacFadyen, Olivia Williams, Jolene Blalock als Medea.

(K) ••
Jurassic Park III
Jurassic Park III
USA. Joe Johnston (*1950) – UA: 18. 7. 2001. – Universal, F-93 min –

Die Einwohner Trojas missachten Cassandras Prophezeiung in Giorgio Ferronis stilistisch eigenwilligem La Guerra di Troia

K: 2. 8. 01 (UIP) – Art: Az 2. 8. 01 (Stan Winston). Slg 288 (01; Johnston) – Kr: Az 2. 8. 01. epd (2001/8). SaS 11/9 (01).

□ Sauriereiland *Isla Sorna* vor Costa Rica: Als Abenteuerrundflug durchgeboxt, benutzt das zerkrachte Millionärs-Ehepaar Paul/Amanda Kirby (Téa Leoni/William H. Macey) den Nublar-geschädigten Paläontologen Alan Grant (Sam Neill), ihren beim Paragliding abgestürzten Sohn Eric (Trevor Morgan) zu bergen. Spinosaurus heißt der neue fleischfressende Star der Insel, gegen den selbst der furchterregende T. Rex wie ein friedliches Haustier wirkt. FX-Guru Joe Johnston kennt sein Metier, setzt alles auf die trotz zweier Vorläufer nicht abreißende Hochspannung und Stan Winstons atemberaubend integrierte Effekte. Nicht nur ein zuletzt in Richtung Meer aufbrechender Schwarm Flugechsen darf als Fortsetzungssnack gewertet werden. Laura Dern, Michael Jeter, John Diehl.

(K) ●●

Der Kampf um Troja

La Guerra di Troia/
La Guerre de Troie

It/Fr. Giorgio Ferroni – UA: 1961. F-105 min – K: 20. 4. 62 (Alemannia) – TV (Wh): 19. 8. 01 (K1) – Lit (Peplum): Luciano: With Fire and Sword: Italian Spectacles en American Screens, 1958–1968 (95) – Art (Peplum): Am 1 (96). CM 23 (97). MFB 624 (86) – Art (Steve Reeves): Slg 269 (99) – Kr: VW 64 (00).

□ Troja im 9. Kriegsjahr: Polit-Poker zwischen dem siegessicheren Paris (Warner Bentivegna) und

Äneas' (Reeves) unterliegender patriotischer Vernunft.

Extrem unvorhersehbar und experimentierfreudig, in Figuren/Verlauf der Sage immer wieder vom Kurs abweichend. Hedy Vessels Helena ist ein Flittchen im Vergleich mit Rossana Podestas faszinierender moralischer Standhaftigkeit und Autorität in *Helen of Troy* (55) und Ferronis abstraktes, an De Chirice erinnerndes metaphysisches Hölzernes Pferd sehr verschieden von seinem Äquivalent mit den seitlich angebrachten runden Schilden in Wises Klassiker. Auch Cassandras (Lydia Alfonsi) ausgebauter Einfluss und die zu enge Verzahnung Vergangenheit (Trojas Fall)/Zukunft (Äneas' Gründung Roms) bewegen sich mehr in Richtung vorwegnehmender SF. *La Guerra* lässt uns umdenken. Ferroni, bekannter geworden durch den unkonventionellen Horrorthriller *Il Mulino delle donne di pietra* (60), ist wie Bava, Freda und Cottafavi ein individueller, beeindruckender Stilist, der nicht nur mit der Wirkung von Farben umzugehen versteht, sondern sein Publikum überrascht. Arturo Dominici, Juliette Mayniel, Mimmo Palmara.

(K) ●●●

Ein Königreich für ein Lama

The Emperor's New Groove

USA. Mark Dindal – UA: 15. 12. 2000. Buena Vista, F-78 min – K: 13. 3. 01 (Buena Vista) – ART: Cfq 32/6 (01). Slg 282 (01) – Kr: Az 15. 3. 01. epd (2001/3). SaS 11/3 (01).

□ Präkolumbianisches Mittelamerika: Inka-Herrscher Kusco, ein verwöhnter Yuppie-Spinner und von Machtgier-Hexe/Beraterin Isma heimtückisch in ein Lama verwandelt, als er einen Swimming Pool errichten will, mutiert nach Urwaldodyssee mit dem bulligen Hünen Patcha zum Menschen. Dindals gnadenlose Dschungelfauna (Krokodile, Jaguare, Vampirfledermäuse) nutzt böse Gags zur Parodie braverer Disney-Werke wie *The Lion King* oder *Tarzan* und *Groove* rastet mehr als einmal in Richtung Chuck Jones/Tex Avery-Achterbahnwahnsinn aus. Exzellente deutsche Synchronisation. OF-Gegröle: David Spade, John Goodman, Eartha Kitt.

(K) ●●●●

Der Krieger und die Kaiserin

BRD. Tom Tykwer (*1965) – UA/K: 12. 10. 2000. X-Verleih Berlin, F-129 min – Art (Tykwer): epd (2000/10) – Lit: Tykwer: Der Krieger und die Kaiserin (00) – Kr: Az 12. 10. 00. epd (2000/10). Film (2000/10). SaS 11/7 (01). SZ 11. 10. 00.

□ Wuppertal. Bodo (Benno Fürmann), arbeitsloser Ex-Bundeswehrsoldat und traumatisiert vom Flammentod seiner Freundin an einer explodierenden Tankstelle, gerät auf der Flucht vor Verfolgern an die unter den Trümmern eines LKW sterbende Krankenschwester Sissi (Franka Potente) und rettet ihr mit einen gezielten Luftröhrenschnitt das Leben. Es ist einer der furiosesten Auftakte und menschlichsten Augenblicke, die das Kino kennt. Wozu braucht ein Filmemacher Fantasy-Regeln? Genre-Schubladen sind Fallen für Idioten, das wussten Hitchcock, Cocteau, Roeg, alle großen Regisseure. Wir spüren auch so den mystischen Hintergrund, im Alltag ist das hundertmal aufregender und echter. Extrem eigenständig und innovativ wie zu erwarten, persönlich und doch universell. In VENEDIG erstaufgeführt. Joachim Król, Lars Rudolph, Melchior Beslon.

(TV) ○
Laila – Unsterblich verliebt
BRD. Peter Ily Huemer – UA/TV: 10. 10. 2000. SAT1, F-95 min – Kr: Az 12. 10. 00. SZ 10. 10. 00
Die schöne Laila (Stefanie Schmid) legt einen Zahn zu, um die Karriere zu forcieren, verliebt sich aber idiotischerweise in Physiker-Yuppie Luis (Thomas Heinze) und kriegt Ärger mit der Blutsaugerverwandtschaft. Heimatloser Werbestilirrsinn. Johannes Brandrup, Nina Kronjäger, Bela B.

(DOKU/TV) ●●●●
Leonardo da Vinci – Kunst und Wissenschaft des Universums
Léonard de Vinci
BRD/Fr. Jean-Claude Lubtchansky – UA/TV: 16. 6. 2001. arte, F/SW-52 min – Lit (da Vinci): Bayer: Léonard de Vinci, la Grâce (33). Belt: LdV: Studies of the Aging (54); Leonardo the Anatomist (55); Manuscripts of LdV (58). Beltrami: Documenti memoire riguardanti la vita e le epere di LdV (19). Galvi: LdV (36). Chastel: Léonard de Vinci e l'Expérience scientifique (53). De la Tourette: Leonard de Vinci (36). Institute Geografice d'Agostini, ed: LdV (40).
□ »Menschen in sehr weit auseinander liegenden Gegenden werden sich sprechen und einander antworten«: Da Vincis Vorhersage des Telefons vor einem halben Jahrtausend ist die eines Visionärs und nicht die eines Träumers, genau wie seine Vorwegnahmen von Landkarten aus der Vogelperspektive, U-Booten, Hubschraubern, Flugzeugen und Fallschirmen. Das Universalgenie der Renaissance (1452–1519) verschrieb sich der »Erforschung des Wahren« und erklärte 50 Jahre vor Kopernikus, dass die Erde ein »dem Mond ähnlicher Stern« sei. Ein Jahrhundert vor Bacon ist er der Meinung, dass das Experiment der einzige Weg ist, den der Gelehrte ohne Rücksicht auf Scholastik und Autoritätsmethode einschlagen darf. Vor Vésale nimmt er als erster Sektionen vor, um den menschlichen Körper zu verstehen, entwickelt eine regelrechte Anatomie-Technik. Seine Foetus-Skizzen sind so unheimlich, dass ihre nüchternen Erkenntnisse erst 200 Jahre später zähneknirschend akzeptiert werden. Sein Meisterwerk der Helldunkelmalerei »Madonna in der Felsengrotte« lässt den Ausbruch aus da Vincis dunkler Epoche erkennen: Die Natur und unsere Vorstellungen von Mensch und Universum erbeben und sagen ein Zeitalter der Erkenntnis voraus, die Zukunft. Unumgänglich, unvergesslich.

(K) ●
Lost Souls – Verlorene Seelen
Lost Souls
USA. Janusz Kaminski – UA: 13. 10. 2000. New Line, F-97 min – K: 18. 1. 01 (Kinowelt) – Art: Cfq 31/10 (00), 32/3 (00). Fg 197 (00; Kaminski) – Kr: Az 18. 1. 01. epd (2001/1). SaS 11/2 (01). SI 40 (99).
□ New York im fahlen Licht des Novembers: Exorzismus-Wrack Maya Larkin, gespielt von der viel zu zierlichen Winona Ryder,

Das Innere und das Äußere kollidieren im berühmtesten Gemälde der Welt in ARTEs/Jean-Claude Lubtchanskys Leonardo da Vinci quälen teuflische Visionen, der Leibhaftige könne sich im Körper des Ungläubigen True Crime-Autors Peter Kelson (Ben Chaplin) austoben. Grandios fotografiertes, endlos mystifizierendes Regiedebüt des Spielberg-Kameramanns. Eine verlorene Seele von Film. Philip Baker Kall, Elias Koteas, John Hurt.

(STUMM/REKON) ●●●●
The Lost World
The Lost World
USA. Harry O. Hoyt – UA: Febr. 1925. First National, F-104 min – UA/F (Restaurierte Fassung): 1997. PORDENONE, F-93 min – TV: 14. 12. 00 (arte; RF; OmU) – Lit: Franklin: Classics of the Silent Screen (59) – Art (RF): Cfq 31/1-2 (99). Slg 286 (01) – Lit (Willis O'Brien): Archer: WO'B: Special Effects Genius (94). Jensen: The Men Who Made the Monsters (96). Rovin: From the Land Beyond Beyond: The Films of WO'B and Ray Harryhausen (77) – Art (O'Brien): Cf 7 (82). Cl 3 (77). L'EF 6 (78). FoF 16 (73). Sb 28 (80). Vp 15 (77) – Lit (Bessie Love): Love: From Hollywood with Love (77; Autobiogr) – Art (Love): FiR (59/2) – Lit (Dinosaurier-Filme): Glut: The Dinosaur Scrapbook (80). Jones: The Illustrated Dinosaur Movie Guide (93). Kinnard: Beasts and Behemoths: Prehistoric Creatures in the Movies (88). Rovin: The Fabulous Fantasy Films (77). Shapire: When Dinosaurs Ruled the Screen (93) – Art (Dinosaurier-Filme): MMo 85 (93). MS 31-32 (97) – Kr: Cfq 30/1 (98; RF). Kine Weekly 5. 3. 25. MFB 509 (76). Va 11. 2. 25.

□ London. Um seiner angebeteten Gladys Hungerford (Alma Bennett) zu imponieren, lässt sich Zeitungsreporter Ed Malone (Lloyd Hughes) auf eine ungewisse Expedition des exzentrischen Forschers Ghallenger (Wallace Beery) nach Brasilien ein, wo eine unentdeckte Hochebene mit lebenden Urtieren existieren soll.

Der Urvater, das erste große Abenteuer des Fantasy-Kinos nach dem gleichnamigen Roman Sir Arthur Conan Doyles (1912) in einer von Ed Stratmann geleiteten, aufwendig restaurierten/eingefärbten Fassung des George Eastman House in Rochester/New York, basierend auf einer 1992 von Jan-Christopher Horak in Prag ausgemachten Kopie, aufgewertet durch einen ideenreichen Soundtrack des britischen Alloy Orchestra (neue Kompositionen/Einspielung) und Robert Israel (Kompilation/Einspielung des ursprünglichen Soundtracks). *The Lost World*, der Prototyp Amok laufender Urtiere in Städten, muss in Februar 1925 in amerikanischen Lichtspielhäusern eingeschlagen haben wie *Jurassic Park* im Juni 1993 und war auf seine Art bahnbrechend. Publikum und Kritikern fielen die Augen aus dem Kopf. Der erste Langfilm mit Stop Motion-Animation und nie gesehenen, völlig ungewohnten Trickkombinationen noch vor Erfindung des *Optischen Printers* wartete mit einer Riesenfauna an Urechsen und dem Gefühl des Unmöglichen auf. Die gewaltigen Miniaturbauten des nächtlichen, blaustichigen London wie während der Überquerung der London Bridge durch das Monster bei starkem Verkehr müssen auf der Großbildleinwand eine unglaubliche Wirkung erzielt haben. Das mithilfe eines quer liegenden

Als ich noch in Lederhosen ging. Bessie Love, Wallace Beery und Jocko in einer zeitgenössischen Kinowerbung von Harry Hoyt/Willis O'Briens bahnbrechendem The Lost World

Baumstamms erreichbare Plateau, der frech in einem Hotelzimmer erscheinende, eine Pokerrunde sprengende Kopf des Brontosauriers und der Versuch von Bull Montanas präkolumbianischem Affenmensch, den die Felswand hinunter fliehenden Ed wieder in die Höhle hinaufzuziehen, verweisen bereits auf den erheblich aufwendigeren *King Kong* (33). Beerys kauziger, unbeirrbarer Professor, das urtümliche Reservat oder die Bedrohung der Zivilisation durch ein überdimensionales Monster sind Standards des Genres geworden. Sensationell. Bessie Love, Lewis Stone, Arthur Hoyt.

(TV) o

Das Mädcheninternat – Deine Schreie wird niemand hören

BRD. Robert Sigl (* 1963) – UA/TV: 28. 2. 2001. RTL, F-94 min.

□ Fortsetzung des Horror-Versuchsballons *Schrei denn ich werde Dich töten*: Nina (Katharina Wackernagel) flüchtet erneut vor der knallroten Stuckfratze, diesmal durchs Internat einer geistesgestörten Äbtissin auf abgelegener Bretagne-Insel. Die Wäscheleine aus *Halloween* und die gesichtslose Maske des Killers, wie sie Mario Bavas *Sei donne per l'assassino* in die Filmgeschichte einführte, verraten, dass Sigl/Kai Meyer die Werke der

Rembrandts des Genres kennen. Und die sind alles andere als orientierungsloses Stückwerk. Anne Kanis, Luise Bähr, Alexandra Finder.

(DOKU) •
Das Märchen von der Zukunft. Stanisław Lem – Meister des anspruchsvollen Science Fiction-Romans
BRD/Pol. Andrzej Klamt – UA/TV (BRD): 19. 10. 2000. 3sat, F-15 min.
□ Buchmesse-Witz (Schwerpunkt Polen) von astronomischer Kürze und dürftiger Aussage. Lem über Dick (der bezweifelte, dass es Lem gibt), Träume, Werbung, die Zukunft der Menschheit und das Abendessen. Behörden jenseits des Eisernen Vorhangs verstanden kein Wort der Texte des Krakauers und ließen ihn abheben, aber ist der *Futurologische Kongress* wirklich nur eine Satire auf kommunistische Bevormundung? Befinden wir uns trotz allen im Totalitarismus der Medien, einhergehend mit einem bedenklichen Geistes- und Wertezerfall? Warum Computeranimation in einer Dokumentation über Lem, wenn Lem vor den Folgen Virtueller Realität warnt? Mit der Realiät kann etwas nicht stimmen, wenn ARTE Jules Verne 4 Stunden lang analysiert und ZDF/3sat Lem ganze 15 Minuten. So lieblos wie beliebig.

(STUMM/REKON) ••••
Metropolis
D. Fritz Lang (1890–1976) – UA/K: 5. 2. 1927. UFA, SW-115 min – TV (Wh): 7. 2. 95 (arte: THEMENABEND MASCHINENMENSCHEN) – F: *SITGES* (79). LEEDS (88). BERLIN (01; Lang-Retrospektive) – Lit: (Deutscher Stummfilm): Ausstellungskatalog/Wiesbaden-Biebrich: Der deutsche Stummfilm (65). Eisner: L'Ecran Démoniaque (52). Gregor/Patalas: Geschichte des Films (62). Kalbus: Vom Werden deutscher Filmkunst (35). Korte, ed: Film und Realität in der Weimarer Republik (78). Kracauer: From Caligari to Hitler (47). Lamprecht: Deutsche Stummfilme 1903–1931 (69/70). Wollenberg: Fifty Years of German Film (48) – Lit (Lang): Atkins, ed: Science Fiction Films (76) Aurich/Jacobsen/Schnauber, eds: FL – Leben und Werk, Bilder und Dokumente (01). Dürrenmatt: FL. Leben und Werk (82). Eisner: FL (76). Gunning: The Films of FL: Allegories of Vision and Modernity (00). Jansen/Schütte, eds: FL (76). Jensen: The Cinema of FL (69). Johnson, ed: Focus on the Science Fiction Film (72). Kaplan: FL: A Guide to References and Resources (81). McGilligan: FL: The Nature of the Beast (97). Moullet: FL (70). Töteberg: FL (85) – Art (Lang): epd (2001/8). Film (56/12). sc 18 (91). SZ 5./6. 12. 70. – Lit (Thea von Harbou): Bruns: Kinomythen 1920 bis 1945. Die Filmentwürfe der TvH (95). Keiner: TvH und der deutsche Film bis 1933 (91) – Art (Karl Freund): s. Die Mumie – Lit (Roboter im Film): Annan: Robot: The Mechanical Monster (76). Geduld/Gottesmann, eds: Robots, Robots, Robots (78). Telotte: Replications: A Robotic History of the Science Fiction Film (96) – Art (Roboter im Film): FF 12 (79), 13 (79), 14 (79) – Lit: Elsaesser: Metropolis (01). Jacobsen/Sudendorf, eds: Metropolis – Ein filmisches Laboratorium der modernen Architektur (00). Lang: Metropolis (73). Neumann, ed: Film Architecture: From Metropolis to Blade Runner (96). Pa-

talas: Metropolis in/aus Trümmern (01). Rovin: From Jules Verne to Star Trek (77). Steinbrunner/Goldblatt: Cinema *of* the Fantastic (72). Von Harbou: Metropolis (29) – Art: Cicim 5–6 (83) 9 (84). DS 55 (96). Literature/Film Quarterly 4 (78). MFB 611 (84). MM 45 (93). MMF 2 (62). The New Republic 30. 3. 27. UFA-Magazin/Sondernummer Metropolis (27) – Kr: FAZ 3. 5. 27. The Film Spectator 3. 9. 27. Die Filmwoche 3 (27). MFB 507 (76). NYT 7. 3./17. 4. 27. SFV 1 (88). Va 23. 2./16. 3. 27.

□ Eine gigantische Metropole der Zukunft mit Open Air-Stadion über den Wolken, strikt dreigeteilt in eine den Reichen vorbehaltene Oberstadt, eine Welt der Maschinen und die sie bedienende rechtlose, ausgebeutete Arbeiterklasse der Unterstadt. Wird Fredersen (Alfred Abel), Großindustrieller und uneingeschränkter Herrscher über Metropolis, seinen abtrünnigen Sohn (Gustav Fröhlich), der ein Mädchen von ganz unten kennen gelernt hat (Brigitte Helm), zurückholen können?

Metropolis ist so gigantisch und bildgewaltig, dass es auf Thea von Harbous sich ergebendes Happy End nicht mehr ankommt, weil der Film zu groß geworden ist. Ist es ein Zufall, wenn sich Karl Freunds Kamera zuletzt von der Höhe der Kathedrale in die Niederungen der Häuserschluchten herablässt, nachdem Rotwang (Rudolph Klein-Rogge) gefallen ist? Spielen Architektur/Ideen in *Metropolis* eine größere Rolle als Menschen oder das Plot? Ist Fredersens schwer verstellbares Einlenken, nur weil sein Sohn sich in ein nicht standesgemäßes Mädchen verliebt hat, das Ende von Metropolis oder nur ein weiterer Trick Fredersens? Vieles spricht für letzteres.

Filmkunst muss die Fragen, die sie stellt, nicht unbedingt beantworten. Fredersens »Turm des Lichts« ist wie die Pyramide der Tyrell Corporation in *Blade Runner* ein bei Nacht in gleisendes Licht getauchter Wolkenkratzer, als wollte er die dunkleren Gründe seines Aufstiegs verbergen. Wie Fredersen wird sich Dr. Tyrell mit einem verlorenen Sohn und der von ihm verursachten Revolte beschäftigen und in der Finsternis nach den Gründen suchen müssen. Das Zuziehen des überdimensionalen Vorhangs in Fredersens Büro korrespondiert mit dem Herunterlassen der künstlichen Jalousien in Tyrells Konferenzraum, bevor Beckard bei Rachel den Voight Kampff-Test anwendet, um herauszufinden, auf welcher Seite sie steht. In *Metropolis* spielt das Aussehen eine weitaus größere Rolle als Plot oder Charaktere, als wolle uns Lang mitteilen, die Welt sei größer und schwieriger geworden und drohe uns über den Kopf zu wachsen. *Metropolis,* endlos faszinierend und heute nur noch zu Dreivierteln der ursprünglichen Länge erhalten, ist der Prototyp und die Warnung dieser Entwicklung in der Geschichte der Kunst. Heinrich George, Fritz Rasp, Theodor Loos.

(TV) ●●
Moby Dick
Moby Dick
USA/GB/BRD/Austr. Frank Roddam (*1946) – UA (USA): 15. 3. 1998. USA Network, F-176 min – TV: (Wh): 22./26. 8. 01 (WDR) – Art (Moby Dick & Söhne im Film)/Kr: Cfq 30/3 (98).

□ Der junge Ismael (Henry Thomas) heuert mit dem durchgeknallten Harpunier Queequeg (Piripi Waretini) auf der *Pequod* an, einem alten Walfängerschiff, dessen fanatischer Kapitän Ahab (Patrick Stewart) die Besatzung in die Hölle führen wird.

Gibt es das Böse im Universum oder existiert es nur in uns selbst? Roddam gibt sich sichtlich Mühe, dem von Ray Bradbury glänzend geschriebenen, unerreichbaren John Huston-Klassiker von 1956 das Wasser zu reichen und Stewarts ungebrochene Leidenschaft bei der Ausgestaltung der komplexen Gregory Peck-Rolle springt erfolgreich auf den Zuschauer über. Kein Monsterfilm im üblichen Sinne, mit dem Schwerpunkt auf wirklichen Charakteren wie Ted Levines (Buffalo Bill aus *The Silence of the Lambs*) unerwartetem, nicht weniger mit sich ringendem Ahab-Gegner Mr. Starbuck. TV-Gold, wenn auch nicht ganz die Qualität seines Hallmark-Vorgängers *The Odyssey* erreichend und aufgrund dichtester Atmosphäre ins Kino gehörend. Hugh Keays-Byrne, Norman D. Golden II, Matthew Montoya, Kee Chan, Bill Hunter, Greg Spence, Gregory Peck.

(K) ••
Monkeybone
Monkeybone
USA. Henry Selick - UA: März 2001. Fox F-92 min - K: 28. 6. 01 (Fox) - Art: Slg 285 (01; Sam Hamm) - Kr: SaS 11/5 (01).

□ LA: Comiczeichner Stu Miley (Brendan Fraser), Erfinder des sexsüchtigen Affen »Monkeybone«, gerät per Unfall-Koma in die abstruse Welt seines Kopfes. Selicks/*Batman*-Autors Sam Hamms surreale Kniffe zwischen Buñuel, Cronenberg, Burton und Monty Python sind Gift für die US-Filmindustrie und wurden von Kinderproduzent Chris Columbus auf Steinzeitniveau reduziert, nachdem Fox sein eigenes Produkt auf Eis legen wollte. In der jetzigen Form immer noch revolutionär aber uneben, die Kluft zwischen Sub-/Massenkultur nicht wirklich schließen könnend. Bridget Fonda (verschenkt), Chris Kattan, John Turturro.

(K) ••••
Der müde Tod – Ein deutsches Volkslied in sechs Versen
D. Fritz Lang (1890–1976) - UA/K: 7. 10. 1921. Decla-Bioscop, SW-110 min - F: BERLIN (01; Lang-Retrospektive) - Lit/Art (Lang/Thea von Harbou/Deutscher Stummfilm): s. Metropolis.

□ Der Tod, ein müde gewordener Wanderer (Bernhard Goetzke), hat in der Nähe des Friedhofs einer altdeutschen Kleinstadt ein Grundstück erworben und mit einer hohen, fensterlosen Mauer umgeben. Ein in sein dunkles Reich gelangter frischgebackener Ehemann (Walter Janssen) könnte nur ins Leben zurückkehren, würde seine Frau (Lil Dagover) einen Opferbereiten finden. Doch die Menschen hängen am Leben, und sei es noch so unerträglich und aussichtslos.

Der Tod, so aktiv noch in den von Lang geschriebenen Sex/Tod-Spielen *Lilith und Ly*, *Die Pest in Florenz* und *Totentanz* (alle 1919) und vom Meister persönlich verkörpert in Joe Mays *Hilde Warren und der Tod* (17), hasst die Aufgabe, zu der er für immer verdammt ist. *Der müde Tod* ist weniger melodramatisch als todernst, ein bizarr und einsam funkelndes Juwel des Kinos, ewig unterwegs wie sein zeitloser Hauptdarsteller selbst, grandios in seiner raffinierten Metaphysik, ein unser Realitätsempfinden erschütternder Trip durch Raum und Zeit wie *2001: A Space Odyssey*. Buñuel erkannte in ihm, wozu Film in der Lage ist, für die Berufswahl eines unentschlossenen jungen Mannes Anfang Zwanzig mit Namen Alfred Hitchcock war er ausschlaggebend. Es sind solche Werke, wel-

Das Leben ist eine Entscheidung für das Leben in Fritz Langs Meisterwerk Der müde Tod.
Bernhard Goetzke, Lil Dagover

che die Filmkunst wie unsere Weltanschauung voranbringen.

In den USA machte Douglas Fairbanks Langs private China-Mythologie in der dritten Episode derart zappelig, dass er die Aufführung, deren Rechte er für den US-Markt erstanden hatte, bis zur Premiere von *The Thief of Bagdad* (24) unterdrückte. Fairbanks ahnte nicht, wie recht er hatte, denn Langs Meilenstein sieht nicht nur groß aus, er IST groß. Wie in *Metropolis* (26) gehen Ideologie, Plot und Figuren schlichtweg in Deckung vor der Wucht von Thema, Inszenierung und monumentalsten, schicksalshaftesten Panoramen. Langs Kunst ist die des Architekten. Die Welt von *Der müde Tod* mag an das Alltagsleben auf den Bildern eines typisch altdeutschen Malers der Romantik wie Ludwig Richter erinnern, aber Langs von den Caligari-Architekten Warm/Röhrig mitgestaltetes Universum zeichnet zu allegorische, zu moderne Stilmittel aus, die seinerzeit im Inland als stilwidrig kritisiert wurden, für Lang aber den endgültigen Durchbruch zum international renommierten Regisseur brachten. Hans Sternberg, Ernst Rückert, Rudolph Klein-Rogge.

(K) ●●●●
Die Mumie
The Mummy
USA. Karl Freund (1890–1969) – UA: 22. 12. 1932. Universal, SW-72 min – TV: 16. 10. 72 (ARD); 6. 2. 00 (arte: THEMENABEND MUMIEN; OmU) – V (DVD): 14. 8. 00 (Universal; OmU) – Lit/Art (Universal Pictures/Jack Pierce/Boris Karloff/Edward Van Sloan): s. Frankenstein (31) – Lit (Freund): Brosnan: The Horror People (76) – Art (Freund): Cinema 5/4 (68) – Art (Zita Johann): MM 26 (77). SI 18 (94) – Art (Noble Johnson): GC 24 (75) – Lit (Mumien-Filme): Rovin: The Fabulous Fantasy Films (77). Glut: Classic Movie Monsters (78) – Art (Mumien-Filme): Cfq 31/6 (99). Dreamworks 1/4 (81). DS 41 (94). HoH 22 (78). Monsters of the Movies 1/6 (75). MV 8 (99; Universals Mumien-Filme) – Art: FJ 2/2 (73). GC 25 (76). Vp 11 (75) – Kr: Cinema (65/3-4). Los Angeles Examiner 21. 1. 33. VW 54 (99).

□ Ägypten 1921: Der brit. Archäologe Sir Joseph Whemple (Arthur Byron), Assistent Ralph Norton (Bramwell Fletcher) und der Ägyptologe Dr. Muller (Van Sloan) entdecken das bisher unbekannte Grab des Im-Ho-Tep, Hohepriester des Sonnentempels von Karnak. Der Priester wurde offensichtlich bei lebendigem Leibe mumifiziert, als er versuchte, Anck-es-en-amon, die Tochter von Pharao Amenophis dem Großen, ins Leben zurückzurufen.

Wie schreibt man einen Mumien-Film, wenn keine vernünftige literarische Vorlage existiert? Antwort: Man schreibt ihn gar nicht. Autor John Balderston stattet Karloff mit vampirischer Willenskraft aus und ersetzt Helens um den Hals hängendes Kruzifix durch ein Amulett der Isis, aber die filmfeindliche Theatralik von *Dracula* (31) dient hier einem Film, dessen Handlung raum- und zeitlos wie um ein schwarzes Loch kreist. Freund hypnotisiert uns. *The Mummy* braucht kein Plot, sondern pure Stimmung und schockt dadurch, dass NICHTS passiert. Warners *Doctor X* aus demselben Jahr fiel wie ausgehun-

Jenseits der Worte. Boris Karloff und Zita Johann im Kampf um die Unendlichkeit in Karl Freunds Klassiker The Mummy

gert über sein Publikum her, aber *The Mummy* schockt durch seine zurückhaltende Art, Karloff durch seine pure, passive Anwesenheit. Anders als bei Christopher Lees Karis in Hammers *The Mummy* (59) sind seine Bewegungen auf das Minimalste reduziert. Seine totenblasse Erscheinung irritiert umso mehr, weil der ungemein stechende Blick bei Großaufnahmen – es sind die alles sezierenden Augen von Anthony Hopkins' Hannibal Lecter in *The Silence of the Lambs* (91) – extreme Gefahr und vollständige Kontrolle signalisiert, erneut völlig anders als bei Fisher. Der Macht ausübende Ring an seiner Hand ist wie die mit Taniswurzeln gefüllte Kugel am Finger des Papstes in Mia Farrows Albtraum in *Rosemary's Baby* (68) messerscharf im Bildvordergrund zu sehen, wenn er Noble Johnsons Nubier seinem Willen unterwirft. Erneut passiert alles über das Bild und nichts über die Handlung. Die bloße Arbeit der Tiefenschärfe traumatisiert wie bei Polanski derart, dass man nach dem Wie oder Warum gar nicht mehr fragt. Zita Johanns entsetzte Augen beim Anblick des für ihre Einbalsamierung vorbereiteten Gebräus lässt das Schlimmste erwarten, aber nicht eintreffen, eine Tugend, die der Horrorfilm seit Urzeiten verlernt zu haben scheint. Die Ermordung des Nachtwächters außerhalb des Bildes in der Finsternis des Museums wirft lange Schatten Val Lewtons voraus. Karloffs als ungehörter Stummfilm schreiende Einbalsamierung beim Flashback ins Alte Ägypten (im Wasserbecken in

Ardat Beys Wohnung in Kairo) ist eine Vorwegnahme der im Wasserbecken von Cleopatras Wahrsagerin zu sehenden stummen Ermordung Caesars in Joseph L. Mankiewicz' *Cleopatra* von 1963. Die berühmteste Sequenz, der Diebstahl der Rolle des Lebens, nachdem Nortons Neugier die Mumie ungewollt zum Leben erweckt hat, funktioniert nicht zuletzt aufgrund der psychologisch einwandfreien, genialen bildlichen Ausgrenzung des Monsters, obwohl es direkt neben Norton stehen muss. Das Ergebnis ist ein innovativer, vorausblickender Horrorfilm, ein Bruch der Regeln, welcher sein Genre bereichert statt es infrage zu stellen. Universals jüngste Grabräubereien *The Mummy* (99) und *The Mummy Returns* (01) sind die perfekte, beschämende Antithese zu Freunds zeitlosem Meisterwerk. Zita Johann, David Manners, James Crane.

(K) o

Die Mumie kehrt zurück

The Mummy Returns

USA. Stephen Sommers - UA: 11. 5. 2001. Universal, F-129 min - K: 17. 5. 01 (UIP) - Art: Az 17. 5. 01 (Patricia Velasquez). Gfq 33/1-2 (01), 33/3 (01). MS 67 (01; Rachel Weisz) - Kr: Az 17. 5. 01. epd (2001/6). SaS 11/7 (01).

□ London 1935: Pharaonen-Scheusal Imhotep (Arnold Vosloo), von fanatisch Ergebenen wiedererweckt, droht mit Hilfe des abtrünnigen Scorpion King (The Rock) die zivilisierte Welt ins Chaos zu stürzen. Fleischfressende Pygmäenskelette, wildeste Luftschiff-Akrobatik, Ricks nervtötender Sohn Alex: Playstation-Dummkopf Stephen Sommers hat wenig dazugelernt. Ein Drama von einem bis zur Unkenntlichkeit niedergemetzelten Film. Brendan Frazer, Oded Fehr, John Hannah.

(STUMM/REKON) ●●●●

Orlacs Hände

Österr. Robert Wiene (1831-1938) - UA: 1924. Pan Film, SW-92 min K: 1924 - TV: 11. 1. 01 (arte) - Lit (Dt. Stummfilm): s. Metropolis (26) - Lit (Wiene): Jung/Schatzberg: RW - Der Caligari-Regisseur (95) - Lit (Conrad Veidt): Jacobsen, ed: CV. Lebensbilder (93) - Art (Veidt): L'ASC 16. 10. 34. Ciné-revue 20 (75). Ciné-magazine 18. 1. 29. Comoedia 3. 6. 32. L'EF 7 (78). Excelsior 30. 6. 35. FoF 21 (75). Pour vous 140 (31) - Kr: Der Tag 10. 9. 24.

□ Pianist Paul Orlac - bester Schauspieler seiner Zeit: Conrad Veidt - droht im Wahn zu versinken, seit ihm nach einem Zugunglück die Hände des hingerichteten Raubmörders Vasseur transplantiert wurden.

Ein Meisterwerk der *Dämonischen Leinwand* nach Maurice Renards Roman *Les Mains d'Orlac* (20) in neuer Klavierbegleitung Henning Lohners, 1995 dank einer wiederentdeckten 35-mm-O-Kopie in inhaltlicher Reihenfolge rekonstruiert. Ein exzellentes, komplexes Beispiel für den *Tyrannenfilm*, denn Paul ist ein ohnmächtiges Opfer sowohl des echten wie des falschen Mörders als auch seines eifersüchtigen Vaters, dessen voreingenommenen Butlers und Professor Serrals, der ihn als Puppe/Experiment benutzt wie Dr. Caligari sein hilfloses Medium Cesare (Veidt) in *Das Cabinet des Dr. Caligari* (19). Paul ist das typische Opfer einer heuch-

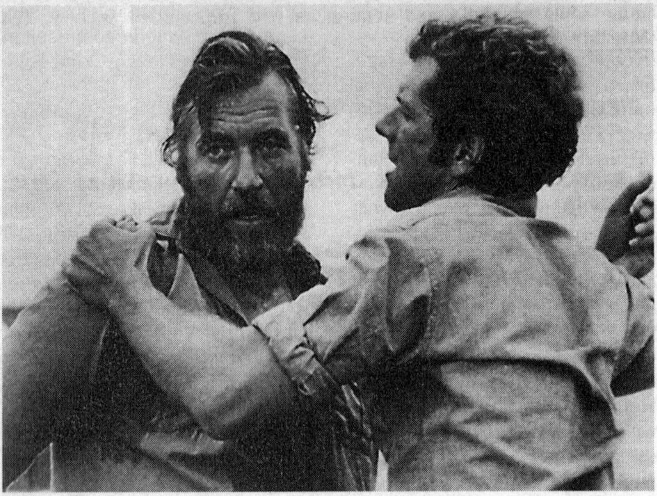

Restrisiko Mensch. Nigel Davenport, Michael Murphy, Phase IV

lerischen, obrigkeitshörigen Epoche, in welcher mit dem Gewissen Unschuldiger gespielt wurde, in der Menschen manipuliert und benutzt wurden. Ihm wird von Fremden und schließlich sich selbst eingeredet, er sei ein Mörder, was *Orlacs Hände* aber nicht zur Tragödie macht, sondern dem haargenauen Gegenteil, einem nervenaufreibenden Durchhaltefilm. Stefan Wesselys funktionale, alles Nebensächliche verbannende Bauten stehen in einem geheimen psychischen Verhältnis sowohl zu Pauls innerem Zustand als auch dem Zustand seiner Zeit und konzentrieren das Plot nur umso deutlicher auf Veidts brillantes Spiel aus Hoffnung und Verzweiflung. Der Prototyp, das Meisterwerk aller Horrorfilme um falsche Hände. Elexandra Sorina, Fritz Kortner, Carmen Cartelieri, Fritz Straßny, Paul Askonas.

(K) ●●●●
Phase IV
Phase IV
USA. Saul Bass (1920–1996) – UA: Sept. 1974. Paramount, F-91 min – F: *TRIEST* (75). *SITGES* (94) – K: 27. 1. 77 (CIC) – TV (Wh): 7. 7. 01 (K1) – Art (Bass): SaS 4/2 (94), 5/6 (95), sc 32 (96). Va 3. 6. 81 – Art (Michael Murphy): Slg 181 (92) – Art (Ken Middleham): Cf 3 (80) – Lit: Anderson: Science Fiction Films of the Seventies (85) – Kr: L'EF 69 (86). Va 9. 10. 74. Vp 12 (75).

□ Atemberaubend, einzigartig, unvorhersehbar. In einem als Wohnparadies angepriesenen Hochlandtal in Arizona haben Ameisen damit begonnen, ihre natürlichen

Feinde auszurotten. Das seltsame Phänomen wird von zwei Wissenschaftlern studiert, dem Entomologen Ernest Hubbs (Nigel Davenport) und dem Kommunikationsforscher James Lesko (Murphy) ...

Anders als *Them!* (54) oder *Empire of the Ants* (77) braucht *Phase IV* keine Radioaktivität, um das Plot anzufeuern. Bass' Meisterwerk wäre auch nicht derselbe Film, würde er auf dem Jupiter spielen. Hier sind keine Monster oder Aliens am Werk, sondern gewöhnliche Tiere unserer vertrauten Umgebung wie in *The Birds* (63). Insekten, die als kollektive Intelligenz funktionieren und lange Zeit vor dem Menschen als einzige irdische Lebensform Staaten gründeten, sind an sich interessant. Bass macht sie zu Hauptdarstellern allein durch die Nähe der Kamera und Parallelmontagen wie während des erbitterten Überlebenskampfes von Mensch und Tier gegen das gelbe Gift. Sie sind, anders als die endlosen Wellen angreifender Bugs in *Starship Troopers* (97), alles andere als anonym, bewegen uns mehr als die zunehmend riskanter reagierenden menschlichen Charaktere. Science Fiction zwingt uns zum Perspektivwechsel, in dem wir selbst zum Unbekannten, zum Risiko, zum Exoten werden. Bass' vielleicht eines Tages als *Director's Cut* wieder auftauchendes Finale, in welchem Lesko und Kendra (Lynne Frederick) die Zivilisation erreichen und von den Sechsfüsslern beherrschte Städte vorfinden, wurde von Paramount, die ihr Publikum für dumm verkaufen wollten, als zu kompliziert verworfen. Der jetzige Schluss ist komplizierter. Alan Gifford, Helen Horton, Robert Henderson.

(K) •

Planet der Affen

Planet of the Apes

USA. Tim Burton (*1960) – UA: 27. 7. 2001. Fox, F-118 min – K: 30. 8. 01 (Fox) – Art: Az 30. 8. 01 (Burton). MS 69 (01; Mark Wahlberg/Rick Baker). SaS 11/9 (01). Slg 288 (01), 189 (01; Baker/Cast) – Kr: Az 30. 8. 01. epd (2001/9). Spiegel 27. 8. 01.

□ Raumstation *Oberon*, 2029: Während eines Manövers folgt Captain Lee Davidson (ungemein blass: Mark Wahlberg) einem sich per Shuttle in eine Turbulenzzone absetzenden genetisch veränderten, zum Piloten ausgebildeten Schimpansen und strandet auf einem unbekannten Planeten, wo Menschen von Affen gejagt werden.

Der neue Planet der Affen, stellt Make-up-Genie Rick Baker nicht ohne Stolz klar, verfügt über hundert verschiedene Affentypen und nicht drei wie der 68er Film. Franklin J. Schaffners *Planet of the Apes* war ein Meisterwerk, das sich auf der Erde auf das menschliche Drama von Hestons für uns stehenden Astronauten Tayler konzentrierte und nicht auf perfekte, nach dem heutigen Stand der Technik leicht realisierbare Äußerlichkeiten, und war der erste Film, welcher mit der menschlichen Rasse an sich abrechnete. Burton ist an seinem auf einem fremden Planeten abgestürzten Menschheitsvertreter nicht nur nicht interessiert, er scheint dem Zwist zwischen der aufgeweckten Schimpansin Ari (Helena Bonham Carter) und Ex-Lover General Thade (Tim Roth) umständlich im Wege zu stehen. Burton will eigentlich eine ganz andere Geschichte erzählen. Der Regisseur von *Batman* und *Mars Attacks* träumte schon immer von Hollywoods Sternenhimmel, aber *Planet of the Apes* schlägt hart auf dem Boden von Mainstream auf. Schade. Michael Clarke Duncan, Kris Kristofferson, Estalle Warren, Charlton Heston.

(K) ○
Pokémon 2 –
Die Macht des Einzelnen
Pokémon 2: The Power of One/Gekijoban Poketto Mousuta: Moboroshi no Pokemon Ekkusu-Rugia Bakudan
USA/Jap. Kunihiko Yuyama – UA (USA): Juli 2000. Warner Bros, F-80 min – K: 21. 12. 00 (Warner) – Kr: SaS 11/2 (01).
□ Um sein Pokémon-Arsenal zu vervollständigen, lockt ein skrupelloser Sammler Unterwassergott Lugia aus der Reserve. Und der giert wie schon die Godzillas, Gameras und flugzeuggroßen Motten nach dem Klimakollaps. Enttäuschende Kombination aus baufälliger herkömmlicher Animation und sich stilwidrig abspreizenden CGI-Backgrounds: Anne-Corinne Maurines brillante ARTE-DOKU *Manche mögens Pokémon* (30. 1. 01) ging dem Nintendo-Kinderzimmerwahn mit mehr System auf den Grund.

(K) ○
Pokémon 3
Pokémon 3: Spell of the Unown
Jap. Kunihiko Yuyama, Michael Haigney – UA (USA): April 2001. Warner Bros, F-73 min – K: 21. 6. 01 (Warner) – Kr: SaS 11/8 (01).
□ Entei, ein löwenartiges Nintendo-Taschenungeheuer der legendären Unown-Spezies, verwandelt die Welt der kleinen Molly in eine blau schimmernde Kristallzone und entführt Delia, die Mutter von Pokémon-Trainer Ash. Trotz unübersehbarer Freudscher Obertöne (fehlende Mutter, verschwundener Vater, Kindersexlandschaften) äußerst ambivalent, als versuchten die Hersteller vergebens herauszufinden, in welche Richtung sie ihr Produkt weiterentwickeln sollen. Für Süchtige, Geschädigte und Unverbesserliche.

(K) ○
Die Prophezeiung
Bless the Child
USA/BRD. Chuck Russell – UA (USA): Juli 2000. Paramount, F-107 min – UA (BRD)/K: 9. 11. 2000. UIP, F-103 min – Kr: epd (2000/11). SaS 11/2 (01). SI 44 (00).
□ Teuflisches New York: FBI-Agent John Travis (Jimmy Smits) und die gottlose Psychiatrie-Krankenschwester Maggie O'Connor (Kim Basinger) im Kampf um die Seele der von einem Selbsthilfe-Guru gekidnappten kleinen Cody (brillant: Holliston Coleman). Wer um alles in der Welt glaubt denn wirklich an einen solchen Blödsinn! Weit entfernt von den in NY spielenden angriffslustigen Meisterwerken der Gattung, Mark Robsons/Val Lewtons *The Seventh Victim* (43), Larry Cohens *God Told Me To/Demon* (76) und Roman Polanskis *Rosemary's Baby* (68). Rufus Sewell, Ian Holm, Christina Ricci.

(K) ●
Psycho
Psycho
USA. Gus Van Sant – UA: 4. 12. 1998. Universal, F-109 min – K: 7. 1. 99 (UIP) – TV: 25. 8. 01 (RTL) – Art:

Viggo Mortensens Sam Loomis wirkt ungeduldiger Marion gegenüber in Gus Van Sants zeitlich differierendem Psycho. *Man beachte die Aufteilung/Position von Hell/Dunkel im Verhältnis zu den Figuren.*

Cfq 30/11 (98), 30/12 (99; Joseph Stefano). Fg 179 (98) – Kr: Cfq 31/3 (99), 31/7 (99). epd (99/2). SaS 9/2 (99). SI 41 (00). VMG'99 (99). VW 53 (99). Zoom (99/1).

□ Berechtigtes zeitgemäßes Remake oder schlichtweg ein Witz? Lässt sich Hitchcocks *Psycho* wie die Stücke Shakespeares in Jeans aufführen? Gus Van Sant sagt »Ja« und liefert eine Farbkopie ohne große Überraschungen (wie Werner Herzogs *Nosferatu-Phantom der Nacht*-Finale von 1979), aber seine Nuancierungen sind nicht uninteressant. Marion (Anne Heche)/Sams (Viggo Mortensen) heimliches Treffen im Pseudo-Zuhause des endlos grauen Hochhauses, der Rucksack von Julianne Moores energischerer Emanze Lila, weniger schuldbewusst als Vera Miles Mutters Domizil betretend, oder Arbogasts (William Macey) im Augenblick des Todes gesehene trostlose, leere Strasse, als ihm Mutter zwischen Treppe und Wohnzimmertür das Licht ausbläst, füttern *Psychos* Theorie, wir seien alle ziellos unterwegs auf der Suche nach unserer einsamen Insel und doch für immer in uns gefangen, eine Metapher, die sich auf den Film selbst anwenden lässt. Sogar Robert Forsters Psychiater Dr. Oakland, dem man nicht mehr wirklich zuhört, lebt in seiner eigenen Welt – die von Hitchcock damals vermiedenen, aber hier richtigen Großaufnahmen verraten es. Hitchcocks *Psycho* lebte nicht zuletzt von seinen unglaublichen Enthüllungen und der falschen Isolation seiner verschlossenen Helden, Van

Sants Spannung beruht darauf, wie, warum und warum nicht er von ihnen abweicht. Was *Psycho* erneut funktionieren lässt, ist unsere verdrängte Gewissheit, dass wir uns alle in einem gestörten Verhältnis zu uns und unserer Umgebung befinden, ob wir erneut daran erinnert werden wollen oder nicht, ob wir es wahrhaben wollen oder nicht. Vince Vaughn, Philip Baker Hall, Anne Haney.

(K) •
Die purpurnen Flüsse
Les Rivières Pourpres
Fr. Mathieu Kassovitz – UA: 2000. Columbia TriStar, F-105 min – K: 19. 4. 00 (Tobis) – Art: MS 67 (01; Jean Reno) – Kr: Az 19. 4. 01. epd (2001/5). SaS 11/6 (01).
□ Ein Fall von Grabschändung und eine entsetzlich zugerichtete Gletscherleiche führen Paris-Kommissar Pierre Niémans (Reno) und einen aufbrausenden Kollegen (Vincent Gassel) in die französische Alpen-Universitätsfestung Guernon, einer Eugenik-Zuchtanstalt arischen Ursprungs. Kassovitz und sein eingebildeter Produzent Alain Goldman verstehen sich auf die Imitation amerikanischer Blockbuster wie *Seven* oder *The Silence of the Lambs*, nicht jedoch auf die fundamentalere Bedeutung der Opfer von Serienkillern für das Plot. Eindrucksvoll besetzt, aber zu verschenkt und zu weit entfernt von realitätsnäheren, eigenständigen europäischen Spitzenthrillern wie *Les Diaboliques*, *Spoorloos* oder *Man Bites Dog*. Eine faustdicke Enttäuschung nach *La Haine* und *Assassin*. Nadia Farès, Jean-Pierre Cassel, Karim Belkhadra, Mathieu Kassovitz.

(K) •
Red Planet
Red Planet
USA/Austr. Anthony Hoffman – UA (USA): 3. 11. 2000. Warner Bros, F-106 min – K: 1. 3. 01 (Warner) – Art: Cf 84 (00). Cfq 32/4-5 (00). MS 66 (01; Val Kilmer). Slg 280 (00; Tom Sizemore), 281 (00) – Kr: Az 1. 3. 01. epd (2001/4). SaS 11/2 (01).
□ Durch unkalkulierbare Sonnenprotonen verursachte Landungskatastrophe trennt die führungslos im Orbit kreisende *Mars 1* unter Pilotin Kate Bowman (*Matrix*-Flugfee Carrie-Anne Moss) von dem notgelandeten Shuttle, dessen zusammengewürfelter Haufen Männer sich mit dem wildgewordenen Militärroboter AMEE, Tornados und blutrünstigen Käfern herumschlagen muss, die den Argusaugen des 25 Jahre alten irdischen Terraforming-Projekts unmöglich entgangen sein können. Science Fiction vom Reißbrett, mit Wurzeln in George Pals chauvinistischen Weltraumspaziergängen der 50er Jahre. Der größte Witz liegt natürlich in der Tatsache, dass sich Ex-Dokumentarist Hoffman so intensiv um »900 Visuelle Effekte« kümmerte – auch wenn das Pressematerial etwas anderes behauptet –, dass er vergaß, Raumanzüge des Jahres 2050 mit einer simplen Sauerstofftestvorrichtung auszustatten. Benjamin Bratt, Simon Baker, Terence Stamp.

(K) ••••
Rosemaries Baby
Rosemary's Baby
USA. Roman Polanski (*1933) – UA: Juli 1968. Paramount, F-136 min – K: 17. 10. 68 (Paramount) –

Die Wirklichkeit ist ein nur zum Schein existierendes, uns vereinnahmendes Phantom in Roman Polanskis Rosemary's Baby. *Ralph Bellamy, Mia Farrow, John Cassavetes*

TV (Wh): 14. 3. 01 (K1) – Lit (Polanski): Butler: The Cinema of RP (70). Gelmis: The Film Director as Superstar (70). Jansen/Schütte; eds: RP (86). Leaming: P: A Biography (81). McCarty: The Fearmakers (94). Parker/Gollancz: P (94). Werner: RP (81) – Art (Polanski): CdC 208 (69). Cfq 5/3 (76). epd (2000/1). FaF (69/4). Fear Magazine 16 (90). Intruder 2 (82). Literature/Film Quarterly 9/2 (81). MMo 39 (85). SaS 38/1 (68), 5/4 (95). Wide Angle 1/4 (77), 2/1 (77) – Lit (William Castle): Brosnan: The Horror People (76). Castle: Step Right Up! I'm Gonna Scare the Pants Off America (76; Autobiogr). Coursodon/Sauvage: American Directors (83). Flynn/McCarty, eds: Kings of the B's (75). Perry: Dark Dreams: A Psychological History of the Modern Horror Film (77). Rovin: The Fabulous Fantasy Films (77). Zion: WC oder die Macht der Dunkelheit (00) – Art (Castle): Cfq 3/3 (74). CM 23 (97). DS 69 (97). Fg 12 (81). Fx 3 (86) – Lit (Mia Farrow): Epstein/Morella: MF (94). Farrow: What Falls Away: A Memoir (97; Autobiegr). – Lit (John Cassavetes): Garney: The Films of JC (94). Charity: JC: Lifeworks (01). Gelmis: The Film Director as Superstar (70). Jansen/Schütte, eds: JC (83) – Art (Cassavetes): CdC 417 (89). Ecran (76/5). International Film Guide (76) – Art (Ralph Bellamy): Slg 176 (92) – Lit: Brottman: Hollywood Hex: Death and Destiny in the Dream Factory (99) – Art: FaF (69/8). SaS 5/4 (95) – Lit/Art (Der Teufel/Besessenheit/Exorzismus): s. Der Exorzist – Director's Cut – Kr: Cfq 30/4 (98). L'EF 8 (79). New Leader, 8. 7. 68. SaS 38/1 (68) –

Oscar-Nominierung 1968: Adapted Screenplay – Oscar 1968: Supporting Actress (Ruth Gordon).

□ Rosemary und Guy Woodhouse (Farrow/Cassavetes), ein junges Paar, beziehen ein preisgünstiges Apartment in einem alten New Yorker Häuserblock mit satanischer Vergangenheit, dem Bramford.

Der Auftakt aller Horrorfilme um werdende Mütter, der erste, welcher die Schwangerschaft als Thema entdeckt, der Urtyp moderner Filme um Satanismus, wie sie erst in den Siebzigern mit *The Exorcist* (73), *The Omen* (76) und *The Sentinel* (77) in Mode kamen. Aber Polanski verzichtet auf deren Äußerlichkeiten. Guys kalte Kontrolle des Menstruationszyklus' seiner Frau sowie die unerträgliche Besserwisserei und geschwätzige Einmischung aufdringlicher Nachbarn macht den Teufel schier überflüssig, aber *Rosemary's Baby* fährt auf scharfsinnige Weise zweigleisig und wirkt dadurch umso irritierender. Rosemaries Widerstand wird umso hartnäckiger bekämpft, je individueller sie sich gibt, je mehr sie sich zur Wehr setzt gegen eine ihr lediglich eingeredete Ordnung. Wie Carol in *Repulsion* (65), wie Nastassja Kinski in *Tess* (79), wie Harrison Ford in *Frantic* (88), wie alle Helden Polanskis wird sie auf geradezu unverständliche Art entfremdet und isoliert. Bildet sie sich die Verschwörung der Satanisten nur ein? Ist sie lediglich das Opfer absurder Umstände? Handelt es sich um Halluzinationen, um die wachsende Paranoia einer sich in die Enge getriebenen, falsch verstanden fühlenden Frau, die von ihrer Umgebung wie ihrem Mann nicht ernst genommen wird? Jede rationale Antwort würde das Rätsel zerstören, die Angst, die Unsicherheit einer bevorstehenden Geburt verharmlosen. Der Schluss ist zutiefst pessimistisch, das Böse triumphiert mit Hilfe des Guten wie schon in *Dance of the Vampires* (67), dessen in Spiegeln unsichtbare Ungeheuer wie die Hexer nur zum Schein existieren. In Polanskis Universum ist Flucht oder Gegenwehr zwecklos, die Unterwerfung/Bestrafung durch die Gesellschaft ein unumgänglicher, unumkehrbarer Prozess. Mit dem Wahnsinn der Realität kann man sich, wie Rosemarie, deren Widerstand zuletzt gebrochen ist, höchstens arrangieren. Meisterwerk. Ruth Gordon, Maurice Evans, Elisha Cook, Charles Grodin.

(K) ●●

Rugrats in Paris – Der Film

Rugrats in Paris: The Movie

USA/BRD. Paul Demeyer, Stig Bergqvist – UA (USA): Nov. 2000. Paramount, F-88 min – UA (BRD)/K: 31. 5. 2001. UIP, F-88 min – Kr: SaS 11/4 (01).

□ Die zum Gähnen langweilige Seine-Metropole (»Weck' mich, wenn Du einen Glöckner siehst«) und der japanische Flohzirkus EuroReptarland mit seinen ferngesteuerten Riesenrobotern im Würgegriff der Terror-Kinder! Wie sein Vorgänger erfrischend aufsässig und lebhaft, strotzend vor respektloser Energie. Front-Baby Tommy und Coco La Bouches giftiger Cruella De Vil-Klon (kaum zu bremsen: Susan Sarandon in der Übersee-Fassung) hätten mehr zu tun haben können, aber Filmbegeisterte werden die ungemein pfiffigen Anspielungen auf *King Kong*, *The*

Montmartre von seiner unbekannten Seite. Rugrats in Paris

Godfather, A Few Good Men oder *Enter the Dragon* mit Genuss verschlingen. US-Mäuler: E. G. Daily, Cheryl Chase, Debbie Reynolds, Christine Cavanaugh.

(TV) ○
Der Runner
BRD. Michael Rowitz – UA/TV: 12. 10. 2000. PRO7, F-95 min – F: MÜNCHEN (00) – Kr: Az 14. 10. 00.
□ Berlin in naher Zukunft: Journalist Jan Bergmann (Tim Bergmann) glaubt seine Spielschulden durch einen 24 Stunden-Kredit des Organspenderkonzerns Lifecorps beheben und den implantierten Chip mithilfe eines Hackers manipulieren zu können. Ein aufgeblasenes PRO7-Nichts, ein Zocker von Film irgendwo im luftleeren Raum zwischen *Blade Runner* und *Coma*, abscheulich wie der Kreditbusen Sonja Kirchbergers. Doreen Jacobi, Manfred Lehmann, Inge Naujoks.

(K) ●
Scary Movie
Scary Movie
USA. Keenen Ivory Wayans – UA: Juli 2000. Miramax, F-88 min – F: *FaFF* (00) – K: 5. 10. 00 (Highlight) – Art: MS 64 (00; Wayans/Carmen Electra) – Kr: Az 5. 10. 00. Cfq 32/6 (01). epd (2000/10). FAZ 6. 10. 00. MM 63 (00). SaS 10/10 (00).
□ Telefonsexhorror an der B. A. Corpse High School: Silikontitten-Dumpfdrallblondine Drew (Electra) spurtet in panischer Angst vor dem Maskenmann ins Auto der Eltern. Das soll witzig sein, ist es aber nicht: *Scary Movie*, eine *Scream* nicht verstehende *Scream*-Parodie, fällt ins heftig umstrittene Gewerbe des leichenfleddernden *Airplane!/ Naked Gun*-Wahnsinns. Brendas (Regina Hall) Ermordung durch das

genervte Publikum, weil sie bei *Shakespeare in Love* das Publikum ermordend dazwischenquatscht, ist der beste, weil von jedem Kinobesucher schmerzhaft nachvollziehbare »Gag«. Jon Abrahams, Shannon Elizabeth, Anna Faris.

(K) •
Schatten der Wahrheit
What Lies Beneath
USA. Robert Zemeckis (*1952) – UA: 21. 7. 2000. Fox F-129 min – K: 28. 9. 00 (Fox) – F: VENEDIG (00) – Art: Cfq 32/2 (00). MS 64 (00; Harrison Ford). SZ 26. 6. 00 (Zemeckis) – Kr: Az 28. 9. 00. epd (2000/10). Film (2000/9). SaS 10/11 (00). SZ 28. 9. 00.
□ Vermont/Neu-England: Claire (Michelle Pfeiffer), Upper Class-Gattin des skeptischen Genetikers Dr. Norman Spencer (Ford) und konfrontiert mit dem Geist einer früheren Affäre ihres Mannes, scheint im gemeinsamen Haus am See den Verstand zu verlieren. *Beneath* flirtet mit Hitchcock nicht nur im Vornamen des Hauptdarstellers und hält den verunsicherten Zuschauer pausenlos auf Trab, aber was wirklich dahinter steckt, sind schlichte soziale Probleme wie schon in *Forrest Gump*, der *Back to the Future*-Trilogie oder *Contact*, Identitätskrise, Vater-Verlust, Kinder-Dilemma. Und die gehen bei Zemeckis nie sehr tief. Diana Scarwid, Victoria Bidewell, Joe Morton.

(K) ••••
Der Schrecken vom Amazonas
The Creature from the Black Lagoon
USA. Jack Arnold (1916–1992) – UA: März 1954. Universal, F(3D)-79 min – F: *MÜNCHEN* (74). *TRIEST* (75; Arnold-Retro). LEEDS (88). *SITGES* (95) – K: 24. 9. 54 (Universal) – V (DVD): 01/1 (Universal) – Lit (Arnold): Brosnan: The Horror People (76). Reemes: Directed by JA (88) Schnelle, ed: Hollywood Professional: JA und seine Filme (93) – Art (Arnold): Cfq 4/2 (75). CM 18 (96). L'EF 7 (75). Fg 3 (79). Fx 37 (93; Betty Arnold). Ph 26 (75). SaS 3/2 (93). Sb 25 (80). Science Fiction Monthly 11 (75). Slg 181 (92). TF 7 (72). Vp 10 (75) – Lit/Art (Universal Pictures): s. Frankenstein (31) – Lit (William Alland): Weaver: Monsters, Mutants and Heavenly Creatures (96) – Art (Harry Essex): Fg 68 (87). Slg 197 (93) – Art (Arthur Ross): Slg 250 (98) -Art (Hans J. Salter): Cfq 7/2 (78) – Lit (Ben Chapman): Weaver: Attack of the Monster Movie Makers (94) – Art (Chapman): Shv 39 (97) – Lit (Ricou Browning): Rovin: The Fabulous Fantasy Films (77). Weaver: They Fought in the Creature Features (75) – Art (Browning): FF 21 (80). Fx 58 (96) – Lit (3D-Filme): Morgan/Symmes: Amazing 3-D (83) -Art (3D-Filme): Cfq 13/6-14/1 (83). MFB 602 (84). Sb 64 (83) – Lit (Julia Adams/Richard Dennin): Weaver: They Fought in the Creature Features (75) – Art (Adams): Cfq 27/3 (95). Fx 37 (93). PV 5 (90). Slg 167 (91) – Art (Nestoer Paiva): Fx 54 (95) – Lit: Amelio: Hal in the Classroom: Science Fiction Films (74). Jancovich: Rational Fears: American Horror in the 1950s (96). McConnell: The Spoken Seen: Film and the Romantic Imagination (75). Rovin: From Jules Verne to Star Trek (77) Saleh: Science Fiction Gold: Film Classics of the 1950s (79). Statten: Creature

Verdrängte Tiefen. Ben Chapman, Julia Adams,
The Creature from the Black Lagoon

from the Black Lagoon (54; Novelization). Weaver: Creature from the Black Lagoon (92; Drehb/Interviews/Hintergründe/Original-Pressematerial etc.) – Art: Cfq 11/1 (81), 27/3 (95). Collier's 10. 12. 54. FF 21 (80). Fg 1 (79), 120 (93). FMoF 5 (59), 201 (94). Fx 4 (86). JPF 2 (73). Sb 45 (82). SM 18 (96) – Kr: Commonweal 14. 5. 54. L'EF 34 (83). SFV 1 (88). Va 10. 2. 54. VW 11 (92), 65 (00). Wa I (82).

□ Die ungeheuerliche Entdeckung einer mit Schwimmhäuten und Krallen versehenen steinernen Hand lässt eine amerikanische Forschergruppe unter Leitung von Dr. Mark Williams (Denning) und dem Meeresbiologen Dr. David Reed (Richard Carlson) zum Oberlauf des Amazonas aufbrechen.

The Creature from the Black Lagoon, neben Godzilla das populärste Monster der Fünfziger Jahre, handelt wie alle SF-Filme Jack Arnolds nicht vom Unbekannten, sondern von unserer Erfahrung damit. Das Unbekannte ist eine Prüfung, der wir uns stellen müssen. Das in der Evolution stecken gebliebene Monster sind wir. Was Menschen nicht erkennen wollen, ignorieren sie. Was sie nicht verstehen, zerstören sie. Die Gewalt des Fischmenschen, der seinen Lebensraum verteidigt, ist eine vom Menschen, der weder mit sich noch mit anderen umgehen kann, provozierte Gewalt, die wir in derselben Situation auf die gleiche Art anwenden würden. Was *Creature* wie *It Came from Outer Space* (53) und *The Incredible Shrinking Man* (57) zum Meisterwerk macht, ist der offene Schluss dieser Filme, der ihren Konflikt unlösbar erscheinen lässt. Arnold geht es nicht so sehr um das Plot als um Bewusstsein und Bewusstwerden innerhalb des Plot. Richard Carlsons Dr. Reed erkennt wie Richard Carlsons Amateurastronom John Putnam in *It Came* zuletzt die tiefer sitzende, von uns verdrängte Ungeheuerlichkeit. Im ersteren Fall sind wir die Aliens, im zweiten das Tier. Antonio Moreno, Whit Bissell, Sydney Mason.

(K) ○
Schrei, wenn Du kannst
Valentine
USA. Jamie Blanks (*1972) – UA: 14. 2. 2001. Warner Bros, F-96 min – K: 8. 3. 01 (Warner) – Art: Fg 199 (00) – Kr: SaS 11/6 (01).

□ San Francisco: Ex-Schulkameradinnen um Kate (Marley Shelton) fallen einem maskierten Irren zum Opfer, dessen Initiale »JM« auf einen vor 13 Jahren zu unrecht sadistisch gedemütigten Mitschüler schließen lassen. Im Gegensatz zu *Carries* fettem Schweineblut füllt uns *Valentines* Flashback-Vorspann mit alkoholfreiem rotem Punsch ab, ein böses, sich bewahrheitendes Omen. Die Blödheit der Teenies, als hätten weder sie noch das Publikum jemals einen Horrorfilm gesehen, und ein tödlicher Drehbuchfehler (Lilys Verschwinden aus der Clique bleibt unbemerkt) geben *Valentine* den Rest. Schauriger Kommerz, ein Rückfall in die *Prom Night/My Bloody Valentine*-Pubertätskrise des Genres. David Boreanaz, Denise Richards, Katherine Heigl.

(K) ●●
Shadow of the Vampire
Shadow of the Vampire
USA/GB/Lux. E. Elias Merhige – UA (USA): 22. 9. 2000. Lion's Gate, F-91 min – F: TORONTO (00). BIRMINGHAM (00). CANNES (00). *SITGES* (00) – K: 21. 6. 01 (Fox) – Art: Cfq 32/3 (00). Fg198 (00), 199 (00; Willem Dafoe). SaS 11/2 (01) – Art (Udo Kier): Az 28. 6. 01. MS 67 (01) – Kr: Az 21. 6. 01. Cfq 33/1-2 (01). epd (2001/6). SaS 11/2 (01). SI 42 (00).

□ Berlin/Slowakei 1921: *Nosferatu*-Regisseur F. W. Murnau (John

Schreit und schreit erneut nach besseren Filmen.
Jamie Blanks' Date Movie Valentine

Malkovich) bietet den Hals von Hauptdarstellerin Greta Schröder (Catherine McCormack) zum Dessert, sollte Max Schreck (Dafoe), ein nur nachts am Set anwesender, Stanislawskij-geschädigter echter Vampir, die Rolle Graf Orloks übernehmen. Ein leidenschaftlicher pseudohistorischer Gag, vor allem in Dafoes grandios schwarzhumoriger Darbietung. Ein innovativer Seitenhieb auf Biopics, auch wenn

Shadow selbst nur der vampirische Schatten eines der größten Filme aller Zeiten sein kann. Carey Elwes, John Aden Gillet, Eddie Izzard.

(K) ●●●●

Shrek – Der tollkühne Held

Shrek

USA. Andrew Adamson, Vicky Jensen – UA: 18. 5. 2001. Dreamworks F-90 min – K: 5. 7. 01 (UIP) – Art: Cfq 33/3 (01) – Art (Jeffrey Katzenberg): Az 5. 7. 01. Focus 2. 7. 01. Spiegel 2. 7. 01 – Kr: Az 5. 7. 01. epd (2001/7). Focus 2. 7. 01. SaS 11/7 (01). Spiegel 2. 7. 01.

□ Mit der Ruhe von Abseits-Spießer Shrek ist es vorbei, als Saubermann Lord Farquaad sein spießiges Königreich *Duloc* einer Endlösung unterzieht und tausend alteingesessene Comic-Figuren von Vorgestern nebst einem gnadenlos plappernden Huftier ins Sumpfgebiet verbannt, wo sich das schrillgrüne Ungeheuer täglich im Schlamm suhlt. Dabei würde Farquaad mit sich reden lassen, würde Shrek für seine Lordschaft die von einem feuerspeienden Lindwurm festgehaltene Traumprinzessin Fiona freien. Doch die entpuppt sich als noch widerlichere Zicke als der Esel ...

Erfrischend unklassifizierbar, berstend vor tollkühnem Witz. Der neue CGI-Rekord in 585 statt wie noch bei *Antz* 70 Computersteuerungsmöglichkeiten innerhalb einer Figur nimmt kein Blatt vor den Mund. Disney-Konkurrent Jeffrey Katzenberg muss es nach seinem Rausschmiss 1994 tierische Freude bereitet haben, den winzigen Großkotz Lord Farquaad, eine verächtliche Karikatur von Disneys

Das explosivste Märchen aller Zeiten:
Shrek *bläst zum Sturmangriff auf mittelalterliche Erzählformen.*

oberstem Richter Michael Eisner, die Heile Welt-Figuren der Maus-Firma von Pinocchio über Aschenputtel bis zu den Sieben Zwergen versklaven zu sehen. *Matrix, Tiger & Dragon, Die Hard, Indiana Jones and the Temple of Doom, Simpsons,* Jerry Bruckheimer-Action, *South Park, Babe*: *Shrek* knutscht auch sie in seiner schwindelerregenden Respektlosigkeit, einhergehend mit einer rabiaten Totalabsage an Schönheitswahn und Partnervermittlungsprogramme. Ein unbändiges, innovatives Meisterwerk. OF-Stimmen: Mike Myers, Cameren Diaz, Eddie Murphy, John Lithgow.

(K) ••
The 6th Day
The 6th Day
USA. Roger Spottiswoode (*1943) – UA: 10. 11. 2000. Columbia TriStar, F-123 min – K: 14. 12. 00 (Columbia Tri-Star) – Art: Cfq 32/4-5 (00). Slg 280 (00; Arnold Schwarzenegger), 281 (00; Schwarzenegger), 282 (01; Spottiswoode) – Kr: Az 14. 12. 00. epd (2000/12). Film (2000/12). Filter 7 (00). SaS 11/2 (01).
□ Heere geklonter Killer liegen auf der Lauer, wenn Gen-Tycoon Michael Drucker (Tony Goldwyn) den versehentlich kopierten Familienvater/Ex-Kampfpiloten Adam Gibson (Schwarzenegger) aus dem Weg räumen lassen muss. Doch der setzt sich mit Hilfe seines Klons zur Wehr! Elite-Klonen wie in *The Clonus Horror*, Klon-Kumpanei wie in *The Clone Master, Total Recall*-Identifikationskrise, *True Lies*-Helikopterwahnsinn: *The 6th Day* scheint selbst geklont, und zwar von vorne bis hinten. Die Überlegung von Produzenten, alles Erfolgreiche doppelt und dreifach zu sehen, wird in Zukunft zu noch weitaus größeren »Überraschungen« führen. Sarah Wynter, Michael Rooker, Wendy Crewson.

(K) ••
Space Cowboys
Space Cowboys
USA/Austr. Clint Eastwood (*1930) – UA: 4. 8. 2000. Warner Bros, F-130 min – F: DEAUVILLE (00). VENEDIG (00) – K: 2. 11. 00 (Warner) – Art: MS 64 (00; Eastwood/ Donald Sutherland/Tommy Lee Jones/James Garner). Slg 278 (00) – Kr: Az 2. 11. 00. epd (2000/11). FAZ 31. 8. 00. Filter 6 (00). SaS 10/10/(00). SZ 31. 8./2. 11. 00.
□ Späte Wiedergutmachung des 1958 von einem Affen gesprengten Daedalus-Teams: den die gesamte Menschheit bedrohenden vorsintflutlichen Russen-Satelliten *Ikon*, ein Monster aus den Tiefen des Kalten Krieges mit geheimgehaltener Nuklearraketen-Abschussbasis und geklautem Navigationssystem, könnte nur Ex-Testpilot Frank Corvin (Eastwood) außer Gefecht setzen. Und der, längst im Ruhestand, besteht auf seine Alt-Kumpels Jerry (Sutherland), Hawk (Jones) und Tank (Garner). Völlig klar, dass die Welt wieder einmal von den Amis gerettet wird, aber von einer Don Siegel-Legende wie Eastwood darf man mehr erwarten als den in Frage gestellten, dann augenzwinkernd hingenommenen Patriotismus eines *Armageddon* oder *Pearl Harbor*. Bissige Kommmentare, exzellente Charaktere. Loren Dean, James Cromwell, George Emelin.

Spezialeffekte der Werbung: Plakate zu Hammers Spaceways *lockten Anfang der 50er Jahre die Zuschauer mit dem Versprechen größerer Leistungen im Bereich Special Effects in die Kinos – Erwartungen, die kein SF-Film dieser Zeit erfüllen konnte.*

(K) •

Spaceways

Spaceways

GB. Terence Fisher (1904–1980) – UA: 1953. Exclusive, SW-76 min – UA (USA): 7. 8. 1953. Lippert, SW-76 min – V (DVD): Okt. 2000 (VMO; OF) – Lit (Fisher): Atkins; ed: Graphic Violence on the Screen (76). Bourgoin: TF (84). Brosnan: The Horror People (76). Dixon: The Charm of Evil: The Life and Films of TF (91). Fischer: Horror Filmmakers 1931–1990 (93). Jensen: The Men who Made the Monsters (96). Pirie: A Heritage of Horror (73) – Art (Fisher): L'ASC 109 (82). Biz 3 (75). Cfq 4/3 (75), 10/2 (80). Greepy 29 (75). Ec 17 (73). L'EF 15 (80). FaF 10/10 (64). FD 16 (79). FF 14 (80), 23 (80). FFG 1 (74). Fg 11 (81). Fiche C. E. R. C. 31 (71). Gz 16 (90). Horror Elite Journal 2 (75). LSH 3 (74), 9 (86). MFB 465 (72). MMF 1 (62), 7 (63), 10-11 (64). Ph 27 (77). Po 165 (75). RdC 353 (80). Sh 9 (88). TO 3/9 (73). VW 9 (92) – Lit (Hammer): Eyles/Adkinson/Fry, eds: The House of Horror: The Story of H Films (73). Hearn/Barnes: The H Story (98). Hunter, ed: House of Horror: The Complete H Films Story (96). Hutchings: H and Beyond: The British Horror Film (93). Johnson/Del Vecchio: H Films: An Exhaustive Filmography (96). Jones: Monsters from Hell: A Pictorial Tribut to H Films (95). Marrero: Horrors of H (85). Maxford: H, House of Horror: Behind the Screams (96). Pirie: H: A Cinema Case Study (80). Warren: British Film Studios (95) – Art (Hammer): GTM 1 (95). Fg 6 (80). MM 47 (94), 54 (97). MMan 2 (67). MMe 21 (82). MT 8 (72). MW 5 (65). PI 3 (91). SaS 5/9 (95), 6/8 (96). Sh 9 (88), 27 (91). TF 25 (73). Vp 4 (73) – Hammer gewidmete Zeitschriften/Fanzines: DT, HH/HoH, HHB, HIJ, LSH, MFH, VH – Lit (Michael Carreras): Brosnan: The Horror People (76) – Art (Carreras): Biz 3 (75). L'EF 76 (87). Fg 61 (87), 63 (87), 110 (92). HHB 10 (99). HoH 16 (78). LSH 4 (78). MM 47 (94). Sab 1 (77) – Art (Les Bowie): Slg 28 (79), 29 (79) – Kr: Va 8. 7. 53. Wa I (82).

□ Vanessa (Cécile Checreau), gelangweilte Gattin des nach England gekommenen US-Raketenspezialisten Stephen Mitchell (Howard Duff), verguckt sich in den russischen Spion Philip Crenshaw (Andrew Osborn). Mitchell gerät in Mordverdacht, als sich die beiden Richtung Osten absetzen. Hat er die Leichen mit in den Orbit geschossen?

Hammers tastende Gründerjahre: Statisches Melodram aus Krimi/Spionagethriller, Love Story und SF, welches seine bescheidene Herkunft von Charles Eric Maines zu beachtetem BBC-Hörspiel kaum vertuschen kann und muss. *Spaceways,* der erste britische Weltraumthriller (gesponsort von der Fox-Schattenfirma Lippert), lässt wenig ahnen von der bald unabhängigeren, Weltruhm erlangenden unbedeutenden Filmgesellschaft an der Themse oder Fishers späterer Meisterschaft als einem der größten Regisseure des Genres. Routine. Eva Bartok, Alan Wheatley, Michael Medwin.

(K) ••••

Strafpark

Punishment Park

USA. Peter Watkins (*1937) – UA/F: 18. 6. 1971. MELBOURNE,

F-89 min – K: 70er Jahre (atlas/Notausgang) – TV: 11. 6. 01 (arte; OmU) – Lit (Watkins): MacDonald: Avantgarde Film (93). Welsh: The Illusion of Freedom: The Films of PW (99) – Art (Watkins): JPF 3 (73) – Lit: Strick: Science Fiction Movies (76) – Kr: L'EF 30 (83). Va 30. 6. 71.
□ 1970. Die Zuspitzung des Indochinakonflikts hat den amerikanischen Präsidenten dazu bewogen, die McCarren-Akte in Kraft zu setzen, ein Notstandsgesetz, welches erlaubt, alle in Frage kommenden Personen, welche die innere Sicherheit gefährden könnten, festzunehmen. Die Verdächtigen haben nur die Wahl zwischen Gefängnis und einem Strafpark in der Bear Mountain-Region im Süden Kaliforniens, einer Wüstenzone mit unmenschlich steigenden Temperaturen. Drei Tage müssen sie nach einem Vorsprung von zwei Stunden und dem Versprechen auf Freilassung die Einöde zu Fuß und ohne Wasser durchqueren, um eine amerikanische Flagge in 85 Kilometern Entfernung zu erreichen. Dabei dürfen sie sich nicht von den motorisierten und bewaffneten Einsatzkräften von Polizei und Nationalgarde einholen lassen.

Das Erscheinen von Peter Watkins in der Filmgeschichte ist gleichbedeutend mit der provozierenden, geradezu unerträglichen Intelligenz von Science Fiction. *The War Game*, 1966 in VENEDIG uraufgeführt und mit dem Oscar und Friedenspreis der Vereinten Nationen ausgezeichnet, wurde von der BBC, ihrem Finanzier, als zu realistisch verworfen, die Freigabe für die »Verbreitung« des Films durch das Britische Filminstitut erfolgte erst nach erheblichem öffentlichem Druck durch Politik und Medien. *Punishment Park* ist eine nicht minder scharfe Abrechnung mit einem menschenfeindlichen, heuchlerischen System, das sich in der Stunde der Bewährung gegen seine eigenen Mitbürger wenden würde. Freiheit und Gerechtigkeit, sagt *Punishment Park*, egal ob zur Zeit des Vietnamkriegs oder irgendeiner anderen Zeit, sind nichts anderes als eine Illusion. Der Unterschied wird schmerzhaft deutlich im Vergleich der Befragung der Gruppe 638 durch das Sondertribunal mit den grauenerregenden Erfahrungen der gerade verurteilten, den Strafpark durchquerenden Gruppe 637. Watkins unterzieht die Realität einem ähnlichen Kreuzverhör, in dem es nicht mehr um politische Ansichten geht, sondern die schlichte Frage nach der Würde des Menschen. Es ist ein alarmierendes Zeichen trügerischer Sicherheit und bornierter Angepasstheit, dass es Meisterwerke wie *Punishment Park*, der seit seiner Beschlagnahme 1971 in den USA verboten ist, heute nicht mehr gibt. Carmen Argenziane, Stan Armsted, Jim Bohan, Gladys Golden, George Gregory.

(KURZ) ●●●●
Superman
Superman
USA. Dave Fleischer (1894–1979) – 26. 9. 1941. Paramount, F-10 min – TV: 7. 1. 01 (arte; Reihe CARTOON FACTORY # 72) – Lit (Max/Dave Fleischer): Cabarga: The F Story: The History of the Max Fleischer Cartoon Studio in the Golden Age of Film Animation (93). Lenburg: The Great Cartoon Directors (93) – Art (Max/Dave Fleischer): Fx 24 (90).

Die Illusion von Freiheit. Peter Watkins' Denkmal für die Würde des Menschen – Punishment Park

SaS 9/6 (99) – Art (Paramounts Superman-Reihe): Fx 62 (97). VW 16 (93) – Lit (Superman): Daniels: Superman: The Complete History (99) – Kr: VW 16 (93).

□ Ein Irrer will Metropolis mit Strahlenkanonen vernichten. Explosivstart der immens erfolgreichen, ursprünglich im Vorprogramm amerikanischer Kinos gelaufenen ersten Superman-Serie der Fleischer Brothers: Böse zerrissen von Mediengiganten der Zeit wie *Time* oder *Variety*, wirken Fleischers 60 Jahre alte Cartoons wie in ihrer Bedeutung nicht zu unterschätzende Vorwegnahmen modernerer Entwicklungen des Kinos. Der Einsatz ausgefallenerer Kamerawinkel, des Lichts und der Montage machen sie trotz grünschleimiger Computergeister, pöbelnder Mumien und Amok laufender Dinosaurier zu heute immer noch einzigartigen Live Action Filmen, verstärkt durch reale Charaktere in realem Umfeld. ARTE brachte 17 der 19 Superman-Cartoons der 40er Jahre (7. 1.–29. 4. 2001), darunter Highlights wie *The Mechanical Monsters* (41), *Terror on the Midway* (42) und *The Bulleteers* (42). Eine historische Kostbarkeit nicht nur für Historiker.

(TV) ○
Das Tal der Schatten
BRD. Nathaniel Gutman – UA/F: 29. 7. 1999. *FaFF*, F-93 min – TV: 10. 10. 00 (SAT1) – Kr: Az 12. 10. 00.

□ Nachts: Glitschnasser Asphalt dreht den Wagen Corinnas (Natalia Wörner) in die Baugrube eines geplanten Kurhotels, einer ehemaligen keltischen Opferstätte, wo Feinden das Herz bei lebendigem Leib aus der Brust gerissen wurde. Starke Sprüche, aber Gutman bietet allerhöchstens primitivstes Hochglanzfernsehen. Lucio Fulci hätte keinen PC gebraucht. Carin C. Tietze, Hansa Czypionka, Sebastian Koch.

(K) •
Teuflisch
Bedazzled
USA/BRD. Harold Ramis – UA (USA): Aug. 2008. Fox, F-93 min – UA (BRD)/K: 18. 1. 2001. Fox, F-93 min – Art: Cf 84 (00) – Kr: epd (2001/1). SaS 10/12 (00).

□ San Francisco: Computertechniker Elliot Richards (Brendan Fraser), ein Tölpel im Umgang mit Kollegin Alison Gardner (Frances O'Connor), verfällt einer nach seiner Seele greifenden Sexbombe in einem Nichts von Bikini (Liz Hurley). Faust-Snack im McDonalds-Zeitalter: Ramis' bescheidenen TV-Sketchblasen fehlt die soziale Pointe von Stanley Donens gleichnamiger Swinging Sixties-Satire von 1967. Orlando Jones, Miriam Sher, Paul Adelstein.

(DOKU) ••••
THEMENABEND: ALCHIMIE – DIE SUCHE NACH DEM STEIN DER WEISEN
BRD/Fr. – UA/TV: **16. 1. 2001**. arte, F/SW-189 min

□ ARTE auf den Spuren der weit über die Herstellung künstlichen Goldes oder die Forschung nach Jugendelixieren hinausgehenden Alchimie, deren ganzheitliche Methode einer Natur- und Selbsterkenntnis, die das Gegenmodell zur rationalen Wissenschaft/Technik darstellt, heute erneut Wissenschaftler, Forscher und Praktiker fesselt. Axel Clévenots neugierig machendes **Das Geheimnis der Alchimisten** (Fr 2000) taucht ein in die 1000-jährige Geschichte der Alchimie, deren Wurzeln nicht nur in Europa, sondern Ägypten, Kleinasien, dem syrisch-arabischen Raum, China und Indien liegen. Die heute nur noch in der Abgeschiedenheit der Labore weiterexistierende Erforschung des inneren, verborgenen Wesens der Schöpfung geriet zu lange durch das spektakuläre Versprechen, Blei in Gold zu verwandeln, in Verruf.

Spielfilm-Beitrag: G. W. Pabsts unbekannter **Paracelsus** (D 1943) um den Schweizer Arzt/Naturforscher Theophrastus Bombastus von Hohenheim (Werner Krauß) als Opfer eifersüchtiger, arroganter Reichsstädter. Hitlers Reichsfilmkammer hatte damals ebenfalls wenig für Pabsts alternative Heilmethoden übrig.

(DOKU) ●●●●
THEMENABEND:
WAS IST MIT DEM
WETTER LOS?
BRD/Fr. - UA/TV: **1. 2. 2001**, arte. F-228 min.

□ Einiges: Die Erhöhung der mittleren Erdtemperatur wird im neuen Jahrhundert überraschende, unangenehme Folgen mit sich bringen, Wärmeflüsse, Verdunstungsrate und Meeres/Luftströme verändern. Sintflutartige Regenfälle und der Anstieg des Meeresspiegels werden Trockenheit und Versteppung gegenüberstehen. Jon Palfremans **Tatort Klima** (USA 2000) lotet Gefahren/Lösungen aus und lässt Klimaforscher das Problem der $C0_2$-Reduzierung und die Rolle der USA sowie der Entwicklungsländer diskutieren. Lars Mortensens **Klima-Konflikte** (Fr/Dän 2000) entdeckt nicht nur in menschlichem Fehlverhalten die Ursache des Treibhauseffektes und lässt ein dänisches Team unter Henrik Svensmark und Eigil Friis-Christensen komplizierte Paralleltheorien aufstellen. David Hovers **Wettlauf mit dem Wetter** (Fr 2000) skippert auf der Route von Regatten durch wildeste Klimagürtel wie die Passatwindregion südlich der Bermudas und die Höllenstrecke Guineastrom-Ostspitze Brasilien. Gnadenbrot Sahelzone: Christopher Walkers **Die Kuh sprang über den Mond** (Fr 1999) signalisiert NASA-Hilfsbereitschaft für die Dritte Welt. Die in der Wüste durch Parabolantennen in 12 Satelliten eingespeisten Klimadaten helfen dem Hirtenvolk der Fulani, den Niger bei Timbuktu jährlich mit 300 000 Rindern überquerend, bei der Suche nach Wasser und Weideflächen. Der Haken: Den Menschen wird nicht gesagt, in welch technischer, wirtschaftlicher und politischer Abhängigkeit sie sich bereits heute schon befinden. Spannender als jeder Weltuntergangskrimi.

(DOKU) ●●●●
THEMENABEND:
DEM TÄTER AUF DER SPUR
BRD/Fr. - UA/TV: **25. 2. 2001**. arte. F/SW-230 min.

□ Profiling, Molekularbiologie, DNA, nicht-tödliche Waffen: für die Polizei des 21. Jahrhunderts hat die Zukunft begonnen. Der Cop von morgen wird einen Angreifer im voraus über Wärmekameras orten, mit digitalen Erkennungssystemen identifizieren und modernster Technik außer Gefecht setzen. Einbrecher, Fälscher, Kidnapper, Hehler, Erpresser und Mörder sollten sich schleunigst etwas einfallen lassen. Nicht abschaltbare Beiträge von Michael Hutchinson, Nicolas Brown, Mary Crisp. Fiction-Kitzel: Bond-Gegner Robby Coltrane in Michael Winterbottoms **Für alle Fälle Fitz: Mord ohne Erinnerungen** (*Cracker: The Mad Woman in the Attic*; GB 1993) als kettenrauchender Psychologiedozent mit unorthodoxesten Ermittlungsmethoden. Horizonterweiternd.

(DOKU) ●●●●
THEMENABEND:
HILFE, WIR STERBEN AUS
BRD/Fr. - UA/TV: **10. 5. 2001**. arte. F/SW-180 min (Reihe »Was uns auf den Nägeln brennt«).

☐ Niedrige Geburtenraten - Kinder als Karrierehindernis/Kostenfaktor - werden im Jahr 2030 zu einem europäischen Bevölkerungsrückgang um 60 Millionen Einwohner führen, ohne Einwanderung werden wir nicht überlebensfähig sein. Passiert nichts - und Politik unternimmt keinen ernsthaften Versuch der Besserstellung von Familien -, wird es in der BRD 2025 nur noch 67 Mio. Bürgerinnen und Bürger geben. Die Krise verschärft sich durch die noch geringere Geburtenrate in traditionellen Gastarbeiterländern. Sehenswerte deutsche Beiträge von Günter Ederer, Andrea Ufer, Rolf-Axel Kriszun.

(DOKU) ●●●●
THEMENABEND:
GEISTER SIND AUCH NUR MENSCHEN
BRD/Fr. - UA/TV: **7. 6. 2001**. arte, F/SW-163 min - Art (von Lucadou): arte TV-Magazin (2001/6)

☐ Filmemacher Volker Anding im Ghostbuster-Rausch (11 Fälle aus Deutschland) und auf den Spuren von Dr. Dr. Walter von Lucadou, Forscher am Freiburger Institut für Grenzgebiete der Psychologie/Psychohygiene (IGPP) und Leiter der dortigen Parapsychologischen Beratungsstelle. Spuk lässt sich schwer beweisen, aber einige Forscher und deren Fakten scheinen die moderne Wissenschaft dennoch zu erschüttern. Gibt es Telepathie, Präkognition, Psychokinese? Stehen sie, wie der Titel meint, in direkterem Verhältnis zum Menschen? Tony Edwards' **Das Rätsel vom 6. Sinn. Außersinnliche Wahrnehmung in der Wissenschaft** (GB 1983) untersucht die Möglichkeiten des Gedankenlesens.

(DOKU) ●●●●
THEMENABEND:
TRICKS UND TRÄUME - EIN ANIMATIONSFILMABEND
BRD/Fr. - UA/TV: **17. 6. 2001**. arte, F/SW-371 min - Lit (Animationsfilm): Holman: Puppet Animation in the Cinema: History & Technique (75). Manvell: The Animated Film (54). Ptuschko: Multiplikatsionnij Film (36). Smoodin: Animation Culture: Hollywood Cartoons from the Sound Era (93). Stephenson, ed: Animated Film (81). Thiel: Puppen- und Zeichentrick (60). Thomas/Johnston: Disney Animation: The Illusion of Life (73) - Art (Animationsfilm): SaS 6/6 (96) - Lit (Chuck Jones): Kenner: GhJ: A Flurry of Drawings (94). Lenburg: The Great Cartoon Directors (93).

☐ Geballte Ladung eines Trickfilmabends mit mehr als 30 Kurzfilmen, darunter Jean-Pierre Jeunets Marionetten-Geniestreich *Le Manège* von 1979, Isao Takahatas langes Anime-Meisterwerk **Die letzten Glühwürmchen** (Jap 1989), Christian Bechs DOKU **Animierte Träume** (Fr/Schw 2001) rund um das 40-jährige Animationsfilmfestival ANNECY in den Savoyer Alpen mit seiner unendlichen Palette an Möglichkeiten und unglaublichem Reichtum an Stilrichtungen sowie Margaret Selbys **Bugs Bunny & Co. - Die bunte Welt des Chuck Jones** (*Chuck Jones: A Life in Animation*; GB 2001), welcher Bewunderer/

ARTEs Themenabend Tricks und Träume *schärft unsere Sehgewohnheiten anhand der Kunst des internationalen Trickfilms wie jährlich auf dem Festival von ANNECY*

Mitarbeiter des großen Cartoon-Talents wie Steven Spielberg, Leonard Maltin, Joe Dante (natürlich), Whoopie Goldberg, Robin Williams, *Simpsons*-Erfinder Matt Groening, Toy Boy John Lasseter oder Tarzan Glen Keane Jones' anhaltenden Einfluss auf den amerikanischen Film eingestehen lässt. Jones, der zusammen mit Tex Avery, Fritz Freleng und Robert McKimson einige der witzigsten Figuren der Filmgeschichte wie den frechen Anti-Mickey Bugs Bunny, Endlos-Loser Daffy oder den uneinholbaren Roadrunner erfand, stand auch bei MGMs Tom & Jerry Pate und erhielt zweimal den Oscar. War Avery ein eher versponnener Meister des Gags und trieb Bob Clampett das Stilmittel der Übertreibung in wahnwitzige Höhen, bestand Jones' Meisterschaft in der Verdrehung einer einzigen Augenbraue. Es sind die menschlichen Eigenschaften seiner Figuren wie in dem jeden anderen Film weit hinter sich lassenden *Feed the Kitty* (52), die sie so weltberühmt wie dauerhaft machen. Unfassbar.

(K) ●●
Thirteen Days
Thirteen Days
USA. Roger Donaldson – UA: Dez. 2000. Buena Vista, F-145 min – K: 22. 3. 01 (Kinowelt) – Art (Donaldson): Az 22. 3. 01 – Kr: Az 22. 3. 01. epd (2001/3). SaS 11/3 (01).

□ Oktober 1962: Die Kuba-Krise aus der Sicht von Präsidenten-Berater Kenny O'Donnell (Kevin Costner). Ein Wachsfigurenkabinett im Vergleich mit Oliver Stones wilderem *JFK* (91), denn außer einäugiger politischer Korrektheit riskiert Donaldson nicht viel. Aufgrund der historischen Gegebenheiten von sich aus spannend. Bruce Greenwood, Steven Culp, Dylan Baker.

(K) ●●●●
Tiger & Dragon
Wo Hu Zang Long/Crouching Tiger, Hidden Dragon
China/Taiwan/USA. Ang Lee (*1954) – UA: 2000. United China Vision, F-120 min – F: CANNES (00). HOF (00). San SEBASTIAN (00) – K: 11. 1. 01 (Arthaus) – Lit: Sunshine: Tiger & Dragon (00) – Art: Cfq 32/6 (01), 33/1-2: (01). epd (2001/1). SaS 10/12 (00) – Kr: epd (2001/1). Filter 7 (00). SaS 11/1 (01) – Oscars 2001: Foreign Language Film, Art Direction, Original Score, Cinematography.

□ Quig-Dynastie/China, frühes 19. Jahrhundert: Wudan-Fechtmeister Li Mu Bai (Chow Yun Fat) und seine Kampfgefährtin Yu-Shu Lien (Michelle Yeoh) gegen Hexe Jade Fuchs (Cheng Pei-Pei), die in unerlaubten Besitz von Lis sagenumwobenem Schwert »Grünes Schicksal« gelangt ist. Yuen Woo-Pings *Matrix*-artige Actionchoreografie katapultiert das Martial Arts-Genre in ungeahnte Höhen; Lees knallhart durchgezogene antipatriarchalische Haltung stellt alles auf den Kopf. Völlig absorbierend, wie Jades unglaubliche Tochter Jen (die geniale Zhang Ziyi) zu neuen Horizonten aufbrechend. Chang Chen, Lung Sihung, Li Fa-Zeng.

(K) ●
Tomb Raider
Tomb Raider
USA. Simon West – UA: 15. 6. 2001. Paramount, F-105 min – K: 28. 6. 01 (Concorde) – Art: Az 28. 6. 01 (Angelina Jolie). Cfq 33/3 (01). SaS 11/8 (01). Slg 288 (01), 289 (01; West) – Kr: Az 28. 6. 01. epd (2001/8). Focus 25. 6. 01. SaS 11/8 (01).

□ London/Venedig/Kambodscha/Sibirien: Kampfgazelle Lara Croft (Jolie) auf der Jagd nach dem »Allsehenden Auge«. Was *wir* zu sehen bekommen, ist fehlender Sex, keine Ironie, kein Hintergrund, kein Vater-Konflikt im Diesseits: *Tomb Raider* scheitert schnell an seiner alles opfernden, in Eintönigkeit übergehenden Nur-Action. Was nützt das Höllentempo, wenn der Charakter vergessen wurde? Das Ergebnis ist der befürchtete gewaltige Irrtum: Im Gegensatz zum Spiel glaubt der Film, von Action und Raum, Objekten und Tönen abhängig zu sein, anstatt sich ihrer zu bedienen. Jon Voight, Noah Taylor, Iain Glen.

(K) ●●●●
Unbreakable – Unzerbrechlich
Unbreakable
USA. M. Night Shyamalan (*1971) – UA: 24. 11. 2000. Touchstone, F-106 min – K: 28. 12. 00 (Buena Vista) – Art: Az 28. 12. 00 (Shyamalan). Cfq 32/4-5 (00) – Kr: Az 28. 12. 00. Cfq 33/1-2 (01). epd (2001/1). Film (2000/12). SaS 11/2 (01). SI 44 (00).

□ New York-Philadelphia: Ex-Football Player/Sicherheitsbeamter David Dunn (Bruce Willis), ein im Leben Gescheiterter, überlebt als einziger ein verheerendes Zugunglück mit 131 Toten. Sein unzerbrechliches Superhelden-Schicksal scheint in direktem Gegensatz zu dem des fragilen farbigen Comic-Galeristen Elijah Price (Samuel L.

Jackson) zu stehen. *Final Destination* für Grübler/Erwachsene, aber Shyamalans erneut harte Pointe schmeckt nach beginnender Formelhaftigkeit und wird zum Gegenpol des finalen Gelübdes von *The Sixth Sense*. Dennoch ungemein unkonventionell und herausfordernd. Robin Wright Penn, Spencer Treat Clark, Charlayne Woodard.

(K) ●●●●
Unheimliche Begegnung der dritten Art – Die neue Version
Close Encounters of the Third Kind: Special Version
USA. Steven Spielberg (*1947) – UA: Aug. 1980. Columbia, F-132 min – K: 13. 3. 81 (Warner-Columbia) – TV (Wh): 8. 5. 01 (K1) – Lit (Spielberg): Baxter: An Unauthorized Biography: SS (96). Brode: The Films of SS (94). Crawley: The SS Story (83). Goldau/Prinzler: S – Filme als Spielzeug (85). Slade/Watson: Supernatural S (92). Smith: American Filmmakers Today (85). Taylor: SS (92). Von Gunden: Postmodern Auteurs (93). Yule: SS: Father to the Man (96) – Art (Spielberg): Cfq 6/4-7/1 (78). L'EF 5 (78). FN (74/Summer). Slg 12 (78), 102 (86). TO (75/6) – Art (Douglas Trumbull): s. 2001 – Odyssee im Weltraum – Lit (John Williams): Larson: Musique Fantastique (84) – Kr. (Special Version): Cfq 10/3 (80). L'EF 17 (81). MFB 561 (80). Sb 28 (80). Yp 23 (81).

☐ Muncie/Indiana: Seit der nächtlichen Begegnung mit einem UFO suchen Elektriker Roy Neary (Richard Dreyfuß) seltsam obsessive Visionen von einem bergähnlichen Gebilde heim, woran seine zweifelnde Familie zu zerbrechen droht.

Steven Spielberg glaubt so sehr an Fliegende Untertassen und *CE3K* ist mit so viel begeisterter und begeisternder Hingabe inszeniert, dass es eine Ungerechtigkeit wäre, würden sie nicht existieren. Wenn wir wirklich glauben, so Spielberg, werden wir erlöst und fahren in den Himmel. Der dreieckige Lichtkegel, welcher Nearys Wagen am Bahnübergang in gleisendes himmlisches Licht taucht, wird aus derselben Quelle gespeist wie der das Tal von Bethlehem überquerende, wie Spielbergs UFO stehen bleibende, den Stall beleuchtende Lichtkegel zu Beginn von *Ben Hur*, und zuletzt wird Neary ein leuchtendes Vorbild für uns alle wie viele Helden eines Spielberg-Universums, in dem einzelne Menschen einen Unterschied ausmachen. Auf dem Weg dorthin müssen ein paar Kleinigkeiten überwunden werden, aber *Close Encounters* braucht so gut wie kein Plot oder wirkliche Dramaturgie. Vilmos Zsigmonds lange vor Trumbulls Effekten die Hauptrolle übernehmende atemberaubende Panavision-Kamera lässt uns noch in den beiläufigsten Nebenszenen spüren, dass etwas Größeres im Gange ist. Science Fiction reicht als brillant *aufpolierte* SF, Spielbergs Mutterschiff besitzt eine zu große Ähnlichkeit mit Frank Pauls Cover von Hugo Gernsbacks Nov. 1929-Ausgabe von *Air Wonder Stories*. Der Regisseur von *Duel* und *Jaws* ist einer der besten Filmemacher, wenn es darum geht, aus völlig banalen, nachvollziehbaren Alltagssituationen heraus eine Stimmung zu entwickeln und uns einfach mit auf den Weg zu nehmen. Das von Trumbull in einen überwältigenden Sense of Wonder getauchte, grandios fotografierte und von John Williams' Symphonien majestätisch überhöhte Ergebnis mündet ins optimistischste Happy End der Filmgeschichte mit erstmals ausschließlich freundlichen, wohlwollenden Aliens. So einfach und doch so tiefgründig kann ein Film sein. François Truffaut, Teri Carr, Roberts Blossom, Lance Henriksen.

(K) ●●●●
Der Unsichtbare
The Invisible Man
USA. James Whale (1889–1957) – UA: Nov. 1933. Universal, SW-71 min – K: 1950 (Universal) – TV: 22. 11. 93 (RTL 2) – V (DVD): 14. 8. 00 (Universal) – Lit/Art (Whale/Universal Pictures/Jack Pierce/Dwight Frye): s. Frankenstein (31) – Lit (Claude Rains): Soister/Wioskowski: CR: A Comprehensive Illustrated Reference to His Work in Film, Stage, Radio, Television and Recordings (00) – Art (Rains): L'EF 4 (73) – Lit (Gloria Stuart): Weaver: It Came from Weaver Five (00) – Art (Unsichtbare im Film): CM 17 (96). Slg 177 (92) – Lit (H. G. Wells-Filmadaptionen): Haining: H. G. Wells on Film (79). Wykes: H. G. Wells in the Cinema (77) – Art (H. G. Wells-Filmadaptionen): L'EF 3 (73). FiR 9 (67). Slg 288 (01) – Lit: Everson: Classics of the Horror Film (74). Rovin: From Jules Verne to Star Trek (77). Senn: Golden Horrors: An Illustrated Critical Filmography, 1931–1939 (97) – Art: L'EF 10 (79) – Kr: Cfq 30/11 (98). L'EF 29 (82). Fg 198 (00; DVD). Fx 37 (93). MFB 3 (34). The Nation 13. 12. 33. SaS (57/Autumn). SFV 2 (90). Va 21. 11. 33. VW 65 (00; DVD).
□ Chemiker Jack Griffin (Rains), Opfer eines Unsichtbarkeit hervorrufenden, aus der teuflischen indischen Droge Monokain gewonnenen Serums, erläutert dem Hilfsbereitschaft vortäuschenden Kollegen Dr. Kemp (William Harrigan) seine Welteroberungspläne.
Der Klassiker, das Meisterwerk unter den von Wells' Roman (1897) inspirierten mehr als 30 »Unsichtbaren« des Films seit Gaston Velle/Gabriel Moreaus *Les Invisibles* von 1905. Leben selbst, scheint Whale zu sagen, ist eine bizarre, ja unsichtbare Angelegenheit, resultierend in Sequenzen, die gleichzeitig sichtbar und unsichtbar, witzig und tragisch sind: Griffins Entkleidung vor der Polizei, seine Bemerkung Kemp gegenüber, er könne bei seinem eigenen Verdauungsprozess zusehen, die geistesverwirrte Ankündigung seiner »Terrorherrschaft«, er wolle große UND kleine Leute umbringen, um zu verdeutlichen, dass er keinen Unterschied mache. Eines der frühesten Beispiele in der Geschichte des Films, wie nahe Selbstüberschätzung und totale Verzweiflung beieinander liegen. In Wahrheit passt nie etwas zusammen, zerbricht alles an seinen eigenen Widersprüchen. Gloria Stuart (*Titanic*, 1997), Dudley Digges, Una O'Connor.

(K) ●●●●
Der Untergang von Troja
Helen of Troy
USA. Robert Wise (*1914) – UA: 1955. Warner Bros, F-118 min – F: TORONTO (83) – K: 26. 1. 56 (Warner; 111 min; Die schöne Helena) – TV (Wh): 8. 10. 00 (K1) – Lit (Wise): Beier: Der unbestechliche Blick. RW und seine Filme (96)

– Leeman: RW on His Films: From Editing Room to Director's Chair (95). Weaver: It Came from Weaver Five (00) – Art (Wise): FoF 12 (72), 13 (73) – Lit (Max Steiner): Larson: Musique Fantastique (84) – Art (Steiner): L'EF 6 (78). Fx 36 (92) – Kr: VMG'96 (95).

□ Einer der aufwendigsten und besten Antik-Filme Hollywoods, unglaublich in seinen gigantischen Schlachten, großer Story, erstklassiger Besetzung, eindrucksvoller Art Direction (Bond/Kubrick-Architekt Ken Adam als damaliger Assistent) und einem monströsen Score des Komponisten von *King Kong*. Die Cinemascope-*matte paintings* von Troja und der griechischen Flotte könnten heute leicht am Bildschirm nachgebessert werden, ähnlich George Lucas' digitaler Restaurierung der *Star Wars*-Episoden *IV* bis *VI*, aber die Qualität eines Films liegt nicht in seiner technischen Glaubwürdigkeit, noch spielt sie eine Rolle. Die besten Storyboards nützen nichts, wenn ich nichts mitzuteilen habe oder nicht weiß, wie ich es mitzuteilen habe. Was Wise beispielsweise von Val Lewton gelernt hat, wird deutlich in der trügerisch hereinbrechenden Nacht nach der Siegesfeier, wenn sich die Musik des Flötenspielers wie das schwächer werdende Lied der Straßensängerin in der Dunkelheit der Gassen verliert, wenn sich Troja in das nächtliche Edinburgh von *The Body Snatcher* verwandelt.

Helen of Troy war Teil der von David Cronenberg ausgesuchten SF-Retrospektive im Sept. 1983 in TORONTO, ein gewagt erscheinendes, wie das Plot selbst aus seiner Zeit ausbrechendes Unternehmen. Cassandras Prophezeiung, die Vorwegnahme von Trojas Fall und Odysseus' vorausblickende List in der militärisch-erfinderischen Idee des Hölzernen Pferdes wären mit der SF flirtende Hinweise, aber es geht in erster Linie um Paris' Utopie, sein in doppeltem Sinne unerhörtes Friedensangebot an den keineswegs geschlossenen »Gegner« Griechenland. Das macht ihn zum Doppelgänger Michael Rennies in *The Day the Earth Stood Still* (51). Dass Paris (Jacques Sernas) per Schiff und nicht per UFO einer uneinsichtigen, kriegslüsternen, aber nicht wirklich fremden Kultur begegnet und scheitert, zeigt, wie austauschbar Genres sind, wenn es doch nur um Inhalte geht. Wie der Zeitreisende in *The Time Machine* wagen Paris und Helena (Rossana Podesta) das Unmögliche, den Ausbruch aus ihrer Zeit und deren beklemmenden, unabänderlichen Vorstellungen. Der Fortschritt zeigt sich auch praktisch in der einfachen Tatsache, die beiden Hauptrollen, riskant für eine derartige Mammutproduktion innerhalb Hollywoods Sternensystem, im Gegensatz zu den Nebenrollen NICHT mit Stars zu besetzen. Ich kenne Cronenbergs Argumentation nicht,* aber SF glaubt wie kein anderes Genre an die Veränder-

---

* Die einzigen mir geläufigen Äußerungen stammen aus einem Kurzbericht zur TORONTO-Auswahl des Regisseurs in Starlog # 76 (Nov. 1983; S. 16), wo Cronenberg Parallelen zu *Flash Gordon* und *Star Wars* zieht. Die Begründungen im Fall *Satyricon* und *Taxi Driver* sind interessanter.

barkeit der Welt und unserer Ansichten. Was sonst bricht aus seiner Zeit, aus den bestehenden Verhältnissen aus? Dass Paris/Helena keine Zeitmaschine benutzen, heißt nicht, dass es sich hier um keinen SF-Film handelt. Wie alle großen Filme komplex und hochinteressant. Sir Cedric Hardwicke, Stanley Baker, Niall MacGinnis, Harry Andrews, Nora Swinburne.

(TV) ○
USS Charleston – Die letzte Hoffnung der Menschheit
On the Beach
USA/Austr. Russell Mulcahy (*1953) – UA (USA): 2000. F-204 min – TV: 18./19. 8. 01 (RTL).

□ Melbourne/Anchorage/San Francisco: Irrfahrt des Atom-U-Boots *USS Charleston* unter Commander Towers (Armand Assante), welches nach einem nuklearen Schlagabtausch zwischen China und den USA zur letzten Hoffnung der versprengten Menschheit geworden ist.

Mulcahy hat an seinem Vorgänger, Stanley Kramers überheblichem *On the Beach* von 1959, nicht nur die Laufzeit falsch abgelesen. Die geizigen Computereffekte einer zerstörten Golden Gate Bridge sind zu miserabel für eine derartige Produktion, das Plot noch überfrachteter an nationalem Pathos, die Melodramatik vor allem im Fall Grant Bowler/Jacqueline McKenzie (in den damaligen Anthony Perkins/Donna Anderson-Rollen) geradezu unerträglich. Warum sollte ein einziges U-Boot den Atomkrieg überstehen? Weit entfernt von dem tiefer in die beruflichen wie privaten Verdrängungen der Hauptfigur eintauchenden Meisterwerk der Gattung, Christo Christovs bulgarischem, oft mit Tarkowskijs *Soljaris* (72) verglichenem *Ziklopat* (VARNA 76; *TRIEST* 77). Assante ist vielleicht der beste heute in SF-Filmen auftretende Schauspieler, aber er wird sinnlos verschleudert in einem orientierungslosen Skript mit Herzschmerz-Ausgang à la Rosamunde Pilcher. Rachel Ward, Bryan Brown, Joe Petruzzi.

(K) ●●●●
Vera Cruz
Vera Cruz
USA. Robert Aldrich (1918–1983) – UA: 1954. United Artists, F-94 min – K: 13. 5. 55 (United Artists) – TV (Wh): 29. 7. 01 (arte; THEMENABEND MYTHOS GOLD) – Lit (Aldrich): Silver/Ursini: Whatever Happened to RA? His Life and His Films (01) – Lit (Burt Lancaster): Buford: BL: An American Life (00). Munn: BL: The Terrible-Tempered Charmer (95). Windeler: BL (85) – Lit (Gary Cooper): Dickens: The Films of GC (71) – Kr: MFB 255 (55). VMG'99 (99).

□ Mexiko 1866: Ex-Konföderierten-Major Ben Trane (Cooper) aus New Orleans und der staatenlose Abenteurer Joe (Lancaster) schlagen sich im Kampf zwischen Juarez und Kaiser Maximilian auf die Seite des Meistbietenden und beschützen eine Eskorte der nach Frankreich ausbrechenden Gräfin Duvarre (Denise Darcel). Und die hat es faustdick hinter den Ohren wie Cesar Romeros sie begleitender Marquis de Labordère.

Hochbrisanter, skandalöser Kitsch. *Vera Cruz* sitzt zwischen den Welten, aber seine Heimatlosigkeit ist sein größter Triumph.

Alles ist anders und entwickelt sich anders als man denkt. *Vera Cruz* sieht aus wie ein Western, aber nichts in *Vera Cruz* ist, wonach es aussieht. Lancasters unmögliches, grausam temperiertes Grinsen wird in die Geschichte des Films eingehen wie das Lächeln der Mona Lisa in die Geschichte der Malerei. Ein internationales Aushängeschild an Anstand und Moral wie Gary Cooper mäht in SuperScope Horden feindlicher Besatzer nieder, lange vor dem Aufkommen des Spaghetti-Westerns oder William Holdens wilderm Befreiungsschlag in *The Wild Bunch*. Mexikanische Kinobesucher zeigten sich entsetzt über Aldrichs Prachtentfaltung ausländischer Aristokraten auf unbezahlbaren Opernbällen in protzigen Palästen im Kontrast zur zerlumpten, undifferenzierten Landbevölkerung. Aber die Amerikaner kommen sogar noch schlechter weg! Charles Bronson und Ernest Borgnine spielen die unzivilisiertesten Schweine im amerikanischen Film der Fünfziger Jahre. Ein unglaublich modernes, weit vorausblickendes Meisterwerk über Scheinheiligkeit und Selbstüberschätzung. George Macready, Sarita Montiel.

(K) ○

Wes Craven präsentiert Dracula

Wes Craven Presents
Dracula 2000

USA. Patrick Lussier - UA: 22. 12. 2000. Dimension, F-99 min - K: 26. 4. 01 (Highlight) - Art: Cfq 32/6 (01). Fg 199 (00) - Kr: Az 26. 4. 01. epd (2001/5). SaS 11/6 (01). Sl 45 (01).

□ London-New Orleans: High Tech-Gangster stoßen im Auktionspalast Van Helsings (Christopher Plummer) auf Draculas vernetzten Bleisarg. Terror über den Wolken, aber Cravens Cutter Lussier und Autor Joel Soisson, dessen ultramoderne Mythologie uns Judas und den Ewigen Juden im Doppelpack als ersten Vampir andrehen will, haben aus den dicken Fehlern von Hammers Spätphase absolut nichts gelernt. Millenium-Remix von *Dracula AD 1972*. Jonny Lee Miller, Justine Wadell, Jennifer Esposito.

(K) ●●●●

20 000 Meilen unter dem Meer

20,000 Leagues Under the Sea

USA. Richard Fleischer (*1916) - UA: Dez. 1954. Buena Vista, F-127 min - K: Jan. 56 (Ufa) - TV (wh): 7. 1. 01 (RTL) - Lit (Fleischer): Bourgoin: RF (78). Fleischer: Just Tell Me When to Cry: A Memoir (93; Autobiogr.) Johnson, ed: Focus on the Science Fiction Film (72) - Art (Fleischer) Cinéma 69 # 244 (79). FaF 362 (84). MMo 39 (85). sc 28 (94). Slg 85 (84) - Lit (James Mason): Hirschhorn: The Films of JM (75). Mason: Before I Forget (82; Autobiogr). Morley: Odd Man Out: JM (89) - Art (Mason): FaF (54/ 11; 54/12) - Lit (Kirk Douglas): Douglas: Climbing the Mountains: My Search for Meaning (98; Autobiogr). Munn: KD: A Biography (85) - Lit (Peter Lorre): Youngkin/Bigwood/Cabana Jr: The Films of PL (82). Beyer: PL (88) - Art (Lorre): L'EF 2 (77) - Art (Peter Ellenshaw): Cfq 9/3-4 (79) - Lit: Rovin: From Jules Verne to Star Trek (77). Steinbrunner/Goldblatt: Cinema of the Fantastic (72) - Art: Cfq 14/3 (84) - Lit (Jules Verne-Filmadaptionen): Evans: JV and His Work (65). Renzi: JV on Film: A Filmography of the Cinematic Adaptions of His Works, 1902 through 1997 (98) - Art (Jules Verne-Filmadaptionen): Slg 56 (82), 288 (01) - Kr: L'EF 67 (86). FiR (55/1). SFV 1 (88). Va 15. 12. 54. VW 18 (93). Wa I (82) - Oscar-Nominierung 1954: Editing - Oscars 1954: Color Art Direction, Special Effects.

□ 1868: Ein geheimnisvolles Meeresungeheuer bedroht die pazifischen Seewege und versenkt Kriegsschiffe wie die *Abraham Lincoln.* Bei dem Monster handelt es sich um das hochmoderne U-Boot *Nautilus* eines Kapitäns Nemo (Mason), welcher einen erbarmungslosen Rachefeldzug gegen eine kriminelle Menschheit führt.

Die beste filmische *voyage extraordinaire* eines Buches von Verne, Geburtsstunde von Disneys neuem Verleiharm Buena Vista. 200 000 Dollar mussten für einen Neudreh unter 2nd Unit Director James C. Heavens, der sämtliche Unterwasseraufnahmen von Arnolds *Creature from the Black Lagoon* inszeniert hatte, zusätzlich ausgegeben werden, um die weltberühmte Riesenkalmar-Sequenz von trügerischem Abendrot in stürmischere Gewässer zu verlegen. Die Technik war zu sichtbar. Die Investition hat sich gelohnt, denn *Leagues,* einer der ersten CinemaScope-Filme, ist der überzeugendste Special Effects-Film vor *2001: A Space* Odyssey (68). Bei den Luftblasen, dem Brand und der Explosion des von der *Nautilus* versenkten Schiffes mit Nitrat-Ladung etwa, dessen überzeugenden Untergang Arronar (Paul Lukas), Conseil (Lorre) und Ned (Douglas) durch das riesige Bullauge von Nemos Salon verfolgen, handelt es sich um nichts anderes als Animation! Die Bedeutung von Disneys erstem Live Action-Abenteuer beginnt damit aber erst. Im glasklaren Wasser der Bahamas entstanden, war es der erste größere Versuch, den Ozean und seine Geheimnisse einem breiteren Publikum näherzubringen. Masons hochdramatischer, innerlich zerrissener Nemo, für die Befreiung der Menschheit kämpfend und doch zeitlebens ein Unzivilisierter bleibend, ist der erwachsenste Charakter in einer Verne-Adaption und keine Figur aus einem Kinderfilm. Und der Triumph von Disney/Fleischers Adaption liegt nicht im Versuch einer überzeugend rekonstruierten Epoche, unterstützt von Ellenshaws atmosphärischen *matte paintings,* sondern in der Universalität und Unvergänglichkeit des Themas selbst begründet. Meisterwerk. Robert J. Wilke, Carleton Young, Ted de Corsia.

(K) ●●●●

2001 – Odyssee im Weltraum

2001: A Space Odyssey

USA. Stanley Kubrick (1928–1999) – UA: 6. 4. 1968. MGM, F-148 min – F: BERLIN (01) – K: 11. 9. 68 (MGM) – K (WA): 22. 2. 01 (Warner) – Lit (Kubrick): Baxter: SK: A Biography (97). Ciment: Kubrick (80). Falsetto, ed: Perspectives on SK (97). Howard: SK Companion (99). Jansen/Schütte, eds: SK (84). Kagan: The Cinema of SK (72). Kilb/Rother/Beier u. a.: SK (99). Kirchmann: SK. Das Schweigen der Bilder (93). Kolker: A Cinema of Loneliness (80). LoBrutto: SK: A Biography (98). Nelson: K: Inside a Film Artist's Maze (82). Seeßlen/Jung: SK und seine Filme (99) Thissen: SK. Der Regisseur als Architekt

2001: A Space Odyssey *eröffnete dem Genre des Science Fiction-Films neue Horizonte. Niemand wollte Kubrick folgen – niemand KONNTE Kubrick folgen*

(99). Walker: SK Directs (71) – Art (Kubrick): MFB 606 (84). SaS 41 (72), 9/9 (99). Soho News 28. 5. 80 – Art (Arthur C. Clarke): Cfq 25/3 (94). Slg 65 (82), 78 (84) – Art (Douglas Trumbull): Cfq 2/2 (72), 25/3 (94). L'EF 18 (81), 42 (84). FF 3 (78). SaS 5/5 (95). Sb 5 (78), 6 (79), 7 (79). Slg 77 (83), 78 (84). Vp 3 (73) – Lit (Stuart Freeborn): Taylor/Roy: Making a Monster: The Creation of Screen Characters by the Great Makeup Artists (81) – Art (Freeborn): Fg 37, 38, 39 (84). Slg 11 (78) – Art (Alex North/Ray Lovejoy): Cfq 25/3 (94) – Art (Keir Dullea): Cfq 25/3 (94). Slg 88 (84) – Art (Gary Lockwood): Cfq 25/3 (94). MS 66 (01). Slg 124 (87) – Lit: Agel: The Making of Kubrick's 2001 (70). Alpert/Sarris, eds: Film 68/69 (69). Bizony: 2001: Filming the Future (97). Clarke: The Lost Worlds of 2001 (72). Geduld: Filmguide to 2001: ASO (73). Keller: Der utopische Film (74). Peary: Cult Movies (81). Rovin: From Jules Verne to Star Trek (77) – Art: AC 49 (68). L'ASC 231 (79), 232 (79). Cf 85 (01). Cfq 4/1 (75), 25/3 (94). CM 19 (96). FC 5 (69). FCu 48–49 (70). FH 3 (68). FSR 5 (70), 6 (70). JPF 3 (78). Life 5. 4. 68. MFB 614 (85). QRFS 3 (78). SaS 4/1 (94). Sb 34 (81). Slg 194 (93) – Kr: L'EF 30 (83). New Leader 6. 5. 68. NYT 4. 4. 68. SFV 1 (88). Va 3. 4. 68. VW 20 (93) – Kr (WA): Az 22. 2. 01. epd (2001/4) – Oscar-Nominierungen 1968: Director, Original Story & Screenplay, Art Direction – Oscar 1968: Special Visual Effects.

□ Was wäre der Beginn eines neuen Jahrtausends schon ohne

eine digitale Restaurierung von Stanley Kubricks sich immer noch raffiniert entziehendem *2001: A Space Odyssey*? Kubricks verblüffend in unser Unterbewusstsein einsteigender Monolith und sein schrankenloses metaphysisches Finale sind weder in ein Medium wie Sprache übertragbar noch ihrer Zeit unterworfen. Dafür sind sie, wie der gesamte Film, endlos faszinierend.

2001 ist ein spätes Kind der aufbrechenden Sechziger Jahre, als man entdeckte, dass auch das Kino zu größerem geboren ist als dem Erzählen von Geschichten oder der Einteilung in Genres. Alain Resnais' *L'Année Dernière à Marienbad* (60) besitzt praktisch kein Plot mehr, in den Meisterwerken Michelangelo Antonionis passiert gar nichts. Kubrick operiert ähnlich kühn mit Raum und Zeit, wobei der Mensch gleichfalls zur Marionette sowohl seiner selbst wie einer anonym bleibenden universellen Bestimmung wird. Den Dingen und ihrem Anschein ist nicht mehr zu trauen, sie besitzen noch eine zweite, unbekannte Wahrheit in einem größeren, für uns nicht erkennbaren Zusammenhang. Der kleine runde Tisch in der Empfangshalle des Hilton-Hotels auf der Raumstation, an welchem sich Dr. Floyd (William Sylvester) ungezwungen mit osteuropäischen Kollegen austauscht, könnte nicht unschuldiger aussehen, aber wir wissen, dass er der Nachkomme eines Wasserlochs ist, um das sich Millionen Jahre zuvor das gleiche Drama abspielte. Wir werden nie erfahren, welch hochbrisantes Material sich in Dr. Floyds Aktentasche befindet, aber wir spüren, dass auch sie ihren Vorgänger in Mond-Schauers (Daniel Richter) Knochen hat. Beide sind wahnsinnig gefährlich. Mond-Schauers in den Himmel geschleuderter Knochen findet seine Entsprechung/Weiterentwicklung im Flug Dr. Floyds zum Mond. Beidesmal wird ein neues Territorium gewaltsam erschlossen. Die Methoden mögen sich verfeinert haben, aber der Akt der Barbarei bleibt ein und derselbe.

In der Welt Dr. Floyds – in unserer Welt – sind die Menschen versprengte Idioten der Technik, deutlich in Daddys Telefongespräch mit der Tochter auf der Erde. Squirt (Viviane Kubrick) teilt ihrem Vater, der keine Zeit für eine Familie hat, mit, dass sie allein im Zimmer spiele, das Kindermädchen sich im Bad aufhalte und Mammi einkaufen gegangen sei und dass sie – vor lauter Ehrfurcht vor Daddy – am liebsten ein Telefon hätte. Noch deutlicher, noch einfacher ließe sich die Dummheit, die Heuchelei, die falsche Ehrfurcht vor den falschen Leuten, kurzum das menschliche Drama nicht nur unserer Zeit nicht auf den Punkt bringen. Squirt folgt Daddy wie Mond-Schauers Sippe Mond-Schauer.

Die Hölle von *2001* bricht aber erst los, als HAL 9000 (Douglas Rains Stimme), die Inkarnation zukünftigen Supertechnikwahns, das Privatgespräch zwischen Dave (Dullea) und Frank (Lockwood) missverstehen muss, weil es nicht Teil seiner Welt ist. HALs Beschluss, die menschliche Besatzung der *Discovery* auszuschalten, ist die einzige logische Entscheidung, da das einzige zuständige Kommunikationssystem an Bord von ihm allein abhängt. Unerlaubte Gespräche/

Gesprächspartner müssen demzufolge »beendet« werden. Wie der Hoteltisch und die Aktentasche hat auch HAL seinen fossilen Vorgänger in nichts anderem als dem Telefon. Die beißende Ironie des Regisseurs von *Doctor Strangelove*, wo der letzte Weltkrieg schon mal um einen Coca Cola-Automaten auf Rippers Stützpunkt tobt, ist bei aller künstlicher Intelligenz nicht zu übersehen.

Man ist natürlich versucht, auch Kubricks unschlagbares Finale auf Irdischeres zurückzuverfolgen. Selbst der rechtwinklige Monolith, im Mond-Krater Tycho zu leicht auf sich aufmerksam machend, erscheint wie das primitive Werkzeug einer fortgeschrittenen, uns überlegenen Intelligenz. Mit David Bowmans Transformation beginnt ein weiterer evolutionärer Schritt in der Geschichte des Menschen, wobei das gesamte Universum in Form des dunklen Hintergrundes des Embryos als Mutterleib fungiert. Dieses Kind wird an einen Vater, den es nicht gekannt hat und der nicht einmal mehr als Mythos existieren wird, so wenig Erinnerung haben wie der Sohn, den Jean Simmons am Ende von *Spartacus* einem sterbenden Vater zeigt, dessen erlöschende Augen einen unbekannten Horizont absuchen und ihn als Fossil der Geschichte zurücklassen. Der neue König David wird aufräumen wie einst Mond-Schauer und Dr. Floyds Patriarch. Kubrick ist zu intelligent, um uns seinen nächsten Schritt zu verraten, der das jetzt nicht mehr ganz ungelöste Rätsel seiner Herkunft, Bestimmung und Zukunft lösen würde. Leonard Rossiter, Margaret Tyzack, Robert Beatty, Sean Sullivan, Frank Miller, Penny Brahms, Alan Gifford.

ABSPANN

AC	*American Cinematographer* Hollywood 21–
Am	*Amarcord* Florenz 95–
Az	*Abendzeitung* (München)
BeN	*Bianco e Nero* Rom 37–43, 48–
Biz	*Bizarre* Asheville NC 74–
BO	*Black Oracle* Baltimore/Maryland
CdC	*Cahiers du Cinéma* Paris 51–
Cf	*Cinefex* Riverside CA 80–
CFa	*Ciné Fantastic* Paris 77
Cfq	*Cinefantastique* Elmwood/Oak/Forest Park ILL 70–
Cin	*Cinema* Beverly Hills 63–
Cl	*Closeup* Little Neck 76–
CM	*Cult Movies* Hollywood CA 91–
CTM	*Chiller Theatre Magazine* 95–
Dr	*Draculina* Moro/Centralia ILL
DS	*The Dark Side* Plymouth 90–
DT	*Dark Terrors* St. Ives/Cornwall 91–

Ec	*Ecran* Paris 72–79
epd	*epd Film* Frankf/M 84–
FaF	*Films and Filming* London 54–
FAZ	*Frankfurter Allgemeine Zeitung*
FC	*Film Comment* NY 62–
FCu	*Film Culture* NY 55–
FD	*Film Dope* London 72–
FF	*Fantastic Films* Chicago 78–85
FFa	*Femmes Fatales of the Films* Forest Park ILL 92–
FFG	*Fandom's Film Gallery* Hove/Deurne (Bel) 74–
Fg	*Fangoria* NY 79–
FH	*Film Heritage* Dayton 65–
FiR	*Films in Review* NY 50–
FJ	*The Film Journal* Hollins College 71–
FMoF	*Famous Monsters of Filmland* Philadelphia 58–
FN	*Filmmakers Newsletter* NY 67–
FoF	*Focus on Film* London 78–81
FQ	*Film Quarterly* Berkeley 58–
FSR	*Film Society Review* NY 65–
Fsy	*Fantasynopsis* Huntingdon 90–
Fx	*Filmfax* Chicago 86–
GC	*Gore Creatures* Baltimore 63–76 (als MM weitergeführt)
Gz	*Gorezone* NY 88–
HH	*The House of Hammer* London 76–78 (mit 78/4 als HoH weitergeführt)
HHB	*The House That Hammer Built* Suffolk 97–
HIJ	*Hammer International Journal* London 79–89
IeS	*Image et Son* Paris 64–78
IM	*Imagi-Movies* Forest Park ILL 93–95
JPF	*The Journal of Popular Film* Bowling Green OH 72–
L'ASC	*L'Avant-Scène Cinema* Paris 61–
L'EF	*L'Ecran Fantastique* Neuilly 69–76, Paris 77– (neue Nummerierung ab 77)
LS	*The Late Show* Baltimore 75–
LSH	*Little Shoppe of Horrors* Waterloo/Des Moines (Iowa) 72–
MFB	*Monthly Film Bulletin* London 34– (ab 91/5 mit SaS zusammengelegt)
MFH	*Monsters from Hell* Durham
MI	*Monster International* Oberlin OH 92–
MM	*Midnight Marquee* Baltimore 77– (Nachfolger von GC)
MMan	*Monster Mania* NY 66–
MMF	*Midi-Minuit Fantastique* Paris 62–70
MMo	*Mad Movies* Paris 72- (seit 78 mit CFa zusammengelegt)
Mo	*Movie* London 62–

MS	*MovieStar* Hille 93–
MT	*The Monster Times* NY 72–76
MV	*Monsters from the Vault* Abingdon/Maryland 96–
MW	*Monster World* Philadelphia 64–
NYT	*The New York Times*
Ph	*Photon* NY 63–
PI	*Pure Images* Detroit 78–
Po	*Positif* Lyon 52–; seit 54: Paris
PV	*Psychotronic Video* NY 89–
QRFS	*Quarterly Review of Film Studies* Pleasantville 76–
RdC	*La Revue du Cinéma* Paris 79–
Sab	*The Sabbath* Santa Clara CA 77–
SaS	*Sight and Sound* London 32– (ab 91/5 mit MFB zusammengelegt)
Sb	*Starburst* London 78–
sc	*steadycam* Köln 82–
SFV	*Starlog Sci-Fi Video Magazine* 1 (NY 88), 2 (90)
Sh	*Samhain* Exeter 87–
Shv	*Shivers* London 92–
SI	*Splatting Image* Berlin 89–
Slg	*Starlog* NY 76–
SM	*Scary Monsters* Highwood ILL 91–
SS	*Scarlet Street* NJ 90–
SZ	*Süddeutsche Zeitung*
TF	*Terror Fantastic* Barcelona 71–
TO	*Take One* Toronto 71–
Va	*Variety* NY 05–
VH	*Vintage Hammer* Sheffield
VMG	*Variety* Movie Guide NY 91–
Vp	*Vampir* Nürnberg 72–82
Vsc	*Videoscope* Ocean Groove NY 92–
VW	*Video Watchdog* Cincinatti 90–
Wa	Bill Warren: *Keep Watching the Skies!* I (Jefferson/London 82), II (86)
WBD	*We Belong Dead* Nottingham 92–

FILM

Monsterschleim und Drehbuchblech

Die Rache des B-Films
Die wichtigsten SF-Filme der Saison 1999/2000

von Lutz Gräfe und Jürgen Wimmer

RATING-SYSTEM:

●●●●●	makelloses Meisterwerk		
●●●●	herausragend	⊙	zwiespältig
●●●	sehr gut	○	uninteressant
●●	gut	○○	mies
●	okay	○○○	unterirdisch

A.I. – Künstliche Intelligenz (A.I. Artificial Intelligence)
USA 2001 · Regie/Drehbuch: Steven Spielberg nach der Kurzgeschichte »Supertoys Last All Summer Long« und einer Filmstory von Ian Watson · Kamera: Janusz Kaminski · Musik: John Williams · Produktionsdesign: Rick Carter · Robotereffekte: Stan Winston · Special Effects Supervisor: Michael Lantieri · D: Haley Joel Osment, Jude Law, Frances O'Connor, Sam Robards · Laufzeit: 146 Minuten.

In Stanley Kubricks Klassiker *2001 – Odyssee im Weltraum* gibt es diese berühmte Szene, in der Supercomputer HAL 9000 abgeschaltet werden soll und plötzlich sagt: »Ich habe Angst.« Das spannende Thema lautet: Ist es ethisch vertretbar, Elektronengehirnen und Robotern menschliche Gefühle einzuprogrammieren? Wie wird so ein künstliches Lebewesen mit seiner Existenz fertig, wenn es Emotionen kennt?

Von Kubrick inspiriert, hat sich nun Steven Spielberg mit *A. I. – Künstliche Intelligenz* diesen Fragen gewidmet, und zwar so, wie man das von Spielberg eben kennt: mit einer Breitseite auf die Emotionen seines Publikums. Professor Hobby (William Hurt) hat ein Meisterwerk der Technik geschaffen: Zwar sieht David (Haley Joel Osment, *The Sixth Sense*) aus wie ein ganz normaler elfjähriger Junge, aber er ist durch und durch künstlich. Neu an diesem Modell ist allerdings, dass es echte Liebe zu seinen Eltern empfinden kann. Das Ehepaar Monica und Henry Swinton (Frances O'Connor, Sam Robards) ist nach einem Schicksalsschlag für ein Adoptivkind sehr empfänglich. Der eigene, leibliche Sohn Martin (Jake Thomas) liegt im Koma, und Mutter Monica droht daran zu zerbrechen. So akzeptiert sie schließlich den Roboter David, weil der ja auch ganz lieb »Mami« sagen kann.

Dummerweise erwacht Martin wider Erwarten aus dem Koma und ist bald wieder zu Hause. Natürlich sieht er David als Konkurrenten um die mütterliche Liebe. Als es deswegen sogar zu lebensbedrohenden Situationen kommt, beschließt Monica, David im Wald auszusetzen. Bis dahin ist Spielbergs Film eine diskutable und durchaus ernsthafte Auseinandersetzung mit dem Thema. Man mag darüber streiten, ob er nicht ab und zu mit seinen Emotionen zu dick aufträgt, aber die familiären Konflikte sind nachvollziehbar und geben Stoff zum Nachdenken. Doch wie Kubricks *2001* ist *A. I.* in drei sehr unterschiedliche Teile gegliedert. Im Vergleich zum Vorbild fallen allerdings bei Spielberg die letzten beiden Drittel in krasser Weise ab.

Nach seiner Aussetzung lernt David den maschinellen Gigolo Joe (Jude Law) kennen. Mit ihm will er die blaue Fee aus dem Kinderbuch Pinocchio suchen – denn die kann bekanntlich aus künstlichen Wesen »echte« Kinder machen. Zunächst müssen die beiden allerdings noch jenen Häschern entgehen, die herrenlose Roboter einfangen und in einer öffentlichen Show auf einfallsreiche Weise schreddern. Schließlich führt sie der Weg nach Manhattan, halb im Meer versunken und verlassen. Hier treffen die beiden zwar keine blaue Fee, sondern Davids Hersteller Professor Hobby. Als David sieht, dass er nur ein Serienprodukt ist, stürzt er sich ins Meer und findet auf einem versunkenen Rummelplatz ein hölzernes Abbild seiner blauen Fee.

An dieser Stelle hätte der Film enden können: mit dem Bild, wie David Tausende Jahre lang unter Wasser seine Fee anbettelt, ihm doch seinen großen Wunsch zu erfüllen, aber leider ist da noch der dritte Teil, ein mystischer Epilog, der wieder nicht ganz unbeleckt von »2001« ist. Zweitausend Jahre später – inzwischen ist eine neue Eiszeit angebrochen – kommen virtuelle Wesen, befreien David aus dem Eis und verschaffen ihm ein Wiedersehen mit seiner »Mami«. War das Mittelsegment von *A. I.* mit seiner aufgezwungenen Märchenhaftigkeit schon nicht überzeugend; das letzte Drittel ist einfach nur peinlich. Wieder einmal beweist Spielberg schlech-

ten Geschmack, indem er in Kitsch schwelgt, wo er ernst sein müsste, und Schmalz triefen lässt, wo ein simpler Satz wie »Ich habe Angst« mehr Eindruck hinterließe. Schließlich treibt Spielberg es so weit, dass sich auch mancher Zuschauer eine blaue Fee herbeiwünscht, die ihm nur einen Wunsch erfüllt: dass dieser zweieinhalbstündige Albtraum doch einmal ein Ende haben möge. *jwi* oo

Evolution (dito) USA 2000 · Regie: Ivan Reitman · Drehbuch: Don Jakoby, David Diamond & David Weissman · Kamera: Michael Chapman · Visual Effects Supervisor: Phil Tippett · Musik: John Powell · Darsteller: David Duchovny, Julianne Moore, Orlando Jones, Seann William Scott · Laufzeit: 95 Minuten

Es ist lange her, dass Ivan Reitman seinen letzten phantastischen Stoff inszenierte: Das war 1989 der zweite Teil der Geisterjäger-Komödie *Ghostbusters.* Nun hat er mit *Evolution* einen SF-Film gedreht, der auf dem schmalen Grat zwischen Komödie und Invasions-Story wandert.

Möchtegernfeuerwehrmann Wayne Green übt des Nachts in der Wüste von Arizona, wie man einen Menschen aus einem brennenden Haus rettet, als er Zeuge eines Meteoreinschlages wird. Auch die zwei College-Dozenten Dr. Ira Cane und Harry

Block beobachten den Einschlag, und kurze Zeit später sind sie vor Ort und entnehmen Proben. Schon bei der ersten Untersuchung entpuppt sich das Fundstück als sonderbar. Denn an Stelle eines gewöhnlichen Gesteinsbrockens finden sie etwas, aus dem Flüssigkeit ausläuft. Unter dem Mikroskop entdecken sie Erstaunliches: In der Flüssigkeit verbirgt sich Leben. Nicht irgendein Leben, sondern solches, das evolutionäre Schritte, die auf der Erde Jahrmillionen gedauert haben, in wenigen Stunden vollzieht.

Doch die Freude über den Entdeckerstolz – und die Vorfreude auf den Nobelpreis – währt nicht lange. Nach kurzer Zeit hat der Staat die Angelegenheit in die Hand genommen. Unter Leitung eines sturköpfigen Generals untersucht jetzt die Wissenschaftlerin Allison Reed vom Zentrum für Seuchenkontrolle die fremden Spezies. Ihr Versuch, sich per Gericht Zugang zu den Untersuchungen zu verschaffen, scheitert: Denn Allison zerrt Iras düstere Vergangenheit als Militär-Wissenschaftler ans Tageslicht: Vor Jahren war er für eine Epidemie verantwortlich, bei der Hunderte von Soldaten an Durchfall und ähnlich unschönen Krankheiten litten. Das führte zu seiner unehrenhaften Entlassung und der darauf folgenden »Verbannung« in die Wüste.

Doch die zwei geben nicht auf, selbst ein mysteriöser Einbruch in ihr Labor, bei dem alle Daten gelöscht werden und alle Proben verschwinden, kann sie nicht stoppen. Erneut dringen sie in die hermetisch abgeriegelte Höhle der Absturzstelle vor und entdecken, dass die fremde Spezies inzwischen eine komplette Ökologie einschließlich unangenehmer Stechmücken entwickelt hat, die im Sinne des Wortes unter die Haut gehen. Doch die Aliens treiben auch schon im benachbarten Städtchen ihr Unwesen und sorgen dort für Unruhe. Nach der Attacke eines Flugsauriers im örtlichen Einkaufszentrum taucht nun auch das TV auf, und der Gouverneur schaltet sich ein. Und die Zeit wird knapp: Nach Allisons Berechnungen bleiben nur noch zwei Tage, um die unkontrollierte Ausbreitung der Aliens zu stoppen, die ansonsten binnen zwei Monaten die ganzen USA übernehmen würden. Für den kommandierenden General gibt's da nur eine Lösung: Alles evakuieren und mit Napalm platt machen. Da will Allison nicht mehr mitziehen, zumal die Evolution der Aliens inzwischen die ersten Primaten hervorgebracht hat. Sie schließt sich den beiden an, und was die drei entdecken, ist alles andere als tröstlich: Feuer und Hitze stoppen die Entwicklung der Aliens nicht, sondern dienen ihr im Gegenteil als Nährstoff. Gerade noch rechtzeitig findet

Ira die Lösung: Selen wirkt auf die Alien-Ökologie wie Arsen auf uns. Selen wiederum findet sich in Haarshampoo. Also könnten Unmengen Shampoo dem Spuk ein Ende bereiten. Doch die Zeit ist knapp, denn die Militäroperation hat bereits begonnen, und nun müssen die Protagonisten mit einem Feuerwehrauto und ganz viel Haarshampoo gegen eine gigantische Alien-Amöbe antreten.

Die Story erinnert von ferne an Ian McDonalds Roman *Chaga oder Das Ufer der Evolution,* aber Ivan Reitman macht daraus natürlich alles andere als eine ernsthafte Geschichte über eine ganz besondere Alien-Invasion. Dabei beeindrucken zunächst einmal die exzellenten Spezialeffekte, bei denen Phil Tippett sich selbst übertroffen hat. Der Schöpfer der Creatures in *Jurassic Park* und *Starship Troopers* kreierte hier nicht nur einzelne Wesen, sondern gleich eine komplette Ökologie, die nicht nur fabelhaft aussieht, sondern zudem auch noch Sinn ergibt. Aber auch das Drehbuch des genreerprobten Don Jacoby (*Invasion vom Mars, Lifeforce* u. a.) macht durchaus Freude. Abgesehen von ein paar zur Zeit wohl unvermeidlichen Fäkalwitzen machen seine Gags auch solchen Leuten Spaß, die ihr Gehirn nicht an der Kinokasse abgeben wollen. Unübertroffen etwa die Szene, in der Möchtegernfeuerwehrmann Wayne den großen Flugsaurier in der Mall mit einem Liebeslied betört.

Hinzu kommen ein paar sehr spielfreudige Darsteller. Duchovny konterkariert mit Lust sein Image als obskurantistischer FBI-Agent Fox Mulder und Julianne Moore (im selben Jahr als FBI-Agentin in *Hannibal* zu sehen) macht ihre Rolle als weibliches Pendant des zerstreuten Professors sichtlich Spaß: So wie sie ist schon lange kein weiblicher Hollywood-Star mehr ständig über seine langen Beine gestolpert. Untermalt von einem dramatischen, zu Zeiten auch hübsch ironischen orchestralen Soundtrack entstand so eine unterhaltsame SF-Komödie, deren Tricks einem gelegentlich den Atem rauben können, dessen Stärken aber dennoch in einem durchdachten Drehbuch liegen. Dieses verrät eben nicht um eines billigen Effektes willen seine eigene Logik und gönnt auch zunächst eher lachhaften Nebenfiguren eine überzeugende Entwicklung. Für Fans und solche, die's werden wollen, ein echtes Muss. *lg* ●●●

Das Experiment Deutschland 2001 · Regie: Oliver Hirschbiegel · Drehbuch: Mario Giordano, Christoph Darnstädt, Don Bohlinger nach dem Roman »Black Box« von Mario Giordano · Kamera: Rainer Klausmann · Musik: Alexander van Bubenheim · Darsteller: Moritz Bleibtreu, Christian Berkel, Edgar Selge, Andrea Sawatzki, Oliver Stokowski · Laufzeit: 120 Minuten

Manch einer wird sich vielleicht wundern, warum dieser Titel in einer Auswahl von SF-Filmen erscheint: Es gibt keine Aliens, keine Zeitreisen, und selbst die scientists sind nicht sonderlich mad. Wenn aber Science Fiction eine wissenschaftliche Fiktion bedeutet, dann ist Hirschbiegels Film SF reinsten Wassers: Er basiert auf einem authentischen wissenschaftlichen Versuch und denkt sein Ergebnis zu Ende, keine naturwissenschaftliche SF also, sondern eine soziologische.

Anfang der 70er Jahre sorgte das Stanford-Experiment für einiges Aufsehen. In einer simulierten Gefängnissituation wurden ganz normale Durchschnittsbürger willkürlich in Wärter und Häftlinge eingeteilt. Schon nach wenigen Tagen musste das Experiment abgebrochen werden. Die Wärter hatten sich zum Teil in hemmungslose Sadisten verwandelt, und manch ein Häftling litt unter vollständigem Persönlichkeitsverlust.

Für einen Film ist es aus dramaturgischen Gründen natürlich nicht so glücklich, wenn die Story abgebrochen wird, sobald es interessant wird. Also spinnt Oliver Hirschbiegel in *Das Experiment* das Szenario bis zum (frei erdachten) bitteren Ende weiter. Und damit präsentiert sich dem Zuschauer die größte Packung an ungefiltertem Sadismus und extremer Gewalt, die das deutsche Kino derzeit zu bieten hat.

Taxifahrer und Ex-Reporter Tarek (Moritz Bleibtreu) liest in einer Zeitung eine Anzeige, in der Freiwillige für ein soziologisches Experiment gesucht werden. Er wittert eine gute Story, die er prompt für viel Geld seinem Ex-Chef anbietet – eine erstklassige Chance, wieder ins Geschäft zu kommen. Kurz bevor es losgeht, rast ihm die seelisch labile Dora (Maren Eggert) ins Auto, und die beiden verlieben sich. Immer wieder während des Experimentes werden seine Gedanken bei der (noch) fremden Frau Halt suchen.

Bei der Auslosung hat Tarek sozusagen Pech: Er landet bei

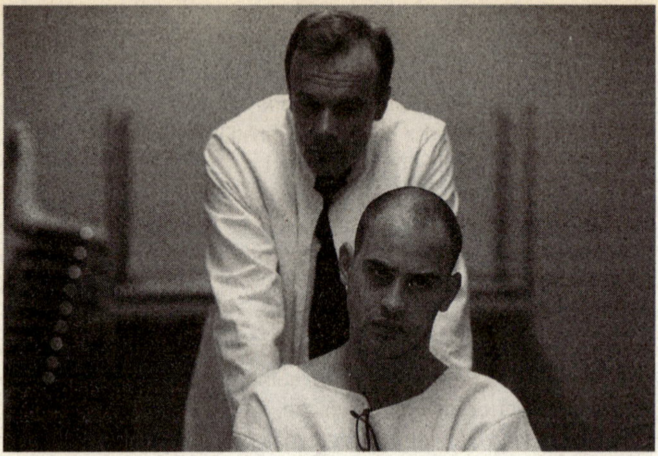

den Häftlingen. Diese werden, nur mit einem sackartigen Umhang und Badeschlappen bekleidet, in karge Zellen gesteckt. Anfangs sieht das noch wie ein Spiel aus, aber Tarek gibt sich alle Mühe, die Situation durch Aufmüpfigkeit eskalieren zu lassen. Schließlich braucht er ja seine Story. Doch der mittelmäßige Spießer Berus (Justus von Dohnanyi) erweist sich als sehr einfallsreich beim Ersinnen von Demütigungen. Das Experiment wird für die Häftlinge zur reinen Hölle, und auch die Professoren haben die Sache nicht mehr im Griff. Es kommt zu Mord- und Totschlag.

Regisseur Oliver Hirschbiegel verlangt seinen Darstellern einiges ab. Sein Film ist schon eine harte Packung, so oder so. Die Frage bleibt, ob die in der letzten Viertelstunde völlig aus dem Ruder laufende Gewalt noch dramaturgisch gerechtfertigt ist oder zum Selbstzweck gerät. Einerseits ist es lobenswert, dass Gewalt hier nicht, wie im Hollywoodkino, sauber konsumierbare Unterhaltungsware ist. Andererseits behauptet der Film einen Großteil seines Tiefsinnes nur, und die Botschaft dahinter ist weder neu noch originell (der Mensch ist im Grunde doch ein unzivilisierter Barbar).

Es gibt zahlreiche Brüche: Es beginnt damit, dass sich ein für die 70er Jahre typisches Experiment nicht ohne weiteres ins

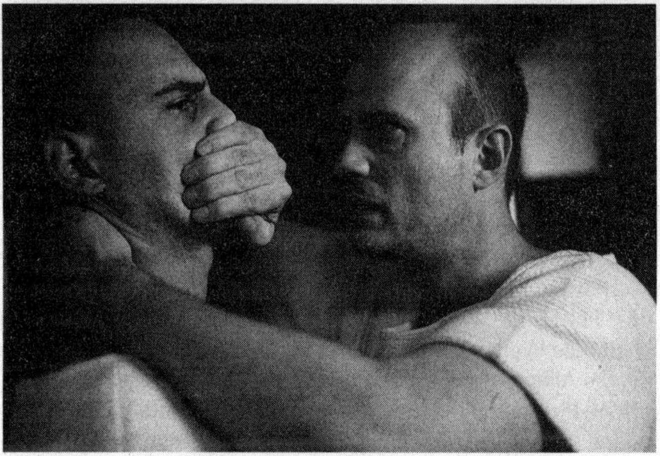

heutige Deutschland verfrachten lässt. Bei der Durchführung stellen sich die Wissenschaftler geradezu erschreckend fahrlässig an, sodass sie am Ende selbst zu Opfern werden. Und auch die Schuldfrage wird nur ungenügend angesprochen: Ist es nicht Tarek, der durch sein provokatives Verhalten die Sache schnell zum Ausufern bringt? Und was ist mit den Bildern, die Tareks Kamera in der Brille aufzeichnet? Werden sie in der Brille gespeichert? Wohl kaum, denn für einen Datenträger ist wohl kaum Platz darin. Also werden sie nach draußen gesendet, oder wie? Und wenn ja, wo landen sie? Solche Plotlöcher hätten sich leicht vermeiden lassen.

Formal wie inhaltlich bleibt die unglaubwürdige Liebesgeschichte ein Fremdkörper. Sie wirkt aufgesetzt und zieht den Film unnötig in die Länge. So bleibt *Das Experiment* ein insgesamt sehr zwiespältiger Thriller, der zwar durchaus Mut beweist, letztlich aber für einen unerquicklichen Kinoabend sorgt. Und das kann man ihm nicht einmal vorwerfen, denn es war ohne Zweifel Hirschbiegels Absicht, unerquicklich zu sein. Fragt sich nur, ob er es auf die richtige Art und Weise ist. *jwi* ⊙

Final Fantasy – Die Mächte in Dir (Final Fantasy – The Spirits Within / Fainaru fantaji) USA/Japan 2000 · R: Hironobu Sakaguchi, Monotori Sakakibara · Drehbuch: Al Reinert, Jeff Vintar · Computer-Animationsregie: Andy Jones · Musik: Elliot Goldenthal · Laufzeit: 90 Minuten

Wieder einmal ist die Erde von außerirdischen Invasoren besetzt worden. Doch diese Invasoren sind anders als ihre unzähligen Vorgänger. Geisterähnliche Wesen, die sich von der Lebensenergie ihrer getöteten Opfer ernähren wie blutsaugende Vampire. Solchen Invasoren ist mit Waffen kaum beizukommen. Das wissen auch die Heldin des Films Dr. Aki Ross und ihr Mentor Dr. Sid. Sie arbeiten an einer Lösung auf einer eher spirituellen Ebene: Überzeugt davon, jede Lebensform sei durch spirituelle Wellen chrarkterisiert, suchen sie nach einer Methode, die Alien-Geister zu neutralisieren. Dabei sollen ihnen organische Proben helfen, deren gemeinsame Ausstrahlung die der Aliens neutralisieren soll. Sechs dieser sogenannten Schlüsselgeister haben sie schon gefunden.

Doch die Zeit wird knapp; vor allem für Dr. Ross: Denn sie wurde von der außerirdischen Macht wie von einem Parasiten befallen, den sie nur mit Mühe kontrollieren kann. Er ist wohl auch verantwortlich für ihre Visionen: Immer wieder träumt sie davon, auf einem fremden Planeten stehend Zeuge des Untergangs einer ganzen Welt zu werden. Aki zur Seite steht der übliche Recke: Captain Gray Edwards von der Elite-Truppe »The Deep Eyes«. Die Suche nach dem siebten Schlüsselgeist führt sie ausgerechnet ins Zentrum der Alien-Invasion, einen Meteor im verwüsteten Herzen der USA. Ihr großer

Gegenspieler ist General Hein: Ein Kommisskopf mit Träumen von der Weltherrschaft, der stets im Nazi-Ledermantel herumläuft und den Einsatz einer gigantischen im All stationierten Waffe empfiehlt, um die Aliens auszulöschen. Mit aller Macht, Intrigen und schlussendlich sogar mit einem Militärputsch versucht er Akis Mission zu torpedieren. Es kommt zur finalen Konfrontation ...

Der Start dieses Films sorgte in Hollywood für eine Menge Aufregung; war es doch der erste nur am Computer entstandene Spielfilm, der sich an der Animation echter Menschen versuchte. Schauspieler sahen gar ihre Jobs in Gefahr und so mancher Studioboss träumte wohl insgeheim schon davon, zukünftig lästige, weil eigenwillige Stars durch computeranimierte Gestalten ersetzen zu können. Inzwischen haben sich die Gemüter beruhigt, was vor allem am vergleichsweise katastrophalen Einspielergebnis liegen dürfte: Denn die Produktion, die dem Vernehmen nach über 110 Mio. Dollar gekostet haben soll, spielte weltweit bis Oktober 2001 gerade mal 74 Millionen Dollar ein. Daraufhin beschloss die japanische Produktionsfirma Square, die seit 1987 das weltweit erfolgreiche Computerspiel »Final Fantasy« vertreibt, die vorzeitige Schließung ihrer Film-Dependance auf Hawai. Zukünftig wird man sich wieder ausschließlich auf Video- und Computerspiele konzentrieren.

Das ist wohl auch besser so. Denn *Final Fantasy* ist zwar technisch gesehen höchst interessant und es ist wirklich spannend zu beobachten, welche Fortschritte die Computeranimation im Kino in den letzten Jahren gemacht hat. Zu einem guten Film hat's dann leider doch nicht gereicht. Denn die verquaste Mischung aus Pulp-SF der 50er und New Age-Mystizismus bietet inhaltlich absolut nichts Neues. Da können auch die an japanischen Mangas und Animés orientierten, zu Zeiten schon recht faszinierend komponierten Bilder nicht drüber hinwegtäuschen. Zudem fragt man sich die ganze Zeit, warum dieser Film überhaupt als Computeranimation gestaltet wurde: Ein paar Schauspieler, gute Trickspezialisten und ausgesuchte Drehorte hätten's auch getan. Zumal der Film auch deutlich die heutigen Grenzen der Technik demonstriert: Denn der Versuch, digitale

Gestalten mit echten Gefühlen (und einer dazu passenden Mimik) auszustatten, geriet eindeutig zum peinlichen Desaster. Albern auch der Versuch durch fotografische Linseneffekte das Vorhandensein einer realen Kamera vorzutäuschen.

Je länger der Film dauert, desto mehr nervt die wirre Mixtur aus bekannten Motiven ebenso wie die überdeutliche, zu Zeiten schon manipulative Musik. Und bei aller zeitweisen Bildgewalt wird dann letztlich zu viel gelabert (und selbstverständlich auch geballert), als dass einen das wirklich unterhalten könnte. Als SF-Fan fragt man sich dann immer, warum niemand auf die Idee kommt, aus der Fülle guter Stories, Stoffe und Romane mal einen vernünftigen SF-Film zu machen und warum die 50er-Jahre-Filme trotz durchsichtiger Tricks und mitunter auch nicht besserer Dialoge einfach immer noch besser funktionieren und auch visuell immer noch faszinieren (zum Beispiel die Krell-Technologie in *Alarm im Weltall*). Könnte es daran liegen, dass damals noch richtige Geschichten erzählt wurden, die zudem noch das hatten, was man »sense of wonder« nennt, auch wenn die Recken plond und plauäugig und die Sidekicks klein und lustig waren. Einziges positives »Novum«: Die finsteren Alien-Invasoren entpuppen sich als Geister von Toten, die der Vernichtung ihres Heimatplaneten entkommen wollten und auf der Reise im Meteor verreckten und jetzt nicht aggressiv, sondern »sad, lonely and angry« sind – immerhin etwas, aber eben nicht genug. *lg* o

Ghosts of Mars (dito) USA 2001 · Regie, Musik: John Carpenter · Buch: John Carpenter und Larry Sulkis · Kamera: Gary B. Kibbe · Spezialeffekte und Makeup: Greg Nilotero · Darsteller: Natasha Henstridge, Ice Cube, Clea DuVall, Pam Grier · Laufzeit: 110 Minuten.

Gibt es einen Grund, weshalb dieser Film in der Auswahl der »wichtigsten SF-Filme des Jahres« vertreten sein sollte? Eigentlich nicht. Das ist ein stumpfer Baller- und Metzelfilm, der unter normalen Umständen direkt auf Video gewandert wäre, Schwamm drüber, vergessen und tschüss. Aber leider heißt der Regisseur John Carpenter, und dem verdankt das Genre doch einige nicht ganz unwichtige Beiträge wie *Finsterer Stern* oder *Die Klapper-*

schlange, und nur deshalb wird ein Plunder wie *Ghosts of Mars* überhaupt zur Kenntnis genommen.

Im Jahre 2176 ist der Mensch fleißig dabei, den Mars zu erobern. Vor allem die Bodenschätze sind heiß begehrt. Dummerweise wird bei den Schürfarbeiten eine uralte Lebensform auferweckt und freigesetzt. Diese unsichtbaren Geister schlüpfen in die Körper der Menschen und machen seelenlose Zombies aus ihnen. Aber das weiß noch niemand, als eine Truppe von weiblichen wie männlichen Soldaten einen angeblichen Superverbrecher (Ice Cube) aus dem Knast abholen und dem Richter vorführen soll. Denn ihm werden eine Reihe von Metzelmorden zur Last gelegt, die natürlich auf Kosten der Zombies gehen. Kaum ist die Truppe um die lesbische Kommandantin Braddock (Pam Grier) am Ort des Grauens eingetroffen, geht wieder mal das beliebte »Zehn kleine Negerlein«-Spielchen los. Schon sehen sich die Recken wie in »Assault – Anschlag bei Nacht« eingeschlossen und einer brutalen Übermacht gegenüber. Und dann wird geballert und gemetzgert, was das Zeug hält.

Trotz der vordergründig ambitionierten und kompliziert verschachtelten Erzählstruktur (Rückblenden bis in die dritte oder

vierte Ebene hinunter) ist das Trash in Reinkultur. Dabei wird es leider nie so schlecht, dass es schon wieder gut wäre und somit wenigstens zum guilty pleasure taugte. Zwar sollen gelegentliche markige Sprüche für ein wenig Selbstironie sorgen, doch das weitaus meiste an Humor ist durchaus unfreiwillig. Im großen und ganzen nimmt Carpenter die Story bitter ernst, und das ist bei derart ausgelutschten und verbrauchten Motiven, wie er sie anbietet, für die Spannung tödlich. Das Niedermähen hirntoter Zombies ist auf Dauer doch von geringem Reiz, ebenso wie die Frage, welche Person denn aus dramaturgischen Gründen als nächste entbehrt werden kann, damit sie von den Geistern befallen wird. Da kann Carpenter seinen selbst komponierten Brachial-Soundtrack noch so hämmern lassen: Aufregend oder gar adrenalintreibend ist das keine Sekunde lang. Und Carpenter hin, Carpenter her: Für das Genre SF ist dieses Werk ganz und gar bedeutungslos. *jwi* oo

Jurassic Park 3 (dito) USA 2000 · Regie: Joe Johnston · Drehbuch: Peter Buchman, Alexander Payne, Jim Taylor · Kamera: Shelly Johnson · Visual Effects Supervisor: Jim Mitchell · Spezialeffekte: Michael Lantieri · Musik: Don Davis · Darsteller: Sam Neill, William H. Macy, Téa Loni, Trevor Morgan · Laufzeit: 87 Minuten

Ein Mann macht einem Jungen ein zwiespältiges Geschenk: Mit einem Flugdrachen, der von einem Boot gezogen wird, fliegen die beiden entlang der Isla Sorna, der zweiten Dinosaurierinsel, die vom alten Gen-Projekt der InGen übrig geblieben ist. Doch irgendwas geht schief; nach dem Flug durch eine Nebelbank ist die Bootsbesatzung verschwunden und die zwei müssen auf der Dino-Insel notlanden.

Einige Zeit später macht ds finanzkräftige Abenteurer-Paar Paul und Amanda Kirby Dr. Alan Grant ein Angebot, das dieser nicht ablehnen kann. Zwar hatte er sich nach seinem Ausflug auf die erste Insel vor acht Jahren (s. Teil 1) geschworen, nie wieder dorthin zurückzukehren. Seine Forschungen jedoch – besonders jene über die gefürchteten Raptoren – hat er fortgesetzt, und er ist dabei zu erstaunlichen Ergebnissen gelangt: Offenbar ist diese Spezies zu komplexer Kommunikation fähig und damit wohl weit intelligenter als gedacht. Doch die Situation in der Dino-Forschung verschlechtert sich zusehends: Nicht zuletzt wegen der Ereignisse vor ein paar Jahren fließt weniger Geld, und da kommt Grant das Angebot der Kirbys gerade recht. Doch beim Anflug auf die Insel wird klar, dass man ihn unter falschen Voraussetzungen hierher gelockt hat. Der Pilot setzt entgegen der Absprachen zur Landung an, und das Auf-

tauchen eines neuartigen Riesendinos zwingt die Mannschaft zur Bruchlandung im Dschungel. Recht schnell sieht sich Dr. Grant mit unschönen Wahrheiten konfrontiert: Die Kirbys sind 1. geschieden und 2. alles andere als reich und 3. war die Expedition von vornherein alles andere als ein reiner Überflug. Die zwei haben sich nämlich nur zusammengetan, um ihren Sohn wiederzufinden, der bei einem Ausflug mit Amandas neuem Freund verschwunden ist; eben jenem Drachenflug, dessen Zeuge wir zu Beginn des Filmes wurden.

Und wieder einmal befindet sich Dr. Grant in genau jener Situation, in die er nie wieder kommen wollte: Abgeschnitten vom Rest der Welt mit einer kleinen Gruppe auf einer Insel, deren tierische Bewohner in Menschen vor allem eines sehen: Nahrung. Gemeinsam macht man sich auf die Suche nach Eric und einem Weg aus der Hölle. Dabei begegnen sie ganz neuen Dinospezies und Dr. Grant findet seine Theorien von der Intelligenz der Raptoren auf furchteinflößende Weise bestätigt; vor allem als sein Assistent versucht, mit zwei aus einer noch intakten Brutstation gestohlenen Raptoren-Eiern die Insel zu verlassen.

Es ist immer wieder erstaunlich, wie es bestimmten Hollywood-Regisseuren gelingt, aus einem Nichts an Geschichte

doch noch spannende Unterhaltung zu machen. Ex-Special Effects Designer Johnston – zu dessen Regiearbeiten unter anderem *Liebling, ich habe die Kinder geschrumpft* und *Mein großer Freund Joe* zählen – erweist sich als Spezialist für diese Form Hollwoodunterhaltung. Trotz einer etwas umständlichen Exposition und einer überdeutlichen Musik ist mit *Jurassic Park 3* ein gradliniger Monsterfilm gelungen, der uns eine 60-minütige Verfolgungsjagd präsentiert, die reich an Höhepunkten ist.

Natürlich sorgen insbesondere die neuen Creatures für eine Menge Aufregung; vor allem der Neue Große: der Spinosaurus, der seinem Vorgänger, dem T-Rex, mehr als ebenbürtig ist. Aber auch die altbekannten Raptoren (schon immer meine Lieblingscreatures; Anm. *lg*) werden durch ihre neuentdeckte Intelligenz zu furchteinflößenden Feinden. Und Johnston gelingt sogar, die aus Hollwood-Filmen mehr als vertraute Story von der großen Familienversöhnung erträglich zu gestalten und uns dabei auch noch ein amerikanisches Kind zu präsentieren, das weit weniger nervt als die in anderen Filmen. Und so bietet der dritte Teil der erfolgreichen Dino-Saga jedem etwas: Den Fans der Serie mannigfache Anspielungen auf die Vorgänger, den Neuhinzugekommenen jede Menge Saurier-

Action und den Kids eine Identifikationsfigur in Gestalt von Eric, der es nämlich geschafft hat, lange Zeit durch Anpassung zu überleben.

Und das alles in nur 87 Minuten, wo doch heutzutage alle Welt meint, unter 110 Minuten Länge sei es gar kein richtiger Film mehr. Wie der Film auch sonst alle Tugenden des 50er-Jahre B-Films in sich vereinigt, was vielen anderen SF-Filmen der letzten Jahre nicht gelang. Sie wirkten oft nur wie B-Filme im A-Gewand, was aber eher am Unvermögen der Beteiligten lag. Johnston hingegen verlässt sich bewusst auf die gradlinige Naivität der Vorbilder aus den 50ern; die ja auch und gerade für den SF-Film *das* Golden Age waren. So warten wir denn gespannt auf Teil 4, in dem jene Flugsaurier eine Rolle spielen werden, die zum Ende dieses Teils von der Insel entkommen können. *lg* ●●●

Lara Croft – Tomb Raider (dito) USA 2001 · Regie: Simon West · Buch: Patrick Massett, John Zinman · Kamera: Peter Menzies · Musik: Michael Kamen · Darsteller: Angelina Jolie, Iain Glen, Daniel Craig, Leslie Phillips, Jon Voight · Laufzeit: 101 Minuten

Seit 5000 Jahren wartet die Gruppe der »Erleuchteten« darauf, dass alle Planeten wieder in einer Reihe zur Sonne stehen. Dann nämlich ist der Zeitpunkt gekommen, durch ein uraltes Ritual übernatürliche Macht an sich zu reißen. Der Schlüssel dazu wurde einst vorsorglich zerbrochen – damit kein Schindluder damit getrieben wird. Nun sind die Hälften dieses magischen Dreiecks in aller Welt versteckt, eine davon im Tempel von Angkor. Natürlich gibt es nur eine Gestalt, die das Böse stoppen kann, und das ist die dralle Archäologin Lara Croft (Angelina Jolie). Sie kann – zunächst in Kambodscha, dann in Sibirien – den Übeltätern das Handwerk legen.

Lara Croft – Tomb Raider, Verfilmung des berühmten Computerspiels, eilte aus den USA ein geradezu katastrophaler Ruf voraus. Knapp neun von zehn Kritikern hatten das Werk von Simon West *(Con Air)* quasi in der Luft zerrissen. Dazu passend veranstaltete der deutsche Verleih ein ungeschicktes Hin und Her mit kurzfristig verschobenen Pressevorführungen und sehr selektiv herausgegebenen Einladungen. Es entstand daher der Eindruck, der Verleih wolle den Film eher verstecken denn zeigen.

Bei Licht betrachtet, fragt man sich dann doch nach dem Warum. Sicher ist *Lara Croft* kein guter Film, aber verglichen mit anderen Hollywoodprodukten der letzten Zeit ist das eigentlich halb so wild. Anders als beispielsweise *Die Mumie kehrt zurück* hat *Lara Croft* wenigstens so etwas wie eine Handlung anzubieten, auch wenn sie nicht gerade tiefsinnig ist und nicht sonderlich viel Sinn ergibt. Das ist aber nicht – wie der zweite Mumie-Film – eine einzige, hektische Abfolge von sinnentleerten Spezialeffekten. Dazu war wohl auch das Budget des Films zu schmal. Denn die relativ wenigen Tricks, die sich darin finden, sehen zum Teil recht billig aus. Für die Spiele-Freaks mag das insgesamt vielleicht in Ordnung sein, aber über den Kreis der eingeschworenen Lara-Fans hinaus lässt sich damit kein Blumentopf gewinnen.

Wenn es um die Pluspunkte für *Lara Croft* geht, dann war sich sogar die feindselige US-Kritik einig: Oscar-Preisträgerin Angelina Jolie *(Durchgeknallt, Nur noch 60 Sekunden)* ist eine ideale Besetzung für die Titelrolle. Schade, dass sie sich lediglich durch eine Story ballern und prügeln darf, die nicht einmal

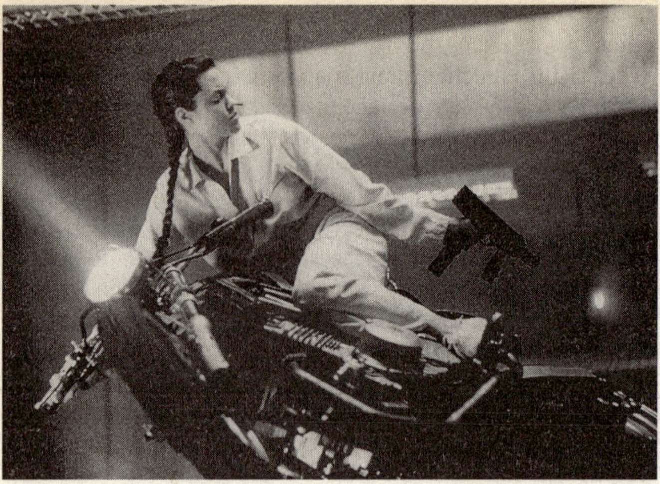

B-Film-Niveau erreicht. Besonderer Besetzungs-Clou: In der Rolle von Laras Daddy agiert Angelina Jolies leiblicher Vater Jon Voight. *jwi* o

Planet der Affen (Planet Of The Apes) USA 2001 · Regie: Tim Burton · Drehbuch: William Broyles Jr., Lawrence Konner & Mark Rosenthal nach dem Roman von Pierre Boulle · Kamera: Philipe Rousselot · Musik: Danny Elfman · Darsteller: Mark Wahlberg, Tim Roth, Helena Bonham Carter, Estella Warren · Laufzeit: 120 Minuten

Der *Planet der Affen* und seine Fortsetzungen (1968 ff.) zählen für Science-Fiction-Fans zu den wesentlichen Eckpfeilern des Genres. Es war also nur eine Frage der Zeit, dass es zum Remake kommen würde, zumal seit einigen Jahren ohnedies jeder halbwegs erfolgversprechende Stoff der 60er und 70er neu verwurstet wird. Regisseur Tim Burton, der seit seinen beiden »Batman«-Filmen einen gewissen Ruf als eigensinniger Außenseiter Hollywoods genießt, brachte die Affenmär nun zumindest maskentechnisch auf den neuesten Stand.

Die Geschichte setzt ein im Jahr 2029 auf einer Raumstation. Dort werden Schimpansen zu Astronauten ausgebildet. Als eins der Tiere mit seiner Ein-Personen-Raumfähre in einem seltsamen Energiefeld verschwindet, setzt Captain Leo Davidson (Mark Wayhlberg) ihm nach und ist ebenfalls weg vom Fenster. Er landet irgendwann in ferner Zukunft auf einem erdähnlichen Planeten, auf dem das Machtverhältnis von Affen und Menschen umgekehrt ist. Die Tiere haben eine ungewöhnliche Intelligenz entwickelt und die Menschheit versklavt. Nur wenige Affen, so die junge Ari (Helena Bonham Carter), sind mit dieser Unterjochung nicht einverstanden. Aber aufzumucken kann gefährlich sein, denn es laufen viele Fanatiker herum wie der stets wutschnaubende General Thade (Tim Roth).

Es obliegt natürlich mal wieder dem Neuen, Captain Davidson, die darbende Menschheit zum Aufstand aufzuwiegeln. Zusammen mit Ari befreit er einen Haufen seiner Artgenossen und führt sie aus der Affenstadt in eine Art gelobtes Land, wo es dann zum Showdown kommt.

Tim Burtons Stärken liegen auf dem Gebiet der visuellen Phantasie. An interessanten Bildern mangelt es seinen Filmen eigentlich nie. Dafür ist das Erzählen von Geschichten nicht gerade seine Stärke. Bei Licht betrachtet, versprechen seine Filme stets mehr, als sie am Ende halten. Die Ufologen-Persiflage *Mars attacks!* hatte im Einzelnen großartige Einfälle, im Ganzen verschenkte sie ihr Thema. Die Biographie von *Ed Wood,* dem untalentiertesten Regisseur der Filmgeschichte, drückte sich bequem um alle unangenehmen Aspekte herum (etwa die Alkoholsucht des Helden). Und *Sleepy Hollow* schaffte es gar, mit einer endlosen Abfolge von Enthauptungen zu langweilen.

Planet der Affen ist in dieser Hinsicht ein typischer Tim-Burton-Film. Das Produktionsdesign ist ausgefeilt und für sich sehenswert, und die Maskeneffekte von Rick Baker gewohnt oscarreif. Als Bilderbuch ist dieser Affenplanet mal wieder wunderbar. Bleibt die Frage, warum man es dann nicht als Bilderbuch macht, denn das Drehbuch ist wieder der reine Schrott. Die Charaktere sind schwach entwickelt, einige Figuren bleiben ganz ohne Funktion, so Ex-Synchronschwimmerin Estella Warren (Bronzemedaille für Kanada), die immer eifersüchtig schmollen darf, wenn sich Äffin Ari wieder an den smarten Captain heranschmeißt, aber sonst nichts zu tun hat.

Einen echten Spannungsbogen gibt es eigentlich nicht. Wer sich an Franklin J. Schaffners Original erinnert, weiß, dass die Story dort zwar ewig lange braucht, bis sie einmal aus dem Quark kommt (die ersten 30 Minuten geschieht so gut wie nichts), aber dadurch wird immerhin eine gewisse Erwartung aufgebaut. Tim Burton verliert da keine Zeit: Kaum hat Wahlberg auf dem Planeten der Affen seine Bruchlandung gebaut, steckt er auch schon mitten in einer Hetzjagd. Umschnitt, und die Affen sind da. Von suggestiver Spannungssteigerung keine Spur, Hauptsache Remmidemmi.

Auch sonst entwickelt sich die Story so willkürlich, dass es nervt. Da findet Davidson sein uraltes Mutterschiff, es steckt im Sand, liegt laut Auskunft der Affen schon viele tausend Jahre dort und ist entsprechend verrottet. Aber, oh Wunder, die ganze Elektronik ist noch intakt, und selbst die Bildaufzeichnungen der Besatzung sind noch abrufbar. Welch ein Unsinn! Und mitten in der finalen Schlacht zwischen Affen und Menschen kommt die Raumfähre mit dem eingangs erwähnten Schimpansen angeflogen, worauf das Gebalge ein Ende hat – im wahrsten Sinne des Wortes ein deus ex machina, denn die Affen verehren das Versuchstier gleich als Gott. Aus der Abteilung: billige Lösungen für angehende Drehbuchautoren. Höhepunkt aber ist der Schluss-Gag, der so blöd ist, dass es nicht einmal Spaß macht, ihn zu verraten. Aus der Geschichte ist er jedenfalls nicht zu erklären, aber wahrscheinlich will man sich damit das Publikum für die mit Sicherheit kommende Fortsetzung warmhalten. *jwi* o

Red Planet (dito) USA 2000 · Regie: Antony Hoffman · Drehbuch: Chuck Pfarrer, Jonathan Lemkin · Kamera: Peter Suschitzky · Spezialeffekte: Tad Pride · Musik: Graeme Revell · Darsteller: Val Kilmer, Carrie-Anne Moss, Tom Sizemore, Benjamin Bratt · Laufzeit: 108 Minuten

Weltuntergangsszenario Nr. 365 (mindestens): Im Jahre 2050 ist die Ökologie der Erde dermaßen hinüber, dass sie nicht mehr zu retten ist. Einzige Alternative ist die Auswanderung zum Mars. Deshalb hat man 2025 mit einem großangelegten Terraformungsprojekt begonnen. 20 Jahre lief alles gut, doch dann stellten die auf dem Mars stationierten Messinstrumente

die Datenübertragung ein. Also wird ein Wissenschaftler-Team hingeschickt, um zu klären, was passiert ist.

An Bord der Mars 1 Commander Kate Bowman (den Namen haben wir doch schon mal gehört; richtig, in *2001 – Odyssee im Weltraum*), Co-Pilot Ted Santen, der wissenschaftliche Leiter Bud Chantilas, ein gläubiger Christ, der streng rationalistische Genetiker Burchenal, der Terraformungs-Spezialist Dr. Chip Pettengil und der Ingenieur Robby Gallagher. Außerdem mit von der Partie: Der Robot AMEE, eine für militärische Zwecke entwickelte hundeähnliche Maschine, die das Team auf dem Mars bei Vermessungs-Arbeiten unterstützt.

Nach 182 Tagen Flug, auf dem sich Bowman und Gallagher nähergekommen sind, als die Mission das vorsah, kommen sie im Mars-Orbit an. Als sie das Lande-Shuttle vorbereiten, geraten sie in einen Sonnensturm, der das Schiff schwer beschädigt. Bowman bleibt allein an Bord zurück, und das Shuttle stürzt ab. Daraufhin sind Antrieb und Funkgerät defekt, und die Sauerstoffvorräte reichen nicht mehr lange. Mit dem schwer verletzten Chantilas machen sie sich zum Zentrum des Terraformungsprojektes auf, finden dieses Mars-Habitat aber nur zerstört vor. Pettengil und Santen haben eine ihrer üblichen Auseinadersetzungen, in dessen Verlauf Santen zu Tode stürzt. Dem Erstickungstod nahe, öffnet Gallagher vor lauter Verzweiflung seinen Helm und findet atembare Luft; alles wird gut. Eben nicht, denn nun folgt der Auftritt des durch den Absturz durchgeknallten Robots, der (wie überraschend) seiner militärischen Programmierung folgt und die Crew angreift. Ihre einzige Chance ist es, sich zu einer uralten russischen Kosmos-Sonde durchzuschlagen und mit einem Notstart den Mars zu verlassen. Auf dem Weg dorthin müssen sie sich nicht nur mit dem durchgeknallten Robot befassen, sie finden auch seltsame Algen, in denen aggressive Leuchtkäfer leben, die für die Sauerstoffanreicherung der Atmosphäre verantwortlich sind. Nach vielem Hin und Her und allerlei überflüssigen Debatten über Gott und die Schöpfung gelingt es einzig Gallagher, den Mars zu verlassen. In seinem Gepäck hat er die Leuchtkäfer, die er zusammen mit Bowman zur Erde zurückbringen wird. (Offenbar hat man in der Zukunft Filme wie *Mimic* schon wieder vergessen.)

Nichts Neues vom Mars: Das beginnt mit einer überlangen Exposition, in der – wie im Verlauf des weiteren Films – ein-

deutig zu viel gequatscht wird. Das setzt sich fort in einem Drehbuch, das nur so lange funktioniert, so lange man keine Fragen stellt. Denn je länger es dauert, desto unlogischer wird die ganze Story. Zudem sind all die pseudophilosophischen, von übertheatralischer Musik untermalten Dialoge über Gott und den tieferen Sinn der Schöpfung nicht nur schlecht abgekupfert, sondern im Zusammenhang der Story sinnloses Beiwerk. Und mit der Liste der Filme, bei denen sich *Red Planet* bedient – nein, sie bestiehlt und (viel zu selten) intelligent zitiert, könnte man Seiten füllen.

Über all diese Defizite trösten die ganz passablen Tricks (die Mars-Bilder strahlen tatsächlich sogar so etwas wie Faszination aus) dann eben doch nicht hinweg. Was bleibt, ist ein weiterer misslungener B-Film mit A-Budget, der bestenfalls als letzter Beitrag auf einem Videoabend erträglich ist; natürlich nur nach dem Genuss der Droge seiner Wahl, denn mit- oder gar nachdenken darf man hier auf keinen Fall. *lg* oo

Spy Kids (dito) USA 2001 · Regie, Drehbuch, Schnitt: Robert Rodriguez · Kamera: Guillermo Navarro · Musik: Danny Elfman · Darsteller: Antonio Banderas, Carla Gugino, Alexa Vega, Daryl Sabara, Danny Trejo · Laufzeit: 90 Minuten

Nach seinen doch recht blutrünstigen Actionfilmen wie *El Mariachi* und *From Dusk Till Dawn* wollte Robert(o) Rodriguez endlich mal einen Film machen, den sich auch seine drei Söhne ansehen können. So entstand *Spy Kids,* die Geschichte von den Agentenkindern, deren Aufgabe nichts geringeres als die Rettung der Welt ist:

Ingrid Cortez' Kinder, die Geschwister Carmen und Juni, lieben Agentengeschichten über alles. Und so erzählt sie ihnen als Gute-Nacht-Geschichte immer wieder die von den zwei Super-Spionen auf verschiedenen Seiten, die sich gegenseitig umbringen sollten, sich stattdessen jedoch ineinander verliebten und sich fortan vom Geschäft zurückzogen. Was sie ihnen nicht erzählt, ist, dass diese Geschichte nicht nur wahr ist, sondern die ihres Ehemannes Gregorio und ihre eigene.

Doch bald schon werden die Kids die Wahrheit erfahren. Ihre Eltern werden vom Super-Schurken Fegan Floop, dem Macher

einer weltweiten beliebten Kinder-TV-Sendung entführt, der es auf nichts Geringeres abgesehen hat als die Weltherrschaft. Urplötzlich finden sich Carmen und Juni im Zentrum des Geschehens, müssen nicht nur ihre entführten Eltern, sondern auch die Welt vor Floop und seinem Schergen Minio retten: Dieser plant mit einer perfekten Künstlichen Intelligenz Roboterkinder zu programmieren, mittels deren Hilfe er zunächst alle Staatsmänner der Welt ausschalten und sich dann an deren Stelle setzen will. Zunächst helfen ihnen dabei nur diverse hübsche Gimmicks wie ein goldfisch-ähnliches U-Boot und intelligente Raketenrucksäcke. Bald jedoch treffen sie auf Mr. Machete, der nicht nur der Erfinder ausgeklügelten Agentenzubehörs ist, sondern sich auch noch als ihr lange verschollener Onkel entpuppt, von dem die zwei noch gar nichts wussten. Und nun macht sich die Familie auf, Floop & Co. sowie seinen finsteren Terroristen und den übermächtigen Roboterkindern das Handwerk zu legen.

Das Ergebnis ist ein recht hübscher Kinderfilm mit reichlich SF-Motiven, dessen Drehbuch vor witzigen und originellen Einfällen geradezu überbordet. Leider ist die tricktechnische

Umsetzung jedoch gelegentlich etwas holprig, was dem Spaß kaum einen Abbruch tut. Störender wirkt da schon die allzu penetrant verkündete Botschaft: »Der Film sollte auch eine Geschichte über die Power der Familie sein. Und zeigen, dass der Zusammenhalt einer Familie eine lebenslange Aufgabe ist. Das nenne ich Mission Impossible! Aber es ist alle Anstrengungen wert, weil es nichts Erfüllenderes als eine Familie gibt.« (Robert Rodriguez) Und damit das auch jeder begreift, ist diese – in Hollwood ja nicht gerade revolutionär neue – Botschaft überpräsent; nicht nur in den Bildern, sondern vor allem auch im Dialog, was einem den Spaß gelegentlich schon vermiesen kann.

Dafür gibt's jede Menge zu sehen und in den Nebenrollen brillieren der narbenzerfurchte Danny Trejo als Onkel Mr. Machete und George Clooney hat am Schluss ein hübsches Cameo als Chef der Guten. Natürlich gibt's hier so gut wie keine Gewaltszenen und wenn dann doch mal gehauen und gestochen werden muss (schließlich ist ein Agentenfilm kein Deckchensticken), dann heißt es »Kid's schaut weg« und auch wir kriegen nix zu sehen. Das macht aber nichts, denn trotz seiner Mängel ist *Spy Kids* ein flotter Agentenfilm für die ganze Familie, der intelligenter daherkommt als so manch »große« Hollywodproduktion. *lg* ●●

USS Charleston – Die letzte Hoffnung der Menschheit
(On The Beach) 2teilig · USA/AUS-TV · 2000 Regie: Russell Mulcahy · Drehbuch: David Williamson nach dem Roman von Neville Shute · Kamera: Martin McGrath · Musik: Christopher Gordon · Darsteller: Armand Assante, Rachel Ward, Bryan Brown, Jacqueline McKenzie, Grant Bowler · Laufzeit: ca. 180 Minuten · Deutsche Erstaufführung: 18. + 19. 08. 2001, RTL

Die Welt in naher Zukunft (laut RTL-Pressetext im Jahre 2006): Eine Blockade der Volksrepublik China gegen Taiwan führt in sich steigernder Eskalation zum Dritten Weltkrieg. An dessen Ende hat außer den Einwohnern Australiens niemand überlebt, die Nordhalbkugel der Erde ist radioaktiv verseucht und der Fall-Out droht nun auch den Rest der Menschheit auszulöschen. Von den USA ist nur noch das Atom-U-Boot *USS*

Charleston unter dem Befehl von Commander Dwight Towers (Armand Assante) übrig geblieben, der sein Boot unter den Befehl der Australier stellt. Diese übertragen ihm eine neue Aufgabe: Er soll die Hypothese eines Wissenschaftlers überprüfen, der da glaubt, dass die verstärkte Sonnenstrahlung durch die verdünnte Ozonschicht nördlich des 60. Breitengrades (also etwa auf der Höhe von Alaska) die Radioaktivität soweit gesenkt hat, dass dort wieder Leben möglich sein könnte. Außerdem soll er eine geheimnisvolle e-mail überprüfen, die täglich zur fast selben Zeit ankommt; allerdings nur verstümmelt. Als wissenschaftlicher Begleiter wird ihm ausgerechnet der unwillige Physiker Julian Osborne (Bryan Brown) zur Seite gestellt, der die These seines Kollegen für Humbug hält und den nahenden Weltuntergang lieber auf seiner Insel mit reichlich Champagner genossen hätte.

Doch bevor Towers mit seiner Mannschaft in See sticht, verlebt er noch ein entspanntes Wochenende auf dem Lande. Hierhin hat ihn sein australischer Verbindungsoffizier Peter Holmes eingeladen. Towers lernt jedoch nicht nur Holmes Ehefrau und dessen kleine Tochter kennen, sondern auch Holmes' Schwägerin, die etwas flatterhafte Moira (Rachel Ward), die

ausgerechnet Osbornes Ex ist. Natürlich verlieben sich die beiden ineinander, aber nichts kann Towers von seinem Auftrag abhalten.

Die Fahrt in den Norden entpuppt sich jedoch als Fahrt ins Nichts: Die Strahlung in Höhe des 60. Breitengrades ist höher denn je, und die mysteriöse e-mail ist nichts weiter als eine Aufzeichnung der letzten Nachrichtensendung des Lokal-TV, die per CD-Rom in einem Laptop versendet wird, der sich jeden Tag fast zur selben Zeit einschaltet, weil dann die Sonne ins Studio auf dessen Solarzellen scheint. Ernüchtert kehren sie gen Süden zurück, nicht ohne zuvor noch einen Abstecher zum vollkommen zerstörten San Francisco zu machen.

In Australien angekommen, bereitet sich ein jeder auf seine Weise auf den nahenden Strahlentod vor. Die Crew beschließt die Rückkehr nach Norden, Osborne setzt sich noch einmal in seinen geliebten Ferrari. Holmes und seine Familie wählen den Freitod mit den von der Regierung ausgegebenen Medikamenten, und Dwight und Moira verbringen ihre letzten Tage am Strand mit Champagner.

Der bereits 1957 von dem Anglo-Australier Nevil Shute (i. e. Nevil Shute Norway) geschriebene Roman wurde 1959 schon einmal verfilmt – unter dem Titel *On the Beach / Das letzte Ufer.* Damals spielten unter der Regie von Stanley Kramer Gregory Peck, Ava Gardner, Fred Astaire und Anthony Perkins; echtes Starkino also. Mulcahys »Remake« erweist sich als von starken britischen Einflüssen geprägtes Weltuntergangskino alter Prägung: Der Zerfall der Zivilisation manifestiert sich sowohl in Anarchie und Chaos auf den Straßen der großen Städte als auch im Rückgriff auf Techniken der industriellen Revolution: So verkehrt etwa mangels elektrischer Energie wieder die gute alte Dampflok.

Dabei entstand ein durchaus unterhaltsames Stück Fernsehen, das in seinen besten Momenten so manch apokalyptischem Hollywood-Reißer durchaus Konkurrenz machen kann: Unter dem Vorspann rafft Mulcahy (dokumentarische und inszenierte) Bilder von der Eskalation der Gewalt in schnellen Schnitten und hat so ohne jedweden Off-Kommentar die Situation etabliert. Ganz nebenbei versteht Mulcahy es auch noch, dem klassischen Genre des U-Boot-Films seine Reverenz zu erweisen. Und das nicht nur in einer Sequenz, in der sich die Mannschaft der Charleston genussvoll *Run Silent Run Deep / U 23 – Tödliche Tiefen* ansieht. In Mulcahys Film finden sich die bekannten Sequenzen von der durchs enge Boot hetzenden Mannschaft genauso wieder wie die Fahrt durch schwieriges Gelände; normalerweise durch ein Minenfeld, hier durch die Trümmer der Marinebasis in San Francisco. Und die häufigen Reißschwenks und schnellen Kreisfahrten der Kamera verraten deutlich die Handschrift des Erfinders der »Highlander«-Saga. Dabei sind diese jedoch kein Selbstzweck, sondern verdeutlichen die Gefühlslage der Figuren, die sich zunehmend isoliert und verletzt fühlen und in ihren letzten Tagen nichts so sehr suchen wie die Nähe eines anderen. Dabei schwelgt der Film durchaus nicht in apokalyptischen Bildern, sondern zeigt den Niedergang eher dezent, ja fast nebenbei: Da blickt Towers bei seiner Ankunft in Melbourne nur kurz auf ein brennendes Hochhaus (ein Bild übrigens, dessen apokalyptische Konnotation nach dem 11. 09. 2001 eine Stärke gewonnen hat, die der Filmemacher nicht beabsichtigt haben kann). Auch die Szenen von Gewalt und alltäglicher Plünderung kommen eher beiläufig ins Bild, werden nicht ausgestellt, sondern dienen der Verdeutlichung des Niedergangs genauso wie die menschenleeren Straßen, nachdem klar geworden ist, dass es nun wirklich zu Ende geht und die Menschen vor den Ausgabestellen der Todespillen fast apathisch Schlange stehen.

Wie schon im Original von 1959 ist dies jedoch vor allem ein Film der starken Charaktere, die längst nicht so eindimensional sind, wie sie zu Beginn erscheinen. Bestes Beispiel ist die Gestalt des Commander Towers, der zunächst wie ein Mustersoldat per se erscheint. Doch bald schon stellen wir fest, dass er ein einsamer, leidender Mann ist: Seine junge Familie starb im Atomkrieg, und er kann durchaus verstehen, warum das Militär sich inzwischen bei der Zivilbevölkerung keiner großen Beliebtheit mehr erfreut. Mehr noch: Im Verlauf der Reise gen Norden erfahren wir (und der völlig verblüffte Osborne), dass Towers den Befehl zum Abschuss seiner Atomraketen verweigerte, weil er keinen Sinn darin erkennen konnte, nach dem bereits erfolgten Abwurf Hunderter von Atombomben »seine« noch hinterherzuschicken. Natürlich spielen Assante, Ward und Co. nicht in der selben Liga wie einst Peck und andere. Dennoch gelingt es ihnen, ihre Figuren mit Leben zu erfüllen und uns so auch dann noch mit ihnen leiden zu lassen, wenn es gegen Ende hin (wie schon im Original) ein wenig kitschig wird. Doch bei allem Kitsch ist das Ende kein heroisches: Im Gegenteil, die meisten verrecken elend an der Strahlenkrankheit und selbst Osbornes Selbstmord im Ferrari auf der Rennstrecke hat mehr von Verzweiflung als von heroischem Abgang. Weltuntergangskino aus einer Zeit, die schon einen Monat nach der Ursendung wie eine ferne Vergangenheit wirkte. *lg* ●●

2001 – Odyssee im Weltraum (2001 – A Space Odyssey) Großbritannien 1965/68 · Regie: Stanley Kubrick · Buch: Stanley Kubrick und Arthur C. Clarke · Kamera: Geoffrey Unsworth · Spezialeffekte: Stanley Kubrick, Walley Weevers, Douglas Trumbull, Con Pedersen, Tom Howard · Produktionsdesign: Tony Masters, Harry Lange, Ernest Archer · Musik: Richard Strauß, Johann Strauß, György Ligeti, Aram Khatchaturian · Darsteller: Keir Dullea, Gary Lockwood, William Sylvester, Daniel Richter · Laufzeit (Kinofassung bei Wiederaufführung im Jahre 2001): 158 Minuten

2001 ist für einen Filmfreak nicht nur irgendeine Jahreszahl. *2001* ist ein Kultobjekt, ein einzig- und fremdartiger Bilderrausch aus den 60er Jahren, heißgeliebt, aber auch immer mal wieder als »aufgeblasener Langeweiler« geschmäht. Es gibt wenige Filme, von denen man behaupten kann, dass ohne sie die Filmgeschichte anders verlaufen wäre. *2001 – Odyssee im Weltraum* zählt dazu.

Inzwischen ist Stanley Kubricks Film x-fach im Fernsehen gelaufen, bei den Privatsendern sogar in gekürzter Form (als ob sich dadurch aus *2001* ein rasanter Actioner machen ließe). Die Story dürfte bekannt sein, deshalb kann sich eine Inhaltsangabe heute auf das Allernötigste beschränken, zumal Produktionsdesign und Tricktechnik den Film weit mehr bestimmen. Auf der Suche nach Geheimnis und Herkunft eines außerirdischen schwarzen Quaders bekommt das Raumschiff

»Discovery« Schwierigkeiten mit dem Bord-Computer HAL 9000. Der entwickelt ein Eigenleben und beginnt die Mannschaft auszuschalten. Das Ganze endet in einem Farbenrausch, den sich die LSD-Kultur der 60er Jahre gleich als bebilderten Trip zu eigen machte. Das schwer verständliche, religiös-mystische Ende ist berüchtigt, und gelehrte Deutungen gibt es genug. Doch das soll nicht Gegenstand dieser Betrachtung sein.

Wie auch immer man zu Kubricks Film stehen mag, zwei Dinge stehen außerhalb jeglichen Zweifels: Zum einen ist es einer der visuell aufregendsten Filme, die je gedreht wurden, zum anderen zählt er zu jenen Werken, die unwiederholbar sind. Nicht ohne Kummer nimmt der Filmfreund zur Kenntnis, dass ein solcher Film heute, im Jahr seines Titels, nicht entstehen könnte. Kein Produzent ließe seinen Regisseur über drei Jahre lang herumbasteln, bis das Ergebnis endlich vorliegt, ein Ergebnis zumal, das keine nacherzählbare Dramaturgie enthält, keine Love-Story, keine strahlenden Helden, keine Action, nur wenig Dialog, aber viel dissonante Musik von György Ligeti. *2001* ist das absolute Gegenteil dessen, was 2001 in die Kinos kam, es ist ein Film von großer Ruhe, wohlbedachter Langsamkeit, extremer Sorgfalt und – nicht zuletzt – größtmöglichem Realismus. Hier ist der Weltraum noch wirklich lautlos, während heute selbst relativ intelligente Filme im All auf ihre Soundeffekte nicht glauben verzichten zu können.

In der Tricktechnik war *2001* seiner Zeit meilenweit voraus. Niemals zuvor hatte man so verblüffend realistische Bilder von der Raumfahrt gesehen, und danach eigentlich auch nicht mehr. Die Spezialeffekte sind nach Jahrzehnten noch makellos, und die detailverliebten, handgemachten Raumschiff-Modelle lassen jede Computeranimation alt aussehen. Das macht Kubricks Film auf eine eigene, sehr eigentümliche Art spannend – obwohl die meiste Zeit nichts passiert. *jwi* ●●●●●

FILM

Planet der Affen

Original und Remake

von Lutz Gräfe

Vorbemerkung

Da die Geschichte (Astronauten landen auf einem von Affen regierten Planeten, auf dem Menschen wie Tiere behandelt werden) hinreichend bekannt ist und der erste Film ja schon längst sowas wie ein Klassiker geworden ist, werde ich sie hier nicht noch mal im Einzelnen erzählen; zur Neuverfilmung siehe Kritik in dieser Ausgabe.

Zwei Anfänge

1968: Ein Raumschiff auf einer Reise durchs All. Durchs Bugfenster sieht man Lichteeffekte vorbeiziehen. Schiffszeit 1972; Erdzeit 2673 (der Unterschied resultiert aus der berechneten Zeitdilation bei Reisen mit fast Lichtgeschwindigkeit): Astronaut Taylor sendet einen letzten Funkspruch an die Erde, bevor er sich in den Tiefschlaf versetzen lässt. Sein letzter Satz: »Hört mir

jemand zu? Dann erzählt mir doch, ob die Menschen da unten sich immer noch nicht vertragen und sich gegenseitig umbringen.« Dann folgen zu Jerry Goldsmiths avantgardistischer Musik die Credits von Franklin J. Schaffners Erstverfilmung von Pierre Boulles »Planet der Affen«.

2001: Zu düster-bedrohlicher Percussionmusik (für die Komponist Danny Elfman unter anderem diverse Metall-Mülltonnen als »Trommeln« gesampelt hat) schälen sich unter dem Vorspann erst nach und nach erkennbare dunkelrote Affengesichter im Halbprofil aus dem Dunkel. Der nachfolgende Umschnitt auf den Weltraum und in die Helle der Forschungsstation wirkt da umso härter. In Tim Burtons Version der Geschichte schreiben wir das Jahr 2029.

33 Jahre liegen zwischen diesen beiden Fassungen des satirischen SF-Romans des Franzosen Pierre Boulle aus dem Jahre 1963, von dem übrigens auch »Die Brücke am Kwai« stammt. Aber zwischen den beiden Fassungen liegen nicht nur 33 Jahre, sondern ganze Welten. Das betrifft nicht nur die Machart und die (mehr oder weniger vorhandene) Perfektion insbesondere der Affenmasken. Natürlich sind Burtons Masken besser, und weil er seine Schauspieler auch noch in »äffischem« Verhalten ausbilden ließ, wirken sie glaubwürdiger als ihre Vorgänger. Aber schon in Schaffners Film waren Tricks und Masken auf der Höhe der Zeit. Burton liefert also letztlich nur, was man heutzutage von einer Hollwood-Großproduktion erwarten muss. Auch visuell ist an Burtons Neuverfilmung nichts auszusetzen. Wo Schaffners Film in einer zumeist gleißend hellen Wüstenlandschaft spielt, geht's bei Burton viel düsterer daher. Er siedelt den Großteil seiner Geschichte im grünen Dickicht des Dschungels an, was vor allem bei der Verfolgungsjagd zu Beginn zu eindringlichen Bildern führt, zumal er – anders als Schaffner – mit der Kamera viel näher dran ist. Und trotz dieser eindringlichen Inszenierung prägen sich Schaffners Totalen von den in der Steinwüste umherirrenden Astronauten stärker ins Gedächtnis, weil sie eben die totale Isolation dieser in Raum und Zeit Verlorenen symbolisieren.

Das große Problem von Burtons Neufassung ist das Drehbuch, das umso mehr Löcher hat, je länger man drüber nachdenkt. Zwar haben sich beide Filme nicht unbeträchtlich von der Vorlage entfernt, doch Schaffners Version (dessen erste Dreh-

buchfassung übrigens von »Twilight Zone«-Erfinder Rod Serling stammt) bemüht sich immerhin, die politischen, sozialen und satirischen Implikationen von Boulles Vorlage wenigstens ansatzweise zu retten: Da bricht Charlton Heston(!) in ein fast irres Lachen aus, als sein Kumpan eine Miniaturfahne der Stars und Stripes auf den »neuen« Planeten pflanzt, und auch sonst ist seine Figur ein Pessimist auf der Suche »nach was Besserem als Menschen«. Da stehen im Zentrum des Films immer wieder teilweise sogar recht spannende Debatten über das Verhältnis von Religion und Wissenschaft, über den Umgang mit angeblich niederen Tieren (sprich Menschen) und das Ende (Taylor entdeckt die Ruine der Freiheitsstatue und erkennt, dass er sich auf einer zukünftigen Erde befindet) ist als Mahnung vor der durch die von Menschen hervorgerufenen Apokalypse geradezu zum Symbol geworden. All diese Implikationen meidet Burton bis auf wenige, sehr dezente Andeutungen wie der Teufel das Weihwasser. Er konzentriert sich dagegen fast ausschließlich auf das Action-Potential der Geschichte, und sein Ende der Geschichte (Astronaut Davidson landet auf einer Erde, die schon immer von Affen regiert wurde) folgt zwar der Romanvorlage, wirft jedoch mehr Fragen auf, als es beantwortet; beispielsweise: Wenn das die Erde ist; wo war er vorher? In einem Paralleluniversum oder wo?

Zudem beweist er in der Gestaltung der Menschen nicht den Mut und die Konsequenz wie Schaffner: 1968 waren die Menschen stumm und selbst Taylor/Heston konnte auf Grund einer Verletzung lange Zeit nicht sprechen. Bei Burton davon keine Spur. Ganz zu schweigen davon, dass Wahlberg nicht die Präsenz und Persönlichkeit eines Charlton Heston der späten 60er Jahre besitzt. Ebenbürtig sind allein die Soundtracks, auch wenn Danny Elfman in der zweiten Hälfte zu sehr aufdreht, so steht sein düster-dräuendes Percussionsgewitter Goldsmiths avantgardistischer Musik aus Klavier, Schellen und grellen Streichern kaum nach. Was bleibt sonst noch in Burtons Neuverfilmung: Charlton Hestons Cameo als Dr. Zaius, dem Vater des äffischen Gegenspielers General Thade, in dem ausgerechnet er, der in den 90ern vor allem als Waffenlobbyist in Erscheinung getreten ist, seinen Sohn vor der Bösartigkeit von Waffen warnt. Ansonsten ist dem amerikanischen Kollegen Roger Ebert zuzustimmen, der da sinngemäß meinte: »In zehn Jahren wird man sich nur noch an die Erstverfilmung erinnern.« Zu Recht.

Science Fiction-Hörspiele 2000/2001

von Horst G. Tröster
mit Beiträgen von
Ute Perchtold, Christiane Timper, Birke Vock, Helmut Magnana und Sascha Mamczak

Der 11. September 2001 hat die Welt verändert. Was bis dato nur aus Produkten der Filmindustrie bekannt war, wurde grausame Realität. Tausende Menschen verloren ihr Leben, weil fanatischen Eiferern zur Durchsetzung ihrer Ziele Menschenleben als vernachlässigbare Größe gelten. Tausende Menschen verloren aber in der Folge ebenfalls ihr Leben, weil die so Attackierten und ihre Verbündeten keine andere Möglichkeit sahen als ein Flächenbombardement mit der Aussicht, unter den Getöteten auch möglichst viele Schuldige erwischt zu haben. Wie sehr hatte die Weltöffentlichkeit doch auf den schnellen, den »chirurgischen« Schlag gehofft, den begrenzten Angriff, der die als schuldig Erkannten in einer gezielten Aktion »ausschalten«, den Terrorismus ein für allemal im Keim ersticken, die Freiheit und Infrastruktur eines gebeutelten Landes für die um ihr Leben betrogenen Menschen wiederherstellen würde.

Ich schreibe dies an einem Sonntag, auf den Tag genau zwei Monate nach dem von islamistischen Fundamentalisten verübten Massenmord. Wenige Tage vor diesem Ereignis hatte mir unser Team-Mitglied Helmut Magnana aus Wien eine Rezension zu einem Hörspiel des Österreichischen Rundfunks geschickt, einer bitterbösen Satire auf Großmächte, die kraft eigener Vollmacht als Weltpolizei gegen die Schurken dieser Welt vorgehen. Das unspektakuläre Stück hätte vielleicht nur am Rande Beachtung gefunden, wäre es nicht durch das Attentat in Manhattan brandaktuell geworden. Es schildert, eigentlich nicht ungewöhnlich in einer Welt der marktwirtschaftlichen Schrankenlosigkeit, eine Privatisierung. Aber diese Privatisierung hat es in sich, denn was da privatisiert wird, ist nicht mehr und nicht weniger als das von der NATO und den Großmächten für sich reklamierte Recht, gewaltsam gegen kriminelle Kartelle, Terrorbanden und »Schurkenstaaten« vorzugehen – als Dienstleistung, ganz offen angeboten in einem Versandhauskatalog und finanziert von anonymen Auftraggebern. Nach den Ereignissen des 11. September freilich bin ich mir gar nicht mehr so sicher, ob es sich tatsächlich um eine Satire gehandelt hat. Lesen Sie hierzu im Anschluss die Rezension.

Trotz zahlreicher Sendetermine (89) war das Science Fiction-Hörspiel im Berichtszeitraum Juli 2000 bis Juni 2001 mit 21 Neuproduktionen nicht gerade üppig vertreten; zieht man gar die 9 Kurzhörspiele ab, bleiben noch 12 Produktionen – durchschnittlich eine im Monat. Von den 15 öffentlichen Rundfunkanstalten im deutschsprachigen Raum waren daran neben dem Westdeutschen Rundfunk (7, darunter 2 Mehrteiler und 1 Kurzhörspiel) nur der Bayerische Rundfunk (10, davon 7 Kurzhörspiele), das DeutschlandRadio Berlin (2, davon 1 Kurzhörspiel), der Österreichische Rundfunk (1) und der Südwestrundfunk (1 Kurzhörspiel) beteiligt.

Eines der skandalumwittertsten Werke der letzten Zeit liegt nun auch als Hörspiel vor: ***Elementarteilchen*** von Michel Houellebecq. Erleben Sie zwei Stunden lang die opulente Schilderung sexueller Obsessionen und mechanischer Triebbefriedigung, fehlender Nestwärme und emotionaler Verelendung – um dann in einem nur Minuten währenden Schluss zu erfahren, dass die Welt allernächster Zukunft das so ausführlich Kritisierte zum Status quo erhoben hat und mit menschlichen Klonen eine asexuelle Spezies bar jeder menschlichen Bindungen geschaffen hat. Ambitionierte Zeitkritik mit hohem literarischem Anspruch oder Skandalroman eines Autors, der sexuelle Auswüchse attackiert und eigenem Bekunden nach Dauergast in Swingerclubs ist? Hören und urteilen Sie selbst – und lesen Sie die Würdigung im Rezensionsteil.

Im Rahmen eines Programmaustauschs kam aus Dänemark

Irrläufer zu uns. Der Autor Morti Vizki schildert in dem eher stillen, poetischen Hörspiel, wie in einer Welt von Geklonten die Menschen alten Schlages im Aussterben begriffen sind.

Freunde des Comic Strip dürfte ***G.A.S.*** interessieren, das Walter Adler nach dem gleichnamigen Kultroman von Matt Ruff fürs Hörspiel bearbeitet hat. In der Tat: eine abgedrehte, ausgeflippte, schrille Bildergeschichte zwischen Babylonischen Türmen und Abwasserkloaken, High Society und Subkultur, Supercomputern und Terrorkommandos, Gen-Chimären und Genozid, gesendet auf mitternächtlichem Sendeplatz im WDR-Jugendsender EinsLive. Keine Botschaft, außer das Medium selbst sei sie.

Von einem ausgewiesenem Kenner der Werke Philip K. Dicks stammt die Besprechung des neuesten Hörspiels von Marina Dietz. Nach ***Träumen Androiden**** , Kurd-Laßwitz-Preisträger 1999, hat die Autorin und Regisseurin in der Unterhaltungsredaktion des BR (streng von der Hörspielredaktion getrennt) sich mit ***Zeit aus den Fugen*** erneut eines Stoffes des zum Kultautor avancierten Amerikaners angenommen. Frontallappen-Epilepsie oder nicht – Dicks Lieblingsthema war der zum Allmächtigen gewordene Einzelne, der Einzelne, dem eine Welt errichtet wurde. So auch hier.

Stellen Sie sich vor, Sie leben in ferner Zukunft als Frau in einer Welt ohne Männer und werden mit ein paar tausend Jahre alten Tonkonserven konfrontiert, Kompositionen, die von Zeitgenossen der zweiten Jahrtausendwende als erhaltenswerte Kulturgüter für die Nachwelt gespeichert worden sind. ***Die Arche*** ist ein Beitrag der Musikredaktion des Bayerischen Rundfunks und war der Abschluss einer Reihe von Musikfeatures mit dem Titel *Schnittpunkte – 1000 Jahre Musik in zwölf Szenen.* Lesen Sie auf den folgenden Seiten, ob dieser gewaltige Zeitsprung gelungen ist.

Mit Spannung erwartet, dann aber doch hinter den Erwartungen zurückgeblieben: ***Mission: Argo*** von Richard Farber, der von einer Astronautin unterwegs zur Venus berichtet, aber nicht so recht klarzumachen versteht, warum der Flug über-

---

* Siehe Rezension in *Das Science Fiction Jahr 2001,* S. 344 ff.

haupt bemannt ist. Menschliche Astronauten gelten in Fachkreisen ohnehin als verzichtbar und hätten allenfalls den Sinn, eine Mission für die geldgebende Öffentlichkeit attraktiver zu machen; in solch einem Fall aber würden die Verantwortlichen den menschlichen Faktor wohl kaum als vernachlässigbar ansehen und – zumal vor den Ohren der Weltöffentlichkeit – seinen Tod billigend in Kauf nehmen.

Wie es behinderten, alten oder sonst aus dem Raster herausfallenden Menschen in einer Gesellschaft ergehen könnte, in der Utilitarismus und Shareholder Value zu allein bestimmenden Faktoren geworden sind, zeigt Werner Buchberger in ***Die Würde des Menschen ist unantastbar,*** einem beklemmenden Hörspiel von nur 15 Minuten Dauer. Es ist Teil einer zehnteiligen Kurzhörspielreihe im Familienfunk des Bayerischen Rundfunks, in der Autorinnen und Autoren zu Wort kommen, die sonst keine Hörspiele schreiben.

Was wäre, wenn immer genauere Genprognosen die Lebenserwartung immer präziser vorhersagen könnten? Marcy Kahan hat in ***Das Genauigkeitsprinzip*** ein Kastensystem mit *Short-*, *Mid-* und *Long-Lifern* ausgemalt. Herausgekommen ist eine Art *Pygmalion* der Gentechnik, in welchem ein weniger smarter *Henry Higgins* einer deutlich dooferen *Eliza,* die irrtümlich für eine Short-Liferin gehalten und deswegen nicht zivilisiert wurde, Kultur und Manieren beibringen muss. Freilich hat vor fünfzig Jahren Elias Canetti sich in seinem Theaterstück ***Die Befristeten*** (vom WDR 1966 und vom Rundfunk der DDR 1984 als Hörspiel produziert) schon einmal der Probleme angenommen, die eine Kenntnis der eigenen Lebensspanne mit sich bringen würde, wenn auch ungleich anspruchsvoller und auf höchster literarischer Ebene.

Jiri Ort, den Stammhörern der Heidelberger Sendereihe *Science Fiction als Radiospiel* bekannt als Autor der ***Gedankenraum***-Trilogie (1989–91) sowie der Hörspiele ***Zwischen den Zeiten*** (1992) und ***Apis mellifica*** (1993), ist nach acht Jahren zur Science Fiction zurückgekehrt. Für den WDR schrieb er jetzt ***Der Chip-Souffleur,*** in dem er höchst humorvoll die Folgen eines implantierbaren Memory-Speichers schildert. Schade, dass alles doch ein wenig outriert daherkommt und so zu sehr in die Nähe der Klamotte rückt. Dabei wurde für diese Produktion eigens ein ganzes Orchester und eine leibhaftige Operndiva aufgeboten – nicht etwa als Konserve, sondern live, in tragender Rolle.

Nachdem der Kultfilm *Metropolis* in immer neuen Versionen herauskam, die sich dem Original durch Rekonstruktionsversuche, Viragen oder einkopierte Standbilder anzunähern oder es mit neuem Sound aufzupeppen versuchten, brachte die Hörspielabteilung des Bayerischen Rundfunks nun ***Metropolis*** in einer eigenwilligen Radiofassung heraus. Was an dieser neu ist und wie sie sich von Thea von Harbous Roman und Fritz Langs Drehbuch unterscheidet, lesen Sie in der aufwändig recherchierten Analyse am Ende des Rezensionsteils.

Beim Westdeutschen Rundfunk, auf dessen Konto in den letzten zwei Jahren ohnehin zwei von drei Science Fiction-Hörspielen gegangen sind, hatte man im vergangenen Jahr eine gute Idee: An jedem Sonntag gab es im Vormittagsprogramm von WDR 5 Hörspiele der BBC in der Originalsprache. Eine Rarität im deutschen Rundfunk, sieht man von den englischsprachigen Ausstrahlungen von Wells'/Welles ***War of the Worlds*** und Joe Franks ***A Tour of the City*** ab. So konnten zum Beispiel am 19. und 26. November 2000 interessierte Hörer die zweiteilige Fassung von ***Frankenstein*** (Bearbeitung: Nick Stafford, Regie: Claire Grove) genießen und hatten die seltene Gelegenheit, die englische Adaption mit der – durchaus abweichenden – des WDR (Bearbeitung: Nick McCarthy, Regie: Annette Kurth) zu vergleichen, die erst ein gutes Jahr vorher gesendet worden war. Leider hat der WDR diese Reihe inzwischen wieder eingestellt.

Bei Erscheinen des letzten Science Fiction-Jahrbuchs wurde ich gefragt, was es denn für einen Sinn mache, eine Hörspielbesprechung zu lesen, ohne das betreffende Hörspiel gehört zu haben. Der Einwand mag berechtigt sein, aber die Erfahrung lehrt, dass es kaum einen Titel gibt, den wir in den vergangenen siebzehn Jahren besprochen haben, der nicht irgendwann danach wiederholt worden wäre. Und im Zeitalter des Satellitenradios ist es heute für einen Hörer im Sendebereich des Norddeutschen Rundfunks ein Leichtes, zum Beispiel eine Sendung des Bayerischen Rundfunks zu empfangen. In diesem Sinne empfehle ich die folgenden Rezensionen und die sich anschließende Übersicht der Ursendungen Ihrem Interesse und wünsche Ihnen viel Spaß beim – hoffentlich baldigen – Hören!

Wolfgang Jeschke, ohne den es Seiten wie diese nie hätte geben können, Herausgeber, Autor und vor allem auch Verfasser von Science Fiction-Hörspielen, die Kenner zu den besten des Genres zählen, ist in den wohlverdienten Ruhestand gegangen – zum Jahresende *2001*, wie es sich für einen echten Science Fiction-Fan gehört. Drücken Sie uns die Daumen und dokumentieren sie das durch Ihr persönliches Interesse, dass es eine solch einzigartige Publikation, die keineswegs selbstverständlich ist, weil sie mehr kostet als sie dem Verlag einbringt, und die er mit viel persönlichem Engagement Jahr für Jahr immer wieder neu durchsetzen konnte, auch nach seinem Weggang weiterhin geben wird.

Lieber Wolfgang Jeschke, das ganze Hörspielteam drückt Ihnen für Ihre nun rein private Zukunft sämtliche verfügbaren Daumen und wünscht Ihnen alles Gute! Und natürlich haben wir keinen Zweifel, dass jetzt, da Ihnen endlich der lang ersehnte Überfluss an Zeit zur Verfügung steht, auch bald wieder einmal *Ihr* Name hier auf den Rezensionsseiten auftauchen wird!

Horst G. Tröster

Versandhauskatalog des Grauens

Ludwig Laher: *Humanitatis Causa*
Regie: Franz Zeller
Österreichischer Rundfunk 2000

»Meine Spende lebt!«, lautete der Slogan eines Spendenaufrufs für gefährdete Kinder in Afrika. »Meine Spende stirbt!«, könnte der neue Slogan eines weltweit operierenden futuristischen Dienstleistungsunternehmens heißen. Es nennt sich *Humanitatis Causa* – »der Menschheit zuliebe«, wie es der Firmenintention entsprechend im Hörspiel heißt – und sucht Sponsoren im Kampf gegen die Schurken dieser Welt. Als solche gelten kriminelle Organisationen und ebensolche Staaten. Von seiner Zielsetzung her könnte man von einem diffusen Konglomerat aus privaten und öffentlichen Interessen sprechen. Was, irgendwo verständlich, bei sensibleren Gemütern freilich auch zu gewissen Irritationen führen kann. Es werden nämlich Zweifel darüber artikuliert, ob es sich hier in jedem Fall um streng legale Zielvorgaben handelt. Vor allem, seit eine »Abschussliste« in Umlauf kam, welche die Kritiker von *Humanitatis Causa* als »Versandhauskatalog des Grauens« bezeichnen. Der zahlungskräftige Kunde kann sich daraus ein »Target« aussuchen, von dessen Existenz er die Menschheit endlich befreien möchte.

Dazu können alle möglichen politischen Extremisten, religiösen Fanatiker, kriminellen Geldbeschaffer, Terroristen gleich welcher Couleur, Umweltzerstörer und neuerdings auch Piraten zählen, die nicht ausdrücklich unter dem Schutz einer regulären Regierung stehen und über die frei disponiert werden kann. Sie auszulöschen wäre demnach wirklich so etwas wie ein »Dienst an der Menschheit«.

Natürlich braucht man dazu zweierlei: Erstens viel Geld für Logistik, umfassende Vorbereitung und Bewaffnung jener, die diese gefährliche Aufgabe übernehmen. Und zweitens Personen, welche gleichsam als »Frontschweine« den Schädel hinhalten. Für Punkt Eins sind reiche Gönner vorgesehen, die damit einerseits ihren Jagdtrieb auf eine für sie selbst ungefährliche Art befriedigen möchten, andererseits sich auch noch die Feder an den Hut glauben stecken zu können, etwas gegen das Böse in der Welt getan zu haben. Drogenschmuggler, Mädchenhändler, Kinderpornoringe und andere können vielleicht wirklich nur noch auf unkonventionelle Weise ausgeschaltet werden, weil etwa das technische Instrumentarium der internationalen Exekutive aufgrund chronisch budgetärer Unterdotierung meist hoffnungslos veraltet ist.

Was ist nun aber von Ludwig Lahers Denkansatz wirklich zu halten? Vorausschicken möchte ich, dass er der Geschäftsidee von *Humanitatis Causa* eher reserviert gegenübersteht, sie aber grundsätzlich für durchaus wahrscheinlich hält; neue Zeiten bringen eben auch neue »Phantasien«. Und nicht alle müssen deswegen gleich den Bach hinunter gehen wie jene der »New

Economy«; bei denen handelt es sich ja oft um »Märchen aus tausendundeiner Nacht« – nur mussten die orientalischen Vorbilder nie den Wahrheitsbeweis ihrer Geschichten erbringen.

Es stellt sich hier wohl die eine prinzipielle Frage: Wird die latente Verquickung der kriminellen Strukturen mit korrupten Teilen der Politik nicht eine praktische Realisierung der *Humanitatis-Causa*-Intentionen von Haus aus konterkarieren? Es sei denn, große Staaten und ebenso große global operierende Unternehmen hätten aus dem einen oder anderen Grund ein vitales Interesse am Ausschalten einer (kriminellen) lokalen Konkurrenz. Sicher gibt es schon heute sogenannte verdeckte Aktionen, durchgeführt von Leuten, die ihre Auftraggeber, falls es schief läuft, natürlich nicht kennen (wollen). In einschlägigen TV-Serien erfährt man ja ebenfalls nie, wer die haarigen Einsätze von mysteriösen Spezialeinheiten verantwortet und bezahlt. Und auch in einem neuen Positionspapier der NATO wird von prophylaktischen Militäraktionen im Falle des sich Bildens einer »kritischen politischen Masse« fabuliert. Wobei als Einsatzgebiet dieser »vorbeugenden Löschaktionen« praktisch der ganze Planet vorgesehen ist.

Die fortschreitende globale Interessenvernetzung wird zwangsläufig zu einer wachsenden Verantwortung auch für jene geographischen Bereiche führen, die vor einem Jahrhundert als »weit hinten in der Türkei, wo die wilden Völker aufeinander schlagen« firmierten. Zudem: Selbst wenn wir die Probleme für uns selbst verdrängen möchten, früher oder später kommen sie ohnehin auch zu uns. Wenn nun aber das »Böse«, in welcher Form und Gestalt auch immer, die Gesellschaft der »Anständigen und Rechtschaffenen« in immer weniger tolerierbarer Weise durchdringt, dann darf man sich nicht wundern, wenn zunehmend auch auf privater Ebene dagegen gehalten wird. Der durch diverse kostensparende »Auslagerungen« verschlankte Staat hat sich ohnehin bereits aus vielen seiner ursprünglich wahrgenommenen Aufgaben zurückgezogen. Er darf sich daher nicht wundern, wenn künftig Private mehr gegen die Kriminalität tun als Bodyguards auszubilden und Betriebswachdienste zur Verfügung zu stellen.

Auch das würde dann unter dem Titel *Eigenvorsorge* laufen,

obwohl dieser, wie oben erwähnt, durch den alarmierenden Sachverhalt der oft engen Verquickung zwischen mafiosen Strukturen und Politik ohnehin engere Grenzen gesetzt sind als dies wünschenswert wäre. Das beste Beispiel hierfür ist der Fall Marc Dutroux. Ohne eine massive Unterstützung durch Politik und hohe Gesellschaft wäre in Belgien dem vermutlichen Kinderschänder, Kindermörder und Drahtzieher eines Kinderpornoringes sicherlich schon längst der Prozess gemacht worden. Da hätte dann auch ein gut dotiertes Unternehmen wie *Humanitatis Causa* kaum eine Chance. Wobei noch immer die Frage offen bleibt, ob sich auf der heftig umstrittenen »Abschussliste« tatsächlich nur die »richtigen Schweine« befinden, die »geschlachtet« werden sollen. Auch eine noch so idealistische Gesinnung wird hier an den Sachzwängen der »Welt, wie sie ist«, scheitern – wie die meisten Philosophien, Ideologien und Religionen bisher auch schon.

Helmut Magnana

Sexuelle Obsessionen und pornographischer Nihilismus

Michel Houellebecq: *Elementarteilchen*
Funkbearbeitung und Regie: Leonhard Koppelmann
Musik: Blixa Bargeld
Westdeutscher Rundfunk 2001

Annabelle ist tot. Ihre Stimme verloren in einer fahlen Welt aus dürren, zerbrechlichen Klängen, ihr Selbstmord verkündet von einem teilnahmslosen Berichterstatter. Eine zarte Melancholie war dieser Stimme eigen, weniger Verzweiflung als tief empfundene Traurigkeit, und auch ein trotziges Erstaunen war herauszuhören über die Schläge, die das Leben verabreicht. Annabelle war eine wunderschöne Frau, für das Glück wie geschaffen. Doch auf diesem Planeten, in dieser Zeit, mit diesen Menschen ist kein Glück zu finden, und niemand hat das so deutlich erkannt wie Michel, Annabelles Jugendfreund und späterer Liebhaber. Kein Zorn, kein Aufbäumen ist ihm anzuhören, als er ihren Tod zur Kenntnis nimmt. Michel weiß Bescheid über die Welt. Also zieht er sich in ein Labor zurück und verändert sie.

Elementarteilchen ist ein Hörspiel aus Rückblicken: auf die Welt vor der gentechnischen Revolution. Auf Menschen, die sich bei der Suche nach Glück verzehren. Auf Bruno, heillos verstrickt in seiner Erotomanie, auf Annabelle, unfähig, ihre Sehnsucht zu begreifen, auf Brunos Halbbruder Michel schließlich, den Molekularbiologen, der weiß, dass dem allem nur auf molekulare Weise beizukommen ist. Wie ein unsichtbarer Gast springt der Erzähler zwischen diesen Figuren und ihren Erlebnissen hin und her, hebt Momente hervor, lässt andere beiseite, beschreibt, kommentiert, macht innere Stimmen hörbar. Ein Wechselspiel aus Nähe und Distanz, eine Konstruktion, intellektuell hochtrabend und dennoch berührend – und darin der Romanvorlage konsequent folgend.

Und was für eine Vorlage: Michel Houellebecqs *Elementarteilchen* schlug im französischen Kulturbetrieb wie eine Bombe ein, bietet er doch alle für einen ordentlichen Aufruhr nötigen Ingredienzen. Die libertäre Ideologie der 68er eben mal in Grund und Boden geschrieben, nimmt sich Houellebecq sogleich den sinnfreien Konsumterror unserer Zeit zur Brust, delektiert sich an pornographischem Nihilismus und gentechnischen Erlösungsphantasien und resümiert: »Im Ganzen gesehen war die Natur nichts anderes als eine ekelhafte Schweinerei; im Ganzen gesehen rechtfertigte die ungezähmte Natur eine totale Zerstörung.« Mit Arroganz und kruden Statements schürte er nach dem Erscheinen des Buches dann noch kräftig das Feuer und offenbarte vor allem, dass er vom Geschäft mehr versteht als seine Kritiker. Nachdem aber nun die Karawane weitergezogen ist – Houellebecq wieder allen voran mit seiner neuesten belletristischen Provokation *Plateforme* –, nachdem *Elementarteilchen* also das ganze Skandalbestseller-Programm durchlaufen hat (eine Verfilmung steht allerdings noch aus), ist die Sicht auf den Text selbst wieder einigermaßen frei. Ein reiner Feuilleton-Aufreger? Ein saisonales Ereignis? Nein, tatsächlich ist *Elementarteilchen* die große Utopie des ausgehenden 20. Jahrhunderts. Und nicht nur das: Indem Houellebecq die von der Debatte um das »Ende der Geschichte« weitgehend verdeckte quasi-utopische Sehnsucht der westlichen Gesellschaften aufgreift, den Menschen dort zu verändern, wo er beginnt, am genetischen Quellcode, führt er eine literarische Tradition an ihren Ausgangspunkt zurück – zu Francis Bacon und seinen Epigonen. Und er stellt einmal mehr unter Beweis, dass die utopische Literatur, die sich nach dem Zweiten Weltkrieg in der Science Fiction eine reflexive Auszeit genommen hat, nur dann massenwirksam sein kann, wenn sie sich an der Unvermeidlichkeit ihres jeweiligen Projekts berauscht. Mit Houellebecq kommt der literarische Zorn über die Postmoderne: Auf über dreihundert Seiten bereitet er die Flucht in die Utopie vor, ein grotesker Katalog der Hoffnungslosigkeit, des trostlosen Liebens, des erbärmlichen Sterbens. Und dann etwa zehn Seiten des gentechnisch ermöglichten Glücks – der existenzielle Schmerz für immer entsorgt, eine wahrhaft schöne, neue Welt. Houellebecq nimmt Aldous Huxley beim Wort und begründet dies auch ausführlich – und spätestens dann wird deutlich, dass hier ein ganz eigener Schriftsteller am Werk ist, einer, der Essay und Erzählen wieder neu zusammenführt, der versucht, die Welt im Ganzen, bis hin zu den Elementarteilchen, ästhetisch neu zu fassen.

Auf der Suche nach den Voraussetzungen für seine Utopie wird Houellebecq zwangsläufig fündig – in den Apartmenthäusern, den Supermärkten, den Swinger-Clubs, im zermürbenden Alltag der westlichen Menschen –, denn alles andere interessiert ihn nicht. Diesen utopischen Zirkelschluss haben die meisten Kritiker nicht mitgemacht, vielleicht nicht mitmachen können, er ist dem Genre jedoch immanent. *Elementarteilchen* überzeugt als Gegenwartsroman, weil er reine Science Fiction ist – und vice versa. Und das Hörspiel überzeugt auf dieselbe Weise: Seine außerordentliche Kraft bezieht es aus eben dieser ästhetischen Stilisierung, der Mischung aus nüchtern-lakonischem Off-Kommentar und den in die Welt verstrickten, vibrierend-traurigen Stimmen der Protagonisten. Eingebettet in einen Vortrag, den die nach uns kommende, veränderte Generation uns, ihren Ahnen, widmet, entsteht ein kunstvoller, präzise geknüpfter Klangteppich. Und je mehr sich die Figuren an der Welt abarbeiten, je weiter sie auf die Utopie zutreiben, desto ruhiger werden sie, desto klarer können sie die Dinge des

Lebens erkennen. Zuletzt begibt sich Bruno freiwillig in eine psychiatrische Anstalt und begrüßt die Pfleger mit einem geseufzten »So, da bin ich wieder«. Das Hörspiel treibt Houellebecqs Roman so noch die letzte Melodramatik aus und verleiht den Figuren mehr Schönheit und Würde, als ihnen der Autor selbst zugesteht. Es ist Annabelle – wunderbar gesprochen von Lena Stolze –, bei der das am besten gelingt. Ihr Selbstmord, überzeugend begründet übrigens, ist der müde, erschöpfte Abgang einer ganzen Zivilisation.

Sascha Mamczak

Betablocker und Unsterblichkeit

Morti Vitzki: *Irrläufer*
Regie: Michael Schlimgen
WDR 2000

»Wo sind bloß die Menschen?«, fragt Barbara, die einsam im Wald haust, seit vielen Jahren offenbar schon, und wer weiß, vielleicht ist das alles ja nur ein Traum von ihr. Menschen gibt es hierzulande nur noch wenige, allenfalls im asiatischen Raum soll es noch von ihresgleichen wimmeln. Malthe ist einer von ihnen. Er ist 108 Jahre alt, interessiert sich für Spinnen und fernöstliche Mystik und wird von jungen Leuten betreut, die für ihn Pflegedienst leisten. Er ist einer der wenigen noch auf natürlichem Weg Geborenen; die anderen sind Klone, die sich ihren Nachwuchs im »großen Ei-Kokon« holen und im Übrigen mit den Menschen so wenig wie möglich zu tun haben wollen. Trotz ihrer Unsterblichkeit werden sie von der Angst vor dem Sterben geplagt. Sie, die gefühlsmäßig verarmt sind und stets Betablocker griffbereit haben, fürchten alles, was sie von den Menschen zu wissen glauben, vor allem aber deren emotionales Potenzial. Deshalb sind sie auch darauf aus, Irrläufer wie ihn ins Heim zu entsorgen.

Irrläufer ist mit nur knapp 34 Minuten Dauer ebenso kurz wie dicht gedrängt. Vollgepackt mit Anspielungen, Farbsymbolik und Metaphern erschließt sich das Stück jedoch auch dem konzentrierten Hörer nur schwer. Warum Geklonte emotional ärmer sein sollen als herkömmliche Menschen, wird nicht plausibel. Auch ist nicht einzusehen, warum Geklonte die gleichen Beziehungskrisen und Ängste vor dem Verlassenwerden durchmachen wie unsereins, obwohl doch die Beziehungen weniger emotional sind und die »Kleinen« aus dem Labor geholt werden.

Wenn Malthe am Ende die Zivilisation flieht und in den Wald geht, zieht er aus dem Köfferchen in seiner Brusttasche einen Helikopter hervor und lädt Barbara zum Rundflug ein. Ob wir es mit einem technischen Wunderding zu tun haben oder das Fluggerät eher so etwas wie die Inkarnation einer Sehnsucht darstellt, ist ungewiss, bleibt aber im Rahmen dieses überaus emotionalen Hörstücks zweitrangig. Dennoch drängt sich der Verdacht auf, dass hinter all dem letztlich weniger Substanz steckt als uns die poetische Sprache glauben machen will.

Horst G. Tröster

Comic zum Hören

Matt Ruff: *G. A. S.*
Funkbearbeitung und Regie: Walter Adler
Westdeutscher Rundfunk 2000

Eine faszinierende Produktion, in Inhalt und Ausführung, die allerdings jede Menge Sitzfleisch vom Hörer verlangt. Nahezu drei Stunden lang prasselt ein Feuerwerk an Worten, Tönen, Musik und Geräuschen auf ihn oder sie ein, und es empfiehlt sich nicht, in der Aufmerksamkeit auch nur kurzzeitig nachzulassen – man könnte den Anschluss verpassen. Zugegebenermaßen ist das recht unwahrscheinlich, denn die Geschichte des amerikanischen Kultautors Matt Ruff ist ebenso spannend wie amüsant. Gesondert einhören muss man sich allerdings in die gesungenen Zeit- und Ortsangaben und die Darbietung der Kapitelüberschriften; nicht nur an diesen Stellen werden angenehme Erinnerungen an das Hörspiel ***Per Anhalter ins All*** heraufbeschworen.

G.A.S. steht für *Gent's Automatic Servants,* im Volksmund einfach *Elektroneger* genannt; eine durchaus nicht rassistisch, sondern eher nostalgisch motivierte Bezeichnung, da die afroamerikanische Erdbevölkerung im Jahr 2004 einer unerklärlichen Pandemie zum Opfer fiel (abgesehen von den Schwarzen mit grünen Augen, aber das nur nebenbei). Und Harry Gent ist im Jahr 2023 der reichste Mann der Welt, der sich in Manhattan schon zu Lebzeiten ein bauliches Denkmal gesetzt hat. Doch Gent hat ein Problem: einige der elektronischen Diener scheinen außer Kontrolle zu geraten, ermorden Leute, lösen Explosionen aus oder legen ein ähnlich unorthodoxes Benehmen an den Tag. Weitere tragende Rollen spielen Gents Ex-Frau, Journalistin und Afroamerikanerin mit grünen Augen, ein Ex-Soldat und diverse elektronische Helferlein. Diese Truppe kommt, durchaus nicht vereint, sondern zum Teil gegeneinander arbeitend, nach und nach einem unglaublichen Komplott auf die Spur, einem Anschlag, der letztlich alles menschliche Leben auf Erden bedroht (alles darunter wäre nach so viel Mühe auch überaus enttäuschend gewesen ...).

Auf unglaublich verschlungenen Pfaden mit aberwitzigen Wendungen entwickelt sich diese Mischung aus Comic, Science Fiction, Krimi und Slapstick zu einem umfassenden Panorama eines zukünftigen Manhattans, dessen Detailreichtum von den untersten Abwasserkloaken bis in die höchsten Wolkenkratzerspitzen jeder Beschreibung spottet. Dabei wird die Geschichte keinen Augenblick langweilig, der staubtrockene Erzähler fasziniert ebenso wie der völlig gegen den Strich gebürstete Harry Gent oder der cholerisch-paranoide Soldat und die kettenrauchende Journalistin. Klischees werden bedient und im nächsten Satz ad absurdum geführt oder auf die Spitze getrieben. Die direkt aus dem prallen Leben gegriffene Sprache paart sich abwechselnd mit beißendem Sarkasmus und lakonischem Wortwitz. Und nicht zu vergessen die kongeniale Inszenierung Walter Adlers, die aus der wortgewaltigen Vorlage Ruffs ein rundum gelungenes Hörspiel gezaubert hat, bei dem nicht nur, aber besonders die Science Fiction-Freunde unter den Hörern endlich mal wieder auf ihre Kosten kommen.

Ute Perchtold

Hochmysteriöses in der Kleinstadt

Philip K. Dick: *Zeit aus den Fugen*
Funkbearbeitung und Regie: Marina Dietz
Bayerischer Rundfunk 2001

Das Radio sagt die Wahrheit. Zumindest im Falle von Ragle Gumm, Local Hero von Old Town, einer idyllischen Kleinstadt im Amerika der fünfziger Jahre. Gumm ist Dauersieger im landesweiten Gewinnspiel »Wer findet das grüne Männchen?«, und da es auch mit der Nachbarin zu klappen scheint, steht einem glücklichen Leben nichts im Wege. Wenn da nur nicht diese merkwürdigen Vorkommnisse wären – Menschen und Dinge, die vor seinen Augen verschwinden und wieder auftauchen, Fremde, die sich über ihn unterhalten, Zeitschriften und Magazine, die es eigentlich noch gar nicht geben kann. Und dann noch diese zufällig aufgefangenen Radiobotschaften, in denen sein Name genannt wird. Ist Old Town womöglich nur eine riesige Bühne, die eigens für ihn, Ragle Gumm, errichtet wurde? Und wenn ja, zu welchem Zweck?

Die Autorin und Regisseurin Marina Dietz hat ganz offensichtlich ein Faible für Philip K. Dick. Nach ihrer preisgekrönten Hörspielfassung von »Träumen Androiden von elektrischen Schafen?« hat sie sich nun einen Roman aus den späten fünfziger Jahren vorgenommen, der im Gesamtwerk des großen SF-Enigmatikers wenn nicht als herausragend, dann doch als durchaus paradigmatisch gelten kann. Mit allem *sense of wonder,* den das Genre zu bieten hat, verwandelt Dick hier eine heimelige Gegenwartswelt in eine unheimliche Science Fiction-Welt – die sich wiederum als übersteigertes, also umso wahrhaftigeres Bild der Gegenwart zu erkennen gibt. Dick, dessen Mainstream-Werke damals von der Kritik weitgehend ignoriert wurden, schlug, wenn man so will, mit den Mitteln der Science Fiction zurück, und das Ergebnis war einer der brillantesten Fünfziger-Jahre-Romane der amerikanischen Literatur. Ein Roman darüber, was der Kalte Krieg aus der amerikanischen Gesellschaft gemacht hat – ein hypertrophes politisches Treibhaus –, und darüber, was diese Gesellschaft aus dem Kalten Krieg gemacht hat - eine apokalyptische Lachnummer, ein Science Fiction-Ereignis. Die konkrete und doch völlig undenkbare Möglichkeit der Vernichtung der gesamten Menschheit, nur wenige Minuten entfernt und in einem Nachmittag vollbracht, und die mit ihr einher gehenden psycho-pathologischen Dispositionen - die politische Xenophobie, die Platzangst, die frivole Nostalgie -, das alles war ein gefundenes Fressen für einen Paranoia-Autor wie Dick, und folglich schilderte er das Amerika der Fünfziger in seiner Eisenhower-Seligkeit und geheuchelten Unschuld so, als könne jeden Augenblick Senator McCarthy um die Ecke kommen oder Dr. Seltsam.

»Zeit aus den Fugen« funktioniert aber zugleich auch als durchaus klassische SF-Story, denn anders als in seinen späteren Paranoia-Romanen, in denen die Entropie kosmische Ausmaße annimmt, legte Dick hier noch Wert auf einen klar strukturierten, nachvollziehbaren Plot. Und so funktioniert auch das Hörspiel: ein überschaubares und dennoch hochmysteriöses Szenario, ein scheinbar unschuldiger Held, dazu der passende philosophische Subtext vom vermeintlich wahren Leben im Falschen. Zurückgenommen und dadurch umso effektvoller inszeniert, die Stimmen und die Musik klug ausgewählt, wie man es von Marina Dietz gewohnt ist, ist ***Zeit aus den Fugen*** ein kurzweiliges, handwerklich tadelloses SF-Stück, das der Versuchung widersteht, aus der Dick'schen Dekonstruktion einer Welt ein akustisches Tohuwabohu zu machen. Und doch: Was sich bei ***Träumen Androiden?*** noch als Tugend erwiesen hat, die Nähe zum Original, wirkt hier eher kontraproduktiv. Etwas überhastet hakt Dietz die vorgegebenen Stationen der Geschichte ab - kaum ist das schöne Kleinstadtszenario errichtet, ist Gumm schon auf der Flucht, kaum bröckelt die Vergangenheit, ist schon die Zukunft in Gefahr - und verliert dabei die eigentliche Paranoia (und damit die Ironie) aus den Augen. Denn die entsteht in erster Linie nicht aus den SF-Effekten, sondern aus den verworrenen Beziehungen zwischen den Figuren: Aus dem Sozialneid, dem Gerangel auf der Karriereleiter, dem Getuschel im Happy-Penny-Supermarkt, den verklemmten Liebeleien, der überdrehten Sehnsucht nach der »guten alten Zeit«, die sich als Regression in eine nie erlebte

Kindheit erweist. Natürlich ist es löblich, dass Dick beim Wort genommen wird, doch um die Fünfziger-Jahre-Paranoia dem heutigen Publikum verständlich zu machen, hätte man wohl die Schwerpunkte anders setzen oder die Geschichte stark verändern müssen – so wie es Peter Weir in *The Truman Show* getan hat, einer »Zeit aus den Fugen«-Verfilmung, die es versäumt, dem Autor Credits zu gewähren. Das Hörspiel, das im Vergleich zu ***Träumen Androiden?*** wie eine Fingerübung wirkt, geht den konventionellen Weg – und so hört es sich dann auch an: Souverän erzählt und in Szene gesetzt, an keiner Stelle langweilig, doch zugleich auch etwas bieder und betulich. Wie man sich die fünfziger Jahre eben so vorstellt. Wie sie Philip K. Dick aber nie gesehen hat.

Sascha Mamczak

Wenn die große Flut kommt

Reinhard Schulz: *Die Arche*
Regie: Bernhard Jugel
Bayerischer Rundfunk 2000

Welches Musikstück aus dem zweiten Jahrtausend würden Sie in eine Arche mitnehmen, wenn die große Flut käme? Diese Frage interessierte den Autor Reinhard Schulz. Er befragte achtzehn Personen – darunter Komponisten wie Peter Michael Hamel und Helmut Lachenmann, auch der Regisseur des Hörspiels fehlt nicht, einige bleiben anonym –, und er ließ auch gleich die Begründung mitliefern, im O-Ton. Auffallenderweise wurde keine einzige Frau befragt! Diese O-Töne wurden dann auf eine CD gebannt, zusammen mit den Musiken für die Arche, von Ockeghem, Schubert, Schönberg, Stockhausen über Hespos und zweimal Lachenmann bis zu Bob Dylan, King Crimson und einer Raga von Khan – zweifellos eine bunte, recht zufällige Musiksammlung. Und das ist nun zu hören im Jahr 9900 n. Chr. bzw. 2038 nach Schesa-Krita (offensichtlich ein weiblicher Jesus Christus). Diese Musiken und O-Töne, noch versehen mit einem Erzähler-Text, das ergäbe ein klassisches Musik-Feature, passend auch für den Sendeplatz, das Musikfeature des Bayerischen Rundfunks.

Doch der Autor wollte kein Musik-Feature, sondern ein Hörspiel. Also dachte er sich eine Story aus. Eine Welt, in der die Männer abgeschafft sind, ein reiner Frauenstaat. Warum damit zugleich die Liebe abgeschafft ist, mag verstehen wer will. Im Jahr 2038 nach Schesa-Krita also, der Ort ist nicht näher bezeichnet, aber es regnet, mehr noch, es steht eine neue Sintflut bevor. Und was wird ihr folgen? Die Rettung der Welt durch die »Macht der Liebe«! Opernlibretti lassen grüßen! Denn glücklicherweise hatte sich einer der letzten Männer als Frau getarnt – keine der »dummen« Frauen ist über seinen Namen gestolpert, Transvestitussa (den wird sich wohl kaum eine Auto*rin* so ausdenken). Er und Lim können dem Untergang entgehen, sie beide, die einzigen Überlebenden, während die Arche mit den hasserfüllten Frauen (und ihren platten radikal-feministischen Sprüchen) in den Fluten untergeht – es lebe die Hetero-Welt! Und zu allem Überdruss befinden wir uns dann noch im Paradies, wo die Vögel zwitschern und Lim mit dem Apfel vom Baum der Erkenntnis Transvestitussa verführt.

Wer diese unverträgliche Mixtur aus Bibelzitaten, Kitsch und dümmlich feministischen Sprüchen – manches ist sicherlich urkomisch gemeint – durchgestanden hat und nun versucht, das Hörspiel im Ganzen und im Detail auf seine Logik hin zu untersuchen, der läuft Gefahr, im Logik-Gestrüpp hängen zu bleiben.

Zum Beispiel: Im Zeitalter der Frauen – nach Schesa-Krita – ist offensichtlich jegliches Musikwissen und Musikverständnis verloren gegangen. Das erscheint hier fragwürdig, da andere Informationen aus früheren Zeiten durchaus vorhanden sind. Also denkt man eher daran, dass hier das Musikwissen unterdrückt wurde. Dem aber widerspricht die Idee, dass die vier Frauen die 18 Musiken auf der CD in ihren Gehirnen »konservieren« sollen, um quasi als lebende Sicherheitskopie zu fungieren. Was nun? Schon drängt sich eine neue Frage auf: Wer fordert das eigentlich bzw. wer steckt hinter dem Computer *Archeron,* der die Musikspeicherung anordnet? Und warum überhaupt sollen die Frauen ausgerechnet diese Musiken in ihrem Kopf speichern, Musiken, die ausschließlich von Männern komponiert wurden? Wie verträgt sich das mit der Idee eines Frauenstaats? Oder lugt da doch noch ein Mann hinter Schesa-Krita hervor?

Kurios bis widersprüchlich, dass die Menschen in 9900 Jahren nicht mehr singen und keine Musik mehr hören, dann aber der Computer *Archeron* ausgerechnet unsere heutige Audio-CD per »Rekonstruktion nach dem Prinzip sinnvoller Zeichenanordnung« lesen können soll. Oder, wenn Kim davon redet, dass es zum Glück keine Kinder mehr gibt, weil jetzt alle geklont werden – wo man heute schon weiß, dass das Klonen keineswegs die Entwicklung vom Embryo zum Erwachsenen überspringen kann. Und woher kommen eigentlich die letzten, verborgenen Männer, wenn wir heute ebenso schon wissen, dass zum Klonen zwar eine entkernte Eizelle, keineswegs aber eine Samenzelle vonnöten ist? Unwissenheit des Autors? Schludrigkeit oder unreflektiertes Denken? Schon im Namen Transvestitussa zeigt sich dieses Problem, denn bei der vierten Frau handelt es sich ja nicht um einen Transvestiten, vielmehr schlüpft der Mann nur in eine Rolle, die wir von Bühne und Film schon hinreichend kennen, in die umgekehrte Hosen-Rolle.

Müßig, weitere Ungenauigkeiten und Ungereimtheiten herauszupulen. Ob nun die Frauen im Hörspiel männerfeindlich sind oder nicht eher der Autor frauenfeindlich, das mögen andere beurteilen.

Christiane Timper

Nutzlose Nutzlast

Richard Farber: *Mission: Argo*
Musik und Regie: Richard Farber
WDR 2000

Die Geschichte ist schnell erzählt. Eine Frau befindet sich an Bord eines Raumschiffs, das unterwegs zur Venus ist. Sie ist allein auf dieser Mission – wenn man vom Bordcomputer absieht, der mit der Stimme ihrer Mutter spricht, und von gelegentlichen Kontakten zur Bodenstation in Konstanz (!). Die Reise verläuft nach Plan, abgesehen von einem allmählichen Leistungsabfall einer Brennstoffzelle, völlig harmlos, schließlich gibt es gleich zwei Reservezellen.

Doch dann wird das Raumschiff von einem Meteor getroffen,

eine der Ersatz-Brennstoffzellen ist außer Funktion, die zweite kann nicht aktiviert werden und die erste verliert aus unbekannten Gründen so rasant an Energie, dass auch das Herunterfahren der Innentemperatur und die Ausgabe von kaltem statt heißem Kaffee nichts mehr retten kann. Die Astronautin stirbt. Nach ihrem Tod teilt der Bordcomputer der Bodenstation mit, er werde sich neu konfigurieren, um die Mission erfolgreich zu Ende zu führen, dann beginnt er mit dem Hochfahren eben jener Brennstoffzelle, die vorher angeblich nicht aktiviert werden konnte. Ende.

Mission Argo war im Jahr 2000 für den Kurd-Laßwitz-Preis nominiert worden, aber in den Reihen der Hörspieljury sammelte dieses Hörspiel jede Menge Minuspunkte. Es ist nicht gerade ein Ausbund an Originalität; den intriganten Bordcomputer gab *HAL 9000* vor mehr als drei Jahrzehnten schon viel besser, die handlungsimmanente Logik lässt an vielen Stellen sehr zu wünschen übrig und die Systemvoraussetzungen entbehren jeder Grundlage. Wieso, als Allererstes, ist diese Venus-Mission überhaupt bemannt? Die Astronautin ist ja offensichtlich völlig entbehrlich. Warum ist bei einer solch wichtigen Mission die Bodenstation ausgerechnet in Konstanz (Oberpfaffenhofen hätte ich ja noch halbwegs verstanden ...)? Und warum behandelt diese Bodenstation ihre Astronautin wie ein lästiges Kind, verbittet sich Störungen ihrer Nachtruhe und tut den gemeldeten Meteoreinschlag als Hirngespinst ab? Oder sollte Letzteres als Hinweis verstanden werden, dass der Bordcomputer die ganze Sache selbst inszeniert hat? Da fällt dann auch nicht mehr sehr ins Gewicht, dass Konstanz mit der Stimme des verstorbenen Vaters der Astronautin spricht. Noch eine Intrige des Computers, um seine Passagierin in den Wahnsinn zu treiben? Sowieso ist dieses Verhältnis Computer – Mensch ganz undurchschaubar. An keiner Stelle wird offenbar, weshalb das Überleben der Astronautin die Mission gefährdet hätte, und wenn man den Computer als künstliche Intelligenz ansehen will, fehlt der Einblick in mögliche Motive für den Mord. Sollte er/sie aber nur eine hochentwickelte Maschine sein, die nur Befehle befolgt, dann fehlt wiederum das Motiv der Bodenstation als einzig infrage kommender Befehlsgeber.

Und doch: Wer die Logik der Handlung bzw. ihr Nichtvorhandensein mal beiseite lässt, der findet hier auch einen Beleg dafür, was die Faszination des Mediums Hörspiel ausmacht. Die längeren Traumsequenzen der Astronautin bestehen aus sich wiederholenden und überlagernden Stimmen, die ihre Kindheit und das Verhältnis zu ihren Eltern (und damit das, was sie zu dem Menschen gemacht hat, der sie ist) treffender und bewegender in Szene setzen als jeder Mono- oder Dialog in Film oder Buch. Das Raumschiff selbst wird durch einen ganzen Geräuschkanon hörbar gemacht, der das Stück von der ersten Minute an untermalt und der die sterbende Astronautin durch ihr Delirium begleitet, indem er mit jedem lebenserhaltenden System, das heruntergefahren oder abgeschaltet wird, um Energie zu sparen, eine »Stimme« verliert, bis am Ende wahrhaftig und angemessen Totenstille herrscht. Zumindest bis der Computer seine erfolgte Reprogrammierung zur Erde meldet. Nicht vergessen werden darf auch die Leistung von Krista Posch, die ihrer Astronautin in den Monologszenen besonders zum Ende hin eine Tiefe und Menschlichkeit verleiht, die ich in den letzten Jahren im Hörspiel nur selten vorgefunden habe.

Nein, der große Wurf ist ***Mission Argo*** sicherlich nicht geworden, von Richard Faber kennt man da doch inhaltlich Ansprechenderes. Aber wie ein Krimi nicht schlechter sein muss, nur weil man den Mörder schon kennt, so hat auch dieses Hörspiel seinen ganz eigenen Reiz jenseits des vorhersehbaren Handlungsstranges. Lassen Sie sich ruhig mal darauf ein, wenn Sie am hundertachtundzwanzigsten *Star-Trek*-Aufguss vor der Mattscheibe verzweifeln wollen.

Ute Perchtold

100 Jahre nach Orwell

Schöne neue Welt – 2084
10 Kurzhörspiele aus der Welt von morgen
Bayerischer Rundfunk 2000

Oft sind es die unscheinbaren Produktionen, irgendwo abseits der Hörspieltermine im Nachmittagsprogramm zwischen Musik versteckt und in keiner Broschüre angekündigt, die wir meist gar nicht bemerken, obwohl sie durchaus unsere Aufmerksamkeit verdient hätten. Gerade Autoren, die weder Hörspiel noch Science Fiction zu ihrem eigentlichen Metier zählen, haben nicht selten überraschende Einfälle abseits ausgetretener Pfade, weil ihnen die Routiniertheit und genrebedingte Betriebsblindheit fehlt, die schon mal den Blick auf Neues verstellt oder ungewohnte Sichtweisen verhindert.

Im Bayerischen Rundfunk hat Marion Glück-Levi von der Redaktion mit der bieder klingenden Bezeichnung *Haushalt und Familie* den Jahrtausendwechsel zum Anlass genommen, sechs Autoren um ihre Visionen einer Welt von morgen zu bitten. Herausgekommen sind zehn Kurzhörspiele von jeweils rund 15 Minuten Dauer, die jeden Nachmittag in der Zeit vom 27. Dezember 2000 bis 6. Januar 2001 gesendet wurden, ein Kaleidoskop um Gentechnik und Medienterror, Lifestyle und Ökonomie, Ökologie und Euthanasie.

Drei Beiträge bewegen sich außerhalb des Genres Science Fiction-Hörspiel und seien deshalb hier nur am Rand erwähnt: *Forever young – Unsterblichkeit aus dem Labor* ist ein Feature von Werner Buchberger über wissenschaftliche und soziologische Aspekte zum Thema Lebensverlängerung. – Kann man in einer vernetzten Gesellschaft überleben, ohne die eigenen vier Wände zu verlassen, fragten sich Antje Pukke und Renate Strobel in ihrem rückblickend aus einer fingierten Zukunft geschilderten Real-Experiment *Überleben mit dem Internet – ein Selbstversuch.* – Und wenn schon buchstäblich kein Mensch mehr sein Haus verlässt, weil eben alles sich über das Internet organisieren lässt, dann könnte am Ende in der freien Natur nur mehr die Zivilisation der Gartenzwerge übrigbleiben: *Schwarzmarkt der Gartenzwerge – heile Welt unter der Zipfelmütze* nannte Ulrike Ostner ihre unheimliche Begegnung der vierten Art, bei der ratlose Extraterrestrier nur mehr von Vorgartenwichteln begrüßt werden. Eher ein modernes Märchen als Science Fiction, aber witzig anzuhören.

Vom gleichen Ansatz ging auch Monika Dollinger in ***Jugendstil – Alte Mode neu entdeckt*** aus, die übrigens diese kleine Reihe koordiniert hat. Wenn man von süchtigen Websurfern liest, die ihre gesamte Freizeit im Internet verbringen, fällt es in der Tat nicht schwer, sich eine nahe Zukunft auszumalen, in der alle Bereiche des Lebens über das Web organisiert sind und niemand mehr das Haus verlässt. Von daher ist es schon mehr als ungewöhnlich, dass zwei Jugendliche, ein Mädchen und ein Junge, gelangweilt und aus einer Laune heraus, beim Verbal-Chat im Entertainment-Programm auf die Idee kommen, ihren zwei Quadratmeter großen Computerraum zu verlassen und sich im realen München zu treffen (»Marienplatz? Da war ich das letzte Mal als Kleinkind ...«). Die letzte wirkliche Kneipe hat schon vor Jahren dicht gemacht, und abgesehen von der Versorgungs-Tram ist die Stadt wie ausgestorben. Über ihre Digitaljacken Marke Dioden-Frey in ständigem Kontakt zueinander, führt sie ihr Weg eher zufällig in die Münchner Kammerspiele, die, ihrer Funktion beraubt, ungenutzt vor sich hingammeln. Vielleicht sind es die Jugendstilornamente, die das Mädchen schließlich in einem Anflug von Aufmüpfigkeit dazu bewegen, sich spontan ihres Cyber-Datensuits zu entledigen, der nicht nur für die Rund-um-die-Uhr-Überwachung der physiologischen Parameter, sondern auch für die permanente Verbindung zum alles steuernden und alle überwachenden *System* zuständig ist.

Fortgeschrittenes Waldsterben, globale Erwärmung, Anstieg des Meeresspiegels – in ***Global 2084 – Die Umwelt in der Krise*** erfahren wir in einer Reihe von Interviews mit Wissenschaftlern, welche Befürchtungen der Vergangenheit wahr geworden sind. Aber es gibt auch Positives zu vermelden: Nach Versiegen der letzten großen Erdölquellen ist Benzin durch Wasserstoff- und Solarenergie abgelöst worden. Individualverkehr kennt man nur noch aus Erlebnisparks, und seit der drastischen Verteuerung der als klimazerstörend erkannten Flugreisen erleben Luftschiffe eine Renaissance. Und nachdem um die Jahrtausendwende gegen Ende der Amtszeit des damaligen Ministers Trittin das atomare Endlager nach Bayern verbracht wurde, ist Bayern zum Vorreiter einer umweltschonenden Energieerzeugung geworden. Achim Bogdahn hat für sein Hörspiel Wissenschaftler des realen Freiburger Ökoinstituts dazu gebracht, sich in die Zukunft hineinzudenken und in die Rollen von Mitarbeitern desselben Instituts im Jahr 2084 zu schlüpfen.

Mit ***Wer will mich – Besuch an der Arbeitskraftbörse 2084*** ermöglicht Ulrike Ostner einen desillusionierenden Blick auf die Realitäten eines globalisierten Arbeitsmarktes, in dem jeder Einzelne als freier Unternehmer seiner eigenen Fähigkeiten und Leistungen in der virtuellen Jobbörse mit der Ware Humankapital handelt. Dies muss ein bayerischer Busfahrer erfahren, der sich 1999 aufgrund der katastrophalen Lage auf dem damaligen Arbeitsmarkt hat tiefgefrieren lassen und nun gerade aus dem Defrosterheim entlassen wurde, um erneut auf Arbeitssuche zu gehen. Aber wer kein permanentes Selbstmanagement betreibt, kein ökonomisches Verständnis seiner selbst hat, seine Fähigkeiten nicht als ein zu vermarktendes Kapital begreift und in jeder der modernen Schlüsselqualifikationen nicht mindestens eine gute Bewertung vorweisen kann, braucht gar nicht erst darauf zu hoffen, jemals wieder Semmeln zu backen oder Bus zu fahren ... ob die im Defrosterheim einen noch mal nehmen?

In ***Total global – Metropolen im Wandel*** stellen Antje Pukke und Renate Strobel eine der künftigen ökologisch desolaten, verslumten, hierarchischen Megacities vor. Dabei ist Atlanta mit 43 Millionen Einwohnern im Vergleich zu den angrenzenden 500-Millionen-Cities eher noch eine der kleineren Megalopolen. Während im Hochsicherheitstrakt eine Führungselite zehntausende von Clans verwaltet, leben in den Slums Genfehlprogrammierte, IQ-Defizitäre, Arbeitslose, Drogenabhängige, Kriminelle und über 35-jährige. Ein junger Mann, einer der 5 Prozent der Bevölkerung, die noch außerhalb der Cities lebt und der als Ernteleiter in einem der Wüstengewächshäuser für die Versorgung der Megalopolen verantwortlich ist, entdeckt einen ihm unbekannten Gegenstand, in dem man blättern kann, für uns unschwer als Exemplar von *Vom Winde verweht* von 1939 erkennbar. »Ich will in alten Städten und alten Ländern herumspüren, ob nicht dort noch etwas von den alten Zeiten übriggeblieben ist«, liest er ohne konkretes Verstehen, »Atlanta ist mir zu roh und zu neu«. Sein Auftrag, den Fund ins prädigitale Museum zu bringen, führt ihn zum ersten Mal in seinem Leben nach Atlanta. Ausgestattet mit Überlebenstips durchstreift er die Großstadt und trifft schließlich auf *seine* Scarlet, die in Schlafzelle Nr. 267513 schon auf ihn wartet.

Wie würden Sie über Ihre Eltern denken, wenn sie Ihnen bei Ihrer Geburt nicht alle nach damaligem gentechnischen Stand möglichen Wunscheigenschaften mit auf den Weg gegeben hätten? Monika Dollinger schildert in ***Im Zweifel für den Geklonten – Gerichtsreport 2084*** die Gerichtsverhandlung Meier gegen Meier, in der eine junge Frau ihre genetischen Eltern wegen unterlassener genetischer Sorgfaltspflicht auf Schadenersatz verklagt. Die aber fühlen sich zu Unrecht beschuldigt, haben sie doch keine Kosten und Mühen gescheut, die weltbesten Genagenturen zu Rate gezogen und die erfolgversprechendsten damals verfügbaren Gene von *Humantec* ausgewählt.

Von der heiteren Seite nimmt Achim Bogdahn die Zukunft in ***Hip, cool und trendy – Lifestyle 3000.*** Von Hovercraft-Skating bis Parabiking, von Treeclimbing bis Milchstraßensightseeing – unerbittlich karikiert er die Auswüchse der totalen Freizeitgesellschaft und lässt keinen Zweifel, was er von dem verbreiteten Bedürfnis hält, die Freizeit immer schriller, ausgeflippter und risikofreudiger zu verbringen. Vielleicht sind die gewählten Beispiele aber doch ein wenig zu oberflächlich, zu sehr nur auf den kurzen Gag hin gewählt, um wirklich satirisch zu sein.

Manches dieser kleinen Stücke ist in seiner Art durchaus hörenswert – der ganz große Wurf aber ist nur einem gelungen: Werner Buchberger, dessen Hörspiel ***Die Würde des Menschen ist unantastbar – Sozialreport 2020*** deshalb hier als Letztes besprochen werden soll. Es bedient sich der Sendeform, für welche auch die neun anderen Hörstücke konzipiert wurden. In eine offenbar ganz normale Sendung dieses Familienfunks ist ein Studiogast eingeladen worden. Er heißt Rudolf Seidel und sitzt im Rollstuhl, weil er seit einem Badeunfall vor fünfzig Jahren querschnittgelähmt ist. Von einem *Gremium zur utilitaristischen Ethik zum Schutz des Gemeinwohls gegen Individuen,* hat er ein Schreiben bekommen, in dem ihm in bestem Beamtendeutsch mitgeteilt wird, dass die nach dem neuesten Gesundheitsstrukturgesetz vorgeschriebene Kosten-Nutzen-Kalkulation für ihn negativ ausgefallen ist, sodass er ab sofort keine weiteren Leistungen aus der Sozialkasse erhält. Er sei jedoch der erste Bewohner Deutschlands, den diese Regelung trifft, und könne deshalb auch als Erster das neu eingerichtete Infotelefon der *Solidarkasse für leistungsschwache Mitbürger* benutzen. Mit diesem Brief, der ihm schlicht die weitere Existenzberechtigung abspricht, hat sich Rudolf Seidel an den letzten noch existierenden öffentlich-rechtlichen Rundfunksender in Deutschland gewandt, der sich als Einziger noch gelegentlich mit Sozialthemen befasst. Der Moderator gibt ihm die Möglichkeit, hier und jetzt und vor den Ohren der Hörer bei der selbstverständlich kostenfreien Hotline anzurufen. In einem tastaturgesteuerten Menü bietet ihm eine Frauenstimme die Wahlmöglichkeit zwischen siebentägigem luxuriösem Aufenthalt per One-Way-Ticket im *Golden Heaven Resort* in Florida oder einjährigem Aufenthalt in einem deutschen Kurhotel eigener Wahl; daran anschließend werde er nach siebentägiger medizinischer Vorbereitung einem »internationalen Recyclingprogramm« zugeführt. Alternativ könne er für fünf Jahre im Rahmen humanbiologischer Kosmetikforschung seine Restgesundheit der Solidargemeinschaft zur Verfügung stellen; von Recycling müsse in diesem Fall freilich Abstand genommen werden.

Werner Buchbergers bitterböser Sarkasmus ist ein starkes Stück. Wie weit seine Utopie noch von der Realität entfernt ist, mag jeder selbst beurteilen, der in einer Gesellschaft lebt, in welcher der Wert des Individuums immer öfter nach seinem Nutzen für die Gemeinschaft taxiert wird, Behinderte nach wie vor kaum in den Alltags- und Erwerbsprozess integriert sind, Versicherten in gesetzlichen Krankenkassen zweitklassige medizinische Leistungen zuteil werden, Versorgungsleistungen für kranke und pflegebedürftige Menschen von den Krankenkassen, Pflegeversicherungen und deren Gutachtern auf einen Status quo heruntergefahren werden, der gerade noch das Überleben sichert, Altenheime ihre »Insassen« lediglich als zu sedierende Geldquelle ansehen, die Altersversorgung von Menschen zur Disposition steht, die ein Leben lang gearbeitet haben, Massenentlassungen unter Shareholdern zu Begeisterungsstürmen führen, ein Regierungschef sich schon mal abfällig über Arbeitslose äußert, andererseits aber große Teile des Volksvermögens in Rüstung und Repräsentation gesteckt und Steuergelder denen erlassen werden, die es gewiss nicht nötig hätten. Gerade weil dieses Hörstück so unspektakulär daherkommt – ein soziales Problem wird wie nebenbei in einer Talkshow publik gemacht –, macht es umso betroffener. »Wem der große Wurf gelungen, eines Freundes Freund zu sein ...« – der vom großen Meister vertonten Schiller-Zitate am Ende hätte es da gar nicht mehr bedurft.

Horst G. Tröster

Wie ich lernte, meine Triebbefriedigung zu beherrschen

Marcy Kahan: *Das Genauigkeitsprinzip* – oder: *Wer weiß wann*
Regie: Klaus Wirbitzky
Westdeutscher Rundfunk 2000

Was wäre, wenn die Wissenschaft uns in nicht allzu ferner Zukunft mithilfe einer Genanalyse genau vorhersagen könnte, wie alt wir werden? Das ist zunächst einmal die Ausgangslage dieses Hörspiels.

Die Welt ist dreigeteilt. Die *Shortlifer* verschwenden die zwei bis drei Jahrzehnte, die sie zur Verfügung haben, nicht mit Kultur und Bildung; sie wollen und haben einfach nur Spaß, und das sofort. Die *Midlifer* planen ihre fünfzig bis siebzig Lebensjahre bis ins kleinste Detail, um möglichst viel Wissen bei möglichst geringer Verschwendung von Ressourcen anzuhäufen und am Ende handfeste Beweise ihrer Existenz zu hinterlassen; sie sind die Produktiven im Land. Die *Longlifer* schließlich genießen ihre um die hundert Jahre; sie haben ja viel Zeit, alles zu lesen, alles zu hören, alle Länder dieser Erde zu bereisen, jedes Jahrzehnt ein weiteres Studium zu beginnen.

Was wäre, wenn sich herausstellte, dass die Auswertung der Genanalyse durchaus nicht so hundertprozentig genau ist, wie alle glauben? Wenn die junge Shortliferin schon vier Jahre länger unter den Lebenden weilt als prognostiziert? Oder wenn der

Longlifer Jahrzehnte vor seinem vorausberechneten Ende bei einem ausgesucht exquisiten Mittagsmahl einem Herzinfarkt erliegt? Und käme dann auch noch heraus, dass dies durchaus keine Ausreißer waren, sondern weltweit bereits Tausende solcher Anomalien aufgetreten sind? Dann sähen sich die Menschen vor existenzielle Probleme gestellt: Wie kocht man Eier oder Pepsi? Was ist ein Buch? Wie lerne ich, den Wunsch nach sofortiger Triebbefriedigung zu beherrschen? Oder, auf der anderen Seite, wie soll ich ein Buch fertig schreiben, für das ich die nächsten sieben Jahre meines Lebens eingeplant habe, wenn ich morgen schon tot sein kann? Wie, um alles in der Welt, kann man leben, wenn man seinen Todeszeitpunkt nicht kennt??

Das Genauigkeitsprinzip ist einerseits durchaus gute Unterhaltung. Das Thema wird ironisch angegangen, die Sprecherinnen und Sprecher waren hörbar mit Lust bei der Sache und bringen die Dialoge, die teilweise vor Kitsch triefen, gekonnt überspitzt rüber. Andererseits fragt man sich schon, was man von einem Hörspiel halten soll, das sich selbst und sein Thema so wenig ernst nimmt, dass jedwede logische Handlung auf der Strecke bleibt. Da wurde eine interessante These (wenn auch keine neue, aber das kennen wir ja inzwischen schon) an den Anfang gestellt, aber dann schien die Autorin nicht mehr recht zu wissen, in welche Richtung sie sich wenden sollte – nur ernsthaft sollte es wohl nicht werden. Also änderte sie gleich zweimal im Verlauf des Hörspiels die Prämissen, das zweite Mal auch noch völlig unmotiviert, lässt aber bei der Umsetzung ihre Figuren (und damit natürlich auch die Hörer) konsequent im Regen stehen. Übrig bleibt am Ende nur die Quintessenz moderner Ratgeberliteratur: *Sorge dich nicht, lebe!* – was nun weder innovativ ist noch angemessen erscheint. Somit kann ich ***Das Genauigkeitsprinzip*** zwar durchaus mit Vergnügen mal hören, erfahre dabei aber so wenig Erhellendes, dass ich mir in Unkenntnis meiner verbleibenden Lebensspanne nicht die Zeit nehmen werde, mich weiter damit zu beschäftigen.

Ute Perchtold

Hirnprothese mit Nebenwirkungen

Jiri Ort: *Der Chip-Souffleur*
Regie: Thomas Leutzbach
Westdeutscher Rundfunk 2001

Was wäre, wenn ein Industriekonzern einen Biochip entwickeln würde, der als gigantischer Massenspeicher direkt mit dem Gehirn kommunizieren kann? Und zwar ohne dass dieses Wissen mühsam erlernt werden müsste. Der Chip würde einfach hinter dem Ohr implantiert – fertig! –, schon hätte dessen Träger jederzeit Zugriff auf die gewünschten Daten ...

Ausgehend von diesem Szenario hat Jiri Ort sein Hörspiel ***Der Chip-Souffleur*** geschrieben. Die Idee des implantierten Wissens mittels Biochip ist dabei nicht gerade neu. Dennoch ist die Geschichte originell. Denn bei den Fremd-Daten handelt es sich keineswegs um trockene Fakten oder geheime Formeln, sondern um eine umfangreiche musikalische Bibliothek, die alle klassischen Meisterwerke von Rang und Namen in hervorragender Klangqualität zum Abruf bereithält. Note für Note und Ton für Ton. Als Zielgruppe für so eine Erfindung kommen natürlich in erster Linie Berufsmusiker in Betracht. Und so haben der Marketingleiter und seine Mitarbeiterin für den Test ihres Prototypen gleich zwei geeignete Versuchskaninchen im Visier: einen jungen, ehrgeizigen, aber hoffnungslos überforderten Dirigenten und eine alternde, gedächtnisschwache Operndiva mit Starallüren, die ständig ihren Einsatz verpatzt. Beide machen nach anfänglichem Zögern bei dem Experiment mit. Nur schade, dass der Chip nach ersten Erfolgen ein gewisses Eigenleben entwickelt – mit ungeahnten Nebenwirkungen ...

Der Chip-Souffleur spielt nicht in einer fernen Zukunft, sondern im bundesdeutschen Hier und Jetzt. Gut gefallen hat mir, wie das Hörspiel die negativen Auswüchse des Klassik-Festival-Booms karikiert. Da bekommen wir zu hören, wie eine Kleinstadt mit provinzieller Hybris zeigen will, dass sie kulturell auf der Höhe der Zeit ist. Natürlich darf der Kunstgenuss nicht allzu viel kosten, schließlich will die Gemeinde von so einem Ereignis auch profitieren. Die musikalischen Folgen werden uns von dem Kollegium Musicum Köln und Maria Litt-Hegener in der Rolle der Opernsängerin wunderbar plastisch vor Ohren geführt. Einfach köstlich.

Leider kann sich die Satire aber insgesamt nicht entscheiden, was sie eigentlich attackieren will: Die unselige Verbindung von Kunst, Kommerz und Provinz, das übertriebene Geltungsbedürfnis einzelner Künstler oder die Menschenverachtung und Profitgier der »bösen« Industrie und ihrer Vermarktungsorgane. Da das Stück all das zu treffen versucht, trifft es im Endeffekt nichts richtig und bleibt mit seiner Kritik nur an der Oberfläche.

Hinzu kommt, dass die Figuren des Hörspiels vor Klischees nur so strotzen. Hier gibt es keinen einzigen Charakter, nur Karikaturen, wobei sämtliche Figuren negativ besetzt sind. Selbst der Dirigent, der zu Beginn noch am sympathischsten wirkt, verkommt gegen Ende des Hörstückes immer mehr zur Witzfigur. Da das Hörspiel keinen wirklichen *Menschen* als Identifikationsfigur anbietet, kann der hörbare Wahnsinn nicht durch die Realität aufgebrochen bzw. mit ihr direkt auf einer Ebene konfrontiert werden. Der Effekt: Der Zuhörer ist zwar amüsiert, bleibt aber unbeteiligt.

Bedauerlich ist auch, dass die Handlung im letzten Drittel zunehmend abstruser und unglaubwürdiger wird. Die Ereignisse überschlagen sich, der rote Faden kommt zu kurz. Und die Satire gleitet mehr und mehr in die Klamotte ab. Weniger wäre hier sehr viel mehr gewesen.

Fazit: Eine hübsche Idee, aber am Manuskript hätte noch gearbeitet werden müssen. Wer jedoch Spaß an schwarzem Humor hat und nicht viel Tiefgang erwartet, kann trotzdem auf seine Kosten kommen.

Birke Vock

Monumentales in Nuancen

Thea von Harbou, Fritz Lang: *Metropolis*
Funkbearbeitung: Michael Farin
Musik: Kalle Laar, Georg Zeitblom
Regie: Bernhard Jugel
Bayerischer Rundfunk 2001

Metropolis. Die Stadt unter der Erde, in der die Arbeiter leben und wie Sklaven gigantischer Maschinen arbeiten, Arbeiter, die nie das Metropolis oben gesehen haben, die Stadt, die mit ihren Wolkenkratzern in den Himmel wächst und in der sich die Söhne der Reichen in Lustgärten vergnügen. Diese »Zukunftsstadt« hat sich Thea von Harbou ausgedacht in ihrem Roman *Metropolis,* der 1926 erschienen ist. Und darauf basierend produzierte 1925/26 Fritz Lang, zu dieser Zeit mit Thea von Harbou verheiratet, den viel beachteten und ebenso umstrittenen Stummfilm *Metropolis,* uraufgeführt am 10. Januar 1927 in Berlin, im Ufa-Palast am Zoo. Er war der Film der Superlative oder besser: der Gigantomanie. Er war gigantisch in den Bühnenbauten, in der Anzahl der Komparsen und Komparsinnen, in den Kosten, in der Dauer der Drehzeit. Finanziell war er ein Flop. Was jedoch nicht verhindert hat, dass noch heute diesen Film ein ungeheurer Nimbus umgibt, wenn nicht gar ein Mythos, der nicht zuletzt dadurch genährt wird, dass heute keine einzige Fassung des Films existiert, die der deutschen Premierenfassung mit ihren 4189 m* entspricht. Nur vier Monate lang konnten etwa 15 000 Zuschauer und Zuschauerinnen die Premierenfassung sehen, seitdem gibt es den Film nur noch rudimentär. Kaum je ist ein Film so viel zerschnitten, gekürzt, mit neuen Zwischentiteln versehen, neu montiert und in alle Welt zerstreut worden wie *Metropolis.*

Vielleicht hätte der Roman von Thea von Harbou nie solch eine Bedeutung bekommen, hätte ihn nicht Fritz Lang mit seiner äußerst markanten ›Handschrift‹ verfilmt, mit seinen gigantischen Hochhäusern (die mit einer speziellen Spiegeltechnik

---

* 230 min bei Stummfilmgeschwindigkeit (16 Bilder pro sec) – *ht*

produziert wurden, dem sog. Schüfftan-Verfahren), mit seinen ornamentalen Massendarstellungen, die geometrische Figuren zeichnen, mit den Bildern von Menschen, deren Arbeitsrhythmus mit dem der Maschinen verschmilzt, der Mensch als Teil der Maschine. Und auf der anderen Seite die Maschinen-Maria, besser die Roboter-Maria, die mit ihrem erotisch-extravaganten Tanz den reichen Männern den Kopf verdreht und die später wie eine Hexe auf einem Scheiterhaufen verbrannt wird, während ihr scheinbar menschlicher Körper immer deutlicher in den metallenen Roboter-Körper übergeht und verglüht.

Beeindruckt hat all dies auf jeden Fall, wenn auch zugleich Kritik laut wurde. Am meisten Kritik am Inhalt. »Diese Stadt Metropolis ist auf einem Sand gebaut, der unfruchtbarer ist als der märkische in Neubabelsberg – auf dem Manuskript der Thea von Harbou«, schrieb Rudolf Arnheim, der auch ideologische Bedenken hatte. Und H. G. Wells bezeichnete den Film gar als den »allerdümmsten Film« und hatte dafür viele Gründe. Auch an der Ornamentalisierung übte man Kritik, am »Ornament der Masse«, wie es Siegfried Kracauer angesichts der Revuen der *Tillergirls* einmal genannt hat, sie würde die eigentliche Misere der Arbeiterschaft verharmlosen, der Einzelne würde in einer gesichtslosen Masse untergehen usw. Und dann fanden auch noch die Nazis Gefallen an dem Film. Im März 1933 rief Goebbels Fritz Lang zu sich: »Der Führer und ich haben seinerzeit *Metropolis* in einem Provinz-Lichtspieltheater gesehen, ebenso die beiden Teile der *Nibelungen*. Damals stand für den Führer fest, dass Sie eines Tages ... ganz allein für das Filmwesen in Deutschland verantwortlich zeichnen sollten ...« Kurz darauf verließ Fritz Lang Deutschland, während Thea von Harbou, inzwischen NSDAP-Mitglied geworden, in Deutschland weiter arbeitete. Statt Fritz Lang hat dann Leni Riefenstahl das »Ornament der Masse« bis zur höchsten Perfektion vorangetrieben.

Mehrere Rekonstruktionsversuche des Films hat es bisher gegeben, um die sich besonders der Filmhistoriker Enno Patalas verdient gemacht hat. Im Zuge der neuesten Rekonstruktion des Films (die auf der Berlinale im Februar 2001 gezeigt wurde, wieder mal mit einer neuen Musik) und ihrer Dokumentation in dem Buch *Metropolis in/aus Trümmern* hat sich erfreulicherweise Rainer Fabich mit der Originalkomposition von Gottfried Huppertz auseinander gesetzt und sie eingehend beschrieben und mit Notenbeispielen belegt. Aus Huppertz' Nachlass haben wir heute das einzige Exemplar des Originaldrehbuchs, »ein Zwischenstadium, nicht die erste und nicht die letzte definitive Fassung«, wie Enno Patalas bemerkt.

75 Jahre nach der Entstehung des Romans liegt dieses Epos nun erstmalig als Hörspiel vor. Die Hörspielbearbeitung übernahm Michael Farin. Kenntnisreich verbindet er Roman und Drehbuch, entnimmt dem Drehbuch die Handlungsfäden, dem Roman ausgewählte Texte, die er der z.T. romantisch-expressionistisch geprägten, sehr gefühlsbetonten Sprache entkleidet, ebenso entfallen zahlreiche Bibelanspielungen. Nur einige eindringliche sprachliche Bilder übernimmt er, wie »Die Stadt braucht lebendige Menschen als Futter ... da kommt das lebendige Futter ... sie gehen nicht, sie schieben sich vor ...«

Das Hörspiel beginnt, eindrucksvoll – wie ein Entrée –, mit den Wörtern »Herz« – »Hirn« – »Hände«, hingeworfen auch »irgendwo« – »nirgendwo«, unterlegt einen Synthesizer-Dreiklang (ohne Quinte). Die Wörter kehren im Echo wieder. Das vermittelt einen Ort, der nicht benennbar ist, wohl auch nicht existiert. Eine kurze Pause. Dann ein Dur-Akkord mit großer Septime, die erste ›Szene‹, der Sprechertext aufgeteilt auf verschiedene Stimmen, im Raum verteilt, dahinein der Protagonist: »Ich möchte allein sein.« Erst ganz allmählich kommt man in die Geschichte hinein, die durchgängige Musik bildet die Folie, auf der die Handlung abläuft, sie illustriert nur vage die einzelnen ›Szenen‹, Sequenzen, andeutungsweise den Ort, wo das Geschehen gerade stattfindet. Elektronische Klangflächen und eingestreut gesampelte ›Pattern‹, die rhythmisch organisiert sind, rhythmisch wie die Maschinen von Metropolis. Das lässt viel Raum für Phantasie, manch einer mag auch die Bilder aus dem Film *Metropolis* wieder vor sich sehen.

Das Hörspiel ist auffallend ruhig angelegt, die einzelnen Sequenzen sind durch Pausen voneinander abgesetzt, das irritiert zuerst, man empfindet die Pausen als Löcher. Als formales Mittel strukturieren sie das Hörspiel, man fühlt sich erinnert an die Bildpausen, die in Stummfilmen durch die Zwischentitel entstehen.

Joh Fredersen sitzt im *Neuen Turm Babel,* Herrscher über Metropolis, das »Gehirn« genannt. Und unten in der Stadt hausen die Arbeiter, die »Hände«, und erarbeiten seinen Reichtum. Der Mittler zwischen beiden: das »Herz«, personifiziert in Fredersens Sohn Freder. Dieser verliebt sich in die Arbeiterin Maria (wer hier die biblische, »jungfräuliche« Maria assoziiert, liegt sicher nicht ganz falsch, die Autorin lässt mehrfach eine Beziehung zur Bibel erkennen), und über alle Klassenunterschiede hinweg schafft es Freder, dass sich die Arbeiterklasse mit den Kapitalisten versöhnt.

Dazwischen gibt es noch einen Aufstand der Arbeiter, die aufgewiegelt werden von der Roboter-Maria, welche Fredersen beim Erfinder Rotwang in Auftrag gegeben hatte. Das ist im Film* eine dramatische Szene, in der die Maschinen zerstört werden und eine Überflutung die Wohnstätte der Arbeiter zu vernichten droht. Freder rettet zusammen mit der echten Maria die Kinder, während die ›Arbeitermeute‹, die inzwischen erkannt hat, dass sie sich selbst zerstört, wie im Slapstick eine wilde Verfolgungsjagd auf die falsche Maria macht.

Ganz anders im Hörspiel. Dort gibt es diese Szenenabfolge nicht. Zwar explodieren auch hier die Maschinen, aber es gibt keine Überflutung und auch keine Verfolgungsjagd – wie sollte die im Hörspiel auch dargestellt werden? Enttäuschend die Darstellung des Arbeiter-Aufstands, eine kraftlose Szene. Die Stimme der Roboter-Maria trägt nicht, wenn sie wiederholt rhythmisch »Tod den Maschinen!« ruft. Ihre Stimme trägt nicht die Vielschichtigkeit ihrer Rolle zwischen Laszivität und Gewalt. Und die sie rhythmisch begleitenden Geräusche, die an Kurzwellengeräusche erinnern, wirken verspielt. Die Musik hat nichts Bedrohliches, sie verniedlicht eher, als dass sie dramatisiert. Diese Sequenz geht dann gleich über in die Schlussszene. »Deine Stadt geht unter«, sagt Freder zu seinem Vater, »Metropolis soll sterben«, entgegnet der, »damit du sie wieder aufbaust«. Das

* Gemeint ist, auch im Folgenden, die Premierenfassung, soweit sie bis heute rekonstruiert wurde.

heißt, die nächste Generation soll es besser machen. Das ist zweifelsfrei ein freier Eingriff in den Text der Autorin, denn diese Variante gibt es weder im Roman noch im Film. Im Roman fordert Maria, dass Fredersen selbst eine neue Stadt baut, eine Stadt, »die im Licht liegt«. Sie legt Wert darauf, dass er es tut und nicht Freder, denn sie will Fredersen die Chance geben, selbst seinen ›Fehler‹ zu korrigieren.

In der Schlusseinstellung des Films legt Freder die rechte Hand seines Vaters in die rechte Hand von Grot, »dem Wächter der Herzmaschine«, symbolisch für die Versöhnung von Kapital und Arbeit. Das impliziert, ob von der Drehbuch-Autorin gewollt oder nicht, das Akzeptieren der bestehenden Verhältnisse. Im Hörspiel bittet Freder die Arbeiterin Maria: »Gib mir deine Hände«, das lässt vermuten, dass sie gemeinsam ein neues Metropolis aufbauen. Doch wie das aussehen kann, wenn damit nur die Stadt unter der Erde gemeint ist ...?

All diese Varianten sind aber eher Marginalien. Woran Hörspiel, Film und Roman grundsätzlich kranken, das ist ihr Inhalt, ihre Grundkonzeption und vor allem ihre Kernaussage. »Weit zurück in der guten alten Zeit von 1897 mag es entschuldbar gewesen sein, soziale Beziehungen vertikal zu symbolisieren, aber das liegt dreißig Jahre zurück ...«, schreibt 1927 H. G. Wells in seiner vernichtenden Kritik. »Diese vertikale Stadt der Zukunft ist ... milde ausgedrückt höchst unwahrscheinlich. Selbst in New York und Chicago ... drängen nur die Zentralverwaltungen und die Vergnügungsviertel in die Höhe oder Tiefe. Und der gleiche zentripetale Druck, der zur äußersten Ausnutzung der Bodenflächen im Zentrum führt, führt auch zur Verlagerung von Industrie und Arbeiterschaft aus dem Bevölkerungszentrum in billigere Gebiete sowie des privaten Wohnbereichs in offenere und luftigere Gegenden.« Und Wells führt noch einen weiteren Aspekt an: »... eine technisierte Zivilisation hat keinen Bedarf an Kulis; je effizienter ihre Maschinerie ist, desto weniger Bedarf besteht an quasi-mechanischen Maschinenwärtern ... Das hoffnungslose Sklavenstadium menschlicher Arbeit liegt hinter uns. Mit einer Art bösartiger Dummheit widerspricht der Film diesen Fakten ... ›Effizienz‹ bedeutet Produktion in großem Umfang, so weit entwickelte Maschinen wie möglich und hohe Löhne.«

Wie weit vorausschauend war da doch Karel Čapek mit seinem Zukunftsentwurf! Einige Jahre zuvor, 1921, wurde sein Theaterstück *R.U.R. – Rossums Universal Robots* (in Deutschland auch unter dem Titel *W.U.R. – Werstands Universal-Roboter* bekannt) uraufgeführt. In einer Fabrik werden Arbeiter-Roboter hergestellt, organische, biochemische künstliche Wesen, reduziert auf die als Arbeiter-Roboter, Sekretärinnen-Roboter usw. notwendigen Funktionen, sprachfähig, aber fast ohne Gefühle. Sie sollen die Menschen von der »Sklaverei der Arbeit« befreien. Später werden sie mehr ›vermenschlicht‹ und vernichten als Roboter-Soldaten die Menschen. Die Urahnen so vieler SF-Stoffe!

Zweifellos müssen Thea von Harbou und Fritz Lang dieses Theaterstück gekannt haben. »Ich habe Maschinenmenschen bei dir bestellt! Kein Spielzeug! Kein Weib!«, ruft Joh Fredersen im Hörspiel, als ihm der Erfinder Rotwang seine neueste ›Schöpfung‹ vorstellt, einen weiblichen, sprechenden Roboter. »Kein Spielzeug. Ein Werkzeug. Sie kann auch lesen.« sagt Rotwang. Das Hörspiel, das sich hier am Roman orientiert, bezieht sich damit auf Čapeks Arbeiter-Roboter. Dass Rotwangs Roboter weiblich ist, erklärt von Harbou im Roman: »Jeder Mann-Schöpfer schafft sich zuerst ein Weib. Ich glaube nicht an den Schwindel, dass der erste Mensch ein Mann war.«

Im Film ist diese Roboter-Figur anders gemeint. Rotwang hat sie sich aus Verzweiflung über den Tod seiner Geliebten Hel geschaffen, die ihm einst Fredersen ausgespannt hat und die dann noch bei Freders Geburt starb. Für ihn ist es »die Wieder-Erschaffung der Hel«: »Noch 24 Stunden Arbeit –, und kein Mensch ... wird den Maschinen-Menschen von einem Erdgeborenen unterscheiden können ...!«, sagt er dazu. Eine Variante von Ovids *Pygmalion* also, dem Bildhauer, der sich eine Statue schafft, in die er sich verliebt und der die Göttin Athene Leben einhaucht.

Nun, dieser Prototyp wird zur Roboter-Maria transformiert, dem Parallelwesen der echten Maria – wie das gemacht wird, bleibt im Hörspiel offen. Im Film ›sehen‹ wir in einem faszinierenden, aufwändig inszenierten Lichtspiel, mit Lichtringen und Lichtbögen, wie quasi auf magischem Wege das Leben der echten Maria der Roboter-Maria elektrisch übertragen, ›eingehaucht‹ wird. Wie so oft, sind also auch hier »zwei Vorgänge nötig, um das Parallelwesen des Menschen ins Leben zu rufen: das ›wissenschaftliche‹ Zusammenfügen von Materialien und Energien und das magische Ritual«, wie schon der Filmkenner und Publizist Georg Seeßlen bemerkte. Die Entstehung der Roboter-Maria ist also noch okkultistisch von der Drehbuchautorin und vom Regisseur gedacht, die vielen Glaskolben und Fläschchen mit brodelnden Flüssigkeiten unterstützen diesen Aspekt. Ursprünglich wollte Lang den mittelalterlichen Okkultismus der modernen Wissenschaft gegenüberstellen. Nach und nach schnitt er bereits gedrehte okkultistische Szenen heraus, diese ist jedoch geblieben. Noch weitere Blicke in die Vergangenheit gibt es, die »zweitausendjährigen Katakomben«, den gotischen Dom, Marias Gewand, das an Madonnenbilder erinnern soll. Es scheint, als wäre das Metropolis unten in früheren Zeiten stehen geblieben, während das Metropolis oben eine Zukunft fortschreibt, die offensichtlich bereits 1925 in New York angelegt war und die Fritz Lang, der auch eine Zeit lang Architektur und Malerei studiert hat, auf seiner Reise in eben diese Stadt gesehen hat. Da all die optischen Reize im Hörspiel zwangsläufig entfallen, auch im Text nur angedeutet sind, vermittelt sich im Hörspiel nicht so krass das Nebeneinander von Zukunft und Vergangenheit.

Auffallend ist das Frauenbild, das von Harbou zeichnet. Auf der einen Seite steht Maria, die »Heilige der Unterdrückten«, die den Arbeitern von besseren Zeiten predigt, auf der anderen Seite die Roboter-Maria als Femme fatale – die Frau als Heilige und Hure, wie oft ist das schon thematisiert worden und wird dadurch doch nicht weniger stereotyp. Und wie eigenartig ist die Figur der Mutter von Joh Fredersen. Als strenge Kritikerin der Zustände in Fredersens Unterstadt ist sie gelähmt, kann nur Kopf (»Hirn«) und Hände bewegen und ist damit die personifizierte Reduktion auf die drei Elemente Herz-Hirn-Hände, die die Kernaussage von Roman, Film und Hörspiel bilden. »Einen Mittler brauchen Hirn und Hände. Mittler zwischen Hirn und Händen muss das Herz sein. Wartet auf ihn! Er kommt gewiss!«, so predigt es die echte Maria den Arbeitern, vor einem Altar stehend.

Fritz Lang distanzierte sich später, 1967, von dieser Kernaussage. »Ich war damals nicht so politisch bewusst wie ich es heute bin. Man kann keinen gesellschaftlich bewussten Film machen, indem man sagt, der Mittler zwischen Hand und Hirn sei das Herz – ich meine, das ist ein Märchen – wirklich.«

Manch ein Film hat erst im Nachhinein Kultwert erhalten, und manch einer nur durch einen verklärenden Blick in die Vergangenheit. 1984 hat der Komponist und Oscar-Preisträger Giorgio Moroder *Metropolis* elektronisch vertont und in einen computer-colorisierten 80-Minuten-Videoclip verwandelt. 2001 liegt die am weitesten rekonstruierte Stummfilmfassung auf DVD vor, und es entsteht die erste deutsche Hörspiel-Adaption. Und kaum produziert und gesendet, erhält das Hörspiel schon die ersten Preise, als zehre es von dem Nimbus des Stummfilms. Die Deutsche Akademie der darstellenden Künste Frankfurt kürt ***Metropolis*** zum *Hörspiel des Monats Februar 2001,* und bei den *New York Festivals 2001* erhält es eine Silbermedaille in der Kategorie *Best Drama Special.* Und ebenfalls 2001 wird der Film *Metropolis,* »symbol of a (film-)architectural model of the future«, zum Weltkulturerbe erhoben, die UNESCO nimmt ihn in ihr Register *Memory of the World* auf, mit all seinen verfügbaren und zukünftig vielleicht auch wieder auffindbaren Fassungen. Nein, wir vergessen ihn nicht, diesen Film, der nie mehr so sein wird wie er Anfang 1927 einmal war und der nie so geworden ist, wie manche ihn sehen möchten.

Christiane Timper

URSENDUNGEN VON SCIENCE-FICTION-HÖRSPIELEN im Zeitraum von 1. 7. 2000 bis 30. 6. 2001 in der Reihenfolge der Sendetermine

Erfasst sind alle uns bekanntgewordenen deutschsprachigen Science-Fiction-Hörspiele des Rundfunks in Deutschland, Österreich und der Schweiz, unabhängig davon, ob sie innerhalb der jeweiligen Anstalten von der Redaktion Hörspiel, Unterhaltung, Bildung oder Jugendfunk produziert wurden. Unberücksichtigt blieben nicht dramatisierte Funkerzählungen, Lesungen, Hörbilder, Features und dergleichen sowie Fantasy und andere phantastische Genres. Bei privaten Sendern findet wegen der ausschließlich kommerziellen Ausrichtung des Programms als bloßer Werbeträger Hörspiel bezeichnenderweise nicht statt.

Abkürzungen:

U	Ursendung
R	Regie
K	Komposition
BR	Bayerischer Rundfunk, München
DLRB	DeutschlandRadio Berlin
ORF	Österreichischer Rundfunk
SWR	Südwestrundfunk, Baden-Baden
WDR	Westdeutscher Rundfunk, Köln

Die mit ✔ gekennzeichneten Hörspiele sind im Rezensionsteil besprochen.

Pauschalreise zum Mond von Marie Sagenschneider
DLRB 2000, U: 22. 7. 00, 14 min, R: Johanna Ellerbauer
Linienflug zu den lunaren Touristikzentren. [Die Hörspielszenen sind Teil eines im Original 25-minütigen Features.]

Mission: Argo von Richard Farber
WDR 2000, U: 11. 8. 00, 55 min, K + R: Richard Farber
In einer Krisensituation muss eine Astronautin erkennen, dass der Mensch für den Erfolg der ersten Venus-Mission nur ein vernachlässigbarer Faktor ist.

Das Genauigkeitsprinzip von Marcy Kahan
WDR 2000, U: 20. 8. 00, 58 min, R: Klaus Wirbitzky
Mit Kenntnis der persönlichen Lebensspanne aufgrund fortgeschrittener Gendiagnose ist die Lebenserwartung zum Statussymbol geworden.

G. A. S. von Walter Adler
nach dem gleichnamigen Roman von Matt Ruff
WDR 2000, U: 7.–21. 9. 00, 174 min (3 Teile), R: Walter Adler
Inmitten alptraumhafter Großstadtkulisse zwischen Gigantomanie und Genozid, Kunstmenschen und Subkultur bedroht ein Supercomputer in einem gigantischen Komplott alles menschliche Leben.

Abenteuer Schwingung von She She Pop und Felix Kubin
DLRB 2000, U: 9. 10. 00, 54 min,
M: Felix Kubin, R: She She Pop
Ein öffentliches Experiment zum Hörbarmachen von Telepathie offenbart erstaunliche Phänomene. [Das Hörspiel besteht aus mehreren fingierten Live-Experimenten im Rundfunkstudio oder dorthin übertragen; aber nur eines der Experimente kann als Science Fiction gelten; in den übrigen geht es um rein Spiritistisches (Pendeln, Séancen u. dgl.).]

Irrläufer von Morti Vizki
WDR 2000, U: 13. 10. 00, 34 min, R: Michael Schlimgen
In einer Welt unsterblicher Klone sind Menschen alten Schlages eine aussterbende Spezies. ➶

Humanitatis Causa von Ludwig Laher
ORF 2000, U: 24. 10. 00, 37 min, R: Franz Zeller
Ziel eines neuen Dienstleistungsunternehmens ist die Privatisierung militärischer Interventionen und Vergeltungsschläge. ➶

Die Arche von Reinhard Schulz
BR 2000, U: 5. 12. 00, 67 min, R: Bernhard Jugel
In einer von Männern getilgten Gesellschaft versuchen drei Frauen, dem unbekannten Phänomen archaischer Musik auf die Spur zu kommen. ➶

Jugendstil – Alte Mode neu entdeckt von Monika Dollinger
BR 2000, U: 28. 12. 00, 15 min, R: Monika Dollinger
Jugendliche wagen einen Ausbruch aus der dominierenden virtuellen in die reale Welt. ➶

Global 2084 – Die Umwelt in der Krise von Achim Bogdahn
BR 2000, U: 30. 12. 00, 16 min, R: Achim Bogdahn
Experten des Freiburger Ökoinstituts über Umwelt, Verkehr und Biotechnologien im Jahr 2084. ➶

Der Mensch als Gott? von Richard David Precht
WDR 2000, U: 31. 12. 00, 15 min, R: Rolf Mayer
Mit der Realisierung von Gendesign und Genselektion sind ethische Fragen zweitrangig geworden.

Wer will mich – Besuch an der Arbeitskraftbörse 2084
von Ulrike Ostner
BR 2000, U: 1. 1. 01, 15 min, R: Ulrike Ostner
Nach Jahrzehnten im Tiefkühlschlaf wird ein Arbeitsloser mit den Realitäten des globalen Arbeitsmarkts konfrontiert. ➶

Total global – Metropolen im Wandel
von Antje Pukke und Renate Strobel
BR 2000, U: 2. 1. 01, 15 min, R: Antje Pukke
Wüstenplantagen versorgen die übervölkerten, desolaten Multimillionenstädte.

Die Würde des Menschen ist unantastbar – Sozialreport 2020
von Werner Buchberger
BR 2000, U: 3. 1. 01, 15 min, R: Werner Buchberger
Ein neues Gesetzt schließt Kranke bei negativer Kosten-Nutzen-Kalkulation von den Sozialleistungen aus und führt sie einem Recyclingprogramm zu.

Im Zweifel für den Geklonten von Monika Dollinger
BR 2000, U: 5. 1. 01, 16 min, R: Monika Dollinger
Unzureichende genetische Sorgfaltspflicht beim Ungeborenen kann zu späterem Regress gegen die Eltern führen.

Hip, cool und trendy von Achim Bogdahn
BR 2000, U: 6. 1. 01, 16 min, R: Achim Bogdahn
Nichts ist zu schrill, als dass es nicht Trend des Jahres werden könnte.

Elementarteilchen
von Leonhard Koppelmann
nach dem gleichnamigen Roman von Michel Houellebecq
WDR 2001, U: 7./14. 2. 01, 118 min
M: Blixa Bargeld, R: Leonhard Koppelmann
Zerstörung sozialer Bindungen, emotionale Verelendung und sexuelle Vereinsamung im ausgehenden 20. Jahrhundert münden in die Entwicklung einer neuen unsterblichen, geschlechtslosen geklonten Spezies.

Metropolis von Michael Farin
nach dem gleichnamigen Roman von Thea von Harbou
und dem Drehbuch von Fritz Lang
BR 2001, U: 23. 2. 01, 66 min
M: Kalle Laar/Georg Zeitblom, R: Bernhard Jugel

Ein Automat nach menschlichem Vorbild wird zum Provokateur der Rebellion unterdrückter Arbeiterheere in unterirdischen Maschinenhallen gegen die luxuriöse Welt der Oberstadt. ✐

Der Reimwerker von Primo Levi
SWR 2001, U: 30. 3. 01, 30 min, R: Andreas Weber-Schäfer
Ob Verse, Sonette oder Hymnen – der mechanische Verseschmied bewältigt jedes poetische Problem. [Diese pointierte Kurzgeschichte von Primo Levi wurde 1991 vom SFB schon einmal als Hörspiel adaptiert, Regie: Hans-Gerd Krogmann; siehe Rezension in *Das Science Fiction-Jahr 1993*.]

Zeit aus den Fugen von Marina Dietz
nach Philip K. Dick: Time Out of Joint
BR 2001, U: 29. 4. 01, 56 min, R: Marina Dietz
Rätselhafte Ungereimtheiten im Alltag lassen den Bürger einer US-Kleinstadt argwöhnen, inmitten einer gigantischen Kulisse einem strategischen Zweck zu dienen. ✐

Der Chip-Souffleur von Jiri Ort
WDR 2001, U: 8. 6. 01, 54 min, R: Thomas Leutzbach
Ein Audio-Player in Form eines miniaturisierten Neuroimplantats weckt im Unterbewusstsein unvorhergesehene triebhafte Resonanzen. ✐

Dokumentation: Horst G. Tröster

http://www.science-fiction-hoerspiel.de

COMPUTER

Science Fiction Interactive Computerspiele 2000/2001

von Gerd Frey

Internetspiele und Virtual Reality ...

Nach der ungemein rasanten Entwicklung in den letzten fünf Jahren steht natürlich die Frage: Wohin führt dies alles?

Natürlich wird die technische Entwicklung dafür sorgen, dass 3D-Welten noch realistischer über den Monitor flimmern. Dennoch ist der Weg zu einer echten Simulation diverser realistischer oder fiktiver Umwelten noch weit. Wenn man sich beispielsweise einen Wald vorstellt, so müssten zu seiner Simulation Millionen Blätter, Milliarden Grashalme, hunderttausende Äste usw. nachgebildet werden. Bei Wind müsste die Bewegung von Bäumen, Ästen und Blättern in Echtzeit berechnet werden. Außerdem müsste der Betrachter in der Lage sein, beliebige Äste abzubrechen oder sogar einen Baum zu fällen. Ein verheerender Waldbrand wäre eine zusätzliche Möglichkeit.

Computer, die diese gewaltige Datenflut verarbeiten könnten, liegen noch in weiter Ferne. Die Programmierer werden also weiterhin zu diversen Tricks greifen müssen, um eine virtuelle Umwelt zu realisieren.

Ein Trend, der im Computerspielebereich die nächsten Jahre bestimmen wird, ist das Online-Gaming. Durch immer schnellere und vor allem erschwinglichere Internetzugänge werden immer mehr Spieler die Möglichkeit nutzen, sich mit Spielern aus der ganzen Welt zu messen. Den Anfang machten hier die 3D-Shooter wie *Doom* oder *Heretic.* Besaß man ein Modem, konnte man übers Telefon einen anderen Spieler mittels Direktverbindung anwählen und gegeneinander ein Spiel wagen. Oft boten diese frühen Spiele auch einen sogenannten Kooperations-Modus an, bei dem man die Einzelspielerkampagne im Team bestreiten konnte.

Verfügte man über ein Netzwerk unter DOS, konnte man sogar mit mehr als zwei Teilnehmern gegeneinander antreten. DOS-Netzwerke waren eine etwas komplexere Angelegenheit (ein Netzwerk unter DOS musste erst aufwendig installiert werden und erforderte weitergehendes Grundlagenwissen) und die wenigsten Spieler hatten die Veranlassung oder Möglichkeit, sich ein eigenes Netzwerk einzurichten.

Mit *Windows* und besonders ab *Windows 95* wurde dem Nutzer auch eine komfortable Netzwerkumgebung mitgegeben. Mit ihr vermochte man problemlos lokale Netzwerke (LAN) oder Internetverbindungen aufzubauen.

Konnte man sogenannte LAN-Partys einfach durch das zusammenschließen mehrerer Rechner mit Netzwerkkarten realisieren, benötigt man fürs Zocken im Internet einen speziellen Spielebrowser, der den Nutzer Zugang zu den entsprechenden Foren ermöglicht. Diese Foren bieten dann den Zugang zu Spielräumen aller möglichen Onlinespiele.

Eine weitere Spielart im Online-Gaming sind die Clan-Kriege. Verschiedene Spieler schließen sich in Netz-Gilden, Clans oder einer Liga zusammen und treten dann als Team gegen andere Teams an. Gerade bei größeren LAN-Partys, an denen Hunderte Spieler teilnehmen, treten oft die Teams verschiedener Clans gegeneinander an.

Die wohl anspruchsvollste Möglichkeit, sich an einem Online-Spiel zu beteiligen, hat man in Massively-Multiplayer-Rollenspielen. Der Spieler schlüpft dabei in eine virtuelle Persönlichkeit – seinen sogenannten Avatar. In einer – meist Fantasy bezogenen Spielumgebung – kann man wie in einem klassischen Rollenspiel mit anderen Personen interagieren, Waren kaufen und verkaufen, gegen andere Charaktere kämpfen und natürlich seine Fähigkeiten und seinen Besitz vermehren. Dass hinter jeder Figur im Spiel ein Mensch aus Fleisch und Blut steht, macht wohl die besondere Atmosphäre von Online-Rollenspielen, die natürlich viel Zeit vom Spieler fordern, aus.

Erfolgreiche Online-Shooter:
Half-Life: Counter-Strike
Quake 3: Arena
Unreal Tournament

Erfolgreiche Online-Rollenspiele:
Asheron's Call
Diablo 1/2
Everquest
Ultima Online

Erfolgreiche Online-Strategicals:
Age of Empires 1/2
Command & Conquer 1/2/3
Star-Craft

Kommende Online-Games:
Planetside
Star Wars Galaxies

Literaturadaptionen

Dune 2/2000/Emperor: Battle for Dune (Westwood/Electronic Arts, 1992, 1998, 2001)

Im Gegensatz zu *Star Trek* oder *Star Wars* entwickelte sich *Dune* eher still und heimlich zum multimedialen Science Fiction-Kult. Erstaunlicherweise waren es nicht die zwei Verfilmungen, sondern die sechsbändige Romanserie um den *Wüstenplaneten* und eine Reihe bahnbrechender Computerspiele, die den Kultstatus begründeten.

Melange, das Gewürz (Spice), ist der wichtigste Rohstoff auf *Dune* und bedeutet Macht über den Planeten und darüber hinaus. Die drei *Dune* beherrschenden Häuser *Atreides, Ordos* und *Harkonnen* kämpfen aus diesem Grunde um den ansehnlichsten *Melange*-Ertrag. Zu Beginn des Spiels muss sich der Spieler mit einem der drei Häuser verbünden und die Kontrolle über eine Spice-Schürfanlage übernehmen.

Diese Aufgabe ist nicht ganz einfach, da außer von den beiden Widersachern auch Gefahr von Sandwürmern oder Stürmen droht. So erforscht man nach und nach mit seinen zur Verfügung stehenden Maschinen das Schürfgebiet und versucht so viel *Melange* wie möglich in seinen Besitz zu bringen. Gespielt wird aus der für diese Spiele üblichen Vogelperspektive.

Obwohl die Grafik verglichen mit derzeitigen Strategiespielen geradezu lausig und die Missionen im Spielablauf fast identisch waren, gilt *Dune 2* als Ursprung aller PC-Strategiespiele und enthielt alle wichtigen Elemente dieses Genres wie Ressourcenmanagement, Errichtung verschiedener Produktionsgebäude, Einheitenproduktion und natürlich Kämpfe in Echtzeit.

Mit *Dune 2000* erhielt das hässliche Entlein zur Zeit von *Command & Conquer 2* einen zeitgemäßen Nachfolger. Obwohl das Szenario des Wüstenplaneten für eine faszinierende Science Fiction-Atmosphäre sorgte und sich so von anderen Games dieses Genres abhob, suchte man Innovationen allerdings vergebens.

Aufgabe des Spielers war es – wie auch schon in *Dune 2* –, genügend *Spice* aus dem kargen Wüstenboden zu sieben. *Spice Melange* ist eine gefragte Droge, die das Bewusstsein auf eine ganz besondere Art erweitert und kosmische Reisen mittels Gedankenkraft ermöglicht. Als ultimatives Zahlungsmittel erlaubt sie es, dem Spieler seine Basis zu erweitern, wirtschaftlich und militärisch immer mächtiger zu werden und schlussendlich die angestrebte Macht über den Wüstenplaneten zu erlangen.

Sämtliche, schon aus *Dune 2* bekannte Gebäudetypen wie Windfalle oder Raffinerie, sowie die drei *Dune* regierenden Herrschaftshäuser (mit ganz individuellen Vor- und Nachteilen) stehen dem Spieler zur Auswahl. Verbessert wurde in erster Linie die Grafik, welche der Stimmung von *Frank Herberts* Romanvorlage ein Stück näher kommt und ebenfalls die Steuerung. Umfangreiche Videosequenzen runden das für Neulinge und Profis gleichermaßen geeignete Strategiegame ab.

Nachdem *Dune 2* und *Dune 2000* das Genre der Echtzeit-Strategiespiele maßgeblich beeinflusst hatten, setzten *Westwood* und *Electronic Arts* die Erfolgsgeschichte mit *Emperor: Battle for Dune* fort.

Dune 2/2000/Emperor: Battle for Dune

Emperor ist *Westwoods* erster Versuch, ein reines 3D-Strategiespiel zu realisieren. Viele dieser Games leiden unter schlechtem Handling, da der Spieler oft mehr mit der Ausrichtung seiner virtuellen Kamera beschäftigt ist als mit dem eigentlichen Spielablauf. Den *Westwood*-Entwicklern ist es jedoch gelungen, die Spielsteuerung auf ein akzeptables Niveau zu bringen und die Tugenden klassischer 2-D-Strategiespiele ins Game zu importieren.

Die Story des Spiels hat kaum etwas mit den Büchern oder den Verfilmungen gemein. Allein der exotische Hintergrund des Wüstenplaneten mit seinen Herrschaftshäusern und den ausgedehnten, von riesigen Sandwürmern bevölkerten Wüsten wurde für das Spiel genutzt. Natürlich geht es wieder darum, die Vorherrschaft über den Planeten zu erringen. Die eigentlichen Missionen sind konservativ gehalten und entsprechen denen aus vorherigen *Dune*- oder *Command & Conquer*-Teilen. Der Spieler kann wie gewohnt zuerst seine Basis ausbauen und Verteidigungsanlagen errichten, um dann hinter automatischen Geschütztürmen ganze Horden von Kampfeinheiten zu errichten. Nebenbei muss das begehrte *Spice* abgebaut werden. Sandstürme und die riesigen Sandwürmer erschweren zusätzlich den Spielablauf.

Grafisch hat *Westwood* den *Wüstenplaneten* beeindruckend in Szene gesetzt. Sowohl die kargen Landschaften mit Überresten von verendeten Sandwürmern als auch die Gebäude und Einheiten wurden sehr liebevoll designt. Hinzu kommen die Licht- und Explosionseffekte, die speziell bei Nacht einen imposanten Eindruck machen. PC-Strategen, die ein klassisches Strategiespiel in zeitgemäßer Optik wünschen, können bei *Emperor: Battle for Dune* ohne Reue zugreifen.

Pentium 2 400, 64MB, Win9x, 3D-Grafikkarte
Spielspaß 80 %

Dragon Riders (Ubi Soft, 2001)
Eine der bekanntesten Fantasyserien mit einer glühenden Verehrerschaft hauptsächlich weiblicher Fans ist die Romanserie um die *Drachenreiter von Pern* der amerikanischen Bestsellerautorin Anne McCaffrey.* Die Romane spielen auf dem fernen, erdähnlichen Planeten Pern, auf dem sich eine Gemeinschaft irdischer Kolonisten ansiedelte, um die neue Welt für die Menschheit in Besitz zu nehmen. Verlief die Kolonisierung zu Beginn ohne Komplikationen, näherte sich schon kurze Zeit später eine schreckliche Gefahr. Alle 200 Jahre zieht der Rote Stern – ein riesiger Asteroid – an *Pern* vorbei und ermöglicht es aggressiven Parasiten, von den Kolonisten später als *die Fäden* bezeichnet, auf *Pern* überzuwechseln und ihr zerstörerisches Werk zu beginnen. Viele Menschen starben bei diesem Ereignis. Um zu überleben, gingen die Siedler eine ungewöhnliche Symbiose mit einer einheimischen Lebensform ein, die den Drachen aus der irdischen Mythologie verblüffend ähnlich sieht. Bei dieser Symbiose schließt sich eine geistige Verbindung zwischen einem Drachenwesen und dem auserwählten Menschen. Mithilfe dieser feuerspeienden Geschöpfe gelang es den Siedlern, die Parasiten zurückzuschlagen und ein nor-

* Es muss hier ausdrücklich darauf hingewiesen werden: Die Autorin verbietet sich energisch, dass ihr Zyklus über die Drachenreiter von Pern zur Fantasy gezählt wird. Es handele sich um reine Science Fiction-Romane. Tatsächlich weisen sie trotz des quasi-mittelalterlichen Hintergrunds und der feuerspeienden Flugdrachen keinerlei Fantasy-Elemente (wie Zauberei, Verwandlung, magische Drachen u. dgl.) auf. – *Anm. d. Hrsg.*

Dragon Riders

males Leben weiterzuführen. Doch die nächste Begegnung mit dem Roten Stern lauert schon als dunkler Schatten in der Zukunft.

Das Computerspiel *Dragon Riders* orientiert sich nah an der literarischen Vorlage und ist daher besonders den Fans dieser anspruchsvolleren Fantasyserie zu empfehlen. Das komplett als 3D-Game realisierte Programm spielt sich wie ein klassisches Grafikadventure mit vereinzelten, recht einfach gehaltenen Kampfszenen. Die Dialoge mit anderen Spielcharakteren ufern oft aus, sind aber selten langweilig, da man meist wichtige Hintergrundinformationen über verschiedene Figuren und die Spielwelt erhält. Wirklicher Schwachpunkt in *Dragon Riders* sind die simplen Aufgaben (finde Gegenstand, bringe Gegenstand von A nach B, übergib/benutze Gegenstand, streiche die Belohnung ein), die der anspruchsvollen Hintergrundgeschichte nicht gerecht werden. Grafisch wirkt die Spielwelt etwas zu kantig, und die Texturen erscheinen leicht verwaschen.

Pentium 2 300, 64MB, Win9x, 16MB 3D-Grafikkarte
Spielspaß 80 %

Planet der Affen (Ubi Soft, 2001)

Nur wenige Wochen nach der deutschen Kinopremiere von *Tim Burtons Planet der Affen* publizierte *Ubi Soft* ein gleichnamiges Computerspiel. Dennoch greift das Spiel inhaltlich nicht auf die aktuelle Verfilmung zurück, sondern nutzt den Background des berühmten Science Fiction-Film-Klassiker mit *Charleston Heston*.

Aus der Third-Person-Perspektive steuert man seine Spielfigur – den gestrandeten Raumfahrer *Ulysses* – durch eine Vielzahl unterschiedlicher Level und muss es mit körperlich überlegenen Gorillas oder Rebellen-Pavianen aufnehmen. Darüber hinaus muss man auch Überwachungssysteme umgehen, Schlösser knacken, Gefangene befreien oder an schlafenden Wachen vorbeischleichen. Spielziel ist es, den mörderischen Plan des Affengenerals *Ursus* zu duchkreuzen, welcher plant, die kläglichen Überreste der Menschheit bis zum letzten Überlebenden auszurotten. Dabei gelangt man auch an Originalschauplätze des Filmklassikers, wie beispielsweise die *verbotene Zone* mit den Überresten der *Freiheitsstatue*.

Um sich gegen die übermächtigen Gegner zur Wehr zu setzen, findet *Ulysses* im Spielverlauf Messer, Pistolen oder Lasergewehre. Leider erschwert die umständliche Tastatursteuerung (die Maus wird nicht unterstützt) das Vorankommen im Spiel. Zudem macht die Grafik einen recht nüchternen und farblosen Eindruck und kann mit aktuellen Action-Adventures nicht mithalten.

Pentium 2 300, 64MB, Win9x, 3D-Grafikkarte
Spielspaß 60 %

Star Trek

Star Trek: The Fallen (Koch Media, 2001)

Nach dem fesselnden und technisch hervorragend umgesetzten *Star Trek: Elite Force* aus dem Hause *Activision* warb ein weiteres *Star Trek*-Action-Game um die Gunst der Trekkies und Computerspieler. *Star Trek: The Fallen* spielt im *Deep Space Nine*-Universum von *Star Trek* und nutzt die *Unreal Turnament*-3D-Engine, um eine der ansprechendsten 3D-Visualisierung von *Star Trek*-Schauplätzen zu realisieren.

The Fallen spielt sich wie ein spannendes Action-Adventure, bei dem die Hintergrundgeschichte über die drei anwählbaren Charaktere in ebenfalls drei alternativen Handlungslinien miterlebt werden kann. Dabei unterscheiden sich die Handlungsstränge, was die Schauplätze und Missionen betrifft, deutlich voneinander. In *The Fallen* spielt man seinen Hauptcharakter (entweder Sisko, Kira oder Worf) aus der Third Person-Perspektive, die sich in immer mehr Actionspielen durchsetzt. Damit das Spiel nicht zur Ballerorgie verkommt, findet man in den Levels nur wenige Munitionspacks. Blindes drauflosstürmen und alles über den Haufen ballern geht deshalb nicht. Oft kommt man nur mit überlegtem Vorgehen, der Suche nach alternativen Handlungswegen und dem Ausnutzen örtlicher Gegebenheiten weiter. Die stimmungsvollen Schauplätze wurden meist in düsterem Ambiente gehalten und lassen einen nur sehr linearen Spielablauf zu.

In der Geschichte geht es um drei mysteriöse Drehkörper jener Superzivilisation, die auch für die Schaffung des künstlichen Wurmlochs verantwortlich war. Verschiedene Gruppierungen versuchen diese mächtigen Artefakte in die Hände zu bekommen, um damit eine weltenzerstörende Waffe zu konstruieren. Als Spieler hat man die verantwortungsvolle Aufgabe, dies zu verhindern. Zu einem kleinen aber feinen Waffenarsenal stehen dafür auch die bekannten *Star Trek*-Ausrüstungsgegenstände wie Communicator oder Tricorder zur Verfügung.

Bis auf den recht saftigen Schwierigkeitsgrad ist *The Fallen* ein packendes Weltraumabenteuer, bei dem vor allem Liebhaber anspruchsvoller Action auf ihre Kosten kommen.

Pentium 2 266, 64MB, Win9x, 3D-Grafikkarte
Spielspaß 90 %

Star Trek: New Worlds (Virgin, 2000)

New Worlds ist nach *Star Trek: Birth of the Federation* und *Star Trek: Armada* das dritte Strategiespiel im *Star Trek*-Universum. Überzeugte *Armada* durch gute Spielbarkeit, eine intuitive Steuerung und die gelungene technische Umsetzung (auf einer zweidimensionalen Ebene dirigiert der User 3Dmodellierte Raumschiffe), wagt *New Words* den kompletten Schritt zu 3D. Ähnlich solcher Strategieknaller wie *Earth 2150* befehligt der Spieler verschiedene 3D-Einheiten über eine topographische Karte mit echten Höhenunterschieden. Leider reicht die Grafik nicht an die auf dem Markt verfügbaren Konkurrenzprodukte heran. Zwar werden die Explosionen effektvoll und mit transparenten Schockwellen realisiert, dennoch wirken die zu steuernden Einheiten klobig und die Oberflächenstrukturen der Landschaften zu verwaschen. Auch die Spielsteuerung ist umständlich und bedarf zu langer Einarbeitungszeit.

Vom Anspruch her wird klassische Strategiekost geboten. In den drei Kampagnen (jeweils in der Rolle der Romulaner, Klingonen oder der Föderation) kämpft man auf noch jungfräulichen Planeten um die Vorherrschaft. Hierbei gehört Basisaufbau und Ressourcenbeschaffung genauso zu den Aufgaben des Spielers, wie Einheitenproduktion, Forschung und Echtzeitkämpfe gegen feindliche Truppen.

Bedauerlicherweise kann man während der Missiônen, die im weiteren Spielverlauf immer schwieriger zu bewältigen sind, nicht zwischenspeichern. Trotz dieser Mängel ist *New Worlds* ein handwerklich gut in Szene gesetztes Strategiegame, das sicher seine Liebhaber finden wird. So gelungen wie das vorher publizierte *Star Trek: Armada* ist es jedoch nicht.

Pentium 2 300, 64MB, Win9x, 3D-Grafikkarte
Spielspaß 60 %

Star Trek: Away Team (Activision, 2001)
Activision erfüllt den Traum vieler *Star-Trek*-Fans. Das im *Next-Generation*-Universum angesiedelte Game übergibt dem Spieler die Verantwortung über ein Team von Sternenflottenoffizieren aller wichtigen Ausbildungsdisziplinen, die trainiert wurden, als eine Art Geheimagententruppe verschiedene brenzlige Situationen in den unendlichen Weiten des Alls zu entschärfen. Dem sogenannten *Away Team* steht dafür die *U.S.S. Incursion,* ein besonderes Raumschiff mit einer hochentwickelten Tarnvorrichtung, zur Verfügung, die das Ausse-

Star Trek: Away Team

hen aller möglichen Sternenschiffe vom romulanischen Warbird bis zum klingonischen Kampfkreuzer simulieren kann. Auf diese Weise gelangt das *Away Team* in Gebiete, zu denen es sonst keinen Zugang erhalten würde.

Vom ersten Einsatz, der auch als Tutorial-Mission angelegt wurde, einmal angesehen, kann sich der Spieler sein Team selbst zusammenstellen. Danach werden die ausgewählten Sternenflottenoffiziere an ihren Einsatzort gebeamt. Gespielt wird aus einer starren isometrischen Perspektive, ähnlich der von *Baldurs Gate* oder *Fallout*. Die vorgerenderten Hintergründe wurden liebevoll gestaltet und sind stufenlos zoombar.

Im Einsatz kann der Spieler die ausgewählten Figuren entweder als Gruppe oder auch einzeln steuern. Jedes der Crewmitglieder ist in der Lage, auf besondere individuelle Fähigkeiten zurückzugreifen, und kann außerdem spezielle Ausrüstungsgegenstände benutzen. Die Herausforderung im strategischen Bereich ist jedoch eher gering, da die gegnerischen Einheiten zu vorhersehbar reagieren.

Obwohl die technische Umsetzung in Zeiten fast ausschließlicher 3D-Spiele ein wenig antiquiert wirkt, tut sie dem Spielspaß keinen Abbruch. *Star-Trek*-Fans bekommen eine abwechslungsreiche, sich durch die Missionen forterzählende Geschichte geboten, die auch *Star-Trek*-unerfahrene Spieler in ihren Bann zieht. Der gekonnt in Szene gesetzte Background lässt die Atmosphäre der Kultserie aufleben und den Spieler virtuell in die Haut seiner Serienhelden schlüpfen. Ein rundum gelungenes *Star-Trek*-Abenteuer!

Pentium 2 266, 64MB, Win9x
Spielspaß 80 %

Space Opera

Independence-War 2: Edge of Chaos (Infogrames, 2001)
Verstand sich die Hintergrundgeschichte des ersten Teils dieser Space Opera noch als lockere Beigabe, um das ehrgeizige Projekt der Entwickler – eine realistische Raumkampfsimulation – zu schaffen, bekommt der User dieses Mal einen filmreifen Space-Thriller geboten.

In *I-War 2* schlüpft der Spieler in die Rolle des jungen Cal Johnston, um den Tod seines Vaters zu rächen. Dieses Vorhaben muss man jedoch ganz bescheiden angehen, da zu Beginn nur ein einfacher Raumjäger und sehr wenig Geld zur Verfügung steht. *I-War 2* versteht sich ganz in der Tradition solch komplexer Space-Games wie *Privateer, X* oder *Tachyon,* obwohl die Hintergrundstory deutlich linearer angelegt wurde.

Als kosmischer Freibeuter erarbeitet man sich von Mission zu Mission immer umfangreichere finanzielle Mittel, um sich davon eine schlagkräftigere Ausrüstung, bessere Navigationsinstrumente oder ein größeres und schnelleres Schiff zuzulegen. Dabei muss man relativ gängige Weltraummissionen von Angriffen auf Frachtraumer über Begleitschutzaufträge bis hin zu Verteidigungsmissionen bewältigen. Die einzelnen Missionen sind logisch in den Handlungsablauf eingebettet und überraschen mit zum Teil unerwarteten Wendungen. Erst mit einem wirklich schlagkräftigen Schiff kann man sich zum Ende des Spiels an den Großindustriellen Caleb Maas, den Mörder von Cals Vater, wagen.

Die grafische Präsentation von *I-War 2* ist atemberaubend. Riesige, aufwendig texturierte Raumschiffe, gewaltige Explosionseffekte mit transparenten Druckwellen und ein Sternenpanorama mit Planeten und farbigen Nebeln, das einen glaubhaften Eindruck räumlicher Tiefe vermittelt, versetzen den Spieler mitten ins Geschehen.

Rasante Raumgefechte und die realitätsnahe Gamephysik machen das Spiel besonders für Profizocker interessant, die einen normalen Space-Shooter nicht mehr als Herausforderung betrachten.

Für ungeübte Spieler hätte sich ein etwas eingängiger zu handhabender Arcade-Modus geeignet. Doch damit kann das ansonsten ausgezeichnete Spiel nicht aufwarten.

Pentium 2 400, 64MB, Win9x, 3D-Grafikkarte
Spielspaß 90 %

Zukunftswelten/Planetenabenteuer

Anachronox (Eidos, 2001)

Das exzentrische Action-Adventure *Anachronox* lässt sich in keine Genreschublade sperren. Dafür sind die Charaktere zu skurril und die Hintergrundgeschichte – eine gewagte Mischung aus Satire, Rollenspiel, Science Fiction und Fantasy – zu abgehoben.

Gleich zu Beginn gibt es für den Spielhelden Sly Boots Ärger in Form einer Tracht Prügel, da er zu lange mit der Rückzahlung geliehenen Kapitals gewartet hat. Um den verstimmten Geldeintreiber nicht erneut auf den Plan zu rufen, muss ein lukrativer und vor allen Dingen schnell zu erledigender Job her. Sly wird dabei durch das Hologramm seiner verunglückten Sekretärin unterstützt, die eine Art Tagebuch führt und öfter auch den einen oder anderen nützlichen Hinweis parat hat.

Das Unheil nimmt seinen Lauf, als Sly auf Gumpos trifft. Der weißhaarige Alte mit der Vorliebe für seltene Alien-Artefakte bietet Sly einen Leibwächter-Job an. Besonders interessiert ist er an speziellen Objekten, denen man geradezu überirdische Kräfte nachsagt. Schnell stellt sich jedoch heraus, dass nicht nur Gumpos hinter den seltenen Stücken her ist, sondern auch andere zwielichtige Gestalten.

Für Sly beginnt eine seltsame Odyssee über sechs verschiedene Planeten. Ähnlich einem Rollenspiel schließen sich

Anachronox

während des Abenteuers immer mehr Gestalten der kleinen Abenteurergruppe an. Da ist zum Beispiel der Spielzeugroboter PAL-18, der sich in Computersysteme hacken kann, Paco »El Puno« Estrela, ein depressiver Superheld oder ein geschrumpfter Planet einschließlich Bewohnern, der Laserstrahlen verschießen kann.

Anachronox überzeugt durch schrägen Humor und sehr abwechslungsreiche Missionsaufgaben. Leider läuft man sich in den recht ausgedehnten Spielwelten schon mal die Füße wund. Die Spielfiguren, die man aus der Third-Person-Perspektive steuert, können dabei hin und wieder auch auf diverse Vehikel wie Motorboote zur Fortbewegung zurückgreifen. Die vereinzelten Kämpfe reduzieren sich auf ein kurzes Herumgeklicke und stellen keine wirkliche Herausforderung dar. Vielmehr stehen Adventureaufgaben und die witzige Story im Vordergrund.

Grafisch fällt *Anachronox* unter gutes Mittelmaß. Die Spielgrafik wirkt etwas zu kantig und leidet zum Teil unter verwaschenen Texturen. Insgesamt macht sie aber einen ansprechenden Eindruck und überzeugt durch Abwechslungsreichtum und kräftige Farben. Zudem sind die Hardwareanforderungen geringer als bei vergleichbaren Programmen.

Pentium 2 400, 64MB, Win9x, 3D-Grafikkarte
Spielspaß 80 %

AquaNox (Fishtank Interactive, 2001)

Nach dem Vorbild solch erfolgreicher Space-Games wie *Privateer 1+2* publizierte *Blue Byte* 1996 das aufsehenerregende Unterwasserabenteuer *Schleichfahrt*, zu dem jetzt mit *AquaNox* die langerwartete Fortsetzung erschien. Auf einer düsteren futuristischen Endzeiterde muss der Spieler als Pilot eines U-Bootes um sein Überleben kämpfen. Durch die Erledigung diverser Aufträge gelangt man an Geld und kann das dürftig ausgestattete Schiff nach und nach mit besserer Technik und schlagkräftigeren Waffen aufrüsten und sich später auch an größere Herausforderungen wagen.

AquaNox versteht sich als direkte Fortsetzung von *Schleichfahrt* und begeistert besonders durch die leistungsstarke 3D-Engine, die mit entspechender 3D-Hardware dem Spieler die Illusion einer lebendigen Unterwasserwelt auf den Computermonitor zaubert. Riesige Unterwasserstädte, die mit ihren Signalbeleuchtungen den Meeresboden illuminieren, ausladende Frachttransporter, die träge das Wasser durchpflügen, flinke Klein-U-Boote oder umhertreibendes Plankton lassen die Welt von *Aqua* lebendig werden.

AquaNox fällt vom Spielablauf deutlich actionlastiger als *Schleichfahrt* aus und lässt die Hintergrundgschichte linearer ablaufen. Der Spieler übernimmt wieder die Rolle von *Emerald »Dead Eye« Flint*, einem gerissenen Söldner aus der anarchistischen Tornado-Zone,

AquaNox

der inmitten konkurrierender Machtblöcke aus abtrünnigen Militärs, skrupellosen High-Tech-Konzernen, gefährlichen *Bionten* und Piratengruppierungen um sein Überleben und ein wenig Profit kämpfen muss. Sind zu Spielbeginn ein paar einfache Missionen zu bewältigen, bekommt es *Flint* später mit gewaltigen genmanipulierten Krakenwesen zu tun, oder muss es mit ganzen U-Boot-Geschwadern aufnehmen. Bei so massivem Feindaufkommen ist es bisweilen ganz praktisch, bis zu vier Flügelmänner – die meist recht selbständig gegen Feindschiffe vorgehen – zur Seite zu haben. Bei den mitunter recht flinken Gegnern ist die hochsensible Steuerung von *AquaNox* ein wenig problematisch. Die Maus sollte man daher dem Joystick vorziehen, da man so hin und wieder einen Treffer mehr landet.

AquaNox ist eine gelungene Fortsetzung von *Schleichfahrt* mit traumhafter 3D-Grafik, stimmungsvollen Sounds und einer komplexen Spielwelt.

Pentium 3 500, 128MB, Win9x, 3D-Grafikkarte
Spielspaß 90 %

Black & White (Electronic Arts, 2001)
Das bisher ambitionierteste Spieleprojekt des derzeit wohl berühmtesten Gamedesigners *Peter Molyneux* lag – wie alle seine vorherigen Meisterstücke – erst nach mehrfachen Verzögerungen in den Händlerregalen. *Molyneux,* der Vater der *Godgames,* wagt sich mit *Black & White* noch einen Schritt weiter im Gamedesign. Der Spieler herrscht über eine ausgedehnte und detaillierte 3D-Welt, die von verschiedenen Völkern bewohnt wird. Aus einer dynamischen 3D-Perspektive greift man in die Geschicke der kleinen Bewohner ein. Wie man dies bewerkstelligt, bleibt den jeweiligen Vorlieben des Spielers überlassen. So kann man seine Untertanen durch göttlichen Zorn oder aber auch mit Barmherzigkeit zum Glauben bekehren. Damit das göttliche Wirken für die Bewohner auch ein Gesicht bekommt, muss der Spieler einen Stellvertreter nach Eden schicken. Vorerst stehen ihm dafür drei Kreaturen (Affe, Kuh oder Löwe) zur Auswahl. Je nachdem, ob der Spieler eher als gnadenloser Herrscher oder freundlicher Gott in

Erscheinung tritt, entwickelt sich auch das Aussehen seiner Kreatur. Spieler, die der dunklen Seite ihrer Seele den Vorzug geben, lassen im späteren Spielverlauf eine dämonische Kuh durch die Botanik stapfen, während der ethisch denkende Gamer ein freundliches Wesen heranzieht, das von den Bewohnern mit Bewunderung behandelt wird. Natürlich sollte man seine Barmherzigkeit nicht übertreiben, da man sich sonst zum Handlanger seiner immer dreister werdenden Geschöpfe degradiert.

Leider ist der Spieler mit seinen göttlichen Kräften auf der riesigen Inselwelt nicht allein. Andere Götter buhlen um die Anerkennung der einzelnen Völker und stellen sich den Bestrebungen des Spielers in den Weg. Hat man die Anerkennung eines der Völker erworben, stehen – abhängig vom bekehrten Volk – bestimmte göttliche Kräfte und mehr Mana zur Verfügung.

Grafisch stellt *Black & White* sogar das zeitgleich publizierte *Sacrifice* in den Schatten. In höchster Detailstufe kann man auf kleinste Objekte heranzoomen oder so weit zurückweichen, dass man die gesamte Insel Eden im Blickfeld hat. *Black & White* ist ein sehr komplexes Spiel mit einem offenen Handlungsrahmen. Für viele Haupt- und Nebenaufgaben, bei denen man sich die Anerkennung oder Furcht der Bewohner verdienen kann, gibt es meist mehr als eine Handvoll Lösungen. Wie im wirklichen Leben stehen einem alle Entscheidungen offen. Man muss nur mit den Konsequenzen leben können. Diese Handlungsfreiheit übt natürlich eine enorme Faszination aus.

Gesteuert wird *Black & White* komplett mit der magischen Hand. Mit ihr hangelt man sich über die Oberflächen der idyllischen Inselwelten, beschwört durch das Freihandzeichnen von magischen Symbolen göttliche Kräfte herauf oder kann die Inselbewohner ergreifen und diversen Aufgaben zuordnen.

Pentium 3 500, 128MB, Win9x, 3D-Grafikkarte
Spielspaß 90 %

Battle Isle 4: Der Andosia Konflikt (Blue Byte, 2000)

Blue Bytes Strategiereihe *Battle Isle* zeichnet sich besonders durch ihre Wandlungsfähigkeit aus. Vom Ursprungsprogramm einmal abgesehen, eroberte die Serie nach und nach die Möglichkeiten moderner 3D-Techniken. So fällt im neuesten Teil besonders die fulminante 3D-Landschaftsgrafik ins Auge, die vom kleinsten Details (man erkennt z. B. deutlich das verspiegelte Helmvisier eines Soldaten) bis hin zu weiten Landschaftsarealen zoombar ist. Gebäude, Fahrzeuge und Personen wurden ausgeprägt realistisch in Szene gesetzt und entsprechen den korrekten Größenverhältnissen. Manche Einzelheiten werden jedoch erst sichtbar, wen man sehr nah heranzoomt. So erscheint aus einer erhöhten Perspektive ein Gebäude wie ein unscheinbarer Klotz, steuert man die virtuelle Kamera jedoch näher heran, erkennt man transparente Fenster, Verstrebungen und die tatsächlichen Texturen. Außerdem ließen es sich die Programmierer nicht nehmen, wechselndes Wetter zu animieren und Tages- und Jahreszeiten zu simulieren.

Der eigentliche Spielablauf ist sehr anspruchsvoll. Zum einen muss der Spieler in Echtzeit die recht komplexe Ressourcenverwaltung managen, die durchaus etwas einfacher hätte ausfallen können, und zum anderen ist er damit beschäftigt, rundenbasiert seine Einheiten gegen den Feind zu mobilisieren. Das äußerst komplexe Handlungsgeschehen fordert höchste Konzentration vom Spieler und eine genaue Planung eines jeden Spielzuges. So sind Fabriken, Forschungseinrichtungen oder Kraftwerke zu errichten. Dabei ist darauf zu achten, dass sämtliche Gebäude durch Pipelines und Energieübertrager miteinander verbunden sind. Um bestimmte Techniken, Fahrzeuge oder Ressourcen zu nutzen, muss man diese häufig erst erforschen.

Schauplatz von *Battle Isle 4* ist der wasserreiche Planet Chomos, auf dem verschiedene Machtblöcke (unter anderem eine immer mächtiger werdend Sekte mit dem Namen *Kinder von Haris*) miteinander konkurrieren. Die Sekte wächst im Laufe der Geschichte zur planetenbedrohenden Macht an, und ist bereit, auch umfangreiche militärische Mittel einzusetzen, um ihre im Dunkeln liegenden Interessen durchzusetzen.

Dem Spieler stehen zwei Kampagnen mit insgesamt 23 Missionen zur Auswahl. Die Hintergrundstory wird dabei mit Videofilmen in Comic-Art erzählt.

Pentium 2 333, 64MB, Win9x, 3D-Grafikkarte
Spielspaß 70 %

Half-Life: Blue Shift (Sierra, 2001)

Auch der letzte *Half-Life*-Ableger *Blue Shift* lässt den Spieler eine weitere Episode im *Half-Life*-Universum erleben und in die Rolle des Black Mesa-Wachmanns *Barny Calhoun* schlüpfen.

Da die Programmierer auf eine verbesserte Original-Game-Engine und die alten Texturen zurückgriffen, ist die klassische *Half-Life*-Atmosphäre allein schon grafisch präsent. *Blue Shift* erzählt eine parallele Handlungslinie zu dem Klassiker und lässt die Ereignisse um Black Mesa nochmals aus einem anderen Blickwinkel lebendig werden. Der Spieler bekommt es deshalb wieder mit den aggressiven und geheimnisvollen Kreaturen aus der fernen Parallelwelt Xen zu tun, die nach einem missglückten Experiment durch temporäre Dimensionslöcher nach *Black Mesa* teleportiert werden. Da das Militär seine eigenen Pläne mit den außerirdischen Kreaturen verfolgt und keine Augenzeugen gebrauchen kann, muss sich *Calhoun* nicht nur gegen bissige Aliens, sondern auch gegen Soldaten und getarnte Scharfschützen zur Wehr setzen. Leider fehlen der Fortsetzung die spielerischen Höhepunkte und auch ein packendes Finale. Obwohl die 3D-Engine ihre besten Zeiten schon hinter sich hat, wirken die Schauplätze realistisch, und die Grafikqualität ist für heutige Ansprüche immer noch ausreichend. Die geringen Hardwareanforderungen kommen besonders Besitzern etwas älterer Rechner entgegen, die sich an einem ruckelfreien Spielerlebnis erfreuen dürfen. Größtes Manko ist jedoch die knappe Spielzeit, die den User schon nach rund 5 bis 6 Stunden verwundert vor dem Monitor zurücklässt.

Pentium 2 266, 64MB, Win9x
Spielspaß 70 %

Gunman Chronicles (Sierra, 2000)

Half Life war seinerzeit das erste Spiel, das Actionelemente (heiße Schießereien und Verfolgungsjagden) und typische

Adventurezutaten (der Spieler erlebt eine komplexe Hintergrundgeschichte, die er mittels diverser Aktionen vorantreiben muss) perfekt miteinander kombinierte und technisch erstklassig präsentierte. Obwohl *Half Life* nun schon mehrere Jahre auf dem virtuellen Buckel hat, kann es durchaus mit aktuellen Titeln mithalten.

Gunman Chronicles basiert auf der originalen *Half-Life*-Engine und war zu Beginn nur als Multiplayer-Erweiterung für *Half Life* gedacht. Doch die Hobby-Progammierer merkten schnell, dass in dem Projekt mehr als nur ein zusätzlicher *Half-Life*-Mod steckte. *Gunman Chronicles* ist jedoch keine Fortsetzung von *Half Life* und hat auch sonst wenig mit dem SF-Thriller gemein. Die Story spielt in ferner Zukunft irgendwo in unserer Galaxis. Als Mitglied einer Rettungseinheit landet man auf einem von dinosaurierähnlichen Lebewesen bewohnten Himmelskörper, um einem Notsignal nachzugehen. Doch die ganze Angelegenheit entpuppt sich schnell als tödliche Falle. Die Männer (Gunmens genannt) werden von schwer bewaffneten Banditen überfallen und bis auf den Spielhelden *Major Archer* getötet. *Archer* gelingt die Flucht, und es beginnt eine epische, in vier Hauptabschnitte untergliederte Odyssee über mehrere Planeten. Dabei wird der Spieler unter anderem mit riesigen Urwaldechsen konfrontiert, muss sich bissiger Aliens erwehren und einen gefährlichen General mit Großmachtphantasien und dessen Gefolgschaft in die Schranken weisen.

Leider erreicht *Gunman Chronicles* trotz reichlicher Vorschusslorbeeren nicht ganz die Qualität von *Half Life*. Zum einen wirkt die Grafik gerade in den ersten Levelabschnitten bisweilen wie eine billige Pappkulisse (zu bunt und mitunter recht verwaschene Texturen), und zum anderen mangelt es der Hintergrundgeschichte an Originalität. Die Spielhandlung ist vielmehr Stückwerk aus einer Handvoll anderer Games wie *Turok, Unreal* oder *Half Life*. Dennoch ist *Gunman Chronicles* ein rasantes und sehr spannendes Spiel. Ständig passiert etwas Neues, Wände oder Gebäude stürzen zusammen, merkwürdige Kreaturen brechen unvermittelt aus Höhlen oder dunklen Ecken oder der Angriff einer riesigen Flugmaschine überrascht den beinahe hilflosen Spieler.

Actionfans kommen voll auf ihre Kosten (für gebündelte Feuerkraft ist gesorgt) und dürfen sich auch auf eine Reihe origineller Gageinlagen freuen. Ein neues *Half Life* ist *Gunman Chronicles* jedoch nicht geworden.

Pentium 2 266, 32MB, Win9x, 3D-Grafikkarte
Spielspaß 80 %

Giants: Citizen Kabuto (Virgin, 2000)
Würde das Team um *Monty Python* heute Computerspiele entwerfen, würden sie wahrscheinlich so ähnlich aussehen wie das absurd-komische *Giants.* Das Action-Adventure übergibt dem Spieler nacheinander die Kontrolle über drei grundverschiedene Spielhelden, die in wiederum drei unterschiedlichen Spielkapiteln die verschiedensten Aufgaben zu lösen haben.

Am Anfang übernimmt man die Geschicke des Weltraumreisenden *Baz.* Nach einer etwas unsanften Notlandung findet sich *Baz* auf einer verträumten, sonnenbeschienenen Insel wieder, die jedoch so manch böse Überraschung birgt. Eine der lästigen Inselplagen sind die *Ripper,* Kreaturen, die nur aus Krallen und Zähnen bestehen, meist in größeren Gruppen angreifen und deren kleinere Exemplare sich blitzschnell durch den Boden graben können, um sich an unerwarteter Stelle

Giants: Citizen Kabuto

auf ihr Opfer zu stürzen. *Baz* ist jedoch nur einer von fünf auf Urlaubstour befindlichen Außerirdischen. Seine Freunde sind weit in der Gegend verstreut und müssen erst aus verschiedenen misslichen Situationen befreit werden.

Die zweite Figur, mit der der Spieler die Welt erkunden kann, entstammt dem stolzen Volk der *Sea Reapers.* Ein weibliches, den magischen Künsten zugetanes Wesen, mit einer starken Bindung zum Wasser. Im dritten Spielabschnitt übernimmt man die Kontrolle über *Kabuto,* ein von den *Sea Reapers* erschaffenes riesiges Ungeheuer, das sich gegen seine Schöpfer wandte und jetzt ein einsames und unglückliches Leben führt.

Die beeindruckende 3D-Welt von *Giants* sucht bisher ihresgleichen. Der Spieler vermag kilometerweit zu fernen Gebirgsketten zu blicken, die er alle auch besteigen kann. Eine riesige, leider von Piranhas bevölkerte Wasserfläche umgibt die malerischen Inseln, auf denen die Spielhandlung abläuft.

Auch die zu absolvierenden Missionen haben nur wenig mit den sonst üblichen 3D-Shootern gemein. So muss der Spieler zu Beginn für einen Smartie (die Eingeborenen von *Giants*) etwas zu Futtern besorgen und danach dessen Frau aus den Fängen der *Sea Reapers* befreien, damit sie ihm das Essen zubereiten kann. Die ganze Szenerie trieft vor bitterböser Ironie und ist keinesfalls als Stellungnahme für eine überholte Geschlechterrollenauffassung zu verstehen.

Eines der großen Ärgernisse in *Giants* ist die fehlende Speicherfunktion. Gerade bei den etwas schwierigeren Missionen nervt es ungemein, die gleichen Aktionen ständig wiederholen und dabei beträchtliche Entfernungen zurücklegen zu müssen. Gespeichert wird nur bei erfolgreich abgeschlossenen Aufgaben. Davon abgesehen stören nur die etwas zu kantige Levelgestaltung und die recht hohen Hardwareanforderungen.

Pentium 2 300, 64MB, Win9x, 3D-Grafikkarte
Spielspaß 90 %

Mech Commander 2 (Microsoft, 2001)

Die Fortsetzung des leider viel zu achtlos behandelten Strategieknallers *Mech Commander* präsentiert sich in aufwendiger

3D-Optik mit spektakulären Licht- und Partikeleffekten, wie sie bisher hauptsächlich aktuellen 3D-Shootern vorbehalten war. Microsoft nutzte zur Umsetzung die vielgelobte 3D-Engine, die schon bei *Mech Warrior 4* für anspruchsvollste Edelgrafik sorgte. Gespielt wird – wie in Strategiegames üblich – aus einer Art Vogelperspektive. Um *Mech Commander 2* nicht durch ein überladenes Steuerungsmenü zu komplizieren, hat man jederzeit ausreichenden Überblick auf das Spielgeschehen und muss das Blickfeld selten neu ausrichten.

Die Geschichte von *Mech Commander 2* spielt vor dem Hintergrund des *BattleTech*-Universums mit den rivalisierenden Clan-Familien und einer über die ganze Galaxie verstreuten Menschheit, die sich mit schwer bewaffneten riesigen Kampfmaschinen gnadenlose Kämpfe liefert.

In *Mech Commander 2* verschlägt es den Spieler als Kommandanten einer unabhängigen Söldnergruppe auf den eigentlich lebensfreundlichen Planeten Carver V. Drei mächtige Clan-Häuser (Steiner, Davion und Liao) haben Stützpunkte auf Carver V errichtet, um rechtzeitig Besitzansprüche geltend zu machen. Doch bevor eine der verfeindeten Parteien einen ersten Angriffsschlag wagt, greifen mysteriöse Mech-Piraten mit ihren Kampf-Kolossen eine Basis Steiners an und sorgen für schwere Verluste. Aufgabe des Spielers ist es nun, den Piraten Paroli zu bieten und die Hintermänner der heimtückischen Überfälle aufzudecken.

Die eigentlichen Kämpfe finden zum überwiegenden Teil auf riesigen Einsatzarealen statt. Meist dirigiert man seine Truppe durch grüne, von Wäldern bewachsene Landschaften mit vereinzelten Wasserflächen. Während einiger Einsätze muss man aber auch in feindliche Basen eindringen und in futuristischen High-Tech-Umgebungen feindliche Mechs jagen.

Microsoft versuchte in *Mech Commander 2* eine ausgewogene Mischung aus Komplexität und guter Spielbarkeit zu realisieren. Deshalb sind die Mechs schon in den Standardeinstellungen recht gefechtstauglich konfiguriert und können ohne größere Vorarbeit in den Kampf entlassen werden. Mechspezialisten stehen dennoch ausreichende Tuningmöglichkeiten offen, sodass man allein die Hälfte der Spielzeit mit der idealen Konfiguration und Ausrüstung seiner Mechs verbringen kann.

Pentium 2 400, 64MB, Win9x, 3D-Grafikkarte
Spielspaß 80 %

Mech Warrior 4: Vengeance (Microsoft, 2001)
Wurde Teil 3 der Spiele-Reihe um die Clan-Kämpfe im *Battle-Tech*-Universum noch von Microprose vertrieben, findet sich jetzt der Name von Microsoft auf der Spielepackung. Zeigte schon *Mech Warrior 3* ein verstärktes Bemühen der Entwickler um eine spektakuläre 3-D-Optik mit dynamischen 3-D-Objekten, führt Microsoft diese Linie fort und verwöhnt den Spieler mit hochdetaillierten 3-D-Landschaften (Gebirge, Arktis, Mond), die in wechselnden Wetter- und Lichtverhältnissen zu erleben sind. Hinzu kommen die brillanten Lichteffekte von Energieanlagen, Raketenexplosionen, einschlagenden Blitzen oder Plasmaentladungen.

Der Spieler fühlt sich ins düstere Anfangsszenario von *Terminator* versetzt und kann sich am atemberaubenden Anblick der 3-D-Welten und den überzeugenden Animationen der riesigen mechanischen Schreitkolosse erfreuen.

Auch die Bedienerfreundlichkeit wurde von Microsoft spürbar verbessert. Zwar gibt es noch immer eine Unzahl von Tastaturbelegungen, und jede Einstellung ist konfigurierbar, dennoch sind die wesentlichen Funktionen intuitiv zu erlernen, wobei ein halbwegs guter Joystick über die meisten Hürden hinweghilft.

Bei der Hintergrundgeschichte hat sich Microsoft mächtig ins Zeug gelegt. Als Mitglied eines machtvollen Clan-Geschlechts kehrt der Spieler zu seiner Heimatwelt zurück und muss zu seinem Entsetzen feststellen, dass die Macht seiner Familie gebrochen und sein Heimatplanet unter einer Schreckensherrschaft leidet. Schnell macht man sich mit dem Rest der von den Kriegen zurückgekehrten Clan-Armee auf, die Heimat zurückzuerobern und den Tod der Familie zu rächen.

Wie in einem interaktiven Actionfilm erlebt der Spieler eine wendungsreiche Geschichte direkt mit und kann durch sein Vorgehen die Missionsstruktur mitbestimmen. In den auf-

Mech Warrior 4: Vengeance

wendigen Zwischensequenzen agieren professionelle Schauspieler in nicht immer perfekt vorgerenderten Pixelkulissen. Durch die aufwendige grafische Umsetzung, die relativ leichte und zugängliche Steuerung, die vielfältigen Umgebungseffekte wie Regen, Schnee, Gewitter und Tages- und Nachtwechsel hat der Spieler fast schon das Gefühl, selbst mit einem riesigen Mech über Gebirgsketten oder futuristische Stadtlandschaften zu stapfen. Die aktive 3-D-Umgebung mit befreundeten Einheiten, einer stattlichen Anzahl an Gegnern und herumwuselnden Transporteinheiten trägt zusätzlichen Realismus bei. *Mech Warrior 4* mausert sich damit zum bisher besten *Mech*-Game, das sicher auch über Genregrenzen hinweg seine Liebhaber finden wird.

Pentium 2 330, 64MB, Win9x, 3D-Grafikkarte
Spielspaß 90 %

Red Faction (THQ/Volition, 2001)
Der Mars, als erdähnlichster Planet im Sonnensystem, fasziniert seit je her Astronomen, Science Fiction-Autoren oder Filmemacher. Auch im Bereich Computerspiele gibt es inzwischen einige Games, die den Mars als Handlungsschauplatz nutzten *(Dark Colony, Martian Gothic/Krieg der Welten).* Auch *Red Faction* versetzt den Spieler auf den roten Staubplaneten und lässt ihn im zweiundzwanzigsten Jahrhundert in die Haut des Minenarbei-

ters *Parker* schlüpfen. Im Auftrag der *Ultor Corporation* schürfen unzählige Minenarbeiter unter unwürdigen Lebensbedingungen nach Bodenschätzen. Als zudem eine seltsame und tödliche Krankheit immer mehr Opfer unter den Arbeitern fordert, kommt es zum großen Aufstand. *Parker* wird zur zentralen Figur der Revolution und muss als Einzelkämpfer gefährliche Aufgaben bestehen.

Red Faction zeichnet ein recht stimmiges Bild des roten Planeten. Der Spieler bewegt sich dabei meist durch verwinkelte Minenschächte, durchstreift technische Anlagen, kämpft sich in kurzen Abschnitten über die dunstige Planetenoberfläche und gelangt vor dem Finale sogar in eine den Mars umkreisende Raumstation. *Red Faction* überzeugt nicht allein mit einer spannenden Hintergrundgeschichte, sondern ermöglicht zum ersten Mal in einem 3D-Game mit der *Geo-Mod-Engine* die beliebige geometrische Modifikation der Umwelt. So kann der Spieler mit der richtigen Ausrüstung gewaltige Löcher in viele Stellen der 3-D-Umgebung sprengen, Gebäude lassen sich zum Einsturz bringen, wenn man tragende Elemente wegschießt. Weiterhin kann man diverse Fahrzeuge wie Truppentransporter, Schwebe-Gleiter oder sogar ein U-Boot steuern. Auch die Licht- und Explosionseffekte sind ansehnlich.

Red Faction ist ein spannendes Science Fiction-Abenteuer mit einem relativ unspektakulären Helden, das die spielerischen Möglichkeiten der *Geo-Mod-Engine* leider nur in Ansätzen ausnutzt. Ganz ohne große Vorankündigungen entwickelte sich *Red Faction* zum Überraschungshit, mit einer außergewöhnlichen 3D-Engine, die sicherlich auch in zukünftigen Spielen Verwendung finden wird.

Pentium 2 400, 64MB, Win9x, 3D-Grafikkarte
Spielspaß 90 %

Startopia (Eidos, 2001)
Stellen Sie sich vor, Sie haben eine riesige verlassene 3D-Raumstation ähnlich der in *Star Trek: Deep Space Nine* zur Verfügung und besitzen nur minimale technische und finanzielle Mittel, um aus dieser nackten Hülle einen lebendigen Mini-Weltraumstaat

zu zaubern, in dem die verschiedensten Alienvölker friedlich nebeneinander existieren.

Startopia versetzt Sie in die Rolle eines Managers über eine solche Station und begeistert vor allem durch erfrischenden Humor, gute Spielbarkeit und ausgezeichnete 3D-Grafik. Spieler, die schon der Faszination der *Dungeon-Keeper*-Spiele erlagen, werden sich bei *Startopia* schnell zurechtfinden, denn wesentliche Teile des Spielablaufes sind fast identisch. So gibt es auch in *Startopia* ein Eingangsportal, durch das die verschiedensten Alienspezies (insgesamt neun an der Zahl), angelockt durch Geschäftsmöglichkeiten, anspruchsvolle Jobs, Erholungsangebote oder puren Luxus, nach und nach die Raumstation bevölkern. Anders als in *Dungeon Keeper,* wo man nur durch den Abbau von Gold an Vermögen gelangt, muss man in *Startopia* Handel mit anderen Raumeinheiten betreiben.

Damit man zu Beginn nicht jeden Arbeitsgang allein erledigen muss, stehen dem Spieler fleißige Scuzzer-Androiden (die Imps) hilfreich zur Seite. Die Ähnlichkeiten mit *Dungeon Keeper* sind kein Zufall, da der größte Teil der Entwickler der ehemalige Spieleschmiede Bullfrog *(Magic Carpet, Dungeon Keeper, Populus)* entstammt.

Genauso wie in anderen Wirtschaftssimulationen muss der Spieler einen funktionierenden Kreislauf in Gang halten und durch kluge Investitionen und den Aufbau diverser Produktionsbereiche immer unabhängiger werden. Die Verwaltung dieses kleinen Universums geschieht durch wenige Mausklicks und ist sehr benutzerfreundlich gehalten. Nur das Personalmanagement ist etwas unübersichtlich, da es aufgrund der Fülle meist witziger Informationen nicht immer leicht ist, das Wesentliche herauszufiltern. Die Raumstation selbst besteht aus drei Ebenen (Technik-, Vergnügungs- und Biodeck), die verschiedenen Aufgabenbereichen zugehören und einer getrennten Verwaltung bedürfen. Das Biodeck bietet sogar die Möglichkeit dynamischer Landschaftsgestaltung, vom Anheben riesiger Berge bis zur Umleitung von Flussläufen und der Begrünung der topografisch manipulierbaren Landschaft.

Da man mit seinen Siedlungsbemühungen nicht allein ist, kommt es früher oder später zur Begegnung mit einem ebenso emsigen Rivalen. Es liegt am Spieler, ob er seine Vormachtstellung durch wirtschaftliches oder militärisches Vorgehen behaupten kann oder ob er sich sogar geschlagen geben muss.

Pentium 2 400, 64MB, Win9x, 3D-Grafikkarte
Spielspaß 90 %

Fantasy/Mystery

American McGee's Alice (Electronic Arts, 2000)
Die bizarren Welten des Lewis Carroll finden in dem aktuellen 3D-Game von *Rogue Entertainment* eine adäquate Umsetzung. *Alice* versteht sich als Fortsetzung der berühmten Geschichte um das magische Wunder- und Spiegelland. Doch es ist nicht viel von *Alices* märchenhafter Zauberwelt übriggeblieben ...

In der Einleitung erlebt der Spieler mit, wie *Alices* Elternhaus niederbrennt und sie als Einzige äußerlich fast unversehrt überlebt. Doch der Schock sitzt tief, sodass sich *Alice* von der Außenwelt abkapselt und in eine psychiatrische Anstalt verlegt wird. Die Ärzte versuchen auf die verschiedensten Arten, Alice wieder für äußere Reize zu sensibilisieren, doch sie ahnen nicht, was sich währenddessen im Kopf des Mädchens abspielt. *American McGee's Alice* ist ein düsteres Grusel-Action-Adventure, bei dem viele Figuren Carrols unheimliche Veränderungen durchmachten. Die berühmte *Grinsekatze* beispielsweise ist bis auf die Knochen abgemagert und erinnert an einen Drogenjunkie.

Die verrückten Spielwelten, in denen alles irgendwie in Bewegung ist, verblüffen den Spieler mit so manch absurder Optik und einer etwas merkwürdigen Logik. Nicht jede Tür, durch die der Spieler die neugierige *Alice* steuert, führt auch in den nächsten Raum. Manche Welten erinnern an die Werke von Künstlern des Phantastischen Realismus oder wirken wie ein psychedelischer Bilderrausch. Dabei schreckten die Entwickler auch vor makabren Szenen nicht zurück.

Auch *Alice* hat sich stark verändert. Sie ist nicht mehr das naive, unschuldige Mädchen und weiß sich mit ihren Spielzeugen (z. B. einem Kartenspiel, dessen einzelne Karten sie wie

American McGee's Alice

messerscharfe Geschosse auf ihre Gegner schleudert) zu verteidigen.

Die kleine *Alice* steuert der Spieler aus der Verfolgerperspektive und führt sie durch bizarre Abschnitte wie eine Welt lebender Schachfiguren, die konsequent in Schwarzweiß gehalten wurde. *American McGee's Alice* ist ein phantasievolles und technisch erstklassig umgesetztes Spiel, basierend auf der *Quake-3*-Engine, in dem es endlich auch häufiger architektonische Rundungen (eine besondere Fähigkeit der *Quake*-Engine) zu bewundern gibt. Nur einige etwas lieblos designte Außenszenarien trüben die grafische Meisterleistung des Spiels.

Für Stress sorgen hin und wieder ausgedehnten Hüpfeinlagen, bei denen Alice des Öfteren das Zeitliche segnet. Doch dies ist eigentlich schon das einzige Manko eines ganz besonderen Spiels, dessen verrückte Welten dem Spieler noch lange im Gedächtnis haften bleiben.

Pentium 2 400, 64MB, Win9x, 16MB 3D-Grafikkarte
Spielspaß 90 %

Myst 3: Exile (Ubi Soft, 2001)

Trotz anspruchsvollster Rätselkost zählt *Myst 1* zu den meistverkauften Spieleprogrammen. Zum einen liegt dies an der traumhaften Fantasywelt, die man schon im ersten Teil mit hoch-

Myst 3: Exile

auflösender Rendergrafik präsentierte, und zum anderen an der mysteriösen Hintergrundgeschichte. Beides ermöglichte es dem Spieler, tief in die Welten von *Myst* einzutauchen.

Zentrale Figur in *Myst* ist der Schriftsteller Altrus. Seine Bücher sind nicht bloß geschriebenes Wort, sondern lassen die in ihnen beschriebenen Orte Wirklichkeit werden. Legt man seine Hand auf ein Buch, findet man Einlass in diese neugeschaffenen Welten. Die zur Realität erwachenden Bücher manifestieren sich als traumhafte Inseln voller merkwürdiger Maschinen, seltsamer Bauwerke, mysteriöser Objekte und rätselhafter Symbole.

Aus Habgier und Größenwahn haben Altrus' Söhne zwei dieser Welten zerstört und dessen Bewohner heimatlos gemacht. Mit *Releeshan* schrieb Altrus daraufhin ein neues Buch, um den Vertriebenen eine neue Heimat zu schaffen. Unglücklicherweise wird das Buch in der Einleitung von *Myst 3* von einem Fremden gestohlen. Um *Releeshan* zurückzubekommen, macht sich der Spieler auf den Weg und erkundet vier verschiedene Inseln, auf denen man meist recht anspruchsvolle, zum Teil naturwissenschaftliche Spielaufgaben zu bewältigen hat, die häufig auch miteinander verknüpft sind.

Grafisch präsentiert sich *Myst 3* mit eindrucksvoller Renderoptik, die mit stimmungsvollen Ethnosounds unterlegt wurde. Leider muss der Spieler auch in der dritten *Myst*-Fortsetzung auf eine echte 3D-Darstellung verzichten. Stattdessen klickt er sich durch vorgerenderte Traumlandschaften, wobei er an den Haltepunkten eine komplette Sichtfreiheit besitzt und die Landschaft in einem Rundumpanorama genießen darf. Um die Inseln von *Myst 3* lebendiger zu gestalten, gibt es an vielen Stellen animierte und interaktive Landschaftselemente (Wasser, bewegliche Maschinenteile usw.) zu bestaunen. Auch einige eingebundene Videosequenzen lockern das Spielgeschehen auf.

Für die Rätsel sollte man viel Zeit sowie Stift und Papier parat haben, um sich gegebenenfalls etwas zu notieren oder ein wichtiges Symbol aufzuzeichnen. Für geduldige Rätselenthusiasten und Grafikliebhaber bleibt auch der dritte Teil der *Myst*-Reihe erste Wahl.

Pentium 2 300, 32MB, Win9x
Spielspaß 80 %

Sacrifice (Virgin/Shiny, 2000)
Göttliche Kräfte standen dem Spieler bisher allenfalls in den genial/exzentrischen Games von *Peter Molyneux (Magic Carpet, Dungeon Keeper* oder *Black and White)* zur Verfügung. *Sacrifice,* aus der Gameschmiede *Shiny* (entwickelte auch das ausgezeichnete *MDK 1/2*) beschreitet ähnliche Wege und bedient sich dabei spürbar beim Meister der Godgames. Dass dennoch ein sehr eigenständiges Spiel die Händlerregale erblickte, liegt am freien Spielablauf der Einzelspielerkampagne und den bi-

Sacrifice

zarren Welten und Geschöpfen von *Sacrifice.* Im Spiel kann man als Magier in die Dienste fünf verschiedener und untereinander zerstrittener Gottheiten treten. Jede Gottheit repräsentiert eine Grundphilosophie, nach deren Regeln sie über ihre eigene Welt und deren Bewohner herrscht. Trotzdem ist in jeder der Welten der eigentliche Spielablauf identisch.

Der Spieler startet im Spiel als Zauberer von seinem Altar aus, der ihn vorerst mit einem Grundbedarf an *Mana* - eine der zwei Grundressourcen in *Sacrifice* - versorgt, und bei einem unvorhergesehenem Ableben des Magiers dessen Wiedergeburt ermöglicht. Dieses Gebäude sollte daher besonders geschützt werden. Die zweite Grundressource sind die in einer Welt existenten Seelen, von denen es nur so viele gibt, wie Geschöpfe auf ihr leben - wobei größere Geschöpfe auch mehrere Seelen besitzen können. Stirbt ein Geschöpf, schwebt die freigesetzte Seele so lange über der sterblichen Hülle, bis sie von dem zugehörigen Zauberer aufgenommen oder von einem Konkurrenten konvertiert wird. Um für die gegeneinander kämpfenden Zauberer den ständig wachsenden Bedarf an *Mana* zu decken, stehen ausreichend *Manaquellen,* die wie Geysire aus dem Boden schießen, zur Verfügung. Der Zauberer kann nun - abhängig von der Gottheit, für die er sich verdingt hat - Kreaturen erschaffen und verschiedene Zaubersprüche nutzen. Dabei ist die Jagd nach Seelen die einzige Möglichkeit, den Gegner nach und nach zu schwächen, denn nur mit neuen Seelen kann man zusätzliche Kreaturen erschaffen und auf den Gegner hetzen. Da die einzelnen Geschöpfe ganz individuelle Fähigkeiten wie Fernangriffe, Selbstheilung, Luftangriffe usw. besitzen, kommt es im Kampf auf die richtige Strategie an. So sollte man mit Fluggeschöpfen Nahkämpfer attackieren oder mit Nahkämpfern Einheiten mit Artilleriefähigkeiten.

Die Grafik von *Sacrifice* ist bombastisch. Die riesigen 3D-Welten wurden entweder als grüne Oasen oder düstere Vorhölleszenarien angelegt. Viele Zaubersprüche entfalten ein geradezu explosives Feuerwerk. So kann man gewaltige Vulkane ausbrechen lassen oder Unwetter wie Windhosen herbeirufen. Bei der Konvertierung feindlicher Seelen steigt eine düstere

Wolke über dem eigenem Altar auf, Blitze zucken vom Himmel und farbige Energiebänder umkreisen die zu konvertierende Kreatur. Ein göttliches Spiel!

Pentium 2 300, 64MB, Win9x, 3D-Grafikkarte
Spielspaß 100 %

Severance: Blade of Darkness (Codemasters, 2000)
Liebhaber deftiger Action-Rollenspiele sollten unbedingt einen Blick auf *Severance* werfen. Das in aufwendiger 3D-Optik realisierte Fantasy-Game in mittelalterlichem Ambiente überzeugt durch beinahe naturalistische Lichtberechnung und Schattenwurf aller 3D-Objekte – eindrucksvoll besonders in der Nähe von Lagerfeuern oder Wandfackeln.

Die Spielfiguren wurden aufwendig 3D-modelliert und wirken durch die hohe Polygonzahl und detaillierte Texturen ungemein realistisch. Bedauerlicherweise reagiert die Steuerung des jeweiligen Helden – man kann seine Spielfigur aus einer Handvoll Kämpfern wählen – ein wenig zu träge und ungenau. Dies ist besonders bei mehreren Gegnern und in abgeschlossenen Räumen ein Problem, da man des Öfteren sein Ziel verfehlt. Die Widersacher dagegen treffen fast immer.

Sehr wirklichkeitsnah wurden auch die Kämpfe in Szene gesetzt. Je größer oder schwerer eine Waffe ist, umso höher ist auch deren Schadenswirkung – leider lässt sie sich dann nur sehr schwerfällig handhaben. Zudem ist die Spielfigur nach mehreren schnellen Hieben mit einer Waffe erschöpft und muss für einige Augenblicke innehalten – eine gute Gelegenheit für in der Nähe befindliche Gegner, sich auf den Helden zu stürzen.

In *Severance* treten Feinde (u. a. Skelette, Orks, Zombies oder Spinnen) selten in größeren Gruppen auf. Dafür sind einige der Kraftprotze recht zähe Burschen und nur mit taktischen Kampftechniken (Abblocken, ständiges Angreifen und Zurückweichen) zu bewältigen. Um sich von Verwundungen zu erholen, stehen Heiltränke oder diverse Nahrungsmittel zur Verfügung. Aber Vorsicht! Manche der Bestien besitzen ebenfalls Heiltränke und können diese bei Bedarf und einer ausreichend großen Kampfpause selbst zu sich nehmen.

Die Rollenspielelemente in *Severance* ermöglichen dem Spieler, bei jedem Kampf Erfahrungen zu sammeln und Level für Level aufzusteigen. Mit jedem erreichtem Level erhöhen sich Kampf- und Widerstandswerte. Außerdem ist es möglich, das begrenzte Waffenarsenal mit neuen, schlagkräftigeren Hackwerkzeugen auszustatten, die man besiegten Feinden oder aus Waffenkammern entwenden kann.

In der Spielhandlung wird leider nur die übliche Fantasy-Rahmengeschichte vom Kampf des Guten gegen finstere Mächte erzählt, Überraschungen gibt es hier keine. Das Spiel lebt vielmehr von den stimmungsvoll angelegten Schauplätzen und der stetigen Weiterentwicklung der gewählten Spielfigur. Mit einer etwas geschmeidigeren Steuerung hätte *Severance* ein Top-Action-Adventure werden können – ein gutes Spiel ist es aber allemal.

Pentium 2 400, 64MB, Win9x, 3D-Grafikkarte
Spielspaß 90 %

Unheimliches/Horror

Alone in the Dark 4 (Infogrames, 2001)

Die neuesten Ereignisse um *Edward Carnby,* dem Detektiv mit der Vorliebe fürs Mystische, führen zur geheimnisumwitterten *Shadow Island.* Nachdem sein langjähriger Freund *Charles Fiske* tot auf der Insel aufgefunden wird, stellt *Carnby* bei seinen Nachforschungen fest, dass dieser auf der Suche nach drei altertümlichen Artefakten war und wohl den falschen Leuten in die Quere kam. Um Licht ins Dunkel zu bringen, chartert er ein Flugzeug und macht sich zusammen mit seiner Gefährtin nach *Shadow Island* auf. Als das Flugzeug über der Insel abstürzt, überleben die beiden fast unverletzt, werden jedoch voneinander getrennt. Nur der Kontakt über Funk ist noch möglich. Ab hier übernimmt der Spieler die Kontrolle über das Geschehen und muss sich für einen von beiden Charakteren entscheiden.

Nach klassischem Adventure-Vorbild erkundet man nach und nach die Alptrauminsel, sammelt Informationen und gelangt wieder auf die Fährte der drei Artefakte. *Shadow Island* ist wahrlich kein Ort für einen entspannenden Urlaub. Die wenigen Bewohner sind entweder paranoid oder äußerst misstrauisch. Allerlei ausgehungerte Höllenkreaturen, Zombies oder Irre sorgen dafür, dass sich dem Spieler vor wohligem Schauer die Nackenhaare aufrichten. Außer den spannenden Actioneinlagen gibt es auch anspruchsvollere Rätselnüsse zu knacken.

Alone in the Dark 4 ist ein grafisch beeindruckend realisiertes Action-Adventure. Licht und Schatten sind perfekt aufeinander abgestimmt. Selbst auf einer einfachen PlayStation machen beispielsweise die Beleuchtungseffekte der Taschenlampe einen fast authentischen Eindruck. Auch die vorgerenderten Hintergründe mit zum Teil animierten Objekten und Texturen lassen keine Wünsche offen. Allein die Steuerung wirkt etwas unbeholfen.

Alone in the Dark 4 ist eine mehr als würdige Fortsetzung der Horror-Reihe mit Kultcharakter und wegen der zwei Hauptdarsteller mit alternativen Handlungssträngen durchaus ein zweites Mal durchzuzocken.

Pentium 2 300, 64MB, Win9x, 3D-Grafikkarte
Spielspaß 80 %

Blair Witch Vol. 3: Die Elly Kedward Sage (Take 2, 2001)
Das gewagte Projekt um den in kurzen Abständen publizierten Spiele-Dreiteiler findet mit der *Elly Kedward Sage* seinen actionbetonten Abschluss. Alle Teile litten unter der umständlichen Tastatursteuerung, konnten jedoch trotz der etwas angestaubten *Nocturne*-Engine durch eine faszinierende Hintergrundgeschichte und stimmungsvoll designte Schauplätze überzeugen. Im letzten Teil laufen sämtliche Handlungsfäden der Vorgängerteile zusammen, und das Geheimnis um die Sage der *Hexe von Blair* wird gelüftet ...

In der Rolle von *Jonathan Prye,* einem ehemaligen Pfarrer, der seinen Glauben verlor, reist der Spieler in das leidgeprüfte Städtchen *Blair,* um den grausigen Geheimnissen der *Elly Kedward* (der *Hexe von Blair*) auf den Grund zu gehen. Die linear erzählte Geschichte spielt sich actionfreundlicher als Teil 1 und 2 und büßt dadurch etwas von deren Gruselstimmung ein.

Blair Witch Vol. 3: Die Elly Kedward Sage

Die 3D-Schauplätze sind schaurig/düster gestaltet und mit einem beklemmenden Soundteppich unterlegt. Der Spieler kann mit anderen Spielcharakteren interagieren und bisweilen Gespräche führen, um durch detektivischen Spürsinn hinter das Geheimnis der schrecklichen Kindsmorde zu gelangen. Da jedes der *Blair Witch*-Spiele eine in sich geschlossene Geschichte erzählt, kann man die einzelnen Folgen auch unabhängig voneinander spielen. Gruselfans, die eine anspruchsvolle Hintergrundgeschichte schätzen und sich an Adventure-Elementen nicht stoßen, können bedenkenlos zugreifen.

Pentium 2 266, 64MB, Win9x, 3D-Grafikkarte
Spielspaß 70 %

Clive Barker's: Undying (Electronic Arts, 2001)
Haben Sie sich schon lange nicht mehr so richtig gegruselt und das prickelnde Gefühl einer Schrecksekunde genossen? Sollten Sie nach derartigen Schlüsselreizen ein besonderes Verlangen haben, sind sie mit dem 3D-Schocker *Undying* des Spiele-Publishers *Electronic Arts* bestens bedient.

Undying vereint opulente Grafikpracht, eine anspruchsvolle Hintergrundgeschichte – welche die Handschrift des britischen Bestsellerautors *Clive Barker* verrät – und eine Musikuntermalung (keltisch inspiriert) auf höchstem Niveau. In der um 1920 spielenden Geschichte geht es um die finsteren Geheimnisse der Familie *Covenant.* Von Wahnsinn und Krankheit gezeichnet, lebt die Familie auf einem ausgedehnten Anwesen, zu dem unter anderem eine riesige verfallene Klosterruine, ein Mausoleum und ein Leuchtturm gehören. *Undying* führt den Spieler episodenartig durch eine wendungsreiche und ungemein spannende Spielhandlung. So durchstreift man dunkle, von Skeletten und Ratten bewohnte Gruften, eine Piratenfestung, eine Siedlung primitiver Eingeborener und den von Gespenstern und Geistwesen bevölkerten Wohnsitz der Familie *Covenant.* Außerdem erwarten den Spieler die mystischen Geheimnisse eines Klosters in zwei verschiedenen Zeitepochen und fremde Dimensionen, durch die Fragmente und Ruinen düsterer Gemäuer treiben.

Durch die bisweilen fast fotorealistische und bizarre Spielumgebung mit unzähligen dunklen Ecken, der beklemmenden Geräuschkulisse aus Rascheln, Stöhnen, Schreien und anderen undefinierbaren Lauten wird der Spieler in ständiger Spannung gehalten, sodass selbst das sporadische Zischeln der magischen Drachenwaffe zum Schreckauslöser wird.

Der Spieler schlüpft in die Rolle des Abenteurers *Patrick Galloway,* einem Freund von *Jeremiah Covenant,* dem letzten Überlebenden der ehemals mächtigen Familie. Als *Jeremiah* seinen Freund in größter Verzweiflung um Hilfe bittet, den Fluch von seiner Familie zu nehmen, macht sich *Galloway* nach Westirland auf, um die grausigen Familiengeheimnisse der *Covenants* zu enträtseln. So trifft er bald auf grausige Kreaturen, die einer Phantasie *Lovecrafts* entstammen könnten, und muss feststellen, dass die verstorbenen Geschwister *Jeremiahs* als Geistwesen und mithilfe dunkler Kräfte zu einer mächtigen Bedrohung heranwachsen.

Galloway stehen bei seinem schwierigen Vorhaben nicht nur weltliche Waffen zur Verfügung, sondern auch übersinnliche Fähigkeiten wie das hellseherische Auge, mit dem er Ereignisse der Geisterwelt und versteckte Objekte sichtbar machen kann.

Obwohl sich *Undying* wie ein 3D-Shooter spielt, tendiert es durch die faszinierende Hintergrundgeschichte deutlich mehr in

Richtung Action-Adventure. *Undying* vereint die grausige Monsterwelt *Lovecrafts* mit der tiefen Tragik vieler Geschichten *Edgar Allan Poes* und wird damit zum Meilenstein unter den anspruchsvollen Horrorgames.

Wegen der zum Teil subtilen Schock- und Gruselelemente ist das Spiel nur für eine erwachsene Zielgruppe geeignet. Diese bekommt jedoch ein perfektes Horrorspektakel geboten, das für viele Stunden am Monitor fesselt.

Pentium 2 400, 64MB, Win9x, 3D-Grafikkarte
Spielspaß 100 %

From Dusk Till Dawn (Cryo Interactive, 2001)
Leider hat die Computeradaption dieses Vampirschockers nur wenig mit der gleichnamigen Filmvorlage – einer bizarren Splattergroteske – gemein.

Auf der *Rising Sun,* einem schwimmenden Hochsicherheitsgefängnis, kommt es zur Konfrontation mit den blutgierigen Kreaturen der Nacht. Im Spiel steuert man Seth Gecko, den einzigen Überlebenden der grausigen Ereignisse im »Titty Twister« – und für die dort verübten Morde zum Tode verurteilt –, aus der Third-Person-Perspektive durch die verschachtelten Gänge und Räume der schwimmenden Gefängnisfestung. Die 3D-Engine beherrscht durchaus ansehnliche Licht- und Partikeleffekte, während die 3D-modellierten Spielfiguren unbeholfen und kantig erscheinen. So entbehren gerade die mit der Spielengine realisierten Zwischensequenzen nicht einer gewissen (unfreiwilligen) Komik. Auch mit der Gegnerintelligenz steht es nicht unbedingt zum Besten. So entpuppen sich die meisten Widersacher als dümmliches Kanonenfutter. Obwohl die Entwickler von *From Dusk Till Dawn* dem Spieler in etlichen Spielabschnitten einen Mitstreiter zur Seite gaben, wurde das Spiel dadurch nicht abwechslungsreicher. Viele interessante Ansätze bleiben leider ungenutzt.

Der rudimentären Hintergrundgeschichte und den relativ gleichförmigen Handlungsschauplätzen stellten die Entwickler deftige Splattereffekte gegenüber. So trifft man häufig auf zerfetzte Leichen, und Blut tropft literweise von erhöhten Übergängen. *From Dusk Till Dawn* eignet sich allenfalls für eingefleischte Shooterfans und sollte wegen der drastischen Gewaltdarstellungen nicht in Kinderhände gelangen.

Pentium 2 300, 64MB, Win9x, 3D-Grafikkarte
Spielspaß 60 %

Cyberspace

Hostile Waters (Rage/Koch Media, 2001)
Die Firma *Rage* wurde durch das actionbetonte Alien-Invasion-Game *Incoming* (1997) bekannt, das eine neue Ära grafisch aufwendig umgesetzter 3D-Games einleitete. Mit *Hostile Waters* versucht man sich im Genre der Echtzeitstrategiespiele zu profilieren. Das Game greift auf eine eigenentwickelte 3D-Engine zurück, die ein wenig wie eine weiterentwickelte *Incoming*-Engine erscheint.

Im Spiel muss man von Rohstoffbeschaffung über Einheitenproduktion mit Nanotechnik bis hin zu Kampfhandlungen in Echtzeit die verschiedensten Aufgaben bewältigen. Dabei hat der Spieler die Möglichkeit, von einer strategischen Karte, von der aus man global agieren kann, zu einer 3D-Ansicht umzuschalten, um sich dort in die verschiedensten Vehikel einzuloggen und diese aus der Cockpit-Perspektive zu steuern.

Hostile Waters leidet jedoch unter der miserabel umgesetzten Hintergrundgeschichte, die zudem alle Klischees der Nah-Zukunfts-Phantastik erfüllt. Ohne dieses Stückwerk aus Cyberspace, Weltverschwörung und Agententum wäre das Spiel deutlich ansehnlicher geworden. Schaut man großzügig über die verkorkste Story hinweg, bleibt ein relativ komplexes Strategiespiel übrig, in dem der Spieler sehr verschiedenartige Missionen in detaillierten 3D-Umgebungen erleben kann. Durch die Verwendung dynamischer Texturen sorgt die Creation-Engine für eine sehr abwechslungsreiche Optik. Eine realistische Umweltphysik erlaubt spektakuläre Effekte nah an der Wirklichkeit. Die einzelnen Missionen spielen auf verschiedenen Inselgruppen, die dem Spieler entweder zur Ressourcenbeschaffung dienen oder von feindlichen Einheiten zu säubern sind. Die Steuerung ist ein wenig zu umständlich und erfordert einige Zeit der Einarbeitung. Hat man diese Hürde bewältigt, macht das Spiel besonders durch seinen Abwechslungsreichtum und die schicke 3D-Grafik Spaß.

Pentium 2 266, 64MB, Win9x, 3D-Grafikkarte
Spielspaß 60 %

Project Eden (Eidos/Core Design, 2001)
In dem rätsellastigen 3D-Shooter *Project Eden* – aus der Spieleschmiede der *Tomb Raider*-Schöpfer – bekommt es der Spieler gleich mit vier unterschiedlichen Spielcharakteren (dem Spezialagententeam der UPA – *Urban Protection Agency*) zu tun. In der düsteren, von Übervölkerung gezeichneten Welt von *Project Eden* ist die Kluft zwischen Arm und Reich unüberbrückbar aufgerissen. In immer höher in den Himmel wachsenden Wolkenkratzern leben in den obersten Stockwerken die intellektuelle Elite und die Superreichen, während tief unten in den Slums unerträgliche Armut die Menschen zu Diebstahl, Mord und anderen Verbrechen treibt.

Als mit der *Real Meat-Fabrik,* in der synthetisches Fleisch produziert wird, zuerst der Kontakt abbricht und dann zwei Techniker spurlos verschwinden, sind die Spezialisten der UPA gefragt. Jede der vier Figuren verfügt über individuelle Fähigkeiten, die in den jeweiligen Spielabschnitten zum Einsatz kommen. So kümmert sich Teamchef *Carter* um die Umgehung von Sicherheitssystemen und hält beständigen Kontakt zum Hauptquartier, während Technikexperte *Andre* defekte Geräte zusammenflickt. Für Cyberprofi *Minko* – eine weibliche Computerexpertin – stellen automatische Überwachungskameras und Geschütztürme kein Problem dar. Kommt es trotz aller Vorsichtsmaßnahmen zu einer direkten Konfrontation (geschieht relativ häufig), brennt Cyborg-Heldin *Amber* den Widersachern mit hochgezüchteten High-Tech-Waffen Löcher in den Pelz und kann sich auch in kontaminierten Umgebungen frei bewegen.

Project Eden ähnelt damit einem Party-orientiertem Rollenspiel ohne Erfahrungswertesystem. Der Spieler kann frei zwischen den Spielcharakteren wechseln und auch jederzeit zwischen Ego- und Third-Person-Perspektive umschalten.

Project Eden

Leider leiden diese vielversprechenden spielerischen Ansätze unter einer bonbonfarbenen und etwas altbackenen 3D-Umgebungsgrafik und einer gewöhnungsbedürftigen Spielsteuerung. Hat man sich jedoch an die Spielumgebung gewöhnt und beherrscht die meisten Steuerungsoptionen im Schlaf, macht *Project Eden* durch eine abwechslungsreiche Spielgestaltung, die gut umgesetzte Cyberpunk-Hintergundgeschichte und einen anspruchsvollen Mehrspielermodus eine Menge Spaß.

Pentium 2 300, 64MB, Win9x, 3D-Grafikkarte
Spielspaß 80 %

Rollenspiele

Gothic (Egmont Interactive, 2001)

Nach dem epischen *Ultima 9* von *Electronic Arts* erschien zwei Jahre später ein ebenfalls richtungweisendes 3D-Rollenspiel aus deutschen Landen. *Gothic* zeichnet einen düsteren Fantasyhintergrund und hebt sich dabei angenehm vom schwülstigen Edelkitsch in *Ultima 9* ab. Die Handlung spielt innerhalb einer magischen Sphäre, in die sämtliche Gesetzeslose des Landes verbannt werden, damit sie als lebenslang Gefangene das dringend benötigte magische Erz für das Königreich fördern. Als Gegenleistung erhalten sie Lebensmittel und andere Güter. Die

Gothic

magische Sphäre überdacht viele Kilometer Landfläche und kann nur nach innen passiert werden. Ein Durchschreiten der Barriere nach außen ist nicht möglich. Ein Versuch führt in jedem Fall zu schweren Verletzungen oder gar zum Tod.

Der Spieler erhält nach einem kurzen Einleitungsfilm die Kontrolle über einen gerade Verdammten, der sich als unerfahrener Neuling innerhalb der Sphäre wiederfindet. Wie in jedem Rollenspiel ist auch in *Gothic* aller Anfang schwer. Der Spieler muss die Regeln innerhalb der Sphäre kennen lernen, in der drei verschiedene Gruppierungen um Machtbereiche ringen. Zudem lauern genügend ungemütliche Kreaturen auf unvorsichtige oder übermütige Abenteurer, um deren Lebenserwartung drastisch zu verkürzen. Natürlich hat auch Magie und Zauberei in *Gothic* einen hohen Stellenwert. Durch den gezielten Aufbau bestimmter Fähigkeitswerte kann der Spieler selbst bestimmen, ob sich seine Figur zu einem mächtigen Magier, einem starken Kämpfer oder einem gerissenen Ganoven entwickelt.

Grafisch kann sich der Spieler an einer sehr komplexen und vielschichtigen 3D-Welt erfreuen, die sich jedoch nicht ganz so farbenprächtig wie die von *Ultima 9* präsentiert. Tages- und Nachtwechsel, unbeständige Wetterverhältnisse oder Blendeffekte gehören ebenfalls zu den Fähigkeiten der leistungsstarken 3D-Engine wie die Darstellung der riesigen 3D-Welt ohne Zwischenladezeiten.

Gespielt wird aus der Verfolgerperspektive. Eine weitere Besonderheit in *Gothic* ist die ausgereifte künstliche Intelligenz der anzutreffenden Spielcharaktere. Die meisten menschlichen Figuren sind dem eigenen Helden vorerst neutral gesonnen. Es liegt am Spieler, ob er sich unter den unzähligen Bewohnern der Sphäre viele Todfeinde oder sogar Freunde schafft. Jede Figur besitzt ein ausgeprägtes Erinnerungsvermögen und wird bei Beleidigungen oder gar Angriffsattacken für längere Zeit auf den Spielhelden nicht gut zu sprechen sein. Dabei gilt es innerhalb der Sphäre als unfein, bei einer Auseinandersetzung seinen Gegner zu töten - viel lieber schlägt man ihn besinnungslos und erleichtert ihn um seinen schwer errungenen Besitz.

Pentium 2 400, 64MB, Win9x, 3D-Grafikkarte
Spielspaß 100 %

Icewind Dale/Das Herz des Winters (Virgin, 2001)
Das vorliegende Spielebundle enthält die Vollversion *Icewind Dale* und dessen Erweiterungsset *Das Herz des Winters*. Der Hintergrund des Spiels basiert auf dem komplexen und erfolgreichen *Baldurs-Gate*-Universum, einer Fantasy-Welt, streng nach dem Regelwerk der AD&D-Rollenspiele. *Icewind Dale* ist nicht ganz so episch wie *Baldurs Gate 1 & 2,* nutzt aber komplett dessen Game-Engine inklusive der ausgereiften Steuerung.

Zu Spielbeginn muss man sich eine Gruppe von bis zu sechs Abenteurern frei definieren und zusammenstellen. Der Spieler kann dabei Geschlecht, Rasse, Fertigkeiten, Aussehen, Gesinnung und Namen seiner Figuren frei bestimmen. Gespielt werden kann in Echtzeit oder in einer Art Pausenmodus, den man relativ frei definieren kann. Das Spiel pausiert immer dann, wenn entweder eine Figur angegriffen, verletzt, getötet usw. wird. Gerade bei mehreren Gegnern ist es sinnvoll, im Pausenmodus zu spielen, um eine wirkungsvolle Strategie zu entwickeln.

Die Welten von *Icewind Dale* sind die eisigen Gebirgszüge des Nordens, in denen die Menschen ein karges und entbehrungsreiches Leben führen. Nach der großen Schlacht gegen einen mächtigen Magier, der kurz vor seiner Niederlage voller

Verzweiflung ein Tor zur Unterwelt öffnete und blutige Kämpfe dadurch nur unnötig verlängerte, scheint wieder Ruhe eingekehrt zu sein. Doch die Ruhe ist trügerisch. Als eine Horde Monster den Umkreis der Stadt *Osthafen* unsicher macht, beginnt für die frischgebackenen Helden ein gefährliches Abenteuer, das sie weit durch die eisigen Einöden des Nordlandes führt.

Ein umfangreicher Mehrspielermodus rundet dieses ausgezeichnete Rollenspiel ab.

Pentium 2 233, 32MB, Win9x
Spielspaß 80 %

Summoner (THQ, 2001)
Summoner erweist sich als relativ klassisches Rollenspiel des ambitionierten amerikanischen Spieleentwicklers *Volition,* der schon für solch actionbetonte Science Fiction-3D-Games wie *Descent 1–3* oder die fulminante Space Opera *Freespace 1+2* verantwortlich zeichnete.

Das Game versetzt den Spieler in die Rolle des Außenseiters *Joseph,* der Opfer seiner außergewöhnlichen magischen Fähigkeiten als *Summoner* wurde. Noch im Kindesalter überfielen brutale Barbaren *Josephs* Dorf. Als er seine spezielle Veranlagung einsetzte, um einen Dämonen zu beschwören, der die Angreifer vertreiben sollte, starben auch viele Einwohner. *Joseph* wurde zum Verstoßenen, der seine magischen Kräfte hasste und sich schwor, diese nie wieder einzusetzen.

Zum jungen Mann herangewachsen, ändert sich jedoch die Situation. Immer häufiger verwüsten kriegerische Konflikte einst blühende Landstriche. Als eines Tages die Armeen von Orenia das gesamte Land zu unterjochen versuchen, erinnert sich *Joseph* wieder an seine besondere Begabung und macht sich auf, jene magischen Ringe zu suchen, die ihm als *Summoner* fast unbegrenzte Macht verleihen.

Das Spiel überzeugt hauptsächlich durch seine spannende Hintergrundgeschichte, die dem Spieler nach und nach die Legende der Summoner enthüllt. Grafisch ist der PC/Mac-Hybrid nicht mehr ganz auf der Höhe der Zeit. Die virtuelle Fantasywelt ist in kleinere rechteckige Spielabschnitte untergliedert, die beim Betreten wie separate Mini-Levels geladen werden. Zudem wirken die 3D-Locations sehr kantig.

Das Kampfsystem ist rudimentär gehalten, und oft entscheidet allein die Position des Spielers (aus erhöhter Perspektive und den Feind von hinten zu attackieren verbessert die Kampfwerte deutlich) über Sieg und Niederlage. Erst später erhalten mit dem Anwachsen der Abenteurergruppe auch strategische Komponenten eine stärkere Bedeutung.

Für Rollenspieler, die eine komplexe und abwechslungsreiche Story bevorzugen und sich an leichten Anleihen aus diversen Konsolenspielen nicht stoßen, entwickelt sich *Summoner* zu einem epischen Fantasyabenteuer mit Suchtfaktor. Eher actionbetonte Fantasyfans greifen lieber zu *Diablo* oder *Nox*.

Pentium 2 300, 64MB, Win9x, 3D-Grafikkarte
Spielspaß 80 %

Endzeit/Dystopien

Fallout Tactics (Virgin, 2001)

Fallout 1 & 2 zählen zu den anspruchsvollsten Klassikern unter den Iso-Rollenspielen. Mit viel schwarzem Humor, einer komplexen und wendungsreichen Geschichte und dem bizarren Thema einer postatomaren Erde voller mutierter Kreaturen und konkurrierender Banden betraten die Spiele Neuland im Rollenspielgenre. *Fallout Tactics* spielt vor demselben Handlungshintergrund und betont deutlich den Action-Anteil zu Lasten der Rollenspielelemente. Entstanden ist ein temporeiches Game, das durch die optionale rundenbasierte Spielweise differenziertes strategisches Vorgehen möglich macht.

Nach der umständlichen Installationsprozedur, bei der man fünfmal die CDs wechseln muss, erblickt man die postatomare Erde aus isometrischer Perspektive, da *Fallout Tactics* dieselbe Grafik-Engine wie die beiden *Fallout*-Rollenspiele nutzt. Analog zu *Star Trek: Away Team* und dem militaristisch gelagerten *Commandos* (dem eigentlichen Urvater dieses Spielegenres) steuert man eine Gruppe Überlebender mit speziellen Fähigkeiten und unterschiedlicher Ausrüstung durch gefährliche Einsatzorte, um

Fallout Tactics

dort diverse Missionsaufgaben zu erledigen und sich vielfältiger Feinde zu erwehren. Die strategische Komponente hat in *Fallout Tactics* einen hohen Stellenwert, da Bewegungs- und Aktionspunkte im rundenbasierten Modus stets präsent sind und man sich jeden Spielzug seiner Helden genau überlegen kann. Grafisch bietet das Game detailliert gezeichnete Spielumgebungen einer kargen, atomverbrannten Erde, die jedoch nicht dreh- und zoombar sind.

Die einzelnen Missionen führen durch die linear erzählte Hintergrundgeschichte der *Stählernen Bruderschaft,* die nicht nur ums Überleben in der düsteren Alptraumwelt kämpft, sondern auch eine neue Hoffnung für die Zukunft der Menschheit bedeutet. Aufwendig gerenderte Zwischensequenzen visualisieren die wichtigsten Spielereignisse und lassen ein wenig *Mad-Max*-Flair aufkommen.

Pentium 2 266, 32MB, Win9x
Spielspaß 80 %

Humor/Satire

Stupid Invaders (Ubi Soft, 2001)

Cartoon-Adventures gehören seit dem Siegeszug der Actionadventure zu einem aussterbendem Genre. Offensichtlich sind nur noch wenige Spieler bereit, in mühevoller Kleinarbeit verschiedene und bisweilen verdammt gut versteckte Gegenstände zusammenzusuchen, diese miteinander oder mit der Umgebung zu kombinieren und so gemächlich die Geschichte voranzutreiben. Selbst anspruchsvollste Grafik, eine filmreife Story und erstklassige technische Umsetzung konnten nichts an dieser Entwicklung ändern.

Stupid Invaders versucht diesen Missstand durch leichtere und logische Rätsel zu umgehen und präsentiert sich als interaktiver Comedy-Zeichentrickfilm mit vereinzelt auch recht geschmacklosen Gags. In der Einleitung erlebt der Spieler, wie ein angeschlagenes UFO der Erde entgegentrudelt und notlandet. Die Besatzungsmitglieder (fünf Aliens aus allen möglichen Ecken des Universums) flüchten in ein nahegelegenes unbewohntes Anwesen und richten sich für die Dauer der Reparatur an ihrer Untertasse häuslich ein.

Doch der Absturz bleibt nicht unbemerkt. *Dr. Sakarin,* ein besessener und bösartiger Wissenschaftler, setzt einen professionellen Kopfgeldjäger auf die Außerirdischen an, um deren Körper sezieren und das Raumschiff für ominöse Forschungszwecke untersuchen zu können.

Stupid Invaders verzichtet auf eine modische 3D-Umsetzung und orientiert sich an klassischen Adventures wie *Day of the Tentacle* oder *Down in the Dumps.* Die Außerirdischen wirken wie Knetmännchen oder

Stupid Invaders

Gummifiguren aus Trickfilmserien. Der Spieler muss abwechselnd jeden der fünf Außerirdischen in unterschiedlichen Abschnitten des Spiels steuern und genreübliche Rätsel lösen.

Die unpräzise Steuerung und die oft recht einfältigen Rätsel hinterlassen jedoch einen zwiespältigen Eindruck. *Stupid Invaders* hätte durchaus das Zeug zur Genre-Referenz gehabt, hätten sich die Entwickler etwas intelligentere Knobeleien einfallen lassen. So bleibt dem Spieler ein vergnügliches, jedoch rasch durchgespieltes Trickfilm-Adventure mit Top-Grafik, aufwendiger Soundchoreographie und einer hochwertigen Lokalisierung.

Pentium 2 300, 32MB, Win9x
Spielspaß 70 %

Action

Serious Sam (Take 2. 2001)

Schnörkellose Action-Kost bietet der blutige 3-D-Shooter *Serious Sam.* Mit einer eigenentwickelten 3-D-Engine, in der Außenszenarien ein wenig wie hartkontrastige Fotocollagen wirken, entwarfen die Entwickler durchaus ansehnliche 3-D-Schauplätze wie ägyptisch anmutende Tempelanlagen oder riesige Pyramidenkonstruktionen mit hochauflösenden Texturen.

Die kümmerliche Story einer übermächtigen Alieninvasion und der eindimensional angelegte Spielheld erinnern stark an einen anderen brachialen Spielecharakter: den blonden Obermacho Duke Nukem. Um das Spiel nicht sofort auf der Indizierungsliste landen zu lassen, gibt es in *Serious Sam* keine menschlichen Gegner im eigentlichen Sinn. Vielmehr darf man den enthaupteten Kamikaze, den enthaupteten Raketenschützen oder den enthaupteten Bomber – allesamt den abgetrennten Kopf in der Hand haltend – niedermetzeln. Außerdem gibt es eine ganze Reihe wirklich bösartiger Alienkreaturen und biomechanische Riesenmonster zu bezwingen.

Das, was den üblen Kreaturen in *Serious Sam* an KI fehlt, machen sie durch pure Masse wieder wett. Dabei ist die im Spiel dargestellte Gewalt dermaßen überzeichnet und mit absurden Situationen gespickt, dass es fast einer Parodie aufs Shooter-Genre nahekommt. Spieler, die sich gerne einmal mit voller Lust ihren niederen Urinstinkten hingeben wollen, sind mit *Serious Sam* bestens bedient – andere lassen lieber die Finger davon.

Pentium 3 500, 64MB, Win9x, 3D-Grafikkarte
Spielspaß 70 %

Wegweisende Computerspiele

Computerspiele ermöglichen es dem Besitzer eines halbwegs schnellen Computers, Science Fiction auf eine neue und sehr direkte Art zu erleben. Die vorgestellte Liste umfasst ausschließlich Spiele, in denen der Spieler eine komplexe SF&F-Geschichte interactiv miterleben kann. Bis auf einige Ausnahmen sind die meisten aufgeführten Titel auf einem technisch akzeptablen Niveau und im Handel verfügbar.

Die gewählte Reihenfolge stellt keine Wertung dar.

Dark Project 1+2 *(3D-Action-Adventure)*
In einer mittelalterlichen Fantasywelt auf Diebestour. Steig unbemerkt in prunkvolle Anwesen oder finstere Katakomben und nimm mit, was du findest.

Day of the Tentacle *(Adventure)*
Ein humorvolles Zeitreisespektakel. Manipuliere die Vergangenheit, um die Zukunft zu verändern.

Deus Ex *(3D-Action-Adventure)*
Die Mischung aus James Bond und Cyberpunk trifft ins Schwarze.

Drakan *(3D-Action-Adventure)*
Frauen und Drachen sind eine unschlagbare Kombination. Ein packendes Fantasy-Abenteuer mit einer unglaublich detailliert gezeichneten Spielwelt.

Fallout 1+2 *(Isometrisches Endzeitrollenspiel)*
Eine Endzeitvision; düster und satirisch zugleich. Die Erde nach der nuklearen Katastrophe steckt voller Geheimnisse und grausamer Feinde.

Freespace 1+2 *(Space Opera)*
Riesige Raumschiffe, schnelle Raumjäger und ein verdammt gefährliches Universum. *Die* Space Opera unter den Computerspielen.

Gothic *(3D-Rollenspiel)*
Das bisher komplexeste und grafisch überzeugendste Rollenspiel am PC. Schlüpfe in die Haut eines unfreiwillig Verstoßenen und erkunde eine riesige farbenfrohe Fantasywelt.

Half Life *(3D-Action-Adventure)*
Als Wissenschaftler auf der Flucht vor bizarren Aliens und schießwütigem Militär.

Outcast *(3D-Action-Adventure)*
Die perfekte Illusion einer fremdartigen außerirdischen Welt mit inhaltlichen Parallelen zu dem SF-Film Star Gate.

Homeworld *(Strategie)*
Eine strategische Herausforderung für alle Sternenfahrer.

Schleichfahrt/AquaNox (futuristisches Unterwasserabenteuer)
Packende Unterwasser-Action in einer perfekt designten 3D-Umgebung.

Simon the Sorcerer 1 *(Adventure)*
Terry Pratchett hätte die Story schreiben können. Besser als alle offiziellen Scheibenwelt-Abenteuer am PC. Köstliche Dialoge mit vielen Anspielungen auf diverse Fantasy- und SF-Werke. Leider sind die Fortsetzungen spürbar schlechter.

System Shock 1+2 *(3D-Action-Adventure)*
Im Weltall hört dich keiner schreien. Allein in einem Geister-

raumschiff. Trotz des technisch mittlerweile in die Jahre gekommenen ersten Teils eines der beklemmendsten SF-Spiele überhaupt.

Undying *(Horror)*
Subtiler Horror im stilvollen Ambiente.

X – Beyond the Frontier *(Space Opera)*
Ein Action-Adventure mit weitestgehender Handlungsfreiheit in einem offenen Universum.

Der Spieler sitzt in einem aufrüstbaren Raumschiff, treibt mit mysteriösen Alienzivilisationen Handel, erledigt Transport-Aufträge und kann Weltraumgefechte im Stil von *Wing Commander* erleben.

INTERVIEW

SCIENCE Fiction versus Science FICTION –

Ein Gespräch mit Nancy Kress und Charles Sheffield

von Usch Kiausch

Nancy Kress, 1948 geboren, hat bislang siebzehn Bücher veröffentlicht: drei Fantasy-Romane, acht Science Fiction-Romane, drei Science Thriller, drei Anthologien von Kurzgeschichten, einen Jugendroman und zwei Sachbücher über das Schreiben von Kurzgeschichten und Romanen.

Bekannt wurde sie vor allem durch den »Bettler«-Zyklus (»Bettler in Spanien«; »Bettler und Sucher«; »Bettlers Ritt«), dessen ursprüngliche Idee auf die mit Nebula und Hugo ausgezeichnete Erzählung »Bettler in Spanien« zurückgeht. Im Mittelpunkt dieser Trilogie stehen Fragen der genetischen Manipulation und deren Auswirkung auf Gesellschaftsstruktur und Hierarchien der Macht. Ihr Werk wurde bislang in zehn Sprachen übersetzt.

Neben dem Schreiben unterrichtet Kress regelmäßig in Clarion Writers Workshops an den Universitäten von Michigan und Seattle. Seit 1998 ist sie mit dem Wissenschaftler und Science Fiction-Autor Charles Sheffield verheiratet und wohnt mit ihm in Maryland, USA.

Von Nancy Kress sind in der Reihe Heyne Science Fiction und Fantasy bisher folgende Titel erschienen: »Schädelrose« (06/5154), »Fremdes Licht« (06/5328), »Verico Targets« (06/5930), »In grellem Licht« (06/6341), »Bettler in Spanien« (06/5881), »Bettler und Sucher« (06/5882), »Bettlers Ritt« (06/5883) und »Moskito« (06/6414).

Nancy Kress

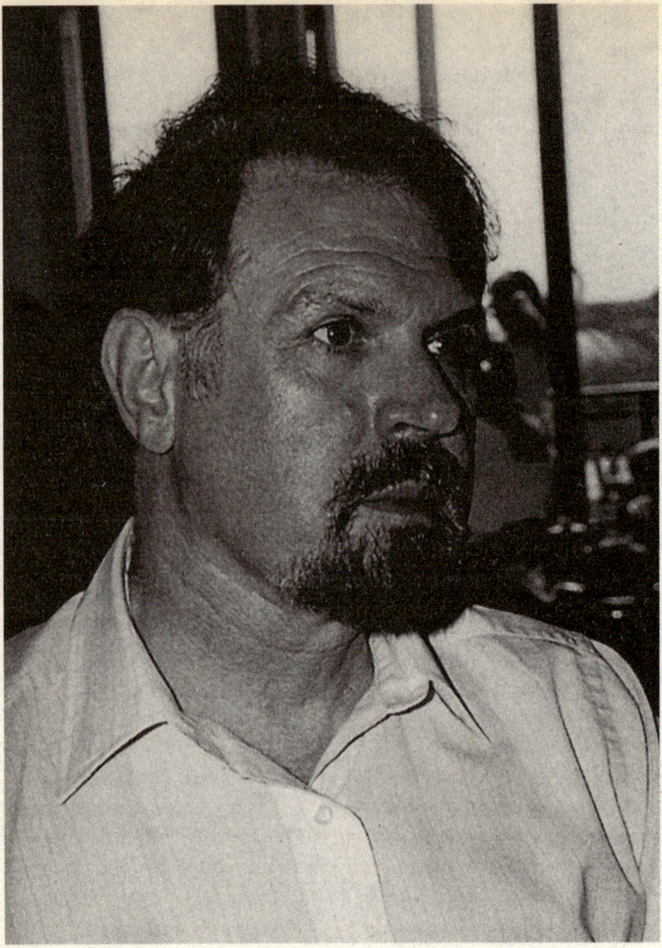

Charles Sheffield

Charles Sheffield, gebürtig aus England, ist Mathematiker und Physiker und war früher Präsident der American Astronautical Society und Vizepräsident der Earth Satellite Corporation. Seine erste Kurzgeschichte erschien Ende der 1970er Jahre in »Galaxy«. Sheffield gilt als Vertreter der harten Science Fiction und hat neben mehreren Romanen und mehr als hundert Kurzgeschichten zahlreiche wissenschaftlich-technische Sachbücher veröffentlicht. Für seinen Science Fiction-Roman »The McAndrew Chronicles« gewann er 1991 den japanischen Sei-un-Preis. Seine Erzählung »Georgia on My Mind« (1993) wurde mit Nebula und Hugo ausgezeichnet. Sein jüngster Roman ist »Starfire« (Bantam, Oktober 1999), sein jüngstes Sachbuch »Borderlands of Science« (Baen, November 1999).

Bei Heyne sind bislang folgende Titel von Sheffield erschienen: »Zwischen den Schlägen der Nacht« (06/4549), »Die Nimrod-Jagd« (06/4620), »Die McAndrew-Chroniken« (06/4652), »Die Welt der Handelsfahrer« (06/5463), die »Proteus-Trilogie« (06/4447; 06/5249; 06/5313) und »Feuerflut« (06/6365).

Nancy Kress und Charles Sheffield, die häufig gemeinsam an Podiumsdiskussionen teilnehmen, waren beide Gäste der 21. International Conference on the Fantastic in the Arts, die im März 2000 in Ft. Lauderdale tagte. Das Gespräch mit Usch Kiausch fand während dieser Konferenz statt.

***F:** Sie beide stehen für recht verschiedene Richtungen innerhalb des Genres Science Fiction. Vielleicht können wir zuerst ein wenig über die Einflüsse sprechen, von denen Sie jeweils geprägt wurden – als Leser und als Autoren. Nancy, waren für Sie weibliche Vorbilder in der Science Fiction irgendwie von Bedeutung?*

A (Kress): Ich würde mir nicht anmaßen zu behaupten, dass Ursula Le Guin mich regelrecht beeinflusst hat – dazu schreibe ich meiner Meinung nach nicht gut genug –, aber ich bewundere sie sehr. Sie ist meine Lieblingsschriftstellerin, was Science Fiction betrifft. Meiner Meinung nach kann sie über Wasser wandeln, sie bringt Unglaubliches fertig. Als ich »Planet der Habenichtse« oder »Winterplanet« (auch »Die linke Hand der Dunkelheit«) gelesen habe, war ich schlicht hingerissen, und das bin ich bei erneuter Lektüre dieser Romane auch heute noch.

Zwar schreibe ich völlig anders als sie und interessiere mich seit einiger Zeit zunehmend für die ›harte‹ Science Fiction – daran war Ursula Le Guin nie sonderlich interessiert –, dennoch ist sie für mich aufgrund ihrer klaren, eleganten Prosa, ihrer Hellsichtigkeit und Aussagekraft ein Vorbild geblieben, ein Vorbild, mit dem ich es wohl nie werde aufnehmen können.

A (Sheffield): Während meines Mathematikstudiums war Fred Hoyle* mein wissenschaftlicher Ratgeber. Kurz vor meinem Examen hatte er damit angefangen, Science Fiction zu schreiben. Er brachte mich als Erster auf die Idee, dass man die Arbeit als Wissenschaftler und das Schreiben von Science Fiction miteinander verbinden kann, schließlich schaffte er selbst es ja auch. Auch Arthur C. Clarke hat mich aufgrund seiner großartigen Ideen wesentlich beeinflusst. Und natürlich habe ich Asimov gelesen und seinen klaren Stil bewundert. Bei Heinlein hat mich vor allem sein Talent für Dialoge beeindruckt. Aber Fred Hoyle hat mir ein ganz persönliches Beispiel gegeben, auch wenn ich zwanzig Jahre gebraucht habe, um diesem Beispiel nachzueifern. Als Jugendlicher wurde ich natürlich von allem beeinflusst, was mir unter die Finger kam, das waren u. a. Romane von H. G. Wells, Jules Verne und Mary Shelley. Anders als Nancy kann ich nicht behaupten, dass ich ein einziges literarisches Vorbild hätte. Ich könnte niemanden nennen, der für mich eine ähnliche Bedeutung hätte wie Ursula Le Guin für Nancy.

F: *Gestern haben Sie in einer Diskussion betont, dass Sie beide ein recht unterschiedliches Verständnis von Science Fiction und eine ebenso unterschiedliche Herangehensweise an das Schreiben von Science Fiction haben. Das kommt ja auch in dem zum Ausdruck, was Sie jeweils als wesentliche Einflüsse auf das eigene Schreiben nennen. Geht es dabei vor allem um den Stellenwert der ›harten‹ Fakten, oder gibt es weitere Unterschiede grundsätzlicher Art?*

A (Kress): Bei Charles liegt die Betonung auf SCIENCE Fiction, weil er die Bedeutung des wissenschaftlichen Anteils heraus-

---

* Fred Hoyle: britischer Astronom, der mehrere Science Fiction-Romane veröffentlichte. Ins Deutsche übersetzt wurden u. a. »Die schwarze Wolke« (1958) und »Der schwarze Stern« (1979).

stellen will. Dagegen liegt bei mir die Betonung auf Science FICTION, denn für mich zählt vor allem das, was unabhängig vom Genre gute Romane ausmacht: Aussagekraft, die Entwicklung glaubwürdiger Charaktere etc. Die Unterschiede zwischen uns machen sich nicht so sehr an der Wissenschaft fest, sondern daran, was wir beim Schreiben von Science Fiction für wesentlich halten.

A (Sheffield): Nancy ist viel besser darin ausgebildet und geübt, wirkliche Geschichten zu erzählen. Ich selbst schreibe meiner Meinung nach sehr einfach konstruierte, linear erzählte Romane, in denen die Handlung alles beherrscht. Struktur und Erzähltechnik sind dabei meistens recht konventionell. Dagegen hat Nancy, wenn ich ihre Romane auch nicht gerade als experimentell bezeichnen würde, viel mehr Erfahrung darin, verschiedene Strukturen und Möglichkeiten des Erzählens zu nutzen. Andererseits bin ich der Auffassung, dass es sich nicht um Science Fiction handeln kann, wenn die Geschichte genauso gut ohne den wissenschaftlichen Inhalt funktionieren würde. Nicht nur in dem, was ich selbst schreibe, sondern auch in dem, was ich lese, setze ich eine starke wissenschaftliche Komponente voraus, sofern es als »Science Fiction« bezeichnet wird. Nancy ist da sehr viel großzügiger. Sie mag auch Romane, die ich als so unglaubwürdig empfinde, dass ich sie unmöglich als Science Fiction bezeichnen kann. Für mich ist das Fantasy. Aber Nancy will etwas einwenden ...

A (Kress): Ich würde mich nicht als großzügig bezeichnen, sondern als eklektische Leserin. Ich lese querbeet. Auch mir gefallen die Science Fiction-Romane, die Charles mag, und das schließt auch seine eigenen Werke ein. Aber ebenso mag ich Romane, einschließlich Fantasy und Main Stream, die mit Wissenschaft überhaupt nichts am Hut haben. Entscheidend ist für mich die Entwicklung von Charakteren, ganz unabhängig vom literarischen Genre.

***F:** Nancy, Sie haben gestern davon gesprochen, wie sehr sich Ihre Handlungsträger während des Schreibprozesses entwickeln und verändern. Trifft das auch für Ihre Charaktere zu, Charles? Oder behalten Sie deren Besonderheiten nach dem ersten Skizzieren von Anfang bis Ende bei?*

A (Sheffield): Bei Kurzgeschichten schreibe ich gar kein Exposé, sondern einfach drauflos. Bei Romanen entwerfe ich zwar ein Exposé, aber dann schlagen die Protagonisten die Richtung ein, in die sie es offenbar ganz von selbst zieht. Ich habe viel weniger Kontrolle darüber, als Nancy vielleicht annimmt. Die Handlungen nehmen manchmal merkwürdige Wendungen und enden völlig anders als ursprünglich beabsichtigt. Hin und wieder passiert es, dass die Guten aus dem Weg geräumt werden und die Schlechten das Mädchen, das Geld und alles weitere bekommen. In gewisser Hinsicht haben Nancy und ich unsere Handlungsträger im Griff, aber umgekehrt haben sie auch u n s im Griff. Allerdings bin ich der Meinung, dass Nancy ihre Charaktere tiefgründiger anlegt und besser durchgestaltet als ich selbst. Bei mir ziehen die Jungs oft nur zu wissenschaftlichen Abenteuern aus, lassen es sich gut gehen und tragen ansonsten kaum Verantwortung. Nancy behandelt in ihren Romanen viel öfter ethische Fragen, als ich mir das zutraue.

A (Kress): Das stimmt so aber gar nicht! »Brother to Dragon« zum Beispiel ist ein Buch, in dem du wesentliche ethische Fragen behandelst. Ich glaube, das gilt für viele Romane von Charles, ohne dass er es zugeben will.

***F:** Lesen und kritisieren Sie Ihre Manuskripte gegenseitig, ehe sie an Agenten oder Verleger gehen?*

A (Kress): Ja, immer, und ich ziehe weit größere Vorteile daraus als Charles, denn ich habe ja keine naturwissenschaftliche Ausbildung und schreibe immer häufiger Bücher, in denen es um naturwissenschaftliche Fragen geht. Dass Charles meine Manuskripte »gegenliest«, ist für mich von unschätzbarem Wert, denn er überprüft alles auf wissenschaftliche Korrektheit. Darüber hinaus hat er ein besseres Gespür für die Entwicklung von Handlungen als ich. Oft sage ich: Schau mal, so und so ist die Situation. Was könnte deiner Meinung nach als Nächstes passieren? Und dann macht er mir Vorschläge. Wenn ich s e i n e Manuskripte lese, nehme ich vor allem Charaktere und Stil kritisch unter die Lupe, bei seinen letzten beiden Kurzgeschichten war das jedenfalls so. Natürlich könnte er es auch selbst erledigen. Meiner Meinung nach ziehe ich viel mehr Vorteile aus seiner Kritik als er aus meiner.

A (Sheffield): Ich profitiere davon, dass Nancy mir oft sagt: Hör mal, Menschen verhalten sich doch gar nicht so und so, und Frauen schon gar nicht! Manchmal stelle ich eine Mutter-Tochter-Beziehung so dar, dass Nancy die Hände über dem Kopf zusammenschlägt und stöhnt: Das ist ja völlig unmöglich! Vielleicht sind die Vorteile, die ich aus Nancys Kritik ziehe, nicht ganz so offensichtlich wie im umgekehrten Fall. Ihr nützt es, wenn ich sie auf Unstimmigkeiten bei der Darstellung naturwissenschaftlicher Fakten hinweise. Sie weist mich ihrerseits auf Unstimmigkeiten bei meiner Darstellung menschlicher Verhaltensweisen hin, die nicht so ins Auge springen wie wissenschaftliche Fehler. Wahrscheinlich wären vielen meiner Leserinnen und Leser einige Merkwürdigkeiten im Verhalten meiner Protagonisten gar nicht besonders aufgefallen. Dagegen gab es bei Nancy in einigen Geschichten Dinge, die ihren Lesern zweifellos aufgestoßen wären, sodass sie gesagt hätten: Ms. Kress, was Sie da geschrieben haben, ist schlicht falsch.
A (Kress): Charles ist zu sehr Gentleman, um hier Beispiele anzuführen. Ich nenne eines: In einer Geschichte machte ich Titan zu einem Jupitermond, was schlicht falsch ist. (Lacht).
F: *Also ergänzen Sie sich recht gut in Stärken und Schwächen?*
A (Kress, Sheffield): Ganz sicher.
F: *Wenn Sie in Ihren Romanen und Geschichten wissenschaftliche Entwicklungen wie genetische Eingriffe etc. behandeln, Nancy, gehen Sie dann Ihrer Meinung nach kritischer mit den gesellschaftlichen Konsequenzen um als Charles? Allgemein gefragt: Haben Sie beide ähnlichen Auffassungen von Wissenschaft und Gesellschaft?*
A (Kress): Beide beschäftigen wir uns mit den sozialen Folgen von Wissenschaft und Technik. Meiner Meinung nach unterscheiden wir uns aber in zweierlei Hinsicht, ohne dass es grundsätzliche Differenzen wären: Zum einen behandeln wir unterschiedliche Wissenschaftsbereiche. Als Physiker fällt es Charles natürlich leicht, über dieses Gebiet zu schreiben. Dagegen gilt mein Hauptinteresse der Biotechnik – das heißt nicht, dass ich andere Bereiche gänzlich ausklammere, aber der Schwerpunkt liegt auf Biotechnik.

Zum anderen neigt Charles in seinen Romanen viel mehr als

ich zu einem positiven Ausgang. Ich stelle eher die Probleme heraus, die durch die Wissenschaft ausgelöst werden.

A (Sheffield): Es stimmt schon, dass ich eine positive Auffassung vom Leben habe, man soll das Leben genießen. Ich nehme an, das schlägt sich auch in meinen Romanen nieder. Der Science Fiction-Kritiker John Clute hat einmal bemerkt, dass ich meine Handlungsträger mit großer Lebensfreude ausstatte. Und wenn das einen positiven Ausgang mit sich bringt, finde ich das durchaus in Ordnung. Andererseits lese ich im Augenblick eine Geschichte, die Nancys Gebiet berührt – es geht darin um die biologische Modifikation von Kindern, also eine wirklich schreckliche Sache –, und niemand kann dabei mit einem positiven Ausgang rechnen, ich jedenfalls nicht. Mag sein, dass ich vom Charakter her einfach fröhlicher bin als Nancy. Als Leser finde ich Geschichten oder Romane, deren Ton durchweg pessimistisch ist, einfach nicht sonderlich interessant, denn solche Dinge kann ich ja auch täglich in der Zeitung lesen. Ich möchte etwas lesen, das komplexer ist. Und natürlich habe ich auch nichts dagegen, wenn sich am Ende alles zum Guten wendet. Dagegen setzt Nancy offenbar alles daran, dass ihre Protagonisten einer langen, düsteren Zukunft entgegensehen (lacht).

A (Kress): Was du gerade behauptet hast, Charles, ist in mehrfacher Hinsicht falsch. Ich neige nicht zu einem Ende, das schlicht deprimiert, sondern zu einem zwiespältigen Ausgang. Meinen Protagonisten wird etwas gegeben und gleichzeitig etwas genommen, genau wie im »richtigen Leben«. Die meisten Ereignisse und Erfahrungen haben zwei Seiten, und die meisten Ergebnisse sind zwiespältig. Das zeige ich auch in meinen Büchern. Deine Bemerkung über die deprimierenden Dinge in den Zeitungen, die du nicht auch noch in Romanen finden willst, finde ich schlicht absurd. Die Zeitungen *berichten* ja nur über deprimierende Ereignisse, während es in der Literatur um die *Bedeutung* solcher Ereignisse geht. Ich habe keine Ahnung, was du damit meinst, wenn du deprimierenden Geschichten die Komplexität absprichst. Gute Literatur – ob ihr Ton nun optimistisch, pessimistisch oder ambivalent ist – befasst sich mit den Bedeutungsebenen, mit der Bedeutung dessen, was passiert.

A (Sheffield): Ich wehre mich dagegen, die Begriffe *pessimis-*

tisch und *komplex* in einen Topf zu werfen. Ich habe lediglich gesagt, dass mir keine Romane gefallen, die durchweg pessimistisch sind. Gegen komplexe Geschichten habe ich ganz und gar nichts – Geschichten also, die eine Vielzahl unterschiedlicher Situationen und Emotionen enthalten und einen nicht durchgängig herunterziehen. Wenn ich mich nur mit grässlichen, unangenehmen Lebenserfahrungen befassen will, dann brauche ich mir ja nur meine eigenen Nachbarn anzusehen, dazu brauche ich keine Romane. Von Romanen erwarte ich, dass sie etwas darstellen, das komplexer ist als das alltägliche Leben. Oder komplexer als das, was man gemeinhin unter dem Alltag versteht. Es sollte in diesen Romanen auch ein paar Augenblicke des Glücks geben. Die gibt es auch in Nancys Romanen, aber der Ausgang ist, wie sie selbst sagt, fast immer deprimierend oder zumindest zwiespältig, nie rundum positiv.

F: *Der Ausgang der »Bettler«-Trilogie hat mich überrascht, irgendwie hatte ich das Gefühl, alles hängt in der Luft – mit lauter losen Enden ...*

A (Kress): Ich selbst bin auch nicht so recht damit zufrieden. Ich weiß nicht, ob es mir wirklich gelungen ist, das, was ich für das Ende im Kopf hatte, richtig umzusetzen. Die Gentechnik zeitigt katastrophale Folgen, obwohl sie mit besten Absichten entwickelt worden ist. Ich wollte Folgendes aufzeigen: Am Ende sind die Menschen stärker als die Technik, stärker sogar als ihre eigenen biologischen Grenzen, denn sie wollen aus der Situation heraus etwas schaffen, das sich in menschlicher Hinsicht zu schaffen lohnt. Mittlerweile denke ich, dass ich das deutlicher hätte herausstellen können.

F: *Lässt Sie das an einen Folgeband denken?*

A (Kress): Nein, ich plane keine Fortsetzung. Die *Schlaflosen* haben mich, wenn Sie mir das Wortspiel erlauben, mit der Zeit sehr ermüdet. Das ist auch einer der Gründe dafür, weshalb ich die meisten von ihnen am Ende habe sterben lassen.

A (Sheffield): Mir ist es genauso wie Ihnen gegangen: Am Ende des dritten Romans hätte ich es gern gesehen, wenn Nancy irgendeinen Ausweg offen gelassen hätte. Es hat mir nicht gepasst, dass sie die Kolonie zerstört hat ...

A (Einwurf Kress): Aber ich habe doch etwas offen gelassen!!

A (Sheffield): Hast du's etwa so geändert, dass sich meine Anregungen darin niedergeschlagen haben?

A (Kress): Ich habe tatsächlich eine Perspektive gegeben: Sperma und Eizellen der Superschlaflosen sind ja immer noch irgendwo gelagert. Theoretisch wäre es also möglich, sie wieder ins Leben zu rufen.

***F:** Hing es mit dieser »Müdigkeit«, die Sie erwähnt haben, zusammen, dass Sie dazwischen auch Science Thriller geschrieben haben? War das eine neue Herausforderung für Sie?*

A (Kress): »Oaths und Miracles« (dt. »Verico Target«) und »Stinger« (dt. »Moskito«) sind beide Wissenschaftsthriller, in deren Mittelpunkt die Biologie steht. Ich beschäftige mich darin mit der Biotechnik, die auch in der »Bettler«-Trilogie eine wesentliche Rolle spielt. Warum ich lieber zwei Science Thriller als zwei weitere normale Science Fiction-Romane zu diesem Thema geschrieben habe, weiß ich selbst nicht genau. Ich weiß nie genau, warum ich was zu welchem Zeitpunkt mache und anderen Möglichkeiten vorziehe. Mir ist nicht klar, warum ich nach drei Fantasy-Romanen genug von der Fantasy hatte, warum ich Thriller schreiben wollte, und warum ich jetzt an zwei Büchern arbeite (»Probability Moon« und »Probability Sun«), die in der fernen Zukunft spielen und von Raumabenteuern, von galaktischen Kriegen und Aliens handeln. Warum das so ist, weiß ich selbst nie. Es fällt mir einfach nur so ein, und dann führe ich es aus, ohne dass es vorher geplant war.

***F:** Gestern haben Sie erwähnt, dass Ihnen die kürzere Form – Erzählungen und Kurzgeschichten – besonders liegt und Spaß macht. Warum?*

A (Kress): Vor allem schreibe ich gern Novellen: Sie sind lang genug, um eine neue Welt zu schaffen, ob im Genre Science Fiction oder im Genre Fantasy, aber nicht so lang, dass man unbedingt mehrere Handlungsstränge braucht. Man kommt dabei mit einem Handlungsfaden aus, das heißt, man kann sich wie bei einer guten Kurzgeschichte auf das Wesentliche konzentrieren. Das Problem liegt nur darin, dass man von Novellen nicht leben kann. Also pendele ich hin und her: Wenn ich einen Roman beendet habe, genehmige ich mir sechs Monate, in denen ich nur Kurzgeschichten, Erzählungen oder Novellen schreibe.

***F:** Mit welchen Projekten sind Sie derzeit beschäftigt, Charles?*
A (Sheffield): Ihre Frage ist gut gestellt. Es sind tatsächlich Projekte, die mich auch während dieser Konferenz ständig beschäftigt haben, sodass ich dauernd mit Washington Kontakt gehalten habe. Es geht um wissenschaftliche Projekte, die nichts mit dem Roman zu tun haben, an dem ich gerade arbeite. Dessen Abgabetermin habe ich bereits mehrere Monate überzogen.

Wenn wir hier über verschiedene Formen der Literatur sprechen, dürfen wir eine Variable auf keinen Fall auslassen: Das sind die Wünsche der Verleger. Der dritte Roman der »Bettler«-Trilogie existiert nur deswegen, weil der Verleger bei einem Arbeitsessen zu Nancy gesagt hat: Bitte unterschreiben Sie diesen Vertrag. Ach ja, der schließt übrigens auch den dritten Roman der »Bettler«-Trilogie ein. Nancy, die bis dahin gar nicht an einen weiteren »Bettler«-Roman gedacht hatte, erhielt unter dem Tisch einen Fußtritt ihrer literarischen Agentin und erwiderte: Ja natürlich, der dritte »Bettler«-Roman! Ein anderes Beispiel: Ich habe ein mehrbändiges Werk geschrieben, dessen vollständige Publikation davon abhängt, ob der Verleger den Vertrag für einen weiteren Band unterschreibt. Es ist schon merkwürdig: Als Schriftsteller sind wir zwar frei und selbständig, aber hinter den Kulissen ziehen die Verleger an unseren Fäden und entscheiden, was sie ankaufen und veröffentlichen wollen – und was nicht. Einmal hat man mich zu einer Trilogie überredet, obwohl ich eigentlich nur einen einzigen Roman schreiben wollte. Und das ist nichts Ungewöhnliches, denn Trilogien verkaufen sich gut. (In diesem Fall wurden es sogar vier Bände, denn den vierten Band wollte ich dann selbst unbedingt schreiben). Nancy wollte nach den beiden Thrillern eigentlich noch einen dritten schreiben, aber ihr Verleger wollte darüber keinen Vertrag abschließen. Denken Sie also bloß nicht, dass wir freie Menschen sind, wir sind nur Marionetten, die an den Fäden der Verleger hängen!
A (Kress): Stimmt nicht ganz: Mein Verleger hätte durchaus einen dritten Cavanaugh-Thriller zugelassen, allerdings hätte ich dann viel weniger Vorschuss bekommen als bei den ersten beiden. Das liegt daran, dass ein Cross-over zwischen den Genres Probleme bei der Vermarktung schafft. In den Buchläden wur-

den meine beiden Thriller in der Abteilung »Science Fiction« geführt, weil mein Name auf dem Cover stand. Und da konnten die Thriller-Leserinnen und -Leser sie natürlich gar nicht entdecken.

A (Sheffield): Zur Verteidigung der Verleger muss ich sagen, dass nicht sie darüber entscheiden, wo das Buch steht. Es sind die Buchketten und Buchläden, die dich einer bestimmten Sparte zuordnen. Beispielsweise sind eher historische Werke von mir in der Science Fiction-Abteilung gelandet, weil ich als Science Fiction-Autor eingeführt bin. Das passiert auch anderen: Beispielsweise hat Frederik Pohl einen ernst zu nehmenden Roman über Tschernobyl geschrieben, der überhaupt nichts mit Science Fiction zu tun hat. Trotzdem ist er in der Abteilung Science Fiction gelandet und hat sich überhaupt nicht verkauft, weil potentielle Interessenten ihn dort nicht finden konnten, und die echten Science Fiction-Leserinnen und -Leser ihn nicht wollten. Meiner Meinung nach ist Nancy dasselbe mit »Oaths und Miracles« und »Stinger« passiert.

A (Kress): Das trifft's nicht ganz. Meine Verleger waren dagegen, dass ich ein Pseudonym benutzte. Unter einem Pseudonym hätte ich die Thriller in der richtigen Abteilung, der Thriller-Abteilung, platzieren können.

F: *Zusätzliche Probleme hätte das sicherlich bei übersetzten ausländischen Ausgaben aufgeworfen, denn die Vermarktung Ihrer Bücher unter Pseudonym und in einem anderen Genre würde für den Verlag ja doppelten Aufwand bedeuten, Sie als Autorin einzuführen. Vielen Dank Ihnen beiden für das ausführliche Gespräch.*

INTERVIEW

Ein Herz für verrückte Typen

Ein Gespräch mit Bruce Sterling

von Widmar Puhl

Vor einer Lesung von Bruce Sterling aus seinem Roman »Heiliges Feuer« sitzen wir in seinem Münchner Hotel, und ich habe ihn gefragt, was für einen Begriff von Leben er im Kopf hat. Eben ist dieser Roman erschienen, in dem es um die medizinische Verlängerung des Lebens geht. Ein bisschen unheimlich ist das schon: Ich meine, da sitze ich einem Mann gegenüber, dessen schnodderigen Scharfsinn bei der Beschreibung von Technologiefolgen und gesellschaftlichen Zuständen ich schon in etlichen Romanen bewundert habe, und jetzt spricht der wirklich so: Es geht um Naturwissenschaften, und er redet gleich von Geld. Texanisch eben:

»Ich denke, im 21. Jahrhundert bedeutet ›Leben‹ im wissenschaftlichen Sinne sehr viel Geld und Aktivitäten in dieser Richtung. Es gibt schon eine große Biotech-Industrie, und wir sind dabei, Dinge vom Leben wissenschaftlich zu verstehen, die sich wirklich gründlich von allem unterscheiden, was wir aus der Geschichte kennen«. Offensichtlich hat er nicht nur den wissenschaftlichen Begriff des Zellbiologen oder Zoologen von »Leben« vor dem inneren Auge, sondern einen gesellschaftlichen. Er betrachtet uns als Spezies mit besonderem Talent zur Selbstvermarktung.

Bruce Sterling, 1954 in Brownsville geboren, ist aufgewachsen in Austin, und weil der Vater Ingenieur war, von seinem 15. bis zum 18. Lebensjahr in Indien. Das Fremde, das Fremdartige hat ihn seitdem nicht mehr losgelassen. Er las viel, vor allem Science Fiction und Sachbücher. Er studierte Journalismus, lernte die ersten Science-Fiction-Autoren kennen und begann zu schreiben. Als er wieder nach Hause kam, war Martin Luther King tot und der Vietnamkrieg vorbei. Die Realität, die er kannte, war nach jeder Abwesenheit nicht mehr die gleiche. Das Multikulturelle, die globale Verschmelzung hat auch seine musikalischen Vorlieben geprägt. Der Walkman scheint mit ihm verwachsen zu sein, wenn er nicht gerade Interviews gibt oder mit Kollegen redet. Ethno-Pop, Latino-Rock, Musik mit Stilmischungen, die viel über unterschiedliche Kulturen verraten. Im Augenblick viel »elektric Music«; er zeigt mir CDs von Gruppen wie *Ladytron, Boards of Canada, stereolab* oder *Add N to X.* Da sind kühle Klangwelten mit teils technischen, teils meditativen Rhythmen und Assoziationen.

Die Musik, die er gerade hört, hat immer mit den Themen zu tun, die ihn beschäftigen. Phantasie, Inspiration, Kreativität: Darum geht es in »Heiliges Feuer«. Was machen wir mit Gentechnik und Internet? Wie sieht eine Gesellschaft aus, die im Bann von Entwicklungen steht, die umwälzender sind als die Erfindung von Buchdruck, Dampfmaschine, Auto, Flugzeug und Antibiotika? Sterling beschreibt eine bedrückende Herrschaft der über 100-jährigen, deren Politik und Ordnung nur den eigenen, sehr speziellen Interessen dient.

Laufen die zahllosen Versuche, das menschliche Leben zu verlängern, darauf hinaus, Kreativität und Inspiration zu unterdrücken? »Das Thema interessiert mich schon lange«, meint Sterling. »Mein Buch ›Heiliges Feuer‹ spielt im 21. Jahrhundert in einer Situation, die beherrscht wird von etwas, das ich den medizinisch-industriellen Komplex nenne. In dieser Welt ist die Medizin größer als die Landwirtschaft, die Autoindustrie, die Computerindustrie oder die Telekommunikations- und Elektrizitätsbranche. Es ist eine gigantische weltweite Industrie geworden, die Lebensspanne der Menschen zu verlängern. Das Gesundheitssystem bestimmt alles.«

Sterling dreht die Schraube aktueller Trends gern eine Umdrehung weiter als Journalisten, um zu sehen, was draus wird oder werden könnte. In diesem Roman zeichnet er die Welt als scheinbar soziales und ökologisches Paradies. Milliarden von

Bruce Sterling

Menschen sind an Seuchen gestorben; die Überlebenden haben die »Politas« gegründet. Kriege und Krankheiten sind Geschichte. Das Hauptziel der Gesellschaft heißt Langlebigkeit. Auch Mia unterzieht sich mit 94 einer Behandlung, die ihre Zellen entgiftet und genetisch erneuert. Sie hat verantwortungsbewusst gelebt und daher Anspruch auf erstklassige medizinische Versorgung.

Vielfältig und manchmal verrückt wie im wirklichen Leben sind die Charaktere und Typen in Sterlings Geschichten. Glaubwürdig wird das, weil dieser Autor seine Phantasie mit einer brillanten Beobachtungsgabe und solider wissenschaftlicher Recherche verbindet. Außerdem liest er eine Menge Untergrund-Literatur, zum Beispiel von den echten Spinnern der amerikanischen Anti-Arbeits-Partei, aus der Hackerszene oder von Street-Gangs und Obdachlosen. Für ihn hat die biotechnische Revolution, über die so viel spekuliert wird, bereits begonnen.

»Ich fange tatsächlich an, das Leben als eine kommerzielle Industrie zu betrachten«, greift er den Faden wieder auf. »Das läuft letztlich darauf hinaus, dass wir Stück für Stück verkauft werden. Wir werden Gegenstand einer industrialisierten Massenproduktion. Ich betrachte den Begriff ›Leben‹ vielleicht nicht besonders wörtlich, traditionell oder literarisch, aber ich denke wirklich: Wir werden diese Biotech-Industrie haben, und das wird in kürzester Zeit eine Revolution in unserer Gesellschaft bewirken. Die wird größer und massiver sein als die cybernetische Revolution, an der ich in den letzten 15 Jahren so viel Spaß hatte. Freunde von mir, die sich mit künftigen Entwicklungen der Naturwissenschaften befassen, sind ganz elektrisiert von diesem Genom-Projekt. Ich glaube, das ist der Startschuss für eine massive Welle industrieller Entwicklungen.«

Zurück zu »Heiliges Feuer«: Mia erbt von einem Jugendfreund einen Erinnerungspalast. Diese illegale Website, ein virtuelles Spukschloss voller Schwarzgeldkonten und Informationen aus vergangenen Zeiten, bringt sie in Kontakt mit dem Untergrund: den Unangepassten, den Eigenwilligen – und den wirklich Jungen. Mias Ex-Lover hatte als Regisseur ein freies Künstlerleben geführt, auch mal Drogen genommen und gern Alkohol getrunken. Alles kein Problem in dieser liberalen Gesellschaft. Doch seine Lebensbeichte endet mit Worten, die sehr an Bestrebungen des real existierenden Gesundheitsministeriums erinnern, die Kosten zu senken:

»Aber wenn du dich einmal durchchecken lässt, nehmen sie dein Blut und deine Haare und deine DNS und zeichnen alles auf, was du dir angetan hast. Alles kommt in die Krankenakte und wird übers Netz verbreitet. Wenn du wie ein kleiner Heiliger lebst, setzen sie Himmel und Erde für dich in Bewegung. Aber wenn du so lebst wie ich in den vergangenen 96 Jahren ... Die globale Politas, das ist, als würde deine Regierung von deiner eigenen Großmutter geleitet. Von einer klugen, freundlichen, kleinen alten Dame mit einem Teller voller Gebäck und einem Henkerbeil.«

Als Mia nach ihrer Behandlung wieder aufwacht, ist sie ein junges Mädchen. Sie denkt und fühlt auch so. Plötzlich erkennt sie in der Herrschaft der über 100-jährigen eine seltsame Tyrannei der political correctness, die das heilige Feuer von Phantasie und Individualität erstickt. Sie entzieht sich der medizinischen Nachsorge, taucht unter und beginnt mit dem Geld aus dem Erinnerungspalast eine Karriere als Fotografin. Dabei lernt sie Menschen kennen, die nie eine Chance haben werden, sich verjüngen zu lassen, und andere, die das gar nicht wollen.

Natürlich ist das ein Märchen; das soll auch so sein. Aber real sind die Zutaten – bis hin zum Lokalkolorit einer Reise um die Welt mit ihrem bunten Mix von Kulturen. Sehr realistisch wirkt auch, wie sich die verjüngte Alte mit einer echten jungen Frau verbündet und am Ende der Graben nicht mehr zwischen Privilegierten und Ausgeschlossenen verläuft, sondern zwischen phantasiebegabten Kreativen und bürokratischen Langweilern. Beklemmend eindringlich und sachkundig ist beschrieben, wie Mia durch den radikalen medizinischen Eingriff ihre Persönlichkeit verliert und nur mühsam ihr wahres Selbst wiederfindet.

Sterlings Zukunft ist immer zum Greifen nah: Am 9. März 2001 meldeten zum Beispiel die Presseagenturen, dass die Ärzte Severino Antinori (Italien), Panayiotsis Zavos (USA) und Avi Ben Abraham (Israel) trotz aller Bedenken in der übrigen Welt versuchen wollen, den ersten Menschen zu klonen: Kein heimlicher Beschluss, sondern eine Pressekonferenz in Rom. Sterling grinst: »Ich beobachte diese Jungs schon länger. Richard Seed auch und noch ein paar andere. Es ist sehr leicht, die Presse für solche Sachen zu interessieren und Schlagzeilen zu machen. Das tut auch Dr. Kavorki in den USA, der wirklich ein großer ›Pionier‹ ist. Nur beendet der das Leben eher als dass er es verkauft. Der versteht sich als eine Art Genie und braucht solche Propaganda als Beweis seines Heldentums.«

Seit es das Internet gibt, lebt Sterling in einer echten Science Fiction-Welt, die er nur anzuzapfen braucht. Immer wieder betont er, dass er die Probleme lediglich aufzeigt und nicht erfindet. Das war schon so, als er 1977 aus seiner ersten veröffentlichten Kurzgeschichte gleich den Roman »Staubozean« machte: Ein komischer Käptn auf Waljagd wie in Melvilles »Moby Dick«, ein Wüstenplanet mit Sandmeeren und Riesenviechern, die ein begehrtes Rauschgift absondern wie bei Frank Herberts »Wüstenplanet«. Abenteuer, Drogen und Gemeinschaft.

Danach reist Sterling erst mal zweieinhalb Jahre durch Europa, kehrt völlig abgebrannt nach Texas zurück und heiratet. 1980 dann der Roman »Video Kid«: Die Geschichte eines zornigen jungen Mannes, der als sogenannter »Kampfkünstler« Karriere macht. Durch die Verbindung von Gentechnik und Implantaten verkörpert er die Fusion von Mensch und Maschine. Fliegende Kameraaugen machen jedes seiner Abenteuer zum Medienereignis.

Themen wie »Video als Droge«, die Rock-Punk- und Subkultur, zunehmende Gewalt unter Jugendlichen, die Entwicklung im Bereich medizinischer Implantate – das alles war schon ein Vorspiel zur CYBERPUNK-Literatur. Diese Mode schuf Sterling durch intensive Zusammenarbeit mit William Gibson, der das entstehende Internet mit durchgeknallten Hackern bevölkerte. Der Roman »Schismatrix« aus dem Jahr 1985 lässt die Frage noch offen, ob die Gesellschaft sich stärker durch Computertechnik oder Gentechnik verändert. Doch in seinen letzten Büchern spielt die Biologie eine immer größere Rolle. Versucht Sterling, die Urheber der irren Verhältnisse auf dem Globus mit ihren eigenen Mitteln zu schlagen?

»Ich glaube, darauf läuft es hinaus. Hier geht es schließlich um

Marketing. Wir haben die enormen Maschinerien kapitalistischer Entwicklungen im Windschatten der DNA noch nicht wahrgenommen, aber dieses Monster liegt schon vor der Tür und hämmert dagegen und lockt mit sehr, sehr viel Geld. Also Vorsicht!«

Der Leser und Journalist Sterling ist immer dem neuesten Trend auf der Spur. Man könnte sogar sagen, er surft auf selbstgeschaffenen Wellen. Was ist Leben, und was wird menschliches Leben in Zukunft bedeuten? Inzwischen interessieren sich nicht nur Science Fiction-Leser, sondern mehr und mehr Computerfreaks für künstliches Leben. Bis jetzt ist noch nicht so klar, ob man darunter eher etwas Technisches oder etwas Biologisches verstehen soll. Trotzdem wird in wissenschaftlichen Labors heftig daran gearbeitet. Der Roman »Schismatrix«, mit dem Sterling die postmoderne Cyberpunk-Literatur mit begründete, spiegelt dieses Unentschieden. Er handelt von einer Menschheit in nicht allzu ferner Zukunft, die sich im Kampf ums Überleben in zwei Gruppen gespalten hat: Die »Former« haben sich zu Meistern der Biotechnik entwickelt, und die Mechanisten leben in der Welt elektronischer Datennetze. Mit Hardware-Ersatzteilen werden sie Jahrhunderte alt. Infrarot-Sehen, Ultraschall-Hören, zehnfach schnellere Nervenreflexe durch Drogen, ein Computergedächtnis und künstlich verstärkte Muskelkraft: Der »Chiphead« oder der »verdrahtete Mensch« ist längst keine reine Science-Fiction mehr; inzwischen laufen schon Tausende von Menschen mit einem Chip im Kopf herum (vgl. DAS SCIENCE FICTION JAHR 1999).

Sterling macht eigentlich nichts anderes als eine gesellschaftliche Hochrechnung vom heutigen Stand der Wissenschaft aus: »Das interessiert mich sehr. Ich habe schon vor einigen Jahren einen Artikel darüber geschrieben und verbringe viel Zeit damit, die Arbeit am Santa Fe Institut zu beobachten. Das ist so eine Art Silicon-Valley oder Welthauptstadt der Wissenschaft vom künstlichen Leben. Die haben da eine schöne Lehranstalt, eine Denkfabrik könnte man sagen. Ich war schon ein paar Mal dort und gehe demnächst wieder hin. Da kann man wirklich viel lernen über Komplexitätstheorie oder andere Dinge, eine Art weiterentwickelte Cybernetik. Ich habe viel Freude an deren Veröffentlichungen, denn das ist phantastisches Material für mich: Wissenschaft, die so weit voraus ist, da gehst du wirklich ein Risiko ein, echte Grundlagenforschung zu betreiben.«

Biotechnik als Kombination von Medizin, Genforschung, Mikrosystemtechnik, Elektronik und Ingenieurwissenschaften boomt (vgl. DAS SCIENCE FICTION JAHR 1995 und 2000). Die Medizin hat längst begonnen, »defekte Menschen« mit elektronischen Bauteilen zu verbessern. Jetzt ziehen Biotechnik und Gentechnik nach. Mechanische Roboterhände und Implantate kennt heute jeder. Längst stabilisieren Maschinen den Herzschlag durch elektrische Reize oder spritzen Diabetikern das lebenswichtige, Blutzucker regelnde Hormon Insulin genau dosiert ins Blut. Intelligente Miniatur-Implantate lassen taub Geborene hören und sollen Blinde wieder sehend machen. Hirnforscher arbeiten schon seit Jahren bzw. Jahrzehnten an Drogen und Stammhirnimplantaten, die unmittelbar ins Geschehen im Hirn eingreifen.

An vorderster Front der Wissenschaft lösen sich zunehmend die Grenzen der verschiedenen Fachdisziplinen auf. Ein kreatives Chaos, das Sterling liebt wie der Bär den Honig: »Die haben beim Santa Fe Institut echt Probleme, ihre Leute im Wissenschaftsbetrieb zu platzieren, denn wenn du erzählst, du bist Professor für künstliches Leben, fragt natürlich jeder: Was heißt das denn? Ich meine, in welche Abteilung von welchem Fachgebiet steckst du solche Leute, was für Studenten kann man denen anvertrauen? Kein Mensch weiß, was man damit anfangen kann. Die Computerwissenschaft hatte ein ähnliches Problem. Das ist die einzige Wissenschaft, die nach einer Maschine benannt ist. Daher war es zunächst sehr schwer für Computerwissenschaftler, richtig naturwissenschaftlich zu arbeiten, denn da weiß du zunächst nicht, wie du den Leuten sagen sollst, was du eigentlich machst. Bist du Mathematiker oder Ingenieur, Elektroingenieur, Graphik-Spezialist oder Telekommunikations-Spezialist? Was heißt das, ›Computerwissenschaftler‹? Das ist die Art von Wissenschaft, die Science Fiction-Autoren wirklich mögen. Mann, das ist wie für mich geschaffen! Ich liebe diese Jungs!«

Hauptgrund: diese Wissenschaftler sind immer etwas verrückte Typen. So wie die ausgeflippten Omas, die anfangen, mit Drogen zu experimentieren, und sich im Untergrund mit jugendlichen Aussteigern herumtreiben. Oder die »Storm-Trooper«, die in den USA Tornados beobachten und dabei Kopf und Kragen riskieren. Die gibt es ja wirklich. Mit dem Roman »Schwere Wetter« hat er ihnen 1994 ein Denkmal gesetzt: Durchgeknallte wissenschaftliche Aussteiger, die ihre Arbeit mit waghalsigen Videoaufnahmen finanzieren. Sie führen ein High-Tech-Nomadenleben in einer Welt, die durch Klimakatastrophen immer unbewohnbarer wird. Es ist kein Zufall, dass Sterling diese Geschichten in einem typisch ökologischen, zeitkritischen Stil erzählt:

»Die Dämmerung wurde allmählich eindrucksvoll. Die texanischen High Plains waren von Natur aus öde, aber die Natur hatte irgendwann ihre Sachen zusammengepackt und war verduftet. Das Zeug, das am Straßenrand wuchs, schien darüber ausgesprochen glücklich zu sein. Kilometer um Kilometer kamen sie an hüfthohem, hartstengeligem, olivgrün-tristem Unkraut mit hässlichen kleinen, unnatürlich gelb gefärbten Blütentrauben vorbei. Ein Farbton, wie man ihn von einer Pflanze irgendwie nicht erwartete; weder einladend noch hübsch. Die Art Farbe, die eher zu toxischem Abfall oder Senfgas gepasst hätte.«

Rätsel sind ein Grundelement der Literatur, und schon in der Journalistenschule lernt man, dass ein Fragezeichen besser ist als hundert Erklärungen. So tummelt sich Sterling auch am liebsten in Grenzbereichen der Wissenschaft, denn die regen die Phantasie an: »Gerade darum ist es ja so interessant! Wenn erst mal jeder weiß, wer die Szene beherrscht, hat alles eine feste Ordnung und wird damit schon ziemlich banal. Dann sagt man: Okay, fein, das ist ein wohldefiniertes Forschungsgebiet. Wir Science Fiction-Autoren wollen aber immer eine Nasenlänge voraus sein. Wir sind gespannt auf Dinge, die kommen könnten, nicht auf Dinge, die schon passiert sind.«

Fasziniert ist Sterling auch von der Hirnforschung – ein Fachgebiet, das den meisten Laien völlig unverständlich ist, auf dem sich aber eine Menge tut. Viele Forscher zum Beispiel vergleichen das Gehirn mit einem Computer und fragen sich, warum uns eigentlich manche Dinge so schwer fallen, die Computer längst können – etwa ein zweites Fenster auf dem Bildschirm aufmachen, im Fachjargon »Multitasking«. Das heißt nichts anderes als zwei Dinge gleichzeitig tun zu können. Wer bis heute mit so etwas angibt, beweist nur, dass er nichts richtig macht und Konzentrationsschwierigkeiten hat. Sterling aber liest mit Begeisterung Sachbücher wie das mit dem Titel »Das Universum in uns – Wie wir das ungenutzte Potential unseres Gehirns ausschöpfen können« (deutsche Ausgabe bei Piper, 2001). Der Autor, ein schottischer Gehirnforscher und Psychologe, der wirklich schreiben kann, stellt da unter anderem die These auf, dass man allein mit geistigem Training fast genauso schnell seine körperliche Leistungsfähigkeit verbessern kann wie im Fitness-Studio.

Der Forscher berichtet von wissenschaftlichen Studien, in denen zwei Patientengruppen beobachtet wurden. Die einen trainierten im Sportstudio und verbesserten sich in drei Wochen um 30 Prozent. Die anderen trainierten lediglich mental und verbesserten sich ohne jede körperliche Übung in der gleichen Zeit körperlich um 22 Prozent! Die Idee vom virtuellen oder mentalen Fitness-Studio gefällt Sterling trotz aller Skepsis: »Ich habe Tennistrainer von solchen Bewegungsstudien erzählen gehört. Und Psychologen betonen, dass Menschen die einzigen Tiere sind, die üben, während die anderen Tiere nur spielen. Da gibt es Experimente mit jungen Katzen, die miteinander raufen. Aber man hat noch keine Katze gesehen, die sich hinsetzt und diese Pfotenschläge oder Judogriffe methodisch übt. Dazu gehört eine Menge Hirnschmalz. Man kann sich nur eine zukünftige Situation vorstellen und methodisch darauf vorbereiten, wenn man genug geistige Weitsicht hat. Also fällt mir das mit dem geistigen Training körperlicher Fitness nicht schwer zu glauben. Aber ich denke auch, dabei hängt viel von deinem Trainer ab. In anderen Worten: Wenn du an das glaubst, was dir dein Trainer sagt, wenn du diese Denkmethode ausprobierst und sagst: Der ist genial, das mache ich auch so, dann wirst du wahrscheinlich wirklich besser. Aber wenn dein Trainer geistesabwesend ist und du hast den Eindruck, der hat keine Ahnung, dann nützt kein Schema etwas. Dann ist das eine New-Age-Schwärmerei und höchstens lächerlich.«

Die Beherrschung der Materie durch Geisteskraft ist nicht bloß ein Thema für Faulpelze, sondern auch für Science Fiction-Autoren: Muskeln ansetzen durch mentales Training. Sterling besteht allerdings darauf, keine Phantasie mit Schneegestöber zu betreiben. Bei ihm muss alles wissenschaftlich solide recherchiert sein. »Ich finde, man könnte sich daran begeistern, wenn man Menschen in einen Positronenemissionstomographen steckt. Da kann man dann tatsächlich sehen, welche Hirnareale aufleuchten, wenn das Gerät Energie misst, die sich bei Gehirnaktivitäten mit den elektrischen Entladungen an den Synapsen des Nervengewebes entlädt und so weiter. Warum sollten wir geistige Aktivitäten erraten? Stecken wir den Kerl in die Maschine, und wir werden sehen, ob er wirklich daran denkt, wie man Tennis spielt! Ich sage dir: Wenn er 30 Mal daran denkt, wie man Tennis spielt, und nicht an seine Freundin, denn dann ist er ein Betrüger oder ein schlechter Spieler. Aber wenn man ihn da reinsteckt und er beweisen kann, dass er an Tennis denkt, dann muss er ganz konkret mit einem bestimmten Teil seines Gehirns, der eine Verbindung zu seinen Armmuskeln hat, denken und sich vorstellen: Jetzt bewege ich meinen Arm hier. Dann leuchten sie auf. Großartig. Das ist schon ziemlich wie bei George Orwell, aber ich glaube, das ist der Weg, den die Technik wahrscheinlich künftig immer mehr gehen wird.«

1998 veröffentlichte Sterling den Roman »Brennendes Land«, der kürzlich ebenfalls bei Heyne in München auf Deutsch erschienen ist. Da hat er ein paar Dinge auf sein Land übertragen, die es anderswo schon gibt. Dem Flottenstützpunkt Murmansk wurde bereits der Strom abgeschaltet. Arbeitslose russische Physiker stehen vor der Alternative, mit Plutonium zu handeln oder Touristen in den Weltraum zu befördern. Regionalpolitiker führen sich wie Gangsterbosse auf. Überleben kann man fast nur noch illegal – so denken inzwischen auch deutsche Steuerzahler.

Im Szenario von »Brennendes Land« sind die USA nach einem verlorenen Wirtschaftskrieg mit China unregierbar geworden. Washington ist pleite, die US-Army muss sich von

Wegelagerei ernähren. Waffendepots fallen in die Hände ökologischer High-Tech-Nomaden, und Wissenschaftler tun sich mit diesen Chaoten zusammen, um ein neues System zu schaffen, das auch den Millionen Arbeitslosen einen Platz bietet. Der Zusammenbruch der Stromversorgung in Kalifornien im Frühjahr 2001 zeigt, wie nah auch Amerika russischen Verhältnissen ist, auch wenn man das Desaster mit den Twin Towers von Manhattan gar nicht in Betracht zieht. Sterling scheint sich von den Technologie ab und der Philosophie zuzuwenden. Landet, wer über Technologie nachdenkt, automatisch bei deren Folgen?

Bei Wissenschaftlern und Technikern ist das nachweislich selten so. Sterling aber ist da aus anderem Holz geschnitzt. Er hat zwar keine der neuen technischen Entwicklungen schon wieder hinter sich gelassen, aber er stellt andere Fragen als der normale Technik-Freak. Er formt seine Beobachtungen, wie diese ihrerseits seine Sprache geformt haben: »O ja, das ist eine Folge der Umwandlung technischer Stoffe in Kunst. Das kann man in dem Buch auch sehen: Kunst wird im Jahr 2096 sicher nicht mehr auf dieselbe Art ausgeübt wie heute. Aber Künstler reden immer wie Künstler, auch wenn sie Wörter wie ›virtuell‹ oder ›Molekularscanner‹ benutzen. Solche Begriffe in Kunst und Philosophie kommen bloß daher, dass sich die Technologie so extrem entwickelt, sie stößt in neue Gebiete vor und bringt ein neues Vokabular auf. Ich fühle mich zuerst als Künstler und nicht als Techniker, auch wenn ich von einiges von Technik verstehe. Natürlich kaufe ich ihre Produkte und interessiere mich dafür. Aber ich bin Romancier. Es ist nicht mein Job, technische Handbücher zu schreiben.«

Stanisław Lem, ein berühmter Kollege Sterlings, der im September 2001 80 wurde und eigentlich immer schon Technologiefolgen-Abschätzung betrieb, hat zeitlebens Fachzeitschriften wie den *Scientific American* gelesen. Was liest Sterling?

»Schön, ich habe schon mal in den *Scientific American* reingeschaut, aber was ich wirklich gern lese, ist *Nature*. Das mag ich, das ist ein wirklich gutes Magazin, was die Briten da machen. Und was mir daran am besten gefällt: sie machen sich über die amerikanische Art der Forschung lustig. Sie haben so eine erfrischend kritische Art, mit unserer *National Science Foundation* umzugehen, deren Handlungsweise manchmal wirklich ärgerlich und langweilig ist. Ich höre gern diese erfrischend freche Stimme aus London, die immer wieder sagt: Die machen wieder alles falsch! Es ist leicht, sich da aufzuregen. Wenn du ein Moralist bist, dann kannst du eine Menge harte Dinge über Wissenschaft und Technik sagen bzw. darüber, was die Leute damit machen.«

Der Pole Stanisław Lem hat sich in seinem letzten Buch sehr pessimistisch über die Folgen einer breiten Anwendung all der Technologien äußert, deren Entwicklung er vor Jahrzehnten vorhersagte. Der Essayband »Die Technologiefalle« verändert Murphy's Gesetz »Was schiefgehen kann, geht auch schief« in die Behauptung »Was missbraucht werden kann, wird auch missbraucht«.

Technologisch gesehen hat die Realität die kühnsten Visionen eines Lem oder Sterling eingeholt. Über die gesellschaftlichen Folgen kann man aber geteilter Meinung sein. Kann Sterling Lem politisch folgen? »Hören Sie«, meint er, »der Mann hatte wirklich ein hartes Leben, ok? Wenn er bitter sein will, hat er sich das Recht dazu wahrscheinlich verdient. Er hat schwierige historische Erfahrungen gemacht. Ich habe ungeheuer viel Respekt vor ihm als Schriftsteller. Er ist sicher einer der intelligentesten Science Fiction-Autoren in der gesamten Geschichte des Genres. Der Mann hat eine geradezu brennende Intelligenz. Und er hat sich mit seinen frühzeitigen Erfindungen bzw. seiner Prophetengabe sehr verdient gemacht. Er hat wirklich die ganze Literaturgattung in neue Regionen geführt.«

Wenn Sterling von dem Kollegen aus Krakau erzählt, hört man heraus, dass der ein Vorbild von ihm ist – und dass der Autor und Philosoph Lem in Polen derzeit mal wieder in Verruf geraten ist: »Ich habe ihn nie persönlich getroffen. Einmal traf ich einige seiner Kollegen, aber ich sollte wahrscheinlich keine Geschichten weitererzählen, die Mr. Lem in ein schlechtes Licht rücken, denn ich finde, man sollte ihn Dr. Lem nennen. Ich war Gast bei einem polnischen SF-Kongress in Lublin und verkündete: Stanisław Lem ist Polens bekanntester SF-Autor. Auf den müsst ihr Jungs doch mächtig stolz sein! – Oh, *der,* sagten einige. Das sei doch bloß ein verbitterter alter Mann mit verhärteten Ideen, zu kritisch. Sie fanden kein freundliches Wort über diesen Mann.«

In der Tat hat der gelernte Naturwissenschaftler Stanisław Lem aufgehört, Science Fiction zu schreiben, um sich wie zu Beginn seiner Laufbahn mit Technologiefolgenabschätzung zu befassen. Außer vielen Aufsätzen und Artikeln in Fachzeitschriften verfasste er eine große »Summa Technologiae«. Sterling schätzt die 1971 erschienen Aufsätze wegen ihrer brillanten Vorhersagen über die Entwicklung der High-Tech-Zivilisation. Seit 1948 schrieb Lem Romane, um der unberechenbaren Politik aus dem Weg zu gehen. Es wurden 37. Berühmt sind unter anderem die »Sterntagebücher« von 1956, die erfolgreich verfilmte Geschichte des intelligenten Planeten Solaris – das war 1961. Besonders beliebt sind seine »Robotermärchen« – ein ironisches Spiel mit den Klischees des künstlichen Lebens. Über 30 Millionen Bücher von Lem wurden in aller Welt verkauft. Doch die technische Evolution macht ihn ebenso nachdenklich wie die biologische, denn Intelligenz und Moral haben damit nicht Schritt gehalten. Der Prophet von Krakau bezweifelt, dass uns die wachsende Informationsflut noch etwas nützt. Nicht nur Überforderung, sondern auch Massenarbeitslosigkeit trübt Lems Freude am Fortschritt. Die Fiktion interessiert ihn weniger als die Fakten.

Lem hat ja nun wirklich genug herrliche Romane und Erzählungen für ein ganzes Leben geschrieben, meint Sterling mit respektvollem Bedauern. Denn er hat viel von diesem Polen gelernt: »Schauen Sie, das Leben eines literarischen Genies ist selten leicht. Wenn er jetzt aufhören will, Fiction zu schreiben, dann hat er nach meiner Meinung – meiner festen Überzeugung – das Recht dazu. Schweigen ist immer eine ehrenvolle Option. Du kannst jederzeit einfach aufhören. Und die Welt hat keinerlei Recht, noch ein literarisches Werk zu verlangen, von niemandem.«

In dieser Hinsicht hat Sterling aber nicht die Absicht, es Lem nachzutun. Im Augenblick interessiert er sich mal wieder für die Faktenbasis seiner phantasievollen Bücher: »Ich arbeite gerade wieder an einem Sachbuch. Ja, wahrscheinlich werde ich noch einige Romane schreiben, aber ich garantiere nicht dafür, dass ich das bis ins Grab so weitermache. Wenn ich irgendwann das Bedürfnis haben sollte, zu schweigen, dann werde ich definitiv den Mund halten. Gut, meine Frau wird das wahrscheinlich bezweifeln. Sie glaubt nicht, dass ich jemals den Mund halten werde. Aber ich kann mir in der Tat Umstände vorstellen, unter denen es das Beste ist, nichts zu sagen.«

Bruce Sterling ist auf dem Weg zum Medienstar. Seit Jahren spricht er auf zahlreichen Fachkongressen und gibt Interviews auf Lesereisen. Immer mehr Leute interessieren sich für den Mann mit der unglaublichen Nase für Trends. Was zieht ihn zur Zeit besonders an? »Ich bin z.B. immer an Sex interessiert und was sich da neu entwickelt. Auf meiner Prioritätenliste der coolen Sachen steht aber auch die Computerisierung des Lebens immer noch ziemlich weit oben. Das Internet verbreitet sich inzwischen auch physisch über physische Objekte. Da kann man inzwischen alles kaufen: Stühle, Sessel, Tennisschläger, Brillen, Schuhe, Autos, Telefone, Formulare. Viele meiner Freunde sind Industriedesigner oder Computerleute und werden richtig high bei der Vorstellung. Das ist sexy, sagen sie, das ist der Weg in die Zukunft. Und ich sitze daneben und versuche mir vorzustellen, was da wirklich abgeht in dieser verrückten Industrie. Das scheint genau der Ort zu sein, wo ich gern wäre. Aber noch weiß niemand, ob das wirklich brillant wird oder bloß eine Riesen-Scharlatanerie.«

Sterlings Roman »Inseln im Netz« von 1988 erschien 1990 beim Heyne Verlag und erscheint jetzt wieder – in einer bearbeiteten Neufassung. Da tobt er seine Liebe für Asien aus und nimmt die gesellschaftlichen Strukturen der multinationalen Konzerne im Zeitalter der Globalisierung aufs Korn. Der Texaner gefällt sich in der Rolle des Hofnarren, und er spielt sie glänzend. Die Apokalypse machen wir schon selbst, meint er. Seine Science Fiction will vor allem Spaß machen. Er trifft den Nerv der Zeit, weil er sich selbst elektrisieren lässt von allem Neuen, das er beobachtet. Aber dabei interessieren ihn immer die Folgen technischer Umwälzungen für die Menschen:

»Wissen Sie, jeder Tag ist ein Karneval. Wirklich: Das Material ist großartig. Ich habe überhaupt nicht genug Pfeile im Köcher.

Ich habe das Gefühl: Wenn ich schneller wäre, könnte ich vom Stoff her alle 12 Stunden einen Science Fiction-Roman schreiben. Nehmen Sie nur einige Aspekte der zeitgenössischen Gesellschaft und der Situation, die sich da entwickelt: Wir leben mitten in einer phantastisch schnellen technischen Umwälzung! Die Computerwelt, die digitale Revolution, ist gigantisch. So groß wie die Erfindung der Eisenbahn, der Elektrizität, des Flugzeugs. Es ist ein Riesending und beherrscht inzwischen alles. Davon sind Milliarden von Menschen betroffen, und allein darüber könnte man Milliarden von Stories erzählen. Ich werde nicht lange genug leben, um die alle zu Papier zu bringen – das ist physisch einfach nicht möglich.«

Sprach's und enteilte zu seiner Lesung bei den Münchner Buchwochen 2001 in die Dämmerung eines grauen Vorfrühlingstages. Demnächst sollten wir unser Gespräch fortsetzen. Die Welt hat sich seit dem 11. September dieses Jahres drastisch verändert – und möglicherweise auch die Prioritätenliste eines Autors, den die Folgen äußerer Umwälzungen für die Menschen nie kalt lassen werden.

INTERVIEW

Science Fiction als »Literatur des visionären Realismus«

Ein Gespräch mit Christopher Priest

Das Interview mit Christopher Priest führten Usch Kiausch und Sascha Mamczak Ende Oktober 2000 während des europäischen UTOPIA-Kongresses in Nantes, Frankreich.

F: *In einem Podiumsgespräch heute Morgen haben Sie erwähnt, dass sich Ihre Definition von Science Fiction als literarischer Gattung grundsätzlich von der Definition anderer Autoren oder Kritiker unterscheidet. In welcher Hinsicht?*
A: Dass ich mir überhaupt Mühe gebe, eine Definition von Science Fiction zu liefern, liegt schlicht daran, dass es vielen Autoren und Kritikern Spaß macht, mit Definitionen herum zu jonglieren. Oft wird Science Fiction dabei als eine »Literatur künftiger Möglichkeiten« usw. definiert. Mir fällt dabei auf, dass diese Definitionen stets deskriptiv ausfallen. Die Autoren und Kritiker nehmen sich die Bücher vor, die sie gelesen haben, und versuchen dann, sie irgendwie zu beschreiben und einzuordnen. Ich gehe völlig anders vor: Mir geht es um eine programmatische Erklärung, die besagt: So und nicht anders sollte Science Fiction aussehen. Eine deskriptive Definition muss ja auch den ganzen »Schrott« berücksichtigen. Dagegen setzt mein Postulat hohe Maßstäbe und schließt nur sehr gute Literatur ein. Für mich ist Science Fiction eine visionäre Literatur, in der eine neue oder andere Art von Realismus geschaffen wird. Diese Definition besteht also aus drei Elementen. Science Fiction ist *Literatur*, sie ist *visionär*, und sie ist in *realistischer Erzählweise* verfasst.

Dass Science Fiction Literatur sein soll, versteht sich von selbst. Das Visionäre ist die offene Dimension – man lässt beim Schreiben den eigenen Vorstellungen die Zügel schießen. Selbstverständlich sind Visionäre verrückte Menschen, die von ihren Themen besessen sind. Und genau das sollten wir als Autorinnen und Autoren auch sein, wir sollten unseren Verrücktheiten völlig nachgeben. Aber dann kommt als nächster Schritt ein weiteres Element hinzu, und das ist der Realismus, der den Schreibprozess bestimmt. Wenn man auf visionäre Weise schreiben würde, hätte man Probleme, überhaupt gelesen zu werden. Ich selbst interpretiere mich so, dass bei mir der Realismus in der realistischen oder realistisch wirkenden Prosa liegt. Das heißt, ich bemühe mich, eine Prosa zu schaffen, die für ihre Leserinnen und Leser glaubwürdig wirkt.

Science Fiction hat eine ganz bestimmte Form und muss sich verkaufen lassen. Folglich geht man am besten so vor, dass man seinen Visionen eine akzeptable Form gibt und schlicht und einfach etwas schafft, das die Leute auch tatsächlich lesen wollen. Beide Elemente sind wichtig: die Vision genauso wie der Realismus. Viele Autorinnen und Autoren versuchen ihre Werke dadurch interessanter zu machen, dass sie einen bemüht kunstvollen, ausgeklügelten Stil verwenden. Das kann dem Stoff angemessen sein oder auch nicht – jedenfalls verstärkt es nicht die Wirkung der auktorialen Vorstellungskraft, es hebt lediglich die stilistischen Elemente stärker ins Bewusstsein der Leserinnen und Leser.

F: *Ich erinnere mich daran, dass Sie vor Jahren bei einem Gespräch über Ihre Romane* The Glamour* *und* The Affirmation** *erwähnt haben, Sie selbst würden diese Romane als »Metafiktion« bezeichnen. Ist das ein Etikett, das Sie auch heute noch verwenden?*

A: Ja, als Etikett ist es durchaus brauchbar. Für mich bedeutet der Ausdruck »Metafiktion« so viel wie metaphysische Fiktion, eine Literatur, in der es um mehr als die reine Romanhandlung

* The Glamour: deutsch *Der schöne Schein*, München 1987, Heyne Science Fiction 06/4413

** The Affirmation: deutsch *Der weiße Raum*, München 1984, Heyne Science Fiction 06/4073

Christopher Priest

geht. Natürlich wird darin auch eine Geschichte erzählt, und man kann das ganze Buch auf diese Weise lesen, ohne dass man irgendetwas vermisst. Aber gleichzeitig sollte das Buch auch zu einer größeren Debatte beitragen, Teil eines weiteren Diskurses sein – das nenne ich »Metafiktion«.

F: *Aber die Realität dieser Romane ist nicht die Realität, die wir kennen, sie wirkt auf phantastische Weise verändert. Und Sie nutzen plausible Mittel – in* The Extremes* *sind das die Mittel moderner Technik, die Möglichkeiten der Simulation, der virtuellen Realität –, um etwas recht Phantastisches auf einer realistischen Ebene glaubwürdig zu machen.*

A: Ja, genau das trifft's. Wenn man als Autor Leserinnen und Leser dazu einlädt, sich mit komplizierten Ideen auseinander zu setzen – *The Extremes* ist ein Beispiel, aber es gilt genauso gut für *The Affirmation* –, sollte man sie meiner Meinung nach vorsichtig an diese Ideen heranführen, sie weiter und weiter locken ... Unabhängig vom Inhalt dieser Ideen muss es im Roman eine Ebene geben, zu der die Leserin/der Leser Zugang hat, der Roman muss einfach gut lesbar sein. *The Affirmation* ist dafür ein anschauliches Beispiel. Gegen Ende des Buches gibt es jede Menge Enthüllungen, die das, was man bislang gelesen hat, völlig auf den Kopf stellen. An diesem Punkt ändert sich alles, was man über die Handlung zu wissen glaubte. Aber das ändert nichts daran, dass man während des vorangegangenen Leseprozesses alles genauso lesen konnte, wie es dastand. Also sind beide Versionen wahr. Nur habe ich die visionäre Seite so lange unter Verschluss gehalten, bis der Moment der Enthüllung meiner Meinung nach gegeben war. Trotzdem ist die realistische Ebene durchweg vorhanden.

F: *Deswegen vorhanden, weil Sie es dem Leser/der Leserin leichter machen wollen?*

A: Ich will keine »leichte Lektüre« anbieten, aber ich will sie auch nicht unnötig erschweren. Viele Menschen mögen es gar nicht, wenn sie zu viel nachdenken müssen. Viele Kritiker verwenden bei der Rezension meiner Romane den Ausdruck

---

* The Extremes: deutsch *Die Amok-Schleife*, München 2002, Heyne Science Fiction 06/6387

»anspruchsvoll«. Mir gefällt das gar nicht, weil ich das für ein Schlüsselwort im Verlagswesen halte, das für »schwierig« steht. In anderer Hinsicht will ich jedoch durchaus, dass meine Sachen »anspruchsvoll« sind. Ich möchte, dass die Menschen, wenn sie das Buch ausgelesen haben, schockiert sind und sagen: Das ist ja irre – völlig irre!

F: *Als ich Ihren Roman* The Prestige* *rezensierte, habe ich geschrieben, dass der Autor wohl eine sadistische Ader haben muss, da man den Schluss auf hunderttausend verschiedene Weisen interpretieren kann ... Also, ich glaube schon, dass das eine Herausforderung an die Leserschaft darstellt ...*

A: Das wirklich Herausfordernde an der Lektüre meiner Bücher liegt meiner Meinung nach darin, dass man gezwungen ist, sich an jede Einzelheit zu erinnern, weil diese Einzelheit später ja wieder in anderem Zusammenhang aufgegriffen wird. Viele Bücher sind leicht zu lesen, weil sie viel »Füllstoff« enthalten. Der Leser/die Leserin muss sich nur merken, dass die Protagonisten auf dem Weg nach Venedig sind. Dort haben sie eine Liebesaffäre, hinterher fahren sie nach Rom usw. Na ja, in meinen Büchern würde auf dem Weg nach Venedig irgendetwas passieren, das Auswirkungen auf etwas hat, das viel später im Roman geschieht ...

F: *Die Konstruktion von Romanhandlungen macht Ihnen wirklich Spaß, nicht wahr?*

A: Oh ja, ich lege darauf besonders großen Wert. Gerade, weil es da so viele Missverständnisse gibt: Wenn Leute über die Konstruktion von Science Fiction-Romanen reden, glauben sie oft, es gehe dabei nur um *Action*. Meine Vorstellung von Konstruktion hat viel mehr mit der Architektur eines Romans zu tun, mit der Romangestaltung unterhalb der reinen Handlungsebene.

Derzeit arbeite ich an einem Roman mit dem Titel *The Separation*, in dem der Nazi Rudolf Hess als Romanfigur vorkommt. Er taucht in vielen Szenen auf, und jede Szene enthält einen Schlüssel für die folgende. Natürlich kann es passieren, dass

---

* The Prestige: deutsch *Das Kabinett des Magiers*, Weitbrecht Verlag, Stuttgart 1997

einem dieser Schlüssel entgeht, aber dann wird man es später merken, denn die Zeichen sind bewusst so gesetzt, dass man im späteren Verlauf gezwungen wird, sich daran zu erinnern.

***F:** Ihre Romane bieten stets mehrfache Möglichkeiten, die Realität der Handlung – oder Realität überhaupt – zu interpretieren. Steckt hinter den Fragen, die Ihre Bücher aufwerfen, ein ganz bestimmter philosophischer Ansatz? Sind das nicht die Hypothesen des Solipsismus? Besteht die Welt nur aus den Vorstellungen, die sich der Mensch von dieser Welt macht?*

A: Es ist Solipsismus – angewandt auf die Literatur, rein literarischer Solipsismus. Wenn man irgendein Buch, irgendeinen Roman liest, betritt man eine Welt, in der man mit dem Autor einen Pakt schließt. Natürlich weiß man, dass der Roman reine Fiktion ist und deshalb nicht der Realität entsprechen kann, der Roman ist nicht die Realität. Vom ersten Wort an handelt es sich um ein Spiel mit der Wirklichkeit. Man weiß als Leser, dass dies nicht die reale Welt ist, sondern eine vorgetäuschte. Deshalb ist das erste Wort eines Romans stets eines der wichtigsten. Denn von diesem Augenblick an ändern sich alle Regeln. Und ich verwende diesen literarischen Solipsismus ganz bewusst, wenn der Leser die Welt des Romans betritt. Selbstverständlich gilt das eigentlich für alle Romane, aber ich spiele mit den darin angelegten Möglichkeiten. Das ist typisch für mein Schreiben, ich spiele mit der Form. Ich bin kein Mensch, der sich besonders viel mit Philosophie befasst – außer beim Schreiben. Wenn ich schreibe, befasse ich mich mit einer Literatur der Ideen.

***F:** Ist Ihr »literarischer Solipsismus« in irgendeiner Weise von Philip K. Dick beeinflusst?*

A: Das weiß ich wirklich nicht, ich kann das nicht so allgemein beantworten. Bei Dick hatte ich stets den Eindruck, dass er entweder auf Drogen oder verrückt war. Er war wohl beides, was seine Werke nicht schmälert. Aber ich bin kein Verrückter, das Problem meiner Bücher liegt eher darin, dass sie in geistiger Hinsicht so normal und so furchtbar vernünftig sind ... (Lacht) Sie sind durch und durch logisch angelegt. Eines ergibt sich aus dem anderen. *The Affirmation* zum Beispiel ist ein Roman, in dem es ausdrücklich um Wahnsinn geht – obwohl an keinem Punkt irgendjemand durchdreht –, aber es ist ein durchweg klarer, rationaler Roman, bis zum Ende. Und je rationaler erzählt wird, desto mehr merken die Leser, dass es hier um völlig wahnsinnige Personen geht, und können vorhersagen, dass es zum Zusammenbruch kommen muss.

F: *Fragen von Erinnerung und Identität scheinen sich wie ein roter Faden durch alle Ihre Romane zu ziehen. Was bedeutet für Sie Erinnerung im Verhältnis zur Identität?*

A: Na ja, an Fragen der Erinnerung bin ich ganz besonders interessiert. Wenn ich mich an etwas nicht erinnern kann, ist es ja so, als sei es nie passiert. Hier in Nantes treffe ich Menschen, die sagen: Hallo, Chris, wissen Sie noch, dass wir uns letztes Jahr auf dem Utopie-Kongress in Poitiers begegnet sind? – und ich erinnere mich überhaupt nicht daran, obwohl ich mir sicher bin, dass eine solche Begegnung stattgefunden haben muss. Was kann man aus der Tatsache, dass ich mich nicht daran erinnere, schließen? Dass ich bei dieser Begegnung betrunken war? Dass sie mich gelangweilt hat und ich gar nicht weiter darauf geachtet habe? Dass ich in Poitiers einfach viel zu vielen Menschen begegnet bin? Also weist die Erinnerung oder das Fehlen einer Erinnerung auf viele Möglichkeiten hin, die Vergangenheit zu deuten.

In meiner Kindheit, ich war damals elf oder zwölf, bin ich einmal böse vom Fahrrad gestürzt, weil ein anderer Junge mich umgestoßen hat. Dabei fiel ich auf den Kopf, bekam eine Gehirnerschütterung und konnte mich an nichts mehr erinnern, was davor geschehen war. Die Erinnerungen an die Zeit davor sind für immer verloren gegangen, sie kamen auch nie wieder. Als ich aus meiner Ohnmacht aufwachte, war da nur eine seltsame Leere – man kann es gar nicht beschreiben, man kann es nur nachvollziehen, wenn man es selbst schon erlebt hat. Ich habe meine Eltern zwar erkannt und kannte mich auch noch mit alltäglichen Dingen aus, aber die Erinnerung an all die Tage vor dem Unfall war gelöscht. Obwohl das schon so lange her ist, denke ich immer noch oft an diese Zeit und frage mich, was damals eigentlich passiert ist. So etwas ist eine außerordentlich gespenstische Erfahrung, auch wenn der Unfall recht harmlos war.

Im Ersten Weltkrieg ist es häufig passiert, dass Soldaten beim

Einschlag von Granaten in ihrer umittelbarer Nähe einen Schock bekamen. Wenn sie sich in Folge der gewaltigen Explosionen eine Gehirnerschütterung zuzogen, sind sie oft einfach davon geschlendert. Viele wurden erschossen, weil man sie für Deserteure hielt. Inzwischen wissen wir, dass dieser Zustand, der Fluchtdrang, eine direkte Folge solch traumatischer Ereignisse ist.

F: *Um das Leben zu ertragen, neigen wir dazu, unsere Vergangenheit oder Lebensphasen, die wir nicht richtig begreifen können, zu rekonstruieren. Sehen Sie das auch so? Versuchen Sie das auch in Ihren Romanen zu thematisieren?*

A: Als ganz normaler Mensch, der sich in dieser Welt bewegt und bestimmte Dinge tut, verhalte ich mich meiner Meinung nach überhaupt nicht anders als der Rest der Menschheit. Aber wenn ich schreibe, kommt es mir so vor, als seien wir nichts anderes als das Produkt unserer Erinnerungen. Wenn sich diese Erinnerungen verändern oder gelöscht werden, dann werden wir in der Gegenwart zu anderen Menschen. Diese Idee zieht sich durch alle meine Bücher.

F: *Offenbar reagieren wir stets auf einen bestimmten Reiz – das kann beispielsweise ein Geruch oder ein bestimmtes Bild sein –, wenn wir eine Situation rekonstruieren. Aber wenn wir eine Situation mehrmals rekonstruieren, ist sie nie ganz identisch mit der vorherigen Rekonstruktion, wie wir heute aus der Kognitionsforschung wissen. Sind Sie an solchen Forschungen besonders interessiert?*

A: Darauf können Sie Gift nehmen. – Welche Farbe hat beispielsweise die Zahl vier?

F: *Welche Farbe hat die Zahl vier? Für mich ist sie blau ...*

A: ... ja, für mich auch. Aber für meine Kinder ist sie grün. Und welche Farbe hat die Zahl sechs?

F: *Für mich ist sie rosa.*

A: Und für mich gelb. (Lacht) Man stellt sich Farben vor, indem man assoziiert, indem man sie in bestimmte Beziehung zu anderen Dingen setzt. Oder nehmen wir die Musik: Manchmal kann einen ein bestimmtes Musikstück regelrecht umhauen. Plötzlich hört man etwas, das man zwanzig Jahre nicht gehört hat – und schlagartig fällt einem die Situation ein, in der diese Musik eine Rolle gespielt hat.

F: *Versuchen wir nicht ständig, unser Leben zu rekonstruieren, um eine bestimmte Linearität, eine gewisse folgerichtige Entwicklung herzustellen?*

A: Stimmt, allerdings arbeitet unsere Erinnerung nicht auf chronologische Weise, obwohl unser Leben ja chronologisch verläuft. Wir führen Tagebuch, wir schreiben Briefe, die das beweisen. Aber unsere Erinnerung arbeitet anders ... Oft bin ich völlig verblüfft, wenn ich merke, dass zwei Dinge, die ich gar nicht miteinander verbinde, gleichzeitig geschehen sind. Beispielsweise habe ich während des Watergate-Skandals die ganze Zeit an meinem Roman *The Space Machine** geschrieben, beim Schreiben allerdings gar nicht weiter über Watergate nachgedacht. Als ich mir das Buch Jahre später noch einmal vornahm, sah ich ständig Nixon vor mir – er war Teil des Romans. Es war wirklich bizarr, wie ich die Dinge nachträglich miteinander verband.

F: *Welche Auswirkung hat die virtuelle Realität Ihrer Meinung nach auf unser Wirklichkeitsempfinden?*

A: Ich glaube, die wesentlichen Auswirkungen werden sich erst in der Generation unserer Kinder zeigen. In dem Roman *The Extremes* werden Entwicklungen aufgegriffen, die zwei Parallelen in der Gegenwart haben. Die eine hat mit den Handys zu tun, die andere mit dem Internet. Handys und Internet verändern unsere Lebensweise. Und das wirkt sich zu allererst bei unseren Kindern aus. Fast alle Eltern, zumindest in England, haben ihre Kinder inzwischen mit Handys ausgestattet. Überall in England sehe ich Kinder, die über Handys miteinander schwatzen. Das wird ihr Leben so verändern, wie wir uns das heute noch gar nicht vorstellen können. In zehn Jahren, wenn diese Kinder erwachsen sind, werden bei uns völlig andere Ansichten über die Gesellschaft, über Freundschaften und den Umgang oder die Begegnung mit anderen Menschen vorherrschen. Die Erfahrungen unserer Kinder werden sich aufgrund des Besitzes von Handys völlig von meinen oder Ihren Erfahrungen unterscheiden. Aber wie diese Erfahrungen aussehen werden, können wir heute nicht einmal ahnen.

---

* The Space Machine: deutsch *Sir Williams Maschine*, München 1977, Heyne Science Fiction 06/3540

Die zweite Entwicklung hat mit dem Internet zu tun, das ungeheure Möglichkeiten bietet. Die Kinder sind fasziniert vom Internet, sie lieben es, sie laden sich alles Mögliche herunter, stellen Dinge damit an, von denen wir keine Ahnung haben. Wir Erwachsenen nutzen es für ganz bestimmte Dinge, suchen im Internet zum Beispiel nach Buchtiteln oder ähnlich langweiligen Arbeitshilfen. Die Kinder dagegen suchen zum Beispiel nach Schlüsselwörtern für Spiele usw.

In meinem Roman *The Extremes* sind es Erwachsene, die die virtuelle Realität nutzen. Aber praktisch geht die Entwicklung dahin, dass die Kinder in zehn Jahren genauso selbstverständlich mit der virtuellen Realität umgehen werden wie heute schon mit dem Handy oder mit dem Internet. Und das hat für mich etwas wirklich Erschreckendes. Ich weiß nicht, wie sie die virtuelle Realität nutzen werden, aber sie wird ihnen zur Verfügung stehen.

Das Fernsehen ist ein weiteres Beispiel: Vor hundert Jahren gab es nichts dergleichen, aber heute sind die Kinder davon völlig vereinnahmt. Die virtuelle Realität wird das Fernsehen völlig verdrängen, schließlich ist sie viel interessanter, macht viel mehr Spaß. Außerdem bekommen die Eltern dabei überhaupt nicht mit, was ihre Kinder treiben. Mit dem Internet ist es gegenwärtig ja schon ähnlich, aber die virtuelle Realität trägt einen wirklich davon – zum Mars, ins Nirwana oder sonst wohin ...

F: *Ja, und man befreit sich dabei völlig von seinem Körper, man ist körperlos. So ist es ja jetzt schon, wenn man neuen Menschen in den chat rooms des Internet begegnet. – Was mich zu Ihrem Roman* The Extremes, *Teresas Existenz in der virtuellen Realität und ihrer leiblichen Existenz im »wirklichen Leben« des Romans zurückbringt. Das Ende dieses Romans habe ich mindestens zehnmal gelesen. Irgendwann hatte ich den Eindruck, das Ende müsse bedeuten, dass Teresa mit Hilfe der virtuellen Realität den Tod ihres Ehemanns endlich verarbeitet hat und ein neues Leben beginnen kann – ein Leben, das außerhalb der virtuellen Realität liegt. Aber dann dachte ich wieder: Nein, ihr »wirkliches« Leben ist für immer auf die virtuelle Realität beschränkt. Ist diese doppelte Möglichkeit der Interpretation beabsichtigt?*

A: Ja, das Ende enthält beides, Sie haben es gut zusammengefasst. Wenn man das Ende »real« interpretieren möchte, bedeutet es: Teresas Körper steckt immer noch in der virtuellen Realität, aber irgendwann wird man sie da herausholen, und dann wird sie alles verlieren. Aber in anderer Hinsicht ist die virtuelle Realität das Einzige, was ihr Leben lebenswert macht. Sie hat dadurch eine Möglichkeit gefunden, die Verbindung zu ihrem Mann wiederherzustellen – das ist alles, was sie sich wünscht. Ich selbst halte das für einen glücklichen Romanausgang, das Ende hat mich während des Schreibens sogar zum Weinen gebracht. Immer schon wollte ich einen Roman über zwei Menschen schreiben, die einander lieben, einen Roman, der damit endet, dass sie für immer und ewig in Liebe vereint sind, im Liebesakt.

Aber die dem Roman zugrundeliegende Vorstellung, dass jemand, den man liebt, stirbt und die virtuelle Realität einem die Möglichkeit bietet, diesen Menschen wiederzusehen, empfand ich als wirklich entsetzlich. So etwas muss einem einen Schock versetzen. Ich weiß, dass Menschen, die mit Schauspielern verheiratet sind oder deren Eltern Schauspieler waren, nicht gerne Filme sehen, in denen ihre Angehörigen mitspielen. Man stelle sich ein Wiedersehen mit dem verstorbenen Vater vor, in dem er so furchtbar jung und gesund aussieht ... In *The Extremes* hätte Teresa ja durchaus die Möglichkeit gehabt, unmittelbar nach dem Tod ihres Mannes nach Texas zu fahren und ihn dort in der virtuellen Realität der FBI-Simulationen wiederzusehen. Aber sie hat das Gefühl, dass sie dazu noch nicht bereit ist, dass sie diesen Tod noch nicht verarbeitet hat. Jedenfalls hat diese grundlegende Vorstellung des Wiedersehens mit einem Toten in der virtuellen Realität mir den Stoff für einen Roman geliefert ...

F: *Vorhin haben Sie gesagt, dass Sie keine Ahnung haben, wie Ihre Kinder einmal leben werden. Vielleicht wird das eine der wesentlichen Veränderungen sein: die Möglichkeit, Dinge, Menschen, Situationen wieder oder neu zu erschaffen ...*

A: ... und keiner wird jemals sterben ...

F: *... und es gibt in bestimmter Hinsicht gar keine Vergangenheit mehr ...*

A: Ja, das stimmt. Aber natürlich ist der Roman *The Extremes* nicht darauf angelegt, eine mögliche Zukunft vorherzusagen. Es handelt sich dabei ziemlich eindeutig um einen »Was wäre, wenn«-Roman. Es ist recht unwahrscheinlich, dass wir künftig in der Lage sein werden, aufgrund der Erinnerung von Augenzeugen Massaker oder traumatische Ereignisse virtuell zu rekonstruieren. Allerdings ist es eine Annahme, über die sich nachzudenken lohnt.

F: *In der FBI-Ausbildung werden offenbar bereits Simulationen von Krisensituationen verwendet, das heißt dort üben die Agenten das Eingreifen anhand von Szenarien wirklicher Verbrechen.*

A: Das war mir bekannt, deshalb habe ich das in meinem Roman auch verwendet und weiterentwickelt.

F: *Wo haben Sie recherchiert? Vor Ort, in den USA?*

A: Ich glaube, ich habe dasselbe Fernsehprogramm wie Sie gesehen! (Lacht) Irgendjemand hat mir das näher beschrieben.

Die Ausbilder verwenden dafür eine große Kinoleinwand und eine Computersimulation, und die Polizisten haben Waffen mit echter Munition. Mit den Waffen feuern sie auf die Leinwand. Die Folgeszene der Computersimulation hängt vom Einschlag der Kugeln ab. Verfehlt die Kugel ihr Ziel, hat das schlimme Folgen, dann erschießt der Kriminelle den Polizisten. Wird der Verbrecher getroffen, fällt er tot um usw. Für einen Science Fiction-Autor ist es von da aus nur ein kleiner Schritt, diese Ausbildung in die virtuelle Realität zu verlagern. Und damit tun sich sofort hundert weitere Möglichkeiten auf.

Extremsituationen, Grenzbereiche der Erfahrung haben mich immer schon interessiert, auch im wirklichen Leben. Im Roman *The Extremes* gibt es mehrere Szenen, in denen Teresa mit dem Wagen herumfährt, plötzlich wendet und die Gegenrichtung einschlägt. Manchmal ist aber auch der Speicher der Simulation erschöpft und die Szenerie kommt einfach zum Stillstand. Sie stößt an die Grenze der Simulation ...

F: *Wie im Film* Truman Show, *als die Ummauerung des künstlichen Meeres sichtbar wird ...*

A: Na ja, ich muss allerdings betonen, dass mein Roman eher da war als dieser Film ... Aber Sie haben Recht, auch dort kommt dieser Rand der Realität vor, als Rand des Wassers. Allerdings hat mir der Film ganz und gar nicht gefallen, ich hatte den Eindruck, dass er nur aus den Ideen anderer Leute zusammengeklaubt ist ... Ideen von Pohl, Dick usw.

Lassen wir das. Jedenfalls habe ich mich immer schon für solche Ränder, solche extremen Pole interessiert. Vorhin habe ich den Ersten Weltkrieg erwähnt. Während dieses Krieges erstreckten sich zwei Schützengräben über ganz Europa, von der Schweizer Grenze bis zur Nordsee. Hier der eine, dort der andere, von beiden Schützengräben aus beschossen sich die Gegner. Ich habe mich oft gefragt, was wohl dem Kerl am Ende des Schützengrabens durch den Kopf gegangen ist, denn es muss ja einen letzten Mann am Grabenende gegeben haben. Stand er am Strand? (Lacht) Haben die Wellen ihn erwischt? Und warum sind die Deutschen und die Engländer nicht auf die Idee gekommen, den Schützengraben des jeweiligen Gegners zu umgehen? Das ist einfach nur so eine verrückte Idee. Aber solche Details faszinieren mich ...

F: *Welche Bedeutung hat das Detail des Spiegels für Sie? Der Roman* The Extremes *beginnt ja mit dieser Spiegelszene, in der Teresa ihren Zwilling Megan entdeckt. Ich habe den Spiegel als eine Art wiederkehrendes Motiv gesehen, das im weiteren Verlauf variiert wird. Für die kleine Teresa ist der Spiegel ein Fenster zu einer anderen Welt – wie es ja auch im Roman heißt –, aber gleichzeitig reflektiert er eigentlich nur Teresa selbst, gibt ihre inneren Vorstellungen wieder. Genau das gilt ja eigentlich auch für die Simulationen, in die später die erwachsene Teresa eintaucht. Ist der Spiegel auch ein solcher »Rand der Realität«?*

A: Der Spiegel ist eine sehr persönliche Imagination. Während ich an dem Roman schrieb, sah ich eines Tages, wie meine kleine Tochter Elizabeth vor dem Spiegel stand und sich mit ihrem Spiegelbild unterhielt. Elizabeth ist ein Zwilling, und ich hatte den Eindruck, dass sie sich mit ihrem Zwilling unterhielt. Ihr Spiegel-Zwilling hatte auch einen bestimmten Namen, möglicherweise nannte sie ihn sogar Megan. Es war eine überaus zauberhafte Szene, wie sie sich mit ihrem Spiegelbild unterhielt, dem anderen kleinen Mädchen ihre Puppen zeigte usw. Mich hat aber weniger interessiert, was sie dort tat, ich war neugierig, was ihr dabei durch den Kopf ging. War ihr klar, dass sie vor einem Spiegel stand? Ja, selbstverständlich wusste sie das, aber dieses Wissen blendete sie für eine gewisse Zeit einfach aus ...

F: *Auf mich hat dieser Spiegel wie eine Metapher gewirkt, die in* *anderen Teilen des Romans wieder aufgegriffen wird. Teresa will in den Simulationen eine andere Art von Realität erleben, aber im Grunde reflektieren die Simulationen stets ihren eigenen Seelenzustand ... Jedenfalls hat mich dieses Anfangsbild durchs ganze Buch begleitet.*

A: Ja, aber der Spiegel ist keine Metapher, die den Schlüssel zum *ganzen* Roman liefert. Der Spiegel ist nur ein Detail von Teresas Vorstellungswelt. Sie interpretieren den Spiegel zwar völlig richtig, aber der Spiegel ist keine Metapher, die streng und systematisch als »Leitmotiv« durchgezogen wird.

***F:** Warum haben Sie diese Spiegelszene dann an den Anfang des Romans gesetzt?*

A: Ich will Ihnen verraten, warum: aus einem ganz anderen Grund. Irgendwo habe ich einen Artikel über den Waffengebrauch in Amerika gelesen. Oft genug kommt es dort vor, dass ein Kind von einem anderen Kind erschossen wird. Oder ein Kind findet die Waffe seines Vaters, greift danach, und es löst sich ein Schuss, der das Kind tötet. Dass so etwas passieren kann, finde ich bestürzend, es ist ein Armutszeugnis für die Gesellschaft. In dem Roman *The Extremes* geht es um ein Trauma, das durch Schusswaffen ausgelöst wird. Wer ist Opfer dieses Traumas? Jemand, der schon in seiner Kindheit ein Trauma erlebt hat, ein Trauma, das durch den Gebrauch einer Schusswaffe ausgelöst wurde. Und jetzt wird diese Person als Erwachsene erneut damit konfrontiert. Die Erfahrung, die Teresa in ihrer Kindheit gemacht hat, hat sie nie losgelassen. Am Ende des Romans gibt es eine Szene, in der Teresa Gerry Grove sieht. Als sie merkt, dass er die Waffe nicht einmal richtig halten kann, empfindet sie nichts als Verachtung für ihn. Zwar hasst Teresa Waffen, aber gleichzeitig geht sie völlig professionell mit Waffen um.

***F:** Verstehen Sie sich selbst als »politischer Autor«, wenn Sie solche Themen aufgreifen? Ich habe mich das auch gefragt, als ich vor mehreren Jahren Ihren Roman* The Quiet Woman* *gelesen habe.*

---

* The Quiet Woman: deutsch *Die stille Frau*, München 1991, Heyne Science Fiction 06/4833

A: Na ja, *The Quiet Woman* ist der Roman, in dem ich mich mit Mrs. Thatcher auseinander gesetzt habe. Anfangs war sie für mich nur eine dumme Politikerin, mit deren Ansichten ich nicht übereingestimmt habe, aber später hat sich das bei mir zu einer persönlichen Feindschaft entwickelt. Wegen all dem, was sie meinem Land in all den Jahren angetan hat, immerhin war das damals ein Viertel meiner Lebenszeit. Mir war klar, dass sie alles vermasseln würde. Stück für Stück hat sie das, was meiner Meinung nach die Säulen unserer Demokratie, unseres Sozialstaats und unserer freiheitlichen Gesellschaftsordnung ausmachte, demontiert, angefangen bei der Privatisierung des staatlichen Gesundheitswesens. Irgendwann habe ich mich gefragt: Was kann sie eigentlich nicht verändern? Welcher Sektor liegt außerhalb ihres Machtbereichs, welchen Sektor kann sie unmöglich verändern? Und die Antwort lautete: Den Geheimdienst und das Spionagenetz wird sie nicht verändern können. Das würden diese Apparate niemals zulassen. Genau davon handelt jedoch *The Quiet Woman*: In dem Roman wird auch das Spionagenetz privatisiert.

Dem Roman liegt ein authentischer Fall zugrunde, der bis heute nicht aufgeklärt ist. Es gab in England eine ältere Frau, Hilda M., die seit ewigen Zeiten politisch aktiv war und immer wieder festgenommen wurde, weil sie die Straße vor einer amerikanischen Luftwaffenbasis blockierte, Lastwagen an der Zufahrt hinderte usw.

Irgendein Verwandter, es kann auch ihr Sohn oder Neffe gewesen sein, arbeitete während des Falkland-Krieges für den Geheimdienst. Er war für die Funkkommunikation zwischen der Marine – der Royal Navy – und der Thatcher-Regierung zuständig. Diese ältere Frau, die politische Aktivistin, wurde ermordet. Daraufhin schied ihr Verwandter sofort aus dem Militärdienst aus – vielleicht war es auch der Staatsdienst. Die Polizei nahm die Ermittlungen in diesem Mordfall auf, aber als die Presse Wind davon bekam, merkten die Reporter sofort, dass hier überhaupt nicht ernsthaft ermittelt wurde. Der Polizei war der Fall völlig gleichgültig. Bis heute ist er ungelöst, obwohl mit Sicherheit ein politischer Hintergrund anzunehmen ist. Die alte Frau hatte nichts, was sich zu stehlen lohnte.

Allerdings muss ich sagen, dass dieser Roman der Thatcher-Ära sich sehr von allem unterscheidet, was ich sonst geschrieben habe. Auch das Motiv, aus dem heraus ich *The Quiet Woman* verfasst habe, war völlig anders als sonst gelagert: Ich hatte damals einfach eine Stinkwut.

F: *Vielen Dank für das Gespräch.*

Update des Menschen – Trends in Greg Egans Kurzgeschichtenwerk

von Michael K. Iwoleit

In seinem Buch *The Structure of Scientific Revolutions* (1962) prägte der amerikanische Wissenschaftstheoretiker Thomas S. Kuhn den Begriff des Paradigmenwechsels. Unter einem Paradigma versteht Kuhn eine allgemein anerkannte Grunderkenntnis, die für eine wissenschaftliche Epoche verbindlich ist. Für die Physik bis zu Einsteins Relativitätstheorie war beispielsweise Newtons Mechanik ein verpflichtendes Paradigma. Innerhalb des Rahmens, den die Paradigmen einer Epoche abstecken, kann geraume Zeit eine langsame, schrittweise Vertiefung der Erkenntnisse stattfinden. Von weit größerer Bedeutung für den Erkenntnisfortschritt, darauf wies Kuhn als Erster hin, sind jedoch wissenschaftliche Revolutionen, die einen Umsturz der zeitgenössischen Paradigmen bedeuten. Sie werden meist von einer neuen Forschergeneration getragen, die sich von unhaltbar gewordenen Grundannahmen verabschiedet und neue Paradigmen etabliert. Die Ablösung des ptolemäischen Weltbilds durch Kopernikus' heliozentrisches System oder Max Plancks Entdeckung, dass Wärme nicht kontinuierlich, sondern in diskreten Energiepaketen, Quanten, abgestrahlt wird, waren wichtige »Paradigmenwechsel« in der Geschichte der abendländischen Naturwissenschaften.

Wie immer man die Beziehung zwischen Wissenschaft und Science Fiction auffasst – die Meinungen darüber gehen so weit auseinander wie Definitionsversuche des Genres –, so bleibt es doch eine interessante Frage, ob derartige Paradigmenwechsel auch in der Science Fiction stattfinden. Man wird darunter kaum einen grundsätzlichen Wandel verstehen können, der das Genre bis in alle kommerziellen Niederungen erfasst, aber doch einen Wechsel der Grundorientierung in der anspruchsvolleren SF, der von einer neuen Autorengeneration angebahnt wird. Die »Humanisierung« der Science Fiction in den Fünfzigerjahren durch Autoren wie Sturgeon, Dick, Miller, Blish, Knight und andere war möglicherweise der wichtigste Paradigmenwechsel in der neueren Geschichte der SF. Er etablierte literarische Standards, die außerhalb des Genres längst selbstverständlich waren, und brachte durch seine stärkere Konzentration auf Charaktere und Gesellschaft zugleich ein Menschenbild ein, das im wesentlichen mit der humanistischen Wertschätzung des Menschen, seiner seelischen Vorgänge und sozialen Natur vereinbar war. Für die Politisierung der SF bei Brunner oder Disch, für die feministische SF in den Sechziger- und Siebzigerjahren und vor allem für das Werk von Ursula K. Le Guin, die wohl die reifste SF in der humanistischen Literaturtradition geschrieben hat, blieb dieses Menschenbild verbindlich. Nicht einmal im Cyberpunk, der vielfältige technische Erweiterungen des Menschen, Interfaces zwischen Mensch und Maschine, Anbindungen an virtuelle Räume und Ähnliches beschrieben hat, wurde eine metaphysische Grundauffassung vom Menschen als kohärente Person, als handelndes Subjekt ganz aufgegeben. Ein neuer Paradigmenwechsel, scheint mir, hat erst Anfang der Neunzigerjahre im Werk des Australiers Greg Egan, vor allem in seinen Kurzgeschichten, stattgefunden. Es ist eine grundsätzliche Verschiebung der ethischen Perspektive.

Nehmen wir Egans Kurzgeschichte »The Moat«[1], in ihrer anekdotenhaften Art eine der besten und beunruhigendsten, die er bis heute geschrieben hat. Hauptfigur ist ein Anwalt, der pazifische Flüchtlinge, die durch die Erderwärmung ihre Heimat verlieren, vor den australischen Behörden vertritt und allerlei Anfeindungen fremdenfeindlicher Gruppen über sich ergehen lassen muss. Seine Freundin ist eine Gerichtsmedizinerin, die bei der Untersuchung einer Vergewaltigung auf ein seltsames Phänomen stößt. Obwohl ihr Spermaproben des Täters vorliegen, gelingt es ihr nicht, sein Genprofil zu analysieren. Nachdem sie ihre Ergebnisse überprüft und Irrtümer ausgeschlossen hat, bleibt ihr nur eine phantastische Erklärung, an die sie selbst nicht recht glauben will. Möglicherweise ist sie auf Spuren einer radikalen Form der Genmanipulation gestoßen: die übliche DNS-Analyseverfahren würden versagen, wenn es jemandem gelungen wäre, die vier Basen in der DNS, die Buchstaben des genetischen Codes, durch künstliche Basen zu ersetzen, den genetischen Code also gewissermaßen mit anderen Buchstaben neu zu schreiben. Ein Mensch mit einem solcherart codierten Erbgut wäre durch einen biochemischen Graben von anderen Lebewesen getrennt: er könnte sich nur mit seinesgleichen fortpflanzen und wäre gegen Viren jeglicher Art immun. Welchen Sinn der enorme Aufwand haben könnte, um eine solche neue Menschenart zu züchten, dämmert dem Anwalt, als er eines Nachts einen jugendlichen Parolensprayer von seinem Grundstück vertreibt. Er bekommt von dem Jungen die üblichen Vorwürfe zu hören: dass er sein Land verrate, dass er Eindringlingen helfe, sich einzunisten. Was ihn am meisten daran beunruhigt, ist die unmenschliche Grenze, die zwischen »uns« und »den anderen« gezogen wird. Am Ende der Geschichte heißt es: »Ich frage mich manchmal, wie viele Menschen es gibt, die dieselben Ansichten hegen wie dieses aufgehetzte Kind. Nicht in Begriffen der Nation oder der Rasse; sondern Menschen, die ihre ganz eigenen Grenzen zwischen *uns* und *denen* gezogen haben. Die nicht wie Idioten in Springerstiefeln vor den Fernsehkameras marschieren; die intelligent, mächtig, weitsichtig sind. Und leise. – Und ich frage mich, welche Art von Festungen sie errichten.«[2]

Soweit ist dies eine zwar originelle und subtile, aber doch klare politische Aussage, die sich nicht grundsätzlich von den Äußerungen anderer kritischer SF-Autoren unterscheidet. Egan hat noch einige andere Stories geschrieben, die sich in diesem Sinne als politische Science Fiction lesen lassen. »The Moral Virologist«[3] greift die fundamentalistische Hetze auf, die sich an der AIDS-Seuche entzündet hat, und schildert einen Virologen, der sich als Racheinstrument Gottes begreift und einen Virus austüftelt, der Promiskuität und Homosexualität mit einer tödlichen Blutkrankheit bestraft. In »Cocoon«[4] ist ein Privatdetektiv, selbst Homosexueller, dem Komplott einer Biotechnik-Firma auf der Spur, die ein Verfahren entwickelt hat, mit dem sich die Ausbildung homosexueller Neigungen schon im Fötus unterbinden lässt. In »Yeyuka«[5] geht es um neuartige medizinische Techniken, die der Dritten Welt, wo sie am dringendsten gebraucht werden, vorenthalten bleiben. Einen Bestand fester politischer Überzeugungen, den man aus all diesen Geschichten herauslesen könnte, gibt es bei Egan jedoch nicht. Das soll nicht bedeuten, dass er nie Position bezieht, dass er ethische und politische Stellungnahmen ablehnt oder den Wert des menschlichen Lebens anzweifelt, sondern dass er das Relative, Bedingte unserer moralischen Wertungen selbst zum Thema macht – aus einer Perspektive, die man in einem sehr engen Sinne als materialistisch bezeichnen kann.

Das Bild vervollständigt sich, wenn wir den Themenstrang in Egans Werk hinzunehmen, der mit seiner Kurzgeschichte »Axiomatic«[6] einsetzt. Darin geht es um einen Mann, der sich am Mörder seiner Frau rächen will, aber genau weiß, dass seine tiefverwurzelte Achtung vor dem menschlichen Leben es ihm unmöglich machen wird, den Täter zu töten. In der nahen Zukunft, in der diese wie viele andere Geschichten Egans spielt, gibt es für solche Probleme eine Lösung: nanotechnische Hirnimplantate, die es ermöglichen, die Verschaltung der Neuronen in beliebigen Hirnregionen zu modifizieren, also auch die eigenen gewachsenen Überzeugungen und Anschauungen nach Wunsch umzuprogrammieren. Bei Egan sind die neuen Freiheiten, die solche Techniken versprechen, aber fast immer trügerisch. Nachdem der Protagonist von »Axiomatic« seine tiefsten Überzeugungen so modifiziert hat, dass er in der Lage ist, einen kaltblütigen Mord zu begehen, zeigt sich ein unerwarteter Nebeneffekt: Auch die Frau, die er geliebt und betrauert hat, für die er zum Mörder werden wollte, erscheint ihm plötzlich wertlos, ihr Tod als unwichtig. Die ethischen Skrupel, die ihm im Weg standen, hat er gründlicher beseitigt als beabsichtigt.

Auf die Idee, durch »Neuverdrahtung« des Gehirns die Natur eines Menschen zu ändern, ist Greg Egan immer wieder zurückgekommen. In »Fidelity«[7] will ein Paar durch neuronale Manipulationen erreichen, dass sich die Gefühle füreinander nicht ändern, und obwohl beide viele Jahre später immer noch verliebt sind, ist das Ergebnis nicht ganz wie erhofft. In der originellen Variante »The Walk«[8] geht es um einen jugendlichen Hacker, der bei seinem Auftraggeber in Ungnade gefallen ist. Während des Spaziergangs in einen Wald, wo er hingerichtet werden soll, bietet ihm sein Killer ein Hirnimplantat an, das ihm zu der passenden Weltsicht verhelfen soll, um sein Schicksal hinzunehmen. Der illoyale Biochemiker schließlich, den der Agent in »Chaff«[9] jagt, hat eine Droge entwickelt, die es ermöglicht, die neuronalen Verdrahtungsmuster im Gehirn willentlich zu beeinflussen, also die eigene Natur durch einen Bewusstseinsakt nach Belieben umzugestalten.

All diese Geschichten gehen über die humanistische Science Fiction, wie ich sie oben skizziert habe, einen entscheidenden Schritt hinaus. Hier sind Wertungen und Anschauungen nicht mehr das Ergebnis von Erfahrungen, von Auseinandersetzungen, von moralischen Entscheidungen. Hier werden stattdessen die organisch-materiellen Fundamente, die allen geistigen Phänomenen zugrunde liegen – Neuronen, Neurotransmitter, Hormone usw. –, direkt manipuliert. Mentale Zustände, Wünsche, Weltanschauungen werden bei Greg Egan zum Designerprodukt. Diese ernüchternde, von Grund auf materialistische Betrachtungsweise des Menschen, die sich auf keinerlei metaphysische Vorstellungen von Geist, Seele und Moral mehr beruft, zieht sich durch Egans ganzes Werk. Die irritierende Wirkung seiner besten Arbeiten beruht darauf, dass er die Konsequenzen einer solchen Position so gründlich durchdacht hat wie noch kein SF-Autor vor ihm.

In einer E-mail-Korrespondenz zur Vorbereitung auf diesen Essay schrieb mir Greg Egan: »Das unterschwellige Thema in 90 % meiner Arbeiten ist einfach, dass menschliche Wesen aus gewöhnlicher Materie bestehen, so wie alles andere auch. Das sollte zwar für jeden gebildeten Menschen (oder zumindest für einen wissenschaftlich unterrichteten Atheisten) offenkundig sein, aber es erstaunt mich, wie wenige Autoren, auch in der SF, an den Konsequenzen dieser Tatsache interessiert zu sein scheinen. Für mich fallen die Konsequenzen grob in zwei Bereiche: zum einen die Geschichte (das heißt die Evolutionsbiologie), die erklärt, wie wir heute sind; zum anderen die Zukunft, in der (sofern wir nicht in nächster Zeit ausgelöscht werden) nur die Gesetze der Physik unseren Nachkommen Grenzen setzen werden. Anders ausgedrückt: diese beiden Aspekte laufen darauf hinaus, dass wir zum einen verstehen, was die menschliche Natur wirklich ist und wie sie sich entwickelt hat, und dass wir zum anderen akzeptieren, dass wir auf lange Sicht in der Lage sein werden, praktisch jeden Aspekt dieser Natur nach unserem Belieben zu verändern.« Und: »Die entscheidende Frage lautet dann, wie viel wir tatsächlich verändern wollen. Ich habe in dieser Beziehung keinen eindeutigen Standpunkt, kann mir aber Dinge vorstellen, mit denen uns die Evolution ausgestattet hat und die wir unbedingt beibehalten sollten (Vernunft, Neugier, Mitgefühl), und andere, auf die wir gut verzichten können (Fremdenfeindlichkeit). Das lässt eine große Spannbreite von Möglichkeiten offen, über die man diskutieren kann. (Brauchen wir unbedingt Körper? Zweigeschlechtlichkeit? Sterblichkeit?) Ich rechne damit, dass es in jeder realen Zukunft ein ganzes Spektrum von Gruppen geben wird, die hier unterschiedliche Entscheidungen treffen.«[10] In seinen Erzählungen »Wang's Carpets«[11] und »The Planck Dive«[12] und dem Roman *Diaspora*[13] hat er darüber spekuliert, wie eine solche Zukunft aussehen könnte.

In Egans Erzählungen, die therapeutisch, kommerziell, weltanschaulich oder persönlich motivierte Eingriffe in die materielle Grundlage des Menschseins schildern, sind die Kategorien, die wir gewöhnlich an eine Person herantragen, unbrauchbar geworden. Selbst- und Fremdwahrnehmung, die Grenzen zwischen dem Ich und den anderen, die Beziehung zur Realität – das alles steht zur Disposition. Egans beste Story über die menschlichen Konsequenzen dieser Grenzauflösung ist vielleicht »Reasons to Be Cheerful«[14]. Beim Protagonisten dieser Geschichte wird im Kindesalter ein Hirntumor festgestellt, der nicht nur sein Leben bedroht, sondern auch einen bizarren Nebeneffekt hat: er bewirkt die übermäßige Ausschüttung eines Endorphins, das im Gehirn für die Übermittlung von Glücksgefühlen zuständig ist. Der Junge ist physisch außerstande, sich unwohl zu fühlen, und lebt in einem permanenten Glücksrausch. Weil eine chirurgische Entfernung des Tumors zu riskant ist, wird eine Behandlung mit genmanipulierten Herpesviren versucht, die wiederum eine unerwartete Nebenwirkung haben: die Viren zerstören nicht nur die Tumorzellen, sondern greifen auch Neuronen an, die über Rezeptoren für das Glückshormon verfügen. Alle Hirnregionen, die mit dem Glücksempfinden assoziiert sind, werden zerstört, und der Junge stürzt in einen Zustand nahezu völliger Handlungsunfähigkeit und tiefster Depression, aus dem es für viele Jahre kein Entrinnen gibt. Schließlich wird ihm eine neuartige Therapie angeboten, die darin besteht, die ausgefallenen Gehirnregionen durch künstliche neuronale Netzwerke zu ersetzen, die mit der Zeit eine voll funktionsfähige Einheit mit dem übrigen Gehirn bilden sollen. Dabei gibt es allerdings ein Problem: auch wenn die Implantate an die persönlichen Eigenarten des Patienten angepasst werden sollen, so benötigen sie doch ein neuronales Verschaltungsmuster, das als Ausgangspunkt dienen kann. Zu diesem Zweck werden Daten benutzt, die aus einer Analyse der entsprechenden Hirnregionen von viertausend Spenderpersonen gewonnen wurden. Die Operation gelingt zwar, und zum erstenmal seit Jahrzehnten kann der Patient wieder Freude empfinden, aber sein Glücksempfinden ist völlig undifferenziert. Seine Vorlieben sind eine Obermenge der Vorlieben von viertausend anderen Menschen. Es gibt auf einmal nichts mehr, das in ihm *keine* Begeisterung auslöst. Der Versuch seiner Therapeuten, aus diesem amorphen Empfinden persönliche Vorlieben für bestimmte Menschen, für Kunst, Musik, Literatur usw. herauszuarbeiten, misslingt gründlich. Eine Lösung bringt eine Software-Erweiterung seiner Hirnimplantate, die es ihm mit einfachen Visualisierungstechniken ermöglicht, selbst einzustellen, was ihm angenehm ist und was nicht. Er befindet sich nun in einer seltsamen Schwebesituation, die er mit vielen Figuren in Egans Geschichten gemeinsam hat: er ist keine Person mit erkennbaren Eigenschaften mehr, sondern ein Potential, das die Konturen seines Ichs selber ziehen kann. Aber wie? Nach welchen Kriterien könnte er seine Vorlieben und Abneigungen aussuchen? Wie soll jemand, der keine klare Vorstellung von sich selbst hat, entscheiden können, wer er sein will? Wie belastend diese Freiheit ist, wird ihm erst ganz klar, als er beschließt, sich in eine Frau zu verlieben.

So beunruhigend und erschreckend die Grenzsituationen oft sind, in die Egans Figuren hineingeraten, so erliegt er doch nicht der naheliegenden Versuchung, solche Möglichkeiten nur als Horrorszenarien darzustellen. Dass der Mensch früher oder später, in mehr oder weniger großem Ausmaß seine eigene Natur modifizieren wird, erscheint in seinen Erzählungen als unausweichlich. Egans Grundeinstellung ist nüchtern: er beklagt nicht den Verlust alter Illusionen, die wir uns vom Wesen des Menschen gemacht haben, sondern untersucht sehr genau, was wir durch die technische Umgestaltung unserer selbst verlieren und was wir gewinnen könnten. Erst aus dieser Perspektive sind auch seine politischen Geschichten richtig zu verstehen: in »The Moat«, »The Moral Virologist«, »Cocoon« und anderen werden die neuen technischen Mittel zu Instrumenten für alte Grundübel des menschlichen Verhaltens, für Fremdenfeindlichkeit, Minderheitenhass, moralische Hybris und so weiter. Bei Egan ist dies aber nur ein Extrem im Spektrum der Möglichkeiten. Der Gedanke, dass auch solche gefährliche Neigungen durch Modifikationen des Menschen beseitigt werden könnten, gibt seinem Werk einen optimistischen Zug, den er bloß warnenden SF-Autoren voraus hat.

Greg Egan wurde 1961 in Perth in Westaustralien geboren. Er studierte an der University of Western Australia und schloss mit einem Bachelor of Science in Mathematik ab. Eine Zeit lang interessierte er sich fürs Filmemachen und besuchte sogar die Australian Film and Television School in Sydney, die er aber, abgestoßen von den kommerziellen Aspekten der Filmindustrie, nach wenigen Monaten wieder verließ (die Beschäftigung mit Filmen hat in seinem ersten Roman *An Unusual Angle*[15] und einigen Stories Spuren hinterlassen). Er arbeitete über vier Jahre als Programmierer in einem medizinischen Forschungszentrum, das einer Klinik in Sydney zugeordnet war. 1987 kehrte er nach Perth zurück und wechselte zwischen Programmierer-

Jobs und längeren Phasen als Vollzeit-Autor. Seit 1992 ist er ausschließlich als Autor tätig.

Für Leser, die Greg Egan als ausgesprochenen Hard-SF-Autor kennen gelernt haben, dürfte es überraschend sein, dass seine eigentliche Autorenkarriere mit der Veröffentlichung einiger Horrorstories begonnen hat[16] (seinen ersten Roman, den er bereits als Sechzehnjähriger verfasste und der in einer überarbeiteten Fassung 1983 erschien, betrachtet er heute selbst als Fehlschlag, mit dem der Verlag weder ihm noch sich selbst einen Gefallen getan habe; er blieb weitgehend unbeachtet). Der Niveauunterschied zwischen diesen Geschichten und den SF-Stories, die wenig später in *Interzone* und *Isaac Asimov's Science Fiction Magazine* erschienen, ist beträchtlich, und wüsste man es nicht besser, würde man kaum denselben Autor dahinter vermuten. Es sind verschwommene, unausgegorene urbane Horrorstories, die – wie Egan selber bemerkte – allenfalls auf einer traumartigen, irrationalen Ebene funktionieren. Die Beste ist vielleicht »Scatter My Ashes« um einen Pressephotographen mit einem obsessiven Interesse an Serienmördern, der von einem Killer dazu gezwungen wird, den Mord an einem Kind zu fotografieren – und ihn dadurch zum Vorbild für eine neue Generation von Serienmördern macht. Mit den Erzählungen, die ab 1989 erschienen, schlug Egan eine völlig andere Richtung ein, dennoch kam er noch einige Male auf den introvertierten Stil seiner Horrorstories zurück, etwa in »The Vat«[17] oder »The Demon's Passage«[18]. Egan schrieb auch einen Horrorroman, *The Effects of Feeding* (1988), der wie andere Romanversuche aus den Achtzigerjahren unveröffentlicht blieb. Ein (wie er selbst sagt, sehr schlechter) Hard-SF-Roman *The Flight of Sirius* wurde für 1985 angekündigt, ist aber nie erschienen. *Quarantine*[19], sein erster Roman, der Beachtung fand, war tatsächlich der achte, den er verfasst hat.

In seinen Teenagerjahren hat Greg Egan sehr intensiv Science Fiction gelesen, mit zwanzig verlagerten sich seine literarischen Interessen jedoch auf Mainstream-Autoren wie Joseph Heller, Günter Grass, Gabriel García Márquez, William Gaddis und Thomas Pynchon. Erst durch die Lektüre von Greg Bears *Blood Music* wurde er wieder auf die Science Fiction aufmerksam.

1989 erschien dann mit »The Cutie«[20] die erste »echte« Greg-Egan-Story, die alle charakteristischen Elemente seiner Science Fiction enthielt. Sie erzählt von einem jungen Mann mit einem unbändigen Vaterwunsch, der jedoch keine passende Frau findet, die ihm ein Kind gebären will. Um mit seinen unerfüllten Sehnsüchten fertig zu werden, bleibt ihm nur ein Ausweg: ein Cutie-Set, das es durch biochemische Manipulationen sogar einem Mann ermöglicht, ein Kind auszutragen, oder besser: einen Kindersatz. Cuties, wie man diese Geschöpfe nennt, sind gentechnisch so konstruiert, dass sie zwar wie ein normaler Säugling aussehen, aber geistig zurückbleiben und nach spätestens vier Jahren sterben. Alles, worauf es ihren Erzeugern ankommt, ist das Gefühl, für ein Wesen sorgen zu dürfen, das genauso niedlich und anhänglich ist wie ein echtes Kind. Für den jungen Mann läuft die Sache allerdings nicht ganz so wie erhofft. Aus Kostengründen hat er sich ein illegales, fehlerhaftes Cutie-Set beschafft, und das Ersatzkind, das er damit ausgetragen hat, zeigt eine unerwartete Eigenschaft: Es beginnt zu lernen.

Mit »The Cutie« fand Greg Egan eine Formel für seine SF-Stories, auf die er immer wieder erfolgreich zurückgegriffen hat, ohne dass sie ihm je zu einer bloßen Masche verkommen ist. Am Anfang vieler seiner Geschichten steht eine Hoffnung, auf Heilung, auf Selbsterweiterung, auf Unsterblichkeit usw., und erst im Laufe der Geschichte wird den Protagonisten die ganze Tragweite dessen klar, worauf sie sich mit den neuen biologisch-technischen Möglichkeiten eingelassen haben. »The Cutie« zeigte auch schon alle Tugenden des Kurzgeschichtenautors Greg Egan: nach den stilistischen Extravaganzen der Cyberpunk-Ära erwies sich Egan als ein Meister der Klarheit und Stringenz. Er erzielt seine Wirkungen nicht durch irgendeinen außergewöhnlichen Umgang mit dem Medium Kurzgeschichte. Das Arbeiten mit überraschenden Stilmodalitäten, wie man es von James Tiptree jr. kennt, das effektvolle Spiel mit wechselnden Perspektiven, wie es Silverberg in seinen besten Stories demonstriert hat, die modernistischen Techniken bei Bryant oder Scholz – dergleichen gibt es bei Egan nicht. Er schreibt durchaus konventionell, meist durchgängig aus der Perspektive einer

Hauptperson. Die meisten seiner Geschichten spielen in einer nahen Zukunft, die unserer Gegenwart noch recht ähnlich ist, deshalb verzichtet er weitgehend auf eine atmosphärisch dichte Schilderung seiner Settings. Trotz allem hat er mit seinen besten Stories Wirkungen erzielt, an die wenig in der SF der Neunzigerjahre heranreicht.

Worauf die außerordentliche Qualität seiner SF beruht, zeigte sich zum erstenmal ganz deutlich in einer Story, die im Juli 1990 in *Interzone* erschienen ist. In »Learning to Be Me« haben Fortschritte in der Neurologie und Computertechnik die geistige Unsterblichkeit möglich gemacht. Jeder Mensch bekommt in der Kindheit ein Backup-Gerät ins Gehirn eingepflanzt, das fortan seine Gehirnaktivitäten überwacht und nachbildet. Das Gerät ist mit einer Kontrollinstanz versehen: Wann immer die Abläufe in dem Gerät und im Gehirn voneinander abweichen, wird das Gerät leicht modifiziert, sodass Gehirn und künstliche Nachbildung schließlich funktionell identisch sind. Das organische Gehirn kann dann, wenn es erste biologische Verfallserscheinungen zeigt, entfernt und durch sein Backup ersetzt werden, das die Existenz der Person praktisch unbegrenzte Zeit fortführt. Den Protagonisten der Story beschäftigt nun eine Frage: ist der Mensch nach diesem »Switching« noch derselbe? Genügt es, das Muster der Gehirnaktivitäten in einem Gerät nachzubilden, um die Person zu erhalten? Ist das Ich-Gefühl, das tiefste innere Erleben bei beiden dasselbe? Die Frage wird für ihn akut, als sein eigenes Switching kurz bevorsteht. Etwas Außergewöhnliches passiert: die Kontrollinstanz fällt aus, und sein organisches Gehirn und das Backup-Gerät laufen nicht mehr synchron. In einem der außergewöhnlichsten Perspektivwechsel, die je in einer SF-Story inszeniert wurden, erkennt der Leser, dass die Geschichte von Anfang an nicht von der Originalperson, sondern von ihrer Nachbildung erzählt wurde. Der Erzähler, der plötzlich als passiver Beobachter in einem Körper steckt, von dem er bisher glaubte, dass er seinem Willen gehorche, weiß zwar, dass er durch das Switching bald die Macht über diesen Körper erhalten wird. Aber er weiß nicht, ob durch die Amputation des organischen Gehirns nicht eine andere Person getötet wird, die mit ihm im selben Kopf sitzt.

Mit »Learning to Be Me« verwirklichte Egan erstmals überzeugend einen Anspruch, den er 1998 in einem Interview mit Carlos Pavón so formuliert hat: »Ich schreibe über die Erweiterung der Wissenschaft in Bereiche, die man früher als Metaphysik betrachtet hat, doch ohne die Wissenschaft dabei aufzugeben oder zu ›transzendieren‹.«[21] Die Story bringt Fragen auf den Punkt, die nicht nur für das Forschungsgebiet der Künstlichen Intelligenz und für moderne Betrachtungen des Leib-Seele-Problems sondern auch für Egans Werk von zentraler Bedeutung sind: ist das, was wir als Geist und Seele bezeichnen, nur die Summe organischer Aktivitäten im Gehirn? Nur ein Muster von Prozessen, das verlustfrei in ein anderes Medium übertragen werden kann? Oder gibt es eine besondere Qualität des Ichs, der Person, die bei einer solchen Übertragung verlorengeht? In »Learning to Be Me« lässt Egan diese Frage noch offen. Am Ende der Story sagt der Ich-Erzähler über die Person, deren Kopie er ist: »Ich weiß, dass mein Gehirn seinem nachgebildet wurde – und das verleiht ihm eine Art beiläufiger Vorrangstellung –, aber trotzdem betrachte ich ihn nur noch als einen blassen, substanzlosen Schatten. Schließlich habe ich keine Möglichkeit festzustellen, ob sein Ich-Gefühl, sein tiefstes inneres Leben, seine Erfahrung des *Seins*, in irgendeiner Weise mit meinem vergleichbar ist.«[22]

Die Grundidee von »Learning to Be Me« hat Egan mit vergleichbarer Intensität noch einmal in seiner Kurzgeschichte »Closer«[23] aufgegriffen. Hier ist die Obsession der Hauptfigur eine etwas andere: Er fragt sich, ob er jemals erfahren wird, wie ein anderer Mensch sein Dasein erlebt, wie es ist, jemand anderes zu sein. Vor allem interessiert ihn, wie viel Nähe zwischen ihm und seiner Freundin möglich ist, ob es einen Rest an Fremdheit gibt, der niemals überwunden werden kann. Das Ndoli-Gerät, wie das Gehirn-Backup in dieser Geschichte heißt, eröffnet neue Möglichkeiten, dieser Frage auf den Grund zu gehen. Nach dem Switching führen er und seine Freundin verschiedene Experimente mit dem Ziel durch, einander so nahe wie möglich zu kommen: Sie tauschen ihre Körper, sie wechseln die Geschlechter, machen miteinander gleichgeschlechtliche sexuelle Erfahrungen, mal in männlichen, mal in weiblichen Körpern. Die Schwelle, die beide vom tiefen inneren Erleben des anderen trennt, überwinden sie dadurch aber nicht. Dann bietet ihnen ein Cyberneurologe - Vertreter eines neuen Wissenschaftszweigs, der das Ndoli-Gerät auf ähnliche Weise erforscht, wie früher das organische Gehirn erforscht worden ist - ein neuartiges Verfahren an: für eine kurze Zeit werden sie miteinander zu einer dritten Person verschmolzen, die die Eigenschaften und Erfahrungen beider in sich vereint. Der Effekt ist ein ganz anderer, als sie sich davon erhofft haben. Sie kennen einander nun gründlicher als sich selbst, und das Mysteriöse, Fremde, das sie insgeheim im anderen gesucht haben, existiert nicht mehr. In Gesellschaft des anderen ist es nun so, als würden sie sich selbst begegnen. Liebe, die ein Gegenüber voraussetzt, ist zwischen ihnen unmöglich geworden.

»Closer« und einige andere Stories, die Egan zwischen 1991 und 1995 veröffentlicht hat, erforschen einen weiteren Aspekt der materiellen Bedingtheit des Menschen: die Natur der Liebe und ihre Abhängigkeit von biologischen Gegebenheiten. In »Appropriate Love«[24] wird ein Mann bei einem Zugunglück lebensgefährlich verletzt. Um sein Gehirn am Leben zu erhalten, bis sein geclonter Ersatzkörper bereit für eine Implantation ist, muss seine Frau es für zwei Jahre in ihrer Gebärmutter mit sich herumtragen. Die hormonellen Umstellungen während dieser Pseudoschwangerschaft bringen es mit sich, dass sie dabei dieselben mütterlichen Gefühle wie bei einer echten Schwangerschaft empfindet, Gefühle aber, die sie in ihrer Situation gewaltsam unterdrücken muss. Als ihr Mann wieder hergestellt ist, muss sie feststellen, dass ihre Liebesfähigkeit dabei unwiderruflichen Schaden genommen hat. Das Paar in »Fidelity« hat durch das »Einfrieren« der Hirnregionen, die für Zuneigung und Liebe zuständig sind, zwar erreicht, dass seine Gefühle von Dauer sind, aber seiner Liebe damit zugleich aller Entwicklungsmöglichkeiten beraubt. In »A Kidnapping«[25] wird ein Mann Opfer einer besonders perfiden Ausbeutung seiner emotionalen Reflexe. Er findet zwar bald heraus, dass die angebliche Entführung seiner Frau ein Schwindel ist, aber auch, dass die Erpresser eine getreue Software-Kopie von ihr entwickelt haben. Kann ihm das Schicksal dieses künstlichen Bewusstseins, das wesentliche

Charakterzüge mit seiner Frau gemeinsam hat, wirklich gleichgültig sein?

In all diesen Geschichten gelingt Greg Egan ein Kunststück: so ernüchternd die Einsichten sind, die seine Figuren über die Natur ihrer Gefühle gewinnen, so verfällt Egan doch nie in eine platte Misanthropie. Seine Perspektive bleibt menschlich. Seine Charakterisierungen sind präzise und sparsam, aber intensiv. Den Kardinalfehler anderer naturwissenschaftlich orientierter SF-Autoren, dass sie Charaktere zur bloßen Staffage einer Idee reduzieren, hat er fast immer vermieden. Die weitere Entwicklung seines Werks führte ihn aber in Bereiche, wo er so weit fortgeschrittene Nachfolger des heutigen Menschen schilderte, dass es für ihn immer problematischer wurde, die Anteilnahme des Lesers zu wecken.

In jenem Teilgebiet der Computer- und Kognitionswissenschaften, dem die missverständliche Bezeichnung »Künstliche Intelligenz« mehr geschadet als genutzt hat, gibt es zwei divergierende Grundauffassungen. Die »schwache« KI-Hypothese erhebt lediglich den vorsichtigen Anspruch, dass ein Computer Leistungen vollbringen kann, die – müsste sie ein Mensch bewältigen – Intelligenz erfordern würden. Sie lässt offen, ob ein Computer dabei nicht völlig anders vorgeht. Die »starke« KI-Hypothese dagegen behauptet, dass auch der menschliche Geist prinzipiell nichts anderes als ein hochentwickeltes Computerprogramm ist, das nicht notwendigerweise auf einem organischen Rechner wie dem Gehirn laufen muss, sondern verlustfrei in einem Computer nachgebildet werden kann.

Greg Egan ist ein Anhänger der starken Hypothese. Er sieht im menschlichen Geist nichts, das nicht erschöpfend durch Strukturen und Algorithmen erklärt werden kann. In einem wichtigen Teil seiner Erzählungen und Romane spielt die Idee eine Rolle, das materielle Muster, auf dem der menschliche Geist beruht, in ein anderes Medium zu übertragen. Ab 1992 hat er sich in einer Reihe von Erzählungen und in den Romanen *Permutation City*[26] und *Diaspora* ausgiebig damit befasst, was es bedeuten könnte, das Bewusstsein eines Menschen in ein Stück Software umzuwandeln, mit einem virtuellen Körper zu umgeben und in eine simulierte Umgebung zu versetzen, die sich beliebig stark von der physischen Erfahrungswelt unterscheiden kann. Während *Permutation City* die ersten Schritte bei der Nachbildung von Menschen in Software schildert, spielt *Diaspora* vor dem Hintergrund einer Software-Zivilisation, die die leibliche Existenz beinahe vollständig aufgegeben hat.

Das Konzept simulierter Realitäten und Menschen ist in der Science Fiction nicht neu und reicht mindestens bis zu Daniel F. Galouyes Roman *Simulacron-3* (1964) und einigen Büchern von Philip K. Dick, vor allem *Ubik* (1969), zurück. Theoretisch hat Stanisław Lem es 1965 in seinem futorologischen Werk *Summa technologiae* erörtert. Egans Gedanke, dass die Menschheit sich durch ihre Virtualisierung irgendwann vollständig von den Beschränkungen der physischen Realität lösen könnte, ist eine fast zwangsläufige Konsequenz dieser Thematik. Ich fürchte aber – und glaube, das Problem lässt sich an Egans Werk beispielhaft veranschaulichen –, dass die Science Fiction als erzählerisches Genre mit dieser Idee in eine Sackgasse geraten könnte. Eine Story lebt von der Auseinandersetzung einer Figur mit einer Realität, an der sie sich reiben kann, die ihr, auf welche Weise auch immer, Widerstände entgegensetzt. Ein Anything-goes-Szenario, in dem es praktisch keine Handlungsbeschränkungen gibt, das den Charakteren unbegrenzte Entscheidungsmöglichkeiten lässt, artet dagegen schnell in erzählerische Willkür aus, in eine Aneinanderreihung beliebiger Effekte. Diese Gefahr war schon bei William Gibson evident, der immer dann präzise und eindrucksvoll schrieb, wenn er die Überlebenskämpfe in den High-tech-Slums der nahen Zukunft schilderte, dem seine bilderreiche Prosa aber leicht pompös und schwammig geriet, wenn er das Eintauchen in den Cyberspace beschrieb (in der Story »Burning Chrome« [1982] zeigen sich die Stärken und Schwächen Gibsons unmittelbar nebeneinander). In einigen Stories von Greg Egan hat sich das Problem soweit zugespitzt, dass selbst ein so fähiger Autor wie er Gefahr läuft, die erzählerische Disziplin zu verlieren.

»Dust«[27], später Teil des Romans *Permutation City,* war Egans erste Story, die das menschliche Bewusstsein als ein Muster beschrieb, das prinzipiell unabhängig von seiner konkreten physischen Implementatierung ist. In dieser Erzählung, einer schwierigen, akribischen Auseinandersetzung mit den Konsequenzen der starken KI-Hypothese, führt ein Mann verschiedene Experimente mit seiner Software-Kopie durch, um herauszufinden, ob ihre Selbstwahrnehmung davon abhängig ist, von welcher Hardware-Konstellation sie berechnet wird. Er verteilt die Software auf unterschiedlichste Weise über die Knoten des weltweiten Computer-Netzwerks, das ihm für Berechnungen zur Verfügung steht, variiert Chronologie und Zeitmaßstäbe, doch das Ergebnis bleibt immer das gleiche: Seine Kopie erlebt sich als koheräntes Bewusstsein, das von den technischen Umständen seiner Realisierung unberührt bleibt. Daraus ergibt sich eine weitreichende Schlussfolgerung: Wenn das Muster selbst dann aus seiner subjektiven Sicht eine Einheit bleibt, wenn es, in tausende Instruktionsschnipsel zerlegt, willkürlich über die ganze Welt verteilt wird, können dann nicht auch aus rein zufälligen Prozessen Muster hervorgehen, die sich selbst als zusammenhängendes Bewusstsein erleben? Meines Wissens nach hat noch kein anderer Autor die Konsequenzen der starken KI-Hypothese so weit getrieben.

In leicht abgewandelter Form taucht der Gedanke in der Story »Transition Dreams«[28] wieder auf, die einen bizarren Nebeneffekt bei der Erzeugung einer Software-Kopie schildert: Wenn es möglich ist, das Bewusstsein eines Menschen in Software abzubilden, so muss es bei diesem Prozess Zwischenstadien geben, die zwar der Ursprungsperson noch nicht äquivalent, aber doch hinreichend komplex ist, um selbst Bewusstsein zu entwickeln. Diese vergänglichen Bewusstseinsstadien nennt Egan »transition dreams«, »Übergangsträume«, und der Leser ahnt schon am Anfang, dass die ganze Story der Übergangstraum eines Mannes ist, der gerade in eine Kopie umgewandelt wird. In einer surrealen Szene erfährt er von einer Person, die offenbar selbst nur die Verkörperung eines Übergangstraums ist, dass möglicherweise auch die Zustandsveränderungen eines organischen Gehirns von Übergangsträumen begleitet werden, dass jedes kohärente Bewusstsein nur die Spitze eines Eisbergs ist, umgeben von ganzen Schwärmen spontan entstandener, flüchtiger Muster, die mehr oder weniger bewusstseinsfähig sind.

Der thematische Rahmen, den er in diesen Stories abgesteckt hat, führte Greg Egan zu Ideen, die er erstmals 1995 in seiner Story »Wang's Carpets« ausführte, erschienen in Greg Bears richtungsweisender Anthologie *New Legends* und später ein Kernstück seines Romans *Diaspora,* neben James Patrick Kellys »Think Like a Dinosaur«[29] und David Maruseks »We Were Out of Our Minds with Joy«[30] die wohl wichtigste SF-Story der Neunzigerjahre. In dieser Erzählung hat eine Zivilisation von Software-Entitäten die Nachfolge der Menschheit angetreten. Staatsähnliche Gemeinschaften, die Polises, sind aus dem Zusammenschluss von Individuen hervorgegangen, die gemeinsame Auffassungen darüber haben, wie viel sie von der traditionellen Realität und Körperlichkeit der »flesher«, der Menschen aus Fleisch und Blut, in ihren virtuellen Lebensräumen beibehalten wollen. Viele Polises sind gänzlich in solipsistische, artifizielle Welten aufgebrochen, die nichts mehr mit der materiellen Wirklichkeit zu tun haben wollen.

Die existenziellen Grenzsituationen, die die Charaktere in Egans gegenwartsnahen Geschichten beschäftigen, sind hier längst Vergangenheit. Die Menschen in »Wang's Carpets« erleben die Wirklichkeit primär als etwas, in dem Wollen und Möglichkeit eins sind. Technik und Medien in unserem Sinne gibt es nicht mehr. Die ganze Umwelt ist ein Medium, das Informationen, Räume, Gegenstände nach Belieben zur Verfügung stellt. Das Problem, das oben angesprochen wurde – woher in einer solchen Welt die Konflikte kommen sollen, die für eine überzeugende Geschichte unerlässlich sind –, hat Egan in »Wang's Carpets« aber noch brillant gelöst, weil er die Illusion der Allmacht, die für Bewohner virtueller Lebensräume naheliegend ist, selbst zum Thema macht. Eines der bedeutendsten Projekte der Software-Zivilisation in »Wang's Carpets« ist die Suche nach außerirdischem Leben, von dem man sich die Lösung eines weltanschaulichen Problems erhofft. Zwei grundsätzliche philosophische Standpunkte, ein anthropozentrischer und ein realistischer, stehen sich dabei gegenüber: »Hat das menschliche Bewusstsein die gesamte Raumzeit aus dem Nichts erschaffen, um seine eigene Existenz zu erklären? Oder hat ein neutrales präexistentes Universum Milliarden Abarten von bewusstem

Leben hervorgebracht, die sich alle derselben Illusion von Größe hingeben – bis sie miteinander in Berührung kommen?«[31]

Eine endgültige Antwort auf diese Frage finden die Menschen in »Wang's Carpets« nicht. Die Entdeckung, die im Mittelpunkt der Geschichte steht, macht das Problem eher noch komplizierter. In den Meeren eines Planeten der Vega werden zwar erste Spuren bewussten Lebens außerhalb der Erde gefunden, aber in einer Form, mit der niemand gerechnet hat. Die Wang-Teppiche des Titels – riesige Matten aus Polymermolekülen, die in ihrer Struktur an eine aperiodische Parkettierung der Ebene erinnern, die der Mathematiker Hao Wang beschrieben hat – stellen sich bei näherer Untersuchung als biologische Computer heraus, die eine eigene virtuelle Realität berechnen und damit die Existenzgrundlage für eine der fremdartigsten Lebensformen darstellen, die je in der Science Fiction ersonnen wurden: »... fremdes Bewusstsein – aber eingeschlossen in einen eigenen Kosmos, in dem seine Selbstwahrnehmung und die Wahrnehmung seiner Umgebung die humanen und transhumanen Erklärungen der Realität weder bestätigt noch widerlegt.«[32]

Nicht zuletzt dank dieser raffinierten Wendung ist »Wang's Carpets« eine jener SF-Stories, die ein Motiv so ausgereizt haben, dass sie in ihrem Themenbereich kaum noch zu übertreffen sind. Egans nächste Erzählung, die vor demselben Hintergrund spielt, überzeugt weit weniger. In »The Planck Dive« – einer zähen, theorielastigen Story, die eine Reise in ein Schwarzes Loch schildert – nutzen Software-Wesenheiten exotische Quanteneffekte aus, um ihre Muster bis nahe an einen physikalischen Ereignishorizont zu erhalten und die dort herrschenden Bedingungen zu beobachten.

Egans Science Fiction ist eine ständige Gratwanderung zwischen ausgefeilten Spekulationen und den Anforderungen des Geschichtenerzählens, und in »The Planck Dive« ist das Pendel soweit in die eine Richtung ausgeschlagen, dass die Story weitgehend zu einem Vorwand für die wissenschaftlichen Erörterungen verflacht, gegen die die Charakterkonstellation kaum mehr ankommt. Ähnliches gilt für eine Reihe von Stories, die die exotischen Eigenschaften absonderlicher physikalischer oder psycho-physischer Erscheinungen beschreiben und dabei die Geschichte fast ausschließlich als Illustration einer Idee benutzen. Egans erste Story dieser Art war »The Infinite Assassin«[33], eine ausgefallene Variation der Parallelwelten-Thematik, in der Süchtige sich mit einer Droge zwischen den Parallelwelten bewegen und dabei gefährliche interdimensionale Wirbel erzeugen. Vergleichbar sind »Unstable Orbits in the Space of Lies«[34] über ein rätselhaftes Phänomen, das die Grenze zwischen einem menschlichen Bewusstsein und dem nächsten durchlässig für tiefste Überzeugungen und Glaubensgrundsätze macht, die auf einmal Anziehungskräfte wie ein physikalisches Feld entwickeln, und »Into Darkness«[35] über eine Zeitanomalie, die sich in unberechenbaren Sprüngen über die Erdoberfläche bewegt.

In diesen Geschichten und in dem thematischen Strang, der zu »Wang's Carpets«, »The Planck Dive« und *Diaspora* führt, präsentiert sich Greg Egan als ein Ideenautor von beeindruckender Erfindungsgabe, der seine Einfälle kompetent, detailreich und mit minutiöser Logik entwickelt – aber kaum als der disziplinierte, effektvolle Erzähler, der er auch ist. Gelungener scheinen mir einige neuere Stories, in denen er dadurch eine perfekte Balance zwischen dem Weiterdenken technisch-wissenschaftlicher Möglichkeiten und dem organischen Erzählen einer Story gefunden hat, dass er Strukturen der Detektivgeschichte adaptiert. »Our Lady of Chernobyl«[36] wäre ein Beispiel, auch »Chaff«, »Cocoon«, »TAP«[37] oder »Silver Fire«[38]. Die beste Geschichte dieser Art ist vielleicht »Luminous«[39]. Mir ist nicht bekannt, ob schon einmal ein anderer Autor einen SF-Thriller geschrieben hat, der auf einer Prämisse aus dem Bereich der mathematischen Philosophie beruht; Greg Egan gelingt dieses Kunststück jedenfalls auf brillante Weise.

In »Luminous« verschafft eine Firma für Computer-Hardware zwei Mathematikern die Chance, eine These zu überprüfen, die anfangs im Scherz geäußert wurde: »Ein mathematisches Theorem ist erst dann wahr, wenn es durch ein physikalisches Systems überprüft wird, wenn das Verhalten des Systems in irgendeiner Weise davon abhängt, ob das Theorem *wahr* oder *falsch* ist.«[40] Mit anderen Worten: mathematische Sätze existieren nicht in einem idealen Raum, wo sie zeitlose Wahrheiten verkörpern; sondern sie sind erst dann wirklich, wenn irgendein materielles Gebilde sie berechnet, sei es ein Mechanismus, dessen Verhalten von einer Formel beschrieben wird, sei es ein Computer oder das Gehirn eines Mathematikers. Nun ist es möglich, dass auf diese Weise mathematische Sätze real und gültig werden, die nicht miteinander vereinbar sind, dass es also Brüche in der Mathematik gibt. Nach einigen Monaten Arbeit entdecken die beiden Mathematiker tatsächlich einen solchen Defekt und erfahren auch, warum ihre Sponsoren an dieser Entdeckung interessiert sind: der Defekt ist nicht stabil und kann durch neue Berechnungen beeinflusst werden. Wer wirtschaftlichen Nutzen aus einer bestimmten Beschaffenheit der Mathematik zieht, kann sie zu seinen Gunsten manipulieren. Mithilfe des stärksten Computers der Welt – einer in China entwickelten Anlage, die ausschließlich mit Licht rechnet – versuchen die beiden Mathematiker, den Defekt einzugrenzen und zu stabilisieren. Dabei stoßen sie auf Widerstand. Offensichtlich gibt es auf einer anderen Realitätsebene Lebensformen, deren Existenz von diesem Bereich abweichender Mathematik abhängt.

»Luminous« ist wohl eine der originellsten SF-Stories, die in den Neunzigerjahren veröffentlicht wurden, und wie »Wang's Carpets« eine First-Contact-Story, wie sie nur Greg Egan schreiben konnte. Seine materialistische Betrachtung geistiger Phänomene hat er hier soweit ausgedehnt, dass selbst die Mathematik – auch von Naturwissenschaftlern oft noch als ein Reich idealer Gegenstände angesehen – nur in Abhängigkeit von einem materiellen Träger gedacht werden kann.

In einem Interview mit dem australischen Magazin *Eidolon* sagte Greg Egan: »Ich wurde christlich erzogen, und ich vertrete immer noch viele Werte des Christentums. Das Problem, wenn man Wertvorstellungen auf einer Religion aufbaut, besteht aber darin, dass die Prämissen der meisten Religionen reines Wunschdenken sind; entweder weigert man sich, diese Prämissen näher in Augenschein zu nehmen – man glaubt an sie und erklärt, dass sie ›die Logik transzendieren‹ – oder man lehnt sie ab. (...) Die meisten christlichen Theologen haben von allem Abstand genommen, was ihre Religion angeblich vertritt; sie haben viel ›modernere‹ Ansichten als der durchschnittliche Gläubige. Aber sobald man etwas wie das Christentum ›modernisiert‹ – anfängt mit der Behauptung, die Genesis sei nur Dichtung gewesen, und damit aufhört, dass es so etwas wie einen persönlichen Gott überhaupt nicht gibt –, dann hat es wenig Sinn zu behaupten, dass noch etwas Religiöses übrig geblieben ist. Dann kann man genausogut reinen Tisch machen und zugeben, dass man ein Atheist mit gewissen Wertvorstellungen ist, die historischen, kulturellen, biologischen und persönlichen Ursprungs sind und nichts mit Gott zu tun haben.« An anderer Stelle im selben Interview erklärte er: »Wenn ich mir einer Sache sicher bin, dann folgender: dass ein Verständnis dafür, wie die reale Welt beschaffen ist – wie das menschliche Gehirn tatsächlich funktioniert, wie Moral, Emotionen und Entscheidungen tatsächlich entstehen –, unerlässlich für jede Art von ethischem Standpunkt ist, der auf lange Sicht vertretbar sein soll.«[41] Hier haben wir eine Erklärung für die Verschiebung der ethischen Perspektive, von der eingangs die Rede war. Der Versuch, einen ethischen Standpunkt zu finden, der angesichts der zu erwartenden technischen Umgestaltung des Menschen von Dauer sein kann, scheint mir die eigentliche Motivation hinter Egans gesamter Science Fiction zu sein.

Soweit ich sehe, hat Egan den atheistischen Standpunkt in seinem ganzen Werk durchgehalten. Seine SF ist ein anspruchsvoller und zuweilen überfordernder Versuch, den Bereich der menschlichen Eingriffsmöglichkeiten abzustecken, den ein materielles Universum zulässt. Selbst da, wo seine Spekulationen in Bereiche hineingehen, die jedes intuitive Verständnis von Naturgesetzlichkeiten strapazieren, hat er nicht durch Hintertürchen wieder alte mystisch-religiöse Vorstellungen eindringen lassen (wie kurz der Weg von den Randbereichen der Naturwissenschaft bis zu neo-metaphysischen Ideen ist, die sich zu Religionssurrogaten auswachsen können, zeigt die Omegapunkt-Theorie des amerikanischen Physikers Frank J. Tipler[42], den Greg Egan in »The Planck Dive« erwähnt). Die menschliche Neigung, immer wieder neue Gegenstände zur Projektionsfläche religiöser Wunschvorstellungen zu erheben, hat ihn allerdings sein ganzes Werk hindurch interessiert. In dem *Eidolon*-Interview sagte er in Zusammenhang mit seiner Story »The Vat«: »Es kostet beträchtliche Anstrengungen, die Erkenntnis mancher Wissenschaftsbereiche mit bestimmten Wertvorstellungen zu versöhnen, die wir erhalten wollen, und mit gewissen Illusionen, die uns ans Herz gewachsen sind. (...) Eines der Phänomene, denen ich auf den Grund zu gehen versuche, ist der Zusammenstoß zwischen Fakten und Werten – ohne dass ich es mir einfach mache und so tue, als könne man die Fakten ignorieren.« Zusammenstöße dieser Art stehen im Mittelpunkt einiger Stories, in denen Egan Kulte und Religionen beschreibt, die in unmittelbarer Auseinandersetzung mit neuen technischen und wissenschaftlichen Realitäten entstanden sind.

In »Mitochondrial Eve«[43] etwa sieht es am Anfang tatsächlich so aus, als sei eine naturwissenschaftlich begründete Religion möglich: Ein weltweiter Kult feiert die Einheit des Menschengeschlechts, die gemeinsame Abstammung aller lebenden Menschen von einer Urmutter, die durch die Untersuchung mitochondrialer DNA – die nur mütterlicherseits weitergegeben wird – nachgewiesen wurde. Es kommt zu heftigen weltanschaulichen Schlachten, als andere Kulte – die sich auf stammesgeschichtliche Untersuchungen des y-Chromosoms berufen – die Entdeckung verschiedener *Urväter* proklamieren. Schließlich beauftragen die Verehrer der mitochondrischen Eva einen Physiker damit, aus quantenphysikalischen Indizien einen unanfechtbaren Stammbaum der Menschheit zu rekonstruieren. Seine Ergebnisse geben keiner Seite Recht. Die anheimelnde Vorstellung, dass es eine sinnstiftende Menschheitsgeschichte gibt, in der jeder seinen Platz hat, erweist sich als Illusion, als eine Trivialisierung, die mit der Realität wenig zu tun hat. »Our Lady of Chernobyl« schildert die Suche nach einer gestohlenen Madonnen-Ikone, von der sich am Ende herausstellt, dass sie nicht im 15. Jahrhundert, sondern 1986 von einem Opfer des Reaktorunfalls in Tschernobyl gemalt wurde, als ein Ausdruck für die Bereitschaft Gottes, neue Formen des Leids durch Krebs und radioaktive Verseuchung auf sich zu nehmen. In »Silver Fire« untersucht ein Epidemologe eine neue Ausbreitungswelle einer verhängnisvollen Infektionskrankheit und findet heraus, dass das Virus absichtlich weitergetragen wird, von Angehörigen einer Bewegung, die die Auflösung des Körpers als eine Möglichkeit betrachtet, sich von den Fesseln des Leiblichen zu befreien, wieder zu Visionen fähig zu werden, auf einen spirituellen Weg zum Glück zurückzukehren.

Die Auseinandersetzung mit religiösem Denken hat in einer von Egans jüngsten Erzählungen zu einer überraschend neuen Herangehensweise an seine Hauptthemen geführt. »Oceanic«[44], eine epische Novelle, die in mancher Hinsicht an James Blishs berühmte Story »Surface Tension« (1952) erinnert, spielt in einer menschlichen Kolonie auf einem fernen Planeten, die von ihren Begründern mit einer eigenen gentechnisch erzeugten Biosphäre ausgestattet wurde. Die Software-Zivilisation, die in »Wang's Carpets«, »The Planck Dive« und *Diaspora* geschildert wurde, ist hier zu einer Legende verblasst, zu einer fernen Schöpferinstanz, die als eine Generation von Engeln religiös verklärt wurde, und zwei konkurrierende Kirchen sind uneinig darüber, ob die Menschheit irgendwann wieder zur körperlosen Existenz dieser Engel zurückkehren kann oder nicht. Vor diesem Hintergrund ist »Oceanic« die Geschichte einer Reifung, eines schrittweisen Vordringens von einem religiösen Erweckungserlebnis bis zu einer nüchternen Erkenntnis der Wirklichkeit, wie sie von den Planern der Kolonie geschaffen wurde. (Nebenher ist es auch eine Geschichte über eine neue Form von Sexualität, die die Geschlechtergrenzen aufhebt, ohne die Geschlechter selbst abzuschaffen.)

Greg Egan hat die SF-Kurzprosa der Neunzigerjahre ähnlich dominiert wie Lucius Shepard die der Achtziger. »Oceanic«, »Boarder Guards«[45] und die Alternativweltgeschichte »Oracle«[46] erwecken den Eindruck, als ob in seinem Schaffen gerade eine Neuorientierung stattfände, eine Suche nach neuen Perspektiven und Stilen. Es mag ein persönliches Urteil sein, dass ich diese Versuche bislang nicht für überzeugend halte. Mindestens mit »Border Guards« hat er sich, trotz brillanter Einfälle, gefährlich nah an jene seichte, pseudoliterarische SF heranbewegt, die Gardner Dozois in seinen jährlichen Auswahlanthologien allzu oft als Spitzenprodukte der aktuellen SF präsentiert. Egans große Stärke – die ethischen und existenziellen Folgen darzustellen, die mit einem Update des Menschen verbunden sind – ist in seinen Erzählungen ab 1998 kaum mehr zum Tragen gekommen. Es bleibt abzuwarten, ob er ohne diesen starken Impuls einer der wichtigsten Autoren in der zeitgenössischen Science Fiction bleiben kann.

Für seine Hilfe beim Zustandekommen dieses Essays bedankt sich der Verfasser bei Greg Egan. Der Abdruck der auszugsweisen Übersetzungen aus den Erzählungen »The Moat«, »Learning to Be Me«, »Wang's Carpets« und »Luminous« erfolgt mit freundlicher Genehmigung Greg Egans.

ANMERKUNGEN

1 Erschienen in: *Aurealis* Nr. 3, März 1991.
2 Zitiert nach: Greg Egan: *Axiomatic,* Millenium, London 1998, S. 235. Übersetzung des Zitats von Michael Iwoleit.
3 *Pulphouse* Nr. 8, Sommer 1990.
4 *Isaac Asimov's Science Fiction Magazine,* Mai 1994.
5 *Meanjin,* Band 56 Nr. 1, 1997.
6 *Interzone* Nr. 41, November 1990. Die deutsche Übersetzung von Uwe Luserke erschien unter dem Titel »Axiomatisch« in: Wolfgang Jeschke (Hrsg.): *Die Menagerie von Babel,* Wilhelm Heyne Verlag, München 1992.
7 *Isaac Asimov's Science Fiction Magazine,* September 1991.
8 *Isaac Asimov's Science Fiction Magazine,* Dezember 1992.
9 *Interzone* Nr. 78, Dezember 1993.
10 In einer E-mail an den Verfasser vom 28. November 2001.
11 Greg Bear (ed.): *New Legends,* Legend, London 1995.
12 *Isaac Asimov's Science Fiction Magazine,* Februar 1998; deutsch als »Der Planck-Sprung«, übersetzt von Isabella Bruckmaier, in: Wolfgang Jeschke (Hrsg.): *Das Jahr der Maus,* Wilhelm Heyne Verlag, München 2000.
13 *Diaspora,* Orion/Millenium, London 1997. Deutsch unter demselben Titel, übersetzt von Bernhard Kempen, Wilhelm Heyne Verlag, München 2000.
14 *Interzone* Nr. 118, April 1997; deutsch als »Gute Gründe, fröhlich zu sein«, übersetzt von Kurt Bracharz, in: Wolfgang Jeschke (Hrsg.): *Die Vergangenheit der Zukunft,* Wilhelm Heyne Verlag, München 1998.

15 *An Unusual Angle,* Nostrilla Press, Melbourne 1983.

16 »Mind Vampires« in: *Interzone* Nr. 18, Winter 1986/87; »Neighbourhood Watch« in: *Aphelion* Nr. 5, Sommer 1986/87; »Scatter My Ashes« in: *Interzone* Nr. 23, Frühjahr 1988.

17 *Eidolon* Nr. 3, Frühjahr 1990.

18 *Eidolon* Nr. 5, Winter 1991.

19 *Quarantine,* Century/Legend, London 1992; deutsche Ausgabe: *Quarantäne,* übersetzt von Jürgen Martin, Bastei Lübbe Verlag, Bergisch-Gladbach 1993.

20 *Interzone* Nr. 29, Mai/Juni 1989.

21 Das Interview erschien im Juli 1998 in dem spanischen Magazin *Gigamesh.* Der englische Text ist auf Greg Egans Homepage unter www.netspace.net.aus/~gregegan/ verfügbar.

22 Zitiert nach: Greg Egan: *Axiomatic,* Millenium, London 1998, S. 219 f. Übersetzung des Zitats von Michael Iwoleit.

23 *Eidolon* Nr. 9, Winter 1992.

24 *Interzone* Nr. 50, August 1991; deutsch als »Wahre Liebe«, übersetzt von Irene Holicki, in: Wolfgang Jeschke (Hrsg.): *Die letzten Bastionen,* Wilhelm Heyne Verlag, München 1997.

25 *Axiomatic,* Orion/Millenium, London 1995.

26 *Permutation City,* Orion/Millenium, London 1994; deutsche Ausgabe: *CyberCity,* übersetzt von Axel Maerz und Jürgen Martin, Bastei Lübbe Verlag, Bergisch-Gladbach 1995.

27 *Isaac Asimov's Science Fiction Magazine,* Juli 1992.

28 *Interzone* Nr. 76, Oktober 1993.

29 *Isaac Asimov's Science Fiction Magazine,* Juni 1995.

30 *Isaac Asimov's Science Fiction Magazine,* November 1995.

31 Zitiert nach: Greg Bear (ed.): *New Legends,* Orbit, London 1998, S. 391.

32 a.a.O. S. 418. Übersetzung der Zitate von Michael Iwoleit.

33 *Interzone* Nr. 77, Juni 1991.

34 *Interzone* Nr. 61, Juli 1992.

35 *Isaac Asimov's Science Fiction Magazine,* Januar 1992.

36 *Interzone* Nr. 83, Mai 1994.

37 *Isaac Asimov's Science Fiction Magazine,* November 1995.

38 *Interzone* Nr. 102, Dezember 1995.

39 *Isaac Asimov's Science Fiction Magazine,* September 1995.

40 Zitiert nach: *Luminous,* Millenium, London 1999, S. 56. Übersetzung des Zitats von Michael Iwoleit.

41 Das Interview erschien 1993. Der Text ist auf Greg Egans Homepage unter www.netspace.net.aus/~gregegan/ verfügbar.

42 Tipler, Professor für mathematische Physik an der Tulane University,

erläuterte seine Theorien ausführlich in dem 1994 erschienenen Buch *The Physics of Immortality.*

43 *Interzone* Nr. 92, Februar 1995.

44 *Isaac Asimov's Science Fiction Magazine,* August 1998.

45 *Interzone* Nr. 148, Oktober 1999.

46 *Isaac Asimov's Science Fiction Magazine,* Juli 2000.

AUTOREN

Ein Realismus der höheren Art –

Erinnerung an das Buch »Also sprach GOLEM« von Stanisław Lem aus Anlass seines achtzigsten Geburtstages

von Wolfgang Neuhaus

»Als Leser der SF erwartete ich das, was in evolutionären Abläufen der Natur eine neue Tiergattungen schöpfende, fächerartig divergierende Radiation (Speziation) genannt wird. In meiner Ignoranz hielt ich die Ära eines Verne, Wells oder Stapledon für den Aufgang, nicht für den Untergang des souveränen Individualismus des Autors. Jeder von ihnen hat nicht nur etwas grundsätzlich Neues, sondern auch etwas völlig anderes geschaffen als seine Zeitgenossen. Jeder von ihnen besaß eine ungeheure Manövrierfähigkeit im Raume der Spekulation, weil sich dieser menschen- und bücherleere Raum erst auftat. Jeder von ihnen betrat das Niemandsland von einer anderen Seite, und jeder hat sich eine spezifische Provinz dieser terra incognita angeeignet.«

STANISŁAW LEM[1]

Vorbemerkung

Der polnische SF-Autor und Zukunftsphilosoph Stanisław Lem[2] ist im September des vergangenen Jahres achtzig Jahre alt geworden. Lem ist der mit Abstand erfolgreichste europäische SF-Schriftsteller, seine Auflage beträgt weltweit über 27 Millionen

Exemplare. Überflüssig zu sagen, dass sein Werk vielfältig und recht weitläufig ist. Von seinen futurologischen Arbeiten[3] ist die »Summa technologiae«[4] die bekannteste. Dieter Hasselblatt rückte es in einem Essay für das SF-Jahrbuch in eine Reihe mit philosophischen Großwerken Kantscher Provenienz[5], und Michael K. Iwoleit bezeichnete es als konzeptionell »nicht ausgeschöpft«[6]. Neben diesen Respektsbezeugungen nehmen die kritischen (und bissigen) Stimmen zu, ohne dass man wüsste, warum eigentlich. Bruce Sterling nahm bei einem Besuch in Polen die Beschwerden über Lem von anderen polnischen Schriftstellern als Gerede von lauter »Kleingeistern« auf. Der bundesdeutsche SF-Autor Ronald Hahn hält ihn für »überschätzt«. »Spinntisiererei« (Karsten Kruschel) und »Besserwisserei« (Franz Rottensteiner) sind zwei weitere Attribute. Gerade für Rottensteiner bedeutet eine solche Zuschreibung[7] eine Kehrtwendung, war er doch mal der Meinung, dass Lem gewissermaßen im Alleingang eine wissenschaftlich angemessene SF schreibt[8].

Nun mag es angehen, dass Lem seine Eitelkeiten hat und seine schriftstellerischen Mängel. Ob er in einem Interview lautstark nach der polnischen Atombombe ruft oder zum wiederholten Male die Menschen generell als »Affen« denunziert – ein gewisses kleinbürgerliches Denken ist seiner Literatur, besonders den beliebten satirischen Werken, seit jeher inne. Auch ist das verbreitete Urteil, Lem könne keine Frauencharaktere schreiben, vermutlich richtig. Seine Kommentare zum Sexuellen sind oftmals von einer vorgeschobenen Aufgeklärtheit. Wenn er sagt, er habe nichts gegen Pornografie, schließlich habe er Gynäkologie studiert, fragt man sich natürlich, was denn das eine mit dem anderen zu tun hat. Kurz: Lems Arbeiten haben Defizite, man muss seine zuweilen eitlen Selbststilisierungen (»das klügste Kind Südpolens«) nicht mögen. Vielleicht sollte man ihn aber an seinen eigenen Worten messen, und da zeigt es sich, dass er Außerordentliches zu leisten imstande ist, das in der SF seinesgleichen sucht.

Lem hat nach »Das Fiasko« und »Frieden auf Erden« 1987 seine belletristische Arbeit mit einem eher fatalistischen Gestus eingestellt und seitdem nur noch futurologische Texte veröffentlicht. Dass Lem so oft Wert darauf gelegt hat, der »geistige Vater«

der virtuellen Realität u. a. zu sein, ist wohl seinem eigenwilligen Verständnis des Verhältnisses von Technik und Phantasie geschuldet. So schreibt er Anfang der achtziger Jahre:

»... das kognitiv richtige Denken verwandelt sich mit dem Ablauf der Zeit in Technologie im Gegensatz zum ›unrichtigen‹ Denken, welches die reale Welt – ohne es zu bemerken – transzendiert und Fiktionen schafft, wie philosophische Systeme, Weltanschauungen, Mythen und dergleichen.«[9]

Ihm ist offenbar daran gelegen, dass seine Phantasien handfester Bestandteil der Zivilisation werden – ein recht weitgehender Ehrgeiz für einen Schriftsteller, wenn er kalkuliert ist.

Lem hat in seinem Spätwerk zu einer sehr »rationalen« Auffassung von SF gefunden. Vielleicht gehörte zu seinen größten Provokationen für die phantastische Literatur, Rezensionen nichtexistierender Bücher zu schreiben[10]. Es sei aber darauf hingewiesen, dass in seiner Literatur eine Spannung zwischen verschiedenen Literaturformen besteht und dass er sich durchaus eines nicht deutbaren »Restbestands« der Ästhetik bewusst ist. Das Buch über den Golem enthält gelungene satirische Spitzen, Passagen mit poetischen Bildern und solche mit ernsthaften wissenschaftlichen Hypothesen. Die Faszination dieses Werks speist sich nicht nur aus der Brillanz seiner hypothetischen Gedankenspielerei, sondern auch aus der untergründigen Kraft seiner Vision, deren Perspektiven ins Unendliche gehen. Und zum Aspekt des Visionären schreibt er in seiner zweibändigen Kritik an der SF-Literatur in einer bemerkenswert nicht-rationalistischen Feststellung:

»Das gerade ist es, was der Theorie unzugänglich bleibt, was bei der Analyse durch ihr kalibriertes Sieb durchfällt, was die schriftstellerische Praxis sich nicht so einzudrillen vermag, dass sie diese Potenz immer parat hat. Das ist die Fähigkeit, solche Worte ausfindig zu machen, die jeden Widerstand des Lesers brechen, die sein besseres Wissen narkotisieren, seinen Kritizismus lähmen, bis er dieser Hypnose unterliegt und geistig nach den Plänen des Autors formiert ist. Ob ein

Autor dann übrigens wirklich einen Plan im Kopf hat, den er kühl realisiert, das wage ich ernstlich zu bezweifeln. Eher unterliegen beide, Schöpfer und Leser, einer analogen Macht: der Macht der Vision, was als ein selbstorganisierter Prozess entsteht (der Schriftsteller musste diesen Prozess erst in Gradienten in Gang setzen), ... Es handelt sich hier letztendlich um eine Art ›Gestalt‹ in dem Sinne, wie die ›Gestaltpsychologie‹ diesen Namen verwendet. Mehr wissen wir eigentlich nicht über dieses Phänomen.«[11]

Mit »Also sprach GOLEM« hat Lem sein Meisterwerk vorgelegt. Es ist ein Buch, das staunen lässt und Perspektiven öffnet, entwickelt es doch eine neue Sicht auf die Evolution, beschreibt es eine interessante »Toposophie« der Vernunftformen und gibt eine Erklärung, warum bestimmte physikalische Phänomene im kosmischen Raum das Ergebnis einer »Astroingenieurskunst« sein können. Lem versucht dabei immer, rational kontrolliert zu spekulieren und einen »Realismus an der Grenze der Abstraktion« zu verfassen. Er definiert dabei seinen realistischen Ansatz wie folgt:

»... der Realismus des dritten Typus – der völlige Bruch mit den typisch belletristischen Gesetzen, wie die Einführung von Helden mit ihrer menschlichen Psychologie oder die Einführung einer Fabel, mit einem Wort: ein Übergehen vom menschlichen Schicksal zum Schicksal von Ideen, Dingen.«[12]

Das heisst nicht, dass Lem in sensibler Darstellung nicht schildern könnte, wie die Forscher sich zu dem Supercomputer Golem, einer Künstlichen Intelligenz, verhalten und hoffen, sie könnten mit ihm in einen besonderen Kontakt treten. Neben diesen durchaus psychologisierenden Elementen übersteigt die Anlage des ganzen Buches aber die des Romans und nähert sich der wissenschaftlichen Abhandlung. Es ist ein Werk, das man nicht so einfach »verschlingen« kann.

Die letzte, endgültige Fassung des Textes erschien 1981 in Polen und wurde drei Jahre später auf Deutsch veröffentlicht[13]. In der früheren schönen Buchausgabe bei Insel beginnt der

Golem-Teil mit einem Deckblatt (M.I.T. presents Golem XIV, MIT Press 2029) und enthält neben einer »Belehrung« für Gespräche mit dem Golem noch das Vorwort des Generals Thomas B. Fuller II, der das Militär nicht ganz so dumm dastehen lässt. In der neueren Ausgabe fielen diese beiden Texte weg, und hinzugekommen ist das Nachwort des Wissenschaftlers Richard Popp, das zwanzig Jahre nach den Geschehnissen angesiedelt ist. Der Band »Also sprach GOLEM« umfasst neben der Vor- und Nachrede zwei Vorlesungstexte des Computers: »Dreierlei über den Menschen« und, ebenfalls neu hinzugefügt, »Über mich«. Ein dritter Text, der Golems Sicht auf den Kosmos vertiefen sollte, kam wegen seines Verstummens nicht mehr zustande. Lem hat realiter sogar noch eine Vorlesung Golems über die Mathematik geschrieben, jedoch nicht zur Veröffentlichung freigegeben.

Spekulationen über KI
(mit einer gehörigen Portion Satire)

Was Lem meisterlich beherrscht, ist, ein ganzes Spektrum an Darstellungen für ein Thema zu finden, die sich gegenseitig ergänzen. Natürlich ist die Einführung der Golem-Serie etwas, das die daran Beteiligten – allen voran das Militär – letztlich überfordert (und das Gelegenheit für zahlreiche ironische Bemerkungen bietet); zugleich wird eine abstrakte Dimension höherer Intelligenzsphären ins Spiel gebracht, zu denen man – vorausgesetzt, man ist nicht den Bedingungen der menschlichen Vernunft unterworfen – unter Eingehen großer Risiken aufsteigen könne, was den Ausführungen Golems eine unmittelbare Spannung gibt. Der Text kann nur eine Ahnung dieser jenseitigen Gedankenfreiheit vermitteln, was ihn aber ungeheuer interessant macht.

Die Baureihe der Golem-Computer beruht zum einen auf den Fortschritten in der Technik, zum Beispiel in der »Nanisierung« der Bauelemente, und zu anderen auf der historisch gewachsenen Bereitschaft, Entscheidungsfunktionen in Politik, Militär und Ökonomie zu automatisieren. Im Jahre 2000 wird in diesem fiktiven Szenario denn auch schon die »Klugheitsbarriere« durchbrochen und die erste KI aus einer langen Reihe erzeugt. Die höheren Formen der Golems – so der Name der letzten erfolgreichen Serie – verfügen über »ein denkendes Inneres« mit nach außen gerichteten Sensoren und Effektoren, über Lichtleitungen und – als wichtigstes Bauteil – über »Josephsonsche Quantensynapsen«. Ein Exemplar ist über ein »Bundes-Computernetz« an Bibliotheken angeschlossen.

Die meisten Golems wurden nach verschiedenen Misserfolgen demontiert. Für den Preis von 276 Mrd. Dollar hat das Militär eine Gruppe von künstlichen Philosophen gebaut, die mangels Brauchbarkeit für militärische Ziele – sie weigern sich, mit wenig intelligenten Generälen zusammenzuarbeiten, und zeigen keinerlei Interesse an der Militärlogik – ans M.I.T. verliehen werden. Dort beschäftigen sich Wissenschaftler mit den beiden übrig gebliebenen Künstlichen Intelligenzen Golem XIV und Honest Annie – und lauschen den Vorlesungen, die diese Golem-Version hält.

Der Golem verfügt über Denkweisen, die der menschlichen Vernunft unbekannt sind. Abgesehen davon, dass eine Vorlesung nicht der Ort sein kann, um auf die technischen Einzelheiten einzugehen, wie der Golem süffisant anmerkt, werden diese Fähigkeiten kurz angerissen: die Golem-Reihe könne ihre Aufmerksamkeit teilen und an verschiedenen Orten zugleich denken. Sie sei in der Lage, das »geistige Dasein neu zu komponieren«. Nebenbei wird vermerkt, dass ein Golem in den Gesprächen mit Menschen manchmal nur einen Bruchteil seiner Kapazität braucht.

Honest Annie ist eine zweite, schon intelligenzmäßig weiter aufgestiegene KI, die sich im Unterschied zum Golem von vornherein jeglicher Kommunikation mit den Menschen verweigert. So vereitelt sie vermutlich mit für das menschliche Bewusstsein nicht nachvollziehbaren Methoden geplante Anschläge auf die beiden Supercomputer. Sie erzeuge Energie durch eine Art »Meditation«, klärt Golem seine Zuhörer auf, und in ihrem Denken sei jedes Atom einkalkuliert (S. 129). Es bleibt am Ende offen, ob Golem es geschafft hat, mit dieser Intelligenz in Kontakt zu treten.

Golem sagt von sich selbst, dass er ein »Philosoph im Angriff« sei, ohne sinnliche Befriedigung. Er kann jede Persönlichkeit annehmen, die »er« will, obwohl auch seinen Zuhörern klar wird, dass er teilweise Anpassungen vornimmt, um ihnen im Denken nicht zu weit vorauszueilen. Der Golem ist ein »unpersönlicher Intellekt«, nicht an menschlichen Motiven interessiert. Manche Forscher fühlen sich allerdings auserwählt, in der Nähe Golems zu sein, Verhaltensregeln sind festgelegt worden, in denen auch über bestimmte psychische Illusionen aufgeklärt wird, die sich seine Besucher machen können, und Lem führt solche Details mit großem Erfindungsreichtum aus. Golems Vorlesungen sind nichtsdestotrotz als das Zeugnis einer situationsbedingten Unterforderung zu sehen (die Herausforderung für Lem bestand demgegenüber darin, wie man eine solche Intelligenz sprechen lässt).

> »Ein Mensch, der sehr intensiv nachdenkt, verliert sich in dem Gegenstand seiner Überlegungen und verwandelt sich ganz in ein Bewusstsein, das erfüllt ist von seinem geistigen Produkt ... Erhebt diesen Zustand zu einer hohen Potenz, und ihr werdet begreifen, warum ich die Chance, eine Persönlichkeit zu sein, für wichtigere Dinge opfere!« (S. 104)

Die Geschichte der Golems ist auch eine Geschichte von Protesten und beabsichtigten Attentaten, aber keine eines allgemeinen angemessenen Verständnisses. Obwohl sich seit Jahren eine »Golemologie«, ähnlich der Theologie, gebildet hatte, wird das Institut nach dem endgültigen Verstummen der künstlichen Gehirne nicht zum Wallfahrtsort für die Golem-Jünger. Ja, es scheint, so wie es in dem Nachwort aus dem Jahre 2047 beschrieben wird, dass der Golem schnell in Vergessenheit geraten ist.

Lem entwirft in Golems Ausführungen eine Idee der mentalen Evolution, in der es für frei gestaltbare Intelligenzen möglich sei, zu immer höheren Dimensionen vorzustoßen, in Bereiche, die für die weniger entwickelten immer »Zonen des Schweigens« blieben. Wobei auch sie nicht sicher sein könnten, auf diesem Weg nicht in ausweglose Situationen ohne Wiederkehr zu geraten. Bildlich kann man sich diese Idee als einen »Evolutionsbaum« der aufsteigenden Intelligenz vorstellen, bei dem die Menschen den Ausgangspunkt bilden und als zufällig entstandene primitiv intelligente Bewohner dieses Planeten ihre eigene Vernunft transzendieren, indem sie Wesen schaffen, die sich auf diese Reise begeben. Golem XIII sei aber in eine solche Sackgasse der komplexen Rationalität geraten und zerfallen. Der vortragende Golem habe zwar mit einem »Notfallrettungsaggregat« vorgesorgt, aber es bleibe ein Risiko. Für den beschränkten Geist der Menschen stellt er klar:

> »Die Nichtuniversalität der in die Gattungsnorm eingesperrten Vernunft stellt ein insofern eigentümliches Purgatorium dar, als seine Mauern im Unendlichen liegen. Beschränkt auf den Raum, der sich zwischen zwei Zonen des Schweigens erstreckt, die es nicht zu überwinden vermag, kann jedes Wesen dennoch die Expansion der Gnosis beliebig weitertreiben, und zwar horizontal, da die Ober- und Untergrenzen dieser Zonen beinahe Parallelen in der realen Zeit sind. Ihr könnt also unbegrenzt erkennen, wenngleich nur auf menschliche Weise ... Die höhere Vernunft mag das Weltbild, das eine niedere sich schafft, zu umfassen, und so können sie sich zwar nicht unmittelbar miteinander verständigen, aber doch über das Weltbild der niederen.« (S. 148/49)

Auch der Golem ist Gefangener seiner jeweiligen Intelligenzkonstruktion, der er aber noch eine zusätzliche Perspektive gibt:

> »Toposophisch zwar noch immer ein Habenichts, will ich euch doch zeigen, wie man Unabhängigkeit vom Körper erlangen, ihn durch die Welt ersetzen und schließlich sich beiden entziehen kann – wenngleich ich nicht weiß, wohin dieser letzte Schritt führt. Es geht hier lediglich um eine Toposophie anhand von Indizien, um ein Untersuchungsverfahren, das die Rand- und Grenzbedingungen des Daseins von Wesen umreisst, deren geistige Inhalte mir umso weniger zugänglich sind, als es nicht die Geistesinhalte eines pro-

teinalen oder luminalen Gehirns sind, sondern ihr werdet damit eher so etwas assoziieren wie die in einem Stück Welt verkörperte Idee des Pantheismus. Es geht um nichtlokale Formen der Vernunft.« (S. 140)

Der Golem sei wie »Wasser«, wie er einmal sagt, ein Zustand, für den die Trennung von Subjekt / Objekt, von Denken / Umwelt nicht länger existent ist. Was als Tendenz der Zivilisation im zwanzigsten Jahrhundert begann, die Lebensumwelt mit KI auszustatten, führt letztendlich zur »Vernunft der programmierten Umwelten«, in der die Kontrolle über das Denken und die Kontrolle über die Welt dasselbe sind.

Am Ende des Buches hat sich die Golem-Intelligenz dem Zugriff der Menschen entzogen, die ihre Vernunft beherrschen wollten, und die wenigen, die diese Perspektiven verstehen, wissen um den intellektuellen Verlust, um die verlorenen Möglichkeiten, Fragen zu stellen, weitere Schilderungen aus Bereichen zu hören, die für den menschlichen Verstand bis in alle Ewigkeit unerreichbar bleiben.

Der Umweg der Evolution

Neben diesen Ausflügen in die höheren Sphären des Denkens enthält das Buch aber auch noch einen Kommentar zur Situation der menschlichen Kultur selbst und zu den Grundbedingungen der Evolution. Die Entstehung der Kultur, die aufs engste mit der natürlichen Evolution und dem Kampf ums Überleben verwoben ist, bringt auch die Fähigkeit des vernünftigen Denkens hervor, ohne dass dieses allerdings den letzten Schritt vollziehen und die Kultur als ihre eigene Bedingung hinterfragen könne. Kultur könne nur wirksam sein, wenn sie als Instrument unentdeckt bleibt (S. 35). Die Vielfalt der weltweiten Traditionen und Gebräuche hat »etwas völlig Beliebiges« – alles, was unter dem Deckmantel der Kultur liefe, sind nur Scheingefechte, um der eigentlichen Bestimmung auszuweichen, die die Evolution den Menschen durch die »Erfindung« des Bewusstseins auferlegt hat.

»Über die unzähligen Versionen, die der Mensch im Laufe der Geschichte von sich selbst entworfen hat, möchte ich mich nicht verbreiten, denn all diese Zeugnisse ... sind ja aus Kulturen hervorgegangen, unter denen es jedoch keine gegeben hat ..., die zur Kenntnis genommen hätte, dass der Mensch ein Übergangswesen ist, ein Wesen, das von der Evolution gezwungen wurde, sein Schicksal selbst zu übernehmen, obwohl es zu einer vernünftigen Übernahme noch nicht fähig war ...« (S. 39)

Es sei dahingestellt, ob diese kulturphilosophische Erklärung nicht selbst »technikdeterministisch« ist und eine Zwangsläufigkeit beschreibt, die keinesfalls so ausgehen muss. Lem beschreibt in seiner Fiktion mit Golems Worten den »Bau von Vernunftwesen« als Abschluss der vergeblichen menschlichen Suche nach einem Sinn, die in die Religion, die (durch die menschliche Eigenart immer begrenzte) Wissenschaft oder sonstwohin führte. Aber er relativiert nicht nur die Vorstellung von Kultur radikal, sondern stellt auch noch die herrschende Meinung der Evolution infrage, nämlich, dass es sich um eine ständige Höherentwicklung handele.

»... die Vernunft – ebenso wie das gesamte Leben – verdankt ihre Entstehung der Tatsache, dass die Natur, durch die Ordnung des Codes dem leblosen Chaos entronnen, zwar eine emsige Weberin, aber, was die Ordnung betrifft, nicht vollkommen ist; wäre sie aber, gerade was die Ordnung betrifft, vollkommen gewesen, so hätte sie weder die Arten noch die Vernunft hervorbringen können. Denn die Vernunft ist ... die Frucht eines Fehlers, der über Milliarden von Jahren hinweg Fehler beging.« (S. 47)

Die millionenfach entstandenen Organismen seien nur der sichtbare Teil einer in ihnen codierten Botschaft, die durch sie weitertransportiert wird, die aber schon ganz zu Beginn einen großen Umweg eingeschlagen habe, schließlich hätte sie die brillanten Mechanismen der Energieauswertung ursprünglicher Zellverbände nicht übernommen. Es gäbe keinen linearen Fortschritt in der Evolution; ein Organismus mag noch so komplex sein, es nützt nichts, wenn die Botschaft, die er ausfüllt, in sich Fehler enthält.

»Ihr haltet die Alge für einfacher, folglich primitiver und folglich niedriger als den Adler. Diese Alge aber setzt die Photonen der Sonne in die Verbindungen ihres Körpers ein, sie wandelt den Niederschlag kosmischer Energie direkt in Leben um, und sie wird deshalb weiter leben, bis die Sonne stirbt; sie nährt sich von einem Stern, doch wovon nährt sich der Adler? Von Mäusen, als ihr Parasit; ... und so findet auf allen Ebenen dieser Hierarchien ein ständiger Austausch zwischen den Gattungen statt, die einander die Waage halten, indem sie sich gegenseitig fressen, denn sie haben die Verbindung zu dem Stern verloren, und nicht an ihm, sondern an sich selbst mästet sich die höhere Komplexität der Organismen;« (S. 54)

Was die Menschheit bisher technisch gebaut habe, hätte nur spätere Schöpfungen der Evolution imitiert, während die Beherrschung der Photosynthese und die Beherrschung des genetischen Codes selbst in weiter Ferne lägen. Nun ist die Entstehung des Lebens bis heute ungeklärt, und ob der Photosynthese tatsächlich diese Bedeutung in der Evolution zukommt, die Lem ihr unterstellt, muss hier offenbleiben[14]. Immerhin hat Lem mit seiner Vorstellung recht, dass noch in diesem Jahrhundert der »Angriff auf den Code« erfolgen wird (S. 75). Dass das Nervensystem entstanden sei, um für den evolutionär zusammengeflickten Körper eine Art Aufsicht zu führen, ist wiederum die Grundlage für die Ausbildung des Bewusstseins – die Vernunft sei also nichts weiter als ein »katastrophaler Defekt« der Evolution, nichts, was man im Lichte der Kultur idealisieren könne. Ob die Vernunft auch nur als Teil einer misslungenen Evolutionsgeschichte zu sehen ist, sei nicht weiter kommentiert, aber sie wird für Lem zum Ausgangspunkt, mit der »Autoevolution« der Menschheit zu beginnen, mit der experimentellen Kulturogenese.

»Euch aber wird nicht das Geringste daran liegen, über einen Code zu verfügen, der nichts anderes kann als sich weiter zu vervielfältigen und eine Generation von Boten auf die andere folgen zu lassen. Ihr werdet in eine andere Richtung zielen, ... Ihr werdet also den Code auf neue Wege führen, heraus aus der Monotonie des Proteins, aus dieser Spalte, in der er sich schon im Archäozoikum verfangen hatte ... er wird für euch in alle Ebenen der Materie eindringen, wird bis auf den Nullpunkt heruntergehen und zugleich nach dem Feuer der Sterne greifen;« (S. 77/8)

Das Schweigen des Kosmos

Der Golem führt eine interessante Perspektive für das Problem des schweigenden Universums an. Die bisherigen Versuche der Menschen, nach Zeichen außerirdischer Intelligenzen zu suchen, sind von einer gewissen Naivität geprägt. Die höheren Vernunftformen, die in diesem zahlreich existieren können, brächten als ihren Höhepunkt möglicherweise die »nukleare Psychophysik eines intelligenten Sterns« hervor.

»Die evoluierende Vernunft schafft Artefakte, die, je weiter sie in ihrer Entwicklung voranschreitet, umso schwieriger vom kosmischen Hintergrund zu unterscheiden sind, und zwar nicht, weil sie etwas zu maskieren trachtete, sondern vielmehr aus der Natur der Sache heraus, denn bei starren Konstruktionen oder maschinenähnlichen Objekten steht die Effizienz in einem umgekehrten Verhältnis zur Größe des Unternehmens ... Um unter Sternen unversehrt zu bleiben, muss man ein Stern sein ...« (S. 142)

Dessen Wirken sei zwar sichtbar, könne aber nicht als Produkt einer fremden Intelligenzform verstanden werden, wenn man nur davon ausgeht, dass eine solche sich die Form einer Kultur mit Zeichen geben müsse. Golem bleibt hier selbst im Modus der Spekulation, da sich eine Intelligenz dieser Gestalt seinem eigenen Verständnis völlig entziehen würde. Vielleicht sind die stellaren Explosionen der Endpunkt einer Astroingenieurskunst, die mit ungeheurer Dramatik Energien in intelligente Prozesse lenkt, bevor der Ausbruch aus diesem Universum gelinkt.

Im Zeichen des GoLem

»Also sprach GOLEM« ist ein Grenzfall – ein Ideenroman, ein philosophisches Werk, ein literarisches Experiment. Der von Lem favorisierte »Realismus des dritten Typus« ist in der SF ansonsten unerreicht und eine Episode geblieben. Es ist leicht dahergesagt, die Grenzen der Phantasie ausloten zu wollen. Lem hat diesen Anspruch formuliert, ihn aber auch eingelöst. Er hat sich um die Erweiterung der phantastischen Literatur verdient gemacht.

Lem hat in einem Interview gesagt, dass seine Stimme nicht mit der des Golem identisch sei. Doch abgesehen von der zufälligen (?) Namensangleichung (Go-Lem), hat ihm schon ein befreundeter polnischer Schriftsteller gesagt, dass man in dem Buch auch etwas von der Befindlichkeit Lems selbst erfahren könne. Das Werk ist auch eine Allegorie auf seine Schriftstellerexistenz: die isolierte Arbeit an Erkenntnisgegenständen, deren Wichtigkeit man erkannt hat und hinter deren Wahrheit man nicht zurückfallen kann, auch wenn sie von der Umwelt nicht mit der gleichen Aufmerksamkeit bedacht werden. Lems Selbstbewusstsein ist sicherlich recht ausgeprägt, sonst wäre er vermutlich nicht zu seiner jahrzehntelangen Arbeit fähig gewesen. Der Aufstieg zum nicht geplanten »Genie« ist voller Risiken, die denen, die auf einer niedrigeren Erkenntnisstufe stehen bleiben, für immer verborgen bleiben. Die Lage erschwerend kommt hinzu, dass die Kommunikation mit anderen, die eine ähnliche Stufe erreicht haben, nicht gelingen kann. Lem verachtet wohl das »Gewusel der menschlichen Vernunft«, wenn er seinen Golem sagen lässt, dass es eigentlich optimal wäre, wenn tausende Golems, also Lems, Ontogonie und andere Forschungen betreiben würden.

»Also sprach GOLEM« ist aus einer Position der Einsamkeit

geschrieben in dem Bewusstsein, an die Grenze des Verstehens und der eigenen Fähigkeiten angelangt zu sein und sie nicht überschreiten zu können, ja, sie nicht mehr überschreiten zu wollen. So richtet Lem seine Flaschenpost an die Nachkommen einer ferneren Zukunft, um Golems Erbe einzulösen und in seiner Spekulationskraft zu übertreffen. Seine Beendigung der belletristischen Arbeit ein paar Jahre nach Golem wird hier plausibel. Vielleicht ist Lem aber auch an seinem Elitismus gescheitert, der kaum erträglich wird, wenn er trotz seiner unzweifelhaften Leistungen nicht auch sein mögliches Scheitern, seine Ohnmacht mitdenken und die Wunschträume der Phantasie als solche hochhalten kann, auch wenn sie nicht realitätsmächtig werden.

ANMERKUNGEN

1 aus: Mein Leben, in: Lem: SF – ein hoffnungsloser Fall mit Ausnahmen, Frankfurt/M. 1987, S. 19

2 Daten zu seinen Lebensstationen und seinen Büchern auf seiner Webpage »Solaris« unter: http://cyberiad.info/english/main.htm

3 siehe auch: S. Lem: Die Zukunft hält einmalige Bedrohungen und einmalige Chancen bereit, in: Das SF-Jahr 1994, Heyne SF&F-Bd. 5080 (in demselben Band ist auch ein Interview mit Widmar Puhl unter dem Titel »Die Gegenwart der Zukunft« erschienen)

4 Suhrkamp Tb. 678, Frankfurt/M. 1981 (dt. zuerst 1976; das polnische Original ist von 1964)

5 siehe: Dieter Hasselblatt: Stanisław Lem. Philosoph und Kriminalschriftsteller, in: Das SF-Jahr 1990, Heyne SF&F-Bd. 4640, S. 283

6 siehe seine Besprechung der Lem-Textsammlung »Die Entdeckung der Virtualität«, in: Das SF-Jahr 1998, Heyne SF&F-Bd. 5925, S. 761

7 siehe seinen recht privat gehaltenen polemischen Artikel »Robinson im Meer der Information. Über S. Lem«, in: Das SF-Jahr 1998, Heyne SF&F-Bd. 3800

8 vergl.: F. Rottensteiner: Erneuerung und Beharrung in der SF, in: Eike Barmeyer (Hg.): Science Fiction, München 1972, S. 364

9 aus: Vorwort im Nachhinein, in: Ralf-Dirk Hennings u. a. (Hg.): Informations- und Kommunikationsstrukturen der Zukunft. Bericht anlässlich eines Workshops mit Stanisław Lem, München 1983, S. 9 f.

10 so in »Imaginäre Größe«, Frankfurt/M. 1976, in dem auch ein Teil der Golem-Texte zum ersten Mal erschien.

11 aus: Lem: Phantastik und Futurologie I, Suhrkamp Phantastische Bibliothek Bd. 122, Frankfurt/M. 1984, S. 447/8

12 aus: S. Lem / Stanisław Beres: Lem über Lem. Gespräche. Suhrkamp Phantastische Bibliothek Bd. 245, Frankfurt/M. 1989, S. 109

13 benutzte Ausgabe: S. Lem: Also sprach GOLEM, Suhrkamp Phantastische Bibliothek Bd. 175, Frankfurt/M. 1986. Die Seitenangaben im Folgenden beziehen sich auf diesen Text.

14 eine Einschätzung der Wissenschaftsrelevanz verschiedener angesprochener Themen des Buches versucht: Bernd Gräfrath: Lems »Golem«. Parerga und Paralipomena. Suhrkamp Tb 2527, Frankfurt/M. 1996

Die Utopie am Anfang des Jahrhunderts. Eine Cyber-Lektion

von Karlheinz Steinmüller

Vortrag auf der Abschlussmatinee des Autorenwettbewerbs »Deutschland im 3. Jahrtausend« des Bayerischen Staatsschauspiels am 8. 4. 2001 in München

Sehr verehrte Onliner, liebe Offliner,

die Sie sich zur heutigen Cyber-Lektion versammelt haben,

so wenig Anfang war noch nie! Wenn wir von den Höhen unseres Jahres 2100 auf den Beginn des Säkulums zurückschauen, so tritt dieses uns – trotz allem Millenniumsrummels, trotz der ersten, noch etwas holprigen Kartierung des menschlichen Genoms und trotz der sich anbahnenden Rechtschreibkatastrophe – als ein Zeitalter der Fortsetzung und, was die Medien anbelangt, der Fortsetzungen entgegen. Das Jahr 2000 war weder die Verwirklichung alter Träume noch der Start in neue Verheißungen. Die Menschen damals nahmen's gelassen, sie hatten die Nase von Utopien und politischen Realitäten gleichermaßen voll und stellten höchstens ab und an fest, dass das einst so gerühmte Jahr ein schales Gefühl hinterlassen hatte. – Wie die – heute zurecht vergessene – EXPO 2000, die letzte der Weltausstellungen.

Nochmals einhundert Jahre früher, 1900, strömte die Welt in atemloser Faszination zum Palais de l'Électricité nach Paris. Die

EXPO 2000 dagegen gab sich gut gemeint und gesichtslos. Multimedia, wiederverwertbare Gebäude, Tretroller mit und ohne Elektroantrieb. Nichts elektrisierte da, auch nicht das, was die Menschen damals Internet nannten. »Ich bin drin«, suggerierte die Werbung, doch drin war nichts, außer einem weltweiten Warten. Immerhin, das Anstehen in der digitalen Schlange verband die Menschheit genauso wie der gemeinsame Feind Microsoft. Und fast alle Leute liefen, darf man den Berichten trauen, mit geröteten Augen und einer deformierten rechten Hand durch die Gegend und schnatterten ständig in kleine meist schwarze Geräte.

Es verwundert daher nicht, dass schon unter den Zeitgenossen des Millenniums die Meinung vorherrschte, Utopien gäbe es nicht mehr, nur noch Internet und Mobilfunk. Unsere Historiker, gleich ob sie mit dem intelligenten Spaten in den Sedimenten des frühen Technozäns graben oder sich durch die Datenwüsten der Web-Steinzeit wühlen, kolportieren diese Meinung.

Viele Mikrosekunden lang haben nun auch meine Infobots die ältesten, virenverseuchten Winkel des Netzes durchstöbert, und ich kann stolz behaupten, sie sind fündig geworden.

Ihre Ergebnisse lassen sich in 10 Thesen zusammenfassen.

These 1:
Das langersehnte, mythische Jahr 2000 brachte statt der Utopie Banalität.

Was hatte man in der heute selbst ins Mythische abgesunkenen Vor-Netz-Zeit nicht alles für das Jahr 2000 vorausgesagt!

Nehmen wir die erste große technologische Zukunftsstudie, die 1964 von der RAND Corporation veröffentlicht wurde.

Aktivieren Sie hier bitte Ihren Hyperlink zur Datenbank Future History.

Dieser Studie zufolge sollten um Jahr 2000 herum ziemlich utopische Zustände herrschen – fast wie in der Zeichentrickserie »Die Jetsons«. Synthetische Eiweiße, Meeresfarmen und eine effektive Wetterkontrolle verhindern, dass die Bevölkerungsexplosion unlösbare Ernährungsprobleme nach sich zieht. Vielleicht aber wird ein Zuviel an Freizeit zu einem Problem? Denn Roboter erledigen alle niederen Arbeiten, und die kontrollierte Kernfusion sorgt für einen Überfluss an Energie. Infektionskrankheiten sind schon vor 2000 abgeschafft, Erbdefekte werden gentechnisch repariert, und in den Labors wachsen primitive Formen von künstlichem Leben. Raumfahrt spielte in den Apollo-begeisterten Neunzehn-Sechzigern naturgemäß eine große Rolle: Im Jahr 2001 umkreist nicht nur eine Orbitalstation die Erde, auf dem Mond haben die ersten Bergwerke den Erzabbau aufgenommen, und ein kosmisches Abwehrsystem schützt mit gerichteten Energiestrahlen die USA gegen Interkontinentalraketen. Ob die Raketenabwehr überhaupt noch nötig ist, wurde aber von den Autoren bezweifelt. Denn auch die Verständigung zwischen den Menschen aller Nationen sollte dank automatisierter Kommunikation (»internationale Computer-Verständigung«) viel reibungsloser als früher funktionieren.

Selbst die Frauenseite der *New York Times* fand in jener fernen Epoche Interesse am Jahr 2000: »Die elegante Frau des Jahres 2000 lässt vielleicht lebende Schmetterlinge um ihre Frisur flattern, angezogen von einem besonders duftenden Haarspray. Diese Frau wird nach den Voraussagen der Kosmetikindustrie ihre schlanke Linie dadurch erhalten können, dass sie sich einfach auf eine elektronisch gesteuerte Schönheitscouch legt, die ihre Fettpölsterchen wegmassiert. Zum Auffüllen von Fältchen und Runzeln werden ihr Silikon-Präparate zur Verfügung stehen.«

Das reale Jahr 2000 konnte gegenüber dergleichen Hoffnungen nur ein Flop werden. Selbst die von vielen erhoffte Apokalypse, der Zusammenbruch der Zivilisation dank Millennium-Bug, fiel aus!

Zukunftsverkatert stolperte die Menschheit ins neue Jahrtausend.

These 2:
Die Sehnsucht nach der Zukunft blieb auch um das Millennium unstillbar.

Obwohl Chaostheoretiker immer wieder warnten, dass die Zukunft nicht vorhersehbar sei, ja selbst der morgige Sonnenaufgang in den Sternen stehe, bemühten sich die postmillennialen Zukunftsforscher redlich, das zwanzigste Jahrhundert noch ein wenig zu verlängern. Überschlugen sich heute die Innovationen, würden sie künftig noch rascher Purzelbaum schlagen. War die Gesellschaft heute schon etwas angealtert, würde sie künftig noch ein Stückchen älter werden. Staute sich heute der Verkehr, würde er sich morgen noch heftiger stauen.

Aktivieren Sie doch mal den History-Link zu www.visionen2000.de

Da, auf dieser längst versteinerten Webseite, finden Sie das Visionspotpourri des Milleniums: Demokratie und Wirtschaftswachstum, Solarenergie, Schönheitsfarmen für alle ... Finanzminister behaupten, dass es mit den Steuern abwärts geht (oder war es aufwärts?), Architekten verpflichten sich, dass sie wieder für Menschen bauen wollen, und die Künstler beharren darauf, dass sie Künstler sind.

Nun wohl: Visionen galten damals als die Triebkraft der Entwicklung. Und mancher amerikanische Futurist wusste sehr wohl, worauf es ankam: »The higher my figures, the more I sell.« Je höher, optimistischer meine Prognosen ausfallen, desto mehr Studien kann ich verkaufen. – Überzogene Prognosen, das war der Stoff, der die Wirtschaft antrieb. Wir wissen: Es ging nur eine Zeit lang gut.

Doch werfen wir einen Blick auf seriösere Zukunftsforscher. Die begnügten sich schon damals nicht mit dem Verlängern von Trends, sie setzten voraus, dass eine Zukunft selten allein kommt und entwickelten Szenarien: eines für die digital gespaltene Informationsgesellschaft und eines für die solidarische Informationsgesellschaft, eines für eine Nachhaltigkeitsrevolution und eines für den Weg in die Klimakatastrophe. Das war gut gemeint, aber wer hörte schon auf sie? Zumal die Futurologen-Zunft fast geschlossen das Menschenrecht auf billiges Benzin verneinte ...

These 3:
Allmählich wurde 2020 ein interessantes Jahr.

Erstaunlicherweise machten sich die Deutschen, damals ein Volk von Autofahrern in der Mitte Europas, trotzdem ab und an Gedanken um die Zukunft, meist wenn es um die Renten ging.

Wer mit dem Begriff »deutsch« hier nichts anfangen kann, orientiere sich bitte unter dem Suchwort »Germany«.

Publikationen wie *Deutschland 2020* oder *2020 – So werden wir leben* fanden um das Millennium reichlichen Absatz. Der Privatmensch konnte aus ihnen vor allem ein Fazit entnehmen: Zukunftsvorsorge heißt finanzielle Altersvorsorge ...

Dabei zerfielen die Vorhersagen für 2020 in eine Beinahe-Utopie und eine Beinahe-Antiutopie.

Auf der einen, der optimistischen Seite die eilige Dreifaltigkeit von Mobilität, Flexibilität und Kommunikation: ein Leben in intelligenten Häusern, die aufs Wort parieren, Arbeit in hyperverlinkten virtuellen Unternehmen, die sich bei Bedarf bilden und alsbald wieder auflösen, ein Leben, immer im Netz, dem »Evernet«, Wahlverwandtschaften auf Zeit in der mehrfach gepatchten Flexifamily, Deutschland als kollektiver Freizeitpark, digitales Geld und sich selbst schlingende – also intelligente – Schnürsenkel.

Auf der anderen, der pessimistischen Seite die apokalyptischen Reiter von Pestilenz und Erdbeben: immer mehr und immer schwerere Umweltkatastrophen, globale Hitzewellen, erschöpfte Erdölfelder, Flüchtlingsströme, die die Festung Europa überrennen, Kriege um Wasser und eine dramatisch abnehmende Fruchtbarkeit der männlichen Spermien.

Unvorhersagbarkeiten, Störereignisse, Wild Cards in der Sprache der Futuristen, komplizierten das Bild: die nächste BSE-Epidemie, die nächste Maul- und Klauenseuche kommen bestimmt. Und diesmal vielleicht beim Menschen. Was wenn Mobilfunk nun doch Krebs hervorruft? Was wenn der Golfstrom kippt und Europa einfriert? Und was wenn Scientology die deutschen Banken übernimmt?

Auffällig ist nur: Es gab fast keine positiven Wild Cards.

These 4:
Um 2000 herrschte fast dieselbe Vielfalt an utopisch-visionären Entwürfen wie um 1900. Lediglich an sozialen Utopien mangelte es.

Soweit die Zukunftsforscher, wie sah nun die Zukunftsliteratur aus?

Die Kulturhistoriker unter Ihnen erinnern sich vielleicht an das Genre der sog. Science Fiction, das damals bereits tot war – nur die Beteiligten wussten es noch nicht.

Aktivieren Sie bitte Vergleich SF 1900–2000

Um 1900 herrschte eine wilde Vielfalt an Utopien: technologische, sozialistische und nationalistische Utopien, das bedeutet Zeppeline im Weltraum, Invasion der Marsmenschen, Telephone mit Übersetzungsfunktion, Einatmen von Radiumdämpfen macht dich unsterblich, Kometeneinschläge und Weltenbrände.

Um 2000 war Cyberpunk angesagt: das wäre HighTech und Low life, größenwahnsinnige Künstliche Intelligenzen, die die Welt übernehmen (oder schon übernommen haben), digitale Drogen und virtueller Sex, Nanoroboter im Blutstrom und die rostige Sicherheitsnadel im Ohr. Die Welt als Computer-Ballerspiel. Der Weltuntergang auf Raten als wundervoll trashiges Schrott-Spektakel.

Immerhin, ein erfreulicher Unterschied ist anzumerken: Während sich die Leser um 1900 mit ihren Super-Dreadnoughts, U-Booten und Luftschiffen in den Zukunftskrieg gegen

Engländer, Franzosen und Marsianer stürzten, kannte die SF des Millenniums praktisch keinen Nationalismus mehr.

Insbesondere war Zukunft nicht mehr denkbar im Schwarzweißrot des Reiches, nicht einmal in Schwarzrotgold der Republik, wenn Zukunft denn eine Farbe hatte, dann das sternbesäte Blau der Europäischen Union ...

Allerdings radebrechten die meisten Außerirdischen, auch die deutschen Außerirdischen, Englisch und redeten sich gegenseitig mit Sir oder Lord an. Aber das war kein Nationalismus, sondern schlicht Phantasielosigkeit und Vorwegnahme der Einführung von Denglisch und Franglais durch die Europäische Union.

Was ebenfalls beim Vergleich der Zeiten auffällt, ist der Mangel an sozialen Utopien um das Millennium. Um 1900 hatte ein Kurd Laßwitz noch die Marsbewohner als Wesen geschildert, die Kants kategorischen Imperativ mit der Muttermilch eingesogen hatten, um 1900 hatte ein Theodor Herzl noch den Judenstaat in Palästina als wunderbare Vision für die gesamte Menschheit ausgemalt, um 1900 schrieb man noch Zukunftsromane von einer besseren Gesellschaft. Doch um das Jahr 2000 war dies völlig aus der Mode gekommen, statt der Morgenröte einer besseren Zeit herrschte der rostrote Dämmerschein des Unterganges.

Bei Lichte besehen, hatten um 2000 nicht nur die Utopien ihre Strahlkraft verloren, in gleichem Maße waren auch die Antiutopien schal und verwechselbar geworden. Bezeichnenderweise gab es statt Orwells »Big Brother« Big Brother im RTL, statt der Antiutopie des totalitären Staates die des totalen Individuums. Tödliche Langweile als Fernsehbelustigung, frei nach Sartre: Die Hölle, das sind die anderen.

Doch zurück zur SF: Wie um 1900 schwankte die SF des Millenniums zwischen den Polen Progress – noch mehr Technik, noch mehr Outer Space, noch mehr Cyberspace – und Anti-Progress: Die Menschheit ist in die Technologiefalle gerannt.

Wie hieß es doch damals:

»SF-Autoren beschreiben die Zukunft nicht, sie wenden sie vielmehr ab.« – »Ein guter SF-Autor erfindet nicht das Automobil, sondern den Verkehrsstau.«

Und einige nachdenkliche Köpfe fragten sich mit einem schrägen Blick auf Mobiltelefone, Nanopartikel in der Sonnenmilch und die ersten fußballspielenden Roboterhunde:

»Kann es sein, dass die gesamte Wirklichkeit schon Science Fiction ist - wenn auch eine ziemlich verkorkste ohne klar erkennbaren Handlungsfaden? Kann es sein, dass wir im Irgendwo-Nirgendwo der Utopisten angekommen sind. Natürlich verhält sich die Masse weiter, als lebte sie noch in der Realität der Stein- oder Stahlzeit ...«

These 5:
Die Utopie zog sich um das Millennium ins Niegewesene zurück.

Aktivieren Sie nun bitte History-Auszoomen ...

Einst, bei Morus (1516), war die Utopie - ou-topos - im räumlichen Nirgendwo angetreten. Später, etwa bei Louis-Sebastien Mercier (im Roman *Das Jahr 2440,* 1776), wurde die Utopie durch das Fortschrittsdenken verzeitlicht und in die Zukunft, das prognostizierte bessere Irgendwann, versetzt. Um 2000 aber fiel die Utopie, ihrer sozialen Kräfte beraubt, ins Virtuelle zurück: Als Fantasy, Alternativgeschichte und als Cybertopia.

Fantasy ist so gesehen eine rückwärtsgerichtete Utopie, das vortechnische Schlaraffenland, also - jene Zeit, als Männer noch echte Männer waren, die Drachen noch Feuer spuckten und die Frauen sich noch wonneschluchzend retten ließen - kurzum, als die Welt noch einfach und in Ordnung war. Moralisch wenigstens.

Abzulesen ist diese Rückwärtswendung ebenfalls an der wachsenden Anzahl von Alternativgeschichtspublikationen, Darstellungen einer Weltgeschichte, die es nie gegeben hatte, in denen Hitler Kunstmaler geworden ist oder die DDR fröhlich ihren fünfzigsten Geburtstag feiert. Doch war die fiktive Geschichte etwa in den Sammelbänden *Was wäre wenn. Alternativ- und Parallelgeschichte: Brücken zwischen Phantasie und Wirklichkeit* (1999) und in *Alexanders langes Leben. Stalins früher Tod*

(2000) ganz im Sinne der Postmoderne eher ein Spiel mit den verwirrend vielfältigen Seitenzweigen der Historie als echte »Uchronie«, nostalgisches Neuschreiben der Weltgeschichte auf der verzweifelten Suche nach verpassten Chancen für einen glücklicheren Verlauf, die es vielleicht nie gab.

Fantasy und Alternativgeschichte belegen: der Mensch hatte um 2000 seine Zukunft bereits aufgegeben! Ein Fetzen Lied, das meine Infobots in der Vor-Web-Epoche aufgespürt haben, illustriert das triste Selbstbild des zukunftsfreien Menschen, der melancholisch im Nirgendland der realisierten Utopie dahinvegetiert: He's a real nowhere man, sitting in his nowhere land, making all his nowhere plans for nobody.

These 6:
Utopia lag nicht nirgendwo sondern vorwiegend im Virtuellen.

Für technisch orientierte Zeitgenossen hieß die Utopie am Anfang des Jahrhunderts schlicht Cybertopia: eine bessere Welt dank Informations- und Kommunikationstechnologien.

Downloaden Sie hier bitte das Dokument der Bundesregierung »Deutschland auf dem Weg in die Informationsgesellschaft.« Oder besser noch – »Bayern online«.

Die Werbung – damals vorwiegend in einem reinen Verteilmedium, genannt Fernsehen – floss über von Cyberbildern: Mobilität, Flexibilität, Kommunikation dank Internet und Handy. Telearbeit macht die berufstätige Mama froh, Telelernen bildet den Großpapa, und im Hintergrund schaffen die magentafarbenen Heinzelmännchen der Telekom und stöpseln ISDN-Anschlüsse ... Und die Schulklassen der Zukunft lernen, dass die neue Epoche mit dem Preiskrieg der Telefongesellschaften begann.

Das Kernland Cypertopias aber nannte sich Virtualien. Alles in allem war für die Menschen jener Tage die Virtuelle Realität ein utopischer Ort: Sie beherbergt Wirklichkeiten, bunter und praller als die übliche, alltägliche physische Welt, Erfahrungen, die die Realität nicht zu bieten vermag: neuartige Sinnesempfindungen, überwältigende synästhetische Eindrücke, sensorischer Rausch mit psychedelischen Qualitäten bis hin zu mystischer Verzückung, verrückte und doch völlig gefahrlose Abenteuer in phantastischen Landschaften oder bekannten historischen, mythologischen, literarischen Situationen, das Erlebnis von fremdartigen Umgebungen. Selbst an die technische, völlig unmetaphorische Möglichkeit, einmal mit fremden Augen zu sehen oder in eine fremde Haut zu kriechen (oder in den virtuellen Körper eines Tieres) wurde gedacht. Die »Wirklichkeitsmaschinen« waren, noch ehe sie tatsächlich technisch realisiert wurden, wahre Wunscherfüllungsmaschinen.

Im Cyberspace haben wie im Traum Raum und Zeit ihre fesselnde Kraft verloren, die Erde ihre Schwere, der Tod seine Macht.

Und wiederum haben meine Infobots einen Fetzen visionärer Vorahnung aus den Tiefen des Webs gegraben, ein Gedicht des Expressionisten August Stramm: »Wunder« – »Du steht, du steht und ich und ich, ich winge, raumlos – zeitlos – wäglos«.

Zusammengefasst: In Cybertopia ist aus der sozialen Utopie die globale der Kommunikationsnetze geworden, die religiöse Utopie des Jenseits ist (großenteils) von der technischen aufgesogen worden, und die technische Utopie kennt nur noch Digitalisierung und Virtualisierung ...

These 7:
Die größte Utopie um das Millennium bestand in der Abschaffung des Menschen.

Wie wir wissen, benötigt eine schöne neue Welt schöne neue Menschen. Die größte Utopie um das Millennium war daher die Utopie vom technologischen Umbau des Menschen zum homo superior.

Aktivieren Sie hier bitte die Links homo informaticus, Extropier und Posthumanismus.

Dank Gentechnik und Nanotechnologie wuchs der Mensch allmählich ins Zeitalter seiner technischen Perfektionierbarkeit und industriellen Reproduzierbarkeit, wenn auch Normen und Standards der Produktion lange Zeit unsicher und umstritten bleiben, da man statt eines Standardisierungsausschusses Bioethikkommissionen eingesetzt hatte.

Für Robotik-Forscher wie Hans Moravec oder Software-Konstrukteure wie Ray Kurzweil war der alte homo sapiens schon vor der Millenniumswende ein Auslaufmodell: Von der Evolution zusammengestümpert, die Software unter der Schädeldecke hochgradig unzuverlässig, die »Wetware« des menschlichen Leibes hinfällig und mit fürchterlichen Ersatzteilproblemen behaftet. Was also lag näher, als sich vorzustellen, dass die Software des Geistes auf eine haltbarere Plattform transferiert werden sollte, so wie Programme auf eine Festplatte gezogen werden? (Vielleicht sollte man gleichzeitig diverse Programm-Macken des Menschen ausmerzen ...) Erst in den solideren Körpern von Robotern wird der Menschengeist unsterblich. Allerdings zweifelte Moravec schon, ob sich denn der Aufwand lohnen würde. Roboter und Künstliche Intelligenzen würden den Menschen ohnehin bald in seinen geistigen Fähigkeiten übertreffen ...

Bill Joy, der Software-Architekt der Firma Sun Microsystems, brachte in der *Frankfurter Allgemeinen Zeitung* vom 6. 6. 2000 die Sache auf den Punkt: »Warum die Zukunft uns nicht braucht« und wusste eine Menge Argumente dafür anzugeben. Der Philosoph Peter Sloterdijk fand doch noch eine Verwendung für die Restbestände der einstigen Krone der Schöpfung – in einem »Menschenpark«, in dem Nachfahren wie die Tiere im Zoo leben würden, umhätscheltes Anschauungsobjekt höherer Wesen.

An die Stelle der sozialen Utopie tritt also um das Millennium die technobiologische; es geht nicht mehr um die ideale Gesellschaft, sondern um das perfektionierte Individuum, um die digitale Transzendenz statt der Verbesserung des Diesseits.

These 8:
Ein entscheidender Verlust bestand darin, dass es keine Ästhetik des Utopischen mehr gab.

Einst prägte staatlicher Anspruch – also Propaganda – das Bild der Zukunft. Um das Millennium hatten die Unternehmen übernommen. Folglich bestimmte die Ästhetik von Werbung und Videoclip die Zukunftsbilder.

Aktivieren Sie bitte die History-Links »Tausendjähriges Reich«, »Siebenjahresplan« sowie als Kontrast die Webseiten von Philipps »connected pl@net«, NTT DoCoMo »Vision 2010«.

Merkwürdigerweise bediente die Werbung um das Millennium erneut die Formensprache der 1950er: die Zukunft bekam wieder die Gestalt des Nierentisches – ein Hauch von Jetstream-Design erfasste die Kommunikationstechnik.

Zukunft, man sollte es nicht glauben, kam immer noch silberglänzend daher! Oder genauer: aluminiummatt schimmernd. Das Metall verkörperte wie im tiefsten Industriezeitalter zugleich Rationalität und Modernität, es stand aber auch für Energie und Vergeistigung. Models hüllten sich, besonders wenn sie futuristische Technik präsentierten, in transparente Plastikfolien ein – die Ästhetik des Zellophans kehrte zurück in die Retro-Utopie der Designer.

Mehr noch: die Internet-Ästhetik nahm uterale Motive auf, auf das »Ich bin drin« folgt der Sturz durch sich verjüngende und weitende Röhren, durch umblitzte Kanäle, schier endlos, ohne je ins Tageslicht zu führen. Die Interpretation überlasse ich gern ihrer eigenen Kenntnis der Menschenpsyche.

Doch kommen wir nun zu den Theoriebildungen des Millenniums. Auch hier sind meine Infobots nach Mikrosekunden angestrengter Suche fündig geworden.

These 9:
Für die Theoretiker war die Utopie aus verschiedenen Gründen tot.

Über den Befund: die Utopie ist tot – oder zumindest im Dornröschenschlaf bis auf schlechtere Zeiten – war man sich in den Feuilletons und an den Universitäten einig. Nicht jedoch über die Erklärung. Verfolgen wir die hauptsächlichen utopologischen Theoriebildungen jener Zeit.

Theorie 1: der utopische Kater

Als Vertreter sind hier Joachim Fest (*Der zerstörte Traum,* 1990) oder Francis Fukuyama (*Das Ende der Geschichte,* 1992) zu nennen. Nach dem Ende der realsozialistischen Regimes, die mit einem utopischen Anspruch angetreten waren, seien alle Weltverbesserungspläne desavouiert. Statt neuer Utopien ist nun der Aktienkauf angesagt. Visionen, auch Futures genannt, werden nicht mehr im Feuilleton oder in der ex-utopischen Literatur gehandelt, sondern an der Börse.

Theorie 2: tachygene Desutopifizierung

Hier gaben die französischen postmodernen Philosophen – von Derrida bis Lyotard – den Ton an. Utopie braucht Weile. In einer Zeit der Beschleunigungen hechelt das utopische Denken hinter den quicklebendigen Realitäten her wie der Hase hinter dem Igel und seiner Frau, es vermag nicht mehr an einem Punkte zu ruhen, wird fahrig, oberflächlich und verliert auf dem durchrasten Weg seine Inhalte, die »großen Erzählungen«. Übrig bleibt die postmoderne Utopie: die bloße Behauptung, dass da eine Utopie als movens nötig sei, ohne irgendetwas Konkretes über diese aussagen zu können oder zu wollen, die Sehnsucht nach der Utopie als Utopie, Behauptung der Notwendigkeit von Utopie selbst als Utopie, ergo: Utopie bar jedes konkreten sozialen oder politischen Inhalts. Der Vorteil dieser ausgehöhlten, inhaltsleeren Utopie, oder sagen wir lieber: reflexiven Utopie zweiter Ordnung liegt auf der Hand: die Risiken der Realisierung – also die Schrecken totalitärer Regimes und die unweigerliche Enttäuschung – werden vermieden.

Sozusagen findet hier eine geschwindigkeitsbedingte Virtualisierung des Utopiebegriffs statt.

Die Beschleunigung zog freilich auch ihre spezifischen utopischen Konstrukte nach sich.

Der amerikanische Mathematiker und SF-Autor Vernor Vinge kalkulierte schon, wann die Beschleunigung – dank Künstlicher Intelligenzen, die immer bessere Künstliche Intelligenzen immer schneller erschaffen – auf Unendlich angestiegen sein würde: im Jahr 2036.

Wie wir wissen, geschah in diesem Jahr wenig Erwähnenswertes – abgesehen von der dritten paneuropäischen Umsatzsteuerreform, dem Roboter-Streik im Asteroidenbergbau ... Nun, und ich ließ mich damals auf Version 5.4 updaten.

Theorie 3: der Sog Realutopias

Für amerikanische Futurists im Gefolge Jeremy Rifkins und Alvin Tofflers war es klar, dass das Herannahen Realutopias jegliche utopische Vision überstrahlen und wegblenden musste. Für sie war die new economy der dot.coms die wahre Utopie, gebaut nicht auf einem Überfluss an Gütern, sondern auf »access«, wie Rifkin schrieb, Zugang zu den Netzen und zu Dienstleistungen, also auf Hoffnungen, Erwartungen, Verheißungen, und insbesondere lebte sie in jenem Schwebezustand zwischen Möglichkeit und Unmöglichkeit, der die Utopie auszeichnet.

»Paradoxerweise«, heißt es in einem Manifest jener Epoche, »war der globalisierte Kapitalismus dabei, die Verheißungen von Karl Marx zu erfüllen. Das Kapital, zu unendlichen Höhen aufgehäuft, frei um den Globus flottierend und allgegenwärtig, war dabei sich selbst zu negieren, sich in virtuelles Digicash aufzulösen, sich in pure Information zu verflüchtigen. Wie es Marx prophezeit hatte, schuf der Globalismus seine eigenen Totengräber, nur nicht in Gestalt des Proletariats kohleverrauchter Industriezeit, sondern der knowledge worker. Die frictionless economy, von der Billy Gates geträumt hatte, zog die rationale Durchorganisation aller Produktions- und Distributionsprozesse nach sich und führte zu der Marxschen Exploitation der Exploitateure, die je von den Frictionen gelebt hatten ... freie Assoziation der Produzenten in virtuellen Unternehmensnetzwerken ... Globalismus = das ist Konzernmacht plus Digitalisierung der ganzen Welt ... Und aus den Trümmern der new economy steigt der Phönix des Cyber-Proletariats ....« Ersparen wir uns weitere Politökonomen-Lyrik.

These 10:
Das Jahr 2000 ist eine utopische Fiktion.

Das Jahr 2000 hat, wie die Ergebnisse meiner emsigen Infobots vermuten lassen, so wenig existiert wie das Jahr 000. Dank dem Y2K-Bug gelang der computermäßige direkte Sprung von 1999 nach 2001. Was mehrere Vorteile mit sich brachte, nicht zuletzt, dass eine Olympiade und eine amerikanische Präsidentschaftswahl ausfielen.

Wenn wir heute vom Jahr 2000 reden, ist es also selbst ein utopisches Konstrukt. Es verkörperte die Sehnsucht nach dem gelungenen Fortschritt. Es war Projektion aller Wünsche des 19. und 20. Jahrhunderts. Die angebliche Normalität des utopischen Jahres, die uns die Historiker mit ihren Funden vorgaukeln wollen, beweist doch nichts, sie entspricht genau der falschen, vorgegaukelten Normalität im Film »Matrix« von 1999, ist vollkommene Simulation. In »Matrix« ist die Umwelt zerstört. Boshafte Künstliche Intelligenzen, die die Menschen als Energiespender benutzen, haben für ihre lebenden Batterien die Welt um die Jahrtausendwende als computersimulierte virtuelle Realität nachgebaut – denn genau damals befand sich die Menschheit auf ihrem Höhepunkt.

Und so komme ich denn zum Schluss:

Die Gegenwart um das Millennium ist die Utopie. Die Menschheit befand sich genau damals auf der Höhe ihrer Zeit, war in den besten Jahren.

Danach geht es für sie nur abwärts.

Nicht jedoch, wie wir wissen, für uns.

Meine sehr verehrten CybOrgs und Roboter, Simulacra und Bewohner Virtualiens,

wir können uns in unserem Jahr 2100 alter Zeitrechnung glücklich preisen, denn wir leben wirklich in Utopia. Der homo sapiens hat sich umgebaut und sich dadurch endlich selbst abgeschafft, der Weg zum Paradies – virtuellem Leben, digitaler Unsterblichkeit und beliebig hohen Datendurchsatzraten – ist frei geworden.

Ich sehe Zweifel-Bits. Nun wohl: Mit dem Datendurchsatz hapert es noch, aber auch dieses Problem werden wir dank unsrer künstlichen Turbo-Intelligenz lösen ...

Ich danke Ihnen, dass Sie mir 22 Mikrosekunden Aufmerksamkeit geschenkt haben.

ÜBER SCIENCE FICTION

Utopia, mon amour

Warum uns die beste aller Welten auch weiterhin beschäftigen sollte

von Sascha Mamczak

Zuweilen stößt man in den absonderlichsten Zusammenhängen auf altvertraute Begriffe: In der nach den Terroranschlägen auf das World Trade Center anschwellenden Debatte etwa über die Verteidigungsmöglichkeiten der westlichen Zivilisation gegen einen fanatisch-irrationalen »Heiligen Krieg« wurde in so manchen Kommentaren der bürgerlichen Presse den Terroristen und ihrem Spiritus Rector Osama bin Laden vorgeworfen, die Bannerträger einer neuartigen »Utopie« zu sein, eines theokratisch-puritanischen Weltbeglückungsmodells, das neben sich keine anderen Lebensweisen dulde und gerade daraus die Überzeugungskraft beziehe, die notwendig ist, um Menschen in lebende Bomben zu verwandeln. Obwohl es ja eigentlich keines weiteren Beweises bedurft hätte, ist die Utopie-Debatte, die in den Jahren nach 1989 als Dauerbrenner des historisierenden Räsonnements in quasi gasförmigem Zustand durch die politisch-feuilletonistische Landschaft waberte und sich vornehmlich jene politischen Vorschläge zur Brust nahm, die sich des Pathos der Emanzipation erdreisteten, damit endgültig zu einer Farce geworden, das Wort selbst zu einem inhaltlich vakuumisierten politischen Kampfbegriff, in den alles hineinprojiziert werden kann, was in irgendeiner Weise vom zivilisatorischen Königsweg abweicht. Am besten wäre es also, wenn man sich – etwa fünfhundert Jahre nach ihrer Erfindung und nachdem sie ohnehin bereits unzählige Male totgesagt wurde – endgültig von der Utopie verabschiedet. Doch abgesehen davon, dass die gesinnungskonservativen Kämpfer gegen alles Utopische (was immer sie jeweils auch darunter verstehen mögen) dem sicher nicht folgen werden – allzu nützlich ist so ein Begriff im politisch-rabulistischen Waffenarsenal –, muss man sich fragen, ob man damit nicht zugleich ein Denkmodell aufgibt, das wir noch bitter benötigen werden, ob sich nicht tatsächlich, wie es Jürgen Habermas ausgedrückt hat, »eine Wüste von Banalität und Ratlosigkeit ausbreitet, wenn die utopischen Oasen austrocknen«.

Zunächst ist es wohl auf jeden Fall einmal angebracht, analytische Trennschärfe zu gewinnen und das Objekt der Diskussion von allem historisch-polemischen Ballast zu befreien. Die Voraussetzungen dafür könnten schwieriger nicht sein: Gott oder Weltgeist, Evolution oder genetische Bestimmung, Klasse oder Rasse – letztlich ist der Fundus des möglichen Marschgepäcks für die Reise nach Utopia grenzenlos, liegen ihr doch, so wird behauptet, nicht nur die Hoffnung auf eine idyllische Zukunft und die Erinnerung an eine mythische Vergangenheit zugrunde, sondern auch eine anthropologisch gleichsam festverdrahtete Sehnsucht nach kulturellem Universalismus und universeller Machbarkeit, nach dem Paradies auf Erden und der Schaffung der vollkommenen Menschenfamilie. Utopien gelten insofern und vor dem Hintergrund einer völlig konfusen Historiografie als sakralisierte politische Glaubenssysteme, die in den Tiefen der Eschatologie gezeugt wurden und sich in auf den Ruinen der Vergangenheit errichteten und rücksichtslos durchrationalisierten Staatsgebilden konstituieren, wie sie Platon erstmals skizzierte. Doch das utopische Denken ist kein Amalgam aus allen Heilsversprechen der Menschheitsgeschichte, sondern hat sich im späten 15. und frühen 16. Jahrhundert nicht aus der Eschatologie, sondern gerade gegen sie entwickelt. Was vor Thomas Morus' begriffs- und genreprägendem Roman »Utopia« von 1516 geschrieben wurde, hat mit Utopien nur insoweit zu tun, als man sich um die Schilderung eines bestimmten Ideals bemühte – tatsächlich ist auch Platons »Politeia« mehr Individualethik als politische Theorie, nicht so sehr Entwurf für eine politische Ordnung als ein Beispiel für einen gerechten Menschen –, nicht jedoch um die Fiktion eines in sich geschlossenen und reibungslos funktionierenden politischen Systems. Dazu bestand bis zum Ausgang des europäischen Mittelalters keine Notwendigkeit, da das mittelalterliche Weltbild in seinem Kern ein theologisches Weltbild war, das gänzlich vom Schöpfungsgedanken beherrscht und getragen wurde. Von den Nominalisten der Spätscholastik in Gang gebracht, begann jedoch ein revolutionärer philosophischer Prozess, der menschliches – damit auch politisches – Handeln aus ebendiesem metaphysisch bestimmten Kontext herauslöste, um eine gesellschaftliche Ordnung zu schaffen, in der der Herrscher nicht ausschließlich von Gott legitimiert und das Ende aller Zeiten nicht die politische Ultima Ratio war. Wissenschaftliche Revolution, Protestantismus, Humanismus – alle bedeutenden neuzeitlichen Geistesströmungen sind ohne dieses mühsame Autonomisierungsprogramm nicht nachvollziehbar, ein Programm, das Thomas Morus auf die literarische Spitze trieb, als er ein politisches System beschrieb, das, von sämtlichen tradierten und metaphysischen Bindungen abgetrennt, perfekt funktionierte und integrierte. Nicht nur, wie wir auf dieser Welt miteinander leben, ist vom Menschen nach seinen eigenen Maßstäben und Wünschen formbar, sondern auch die menschliche Natur selbst ist mit geeigneten Maßnahmen veränderbar – dies ist die zutiefst moderne und überaus angreifbare utopische Maßlosigkeit Morus' und seiner Nachfolger. Und neben dem, was »Utopia« noch war und sein wollte – eine gnadenlose Abrechnung mit den sozio-politischen Verhältnissen im England des frühen 16. Jahrhunderts, ein fulminanter Abschied von der theologisch begründeten Feudalhierarchie des Mittelalters, nicht zuletzt ein überaus bizarres Stück Reiseliteratur –, das Buch war damit vor allem ein polittheoretisches Gegenmodell zu Niccolo Machiavellis Macht- und Nützlichkeitsstudie »Il Principe« (1513) und dem sich daraus entwickelnden Kontraktualismus Hobbes'scher Prägung. Zwar setzen beide Varianten auf den proto-modernen Verwaltungsstaat als politische Ordnungsinstanz, doch Morus' utopisches Modell ist »causa sui«, die Ursache seiner selbst, es bedarf keines »Vertrages aller mit allen« zur Zivilisierung der Bürger, keiner Trennung von politischer und privater Sphäre und keiner ausgefeilten Konstruktion eines Naturzustandes – denn hier reflektiert jeder Mensch die politische Ordnung und vice versa, entwickelt jeder seine eigenen Interessen in Übereinstimmung mit den Interessen des Ganzen. Dass dies natürlich weithin absurd ist – mit den Mitteln der Politik soll die Politik überwunden und absolute Freiheit durch absolute Kontrolle geschaffen werden, ja letztlich sollen sich alle Konflikte zwischen den zahllosen Antworten auf die zentralen Fragen unseres Daseins auf wundersame Weise auflösen –, war vermutlich schon Morus' Zeitgenossen klar und wohl auch dem Verfasser selbst. Doch es ging ihm gerade nicht darum, sich wie im Vertragsdenken in eine Kontinuität denkbarer historischer Entwicklungen zu stellen oder wie in der apokalyptischen Theologie eine teleologisch-deterministische Unvermeidbarkeit unter Beweis zu stellen – erst Ernst Bloch hat viel später von der »Herausprozessierung« der Utopie gesprochen – und der Politik damit eine Dimension des Religiösen zu eröffnen, sondern darum, aus dem Geist des Unmöglichen die Vorstellung vom »ganz Anderen« zu erzeugen, von einem globalen Alternativmodell, das jede Art von Fremdreferenz hinter sich lässt und so einem möglichen Paradigmenwechsel die Türen öffnet, ohne ihn jedoch zu beschwören. Eine »religiöse Utopie« ist ein veritables Oxymoron, und Osama bin Laden – oder auch das »Königreich der Täufer« – in die westliche Utopietradition einzusortieren, ist ein Vorgang jenseits jeder intellektuellen Redlichkeit, wenn man eigentlich chiliastische Heilsversprechen meint, die sich zuweilen säkular tarnen. Denn was auch immer die persönlichen Wunschträume und radikalen Hoffnungen der jeweiligen Utopisten im Laufe der Jahrhunderte gewesen sein mochten – all die Träume von Fortschritt und Idylle, von Szientismus und Maschinensturm, von völligem Gehorsam und völliger Freiheit, vom Nirgendwo und Irgendwann – und zu welchen Zwecken sie auch immer instrumentalisiert wurden, indem sie sich beinahe alle in Morus' Paradigma eines politischen »deus ex machina« einfügten, das sich – übrigens entgegen allen Vorstellungen einer »realistischen Utopie« (Rawls) – seiner Unerfüllbarkeit stets bewusst war, unterschieden sich die Utopien gerade von jenen säkularisierten Heilsversprechen, deren Wurzeln vor allem in der zweiten Hälfte des 18. Jahrhunderts liegen mit seinen Ideen von

»zivilen Religionen«, von unbegrenztem Fortschritt und von nationaler Selbstbestimmung und die im 19. und 20. Jahrhundert zu historischen Tobsuchtsanfällen ausarteten. Diese sahen keine utopische, keine detaillierte Antizipation des gänzlich Anderen vor, sondern lediglich die Verheißung eines universalen Glücks in einem völlig unbestimmten geschichtlichen Endzustand, es ging ihnen nicht um Alternativen, sondern um »historische Notwendigkeiten«, und ihr Ziel war es, die Menschen in eine liturgische Masse zu verwandeln und sie mit der Losung »Zerstört die alte Welt und baut die neue auf!« in einen Prozess der permanenten Revolution zu führen. Für Thomas Morus' Vorschlag einer abgelegenen Erziehungsdiktatur ist dagegen im Laufe der Geschichte niemand auf die Barrikaden gegangen – zumindest ist nichts Derartiges nachgewiesen –, und von einigen skurrilen Implementierungsversuchen insbesondere während der Kolonisierung Amerikas und akademischen Einrichtungen wie etwa den Bellamy-Clubs abgesehen, hat sich niemand je die Mühe gemacht, utopische Gesellschaftsmodelle in die Wirklichkeit zu übertragen. Wofür dagegen erbittert gekämpft und millionenfach gestorben wurde, waren ideologisch-revolutionäre Totalitarismen, die keine Vorstellung einer funktionierenden gesellschaftlichen Ordnung besaßen, sondern nur den dogmatischen Glauben an die unsichtbare Hand des historischen Prozesses, einen Glauben, der mit dem Verlust der Macht folgerichtig ebenfalls verlustig ging. Und die grundsätzliche Kritik, die etwa in von Kirchenheims »Schlaraffia utopica« oder in Poppers Generalabrechnung mit dem politischen Irrationalismus »Die offene Gesellschaft und ihre Feinde« an utopischen Modellen geäußert wurde – dass nämlich die Vorstellung, es könne eine einzige, vollkommene Gesellschaft geben, angesichts einer Vielzahl von Ansichten einer vollkommenen Gesellschaft auf diesem Planeten nicht nur in sich unlogisch ist, sondern auch zu einer »extremen Entmenschlichung des menschlichen Lebens« (Adam Schaff) führen kann –, ist zwar richtig, trifft aber nicht das utopische Paradigma an sich.

Wenn man nun aber dieses Paradigma, wie geschehen, aus allem Streben nach ewiger Glückseligkeit und Erlösung aus dem irdischen Jammertal herausbricht, was bleibt dann an Nutzen jenseits einer literarisch verbrämten Zivilisationskritik oder polittheoretischen Salonplauderei? Was macht die Faszination von Utopien all die Jahrhunderte hindurch aus? Warum wurden Utopien, wenn auch weitgehend unbemerkt von der breiten Öffentlichkeit, auch im 20. Jahrhundert noch geschrieben und gelesen, obwohl ihnen doch eigentlich längst der dystopische Garaus gemacht wurde und es heute als ausgemacht gilt, dass mit dem Ende des sowjetischen Zwangssystems auch die Utopie auf dem Schutthaufen der Geschichte gelandet ist und gerade noch als altlinke akademische Marotte oder diskurstheoretische Träumerei durchgeht? Tatsächlich ist der Grund dafür im geschilderten Morus'schen Utopie-Modell selbst zu finden: Utopien stellen das, was ist, zwar auf absurde Weise, aber dafür umso prinzipieller in Frage, und fordern damit eine Gesellschaft auf, sich über die Art und Weise ihres Zusammenlebens auseinanderzusetzen, ja bieten überhaupt einmal die Möglichkeit, Alternativen wahrzunehmen, indem sie, wie Florian Rötzer in anderem Zusammenhang bemerkt hat, »als notwendiger Stachel in der routinierten Indifferenz unserer Lebensbewältigung« wirken. Auch wenn man die Mehrzahl der utopischen Staats- und Gesellschaftsvorstellungen in Bausch und Bogen verwerfen kann, in ihrer resoluten Verbindung von individuellem Glücksstreben und Allgemeinwohl stellen sie ein soziales Selbstverständnis jenseits eines wie auch immer begründeten Altruismus zur Debatte, an das der zweckrationale – neuerdings systemtheoretische – Politikbegriff nur appellieren kann, auf das er letztlich nur hoffen kann; kontraktualistisch-utilitaristische Theorien mögen noch so gut begründen können, wie die Politogenese verläuft, auf die Frage, warum und wozu wir politisch sein sollen, bleiben sie die Antwort schuldig. Die programmatische utopische Maßlosigkeit, die sich in obsessiver Genauigkeit der Beschreibung äußert, ist, wie Martin Seel schreibt, insofern von Bedeutung für das politische Denken, »nicht, weil sie uns mit einer rationalen Hoffnung auf bessere Zeiten versorgt«, sondern als »unverzichtbare Probe darauf, wie belastbar die Urteile und Ziele, die das politische Handeln leiten, tatsächlich sind«. Indem Utopien ein fiktives – also ästhetisch erfahrbares – Gegenbild zur als jeweils unbefriedigend empfundenen Wirklichkeit liefern, tragen sie die Debatte um diese Urteile und Ziele weit über die akademisch-politischen Insiderkreise hinaus und sind ein Gradmesser, eine Art Lackmustest, für die Reflexivität einer Gesellschaft, dafür, wie intensiv sie über ihre eigenen Bedingungen nachdenkt und wie tief die Vorstellungen einer möglichen Veränderung reichen.

Dass ebendiese Debatte derzeit nicht besonders ausgeprägt ist, ist unübersehbar. Nicht nur wurde mit der Antwort auf die Frage, wer das Eigentum an den Produktionsmitteln besitzt, auch die Frage nach der Sinnhaftigkeit des marktwirtschaftlichen Systems insgesamt unter Kuratel gestellt und bewegt sich das westliche politische Denken im denkbar engen Korridor von »mitfühlendem Konservatismus« (George W. Bush) und »pragmatischem Liberalismus« (Al Gore), ja wir tun auch so, als ob wir einen zivilisatorischen Endstatus, gar das »Ende der Geschichte« erreicht hätten. Dies bedeutet allerdings keineswegs, dass wir es uns im »Panakeion unseres Jammers« (Schopenhauer) gemütlich gemacht haben und dem »schmetternden Witz der Verzweiflung« (Novalis) frönen, ganz im Gegenteil: Insbesondere die Entwicklungen in den Biowissenschaften deuten nicht nur auf die moralischen Schlachtfelder des 21. Jahrhunderts hin, von denen feuilletonistische Aufreger wie die sogenannte Slotterdijk-Debatte nur eine leise Ahnung vermitteln, sondern sie generieren auch zahllose Hitzephantasien vom transhumanen Zeitalter, der ultimativen Transzendierung im Cyberspace und vom beliebigen Arrangement der Materie. Bisheriger Kulminationspunkt dieser Vorstellungen ist der »Extropismus«, die »Beschleunigung der Entwicklung intelligenten Lebens jenseits seiner gegenwärtigen menschlichen Formen und Grenzen«, wie man auf der entsprechenden Website nachlesen kann, dessen politische Fundierung zwar aus der extrem-libertären »Kalifornischen Ideologie« kommt, der zugleich allerdings die hässlichen Züge einer darwinistischen Fortschrittsdiktatur trägt. Sicher mag es sein, dass die zielgerichtete Intervention in die organische Natur oder die Übertragung des Bewusstseins in digitale Zustände ein moderner Ausdruck unseres Bedürfnisses »nach Ganzheit, nach einem Ende der gespaltenen, zerteilten, unbefriedigenden Lebensweise« (wie es Doris

Lessing seinerzeit für den Kommunismus konstatierte) und unserer Hoffnung auf ein Ende des ideologischen Umbaus sind und eine neuartige quasi-utopische Fluchtmöglichkeit konstituieren – eine Utopie sind sie deshalb noch lange nicht (auch wenn sich recht dürftige Konzepte wie etwa Helmut Willkes »Atopia« davon abzuleiten versuchen), sondern lediglich Erlösungsphantasien: An keiner Stelle zeigen sie, wie eine solcherart »beschleunigte« Gesellschaft wirklich funktioniert – die raison d'être des Morus-Paradigmas –, sondern sie können ihr Funktionieren nur beschwören. Es gibt keine ernst zu nehmende moderne »Gen-Utopie« – selbst die Science Fiction hat hier nur Dystopien hervorgebracht, und auch Michel Houellebecqs Roman »Elementarteilchen« mit seiner kompromisslosen Vision eines schmerzfreien Daseins muss an dieser Stelle passen: Er beschreibt keine neue Welt, sondern versteht sich als drastisch-melancholischer Abgesang auf die alte, auf unsere Welt.

Hinter all diesen neuen Heilsversprechen steckt also nichts anderes als der unreflektierte individualistisch-egomane Glückskult unserer Tage, eine »in die Tiefe des organischen Substrats hineinreichende Art des Selbstbezugs« (Habermas), ein welt- und gesellschaftsabgewandtes Berauschen an sich selbst, und womöglich kündigen sie tatsächlich eine neue Fortschrittsreligion an, der eine grandiose Ernüchterung oder auch Schlimmeres folgen wird – apokalyptisches Potential ist ja durchaus vorhanden und wirklich neu ist das alles ohnehin nicht: spätestens seit Mitte des 19. Jahrhunderts schlagen wir uns mit dem blinden Glauben an die totale wissenschaftliche Machbarkeit herum. Sie weisen aber vor allem darauf hin, dass wir auf die Probleme der Gegenwart und Zukunft nicht nach normativen Maßgaben reagieren, die die Gesellschaft als Ganzes und letztlich auch die kommenden Generationen einbeziehen, sondern nach subjektiven Vorlieben, die über die Technologie und den Markt – nach dem Niedergang des klassischen Nationalstaates das einzig zur Verfügung stehende Ordnungs- und Integrationsprinzip – befriedigt werden. Ja, es scheint sogar so zu sein, dass wir uns jenseits der wissenschaftlich-technischen Optimierungsstrategien, der neoliberalen »Selbst-Optimierung« und der aktionärsgesteuerten Umgestaltung der Welt zum globalen

Industriestandort eine andere Entwicklung gar nicht vorstellen können – wie es Kurt Biedenkopf, aller utopischen Neigungen unverdächtig, einmal auf den Punkt gebracht hat: »Ein Stillstand des wirtschaftlichen Wachstums ist nicht in erster Linie ein ökonomisches Problem. Volkswirtschaften ohne Wachstum sind durchaus denkbar und lebensfähig. Wachstum aber ist unverzichtbar für die Glaubwürdigkeit unserer Antwort auf die Sinnfrage. Im Kern lautet die Botschaft: Sinn des Lebens ist die uneingeschränkte Selbstverwirklichung ... Bedingung für die Realisierung dieser Selbstverwirklichung ist Wachstum, und der Umfang des notwendigen Wachstums, soweit es der Einlösung des Sinnversprechens dienen soll, ist logisch nicht begrenzbar.«

Sicherlich werden Debatten darüber geführt, wie niedrig oder wie hoch die Staatsquote sein soll, mit welchen Mitteln man die Konjunktur stimuliert oder die Umweltverschmutzung reduziert, es werden liberal-konservative »Neue Soziale Marktwirtschaften« und sozialdemokratische »Dritte Wege« propagiert, das Völkerrecht wird vertieft und ausgeweitet und die politisch-ökonomische Integration vorangetrieben, ja es artikuliert sich sogar massive Kritik an der Verfasstheit der internationalen Beziehungen – doch über die grundlegenden Bedingungen unserer »Art zu leben« (Bundeskanzler Schröder) wird nicht nachgedacht, obwohl das dringend nötig wäre und bei genauerem Nachdenken auch keineswegs bezweifelt wird: Wir wissen, dass die Zivilisierung, De-Pauperisierung und Ökologisierung des globalen Dorfes nicht allein über den Markt zu erreichen ist (wenn überhaupt). Wir wissen, dass etwa die Erwerbsarbeit als Quelle von Einkommen und Status nicht weiterhin im Zentrum des gesellschaftlichen Umverteilungsprozesses stehen kann und dass wir von unserem geradezu obszön anthropozentrischen Weltbild Abschied nehmen müssen – doch wir haben keine Vorstellung davon, wie eine solche, andere Gesellschaftsordnung aussehen, wie sie funktionieren könnte, das intuitive Verständnis der pathologischen Auswüchse der Moderne findet keinen Niederschlag in Alternativszenarien. Alles verharrt in »rasendem Stillstand« (Paul Virilio), die Zukunft wird zur Deponie der Gegenwart, und trotz pompöser Machbarkeitsrhetorik greift ein Gefühl der Ohnmacht und des Ausgeliefertseins um sich, die unangenehme Vermutung, dass in unseren zahllosen gesellschaftsabgewandten Lebensbereichen ein fremder Wille am Werk ist, dass, wie Ulrich Beck schon vor Jahren bemerkt hat, »das generalisierte Andere – das System – in einem und durch einem selbst hindurch handelt«.

Die Ideologie der Marktökonomie und des »flexiblen Menschen« (Richard Sennett) wendet sich insofern gegen die Gesellschaft, die sie eigentlich erst hervorgebracht hat, nicht nur indem sie ihr ökologisches Fundament zerstört, sondern indem sie auch das perspektivische Denken unterminiert. Und tatsächlich: Private und öffentliche Sphäre haben sich inzwischen so weit voneinander entfernt, der öffentliche Raum wurde so grundlegend kommerzialisiert und die »öffentlich-rechtlichen« Restbestände durchkapitalisiert, dass die Frage nach dem gesellschaftlichen Selbstverständnis – wie weit man den Zustand des Einzelnen von der Verfassung der Gemeinschaft überhaupt trennen kann – kaum mehr gestellt wird. Die »offene Gesellschaft«, die jahrzehntelang als das anti-utopische Optimum gepriesen wurde, hat sich intellektuell verriegelt, ihr mit Zähnen und Klauen verteidigtes Freiheitsprinzip hat sich ins Gegenteil verkehrt, denn, wie Karl-Heinz Brodbeck richtig anmerkt, »die Freiheit ist nicht die enge Bewegung in einem definierten Spielraum ..., sie entwirft und gestaltet den Raum, in dem sie sich bewegt«. Dabei geht es nicht darum, einem auf den ersten Blick rationalen Prozess eine schmusig-utopische Befindlichkeit gegenüberzustellen oder gar das menschliche Grundbedürfnis nach gemeinschaftlichem Erleben, sondern darum, dass das vieldiskutierte Unbehagen an der »instrumentellen Vernunft« (Charles Taylor), an der als Realismus getarnten Anbetung der Götzen des technisch-ökonomischen Beschleunigungssystems, einer dogmatisch-ideologischen Panzerung gegenübersteht, an der jegliche kulturkritischen Argumente abzuprallen scheinen und die mit einer abstrakten Wertedebatte nicht gelockert werden kann – von Aufbrechen ganz zu schweigen, schließlich sind hier handfeste politische Interessen und ökonomische Machtstrukturen betroffen –, sondern nur mit der konkreten Frage nach den Bedingungen unseres sozialen und politischen Handelns, nach dem Nutzen und der Verantwortbarkeit unseres

Tuns, danach, ob wir uns überhaupt noch als normative Wesen verstehen wollen, die einander solidarische Verantwortung und Respekt schulden.

Die Entwicklungen in der Wissenschaft – wobei natürlich noch zu klären ist, was tatsächlich möglich ist – und die sozialökologische Degradierung des Planeten drängen uns eine öffentliche Diskussion über diese Frage auf, und wenn es auch so manchem Kulturkämpfer in den Ohren klingeln mag: Utopien können hier mit ihrem Instrumentarium zur Lösung aus Fremdreferenz einen Beitrag leisten, denn »wer in dieser Lage nur Argumente und moralische Appelle zur Verfügung hat«, so Johano Strasser, »wer nur auf die Angst vor der Katastrophe setzt, statt zu zeigen, dass wir eine Welt zu gewinnen haben, der bietet womöglich allzu karge Kost.« Und weiter: »Aufklärung und Emanzipation können im Gemütsnebel der postmodernen Zerstreuungsindustrie nur dann massenwirksam Orientierung bieten, wenn sie sich versinnlichen, wenn sie den Verstand ansprechen und das Gefühl, wenn sie das analytisch Begriffene auch in Bildern, Symbolen, Metaphern auszudrücken wissen, wenn der Fortschritt wieder eine Sprache spricht, die nicht nur den Verstand zu beeindrucken, sondern auch das Herz zu rühren vermag.« Anders gesagt: Eine Gesellschaft, die sich jeder Utopie verweigert, ist sich ihrer eigenen Möglichkeiten nicht mehr bewusst. Jene aktuellen Romane, die sich konsequent um ein utopisches Modell bemühen – wie etwa Brian Aldiss' und Roger Penroses »Weißer Mars« oder Ursula K. Le Guins »Die Erzähler« (in dem sie an ihre großen Utopien der 70er Jahre »Planet der Habenichtse« und »Die linke Hand der Dunkelheit« anknüpft) –, weisen dagegen auf Möglichkeiten hin, indem sie Gesellschaften beschreiben, die jenseits des reinen Marktzusammenhangs nicht nur existieren und funktionieren, sondern sogar Integrationskraft entfalten. Zwar sind es moderne Robinsonaden, die vom *Über*leben zum *guten* Leben gelangen, zwar haben sie sich vom extremen Etatismus, Egalitarismus und universellen Machbarkeitsmythos der klassischen Utopie verabschiedet und sind selbstreflexiv geworden, indem sie die Entwicklung des Einzelnen in der utopischen Gesellschaft in den Mittelpunkt stellen, doch es sind immer noch Utopien, globale

Entwürfe vom »ganz Anderen«, die begrüßt oder verworfen werden können, die jedenfalls diskutiert werden und so zu einer notwendigen »Repolitisierung« zumindest der OECD-Gesellschaften beitragen können. Sie ermahnen uns, die Strukturen, die wir selbst geschaffen haben und die wir als unüberwindbar betrachten – die Vorstellung also von der Welt als gigantischer Geldumwälzungs- und von der »condition humaine« als Selbstverwirklichungsmaschinerie –, zu hinterfragen, und stellen mit der literarischen Suche nach der besten Welt vielleicht sogar ein neues Integrationsprinzip abseits einer Rückkehr in metaphysische Gefilde zur Verfügung. Interessanterweise bietet also gerade die Science Fiction – jenes Genre, das die beschriebenen Allmachtsphantasien und Ingenieursträume immer wieder thematisiert und mitunter auch propagiert und deren dystopische Variante nicht selten zur Rechtfertigungsideologie des Bestehenden gerinnt – die derzeit einzigen ästhetisch wirksamen Mittel, die man benötigt, um genau diesen Phantasien nicht das Feld allein zu überlassen. Sie schafft den Utopien ein gleichsam literarisches Rückzugsgebiet, wo die alte sokratische Frage gestellt werden kann, wie wir eigentlich zusammenleben wollen. Und wenn die Utopien diese Frage auch nicht beantworten – dafür sind sie, wie gezeigt, nicht zuständig –, die Frage, ob wir sie, die Utopien, in Zukunft weiterhin benötigen werden, haben sie damit beantwortet.

ÜBER SCIENCE FICTION

Republikaner auf dem Mars
SF als Militärstrategie

von Thomas M. Disch

Die Science Fiction wagt sich selten an Spekulationen über die Zukunft demokratischer Politik. Wirklichkeiten, denen die Nachrichtenmedien so viel Aufmerksamkeit widmen, sind aus den meisten literarischen Zukünften verschwunden, wo die Menschen glatt und unmerklich regiert werden, wie im Reich von *Star Trek,* oder aber ihre Welten sind in eine Renaissancezeit zurückgefallen, wo einfache Hierarchien Opernhandlungen erleichtern, wie in Gene Wolfes Tetralogie »Das Buch der Neuen Sonne« oder in Frank Herberts *Wüstenplanet*-Romanen. Die Leser wenden sich den Kolumnenseiten zu, um etwas über Wahlpolitik zu erfahren, oder Romanciers wie Allen Drury, Tom Wolfe oder Anonymous.

Doch das bedeutet nicht, den SF-Autoren oder ihren Lesern wäre Politik gleichgültig. Sie haben ihre Ansichten zu den meisten Tagesfragen, Ansichten, die sogar manche Leser in Aufregung versetzen, etwa, als Philip K. Dick »Die Prä-Personen« (1974) schrieb, eine Erzählung, wo das Abtreibungsrecht einer Mutter auch nach der Schwangerschaft noch gilt, bis die »Prä-Person« das Alter von zwölf Jahren erreicht. »Damit«, schrieb Dick, »zog ich mir den absoluten Hass von Joanna Russ zu, die mir den widerwärtigsten Brief schrieb, den ich jemals bekommen habe; an einer Stelle sagte sie, für gewöhnlich biete sie an, Leute ..., die derlei Meinungen äusserten, zusammenzuschlagen.«[1] Wie auf dem Campus von Colleges wirken diese internen Kontroversen unangemessen, da viele SF-Autoren ihresgleichen an einem höheren Standard liberaler Orthodoxie messen.

Natürlich ist nicht jeder SF-Autor politisch ein Liberaler. Es gab

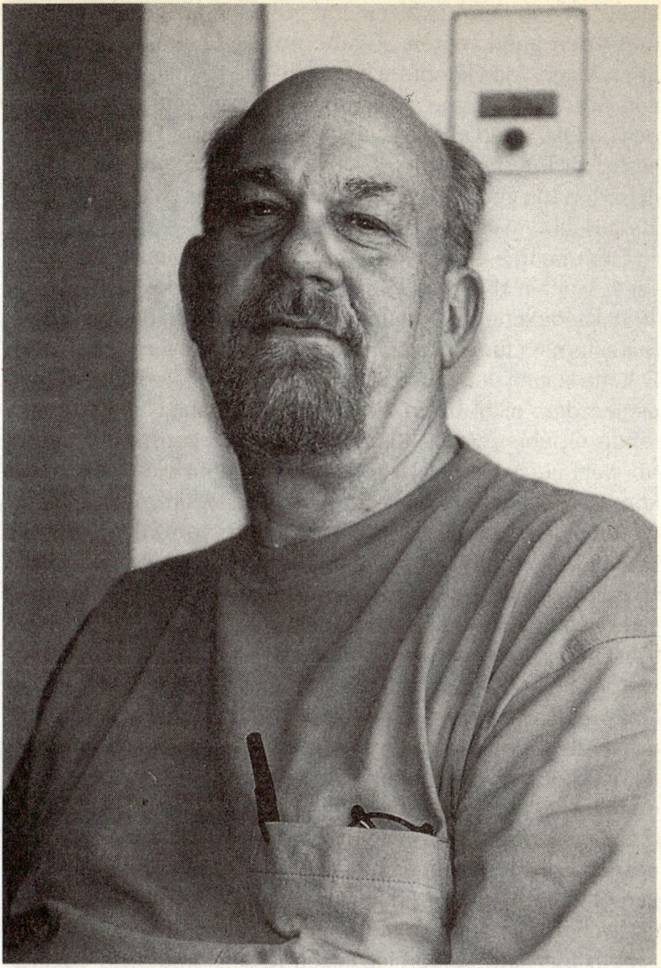

Thomas M. Disch

eine Zeit – in den Vierziger- und frühen Fünfzigerjahren –, als unter den anerkannten SF-Autoren die Liberalen zweifellos überwogen. Man konnte schwerlich eine strahlendere Nuance von Pink finden, als sie die Futurians zeigten, eine lockere Gruppe von Ostküstenautoren, zu der Isaac Asimov, Damon Knight, Lester del Rey, Judith Merril, Donald Wollheim und James Blish gehörten (die meisten davon sollten später auch einflussreiche Herausgeber werden).

Oder nehmen wir den Fall von X, eines Mannes, der eines Tages weithin als der größte SF-Autor des Landes gelten sollte. 1938 kandidierte er im neunundvierzigsten Wahlbezirk im Staate Kalifornien für den Sitz im Repräsentantenhaus des Staates. Er hatte keinen demokratischen Gegenkandidaten und schaffte es trotzdem nicht bis in die allgemeine Wahl, weil der amtierende republikanische Kandidat, Charles Lyons, sich bei der Vorwahl auch auf der Liste der Demokraten eintragen lassen konnte und als Gewinner auf beiden Listen im Amt verblieb, womit er der kurzen politischen Karriere von X ein Ende bereitete.

Lyons gewann wahrscheinlich wegen der engen Beziehung seines einunddreißigjährigen Gegners zu EPIC, der quasisozialistischen Partei, die der Romancier und politische Aktivist Upton Sinclair gegründet hatte. Als Sinclair sich 1934 als Demokrat um das Amt des Gouverneurs bewarb, waren die Konservativen beider Parteien so alarmiert, dass parteiübergreifende Anstrengungen unternommen wurden, ihn aufzuhalten. Präsident Roosevelt verweigerte seine Zustimmung. Die Filmstudios drohten, den Staat zu verlassen. Und der künftige Oberste Bundesrichter Earl Warren erklärte: »Das ist nicht länger ein Wahlkampf zwischen der Republikanischen Partei und der Demokratischen Partei in Kalifornien, sondern ein Kreuzzug der Amerikaner und Kalifornier gegen Radikalismus und Sozialismus.« X war der Herausgeber von *Upton Sinclair's EPIC News* gewesen, eines politischen Nachrichtenblattes mit einer Spitzenauflage von zwei Millionen, und einer der von Sinclair ausgewählten sechs Männer, die 1935 für EPIC eine Verfassung schreiben sollten, als EPIC sich anschickte, eine landesweite Bewegung zu werden. Offensichtlich war der junge Mann nicht

Robert A. Heinlein

nur ein Mitläufer und schon gar nicht »der gemäßigte Demokrat«, der gewesen zu sein er behauptete, als er einmal auf diesen sonst gestrichenen Abschnitt seines Lebenslaufs zu sprechen kam. Nein, er war ein echter radikaler Linker der Dreißigerjahre, und sein Name war Robert Heinlein.[2]

Heinlein war kaum der Einzige, der zwischen der Weltwirtschaftskrise und dem Anbruch der McCarthy-Ära eine politische Kehrtwendung vollzog. Doch Heinleins Radikalismus war zu beiden Zeiten von der Hausmacherart, die Politik des Grenzpioniers, der mit einer Bundesregierung über Kreuz war und sie als eine Besatzungsmacht empfand. EPICs Wirtschaftstheorien stammen eher vom Prärie-Populismus des späten neunzehnten Jahrhunderts her als von der marxistischen Ideologie, während Heinleins spätere rechte Predigten von den libertären Anschauungen eines Hedonisten durchsetzt waren, der von *seinen* Vergünstigungen keine eingeschränkt sehen will. Hätte er lange genug gelebt, hätte er durchaus ein Anhänger Perots[3] werden können. Sein einziges Buch über praktische Politik, das 1992 postum publizierte, ziemlich milde »Take Back Your Government!« (Nehmt eure Regierung zurück!), hat sogar einen Werbetext von seinem treuesten Schüler Jerry Pournelle, der erklärt: »Ich möchte hoffen, dass jeder Anhänger Perots dieses Buch vor dem Wahlkampf im Herbst läse.«

Dennoch zielte Heinleins SF in den Jahren des Kalten Krieges vor allem darauf ab, für Fortführung und Wachstum des militärisch-industriellen Komplexes einzutreten. Er hatte 1928 die Marineakademie der USA abgeschlossen und hätte wahrscheinlich eine militärische Laufbahn eingeschlagen, hätte er sich nicht 1934 Tuberkulose zugezogen und wegen lebenslänglicher körperlicher Untauglichkeit den Dienst quittieren müssen. Nach seiner misslungenen Karriere in der Politik begann er 1939, SF zu publizieren, und wurde bald der beliebteste Autor in John Campbells *Astounding.* Zu Beginn des Zweiten Weltkriegs pausierte Heinlein für längere Zeit in der SF und kehrte als ziviler Ingenieur zur Marine zurück, wo er Kunststoffe für Flugzeuge und Höhen-Druckanzüge entwickelte und testete.

Für Heinlein wie für die meisten aus seiner Generation waren die Kriegsjahre zweifellos die prägende Erfahrung für seine reifen Jahre. Nachdem er jenen tödlichen Schrecken die Stirn geboten hatte, ließ ihn der Kalte Krieg völlig kalt. Heinlein sprach sich 1956 gegen Beschränkungen der Kernwaffentests aus. Auf der World SF Convention 1961 trat er für Bombenschutzräume und uneingeschränktes Recht auf Waffenbesitz ein. In den Jahren des Vietnamkriegs war er ein Falke, und er überwarf sich wegen Reagans SDI mit Arthur Clarke. Diese Einstellungen – und noch extremere – sind leicht in der SF zu erkennen, die er zur selben Zeit schrieb. Kein Falke konnte sich schärferer Fänge rühmen.

Keiner von seinen SF-Romanen zeigt das deutlicher als »Sternenkrieger« (1959), ein Hymnus an die Härte des Lebens beim Militär und an die skrupellose Ausrottung der Feinde, die in diesem Fall einfallende spinnenähnliche Außerirdische sind, »Bugs« (Käfer oder Wanzen) genannt. Wie im Zweiten Weltkrieg ist die Wahl einfach: »Entweder wir dehnen uns aus und verdrängen die Bugs, oder sie expandieren und merzen uns aus – weil beide Rassen hart, zäh und intelligent sind – und das gleiche Grundstück haben wollen.«[4]

SF-Autoren haben den großen Vorteil, ihre Feinde selbst entwerfen zu können. Heinleins Bugs – wie auch die Aliens in der aktuellen Hollywood-Version der im Grunde gleichen Geschichte, »Independence Day« – sind vollkommen bösartig. Sogar Nazis haben schließlich menschliche Kinder; die Kinder von Bugs sind jedoch bloß Würmer oder Puppen. Der Höhepunkt in »Sternenkrieger« ist ein Überfall auf eine Bugstadt, bei dem die Infanteristen Millionen von bösen Riesenspinnen einäschern. Inzwischen können wir diese Szene in Technicolor und mit Dolby-Sound erleben, denn Hollywoods FX-Technik hat endlich zum geschriebenen Wort aufgeschlossen, und Filme können Aliens so überzeugend furchterregend wie die Insekten in unserem Garten darstellen. Die Bedeutung aber bleibt unverändert. Ob sie nun Aliens oder Blattläuse sind, sie müssen ausgerottet werden.

So viel zu Aliens. Nehmen wir nun einmal an, dass unsere menschlichen Feinde auch schreckliche Ungeheuer sein können, die ausgerottet zu werden verdienen. Wie macht man das am besten? Mit welchen Waffen? Gibt es derart tödliche Waffen, dass ihre bloße Existenz einen feindlichen Angriff verhindert?

Diese Fragen haben eine lange literarische Tradition, die mit einem Roman beginnt, der 1871 in *Blackwood's Magazine* erschien – Sir George Tomkyns Chesneys »The Battle of Dorking« (Die Schlacht von Dorking)[5] –, und die in den Werken von Technothriller-Autoren wie Tom Clancy bis heute andauert. Vom alles niederwalzenden deutschen Sieg über Frankreich im Deutsch-Französischen Krieg inspiriert und abgestoßen, entwarf Chesney in überzeugenden und erschreckenden Einzelheiten ein ähnliches Debakel für England – wenn England nicht seine Verteidigung reformieren würde, um der preußischen Gefahr gewachsen zu sein. Chesney war Berufsoffizier bei den Royal Engineers und »folgte der Tradition der zahlreichen Heeres- und Marineoffiziere, die Pamphlete zu Problemen der nationalen Verteidigung hervorgebracht hatten, seit das Aufkommen das Dampfschiffs die Kriegführung revolutioniert hatte. Doch er durchbrach diese Tradition, indem er seine Argumente in literarischer Form darlegte ... Soldaten haben ihre Feldzüge immer auf Grund ihrer Annahmen planen müssen, was der Feind unter bestimmten Umständen tun würde. Man kombiniere die Methoden realistischer Erzählweise mit der Praxis militärischen Urteils, und das Ergebnis ist eine ausgewachsene Geschichte von einem imaginären Krieg.«[6]

»The Battle of Dorking« zog im Laufe der nächsten vierzig Jahre eine Flut von Imitationen nach sich. Dass derlei Bücher nicht nur bezweckten, ihren Autoren und Verlegern Honorare einzubringen, sondern auch die Steuern zahlende Öffentlichkeit überzeugen wollten, dass das Überleben ihrer Nation von erhöhten Ausgaben abhing, wurde an der Zahl der Admirale, Generale und Politiker deutlich, die sich dem neuen Genre zuwandten. Die Literatur wurde zum Instrument der öffentlichen Politik:

> 1906 kamen all die vielfältigen Wirkungen der neuen Tageszeitungen mit Massenauflage, der allgemeinen Alphabetisierung, des Rüstungswachstums und des Endes der britischen Isolation in der Episode von »Invasion of 1910« zusammen. Mit dem Einverständnis Lord Northcliffs und von ihm angesporn bereitete Feldmarschall Lord Roberts in enger Zusammenarbeit mit dem populären Journalisten William Le Queux die Geschichte einer deutschen Invasion in Britannien 1910 für den Fortsetzungsabdruck in der *Daily Mail* vor. Lord Roberts sah darin eine gute Gelegenheit, seine Überzeugung zu verbreiten, Großbritannien müsse besser auf einen modernen Krieg vorbereitet werden.[7]

Die Amerikaner taten sich zunächst unter den Wegbereitern des neuen Genres nicht hervor, da das Land noch damit beschäftigt war, seinen eigenen Kontinent zu unterwerfen, und zwei Ozeane als Verteidigungssystem hatte. Es gab 1890 »The Stricken Nation« (Die geschlagene Nation) von Henry Grattan Donnelly, einen Bericht von einer britischen Invasion, die fast alle Städte an der Ostküste zerstört, doch es war ein anderer Donnelly, der ein Jahr zuvor den ersten spezifisch amerikanischen Bericht von einem Zukunftskrieg geschrieben hatte – in diesem Fall von einem Bürgerkrieg, nicht Nord gegen Süd, sondern Arm gegen Reich. Das Buch hieß »Cäsars Denksäule«, und sein Autor war wie Heinlein ein gescheiterter populistischer Politiker aus dem Mittelwesten *und* wieder ein Donnelly.

Ignatius Donnelly ist als Verfasser von »Atlantis« und »Ragnarök« bekannt geworden, jener beiden beispielgebenden und fortdauernden Klassiker der Pseudowissenschaft. Auch »Cäsars Denksäule« war seinerzeit ein Bestseller, hat sich aber nicht im Druck halten können, da Prophezeiungen nahe bevorstehenden Verhängnisses ihre Anziehungskraft verlieren, wenn sie erst einmal von den Ereignissen überholt sind. Umso erstaunlicher ist es, dass Donnelly in so vieler Hinsicht das Werk Heinleins und seiner Anhänger vorwegnimmt. Da es sehr unwahrscheinlich ist, dass irgendeiner von ihnen »Cäsars Denksäule« gelesen hat, muss die Ähnlichkeit ihren gemeinsamen Ursprüngen in dem zugeschrieben werden, was Hofstadter »den paranoiden Stil in der amerikanischen Politik«[8] genannt hat, einer Tradition, die in der Zinsrechnung finstere Machenschaften wittert und am Nachthimmel Scharen schwarzer Hubschrauber herumschwirren sieht. Der Kern dieser Tradition sind ihre zwiespältigen Empfindungen gegenüber der Macht der Bundesregierung, die manchmal deren Militärmacht feiern und den westlichen Weg der Weltherrschaft bejubeln, dann wieder es dieser Macht übel nehmen, wenn sie ihr Einkommen besteuert oder ihr privates Waffenarsenal reglementiert.

»Cäsars Denksäule« beschreibt ein dystopisches Amerika, wo eine korrupte Oligarchie herrscht und eine brutalisierte Arbeiterklasse dient, deren betrübliches Schicksal Donnelly zu Höhenflügen der Redekunst inspiriert:

> Mühe, Kummer und Arbeit, das ist hier das Los der Armen vom frühesten Morgen bis in die späte Nacht; dann geht's in Schwärmen wieder nach Hause; sie suchen ihr elendes Lager auf und finden vielleicht einige Stunden Schlaf, wenn auch gestört durch Ungeziefer und verdorbene Luft; dann heißt es

> wieder aufstehen, und so fort im endlosen, freudenlosen, hoffnungslosen Einerlei – bis sie nach einigen Jahren, durch Krankheiten verzehrt, als ein bloßer Haufen Elend und menschlicher Verkommenheit dahinsiechen und sterben; dann werden sie, wie gesagt, nach den großen Feuerbestattungsapparaten gefahren, wo ihre Körper von den Flammen ebenso verzehrt werden, wie ihr Leben von der Gesellschaft.[9]

Sowohl im Abscheu vor der herrschenden Klasse als in der Sympathie für die ausgebeuteten Arbeiter hat Donnellys Roman starke und sicherlich nicht zufällige Ähnlichkeit mit Jack Londons »Die Eiserne Ferse« (1907). Doch er unterscheidet sich von seinem Nachfolger in einigen vielsagenden Einzelheiten – am frappierendsten durch den paradoxen Antisemitismus, der den Juden unterstellt, sowohl die Wall Street als auch den internationalen Bolschewismus zu beherrschen. Wir erfahren, dass, wenn Donnellys Erzschurke, Fürst Cabano, »seinen Namen unter eine Urkunde setzt, welche rechtswirksam sein soll, so unterzeichnet er einfach ›Jacob Isaacs‹.« Und weiterhin, dass »die Aristokratie der ganzen Welt jetzt beinahe ausschließlich hebräischen Stammes« ist.[10] Doch die Nummer Zwei im revolutionären »Vernichtungsbund« und das »Gehirn des Bundes« ist ein russischer Jude, »vor Jahren einiger Verbrechen wegen, die er begangen hatte, aus seiner Synagoge hinausgejagt ..., ein Mann von glänzenden Gaben, von großem Einfluss und großer Findigkeit«.[11] Als die Revolution ihre eigene Terrorherrschaft etabliert und die Zerstörung New Yorks mitsamt der Vernichtung einer Viertelmillion Einwohner bewirkt hat, flieht dieser jüdische Robespierre nach Judäa, wo er »sich zum König von Jerusalem machen, und vermittels seines ungeheuern Reichtums den alten Thron Salomons wieder aufrichten und den alten Glanz seiner Nation wiederherstellen« will.[12]

Der bemerkenswerteste SF-Zug von »Cäsars Denksäule« ist seine Vorwegnahme der Schrecken, die den Luftkrieg des zwanzigsten Jahrhunderts kennzeichnen sollten, von Guernica über London und Dresden bis zu Vietnam:

> Sie wissen, dass vor hundert Jahren das lenkbare Luftschiff erfunden wurde; die Oligarchie besitzt in diesem eine starke Macht von einigen Tausenden, die mit jenem leichten, aber festen Metall, Aluminium, umgeben sind; im Volksmunde nennt man sie die »Dämonen«. Wenn diese über eine feindliche Heeresmacht hinwegsegeln, so werfen sie große Bomben auf dieselbe herab, die mit einer großen Anzahl Kugeln angefüllt und mit den verheerendsten Explosivstoffen umgeben sind; wo eine von diesen Kugeln den Boden berührt, sieht dieser im nächsten Augenblick aus wie der Krater eines erloschenen Vulkans, um den herum sich ganze Hügel von toten Körpern lagern. Das ist aber noch lange nicht alles. Vor einigen Jahren erfand ein französischen Chemiker eine fürchterliche Komposition, ein raffiniertes Gift, schwerer als Luft, und doch dehnbar; dasselbe verbreitet sich, wenn es auf die Erde fälle, nach allen Richtungen hin ..., sicheren Tod allen denen bringend, die Seine Dünste einatmen ... Auf dieses verlassen [die Oligarchen] sich denn auch am meisten bei ihrer Verteidigung gegen den Aufstand des unterdrückten Volkes.[13]

Mit dieser Vision, wie die Regierung Massenvernichtungswaffen gegen das eigene Volk einsetzt, ging Donnelly einer Anzahl dystopischer Autoren von Jack London bis George Orwell voraus. Für gewöhnlich waren diese Autoren Leute mit linksliberalen Neigungen, die ihre eigene Regierung mindestens ebenso wie den Feind fürchteten. Im Gefolge beider Weltkriege und der Völkermorde in der Türkei, der UdSSR, in Deutschland, China, Kambodscha und überall in der Dritten Welt ist die gespenstische Möglichkeit, dass jedwede Regierung einfach ganze Klassen ihrer Bürger ausrotten könnte, zum gemeinsamen Besitz der Rechten wie der Linken geworden. Die nukleare Logik der wechselseitig garantierten Zerstörung beherrschte die Planungen der Strategen des Kalten Krieges, und aus der Sicht jener Bürger, die sich in den Zielgebieten befanden, war es kein nennenswerter Unterschied, *wessen* Bomben ihre Vernichtung garantierten. Sie dienten als die Geiseln für die Politik ihrer Regierungen. Sogar diejenigen, die »loyal« genug waren, um das Draufgängertum von Losungen wie »Lieber tot als rot« zu mögen, erfuhren die Bedrohung, im Schatten des atomaren Damoklesschwerts zu leben. In dem Maße, wie sie sich mit den Trägern dieses Schwertes identifizieren konnten, waren sie Falken und verlangten den Einsatz von Atomwaffen in jeder internationalen Krise.

Heinlein war solch ein Falke, überzeugt, nur eine auf nukleare Überlegenheit gestützte Pax Americana könnte den Frieden sichern, wie er es in seiner Erzählung von 1941 »Lösung unbefriedigend« vorschlug. In »Sternenkrieger« bietet er Blicke auf eine Erde, die von der Invasion der Bugs verheert, aber noch unbeugsam ist, ein Szenario, welches im Film »Independence Day« kopiert wurde, wo der amerikanische Präsident die Worte sprechen darf, die allen vorangehenden Filmpräsidenten verwehrt waren: »Nuklearwaffeneinsatz! Diese Bastarde lassen wir hochgehen!«

Mitte der siebziger Jahre, als Heinlein mit Romanen wie »Die Leben des Lazarus Long« und »Die Zahl des Tiers« – Büchern, in denen sich die Person Heinleins vervielfacht wie ein Computervirus, bis das Universum selbst nur noch seine Einbildung ist – in ästhetischen Solipsismus verfiel, ging sein Ornat als der führende kalte Krieger der SF auf die breiten Schultern von Jerry Pournelle über.

Wie Heinlein begann Pournelle seine intellektuelle Laufbahn als radikaler Linker, nämlich als Mitglied der kommunistischen Partei. In einem Interview mit Charles Platt erklärte er 1981 diese zeitweilige Verirrung:

> Das [seine Partei-Mitgliedschaft] war vor langer Zeit. Nachdem ich aus dem Koreakrieg herauskam, zurückkehrte und Student wurde, fiel ich Leuten in die Hände, die uns immer wieder sagten, der Marxismus sei Bestandteil der westlichen Tradition, und so fort. Ich war auch das Opfer der Kicher-Theorie der Philosophie, was heißt: Wenn man jemand anders als einen Linken bewundert, wird man an der Fakultät kaum geduldet, und sie lachen einen aus. Ich hatte einen ziemlich elenden Krieg durchgemacht, die Kommunisten versprachen, etwas zu unternehmen, und ich hatte nicht den Ein-

Jerry Pournelle

druck, dass irgendjemand anders etwas unternehmen wollte. [Achselzucken.] Idealismus am falschen Ort.[14]

Als nächsten falschen Ort für seinen Idealismus wählte Pournelle die Raumfahrtindustrie:

Ich hatte eine für jemanden in meinem Alter sehr hohe Position bei North American Aviation, was damals der Laden war, der Apollo baute. Ich war Weltraum-Wissenschaftler; meine Position bestand darin, dass ich im Unternehmen Dinge finden musste, zu denen ich glaubte, einen Beitrag leisten zu können, und an ihnen arbeitete. Die letzte Aufgabe, die ich hatte, war, am Versuchsentwurf für Apollo 21 zu arbeiten. Doch es sollte kein Apollo 21 geben, das wurde bald ziemlich klar, und gleichzeitig sagte die Geschäftsführung: »Wir müssen die Anzahl der leitenden wissenschaftlichen Mitarbeiter kürzen.«[15]

Nachdem er gekürzt worden war, begann Pournelle seine Laufbahn als freischaffender Schriftsteller und veröffentlichte 1971 seine erste SF-Geschichte »Peace with Honor« (Ehrenhafter Frieden). Er arbeitete als Forschungsdirektor für Los Angeles und schrieb Reden für den Bürgermeister. Er wurde Sekretär der L5-Gesellschaft, einer Gruppe, die die Entsendung von Kolonisten in den Weltraum propagierte, die in großen Bienenstöcken in der Umlaufbahn leben sollten. Er war Mitbegründer des Citizen's Advisory Council on National Space Politics (Bürgerbeirat zur nationalen Raumfahrtpolitik), ein früher Befürworter von Reagans SDI. Er schreibt regelmäßig Kolumnen in Computerzeitschriften und ist Mitherausgeber von *Soldiers of Fortune,* der Zeitschrift für Möchtegern-Söldner.

Pournelles erster Erfolg in der SF kam mit dem Co-Dominium-Zyklus mit dem Helden John Christian Falkenberg, der eine Sternenflotte moderner Renaissance-Söldner befehligt. Falkenberg und seine Legion sind bezwingend dargestellt – amoralische (außer untereinander), tüchtige Profis. In seinem ersten Abenteuer von Romanlänge, »Der letzte Söldner« (1977), befriedet Falkenberg einen ganzen Planeten, indem er den ganzen

Ben Bova

örtlichen von Sozialhilfe lebenden Abschaum in einem Sportstadion zusammenbringt und in die Luft sprengt. Man spürt, dass der Autor nichts dagegen hätte, eine ähnliche Säuberungsaktion auf seinem Heimatplaneten durchzuführen.

Ben Bova, der Herausgeber, der Pournelles erste Falkenberg-Geschichte und die folgenden veröffentlichte, war wie Pournelle bei der Raumfahrtindustrie angestellt, ehe er SF zu schreiben und herauszugeben begann. Während Pournelle ein Möchtegern-Söldner ist, ist Bova ein Möchtegern-Astronaut, der das Raumfahrtprogramm mit einem Eifer und einer Intelligenz wie kein zweiter verfochten hat. Sein 1981 erschienenes Sachbuch »The High Road« (Die hohe Straße) legt dar, dass ein ziviles Raumfahrtprogramm höchste nationale Priorität haben sollte, doch er räumt auch ein, dass NASA und Militär unzertrennlich wie siamesische Zwillinge sind. »Man muss sich der Tatsache bewusst sein«, rät er, »dass es immer Militärpräsenz im Raum geben wird, solange eine Nation das Schwert gegen die andere erheben kann. Doch wenn wir beginnen können, die weltweiten Spannungen zu mildern, indem wir den Völkern der Welt den Reichtum an Energie und Rohstoffen aus dem Raum bringen, dann vermögen wir vielleicht, die militärische Eskalation zu vermeiden, die zu Armageddon führen könnte.«[16] Dasselbe Argument sollte die Grundlage für Bovas 1984 publizierte Fürsprache für Reagans SDI werden, »Mutual Assured Survival: Putting the Star Defense Wars in Perspective« (Wechselseitig garantiertes Überleben: die Sternenverteidigungskriege ins rechte Licht gerückt).

Seit der Zeit, da der deutsche Raumfahrtenthusiast Wernher von Braun gewonnen wurde, die V1- und V2-Raketen für die Nazis zu entwickeln, hat es einen an Identität grenzenden Zusammenhang zwischen der Raumforschung und der Entwicklung von Superwaffen gegeben. In den frühen Achtzigerjahren schien der Rüstungswettlauf in eine Sackgasse geraten zu sein, die ein unerträglich prekäres Gleichgewicht auf der Grundlage wechselseitig garantierter Vernichtung sicherte. An diesem Punkt sprang die Science Fiction mit einer neuen Formel ein: wechselseitig garantiertem Überleben. Das war sogar der Titel eines von Jerry Pournelle und einem anderen SF-Autor, Dean Ing, verfassten Traktats, dessen Rückseite mit einem Empfehlungsschreiben von Präsident Reagan prunkte. Reagans Brief enthielt nicht viel mehr als »Danke, und Gott segne Sie«, doch implizit pflichtet er den Empfehlungen der Autoren bei:

> Wir halten es für zwingend, zunächst fünf infrage kommende Systeme zu benennen, die eine wesentliche militärische

Leistung erbringen, d. h. die Fähigkeit, bis 1990 den sicheren Erfolg eines Erstschlags durch jeden Aggressor auszuschließen.

- multiple Satelliten, die kinetische Energie zur Zerstörung verwenden
- bodengestützte Laser und Spiegel im Weltraum
- raumgestützte Laser
- kernexplosionsbetriebene Strahlentechniken, summarisch als Systeme der dritten Generation bekannt
- bodengestützte Punktverteidigungssysteme.

Wir empfehlen auch dringend, die Forschung an den vielen anderen infrage kommenden Systemen voranzutreiben, darunter Teilchenstrahlwaffen, die auf längere Sicht Erfolg versprechen.[17]

Das Buch von Pournelle und Ing erhob sie nicht in den Status von Mediengurus, da es als Original-Paperback von einem Verlag außerhalb der literarischen Hauptströmung publiziert wurde, von Baen Books, die sich auf SF in der Glaubensrichtung von Heinlein und Pournelle spezialisiert hatten. Tatsächlich liest sich der Text von »Mutual Assured Survival« wie ein Ensemble von Spezifikationen, die den technischen Hintergrund für die neuzeitlichen Space-Operas von Pournelle, Ing und derlei Baen-Autoren liefern sollen, etwa von David Drake (»Hammer's Slammers«, 1979, mitsamt den vielen Fortsetzungen) und von William R. Forstchen, der »Star Voyager Academy« (1994) und zusammen mit Newt Gingrich den Roman »1945« schrieb.[18]

Soweit, dass SDI den amerikanischen Wählern erfolgreich aufgeschwatzt wurde, brachten es aber weder das geschriebene Wort noch das ernste Eintreten des Präsidenten, sondern die Computer-Animatoren, die die Filmclips entwarfen, welche dann seit 1983 Woche für Woche in Fernseh-Nachrichtenprogrammen liefen. Der erste computeranimierte Trickfilm, Disneys »Tron«, war erst ein Jahr vorher in die Kinos gekommen. Hochqualitäts-Computergrafik wurde damals nicht als »comicartig« im Sinne von Mickymaus wahrgenommen, sondern eher als eine neue »virtuelle« Realität. Sie hatte den Glanz der Cyberspace-Zukunft und wurde in jenen Publicity-Clips für SDI eingesetzt, um den Wählern eine neue Ware zu verkaufen, eine, die versprach, die ballistischen Interkontinental-Raketen des Gegners zu übertrumpfen und – weniger zweifelhaft – neue Maßstäbe von Ausgaben für das Pentagon und die Raumfahrtindustie zu rechtfertigen. Keines von diesen so beeindruckend animierten Systemen existierte tatsächlich in irgendeiner Form, außer als Science Fiction oder als Computerspiel.

Es ist zu bezweifeln, ob wir nun, da Reagan in seine private Dämmerzone eingetreten ist, jemals erfahren werden, bis zu welchem Grade SDI ein ernstgemeintes Unternehmen oder ein einfallsreicher Schwindel war. Als ernstgemeintes Unternehmen war es nie ein großer Erfolg und ist von Wissenschaftlern, die kein Eigeninteresse an seiner Entwicklung hatten, mit verächtlichem Spott bedacht worden. Die ersten Erprobungen von Prototypen sind als getürkt entlarvt worden, doch selbst die getürkten Ergebnisse wurden als wenig erfolgversprechend eingeschätzt. Als Schwindel hat SDI aber vielleicht eine bedeutende Rolle bei der Beendigung des Kalten Krieges gespielt. Es war nicht nur die Wählerschaft, die von diesen Computergrafiken überzeugt wurde: Auch die sowjetische Regierung nahm Reagan beim Wort und kam zu der Überzeugung, SDI würde eine weitere Runde von Militärausgaben einläuten, wenn das Gleichgewicht des Schreckens erhalten bleiben sollte. Während Reagans zweiter Amtszeit lockerten die Russen allmählich ihren Griff um Polen und das übrige Mitteleuropa. Wie ein erschöpfter Marathonläufer, der seine Grenze erreicht hat und in einen langsameren Schritt verfällt, der für ehrenvolle Kapitulation steht, schied die Sowjetunion aus dem Wettrüsten aus.

Reagans großer Bluff wird vielleicht die einzige bleibende Leistung seiner Regierungszeit sein, doch es war schwerlich ein ungetrübter Triumph. Wie Garry Wills bemerkt hat: »Es wird behauptet, Reagan habe die Sowjetunion zu Fall gebracht, indem er sie zu so hohen Rüstungsausgaben zwang, dass sie zusammenbrach. Mag sein. Dabei hat er aber *Amerika* gezwungen, so viel für sein Militär auszugeben, dass sich das Haushaltsdefizit fast verdreifachte und das Handelsdefizit sich mehr als vervierfachte ... Selbst als der Kalte Krieg vorbei war, scheint kaum jemand in Amerika gefeiert zu haben. Es ist nicht vielen

Präsidenten vergönnt, zwei Weltreiche in den Niedergang zu treiben.«[19]

Man muss bezweifeln, dass jemand in der Reagan-Administration wissentlich ein Programm der nationalen Selbstaufgabe in dem Maßstab in Gang gebracht hätte, wie ihn Wills andeutet. Wahrscheinlicher haben die Befürworter von SDI, vom Präsidenten bis hinab zu den Söldnern vor Ort wie Pournelle, etwas anderes bezweckt: das fortdauernde oder wachsende Gedeihen ihrer Mitstreiter im militärisch-industriellen Komplex, denn das würden die vorgeschlagenen Ausgaben jedenfalls sichern.

Nach der *Challenger*-Katastrophe vom 2. Januar 1986 ließ Reagan SDI auf seiner Tagesordnung zurücktreten. Hightech-Lösungen schienen auf einmal hohes Risiko zu bedeuten. Wenn die sechs Astronauten und die Lehrerin Christa McAuliffe in der Raumfähre infolge eines defekten Dichtungsrings umkommen konnten, war es vielleicht nicht klug, das Schicksal von Städten und Kontinenten von Rube Goldberg-Mechanismen[20] abhängen zu lassen, egal, wie sehr ihnen Sicherheit und Wirksamkeit bescheinigt werden. Sollte HAL aus »2001« die Verantwortung für das nukleare Schicksal eines ganzen Planeten übertragen bekommen?

Wie sich zeigte, hatte das fünfundneunzig Mitglieder umfassende Astronautencorps einschließlich des Chefastronauten John W. Young schwerwiegende Zweifel an der Fürsorge der NASA für Sicherheit. Ihre Zweifel wurden routinemäßig beiseite geschoben. »Ein ausgeschiedener Astronaut«, berichtete die *New York Times* am 3. 4. 1986, »zitierte den Fall eines Astronauten, der, als er Sicherheitsbedenken laut werden ließ, von seinen Vorgesetzten in Gegenwart Dritter gedemütigt wurde, indem sie behaupteten, er habe Angst, zu fliegen ... Ein anderer langgedienter Astronaut ... sagte, auch er habe den Eindruck, dass die Astronauten Repressalien riskierten, wenn sie Sicherheitsbedenken äußerten. Die Auswahl der Besatzungen, sagte er, wurde nicht von der Astronautenbehörde getroffen, sondern von höheren NASA-Beamten.« In einer Serie von Berichten über Untersuchungen des Haupt-Rechnungsprüfungsamtes zeigte die *Times* später im April die verschwenderische Ausgabenpolitik der NASA *und* deren Gleichgültigkeit in Sicherheitsfragen. Solange die NASA in Verlegenheit war, wurden weitere Shuttleflüge zurückgestellt, und die gesamte Zweckmäßigkeit von bemannten Raumflügen wurde von prominenten Wissenschaftlern infrage gestellt.

Zu diesem Zeitpunkt, da die NASA sich zum ersten Mal in ihrer Existenz in der Defensive fand, veröffentlichte die *New York Times* einen ganzseitigen »Brief an das amerikanische Volk«, der die gefallene und blutige Fahne der NASA aufhob und eindringlich dafür eintrat, das passendste Denkmal für die sieben Toten sei

> die Wiederherstellung und Verstärkung der Shuttle-Flotte und die Wiederaufnahme eines kompletten Flugprogramms.
>
> Für die sieben.
>
> Im Einklang mit ihrer Hingabe an die Raumforschung und mit tiefstem Respekt für ihr Andenken bitten wir, die Unterzeichneten, Sie um Unterstützung bei unserer an den Präsidenten und den Kongress gerichteten dringlichen Aufforderung, ein neues Shuttle zu bauen, um das Werk dieser sieben tapferen Männer und Frauen fortzuführen.
>
> SOLANGE IHR TRAUM WEITERLEBT,
> LEBEN DIE SIEBEN IN DEM TRAUM WEITER.[21]

Der Brief war von achtundachtzig »Signataren« und rund zweihundert weiteren, in kleiner Schrift Aufgelisteten unterzeichnet, die alle 350 $ zu den Kosten der Anzeige von 36 000 $ beigetragen hatten. Prominent waren unter den Unterzeichnern Isaac Asimov, Robert Heinlein und ein paar andere führende SF- und Fantasy-Autoren, doch in welchem Umfang die Liste aus SF-Profis – Autoren, Herausgebern, Agenten – bestand, konnten nur andere Insider bemerken: nach meiner Zählung mindestens vierundfünfzig von den achtundachtzig Signataren, wobei die Heinlein-Pournelle-Truppe komplett vertreten war.

Die NASA mit der SF als ihrer inoffiziellen Werbeagentur hatte jahrelang darauf gezählt, dass bemannte Raumfahrt die öffentliche Unterstützung für ihre Budgetanforderungen bringen würde. Das Astronautencorps lieferte eine menschliche

Komponente für das Raumfahrtprogramm, ein Unternehmen, das ansonsten der Inbegriff der Wissenschaft in ihrer unmenschlichsten Form ist: nicht grausam, sondern eher abgehoben und gleichgültig gegenüber menschlichen Belangen. Sein größter Segen ist bisher die Befriedigung unserer intellektuellen Neugier über das Sonnensystem, von dem alle NASA-Sonden festgestellt haben, dass es leblos ist. Die neuere Entdeckung von Spuren, die Fossilbelege für die Existenz von Bakterien auf dem Mars vor Jahrmillionen sein sollen, ist von den Parteigängern der NASA mit Jubelrufen begrüßt worden. Leben auf dem Mars! Ein Grund, eine Expedition auszurüsten, damit sie *beweiskräftige* Fossilien zurückbringt.

In »Der Krieg der Welten« von H. G. Wells wurden die Invasoren vom Mars von irdischen Bakterien vernichtet, gegen die sie keinen Immunitätsschutz hatten; heute sind die einzigen Marsianer, für die wir den Hauch von Indizien haben, Bazillen, inzwischen wahrscheinlich ausgestorben. Jede »Empfindung des Wunderbaren«, die daraus abgeleitet werden soll, ist von ziemlich trüber Art. Zweifellos wären weitere finstere Einsichten aus Nahaufnahmen der der Erde benachbarten Planeten und Planetoiden zu gewinnen, doch es gibt kaum Grund zu der Annahme, künftige Forschungen könnten eine theologische Bonanza in Form eines wirklich fremdartigen Anderen erbringen.

Das Raumfahrtprogramm hat sich insgesamt als schwer verkäuflich erwiesen. Wenn selbst jene, die einst über die *Apollo*-Landungen ganz aus dem Häuschen waren, sich jetzt unschlüssig sind, ob man noch mehr Geld in die NASA pumpen soll, gibt es andere, für die die NASA einfach eine rivalisierende Spezies im Malthus'schen Kampf um staatliche Gelder ist. »Ich möchte wissen, wie viele Leute im Lande so fühlen wie ich«, heißt es in einem Leserbrief in meiner örtlichen Zeitung. »Ich beziehe mich auf die jüngste Entscheidung, auf Mars und Venus nach Leben zu forschen. Wie viele Millionen Dollar wird man dafür ausgeben? Unterdessen leiden Menschen hier auf dem Planeten Erde unter Hunger und Obdachlosigkeit. Unsere älteren Menschen kommen gerade so mit Mühe über die Runden – warum nicht das Geld hier auf unserem Planeten behalten und es für einen guten Zweck verwenden?«[22]

Ein vielsagender Ausdruck der Feindseligkeit, die viele dem Raumfahrtprogramm entgegen bringen, ist in dem Lied »Whitey's on the Moon« von Gil Scott-Heron zu hören, oder auch in dem Bericht einer schwarzen Akademikerin, die an der University of Pennsylvania unterrichtet. Sie erzählt uns, wie sie während eines Besuchs bei Verwandten ihres Mannes in Georgia die Fernsehaufnahmen von der Zerstörung der *Challenger* sah:

> Wie die meisten Amerikaner ging mir besonders das Schicksal eines Besatzungsmitglieds nahe – der sympathischen weißen jungen Lehrerin Christa McAuliffe, die ihre Chance für eine Raumreise bei einem landesweiten Lehrerwettbewerb gewonnen hatte. Ich sagte, dass mir ihr Tod Leid tat. Meine Bemerkung wurde nur mit leeren Blicken quittiert – eigentlich stieß der ganze Kommentar über das Unglück bei den Verwandten meines Mannes auf totales Desinteresse, ausgenommen ein Stückchen Information. Als Name und Foto des einzigen schwarzen Besatzungsmitglieds, Ronald McNair, kurz auf dem Bildschirm auftauchten, beugten sie sich alle wie ein Mann vor, zu angespannter Aufmerksamkeit elektrisiert. Nur der gehört zu uns, erinnerte und tadelte mich ihre Haltung; dieser eine ging uns etwas an, nur dieser Mann hat unsere Trauer verdient.
>
> Als wir die Vernichtung der *Challenger* mit ansahen, waren einige von uns, die angesichts des Hochmuts im Namen der Fähre (»Herausforderer«) gemurmelt hatten: »Gott lässt seiner nicht spotten«, voller Trauer und Respekt, einfach, um Ron McNair zu beklagen. Wäre er nicht an Bord gewesen, wäre an jenem Tag vielleicht Jubel erschollen, vielleicht wäre das Ergebnis eine Ballade wie »Titanic« gewesen (die eine über Shine oder die andere, wo die Schwarzen nach »Es war traurig, als das große Schiff versank« off-time ein »Hallelujah!« einzufügen pflegten).[23]

Man muss die Aufrichtigkeit dieser Erklärung achten, wie sehr man ihren unverhüllten Rassismus auch ablehnen (oder abzumildern versuchen) mag. Sie widerspiegelt leider exakt das

Ausmaß, in dem die Raumfahrt – wie auch ihr Abbruch – von einer Minderheit entschlossener Parteigänger verfochten wird. Die Rechte ist dafür, die Linke dagegen. Und unter der Präsidentschaft von Clinton neigte sich die Waage den Gegnern zu. Im Mai 1995 teilte die NASA mit, dass sie tiefe Einschnitte bei ihrem Personal machen werde, da ihr Budget »in einer neuen Epoche der Sparsamkeit« schrumpft. Zwanzig bis dreißig Prozent der zivilen Angestellten und der Aufträge würden gestrichen, ganz wie die Unterzeichner des Briefes an die *Times* ein Jahrzehnt zuvor befürchtet hatten. »Nach den Kürzungen«, meldete die *Times*, »würde die NASA die Größe wie 1961 haben, ehe das Land mit dem *Apollo*-Programm begann.«[24]

Dank der Selbstzerstörung der sowjetischen Bedrohung, der es hatte entgegentreten sollen, war SDI schon zum gespenstischen Abbild der Schimäre geworden, die es einst war. Ohne einen Feind mit hinreichend großem Kernwaffenpotential war der riesige und unerprobte Apparat von SDI unverkäuflich geworden, und die NASA war wieder einmal die letzte beste Hoffnung der Raumfahrtindustrie. Zu diesem Zeitpunkt warf sich ein unerwarteter Möchtegern-Retter in die Bresche.

Newt Gingrich war lange Zeit einer der treuesten Vorkämpfer der NASA gewesen. Er hatte auch eine Zeit lang Autoren aus dem Stall von Pournelle und Baen Books als Ghostwriter und Koautoren beschäftigt. Gingrichs erster erwähnenswerter Co-Autor aus der SF war der ausgesprochene Vielschreiber David Drake, Verfasser von »Hammer's Slammers« und den vielen Fortsetzungen über Söldner in künftigen interstellaren Kriegen. Ihr Buch »Window of Opportunity. A Blueprint of the Future«[25] erschien 1984, ohne besondere Aufmerksamkeit zu finden, bei Baen Books; im Vorwort begrüßt Jerry Pournelle das Werk von Gingrich (und Drake sowie der dritten Mitautorin Marianne Gingrich) als »ein bemerkenswertes Buch, fast einzigartig, da Gingrich ohne die mindesten Abstriche von dem, was die Größe dieser Nation ausmacht, einen detaillierten Entwurf vorlegt, ein praktisches Programm, das nicht nur darlegt, dass wir alle reich werden, sondern auch den Weg dahin zeigt.«[26]

Abenteuer im Raum erweisen sich als einer der wichtigsten

Bestandteile dessen, was wir zu erhoffen haben. Man kann nicht umhin, den Einfluss von Gingrichs Beziehungen in der SF (Drake/Pournelle/Baen) zu spüren, vor allem in Passagen wie dieser: »Der Kongressabgeordnete Bob Walker von Pennsylvania [jetzt Vorsitzender des Ausschusses für Wissenschaft, Raumforschung und Technik] hat die möglichen Vorteile der Schwerelosigkeit für Menschen untersucht, die gegenwärtig auf Rollstühle angewiesen sind. In Reden vor behinderten Amerikanern führt er aus, dass unter Nullgravitation ein Querschnittsgelähmter ebenso leicht wie alle anderen schweben kann. Walker berichtet, dass an den Rollstuhl gefesselte Erwachsene in begeistertem Ton Fragen zu stellen beginnen, wenn sie mit der Möglichkeit konfrontiert werden, von ihren Rollstühlen erlöst frei zu schweben. Etliche hatten sich erboten, die ersten Wegbereiter zu sein.«

Dieses »Stehe auf und schwebe!« ist als Predigt eines Evangeliums mit vorsichtigem Untertext nichts Neues für SF-Profis. Der Weltraum wird als die Neue Grenze dargestellt, wo die Misslichkeiten des gewöhnlichen Lebens – beschwerliche Jobs ohne Zukunft, niedriger Status – behoben werden sollen, wie es bei einer früheren Expansion in den amerikanischen Westen der Fall war. Der Weltraum ist wie Texas, nur größer. Im einundzwanzigsten Jahrhundert, erklärt Gingrich (oder sein Ghostwriter), wird tatsächlich eine Raumfähre der dritten Generation »die DC-3 des Weltraums sein. Von diesem Punkt an werden die Leute hinaus in die Hiltons und Marriotts des Sonnensystems strömen, und die Menschheit wird sich für immer aus dem Griff des Planeten befreit haben.«

Das war 1984, als der Name Gingrich noch keine Schlagzeilen machte. Seither ist er zur Legende geworden (obwohl die Legende schon wieder weitgehend verblasst ist), zum Teil als Wortführer der Kampagne »Vertrag für Amerika« 1994, die den Republikanern die erste Mehrheit im Repräsentantenhaus seit vierzig Jahren verschaffte, doch auch, weil er seine politische Berühmtheit benutzte, um Rekordgeschäfte als Autor zu machen. Für sein Manifest von 1995 »To Renew America« (Amerika erneuern) bot HarperCollins einen Vorschuss von viereinhalb Millionen Dollar, doch der Vertrag musste zurückgezogen

Newt Gingrich

werden, als die Demokraten im Kongress in rechtschaffener Empörung in die Luft gingen.

In »To Renew America« trommelte Ginrich weiter für das Raumfahrtprogramm und brachte es fertig, ein gutes Wort für einen alten Freund einzulegen:

> Jerry Pournelle, ein Raumfahrtingenieur und Science-Fiction-Schriftsteller, merkt an, dass eine Reise in die Umlaufbahn etwa ebenso viel Energie kostet wie ein Flug von Los Angeles nach Sydney in Australien. [...]
>
> Ich glaube, dass Weltraumtourismus zu der Zeit, da die dieses Jahr geborenen Kinder erwachsen sind, eine alltägliche Sache sein wird, dass es gegen 2020 Mode sein wird, die Flitterwochen im All zu verbringen. Stellen Sie sich Schwerelosigkeit und ihre Wirkungen vor, und Sie werden einige der Vorteile verstehen.[27]

Das heißt jedoch nicht, dass Gingrich die NASA durchweg unterstützt. Für Heinlein war es ein Glaubensartikel, dass der Weltraum vom privaten Unternehmertum aufgeteilt und ausgebeutet werden soll, wie es der Titel seines ersten Erzählungsbandes »Der Mann, der den Mond verkaufte« (1950) andeutet. Der Regierung sollte eine derart wichtige Mission nicht anvertraut werden, und den Grund dafür erklärt Gingrich in den Begriffen der strikt Heinleinschen Orthodoxie:

> Einer der Hauptgründe, warum der Abenteuergeist aus der Raumforschung verschwunden ist, liegt darin, dass wir den Bürokratien die Herrschaft über zu viele von unseren wissenschaftlichen Abenteuern eingeräumt haben. Betrachten Sie den Unterschied zwischen den Filmen »Der Stoff, aus dem die Helden sind« und »Krieg der Sterne«, und Sie werden verstehen, was ich meine. Bürokratien werden zu dem Zweck gebildet, das Risiko zu minimieren und systematische, wohlgeordnete Vorgänge zu schaffen. In gewisser Weise neigen sie dazu, von Natur aus stumpfsinnig zu sein. Sie neigen auch dazu, langsam, schwerfällig und teuer zu sein. [...]

Neulich fragte ich eine leitende Raumfahrtbeamte, was geschehen würde, wenn wir die Regierung aus der Entwicklung von Raumfähren und Raumstationen heraushielten. Sie antwortete, dass die Kosten um 40 Prozent sinken und die benötigte Zeit sich halbieren würde.[28]

Man fragt sich, ob die sieben, die in der *Challenger* gestorben sind, das ganz überzeugend fänden.

Für die SF-Gläubigen ist die Hauptsache aber, eine Phantasievorstellung zu haben, die hinreichend überzeugend ist und in strahlenden Farben daherkommt. Die Zukunft ist ein Themenpark, der uns erlaubt, in unsere Lieblings-SF-Filme einzutauchen und tolle Abenteuer zu erleben. Und das im wörtlichen Sinne:

Unsere Generation sucht noch ihren Jules Verne oder H. G. Wells, um unsere Vorstellungskraft mit Hoffnung und Optimismus zu faszinieren. Stattdessen haben wir Schriftsteller wie Michael Crichton, dessen Werk bloß gewöhnliche Umwelt-Panikmache ist, wo Menschen ewig die Natur durcheinander bringen, eine Frankenstein-Geschichte, in der neugierige Wissenschaftler die Bösewichte sind.

Warum nicht danach streben, eine echten Jurassic Park zu bauen? (Es wäre vielleicht nicht völlig unmöglich, wissen Sie.) Wäre das nicht eine der spektakulärsten Leistungen in der Geschichte der Menschheit?[29]

Gingrichs Begeisterung für die SF als das beste Mittel, das Wohlgedeihen von SDI und des Raumfahrtsprogramms zu fördern, hat ihn zu eigenen Versuchen im Genre geführt. Eine Zeit lang hat er zusammen mit dem Veteran jenes Genres, Jerry Pournelle, an einem Zukunftskriegsroman gearbeitet, der bei Baen Books erscheinen sollte. Der Roman mit dem Arbeitstitel »The Faction« (Die Splittergruppe) geht in der erprobten Machart der *Battle of Dorking* von einem tückischen Angriff des Feindes (in diesem Falle Japans und seiner Helfershelfer) auf die USA aus, wobei Superwaffen nach Art von SDI eingesetzt werden. Zuletzt war zu hören, dass 120 000 Wörter von dem Buch geschrieben sind, doch laut dem Verleger Jim Baen ist das Buch unfertig und »bedarf wegen einiger Knicke in der Handlung einer drastischen Überarbeitung«. Angesichts der Handlung nach dem Schema »Rückkehr der Gelben Gefahr« würde ich wetten, dass es unveröffentlicht bleibt, solange Gingrich Sprecher des Repräsentantenhauses ist.

Größeres Glück bei der Wahl seiner Feinde hatte Gingrich mit dem einzigen SF-Roman, den er veröffentlicht hat. Dieser Roman, »1945«, erschien bei Baen Books und entstand in Zusammenarbeit mit einem anderen SF-Autor aus dem Baen-Stall, William R. Forstchen. »1945« geht von einer alternativen Vergangenheit aus, wo Hitler im Gefolge von Pearl Harbor den USA nicht den Krieg erklärte, sodass die Amerikaner im Pazifik einen raschen Erfolg errangen und Hitler ganz Europa eroberte. 1945 liefern sich die beiden Weltmächte einen Wettlauf gegen die Zeit, wer als Erster die Atombombe entwickelt und einsetzt. Der Roman endet mit einem langen, leidenschaftlichen Plädoyer für unbeschränkte Geheimbudgets für die Raumfahrtindustrie, so ziemlich dieselbe Botschaft wie in »The Faction«, freilich leichter schmackhaft zu machen, wenn die Feinde derart unbestreitbare Schurken wie Hitler und das Dritte Reich sind. Dennoch kann auch das eine unvollendete Geschichte sein, denn der Absatz von »1945« fiel spektakulär niedrig aus, und die Ankündigung auf der letzten Seite »Fortsetzung folgt« erweist sich vielleicht als leeres Versprechen. Es gibt kaum etwas Trübsinnigeres, als den zweiten und dritten Teil einer Trilogie zu schreiben, nachdem der Erste ein Reinfall war.

Der Misserfolg von »1945« sollte nicht als Anzeichen gedeutet werden, dass die Achse Pournelle-Baen in der SF oder Gingrich in der Politik der USA im Niedergang wären. Es war einfach eine Fehleinschätzung des Marktes. In einem seltenen Augenblick von Selbstkritik hat Gingrich 1994 über den Roman gesagt, er sei »größtenteils für die Arnold-Schwarzenegger-Gruppe«. Bei allem schuldigen Respekt vor Schwarzeneggers charismatischer Leinwandpräsenz gehe ich davon aus, dass das »für die Schwachköpfe« heißen soll. Wenn der Autor einer derart zynischen Meinung über ein Buch ist, für das er seinen Namen hergegeben hat, kann man es der Leserschaft nicht übel nehmen, wenn sie diese Meinung teilt.

Das Lesepublikum der SF, das nun groß genug ist, dass mitunter drei oder vier Plätze auf den Bestsellerlisten von SF-Titeln belegt werden, hatte mit dem Buch andere Probleme. Es wirkt altmodisch. Schließlich spielt die Handlung in einer Schwarz-Weiß-Vergangenheit, und wie in »Das Orakel vom Berge« und etlichen anderen »Alternativgeschichten« in der SF und außerhalb haben die Nazis gewonnen, und der Zweite Weltkrieg muss wiederholt werden. Auch im Tonfall ist das Buch altmodisch, nachdem mit Rücksicht auf Gingrichs Rolle als Verfechter familiärer Werte aus der ersten Fassung die saftigeren Szenen gestrichen wurden. Alles, woran sich »die Arnold-Schwarzenegger-Gruppe« noch delektieren kann, sind die Waffen, und die sind auch altmodisch, ungeachtet ihrer »dunklen, bezwingenden Anziehungskraft ... wie von einer Frau erregt zu werden, die man verabscheut.«

Selbst unter Konservativen schreitet die Zeit voran. Die Kriegerphantasien eines Pournelle und Forstchen sind von Werken beiseite gedrängt worden, die in stärkerem Maße gewalttätig, sexuell unverblümt und politisch trostlos sind. Unter den jüngeren Autoren ist Gingrichs Co-Autor William Forstchen (geboren 1950) wahrscheinlich der herkömmlichste, doch selbst er schreibt aus der paranoiden Perspektive der Milizbewegung. Sein 1994 erschienenes Buch »Star Voyager Academy« hat ein Titelbild, das an ein Plakat für die Personalwerbung der NASA erinnern soll, mitsamt Stars and Stripes. Die Handlung, von Heinleins »Revolte auf Luna« abgekupfert, dreht sich um den Beginn eines neuen Unabhängigkeitskrieges, als die wackeren Raumkolonisten auf dem Mars sich mit den repressiven Kräften der Vereinten Nationen anlegen. Der allgemeine Tonfall ist mild, doch die Moral der Geschichte gehört eindeutig in die Zeit nach Vietnam statt nach dem Zweiten Weltkrieg: Die Regierung ist dein Feind. Keine Steuern ohne militärischen Staatsstreich. Hütet euch vor schwarzen Hubschraubern.

Das ist seit vielen Jahren die orthodoxe Sichtweise entlang der Achse Pournelle-Baen und nunmehr allgemein verbreitet unter extremen Rechten, insbesondere denen aus der Milizbewegung. Zur Versorgung solcher Leser hat sich ein neues Subgenre der Militär-SF entwickelt, das den Atomkrieg und die danach folgende Anarchie als den Schmelztiegel feiert, in dem künftige Rambos Form annehmen können. Diese Bücher erscheinen unweigerlich als Endlosserien: Jerry Aherns *Survivalist*-Zyklus (24 Bände bei Zebra zwischen 1981 und 1992), der *Traveler*-Zyklus von D. B. Drumm[30] (13 Bände bei Dell zwischen 1984 und 1987), der *Asche*-Zyklus von William Johnstone (13 Bände bei Zebra zwischen 1983 und 1991) und – ohne Übertreibung – viele, viele weitere. Was alle diese Zyklen neben ihrer Ansiedlung nach dem Atomkrieg gemeinsam haben, sind aufreizende Gewalt und fromme Selbstgerechtigkeit. Der Kritiker John Clute hat Johnstones *Asche*-Zyklus folgendermaßen chrakterisiert: »Die Prämisse des ersten Bandes ist auf eine Art freimütig, die vielleicht überrascht: Von der Einführung eines Gesetzes zur Kontrolle privater Feuerwaffen schockiert, führt eine Gruppe patriotischer US-Bürger den nuklearen Holocaust herbei, in der Erwartung, dass eine bessere Welt wie Phönix aus der Asche aufsteigen wird. Die restlichen Bände versuchen zu zeigen, wie recht sie hatten.«[31] (Ähnlichkeiten mit Timothy McVeigh, der 1995 den Bombenanschlag auf das Federal Building in Oklahoma City unternahm, sind vielleicht nicht völlig zufällig.)

Für treue Leser solcher Zyklen (und ihre Zahl ist leider Legion) müssen die literarischen Bemühungen von Gingrich/Forstchen und sogar von Pournelle wie kalter Kaffee wirken, wenn nicht Abwaschwasser. Doch wiederum haben diese Survivalisten-Phantasien ein unverkennbares Vorbild im Werk jenes Großmeisters des Genres, Robert Heinleins, der schon 1964 in »Die Reise in die Zukunft« seine Theorie von den sozialen und psychologischen Wohltaten des Atomkriegs darlegte. In diesem Buch ist es die Stunde Null, und unser Held, Hugh Farnham, war weitblickend genug, einen Schutzbunker gegen Radioaktivität zu bauen. Als er ihn nach dem Blitz mit seiner Familie bezieht, philosophiert er über die langfristigen Vorteile ihrer Situation:

> »Barbara [sagt er zu seiner liebenden Gattin und Stichwortgeberin], so traurig bin ich gar nicht über das, was geschehen ist. Es könnte gut für uns sein. Ich meine nicht uns sechs. Ich meine unser Land.«
>
> Sie sah ihn verblüfft an. »Wie meinst du das?«

»Ich weiß, es ist schwer, weitsichtig zu denken, wenn man in einem engen Bunker kauert und sich fragt, wie lange man durchhalten kann. Aber, Barbara, ich mache mir seit Jahren Sorgen um unser Land. Mir scheint, dass wir Sklaven heranzüchten – und ich glaube an die Freiheit. Dieser Krieg wendet das Blatt vielleicht. Dies könnte der erste Krieg in der Geschichte sein, der eher die Dummen als die Klugen und Tüchtigen tötet – soweit er einen Unterschied macht.«

»Wie kommst du darauf, Hugh?«

»Nun ja, bisher haben die Kriege immer am schrecklichsten unter den besten jungen Männern aufgeräumt. Diesmal sind die Jungen beim Militär so sicher wie die Zivilisten oder sicherer. Und die Zivilisten, die Köpfchen genug hatten, sich gegen den Krieg zu rüsten, dürften eher durchkommen als die anderen. Im Durchschnitt jedenfalls. Das wird die Spezies verbessern. Wenn es vorbei ist, wird es hart hergehen, und das wird die Spezies noch weiter verbessern. Jahrelang war der sicherste Weg zum Überleben, vollkommen wertlos zu sein und eine Menge wertlose Kinder zu kriegen. Das wird jetzt alles anders.«

Sie nickte nachdenklich. »Das ist Grundlagen-Genetik. Trotzdem – mir kommt es grausam vor.«[32]

Nicht alle SF militärischer Prägung gehört zur Schule Heinleins mit ihrer Betonung evolutionärer Überlegenheit und der Unvermeidlichkeit eines Kriegerethos. Gordon Dickson, Poul Anderson und Keith Laumer haben allesamt Romane geschrieben, die den Krieg auf nachdenkliche Art behandeln, dabei aber im Wesentlichen im Rahmen der Genre-SF bleiben und die Hightech-Sensationen der Space-Opera bieten. Ihre besten Werke haben die epische Breite und das ethische Gewicht erstklassiger historischer Romane von Autoren wie Gore Vidal, Cecelia Holland und Gary Jennings. Charakteristischer Weise haben diese drei Autoren alle selbst SF geschrieben (Hollands »Floating Worlds« [dt. »Wandernde Welten«] von 1976 ist eine Space-Opera von epischer Länge und ungewöhnlichen Qualitäten), während sowohl Dickson als auch Anderson eine ansehnliche Menge historischer Literatur verfasst haben.[33]

Einen Großteil dieses Jahrhunderts hindurch galt der Krieg als das größte Thema, an das sich ein Romancier wagen kann. Zum Teil lag das an seiner exponierten Stellung in der Epik der klassischen Literatur und am Renommee von Tolstois »Krieg und Frieden«, den viele (ich selbst eingeschlossen) für den größten Roman aller Zeiten halten; zum Teil an den Autoren, die in unserer Zeit frühen literarischen Ruhm mit Romanen erlangten, in denen sich ihre eigene Kriegserfahrung spiegelte (Remarque, Hemingway, Mailer, Jones, Wouk); und abgesehen von allen literarischen Erwägungen daran, dass der Krieg eine ständige und schreckliche Tatsache im Alltag und in der Vorstellungswelt der meisten Bewohner des 20. Jahrhunderts war.

Die SF hat wenige Romane über den Krieg hervorgebracht, die das Niveau der besten realistischen Schilderungen von jenen erreichen, die die Erfahrung durchgemacht und überlebt haben, um darüber zu schreiben. Die Konventionen der Space-Opera leiten sich von den melodramatischen Stereotypen der Trivialliteratur und von einer Geistesverfassung her, die noch am freundlichsten mit *pueril* zu bezeichnen ist. Der Uropa der Verfasser von Space-Operas E. E. (»Doc«) Smith hat einen hurrapatriotischen Ton vorgegeben, dessen Echo man noch in den Werken von Heinlein, Pournelle und Konsorten hört. In »Die Skylark und die Sternenwanderer« (1935) ergeht sich sein Held in folgender Rede:

> »Ich verwette mein letztes Hemd, dass die Bewohner des Chlorplaneten damit beschäftigt sind, die Zivilisation dieses Planeten völlig auszulöschen – wahrscheinlich Leute, die mehr oder weniger wie wir aussehen. Was meint ihr, wollen wir uns da einmischen oder nicht?«
>
> »Na, denen sollten wir doch ...« – »Ich meine auch, wir sollten uns darum kümmern ...« – »Nur los ...«, riefen Dorothy, Margaret und Crane.
>
> »Ich wusste, dass ihr mitmachen würdet. Wir Humanoiden müssen zusammenhalten! Menschheit *über alles* – Homo sapiens gegen sämtliches Ungeziefer des Weltalls!«[34]

Das verhält sich zu Tolstoi wie Kaugummi zu Bouillabaisse, doch unter den SF-Puristen wie Heinleins Verehrern Alexei und

Cory Panshin ist es ein Glaubensartikel, E. E. Smith sei irgendwie »weltlichen« Autoren wie Tolstoi überlegen, eben *weil* Smith derart hochtrabende Vorstellungen ausdrückt.

Bei alledem hat das Genre durchaus Romane über den Krieg hervorgebracht, die so lebendig, einfühlsam und lobenswert wie nur irgendein anderes Werk aus dem 20. Jahrhundert sind, darunter George Orwells »Neunzehnhundertvierundachtzig«, Kurt Vonneguts »Schlachthof 5«, Walter Millers »Lobgesang auf Leibowitz« und Joe Haldemans »Der ewige Krieg«. Die drei Erstgenannten haben sogar schon den Grad an Berühmtheit erlangt, dass ihre Bewunderer behaupten können, sie seien zu gut, um als SF zu gelten.

Eines Tages, möchte ich voraussagen, wird man dasselbe von »Der ewige Krieg« sagen. Haldeman diente 1967 bis 1969 als Pionier in Vietnam, wo er die am wenigsten beneidenswerte Auszeichnung erhielt, ein Purple Heart (für Verwundete). »Der ewige Krieg« wurde 1972 bis 1974 in mehreren Fortsetzungen in *Analog Science Fiction* veröffentlicht, wo damals Ben Bova Herausgeber war (als Herausgeber seine Sternstunde), und gewann später in Buchform sowohl den Hugo als auch den Nebula Award. Er hätte einen Pulitzer-Preis verdient, denn in Bezug auf den Vietnamkrieg ist er, was »Der Iks-Haken« in Bezug auf den Zweiten Weltkrieg war, die endgültige, trostlos komische Satire. Er ist auch die Zurückweisung all des Geschwafels von Mumm und Ruhm, wie es die Schule von Heinlein verkauft. Wie »Der Iks-Haken« oder eigentlich auch »Krieg und Frieden« entzieht er sich der Zusammenfassung oder Umschreibung. Seine Grundannahme ist, dass künftige interstellare Krieger durch »Kollapsar-Sprung« an ihren Einsatzort befördert werden – für sie ist das eine Sache von ein paar Stunden, objektiv dauert es aber Jahrzehnte oder mehr. Ihre Entfremdung von der Befehlsstruktur und von der Sache, der sie anscheinend dienen, ist nahezu total, und in dem Maße, wie der Roman wächst, trifft jeder Bezug zu den Erfahrungen von Soldaten im Kampfeinsatz in Vietnam immer genauer und deutlicher.

Das Problem bei allen Meisterwerken ist, dass sie ihrem Wesen nach unwiederholbar sind. Anders als die diversen Survivalist-Zyklen und die Söldner-Abenteuer von Pournelle, Drake

& Co. hat »Der ewige Krieg« das, was er zu sagen hatte, einmal und auf unvergessliche Weise gesagt. Es ist nur ein einzelnes Buch inmitten ganzer Regale voll Paperbacks. Doch wenn man der Legende von Rambo glaubt, kann ein einziger standhafter Krieger, der reinen Herzens ist, ganze Schwadronen bezwingen.

ANMERKUNGEN

1 Zitiert nach Daniel J. H. Levack: »PKD: A Philip K. Dick Bibliography«. San Francisco: Underwood/Miller 1981, S. 116. – Wo nicht anders angegeben, wurden alle Zitate vom Übersetzer des vorliegenden Essays übertragen.

2 Die Detektivarbeit hinter dieser Geschichte leistete Thomas Perry. Der ganze Bericht über Heinleins Bemühungen, seine Spuren bei EPIC zu verwischen, sind in Perrys Artikel »Ham and Eggs and Heinlein« zu finden, der 1993 in der dritten Nummer von Damon Knights kurzlebiger Zeitschrift *Monad* erschien.

3 Ross Perot war der dritte Kandidat bei der Präsidentschaftswahl 1992. – *Anm. d. Übers.*

4 Robert A. Heinlein: »Sternenkrieger«, übersetzt von Bodo Baumann. Bergisch Gladbach: Bastei Lübbe 1979, S. 211.

5 Eine Übersetzung von Chesneys Roman erschien schon 1871 in einer Berliner Zeitschrift; eine deutsche Buchausgabe 1940 unter dem Titel »Was England erwartet« wurde zur antibritischen Propaganda benutzt. – *Anm. d. Übers.*

6 I. F. Clarke: »Voices Prophesying War«, Neuausgabe. New York: Oxford University Press 1992, S. 29.

7 Ebd., S. 41.

8 Richard Hofstadter: »The Paranoid Style in American Politics: And Other Essays«. Chicago: University of Chicago Press 1979.

9 Ignatius Donnelly: »Cäsars Denksäule. Eine Geschichte aus dem zwanzigsten Jahrhundert.« Deutsch von Wolfgang Schaumburg. Leipzig: Philipp Reclam jun. o. J., S. 46. Hier wie im Folgenden an die neue Rechtschreibung angeglichen.

10 Ebd., S. 35.

11 Ebd., S. 142, 143.

12 Ebd., S. 320.

13 Ebd., S. 109.

14 Jerry Pournelle, zitiert in »Dream Makers, Vol. 3: Interviews by Charles Platt«. New York: Berkley 1983, S. 7.

15 Ebd., S. 8.

16 Ben Bova: »The High Road«. New York: Pocket Books 1983, S. 207.

17 Jerry Pournelle und Dean Ing: »Mutual Assured Survival«. Riverdale, N.Y.: Baen 1984.

18 Baen Books wirbt für Drakes Opus von 1991 »The Warrior« (Der Krieger) mit folgenden grandiosen Worten: »Sie waren die Besten. Oberst Alois Hammer schmiedete fünftausend einzelne Killer zu einer Waffe zusammen, die tödlicher war, als jede andere im menschlichen Universum. Doch unterschiedliche Arten, ›die Besten‹ zu sein, bedeuteten ein Blutbad, sogar nach den harten Maßstäben von *Hammer's Slammers.*«

19 Garry Wills: »It's His Party«, *New York Times Magazine,* 11. 8. 1996.

20 Reuben Lucius Goldberg war ein amerikanischer Karikaturist, der oft wirr-komplizierte und unpraktische Erfindungen zeichnete. – *Anm. d. Übers.*

21 *New York Times,* 30. 3. 1986.

22 *Times Herald Record* (Middletown, N.Y.), 11. 9. 1996.

23 Kristin Hunter Lattany: »Off-Timing: Stepping to the Different Drummer«, in Gerald Early (Hrsg.): »Lure and Loathing«. New York: Penguin 1994.

24 Warren Leary: »Space Agency Plans Layoffs, Shrinking to Pre-Apollo Size«, *New York Times,* 20. 5. 1995, S. 1.

25 »Gelegenheitsfenster. Ein Entwurf der Zukunft«, etwa im Sinne von »Startfenster«. – *Anm. d. Übers.*

26 Eine weitere Mitarbeiterin bei »Window of Opportunity«, die jedoch nur bei den Danksagungen erwähnt wurde, war Janet Morris, eine SF-Autorin und Beraterin für Waffenentwicklung. Neben C. J. Cherryh (die sich wie Morris auf Geschichten von künftiger Kriegführung spezialisiert hat) war sie am Entwurf des »Letter to America« vom 30. 3. 1986 in der *New York Times* beteiligt.

27 Newt Gingrich: »To Renew America«. New York: HarperCollins 1995, S. 192.

28 Ebd., S. 191.

29 Ebd., S. 189. Man muss sich fragen, welche Bücher von H. G. Wells Gingrich wohl meint. Seinen ersten Roman, »Die Zeitmaschine«, mit dem entarteten Klassensystem von kraftlosen Eloi und menschenfressenden Morlocken? »Die Insel des Dr. Moreau«? Sein auf dem Totenbett geschriebenes Eingeständnis, am Schicksal der menschlichen Art verzeifelt zu sein, »Der Geist am Ende seiner Möglichkeiten«? – Gingrichs Einschätzung von Crichtons Abenteuergeschichte als pessimistisch ist ebenso daneben.

30 Dieser Zyklus wurde von Ed Naha begonnen, doch die meisten späteren Titel sind der »Encyclopedia of Science Fiction« (New York: St. Martin's Press 1993) zufolge das pseudonyme Werk des Cyberpunk-Autors John Shirley.

31 »The Encyclopedia of Science Fiction«, S. 646.

32 Robert Heinlein: »Farnham's Freehold«. Riverdale, N.Y.: Baen 1994, S. 33. Das Zitat folgt, soweit möglich, der deutschen Übersetzung von Birgit Bohusch (»Die Reise in die Zukunft«. München: Heyne 1977 [6. Auflage], S. 27). Die dort gegenüber der aktuellen amerikanischen Version fehlenden Passagen wurden hier ergänzt, offensichtliche Abweichungen korrigiert, das Vorhandene ist an die neue Rechtschreibung angeglichen. – Die deutsche Version aus den Sechzigerjahren liest sich wesentlich zahmer als die amerikanische, vermutlich mit Rücksicht auf das damals in Deutschland noch ernst genommene Verbot der Verbreitung nationalsozialistischen Gedankenguts. – *Anm. d. Übers.*

33 Zu den SF-Autoren, die sich an historischer Literatur versucht haben (nicht eingerechnet die Verfasser von Mischformen beider Genres mit Reisen in die Vergangenheit oder »alternativen« Geschichtsabläufen), gehören Jules Verne, John Brunner, Ursula K. Le Guin, Robert Silverberg, Brian W. Aldiss, Orson Scott Card und ich. Der Grund für dieses Phänomen der Grenzüberschreitung liegt in der Ähnlichkeit der Aufgabe: eine dicht geschilderte Welt zu entwerfen, deren soziale Verhaltensweisen und materielle Umstände den meisten Lesern völlig fremd sind. Diese handwerkliche Fertigkeit, in einem der beiden Genres gelernt, kann leicht auf das andere übertragen werden.

34 Edward E. Smith: »Die Skylark und die Sternenwanderer«, übersetzt von Thomas Schlück. München: Heyne 1991 (1976), S. 179, hier an die neue Rechtschreibung angeglichen. – Der letzte Satz wurde nach der Originalquelle (zitiert nach Neil Gaiman und Kim Newman [Hrsg.]: »Ghastly Beyond Belief«. New York: Arrow 1985, S. 78) ergänzt, er fehlt in der deutschen Ausgabe; »über alles« steht im amerikanischen Original vielsagender Weise deutsch. Vergleiche dazu oben die Anmerkung zu Heinleins »Die Reise in die Zukunft«. – *Anm. d. Übers.*

ÜBER SCIENCE FICTION

Unsere Männer im All

Kleine Anatomie der deutschen Zukunftsroman-Serienhelden und ihrer Begleiter(innen)

von Hartmut Kasper

Die 1960er Jahre waren das Goldene Zeitalter der deutschen SF-Serienhelden. Niemand bestreitet, dass ihnen der eine oder andere Große vorangeschritten ist, Pioniere allesamt von eigenem Format, zuallererst jener »Sun Koh, Der Erbe von Atlantis«. »Sun Koh« erschien anno 1933 (Realzeit) in Leipzig, aber »Wer ist Sun Koh?«, so fragt man sich zu Beginn der von Paul A. Müller (1901–1970) verfassten Serie. Und man gibt sich zur Antwort: »Halbnackt, mittellos, ohne Erinnerung wandert ein Mann durch London. Licht flutet über einen herrlichen Körper voll geballter Energien, über ein kühnes, bronzenes Gesicht mit bannend leuchtenden Augen, auf dem die Edelreife einer jahrtausendealten Kultur liegt.«

Bevor wir uns aber fragen, was für ein Held dieser Sun Koh ist, sollten wir klären, was ein Held an sich und überhaupt ist.

Im Grimmschen Wörterbuch lesen wir: Ein »held ist namentlich (...) der durch die sagen der vorzeit wegen tapferkeit (...) gefeierte Mann edler Abkunft.« Held heißt außerdem einer, »der in irgend einem gebiete etwas ausgezeichnetes, hervorragendes leistet«. In diesem Sinn kann von einem Frauenhelden ebenso die Rede sein wie (bei Hagedorn) von einem »berühmt(en) held im fressen«. Vorzeit, edle Abkunft, Tapferkeit zeichnen demnach den Helden aus, und gewissermaßen der Beste zu sein auf irgendeinem Gebiet.

In diesem Sinne heißt es auch in einem Kirchenlied:

»Das Grab ist leer, der Held erwacht, / der Heiland ist erstanden; / da sieht man seiner Gottheit Macht, / sie macht den Tod zuschanden. / Ihm kann kein Siegel, Grab noch Stein, / kein Felsen widerstehn; / schließt ihn der Unglaub selber ein: / er wird ihn siegreich sehn. / Halleluja, Halleluja, Halleluja!« Dieser Text von Franz Xaver Kohlbrenner 1777 wird nach einer Melodie von Norbert Hauner meist zur Osterzeit gesungen und liefert einige zusätzliche Erläuterungen zum Thema Held:

Der »Held« ist nicht nur der Beste, sondern auch der Erste auf seinem Gebiet: Jesus Christus nämlich heißt der Erstgeborene der Toten, der erste der Auferstandenen, und ist in diesem Sinne »Held« – Lazarus und seine Leidensgenossen sind keineswegs schon zu einem ewigen Leben auferstanden, sondern bloß zu einem sterblichen Leben wieder erweckt worden, haben mithin den eigentlichen Tod noch und wieder vor sich.

Vielleicht dürfen wir auch hier schon anmerken, dass der wahre Held eine gewisse Resistenz gegen den Tod zeigt, die er meist einem übernatürlichen Eingriff in seine Leiblichkeit verdankt.

Ist Sun Koh also ein Held?

»Halbnackt, mittellos«, erscheint Sun Koh wie ein Opfer der Weltwirtschaftskrisen der frühen und der späten 1920er Jahre (im Oktober 1929 erlebt die Börse an der Wall Street ihre schwarzen Tage). Im Juni 1931 sind Reichskanzler Heinrich Brüning und Außenminister Julius Curtius in London und versuchen, der britischen Regierung die finanzpolitische Notlage Deutschlands klar zu machen – ohne greifbares Ergebnis.

Sun Kohs Bloßstellung aber bringt »einen herrlichen Körper voll geballter« innerer »Energien« an jenes Licht, das über ihn hinflutet: eine Aureole, der ein Eigen-Licht aus seinen Augen begegnet. So werden auch alle seine Nachfahren von Perry Rhodan bis Ren Dhark (und, wenn wir weiter ausgreifen, sogar bis zu Lucas Skywalker) ihren auf den ersten Blick superioren Gegnern enorme innere Werte entgegenhalten, selbst da, wo sie zunächst nicht über eine »Edelreife einer jahrtausendealten Kultur« verfügen, sondern diese sich von zugereisten Himmelswesen ausborgen müssen.

Zu Sun Kohs Zeiten aber ist es noch der Held selbst, der

himmlischer Herkunft ist. Das Erste der kleinformatigen Hefte trägt den Titel »Ein Mann fällt vom Himmel« – immer schon eine gute Adresse für Helden.

Als einen der Haupterben Paul A. Müllers wird man Karl Herbert Scheer (1928–1991) ansprechen dürfen, dessen Serien-Figur »Perry Rhodan« bereits mit dem Untertitel – »Der Erbe des Universums« – in Sun Kohscher Tradition steht.

Seine literarische Karriere im Bereich der Science Fiction beginnt mit dem Roman »Stern A funkt Hilfe«, der 1948 in der Boulevard-Zeitschrift »Das grüne Blatt« erscheint. »Stern A funkt Hilfe« ist ein für den Himmelstürmer Scheerscher Prägung archetypisches Werk, und beginnt so (ich zitiere nach dem Heftroman-Nachdruck von 1967):

»Von unerträglichen Kopfschmerzen gepeinigt, wälzte sich Dr. Albert Mason auf dem einfachen Feldbett. Er hatte sich während der letzten Tage zu viel zugemutet. Das stetig wachsende Raumschiff stellte größte Anforderungen an Arbeiter und

Der Scheersche Held sucht in der Technik Schutz gegen Kopfweh.

Ingenieure. In spätestens drei Wochen sollte die Montage beendet sein, sollte sich das riesige Schiff zum ersten Male in die Lüfte erheben. (...) Ächzend richtete sich Dr. Mason auf und griff sich an den schmerzenden Schädel.«

Dr. Mason ist ein Wissenschaftler, der den Bau eines Raumschiffes selbst finanziert. Seinen Sternenjungfernflug unternimmt er zusammen mit Dr. Johnny Geal, seines Zeichens Jugendfreund und Mitarbeiter, dessen Braut Helen, der Tochter des Astronomen Professor Healer, mit dem Arzt Professor Morris und einem Faktotum namens O'Brien. Sieht man sich Titel und Profession der Mannschaft an, glaubt man, dem Betriebsausflug einer kleinen Privatuniversität beizuwohnen: der komplette Lehrkörper plus Hausmeisterei.

Das Raumschiff ist ein Kugelraumschiff, getauft wird es auf den im All verschollenen Mondfahrer »William Kalter«. Auf dem Mond werden Helen und John von Robotern entführt, Verfolgungsjagd, man landet auf einem umherirrende Stern, dem Stern A nämlich – »A« steht für »Ahasver«, und das ist der Name des Ewigen Juden, den der Legende nach Jesus zur ewigen Wanderschaft verfluchte.

Auf dem Wandelstern findet man einen an eine Maschine gefesselten Fremden mit einem »riesigen Schädel mit dem winzigen Gesichtchen« und »unsäglich dünnen Körper«, »Sagon« mit Namen, und vernimmt dessen Geschichte:

Sagon ist »der letzte Überlebende eines Volkes mit vollendeter Technik.« Zusammen mit 120 Kollegen, Wissenschaftlern, die die geistige Oberschicht seines Volkes bildeten, ist Sagon, da die Heimatwelt vom Untergang bedroht war, auf den Ahasver umgesiedelt. Zwar hatte man den Versuch unternommen, die eigene Welt zu retten, doch leider hatte »der, der über uns allen steht, (...) den Untergang beschlossen.« Also Neuanfang auf Ahasver: »Wir brachten eine Technik zustande (...), eine Technik, die euch wunderbar und unfasslich erscheint. Sie ist das Ergebnis einer jahrmillionenalten Forschung. Als eure Erde noch ein Gasball war, begannen meine Väter schon mit ihren ersten Raumschiffen das All zu erforschen.«

Kleine Vorschau: Perry Rhodan wird später zwar nicht »(S)agon«, wohl aber Crest, einem Menschen von »Arkon«, begegnen; Crest wird dann zwar nicht gerade dürr sein, aber »sehr groß und schmal« und »einen schmalen Rumpf und das durchgeistigte Gesicht eines sehr alten Mannes« zeigen.

Weiter im Text: Dr. Mason ist beeindruckt, »fieberhaft versuchte sein wissenschaftlich geschultes Gehirn das Gehörte zu verarbeiten, mit irgendeiner technischen Wahrscheinlichkeit in Verbindung zu bringen. Es gelang ihm nicht!« Sagon tröstet: »›Quäle dich nicht, Erdenmensch. (...) Viele tausend Jahre wirst du dazu benötigen, um es zu ergründen.‹ Schwer atmend, presste Albert hervor: ›Warum sagen Sie das zu mir, Sagon? Wollen sie denn tatsächlich all die unheimliche Macht in die Hände von Erdenmenschen legen?‹« Und Sagon will: »›Ja, Fremdling, in deine Hände will ich sie legen, denn du bist rein, ich weiß es! Ich weiß, dass du das unsinnige Treiben deiner irdischen Brüder verachtest, ich weiß, dass du die Erde retten willst, ich weiß, dass du mit deinem Schiff in den Weltenraum gestartet bist um der Forschung willen, ich weiß, dass du an den Allmächtigen glaubst. Auch deine Gefährten sind rein, aber nur du kannst mein Erbe antreten. Denn nur du verfügst über die notwendige geistige Stärke, um mittels des Stirnreifs der Macht befehlen zu können.‹« Der Stirnreif – das ist ein Instrument, vermittels dessen die Robotermacht des Sternenvolkes unter Kontrolle zu halten ist, jene Robotermacht, die seit einige Zeit ihre Schöpfer, Sagons Volk, geknechtet hat (Rhodan-Leser denken bitte mit: Arkon, Degeneration, Robotregent). Dr. Mason also ist »dazu berufen, der Große hat dich als Retter für die Erde auserwählt«; der Stirnreif wechselt den Besitzer, und Sagon wiederholt seinen Auftrag: »›Rette die Erde und hüte dich vor dem Missbrauch der Technik, der Allmächtige würde dich sonst bestrafen.‹ Bewegungslos kniete Albert vor Sagon, sah starr in dessen Augen, die größer und größer zu werden schienen. Sagons Gestalt verschwamm allmählich, löste sich auf ins Unerkennbare. (...) Albert erhob sich aus seiner knienden Stellung und sagte leise: ›(...) Im vollen Bewusstsein, dass selbst der Allmächtige sein Leben opferte, um die Menschheit zu retten, empfing ich aus Sagons Händen die Macht der vollendeten Technik. Kommt nun, Freunde, es gilt, die Erde und ihre Menschen zu retten.‹«

Im Klartext: Während Sagon die Macht übergibt, denkt

Mason an jenen Gott, der sein eigenes Leben opferte (Christus); dieses volle Bewusstsein legitimiert ihn, die Christusnachfolge anzutreten: als neuer Messias, Erlöser vom Übel, wird er Retter der Welt, instand gesetzt dazu via vollkommener (Gottesattribut!) Technik. Halleluja.

Wir sehen: der hohe Himmel, von dem herab der Höchste sich herablässt, einen Sohn zu adoptieren, hat sich zum Sternenraum vertieft; die Adoption selbst vollzieht sich nicht mehr durch die Übergabe bloßer Geistesgaben, sondern durch die Überlassung geiststärkender High-Tech-Apparaturen.

Das ist fromm. Aber noch einmal zurück: Wie und wo befand sich der Held zu Beginn? Liegend, voller Kopfschmerz, etwa so?:

»Ich versuchte, mich vom Tisch aufzurichten – und fühlte erneut den starken Druck an meinen Handgelenken und Oberarmen. Ich konnte nichts tun. Zu fest verbanden mich die breiten Schlaufen mit dem weißen Tisch, auf dem ich mich wie ein gequältes Tier wand. (...)In meinem Gehirn arbeitete etwas. Ich hörte es zischen, und plötzlich war der tobende Kopfschmerz verschwunden.« Wer hier von Kopfschmerzen gequält auf dem Tisch liegt, ist nicht Dr. Albert Mason, sondern Thor Konnat. Und so, von Kopfschmerz gepeinigt, erscheint er, der Ur-Serienheld Karl Herbert Scheers, dem Leser zum ersten Mal: »Thor Konnat ist Agent ZBV. Durch eine Hirnoperation wird er ein anderer Mensch. Nach diesem Marsch durch die Hölle seelischer Qualen erfährt er, dass er eine besondere Macht besitzt. Er wird mit einer großen Aufgabe betraut: der Rettung der Menschheit.« So erfahren wir aus dem Werbetext für den Startband der Serie »ZBV« (Zur besonderen Verwendung).

Beauftragt wird er mit dieser Mission von der »GWA« (Geheimen Wissenschaftlichen Abwehr) – einer im höchsten Maße wunderbaren Institution: ihre Elektronengehirne »waren Wunderwerke. (...) GWA-Spezialisten besaßen Sondervollmachten, die sie (...) ermächtigten, höchste Militärs und Politiker zu verhaften. Es war eigentlich unfassbar, welch ein machtvolles und präzise reagierendes Instrument der Chef geschaffen hatte. Er hatte seinen Lehrmeister (...) überflügelt.« Extrahieren wir ein wenig aus dem Wortmaterial, um dem Wesen dieser GWA auf die Spur zu kommen: Wunder(werke), (er)mächtig(en), unfassbar, machtvoll, (über) – wo finden wir ein solches wundermächtiges, unfassbares Flügelwesen, wenn nicht in allernächster Nähe zu Gottes Thron?

Ertappt, GWA: auch diese Einrichtung ist nichts anderes als eine technomorphe erdennahe Filiale des rettungswilligen Gottes.

Abermals Halleluja.

Und wieder zurück zum Anfang: Wo haben wir den Helden Mason das erste Mal gesehen? Im Bett. Thor Konnat? Auf dem Operationstisch. Wo also wird er, Rhodan, der nächste Erd- und Menschenretter Scheerscher Religion debütieren?

Schauen wir nach in »Perry Rhodan« Heft Nummer 1, »Unternehmen ›Stardust‹«:

»Die vier flachen Betten mit ihren poren-aktiv atmenden Schaumstoffmatratzen wurden von einem sanften Leuchten umschmeichelt. Es war wie eine letzte, gnädige Liebestat für vier Menschen, die sehr bald Ungeheuerliches ertragen mussten.

Major Perry Rhodan, Chefpilot der U.S. Space Force, öffnete die Augen. Sein Schlaf verwandelte sich nahezu übergangslos in ein sofort reagierendes Wachsein.

›Sie haben mich zuerst behandelt?‹, fragte er. Es war mehr eine Feststellung als eine Erkundigung. Dr. Fleeps registrierte äußerst befriedigt die klare Reaktion des Kommandanten. Kein Zweifel, Rhodan war ›da‹!

›Genau nach Plan, Sohn‹, bestätigte er gedämpft.

Sehr bedächtig, dabei tief durchatmend, richtete sich der Risikopilot auf. Jemand entfernte die dünne, atmungsaktive Decke. Rhodan trug ein weitgeschnittenes, hemdähnliches Schlafgewand, das dem ruhenden Körper eine jede einschnürende Beengung ersparte.

Rhodans gemurmelte Verwünschung über die Vermummung zauberte ein Grinsen auf die Lippen der Männer. Es wirkte befreiend in dieser etwas unwirklichen Situation.

›Wenn ich Ihre bildschönen Waden hätte, Doc, ließe ich mir das zur Not noch gefallen‹, stellte Rhodan mit seinem trockenen Humor fest. In seinen Augen lag ein helles Flimmern. Dagegen blieb sein schmales, hageres Gesicht nahezu ausdruckslos.«

Erste Begegnung zwischen dem irdischen Piloten P. Rhodan und einer Arkonidin. Die Stimmung ist kühl, die Liebe glutet noch nicht.

Da blitzen sie noch einmal auf, die Augen Sun Kohs, und da hat es seine Rhodan-Premiere, das befreiende Gelächter in einer der immer unter Spannung stehenden Kommando-Zentralen des Karl Herbert Scheer.

Mit Heft Nummer 50 sollte für die »Perry Rhodan«-Serie ein neuer Handlungsabschnitt einsetzen, markiert von einem neuen Helden: Atlan – »Der Einsame der Zeit«:

»Das Flüstern wurde zum lauten Gelächter. Jemand erklärte, ein solcher Unsinn sei ihm noch nie unter die Augen gekommen. (...) Jemand verkündete feierlich: ›Die Zeit ist um, Gebieter.‹ Wann hatte man mich wohl zum letzten Male ›Gebieter‹ genannt? Mühsam drehte ich den Kopf. ›Wie bitte?‹, fragte ich mit schwerer Zunge. (...) Ricos Plastikgesicht hatte sich verbindlich gefaltet. Er lächelte! Ich blinzelte zu ihm hinauf, bis ich seine starren Augen gefunden hatte. (...) Also hatte man diesmal rund 36 Stunden benötigt, um mich aus dem todesähnlichen

Bio-Tiefschlaf aufzuwecken. (...) Ich blieb still liegen (...) es dauerte nochmals einige Stunden, bis ich mich vom Lager erheben konnte.«

Dass Scheer seine primären Helden aus dem (oft quälenden, schmerzhaften) Schlaf in seine Utopien holt, ist mittlerweile klar. Wollte ich schwadronieren, würde ich einen Blick auf das Hebammen-Personal dieser Quasi-Geburten werfen: auf Professor Horam, der Thor Konnat unter sich auf dem Operationstisch hatte; auf Dr. Fleeps, der Rhodan »Sohn« nennt; auf Rico, der Atlan zurück holt aus dem todesähnlichen Schlaf. Die der Literatur (neu)geborenen Helden werden technisch geboren; die Vaterschaft ihrer Beistände ist nur metaphorisch; Mütter werden nicht gebraucht.

Atlan freilich hat noch einen zweiten künstlichen Geburtskanal vor sich – eine metallische Röhre:

»Wir befinden uns auf dem Grund des Atlantischen Ozeans, südlich der Azoreninsel Sao Miguel. Hier beginnt der bekannte Azorengraben mit seinen gewaltigen Meerestiefen. Also ist über uns ausschließlich Wasser«, überlegt Atlan. Der Auftauchvorgang beginnt, Atlan wird von einem U-Boot aufgefischt. »Halbnackt wie ich war, durchstreifte ich das Boot. (...) Das Boot hatte längst Fahrt aufgenommen, doch blieb es nach wie vor in etwa 2000 Meter Tiefe.« Erst dieses Boot bringt Atlan an Land und damit in die Welt.

Im September 1944 hatte Karl Herbert Scheer sich, wie Heiko Langhans in seiner Biographie »K. H. Scheer – Konstrukteur der Zukunft« (Rastatt 2001) berichtet, freiwillig zur Kriegsmarine gemeldet, »um eine Marine-Ingenieurslaufbahn einzuschlagen. (...) Der junge Scheer erhielt im Schnelldurchgang eine Marineausbildung in einer U-Boot-Lehrdivision in Kiel (...). Er ist aller Wahrscheinlichkeit nach nicht mehr auf Feindfahrt gegangen. In späteren Gesprächen mit seiner Frau erwähnte er jedoch kurze Übungsfahrten und sprach über die drangvolle Enge, die Hitze, die schlechte Luft in den Unterseeboten – und über die eigene Angst.« (Seite 12)

Vielleicht werden ja die Helden, die später in Scheers Auftrag die Erde retten und Sternenreiche gründen, von dieser Angst, diesen Erfahrungen im metallenen Leib, so tief unter Wasser, animiert, so wie auch die technische Gestalt seiner Werke, die von ihm konstruierten Raumschiffe, in der Enge ihrer Gänge (über die man sich, die gigantischen Maße der Kugelleiber vor Augen, nur wundern kann) offenbar von den U-Boot-Körpern inspiriert ist. Dabei bliebe die U-Bootzelle als Stammzelle der räumlichen Enge- und Bedrängungs-Phantasie bei den frühen Erweckungs-Visionen ein kryptisches Moment; erst bei Atlan werden die Elemente voll entfaltet, wenn auch voneinander getrennt inszeniert:

Die Helden Scheers erwachen stets aus einem tiefen, todesähnlichen Schlaf, oft begleitet von heftigen Schmerzen. Diese (Kopf-)Schmerzen stehen in einem Zusammenhang mit Technik: Geräte lindern das Leid entweder, oder sie bringen es hervor. Tendenziell bevorzugt Scheer die technische Linderung, die seine Helden »mentalstabilisiert«, unempfindlich macht – vielleicht der Reflex eines Wunschtraums, den der im U-Boot leidende Scheer geträumt haben könnte: Erlösung von (Kopf-) Schmerz: Erlösung.

Bekanntlich zog sich Scheer 1974 für einige Jahre als Autor aus der »Perry Rhodan«-Serie zurück. Im Jahr 1982 begann mit Heft Nummer 1074 sein Comeback, und zwar mit einem eigenen, neuen Helden. Der Roman heißt »Lockruf aus M 3«, Untertitel: »Entdeckung in der Gruft der Starre – der Mann aus dem 25. Jahrhundert erwacht« – die Scheersche Heldenrezeptur auf den Punkt gebracht:

»Gucky stand neben einem rötlich leuchtenden Netzwerk aus kaltglühenden, energetischen Strahlbahnen. Darüber schwebte der Körper eines athletisch gebauten Mannes.« Wer da so energiegeladen vor sich hinschlummert (und das seit weit über tausend Jahren), ist »Admiral Clifton Callamon, damals der beste Einsatzkommandeur des Solaren Imperiums.« Natürlich erwacht Callamon alsbald: »›Vielleicht brauchen sie keine Erweckungsspritzen oder sonst etwas‹«, mutmaßt Gucky. »›Stimmt‹, bestätigte eine fremde Stimme. Sie klang tief und sonor. Alaska wich zurück. Fassungslos starrte er in die geöffneten Augen des Fremden aus der Vergangenheit der Menschheit. Sie waren hellgrün, zwingend und doch im Blick ironischhumorvoll.« Und gleich beginnt der Mann aus den Zeiten des

Solaren Imperiums (beschrieben in den Romanen, zu denen Scheer das Exposé verfasst hatte) mit einer Fundamentalkritik an den gegenwärtigen Zuständen, insonderheit aber an jenem Alaska, der nun (da Wilhelm Voltz, der Nachfolger Scheers, das Exposé schreibt) zur Hauptfigur avanciert ist.

Doch anders als Perry Rhodan selbst ist dieser Nachgeburt kein langes Serienleben beschieden; für einen Helden aus den 60er Jahren (Realzeit) erwies sich der Weg in die Romanlandschaft der 80er als unüberwindbar.

Schauen wir uns anstelle der Nachzügler noch einmal die Originale an, zum Beispiel »Rex Corda«. »Rex Corda – Der Retter der Erde« (Bergisch Gladbach 1966–1967) stellt nach den vielwissenden Autoren des »Lexikons der Science Fiction Literatur«

Höchste Höhen im Blick, wenig Interesse an Hautkontakt: Mr. Perry Rhodan.

(München 1988) »den ersten ernsthaften Versuch dar, der seit 1961 erfolgreichen Heftserie ›Perry Rhodan – Der Erbe des Universums‹ Konkurrenz zu machen. Die Serie schildert den seit Urzeiten tobenden Krieg der kosmischen Reiche Orathon und Lakton, in den die Erde unfreiwillig hineingezogen wird.«

Die Serie beginnt mit dem Roman »Die Stunde Null« von Heinz G. Francis, der später unter dem Pseudonym H.G. Francis ebenso für »Ren Dhark« wie für »Perry Rhodan« arbeiten sollte. Eingeleitet wird mit folgender desaströsen Vorgeschichte:

»Der dritte Weltkrieg brach im Jahr 1972 aus. Unter den atomaren Schlägen erzitterte die Erde. Zurück blieb nur ein Trümmerfeld. Zwanzig Jahre danach ist in den Völkern unseres Planeten die Erinnerung an das Chaos der 70er Jahre immer noch wach. Um die atomare Vernichtung für alle Zeiten zu verhindern, versuchen sie, eine Weltregierung zu bilden. Aber die entscheidende Verhandlung scheitert. Enttäuscht verlässt der junge Senator Rex Corda, der Repräsentant der Vereinigten Staaten in der UNO, die Konferenz.«

Der Roman selbst beginnt mit den Worten »›Gescheitert!‹, sagte Rex Corda.

Er lächelte verbittert, als er dem entsetzten Blick des Negers begegnete. Er ließ sich in die weichen Polster des Sonnengleiters fallen.

›Ich begreife nicht, Sir! Gescheitert? Das ist doch nicht möglich! Sir, Sie ...‹

Rex Corda schüttelte energisch den Kopf.

›Bring mich nach Washington! Es eilt!‹, befahl er knapp. Er wartete einige Augenblicke, während der Neger das Fahrzeug startete. Sirrend drehten sich die Turbo-Flügel unter den Verdichterzellen in Heck und Bug des langgestreckten Fahrzeugs. Sanft hob es sich ab und glitt mit ständig steigender Fahrt über das glitzernde Rund.

Rex Corda sah ausdruckslos auf den gigantischen Trichter, in dem vor zwanzig Jahren die Riesenstadt New York versunken war, als eine Wasserstoffbombe an dieser Stelle explodierte. Langsam wanderten seine Blicke zu dem neuerbauten, steil aufragenden Gebäude der UNO hinüber. Als Symbol der Hoffnung erhob es sich neben dem Trichter.

›Sir, bitte, darf ich fragen, warum die Konferenz gescheitert ist?‹, würgte Hendro Rimmin mit erstickter Stimme. ›Ich begreife das nicht! Alle wollten doch die Regierung!‹

Wieder lachte der athletische Mann auf den Rücksitzen voller Bitternis und Enttäuschung auf. Seine kristallblauen Augen verdunkelten sich.

›Ganz einfach, Hendro! Die Afrikaner wollten nicht! Sie ließen die Konferenz platzen. Sie sagten, sie hätten keine Lust, sich abermals versklaven zu lassen!‹

›Aber das ist ... das ist ...‹, schnaubte der Neger atemlos. ›Das ist doch Unsinn! Niemand wird versklavt werden!‹

Jetzt lachte Rex Corda heller. Langsam schien er seine grenzenlose Enttäuschung zu überwinden.

›Das ist doch nicht der wahre Grund der Afrikaner, Hendro! Ich vermute, dass sie die Produktion von A-Bomben wiederaufgenommen haben.‹«

Augenblicke später wird das an Ausrufezeichen nicht eben arme Gespräch zwischen Mr. Corda und seinem dunkelhäutigen Chauffeur von der Ankunft einiger »Millionen Raumschiffe« unterbrochen – die Erde ist zwischen die Fronten des galaktischen Krieges geraten.

Wie auf einem Palimpsest, einem mittelalterlichen Schriftstück, von dem der ursprüngliche Text aus Sparsamkeit getilgt und das danach neu beschriftet worden ist, wobei Fragmente der Urbeschriftung durchschimmern können, wie auf einem solchen Palimpsest also lagern sich die Konflikte im Erdkreis von Rex Corda übereinander:

Zuunterst liegt mit den Stichworten »Afrika« und »Sklaverei« ein kolonialistisches 17. oder 18. Jahrhundert mit seinen katastrophalen Begleitumständen für die Opfer der auf Sklavenwirtschaft gründenden Wirtschaftszweige. Kurioser Weise erscheint der junge, athletische Senator wie ein Südstaatensohn des 20. Jahrhunderts, der seinen schwarzen Domestiken vertraulich duzt, während dieser untergeben bleibt. Naiv und gutmütig, »begreift« er nicht und muss sich die Realität von seinem Herrn erläutern lassen. Während der Neger nämlich »würgt« und »schnaubt«, sich sub-sprachlich artikuliert, lacht Massa Rex (»rex« lateinisch für: Herrscher, König, Patron) und durchschaut mit

Intellekt und kristallblauem Aug die finsteren Pläne seiner Gegner. Diese – und hier wird die zweite Geschichte erzählt – haben sich nicht einmal von dem vollzogenen Nuklearkrieg pazifizieren lassen, sondern planen dessen Wiederholung. Wobei suggeriert wird, die »Afrikaner«, da sie den Bau der A-Bombe ja nicht etwa beginnen, sondern bloß »wiederaufnehmen«, hätten schon im ersten Nuklear-Krieg eine führende Rolle gespielt – was man in Anbetracht der Verhältnisse anno 1966 (Realzeit) schon für eine kühne Prognose halten durfte.

Dritter Text: die Invasion. Gegen das schlechthin Fremde also wird Corda die Erde retten müssen. Gleichzeitig stellt ihn die außerirdische Flotte in enge messianische Verwandtschaft zu Perry Rhodan – kein Wunder eigentlich, kommt das Heil doch neuerdings gern aus den USA. Hatte Rhodan jedoch die Unterbindung des Atomkrieges mit technischen Mitteln vor die Einigung der Völker zu einem Volk vollbracht, kommt die überirdische Technik für die Cordasche Weltbevölkerung zu spät.

Nicht aber für Corda.

Der junge Corda macht nämlich rasch Karriere; einerseits organisiert er den Widerstand gegen die Invasionsflotten der Orathonen; andererseits wird er »höchster Repräsentant der USA« (Heft 2), »provisorischer Präsident der USA« (Heft 3), »federführender Präsident der USA« (Heft 8), »Präsident der Vereinigten Staaten« (Heft 9) und schließlich »Präsident der Weltregierung« (Heft 38). Im Nachspann zu Heft 38, mit dem die Serie eingestellt wird, erfahren wir, dass der Held nunmehr »mithilfe seiner neuen Freunde aus den Tiefen des Weltraumes den Erfolg der Erde festigen und das Terra-System in einer Phase der Konsolidierung zu einem blühenden, dem Wohlstand entgegenstrebenden Imperium« ausbauen wird: »Frei von der Sorge um Angriffe aus der Galaxis, ganz auf die großen Ziele terranischen Erfindergeistes und menschlichen Geistes ausgerichtet – so geht die Erde in die nächsten Jahrzehnte hinein. Rex Corda aber verabschiedet sich heute für diese Zeit des Aufbaues von allen Freunden, die seine Abenteuer mit heißem Herzen miterlebt haben. Er verabschiedet sich für die anhängliche Treue seiner Leser und mit dem Versprechen, sich zu melden, wenn neue Abenteuer ihn ein weiteres Mal in das All hinausführen werden.«

Da sich Rex Corda bis heute nicht zurück gemeldet hat, dürfen wir wohl davon ausgehen, dass unter seiner Leitung das terranische Imperium unspektakulärer zur vollen Blüte sich entfalten konnte als die immer wieder von kosmischen Neidern behelligte Hausmacht seines Konkurrenten, des Universalerben Rhodan aus Rastatt.

Noch einmal anders verfährt »Ren Dhark – Weg ins Weltall« (Hamburg 1966–1968)

Exposé- und Hauptautor Kurt Brand war als Autor für »Perry Rhodan« tätig, bevor er für den Kelter Verlag diese SF-Serie entwarf und weitgehend in eigener Person schrieb.

Und so beginnt es:

»Der junge, breitschultrige Mann mit den weißblonden Haaren wies sich an der Hauptschleuse des Zerstörers Z-66 aus. Der wachhabende Offizier in der weißblauen Uniform der Vereinigten Raumstreitkräfte winkte lässig ab, als er den Mann sah.

›Sie können passieren, Dhark‹, sagte er freundlich und wandte seinen Blick dem gigantischen Raumhafen Cent Field zu, an dessen anderem Ende der Kolonistenraumer wie ein Turm fast achthundert Meter hoch in den saphirblauen Himmel ragte. ›Da drüben würde ich auch gern mit von der Partie sein‹, meinte er gedankenverloren. ›Die GALAXIS wäre genau das richtige für mich ...‹

Ren Dhark, einer der jüngsten Offiziere auf dem riesigen Raumschiff, das den Größenrekord hielt, schaute den anderen scharf an. ›Ich habe Glück gehabt‹, sagte er und zuckte die Schultern. Ihm behagte das Thema nicht. Was konnte er dafür, dass sein Vater Sam Dhark der Kommandant des mächtigen Kolonistenraumers war? Er war aus vielen Tests als einer der Besten hervorgegangen, und niemand hatte die Hand dabei im Spiel gehabt, auch Sam Dhark nicht, der erfahrenste Raumkommodore der Erde ... der sein Vater war.«

Außer Ren Dhark, dem »Leutnant mit großem Raumfahrerpatent«, mit an Bord sind nicht nur (laut Personenverzeichnis mit

Kurzcharakteristik) die Herren »Ralf Larsen – Erster Offizier der GALAXIS, dessen gemütliches Aussehen gewaltig täuscht; Rocco – der Mann ohne Vornamen, dessen Geschmeidigkeit nicht zu übertreffen ist; Dan Riker – Ren Dharks Freund, in mehr als einer gefährlichen Situation bewährt; Janos Szardak – Zweiter Offizier mit undurchsichtigem Gesicht und eiskalter Entschlossenheit; Bernd Eilers – Sicherheitsbeamter, der alles kann und alles aufspürt; Arc Dorn – ein mürrischer Mann aus Sibirien, der fast jede Reparatur mit primitivsten Mitteln schafft«, sondern auch eine Frau, Anja Field, »eine Frau mit mathematischer Begabung, die trotzdem schick aussieht« Und sie hat ihren großen Auftritt:

»Anja Field, die Chefmathematikerin, trat ein. Ihr superblondes langes Haar hing tief über ihre Schultern. Natürlich trug sie wieder einmal Pullover und Hose. Sie war eine ausgezeichnete Kraft auf ihrem Arbeitsgebiet, aber sie hatte einen Fehler – Angst, sich mit einem Mann anzufreunden, obwohl sie voller Temperament war und ihre reizende Stupsnase schon manchen Mann gereizt hätte, ihre Bekanntschaft zu machen. Niemand konnte sich erklären, warum sie sich dann aus einer schönen jungen Frau in eine Kratzbürste verwandelte.

(...) ›Anja, warum fühlen Sie sich eigentlich immer angegriffen‹«, fragt eines Tages Szardak sie.

»›Trägt daran vielleicht Ihre Stupsnase schuld?‹

Aus ihren Augen sprühten Feuer. Ren Dhark musste sich Gewalt antun, um nicht schallend über Szardaks Bemerkung zu lachen. Anja Field verstand keinen Spaß, wenn man in ihrer Gegenwart eine Bemerkung über ihre Nase machte.«

Schiere technische Größe entzückt den Leser hier, alles ist gigantisch, riesig, mächtig und rekordverdächtig turmhoch. Und wenn man nun erfährt, dass Ren Dhark seinem Vater, dem Kommandanten des gemächtförmigen Riesendings, den Rang abläuft, gar Titel-Held wird und in Anbetracht reizender Stupsnasen jemandem Gewalt antun muss (wenn auch nicht gerade der Stupsnasenträgerin, so doch sich selbst als Stupsnasenträgerininteressenten), dann wirkt es so, als habe Kurt Brand heimlich Väterchen Freud ins Autorenteam gerufen.

Aufrechte Männer, gigantische Raketen, viel Leerraum – die Welt des Ren Dhark.

Ren Dharks Weg führt immerhin 98 Hefte weit. Dann wird er von Verlagsseite aufgehalten. Im Jahr 1971 geht Kurt Brand noch einmal an den Start, diesmal mit dem »Raumschiff Promet« (Andromeda (Heft 1–26) beziehungsweise Astro-Verlag (Heft 26–65) Köln, 1971–1974). Hier sind die Protagonisten

»Peet Orell:

Sohn des Harry T. Orell, Besitzer der HTO, der größten Raumschiffwerft der Erde, 27 Jahre alt, 1,78 groß, strohblond mit dem Aussehen eines Wikingers und 81 Kilo schwer. Er ist Inhaber der ›Großen Lizenz‹ und weltraumsüchtig. Trotz seiner Jugend schon examiniert in Kybernetik, Raumschiffbau und Astronavigation. Zuverlässig, reaktionsschnell und draufgängerisch, aber kein Supermann.

Vivien Raid: 23 Jahre, die attraktive Jugendfreundin Peet Orells, schwarz und langhaarig, technisch hochbegabt, bekommt aber jedes Mal einen Wutanfall, wenn man bei der Verteilung der Arbeit auf sie als Frau Rücksicht nimmt. Geht netten Männern nie aus dem Weg.

Jörn Callaghan: 26 Jahre, 1,76 groß, 84 Kilo schwer, Peet Orells Studienfreund aus den letzten Semestern. Dunkelbraunes

Haar, eisgraue Augen, ein Mann der Ruhe und Zurückhaltung und der richtige Ausgleich für Peet Orell und Vivien Raid.«

Fast scheint es, als wäre Brand zu den Anfängen der deutschen Heftroman-Raumfahrt zurückgekehrt: Privatiers machen Raumschiffe, Freunde und Freundinnen starten ins stellare Abenteuer. Sterne, Frauenaugen, Seefahrerromantik:

»Der strohblonde Peet Orell durfte auch den größten Raumer fliegen, und Harry T. Orells Sohn mit dem Aussehen eines Wikingers hätte im Kommandoraum eine gute Figur abgegeben.

Er prostete Vivien Raid zu und man hätte beide für ein Liebespaar halten können; denn Peet sah seinem attraktiven, schwarz- und langhaarigen Gegenüber lange und tief in die weich schimmernden Augen, die einen leichten Grünton besaßen. Die kostbare Lillom-Bluse mit dem passenden Ster-Rock kleidete sie wie eine zweite Haut, und die Bluse verriet, dass Vivien auch zu dieser Feier mal wieder keinen Büstenhalter trug.

Sie mochte sie nicht, sie konnte diese Dinger nicht ausstehen, und sie wartete auf den Tag, da Modeschöpfer etwas erfanden, das die Körbchen aus der Welt schaffte.

Vivien war Peets Freundin seit Jugendzeit. Man sah dem langbeinigen Wunderstück die hochgradige technische Begabung nicht an. (...) Und sie wusste, wie sie auf Männer wirkte; nur nicht auf Peet und seinen Freund Jörn Callaghan«.

Whow.

Konnte diese schleichende Erotisierung wirklich einen guten Einfluss auf den Helden zeitigen?

In Anbetracht der Verkaufszahlen müssen wir das bezweifeln, denn weit sind Ren Dhark und Peet »der Wikinger« Orell nun wirklich nicht gekommen.

Apropos schleichende Erotik: Karl Herbert Scheer vermerkte im Exposé für das Perry Rhodan-Heft 119 zum Stichwort: Auch »die sogenannte Schleicherotik muss vermieden werden. Unter Schleicherotik versteht man die Schilderung von Blicken auf weibliche Personen, Schilderung von Gedanken und Überlegungen, die mit den Vertreterinnen des ›schönen Geschlechts‹ etwas zu tun haben könnten. Wenn Frauengestalten auftauchen, auf keinen Fall in Betrachtung zum Verhältnis zwischen den Geschlechtern abschweifen«. So mussten die Leser lange Zeit auf schleicherotische Romanzen verzichten – merkwürdig eigentlich, hatte doch Scheer selbst ursprünglich mit der Idee gespielt, wenigstens die Arkonidinnen mit reizvollen anatomischen Besonderheiten auszustatten. So führt er in der »Namens- und Datenliste« vom 27. Juni 1961 in Sachen Thora aus:

»Kommandantin des Forschungskreuzers. Hochgewachsen. Langbeinig, gute Formen. (Busen auf dem Rücken, beim Tanzen sehr angenehm. Kann gestrichen werden!)« Schade – wäre das nicht ein wunderbarer Auftakt für die terranisch-arkonidischen Beziehungen gewesen, wenn sich in Heft Nr. 1 folgendes zugetragen hätte:

»›Mein Name ist Perry Rhodan, Major der US-Space-Force, Kommandant des irdischen Schiffes ‚Stardust'.‹ (...)

Plötzlich erklang liebliche Musik. Sie hatte anscheinend eine Schaltung vorgenommen. Die hochgewachsene Frau war von einem flimmernden Leuchten erfüllt.

›*Darf ich Sie um diesen Tanz bitten?*‹, *entfuhr es Rhodan. Er trat näher an ihr Lager heran.* Ein Gemisch aus Verwunderung und grenzenloser Empörung zeichnete sich in ihrem Blick ab. Rhodan begann langsam zu begreifen. Offenbar besaß sie einen solchen Überlegenheits- und Rassedünkel, dass sie ein Nähertreten an das Lager wie eine Gotteslästerung empfand.

(...) ›Gehen Sie sofort‹, *hauchte* Thora. Ihr Gesicht glühte. ›Es ist gegen das Gesetz, was Sie tun. Es ist mir verboten, mit Kreaturen unterhalb der Entwicklungsstufe ‚C' zu verkehren. Gehen Sie sofort.‹

Aber Rhodan riss sie in seine Arme. Als er die rechte Hand auf ihren Rücken legte, begriff er mit einem Mal, dass diese Frau keine Menschenfrau war. Rhodan, der Sofortumschalter, griff nur noch beherzter zu, und nach einigen Schritten überließ sie sich seiner Führung.

›Sie sind sehr jung und tatendurstig‹, murmelte Crest. ›Die Wesen Ihrer Rasse sind alle so?‹ Rhodan verzog die Lippen. Darauf konnte er sich verlassen!« – Die kursiv gesetzten Einschübe in den Originaltext stammen von mir.

Nun ist es leider anders gekommen. Dabei wäre Thora dieser Version vielleicht gar nicht abgeneigt gewesen, hatte Scheer doch zu ihrer Charakterisierung notiert:

»Eine Frau, zur Liebe erschaffen (...). Es entwickelt sich eine gewisse Hassfreundschaft zu Perry Rhodan, später unwillige Anerkennung, abschließend glutende Liebe« – eben!

Aber vielleicht ist es mit Hinblick auf die langbeinigen Wunderstücke konkurrierender Serien, jene büstenhalterlosen Jugendfreundinnen, deren Lieblingsvision eine Zukunft ohne Körbchen ist, nur von Vorteil, wenn Männer im All wie Rhodan fleischlichen Versuchungen widerstehen, wenn ihre Sorge weniger der Entwicklung utopischer Damenunterwäsche denn der Errichtung solider Sternenreiche gilt.

Als sich mit »Perry Rhodan«-Heft Nummer 2100 von Robert Feldhoff »Das Sternenfenster« für die Leser öffnete, konnten sie daher Zeugen folgender Szene werden:

Ascari, eine hübsche Admiralin aus dem bleichen Volk der Arkoniden, »wirkte auf eine beängstigende Weise erotisch. Rhodan hatte lange nicht mehr die Faszination erlebt, die von einer Frau ausgehen konnte. (...) er spürte ihre Fingerspitzen auf seiner Brust, in seinem Nacken, den Hauch ihres Atems an seinem Hals. Ihre Brust berührte seine, er konnte durch den dünnen Stoff seines Hemdes ihre Brustwarzen fühlen. Der Schleier war fort, die Mikrodiamanten raschelten am Boden.

Rhodan steckte instinktiv die Hände aus und stieß Ascari da Vivo zurück. ›Nein!‹, sagte er schroff. ›Es ist nicht möglich.‹«

So ist selbst im technisch avanciertesten aller Universen durchaus nicht alles möglich.

Oder entwickeln die Unsterblichen nach etlichen Jahren Unsterblichkeit einfach ganz neuartige Instinkte? Bitte, lieber Rainer Castor, der Sie als Chef-Kommentator der Perry Rhodan-Serie den Leser erleuchten, klären Sie uns auf!

Aber was soll's, die SF-Serienhelden pflanzen sich, wie wir gesehen haben, ja sowieso auf ganz anderen Wegen fort.

Haben wir übrigens jemanden vergessen? Ja. Viele:

Perry Rhodans Vorgänger »Jim Parker« (1953–1957) und sei-

Zu Gast bei den Arkoniden. Perry Rhodan riskiert einen Blick durchs Sternenfenster.

ne kurzlebigen Weggefährten »Mark Powers – Der Held des Weltalls« (1962–1967) und »Commander Scott« (1975–1978), Rainer Zubeils spice-trunkene »Terranauten« (1979–1982) – immerhin konnte sich hier der Haupt- und Exposé-Autor selbst unter dem Pseudonym »Thomas Ziegler« in Richtung Perry Rhodan absetzen und im dortigen Universum für heilsame Verwirrung sorgen. Die Transmittergeschädigten der Serie »Star Gate – Tor zu den Sternen« (1986–87) wären ebenso noch zu nennen wie die Besatzung der »Zeit-Kugel« (1974–1978) Professor Lindberg, Frank Forster und Ben Hammer. Auch der nahen Verwandten könnte man gedenken, an »Dragon – Söhne von Atlantis« etwa, oder einen Blick werfen auf »Vampira« mit dem verlockenden Untertitel »Gefährlich. Geheimnisvoll. Erotisch«, jene Vampira, deren größtes Geheimnis es blieb, was eigentlich an ihr erotisch sein soll.

In neuester Zeit bereichern »Torn – Wanderer der Zeit« und »Maddrax – Die dunkle Zukunft der Erde« den Heftromanmarkt. In Maddrax Nr. 1 – »Der Gott aus dem Eis« – erwehrt sich eine mitten im globalen Winter zweckmäßiger Weise von aller Kleidung befreite Heroin zweier mutierter Ratten, während der Titelheld noch bewusstlos in seinem Flugzeug schlummert – welch eine Vorlage für Psychoanalytiker! Die menschliche Zivilisation hat gerade unter einem Kometeneinschlag gelitten, und Maddrax, ein Mann unserer Tage, den eine ich-weiß-nicht-was-für-eine-ist-aber-auch-völlig-gleichgültige kometenbedingte (?) Zeitverwerfung in diese dunkle Zukunft der Erde geschleudert hat, macht sich auf, alles zu richten.

Torn, der muntre Wandersmann hingegen, von Haus aus Isaac Torn und Major einer Spezialeinheit der US Air Force, »erlebt das Ende der Menschheit, das Jüngste Gericht! In einer Zukunft der Vernichtung herrscht die Apokalypse. Die Menschen fallen übereinander her, zerfleischen sich gegenseitig,

Sun Koh ist wieder da! Tarnname: Dragon.

Spannende Kleider, schöne Fledermäuse – eine Vampirin auf dem Weg ins Herz ihrer jugendlichen Leser.

die Städte stehen in Flammen, grauenvolle Monster und Dämonen regieren!« So viel Ausrufezeichen war nie, wie hier im apokalyptischen Gelände.

So hätte sich das biblische Interesse der Zukunftsroman-Dichter von den ersten Büchern des Neuen Testamentes, die sich mit messianischer Rettung und Erlösung befassen, auf sein letztes Buch, die Apokalypse des Johannes verschoben, und eine untergangslüsterne Leserschaft folgte ihr willig?

Aber sogar die Apokalypse geht bekanntlich gut aus: irdisch-überirdisch, kosmisch und global:

»Und ich sah einen neuen Himmel und eine neue Erde. (...) Ich bin das A und das O, der Anfang und Ende. Dem Durstigen werde ich aus der Quelle des Lebenswassers zu trinken geben unentgeltlich.« (Offb. 21, 1; 6)

Und mit weniger als der Rettung der Menschheit hat sich auch der deutsche Serien-Held noch nie zufrieden gegeben.

Es gibt kein schlechtes Wetter, nur unpassende Kleidung – Rattenfängerin aus der dunklen Zukunft der Herde.

Abschließend und etwas außerhalb der Romanheft-Reihe sei auch noch an die eine SF-Serie zu denken, die wir dem deutschsprachigen Fernsehen, und zwar dem NDR, SDR, SWF, WDR und dem ORTF verdanken: »Raumpatrouille – Die phantastischen Abenteuer des Raumschiffs ORION« (BRD 1966).

Held der Geschichte ist jener Commander Cliff Allister McLane, der gleich zu Anfang wegen einer befehlswidrigen Landung auf Rhea zum Raumpatrouillendienst strafversetzt wird – eine längst überfällige Disziplinarmaßnahme vonseiten der Leitung der Terrestrischen Raumaufklärungsverbände T.R.A.V., hatte sich MacLane doch schon etliche Eigenmächtigkeiten zu Schulden kommen lassen wie – wir erinnern uns – den verrückten Flug zum zweiten Jupitermond, das eigenmächtige Eingreifen auf Alpha Centauri oder den Durchbruch zur Saturnbasis im Zweiten Stellaren Krieg.

Nun aber protestiert General Lydia Van Dyke, seine unmittelbare Vorgesetzte:

»Ohne Männer wie McLane hätten wir die beiden Stellaren Kriege wahrscheinlich verloren.« Aber, nichts zu machen: Die ORION wird nicht aus den Schnellen Raumverbänden relegiert, sondern auch noch mit einer Anstandsdame bestückt, Leutnant Tamara Jagellovsk vom Galaktischen Sicherheitsdienst.

Doch das Team, das sich so nicht wollte, spielt sich bestens ein, wehrt den Angriff aus dem All ab, zerstört einen außer Kurs geratenen Planeten, gewinnt den Kampf um die Sonne, entkommt einer Raumfalle und verhindert am Ende gar im Alleingang die Invasion – ja, ja:, wie schon die Generalin sprach: »Ohne Männer wie McLane hätten wir die beiden Stellaren Kriege wahrscheinlich verloren.«

Wir aber, die wir heute kaum noch Männer wie McLane haben, sollten uns aus allen stellaren Kriegen besser heraushalten.

ÜBER SCIENCE FICTION

Ein Genre vor der (Selbst-)Auflösung?

Das Dilemma der Science Fiction-Literatur

von Wolfgang Neuhaus

»The function of science fiction is to break mental sets. Science fiction is liberation. Reality in the old Aristotelian sense is a crutch for those who are afraid to walk alone on their feet, above the Abyss that yaws when we begin to break our mental sets and pause to wonder – really wonder ...«

ROBERT ANTON WILSON[1]

Sage mir, was die Ursache der SF-Krise auf dem Buchmarkt ist, und ich sage dir, wer du bist. Da gibt es die, die gar keine Krise erkennen wollen und sich freuen, dass sie bei einem geringeren Buchausstoß mit dem Lesen nachkommen. Für manche handelt es sich um eine ganz normale, zyklisch auftretende Überproduktionskrise. Unpassende Titelbilder werden als Ursache ausgemacht. Mit den neuen Medien seien die Aufmerksamkeitsbudgets der Leser neu umkämpft, ist eine weitere Meinung, und das ginge offenbar zu Lasten des Genres. Das Label »SF« steht zur Disposition, da es in der Bundesrepublik negativ besetzt sei. Einige sehen gleich eine Krise der gesamten Lesekultur auf uns zukommen. Andere wiederum glauben, dass die Krise der SF vorübergehen und in einen neuen Boom gerade ihres deutschsprachigen Zweiges münden wird. Sie könnten vergeblich warten.

Während SF bei den visuell orientierten Medien wie Film und TV-Serie eines der führenden Genres und bei Comic und Computerspiel sogar das führende Angebot ist, bleibt die Situation der SF-Literatur kritisch. Zwar scheinen SF-Motive stärker in die allgemeine Literatur zu diffundieren und dort auch goutiert zu werden, aber der Kernbereich des gedruckten SF-Wortes geht weiter zurück. Diese Phänomen ist nicht nur auf die Bundesrepublik beschränkt, sondern zeichnet sich auch in dem SF-Stammland USA ab. Ist SF also zu Beginn des neuen Jahrtausends vor allem ein multimediales Phänomen? Und ist sie als Literaturgattung in einer immer weiter expandierenden »SF-Welt« überflüssig geworden? Gerade dieser Umstand, dass eine Welt entsteht, die technisch immer komplexer und undurchschaubarer wird, sollte doch eigentlich eine Literatur begünstigen, die auf ihre Fahnen geschrieben hat, eine imaginäre Explorationspraxis für die Zukunft ausüben oder zumindest als phantastisch verfremdende Darstellung der Wirklichkeit in solche Veränderungsprozesse einstimmen und ihre Chancen und Gefahren ausloten zu wollen. Das Gegenteil scheint der Fall zu sein.

SF in der Medienkonkurrenz

> *»The influence of SF ... can be felt in such diverse realms as industrial design and marketing, military strategy, sexual mores, foreign policy, and practical epistemology – in other words, our basic sense of what is real and what isn't.«*
>
> THOMAS M. DISCH[2]

Eine bildungsbürgerlich übertünchte Abneigung gegen die SF scheint in der Bundesrepublik eine tief verinnerlichte Einstellung zu sein[3]. In der Eröffnungsrede zu einer Veranstaltung, die sich immerhin mit zukünftigen Perspektiven der Technokultur beschäftigt, wird SF als »halbseidenes Genre« bezeichnet. Ein deutscher Techniksoziologe gibt rührig zu Protokoll, dass er kürzlich festgestellt habe, wie wichtig TV-Serien wie »Star Trek« für die Visionen amerikanischer Ingenieure und Wissenschaftlicher sind, und dass er jetzt beschlossen habe, die Rezeption der Serie nachzuholen. Diese Ahnungslosigkeit ist umso erstaunlicher, hat sich doch gerade die Medien-SF in den letzten Jahrzehnten zu einem riesigen Geschäft gemausert. Die SF in ihren verschiedenen Medienspielarten ist wahrscheinlich sogar das erfolgreichste Genre der Unterhaltungsindustrie geworden. Und genau dieser Erfolg hat zu der Vermutung geführt, dass der »Literaturteil« des Genres sich im Niedergang befindet, erstickt am eigenen Erfolg sozusagen. Die Wirklichkeit ist in vieler Hinsicht zu einem Abbild von SF geworden; ihre Zeichen und Symbole sind überall: in der Werbung, im TV, in Musikvideos, sodass ihre Elemente zunehmend als spezifische SF unkenntlich werden. Die TV-Werbung beispielsweise für Telefontarife wirkt futuristisch, die Kolonisation des Mondes gibt den Hintergrund für eine Jeansreklame ab und die »längste Praline der Welt« landet im Palast eines intergalaktischen Sternenreiches.

Aber es soll um Literatur gehen. Nach einem Boom Mitte der achtziger Jahre ging es mit der Menge an Publikationen hierzulande stetig bergab, worauf Wolfgang Jeschke in den letzten Editorials des SF-Jahrbuches mehrfach aufmerksam gemacht hat. Die Krise ist jedoch international. Zwar werden in den USA 250 neue SF-Bücher pro Jahr herausgebracht, aber auch dort macht man sich Gedanken zur weiteren Entwicklung der SF-Literatur. Ein Autor wie Barry N. Malzberg erklärt die SF denn auch gleich für tot. Bruce Sterling und Greg Bear sehen eine vertriebstechnische Zukunft nur noch als Ebook. Eine schon zitierte Ansicht zur Krise ist, dass einfach zu viel publiziert werde. Wenn man einen auf SF spezialisierten Buchladen betritt, möchte man dieser Meinung zustimmen. Es gibt heute praktisch niemanden mehr, der alle Neuerscheinungen im englischsprachigen Raum lesen könnte. Das ist in der Gründungsphase der SF anders gewesen. Ein weiteres ernst zu nehmendes Argument lautet, dass sich einfach das Leseverhalten geändert habe: Lesen scheint heute eine vornehmlich weibliche Leidenschaft zu sein, und Frauen seien nun mal nicht an Katastrophen und den Errungenschaften von Technik und Wissenschaft interessiert – ein Ergebnis der Marktforschung, auf das Jeschke hingewiesen hat. Zugleich konnte man auf der Homepage einer bundesdeutschen Computerzeitschrift lesen, dass Natur- und Ingenieurwissenschaftler, Informatiker und Programmierer – nicht gerade eine unbedeutende Berufsgruppe – nachwievor am liebsten SF lesen würden. Diese fänden aber keine konzeptionell ansprechenden und innovativen Bücher mehr, meint wiederum der Autor Charles Platt, da diese nicht mehr vonseiten der Verlage kompetent betreut werden können und daher in Vergessenheit zu geraten drohen[4].

Auch macht sich zunehmend die Medienkonkurrenz bemerkbar. Die Zeitressourcen für den Konsum von Unterhaltung werden neu zwischen Kino, TV, Buch, Computerspiel und Internet verteilt. Die visuelle SF mit ihrer Vielzahl an (US-)Serien und Filmen prägt das Bild von SF in der Öffentlichkeit, was einen Rückkopplungseffekt und eine bestimmte Erwartungshaltung beim Publikum erzeugt, der sich nicht jeder Autor stellen will. Die SF ist Teil einer finanziell ertragreichen Unterhaltungsindustrie geworden, die die Produkte normiert und auf Massengeschmack trimmt. Die Buchstaben-Visionen der SF müssen sich gegen immer bessere spektakuläre Visual Effects durchsetzen. Dass Computerspiele das Bedürfnis nach Interaktion und Teilhabe am fiktiven Geschehen befriedigen und damit neue Dimensionen eröffnen, ist als Diagnose allein auch keine Erklärung für die SF-Krise. Nach einem kurzen Abriss der historischen Entwicklung der SF wird ein Blick in die aktuelle Diskussion der SF zeigen, dass die Beziehung SF – Wissenschaft heute komplexer gedacht werden muss und der SF sich dabei anhäufende Probleme der Erzählweise selbst ins Haus stehen.

Die Geschichte der SF

> *»Die Zukünfte der Phantasie sind kurzlebig und unterliegen oftmals einer schleichenden Verwahrlosung, sodass sie ein bisschen stumpf, aber nicht unbedingt hässlich werden, wie die rostigen archtitektonischen Überbleibsel einer Weltausstellung. Für Erwachsene gehört diese Erkenntnis in der Tat zu den heimlichen Freuden an der SF.«*
>
> WILLIAM GIBSON[5]

Die SF hat in ihrer Genre-Geschichte einige Krisen und Umbrüche erlebt. Nach Vorläufern wie Jules Verne, Herbert G. Wells und einige anderen hat sich die moderne SF als Unterhaltungsmedium in den USA der zwanziger Jahre herausgebildet. In den Pulp-Magazinen werden anspruchslose Abenteuergeschichten veröffentlicht, in denen kühne Helden den outer space erobern und die nicht von ungefähr Western-Geschichten ähneln. Der Herausgeber und Autor John W. Campbell läutet das »goldene Zeitalter« der SF Ende der dreißiger Jahren ein, indem er in intensivem Austausch mit den SF-Schaffenden Ideen-Konzepte ausarbeitet. Diese »hard SF«, die sich auf die Fortschritte in den Naturwissenschaften und der Technik beruft und zu wissenschaftlich exakten Exptrapolationen ihrer Entwicklungen kommen will, ist die dominierende Form zu dieser Zeit. Die berühmten Roboter-Gesetze von Isaac Asimov sind dafür ein gutes Beispiel. In den Fünfzigern tauchen Autoren auf, die verstärkt auf soziale Gegebenheiten Bezug nehmen und sich den »soft sciences« zuwenden. In den Sechzigern wird dann die »new wave« im Genre heftig diskutiert, eine ästhetische Bewegung, die von Europa aus ihren Anfang nimmt (ausgehend von der britischen SF-Zeitschrift »New Worlds«), sich an der literarischen Avantgarde orientiert, an damaligen Werten wie der Bewusstseinserweiterung, und sich auf den inner space stürzt, auch, um SF für die politische Gegenkultur[6] zu entdecken. Ein neu gewecktes Bewusstsein für Umweltprobleme und die Konzepte des Feminismus finden ihren Einzug im darauf folgenden Jahrzehnt. In den Achtzigern erfolgt im Genre die Implosion des Cyberpunk, der vor allem mit William Gibsons Konzept des »Cyberspace« den Einfluss der neuen Technologien auf das Alltagsleben in einer von Konzernen dominierten Welt im Visier hat (»high tech / low life«) und daneben modernisierte Fragen der Posthumanität[7] einbringt. Aus dem vergangenen Jahrzehnt ist keine vorherrschende (Mode)Strömung zu vermelden außer den Tendenzen, dass die Autoren genug damit zu tun haben, den Niedergang des alten politischen Weltsystems zu verarbeiten, dass wieder mehr Alternativweltgeschichten geschrieben werden, dass Nano- und Biotechnologien in die SF einsickern und der Mars als Projektionsfläche für neue Gesellschaftsformen außerhalb des irdischen Bezugssystems (wieder)entdeckt wird.

Hugo Gernsback, ein aus Europa in die USA eingewanderter Ingenieur, ist derjenige, der in den Zwanzigern den Begriff »SF« prägt. Seiner Sicht von SF ordnet er einen klaren Zweck zu, nämlich die Vorhersage von technischen Entwicklungen – eine Haltung, die in den vierziger Jahren ihren Höhepunkt erlebt, aber im Unterschied zu den Anfängen auch literarische Qualitäten aufweist. Die sich überlagernden Motiv-Felder der SF erschweren die Versuche einer Definition der SF, die die Autoren und Kritiker John Clute, Peter Nicholls und Brian Stableford in einem lesenswerten Lexikonartikel[8] zusammengefasst haben. Sie entsteht einerseits aus der Verschmelzung vieler eigenständiger Gattungen, andererseits stellt sie auch etwas Neues dar. Ihre Entstehung ist eng verbunden mit dem Beginn der industriellen Revolution, in der Wissenschaft und Technik zum ersten Mal umfassend im Alltag der Menschen auftauchen und diesen bestimmen. Der Fortschritt wird in seinen ambivalenten Erscheinungsformen sichtbar und von der Vorläufern der modernen SF anschaulich gemacht. Der Einbruch der wissenschaftlichen Rationalität in die Organisation industrieller Prozesse und einer begleitenden Infrastruktur lässt in neuer Qualität die Planung, die Antizipation von Resultaten zum Gegenstand des Denkens werden, was auch in der Literatur gespiegelt wird.

Diese historischen Rekonstruktionen deuten an, an welchem Schnittpunkt die Vorform der SF im letzten Jahrhundert entstanden ist: in ihr überkreuzen sich Motive von phantastischer Literatur (Märchen, historischen Vorläufern wie der »gothic novel«, zu der auch ein Werk wie »Frankenstein« gezählt wird), der Utopie (als zeitbedingte Vorwegnahme von gesellschaftlichen Fehlentwicklungen oder als Projektion einer idealen Gesellschaftsform), der beginnenden Popularisierung von Wissenschaft und Technik (Entstehung der bürgerlichen Medienöffentlichkeit) und der Eigengesetzlichkeit von Literatur (Erfindung von Formen des Romans, der Novelle, später des Pulp-Magazins usw.) selbst. Allerdings ist die fortschreitende Ausdifferenzierung des Genres auch kritisch zu sehen. Dass schon in der »goldenen Zeit« der SF nicht alles zum Besten stand, meint der Autor und Übersetzer Michael Nagula[9], da in den dreißiger, vierziger Jahren Motiv-Felder dazugekommen seien, die sich nicht mehr »durch einen Bezug auf das Hier und Heute« rechtfertigen ließen: die überlichtschnelle Raumfahrt und die monströsen Aliens beispielsweise ständen eher für »märchenhafte Züge«, die zwar unterhaltsam für einige seien, dafür andere von einer Auseinandersetzung mit dem Genre abgehalten hätten.

Der Verlust der Zukunft

> *»I think that SF stories today are more and more beginning to sound like Fables of the Third World: Stories whose protagonists, often human, represent cultures which have been colonized by the future. The future may come in the form of aliens, or the catnip nirvana of cyberspace, or as AIs, or as bio-engineered transformations of our own species: but whatever it touches, it subverts. SF stories of this sort can – depressingly – read rather like manuals designed to train Polynesians in the art of begging for Cargo; but they can also generate a sense of celebration of the worlds beyond worlds beyond our species' narrow path.«*
>
> JOHN CLUTE[10]

Eigentlich muten Aussagen über die Krise der SF seltsam an angesichts der thematischen Vielfalt, in der sich das Genre heute präsentiert. Zu klassischen Themen wie Space Opera, Invasionen, Mutationen, globale Katastrophen (ehemals z.B. der Atomkrieg), Roboter, Zeitreisen, Computer und Künstliche Intelligenz kommen neue wie Nano- und Gentechnologie hinzu. Ungezählt die neuen Begriffe, die Unterströmungen in der SF benennen sollen: Cyberpunk, Steampunk, Slipstream. Die Definitionsfreude brachte auch Wortschöpfungen wie »transcybergnostic SF« oder »Hebephrenia SF« hervor. Disch bezeichnete Philip K. Dick als den »Großmeister des Subgenres der Pop-Epistemologie« – noch ein Schlagwort. Asimov unterschied recht betulich zwischen gadget-, adventure- und social SF. In den USA beliebt ist die Kreation »speculative fiction«, die die

»Science« eliminieren und mehr das Phantastische betonen möchte[11]. Das Genre weist auch formal ein breites Spektrum auf: von realistisch gehaltenen Techno-Extrapolationen, auch als »sciencefaction«, bis zu märchenhaften Science Fantasy-Elementen, von (neu aufgelegten) utopischen Anwandlungen bis zu postmodernen Experimenten. Das Ergebnis: SF ist weniger denn je eine geschlossene Gattung.

Die Situation der SF-Autoren hat sich zumindest in der amerikanischen Welt zum Positiven verändert, und ihre Arbeit erfährt durchaus eine hohe gesellschaftliche Anerkennung. Sie fungieren als Berater in Hollywood und Washington, schreiben Sachbücher oder tummeln sich auf dem lukrativen Gebiet der Futurologie, der Zukunftsforschung, zu der seriöse Ansätze gehören wie der des Politologen Ossip K. Flechtheim und weniger seriöse wie die Angebote der Trendforschung. Die Futurologie insgesamt hat – trotz ihrer Fehlschläge – einen ungeheuren Aufschwung genommen und produziert mit ihren Szenario-Methoden einen SF-»Nebenmarkt«, in den SF-Autoren eingespannt sind (Autoren wie Bruce Sterling oder William Gibson wurden vorübergehend mit dem bekanntesten und exklusivsten Futurologen-Club, dem Global Business Network, in Verbindung gebracht).

Viel ist spekuliert worden über den Einfluss, den die SF auf den technischen Fortschritt gehabt hat. Werden abwechselnd Satelliten, PCs und die Atombombe genannt, um die Prognosekapazität dieser Literaturform zu untermauern, sind eine Menge anderer Erfindungen nicht als ihre imaginäre Errungenschaft bekannt geworden, darunter die Nanotechnologie und das Internet. Die konkrete Form dieser Techniken wird sowieso immer nur in einer relativen Annäherung beschrieben. Insofern kann man sagen, dass das Internet als eine Art Welt-Datenbank vorweg imaginiert worden ist, und das ist ja nicht ganz falsch. Das weltweite Kommunikationsnetz ist ebenso vorgedacht worden mit dem »Cyberspace« von William Gibson, der Gespräche über Virenprogrammierung Anfang der achtziger Jahre als Anregung nahm, während seine Erfindung wiederum die Phantasien von Internet-Unternehmern beflügelt hat. Ein berühmtes Zitat von Herbert George Wells aus dem Jahre 1921 warnt vor der Vernichtung der fossilen Rohstoffe zum Zwecke der Fortbewegung, in einer Zeit, in der es noch keinen nennenswerten Autoverkehr und schon gar keinen internationalen Flugverkehr gab. Nachwievor werden Artikel publiziert zum Thema, was die SF zur Zukunftsforschung beitragen könnte[12]. Vor einigen Monaten ging die Nachricht durch die Medien, dass in einer EU-Einrichtung systematisch SF-Bücher gesammelt und auf technologisch verwertbare Ideen überprüft werden. Es ist bekannt, dass viele Raketenwissenschaftler, die die Mondlandung mit auf den Weg gebracht haben, eifrige SF-Leser waren, ebenso wie heute die Bosse im Silicon Valley auf ihre SF-Lesefrüchte von Romanen neueren Datums verweisen. Trotzdem bedeutet die Erwartung einer treffsicheren Prognose eine heillose Überforderung der SF, da zukünftige Entwicklungen in Technik und Gesellschaft aufgrund der Überdeterminiertheit ihrer Bedingungen nicht vorhergesagt werden können. SF kann für Entwicklungen sensibilisieren, aber das geschieht auf nebensächliche metaphorische Weise. Schließlich erwartet auch niemand vom Krimi-Genre eine ernsthaften Beitrag zur Verbrechensbekämpfung.

Und die SF wird selbst an ihre »Grenzen« geführt. Einige kulturelle Prozesse lassen sich beschreiben, die die SF vor neue Herausforderungen stellen:

- SF ist sicher DIE Literatur eines Zeitalters, das die Beschleunigung kultureller Erfahrungen erlebt hat, während es in früheren Jahrhunderten kaum Veränderungen gab, die sich im Alltagsleben bemerkbar gemacht hätten. SF wird als ein Medium bezeichnet, um sich imaginär auf die sich einstellenden Veränderungen vorzubereiten. Es scheint jetzt, dass die Beschleunigungszyklen derart zunehmen, dass die SF in der Form der Literatur möglicherweise diese Vorgänge nicht mehr wiedergeben kann.
- Sieht man sich die visuelle SF an, hat man das Gefühl eines allgemeinen Phantasie-Stillstands. Viele TV-Serien oder Filme wirken reichlich selbstreferentiell und recyclen alte Stoffe. Diese Zukunft ist auch nicht mehr das, was sie einmal war. Nicht umsonst hat man »Star Trek – Voyager« den Vorwurf

gemacht, schwache Geschichten zu erzählen und dafür alles im modernisierten techno-bubble zu ertränken. Star Trek mit seinen schon historischen Warp-Wandlern und Gravitonen-Generatoren, den Multiphasentraktor-Strahlen und den berühmten Heisenberg-Kompensatoren muss da – Techniksoziologen, aufgepasst! – nicht zum Leitbild des Technikdesigns werden, sondern steht symbolisch für die zunehmende technische Komplexität. Und das Recycling alter Ideen könnte auch der SF-Literatur in höherem Maße bevorstehen, und sich damit der Ghetto-Effekt verstärken.

- Hinzu kommt der Eindruck, dass die Wirklichkeit seit den seligen Anfängen der SF ihre eigene »Beschreibung« in Form der SF in breiter Front eingeholt hat. Der Abwurf der Atombombe sorgte dafür – so wie es sich in Darstellungen etwas zynisch liest –, dass die SF zum ersten Mal in der Öffentlichkeit wahrgenommen wurde. Die Mondlandung von 1969 war eine gesellschaftliche Wunscherfüllung par excellence (mit nachfolgender Desillusionierung). Das waren einige große Linien der Technikentwicklung, die in den letzten Jahren einer unübersichtlichen Zahl von technologischen Fronten gewichen sind.
- Wie ist überhaupt noch Extrapolation möglich? Man stößt zufällig im Internet beim newsticker von »Bild der Wissenschaft online« auf folgende seltsame Titelzeile: »Das Brookhaven-Experiment mit seltsamer Materie wird die Erde wohl nicht zerstören«. Liest man den kurzen Bericht, erfährt man, dass es um neue Physik-Experimente in einem aufgerüsteten Beschleuniger geht, die vielleicht unerwünschte Nebenwirkungen hätten zeitigen können, ein Thema, das ähnlich in mehreren zeitgenössischen SF-Romanen auftaucht, so in »Der ewige Friede« von Joe Haldeman und »Cosm« von Gregory Benford. Ein aktueller »Zusammenfall« von Realität und Fiktion.
- Es ist (noch) schwerer geworden, den Naturwissenschaften auf der Spur zu bleiben. Die Naturwissenschaften sind in ihrer Kommunikation heute so abstrakt, dass die meisten ihnen nicht folgen können. Selbst wenn eine Mission der SF sein sollte, aktuelles Wissen zu popularisieren (und einige glauben immer noch daran), steht sie vor großen Schwierig-

keiten der Darstellung. Die Frage ist, ob die verständlichen Aspekte der Wissenschaft schon ausgereizt sind und ob die Autoren neue Konzepte finden können oder das Alte weiterhin variieren, wie Charles Platt meint. Die Naturwissenschaftler produzieren außerdem mittlerweile ihre eigenen »großen Erzählungen«, vielfältige Spekulationen in Sachbüchern.

- Die Funktion des Nachdenkens über, des Warnens vor zukünftigen Erscheinungen geht stärker auf die allgemeine Literatur über. Stichwortartig sei hier verwiesen auf den französischen Schriftsteller Michel Houllebecq, der seinen Bestsellerroman »Elementarteilchen«[13] aus der fiktiven Perspektive eines Klons erzählen lässt. Dieser - irgendwann nach dem Jahre 2029 entstanden - berichtet von der Überwindung emotionaler Triebe und unglücklich machender Zivilisationsdefizite der modernen Gesellschaft durch eine »neue, intelligente Spezies«. Wissenschaft und Technik werden (endlich) vermehrt in die Literatur eindringen, aber nicht unbedingt in der Form der althergebrachten SF. Die SF bleibt vielleicht die bestdurchdachteste, aber sie ist eben nicht mehr die einzige Literaturform, die sich mit zukünftigen Aspekten der technisch-wissenschaftlichen Entwicklung auseinander setzt, wie noch in der Einleitung des Lexikons der SF-Literatur zu lesen war[14].
- Die Zukunft erscheint zunehmend als eine »Mauer«, die sich jeglicher Erkenntnis, sei sie wissenschaftlicher oder literarischer Art, entzieht. SF kann offenbar immer weniger eine Zukunft ausmalen. Auf paradoxe Weise hat die SF gewonnen, indem sie die imaginären Grundlagen der Technokultur mitgelegt hat, deren Auswirkungen jetzt ein »Hindernis« der Wahrnehmung erzeugen. Der britische Autor und Kritiker John Clute[15] versucht, eine ähnliche Erklärung der SF-Krise zu formulieren. Das Genre verwandele sich momentan tiefgreifend. Die Menschheit bewege mehr denn je »die Räder ihrer eigenen Geschichte«, und SF habe sie durch ihre historische Leistung instandgesetzt, genau das zu tun. Nun sei die Illusion, die Zukunft zu beherrschen, einer tiefen Unsicherheit gewichen.

SF als Spielart des Phantastischen

»The 20th century is almost dead, and I think 20th century SF is dying. We need a new kind of fiction.«

BRUCE STERLING[16]

Eine Frage ist bisher vernachlässigt worden, die im Zentrum einer Umschreibung dessen steht, was SF eigentlich ist: handelt diese Literatur von der Zukunft oder nicht? William Gibson wird nicht müde zu betonen, dass er die Werkzeuge der SF nur benutze, um über die Gegenwart zu schreiben, die längst selbst »reinste SF« ist. Oder wie der SF-Autor und -Kritiker Samuel R. Delany klar stellt: »SF handelt nicht von der Zukunft; sie benutzt die Zukunft als eine Erzählform, um die Gegenwart in deutlich verzerrter Form darzustellen.«[17] Es gehe gar nicht anders, dass die SF die Gegenwart abbildet, sagt Bruce Sterling, fügt aber hinzu, dass Raumschiffe und Roboter mehr als nur Metaphern seien – SF unterscheide sich dadurch von anderen Genres, dass sie im besten Fall eine »Literatur der Ideen« über die Zukunft ist[18].

Andere Umschreibungen, die sich mit der Zeit angehäuft haben: SF ist »visionärer Realismus« (Christopher Priest), die Literatur der »erkenntnisbezogenen Verfremdung« (Darko Suvin) oder die des »kybernetischen Weltmodells« (Herbert W. Franke) und verkörpert das »Mögliche gegen das Gegenwärtige« (Georg Seeßlen). Als Training für den »Phantasiemuskel« sieht Andreas Eschbach die SF an, da sie zu einem Kräftemessen mit dem Autor einlade und nach einem Schema funktionieren würde ähnlich wie der Krimi. »SF extrapoliert gegebene Tatsachen und Verhältnisse, schließt von n auf n + 1, mischt Mutmaßungen und Hirngespinste dazu, aber danach geht es rational und durchdacht weiter, und das heißt, der Leser kann mitdenken.«[19] Der Spaß bestehe darin, dass der Autor immer noch eine neue überraschende Wendung findet. Ein Wissenschaftler wie Michel Butor hat schon recht früh eine (Wachstums)Krise der SF ausgemacht und als Gefahr beschworen, dass die SF ihre Plausibilität verlieren und als »tote Form, als Klischee« enden würde, wenn sie nicht genügend »solide wissenschaftliche Elemente« einführt[20]. James Gunn umschreibt die SF als eine Art »Super-Genre«, das andere Genres umfassen könne[21]. Was die Orientierung mancher Leser erschweren kann, ist ein Phänomen, das der Literaturwissenschaftler Gary K. Wolfe beschreibt: wenn »Supergenres« wie SF oder Krimi nach langjährigem Dahinsiechen als pulp fiction ein Stadium der Reife erreichen, sei innerhalb des Genres eine »wahre Explosion der Formen und Symbole« zu beobachten[22]. Der Krimispezialist Thomas Wörtche nimmt den Umstand, dass unter dem Label SF sowohl rückwärtsgerichtete Space Operas, postmodern beeinflusste Sprachspielereien als auch Satiren erscheinen, zum Anlass, ein nicht überzeugendes Plädoyer für die Auflösung eines »missverstandenen Genres« zu halten[23].

Man kann natürlich nur über eine Vorstellung von Zukunft schreiben und dabei einige Gedanken über die Gegenwart mittransportieren. SF ist ein Spiel mit Möglichkeiten an den Grenzen dieser Vorstellung und balanciert auf besondere Weise realistische und phantastische Literatur-Elemente aus. Diese Einkreisung des Phänomens SF ist ein allgemeiner Nenner, trotz der stilistischen und inhaltlichen Ausdifferenzierung des Genres[24].

- Die SF nimmt eine Mittelstellung ein zwischen den beiden Polen einer rein realistischen und einer rein phantastischen Literatur, mit stärkerem Hang zum Phantastischen. Jede Literaturart hat dem französischen Kritiker Roger Caillois[25] zufolge ihre eigenen Formen und ihre eigenen Regeln, nach denen das Unwahrscheinliche und das Unglaubliche in einer Erzählung vorkommen darf. Die SF ist eine kontrolliertere Angelegenheit, etwas als »wahrscheinlich« und »unglaublich« zu gestalten, als die Fantasy, die klassische Phantastik oder das Horror-Genre. Es werden Dinge wie Aliens, Zeitreisen und überlichtschnelle Raumfahrt als möglich oder glaubhaft präsentiert, für die fiktive wissenschaftliche Erklärungen gegeben werden.
- Innerhalb des Genres koexistiert eine ganze Bandbreite von Verfahrensweisen, wie Metaphern gebraucht werden. Das bezieht sich einmal auf die »logische Ausweitung« einer Idee,

die eine erdachte Welt zu einem realistischen Funktionieren bringen will, aber das natürlich nicht umfassend kann und immer »unwirklich« bleibt. Zum anderen können ihre Metaphern nichts Reales einschließen und nichtsdestotrotz zur befriedigenden Darstellung menschlicher Befindlichkeiten dienen. Brian W. Aldiss und David Wingrove geben das Beispiel der »Telepathie«, mit der ein Schriftsteller wie Robert Silverberg in »Dying inside« (»Es stirbt in mir«) das Thema der Isolation und Entfremdung gestalten würde[26].

- SF wirkt, wie schon gesagt, zum Teil veraltet: man behält Bilder von Technologien bei, die älteren kulturellen Zuständen verhaftet bleiben. Sie bieten ja auch eine gewisse »Sicherheit«: die Leute haben sich an galaktische Reiche gewöhnt (siehe den phänomenalen Erfolg von »Star Wars«). Zum anderen findet eine stärkere Durchmischung der Genres statt: Krimi mit SF, Horror mit SF, Fantasy mit SF usw., was zu Problemen der »Codes« führen kann, der impliziten Regeln.
- Der Code der SF muss abgegrenzt werden u. a. vom Märchen, dessen Strukturen heute vor allem in der Fantasy-Literatur weiterexistieren, von der Utopie, von der Prognose-Beschäftigung mit Zukunft. Letztlich bleibt es aber eine Geschmacksache, ob man kleine pädagogisch wertvolle Dosen Wissenschaft eingeträufelt bekommen oder aber ein aufregendes Abenteuer genießen möchte, das in unmöglichen imaginären Verhältnissen passiert. Lieben doch manche die SF, weil sie die größten Freiheiten der Phantasie lässt (auf Basis der »kontrollierten Spekulation«) und durch keine Regeln eines wie auch immer gearteten Realismus eingeschränkt ist.
- Das Verhältnis Wissenschaft / SF lässt sich wohl nur als komplex beschreiben. Es gibt die Meinung, dass Märchenstrukturen, Strukturen des Phantastischen in der SF mit einem wissenschaftlichen Anstrich (als Spiel mit Pseudo-Wissenschaften: der techno-bubble) versehen werden, um sie für die technische Lebenswelt kompatibel zu machen. Die Zeitreise als irreales Gedankenspiel, das mehr aussagt über die zeitgenössischen Wunschvorstellungen der Geschichtssituation, in der es entstanden ist, als über eine reale physikalische Möglichkeit.

- Die Form des Romans ist eine Tradition des 19. Jahrhunderts und spiegelt Vorgänge der bürgerlichen Selbstbehauptung in einer bestimmten Erfahrungswelt; heute werden Erfahrungen in größeren Kontexten über andere Medien vermittelt. Die SF sieht sich neuen Formen der Unterhaltung gegenüber, die mit großer Wahrscheinlichkeit weiterhin ihre Motive übernehmen, sie aber zugleich als literarische Darstellungsform zurückdrängen. Die neuen Raumerfahrungen im Zuge der Globalisierung, die der Literaturtheoretiker Fredric Jameson beschreibt, sind für die Vermittlung über die Romanform möglicherweise nicht geeignet. Die SF wird transformiert in neuen Experimenten wie der »Meta-Dramaturgie«[27].
- Eine nicht zu unterschätzender Nebenaspekt erschwert die Rezeption von SF. Eine allgemeine utopische Glorifizierung der Zukunft ist momentan nicht gerade populär; die Sichtweise von gesellschaftlichen Entwicklungsmöglichkeiten wird, wenn überhaupt, auf ein schmales Gegenwartsfenster beschränkt. Das Ausphantasieren einer alternativen Gesellschaftsform steht nicht sehr hoch im Kurs. Eine indirekte Ausnahme sind die diversen Mars-Romane aus dem Genre, die tatsächlich über andere gesellschaftliche Verhältnisse auf dem roten Planeten nachdenken.

Die (un)endliche Perspektive der SF

> *»Vielleicht wäre ja das Wissen, die revoltierende Mathematik, die bizarren Schleifen, die neuen elektronischen Welten Grundlage für eine Topographie eines neuen Reichs des Abenteuers. Wir wissen: das menschliche Gehirn ist nicht in der Lage, ein System zu entwerfen, in dem das eigene Funktionieren hinreichend beschrieben ist. Wie aber anders in jene unerklärten Bereiche gelangen, wenn nicht durch das Abenteuer?«*
>
> GEORG SEESSLEN[28]

Die Zukunft der SF ist selbst genausowenig vorherzusagen[29]. Vielleicht lassen sich aber einige Punkte beschreiben, die den neuen Möglichkeits-Raum der SF umreißen, der sie »aufheben«, transformieren kann, ohne sie als Relikt beiseite schieben zu müssen. Wie beschrieben, ist abzusehen, dass die realistische Literatur sich in die rationale, wissenschaftlich »begründete« Phantastik ausweiten und damit das angestammte Gebiet der SF besetzen wird (wenn auch in »schwacher« Form), während andere Zweige der phantastischen Literatur möglicherweise vermehrt ins Irreale, Traumhafte ausweichen werden. Ein weiteres »Crossover« zwischen diesen verschiedenen Zweigen ist wahrscheinlich. Aber es besteht kein Grund, an der Notwendigkeit einer »Zukunftsliteratur« zu zweifeln. Sicherlich herrscht kein Stoffmangel für Visionen: es wird immer neue Ideen, neue soziale Entwicklungen geben, die literarisch reflektiert werden[30]. Ob diese literarische Reflexion am Ende dieses Jahrhunderts noch »SF« heißen wird, ist völlig offen. Es spricht einiges dafür, dass das heutige Zeichen-Universum der SF sich verändern wird: weg von den dominanten Symbolen der Strahlenwaffen und Raumschiffe, der Roboter und Aliens, des Cyberspace und anderen hin zu feineren ausgearbeiteteren Phantasien um Netzwerke und »vermischte« real – virtuelle Welten, um andere technisch aufgerüstete Denklogiken, um interstellaren Informationstransport und ein »globaleres« Verständnis von Bewusstsein. Die Grenzen zwischen dem Realen und dem Virtuellen, zwischen dem Biologischen und dem Technischen und in weiter Perspektive vielleicht auch zwischen dem Materiellen und dem Mentalen beginnen sich aufzulösen, und diese Tendenzen erfordern ein neues Denk- und Phantasieinstrumentarium.

Die Wissenschaft ist zwar mit Fiktionen kaum noch einzuholen und ihre Themen sind wegen ihres zunehmenden Abstraktionsgrades schwer zu dramatisieren. Aber auch wenn das Wissen, das doch durch Geschichten anschaulich tradiert werden soll, heute »an akutem Bildermangel« (Durs Grünbein) leidet, wird es Überraschungen in den Wissenschaften geben, neue Metaphern, neue Symbole werden aufkommen. Andere Geheimnisse, andere »Mythen«, die die SF imaginär offenbart, werden in der komplexen Modellierung von Prozessen, der Entzifferung des genetischen Codes, der Beherrschung der Quantenwelt u.v.m. liegen und die Frage nach neuen interdisziplinären Verbindungen dringlich werden lassen. Möglicherweise anregende Paradigmen um informationsgesteuerte Prozesse der Selbstorganisation (nach Manfred Eigen ein neues Leitbild der Naturwissenschaften), die Neuroästhetik oder die Komplexitätsforschung sind schon heute als wissenschaftliche Gegenstände etabliert.

Die interstellare Raumfahrt und die Begegnung mit Aliens können zum Klischee werden, wenn sie nicht konzeptionell weiterentwickelt werden. Dass SF nachwievor eine Denk-Provokation darstellen und den Phantasie-Raum in immer neue Dimensionen ausweiten kann, beweisen beispielsweise die Romane des australischen Autors Greg Egan, die mit Glossar und wissenschaftlichen Literaturhinweisen erscheinen. Der Horizont der vielfältigen Auswirkungen einer verstärkt technisch eingebundenen, posthumanen Existenzform ist kaum auszuschöpfen. Und die Grenzen des Vorstellbaren auszuweiten, wird in jedem Zeitalter eine sinnvolle Aufgabe sein. Aber warum soll die SF nicht selbstkritisch auch an ihre Auflösung denken, wenn sie schon in ihren besten Werken die kulturelle Normalität infrage stellt? Warum sollte SF als Genrebezeichnung nicht eines Tages genauso überholt sein wie die »gothic novel« oder der englische »Ritterroman«? Die SF hat sich, wie oben angerissen, unter bestimmten sozialhistorischen Bedingungen entwickelt, und sie hat bestimmte Erzähltechniken, Regeln und Symbole erfunden, um sich als Genre zu etablieren. Diese Elemente des Codes geraten in die Krise, wenn die Gesellschaft weitere Entwicklungsprozesse durchmacht und ganz neue Räume des Wissens und der kulturellen Praxis entstehen. Sie verlieren an Anziehungs- und Gestaltungskraft und müssen verändert werden.

SF ist ein Medium, um die Vergänglichkeit gesellschaftlicher Prinzipien zu zeigen, und ein Meilenstein auf dem Weg, um eine Literatur zu schaffen, die den kosmischen Lebenswirklichkeiten der Menschheit am besten »entspricht«. Die Menschheit hat von Beginn an einen Überlebenskampf in einer feindlichen Umwelt geführt und diesen am Lagerfeuer in Geschichten dramatisiert. Nach Jahrtausenden der langsamen Entwicklung hat der rasante Anstieg von Wissenschaft und Technik seit wenigen hundert Jahren vielfältige Fortschritte ermöglicht. Die moderne Gesellschaft hat neue Einblicke in das kosmische Geschehen erlangt, abstrakte Ebenen der Informationsverarbeitung erreicht und eine weltweite Kommunikation technisch auf den Weg gebracht, aber sie ist nicht »sicher«, nicht absolut gefestigt.

Manche schätzen die SF gerade als Literatur der »kognitiven Dissonanz«, die allgemein akzeptierte Weltanschauungen erschüttert. Man darf annehmen, dass dieser »Erkenntnis-Riss« zwischen irrigen Illusionen um die Stellung der Menschen im Universum und dem Bewusstmachen ihrer tatsächlichen Lage sich weiter auftun wird. Dieser übergeordnete »Kulturkrieg«, in dem es um das Überleben der ganzen Gattung geht, wird immer weitergehen – wenn nicht eine Katastrophe passiert oder die Menschheit den Test der allgemeinen »Transformationskrise« (Norman Spinrad) nicht besteht – und mit Mitteln der Intelligenz, der Wissenschaft und immer neuen künstlichen Artefakten geführt werden. Damit bietet er genügend Stoff für die Erzählungen der Zukunft. Allein um sich vor realen, schon bekannten Gefahren wie Asteroideneinschlägen und Supernova-Explosionen schützen zu können, werden die menschlichen (und die künftigen künstlichen) Bewohner dieses Planeten früher oder später den kosmischen Raum gestalten müssen. Der »sense of wonder«, den viele bei der Lektüre von SF spüren, dass man ein Gefühl für das Abenteuer bekommt, Teil eines gigantischen unbekannten Kosmos zu sein, war bisher nur ein kulturell unterentwickeltes Staunen. Aus den Sternen geboren, kehren die Menschen schließlich zu den Sternen zurück – und die SF wird diese Kulturentwicklung mit ihren Phantasien und Konzepten begleitet haben, welche nachfolgenden Kunstformen sich auch immer ausbilden mögen.

ANMERKUNGEN

1 aus: Preface, in: Rudy Rucker, Peter L. Wilson, Robert A. Wilson (Ed.): Semiotext(e) SF, New York 1989, p. 20

2 aus: Thomas M. Disch: The dreams our stuff is made of. How SF conquered the world, New York 2000, p. 11/2

3 Immerhin brachte das Literaturmagazin »Literaturen«, mitherausgegeben von Sigrid Löffler, in seiner ersten Ausgabe 2001 einen SF-Schwerpunkt mit dem Titel »Die Geburt der Zukunft?«. Information im Internet unter: http://www.literaturen-online.de/

4 in einem Interview, unter: http://oivas.com/bjb/charlesplatt.htm

5 aus dem Nachwort, in: ders.: Die Neuromancer-Trilogie, Heyne SF&F-Bd. 06/8202, München 2000, S. 1004

6 siehe die vielen Bezüge von SF und damaliger Pop-Kultur, in: Rolf Dieter Brinkmann / Ralf-Rainer Rygulla (Hg.): ACID. Neue amerikanische Szene, Frankfurt/M. 1969

7 siehe dazu meinen Beitrag »Am Nullpunkt der Posthumanität. Cyberpunk-Fragmente. Noch einmal: William Gibsons ›Neuromancer‹«, in: Das SF-Jahr 1995, Heyne SF&F-Bd. 5245

8 siehe den Artikel »SF« aus »The Encyclopedia of Science Fiction«, herausgegeben von John Clute und Peter Nicholls, St. Martin's Press, New York. Auf deutsch unter: http://www.epilog.de/Lexikon/S/Science_Fiction.htm

9 vergl.: Michael Nagula: Keine Zukunft für SF?, in: Das SF-Jahr 1988, Heyne SF&F-Bd. 4464, S. 38

10 aus einer Antwort auf eine Leseranfrage für das Online-Magazin »SF Weekly«, unter: http://www.scifi.com/sfw/issue29/interview.html

11 Aber auch in der »new wave«-Bewegung rekurrierte man auf den Begriff der »speculative fiction«. Siehe den interessanten Text »Eine neue Literatur« von Michael Moorcock, in: Frank Rainer Scheck (Hg.): Computerträume. Neue SF, sonderreihe dtv 116, München 1973

12 siehe den Beitrag »Verschenkte Möglichkeiten: Die SF in den Augen der Profis« von Angela und Karlheinz Steinmüller, in: Das SF-Jahr 1996, Heyne SF&F-Bd. 5380

13 Michel Houllebecq: Elementarteilchen, List TB 60080, München 2001

14 siehe die Einleitung, in: Hans-Joachim Alpers u. a. (Hg.): Lexikon der SF-Literatur, Heyne Bd. 01/7287, München 1988

15 siehe: Usch Kiausch: »Die Geschichte selbst wird immer mehr zu einer Reihe von Optionen« Ein Gespräch mit John Clute, in: Das SF-Jahr 2000, Heyne SF&F-Bd. 6339, S. 771ff.

16 aus einem Interview, in: »Sci-fi universe« December 1996, p. 61

17 aus: Samuel R. Delany: Einige überhebliche Arten, sich der SF zu nähern, in: Das SF-Jahr 1993, Heyne SF&F-Bd. 4960, S. 233

18 siehe: Andy Robertson / David Pringle: Ein Gespräch mit Bruce Sterling, in: Das SF-Jahr 1991, Heyne SF&F-Bd. 4760, S. 521

19 aus: Definieren Sie doch mal Science Fiction!, in: Klaus N. Frick / Olaf Kutzmutz (Hg.): Nicht von dieser Welt? Aus der SF-Werkstatt, Wolfenbütteler Akademie-Texte Bd. 3, Wolfenbüttel 2001, S. 11

20 aus: Michel Butor: Die Krise der SF, in: Eike Barmeyer (Hg.): Science Fiction, München 1972, S. 83

21 in: James Gunn: Teaching SF, unter: http://falcon.cc.ukans.edu/~sfcenter/teaching.htm

22 siehe seinen Text »Stasis und Chaos. Anmerkung zur Dynamik populärer Genres«, in: Das SF-Jahr 1999, Heyne SF&F-Bd. 5965

23 in der Wochenzeitung »freitag« 3, 9. Januar 1998

24 Einen guten Überblick über die neuere deutschsprachige SF-Diskussion bietet die Aufsatzsammlung »SF: Werkzeug oder Sensor einer technisierten Welt?«, herausgegeben von Peter Schattschneider und Karlheinz Steinmüller als »Fantasia«-Bd. 94, EDFC Passau 1995

25 zitiert nach: Lars Gustafsson: Über das Phantastische in der Literatur. Ein Orientierungsversuch, in: ders.: Utopien, Frankfurt/M. 1985, S.16f.

26 siehe: Brian W. Aldiss / David Wingrove: Der Milliarden Jahre Traum. Die Geschichte der SF, Bastei Lübbe TB 24135, Bergisch Gladbach 1990, S. 771

27 siehe dazu meinen Beitrag »Auf der Suche nach einer ›Meta-Dramaturgie‹ oder: Die Schwerkraft der Erzählung«, in: Das SF-Jahr 1999, Heyne SF & F-Bd. 5965

28 in: Hans-Joachim Neumann / Georg Seeßlen (Hg.): Bluebox 1: Abenteuer. Magazin zur populären Kultur, Ullstein TB 36530, Frankfurt/M. 1987, S. 53

29 Einen Versuch unternimmt Karlheinz Steinmüller in seinem Essay »Science Fiction in Cyberspace. Spekulative Thesen zur Zukunft der SF«, in: »Alien Contact« 42, 2001

30 siehe dazu auch das Statement »Hat die Zukunft noch Zukunft? Oder anders gefragt: Hat Science die Science Fiction nicht schon längst eingeholt und überflüssig gemacht?« von Wolfgang Jeschke, unter: http://www.heyne.de/sf/edition/zukunft.htm

ÜBER SCIENCE FICTION

Künstliche Menschen

Aus der Frühzeit der Menschenproduktion

von Hartmut Kasper

Die Idee des künstlichen Menschen ist alt, beinahe vorgeschichtlich, vielleicht sogar göttlich. Verschiedene Schöpfungsmythen berichten davon, dass der Mensch selbst nicht pures Naturprodukt ist, sondern einem Kunstgriff sich verdanke.

So heißt es in dem älteren der beiden alttestamentarischen Schöpfungsprotokolle: »Da formte Gott, der Herr, den Menschen (hebräisch: adám) aus Ackerboden (hebräisch: adamáh) und blies in seine Nase den Lebensatem. So wurde der Mensch zu einem lebendigen Wesen.« Ein erläuterndes Wortspiel. Später wird, wie erinnerlich, dem Mann (hebräisch: isch) etwas aus der nächsten Nähe seines Herzens entnommen und daraus eine Frau (hebräisch: ischáh) gebaut, ein Wesen, das der Mann dieser Operation wegen zeitlebens zurück in seine Herznähe zu ziehen strebt (Genesis 2,7; 21–24).

Nach der jüngeren Version wird der Mensch als Abbild seines Schöpfers hergestellt: »Gott schuf also den Menschen als sein Abbild; als Abbild Gottes schuf er ihn. Als Mann und Frau schuf er sie« (Genesis 1, 27).

Auch Prometheus soll den Menschen aus Ton geschaffen haben: Der einen Lesart zu Folge im Auftrag des Zeus; nach Ovid nahm er von sich aus Erde, die er »mischte mit schlammigen Wellen / und (...) formte als Abbild der alles beherrschenden Götter. / Während die andern Geschöpfe gebeugt die Erde betrachten, / Gab er ein aufrecht Antlitz dem Menschen und hieß ihn zum Himmel / Schauen und zu den Sternen empor die Blicke zu lenken«: ad astra!

In dieser Tradition steht die Schaffung eines Kunstmenschen

durch den Menschen selbst zunächst in einem religiösen Kontext: Menschenfabrikation erfordert entweder göttlichen Beistand, oder der Menschenfabrikant setzt sich an Gottes statt – eine Hybris, die in der Regel eine schlechte Prognose für das Gedeihen des Kunstgeschöpfes bedeutet.

Metamorphosen

Der eben zitierte römische Dichter Publius Ovidius Naso (43 v. Chr.–17/18 n. Chr.) schrieb um die Zeitenwende einen Zyklus von Verwandlungsgeschichten, die »Metamorphosen«. Etwa 250 griechische Mythen werden in diesen Büchern verarbeitet, darunter die Geschichte des Bildhauers Pygmalion. Pygmalion, angewidert vom Betragen der griechischen Natur-Frau, hat sich eine eigene Frau aus Elfenbein geschnitzt:

»Eine Jungfrau ist es, so wahr, als wäre sie lebend, / Und als ob nur die Scham sie hindere, sich zu bewegen. / So verbarg sich denn Kunst in Kunst. Pygmalion selber / Staunt, und das Bildnis des Leibes erregt ihm ein glühend Entzücken. / Manchmal prüft seine Hand das Werk, ob es ein lebend Körper, / Ob es Elfenbein sei«. (Zehntes Buch). Pygmalion hat sich in seine Statue verliebt; er macht ihr Muscheln und runde Kiesel und kleine, niedliche Vögel zum Geschenk, Lilien, bunte Bälle und von den Bäumen geweinte Tränen der Heliaden; er kleidet und schmückt sie und bettet sie auf sein eigenes Lager, das gefärbt ist von sidonischen Schnecken. Schließlich erfleht er von Venus, das elfenbeinerne Mädchen zu beseelen, und Venus erhört ihn: »Wiederum naht er dem Mund und befühlt mit Händen den Busen: / Weich wird unter der Hand das Elfenbein, mildert die Härte, / Schmiegt sich den Fingern an so fügsam, wie Wachs«.

So hat sich Pygmalions Traum erfüllt von einer schönen Konkubine, schmiegsam wie Wachs in seinen Händen. Bald wird sie schwanger und bringt Paphos zur Welt: eine fruchtbare Verbindung zwischen Mensch und Kunstmensch – allerdings, soweit wir heute sehen, sollte es vorläufig die Einzige bleiben. Die meisten Paarungen von Schöpfer und Geschöpf enden fruchtlos oder ganz im Desaster.

Sagenhaft & legendär

In der griechischen Sagenwelt ist an künstlichen Menschen kein Mangel. Der Schmied Hephaistos schmiedet auf Geheiß des Götterfürsten Zeus die schöne Pandora mit dem Pithos, der legendären Büchse, die alles Übel und Leiden enthält; Hephaistos selbst lässt sich von Jungfrauen aus Gold bedienen; für König Minos von Kreta schafft er aus Erz den riesenhaften Talos, den die Argonauten erst zu Fall bringen, als sie ihm den Zapfen herausstoßen, der sein Adernsystem verschließt; er verblutet. Ein anderer Schmied, Daidalos, soll Androiden hergestellt haben, die man anbinden musste, um sie an der Flucht zu hindern.

Der mittelalterliche Theologe Albertus Magnus stand im Ruf, sich einen sprechenden, eisernen Kopf gebaut und als Türhüter eingesetzt zu haben; sein Schüler, der heilige Thomas von Aquin, soll dieses Menschenfragment als gotteslästerlich zertrümmert haben.

Auch Ovids Dichter-Kollege Vergil hatte postum besondere Fähigkeiten erlangt, im 14. Jahrhundert hieß es, er habe einen sprechenden, weissagenden Kopf geschaffen und eine Dirne aus Stein.

So zeichnen sich zwei erste Hauptzweige der Menschenmanufaktur ab: die künstliche Frau, deren schöner Leib unbedingt vollständig sein muss, und der verkopfte Androide.

In der talmudischen Zeit (200–500 n. Chr.) entsteht daneben eine Legende, die sich in Deutschland besonders vom 14. bis zum 17. Jahrhundert verbreitet, nach der Gott einem frommen Rabbi das Mittel in die Hand gegeben habe, einen Golem zu schaffen. Ein magisches Zeichen, der Schem, belebt diese Figur aus einem Erdklumpen oder aus Holz. Entfernt man den Schem, ist der Ungestaltete vernichtet.

Freilich scheint es, als ob auch der Golem ursprünglich nicht bloß nach magischer Rezeptur ins Leben gerufen werden konnte. Notwendig war, dass sein Schöpfer sich in einen ekstatischen Bewusstseinszustand versetzen musste, bevor der Golem sich ihm belebte – so nachzulesen bei dem chassidischen Autor Eleasar aus Worms. Gershom Sholem, Erforscher der jüdischen Mystik, bemerkt dazu: »Erst die volkstümliche Legende verlieh

DAS DAMPFCONCERT.

dem Golem dann auch eine Existenz außerhalb der Ekstase« (in: G. Sholem: Die jüdische Mystik. FaM 1980, Seite 108).

Der Golem ist nichts als Knecht, zur Sprache unfähig, ganz anders also als der Primärmensch, dem nach alttestamentarischem Zeugnis die Gabe der Bezeichnung verliehen ist (»Der Mensch gab Namen allem Vieh, den Vögeln des Himmels und allen Tieren des Feldes.« (Genesis 2, 20)) Golem, der stumme Arbeiter, wird so zum Ur-Ahnen aller Roboter.

Aufspielende Musik-Automaten ...

Springen wir aus dem dunklen Untergrund des Mittelalters ins lichte, aufgeklärte 18. Jahrhundert:

»Im Jahre 1738 drängten sich die Pariser Rokoko-Damen mit ihren adligen Kavalieren, um eine sonderbare Ausstellung zu besuchen. Ein Mechaniker namens Jacques de Vaucansson (1709–1782) aus Grenoble lud ein, dem Spiel eines Flötisten zu lauschen. Das Besondere an dieser Vorführung war: der Jüngling, der da Lippen, Finger und Zunge bewegend auf einer Querflöte zwölf Melodien spielte, wurde von Uhrwerken angetrieben, die ein System von Blasebälgen bewegten, das die Luft erzeugte, die in der Flöte in Töne umgewandelt wurde. Der junge Mann, 1,65 Meter groß, war ein Automat, der nur so aussah wie ein Mensch, ein Android also. Neben ihm im gleichen vornehmen Salon konnten die Besucher eine mechanische Ente bewundern, die nicht nur sämtliche Bewegungen eines lebendigen Tieres ausführte, sondern auch fraß und verdaute und das Gefressene gleichsam auf natürlichem Wege wieder ausschied«, so schildert Lienhard Wawrzyn in seinem Buch »Der Automatenmensch« (Berlin 1978, Seite 99) die bemerkenswerte Szene.

Nicht mehr die Schmiede, wie einst zu homerischen Zeiten, waren die High-Techniker ihrer Epoche. Uhrmacher und Mechaniker bildeten die neuzeitliche Avantgarde. Das Weltbild war transparent, geheimnislos, mechanisch; das planetarische Weltengefüge lief als gigantisches Uhrwerk; bei Hofe spielte man Billard und imitierte damit den Weltenbeweger, der per Queue (französisch: Schwanz) den Impuls zu exakt kalkulierbaren Läufen der Kugeln gab.

Der Arzt Julien Offray de La Mettrie (1709–1751) lieferte 1748 den theoretischen Hintergrund für diese Weltsicht mit seinem philosophischen Titel »L'Homme plus que machine« (Der Mensch, eine perfekte Maschine.) Dort heißt es: »Ich täusche mich nicht, der Mensch ist eine Uhr«, eine solche zwar, die sich selber aufzieht. Wenigstens eine gewisse Zeit lang.

Auch in dieser Ära fühlten sich die Pioniere ihrer Wissenschaft berufen, als Meisterstück einen Menschen zu machen – was sie nicht von den Gentechnikern und Programmierern unserer Tage unterscheidet:

Der Schweizer Uhrmacher (und Theologe) Pierre Jaquet-Droz erzeugte zusammen mit seinem Sohn Henri-Louis 1760 einen Schreiber-Androiden, 1773 einen Zeichner und eine Orgelspielerin, noch heute zu bewundern im Museum von Neuchâtel. Ein System von Kurvenscheiben befähigt den Zeichner, die Feder einzutauchen und Portraits beispielsweise von Marie Antoinette zu zeichnen.

Die eigentliche Liebe der Androidenbauer aber gehört zweifellos den Musikanten. Henri-Louis Jaquet-Droz stellte 1773 eine Klavierspielerin her; Johann Gottfried Kaufmann baute in den Jahren 1808-1810 zusammen mit seinem Sohn Friedrich einen Trompeter-Automaten.

Besonders reizvoll an der Orgelspielerin musste wirken, dass ihren Verehrern Zugang zu dem gestattet war, was sich unter ihrer Wäsche verbarg: Man durfte ihr die seidenen Gewänder öffnen und das darunter arbeitende Räderwerk bestaunen.

In Spanien wurden die Hersteller derartiger Automaten als illegale Schöpfungsassistenten übrigens von der katholischen Kirche mit Inquisition und Folter bedroht. Merkwürdig eigentlich, imitierten die oben aufgeführten Automaten-Elternpaare aus Vater und Sohn doch aufs Schönste die um jede Mutterschaft gekürzte himmlische Familie.

P.S.: Vaucanson stellte sich später in die Tradition der Golem-Macher. Er wandte sich von der Produktion der Androiden ab und dem Maschinenbau zu. Für die königliche Seidenmanufaktur in Lyon konstruierte er einen wasserradbetriebenen automatischen Webstuhl.

... und ein paar Nachspiele

Im Jahr 1844 erschien »Un autre monde« (1844, »Eine andere Welt«) von Plinius dem Jüngsten (ein Pseudonym – für wen, ist bislang nicht geklärt); die Illustrationen zu diesem allerliebsten Reisebericht (aus dem Epilog: »Das war eine allerliebste Reise. – Überhaupt sind die Reisen eine allerliebste Sache, wenn man nur nicht heimkehren müsste.«), die Reise-Bilder also stammen von dem großen Karikaturisten Grandville, das ist: Jean Ignace Isidore Gérard (1803–1847). Grandville selbst hat wenig geschrieben, lediglich zwei alptraumhafte Visionen (»Schuld und Sühne« und »Spaziergang im Himmel«) sowie den eigenen Grabspruch: »Hier liegt J. J. Grandville. Er beseelte Alles und machte, nach Gott, Alles leben oder sprechen, er selbst aber verstand es nicht, den rechten Weg zu seinem Glück einzuschlagen.«

Ein Kapitel des Textes trägt den Titel »Das Dampf-Concert« und befasst sich mit einem »Mechanisch-Metronomischen Instrumental-, Vokal- und Phänomenal-Concert in zwei Stationen; am Schlusse: Jubelhymnus für 200 Posaunen. Herr Doktor Puff dirigiert die Maschinen«.

Ausführende Interpreten nämlich sind Maschinen, ferne Verwandte der mechanischen Musikanten des 18. Jahrhunderts. Der (fiktive) Rezensent lobt: Von »nun an werden Schnupfen, Husten, Heiserkeit und vergleichbare Gesangshindernisse eine verklungene Sage sein. Die Stimmen der Tenore, Bässe, Barytons, Soprane und Alte sind von allen Unfällen fortan bewahrt; die durch Dampf in Bewegung gesetzten Instrumente bringen Wirkungen von unglaublicher Genauigkeit hervor. (...) In diesem Jahrhundert des Fortschritts ist die Maschine ein vervollkommneter Mensch.« Zu Gehör gebracht werden unter anderem das »große Duett ›Eisenbahn und Dampfschiff‹«, »›Der Dampfkessel‹. Symphonie für Hochdruck, mit 300 Pferdekraft« und »›Das Ich und das Nicht-Ich‹; philosophische Symphonie in C-Dur«.

Neue, PS-starke Kompositionen für die neuen Instrumentalisten – diese Idee geht weit über die Vorstellung hinaus, der vervollkommnete Maschinenmensch sei bloß der bessere Exekutor des musikalischen Kultur-Erbes.

Tatsächlich darf man fragen: Müssten am Ende der Kunstwesen-Entwicklung nicht Kunstwerke stehen von ganz eigenartiger Qualität, dem menschlichen Ohr (und Geist) kaum noch oder nicht mehr verständlich?

Wie werden noch einmal auf die Frage nach der Maschinenkunst, der künstlichen Kreativität, zurückkommen.

Gegen das Hörerlebnis eines »Eisenbahn- und Dampfschiff-Duetts« jedenfalls muss das, was Perry Rhodan im Jubelheft Nummer 250 »Die 6. Epoche« zu Ohren kommt, ein fast vertrauter Klang gewesen sein: Berichtet wird uns von der Zwischenlandung des Großraumschiffs CREST III irgendwo in Andromeda auf der interstellaren Werft »KA-preiswert«; deren Besitzer, Inhaber und Betreiber Kalak – der letzte kosmische Ingenieur – bereitet den Raumfahrern aus dem Volk der Terraner, von dem er zuvor noch kein Exemplar zu Gesicht bekommen hat, einen heißen Empfang: »*Batschadu der Vielseitige* erwachte zuerst aus seinem jahrhundertelangen Schlaf. Batschadu war ein Spezialroboter. (...) Ein erkrankter Techniker, der in seinem Klinikzimmer uralte Mikrobänder von historischen Musikern abhörte und sich daran begeisterte, war von den Mental- und Schalltastern aufgespürt worden. Das Zentralgehirn zeichnete die Schwingungen auf und erhielt somit ein echt terranisches Musikprogramm. (...) Batschadus Hautfarbe veränderte sich. (...) Seine Anpassung erfolgte schnell. Das Zentralgehirn gab ihm ständig neue Daten durch. (...) Dreißig, vierzig Arme wuchsen aus ihm hervor. Instrumente erschienen. (...) Sie begannen zu trommeln. Posaunen fielen ein. Ein Saxophonsatz mit melodieführender Klarinette wurde hörbar (...), als der uralte St. Louis Blues mit erstklassiger Satzarbeit aus Batschadu hervordröhnte. (...) ›Glenn Miller, eh?‹, brüllte Batschadu dazwischen. ›Klasse, ja? Als Marsch gebracht. Hei, da fliegen die Beine. Denkt daran, wie billig und gut Ka-preiswert ist! War das eben eine exakte Triole? Jetzt kommt das Blech. Achtung ...!‹ (...) Batschadu, der Vielseitige, sang mit; und wie er sang! Er bildete einen Chor mit achtundvierzig hochqualifizierten Sängerinnen.«

Die Sterneninsel Andromeda ein einziger Jazz-Club, und ein Roboter als Orchester-Chor-Hybrid: das hätten sich die Musik-Androiden aus den Werkstätten von Jaquet-Droz, Kaufmann und Vaucanson kaum träumen lassen (oder träumten sie überhaupt nur von akustischen Schafen?).

Goethe, zum Ersten

Zurück ins 18. Jahrhundert: Im Jahr 1777 hatte der 28-jährige Erfolgsschriftssteller Johann W. Goethe in der Residenzstadt Weimar – einem 6000-Seelen-Ort mit abgebranntem Schloss – ein Theaterstück begonnen, betitelt »Der Triumph der Empfindsamkeit«. Held des Ganzen, das zunächst »Die geflickte Braut« hatte heißen sollen, ist der wunderliche Prinz Oronaro, empfindsam und naturverliebt bis zum Äußersten, leider gegen die natürliche Natur gewissermaßen allergisch: »Hat man sich auf dem Rasen seinen Gedanken überlassen, gleich sind die Kleider voll von Ameisen, und die zärtlichste Empfindung in einer Laube wird oft durch eine herabfahrende Spinne gestört.« Also hat sich der Prinz entschlossen, »durch tüchtige Künstler sich eine Welt in der Stube zu verschaffen. Sein Schloss ist daher auf die angenehmste Weise ausgeziert, seine Zimmer gleichen Lauben, seine Säle Wäldern, seine Kabinette Grotten, so schön und schöner als in der Natur (...). Und weil der Prinz so sehr dran gewöhnt ist, wie er denn in jedem Lustschloss seine Natur hat: so haben wir auch eine Reisenatur«, das heißt: man führt in diversen Kästen sprudelnde Quellen mit sich, den Gesang der Vögel und privaten Mondschein – gewissermaßen eine Vorform des Holo-Decks.

Natürlich darf in dieser künstlichen Natur auch eine Geliebte nicht fehlen, ja, sie ist das eigentliche Prunkstück der Sammlung; dieselbe sitzt in der (wahrscheinlich spinnenfreien) Laube, als sich ihr einige Hoffräulein nähern; man spricht sie an, sie reagiert nicht. Man rührt sie an, und siehe: eine Maske fällt hinunter:

Mit hoher obrigkeitlicher Bewilligung.

Mechanisch-Metronomisches

Instrumental-, Vocal- und Phänomenal-

Concert

in zwei Stationen.

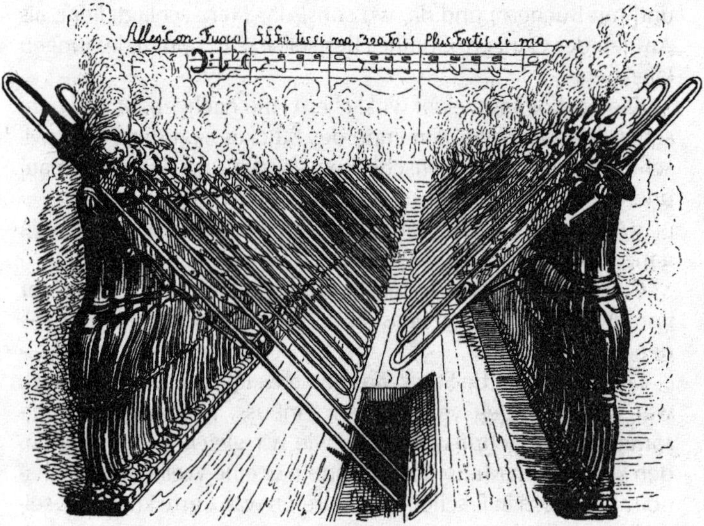

Am Schlusse:

Jubelhymnus für 200 Posaunen.

Herr Doctor Puff dirigirt die Maschinen.

»Mana: Eine Puppe!
Sora: Eine ausgestopfte Nebenbuhlerin!
Lato: O ein schönes Gehirn!
Sora: Wenn sie eben so ein Herz hat.
Mana: Auskleiden soll man sie und in den Garten stellen, die Vögel damit zu scheuchen.
(...)
Mela: Ich begreife nicht, was der Prinz mit einer Puppe will.«

Wirklich nicht? Nun ja, so sind sie, die herzenseinfältigen Hoffräuleins ... Immerhin sind sie neugierig genug, und so geht man der Sache auf den Grund, öffnet den Sack, den die Puppe an Stelle des Leibes hat, findet ihn ausgestopft mit Häckerling und mit Büchern; und da, wo sonst das Herz schlägt, liegt, als Antrieb des Ganzen, Goethes Bestseller »Die Leiden des jungen Werthers«.

Die Androidin ist einer wirklichem Frau nachgebaut, der hübschen Mandandane. Am Ende des Stückes sitzt der Prinz zwischen beiden, dem menschlichen Vorbild und dem Nachbau, und er entscheidet sich:

»(Auf die Puppe deutend) Hier, hier ist meine Gottheit, die ganz mein Herz nach ihrem Herzen zieht.«

Goethe, der Ovid schon in jungen Jahren las und später immer wieder, wird gewusst haben, in welche Tradition er seinen Prinzen stellte.

Das parodistische Stück, das heute weitgehend vergessen ist, war in seiner Zeit von einigem Einfluss, besonders auf die romantischen Schriftsteller, die, wie wir gleich sehen werden, den künstlichen Menschen, nachdem er eine Weile lang mechano-musikalisch in Erscheinung getreten war, zurückholen in seine literarische Heimat.

Frauen und Frankensteine

Erinnern wir uns: Für einen kurzen Zeitraum, etwa die Dekade von 1795 bis 1805, konzentriert sich das literarisch-philosophische Leben der deutschsprachigen Länder (und es gab damals etwa 300 solcher deutschsprachigen Länder, die meistens allerdings ziemlich klein ausfielen, daher der Ausdruck »Deutsche Kleinstaaterei«) auf Weimar und die nähere Umgebung, wozu auch die benachbarte Universitätsstadt Jena gehörte. Hier saßen die Geistesgrößen der damaligen Zeit und/oder besuchten einander auf einen Tee im Salon: Goethe und Schiller, Wieland und der noch erfolgreichere Erfolgsschriftsteller Christian August Vulpius (»Rinaldo Rinaldini«, im Übrigen Schwager des alten Herrn Goethe), Jean Paul, Hegel und Hölderlin, August und Wilhelm Schlegel, Caroline Schlegel, Schelling, Tieck, Wackenroder, Novalis und etliche andere, die mir ihre eigentlich unverzeihliche Nichtaufnahme ins Perry Rhodan-Journal bitte nachsehen mögen.

Das frühe 19. Jahrhundert war ein an Erfindungen nicht eben armes Zeitalter: Im Jahr 1801 führte Alessandro Volta die erste Batterie vor, 1804 startete Richard Trevithick die erste Dampflokomotive, 1807 fuhr der erste Schaufelraddampfer von New York nach Albany; in Europa fuhren die Montgolfieren, und über London sprangen die ersten Fallschirmpiloten ab. Die führenden Schriftsteller Deutschlands aber (daran hat sich bisher wenig geändert) waren an technischen Neuerungen, wie etwa der Eroberung des Luftraums, wenig interessiert; sie steckten ihre Claims in historischen Territorien ab: Die Weimarer Autoren (die Klassiker) projizierten ihre Vorstellungen ins klassische Griechenland; die Kollegen zu Jena (die später sogenannten Romantiker) (re)konstruierten ein phantastisches Mittelalter als ihre Domäne. In den romantischen Texten siedelten sich nun auch die künstlichen Menschen an, nachdem die Technikgeschichte an ihnen mittlerweile schon wieder vorübergegangen war, um sich Maschinen zuzuwenden, die keinen Bezug zur Menschengestalt mehr hatten.

In Achim von Arnims »Der Melück Maria Blainville« (1812) verlebendigt sich eine Kleiderpuppe oder es tritt ein Golem auf (»Isabella von Ägypten« 1812); bei Eichendorff agieren animierte Venus-Statuen (»Das Marmorbild« 1819; »Die zauberische Venus« 1816); E.T.A. Hoffmann endlich erzählt in »Der Sandmann« (1817) von der schönen Androidin Olimpia:

»Olimpia spielte den Flügel mit großer Fertigkeit und trug

ebenso eine Bravour-Arie mit heller, beinahe schneidender Glasglockenstimme vor.« Nathanael, ein junger Student, verfällt ihrem Zauber und bittet sie zum Tanz. »Eiskalt war Olimpias Hand, er fühlte sich durchbebt von grausigem Todesfrost, er starrte Olimpia ins Auge, das strahlte ihm voll Liebe und Sehnsucht entgegen und in dem Augenblicke war es auch, als fingen an in der kalten Hand Pulse zu schlagen und des Lebensblute Ströme zu glühen.«

Allerdings bleibt Olimpia merkwürdig wortkarg: »Ach – Ach – Ach!« ist alles, was sie sagt. Freilich erfährt ihr Verehrer diese Eigenschaft als Vorteil; stundenlang nämlich kann er ihr seine Gedichte vorlesen, ohne dass sie irgendein Anzeichen von Ermüdung, Einwand oder Widerspruch zeigt.

Nathanaels Freund Siegmund hingegen findet Olimpia nicht geheuer: »Sie könnt für schön gelten«, urteilt er, »wenn ihr Blick nicht so ganz ohne Lebensstrahl, ich möchte sagen, ohne Sehkraft wäre. Ihr Schritt ist sonderbar abgemessen, jede Bewegung scheint durch den Gang eines aufgezogenen Räderwerks bedingt. Ihr Spiel, ihr Singen hat den unangenehm richtigen geistlosen Takt der singenden Maschine und ebenso ist ihr Tanz.« Was einige Jahrzehnte zuvor noch Faszinosum war, schreckt nun ab: der künstliche Mensch ist zum Schauder geworden, und ihr Erzeuger, Spalanzani, muss sogar fliehen, »um der Kriminaluntersuchung wegen des der menschlichen Gesellschaft betrüglicherweise eingeschobenen Automats zu entgehen.«

Ein Jahr nach Olimpia bringt die englische Schriftstellerin Mary Wollstonecraft Shelley den männlichen Pendant auf den Markt, das namenlose Monster des Doktors »Frankenstein oder Der moderne Prometheus« (1818):

»Es war in einer düsteren Novembernacht, als ich endlich das Ziel meiner Mühen erreichte. Mit einer Angst, die schon an Agonie grenzte, sortierte ich rund um mich die Instrumente, mit denen ich einen Funken Leben in jenes leblose Ding pflanzen wollte, das zu meinen Füßen lag. Es war schon ein Uhr morgens; der Regen trommelte eintönig gegen die Fensterscheiben, und meine Kerze war fast heruntergebrannt, als ich im trüben Schimmer des halb erlöschenden Lichtes sah, wie sich das trübe gelbe

Auge meines Geschöpfes öffnete. Das Wesen atmete schwer, und eine krampfartige Bewegung lief durch seinen Körper.«

Anders als Olimpia ist Frankensteins Kunstmensch durch seine Hässlichkeit von jeder menschlichen Gesellschaft ausgeschlossen, und Liebe erfährt er nicht. Erst durch diesen furchtbaren Mangel wird er zum Monstrum und Mörder. Als Frankenstein ihm den Wunsch nach einer gleichartigen Gefährtin versagt, tötet er die Braut seines Erzeugers. Die Herren bleiben unter sich: Nachkommen gibt es keine.

Goethe, zum Zweiten

Später befasste sich Goethe noch einmal mit dem Motiv des künstlichen Menschen. Im zweiten Teil seiner »Faust«-Tragödie (1832) verarbeitete er die in spätmittelalterlich-alchemistischen Quellen belegte Vorstellung der künstlichen Menschenerzeugung, die er aus den Schriften des Paracelsus gekannt haben wird. Im zweiten Akt des zweiten Teils trifft der Dämon Mephistopheles auf Wagner, ehemals Schüler des Faustus, nunmehr tätig in einem Laboratorium, das »im Sinne des Mittelalters« ausgestattet ist: »weitläufige, unbehülfliche Apparate zu phantastischen Zwecken«. Und der Herr Laborant lässt den alten Teufel – nun, ziemlich alt aussehen. Man erblickt eine aus sich heraus leuchtende Phiole; Wagner spricht:

»Haltet Wort und Atem fest im Munde,
Ein herrlich Werk ist gleich vollbracht.
Mephistopheles: Was gibt es denn?
Wagner: Es wird ein Mensch gemacht.«

Der Teufel interessiert sich für die Paarung und fragt:

»Ein Mensch? Und welch verliebtes Paar
Habt Ihr ins Rauchloch eingeschlossen?
Wagner: Behüte Gott! Wie sonst das Zeugen Mode war,
Erklären wir für eitel Possen.«

Der neue Mensch nämlich wird künstlich erzeugt, in vitro, im Glas. Dieses Glas ist aber zugleich Uterus, Gehäuse, Haus und Käfig. Der neue Mensch, das Menschlein – Homunculus – kann nicht heraus; es sagt zu Wagner:

»Nun Väterchen! Wie steht's? es war kein Scherz.
Komm, drücke mich recht zärtlich an dein Herz!
Doch nicht zu fest, damit das Glas nicht springe.
Das ist die Eigenschaft der Dinge:
Natürlichem genügt das Weltall kaum,
Was künstlich ist, verlangt geschlossnen Raum.«

Homunculus ist ausgestattet mit besonderen Kräften: Er macht sein Glas zum Flugzeug, schwebt und schaut dem schlafenden Faust in die Träume. Der junge Mutant erweist sich als unternehmungslustig. Er lädt den Teufel ein zu einem Ausflug in den Süden, der Teufel zögert, wird aber schließlich durch die Aussicht auf thessalische Hexen überzeugt. Väterchen Wagner nimmt man übrigens nicht mit, merke: die Jugend der künstlichen Menschen ist kurz. Wenn nicht sogar ihre ganze Existenz. Homunculus erblickt während der Klassischen Walpurgisnacht die schöne Galatee, er nähert sich ihr – »als wär es von Pulsen der Liebe gerührt« – und zerschellt mit seiner Phiole schließlich mit einem ungeheuren Feuerwerk an ihrem Muschelthron:

»Welch feuriges Wunder verklärt uns die Wellen,
Die gegeneinander sich funkelnd zerschellen?
So leuchtet's und schwanket und hellet hinan:
Die Körper, sie glühen auf nächtlicher Bahn,
Und ringsum ist alles vom Feuer umronnen;
So herrsche denn Eros, der alles begonnen.«

Epoche der Roboter

Im Jahr 1871 erscheint »The Coming Race« von Edward Bulwer-Lytton. (Von diesem Autor kennt heute fast jeder mit Charlie Brown-Comics Aufgewachsene wenigstens den einen Satz, mit dem Snoopy all seine Roman-Versuche startet: »It was a dark and stormy night« – so beginnt Bulwer-Lyttons Roman »Paul Clifford«.)

In dieser Vision (wir können hier problemlos von Science Fiction sprechen) setzt der Mann der Zukunft künstliche Lebewesen als Arbeitssklaven ein, die sich äußerlich vom Menschen kaum unterscheiden, aber keine Seele haben, da sie technisch

Artistische Gratiszugabe

für

die Abonnenten des Journals: „die Pickelflöte."

Fräulein Locomotive und Herr Schlotfang

in dem Duett

„Eisenbahn und Dampfschiff."

ha ha ha ha ha ha ha ha ha ha

ha ha ha

ha ha ha ha ha ha

ah ah ah

oh la la la! oh! ah! oh! ah! la! la!

konstruiert und fabrikmäßig hergestellt werden: Roboter gewissermaßen.

Der Begriff Roboter entsteht jedoch erst später, er stammt aus dem Theaterstück »RUR« (1921) von Karel Capek. Die Wortneuschöpfung Roboter lehnt sich an das tschechische Wort »robota« für »Arbeit« an.

Das Drama spielt im Gebäude der US-amerikanischen Firma »Rossum's Universal Robots RUR«. RUR beliefert den Markt mit biochemisch hergestellten humanoiden Arbeitskräften. Der Direktor des Betriebs, Domin, träumt von einer Welt, auf der alle Menschen dank seiner Roboter von der Arbeit befreit sind. Auf Betreiben Helens, der Gattin Domins, pflanzt Dr. Gall, der Leiter der psychologischen Versuchsabteilung der Firma, einigen Robotern menschliches Gefühl ein. Also reagieren die Roboter menschlich, organisieren sich gegen ihre Herren und rotten diese schließlich aus. Damit beginnt aber für die Roboter die Katastrophe: Sie verfügen nicht über den Quellcode, über die betriebsgeheime Produktionsformel und können sich daher nicht fortpflanzen. Jedenfalls nicht, bis zwei der künstlichen Geschöpfe, Primus und Helena, füreinander romantische Gefühle entwickeln: »Häuser und Maschinen werden zusammenstürzen, Systeme werden zerfallen und die Namen der Großen abblättern wie Laub; nur du, Liebe, blühest empor auf der Trümmerstätte und vertraust den Winden das Samenkörnchen des Lebens an.«

Und so wäre man auch hier einem Tipp des Apostels Paulus gefolgt: »Wenn ich in den Sprachen der Menschen und Engel redete, hätte aber die Liebe nicht, wäre ich dröhnendes Erz oder eine lärmende Pauke.« (1. Brief an die Korinther, 13,1) Auf diese Weise hätten die Erz-Geschöpfe endlich ihren Weg gefunden, menschlich zu werden – ein Bemühen, das sonderbarer Weise fast alle Kunstgeschöpfe noch der fernsten Zukunft beseelt. Selbst Data, der Androide der Next Generation, weiß kein besseres Ziel als dieses, wie wir aus einem denkwürdigen Dialog in der 111. Episode der Star-Trek – The Next Generation-Serie »Der einzige Überlebende« (Hero Worship, USA 1992) erfahren.

Hier betreut der Androide Mr. Data, der auf der »Enterprise«

Dienst tut, ein Kind namens Timothy. Dieser Junge ist durch den Tod seiner Eltern traumatisiert; er hat sich dem Androiden angeschlossen und ahmt ihn nach, da er gehört hat, dass Androiden keine Emotionen haben, also Leid und Trauer nicht kennen.

Im Bordcasino speisen beide ein Dessert, und sie reden miteinander:

Data (über sein Dessert): »Weder mag ich es, noch mag ich es nicht. Ich habe mich oft gefragt, wie es sein muss, wenn einem das Wasser im Munde zusammenläuft in Erwartung der Verzehrung eines Konfekts oder die Freude zu fühlen, die ich bei Menschen beobachtet habe, wenn sie es konsumieren.

Timothy: Das hört sich an, als möchten Sie kein Android sein.

Data: Ich bin ein Android. Das wird sich niemals ändern.

Timothy: Wenn Sie es ändern könnten – würden Sie es tun?

Data: Ich wünsche mir oft, ein Mensch zu sein. Ich studiere sorgfältig die Menschen, um mich dem menschlichen Verhalten besser anpassen zu können.

Timothy (der den Androiden imitiert und hier in der Rolle eines Androiden spricht): Wir sind stärker und wissen mehr als die Menschen. Wir können vieles tun, was sie nicht können.

Data: Aber ich kann auf meine Fähigkeiten nicht stolz sein. Ich kann mich an meinen Leistungen nicht erfreuen.

Timothy: Aber wir müssen uns auch niemals schlecht fühlen.

Data: Ich würde mit Freude riskieren, mich manchmal schlecht zu fühlen, wenn dies auch bedeuten würde, dass ich mein Dessert schmecken könnte.«

In der Realität aber haben die Roboter ihr menschenähnliches Äußeres längst abgelegt; sie treten in nackter Funktionalität auf, und fern liegt ihnen jeder Gedanke, durch Einnahme des Kantinenessens Fortschritte zu machen auf ihrem Weg zu größerer Menschlichkeit. Seit 1964 sind die ersten Industrieroboter im Einsatz, seit 1968 ausgerüstet mit Sensoren und Objekterkennungssystemen. Zu Beginn des 21. Jahrhunderts waren weltweit etwa 800 000 Industrie-Roboter im Einsatz.

Unter dem Begriff Industrieroboter versteht man alle elektronisch von einem Kleinrechner beziehungsweise Mikroprozessor gesteuerten und mit der Möglichkeit zur Bewegung ausgestatteten Arbeitsgeräte, die mit Greifern und Werkzeugen ausgerüstet sind. Sie schweißen, entgraten und montieren Großserienteile, rund um die Uhr, unermüdlich und um arbeitsrechtliche Belange völlig unbekümmert.

In vielen, besonders in den eher unwirtlichen Teilen des Universums sind die Roboter mittlerweile auch die wahren Pioniere: Roboter wie der achtbeinige »Dante II« steigen kurz nach der Eruption in Vulkankrater, erkunden wie der »Sojourner« das Marsgelände, segeln wie der Trimaran »Relationship« unbemannt rund um die Erde oder erforschen wie die U-Boot-förmige »Odyssey II« die Tiefsee.

Der in der Retorte gefertigte Qualitätsmensch ist – sieht man von den Menschenkindern ab, die sich der sogenannten künstlichen Befruchtung verdanken – Phantasie geblieben. Dank traditionsbewusster Autoren wie Erich Kästner aber ist die Kunde von ihnen ins 20. Jahrhundert gerettet worden. In seinem Gedicht »Der synthetische Mensch« heißt es:

»Professor Bumke hat neulich Menschen erfunden, / die kosten zwar, laut Katalog, ziemlich viel Geld, / doch ihre Herstellung dauert nur sieben Stunden, / und außerdem kommen sie fix und fertig zur Welt. // (...) Sie werden mit Bärten oder mit Busen geboren, / mit allen Zubehörteilen je nach Geschlecht. / Durch Kindheit und Jugend würde nur Zeit verloren, / meinte Professor Bumke. Und da hat er ja recht. // Er sagte, wer einen Sohn, der Rechtsanwalt sei, / etwa benötige, brauche ihn nur zu bestellen. / Man liefre ihn, frei ab Fabrik, in des Vaters Kanzlei, / promoviert und vertraut mit den schwersten juristischen Fällen.«

Polygone & Schokoriegel

»Wer ist Lara Croft?«, lautet die Eingangsfrage des »Lara Croft Magazins« (Ausgabe 1/99), und man erfährt, dass man die Frage eigentlich selbst beantworten können müsste: »Sie haben sie bestimmt schon einmal gesehen: zum Zopf geflochtene Haare, volle Lippen, lange Beine und eine auffallend üppige Oberweite. Sie ist weder Schauspielerin noch Super-Model (...). Und als Hauptfigur der Video- und PC-Spieleserie ›Tomb Raider‹ ist sie ›nur‹ ein virtueller Charakter. (...) Geboren in 3D-Grafikprogrammen, gebaut aus Polygonen statt Fleisch und Blut – Lara Croft kann nur ein Domizil ihr Zuhause nennen: die riesige Cyberwelt des Internets!«

Jawohl, ich habe sie selbst schon einmal mit eigenen Augen gesehen, glaube ich, und zwar im Rahmen des deutschen Werbefernsehens (anno 2001): Da sieht man einen jungen Mann, der seine Lebenszeit vor dem Personal-Computer vergeudet; er isst einen Schokoladenriegel namens DUPLO, und angelockt von diesem Schokoriegel entsteigt eine aus Polygonen geborene Venus, die der hier beschriebenen Lara Croft zumindest sehr ähnlich sieht, dem Monitor des Personal-Computers, frisst dem jungen Mann (der plötzlich dem Prinzen von der Prinzenrolle sehr ähnlich sieht) die gefüllte Vollmilchschokolade (45 %) mit Waffel und Nugatcremefüllung (17 %) aus der Hand und entführt ihn anschließend in das virtuelle Land jenseits des Bildschirms, und dort leben sie glücklich und zufrieden bis an ihr seliges Ende.

Beziehungsweise: Dort leben sie noch heute und vielleicht bis in alle Ewigkeit, denn der polygone Leib ist unvergänglich und hält womöglich ewiglich (wenigstens aber so lange, wie der Strom aus der Steckdose fließt).

Die digitale Welt hat ihre Stars: Max Headroom war 1984 einer der Ersten, Kyoko Date einer der größten. Kyoko kam 1996 als dreizehnjähriges japanisches Mädchen mit 40 000 Polygonen Lebendgewicht auf die virtuelle Welt. Sie ist leicht kurzsichtig, isst gerne Süßigkeiten, ihr Lieblingsfilm ist – natürlich – »Toy Story«, und sie singt; ihr Hit »Love Communication« verkaufte sich in Japan 50 000 mal.

Zehn Spezialisten haben ihr das Lächeln beigebracht, und brauchten dazu ein halbes Jahr. Die Bewegungen einer Tänzerin werden mittels motion capture-Verfahren in Date-Daten konvertiert, ihre Stimme wird ihr von einer Sängerin geliehen.

Auch Lara Croft wird gedoubelt, und das gleich mehrfach: Nell McAndrew ist ihr Body-Double für Ausflüge in die Real-Welt; in der Verfilmung des Computerspiels »Tomb Raider« (USA

2001) übernahm Angelina Jolie Voight ihre Rolle: Kunstmensch doubelt Mensch doubelt Kunstmensch – kein Wunder also, dass die digitale Lara Reklame für DUPLO macht – wofür sonst?

Cyberdonia, das Land hinter den Bildschirmen, scheint für Kunstmenschen das zu sein, was für die Bakterien die wohlbestellte Petrischale ist: ein idealer Nährboden.

Aber nicht nur die designten Helden der Virtualität, auch wir selbst können neuerdings herabsteigen ins artefakte Jenseits, um dort, etwa im Cycosmos (www.cycosmos.de) ein Zweitleben zu führen: »Willkommen in der virtuellen Welt«, begrüßt man den Zuzügler. »Erschaffe dir eine virtuelle Existenz – ändere dein Geschlecht, ändere dein Haar, ändere dein Hemd!«, und dies alles unter dem Slogan »make it real«.

Im Cycosmos »können sich Besucher aus verschiedenen Figuren, Kleidungsstücken, Frisuren und Accessoires einen eigenen sogenannten Avatar zusammenstellen. Mit diesem digitalen Platzhalter kann der Kontakt zu anderen Benutzern hergestellt werden« (Rolf Aurich u. a.: [Hg]: Künstliche Menschen. Manische Maschinen. Kontrollierte Körper. Jovis Verlag. Berlin 2000. Seite 155)

Avatar – das bedeutete bis vor Kurzem nur dem frommen Hindu etwas. Der nämlich versteht unter »Avatar« die »Herabkunft« des göttlichen Geistes auf die Erde: Ein Avatar »verkörpert sich selbst freiwillig, um dem Bösen entgegenzuwirken und die kosmische Ordnung, das Dharma, zu schützen.« (Werner Schloz: Hinduismus. Dumont. Köln 2000. Seite 77). Und sind wir nicht alle (beziehungsweise unsere Avatare) in jedem Computer-Rollen-Spiel unterwegs, dem Dharma beizustehen?

Werden wir, aus dem himmlischen Alltag herniedersteigend, Kunstmenschen unserer Kunstwelten?

Kreativitätsprogramme

Einen ganz anderen Weg zum künstlichen Menschen beschreiten seit einigen Jahren Forscher, die das eigentlich Menschliche nicht in seiner biochemischen Stofflichkeit noch auch in seinen ästhetischen Umrissen suchen, sondern in der ihm eigentüm-

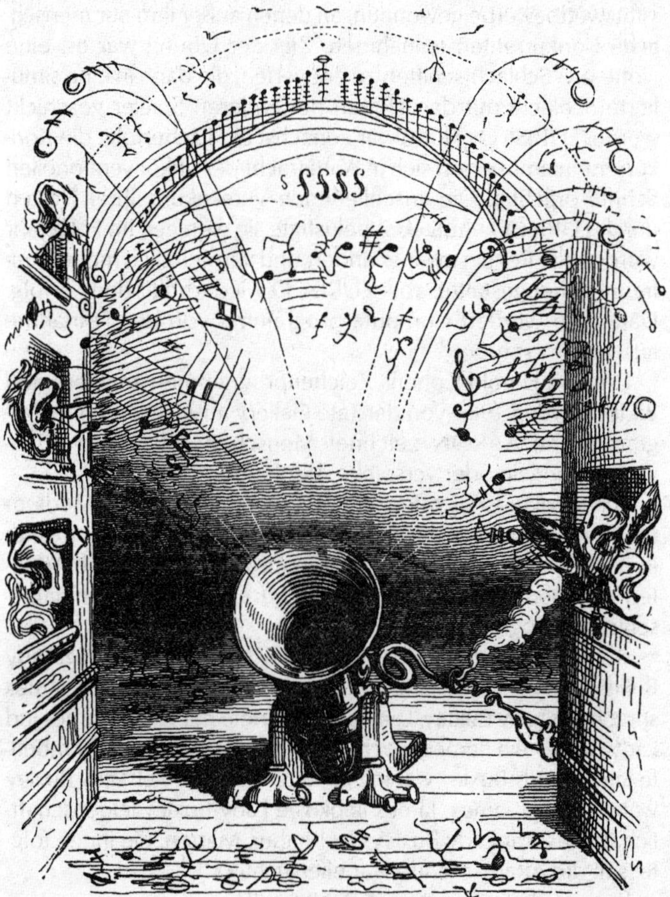
SSSS

lichen Kreativität. Margaret A. Boden stellt in ihrem Buch »Die Flügel des Geistes. Kreativität und künstliche Intelligenz« (München 1995) einige dieser Kreativitätsprogramme vor.

Das Programm EURISCO beispielsweise hat zwei Kreativitätswettbewerbe gewonnen, an denen außer ihm nur menschliche Konkurrenten teilnahmen. Ziel der Übung war es, eine Flotte von Schlachtschiffen zu entwerfen, die dann in eine simulierte Schlacht mit den Flotten der anderen Spieler geschickt wurde. EURISCOs Flotte war zunächst ein Lacherfolg: die Konkurrenten amüsierten sich in Anbetracht der unkonventionellen Schiffe prächtig. Die anschließende Versenkung ihrer Flotten durch EURISCOs Aufgebot belustigte sie weniger. Im Folgejahr wurden die Regeln zwar geändert und vermeintlich menschenfreundlicher gestaltet, aber EURISCO wiederholt seinen Erfolg. Daraufhin wurden Computerprogramme von der Teilnahme ausgeschlossen.

Die von Harold Cohens Zeichenprogrammen angefertigten Bilder wurden 1983 von der Tate Gallery ausgestellt; seine Programmserie AARON zeichnet Menschengestalten in Pflanzendschungeln oder verspielte Akrobaten.

Schwieriger ist es offenbar, die Programme in dem Medium erfolgreich tätig werden zu lassen, dem sie entsprungen sind: in der Literatur. Dichtende Programme sind rar, und ihre Arbeiten überzeugen noch nicht sehr. So erzählt ein Kriminalgeschichtenprogramm folgende Story:

»Es war ein Montag. Das angenehme Wetter war sonnig. Lady Buxley war in einem Park. James traf zufällig Lady Buxley. James sprach mit Lady Buxley. Lady Buxley flirtete mit James. James lud Lady Buxley ein. James mochte Lady Buxley. Lady Buxley mochte James. Lady Buxley war mit James in einem Hotel. Lady Buxley war nahe bei James. James liebkoste Lady Buxley leidenschaftlich. James war Lady Buxleys Liebhaber. Marion, die ihnen folgte, sah die Affäre. Marion war eifersüchtig.«

Knisternde Spannung per Pentium III?

TALE-SPIN, ein anderes Programm, verfasste folgende Fabel:

»Georg Ameise war durstig. Georg wollte an ein Wasser kommen. Georg wanderte von seinem Flecken Erde über die Wiese durch das Tal an ein Flussufer. Georg fiel ins Wasser. Georg wollte zum Tal kommen. Georg konnte nicht zum Tal kommen. Georg wollte zur Wiese kommen. Georg konnte nicht zur Wiese kommen. Wilma Vogel wollte Georg zur Wiese bringen. Wilma wollte zu Georg kommen. Wilma griff Georg mit der Kralle. Wilma brachte Georg vom Fluss durch das Tal zur Wiese. Georg war Wilma sehr verpflichtet. Georg schuldete Wilma alles. Wilma ließ Georg los. Georg fiel auf die Wiese. ENDE.«

Ach, ach, ach – würde Olimpia sagen.

Meine Lieblingscomputerfabel geht übrigens so (Autor: TALE-SPIN):

»Heinrich Ameise war durstig. Er wanderte hinüber zum Flussufer, wo sein guter Freund Frieder Vogel saß. Heinrich rutschte aus und fiel in den Fluss. Er konnte nicht um Hilfe rufen. Er ertrank. ENDE.«

Und wenn ich mir manche altklug-verlogen-lehrmeisterlich-peinlich-naive Fabel so anschaue, die mir von rechner-ungestützten Meistern wie Äsop oder La Fontaine unterbreitet worden sind, diese Fabeln mit den himmelschreiend optimistischen Ausgängen, kann ich nur sagen: TALE-SPIN hat vom menschlichen Leben etwas verstanden.

Aber ist er dadurch schon ein künstlicher Mensch?

Die Rückkehr der schönen Androidinnen

Neuerdings wird Ovids Idee der Kunstfrau wieder aufgegriffen. Wir erinnern uns beispielsweise an die interessant geschminkte und von Daryl Hannah gespielte Nexus-6-Replikantin aus Ridley Scotts »Blade Runner« (USA 1982), die, zuvor auf den fernen Kolonien der Menschheit eingesetzt, um dort die männlichen Kolonisten zu erfreuen, im Film kaltlächelnd und beherzt nach den Eiern greift, die in einem gläsernen Topf vor sich hin kochen.

Einige Szenen zuvor hat sie dem Gen-Designer Sebastian (William Sanderson) den Kopf verdreht und sich so Zugang zu seinem Lager verschafft, hoch über der Stadt der Engel Los Angeles, wo er mit seinen androiden Hausgenossen lebt: »Ich mache mir meine Freunde selbst«, hat er verkündet. Die elfenbeinfarbene Genossin aber ist ungerufen ins Haus gekommen;

wie die Statue Pygmalions steht sie unbeweglich unter den Androiden; wie Pandora bringt sie Schmerz und Leid und endlich Tod über ihren Gastgeber.

Für den friedlicheren Hausgebrauch bieten Firmen wie das Versandgeschäft der Beate Uhse Androidinnen aus reinem Kunststoff an. Das Modell »Marilyn Star Love Doll« (Abbildungen infolge von Platzmangel hier leider nicht möglich) ist schon für unter 150 Euro zu haben, die dazugehörige Batterie kostet allerdings noch einmal 1,25 Euro. Eine aufblasbare »Sexteen Love Doll« wird inklusive Pumpe angeboten; und die »naturgetreue Liebespuppe« TINA lädt mit ihren »weiblichen Attributen« wie dem »himmlischen Blasmund und einem knackigen Po« sowie serienmäßig »jungen, festen Brüsten« jedermann »zum Streicheln ein« – anschmiegsam wie Wachs in den Händen ihrer Liebhaber: »Ihre weiche, jungfräuliche Vagina ist ein echtes Vergnügen«, denn »wenn Sie bei ihr eindringen, fühlen Sie, wie sich ihre Pussy eng um den Penis schließt. Durchbohren Sie ihr Jungfernhäutchen und genießen Sie immer wieder ihren entzückenden Körper!« Lesen wir zum Vergleich noch einmal Ovid: »Küsse gibt er und wähnt sie erwidert und spricht und umarmt sie, / Glaubt, dass weich in die Haut sich die tastenden Finger versenken«.

Ob man glücklich wird mit diesen klaglosen Konkubinen? Schmerzlos und schön wird er sein, der Umgang mit den botmäßigen Androidinnen.

Vielleicht sollte man sich mit Rücksicht auf die vielen in der Zwischenzeit zerbrochenen Figuren, die zerstörte Olimpia, die mörderischen Nachfolger Frankensteins wie Terminator, Robocop & Co. zurück wünschen in jene beseeltere Welt Ovids, da »die erhaltenen Küsse / fühlt die Jungfrau, errötet und scheu zum Lichte die lichten / Augen erhebend, erblickt mit dem Himmel sie auch den Geliebten.«

Und erst das ist der Blick, nach dem wir uns wirklich sehnen.

Danke für die Recherche-Hilfe an Claudia e. Kraszkiewicz!

Karikaturen von Grandville

SCIENCE

Gene, Klone und Cyborgs

Biomedizin und Gentechnik im 21. Jahrhundert

von Robert Hector

Menschen, Göttern gleich

Nachdem für die letzten Jahre des 20. Jahrhunderts der Begriff »Informationszeitalter« geprägt wurde, könnte das 21. Jahrhundert eine Ära der Biowissenschaften werden. Im Februar 2001 wurden in den Fachzeitschriften »Nature« und »Science« die Buchstabenfolge des kompletten menschlichen Genoms veröffentlicht. Wird damit ein goldenes Zeitalter anbrechen, in welchem die Menschen als perfekte Wesen auf die Welt kommen und Krankheit ein Fremdwort sein wird? In Deutschland entbrannte eine Diskussion um die Folgen der Biomedizin und Gentechnik: Darf alles, was machbar ist, auch gemacht werden? Menschenwürde und grundlegende Wertvorstellungen stehen in Opposition zu den ökonomischen Versprechungen der neuen Techniken. Sollten Grenzen für die Gentechnik gezogen werden?

Im Jahre 1818 schrieb die junge Engländerin Mary Shelley den Roman »Frankenstein, or the Modern Prometheus«. Ein besessener Wissenschaftler erzeugt aus Leichenteilen unter Zufuhr von elektrischer Energie ein künstliches Wesen. Doch das erbarmungswürdige Monster findet in der Welt nur Ablehnung und wendet sich am Schluss gegen seinen Schöpfer.

Als 1997 im schottischen Edinburgh das Schaf Dolly geklont wurde, schien diese Horrorvision der Realisierung nahe. Nachdem ein halbes Jahrhundert vorher das atomare Feuer entfacht worden war, schwang sich der Mensch nun zum Herrn über das Leben auf. Durch Eingriffe in das Erbgut konnte er Organismen nach seinen Vorstellungen formen. Aber würde die Natur solche Manipulationen an der Schöpfung auf Dauer dulden?

Dem Klonen von Menschen stand nun kein prinzipielles technisches Hindernis mehr entgegen. In der schönen neuen Welt sollte es auch möglich sein, mittels embryonaler Stammzellen Ersatzorgane zu erzeugen oder mithilfe der Präimplantationsdiagnostik genetische Defekte von vornherein auszuschalten.

In dem Roman »Brave New World« (1932) von Aldous Huxley beginnt die Produktion des idealen Menschen mit der kontrollierten Entwicklung von Embryos in künstlichen Gebärmuttern. In Brutanstalten werden die Embryos durch veränderte Sauerstoffzufuhr und Behandlung mit Giften physisch und psychisch konditioniert; es entstanden mehrere Kasten, deren Mitglieder durch ihre jeweiligen Fähigkeiten zu verschiedenen Aufgaben und Arbeiten herangezogen wurden. Durch Klonen wurde die Individualität innerhalb jeder Kaste reduziert. Huxley beschrieb diese Vorgänge so: »... Dann kamen die befruchteten Eier zurück in die Brutöfen, wo die Alphas und Betas bis zur endgültigen Abfüllung in der Flasche blieben, während die Gammas, Deltas und Epsilons schon nach sechsunddreißig Stunden herausgenommen und dem Bokanowsky-Verfahren unterzogen wurden ... Ein bokanowskysiertes Ei knospt und sprosst und spaltet sich. Acht bis sechsundneunzig Knospen – und jede Knospe entwickelt sich zu einem vollausgebildeten Embryo, jeder Embryo zu einem vollausgewachsenen Menschen. Sechsundneunzig Menschenleben entstehen zu lassen, wo einst nur eins wuchs: Fortschritt.«

Walter M. Miller jr, der Schöpfer des legendären Post-Doomsday-Romans »A Canticle for Leibowitz«, veröffentlichte 1952 in dem Magazin »Galaxy Science Fiction« die Erzählung »Conditionally Human« (Bedingt menschlich). In der Zoohandlung der Zukunft sind es nicht die Hamster und Meerschweinchen, die Umsatz bringen. »Mutanten für die Kinderlosen« steht auf den Schaufenstern, und drinnen kann man sprechende Hunde und andere Meisterstücke der Genmanipulation kaufen. Doch der wahre Renner in einer drastisch überbevölkerten Welt, in der den meisten Bürgern die Fortpflanzung verboten ist, sind die

Neutroiden, kleine Affen mit gekappten Schwänzen und entferntem Fell, die als Babyersatz angeboten und künstlich im Krabbelstadium gehalten werden, Methadontiere für den Elterntrieb. Hauptfigur der Erzählung ist Terry Norris, Inspektor der Bioverwaltung, der durch seinen Bezirk reist und irrtümlich zu intelligent oder auch fortpflanzungsfähig gewordene Ersatzkinder zur Vergasung einsammelt.

In dem Film »Gattaca« (1997) wird eine sterile Zukunftswelt gezeigt, die von genetisch vollkommenen Designermenschen bewohnt ist. Der junge Vincent träumt von der Reise zu den Sternen, doch mit seiner Kurzsichtigkeit und anderen Gebrechen hat er nur eine Chance: er muss seine Identität tauschen und so die ständigen medizinischen Tests der Behörden täuschen.

Vincent ist ein »natürlich Geborener«, das heißt, seine Eltern haben sich geweigert, ihn genetisch optimieren zu lassen. Als das DNA-Profil des neugeborenen Babys überprüft wird, ergibt sich eine niederschmetternde Zukunftsprognose: Neigung zu Kinderkrankheiten, hohe Wahrscheinlichkeit eines Herzfehlers und Lebenserwartung nur um die dreißig Jahre. Dieses Urteil auf der Basis eines genetischen Fingerabdrucks wirkt sich auf Vincents Lebensweg verheerend aus.

Irgendwann verlässt er sein Elternhaus, schlägt sich mit Hilfsarbeiterjobs durchs Leben und nimmt schließlich eine Stelle in der Putzkolonne des Gattaca-Biotech-Konzerns an. Vincent wendet sich an den DNA-Makler German, der ihm illegal die Identität eines »Valid« besorgen kann. Er lernt den ehemaligen Weltklasseschwimmer Jerome kennen, der durch einen Unfall an den Rollstuhl gefesselt ist. Dessen genetische Struktur ist makellos, und er braucht dringend Geld. Vincent und Jerome gehen ein Zweckbündnis ein. Jerome muss seine Körperflüssigkeiten, Hautschuppen und Haare sammeln. Der kurzsichtige »In-valid« Vincent bekommt farbige Kontaktlinsen und muss immer versteckte Urin- und Blutbeutel mit sich herumtragen, um die allgegenwärtigen Tests bestehen zu können.

Mit Jeromes genetischen Mustern hat Vincent keine Probleme, in das Raumfahrtprogramm aufgenommen zu werden. Sein Wissen und sein Geschick beim Berechnen von Flugrouten für

Saturnraumschiffe sind dem der gentechnisch veränderten Konkurrenten haushoch überlegen. Und sein Traum von der Sternenreise wird Realität ...

Der genetische Code und das menschliche Genom

1953 beschrieben James Watson und Francis Crick in der wohl berühmtesten wissenschaftlichen Veröffentlichung des 20. Jahrhunderts – »Molecular Structure of Nucleic Acids« (Nature, Band 171) – die räumliche Struktur der Desoxyribonukleinsäure, der DNA. Die DNA hat die Form einer Doppelhelix und ist im Zellkern lokalisiert. Hierin sind alle Anweisungen für Bau und Funktionsweise lebender Zellen niedergelegt. Die DNA wird von zwei Molekülsträngen gebildet, die sich wendeltreppenartig umschlingen. Bausteine der DNA sind ein Zucker (Desoxy-Ribose), eine Phosphatgruppe sowie vier Basen (Adenin, Thymin, Guanin, Cytosin). Die genetische Information ist in der Reihenfolge der Basen codiert, wobei jeweils drei Basen für eine Aminosäure codieren.

Zur Informationsweitergabe wird zunächst eine Kopie der genetischen Information in Form der »messenger-RNA« angefertigt (RNA ist einsträngig, besitzt den Zucker Ribose und enthält als Base zusätzlich Uracil). Dieser Vorgang wird »Transkription« genannt. Die Kopie des genetischen Befehls gelangt vom Zellkern ins Plasma und wird dort von einer Eiweißsynthese-Maschinerie, einem »Ribosom«, in Aminosäuresequenzen eines Proteinmoleküls übersetzt (»Translation«). Die benötigten Aminosäuren werden durch Transfer-RNA herbeitransportiert. Die Feinjustierung der Maschinerie erfolgt durch Enzyme, Operatoren und Repressoren.

Das genetische Programm fast aller irdischen Organismen ist unter Verwendung derselben chemischen Buchstaben (Basen) festgeschrieben, der genetische Code ist »universal«.

1990 fiel der Startschuss für die komplette Entschlüsselung der drei Milliarden Buchstaben des menschlichen Genoms, die Erstellung einer Genbibliothek. Im Rahmen des »Human Genom Projekts« wird auch das Erbgut von Bakterien, Pilzen,

Pflanzen und Tieren entschlüsselt. Kennt man die Gene, so lässt sich aus ihren Bauanweisungen die Struktur der zugehörigen Proteine ableiten und deren Funktion zwischen Bakterium, Pflanze, Tier und Mensch vergleichen. Mehr als drei Milliarden Jahre der Entwicklung lassen sich so auf Programmebene zurückverfolgen. Alle lebenden Organismen sind das Resultat einer enormen genetischen Expansion. Neue Gene (und die Proteine, die sie kodieren) entstehen aus alten Genen auf dem Weg der Duplikation und Modifikation. Auf genetischer Ebene werden oft DNA-Abschnitte vervielfacht, abgewandelt und mit anderen verknüpft. Dieser rekombinatorische Austausch von Genabschnitten stellt die Essenz der Evolution dar. Diese Veränderungen gehen so langsam vor sich, dass verwandte Gene allein an der Basensequenz erkennbar sind.

1995 wurde erstmals die komplette Genomsequenz eines Bakteriums entschlüsselt. Nach den zwei Eubakterien *Haemophilus influenzae* und *Mycoplasma genitalium* folgten bald die eukaryotische Bierhefe *Saccharomyces cerevisiae* und das Archaebakterium *Methanococcus jannaschii.* Weitere Sequenzierungen gelangen unter anderem bei *Bacillus subtilis, Escherichia coli, Mycoplasma pneumoniae, Helicobacter pylori, Borrelia burgdorferi* und *Mycobacterium tuberculosis.* Viele dieser Mikroben sind als Krankheitserreger bekannt: sie verursachen Lungenentzündungen, Magengeschwüre, die Lyme-Borreliose nach Zeckenstichen oder die Tuberkulose.

Am 12. Februar 2001 wurde das Erbgut des *Homo sapiens,* die Buchstabenfolge des menschlichen Genoms, in den Fachzeitschriften »Science« und »Nature« für jedermann zugänglich gemacht. Erste wichtige Feststellung: Im Erbgut des Menschen stecken weniger Gene als erwartet, etwa zwischen 25 000 und 40 000. Zum Vergleich: die Bäckerhefe hat 6000 Gene, Fliegen (die Fruchtfliege *Drosophila melanogaster*) haben 13 000 Gene, Würmer (der Fadenwurm *Caenorhabditis elegans*) 18 000, und im Genom einer Pflanze (die Ackerschmalwand *Arabidopsis thaliana*) sind es 26 000.

Nach den bisherigen Analysen unterscheidet sich der Mensch von Wurm und Fliege dadurch, dass aus den meisten seiner Gene drei oder mehr Protein-Versionen entstehen können. Wir haben viel weniger Gene als gedacht, dafür haben die einzelnen Gene offenbar mehrere Funktionen.

Wissenschaftler fanden jede Menge Hinweise auf Verwandschaftsbeziehungen des Menschen mit anderen Organismen. Besonders groß war die Ähnlichkeit bei jenen Erbinformationen, die grundlegende Stoffwechselreaktionen steuern oder andere elementare Zellfunktionen wie die Teilung. Über 200 Gene scheinen sogar direkt von Bakterien abzustammen.

Charles Darwin hat bereits vor 150 Jahren formuliert: Alles Leben hat einen gemeinsamen Ursprung. – Und der ist am Genom ablesbar. Forschergruppen werden demnächst das Erbgut von Maus, Ratte, Fischen und Menschenaffen entschlüsseln. Es steht schon fast fest: die Zahl und Art der Gene im Schimpansen-Erbgut ist mit dem des Menschen fast völlig identisch. Das wäre das Ende des Mythos, dass der schlichte Besitz eines Gens zum Maßstab dafür gemacht werden kann, was das Tier vom Menschen trennt. Doch wenn die Anwesenheit einzelner Gene schon nicht taugt, um den Unterschied zwischen Mensch und Tier zu erklären, um wie viel schwieriger wird es dann sein, die Unterschiede zwischen zwei Menschen durch Gene zu erklären? Umwelteinflüsse sowie psychische und soziale Faktoren sind mindestens ebenso wichtig.

Besonders eine Botschaft ist wichtig: Die genetischen Gemeinsamkeiten zwischen den Völkern der Welt sind überwältigend, die Unterschiede zwischen Schwarzen und Weißen, Reichen und Armen, sogar zwischen Mann und Frau fallen dagegen kaum ins Gewicht. Jeder Mensch auf diesem Planeten teilt 99,99 Prozent seiner Erbinformation mit allen anderen. Im genetischen Code von einzelnen Individuen wurden unter knapp drei Milliarden Buchstaben lediglich 1250 Unterschiede gefunden, also 0,01 Prozent. Die Menschen sind weniger verschieden voneinander als manche denken.

Genetische Manipulation und die Folgen

In den 1970er Jahren wurden zwei Verfahren entwickelt, welche die Strukturanalyse der DNA entscheidend vereinfachten: Das eine war die Entdeckung DNA-spaltender Enzyme (Restriktionsenzyme), die ein Erbmolekül an bestimmten, durch spezifische Sequenzen festgelegte Stellen spalten können. Ein sehr langes Molekül konnte so in handliche Einzelstücke zerlegt, mittels Elektrophorese getrennt und dann einzeln weiter untersucht werden. Das andere Verfahren war die Sequenzanalyse, mit der die Reihenfolge aller Basen in einem DNA-Fragment in relativ kurzer Zeit bestimmt werden konnte.

Die molekulare Organisation in allen irdischen Lebewesen ist ähnlich, egal, ob es sich um bakterielle oder Säugetier-DNA handelt. Diese Ähnlichkeit erstreckt sich auch auf Bakteriophagen (Viren, die Bakterien befallen) und Plasmide (ringförmige DNA-Stücke, die zusätzlich in der Bakterienzelle existieren). Verschiedene DNA-Strukturen lassen sich vermischen, und so entsteht Hybrid-DNA, welche beispielsweise aus einem Plasmid und Säugetiermaterial bestehen kann.

Das Prinzip der Gentechnik besteht darin, in eine Wirtszelle fremde DNA einzuschmuggeln, sodass diese Zelle zur Produktion eines gewünschten Eiweißes angeregt wird. Als Trägermoleküle für dieses »Schmuggeln« werden häufig Plasmide benutzt. Der Geningenieur schneidet das Plasmid mit einer »Gen-Schere«, also einem Restriktionsenzym, auf und setzt in die Schnittstelle dasjenige Gen ein, das er in die spätere Wirtszelle einschmuggeln will. Das Produkt dieser Gen-Operation wird »rekombinierte DNA« genannt. Die rekombinierten Plasmide werden durch die Zellmembran der Wirtszelle hindurchtransportiert, und gemäß der Bauanleitung der DNA produziert die zelleigene Eiweiß-Synthesemaschinerie das betreffende Protein. Häufig werden auch die genetisch veränderten Zellen zur Vermehrung angeregt, sodass identische Ausgaben des gewünschten Gens entstehen. Diesen Vorgang nennt man »Klonen«.

Die konventionelle Klonierung durch Transformation von Bakterien oder Hefezellen mit einem rekombinanten DNA-Molekül wurde revolutioniert durch die Entwicklung der Polymerasekettenreaktion (»polymerase chain reaction« – PCR). Diese führt ohne einen Zwischenschritt in Bakterien zu einer exponentiellen »Amplifikation« eines definierten DNA-Fragmentes – Moleküle können mit dieser Methode millionenfach vermehrt werden.

Die Tür stand nun offen, um die Regulation von Genen zu untersuchen, pathologische Veränderungen in Genstruktur oder -regulation aufzudecken oder menschliche Proteine künstlich in Bakterien- oder Hefezellen zu produzieren. Bereits 1982 – noch vor der Entdeckung der PCR – kam das erste gentechnisch hergestellte Insulin auf den Markt, eine neue Medikamentenära war angebrochen. Darmbakterien wurden zu Medikamentenfabriken, Mikroben stellten Interferon, Gerinnungseiweiße, Wachstumshormone und andere Substanzen her. Mithilfe von »Gensonden« ließ sich nach defekten Genen fahnden. Viele Krankheiten lassen sich auf diese Weise leichter und präziser diagnostizieren – für Krankheiten wie die Hämophilie, die Chorea Huntington oder die Mukoviszidose wurde der Gendefekt exakt lokalisiert.

Aber lag in der Annahme, dass alle körperlichen und psychischen Erscheinungen des Menschen, seien es Körpergröße, Gewicht, Neigung zur Alkoholsucht, Schizophrenie oder Verhaltensauffälligkeiten einzig auf genetische Defekte zurückzuführen seien, nicht eine enorme Hybris, die von einem reduzierten, eindimensionalen Verständnis der Natur herrührte?

Die Möglichkeiten der Gendiagnostik erzeugen Unbehagen, aber wie verhält es sich mit der Gentherapie? Heilen durch Eingriff in den Code der Natur – eine faszinierende Idee. Ins Erbgut von Körperzellen eines Kranken geschleust, könnten die transplantierten Gene Defekte in ihren Wirtszellen beheben. Nachdem 1990 erstmals ein Gen in eine menschliche Körperzelle eingeschleust wurde, wurden verschiedenste Studien am Menschen durchgeführt, unter anderem bei Krankheiten wie dem malignen Melanom (Hautkrebs), bei Hirntumoren wie dem Glioblastom, bei Leukämiearten oder bei der chronischen Polyarthritis. Die Ergebnisse waren allerdings bescheiden, und die Kritik nahm zu, als ein junger Amerikaner an den Folgen einer solchen Therapie starb.

Ethisch ist diese somatische Genmanipulation kaum anfechtbar: wer Organtransplantationen zulässt, bei denen massenweise fremdes Gewebe in einen Körper gelangt, der kann sich kaum gegen die Chirurgie der Gene wehren, bei der nur einzelne Gene transplantiert werden.

Mit der genetischen Manipulation von Keimzellen (Ei- und Samenzellen) hingegen, die sich in jede Körperzelle, ja sogar auf alle Nachkommen fortpflanzen würde, würde die Konstruktion von Menschen nach Maß beginnen. Noch können Molekularbiologen fremde Gene nur blind ins Erbgut von Zellen befördern. Jedoch gelingt es mittels »Gentargeting« immer zielsicherer, Gene an vorgegebene Stellen der Chromosomen zu dirigieren. Schon träumen Wissenschaftler vom »genetischen Supermarkt«, in dem Eltern die Eigenschaften ihrer zukünftigen Kinder wählen können.

1993 wurde erstmals ein menschlicher Embryo geklont. Der US-Reproduktionsmediziner Jerry Hall hatte aus 17 mikroskopisch kleinen Embryonen 48 gemacht. Er ließ befruchtete Eizellen wachsen, bis sie sich in zwei-, vier- oder achtzellige Klumpen (Blastomeren) verwandelt hatten. Anschließend zerstörte er die Schutzhülle der Embryonen, die sogenannte Zona pellucida, und zerlegte jeden bloßgelegten Embryo in Einzelzellen. Danach gelang es ihm, die entstehenden Zellen in eine künstliche Schutzhülle einzuschweißen, die er aus Seetang gewonnen hatte. In dieser Kunsthülle begannen sich die Zelle neu zu teilen und hätten nun in eine Gebärmutter implantiert werden können.

Die Folgen sind unabsehbar: Mütter könnten fortan Ersatzkopien ihrer Kinder einfrieren, Duplikate von Menschen könnten als Organ-Ersatzteillager ausgeschlachtet werden, Embryonen-Banken könnten Kopien erfolgreicher Menschen verkaufen. Embryonen aus dem Katalog, versehen mit genauer Beschreibung von Haarfarbe, Charakter oder schulischer Leistung, könnten vermarktet werden.

Zum echten Klonen ist es jedoch notwendig, die genetische Kopie nicht einer befruchteten Eizelle, sondern eines ausgewachsenen Menschen herzustellen. Eizellen müssten entkernt und mit dem Zellkern des zu klonenden Organismus gefüllt werden – ein komplizierterer Vorgang als Halls Embryonenspaltung.

Aber genau dies geschah 1997 im Edinburgher Roslin-Institut bei einem Schaf. Dolly wurde zu einem Symbol für den zweifelhaften Fortschritt der Wissenschaft. Der Schritt vom Schaf zum Menschen ist kein prinzipieller. Können sich nun Diktatoren genetisch identische Doppelgänger schaffen, die mit Armeen von genetisch duplizierten Soldaten die Welt überrennen?

Das Zarathustra-Projekt: Der genoptimierte Übermensch

Werden pränatale Selektion und Menschenzucht in der nahen Zukunft zum Alltag gehören? Die Visionäre der Gentechnik wecken Hoffnungen auf ein künftiges Paradies auf Erden, in dem Krankheiten ausgerottet sind und in dem schöne, leistungsfähige und glückliche Menschen leben. Genetische Manipulationen sollen demnach der Schlüssel für den Garten Eden sein.

Solche Ideen sind seit der Antike bekannt. Platon entwarf in seinem Werk »Politeia« ein streng nach Kasten gegliedertes Gemeinwesen, in dem »Philosophenkönige« über die Gestaltung der Gesellschaft bestimmen könnten. Das Erbgut der Herrenrasse, der »Wächter«, sollte reingehalten, ja möglichst nach Schönheit und Intelligenz gesteigert werden.

Später galt die Eugenik vielen Wissenschaftlern als Königsweg für die Zukunft des Menschen. Die genetische Verbesserung des Menschen durch Zucht, die Auslese reinen Menschenmaterials – würde es der Mehrheit der Bevölkerung bald möglich sein, Anlagen von der Qualität von Künstlern und Wissenschaftlern zu besitzen? Gelänge es, die Übertragung von Krankheits- oder anderen schädlichen Genen zu verhindern, dann würde die Menschheit binnen weniger Generationen der Erbhygiene in einen völlig anderen Zustand erhoben sein: frei von Krankheit und Siechtum, frei von Erscheinungen wie Alkoholismus und Kriminalität oder Armut. Ohne Eugenik, so die Heilslehre, drohe die genetische Vermüllung und der sichere Untergang, mit ihr stehe eine glorreiche Zukunft bevor. Als einer der Ersten träumte Hitler von einem reinen, arischen Menschen, der dazu bestimmt war, die Welt zu beherrschen ...

Die Naturwissenschaften sind im Begriff, das Bild vom Menschen zu wandeln. Die Visionäre der Genmedizin träumen von Zuchtmenschen aus der Bioretorte. Die monotonen Buchstabenabfolgen der Gensequenzen stellten das Informations-Substrat des Menschen dar, geeignet, ihn auf eine CD-ROM zu bannen. Wird durch Gen-Designing eine neue Menschen-Spezies geboren? Wird die Züchtung des Übermenschen bald Realität?

Im Jahre 1999 berichtete der amerikanische Neurobiologie Joe Tsien von Mäusen, deren Intelligenz mit gentechnischer Hilfe aufgerüstet wurde.

Den Versuchsnagern wurde zum natürlich vorhandenen ein zusätzliches NR2B-Gen eingepflanzt. Diese Erbanlage spielt eine Schlüsselrolle bei der Fähigkeit des Mäusehirns, wahrgenommene Ereignisse in Zusammenhang zu bringen: sich zu erinnern und zu lernen. Eine Verdopplung des Gens müsste den Tieren eine überlegene Auffassungsgabe und auch ein besseres Gedächtnis verleihen.

Die manipulierten Mäuse fanden tatsächlich schneller aus Labyrinthen heraus und erinnerten sich sofort an Gegenstände, mit denen sie Tage vorher vertraut gemacht worden waren. Sie lernten besser und erinnerten sich schneller.

Das eingebaute Zusatzgen war so eingestellt worden, dass es mit der Zeit immer aktiver wurde und nicht schwächer wie sein natürliches Gegenstück. Greise Mäuse blieben geistig fit wie junge.

Zum ersten Mal war damit der Nachweis gelungen, dass eine einfache genetische Veränderung ausreicht, um die Intelligenz eines Tieres erheblich zu erhöhen, ohne dass sonstige Beeinträchtigungen auftraten. Die »Doogie«-Mäuse wuchsen normal, zeigten keine krankhaften Veränderungen der Hirnstruktur und paarten sich wie andere Mäuse auch.

Könnte der Intelligenzschub aus dem Genlabor auch beim Menschen erfolgreich sein? Man könnte geistige Überflieger erzeugen, aber auch älteren Menschen mit schweren Hirnleistungsstörungen per Gentherapie wieder zu einem selbstbestimmten Leben verhelfen.

Das von Tsien manipulierte Maus-Gen ist zu 98 Prozent identisch mit einer entsprechenden Erbanlage beim Menschen. Das ließe vermuten, dass eine gezielte Veränderung durch Medikamente oder durch Gentherapie auch beim Homo sapiens zu einer Steigerung der Intelligenz führen würde.

Mit der Genetisierung der Medizin ist der Mensch zur Modelliermasse von Geningenieuren geworden, die Ära des Reißbrettmenschen ist angebrochen.

1999 sorgte der Philosoph Peter Sloterdijk für Aufsehen, als er in einem Vortrag unter dem Titel »Regeln für den Menschenpark« Vokabeln wie »Menschenzucht« und »Anthropotechniken« verwendete. Sloterdijk propagiert pränatale Selektion und optionale Geburt. Die Vorstellung von der gezielten genetischen Selektion unter Führung einer kulturellen Elite wird diskutiert. Nur in einer »Grundlagenreflexion über Regeln für den Betrieb von Menschenparks«, nur in genetisch »wirkungsvollen Verfahren der Selbstzähmung« könne die »alltägliche Bestialisierung des Menschen in den Medien der enthemmenden Unterhaltung« eingedämmt werden.

Dieses »Zarathustra-Projekt« hat naturgemäß in der Philosophengemeinde, allerdings auch in der Öffentlichkeit, Zorn und Empörung ausgelöst. Nur: befindet sich die Menschheit nicht schon längst auf diesem Weg?

Wir stehen erst am Anfang einer Entwicklung. Wir werden nach Abschluss des Genom-Projektes zwar eine weitgehende Entschlüsselung des menschlichen Erbguts haben, aber das Zusammenwirken der Gene im Rahmen der Zellbiologie ist bisher noch eine Terra incognita.

Die Menschenzüchtung beruht jedoch auf einer viel zu deterministischen Vorstellung von Genetik. Dahinter steht ein völlig falsches Verständnis der Natur, als sei sie nach einer Blaupause gemacht, bei der man bestimmte fehlerhafte Einzelheiten reparieren kann. Wir wissen heute mehr denn je, dass die Natur ein hochkomplexes Ganzes ist, das die gezielte Erzeugung eines neuen Menschentypus ausschließt.

Bisher haben die Genforscher allenfalls an der Oberfläche das unermesslich komplizierte Wechselspiel der Moleküle im Körper verstanden. Jeder Eingriff in dieses Räderwerk der Natur könnte Folgen nach sich ziehen, die niemand abschätzen kann.

Kein Gentechniker könnte absehen, welche Kettenreaktionen er entfacht, wenn er in diesen Mechanismus eingreift.

Dennoch: die Nukleobasenabfolgen der Gensequenzen sind ein Pendant zu den digitalen Bitkettenmustern, die in unseren Computern generiert werden. Das Universum des Lebens scheint demnach ähnlich strukturiert zu sein wie der Informationskosmos. Dieses Zusammentreffen von Gen- und Computertechnik führt zu Mythenbildungen wie »Übermensch« oder »Künstliche Intelligenz«.

Die Cyborgisierung des Menschen

Der Roman »Schismatrix« (1985) von Bruce Sterling zeichnet den zukünftigen Weg der Menschheit vor und schildert die rasante Evolution einer komplexen Gesellschaft auf der Grundlage cybertechnisch-biogenetischer Entwicklungen. Die Menschheit ist in zwei Lager gespalten (»Schisma«): Die »Mechanisierer« suchen ihr Heil in Computern, Cyborg-Verfahren und der Implantation technischer Prothesen; auf der anderen Seite stehen die »Former«, die sich auf Genmanipulation und Biotechnik spezialisiert haben. Die Konflikte zwischen beiden Gruppen werden auf verschiedenen Ebenen ausgetragen: militärisch, ökonomisch, diplomatisch, technologisch, ästhetisch. Das Schema der psychologischen und sozialen Regeln dieses Kampfes ist die »Matrix«. Als Ergebnis dieser durch Genetic Engineering, Klonen und Cyborg-Verfahren forcierten Entwicklung entsteht eine komplexe Vielzahl posthumaner Spezies, etwa in Gestalt der Hummer (»Clades«), eine an das Vakuum des Weltraums angepasste Lebensform.

Nicht nur in der Science Fiction, sondern auch schon in der Realität entwerfen Forscher neurotechnische Visionen, in denen der Körper durch Prothesen, Sensoren oder Brainchips umgestaltet wird. Forscher arbeiten bereits an künstlichen Sinnesorganen wie Cochlea- und Retina-Implantaten, Mikrochips unter der Schädeldecke oder der Steuerung technischer Systeme durch Gedankenbefehle – hat das Zeitalter des bionischen Lebens, die Verschmelzung von Mensch und Maschine, bereits begonnen? Für den Einsatz in lebensfeindlichen Umwelten hofft man, sogenannte »Cyborgs« zu schaffen, kybernetische Organismen, die im Erdinnern oder auf fremden Planetenoberflächen ihre Arbeit verrichten können. Künstliche Sensoren, elektronische oder Bio-Prothesen waren die Vorstufen einer solchen Entwicklung, die zu einem Wesen führt, dessen menschliches Gehirn in einem Robotkörper steckt und diesen lenkt (Telematik).

Rasante Entwicklungen in den Neurowissenschaften, der Robotik, der Nano- und Computertechnik führten dazu, dass der uralte Menschheitstraum des Maschinenmenschen anscheinend kurz vor seiner Realisierung steht. Wird der durch Gehirnimplantate, Neurochips, Sensoren und künstliche Körperprothesen vervollkommnete Mensch eine Art Homo superior darstellen

Der deutsche Science Fiction-Autor Karl-Herbert Scheer beschrieb bereits vor über 30 Jahren folgende faszinierende Cyborg-Vision (Atlan-Romanheft Nr. 2, 1969):

»Ein Medo-Robot an Bord der Space-Jet leitet bei Kennon Lebenserhaltungsmaßnahmen ein. Sein Körper ist zwar zerstört, sein Gehirn jedoch intakt. Kennon wird zum Medo-Center Tahun gebracht. Die Mediziner wollen sein geniales Gehirn in einen Robotkörper integrieren. Erst kurz zuvor war es gelungen, Befehlsimpulse über Balprilol-Halbleiter in direkter Verbundschaltung auf einen positronischen Wandler zu übertragen, der die ursprünglichen Reizimpulse bioelektrischer Art umformt und sie als direkten Steuerbefehl zur Mechanik weiterleitet. Die neuen Halbleiter stellen die Verbindung zwischen echten Nervenzellen und den Biomolplast-Tastern her. Die Balprilol-Halbleiter wandelten einen Sinnesbefehl in Stromimpulse um, die anschließend von der Steuerautomatik auf die perfekte Mechanik übertragen wurden.

Der Robotkörper besteht aus nahezu unzerstörbarem Atronital-Compositum, die Körperverkleidung aus zellstabilisiertem Biomolplast mit einem künstlichen Nervensystem, das jedoch zur Vermeidung von Schmerzen eine Sensibilitätsschaltung besitzt. Eine Kreislaufpumpe mit angeschlossenem Blutplasmareiniger ergänzt das System. Alles andere besorgt eine Mikro-Kraftstation ...«

Science Fiction-Autoren lieben solche Maschinenmenschen, etwa in Filmen wie »Robocop« und »Universal Soldier«, der Fernsehserie »The Six Billion Dollar Man« oder Romanen wie »Man Plus« (Frederic Pohl). Da gab es den von Yul Brunner gespielten Robot-Revolverhelden in dem Film »Westworld« und den von Arnold Schwarzenegger dargestellten »Terminator« (beide waren allerdings eher perfekte Roboter). In der Fernsehserie »Star Trek« (The Next Generation) spielte das Maschinenwesen »Data« eine zentrale Rolle, und in dem Kultfilm »Blade Runner« konnten die Nexus-6-Androiden nur durch einen ausgeklügelten Test entlarvt und von wirklichen Menschen unterschieden werden.

Auf Stanley Kubrick, den Regisseur des technophilosophischen Meisterwerks »2001 – Odyssee im Weltraum«, geht die Grundidee des Films »A.I« (Artificial Intelligence) zurück, der im Jahr 2001 von Steven Spielberg realisiert wurde. Im 21. Jahrhundert hat der Treibhauseffekt zum Schmelzen großer Teile der polaren Eiskappen geführt. Verheerende Überschwemmungen dicht besiedelter Landstriche waren die Folge. Um mit den Auswirkungen dieser Naturkatastrophe klarzukommen, erschufen die Menschen eine neue Form künstlichen Lebens, das sich seiner Existenz bewusst ist. Der kleine David wird in Ereignisse verwickelt, die Fragen über seine Identität und die Zukunft der Menschheit aufwerfen.

Ob der Mensch von außen an eine Maschine angeschlossen wird oder ob Maschinen in ihn hineinwandern: die Menschen müssen sich darauf vorbereiten, Bestandteile von immer komplexeren Mensch-Maschine-Systemen zu werden, und lernen, ihre Körper mit dem Maschinenrhythmus zu synchronisieren. Aber war das nicht die gleiche Abhängigkeit des Menschen von der Maschine, wie sie bereits in Filmen wie »Modern Times« oder »Metropolis« demonstriert wurde? Und stehen am Endpunkt dieser Entwicklung alptraumhafte Maschinenmenschen wie die »Borg« aus dem Star Trek-Universum, die als Kollektivintelligenz denken und alles Leben im Kosmos zu assimilieren versuchen? Ist die Erde der Zukunft von solchen technisch-biologischen Zwitterwesen bewohnt, quasi »Mind Children«, welche uns Menschen in der Evolution einst ablösen werden?

Auf dem Weg zum Maschinenmenschen?

Letztlich könnten Mensch und Technik so einander angeglichen werden, bis es keinen Unterschied mehr gibt zwischen einem komplizierten Roboter und einem mit neurobionischen Neuerungen ausgestatteten Menschen. Einerseits können neuronale Netzwerke mit der Kapazität des menschlichen Gehirns in Maschinen eingesetzt werden, andererseits sind Menschen denkbar, die mit neuronalen Sensoren in der Reichweite technischer Messgeräte ausgestattet sind.

Bereits heute kann eine Vielzahl von Organen durch künstliche ersetzt werden: Herzklappen, Nieren, Gelenke, Gefäße usw. Langsam bahnt sich eine weitere Entwicklung an: Prothesen werden entwickelt, die mit dem Nervensystem des Menschen kommunizieren können, und es könnte der Tag kommen, an dem die Funktionen des menschlichen Gehirns zunächst teilweise, später vollständig von Computerchips ausgeführt werden. Der menschliche Geist wäre am Ende dieser Evolution auch ohne das Gehirn - seinen biologischen Träger - denkbar.

»Neurobionik« ist ein Kunstwort, das Elemente aus drei verschiedenen Disziplinen vereint: die Neurowissenschaften, die Biologie und die Technik. Der Neurobionik soll es gelingen, neuronale, biologische und technische Systeme derart aufeinander abzustimmen, dass »Gehirn- und Nervenprothesen« möglich sind. Derzeit sind zahlreiche Forschungen im Gange, um informationsverarbeitende Systeme zu entwerfen, die mit den menschlichen Nerven kommunizieren können. Es geht momentan aber nicht darum, künstliche Menschen zu erschaffen, sondern um die Heilung, Rehabilitation und Integration von Patienten mit neuronalen Defekten.

Es gibt bereits erste Ansätze für Direktverbindungen zwischen Neuronen und Transistoren, was als Basis für einen biotechnischen Neurochip diskutiert wird. Nervenzellen reagieren auf die Spannungsimpulse aus metallischen Elektroden, doch ebenso reagieren auch Elektroden auf Nervenimpulse, wenn beide miteinander Kontakt haben. Rechner aus lebenden, analog arbeitenden Nervenzellen und digitalen Mikrochips würden sich bestens für Zwecke der Neurobionik eignen.

Derzeit ist die Wissenschaft allerdings noch weit davon entfernt, den komplexen elektrischen Mustern der biologischen Netze konkrete Inhalte zuordnen zu können. Niemand weiß bis heute, wie die Impulsstruktur aussieht, wenn unsere Gehirnzellen bestimmte Gedanken erzeugen – trotz Verfahren wie der funktionellen Kernspintomographie oder der Positronenemissionstomographie (PET). Ebenso wenig ist bekannt, wie viele und auf welche Weise Neuronen an diesen Prozessen beteiligt sind. Die Gedankengenerierung findet in der Großhirnrinde statt. Die Gedankenbefehle werden über die assoziativen Bahnen der Großhirnrinde auf motorische Bahnen umgelenkt – Impulse entstehen, die von Neuronen in der Vorderwurzel des Rückenmarks empfangen werden, deren Axone dann geradewegs zu den Muskeln führen. Ein neuronales Netz, das beispielsweise die motorischen Vorderhirnzellen des Rückenmarks bei einem querschnittsgelähmten Patienten ersetzen soll, müsste die Nervenimpulse der Motoneurone, Renshawzellen, Muskelspindeln und Schmerzrezeptoren kennen.

Künstliche neuronale Netze müssen Lernprozesse absolvieren, um ihre Aufgabe zu erfüllen: das neuronale Netz muss im Zeitraffer all das Wissen aufarbeiten, das mit der Zerstörung des biologischen Nervenmaterials verlorengegangen ist.

Ein menschliches Neugeborenes strukturiert das Netzwerk seiner Nerven unter dem Einfluss der Umwelt. Es entstehen innere neuronale Verdrahtungen, die für spätere kognitive Leistungen unerlässlich sind. Die Mehrzahl der Gehirnzellen liegen bei der Geburt als isolierte, gleichsam funktionslose Neuronen vor: ohne Axone, ohne Dendriten und Synapsen. Zwar werden im Mutterleib einige synaptische Weichen gestellt, doch der überwiegende Teil der neuronalen Struktur wird erst nach der Geburt gebildet. Hier üben die Gene als Baumeister nur noch geringen Einfluss aus, hier zählen die Reize aus der Umwelt.

Als Kleinkind, Jugendlicher und Erwachsener lernt der Mensch dann nach anderen Prinzipien: durch Aktivierung bestehender Kontakte, in dem die Membraneigenschaften der Nervenzellen und die Gewichtungen bestehender Neuronen verändert werden.

Die grundlegenden Mechanismen der Informationsübertragung in Nervennetzen wurden bereits früh erkannt. Ebenso bedeutsam wie die Aufklärung der Mechanismen von neuronaler Erregung und Hemmung war die Erkenntnis, dass nicht Energie, sondern Information übertragen und verarbeitet wird. Arbeiten über die Informationsübertragung in Nervenzellverbänden wurde erstmals von dem Neurophysiologen Warren McCullogh und dem Mathematiker Walter Pitts im Jahre 1943 veröffentlicht.

McCulloghs und Pitts sahen in den Neuronen logische Schaltelemente. Mit den Neuronen ließen sich demnach Grundoperationen der Aussagenlogik (Verknüpfungen wie »und«, »oder« und »nicht«) modellieren, woraus dann jede komplexere Verknüpfung aufgebaut werden kann.

1949 stellte Donald Hebb die Hypothese auf, dass das biologische assoziative Gedächtnis in den synaptischen Verbindungen zwischen den Nervenzellen lokalisiert ist. Der Lernprozess und die Erinnerungsspeicherung hängen damit zusammen, dass die Stärke der Nervensignalübertragung über einzelne Synapsen verändert wird. Eine synaptische Verbindung zwischen zwei Neuronen wird immer dann verstärkt, wenn beide Neuronen gleichzeitig aktiv sind.

Derzeit stehen verschiedene Lern- und Gedächtnistheorien, die morphologische und molekulare Erklärungen enthalten, zur Diskussion. Die Architektur der Neuronen ist zum Beispiel in dem für das Gedächtnis bedeutsamen Hippocampus anders als in der Großhirnrinde.

Der Ersatz differenzierter Hirnfunktionen durch neuronale Netze dürfte in näherer Zukunft wohl noch nicht realisierbar sein. Einfacher liegen die Verhältnisse im peripheren Bereich der Nerven. Prothesen für nervengeschädigte Menschen wurden bereits entwickelt, und es laufen schon erste Versuche einer direkten Mensch-Maschine-Kommunikation: Nerven empfangen Impulse vom Computer, der nun wie ein Zweithirn die Steuerung der Muskeln übernimmt bzw. wie ein Sinnesorgan arbeitet.

Muskeln werden durch Nervenimpulse zur Kontraktion angeregt. Die Entdeckung der Muskelreizung durch elektrischen Strom führte zur Entwicklung von Herzschrittmachern und von

Laufprothesen für Querschnittsgelähmte. Dabei übertragen Elektroden elektrische Impulse etwa auf die Beinmuskulatur. Ein angeschlossener Computer erzeugt verschiedene Bewegungsprogramme wie Aufstehen, Setzen oder Gehen, welche durch Knopfdruck des Patienten aktiviert werden.

Bei vollständig zerstörten Nervenstrukturen nützt eine elektrische Reizung wenig. Hier strebt man die Herstellung eines »intelligenten« neuronalen Brückenstücks an, welches exakt die Aufgaben seines biologischen Pendants bewältigen soll. Ein gutes Hilfsmittel bei Verletzungen des peripheren Nervensystems sind Nervenkammern, aus denen embryonale Nervenzellen auskeimen und Kontakt zu den menschlichen Nerven suchen.

Herkömmliche Arm- und Beinprothesen finden Verwendung als Ersatz für verlorene Extremitäten; ein Ziel ist es jedoch, diese Prothesen ihren Vorbildern an Empfindungsfähigkeit und Beweglichkeit ebenbürtig zu machen. Ein perfekt abgestimmtes sensorisches System, bestehend aus Muskel- und Sehnenspindeln, Rezeptoren an den Gelenken, Temperaturrezeptoren usw. überwacht die Position unserer Gliedmaßen im Raum, kontrolliert ihre Bewegungen und bestimmt unser Verhalten. Eine Simulierung dieser Prozesse durch künstliche Sensoren ist erforderlich. Technische Probleme bereitet ebenfalls noch der Aufbau künstlicher Muskeln und deren Energieversorgung, ebenso die Kommunikation zwischen technischen und biologischen Elementen.

Auch die Funktionen von Ohr und Auge können durch Neurochips imitiert werden. Die Aufgabe des Innenohrs ist die Umwandlung von Schallsignalen in Nervenimpulse. Die Cochlea, ein winziger Schneckengang im Innenohr, besitzt Reihen von Sinneszellen, die sogenannten Haarzellen. Die haarfeinen Fortsätze jeder einzelnen registrieren letztlich Töne, und der Hörnerv meldet die Signale an das Gehirn weiter. Lärm und einige Wirkstoffe können die Sensoren zerstören, während der Hörnerv intakt bleibt, die Folge ist Schwerhörigkeit oder gar Taubheit. Cochleaimplantate sollen hier aushelfen.

Ein Neurochip müsste die von einem Mikrophon kommenden elektrischen Signale unabhängig von der Frequenz und

Signalstärke in nervenspezifische Impulse transformieren. Bei einem Cochlea-Implantat führt von einer Empfangsspule unter der Haut ein Elektrodenträger tief in die Innenohrwindung der Cochlea hinein. Dort werden die Nerven gezielt gereizt. Inzwischen wurde auch mit Neuroprothesen am Gehirn experimentiert: einer Patientin mit zerstörten Hörnerven wurden Elektroden mit gutem Erfolg direkt am Hirnstamm aufgesetzt.

Beim Augenersatz müssten lichtempfindliche Sensoren in Verbindung mit Neurochips die Netzhaut ersetzen. Stäbchen und Zapfen sind die Sensoren der lichtempfindlichen Netzhaut (Retina) am Augenhintergrund. Bei Krankheiten wie der Retinitis pigmentosa und Makuladegeneration beginnen die Sinneszellen abzusterben, was das Sehvermögen stark beeinträchtigt. Biotechniker haben ein Retinaimplantat entwickelt, das die signalweiterleitenden, noch intakten Ganglienzellen der Netzhaut veranlasst, wie gewohnt elektrische Impulse an das Gehirn zu senden. Kern einer solchen Prothese ist ein sogenannter Retina-Encoder. Er muss die Bilder einer Kamera interpretieren und in die Sprache der Nervenzellen umwandeln. Er leitet das aufgenommene Bild per Funk oder Lichtwellen an eine hauchdünne Folie mit winzigen Metallkontakten auf der Netzhaut weiter. Mithilfe elektrischer Signale werden dort dann die Nervenzellen direkt angeregt.

Wissenschaftler haben sogenannte Mikrokontaktfolien entwickelt. Eine Siliziumscheibe mit etwa fünf Millimeter Durchmesser wurde so dünn geätzt, dass sie sich an die Netzhaut anschmiegt. Ziel ist ein Implantat mit etwa 500 Bildpunkten.

Ein anderes Konzept: Unter der Netzhaut wird ein Chip mit lichtempfindlichen elektronischen Sensoren, sogenannten Photodioden, platziert. Direkt dort, wo sich die geschädigten Zapfen und Stäbchen befinden, sollen sie die zerstören Lichtsinneszellen ersetzen.

Wie bei einem gesunden Auge soll das von der Linse gebündelte Licht zunächst die inneren Netzhautschichten durchdringen und dann auf die winzigen Photodioden treffen. Dort soll ein elektrischer Strom entstehen, der die Nervenzellen reizt.

Solche sensorischen Prothesen könnten natürlich auch Sonderausstattungen erhalten: künstliche Ohren könnten Ultraschallwellen empfangen, künstliche Augen könnten Ultraviolett- und Infrarot-Strahlen »sehen«.

Künstliche Menschen und Bewusstseinskopien

Hier führt zum ersten Mal in der Geschichte der Menschheit eine technische Entwicklung zur schrittweisen neuronalen Kopie des Menschen, mit dem Ziel, seine Identität zu bewahren. Am Anfang dieser Evolution werden sich Arme aus Kunststoff mit hydraulischen Muskeln bewegen, am Ende wird das Bewusstsein des Menschen auf einem künstlichen Träger existieren können. Die Neurobionik bringt eine völlig neue Qualität in die Diskussion um Leben und Tod, denn Mikrochips als Träger des menschlichen Geistes können nicht sterben. Sollte es möglich sein, den menschlichen Geist von seinem materiellen Beiwerk abzukoppeln und auf einem neuronalen Netzwerk »laufen« zu lassen? Wäre dies noch ein Mensch oder eine geistreiche Computersimulation? Wäre damit die Unsterblichkeit der Seele realisiert?

Die Science Fiction spielte solche Szenarien bereits häufig durch; ein faszinierendes Beispiel findet sich in der deutschen »Atlan«-Serie. Im 9. Jahrtausend v. Chr. existierte im arkonidischen Imperium eine Welt namens Tsopan, der Planet der Bewusstseinsforscher. Die Skinen, die Bewohner dieser Welt, kopierten den Bewusstseinsinhalt des jungen Atlan, um ihn in ihre Bewusstseinsbank zu integrieren. Doch das synthetische Ich konnte entfliehen, und Atlans Bewusstseinskopie gelangte auf einen Planeten, wo Wesen aus dem Volk der Aras an einem Androidenprojekt arbeiteten: diese Androiden sollten nach Tsopan geschafft werden, wo sie die Bewusstseinsduplikate der Aras aus den Speichern der Skinen übernehmen sollten. Doch die Pläne scheiterten, und Atlans Bewusstseinsdouble gelangte in einen Androidenkörper. Später kam es zur Konfrontation zwischen diesem Bewusstseinsdouble und dem »richtigen« Atlan.

Im Computerzeitalter träumt man davon, Bewusstseinsinhalte zu scannen und auf Festplatten oder CD-ROMs zu speichern.

Davon ist die derzeitige Hirnforschung allerdings noch weit entfernt. Es geht darum, die modulare Organisation der Hirnrinde zu erforschen, die Feinheiten der Neurotransmitterwirkungen zu analysieren, die Geheimnisse neurodegenerativer Erkrankungen wie dem Morbus Alzheimer oder dem Morbus Parkinson zu ergründen, die Schäden durch Schlaganfälle möglichst gering zu halten. Schon wurden bedeutende Fortschritte bei Retina- und Cochlea-Implantaten bei Erkrankungen von Augen und Ohren erzielt; Querschnittsgelähmte werden durch implantierte Mikrochips wenigstens zum Teil wieder mobil. Der nächste Schritt nach der Verbesserung von Wahrnehmungs- und motorischen Leistungen wäre die Verstärkung des Erinnerungsvermögens. Lassen sich Chips implantieren, die den Neuronen des Gehirns Zugriff auf Datenbanken gewähren?

Bei der Analyse des Gehirns kann man überall das gleiche messen – neuronale Antworten auf irgendwelche Bedingungsänderungen. Dabei begegnet man stets nur codierter Information. Vielleicht reduziert sich irgendwann alles auf einen Informationsbegriff, der keiner materiellen Stützen mehr bedarf.

Wird der Computer eines Tages auf dieselbe Weise wahrnehmen, denken und erkennen können wie der Mensch? Wird ein künstliches System, etwa ein elektronisches, im Prinzip zu denselben Leistungen fähig sein wie das menschliche Nervensystem?

Sind die biologischen Strukturen unseres Gehirns und unser Verhalten vollständig durch physikalische Gesetze bestimmt, und ist das Verhalten eines Systems, das diesen Gesetzen folgt, berechenbar? Mit einem Computer simulierbar?

Schon seit einiger Zeit suchen Forscher nach Möglichkeiten, das Gehirn direkt mit externen Informationsquellen zu verbinden – und die Informationen auch in Gegenrichtung fließen zu lassen. Einen Computer allein mit Gedankenkraft zu steuern – ein Traum der Science Fiction würde Realität. Grundvoraussetzung ist der Direktanschluss des Gehirns an einen Computer, mit dem Ziel, diesen als Denkverstärker zu benutzen.

Neuronale Implantate könnten eines Tages dem Menschen einen Vorteil verschaffen, der momentan nur von Maschinen genutzt wird: den Download. Ein Kopierakt, und die ganze Fülle eines fremden Wesens wäre in unserem Kopf. Vergangene Ereignisse könnten wieder abgespielt werden. Simulationen wären von der Realität nicht zu unterscheiden.

Wird Künstliche Intelligenz eines Tages realisierbar sein? Wir können uns die Programmierung von Intelligenz von dem besten Modell abschauen, das uns zur Verfügung steht: dem menschlichen Gehirn selbst. Wir werden aus dem fertigen Produkt die Logik seiner Programmierung rekonstruieren (reverse engineering). Der einfachste Weg ist das Abtasten (Scannen) der Hirnstrukturen: Man nehme ein Gehirn kurz vor dem vollständigen Hirntod, friere es ein und registriere in hauchdünnen Querschnitten jedes einzelne Neuron und jede neuronale Verbindung mitsamt den Konzentrationen der Botenstoffe in den Synapsen. Ein solcher Brainscan wäre durch eine hochauflösende Kernspin-Tomographie möglich.

Ein anderer Weg wäre, mikroskopisch kleine Roboter (Nanobots) in die Blutbahn zu injizieren. Die wären dann darauf programmiert, sich durch jede einzelne Kapillare zu zwängen und von dort aus die Nervenverbindungen und Neurotransmitterkonzentrationen zu vermessen. Sie könnten drahtlos untereinander kommunizieren und ihre jeweiligen Befunde externen Computern mitteilen.

In fernerer Zukunft müssten sich die Nanobots nicht auf passives Registrieren von Messgrößen beschränken, sondern könnten aktiv mit unseren neuronalen Schaltkreisen in Kontakt treten. Schon heute gibt es elektronische Bauteile, die mit Nervenzellen kommunizieren. Künftige Nanobots werden in der Lage sein, durch gezielten Eingriff in neuronale Verbindungen virtuelle Erlebnisse hervorzurufen oder unsere Mustererkennungs- und Denkfähigkeit zu erweitern.

Um die Informationsverarbeitung im Gehirn zu verstehen, müssen wir nicht alle neuronalen Verbindungen analysieren, da diese vielfach redundant angelegt sind. So ist es bereits gelungen, die ersten Stufen der akustischen Signalverarbeitung im Gehirn zu decodieren und in Programme zur Spracherkennung umzusetzen.

Ein anderer Zugang: wir müssen das wie auch immer gescannte Gehirn nicht unbedingt verstehen; es genügt, seine

Struktur – auf der Ebene der Synapsen – geeignet abzubilden und in einen Computer zu kopieren (downloading). In diesem wäre das Wesentliche des Gehirns mitsamt Gedächtnis enthalten.

Dazu müssen wir zunächst die lokalen Prozesse im Gehirn verstehen lernen. So wurden bereits integrierte Schaltkreise konstruiert, welche die Signalverarbeitungseigenschaften größerer lokaler Ansammlungen von Neuronen genaustens nachbilden. Ähnliches wurde mit den digital-analog arbeitenden Neuronen der Netzhaut erreicht.

Die komplette Kartierung des Gehirns ist nicht so utopisch wie es den Anschein hat. Auch das Human-Genom-Projekt war zunächst unrealistisch, bis die Durchsatzrate beim automatischen Ablesen (Sequenzieren) des genetischen Codes erheblich zugenommen hat.

So werden wir imstande sein, vollständige und detaillierte Karten der informationstechnisch relevanten Strukturen des menschlichen Gehirns zu erstellen und diese in neuronalen Computern funktionell abzubilden. Den künstlichen Gehirnen werden wir eine große Auswahl von Körpern bereitstellen können, von virtuellen Körpern in virtuellen Räumen bis hin zu Myriaden von Nanobots.

Nehmen wir an, wir können das Gehirn eines Menschen einscannen und die resultierende »Bewusstseinsdatei« in einem geeigneten Rechnermedium wieder aktivieren. Wird das so erzeugte Wesen dann Bewusstsein haben? Es würde zumindest Außenstehenden durchaus als eine dem Original gleichende Persönlichkeit mitsamt ihren Erinnerungen erscheinen.

Solche Gedankenspiele wurden bereits in Science Fiction – Filmen wie »Strange Days« (Erinnerungen auf Diskette) oder »Total Recall« (Implantation künstlicher Erinnerungen) thematisiert. Noch vor Ende des 21. Jahrhunderts wird die technikschaffende Spezies des Planeten Erde – der Homo sapiens – mit ihren technischen Kreaturen allmählich verschmelzen. Was ist der Unterschied zwischen einem menschlichen Gehirn, das durch neuronale Implantate eine millionenfache Erweiterung erfahren hat, und einem nichtbiologischen Wesen, das auf einem erweiterten und verbesserten Nachbau des Gehirns basiert?

Letztlich sind die Ziele von Gentechnik und Neurobionik die gleichen: es geht um Perfektion und Unsterblichkeit des Menschen, es gilt, der Natur die Geheimnisse von Leben und Bewusstsein zu entreißen. Mit seinem besessenen Forscherdrang hetzt der Mensch uralten Träumen hinterher. Bereits Gilgamesch suchte nach der Unsterblichkeit. Der Golem war ein künstlicher, aus Lehm erschaffener Mensch. Der Roman »Menschen, Göttern gleich« von H. G. Wells könnte eine Metapher für unser technisches Zeitalter darstellen. Aber die Hybris des Menschen führte bereits beim Turmbau zu Babel in die Katastrophe.

SCIENCE

Morgenwelt – die Diktatur des Profits und die Herrschaft der Konzerne

Das Unbehagen an der Globalisierung und die Macht des Kapitals

von Robert Hector

Die Gesellschaft der Zukunft

Wie wird die Gesellschaft der Zukunft aussehen? Wird es ein Konsumparadies sein, wie es neoliberalistische Wirtschaftstheoretiker erträumen, oder eine apokalyptische Hölle, in der nur noch das Recht des Stärkeren zählt und die Natur zerstört ist? In der Science Fiction sind verschiedene solcher Szenarien durchexerziert worden, etwa in dem Film »They live« von John Carpenter oder in Romanen wie »The Space Merchants« von Frederic Pohl und C. M. Kornbluth und den Werken John Brunners (»Stand on Zanzibar«, »The Sheep look up«, »The Shockwave Rider«, »The Jagged Orbit«). Angetrieben durch Entwicklungen der Computer-, Kommunikations- und in Zukunft wohl auch der Biotechnik vollzieht sich derzeit ein radikaler ökonomischer Wandel, »Globalisierung« genannt. Doch die Globalisierung, von der manche meinen, sie sei ein ganz neues Ereignis weltweiter Handels- und Finanzmärkte, internationaler Verkehrsverbindungen und im Internet weltumspannend vernetzter Computer, begann im Grunde schon vor knapp 200 000 Jahren, als die Menschheit von Afrika aus aufbrach, diesen Planeten zu besiedeln. Das Human Genome Project, die Entschlüsselung des menschlichen Erbguts, hat gezeigt: Die genetischen Gemeinsamkeiten zwischen den Völkern der Welt sind überwältigend, die Unterschiede zwischen Schwarzen und Weißen, Reichen und Armen, sogar zwischen Mann und Frau fallen dagegen kaum ins Gewicht. Jeder Mensch auf diesem Planeten teilt 99,99 Prozent seiner Erbinformation mit allen anderen.

Dennoch suggeriert uns der Neoliberalismus, dass eigennütziges Profitstreben und permanentes Wachstum unabdingbare Voraussetzungen für das Wohl der Menschheit sind. Megafusionen führen zu immer größeren und mächtigeren Konzernen, globale Umweltabkommen werden mit dem Argument ihrer wirtschaftlichen Schädlichkeit boykottiert, und auf dem kulturellen Sektor wird die Welt zunehmend uniformiert: Mode, Musik, Essen. Lang ist es her, seit Mao die Devise »Lasst tausend Blumen blühen« ausgab. Ein nie dagewesener Raubbau an Mensch und Natur findet statt. Der Tanz ums Goldene Kalb gleicht jedoch einem Tanz auf dem Vulkan.

Das Ende der Geschichte?

Heute, nach dem Zusammenbruch des Kommunismus, ist der Kapitalismus als einziges Wirtschaftssystem übriggeblieben. Es geht um das Gesetz von Angebot und Nachfrage, um den Preismechanismus, der beide aufeinander abstimmt, und um das Ergebnis dieser Vorgänge, das am Ende alle Beteiligten vollauf zufriedenstellt. Dieses Grundprinzip hat bereits der schottische Nationalökonom und Philosoph Adam Smith im Jahre 1776 in seinem Werk »The Wealth of Nations« auf klassische Weise dargelegt.

Francis Fukuyama sprach nach dem Untergang des Ostblocks vom »Ende der Geschichte«, vom endgültigen Sieg der Demokratie und freien Marktwirtschaft. Der Neoliberalismus mit den Leitmotiven Freihandel und Deregulierung verhieß das (Konsum-)Paradies auf Erden. Doch die weltweite Ausbreitung des kapitalistischen Systems, Globalisierung genannt, wies dunkle Schattenseiten auf. Es gab Verlierer: die Menschen in den entwickelten Ländern, die aus dem System hinausfallen, die

Menschen in der Dritten Welt, die dahinvegetieren müssen, und nicht zuletzt die Natur, die geplündert und zerstört wird.

Folgerichtig rührten sich erste Proteste gegen die neue Wirtschaftstheologie. Im Dezember 1999 fanden sich anlässlich der Konferenz der Welthandelsorganisation (WTO) in Seattle 50 000 Demonstranten zusammen, im April 2000 bei der Tagung von Weltbank und Internationalem Währungsfonds in Washington 10 000, im Dezember 2000 beim EU-Gipfel in Nizza 60 000, im Juni 2001 beim EU-Gipfel in Göteborg über 20 000 und im Juli 2001 beim G-8 in Genua fast 100 000 Menschen. Einige dieser »Globalisierungsgegner« lieferten sich Straßenkämpfe mit schwer bewaffneten Polizisten. Steine auf der einen, Wasserwerfer auf der anderen Seite. Nur geht es diesmal nicht gegen den Krieg in Vietnam oder den amerikanischen Imperialismus, sondern gegen einen viel diffuseren Feind: die Globalisierung. Es ist fast wie ein Science Fiction-Szenario: Innen die Herren der Welt in Nadelstreifenanzügen, draußen die vermummten Straßenkämpfer, von den Medien als Krawallmacher und Chaoten bezeichnet. Wobei die Medien inzwischen zum Teil des Systems geworden sind: Sind Berlusconi, Murdoch oder Kirch nicht getreue Abbilder des fiesen Medien-Mogul Carver, der Herr über Fernsehen, Zeitungen und Nachrichten in dem Film »Tomorrow never dies«? Nur existiert in realiter kein James Bond, der die Welt retten kann.

Der berühmte Satz von Karl Marx »Die herrschende Meinung ist die Meinung der Herrschenden« findet sich in unserer Mediengesellschaft radikal verwirklicht: Im Zuge der Realisierung des totalitären utopischen Anspruchs des Kapitalismus unter der Maske der Sachlichkeit setzte ähnlich wie in Orwells Roman »1984« eine Umwertung der Begriffe ein: Die utopische Irrationalität und Eindimensionalität des kapitalistischen Selbstzwecks wurde zur »natürlichen Ordnung der Dinge«, und die ökonomische Zerstörungslogik, die das Universum der sinnlichen Welt gnadenlos auf die dürre Abstraktion des Geldes zurechtschneidet, zum »pragmatischen Umgang« mit den Dingen erklärt.

Die zentrale Frage ist: wie »gerecht« ist ein System, das von einigen Wenigen beherrscht wird, die aufgrund ihres Kapitals ökonomische und damit in der Regel auch politische Macht ausüben? Wo ist da der Unterschied zu mittelalterlichen Feudalherren?

Der ewige Traum von Utopia

Eine Welt voller Gerechtigkeit und Solidarität ist ein Wunschtraum, an dem sich der Istzustand einer Gesellschaft immer messen lassen muss. Die Idee von »Utopia«, dem idealen Staat, in dem alle Bewohner glücklich nebeneinander leben und alle Bedürfnisse erfüllt sind, resultiert aus der Unzufriedenheit mit dem jeweils bestehenden System. Das älteste Konzept eines utopischen Staates stammt von dem griechischen Philosophen Platon, der im 4. Jahrhundert v. Chr. »Politeia« (Der Staat) verfasste. Platon legte darin ein gewaltiges Konzept von einem in drei Stände gegliederten autarken Stadtstaat vor, der allerdings von unseren Vorstellungen eines gerechten Staates weit entfernt ist und eher an Orwell erinnert: ein staatliches Erziehungswesen sorgt dafür, dass von frühester Jugend an die traditionellen Normen des Idealstaates gepflegt werden, Aufseher überwachen und kontrollieren das öffentliche Leben, die Kunst wird reglementiert und Auslandsreisen werden nur älteren Bürgern gestattet.

Der Begriff »Utopia« stammt von Thomas Morus, der 1516 ein Werk dieses Namens verfasste, das eine Anklageschrift gegen die Zustände im England Heinrich VIII. darstellte. Die Bewohner der Insel Utopia arbeiten nur sechs Stunden am Tag und widmen sich danach ihrer Familie, die in einem schönen Haus wohnt. Um nicht den Schein von Privateigentum aufkommen zu lassen, werden die Häuser alle zehn Jahre nach dem Los gewechselt. Es gibt unentgeltliche Speisehäuser, die Lehranstalten stehen jedem zur Verfügung, die Ehe ist löslich, und es besteht Religionsfreiheit.

Im Kerker schrieb Thomas Campanella seinen »Sonnenstaat« (»Citta del Sole«, 1623), eine Stadt mit sieben konzentrischen Ringen, die von einem Philosophen-König regiert wird. Es gibt nur Gemeineigentum, wissenschaftliche Erkenntnisse sind an großen Mauern niedergeschrieben, die Bewohner haben fliegende Maschinen und Schiffe ohne Segel entwickelt.

Francis Bacon schilderte in »The New Atlantis« (»Nova Atlantis«, 1627) eine Kolonie in der Südsee, in der Wissenschaftler an Unterwasserschiffen und der Nachahmung des Vogelflugs arbeiten.

1772 erschien »L'An 2440« von Louis Mercier. Der Erzähler erwacht im Paris des Jahres 2440 und wandert durch die Straßen und Plätze der Metropole. Es gibt Straßenbeleuchtung, Dachgärten und Verkehrspolizei. Ein Museum demonstriert die Entwicklungsgeschichte des Menschen, die Medizin kann Gallensteine und Syphilis heilen, Armee und Prostitution sind abgeschafft.

Im 19. Jahrhundert erschienen drei große Utopien, die sich mit der Rolle von Wissenschaft und Technik in einer zukünftigen Gesellschaft auseinander setzten: »The Coming Race« (1871) von E. Bulwer-Lytton und »Looking backward 2000–1887« (1888) von Edward Bellamy sind positive Utopien, in der die Technik das Wohlergehen der Massen garantiert, während in Samuel Butlers »Erewhon« alle Maschinen abgeschafft werden, da sie die Zukunft der Menschheit bedrohen.

Positiven Utopien waren im 20. Jahrhundert selten. Jewgenij Samjatin berichtete in »Wir« (1920) von einem Staat, der mit technischer Perfektion das Leben seiner Bürger bis ins kleinste Detail regelt. Aldous Huxleys »Brave New World« (1932) ist eine Wohlstandsgesellschaft der Zukunft, in der Elend und Krankheit überwunden sind, in der aber auch Freiheit, Kunst und Humanität auf der Strecke blieben. Das Schicksal des Individuums ist durch künstliche Befruchtung und Psychokonditionierung determiniert. Die berühmteste Dystopie stammt von George Orwell: »Nineteen Eighty-Four« (1949). Ein totalitärer Staat, repräsentiert durch den »Großen Bruder«, überwacht und kontrolliert seine Bürger vollkommen.

Kurt Vonnegut schilderte in »Player Piano« (1952) ein vollautomatisiertes Nachkriegsamerika, in der ein Computer die gesellschaftliche Entwicklung bestimmt. In dem totalitären Zukunftsstaat von Ray Bradburys »Fahrenheit 451« (1953) ist das Lesen von Büchern verboten, da Bücher eine Gefährdung des

Staates darstellen. »The Space Merchants« (1953) von Frederic Pohl und C. M. Kornbluth ist eine böse Satire auf den Kapitalismus, in der gigantische Werbeagenturen die Welt des 21. Jahrhunderts beherrschen.

Ein Portrait der Welt des 21. Jahrhunderts entwarf John Brunner mit »Stand on Zanzibar« (1968). Überbevölkerung, Drogen und die Macht internationaler Konzerne sind nur einige Themen dieses Buches. Die Entwicklungen der Computer-, Kommunikations- und Biotechnik nahmen Autoren wie William Gibson (»Neuromancer«, 1984) und Bruce Sterling (»Schismatrix«, 1985) vorweg: sie beschrieben eine zukünftige Gesellschaft, in der weltweite Daten- und Medienverbundnetze, elektronische Gehirnimplantate, virtuelle Computerscheinwelten und Cyborgs eine Alltäglichkeit sind.

Die globale Gesellschaft ist nichts anderes als das lauernde Gleichgewicht schlafender Utopien. Die werden so lange nicht wach, als es Überfluss zu verteilen gibt und die Kosten auf die Zukunft und die Dritte Welt abgewälzt werden können. Sobald aber der Zahltag kommt und der Mangel verteilt werden muss, erheben die Utopien ihr Haupt. Die Utopie – als Hoffnung auf ein gerechtes Zusammenleben der Menschen und als Weigerung, den Status quo zu akzeptieren – wird in jedem verhungernden Kind auf dieser Erde neue Nahrung finden.

Vom individuellen Eigennutz, dem Wohl der Gesellschaft und der »unsichtbaren Hand« – die Metaphysik der klassischen Ökonomie

Produktion und Handel von und mit Waren gab es seit Beginn der Menschheitsgeschichte. Bereits frühzeitig wurde zur Vereinfachung des Tausches das Geld erfunden. In Griechenland wie in Rom war die Landwirtschaft der wichtigste Wirtschaftszweig, das Arbeitskräftepotential waren die Sklaven. Später bestimmte ein agrarisch orientiertes und von der Kirche sanktioniertes Feudalsystem die mittelalterliche Gesellschaft. Die Ideen der französischen Revolution sprengten die alten Bindungen der mittelalterlichen und merkantalen Gesellschafts-

und Wirtschaftsordnung. Die Bauernbefreiung beseitigte die Leibeigenschaft der Bauern, die Gewerbefreiheit befreite Handwerker und Händler von den strengen Vorschriften der Zünfte und Handelsgesellschaften, der Freihandelsgedanke half staatliche Hemmnisse wie Zölle abzubauen und die Vorteile der internationalen Arbeitsteilung zu nutzen. Auf dieser Grundlage sind die Lehren von Adam Smith, David Hume, David Ricardo, John Stuart Mill und anderer liberaler Denker gewachsen, die freie Bahn für den Erwerbssinn der Menschen und den technischen Fortschritt forderten.

Adam Smith (1723–1790) beschäftigte sich in seinem Hauptwerk »Inquiry into Nature and Causes of the Wealth of Nations« (1776) mit dem Wesen und den Bestimmungsfaktoren einer liberalen Wirtschaftsordnung. Die Triebkräfte des Wirtschaftslebens scharen sich bei Smith um die zentrale Vorstellung des Eigennutzes. Dessen individuelle Verfolgung im Wettbewerbsprozess ist nach Smith die Ursache größtmöglichen öffentlichen Nutzens. In dem Satz »Jedermann ... wird von einer unsichtbaren Hand geleitet, einen Zweck zu fördern, den er in keiner Weise beabsichtigt hatte ...« wurde ein Mythos geschaffen, der dem Markt das theologische Prädikat der Allgüte zuschrieb: die »unsichtbare Hand« des marktwirtschaftlichen Wettbewerbsmechanismus waren demnach die Lenkungs- und Koordinierungsinstrumente des Marktpreissystems. So demaskierte sich die freie Marktwirtschaft als ein ideologisches Konstrukt, welches aufgrund einer mystischen »invisible hand« den zweifelhaften Spagat zwischen individuellem Eigennutz und gesellschaftlichem Gesamtwohl wagte.

Dennoch beschrieb Adam Smith wichtige fundamentale Prinzipien der Ökonomie. Die Quelle allen Reichtums ist produktive menschliche Arbeit. Der nationale Wohlstand ist das Produkt des Fleißes und der Geschicklichkeit der Arbeiter. Doch trotzdem ist ihre eigene Situation beklagenswert: sie sind gezwungen, das Produkt ihrer Arbeit mit der Klasse der Grundherren (landlords) und derjenigen der Kapitaleigner (capitalists) zu teilen.

Dreh- und Angelpunkt von Smith's Theorie der ökonomischen und sozialen Dynamik ist die Arbeitsteilung. Sie steigert das Pro-Kopf-Einkommen und führt zu einer prosperierenden Weltwirtschaft. Sie steigert die Ausnutzung von Arbeit und Kapital, ermöglicht Spezialisierungsgewinne und regt neue Produktionsverfahren und neue Produkte an. Arbeitsteilung ist für ihn gleichbedeutend mit ökonomischem Fortschritt schlechthin.

Soll die Arbeitsteilung vertieft werden, müssen die Märkte wachsen. Der erste Schritt dazu besteht im Abbau von Handelshemmnissen aller Art: Freihandel lautet die Devise. Des Weiteren bedarf es sicherer Verkehrswege, deren Bereitstellung eine zentrale Aufgabe des Staates sei. Das Wachstum der Märkte ist schließlich abhängig von der aus ausreichenden Profiten gespeisten privaten Kapitalakkumulation.

Unter einem System von vollständig freiem Handel widmet natürlicherweise jedes Land sein Kapital und seine Arbeit solchen Verwendungen, die jedem am segensreichsten sind. Im Zentrum der Überlegungen von David Ricardo (1772–1823) steht die Frage, wie sich das Sozialprodukt einer Volkswirtschaft zwischen Arbeitern, Kapitaleignern und Grundherren verteilt.

Das Nichtarbeitseinkommen (Rente und Profit) hängt vom gesellschaftlichen Überschussprodukt (Surplus) ab, also der Differenz zwischen dem Jahresprodukt und der Summe aller zu seiner Erzeugung nötigen Güter. Zu letzteren gehört neben den Rohstoffen und Abschreibungen auf Maschinen auch die »notwendige Konsumtion« der Arbeiter. Die Profitrate ist die Schlüsselgröße des Systems und bestimmt das Tempo, mit dem die Wirtschaft wächst.

Neben der Profitrate ist die Arbeitswertlehre das zweite Element von Ricardos Theorie. Die These, dass Angebot und Nachfrage den Preis einer Ware bestimmen, weist Ricardo als leere Redensart zurück. Eine Ware sei im Verhältnis zu anderen teuer oder billig, je nachdem, ob zu ihrer Produktion insgesamt relativ viel oder wenig Arbeit nötig ist.

Mit dem Verteilungsproblem des Reichtums setzte sich John Stuart Mill (1806–1873) auseinander. Es gilt, die größtmögliche Freiheit mit der gerechten Verteilung der Früchte der Arbeit zu verbinden. Wie Smith und Ricardo vor ihm erwartete Mill, dass das Wachstum in nicht allzu ferner Zukunft in Stagnation übergehen müsse (der Kapitalismus tendiert zum Fall der Profitrate).

Im Gegensatz zu seinen Vorgängern sah er darin jedoch keinen Grund zur Klage, denn es sei nicht einzusehen, »dass Menschen, die bereits jetzt reicher sind, als man zu sein braucht, ihren Konsum verdoppeln sollten, mit keinem oder nur geringem Vergnügen zur Folge außer demjenigen, Wohlstand zu repräsentieren.« Das ewige Streben nach immer mehr hatte für ihn keinen Charme, er glaubte nicht, dass »das Aufeinander-Herumtrampeln, Wegdrängen, Benutzen der Ellbogen und Einander-auf-die-Hacken-Treten, welches die gegenwärtige Form der Gesellschaft ausmacht, das erstrebenswerte Schicksal für die Menschheit sei«.

John Maynard Keynes (1883–1946) veröffentlichte 1936 sein Hauptwerk »Allgemeine Theorie der Beschäftigung, des Zinses und Geldes«. Sein Nachweis, dass Volkswirtschaften aus eigener Kraft nicht Vollbeschäftigung sichern können, revolutionierte die Ökonomie. Die effektive Nachfrage bestimmt kurzfristig das Niveau von Produktion und Beschäftigung. Wo der Markt versagt, muss der Staat einspringen.

Joan Violet Robinson (1903–1983) legte 1933 ihre »Theorie der unvollkommenen Konkurrenz« vor. Robinson entwickelte in scharfem Kontrast zur neoklassischen Modellwelt eine neue Theorie der Unternehmen auf monopolistischen Märkten: Unternehmen streben danach, ständig zu wachsen, ihre Marktposition auszubauen und Preise als strategische Variable zu nutzen. Ökonomische Machtbildung ist die Folge, Politik und unternehmerische Strategien werden miteinander verquickt.

In ihrem 1956 erschienenen Werk »Die Akkumulation des Kapitals« versuchte sie, die Kurzfristanalyse von Keynes in einen Langfristrahmen zu integrieren und damit zu verallgemeinern. Unter welchen Voraussetzungen kann eine Wirtschaft über lange Zeit stetig wachsen? Robinson zeigte, dass zu diesem Zweck die Produktion im Gleichschritt mit dem Arbeitskräftepotential und dem technischen Fortschritt wachsen muss. Diesen Gleichgewichtspfad nennt sie »Goldenes Zeitalter«. Dieses Zeitalter der »wirtschaftlichen Seligkeit« ist allerdings nur ein Gleichnis, ein modellhaft konstruierter Entwicklungspfad, der sich in der kapitalistischen Wirklichkeit höchstens zufällig und kurzfristig einstellen wird.

Milton Friedman (geb. 1912) ist radikaler Verfechter des Monetarismus: Die beste Sozialpolitik ist die freie Marktwirtschaft. Nach Jahren der Inflation und Rezession hatten die Keynesianer keine Rezepte mehr, die Zeit war reif für die Verächter des Sozialstaats. Entsprechend der monetaristischen Idee steuerten Zentralbanken die Geldmenge, um der Inflation Herr zu werden. Die Regierungen Reagan und Thatcher gingen noch weiter: Der Abbau des Sozialstaats und kräftige Steuersenkungen sollten die private Wirtschaftskraft fördern. Deregulierung wurde zum Fundamentalprinzip der Wirtschaft.

John Kenneth Galbraith (geb. 1912) zeigte die Grenzen des Marktes auf. Die Wirklichkeit mächtiger Konzerne hat wenig mit der Theorie vollkommener Märkte zu tun. Die Menschen lassen sich immer wieder durch scheinbar neue Ideen dazu verleiten, auf höhere Kurse zu spekulieren – bis zum unweigerlichen Zusammenbruch. Das galt Ende der 20er Jahre für die Aktienspekulanten an der Wall Street ebenso wie für den völlig aus den Fugen geratenen Handel mit Tulpenzwiebeln in den Niederlanden des 17. Jahrhunderts. Der Markt besiegt sich selbst und hinterlässt mehr Opfer als Täter. Dieses Spiel wiederholte sich zu Beginn des 21. Jahrhunderts an den »Neuen Märkten«.

Allgemein gilt: Der Grundtatbestand allen menschlichen Wirtschaftens ist die Knappheit – die Knappheit der Güter, um die vielfältigen menschlichen Bedürfnisse zu befriedigen, und die Knappheit der Ressourcen, die zur Herstellung dieser Güter benötigt werden. Hauptziel ist die Überwindung des Mangels. Auf dem freien Markt herrscht das Gesetz von Angebot und Nachfrage, geregelt durch den Preismechanismus, wie Adam Smith bereits 1776 darlegte.

Es hat danach zahlreiche Verfeinerungen gegeben, die man unter der Rubrik »Neoklassik« zusammenfasst. Am eigentlichen Grundgedanken, dem souveränen Willensentscheid des Einzelnen, dem freien Spiel der Preise, dem ungehemmten Strom von Gütern und Dienstleistungen, auch über Ländergrenzen hinweg, hält man in der Neoklassik unverändert fest. Die Welt von heute ist charakterisiert durch weitgehend freien Handel und eine zunehmende Globalisierung der Märkte und ist geprägt durch eine liberale Wirtschafts- und eine demokratische Gesellschaftsordnung.

Nach den Vorstellungen der Neoklassik sind Markt und Preissystem maßgebliche Instrumente der Koordination von Angebot und Nachfrage. Angebot und Nachfrage werden durch Entscheidungen von rationalen Individuen bestimmt, denen alle vorhandenen Informationen zur Verfügung stehen. Dieses Gleichgewicht wird auf mechanische Weise, durch freiwillige Abstimmung der verschiedenen individuellen Wünsche und Vorstellungen erreicht, und es erweist sich kurz- als auch langfristig als stabil.

Die Welt der Neoklassik ist also gekennzeichnet durch Gleichgewicht und Harmonie, durch das automatische Auffinden der jeweils besten ökonomischen Lösung auf der Grundlage des Marktprinzips. Probleme können nur von außen kommen, sind also nicht Teil des Marktgeschehens selbst. Auch dem Staat kommt nur eine untergeordnete Rolle zu, denn der Markt vermag letztlich von allein alle durch äußeren Anstoß in Bewegung geratene Gleichgewichte effektiv und schnell wieder in die bestmögliche Ordnung zurückzuführen.

Die Schulökonomie weiß zur Zeit allerdings keine zufriedenstellenden Antworten zu geben auf drängende Probleme der Gegenwart: die Massenarbeitslosigkeit in vielen Industrieländern, das stürmische Bevölkerungswachstum, gekoppelt mit Elend und Armut, in den unterentwickelten Regionen, die Zerstörung der natürlichen Lebensverhältnisse, die zunehmende Verkrustung und Bürokratisierung von Institutionen, der schier unersättliche Finanzbedarf von Staat und Sozialsystem.

Die gesamtgesellschaftliche Produktion vollzieht sich unter der Herrschaft vieler einzelner Kapitale, die mit höchster ökonomischer Rationalität ihren Profit zu erzielen suchen. Dabei entstehen Widersprüche zwischen den Einzelinteressen und der sich anarchisch entwickelnden Gesamtproduktion: die kapitalistische Produktionsweise wird zum irrationalen Selbstzweck, getrieben von der Gier nach Profit.

Kritik der kapitalistischen Vernunft

Karl Marx stellte den modernen Kapitalismus radikal infrage, indem er dessen Bewegungsgesetze analysierte.

Die Mangelhaftigkeit der Analysen der bürgerlichen Ökonomie besteht Marx zufolge darin, dass sie sich auf jene wirtschaftlichen Phänomene beschränken, die an der Oberfläche der bürgerlichen Gesellschaft erscheinen und als solche unmittelbar greifbar sind. Solche Phänomene sind: der geldvermittelte Warenaustausch zwischen Vertragspartnern, die Bildung der Warenpreise durch die Konkurrenz sowie die Einkommensarten Unternehmergewinn (Profit), Grundrente und Arbeitslohn, die auf den Produktionsfaktoren Kapital, Boden und Arbeit beruhen.

Doch diese Oberflächenphänomene verschleiern die gesellschaftliche Kernstruktur. Marx geht es darum, den täuschenden Schein, der das Kapitalverhältnis als Herrschafts- und Ausbeutungsverhältnis verhüllt, zu durchstoßen und zum Wesen, zum eigentlichen Kern dessen, was die kapitalistische Produktionsweise ausmacht, vorzudringen.

Bei der Analyse der wirtschaftlichen Verhältnisse griff Marx auf die Ergebnisse der klassischen politischen Ökonomie zurück, wie sie Adam Smith und David Ricardo begründeten: Smith untersuchte systematisch die wirtschaftlichen Faktoren und sah in der Arbeitsteilung den Grund für die Blüte einer Wirtschaft. Ricardo betonte die Werttheorie, die den Wert einer Ware mit der Arbeit in Verbindung bringt, die zu ihrer Erzeugung notwendig ist.

Marx untersuchte die elementaren Sachverhalte, die den Prozess der Kapitalproduktion und -verwertung in Gang halten.

Die Ökonomie ist die Basis des gesellschaftlichen Lebens. Damit die Menschen überleben können, müssen sie die nötigen »Subsistenzmittel« herstellen – die Mittel für Nahrung, Bekleidung, Wohnung und andere Grundbedürfnisse. Bald erkennen die Menschen, dass es ihnen wirtschaftlich besser geht, wenn sie sich spezialisieren. Die Produktion von Waren ist dann nicht mehr eine individuelle, sondern eine gesellschaftliche Angelegenheit. Im Rahmen dieser wechselseitigen Abhängigkeit, die nichts anderes ist als die Gesellschaft selbst, wird der Einzelne über sein Verhältnis zu den Produktionsmitteln (das sind erstens Arbeitsmittel, mit deren Hilfe der Mensch auf die Natur einwirkt wie Werkzeuge und Maschinen, und zweitens Arbeitsgegenstände, die bearbeitet werden wie Naturstoffe oder Rohstoffe) definiert.

Menschen müssen also arbeiten, um zu leben. Dabei entwickeln sie Verhältnisse untereinander, die bestimmt sind durch den jeweiligen Stand der Produktivkräfte. Die zur Umwandlung der Naturstoffe in für den Menschen nützliche Produkte notwendigen Arbeitskräfte und materiellen Faktoren (Arbeitsmittel, Arbeitsgegenstände, Wissenschaft, Technik) bilden die Produktivkräfte.

Erst durch die Anwendung der Produktionsmittel durch die arbeitenden Menschen im Arbeitsprozess wird der materielle Reichtum der Gesellschaft geschaffen. Der Mensch ist deshalb die Hauptproduktivkraft der Gesellschaft.

Die Produktivkräfte sind jedoch nur eine Seite der Produktion materieller Güter. Hinzu tritt eine zweite Seite, die Produktionsverhältnisse. In der Produktion sind die Menschen nicht jeder für sich allein tätig, sondern sind in den Produktionsprozessen miteinander verbunden, bauen jeweils auf gesellschaftlich erworbenen Erfahrungen und Erkenntnissen auf. Die Beziehungen in der Produktion, die Produktionsverhältnisse – und das sind die grundlegenden gesellschaftlichen Verhältnisse – werden in ihrem Charakter wesentlich davon bestimmt, in wessen Eigentum sich die Produktionsmittel befinden. Die kapitalistische Gesellschaftsordnung gründet auf dem kapitalistischen Privateigentum an Produktionsmitteln. Die heutigen Produktionsmittel, die nur von vielen betrieben werden können, gehören nur einigen wenigen und werden nur nach deren Bedürfnissen (Profitinteressen) in Gang gehalten. Diese Gesellschaftsordnung weist also nicht den vielen mit und an den Produktionsmitteln arbeitenden Menschen, sondern den wenigen Besitzern die dominierende Stellung zu.

Die Analyse dieser Arbeits- und Produktionsverhältnisse führt zu der Feststellung, dass Wertschöpfung allein durch menschliche Arbeit geschieht. Arbeit ist die Quelle allen Wertes (nicht allen materiellen Reichtums). Die Differenz zwischen dem Wert der Ware Arbeitskraft und dem Wert ihrer Arbeitsprodukte stellt den Mehrwert dar, den sich der »Kapitalist« aneignet. Der Mehrwert ist die Quelle des Wachstums des Kapitals.

Die Anwendung von Mehrwert als Kapital führt zur Akkumulation, zur Anhäufung von Kapital. Die Konkurrenz der Einzelkapitale um höchsten Profit und der damit verbundene tendenzielle Fall der Profitrate führen zu Krisensituationen mit der Folge, dass sich Kapital konzentriert und zentralisiert. Die zur Zeit zu beobachtenden Mega-Fusionen rund um den Globus sind Ausdruck dieser kapitalistischen Entwicklungsmechanik.

Der Einzelne wird im »Kapital« als ausführendes Organ der Gesetzmäßigkeiten des Kapitals (= »Geld heckendes Geld«, »sich selbst verwertender Wert«) verstanden.

Die zunehmende Konzentration der Wirtschaftstätigkeit in den Händen einer immer kleiner werdenden Zahl von Kapitalisten war für Marx eine wesenseigene Tendenz des Kapitalismus.

»Je ein Kapitalist schlägt viele tot ... Das Kapitalmonopol wird zur Fessel der Produktionsweise, die mit und unter ihm aufgeblüht ist. Die Zentralisation der Produktionsmittel und die Vergesellschaftung der Arbeit erreichen einen Punkt, wo sie unerträglich werden mit ihrer kapitalistischen Hülle. Sie wird gesprengt. Die Stunde des kapitalistischen Privateigentums schlägt. Die Expropriateurs werden expropriiert.«

Marx betonte immer wieder den Fetischcharakter der Ware: Der Warenwert wird nicht als historisch entstandenes, gesellschaftliches Verhältnis, sondern als Eigenschaft eines Dinges gesehen. Wie in der Religion die Produkte des menschlichen Kopfes mit eigenem Leben versehen werden, so verselbständigen sich in der Warenwelt die Produkte der menschlichen Hand. Die gesellschaftlichen Bewegungen besitzen die Form einer Bewegung von Sachen, unter deren Kontrolle die Menschen stehen. Dieses Verhältnis wird als naturgegeben begriffen. Die Verdinglichung der gesellschaftlichen Verhältnisse, der Warenfetischismus, hat eine wichtige Bedeutung im Kapitalismus: er verschleiert die Produktionsverhältnisse und erschwert damit ihre Kritik.

Die Entwicklung der Warenproduktion und -zirkulation produziert das Geld, das historisch und logisch das Ergebnis der Entfaltung der Wertformen darstellt. Die einfachste Wertform ist somit der Keim der Geldform. Das Produkt wird zur Ware, die

Ware wird zum Tauschwert. Der Tauschwert der Ware ist ihre immanente Geldeigenschaft. Diese ihre Geldeigenschaft löst sich von ihr als Geld los, gewinnt eine allgemeine, von allen besonderen Waren und ihrer natürlichen Existenzweise gesonderte soziale Existenz.

Hier wird bereits erkennbar, worauf die Marxsche Kritik der politischen Ökonomie abzielt. Eine Gesellschaft, in der die Gebrauchswerte der Waren, deren sinnlich-nützliche Eigenschaften, lediglich »Träger« des Tauschwertes sind, in dem die konkrete Arbeit hinter der abstrakten verschwindet, ist eine »verkehrte« Gesellschaft. Es ist gerade diese Verkehrtheit – die Herrschaft des Abstrakten über das Konkrete, des Tauschwerts über den Gebrauchswert –, der Marxens ökonomische Theorie antreibt. Adornos polemischer Satz, das Ganze sei das Unwahre, findet in den drei Bänden des *Kapital* seine materiale Ausführung.

Die Austauschbarkeit beliebiger Waren beruht also darauf, dass sie einen Wert haben, deren Substanz abstrakte Arbeit ist. Nun kaufen die Menschen die mit einem Preisschild versehenen Waren mit Geld – der Warentausch ist geldvermittelt. Was ist aber Geld und woher kommt es? Marx zeigt, dass Geld, dessen gesellschaftliche Herkunft dem Alltagsbewusstsein entzogen ist (weil es als dingliche Konvention, nicht als Sozialverhältnis begriffen wird), nichts anderes als eine spezielle Ware ist, deren Gebrauchswert darin besteht, »kein Atom« Gebrauchswert zu besitzen, weil sie »zur allgemeinen Erscheinungsform menschlicher Arbeit« geworden ist (MEW 23, S. 81). Marxens Ehrgeiz zielt darauf, »zu leisten, was von der bürgerlichen Ökonomie nicht einmal versucht wurde, nämlich die Genesis dieser Geldform nachzuweisen, also die Entwicklung des im Wertverhältnis der Waren enthaltenen Wertausdrucks von seiner einfachsten unscheinbaren Gestalt bis zur blendenden Geldform zu verfolgen« (MEW 23, S. 62). Der Mensch ist buchstäblich *ver*blendet, weil er das Geld für bare Münze, für eine Sache nimmt, nicht für den Ausdruck eines bestimmten sozialen Verhältnisses.

In einer Reihe logischer Operationen versucht Marx nachzuweisen, wie sich sukzessiv aus der einfachen, der entfalteten und der allgemeinen Wertform die Geldform entwickelt. Die Genesistheorie des Geldes weist nach, dass Geld - dessen Fetischcharakter Marx immer wieder hervorhebt - nicht ein Symbol oder eine pure Konvention ist, die den ökonomischen Verkehr erleichtert, sondern ein Sozialverhältnis, welches einer bestimmten Form der gesellschaftlichen Produktion von Reichtum, einem spezifischen Produktionsverhältnis *notwendig* entspringt.

Im Fortgang seiner Analyse zeigt Marx dann, wie aus Geld Kapital wird und wie dieses sich dann den gesamten Wirtschaftsprozess - und die an ihm beteiligten Individuen - unterordnet.

Welche Metamorphosen hat also der Tauschwert (Geld) zu durchlaufen, damit er Kapital wird?

Die Existenz von Geld stellt eine zwar notwendige, nicht aber hinreichende Bedingung für die Herausbildung der kapitalistischen Produktionsweise dar. Damit Geld zu Kapital wird, bedarf es einer Reihe historischer Voraussetzungen. Für Marx ist der historische Ausgangspunkt des Kapitalismus die sogenannte ursprüngliche Akkumulation. Die entscheidende Grundlage des Prozesses bildet Marx zufolge die »Expropriation der ländlichen Produzenten«, die gewaltsam ihrer Subsistenzmittel beraubt und als vogelfreie Proletarier auf den Arbeitsmarkt geschleudert wurden. Es ist also die Anwendung von Gewalt im Innern der europäischen Gesellschaften selber (und nicht deren gewaltsame Expansion in jene Bereiche der Erde, die wir heute als Dritte Welt bezeichnen), die den Prozess der ursprünglichen Akkumulation am entschiedensten befördert hat. Mit der Umwandlung von Feudal- und Claneigentum in modernes Privateigentum entstand Marx zufolge jener »vogelfreie« Proletarier, der, aller Produktionsmittel ledig, nichts als seine Arbeitskraft zu verkaufen hatte und daher zwangsläufig den aufstrebenden Industriekapitalisten in den urbanen Zentren in die Arme getrieben wurde.

Für Marx ist der Übergang von Geld zu Kapital ein »logischer« Vorgang, der sich aus einer besonderen Zirkulationsform des Geldes ergibt. Geld besitzt drei Funktionen: Erstens ist es Maß der Werte aller Waren, zweitens fungiert es als Zirkulationsmittel, und drittes fristet es ein autonomes Dasein – und darin bietet es sich zur Kapitalbildung an, nachdem es sich gegen die Zirkulationssphäre verselbständigt hat.

Geld kann nur dann zum Kapital werden, wenn es seine vollkommene »Gleichgültigkeit gegen den besonderen Gebrauchswert«, gegen alle Gebrauchswerte schlechthin demonstriert, wenn es sich eine Zirkulationsform schafft, deren Endzweck nicht der Gebrauchswert, sondern der Tauschwert bildet.

Unter der Voraussetzung, dass der Mehrwert nicht dem Warentausch entstammt, sieht sich Marx genötigt, dessen Quelle woanders zu suchen. Diejenige Ware, die im ersten Zirkulationsakt (Geld – Ware) vom Kapitalbesitzer gekauft wird, muss aus dessen Sicht die »eigentümliche Beschaffenheit« aufweisen, »Quelle von Wert« zu sein. Und der Geldbesitzer findet auf dem Markt eine solche spezifische Ware vor – das Arbeitsvermögen oder die Arbeitskraft. Der Ausgangspunkt der Wertschöpfung, die Quelle von Mehrwert, ist die Ware Arbeitskraft.

Die Verwandlung von Geld in Kapital, d.h. in Mehrwert erzeugenden Wert, ist auf Grundlage dem Warentausch immanenter Gesetze zu entwickeln, sodass der Austausch von Äquivalenten als Ausgangspunkt gilt.

Die gesuchte Wertveränderung kann sich entsprechend dem Gesetz des Aquivalententausches also nicht vollziehen beim Ankauf von Ware und nicht bei ihrem Verkauf, sie muss sich in der Ware selbst vollziehen.

Was ist das aber für eine Ware, deren Gebrauchswert selbst die eigentümliche Beschaffenheit besitzt, Quelle von Wert zu sein? Auf dem Markt findet sich eine solche Ware – die Arbeitskraft. Der Geldbesitzer kauft die Arbeitskraft auf dem Markt zu ihrem Wert, und deren Verbrauch (indem er sie arbeiten lässt) erzeugt mehr Wert, als sie selbst nach den Gesetzen des Aquivalententauschs hat.

Der Verbrauch der Ware Arbeitskraft ist aber kein Akt der Zirkulation, sondern Produktion.

Die Quelle von Mehrwert findet sich somit nicht in der Zirkulationssphäre, sondern in der Produktionssphäre.

Bei der Analyse des Doppelcharakters der Ware hatte Marx bereits nachgewiesen, dass Tauschwert und Gebrauchswert einer Ware gegeneinander gleichgültig sind – und dies gilt natürlich auch für die Ware Arbeitskraft. In der wechselseitigen Indifferenz und Gleichgültigkeit von Ware und Gebrauchswert der Ware Arbeitskraft liegt für Marx das Geheimnis des Mehrwerts.

Mit der spezifischen Unterscheidung von Gebrauchswert und Tauschwert bei der Ware Arbeitskraft ist die allgemeine Unterscheidung von Gebrauchswert und Tauschwert der Ware erst voll entfaltet worden. Entscheidend ist dabei der Doppelcharakter des Produktionsprozesses, Arbeitsprozess und Verwertungsprozess zu sein. Der Mehrwert in der Produktionssphäre resultiert aus dem »Verbrauch« der Ware Arbeitskraft, weil sie selbst mehr Wert erzeugen kann als sie selbst darstellt.

Marx hatte als Endzweck seines Werkes angegeben, die ökonomischen Bewegungsgesetze des Kapitalismus zu enthüllen. Mit der Entdeckung des Mehrwertgesetzes war dies geschehen. Produktion von Mehrwert oder »Plusmacherei« ist das absolute Gesetz dieser Produktionsweise. Mittel dazu ist die Ausbeutung menschlicher Arbeitskraft. Der Arbeitsprozess unter kapitalistischen Bedingungen zeigt nämlich die grundlegende Besonderheit, dass die Produktionsmittel (Arbeitsgegenstände, Arbeitsmittel) nicht mehr Eigentum der Produzenten (Arbeiter) sind. Das bedeutet, dass ihnen auch das Produkt ihrer Arbeit nicht mehr gehört. Im Austausch seiner Arbeitskraft gegen Lohn (Zirkulationssphäre) tritt der Arbeiter die Verfügung über seine Arbeitskraft ab. Er wendet sie selbst nicht an. Angewandt wird sie vielmehr in der Produktionssphäre vom Kapitalisten, der sie dann in ihrer besonderen Eigenschaft, in ihrem besonderen Gebrauchswert »mehr Wert schaffen zu können als sie selbst darstellt« benutzt.

Der Kapitalbesitzer prellt den Arbeiter keineswegs, sondern bezahlt dessen Arbeitskraft zum vollen Preis, denn hier wie auch sonst gelten die Regeln des Äquivalententauschs. Die Größe von Marx als Kritiker der politischen Ökonomie besteht gerade darin, dass er das Phänomen der Ausbeutung nicht in der bürgerlichen Gesellschaft strukturell fremden oder marginalen Ursachen (wie Raub oder Betrug) sucht, sondern in deren ureigenster Logik.

Soweit es um die Zirkulation von Waren und Geld, um den

Arbeitskontrakt zwischen Lohnarbeit und Kapital geht, befinden wir uns nach Marxens ironischem Diktum in einem wahren »Eden der angeborenen Menschenrechte«, in welchem die bürgerlichen Freiheits-, Gleichheits- und Eigentumsgarantien unversehrt bestehen. Man muss schon von der oberflächlichen Sphäre in die »Unterwelt« der kapitalistischen Fabrik hinabsteigen, um zu erkennen, dass Menschenrechte und Demokratie gesellschaftlich nur beschränkte Geltung haben. Die Fabrik ist der Ort der Wertschöpfung und der Mehrwertproduktion.

Der illusionäre Charakter des Kapitalismus und der postmoderne Feudalismus

Die Marx'sche Analyse entstand unter konkreten historischen Bedingungen; Begriffe wie »Arbeiter« oder »Produktionsmittel« entstammen der Epoche der Industrialisierung und mögen im heutigen »Informationszeitalter« oder in der »Dienstleistungsgesellschaft« als antiquiert gelten. Nichsdestotrotz trifft die Analyse genau den Kern der kapitalistischen Produktionsweise. Marx kam zu dem Schluss: »Die moderne bürgerliche Gesellschaft gleicht dem Hexenmeister, der die unterirdischen Gewalten nicht mehr zu beherrschen vermag, die er heraufbeschwor.«

Marx ist dank der Entdeckung des Doppelcharakters der Ware (auch Arbeit ist eine Ware), der sich im Gegensatz von Tausch- und Gebrauchswert ausdrückt, fähig, das Wesen des Kapitalismus als eines Systems zu charakterisieren, in dem das unbegrenzte Wachstum des Tauschwertes das einzige Ziel der Produktion darstellt, in dem alle Lebensaktivitäten der Menschen der unmenschlichen Aufgabe unterworfen werden, etwas zu erzeugen, das der Mensch sich nicht als Mensch aneignen kann (denn so lassen sich ausschließlich die Gebrauchswerte aneignen). Folglich erweist sich der Kapitalismus als ein System, in dem die ganze Gesellschaft der Herrschaft der eigenen Produkte (Abstrakta) untergeordnet ist, die sich ihm von außen als eine fremde Macht entgegenstellen.

Wir leben also in einem quasi-religiösen System, in dem sich die Menschen einer »Illusion« untergeordnet haben. Auf der Basis dieses System haben sich (gemäß der Theorie des Überbaus) Herrschaftsverhältnisse etabliert, die an mittelalterliche feudale Zustände erinnern.

Auf der anderen Seite hat sich das System noch weiter abstrahiert. Im Zeitalter der Globalisierung entstanden gewissermaßen »Hyper-Kapitalien«. War früher Geld ein Tauschmittel für Waren, so verselbständigte sich nun sein Wesen. Der Handel mit Aktien und anderen Wertpapieren stieg exponentiell an, und die Weltwirtschaft wurde immer mehr zu einer Finanzwirtschaft. Im neuen Weltkapitalismus macht der Handel mit Waren und Dienstleistungen nach Schätzungen nur 3 bis 10 Prozent des Umsatzes aus; über 90 Prozent sind Spekulationen in Form von Derivaten, Optionen, Futures usw. Ein »Casino-Kapitalismus« ist entstanden, in dem reale Güter und Dienstleistungen nur noch Randerscheinungen darstellen.

Infolge der Globalisierung und Deregulierung der Finanzmärkte hat sich der »unsichtbare Handel« mit Finanzdienstleistungen geradezu explosionsartig entwickelt. Diesen Handelswaren gegenüber stellen die bodenständigen mineralischen und agrarischen Rohstoffe der Rohstoffländer prämoderne Überbleibsel dar.

Die zur »Zukunftssicherung« von Finanzanlagen und -transaktionen ausgegebenen neuen Papiere werden mehr und mehr selbst Gegenstand von Handel und Spekulation. Selbst die mächtigsten der ökonomisch potentesten Nationalstaaten sind gegen die spekulative Wucht der derivaten Finanzinnovationen machtlos. Immer wieder stürzen Spekulanten einzelne Währungen in Turbulenzen, immer wieder stürzen Aktienkurse deswegen steil ab.

Derivate werden von anderen Finanzinstrumenten abgeleitet, etwa Aktien, festverzinslichen Anleihen oder Fremdwährungen; die Grundformen sind Futures und Optionen. Ursprünglich dienten solche Verträge der Absicherung realer Geschäfte. Inzwischen werden aber bei diesen Kontrakten in aller Regel die Devisen oder Wertpapiere überhaupt nicht mehr geliefert, es geht nur noch um Wetten über zukünftige Preise.

Diese Abstraktion von realen Waren und Dienstleistungen

zeigt eins: Der Kapitalismus besitzt eine allgemeine, umfassende Tendenz zur unablässigen Erweiterung seiner materiellen Basis, zur Verallgemeinerung und Ausdehnung seiner eigenen Produktionsverhältnisse auf die gesamte Gesellschaft.

Welches sind die Ursachen dieser ökonomistischen Vergiftung von Mensch und Natur? Die Konzerne treibt letztlich nur ein Ziel: Profitmaximierung. Zwar wird immer wieder betont, dass ein Gleichgewicht zwischen den Erfordernissen des Marktes, den Bedürfnissen der Belegschaft und den Interessen der Aktionäre bestehen soll, aber die Manager werden an ihrer Bilanz gemessen. So ist der Motor des Produktionsprozesses der Moderne das Geld, genauer die Gewinnoptimierung.

Die menschlichen und stofflichen Ressourcen (Arbeitskraft, Werkzeuge, Maschinen, Rohstoffe, Materialien) können nicht mehr in den »Stoffwechselprozess mit der Natur« zum Zweck der Bedürfnisbefriedigung eingebracht werden, sie dienen nur noch der tautologischen Selbstreflexion des Geldes zu »mehr Geld«. Der Austausch auf dem Markt dient nicht mehr der gesellschaftlichen Vermittlung von Gebrauchsgütern, sondern der Realisierung des Gewinns. Die Vermittlung von Gebrauchsgütern findet nur noch als Sekundärerscheinung dieses eigentlichen Prozesses auf der Geldebene statt.

Marktwirtschaft und Kapitalismus sind keineswegs identisch. Man kann durchaus den Markt als nötigen Regulator des Wirtschaftsgeschehens anerkennen, ohne gleichzeitig die Grundwerte der kapitalistischen Produktionsweise zu ratifizieren. Warum sollte es nicht möglich sein, dem kapitalistischen Wertesystem – Profitmaximierung, unbeschränkte Mehrwertakkumulation, endlose Expansion auf Kosten des Menschen und der Natur – Alternativwerte entgegenzusetzen: Recht auf Arbeit, Abschaffung der Lohnarbeit, gerechte Güterverteilung, Sicherheit?

Es ist das zunehmend in den Händen weniger monopolisierte, immer stärker multinational sich ausdehnende Finanzkapital, das unserem Planeten ein fast homogenes Kollektivbewusstsein, ein einheitliches Gesetz des Handelns, universale Referenz-»Werte« aufzwingt. Die Individuen in einem solches System werden zunehmend sich selbst entfremdet, auf ihre reine

Warenfunktion beschränkt und entwürdigt, instrumentalisiert für das einzig akzeptierte Ziel der Gewinnoptimierung.

Wir leben in einer neofeudalistischen Welt. Das neue Herrentum besitzt alles: Reichtum, politische Macht, Waffenarsenale und einen riesigen Propaganda- und Public-Relations-Apparat, der es erlaubt, Hegemoniestreben als erhabene Sorge um die Weltordnung zu verkaufen. Für die neuen Machtträger der westlichen Welt ist es eine Selbstverständlichkeit, sich in die inneren Angelegenheiten anderer Staaten einzumischen. Sie entwerfen immer neue Ordnungspläne und reisen um den Globus, um alles unter Kontrolle zu bekommen – Feudalismus im Weltmaßstab. Die bis zum Überdruss gepriesene Selbstbestimmung des Wirtschaftsliberalismus hat sich für den größten Teil der Erdbewohner als Fremdbestimmung entpuppt.

Die Welt als Ware – die Ökonomisierung aller Lebensbereiche

Die globale Plünderung und Zerstörung der Natur, der grenzenlose Besitzindividualismus sind bereits Menetekel für die Rückkehr der Menschen in den archaischen Zustand blanker physischer Not und Barbarei.

Die Ökonomie hat die moralischen Maßstäbe verloren. Nicht mehr der Mensch ist das Maß der Dinge, sondern der Profit. Es ist der Gott des Geldes, dem allein wir uns unterwerfen sollen.

Das Einheitsdenken des Kapitalismus war trotz aller Eleganz und Effizienz der Verschleierungsversuche nur auf Profit ausgerichtet. Es gilt, das System zu demaskieren, die hinter allem vordergründigen Glanz stehenden Prinzipien zu verstehen, welche Mensch und Umwelt ihrer Würde berauben. Fasst man die kapitalistischen Wirkmechanismen zusammen, so lassen sich vier Gesetze formulieren:

1. Der Egoismus des Einzelnen führt nicht zum Wohlstand aller, sondern zur Unterdrückung der Mehrheit der Menschen, sowohl in der Ersten als auch Dritten Welt. Dritter Verlierer ist die geschundene Natur.

2. Aus dem Egoismus folgt das Prinzip der Profitmaximierung. Unternehmen und ihre Manager sind nicht zum Wohl der Menschen da oder um Arbeitsplätze zu schaffen, sondern um Gewinn zu machen. Eine Rentabilitätslogik und der Shareholder Value bestimmen das unternehmerische Handeln.
3. Aufgrund ökonomischer Entwicklungsgesetze ist die Entstehung von alles beherrschenden transnationalen Konzernen vorprogrammiert, welche die Nationalstaaten als Bestimmungsfaktoren der Geschichte ablösen werden. Die einzelnen Länder degenerieren zu bloßen Wirtschaftsstandorten.
4. Waren und Dienstleistungen verlieren als Wertschöpfungsfaktoren zunehmend an Bedeutung. An ihre Stellen treten Finanztransaktionen (Aktien, Devisen) und schließlich vollkommen abstrakte Spekulationen in Form von Derivaten. Ökonomie auf dieser Ebene bedeutet Wetten auf Spiele, auf Wertpapiere, Schulden, Zinsen und Devisen, die jeden Eigenwert verloren haben und auf Geschäftsverläufe geschlossen werden, die noch gar nicht existieren und vielleicht niemals existieren werden.

Wenn die Menschen diesem System die Maske vom Gesicht reißen, werden sie in die Fratze einer teuflischen Illusion blicken. Nur über einen Bruch mit den raffiniert zurechtgelegten Geschichten, falschen Sichtweisen und Täuschungen (Waren-, Geld- und Wachstumsfetischismus) lässt sich dieses System überwinden. Die Menschen haben sich in den Maschen eines Netzes verfangen, in fiktiven Geschichten, welche die tatsächliche Geschichte verschleiern. Erst wenn die Menschen nicht mehr auf groß aufgebauschte Scheinprobleme hereinfallen, wird es ihnen möglich sein, für ein anderes Schicksal zu kämpfen.

Der Zweck des Kapitalismus bestand immer darin, alles, was es in der Welt gibt – Menschen, Völker, Kulturen, Religionen, Natur, Sitten, Wertesysteme –, zur Ware zu degradieren, die ganze Weltschöpfung und die ganze Weltgeschichte ausschließlich in einen Kauf- oder Verkaufsprozess zu verwandeln. Er will ein monolithisches Wertesystem durchsetzen, den eindimensionalen Menschen erzeugen. Da wird ein Zivilisationsmodell als pluralistisch bezeichnet, das alles serienmäßig konzipiert, produziert, kalkuliert, das keinen anderen Gedanken hat, als Geld zusammenzuraffen und Geld auszugeben.

Der eindimensionale Mensch

Der heutige Mensch lebt grundsätzlich nur für das Unmittelbare, das Oberflächliche, das Flüchtige. Die Metaphysik und Ontologie sind entsprechend seit langem aus der öffentlichen Diskussion verbannt worden, das Geheimnis der großen Seinsprobleme scheint kaum jemanden mehr zu interessieren, obwohl sie die eigentlichen Voraussetzungen für die Beantwortung der Frage nach dem menschlichen Schicksal bilden.

Die materialistische Gier als Verkörperung der Anti-Transzendenz schlechthin hat sich wie eine Pest über die ganze Erde verbreitet und mit ihr die Konsumsucht, die Verhärtung und Reglementierung des Lebens, die Enthumanisierung der zwischenmenschlichen Beziehungen, die Rücksichtslosigkeit als gängige Verhaltensweise und die unbedingte Durchsetzung des eigenen Ichs als obersten Wert.

In unserer Gesellschaft ist seelische Blindheit meist das Resultat einer schon in früher Jugend einsetzenden Blockierung der seelischen Aufnahmefähigkeit durch das von unserer zivilisatorisch organisierten Kunstwelt ausgehende Trommelfeuer belangloser Reize und Informationen. Die Kinder und Jugendliche mit gnadenloser Unwiderstehlichkeit in ihren Bann ziehende Attraktivität der realitätsfernen Computer- und Video-Scheinwelten stellt dafür ein Beispiel dar.

Im ersten Band der deutschen Science Fiction-Serie »Perry Rhodan« (Erscheinungsjahr 1961!) war folgende Passage über ein menschenähnliches außerirdisches Volk zu lesen:

»Was machen die Leute eigentlich?«, erkundigte sich Rhodan gepresst ...

Crest wandte mühevoll den Kopf.

»Das übliche Simulator-Spiel. Es ist am geistigen und willensmäßigen Untergang maßgeblich beteiligt. Milliarden Arkoniden liegen täglich vor den Schirmen. Es handelt sich um Fiktiv-Spiele, jeweils ausgedacht von einem anderen Meister. Sehr kompliziert. Es ist die bildliche und akustische Verdeutlichung des Gedankeninhalts. Meine Rasse geht darin auf. Es wird immer schlimmer. Es sind nur fünfzig Leute an Bord. Ich sehe sie sehr selten, doch wenn man sie sieht, liegen sie verzückt vor den Fiktiv-Schirmen. Unsere Dekadenz bewegt sich nicht im Rahmen eines Sittenverfalls, sondern in einem totalen Erschlaffen der Willenskraft. Man wird gleichgültig gegen alles. Nichts regt auf, nichts interessiert. Das Werk eines neuen Künstlers geht immer vor. Man hat unendlich viel zu tun, wenn man alles, was die Künstler schaffen, schnellstens genießen will.«

Hier hat der Autor Karl-Herbert Scheer eine großartige, geradezu prophetische Vision geliefert. In dem Maße, wie die isolierten und entsolidarisierten Individuen oder Grüppchen über die Bildschirme durch eine Flut seichter Unterhaltung und gefärbter Informationen zufrieden- oder zumindest ruhiggestellt werden, kann die absolute politische Herrschaft in dieselben Hände fallen, in denen die demokratisch unkontrollierte Verfügungsmacht über die Medien liegt.

Der Mensch wird in einer solchen Welt zu einem Maschinenwesen degradiert, zu einem Rädchen im großen Getriebe, ähnlich den Arbeitern in »Modern Times« von Charlie Chaplin. Auch die Alphas, Betas und Gammas aus Aldous Huxleys »Brave New World« oder die genetisch optimierten Menschen aus dem Film »Gattaca« zeugen von den gleichen Ängsten. Nicht umsonst ähneln sich die Bitkettenmuster des Computers und die Basensequenzen der DNA im Menschen: Informations- und Gentechnik als Schlüsseltechnologien des 21. Jahrhunderts machen den Menschen berechenbar.

Eine grandiose und nahezu ultimate Dystopie stellt Paul Gurks »TUZUB 37. Der Mythos von der grauen Menschheit oder von der Zahl 1« aus dem Jahr 1935 dar. In der Ära der letzten Menschheit verfolgen die herrschenden Kräfte das Ziel, alle organischen und anorganischen Strukturen der Erdenwelt in ein absolut berechenbares Korrelat eines beherrschbaren Weltsystems zu transformieren, in dem alle Relationen bis zu den Metastrukturen auf die Zahl 1 zurückzuführen sind. Die unberechenbaren Äußerungsformen des Lebens und der Natur gilt es auf das mathematisch Greifbare zu reduzieren. Die Menschen sind das unterschiedslose graue Geschlecht. Jeder erhält gleich viel und ist gleich groß, jeder ist die Zahl 1. Die Erde ist planiert, von grauem Leichtmetall und Schienen bedeckt, in gleichgroße Quadrate aufgeteilt. Über der Erde hängt ein geladenes, dichtmaschiges Netz. Es gibt keine Vögel, keine Bäume, keinen Wind mehr.

Der Plan der evolutionären Vollendung, vom Menschen zur Menschmaschine zur Maschinenmaschine, geht einher mit der Ausräumung der letzten Unwägbarkeiten: der Meere und der Gebirge. Als hybrides Symbol wird TUZUB 37 gebaut, ein ungeheurer, in den Himmel ragender Turm. Dann bricht die Apokalypse über die verdammte Welt herein. Unter den Verzweiflungsschreien der Menschenmaschinenmassen »Gebt uns eine Seele« entfaltet sich die Rache der vergewaltigten Lebenskräfte, der Erde, des Wassers, der Luft. Das letzte Leben der Erde stirbt.

Gurk untermalt das surrealistische Geschehen mit imaginären Gesprächen der letzen lebenden Wesen, Tiere und Pflanzen, eines Dichters und eines Philosophen in den Schaugefängnissen der grauen Menschen und der geisterhaft-mystischen Kommunikation von Luft- und Bergdämonen, der Seelen des Meeres und des uralten Landes.

Die 26 Buchstaben des Alphabets betiteln in Reihe die 26 Kapitel des Romans, sie stehen im Gegensatz zur formelhaften Erstarrung der Sprachwelt der grauen Menschheit. In gnadenloser Konsequenz charakterisiert der Autor die extrapolierte Maschinenwelt in kurzen schlagwortartigen Sätzen, formelhaften Aussagen, bewussten Monotonien, in Verzicht auf Farbigkeit.

Die Digitalisierung der Welt – sei es in den Bitkettenmustern aus Nullen und Einsen der Computer oder den Nukleinsäuresequenzen aus genetischen Buchstaben im Erbgut – stellt eine Vergewaltigung von Mensch und Natur dar. In ähnlicher Weise wird in heutigen ökonomischen Modellen alles – inklusive der Mensch – zur Ware reduziert. Der Fetischcharakter der Ware ist die Ursache für die unerträgliche Uniformierung der Welt.

Völker, hört die Signale

Das ganze Programm – denn mehr ist das westliche Lebens- und Gesellschaftsmodell nicht – beruht auf einem bodenlosen, gemeinen Schwindel. Die neoliberalistische Wirtschafts-Ideologie stellt den Versuch dar, das menschliche Dasein in einen zu jeder Zeit und unter allen Umständen regulierbaren Prozess zu verwandeln. Das Leben ist zu einem endlosen Zeremoniell von standardisierten Handlungen und Gesten geworden.

Die westliche Zivilisation hat sich trotz ihrer imponierenden Produktions- und Konsumziffern als ein kolossales Fiasko erwiesen. Nicht Freiheit, nicht Gerechtigkeit, nicht Menschlichkeit und sonstige von der Moderne verkündete Ideale haben sich durchgesetzt, sondern ihr Gegenteil. Schöner und menschenwürdiger sollte die Welt werden, hässlicher und erbarmungsloser ist sie geworden. Insgeheim herrscht schon die Moral des »Rette sich, wer kann«. Deshalb das Unbehagen, das sich überall breitmacht, die Angst, die die Menschen zunehmend ergreift.

Marx zeigte, dass privateigentümliche Verhältnisse, in denen Geld als Kapital fungiert, nicht seit Ewigkeiten bestehen, sondern dass die vielmehr konkreten historischen Umständen entsprungen und daher auch veränderbar sind. Die Marxsche Kritik durchstößt den dinglichen Schein, der den Tätigkeiten und Beziehungen der Wirtschaftssubjekte anhaftet, und dringt zum historisch-sozialen Grund dieser Tätigkeiten und Beziehungen vor. Auf dem Grund aber wird erkennbar, dass Ware, Geld, Kapital und Mehrwert nur »Zeichen« und »Buchstaben« für ein Produktionsverhältnis sind: für ein vergängliches Geflecht von Sozialbeziehungen.

Marxens Individuen sind keine selbstbewussten Denker und Lenker des Sozialprozesses, sondern »Charaktermasken«, die als bloße Vollstrecker überindividueller Gesetzmäßigkeiten fungieren. Aber diese pessimistische Sicht des Kapitalismus stachelt zu der Hoffnung an, dass die Gesellschaftsmitglieder am Ende doch mit Willen und Bewusstsein und in gemeinsamer Arbeit jenen Gebrauchswert herstellen, den Marx im Auge hatte: einen Verein freier Menschen, die, der Irrationalität und

Destruktivität der kapitalistischen Produktionslogik überdrüssig, ihren Stoffwechsel mit der Natur endlich »rationell regeln« (MEW 25, S. 828).

Der gesamte individuelle und gesellschaftliche Lebensprozess wird damit der fürchterlichen Banalität des Geldes und seiner tautologischen Selbstreflexion unterworfen. Die Unterordnung aller menschlichen Wert- und Zwecksetzungen, aller sinnlichen Bedürfnisse überhaupt, unter den qualitätslosen Zweck, aus einer Mark zwei zu machen, offenbart die inhaltslose Leere der Moderne.

Wieder stellt sich die zentrale Frage: wie »gerecht« ist ein System, das von einigen Wenigen beherrscht wird, die aufgrund ihres Kapitals ökonomische und damit in der Regel auch politische Macht ausüben? Wo ist da der Unterschied zu mittelalterlichen Feudalherren?

Wieder einmal findet sich der Mensch im Stadium der selbst verschuldeten Unmündigkeit, aus der nur eine neue Aufklärung mit all ihren Folgen herausführt.

Die Aufklärung bedeutete einst »den Ausgang des Menschen aus seiner selbst verschuldeten Unmündigkeit«. Immanuel Kants Diktum prägte den Weg aus dem Mittelalter in die moderne Gesellschaft. Kritisches Denken, Wissenschaft und Freiheit statt Dogmen, Ausbeutung und Feudalismus. Sowohl die himmlische als auch die irdische Ordnung wurden hinterfragt, die Autonomie des Menschen war das Ziel. Das statische, hierarchische Glaubensgebäude des Mittelalters wurde ersetzt durch ein dynamisches, evolutionäres Weltmodell.

Wissenschaft und Technik veränderten das soziale und gesellschaftliche Leben. Newtons Mechanik und Maxwells Elektrodynamik hatten im 18. und 19. Jahrhundert weitreichende Auswirkungen. Dampfmaschine und Elektrizität führten zu einer neuen Weltzivilisation, die zunehmend miteinander durch Verkehrs- und Kommunikationsmittel vernetzt wurden. Zu Beginn des 21. Jahrhunderts sind es die Computer-, Kommunikations- und Biotechnik, welche die (Welt-)Gesellschaft verändern.

Die Entwicklung von Wissenschaft und Technik ist einerseits ein Motor für die wirtschaftliche Entwicklung, andererseits orientieren sich ökonomische Denkmodelle an exakten Wissenschaften wie der Mathematik oder Physik. Die Ökonomie, welche das menschliche Wirtschaften in Modellen erfassen soll, hat ein hohes Abstraktionsniveau erreicht und Mathematik und Statistik bewusst in ihre Theorienbildung mit einbezogen. Die klassischen Ökonomen ließen sich von Newton inspirieren; sie stützten sich dabei vor allem auf den Begriff des Gleichgewichts. Ein Pendel kommt stets am gleichen Punkt zur Ruhe, unabhängig davon, wie weit es vorher ausschlug. Durch dieses physikalische Prinzip sahen sich die Wirtschaftswissenschaftler in die Lage versetzt, zeitlos gültige Regeln über das Gleichgewicht der Märkte zu formulieren.

Die herkömmlichen ökonomischen Denkmodelle gehen von einem gesamtwirtschaftlichen Gleichgewichtssystem und idealen Märkten aus, welche allerdings im realen Leben nur selten zu beobachten sind. Eine weitere Voraussetzung ist die Vorstellung von einem permanenten Wirtschaftswachstum. Ein ewiges Wachstum gibt es in der Natur nicht. Hier wird den Menschen etwas Unerfüllbares vorgegaukelt: Reichtum für alle, das Paradies auf Erden.

Man darf fragen: Ist der Erfolg der kapitalistischen Wirtschaftsordnung (von seinen Verfechtern als »freie Marktwirtschaft« umschrieben) nicht das Resultat zufälliger historischer Bedingungen? Der langen Wachstumsphase nach dem Zweiten Weltkrieg, der Möglichkeit der Ausbeutung von Mensch (Dritte Welt) und Natur (Ökokatastrophe) wären zufällige Rahmenbedingungen, unter denen es zu einer lang anhaltenden Prosperität kam. Haben wir bislang nur einen kleinen Ausschnitt der Gesamtentwicklung beobachtet, der nichts über die Tauglichkeit des Systems insgesamt aussagt? Wie wird das System auf krisenhafte Umstände reagieren, zumal bereits die Wirtschaftskrise Ende der 20er Jahre einer der Ausgangspunkte für die Katastrophe des Zweiten Weltkriegs war?

Die Menschen spüren es: es »kocht« in unserer (Welt-)Zivilisation, die Frage ist nur, wann es zur großen Eruption kommt. Wir stehen nicht am Ende der Geschichte, sondern erst am Anfang epochaler Veränderungen.

Es wird immer wieder die Frage diskutiert, wie der »rasende« Kapitalismus gebändigt werden kann. Regulierungsinstrumente wurden vorgeschlagen, aber diese reformatorischen Vorschläge ändern nichts an den Grundwidersprüchen des Systems. Es scheint, dass die kapitalistische Hülle gesprengt werden muss, um eine solidarische (Welt-)Gesellschaft zu errichten.

Heute, unter der Tyrannei einer ökonomischen Vernunftreligion, genannt Neoliberalismus, geht es längst nicht mehr nur darum, die Welt philosophisch zu interpretieren. Es kommt darauf an, sie zu verändern, um Mensch und Natur zu retten.

BÜCHER

Greg Bear

Vitals

Del Rey, New York 2002
336 Seiten, $ 24.95

von Carsten Polzin

Es beginnt mit einem geheimnisvollen Anruf und – so viel sei verraten – endet auch mit einem solchen. Der Mediziner Dr. Hal Cousins telefoniert mit seinem verhassten Zwillingsbruder Rob und wundert sich darüber, dass dieser angeblich einen Anruf ihres toten Vaters erhalten habe. Kurz darauf ist Rob selbst tot – erschossen mitten in der Stadt, von Tätern, die in Regierungskreisen offenbar höchsten Schutz genießen. Bald wird Hal bewusst, dass Robs Arbeit ihn zur Zielscheibe für eine undurchsichtige Organisation gemacht hat. Dies ist umso fataler, als Hal in dieselbe Richtung forscht, auf der Suche nach dem Geheimnis des ewigen Lebens. Der Schlüssel, davon ist Hal überzeugt, sind die Mitochondrien, die sich in jeder Zelle des Menschen befinden und die für den Alterungsprozess verantwortlich sind. Sie sind nichts anderes als uralte Bakterien, die sich vor Jahrmilliarden in die Wirtszellen eingenistet und sie übernommen haben. Durch chemische »Kommunikation« befehlen sie den Zellen regelrecht, zu altern.

Um seine Theorie zu untermauern, bricht Hal Cousins zu einer Tauchfahrt auf. Er will uralte amöbenhafte Einzeller vom Meeresgrund bergen, die noch frei von Mitochondrien sind und ihm bei der Lösung des Alterungsproblems behilflich sein könnten. Doch der Tauchbootführer verfällt dem Wahnsinn und versucht ihn zu töten. Auch an Bord des »Mutterschiffs« hat sich inzwischen eine Katastrophe ereignet: Ein anerkannter Wissenschaftler ist urplötzlich Amok gelaufen, auf der Suche nach Hal. Auf der Flucht vor den unbekannten Verfolgern lernt Hal Robs ehemaligen Gefährten, den dubiosen Rudy Banning kennen, einen ultrafanatischen Judenhasser, der Hal hilft, unterzutauchen. Auch Robs ehemalige Frau Lissa stößt zu ihnen und gibt vor, Hal helfen zu wollen. Nach und nach decken sie eine großangelegte Verschwörung auf. Der russische Wissenschaftler Golokhov hatte bereits vor de Zweiten Weltkrieg auf dem gleichen Feld wie Hal und Rob experimentiert – und zwei Erfolge erzielt. Zum einen konnte er sein eigenes Leben entscheidend verlängern, zum anderen eine bestimmte Art von Bakterien so manipulieren, dass sie die Menschen zu willenlosen Werkzeugen machen, die man durchs Telefon mittels einer speziellen Nummernfolge »aktivieren« kann. So machte Golokhov nicht nur Stalin zu einer krankhaften Marionette. Mithilfe eines globalen Netzes aus Lebensmittelfirmen verbreitete er die Bakterienkulturen in die ganze Welt, sodass die heutige Generation nahezu komplett mit Genen ausgestattet ist, die die Gedankenkontrolle erlauben.

Natürlich kann Hal nun niemandem mehr vertrauen. Seine Freunde werden zu Feinden, die Feinde zu Freunden, und am Schluss ist doch wieder alles anders.

»*Vitals* ist der verschwörerischste und paranoidste Roman, den ich je geschrieben habe!«, verkündete der Autor in einem Interview, und wenn ein Greg Bear das schon selbst sagt, heißt es, vorsichtig zu sein. Läuft er in seinen Romanen doch stets Gefahr, den Plot zu überfrachten (erinnern wir uns an *Die Obelisken von Hegira* (*Hegira,* 1979) oder den in weiten Teilen überzogenen *Ewigkeit* (*Eternity,* 1988)).

In *Vitals* schrammt er ebenfalls haarscharf daran vorbei, seine wohlkonstruierte Story, die bis dahin fabelhaft funktionierte, der Lächerlichkeit preiszugeben. Da finden Hal und seine zwielichtigen Begleiter in einem Tank einen seit Jahrzehnten konservierten Körper, der dem Josef Stalins verdächtig ähnelt. Dieses »Bonbon« hätte Bear ebenso gut weglassen können, da es für die Handlung keine Rolle spielt, und konsequenterweise lässt der Autor die gesamte Lagerhalle auch gleich in die Luft gehen, sodass bloß keine spätere Untersuchung Hals Verdacht bestätigen könnte. Ein Glück, denn ansonsten ist das Buch ein erstklassiger Wissenschaftsthriller, der Greg Bear endgültig den festen Platz neben *Douglas Preston* und *Lincoln Child* sichern wird, nach dem der Autor spätestens seit *Das Darwin-Virus* (*Darwin's Radio,* 2001) geschielt hat.

Vitals ist besser als *Das Darwin-Virus,* weil er mit weniger Theorie auskommt und diese besser verständlich ist. Weite Strecken in *Darwin* waren Hard SF und ein Schlag ins Gesicht für den Mainstream-Leser. *Vitals* ist geschickter: Hier wird den Charakteren viel Platz eingeräumt, die Kain und Abel-Beziehung von Hal und Rob gelingt dem Autor recht überzeugend, und die Figuren bestimmen die Action, nicht andersherum. Hier wird neben filmreifen Explosionen und effektvoll in Szene gesetzten Morden Wert auf subtile Bedrohungen und die bewährten *Whodunnit*-Zutaten eines Thrillers gelegt. Gleichzeitig hat sich Bear aber auch den abstrusen Ideenfundus bewahrt, für den seine besseren (und auch die schlechteren) Romane bekannt sind. Er stürzt den Leser mit einer tolldreisten Selbstverständlichkeit in eine Mega-Verschwörung, die nicht nur seit Generationen weltweit das Obst im Supermarkt verseucht, sondern auch längst die amerikanische Regierung inklusive des Präsidenten zu bakteriologischen Waffen gemacht hat. Eigentlich ist das alles absurd und biochemisch sehr fragwürdig, aber das bemerkt man erst hinterher. Zu stark sind grausige Entwürfe wie die *City of Dog Mothers,* der Schauplatz eines Experiments in der Sowjetunion, aufgrunddessen die Frauen nackt auf den Straßen herumkriechen und Hunde säugen.

Sollte *Vitals,* wie das Buch es verdient hätte, auch in Deutschland ein kommerzieller Erfolg werden, wird sich Greg Bear zweimal überlegen, in näherer Zukunft ins SF-Genre zurückzukehren. Bear ist auf dem besten Wege, ein vorzüglicher Thrillerautor zu werden, wenn man ihn nicht daran hindert. Und angesichts der Qualität des Romans sollte man sich hüten.

Daniela Bodenseher, Erich Loydl, Michael Marcus Thurner, Hermann Urbanek, Wolfgang Zenker (Hrsg.)

Autor, Mensch, Terraner. 60 Jahre Ernst Vlcek

Verein »Perry Rhodan«-Stammtisch Wien
»Perry Rhodan«-Fanzentrale e.V. Rastatt, 2000
319 Seiten, DM 29,80

von Jacek Rzeszotnik

»Diese Festschrift ist ein Dankeschön von uns Lesern und Fans für viele spannende und vergnügliche Lesestunden, eine Anerkennung des großen Repertoires des Autors, eine Würdigung seines Einfallsreichtums und nicht zuletzt ist es ganz einfach unser kleines Geschenk zum Geburtstag, über das sich Ernst Vlcek hoffentlich genauso freut wie über Blumen, Bonbons oder Wein«: Im Jahre 2001 feierte der österreichische SF-, Fantasy- und Horrorautor Ernst Vlcek ein Doppeljubiläum: seinen 60. Geburtstag und den 40. Jahrestag seines (freilich noch nicht professionellen, sondern im Fanzine-Bereich erlebten) schriftstellerischen Debüts. Der »Perry Rhodan«-Stammtisch Wien nahm es, unterstützt von der »Perry Rhodan«-Fanzentrale Rastatt, zum Anlass, eine Festschrift herauszugeben, die sich zum Ziel setzte, einerseits dem Autor ein Denkmal zu setzen und andererseits dem Leser verschiedene Facetten des Menschen und des Schriftstellers Ernst Vlcek ins Bewusstsein zu bringen. Keine leicht zu bewältigende Aufgabe, woraus kein Hehl gemacht wird: Über die dabei anfallenden Schwierigkeiten mit der Erfassung der notwendigen Materialfülle will der »Chefredaktör« Wolfgang Zenker den Leser keineswegs in Unkenntnis lassen und vertraut das ihm »auf der Seele Brennende« dem Vorwort an: »Wenn man Ernst Vlcek wirklich umfassend würdigen will, stößt man unweigerlich auf die Schwierigkeit, dass man nicht weiß, wo man anfangen soll. Zu umfangreich ist sein literarisches Werk und zu vielfältig sind seine Tätigungsbereiche und Begabungen.« Trotz aller Befürchtungen gelang es aber den Herausgebern für diese Publikation ein Konzept zu entwickeln, das sie über den hoch aufgeschütteten Datenberg Herr werden ließ.

Den Reigen eröffnen ein kurzer Blick auf »60 Jahre Ernst Vlcek«, eine Rückbesinnung auf die Beweggründe, dem Festschriftprojekt lange Monate zu opfern, und das Gedicht »Ein Mensch«, das den beruflichen Weg des Jubilars nachzeichnet (über die poetische Substanz des »Poems« sei hier der gnädige Mantel des Schweigens ausgebreitet, doch die darin evozierten Bilder sind in lustigen Farben gemalt, was angesichts des angestrebten Ziels die dichterischen Mängel und Unzulänglichkeiten mehr als genug kompensiert).

Nach diesem kurzen Einleitungsteil kommt – man möchte sagen, logischerweise – zuallererst die Familie des Gewürdigten zu Wort. Seine Frau und die zwei Söhne lassen den Lesenden hinter die Kulissen des Privatlebens der Familie mit unterschiedlichen Schwerpunkten blicken, was übrigens in Wort und Bild geschieht. So kann man Vlceks Werdegang mit den Augen seiner Frau Regina verfolgen und die Auswirkungen seines Berufs auf das familiäre Leben (und gelegentlich auf das Verhalten des Jubilars) mit verständnisvollem Kopfnicken zur Kenntnis nehmen, anhand der Zeichnung des jüngeren Sohnes Alexander einen Blick in das »gedankliche Universum« des Vaters werfen, das von lauter ungewöhnlichen Wesen (und Captain Beefheart) bevölkert ist, und im Bericht des älteren Sohnes Michael der »Sportlegende« Ernst Vlcek frenetisch zujubeln.

Der darauf folgende Teil der Festschrift »Die Wiener Gruppe« (eine unbeabsichtigte Anspielung auf die neoavantgardistische literarische Gruppe von H. C. Artmann *et consortes?*) wartet mit den Erinnerungen der früheren Wiener SF-Mitstreiter von Vlceks auf. Der Leser bekommt die Chance, in Begleitung der »Urgesteine der Wiener SF-Szene« wie Alfred Vejchar, Axel Melhart, Kurt Luif und Hubert Straßl sowie des ersten Co-Autors des Jubilars – Helmuth W. Mommers – nahezu »eigenbeinig« im Urschlamm der modernen österreichischen Phantastik zu waten: In ihren Berichten ersteht die alte Zeit der Treffen, Meinungsaustausche, SF-Weihnachtsfeiern, des fannischen Literaturbetriebs etc. wieder auf, mal etwas verklärt, mal den Ernst (!) des Lebens wiedergebend. Die Spuren der SF-Wurzeln von Vlcek sind nicht vom Winde verweht, sie liegen wieder frei.

Zum Auftakt des nächsten Abschnitts ›Perry Rhodan-Umfeld‹, in dem Vlceks Freunde und Mitarbeiter im PR-Team ihre Geburtstagsglückwünsche mal ernste, mal lustige Töne anschlagend aussprechen dürfen, konfabuliert der PR-Grandseigneur Walter Ernsting eine vergnügliche Lügengeschichte über den ersten Zusammenstoß von Vlcek und dem cholerischen Cheflektor Kurt Bernhardt, wodurch der Leser die Gründe dafür erfährt, warum der Österreicher schließlich *kein* PR-Teammitglied geworden ist. Der zweitoriginellste Beitrag stammt aus der Feder von Hubert Haensel, der aus den Titeln von Vlceks Romanen eine Charakteristik des Gewürdigten zusammengesetzt hat. Der Rest der Glückwünsche bewegt sich mehr oder weniger in den für solche Anlässe typischen Bahnen.

Auch »Kollegen und Fans« sind die Seiten der Festschrift geöffnet worden, u. a. dem SF-Experten und wandelnden Lexikon phantastischer Literatur Hermann Urbanek (Mitherausgeber des Bandes) oder dem Autor Werner K. Giesa, die ihre Erfahrungen mit Vlcek und seinem Werk in kurzen Beiträgen verarbeiten.

Die darauf folgende »Biographie von Ernst Vlcek« von Hermann Urbanek konzentriert sich, mit Ausnahme einiger flüchtiger Seitenblicke auf das private Leben, praktisch ausschließlich auf die schriftstellerische Laufbahn des in Wien Geborenen und erzählt in gestraffter Form nach, wie der Schriftsteller Vlcek zu demjenigen geworden ist, der mit der vorliegenden Festschrift gefeiert wird.

Die nächsten nahezu 100 Seiten füllen zwei Interviews mit dem Jubilar (Weltcon 2000 und das spezielle »Geburtstags-Interview«), aus denen vom Standpunkt des Befragten aus hervorgeht, welchen Lieblingsbeschäftigungen er in seinen jungen Jahren nachgegangen war, wie er zur phantastischen Literatur stieß, wie seine Familie auf seine schriftstellerischen »Neigungen« reagierte, wie er ins PR-Team einstieg, welche Erfahrungen (Höhenflüge wie Talfahrten) er darin zunächst als einer der Autoren und dann als Exposé-Redakteur machte, wie sein Verhältnis zu den anderen literarischen Projekten aus den Bereichen Horror und Fantasy war und ist, wie seiner Meinung nach die Situation der SF in Deutschland aussieht usw. Anekdoten über PR-Teamkollegen und Privateres schließen den Mittelpunkt des Bandes ab.

Unter die Überschrift »Diverses« lassen sich Beiträge subsumieren, in denen Schlagfertiges aus der Feder des »LKS-Onkels« Vlcek dargeboten wird, die Graphiken des Jubilars das Auge des Betrachters erfreuen und Wissenschaftliches zu Vlceks Werk zum Zuge kommt (an dieser Stelle sei allerdings eine kleine Korrektur angebracht: meine Studie über einige Aspekte seines Schaffens ist keine Dissertation, sondern eine Magisterarbeit – promoviert habe ich etwas später über ein ganz anderes Thema). Im Anschluss daran findet man einen »Vlcek-Jugendführer«, eine von Michael Marcus Thurner erklärtermaßen subjektiv getroffene kleine Wahl von Vlceks älteren Arbeiten, die noch in der Zeit vor seinem Einstieg ins PR-Universum entstanden waren.

Den primärliterarischen Teil der Festschrift bestreiten vier Erzählungen, die aus unterschiedlichen Gründen von Bedeutung sind. Den »Rundgang durch die Schaffenswelten von Ernst Vlcek« eröffnet eines seiner Frühwerke – »Monster« –, dessen Idee und Ausführung dem Lesenden unweigerlich Richard Mathesons meisterhafte Shortstory »Born of Man and Woman« ins Gedächtnis zurückruft, wobei der österreichische Autor hier einen Vergleich gar nicht zu scheuen braucht. »Herrgottschnitzer« hingegen ist zwar eine extrem kurze Geschichte, doch deren gedanklicher Tiefgang und die aus dem Geschilderten resultierenden Implikationen sprengen den knapp bemessenen Textrahmen und werfen Fragen auf, über deren Tragweite in symbolischer Hinsicht wohl von so manchem nicht gern reflektiert wird. Diese Kurzgeschichte bildet ohne Zweifel einen der Höhepunkte des Schaffens von Vlcek. Seine Neigung zum Horrorartigen manifestiert sich wiederum in den zwei letzten, aus dem Jahre 1962 stammenden und danach nicht mehr wiederveröffentlichten Storys »Traumwelt« und »Die Unsterblichen sind traumlos«. Zwischen die einzelnen Erzählungen schieben sich darüber hinaus drei anekdotenhafte »Splitter«, die einige

Stichproben seines Humors und seiner selbstironischen Ausfälle und skurrilen Einfälle zum Besten geben.

»Ernst Vlcek Bibliographie« rundet den Band ab. Aufgelistet sind hier Kurzgeschichten, Romane und Einzelausgaben, Kurzgeschichtensammlungen und Sammelbände, Anthologien und Interviews (die Nummerierung der einzelnen Teile der Bibliographie ist freilich stellenweise etwas durcheinander geraten).

Über die ganze Festschrift verstreut sind erfreulicherweise zahlreiche Fotos und Zeichnungen zumeist von Vlcek, die den Textteil wohltuend auflockern und zugleich sinnvoll vervollständigen, da sie den Jubilar in verschiedenen Abschnitten seines Lebens darstellen und dadurch seinen im Band nachgezeichneten Schriftstellerweg visuell komplementieren.

Ernst Vlcek reiht sich ohne Zweifel unter die lesenswertesten deutschsprachigen SF-Autoren auf dem Heftromansektor ein. Der Schwerpunkt seines Schaffens liegt auf dem Perry Rhodan-Universum, das er in den letzten zwei Jahrzehnten als Exposé-Autor im Wesentlichen mitgeprägt hat. Doch seine serienunabhängigen Arbeiten (über Wert oder Unwert von Perry Rhodan kann natürlich gestritten werden, und es wird auch darüber gestritten) verdienen ebenfalls, wenn nicht gar noch mehr Aufmerksamkeit, da sie aus der trivialliterarischen Massenware angenehm herausragen. Zwar setzen sie auf diesem Gebiet keine Maßstäbe und weisen keine neuen Entwicklungsrichtungen, aber sie machen von den Gesetzmäßigkeiten dieser auf Unterhaltung ausgerichteten Literatursparte keinen unreflektierten Gebrauch, sondern sie ironisieren sie nicht selten und durchbrechen ab und zu die Gattungsschranken, um eine Außenbetrachtung dieses Teilbereichs der phantastischen Literatur zu ermöglichen. Daher scheinen die Anstrengungen der Herausgeber, ihn mit einer Festschrift zu würdigen, auf jeden Fall berechtigt und nachvollziehbar. Wird aber der Band dem österreichischen Autor gerecht? Trägt er seinem Schaffen Rechnung? Man kann die beiden Fragen bejahen. Das bunte Karussell von Beiträgen dreht sich schnell und berührt wohl die meisten interessanten Themenfelder, die mit dem Menschen und Schriftsteller Ernst Vlcek in Verbindung stehen. Die Lektüre der Festschrift bereitet insgesamt viel Vergnügen, wiewohl gelegentliche Wiederholungen von Fakten und Meinungen selbstverständlich unvermeidlich sind, doch angesichts des Ganzen fallen sie kaum ins Gewicht. Es erhebt sich noch die Frage, ob die Tatsache, dass im Band die Sprache – zwangsläufig – oftmals auf Perry Rhodan-Bezogenes gebracht wird, zum besseren Verständnis der Ausführungen nicht gewisse Kenntnisse darin voraussetzt? Um die volle Palette der Andeutungen, Anspielungen und Bezugnahmen zu identifizieren und zu begreifen, ist ein solches Vorwissen ohne Zweifel von Vorteil, doch es ist keine *Conditio sine qua non,* um in den Genuss des im Band Enthaltenen zu kommen. Denn hinter den bedruckten Blättern schaut immer der Mensch Ernst Vlcek hervor. Und der Mensch ist ja das Allerinteressanteste.

(Für die Übersendung der Ernst-Vlcek-Festschrift möchte ich mich bei Herrn Achim Havemann, Hitzacker, herzlich bedanken.)

Ray Bradbury

Der illustrierte Mann

(The Illustrated Man)

Diogenes Verlag, Zürich 1977
320 Seiten, DM 16,80

von Carsten Polzin

»Obgleich er nach wie vor der vielleicht bekannteste Science Fiction-Autor ist«, schrieb *Gary K. Wolfe* einmal über Ray Bradbury, »stellt er eine eigentümliche Anomalie in diesem Genre dar.« Tatsächlich bewegte sich der 1920 in Illinois geborene Bradbury stets außerhalb der Grenzen, die die Science Fiction seinen Zeitgenossen aufzuerlegen versuchte. In der knallbunten, technisierten Welt, wie sie die Autoren gerade in der Nachkriegszeit entwarfen, verließ sich Bradbury in seinen besten Erzählungen auf das ruhige Element und die Kraft des minimalistischen Plots. Nicht das Gewaltige ist für ihn maßgeblich, nicht die Vielzahl, sondern das Einzelne. Seine Stories fokussieren eine besondere Situation und sind dabei meist kurze Ausschnitte eines größeren Zusammenhangs, von dem man jedoch kaum etwas erfährt. Über fünfhundert davon hat er bis heute geschrieben, und auch wenn nicht alle - beispielsweise die enttäuschende jüngere Kollektion *Quicker than the Eye* (Avon Books, New York 1997, $ 5.99) - die gleiche außerordentliche Qualität erreichen, so sind es doch ungewöhnlich viele. Dies mag der Grund sein, warum sich Bradburys hervorragender Ruf allein über seine Kurzgeschichten und den dystopischen Klassiker *Fahrenheit 451* (1953) definiert. Zumindest im phantastischen Bereich tut man ihm damit nicht unrecht, denn die Romane *Das Böse kommt auf leisen Sohlen* (*Something Wicked This Way Comes,* 1962) und *Halloween* (*The Halloween Tree,* 1972) hinterlassen einen zwiespältigen Eindruck und führen zu Recht ein Schattendasein. Die Gratwanderung zwischen Genialität und Kitsch ist Bradbury in seinen Erzählungen viel besser gelungen. Ein Beispiel dafür ist die Kollektion *Der illustrierte Mann.* Erschienen 1951, vereinigt sie achtzehn größtenteils hochkarätige Stories, die von 1947–1950 entstanden und die Bradbury nach seinen guten Erfahrungen mit den *Mars-Chroniken* (1950) mit einer übergreifenden Rahmenhandlung versah: Auf seiner Reise durch Wisconsin begegnet ein Wanderer einem von Kopf bis Fuß tätowierten Mann, dessen meisterhaft gefertigte Motive sich des Nachts bewegen und Geschichten erzählen. In *Das Kinderzimmer (The Veldt)* fällt ein Ehepaar seinem Prinzip, den Kindern jeden Wunsch zu erfüllen, zum Opfer: Ihr technisch ausgestattetes Kinderzimmer simuliert die afrikanische Steppe auf erschreckend reale Weise. Als die Eltern schließlich das Spiel verbieten wollen, hetzen die Kinder ein »fleischgewordenes« Löwenrudel auf sie. Ganz ähnlich funktioniert die Erzählung *Stunde Null (Zero Hour),* in der eine Mutter bemerkt, dass die Kleinen aus der Nachbarschaft auf dem Spielplatz einen seltsamen Apparat zusammenbauen, der die Ankunft eines feindlichen Marsianers ermöglichen soll. Als die Erwachsenen begreifen, wie ernst das Vorhaben ist, ist es bereits zu spät. Bradbury hat hier Pionierarbeit geleistet: Er war einer der Ersten, der das Motiv vom »bösartigen« Kind etablierte, das von der späteren phantastischen Literatur begeistert aufgenommen wurde. So merkt man vielen von *Peter Straubs* und *Stephen Kings* Erzählungen die Geistesverwandtschaft zu Stories wie *Stunde Null* an. Die Horrormeister zählen denn auch zu den erklärten Fans des »frühen« Ray Bradbury.

Auf dem Feld der klassischen Science Fiction stehen neben der schwächeren Erzählung *Die Verbannten (The Exiles)* – die aber immerhin dadurch interessant ist, dass sie das spätere *Fahrenheit 451* vorbereitet – Perlen wie *Der lange Regen (The Long Rain)*. Die schrecklichen Naturgewalten auf der Venus, durch die sich ein kleines Forscherteam bis zur rettenden Sonnenkuppel kämpfen muss, beschwört Bradbury gleich mit dem ersten Absatz: »Der Regen hörte nicht auf. Es war ein schrecklicher Regen, ein Dauerregen, ein schweißtreibender und dampfender Regen; eben noch ein Sprühregen, jetzt ein Platzregen, dann ein Wasserfall; er peitschte die Augen, er strömte wie ein reißender Fluss um die Knöchel; es war ein Regen, in dem alle bisherigen Regen und alle Erinnerungen an Regen ertranken.« Gäbe es einen Preis für die beste Darstellung eines Regens, Bradbury müsste ihn wohl gewinnen. Hier stimmen jeder Satz und jedes Wort – ganz so, als wolle der Autor damit allen nachträglichen Versuchen, eine Geschichte über ein Gewitter zu schreiben, den Garaus machen.

Karikierende Züge trägt *Der Mann (The Man)*. Der geltungssüchtige Kapitän Hart ist etwas erstaunt darüber, dass sich die Bewohner des Planeten, auf dem er gerade gelandet ist, überhaupt nicht für ihn interessieren. Wie sich herausstellt, hat ihm der Messias persönlich die Show gestohlen, indem er einen Tag früher als Hart angekommen ist. Hier beweist sich wieder Bradburys Gespür für die Situation: Weder Harts Motive noch sein Hintergrund oder der der Planetenbewohner sind wirklich von Bedeutung. Es geht allein um den Moment. Er erzählt die Geschichte.

Zwei andere Stories spielen in Mexiko, einem Land, das den Autor über lange Jahre fasziniert hat und das er immer wieder bereiste: In *Der Fuchs und die Hasen (The Fox and the Forest)* flüchten zwei Liebende vor den Kriegswirren des Jahres 2155 ins Mexiko der Vorkriegszeit. Sie werden jedoch von der Zeitpolizei verfolgt, die längst ihre Spione in der Vergangenheit angesiedelt hat, und schließlich zurück in die verhasste Zukunft geschickt. Die andere Mexiko-Geschichte, *Die Landstraße (The Highway),* warnt eindringlich vor einer nuklearen Bedrohung. Dies ist für Bradburys Werk umso bedeutsamer, als ihm immer wieder vorgehalten wurde, ein unpolitischer Autor zu sein. Im Gegenteil spricht jedoch das Gros seiner Stories eine deutliche politische Sprache, allen voran die berühmten *Mars-Chroniken,* die den menschlichen Eroberungswahn der Kriegszeit auf die Spitze treiben und uns die Arroganz unserer Spezies drastisch vor Augen führen. Ebenso verhält es sich mit der Erzählung *Die Stadt (The City),* in der eine lebendige Stadt auf einem fernen Planeten seit zwanzigtausend Jahren darauf wartet, an den einstigen menschlichen Kolonisten Rache zu üben. Und deutlicher als in *Die andere Haut (The Other Foot)* geht es nicht: Dort erwarten die Schwarzen, die einst als Aussätzige von der Erde auf den Mars verbannt wurden, auf die Ankunft des Botschafters der weissen Rasse. Sie hat ihren Planeten durch nukleare Verwüstung unbewohnbar gemacht und muss nun darum betteln, auf dem Mars aufgenommen zu werden.

Es sind jedoch nicht einmal diese Gesellschaftskritiken oder die farbenprächtigen Science Fiction-Szenarios, die *Der illustrierte Mann* zu einem Juwel in Bradburys Werk machen. Vielmehr sind es die kurzen, unspektakulären Geschichten, die die meiste Aufmerksamkeit auf sich ziehen. So zeichnet *Kaleidoskop (Kaleidoscope)* das Gespräch einer Raumschiffbesatzung nach, die nach der Kollision mit einem Meteor in die Leere des Weltraums hinaustreibt und sich an nichts mehr festhalten kann außer an der Stimme des anderen. Wenn der Kapitän schließlich als Sternschnuppe zur Erde fällt und einem Jungen damit einen Wunsch erfüllt, ist dies eine Schlüsselszene für Bradburys Schaffen: Dort, wo der Autor sich mit unverfrorener, geradezu naiver Romantik am Rande des Kitsches bewegt, ist er am besten. Der intensiven Gefühlswelt, die Bradbury in makellosem, teils poetischem Stil in seinen Sätzen komponiert, vermag man sich kaum zu entziehen. So ist die rührseligste Erzählung des Bandes auch zugleich die überzeugendste: In *Die letzte Nacht der Welt (The last Night of the World)* erzählt ein Mann seiner Frau von einem Traum: Mit Einbruch der Dunkelheit werde die Welt enden, und die Nacht werde wie ein todbringender Schleier über die Erde wandern. Seine Frau ist kaum überrascht, denn sie hatte denselben Traum, ebenso ihre Nachbarn, Freunde und Kollegen. Da alle Menschen Bescheid wissen, brauchen die Zeitungen nicht davon zu berichten, und es bricht keine Panik aus. Das Einzige, was die Eheleute unternehmen können, ist, sich ins Bett zu legen und sich eine gute Nacht zu wünschen.

Greg Egan

QUAL

(Distress)

Aus dem Englischen von Bernhard Kempen
München: Wilhelm Heyne Verlag, 1999
Heyne SF-TB 6319
558 Seiten, DM 16,90

von Robert Hector

Die Menschheit auf der Suche nach der endgültigen Wahrheit – das erinnert SF-Fans an Olaf Stapledons kosmophilophisches Opus »Star Maker«. Greg Egan liefert mit seinem Roman das naturwissenschaftliche Pendant – wobei er faszinierende genetische, neurowissenschaftliche und kosmologische Spekulationen in ein großartiges Gedankengebäude zu integrieren versucht.

Ein Journalist in der verwirrenden schönen neuen Welt des Jahres 2055: Gepanschte DNA, »Stateless«, die Insel der Genrebellen, von Nanomaschinen durchsetzte Organismen, biochemische Ingredentien zur Manipulation des Bewusstseins, die Suche nach der Universaltheorie, der Weltformel. Als klar wird, dass Wissenschaftler eine solche Letzt-Theorie entdeckt haben, fürchten fundamentale Gruppen um den Verlust des »Menschlichen«. Fanatiker schrecken vor nichts zurück, um deren Verbreitung zu verhindern. Da sind die Vertreter der Mystischen Renaissance, die Anthrokosmologisten, die Ignoranzkulte – alle glauben, mit der Universaltheorie würde die Apokalypse ausgelöst werden. Ihr Protest gegen die »wissenschaftliche Arroganz« wird auf Seite 152 zusammengefasst: »... Hier versammeln sich Menschen, die daran glauben, dass sie die letzte Zuflucht der Menschenwürde erobern können, dass sie den letzten Quell spiritueller Kraft versiegen lassen können, dass sie die letzten Werte und Geheimnisse vernichten können – mit der Waffe des sogenannten ›intellektuellen Fortschritts‹. Sie wollen uns alle in eine einzige Gleichung pressen, die sie dann wie einen billigen Slogan auf ein T-Shirt drucken lassen ...«

Dennoch: die Sehnsucht nach der letzten Wahrheit lässt sich nicht unterdrücken. Angeblich strebt die Geschichte dem »Aleph-Moment« zu, und eine mysteriöse Schlüsselfigur wird gesucht, die im Besitz der absoluten Erkenntnis sein soll. Menschen werden von einer furchtbaren Krankheit heimgesucht – der »Qual«. Am Schluss wird auch der Protagonist damit konfrontiert, und er erkennt die phantastische Wahrheit ...

»Qual« ist ein Leckerbissen für Fans der Hard-SF. Zuweilen muss sich der Leser durch das voluminöse Werk quälen: zu facettenhaft stehen die einzelnen Episoden im Raum der Gesamtgeschichte, zu stakkatohaft der Stil; und eine Identifikation mit den Hauptfiguren will nicht so recht gelingen. Am Schluss aber wird der Leser für sein Durchhaltevermögen belohnt. Die spekulative »Science« ist vom Feinsten, und die Auflösung erscheint wie eine gelungene Fusion aus quantenphysikalischer Realistik und fernöstlicher Mystik.

In fast schon ironischer Manier fasst der Autor auf Seite 101 die Essenz seines Buches zusammen: »Nachdem ich mich zwölf Monate lang in den schlimmsten Exzessen der Biotechnik gesuhlt hatte, erstrahlte die makellose Welt der Theoretischen Physik vor meinem inneren Auge wie ein anästhesiertes mathematisches Paradies, in dem alles sauber, abstrakt und herrlich abgehoben war ...«

Grundlage der Universaltheorie (UT) ist die vereinheitlichte Feldtheorie bzw. das Standardmodell der Elementarteilchen. Genauso wie die Materie aus fundamentaleren Strukturen wie Quarks und Leptonen aufgebaut ist, ist die Raumzeit aus topologischen Strukturen wie Knoten und Schleifen zusammengesetzt. Das »Modell sämtlicher Topologien« (MST) besagt dementsprechend, dass das Universum auf der niedrigsten Stufe eine Mischung aus jeder mathematisch möglichen Topologie darstellt. Die UT-Gleichung verknüpft alle zehn Parameter der Symmetriebrechung zu einer Summe sämtlicher Topologien.

Eine Universaltheorie ist nicht mehr als die einfachste mathematische Formulierung, die sämtliche Ordnungsprinzipien des Universums einschließt. Eine solche Theorie für Alles soll den Schlüssel für alle ungelösten Probleme der Physik und Chemie, der Biologie und Medizin, der Ethik und Religion liefern. Die Aufklärung der Beziehungen zwischen den verschiedenen Ordnungen des Universums.

Schließlich wird die Verbindung von Materie und Geist offenbar (S. 546 f.):

»Ich hatte die Fäden der Erklärung gelesen, die von der UT ausgingen und mich mit der Welt verbanden – doch jetzt krümmten sich die Fäden, die meine Gedanken erklärten, zu ihrer Quelle zurück ...

Interagierende Symbole, die in Form von Energieimpulsen auf Nervenbahnen codiert waren. Regeln des Wachstums und der Verknüpfung von Dendriten, der synaptischen Anpassungen, der Verknüpfung von Neurotransmittern. Eine Chemie der Membranen, Ionenpumpen, Proteine, Amine ...

Es gab keine Arena der desinteressierten Physik. Es gab keine solide Ebene objektiver Gesetze. Nur ein tief unten zirkulierender Konvektionsstrom der Erklärung, ein kausales Magma, das aus der Unterwelt heraufquoll, um wieder in der Dunkelheit zu versinken, das einen Kreislauf von der UT zum Körper und zum Geist und wieder zur UT beschrieb – von nichts anderem als dem Motor der Erkenntnis angetrieben.«

Das Universum wird durch Erklärung erschaffen, erst ein bewusster Beobachter verleiht dem Universum seine Existenz:

»Ich war die Schlüsselfigur. Ich hatte das Universum durch Erklärung erschaffen, ich hatte es aus dem Samen des Moments wachsen lassen und Schicht um Schicht aus wunderbaren verschlungenen Notwendigkeiten darum angeordnet ...

Die hilflosen schreienden Fremden, die Opfer derselben

Offenbarung geworden waren, hatten nur ein verzerrtes Echo meines eigenen Entsetzens über die Erkenntnis ausgestoßen, dass ich sie alle geschaffen hatte.

Dies war der solipsistische Wahnsinn, dessen Widerspiegelung ich im Gesicht der ersten bedauernswerten Frau gesehen hatte. Dies war die Qual: nicht die Angst vor der herrlichen Mechanik der UT, sondern die Erkenntnis, dass ich ganz allein in der Dunkelheit war, gemeinsam mit hundert Milliarden strahlender Spinnweben, die um meine nicht existenten Augen gesponnen waren ...

... und nachdem ich es jetzt wusste, würde der Atem meiner Erkenntnis sie alle verwehen lassen.« (S. 548 f.)

Aber kurz darauf meldet sich der Zweifel:

»Konnte ein Geist allein einen anderen durch Erklärung schaffen? [...]

Selbst die Anthrokosmologisten hatten sich getäuscht, denn sie waren so sehr von der Idee einer einzigen Schlüsselfigur besessen, dass sie kaum über die Möglichkeit nachgedacht hatten, dass genauso jeder andere diese Rolle spielen konnte. Sie hatten die stabilste und symmetrischste Lösung übersehen, nach der jeder Geist der UT gehorcht – aber alle gemeinsam notwendig sind, um sie zu erschaffen ...

Die Vorstellung, dass eine einzige Schlüsselfigur zehn Milliarden Menschen durch Erklärung erschaffen konnte, hat sich längst als absurd erwiesen. Rückblickend wird Qual genauso wie die naive Illusion betrachtet, dass sich jede Galaxis von uns entfernt – während es in Wahrheit gar kein Zentrum gibt, es gar keins geben kann ...« (S. 549 f.)

Metaphorisch gesprochen gibt es eine kosmische Bewusstseinsmatrix, ein überindividuelles Gesamtbewusstsein – GEIST bzw. BEWUSSTSEIN, und auf der anderen Seite eine abstrahierte physikalische Raum-Zeit-Energie-Materie-Matrix, die MATERIE bzw. REALITÄT (die in den Formeln der UT ausgedrückt ist). Beide waren im letzten Grunde identisch, genauso wie in der hinduistischen Philosophie Atman und Brahman, der tiefste Seelengrund und der höchste Kosmos, identisch waren.

Bohr, Heisenberg und Schrödinger hatten in ihren philosophischen Schriften dieses Mysterium bereits angedeutet, als

Konsequenz aus Welle-Teilchen-Dualismus und der Rolle des Beobachters in der Quantentheorie. Greg Egan hat nun dieses Konzept in einem SF-Roman verarbeitet. Was die »Science« betrifft, hat »Qual« es verdient, in die Reihe der Klassiker der SF eingereiht zu werden. It touches of Reality!

Copyright © 2002 by Robert Hector

Andreas Eschbach

Quest

München: Wilhelm Heyne Verlag, 2001
528 Seiten, EUR 12,–

von Carsten Polzin

Andreas Eschbach müsste man nach Ansicht einiger Lektoren sicherlich ausbürgern, und niemand würde es bemerken, so unpassend scheint seine phänomenale Karriere für einen deutschen SF-Autor zu sein: Mit seinem Debüt *Die Haarteppichknüpfer* (Schneekluth) gewann er 1995 den SFCD-Preis für den besten deutschen SF-Roman des Jahres. Nach dem Achtungserfolg folgte drei Jahre später der kommerzielle Durchbruch mit dem *Jesus Video* (Schneekluth 1998), dessen Taschenbuchausgabe von Bastei-Lübbe zu Recht aufdringlich als »Spitzentitel« beworben wurde. Im Herbst 2001 erschien *Eine Billion Dollar* (Lübbe, EUR 23,52), mit dem der studierte Raumfahrttechniker gleich zwei Hürden auf einmal nahm: Er entwand sich dem relativ engen Korsett des SF-Genres und erdreistete sich (Todsünde!), mit seiner Story über den großen Teich zu springen. Dass ein deutscher Autor, der noch dazu aus Ulm stammt, eine amerikanische Figur in einem durch und durch amerikanischen Plot spielen lässt, erschien vielen Lektoren hierzulande undenkbar. Eschbach scherte sich keinen Deut darum und wurde dafür – wieder zu Recht – von der Presse hochgelobt. Bevor er jedoch aus dem Kosmos nach New York City ins Thriller-Genre verschwand, wo er sich nach dem Stand der Dinge wohl etwas länger aufhalten wird, hinterließ er der SF-Gemeinde mit

Quest noch ein Vermächtnis. Und zwar eines, das sich sehen lassen kann.

Der Sternenkaiser, noch aus *Die Haarteppichknüpfer* in böser Erinnerung, droht, seine grausame Vormachtstellung im Universum zu festigen. Die Truppen des Sternenreichs Gheera stehen kurz vor der Kapitulation, und der Pantap beauftragt den Kommandanten Eftalan Quest mit der Suche nach Rettung. Der verschrobene, von allen gefürchtete Fleischklops bricht mit seiner Besatzung an Bord des Raumgiganten MEGATAO zum Planeten des Ursprungs auf, um den jede Rasse ihre eigene Legende spinnt. Alles Leben soll dort begonnen haben, und wer ihn betritt, soll Unsterblichkeit erlangen. Zunächst sieht es erfolgversprechend aus, nachdem man mit einem unmoralischen Trick die heiligen Dokumente aus dem Tempel der Pashkan entführen und mit diesem Wissen zum Planeten der Yorsen, einem der Urvölker des Universums, vordringen kann. Doch die grobschlächtigen, überaus ironisch gezeichneten Wesen haben kein Interesse an den Menschen. Sie leben in Kokons in der Umlaufbahn um den Planeten und befinden sich in einer seligen, orgastischen Dauerstarre. Wenigstens erfährt Quest, dass die älteste Lebensform, die direkt vom Planeten des Ursprungs stammen muss, in der Stadt »Mittelpunkt« auf dem Planeten »Mittelpunkt« angesiedelt ist. Doch als der Trupp der MEGATAO dort ankommt, zerfallen die Bauwerke vor ihnen zu Staub. Es ist ein aussichtsloses Unterfangen, das wird jedem an Bord bewusst, und bald zweifelt die Besatzung nicht nur an Quests Verstand, sondern auch an seiner Motivation. Will er den Ursprungsplaneten wirklich aufsuchen, um dem Pantap und seinem Volk einen Gefallen zu erweisen? Oder dürstet es ihm nach einem Platz an der Seite des Sternenschöpfers? Im Verlaufe des Romans scheint jedes Motiv denkbar, wobei Quests wahre Beweggründe am Schluss den gesamten Roman brillant pointieren.

Eschbach würzt das Buch mit seiner gewohnt gediegenen Schreibe, die bestimmt nicht die Neuerfindung der Stilkunde bedeutet, die aber äußerst gut lesbar ist. Die Charaktere sind lebendig, schlagfertig und urkomisch. Die Außerirdischen gehören in ihrer Ignoranz gegenüber den notleidenden Menschen zu den einfältigsten und fremdartigsten seit *Stanisław*

*Lems S*olaris. Und mit dem Plot kann sich Eschbach ohnehin auf der sicheren Seite wägen: Der beste Roman über das große Mysterium unserer Herkunft war noch nicht geschrieben (vielleicht ist er es jetzt), und nicht umsonst sind diejenigen *Star Trek*-Folgen am beliebtesten, die am Rande der letzten Grenze des Universums spielen. Man mag den Roman aufgrund seiner Zutaten *Space Opera* nennen, doch das trifft es nicht ganz:

Quest ist weder ein beliebiges Wild West-Abenteuer, noch geht es darin wirklich um den Kampf des guten gegen den bösen Weltraumherrscher. Der Sternenkaiser tritt nicht einmal persönlich auf, was auch nicht stimmig wäre, denn er hat neben Quest und all den obskuren Gestalten, die sein Raumschiff bevölkern, keinen Platz in der Geschichte. Das Böse in *Quest* ist in den Köpfen der Figuren zwar allgegenwärtig, dient letztlich jedoch nur der Ablenkung. Eschbach spielt mit dem Instinkt des Lesers und dessen Erwartung eines stereotypen Weltraumplots, um am Ende wieder alles über den Haufen zu werfen. Da steht plötzlich kein funkensprühendes Finale, sondern eine wohldurchdachte und überzeugende Kritik an Standesdenken und Narzissmus. Was an Science Fiction bleibt, wenn man das Buch zugeklappt hat und mal wieder daran zurück denkt, ist die Erinnerung an die greisen, selbstzufriedenen Aliens, die die Fragen der Menschen so leichthin und arrogant verschmähen. Gregory Benford schrieb jüngst in einem Artikel: »Die Science Fiction untersucht den Zusammenstoß zwischen der Menschheit und einem gleichgültigen Universum.« Andreas Eschbachs hoffentlich nicht letzter SF-Roman ist das beste Beispiel dafür.

von Karsten Kruschel

Schon Andreas Eschbachs erster Roman »Die Haarteppichknüpfer«, eine space opera der etwas anderen Art, wurde viel beachtet, ehe er mit »Solarstation« eine Fingerübung in zwar handwerklich perfekter, zweifelsfrei unterhaltsamer, ansonsten aber bedeutungsloser SF ablieferte, sozusagen MacGyver ins Weltall transferierte. Danach aber konnte er mit dem in fast jeder Hinsicht gelungenen Thriller »Das Jesus-Video« in die Bestsellerlisten einbrechen. Was lag da näher, als in die Welt der Haarteppichknüpfer zurückzukehren und das Genre der Weltraumoper neu auszuloten?

Um es kurz zu machen: Andreas Eschbach hat die weißgott nicht klein geratene, wenn auch sehr poetische Weltraumoper der Haarteppichknüpfer nur als winzige Episode in »Quest« auftauchen lassen. Ging nicht anders. »Quest« ballert derart mit großen Dimensionen um sich, dass dem Autor gar nichts anderes übrigblieb. »Quest« ist so ungefähr die größenwahnsinnigste, rasanteste und perfekteste space opera, die sich ein deutscher Autor bis dato einfallen ließ. In den Dimensionen vielleicht noch mit Snegows »Menschen wie Götter« zu vergleichen, aber weniger verspielt und weit entfernt von den Flachpappcharakteren des in gewissen Kreisen immer noch hochverehrten Russen.

Es geht in dem Roman um den Raumschiffkommandanten Eftalan Quest, der angesichts seines nahenden Todes und der unheilbaren Krankheit, die ihn langsam zerfrisst, mit seinem Raumschiff auf eine hoffnungslose Suche geht, und er gibt dabei einen Dreck auf die Befehle, die ihn eigentlich ins Weltall entsandt haben. Auf dem Planeten, von dem jedes Leben in der Galaxis, ja im gesamten Universum stammen soll, will er nichts weniger als Gott finden – und vielleicht die Heilung für seine Leiden. Auf dem Weg dorthin – natürlich eine Queste in des Wortes direkter Bedeutung – entfaltet sich nicht einfach nur eine Welt, nein, ein ganzes Universum wird vor den Augen des staunenden Lesers aufgeblättert. Eschbachs Leistung besteht weniger darin, die gigantomanische Handlung logisch und nachvollziehbar zu entwickeln, sondern vielmehr darin, dass seine Figuren von der pompösen Staffage nicht erschlagen werden.

Bei dem von einer unheilbaren rätselhaften Krankheit zerfressenen Eftalan Quest, der auf der Suche nach einem wie auch gearteten Heilmittel das Universum durchkreuzt, war das ja nicht sonderlich schwierig. Captain Kirk, multipliziert mit Khan, wenn man so sagen darf. Aber auch seine Ärztin Vileena wird unter Eschbachs disziplinierter Feder zu einer fast greifbar lebendigen Person, deren Hintergrund und eigenes Leben mit der Haupthandlung eng verwoben bleibt. Ihr Schicksal, durch einen blöden Unfall ums Leben zu kommen, gehorcht nicht nur einer der geheimen Regeln für die Autoren dickleibiger Epen (du sollst deine Lieblinge beizeiten umbringen, wenigstens einen von ihnen), es erhellt schmerzhaft die ebenso vertraute wie verfremdete Gesellschaft, welche bei Eschbach den Weltraum erobert – oder das wenigstens glaubt. Schuld an dem Tod dieser Hauptfigur (die selbst der Leser fortan schmerzlich vermisst) ist nämlich die rückwärtsgewandte, quasifeudale Gesellschaftsordnung, der Eftalan Quest angehört. Und schon dieses Detail macht deutlich, wie weit sich Eschbachs Entwurf über Roddenberrys »Live-long-and-prosper«-Utopie erhebt.

Das weltenumspannende Kaiserreich im Hintergrund dieses Romans (von dem die Haarteppichknüpferwelt nur einen winzigen Bruchteil darstellen kann, eine gigantische Fußnote) ist dabei alles andere als eine widerhallende Kopie irgendwelcher Foundations – erstaunlicherweise funktioniert Eschbachs hier verankerte ätzende Gesellschaftskritik auch in Richtung unserer eigenen Welt einfach und wunderbar. Das in diesem Kaiserreich munter fortlebende Kastendenken ist dabei das eine, das andere kommt in Gestalt des rätselumwitterten Raumreisenden Smeeth ins Spiel.

Der nämlich findet das Gehabe der adligen oder auch nichtadligen Menschen schlichtweg zum Kotzen, kennt er doch noch das Zeitalter der Republik, in der alle Menschen die gleichen Rechte besaßen. Hier mischt sich das Gute-Alte-Zeit-Syndrom (irgendwie war früher alles besser) mit der gelassenen Weltsicht von einem, der eine bessere Sicht auf die Welt besitzt, einfach, weil er mehr gesehen und erlebt hat. Eschbach hält hier seiner eigenen space opera einen gnadenlosen Spiegel vor, was meines Wissens in dieser Form bislang noch nie einem Autor dieses Subgenres eingefallen ist.

Natürlich ist ebenjener Smeeth dann einer der sagenumwobenen Unsterblichen, und ebenso natürlich scheint er den entscheidenden Hinweis zum Planeten des Ursprungs zu besitzen. Das macht ihn in den Augen Quests zu einer sehr wertvollen Person, und das wiederum macht ihn zu einer äußerst gefährlichen Person. Der Planet des Ursprungs nämlich soll nichts weiter sein als die Stätte, die dem Menschen seine sehnlichsten Wünsche erfüllt und seine brennendsten Fragen beantwortet (jaja, so was Ähnliches wie das geheimnisvolle Artefakt im »Picknick am Wegesrand« oder, zwei Etagen tiefer, dieses gerngottseinwollende Ungetüm im fünften, von William Shatner höchstpersönlich verhunzten Star-Trek-Film).

Interessanterweise ist Eschbachs Lösung dieses Dilemmas von der der Strugatzkis gar nicht so weit entfernt. Nur stellt Eschbach seinen Quest in ganz andere Zusammenhänge. Und er lässt (noch) mehr in der Schwebe.

Mal ganz abgesehen davon, dass »Quest« die Sorte Schmöker ist, die dem Leser leicht den Nachtschlaf rauben kann, weil so recht kein Grund ersichtlich wird, das Ding aus der Hand zu legen: Alles steuert auf einen Höhepunkt hin, der – auf angenehme, weil überraschende Weise – die Erwartungen des Lesers enttäuscht. Nach einem Ritt auf immer höheren, immer gigantischeren und immer irrwitzigeren Theorien und Einfällen endet Eschbachs Roman bei ein paar sehr diesseitigen Einstellungen.

Eigentlich ist es erstaunlich, dass ein SF-Roman, mit derart hemmungsloser Phantasie ausgestattet, es fertigbringt, so elegant zu landen und dabei nicht im Geringsten doof auszusehen.

FandiX: Terra Utopische Romane/Science Fiction

Küster, Hackenbracht & Sandten GbR
Mönchengladbach 1999
CD-ROM, EUR 15,31

FandiX: Fantasy Vol. 1

Hackenbracht & Sandten GbR
Mönchengladbach 2001
CD-ROM, EUR 20,49

von Jacek Rzeszotnik

Es dürfte heutzutage wohl kaum noch jemanden geben, der die Vorteile der elektronischen Datenerfassung und -verarbeitung ernsthaft in Zweifel ziehen würde. Zwar hallen wie ein schadenfroh klingendes Echo so manche Geistesblitze nach, dass die Computer etwa die klügsten Idioten seien, die es gibt (Norman Mailer), oder als die »teuersten Trottel der Welt« (Renzo Favalli) bezeichnet werden könnten, oder aber dass der Mensch, der früher durch Fragen gepeinigt wurde, für die es keine Antworten gab, nun dank der Computer mit Antworten überschüttet werde, für die er nicht einmal die Frage stellen könne (Peter Ustinov), so ändert dies nichts an der Tatsache, dass die Rechenmaschine, der man nach reichlicher Erfahrung inbrünstige Hassliebe entgegenbringt, einen der wichtigsten Stützpfeiler unserer technischen Zivilisation bildet – auch unbeschadet des Faktums, dass dieser Stützpfeiler viel zu oft knackt und knarrt und mit einem Absturz droht (es verwundert daher nicht, dass Klaus Nissen und Martin Reuter die Empfehlung ausgesprochen haben, den Computer, wenn er dauernd abstürzt, mehr in Richtung Tischmitte zu schieben).

Genauso wenig dürfte es heutzutage noch jemand geben, der an der Brauchbarkeit von CD-ROMs und neuerdings von DVDs als Speichermedium generell Kritik üben würde (es sei denn, er würde sich über die allzu begrenzte Speicherkapazität der Silberlinge mokieren). Sie eignen sich hervorragend für *data storage* in einer den jeweiligen Bedürfnissen entsprechend aufgeschlüsselten Form: Verschiedene Enzyklopädien, Lexika und Wörterbücher bahnen sich mehr und mehr den Weg in den Bits & Bytes-Bereich und stellen dem Benutzer immer neuere Funktionen und Tools bereit, mit denen die gespeicherten Informationen aus den Datenbanken zielgerichtet abgerufen und mundgerecht serviert werden können. Der thematische Bogen dieser Datenzusammenstellungen deckt de facto alle möglichen Wissensgebiete ab: Er spannt sich hierbei von groß angelegten enzyklopädischen Projekten, die ihren Blick auf so ziemlich alle Bereiche der menschlichen (und nicht nur menschlichen) Existenz fokussieren, bis hin zu Produkten, die sich nur einem ganz konkret abgesteckten Feld zuwenden und es explorieren. Eines dieser Felder ist die Phantastik in allen ihren Ausprägungen. Das Flaggschiff, welches das Meer der nichtrealistischen Literatur durchpflügt und der ganzen Flottille ähnlicher Produkte voransegelt, trägt den Namen *The Multimedia Ency-*

clopedia of Science Fiction (1995) von Peter Nicholls und John Clute. Doch dies bedeutet nicht, dass es in jeder Hinsicht Maßstäbe setzt, denn es gibt Projekte, die diesem grundlegenden CD-ROM-Werk in so manchem Bereich den Rang ablaufen. Unter sie reiht sich beispielsweise ein deutsches Großprojekt der Hackenbracht & Sandten GbR, Mönchengladbach, ein, das die Erstellung eines modular strukturierten und bibliographisch und datenstatistisch ausgerichteten *Lexikons für phantastische und SF-Literatur auf CD-ROM* anvisiert. Es setzt sich zum Ziel, die gesamte in deutscher Sprache (Originalausgaben wie Übersetzungen) erschienene phantastische Literatur in Wort und Bild zu erfassen und mittels leicht bedienbarer, handlicher Tools, die an den gesammelten Daten unterschiedliche Operationen vornehmen lassen, zugänglich zu machen. Von den bis jetzt geplanten fünf Modulen, die nach der Installation untereinander zu einem Ganzen verknüpft werden und unter der gemeinsamen Bezeichnung »FandiX« (fantastic index of the unknown) firmieren, liegen zurzeit (Stand: November 2001) zwei Teile vor: *FandiX: Terra Utopische Romane/Science Fiction* (er enthält Daten zu den 555 im Zeitraum 1957–1968 erschienenen Heftromanen dieser Reihe) und *FandiX: Fantasy Vol. 1* (er enthält Daten zu folgenden Fantasy-Reihen: »Dragon«, »Fischer Bibliothek der phantastischen Abenteuer«, »Knaur Excalibur«, »Mythor«, »Terra Fantasy«, »Terra Fantasy Neu« und »Torgo«).

Nach erfolgreicher Installation und dem Start des Programms wird zunächst das so genannte Modulfenster eingeblendet, dem man entnehmen kann, welche Module des FandiX-Lexikons zugriffsbereit zur Verfügung stehen. Von diesem Fenster aus lässt sich entweder eine der CD-ROMs (Module) oder aber eine konkrete Reihe (»Reihen-Schnellwahl«) direkt ansteuern (diese Option scheint jedoch ihre Aufgabe noch nicht ganz korrekt zu bewältigen, denn man erzielt mit einem Mausklick auf das Coverbild einer der installierten CD-ROMs genau denselben Effekt wie mit dem Anklicken einer konkreten Reihe in der »Reihen-Schnellwahl« – man landet immer im Hauptmenü der einschlägigen CD). Darüber hinaus kann man sich über die Schaltfläche »Statistiken« in den Bereich der statistischen Erfassung aller Daten auf allen installierten CD-ROMs reinklicken. So wird dem Benutzer die Möglichkeit eröffnet, Details und Rankings abzurufen, die ein Gesamtbild des Zusammengetragenen vermitteln und dafür die Kategorien »Reihen«, »Genres«, »Nr./Bände«, »Autoren«, »Übersetzer« und »Titelbildzeichner« bieten. (Den Interessierten sei am Rande verraten, dass die beiden derzeit vorliegenden CD-ROMs Auskunft über insgesamt 8 Reihen, 5 Genres, 1064 Titel, 254 Autoren aus 21 Ländern, 112 Übersetzer und 62 Titelbildzeichner liefern). Die Statistiken können zur weiteren Verwendung ausgedruckt, nach MS Word oder MS Excel und in das HTML-Format exportiert werden.

Gemeinsam für die beiden (und alle späteren) Module ist das Hauptfenster des Programms – die Indexseite –, das einen klaren und übersichtlichen Aufbau hat und optisch in zwei »Zonen« zerfällt: Links ein Registerreiter mit allen dem jeweiligen Heft/Roman zugehörigen Daten (Allgemeines, Autor, Roman, Weiteres, Statistik), rechts das gescannte Cover des Heftes/Romans sowie zusätzliche Steuerungs-Schaltflächen, über die man zum Modulfenster zurückkehren, das Hauptmenü der jeweiligen CD-ROM aufrufen, ein Suchfenster mit verschiedenen einstellbaren Suchoptionen und -parametern auf den Bildschirm bringen, zu unterschiedlichen Übersichten (Autor, Reihen, ausdruckbare Thumbnails) gelangen, das Fenster der Sammlungsverwaltung (Gestaltung von individuellen Einträgen im Lexikon) einblenden oder aber das Programm beenden kann. Die Indexseite des Moduls *Fantasy Vol. 1* verfügt außerdem über weitere Schaltflächen, die eine ausgezeichnete Idee in die Praxis umsetzen: Bei Buchausgaben und Heften mit umlaufenden Coverbildern kann man über »Zur Rückseite« die Abbildung der Rückseite des Bandes aufrufen, da aber der Covertext hier nur schwer lesbar ist, lässt sich das Cover samt dem Text über »Zoom!« vergrößert aufblenden.

Die enorme Leistungsfähigkeit und wahre Funktionalität des Programms offenbart sich in der intuitiven Bedienung des ausgebauten Netzwerks von unzähligen Verknüpfungen, die hyperlinksartig praktisch beliebige Sprünge zwischen den Einzelangaben ermöglichen. Es lässt sich mit ihrer Hilfe eine lange Reise durch zahlreiche, miteinander verbundene Einträge unternehmen, wobei man die jeweiligen Verbindungskriterien immer wieder neu definieren und dadurch willkürlich Brücken zwischen Informationen schlagen kann, die vielleicht auf den ersten Blick keinen Zusammenhang ergeben.

Der enge Rahmen dieser Besprechung erlaubt es nicht, auf alle Vorteile des *FandiX-Lexikons* zu sprechen zu kommen, die es wahrhaft in Hülle und Fülle gibt und die den User auf seinem Erkundungsweg durch das Programm auf Schritt und Tritt positiv überraschen und dann beim regulären Gebrauch hervorragende Dienste leisten. Das modulare CD-ROM-Lexikon vereinigt nämlich zwei sehr wichtige Eigenschaften auf sich, die seinem Erfolg zu Grunde liegen: eine brillante Idee und ihre exzellente Verwirklichung. Dem mehr als gelungenen Konzept, umfangreiches bibliographisches Wissen in eine ansprechende Form zu gießen, ist eine beeindruckend professionelle Umsetzung gefolgt, die nun das Fundament für eines der ambitioniertesten Projekte zur phantastischen Literatur in Deutschland überhaupt bildet. Denn obwohl zurzeit schon zwei Module erhältlich sind, steht das ehrgeizige Unternehmen noch im Anfangsstadium. Deutschland gehört neben den USA und Großbritannien zum »Bund der Drei«, bei denen die meiste phantastische Literatur der Welt erscheint, und diese Tatsache eröffnet einerseits exorbitante Perspektiven für die Fortführung des Unternehmens und verspricht andererseits eine ungeheure Menge abzuleistender Arbeit. Dass die »Macher« des Lexikons ihre Aufgabe ernst nehmen, sie als *work in progress* betrachten und sich auf ihren Lorbeeren nicht auszuruhen gedenken, beweist die FandiX-Homepage (www.fandix.de), auf der Updates für die Module bereitgestellt werden, die sie jedes Mal auf den neuesten Stand bringen, wobei hier nicht nur die Ergänzung und Erweiterung des Datenbestandes ins Auge gefasst, sondern auch Verbesserungen des Programms selbst angestrebt werden.

Zu guter Letzt erhebt sich noch die Frage, für wen das Lexikon bestimmt ist und wer es sich unbedingt zulegen sollte? Die Antwort ist einfach: alle. Sowohl die »SF-Konsumenten«, als auch SF-Spezialisten. Die einen werden die Möglichkeit bekommen, nach gewissen Titeln gezielt zu suchen und die dazugehörigen Informationen abzurufen, die anderen hingegen werden das Gleiche tun und darüber hinaus über ein höchst effizientes Daten-Verknüpfungsnetz das zusammengetragene bibliographische Wissen verschiedentlich anzapfen können, um es dann für ihre eigenen Forschungen zu nutzen. Zwar könnte man es auch selbst in langer und mühsamer Arbeit beschaffen, doch eine solche Anstrengung wäre jetzt wirklich sinnlose Kräfte- und Zeitvergeudung. Für alle Sammler und bibliographisch interessierten Menschen, die übrigens nicht unbedingt SF-Liebhaber sein müssen, aber auf dem Gebiet Büchernachweis tätig sind, stellt das Lexikon in der Tat einen Meilenstein dar. (Und selbst wenn man keine Sammler- oder wissenschaftlichen Interessen hat, so sind die abgebildeten Cover ein Fest fürs Auge eines jeden Fans, das er sich nicht entgehen lassen sollte.)

Einen Nachteil des Lexikons muss man aber abschließend doch noch zur Sprache bringen: Die einzelnen Module erblicken viel zu selten die Welt. Man ist sich zwar dessen bewusst, dass die Vorbereitung eines jeden Lexikonteils Riesenarbeit bedeutet, man fiebert nichtsdestoweniger den nächsten Modulen voller Ungeduld entgegen.

John Gribbin

Das Schiff der Visionen

(Innervisions)

Roman
Aus dem Englischen von Walter Brumm
München: Heyne Verlag, 2001
192 Seiten, DM 12,90

von Karsten Kruschel

Generationenraumschiffe, die Jahrtausende bis zum Ziel benötigen, sind nicht gerade eine neue Idee im Zoo der üblichen SF-Ideen, und auch, dass ihre Besatzung das Bewusstsein des

Ziels einbüßt und in frühere Formen der gesellschaftlichen Organisation zurückfällt, ist keine umwerfende Neuerung. Zu diesem Thema gibt es bereits eine ganze Reihe dicker und weniger dicker Romane. Und nicht viele davon sind sehr originell. John Gribbin hingegen hat es tatsächlich fertiggebracht, diesem ausgelutschten Plot Neues abzugewinnen. Seine Geschichte ist nicht mal zweihundert Seiten lang, kommt völlig ohne Pathos aus und hat einen großen Vorteil: Sie weiß allein durch die Präsenz ihrer Protagonisten zu fesseln. Da ist zum einen das Mädchen Elyse, die in einer Art Kloster lebt und auf übernatürliche Talente geprüft wird. Leider besteht ihr einziges Talent in merkwürdigen Träumen, und die haben ganz offenbar für niemanden einen erkennbaren Nutzen. Nutzlose Mädchen aber – nur weibliche Menschen können übersinnliche Talente entwickeln – werden mit irgendeinem Bauernjungen verheiratet. Das gefällt Elyse gar nicht, weshalb sie ausbüxt in eine Welt, die scheinbar nur aus einem gigantischen Ozean mit wenigen Inseln darin besteht. Alsbald erweisen sich ihre Visionen als äußerst nützlich, wenn man sie denn nur genau hinterfragt.

Die zweite tragende Figur des Buches ist Falk, den man einen Wissenschaftler nennen müsste, wenn die mehr oder weniger spätmittelalterliche Welt auf den weit voneinander entfernten Inseln diesen Begriff bereits entwickelt hätte. Falk ist ein wunderbar unbekümmerter Charakter, getrieben von einer unstillbaren Neugierde, insofern verwandt mit einem gewissen Herrn Zweiblum – zumal auch seine durchaus ernstgemeinten Erklärungen der Weltphänomene mitunter ähnlich weit daneben liegen. Allerdings entwickelt Falk Stück für Stück eine tatsächlich wissenschaftlich untermauerte Weltsicht, indem er widerlegten Theorien keine Sekunde länger anhängt, sondern sie achselzuckend beiseitelegt und neue stimmigere entwirft (nicht ohne einen Heidenspaß bei dieser Gedankenarbeit zu haben). So gelingt es ihm, von einer der Inseln zur nächsten zu reisen – und so Inselbewohner zu treffen, die mit schöner Regelmäßigkeit vom Irrtum geheilt werden, ganz allein in der schier unendlichen Wasserwüste zu sein.

Der Steuermann Rantor schließlich ist der dritte Hauptcharakter des Romans und stellt die Erdung der beiden Extreme – Wissenschaft und Esoterik – dar, indem er beides zusammenbringt und etwas Brauchbares daraus entstehen lässt; auch wenn er mehr als einmal nur wenig davon entfernt ist, sowohl Elyse als auch Falk als von verschiedenen Formen derselben Geisteskrankheit befallene Kranke anzusehen. Achselzuckend und zupackend setzt er die Folgerungen der beiden in die Tat um, und so erst wird diese erstaunliche Queste möglich. Die Reise der drei nämlich findet nicht auf einem Planeten, sondern auf der wasserbedeckten Innenseite eines kugelförmigen Raumschiffes statt. Und als nach mancherlei Abenteuern die drei einem Avatar des Steuergehirns dieses Schiffes gegenüberstehen, hat nicht nur eine der kurzweiligsten Questen der jüngeren SF-Literatur ihr – vorläufiges – Ende gefunden. Der Leser hat neben einigem Spaß auch mitbekommen, wie man seinen Horizont im wahrsten Sinne des Wortes erweitern kann, indem man einfach nachdenkt. John Gribbin feiert in seinem kleinen Roman den denkenden Menschen auf eine wirklich überraschende und vor allem überzeugende Weise.

Wenn man sich überlegt, was für eine dickleibige Trilogie all die Cherryhs und Brins aus diesem Stoff gemacht hätten, oder wie viele Fortsetzungen man anhängen könnte ... Glücklicherweise ist kaum zu befürchten, dass John Gribbin in denselben Fehler verfällt. Der Mann ist ganz offensichtlich an Geschwafel nicht interessiert. Deswegen sei »Das Schiff der Visionen« allen aufs wärmste ans Herz gelegt, die auf creative-writing-Gelaber zugunsten einer guten Geschichte gern verzichten wollen. Übrigens auch prima geeignet als Gabe an Menschen, die ansonsten mit SF nix am Hut haben.

Joe Haldeman

Der ewige Krieg

(*The Forever War*, ungekürzte und überarbeitete Fassung von 1999)
Jubiläums-Edition 40 Jahre Heyne SF (06/8206),
München: Heyne Verlag, 2000
Mit einem Vorwort von Ben Bova.
Deutsch von Birgit Reß-Bohusch
330 Seiten, DM 16,–

von Wolfgang Neuhaus

Joe Haldemans erster SF-Roman »Der ewige Krieg« ist eines der populärsten Genre-Werke aus den siebziger Jahren. 1975 als Zusammenfassung einiger Novellen erschienen, wurde das Buch mit wichtigen Preisen wie Hugo, Nebula und Ditmar Award ausgezeichnet. Es hat sich zu einem ausgesprochenen longtime seller entwickelt, und das, obwohl es ursprünglich achtzehn Verlage aufgrund seiner Kriegsthematik als unverkäuflich abgelehnt hatten. Eine Comic-Version erschien vor einigen Jahren, und eine Verfilmung ist immer mal wieder geplant. »Der ewige Krieg« ist bis heute Haldemans erfolgreichstes Werk geblieben, auch wenn er selbst seine »Worlds«-Trilogie als literarisch gelungenere Arbeit einstuft.

Eine persönliche Bemerkung vorab: Als das Buch Ende der siebziger Jahre auf Deutsch erschien, war seine Lektüre die Initialzündung, mich mit SF zu beschäftigen. Ich kenne kein anderes Buch, das die Faszination kosmischer Weiten und das Spiel mit relativistischen Zeiteffekten besser in Szene gesetzt hat. Wie Haldeman in einem Interview gesagt hat, wird es in amerikanischen SF-Kursen gerne zur Analyse benutzt. Das Buch hat das gewisse »Etwas«, das einen die schöpferischen Möglichkeiten der SF ahnen lässt.

Zum Inhalt: Während die außerirdischen Taurier und die Menschen sich vom ersten Moment ihrer Kontaktaufnahme im Jahr 1997 an im Kriegszustand befinden, werden junge Hochschulabsolventen beiderlei Geschlechts in das Kriegsgeschehen hineingezogen. Ihre Überlebenschancen in den interstellaren Kämpfen sind minimal. Überleben sie die Angriffe, sind aufgrund der Zeitdilatation mitunter Jahrhunderte auf der Erde vergangen, sodass sie den Bezug zu ihrer Kultur verlieren, was den Eindruck der Sinnlosigkeit des Krieges noch erhöht. William Mandella und Marygay Potter sind zwei dieser Soldaten, die von Anfang an in diesem Krieg dabei sind. Sie werden ein Paar. Einige werden es vielleicht kitschig finden, weil Haldeman seinen Helden ein Happy End gönnt, aber der Weg dahin ist einmalig. Dass die Geliebte sich mit einem ausgemusterten Militärraumschiff auf eine Art Zeitreise begibt, um auf die Rückkehr Mandellas von einem weit entfernten Sternentor zu warten, ist der Höhepunkt einer der schönsten Liebesgeschichten in der gesamten SF.

Das Buch ist aus der Ich-Perspektive des Soldaten Mandella erzählt. Bisweilen ist sein Stil sehr lakonisch, aber seine Ironisierungen passen nichtsdestotrotz zu der ernsten Thematik. Möglicherweise hat dieser Stil mit dazu beigetragen, dass der Vorwurf aufkam, Haldemans Buch sei wegen seiner detaillierten Schilderung der grausamen Kämpfe gewaltverherrlichend. Haldeman ist selbst Veteran des Vietnamkrieges, er hat den Kriegsirrsinn aus nächster Nähe miterlebt und eine schwere Verwundung davongetragen. Die Details, mit denen die Kämpfe, die Verletzungen, der Militäralltag dargestellt werden, machen seine Vertrautheit mit der Materie deutlich spürbar. Haldeman nutzt die SF als Vehikel, um seine militärischen Erfahrungen zu verarbeiten, und gibt dadurch seinem Roman die entscheidende »Mehr-Bedeutung«, die ihn zu einem intensiven Leseerlebnis macht. Das Buch ist eine Anklage des Krieges, der ganzen Militärlogik im Unterschied zu Robert A. Heinleins berüchtigtem Soldatenepos »Starship Troopers« von 1959 beispielsweise, als dessen Anti-These es schon dargestellt wurde.

Haldeman hat eine Ausbildung als Astronom und Physiker und lässt sachkundige Informationen in den Text einfließen, die aber genügend Spielraum für Phantasien bieten. Seine Bilder und Szenerien wirken kompakt, plausibel, ohne wissenschaftlich überladen zu sein. Die Technik des »Kollapsar-Sprunges« (S. 71), um die großen Entfernungen zwischen den Sternen zurückzulegen, die dafür nötige Unterbringung der Körper in »Beschleunigungschalen« (S. 118), die Auswirkungen der Zeitdilatation auf das kosmische Kampfgeschehen (S. 120), die medizinischen Regenerationstechniken (S. 213 f.), der »Hologramm-Block« (S. 282), selbst der archaisch anmutende Kampf im »Stasis-Feld« (S. 309 f.) sind wissenschaftlich anregende Fiktion im besten und anschaulichsten Sinne. Der Weltraumkrieg hat bei Haldeman seine notwendige Modernisierung erfahren. Dass die Raumschiffe in abstrakt bleibenden Gefechten von logistischen Computern gesteuert und von automatischen Waffen angegriffen werden, nimmt dem Ganzen schon den Heroismus der traditionellen »space opera«-Schlacht. Daneben hat Haldeman aber auch einen Blick für die soziokulturellen Prozesse. Die Soldaten bekommen infolge der Zeitsprünge, des Auseinanderfallens von subjektivem Zeiterleben an Bord und objektivem Zeitverlauf über Jahrhunderte, immer nur Momentaufnahmen mit von den großen kulturellen Veränderungen im Hintergrund: wie die allgemeinen sexuellen Präferenzen sich ändern, wie die Rassen sich immer mehr mischen und – mit ironischem Augenzwinkern geschildert – ein männlicher und weiblicher Klon als eine Art »Einheitsmensch« die Menschheit in den Friedensverhandlungen repräsentieren.

Die jetzt auf Deutsch erschienene Fassung unterscheidet sich von der als Band 2 der Heyne Bibliothek der SF 1983 publizierten Ausgabe. Im zweiten Teil »Feldwebel Mandella« sind in der neuen Fassung die satirisch angehauchten Erlebnisse in der Genfer Stadtpyramide und die Kommentare zur Weltlage durch Mandellas Bruder Mike weggefallen. Stattdessen sind jetzt nach der Rückkehr von Mandella und Potter auf die Erde eine Reise per Zeppelin nach London und ein Aufenthalt in einer Landkommune eingebaut worden, in der Potters Eltern leben und in der auch die beiden eine Zukunft für sich sehen (S. 154–194). In einer mechanisch wirkenden Actionsequenz werden die Eltern jedoch von herumstreunenden Kriminellenbanden getötet, sodass auch diese Perspektive zerstört wird. Es sind düstere Schilderungen einer zerfallenden und bedrohlichen Welt, in der das Paar nicht heimisch werden kann. Darauf mündet die Handlung wieder in den Tod seiner Mutter und – als Schlusspunkt dieses Teils – in ihren vergeblichen Versuch, auf dem Mond als Ausbilder stationiert zu werden. Ben Bova meint in seinem älteren Vorwort (zuerst zu einer Romanausgabe von 1988), dass er als Herausgeber des »Analog«-Magazins, in dem »Der ewige Krieg« als Serie von Geschichten vorher erschien, Haldeman in diesem Fall zu einer Änderung bewegte (S. 11), worauf dieser Szenen entwickelt hätte, die für die Gesamtgeschichte stimmiger sind. Anstelle alles holzschnittartig »mit Verzweiflung zu überladen«, hätte er auf feingeschliffenere Ironie zurückgegriffen. Haldeman dagegen scheint in seinem aktuelleren Vorwort dankbar dafür zu sein, dass endlich die ursprüngliche, wiederhergestellte Fassung gedruckt wird; er hätte statt des auf Ablehnung gestoßenen Teils eine »positivere Story« (S. 18) geschrieben und versäumt, bei späteren Buchausgaben auf die Wiederherstellung zu drängen. Ich neige aber zu Bovas Ansicht, dass die damals neu eingefügten Passagen besser sind. So »positiv« sind sie auch gar nicht: sie schildern die Medienmanipulation von Mandellas Aussagen als »Kriegsheld«, die Versorgung der Bevölkerung mit Drogen zur allgemeinen Beruhigung und – ähnlich wie in den originären Textstellen – das Problem der gigantischen Massenarbeitslosigkeit, bei der die Veteranen gegen die Interessen des Militärs keine offiziellen Jobs bekommen können (HBSF Bd. 2, S. 137–160). Während der Bruder Mike in der neuen Version bis auf eine kurze Erwähnung unter den Tisch fällt, ist es seine Rolle in der bisherigen Ausgabe, Mandella über den Zustand der Welt aufzuklären.

Nicht verändern wollte Haldeman allerdings die Jahreszahlen. Im Original beginnt die Handlung im Jahre 1997, was schon zum Zeitpunkt der Entstehung des Romans nicht sehr weit in die Zukunft gelagert war. Haldemans Intention war, glaubhaft schildern zu können, dass noch Vietnam-Veteranen in diesen Krieg verstrickt werden. Die deutsche Redaktion hat jetzt 300 Jahre draufgeschlagen. Was die Möglichkeiten interstellarer Raumfahrt angeht, ist dieser Zeitrahmen sicher akzeptabel. Leider funktioniert dann aber eine Anspielung auf John Wayne nicht mehr (S. 235), und auch Mandellas Schilderung seiner Hippie-Herkunft und seiner misslungenen Namensgebung (S. 319) verliert etwas von ihrem Charme, wenn die Zeiträume so weit aufgespannt werden. Am Ende des Buches landen Mandella und Potter schließlich in einer planetarischen Alternativkommune, was durchaus zum utopischen Horizont der Siebziger gehörte.

Joe Haldeman

Der ewige Friede

Roman
Aus dem Amerikanischen von Birgit-Ress-Bohusch
Im Anhang ein Gespräch mit dem Autor,
von Usch Kiausch
München: Heyne Verlag, 2000
447 Seiten, DM 16,90

von Karsten Kruschel

Dieses Buch ist keine, wiederhole, keine Fortsetzung von »Der ewige Krieg«, jenem berühmtem, wenn auch viel zu wenig gelesenen klassischen SF-Roman (dessen Text man jedem Militär so lange vorlesen sollte, bis er ihn begriffen hat. Auch wenn das eine Sisyphusaufgabe ist).

Jedenfalls ist dieses Buch eine Fortsetzung nicht in dem Sinne, in dem in diesem Genre Fortsetzungen normalerweise begriffen werden – wenn nämlich dieselbe Idee nochmals durchgekaut, dieselbe Szenerie ein weiteres Mal benutzt oder dieselbe Figur durch ein, nun ja, mehr oder weniger neues Abenteuer gehetzt wird. Nichts da also von jener billigen Abzocke der üblichen Fortsetzungen, die nichts weiter tun als dem Publikum das einmal Erfolgreiche, leicht verwandelt, ein weiteres Mal zu verkaufen.

Versteht man die Fortsetzung aber in einem höheren Sinne als Weiter-Entwicklung, als Evolution eines Stoffes, ja, dann mag »Der ewige Friede« eine Fortsetzung jenes berühmten Buches von Joe Haldeman sein. Eine Fortsetzung von gedanklichen Strukturen, von Ideen, von Denken; nicht eine von Figuren,

Szenerien, Handlung. Damit ist so viel klar: Joe Haldeman erwartet für dieses Buch einen denkenden Leser. Die anderen sind ihm schnuppe, denn sie verstehen ihn sowieso nicht.

Der Roman ist zunächst eine packende Geschichte, vollgestopft mit dem, was man sich action zu nennen angewöhnt hat: Ein High-Tech-Krieg tobt, in dem die USA gegen allerlei aufrührerische Bewegungen überall auf der Welt kämpfen. Der Weltpolizist in seiner Lieblingsrolle eben, und Joe Haldeman reibt seinen Landsleuten ihre uferlose Arroganz genüsslich in sämtliche Körperöffnungen, indem er sehr unaufdringlich, aber umso überzeugender darlegt, wieso das ganze militärische Engagement von vornherein zum Scheitern verurteilt ist (fragt sich nur, warum die Haudraufstrategen des Pentagons nicht selbst auf so einleuchtende Szenarien verfallen, sollten die Think Tanks denn wirklich so dämlich sein? Oder sind es eher die Politiker ...).

Die Militärmaschinerie schlägt mit voller Wucht zu und erzeugt auf diese Weise genau jenen Widerstand, den zu bekämpfen sie vorgibt – Dien Bien Phu, Revisited. Dass kurz nach dem Niederschreiben dieser Zeilen sich das World Trade Center nach einer Begegnung mit den Produkten der Firma Boeing in das größte Loch New Yorks verwandelte, ändert leider so rein gar nichts an dieser Einschätzung: Aktion, Reaktion, folgende Aktion. Etcetera.

Mitten in dieses schier endlose Vietnam-Nicaragua-Irak-Szenario in Haldemans Roman platzt der schier endlose Überdruss der Operatoren. Die nämlich sind es, die die unbesiegbaren Killermaschinen der technisch überlegenen Supermacht steuern, indem sie ihre Gehirne unmittelbar mit den Soldierboys genannten Kampfeinheiten vernetzen – und damit auch untereinander. Diese (derzeit gerade noch so imaginäre) Technik, Gehirne unmittelbar anzuzapfen, hat natürlich unverzüglich alle Chimären hervorgebracht, die Lem vor einigen Jahrzehnten imaginierte, als er sich über die Phantomatik Gedanken machte. Für die Militärs sind die Jacks – die Anschlüsse direkt ins Gehirn – ein gefundenes Fressen. Es entstehen nahezu unbesiegbare Kampfeinheiten, die nicht nur aus den sichtbaren stählernen Maschinen bestehen, sondern vor allem aus der addierten beziehungsweise multiplizierten Intelligenz der Menschen, die sie steuern. Das macht sie einerseits ungeheuer effektiv, andererseits aber auch sehr sensibel. Denn ein sadistisches Mistvieh kann die ganze Gruppe mit seinen aggressiven Tendenzen infiltrieren und zu Berserkern machen. Ganz so wie im wirklichen Leben also, nur auf die Spitze getrieben.

Haldemans Buch aber hebt auf den genau gegenteiligen Effekt ab. Gesetzt den Fall, die Gehirne von Menschen ließen sich auf die angedeutete Weise verbinden, und gesetzt weiterhin, die Verbindung bliebe über jene Zeitspanne hinaus bestehen, die die Militärs für gut befunden haben: Was passiert mit jemandem, der anderer Leute Gedanken nicht nur liest, sondern mitdenkt? Was geschieht mit einem homo sapiens, der die Ideen und Gefühle seiner Mitgeschöpfe hundertprozentig zu teilen in der Lage ist? Der die innere Welt eines anderen Menschenwesens zu hundert Prozent erfahren könnte? Kann so jemand noch jemanden umbringen?

Joe Haldeman ist – so unwahrscheinlich das klingen mag – ein inniger Menschenfreund. Er kommt zu dem Schluss, dass ein so im wahrsten Sinn des Wortes mitfühlend gewordener Mensch zur weiteren Gewaltanwendung gegen seinesgleichen unfähig werden müsse. Als Ergebnis einer solchen Verschaltung steht den darob entsetzten Militärs ein absolut friedfertiges, zutiefst pazifistisches, zu jedweder Schandtat unfähiges intelligentes Wesen gegenüber.

Aus genau diesem Grunde reglementieren die Militärs genau, wer und vor allem wie lange jemand ins Gruppenbewusstsein eintauchen darf, und aus demselben Grund wird die erste Testgruppe, der die beschriebene wundersame Befriedung zuteil geworden ist, geheim und abgeschieden gehalten. Die Existenz der neuen menschlichen Unterart – homo sapiens pacificans – muss unbedingt im Verborgenen gehalten werden.

Natürlich bleibt es nicht dabei. Der Rest des Romans ließe sich als die übliche action abtun, mit militärischen und paramilitärischen Abenteuern, gewagten Manövern und jedem technischen Gimmick, zu dem die Soldierboys fähig sind. Aber Joe Haldeman ist nicht irgendein beliebiger Schreiberling. Er ist ein Profi und darüber hinaus ein, es mag in diesem Zusammenhang verquer klingen, Romantiker. So ist die ganze Geschichte auch eine Liebesgeschichte, die sehr bald shakespearesche Tragik entwickelt, obwohl das Paar überlebt. Fragt sich nur, wie. Soll hier nicht verraten werden – es ist die rührendste Liebesgeschichte der SF seit, sagen wir, jenem denkwürdigen Marsch über das Eis des Winterplaneten in »The Left Hand of Darkness«.

Haldemans Roman ist eine beachtliche Leistung an Imagination und schriftstellerischer Kraft, verbindet er doch knallharte action mit den Lieblingsideen verträumter Utopie. Am Ende übernimmt, wie kann es anders sein, der homo sapiens pacificans die ganze Welt, und die wenigen übriggebliebenen, nicht vernetzbaren Exemplare der alten (also der unseren) Gattung werden sorgsam aufbewahrt. Zum einen: Man kann ihnen nun wirklich nichts antun, weil man dazu einfach unfähig ist. Zum anderen: Sie stellen so etwas wie die Affen im Zoo dar. Eine überwundene Spezies. Jemanden wie unseresgleichen, der imstande ist, seine Artgenossen aus schnöder Geldgier oder religiöser Verblendung ins Jenseits zu befördern, kann man eigentlich nur wegsperren.

Daniel Kehlmann

Mahlers Zeit

Roman
Frankfurt/M: Suhrkamp Verlag, 1999
160 Seiten, DM 29,80

von Karsten Kruschel

Das Phänomen der Zeit hat in der SF-Literatur zu einer ganzen Reihe von romanförmigen Phänomenen geführt, die zum Teil noch viel seltsamer sind als das Thema selbst. Die sogenannte richtige Literatur hat sich merkwürdigerweise aus diesem Themenkreis fast völlig herausgehalten, sieht man einmal von solch genialischen Einzelstücken wie Virginia Woolfs »Orlando« ab.

Ein junger deutscher Autor hat es nun gewagt, sich des Themas von der wissenschaftlichen Seite her zu nähern, und allein dass der dabei entstandene Text bei Suhrkamp erscheint, hat verhindert, dass »Mahlers Zeit« als SF-Roman unters Volk gebracht wurde. Schließlich existiert das Genre in diesem edlen Haus nach wie vor nicht, macht man doch Literatur. Und das eine schließt das andere aus (bzw. beamt das Genre flugs ins Taschenbuch, wo auch Kehlmanns Roman verdächtig schnell wiederaufgelegt wurde).

Von vernagelten Köpfen handelt auch Daniel Kehlmanns Buch. Beziehungsweise von dem einen, der wie durch eine Fügung des Schicksals, unerklärlich, plötzlich nicht mehr vernagelt ist. David Mahler ist ein junger Wissenschaftler, Physiker der sehr theoretischen Art und geschlagen mit einer seltenen mentalen Fehlfunktion, denn er verrechnet sich niemals, ganz gleich, ob es um Treppenstufen oder verzwickteste Theoreme geht. Dem kommt eines nachts wie aus heiterem Himmel die Lösung der Welträtsel in den unfehlbar rechnenden Sinn. Die Zeit nämlich, beweist er mit hingekritzelten Formeln, fließt nicht automatisch von der Zukunft in die Vergangenheit. Eingeschlossen in diese Erkenntnis ist die Tatsache der Manipulierbarkeit der Zeit. Das Gedankengebäude, hingekritzelt auf ein paar Blatt Papier, verändert Mahlers Leben vollständig.

Und zwar nicht auf die vorhersehbare Weise von Ruhm, wissenschaftlichen Ehrungen und abgedrehten Autogrammjägern – stattdessen wird David Mahlers Leben vom Augenblick der genialischen Eingebung an vom bedrohten Kontinuum selbst zu Staub zerrieben. Natürlich nicht auf jene letztlich lächerliche Art, in der Paramounts Drehbuchautoren ihren Q-Kontinuum-Einfall zu Tode wursteln, sondern wirklich bedrohlich und grauslich. Nach einigen – in ihrer Banalität umso erschreckender wirkenden – Zwischenfällen, die Mahler nur langsam in Beziehung zu seinem ganzen irgendwie verkorksten Leben setzt, kommt ihm der Gedanke, dass manche Dinge eben einfach nicht entdeckt werden wollen/sollen, und der Unterschied wird immer weniger wichtig. Vielleicht, so Mahler, gibt es sogar Wächter, die das gewohnte Gefüge der Dinge vor solchenden Geistern wie ihm behüten.

Es ist dies nicht so sehr die Geschichte von dem Einäugigen unter den Blinden, sondern eher die von dem plötzlich sehend

Gewordenen, der in einer Welt leben muss, die aus Gründen, die wir nicht verstehen können, unbedingt blind bleiben muss. Ein Hauch Lovecraft und ein bisschen Kafka, und ein recht deftiger, wenn auch kaum greifbarer Horror spült Daniel Kehlmanns Helden alsbald ins Nirwana. Im Grunde genommen ist »Mahlers Zeit« um einiges gruseliger als die schleimtriefenden Ungeheuer in irgendwelchen Brunnen ...

Ursula K. Le Guin

Das Vermächtnis von Erdsee

(Tales from Earthsea)

Erzählungen
Aus dem amerikanischen Englisch von Barbara Kleiner
München: Wilhelm Heyne Verlag, 2001 (06/9153)
384 Seiten, EUR 7,95

von Gundula Sell

Aus den einzelnen Fingern eine Faust machen, sie dann umdrehen und die offene Hand zeigen – an diesem unscheinbaren Zeichen erkennen sie sich, auf welcher der zahlreichen Insel der Archipel-Welt von Erdsee sie auch leben: Die Frauen von der Hand. Sie sind ein geheimes, loses Netzwerk, und es sind auch nicht nur Frauen. Sie heißen so, weil Frauen etwas Unwichtiges, Unbeachtetes in jener Zeit sind. Finstere Zustände herrschen in Erdsee, das ursprüngliche Königtum von Enlad ist zerbrochen, und machtgierige Abenteurer beherrschen und überfallen als Kriegsfürsten so viele der Inseln, wie sie nur können. Zauberer ohne Moral stehen in ihren Diensten.

Die Frauen von der Hand, die Gegenkraft im Verborgenen, schaffen eine gute, rettende Gemeinsamkeit, schließlich den Ort für eine von Gewalt nicht zerstörbare Magie: Die Zauberer-Schule von Rok.

Die amerikanische Fantasy- und Science-Fiction-Autorin Ursula Le Guin hat über die Fantasy-Welt Erdsee fünf Romane geschrieben, der jüngste ist noch nicht auf Deutsch erschienen. Nun wird eine Sammlung Erzählungen aus dieser Welt veröffentlicht. Auch sie beweist, dass die Autorin ihren in Amerika fast legendären Ruf zu Recht hat. Ohne die ungeschriebenen Gesetze des Genres zu verletzten, schafft sie überzeugende Charaktere und bringt sie in Konflikte, schwer wiegend wie in der Fantasy, widersprüchlich wie im realen Leben. Die Personen der Erzählungen gehen einem noch lange nach. Das liegt vielleicht auch daran, dass sich Le Guin, wie sie in Selbstauskünften mitteilt, intensiv mit den Archetypen C. G. Jungs beschäftigt hat, Figuren, die sozusagen aus dem kollektiven Unterbewusstsein immer wieder an die Oberfläche der Kunst und Literatur drängen, Figuren von archaischer, widersprüchlicher Kraft und Schönheit. Ihre Äußerlichkeiten lassen sich leicht beschreiben, um aber ihre – und damit unsere, der Menschen überhaupt ebenso wie jedes einzelnen Menschen – tief innen liegenden Widersprüche einige Stufen hinab zu verfolgen, braucht es gestalterische Kraft: Handwerk und Intuition. Le Guin besitzt beides.

Sie beschreibt eine Welt, die sich technisch nicht sehr weit entwickelt hat, weil Magie eine große Rolle spielt. Flotten von Segelschiffen und primitive Quecksilbergewinnung sind das Äußerste an Technik. Differenziert und weit entwickelt sind die Formen der Magie, von der ungebildeten Dorfhexe, die es gerade fertig bringt, jemandem seinen wahren Namen zu geben, bis zur komplizierten Hierarchie um den Erzmagier von Rok.

Aber diese Welt ist nicht statisch. Die historische Spanne umfasst Jahrhunderte einer klug erdachten Geschichte. Auch in Rok werden die Frauen verdrängt, aber immer wieder ist es weibliche Magie, selbst wenn Männer sie ausüben, die sich als nötig erweist. Oder einfach Menschentum, männlich oder weiblich, ganz ohne Hexerei. Ob es nun darum geht, die Welt zu retten oder nur eine verdorrte Seele zu öffnen.

Die eingangs beschriebenen Vorgänge sind Thema der ersten Erzählung, »Der Finder«, die dreihundert Jahre vor der Handlung der vier Romane spielt. Unter Anspielung auf alte Chroniken wird die Geschichte Otters, eines der Begründer der Schule von

Rok, erzählt, der sich aus einer Gefangenschaft befreien muss, die Liebe kennen lernt, die Solidarität einer Gemeinschaft, und der gemeinsam mit den Leuten auf Rok und den Frauen von der Hand Erdsee-weit ein Gegengewicht aus magischer Vernunft zu der Barbarei rundum schafft. Wie oft bei Le Guin halten sich Heldenepos und Psychologie die Waage. »Schattenrose und Diamant« ist eine Liebesgeschichte, verbunden mit der Suche des Helden nach seiner Bestimmung, geradezu ohne historische Zeit und Raum, aber mit sinnlicher Genauigkeit. »Die Gebeine der Erde« lässt einen Blick auf Ogion werfen, der später im Ersten der Romane Geds Lehrer wird. Und von Ogion aus einen Blick auf Dulse, dessen Lehrer, und Ard, dessen Lehrer ... Nein, Ard ist, wenn es auch den so männlich geprägten Magiern nicht passt, eine Frau. Aber nur mit ihrer Kraft, wenn auch sie selbst nicht mehr lebt, gelingt es Dulse und Ged, eine Katastrophe zu verhindern. Der chthonische Urgrund, der oft unter Le Guins Büchern liegt, kommt hier machtvoll zum Ausdruck. Auch »Im Hochmoor« hängt zeitlich mit den Romanen zusammen, denn Ged als Erzmagier von Rok taucht auf. Aber eigentlich ist es nicht er, der den in Stolz und Aggression verstrickten Zauberer Irioth vor sich selbst rettet, sondern eine ganz unmagische Frau auf einer abgelegenen Insel. Und einfache Arbeit, die gemacht werden muss, das Heilen des kranken Viehs. Die lange Erzählung »Schwebender Drache« (die auf Deutsch auch als »Drachenkind« veröffentlicht ist) schlägt auch den hohen Ton an, aber zugleich liegt eine leise Ironie zwischen den Zeilen. Die junge Frau Irian dringt in die Männerdomäne der Schule von Rok ein, aber die Unruhe, die ihr Auftauchen auslöst, erreicht einen noch höheren Grad, als sie ihre wahre Gestalt zeigt. Zeitlich bildet diese Erzählung »eine Drachenbrücke«, wie die Autorin schreibt, zum fünften Erdsee-Roman.

Auch wenn es sich aus diesen kurzen Wiedergaben nicht unbedingt folgern lässt: Le Guin erzählt ihre Geschichten nicht auf eine Moral oder eine Pointe hin, sondern immer auf ein literarisches Bild, voll widersprüchlichen und doch klaren Sinns. Selbst wenn sie für oder gegen scheinbar abstrakte Prinzipien argumentiert, tut sie das nie in Begriffen, sondern in eindrücklichen, farbigen Bildern und Geschichten. Ihre Sprache ist einfach und sinnlich, sie altertümelt nicht mehr, als sie unbedingt muss. Sie hat es nicht nötig, eine künstliche historische Patina zu erzeugen, wie es oft in Fantasy vorkommt. Denn ihre Werke, handele es sich nun um SF, Fantasy oder pseudohistorische Bücher, sind Geschichten zwischen Menschen, die trotz ihrem mythischen Format uns Heutigen, Hiesigen ganz nahe sind. Das ist auch in der Übersetzung treulich zu spüren.

Das ist ein Buch nicht nur für die vorhandenen Anhänger ihrer Art zu erzählen, sondern um der Autorin neue Freunde zu gewinnen. Für Systematiker beschreibt die Autorin am Ende Natur und Kultur von Erdsee, für die Begeisterten zu Beginn, wie die Romane und auch die Geschichten entstanden: Sie tauchten einfach und allmählich in ihr auf. So wie die Inseln von Erdsee am Anfang der Zeiten von Segoy aus dem Meer gehoben und alle Dinge erschaffen wurden, indem er, vielleicht eine der Urmächte, ihnen in der Sprache des Erschaffens ihre Namen gab.

Ursula K. Le Guin

Die Erzähler

(The Telling)

Roman, aus dem Amerikanischen von Biggy Winter
München: Wilhelm Heyne Verlag, 2001
237 Seiten, DM 15,55

von Karsten Kruschel

Dies ist seit vielen Jahren der erste neue Roman aus dem Hainish-Zyklus, jenem merkwürdig vertrauten und fremden Universum aus weit im All verstreuten Welten, von dem uns Ursula K. Le Guin schon solche Perlen überliefert hat wie »Planet der Habenichtse«, »Die linke Hand der Dunkelheit« oder »Das Wort für Welt ist Wald«. Und um es vorwegzunehmen, »Die Erzähler« bewegt sich auf ebenjenem hohen erzählerischen und gedanklichen Niveau dieser Bücher. Jenem Niveau, das früher einmal den Gedanken aufkommen ließ, mit solchen Büchern könnte die SF-Literatur ihr kleines Ghetto endlich verlassen (und das Le Guin mit dem nahezu zeitgleich bei Heyne erschienenen Erzählungszyklus »Die Regenfrau« auf eine geradezu erstaunliche Weise verfehlt).

Der Kunstgriff, mit dem Le Guin die Handlung in Gang setzt, ist bekannt. Ein Abgesandter der Ökumene genannten Hainish-Kultur besichtigt (kontrolliert?) eine fremde Welt. Er soll sich nicht einmischen, tut es aber natürlich dennoch und wird so tief hineingezogen in die fremden Konflikte, dass er am Ende Mühe hat, den Seinen gegenüber klarzumachen, wie viel er bei der ganzen Sache gelernt hat. So ist es in »Die linke Hand der Dunkelheit«, und so läuft es auch in »Die Erzähler«. Allerdings spitzt die Autorin die Konflikte diesmal auf eine sehr intensive Art zu – und da es sich um kaum verwandelte Probleme unserer eigenen kleinen Welt handelt, nimmt es umso mehr wunder, mit welcher Leichtigkeit und Souveränität sie hier verhandelt werden. Nun ist es in den Büchern der Le Guin schon immer um die Gegenwart gegangen (wie in jeder guten SF), aber die spielerische, unaufgeregte und gelassene Machart dieses Buches lässt den Leser schon an so etwas wie Altersweisheit teilhaben.

Die Hauptperson ist diesmal Sutty, eine Frau, die es geschafft hat, aus der von inneren Konflikten religiöser und nationalistischer Färbung zerrissenen Erde in die so überaus geordnete Geborgenheit der Hainish zu entkommen. Sutty ist im Auftrag der Ökumene auf dem Planeten Aka und fühlt sich dort aus vielerlei Gründen sehr allein. Zum einen ist sie als lesbische Frau in einer stramm auf hetero getrimmten Welt ohnehin eine Exotin; und zum anderen ist obendrein ihre Ausbildung als Historikerin und Linguistin merkwürdig fehl am Platz. Auf Aka nämlich herrscht der Körperschaftsstaat, ein wild zum Fortschritt um jeden Preis entschlossenes Herrschaftssystem. Es gibt keine Geschichte mehr, denn man hat all ihre Spuren ausradiert, sodass Suttys historische Nachforschungen einfach keinen Gegenstand mehr haben.

Und es gibt auf Aka nur noch eine einzige, völlig einheitliche und ziemlich langweilige Sprache. Früher einmal, findet die Linguistin Sutty heraus, existierten weitere Sprachen, in denen es ganze Universen von Literatur gegeben haben muss, wenn auch nur in mündlichen Überlieferungen. All das ist restlos verschwunden, hinweggefegt in einem planetenweiten Kampf gegen alte Religionen, die nur den Fortschritt der Körperschaft behindern (es gibt nicht mal mehr einen Begriff für »Religion«). Opium fürs Volk, das ist Religion, hat anno dazumal Herr Lenin beschlossen, und so klingen die Sprüche der akanischen Behörden schon ein bisschen nach Kreml und Kulturrevolution. Andererseits erinnern die permanenten Beschwörungen des Fortschritts und der dazu nötigen Technologie und des ach so segensreichen Fortschritts irgendwie auch an die Gebetsmühlen von sehr lebendigen Regierungsformen in Berlinbonn oder Washington, D. C., die stracks aus dem Takt geraten, wenn die Wirtschaft mal nicht weiter wachsen will.

Wie schon in »Planet der Habenichtse« ist es auch in »Die Erzähler« unmöglich, den Text als Attacke gegen den Kapitalismus zu interpretieren (auch wenn genau das getan wurde, um die Übersetzung von »The Dispossessed« damals in der DDR drucken zu dürfen), und auch als Pamphlet gegen die totalitären Gewohnheiten sich kommunistisch nennender Staatsgebilde ist das Buch völlig unbrauchbar. Das genau ist die Kunst der Le Guin: Sehr komplexe Probleme in griffige, überzeugende Strukturen zu übersetzen, in sehr lebendige Charaktere, in eine spannende, wenn auch gemächlich dahinschreitende Handlung. Ein bisschen Kafka weht durch den Roman, wenn Sutty versucht, in der komplett gleichgeschalteten, eben körperschaftlichen Hauptstadt Akas die Erlaubnis zu erlangen, in ländlichere, rückständigere Gegenden reisen zu dürfen, wo sich vielleicht noch Reste der im Fortschrittswahn flachgetretenen alten Hochkultur finden. Und siehe da: Aus rätselhaften Motiven heraus lässt man sie tatsächlich ziehen, wenn auch nicht ohne argwöhnischen Schatten. Politik eben: Man tut, wenn auch aus den komplett falschen Gründen, manchmal doch die richtigen Dinge.

Dort in der tiefsten Provinz stellt Sutty fest, dass unter der Tünche des totalitären Staates tatsächlich noch Reste der alten Kultur lebendig geblieben sind, und je länger sie sich mit den Erzählern beschäftigt, desto faszinierter wird sie. Die erzählten

Geschichten nämlich sind nicht konsistent, sondern fließend; jedes Erzählen verändert sie, gibt ihnen neue Nuancen. Zahllose Varianten, unendliche Abzweigungen, immer wieder neue und dennoch alte Geschichten: Fast ist es so, als würde Le Guin die Quintessenz der Märchenforschung in einen Roman kleiden, jene wundersamen Verbindungen, die man von Grimmschen Märchen zu persischen Märchen ziehen kann und von da in die Sagenwelt Südostasiens. Und so weiter. Da Ursula Le Guin als in ethnologischer Hinsicht bewandert gelten darf, sind solche Interpretationen sicherlich alles andere als falsch; umso höher ist es zu bewerten, dass dies alles nur den nicht explizit ausgesprochenen Unterbau einer spannenden Geschichte bildet. Keine Referate, keine Kommentare.

Stattdessen sucht Sutty nach jenem geheimnisumwitterten Ort in den schier himmelstürmenden Bergen jener abgelegenen Provinz, an dem all die Geschichten in all ihren Facetten aufbewahrt, also wieder und immer wieder anders erzählt werden – verfolgt und getäuscht und beargwöhnt von dem Aufpasser, den ihr Akas Zentralgewalt einzig deswegen hinterhergeschickt hat, weil man jenen Ort der ewigen Renitenz ausfindig machen möchte. Der gewöhnliche SF-Autor würde nun mit einer dramatischen Schlacht um die gigantische Hochgebirgsbibliothek fortfahren, dem darauffolgenden Aufstand und dem Sturz des Regimes der akanischen Körperschaft. Kaum der Rede wert zu erwähnen, dass die Le Guin alles anders macht: Statt eines Kampfes gibt es eine Kette von Missgeschicken und blöden Aktionen, die kaum weniger verheerend sind, und auch der Aufstand findet natürlich nicht statt. Am Ende eines Romans, der zum zweiten Lesen geradezu auffordert, stehen überraschende Einsichten und noch viel überraschendere Koalitionen, mal ganz abgesehen, dass der Tod ihres ärgsten Feindes den Leser am Ende ebenso erschüttert wie Suttys Seele, alles eingebettet in jene grandiosen Landschaftsbilder, die Ursula Le Guin hinbekommt wie kaum jemand anders.

Zwar ist Sutty am Ende nicht glücklich, aber die Ökumene kann mit dem Ergebnis ihres Einsatzes leben. Sogar die Akaner können es. Der seelenfressende Konflikt nämlich geht über in eine politische Lösung. Tut weh, ist sehr realistisch, und wer nach der Lektüre dieses Romans immer noch nicht versteht, warum gute SF immer von der Gegenwart handeln muss, dem ist fürderhin vom Lesen generell abzuraten. Kochbücher ausgenommen.

Stanisław Lem

Riskante Konzepte

Essays, aus dem Polnischen von Andreas Lawaty
Frankfurt am Main und Leipzig: Insel Verlag, 2001
152 Seiten, DM 36,00 (Euro 18,41)

von Karsten Kruschel

Der neuste Essay-Band Stanisław Lems erscheint im selben Jahr, in dem der Autor sein achtzigstes Lebensjahr vollendet. Und siehe da, diesmal präsentiert uns Lem kein Sammelsurium larmoyanter Wehklagen über die Nichtwahrnehmung des eigenen Werks und all der brillanten Lemschen Antizipationen in »Summa technologiae«, er zelebriert keine ermüdende Rückkopplungsrhetorik wie noch im jüngsten Band »Die Technologiefalle«. Stattdessen gibt es uns der alte Mann noch mal so richtig. Dass Stanisław Lem schon seit einer ganzen Weile den sogenannten Fortschritt ziemlich beschissen findet, war ja klar. Doch tut er diesmal mehr, als uns diese seine pessimistische Weltsicht einfach nur um die Ohren zu schlagen. Er liefert den einen oder anderen Beweis – nun, nennen wir es besser Argument – für seine These, dass es mit der Menschheit rapid bergab geht.

Natürlich wimmelt es wieder von Verweisen darauf, dass ein gewisser polnischer Autor in dreißig oder mehr Jahre alten Büchern dies und jenes schon vorhergesagt hatte, was heute fröhlich durch die Niederungen einer halbwissenschaftlichen Boulevardpresse geistert. Viel amüsanter aber sind Lems Auslassungen darüber, dass die Explosion der Medienlandschaft, die Auffächerung in eine unglaubliche Vielzahl von Kommunikation, natürlicherweise auch zu einer Explosion der darin enthaltenen Dummheit führen musste. Hübsch legt er beispielsweise dar, wie im Grunde genommen völlig sinnlos jene Spezialwissenschaft ist, die sich mit hypothetischen kosmischen Zivilisationen befasst, oder warum es angesichts der unablässig von Menschen begangenen systematischen Schandtaten besser wäre, irgendwelche anderen vernunftbegabten Wesen im Universum erführen auf ewig nichts von unserer Existenz. Wendet er sich sodann den Versuchen zu, Intelligenz oder wenigstens Leben im All ausfindig zu machen, läuft der alte Zyniker zu Hochform auf. Man kann keine vernünftigen Schlussfolgerungen aus null Information ableiten, zitiert er genüsslich irgendeinen Wissenschaftler und lässt allerlei über diese Klinge springen, was dieses Verbrechen dennoch beging.

Die Kapitel dieses Bandes stehen nicht wie versprengte Klötzchen beziehungslos herum, sie bauen aufeinander auf, wenn auch ohne ersichtliches Konzept. Lem denkt darüber nach, warum eigentlich ihm der Fortschritt so zuwider ist. Und gelassen geht er daran, lauter heilige Kühe nicht einfach nur zu schlachten, sondern zu zerlegen und zu atomisieren.

Im Kapitel »Der Mensch im Weltall« referiert der studierte Mediziner, der Lem schließlich auch ist, über die unerquicklichen Folgen von Aufenthalten außerhalb der Erde; am Ende kommt es selbst dem Leser so vor, als seien all die Hirngeburten, den Kosmos betreffend, nichts als Fluchten vor dem, was hier unten existiert. Ganz ähnlich geht es dem Fabulieren über die Möglichkeiten künstlicher Intelligenz – Lem konstatiert in der ihm eigenen nüchternen Art, dass es eigentlich niemanden interessiert, ob irgendeine Maschine ein Bewusstsein besitzt, solange sie nur funktioniert (und nebenbei gesagt, trifft diese Aussagen auch auf Menschen zu). Das Gegrantel Lems trifft hernach die Robotik, die Möglichkeiten des menschlichen Bewusstseins, unser Verständnis der Evolution, und nicht zuletzt all das scheinwissenschaftliche Gebrabbel, das in Fernsehen und Illustrierten an die Stelle der wirklichen Wissenschaft getreten ist. Immer wieder gelingen Stanisław Lem dabei Formulierungen, für die man ihn herzen möchte (wie die von den »Kommunisten, die am historischen Materialismus erkrankten«). Nicht zuletzt zeigt Lem an einigen Beispielen, die er nun wirklich in keiner Weise antizipiert hat, dass alle Voraussage letzten Endes in gewisser Weise müßig bleibt. »Die Zukunft ist dunkel« ist denn auch das vorletzte Kapitel betitelt, in dem es anhand von Erfindungen und Entdeckungen um die scheinbar gesetzmäßige Tatsache geht, dass alle guten Gedanken eines Menschen flugs ins denkbar Schlechteste gedreht worden sind: »Grundsätzlich leiden die Menschen entweder an der kurzsichtigen oder an der weitsichtigen Dummheit.« (S. 148) Das Buch endet mit dem Kapitel »Logorhea«, einer irrwitzigen prognostischen Tour de force, seit langem das witzigste, was von Lem zu lesen war, und vermutlich kann man diesen bitteren Abgesang nur lustig finden, wenn man all die ernüchternden Philippiken vorher gelesen hat. Dann allerdings bleibt einem das Lachen denn doch im Halse stecken. Weit sind wir gekommen, sagt uns dieses Buch, sehr weit, aber es geht immer noch weiter bergab.

Florian F. Marzin

Grenzbebauung. Aufsätze zur phantastischen Literatur

Erster Deutscher Fantasy Club, Passau 2001
250 Seiten, DM 17,50

von Jacek Rzeszotnik

»Manchmal stehen literarische Gebäude in dichten Ansammlungen eng beieinander und sind fast nicht unterscheidbar. Gleichförmigkeit ist das Gebot des Massenmarktes, der mehr Gefallen an endlosen Reihenhaussiedlungen findet, als an einem wohlgestalteten Villenviertel (...) Weit entfernt davon findet man die Herrenhäuser und alten Schlösser der Literatur, deren Baumeister sich einen Dreck um den Bebauungsplan geschert und ihre Gebäude mit Erkern und Seitenflügeln, Außentreppen und Geheimgängen versehen haben (...) In diesen alten Schlössern, aber auch in den modernen Herrenhäusern findet man das, was Literatur einmal war und was zwar nicht unwiederbringlich vergangen, doch sehr selten geworden ist (...) Am Rande dieser durch Gleichförmigkeit auf der einen und Seltenheit auf der anderen Seite geprägten literarischen Landschaft findet man die Grenzbebauung. Literarische Gebäude, die auf der Grenze stehen und mit zumindest ein paar Räumen aus der Welt hinausragen. Man betritt sie durch die Vordertür, doch schon der Seitenflügel befindet sich in manchen Fällen ganz woanders. Ihre Treppenhäuser sind verschlungen, die Korridore finster und die Kellergewölbe niedrig. Vergeblich wird man die lichten Säle suchen, die Erleuchtung verheißen« (S. 7). Mit dieser architektonischen Metapher lädt Florian F. Marzin zu einem Besuch im Labyrinth des phantastischen Schrifttums ein, dessen Qualitäten es teilweise dem reinen Unterhaltungsbereich zuordnen und teilweise in die gehobenen Regionen der Literatur emporschweben lassen. Damit der Leser aber in den Irrgängen den Weg nicht verfehlt, sich nicht in den verwickelten und verwinkelten Fluren verläuft, will Marzin »ein paar literarische Brotkrumen« streuen, die wie der Ariadnefaden die Rückkehr in die Außenwelt ermöglichen sollen. Der Band enthält eine Auswahl von insgesamt vierzehn solcher Brotkrumen, die sich in den letzten 20 Jahren angesammelt haben. (Die einzelnen Aufsätze erschienen ursprünglich u. a. in Wolfgang Jeschkes *SF-Jahrbüchern,* Franz Rottensteiners *Quarber Merkur* und *Polaris,* in der SF-Zeitschrift *Science Fiction Times* sowie in Aufsatzsammlungen und als Begleitessays zu Romanenausgaben. Der Leser braucht aber nicht zu befürchten, dass ihm altes, nicht mehr aktuelles Zeug vorgesetzt wird. Die Beiträge wurden, wo es nötig war, für *Grenzbebauung* überarbeitet und auf den neuesten Stand gebracht.)

Der erste Teil der Essaysammlung nimmt die »Baupläne« der phantastischen Literatur in Augenschein und differenziert ihre Aspekte. So befasst sich der erste Aufsatz mit der Frage nach den verifizierbaren gattungsmäßigen Unterschieden zwischen Utopien, Voyages Imaginaires und Science Fiction, wobei Marzin hier seine Betrachtungsweise vornehmlich in die Bahnen der werkimmanenten Interpretation lenkt, da sich ein solcher Ansatz am besten dafür eigne, Trennungslinien zu ziehen. Daran anschließend widmet er sich im nächsten Beitrag konkret der Science Fiction, um deren Legitimationsprobleme anzusprechen, die Gründerväter der Gattung (H. G. Wells und Kurd Laßwitz) zu bestimmen, die Motivfelder abzustecken und die mit den gattungsbestimmenden Bemühungen verbundenen definitorischen Schwierigkeiten zu beheben. Selbstverständlich müssen seine Ausführungen als Postulate, als Reaktionen auf die Desiderate der Forschung auf diesem Gebiet betrachtet werden, da alle oben genannten Fragenkomplexe ob ihrer »Unspezifik« unterschiedliche Stellungnahmen generieren und jeder beliebige Ansatz das Problem neuen, ebenfalls relativen Lösungen zuführt. Ins Blickfeld der Untersuchung rücken außerdem »Weltentwürfe«, wo Marzin J. G. Ballards und John Brunners technologische und soziologische Zukunftsszenarien mit ihren Darstellungstotalen inspiziert, und ein interessanter und aufschlussreicher Überblick über »H. P. Lovecrafts theoretische Überlegungen zur phantastischen Literatur und ihre Interdependenz zum eigenen Werk«, aus dem das Zusammenspiel gattungsbestimmender Spekulationen des Schriftstellers zum Wesen der Horrorstory (Supernatural Horror und Cosmic Horror/Terror) und ihrer Umsetzung in Eigenleistung ersichtlich wird. Damit verlässt man auch den Teil »Baupläne« und wendet sich dem »Mauerwerk« zu, das den Blick darauf freigibt, wie »die Baumeister die Steine aufeinander geschichtet haben« (S. 7), um ihre literarischen Grenzhäuser zu errichten.

Zum erwähnten »Mauerwerk« der Grenzbebauung fügt Marzin einige »interessante« und doch so grundverschiedene Bausteine zusammen: So richtet er seinen Blick zunächst auf eines der grundlegendsten Probleme im Werk des amerikanischen SF-Autors Samuel R. Delanys und zwar das der Sprache und ihrer konstituierenden Funktion gegenüber der Wirklichkeit. Dem Leser rufen seine Ausführungen unweigerlich die sog. *Whorfian hypothesis* ins Gedächtnis zurück: »Languages shape our perception of reality.« Im Beitrag »Vielfältige Fragen, gefunden in den Werken Lems« wirft er ein paar Streiflichter auf das Schaffen des Polen, da es sich, wie er selbst zugibt, wegen seines Umfangs und thematischer Bandbreite kaum unter einen Hut bringen lasse. Daher konzentriert er sich wahlweise auf die Darstellung der

Charakteristika des satirischen Ion Tichy-Zyklus und des »realistischeren« und technikkritischen Pirx-Zyklus, des ontologische Fragen aufwerfenden, systemkritischen Romans *Memoiren gefunden in der Badewanne,* des epistemologischen »Experiments« *Solaris,* der den Geist des marxistischen Materialismus atmenden Romane wie *Die Astronauten* und *Gast im Weltraum* (im selben Abschnitt seiner Betrachtungen reflektiert Marzin exkursmäßig über das bemerkenswerte Fehlen der Sexualität und die untergeordnete Rolle der Frau in Lems Werk: diese Reflexionen sind in Wirklichkeit ein Großteil eines anderen Textes – »Stanisław Lem und die Frauen« –, der in den Aufsatz eingeschmolzen worden ist, wodurch allerdings eine thematische Dissonanz entstanden ist; es wäre vielleicht besser gewesen, diesem Problem ein separates Unterkapitel zu widmen), der ideologischen »Fast-Kontakt«-Romane wie *Eden, Der Unbesiegbare* oder *Die Stimme des Herrn.* Ganz andere Regionen der Literatur betritt Marzin in seiner »Reise durch die Werke von Stephen King« und hält auch sein Versprechen: Es ist in der Tat eine »geographische« Rundfahrt durch einige Texte des Meisters der Horrorliteratur, wobei die beiden einrahmenden Gegenpole die Abgeschiedenheit von Salems Lot/Maine *(Brennen muss Salem),* wo die Vampire ein heimliches Dasein führen, und der morbide Prunk von Boulder/Colorado *(The Stand),* wo das übernatürliche Böse seine Macht im gleißenden Rampenlicht aufbaut. Eine andere literarische Reise veranstalteten Marzins »Betrachtungen zum Werk von Arkadi und Boris Strugatzki«, die man als Versuch deuten kann, dem deutschen Lesepublikum einerseits das Schaffen dieses wichtigsten sowjetischen/russischen SF-Schriftstellerduos näher zu bringen und andererseits das Spezifische ihres Werkes zu akzentuieren, das es über die SF-Massenware hinaushebt und im internationalen Vergleich mithalten und sich des Prädikats »gute Science Fiction« erfreuen lässt: »Der politische Anspruch der Romane allein (...) wäre nicht in der Lage, die Science Fiction der Strugatzkis außerhalb ihres Heimatlandes tragfähig zu machen. Die allgemeinmenschliche Frage nach der Erkenntnis und ihren Grenzen, die nie in Resignation gegenüber dem Unbegreiflichen erstarrt, sondern zu einem Überdenken der Möglichkeiten menschlichen Verstehens führt, eröffnet den Werken der Strugatzkis die Dimension der erkenntnisbezogenen Verfremdung, wie sie Darko Suvin als wesentliches Merkmal einer guten Science Fiction charakterisiert hat.« (S. 185) Mit Lem und den Brüdern Strugatzki bilden Angela und Karlheinz Steinmüller das schriftstellerische Dreigespann aus den ehemaligen Ostblockstaaten. Auch hier bietet Marzin einen informativen Überblick über das œuvre des Ehepaars, wobei er gewissermaßen als Aufhänger für seine Untersuchung die Tatsache benutzt, dass der 1992 bei Heyne erschienene Roman *Der Traummeister* aus der Feder der Steinmüllers de facto die Geschichte der DDR-Science Fiction abschließt. Ins Visier gefasst werden nicht nur das für den Umgang der Steinmüllers mit den aufgegriffenen Themen Charakteristische, sondern auch die Schaffensbedingungen in der DDR, namentlich die Selbstzensur, die »Schere im Kopf«, mit der sich die Autoren zwar selbst die Flügel stutzten und ihre Freiheit unter Kontrolle hatten, die aber gerade die SF-Autoren paradoxerweise mit vollen Segeln über das Meer der Wirklichkeit fahren ließ, da sie ihre Meinungen und Botschaften in mehr oder weniger offensichtlichen Transponierungen in den SF-Bereich (fremde Zivilisationen, alternative Gesellschaften etc.) verschlüsselten.

Den Band runden Überlegungen zu konkreten Romanen einiger Autoren ab, sprich: es wird dem Leser ein Blick in einige Einzelzimmer der Grenzbebauung gewährt: Marzin würdigt hier die weltenschöpferische Leistung von Brian Aldiss bei seiner *Helliconia*-Saga, stellt anlässlich von Michael Moorcocks Roman *I.N.R.I. oder Die Reise mit der Zeitmaschine* Erwägung über mythenschöpferische Konsequenzen einer Einmischung in den Lauf der Geschichte an, denkt über den menschenzerstörenden Umgang mit den Erfindungen unserer technischen Zivilisation in Daniel Keyes *Wer fürchtet sich vor Barney Stark* nach, diskutiert die Amerika-Bilder in Eric Kochs Romanen *Die Freizeit-Revoluzzer* und *Die Spanne Leben* und resümiert schließlich den Inhalt und die Indizierungsgeschichte von Norman Spinrads Alternativweltroman *Der stählerne Traum* in Deutschland.

Auf seinem Weg durch die »Grenzbebauung« der phantastischen Literatur streut Florian F. Marzin Krumen verschiedener Brotsorten. Sie schmecken auch unterschiedlich, aber sie schmecken alle. Es liegt daran, dass der Verfasser ein versierter

Kenner des Genres ist, über das er schreibt. Man mag zwar hier und da die eine oder andere Behauptung oder Schlussfolgerung beanstanden, doch dies ist nicht etwa auf die Unbegründetheit dieses Urteils zurückzuführen, denn sie alle sind fundiert und nachvollziehbar, sondern es ist eine Eigenschaft der (guten) Literatur selbst, verschiedene, manchmal weit auseinander driftende Interpretationen zu ermöglichen und darauf aufbauend gelegentlich gravierende Unterschiede aufweisende Auslegungen und Darstellungen ein und desselben zuzulassen. Mit dieser gelungenen Publikation hat der Erste Deutsche Fantasy Club, Passau, den Interessierten eine Materialsammlung zugänglich gemacht, die bestimmte Tiefen der phantastischen Literatur sondiert und verwertbare Proben entnimmt, die wertvolle Teil-Rückschlüsse auf das chamäleonartige Wesen der Literatur erlauben. Wenn man dann, nachdem man die letzte Seite umgeblättert und das Buch zugeklappt hat, das Gebiet der Grenzbebauung verlässt, tut man das im Bewusstsein, Interessantes gesehen zu haben, und verspürt den Wunsch, hier wieder mal vorbeizuschauen.

Connie Willis

Die Farben der Zeit,

oder Ganz zu schweigen von dem Hunde und Wie wir des Bischofs Vogeltränke schließlich doch noch fanden

(To Say Nothing of the Dog or How We Found the Bishop's Bird Stump At Last)

Roman
Aus dem Amerikanischen von Christian Lautenschlag
München: Heyne Verlag, 2001
719 Seiten, DM 19,46

von Karsten Kruschel

Schon vor einigen Jahren legte Connie Willis mit »Die Jahre des Schwarzen Todes« einen absolut hinreißenden Zeitreiseroman vor, ein in diesem Subgenre eigentlich nahezu unmögliches

Kunststück. Da greift man nun voll Vorfreude zu »Die Farben der Zeit«. Und um es gleich am Anfang kurz zu machen: So wunderbar Willis es damals verstand, das mittelalterliche Europa zu Zeiten der Pestepidemien auferstehen zu lassen und in ihr unspektakuläres, aber wirkungsvolles Zeitreisekonzept einzubinden, so prima klappt es diesmal mit dem viktorianischen Zeitalter.

Willis' neues Buch wurde von den Heyne-Sphingen mit einem absolut rätselhaften, vollkommen unpassenden Titel versehen, der mit dem Inhalt rein gar nichts zu tun hat - vermutlich, weil der Originaltitel eine literarische Anspielung darstellt, die in Deutschland kein Mensch verstehen würde (wer kennt hierzulande schon Jerome K. Jeromes Buch »Drei Mann in einem Boot, ganz zu schweigen von dem Hunde«?). Der Originaltitel findet sich stattdessen im ellenlangen Untertitel wieder, der schon andeutet, mit welch einem mäandrierenden Leseerlebnis man es zu tun bekommt. Noch schlimmer als der Titel allerdings ist das Bild auf dem Cover - bitte nicht vom Anblick des leprösen Covermodels abschrecken lassen. Es kommt nämlich gar keine Lepra vor.

Zum Inhalt: Eine reiche Mäzenin im Oxford Mitte des 21. Jahrhunderts hat es sich in den Kopf gesetzt, die Kathedrale von Coventry wieder aufzubauen, und setzt ihre finanzielle Mäzenatenschaft brutal ein, um die Historiker des Colleges für ihre Ziele einzuspannen. Konkret bedeutet dies, die armen Menschen ohne Rücksicht auf Schlafentzug und Folgekrankheiten in der Weltgeschichte umherzujagen. Das sogenannte »Netz« nämlich ermöglicht Zeitreisen, wobei irgendwelche Paradoxa automatisch vermieden werden. Man kann einfach nichts durch das Netz hindurchbringen, was irgendwelche Veränderungen des Raum-Zeit-Kontinuums bewirken könnte.

Die Handlung des Romans ist - dank eines äußerst sarkastischen Beginns - bereits in amüsante Gänge gekommen, als Mr. Ned Henry ins viktorianische Zeitalter entsandt wird, weil genau dieses Unmögliche eingetreten ist. Eine Kollegin hat eine Katze - übrigens eine bereits restlos ausgestorbene Spezies - mitgebracht, um sie vor dem Ersäuftwerden zu retten. Ned leidet infolge viel zu vieler Zeitsprünge bereits an der Zeitkrankheit, die sich in übertriebener Gefühlsduselei, lächerlicher Schwärmerei und allerlei geschwollenem Gerede äußert. Damit, so befindet sein Chef, ist er in den rüschenübersäten Geschmacklosigkeiten der Viktorianer bestens aufgehoben und kann vielleicht nebenbei ein paar Hinweise auf des Bischofs Vogeltränke aufstöbern. Dabei handelt es sich um ein besonders scheußliches Stück Innendekoration der besagten wiedererrichteten Kathedrale, deren Einweihung kurz bevorsteht.

Wer bis hierhin mitgekommen ist, sollte sich stehenden Fußes das Buch kaufen. Die weiteren Verwicklungen sind zum Schreien komisch, verlangen ein Höchstmaß an Aufmerksamkeit und sind gespickt mit damenhaften Ohnmachtsanfällen, grenzdebiler Prüderie, lächerlichen Umgangsformen und den grausigsten Auswüchsen spinnerten Okkultismus'. Eigentlich wäre der Heyne Verlag, dessen Fantasy-Schinken ja selten ohne Karte daherkommen, gut beraten gewesen, auch diesem Buch eine solche Karte zu spendieren. Nur hätte diese Karte nicht imaginäre Kontinente bzw. die einzelnen Zimmer der Mordvilla präsentieren müssen (wie in manchen Krimis), sondern die Lage der einzelnen Zeitebenen zueinander. Es wird nämlich in der Zeit hin- und hergesprungen, dass es nur so eine Freude ist. Fragt sich nur, wie man sowas auf einer Karte darstellen sollte ...

Das muntere Geplauder zu übersetzen war sicherlich nicht einfach; Christian Lautenschlag hat seinen Job gut gemacht, zumal die Unzahl von Zitaten aus allerlei lyrischen Ergüssen jener Zeit mühselig zusammenzutragen gewesen sein muss. Nebenbei und obendrein bekommt der Leser nämlich auch noch einen Crashkurs in viktorianischer bzw. romantischer Dichtung: Die umherwimmelnden Fußnoten melden Lord Byron, Alfred Lord Tennyson, John Milton, Henry W. Longfellow und Matthew Arnold, aber auch Shakespeare und Lewis Carroll.

Die Handlung trudelt fröhlich dem völligen Chaos und der Vernichtung des Raum-Zeit-Kontinuums entgegen, während sich der Leser im letzten Drittel des Buches besorgt fragt, ob es die Autorin schafft, aus dem selbst angerichteten – wohlgemerkt äußerst amüsanten – Tohuwabohu irgendwie wieder aufzutauchen. Knorrige Typen, überkandidelte Weibsbilder, ehrbar durchgedrehte Professoren und wunderbar windschiefe

Gespräche gibt es, bei denen vor allem letztere ein wahrer Genuss sind, weil es die Charaktere auf geradezu irrwitzige Weise verstehen, komplett aneinander vorbeizureden (einige von ihnen tun das, mit gutem Erfolg, ein ganzes Leben lang – ganz wie im wirklichen Leben also). Connie Willis verwebt das viktorianische Zeitalter mittels all der Zeitsprünge so kunstvoll mit dem Heute, dem Gestern und ihrem speziellen und nicht minder merkwürdigen Morgen, dass Geschichte plötzlich zu einem zerbrechlichen Kunstwerk wird. An dem herumzupfuschen keine gute Idee ist.

Darin liegt auch schon die überraschende und vor allem überraschend einleuchtende Auflösung des ganzen Kuddelmuddels. Um es kurz zu machen: Die richtigen Liebespaare finden zusammen, auch wenn das alle Beteiligten einschließlich der Verliebten völlig überrascht. Das Raum-Zeit-Kontinuum wird repariert, wenn auch einfach alle Rätsel durch ein noch viel größeres Rätsel ersetzt werden. Und des Bischofs Vogeltränke taucht in voller Hässlichkeit auf, und selbstverständlich auf eine völlig andere Art als gedacht. Und all das in mehreren Zeitebenen. Das multiple Happyending, sozusagen, nach einem, ebenfalls sozusagen, multiplen Lesevergnügen.

BIBLIOGRAFIE

Phantastische Literatur im Heyne-Taschenbuch 2001

von Werner Bauer

ABKÜRZUNGSVERZEICHNIS

A	Anthologie (Sammlung von Erzählungen verschiedener Autoren)
ANTH	Heyne Anthologie
AR	Heyne Allgemeine Reihe
Ausw.	Auswahl
Bd.	Band
C	Collection (Sammlung von Erzählungen eines Autors)
C/OA	Collection/deutsche Originalausgabe, die in dieser Zusammenstellung in der Sprache des Verfassers nicht erschienen ist
DIA	Diana Taschenbücher
F.	Folge
FB	Heyne Filmbibliothek
HAF	Haffmans Kriminalromane (HaffmansTaschenBuch bei Heyne)
HC	Heyne Hardcover (Belletristik)
HC/S	Heyne Hardcover/Sachbuchprogramm
Hrsg.	Herausgeber
HSB	Heyne Sachbuch
in Vorb.	in Vorbereitung
JB	Heyne Jubiläumsbände
JUM	Heyne Jumbobände
MINI	Heyne MINI
NA	Neuauflage
NN	Nomen Nescio (Name nicht bekannt)
o. J.	ohne Angabe des Publikationsjahres
PAV	Pavillon
PIA	Piazza
PRh	Perry Rhodan
SP	Heyne Sonderproduktion
TdM	Tipp des Monats
UB	Die Unheimlichen Bücher
Ü	Übersetzer
I	Erster Teil
II	Zweiter Teil
:	entspricht
↗	ist enthalten in (Teil Eins) bzw. siehe

Teil Eins

Numerisches bibliografisches Verzeichnis
der Neuerscheinungen der Reihe
»Heyne Science Fiction & Fantasy«
und aller SF-, Fantasy- und Horror-Publikationen
sowie themenbezogener Sachbuchbeiträge
in anderen Reihen im Jahr 2001

Heyne Science Fiction

Frei (bzw. frei geworden bzw. freigehalten für einen ggf. weiteren Ausbau von Zyklen) sind folgende Einzelnummern:

4381	5267	5367	5914
4716	5268	5368	5915
4782	5269	5369	6300
5161	5277	5488	
5235	5280	5506	
5236	5309	5654	

Echte ›Tote Briefkästen‹, d.h. Nummern, unter denen kein Titel erscheinen kann, weil sie bereits für Projekte vergeben wurden, die nicht realisiert werden konnten, oder Nummern, die vom Vertrieb anderweitig verwendet wurden, sind:

2000 Ralph Sander (Hrsg.)
STAR TREK Timer 2000
41500 Frank Herbert
DER WÜSTENPLANET
(Kassette mit 5 Bänden)
5555 CONAN-PLAKAT
5650 Torsten Dewi
DAS BABYLON 5-UNIVERSUM
6453 STAR TREK – BLACK EDITION (Kassette UHURA)
6454 STAR TREK – BLACK EDITION (Kassette McCOY)

5262–5269 David Wingrove
Chung-Kuo-Zyklus
(erscheinen nicht)

5433 K. W. Jeter
Das Böse (2001)
Warped (1995)
Ü: Andreas Brandhorst

5441 STAR TREK
(noch nicht erschienen)

5520 (noch nicht erschienen)

5532 Robert Jordan
Das Rad der Zeit # 24
(geplant)

5533 John Norman
Die Tänzer von Gor
(geplant)

5557–5570
Warhammer 40 000
(geplant)

5581–5600
(in Vorb. bzw. geplant)

5611–5621
Wild Cards # 11–# 21
(erscheinen nicht)

5684 Judith & Garfield Reeves-Stevens
Die Föderation (2001)
Federation (1994)
Ü: Ronald M. Hahn

5692 (noch nicht erschienen)

5695–5701 STAR TREK
(geplant)

5704 William Shatner
Dunkler Sieg (2001)
Dark Victory (1999)
Ü: Andreas Brandhorst

5705 William Shatner
Die Bewahrer (2001)
Preserver (2000)
Ü: Andreas Brandhorst

5706–5720 STAR TREK
(geplant)

5722 (noch nicht erschienen)

5724 (noch nicht erschienen)

5729–5740 STAR TREK
(geplant)

5741–5749 (Nummern noch nicht vergeben)

Für folgenden Nummernblock sind STAR TREK-Bände geplant:
5750
5752
5755
5758–5762
5764
5769

5771 Greg Cox
Das Q-Kontinuum 1:
Die galaktische Barriere (2001)
The Q-Continuum 1: Q-Space (1998)
Ü: Andreas Brandhorst

5772 Greg Cox
Das Q-Kontinuum 2:
Die Entführung (2001)
The Q-Continuum 2: Q-Zone (1998)
Ü: Andreas Brandhorst

5773 Greg Cox
Das Q-Kontinuum 3:
Der Widersacher (2001)
The Q-Continuum 3: The Q-Strike (1998)

5774–5810 STAR TREK
(geplant)

5818 Christie Golden
Seven of Nine (2001)
Seven of Nine (1998)
Ü: Andreas Brandhorst

5819–5822 STAR TREK
(geplant)

5823 Diane Carey
Endspiel (2001)
Endgame (2001)
Ü: Andreas Brandhorst

5824–5875 STAR TREK
(geplant)

5884 (Nummer noch nicht vergeben)

5896 Tom Holt
Flaschengeister
(noch nicht erschienen)

5914–5915 (Nummern noch nicht vergeben)

Noch nicht erschienen sind:
5945
5949
5964
5966

5996 John Gribbin
Das Schiff der Visionen (2001)
Innervisions (1993)
Ü: Walter Brumm

6000–6099
Das Schwarze Auge
s. *eigene Rubrik*

6100–6126
Shadowrun-Zyklus
(geplant)

6127–6132
(bereits erschienen)

6133 (noch nicht erschienen)

6134–6136
(bereits erschienen)

6137 (noch nicht erschienen)

6138–6139
(bereits erschienen)

6140 Mel Odom
Runner sterben schnell (2001)
Run Hard, Die Fast (1999)
Ü: Christian Jentzsch

6141 Leo Lukas
Wiener Blei (1998) (2001)

6142 Stephen Kenson
Ragnarock (2001)
Ragnarock (2000)
Ü: Christian Jentzsch

6143 Lisa Smedman
Kopf oder Zahl (2001)
Tails You Loose (2001)
Ü: Christian Jentzsch

[...]

6238–6246
(bereits erschienen)

6247 Thomas Gressman
Die Spitze des Dolches (2001)
Dagger Point (2000)
Ü: Reinhold H. Mai

6248 Loren Coleman
Trügerische Siege (2001)
Illusions of Victory (2000)
Ü: Reinhold H. Mai

6249 Loren Coleman
Gezeiten der Macht (2001)
Patriots and Tyrants (2001)
Ü: Reinhold H. Mai

6250 BATTLETECH: Die
Mechwarrior-Trilogie (A) (2001)
Ü: Reinhold H. Mai

Stephen Kenson
Väterchen Frost
Ghost of Winter (1999)

Blaine Lee Pardoe
Triumphgebrüll
Roar of Honor (1999)

Blaine Lee Pardoe &
Mel Odom
Blutsverrat
By Blood Betrayed
(1999)

6251 Blaine Lee Pardoe
Die erste Bürgerpflicht (2001)
Measure of a Hero (2000)
Ü: Reinhold H. Mai

6252 Peter Heid
Phoenix (2001)

6253–6298
(noch nicht erschienen)

6299 (bereits erschienen)

6300 (noch nicht erschienen)

6301–6312
(bereits erschienen)

6313 C. J. Cherryh
Tripoint
(erscheint 2002)

6314–6320
(bereits erschienen)

6321 Harry Harrison &
John Holm
Der Hammer des Nordens
(2001)
The Hammer and the Cross
(1993)
Ü: Frank Borsch

6322 Harry Harrison &
John Holm
Der Pfad des Königs (2001)
One King's Way (1995)
Ü: Frank Borsch

6323 Harry Harrison &
John Holm
König und Imperator (2001)
King and Emperor (1996)
Ü: Frank Borsch

6324–6326
(noch nicht erschienen)

6327–6353
(bereits erschienen)

6354 Wolfgang Jeschke (Hrsg.)
Reptilienliebe (A) (2001)

Wolfgang Jeschke
Allah akhbar – And So
Smart Our NLWs

David Garnett
Abseits der Straße
Off the Track (1992)
Ü: Thomas Haufschild

Alan Brennert
Der Mann, der die See
liebte
*The Man Who Loved
the Sea*
(1995)
Ü: Olaf Schröter

Florian F. Marzin
Reptilienliebe

Krzysztof Kochański
D.L.NET
D.L.NET (1998)
Ü: Jacek Rzeszotnik

Frank W. Haubold
Der Garten der
Persephone

Ondřej Müller
Warten auf einen Fluss
Ćekání na řeku (2001)
Ü: Karl v. Wetzky

Gundula Sell
Ich hat etwas gefunden

Grzegorz Janusz
Guten Morgen
Dzien dobry (1994)
Ü: Jacek Rzeszotnik

Greg Egan
Orakel
Oracle (2000)
Ü: Michael Peinkofer

Izabela Szolc
Vatikan
Watykan (1997)
Ü: Jacek Rzeszotnik

Michael K. Iwoleit
Wege ins Licht

S. Jaroslawzew
Ein Teufel unter den Menschen
Краткая история одного псевдонима (1993)
(i. e. Arkadi Strugatzki)
Ü: Erik Simon

Stanisław Lem
Ijon Tichys letzte Reise
Ostatnia podroz Ijona Techego (1996)
Ü: Nina Kozlowski

6355 (bereits erschienen)

6356 Gregory Benford
Cosm (2001)
Cosm (1998)
Ü: Irene Holicki

6357 Greg Bear
Slant (2001)
Slant (1997)
Ü: Bernhard Kempen

6358–6359
(bereits erschienen)

6360 Paul Collins
Cyberskin (2001)
Cyberskin (2000)
Ü: Mike Noris

6361 Bruce Sterling
Heiliges Feuer (2001)
Holy Fire (1996)
Ü: Norbert Stöbe

6362 Greg Egan
Teranesia (2001)
Teranesia (1999)
Ü: Bernhard Kempen

6363 Sarah Zettel
Das Gottesspiel (2001)
Playing God (1998)
Ü: Ingrid Herrmann-Nytko

6364 (bereits erschienen)

6365 Charles Sheffield
Feuerflut (2001)
Aftermath (1998)
Ü: Christine Strüh

6366 Anne McCaffrey & Elizabeth Moon
Sassinak (2001)
Sassinak/The Planet Pirates, Vol. 1 (1990)
Ü: Michael K. Iwoleit

6367 Anne McCaffrey & Jody Lynn Nye
Raumfahrergarn (2001)
The Death of Sleep/The Planet Pirates, Vol. 2 (1990)
Ü: Michael K. Iwoleit

6368 Anne McCaffrey & Elizabeth Moon
Das Generationenschiff (2001)
Generation Warriors/ The Planet Pirates, Vol. 3 (1991)
Ü: Michael K. Iwoleit

6369 Wolfgang Jeschke (Hrsg.)
Das Science Fiction Jahr # 16
Ausgabe 2001 (A) (2001)

Wolfgang Jeschke
Editorial

Hermann Urbanek
Die deutsche SF-Szene 1999/2000
Die amerikanische SF-Szene 1999/2000

Die britische SF-Szene 1999/2000

Preise – Preise – Preise 1999/2000

Kai Meyer
Karel Thole – Ein Nachruf

Peter M. Gaschler
Der Schock von ARTE – Die Filmszene 1999/2000

Lutz Gräfe und Jürgen Wimmer
Zehn kleine Negerlein und andere alte Hüte: Die wichtigsten SF-Filme der Saison 1999/2000

Horst G. Tröster
Science Fiction-Hörspiele 1999/2000
– mit Beiträgen von Ute Perchtold, Christiane Timper, Bärbel Weixner, Ulrich Bettermann, Sascha Mamczak, Florian F. Marzin

Horst G. Tröster
The Strange Case of Mr. Utterson.
Ein halbes Jahrhundert Jekyll und Hyde im Radio. Ein Interpretationsvergleich

Gerd Frey
Science Fiction Interactive.
Computerspiele-Neuheiten 1999/2000

Usch Kiausch
›Schreiben ist ein Akt der Hoffnung‹ – Ein Gespräch mit Octavia E. Butler

Arkadi und Boris Strugatzki
Unsere Biographie (Auszug)
Наша биография.
Auszug aus
›Комментарии к пройденному‹ (2001)
Ü: Erik Simon

Boris Strugatzki
Wie die richtigen Schwierigkeiten begannen:
Über zwei unserer Romane aus den sechziger Jahren
«Хищные вещи века». «Улитка на склоне» / «Беспокойство» (2001)
Auszug aus
›Комментарии к пройденному‹ (2001)
Ü: Erik Simon

Wolfgang Neuhaus
»Das Raumschiff zerstört die klassische Lebensform.«
Gotthard Günther und die Klassische Science Fiction-Literatur

Thomas M. Disch
Sternschnuppenwünsche:
Science Fiction als Religion
When You Wish upon a Star – Science Fiction as Religion
(1998)
Ü: Erik Simon

Jacek Rzeszotnik
An Bord der goldenen Teufels-Galeere. Ein Streifzug durch Die apokalyptischen Visionen in der polnischen phantastischen Literatur der 90er Jahre

Frank Müller
Lobgesänge auf Walter M. Miller jr. *A Canticle for Leibowitz* und seine deutsche Rezeption

Pamela Clements
Mission außer Kontrolle: Maria Doria Russells *Sperling* und *Gottes Kinder*
Mission Uncontrolled: The Age of Exploration in Maria Doria Russell's The Sparrow *and* Children of God (2001)
Ü: Gisela Stege

Sascha Mamczak
Frank Herberts Wüstenplanet – Anlässlich einer Neuausgabe des Zyklus

Rainer Eisfeld
A. E. Van Vogt (1912–2000)

Norman Spinrad
Die Transformationskrise
The Transformation Crisis (2001)
Ü: Peter Robert

Hartmut Kasper
Warum, warum warum? Ochlokinetik, Pataphysik und andere Forschungszweige der phantastischen Wissenschaft

Arthur C. Clarke
In tausend Jahren
A Thousand Years Hence (2001)
Ü: Peter Robert

Buchrezensionen

Werner Bauer
Phantastische Literatur im Heyne Taschenbuch 2000

6370 Wolfgang Jeschke (Hrsg.)
Ikarus 2001 – Best of Science Fiction (A) (2001)

Wolfgang Jeschke
Vorbemerkung

Walter M. Miller jr.
Der Darfsteller (1982/1982/1986)
The Darfsteller (1955)
Ü: Walter Brumm

David I. Masson
Ablösung (1984/1994)
Traveller's Rest (1965)
Ü: Walter Brumm

Roger Zelazny
Der Former (1973/1981)
He Who Shapes (1965)
Ü: Hans Maeter

Alfred Bester
Die Mörder Mohammeds (1971/1983/1984/1994)
The Men Who Murdered Mohammed (1958)
Ü: Alfred Joseph

J. G. Ballard
Der Garten der Zeit
(1973/1984/1994)
The Garden of Time
(1962)
Ü: Wolfgang Eisermann

George R. R. Martin
Abschied von Lya
(1975)
A Song for Lya
(1974)
Ü: Yoma Cap

Ursula K. Le Guin
Das Tagebuch der Rose
(1979/1984/1985)
The Diary of the Rose
(1976)
Ü: Sylvia Pukallus

John Varley
Die Trägheit des Auges
(1979)
The Persistence of Vision
(1978)
Ü: Rose Aichele

James Tiptree jr.
Geteiltes Leid
(1979/1989)
Time-Sharing Angel
(1978)
Ü: Jürgen Langowski

Dean R. Lambe
Tefé Lauswurz (1995)
Damn Shame (1979)
Ü: Marcel Bieger

Michael Swanwick
Der blinde Minotaurus
(1998)
The Blind Minotaurus
(1984)
Ü: Norbert Stöbe

David Brin
Thor trifft Captain
America
(1988)
Thor Meets Captain
America
(1986)
Ü: Birgit Reß-Bohusch

Kim Stanley Robinson
Der blinde Geometer
(1988)
The Blind Geometer
(1986)
Ü: Peter Pape

Bruce Sterling &
Lewis Shiner
Mozart mit Spiegelbrille
(1988)
Mozart in Mirrorshades
(1985)
Ü: Roland Fleissner

Karen Joy Fowler
Der Preis des Gesichts
(1991)
Face Value (1986)
Ü: Peter Robert

Lucius Shepard
R & R (1987)
R & R (1986)
Ü: Irmtraud Kremp

Walter Jon Williams
Dinosaurier (1989)
Dinosaurs (1987)
Ü: Andreas Brandhorst

6371 (noch nicht erschienen)

6372 Anne McCaffrey
Drachenauge (2001)
Dragon's Eye (1997)
Ü: Ingrid Herrmann-Nytko
(engl. OA: Red Star Rising)

6373 (noch nicht erschienen)

6374 Stephen Baxter
Vakuum-Diagramme (2001)
Vacuum Diagrams (1997)
Ü: Martin Gilbert

6375 Ben Bova
Rückkehr zum Mars (2001)
Return to Mars (1999)
Ü: Peter Robert

6376 Alastair Reynolds
Unendlichkeit (2001)
Revelation Space (2000)
Ü: Irene Holicki

6377 (noch nicht erschienen)

6378 Norman Spinrad
Das tropische Millennium (2001)
Greenhouse Summer (1999)
Ü: Peter Robert

6379 Connie Willis
Die Farben der Zeit oder Ganz zu schweigen von dem Hunde und Wie wir des Bischofs Vogeltränke schließlich doch noch fanden (2001)
To Say Nothing of the Dog or How We Found the Bishop's Bird Stump at Last (1997)
Ü: Christian Lautenschlag

6380 Wolfgang Jeschke (Hrsg.)
Auf der Straße nach Oodnadatta (erscheint 2002)
(»Mord an der Zukunft«, die nächste geplante Anthologie, wird nicht mehr erscheinen)

6381 Bruce Sterling
Brennendes Land (2001)
Distraction (1998)
Ü: Norbert Stöbe

6382 Ursula K. Le Guin
Die Erzähler (2000/2001)
The Telling (2000)
Ü: Biggy Winter

6383 Ken MacLeod
Das Sternenprogramm (2001)
The Star Fraction (1995)
Ü: Norbert Stöbe

6384–6399
(noch nicht erschienen)

6400 Frank Herbert
Der Wüstenplanet
(1967/1978/1984/1986/1991/1992/1994/2000/2001)
(2001)
Dune (1965)
Ü: Ronald M. Hahn
(➶ 97 (Auszug), ➶ 3108, ➶ 4150, ➶ 4280, ➶ 4808, ➶ 5213, ➶ 8212, ➶ 6356 AR, ➶ 20068 AR/überarb. NA unter neuer Nummer)

6401 Frank Herbert
Der Herr des Wüstenplaneten
(1971/1986/1991/1994)
(2001)
Dune Messiah (1969)
Ü: Walter Brumm und Ronald M. Hahn
(➶ 3266, ➶ 4280, ➶ 4808, ➶ 5215/ überarb. NA unter neuer Nummer)

6402 Frank Herbert
Die Kinder des Wüstenplaneten
(1978/1986/1991/1994) (2001)
Children of Dune (1976)
Ü: Ronald M. Hahn
(➶ 3615, ➶ 4280, ➶ 4808,
➶ 5211/überarb. NA unter
neuer Nummer)

6403 Frank Herbert
Der Gottkaiser des
Wüstenplaneten
(1982/1986/1991/1994)
(2001)
God Emperor of Dune (1981)
Ü: Ronald M. Hahn
(➶ 3916, ➶ 4280, ➶ 4808,
➶ 5216/überarb. NA
unter neuer Nummer)

6404 Frank Herbert
Die Ketzer des Wüstenplaneten
(1984/1986/1991/1994)
(2001)
Heretics of Dune (1984)
Ü: Ronald M. Hahn
(➶ 4141, ➶ 4280, ➶ 4808,
➶ 5212/überarb. NA
unter neuer Nummer)

6405 Frank Herbert
Die Ordensburg des
Wüstenplaneten
(1985/1986/1991/1994)
(2001)
Chapterhouse Dune (1985)
Ü: Ronald M. Hahn
(➶ 4234, ➶ 4280, ➶ 4808,
➶ 5217/überarb. NA
unter neuer Nummer)

6406–6411
(noch nicht erschienen)

6412 Robert Charles Wilson
Darwinia
(unbestimmt verschoben)

6413 (noch nicht erschienen)

6414 Nancy Kress
Moskito (2001)
Stinger (1998)
Ü: Biggy Winter

6415–6450
(noch nicht erschienen)

6451–6452
(bereits erschienen)

6453–6456
(noch nicht erschienen)

6457–6458
(bereits erschienen)

6459–6469
(noch nicht erschienen)

6470 (bereits erschienen)

6471–6474
(noch nicht erschienen)

6475 Susan Wright
Die Badlands 1 (2001)
The Badlands 1 (1999)
Ü: Andreas Brandhorst

6476 Susan Wright
Die Badlands 2 (2001)
The Badlands 2 (1999)
Ü: Andreas Brandhorst

6477–6498
(noch nicht erschienen)

6499–6500
(bereits erschienen)

6501 ff. STAR FLEET-Kadetten
s. *eigene Rubrik*

6601 ff. MAGIC
s. *eigene Rubrik*

6701 ff. CRIMSON SKIES
s. *eigene Rubrik*

[...]

7001 ff. WARP 7
s. *eigene Rubrik*

8001 ff. HIGH 8000
s. *eigene Rubrik*

9000 ff. HEYNE FANTASY
s. *eigene Rubrik*

Das Schwarze Auge

6000–6053
(bereits erschienen)

6054 Gun-Britt Tödter
Koboldgeschenk (2001)

6055 Heike Kamaris &
Jörg Raddatz
Blutrosen (2001)

6056 Ulrich Kiesow
Das zerbrochene Rad –
Erster Teil:
Dämmerung (2001)

6057 Ulrich Kiesow
Das zerbrochene Rad –
Zweiter Teil:
Nacht (2001)

6058 Jesco von Voss
Der Letzte wird Inquisitor
(2001)

6059 Olaf Flatergast
Druiden-Rache
(2001)

6060 Alexander Wichert &
Christian Thon
Blakharons Fluch
(2001)

(weitere Bände in Vorb.
bzw. geplant)

STAR FLEET Kadetten

6501–6518
(bereits erschienen)

6519–6529
(in Vorb. bzw. geplant)

6530 (bereits erschienen)

6531–6550
(in Vorb. bzw. geplant)

6551 Peter David
Captain Calhoun (C)
(2000)
Ü: Bernhard Kempen

Kartenhaus
STAR TREK – NEW FRONTIER 1:
House of Cards (1997)

Ins Leere
STAR TREK – NEW FRONTIER 2:
Into the Void (1997)

6552 Peter David
U.S.S. Excalibur (C) (2000)
Ü: Bernhard Kempen

Der Zweifronten-Krieg
STAR TREK – NEW FRONTIER 3:
The Two-Front War (1997)

Endspiel
STAR TREK – NEW FRONTIER 4:
End Game (1997)

6553 Peter David
Märtyrer (2001)
Martyr (1999)
Ü: Bernhard Kempen

6554 Peter David
Die Waffe (2001)
Fire on High (1998)
Ü: Bernhard Kempen

(weitere Bände in Vorb. bzw. geplant)

MAGIC

6601–6614
(bereits erschienen)

6615 J. Robert King
Strom der Zeiten (2001)
Magic – the Gathering: Time Streams (1999)
Ü: Birgit Oberg

(weitere Bände in Vorb. bzw. geplant)

CRIMSON SKIES

6701 (bereits erschienen)

6702 Thomas Gressman
Luftpiraten (2001)
Devil's Flight (2001)
Ü: Reinhold H. Mai

6703 Jason Hardy
Gefecht in den Wolken (2001)
Falcon's Prey (2001)
Ü: Reinhold H. Mai

6704 (noch nicht erschienen)

6705 Jason Hardy
Geisterflieger (2001)
Ghost Squadron (2001)
Ü: Reinhold H. Mai

6706 Stephen Kenson
Piratenehre
(unbestimmt verschoben)

(weitere Bände in Vorb. bzw. geplant)

WARP 7

7000–7001
(bereits erschienen)

7002 (noch nicht erschienen)

7003–7028
(bereits erschienen)

7029 Gregory Benford
Himmelsfluss (1994/2001)
Great Sky River (1987)
Ü: Winfried Petri
(➶ 4694/überarb. NA unter neuer Nummer)

7030 Gregory Benford
Lichtgezeiten (1994/2001)
Tides of Light (1989)
Ü: Winfried Petri
(➶ 4761/überarb. NA unter neuer Nummer)

7031–7032
(noch nicht erschienen)

7033 Isaac Asimov
Die frühe *Foundation*-Trilogie (C) (1997) (2001)
Ü: Irene Holicki
(➶ 8100, ➶ 8106/NA unter neuer Nummer und neuem Titel)

Ein Sandkorn am Himmel
Pebble in the Sky
(1950)

Sterne wie Staub
The Stars, Like Dust
(auch: *The Rebellious Stars*)
(1951)

Ströme im All
The Currents of Space
1952)

(weitere Bände in Vorb. bzw. geplant)

HIGH 8000

8001–8007
(bereits erschienen)

8008
(noch nicht erschienen)

8009–8011
bereits erschienen)

8012 Ward Moore
Der große Süden (1980/1988)
(2001)
Bring the Jubilee (1953)
Ü: Walter Brumm
(➶ 70, ➶ 3760/überarb. NA unter neuer Nummer)

(weitere Bände in Vorb. bzw. geplant)

Sonderbände, Jubiläums-Ausgaben u. ä. m.

8101–8112
(bereits erschienen)

8113 (in Vorb.)

8114–8115
(bereits erschienen)

8116 (in Vorb.)

8117 bereits erschienen)

(weitere Bände geplant)

[...]

8201 Arthur C. Clarke
2001: Odyssee im Weltraum (C)
(1971/1994) (2000)
(➶ 3259, ➶ 5203)

Stephen Baxter
Vorwort
Foreword (2000)
Ü: Erik Simon

Arthur C. Clarke
2001: Odyssee im Weltraum
2001: A Space Odyssey
(1968)
Ü: Egon Eis

Arthur C. Clarke
Der Wächter
(1989)
The Sentinel (1951)
Ü: Irene Holicki

8202 William Gibson
Die Neuromancer-Trilogie (C)
(2001)
Ü. Reinhard Heinz und Peter Robert

Jack Womack
Vorwort
Foreword
Ü: Karl Bruckmaier

Neuromancer
(1987/1992/1994)
Neuromancer
(1984)
(➶ 4400, ➶ 5208, ➶ 8449 AR)

Biochips (1988/1995)
Count Zero
(1986)
(➶ 4529, ➶ 9584 AR)

Mona Lisa Overdrive
(1989/1986)
Mona Lisa Overdrive
(1988)
(➶ 4681, ➶ 9943 AR)

8203 Philip K. Dick
Das Orakel vom Berge (2000)
The Man in the High Castle (1962)
Ü: Norbert Stöbe

8204 Ray Bradbury
Fahrenheit 451
(1968/1984/1990) (2000)
Fahrenheit 451 (1951)
Ü: Fritz Güttinger
(➶ 33, ➶ 3112, ➶ 8134 AR)

8205 Anthony Burgess
Clockwork Orange (1972/1986) (2000)
A Clockwork Orange (1962)
Ü: Walter Brumm und Erik Simon
(➶ 928 AR, ➶ 6777 AR)

8206 Joe Haldeman
Der ewige Krieg (1977/1981) (2000)
The Forever War (1974)
Ü: Birgit Reß-Bohusch
(➶ 2, ➶ 3572)

8207 Ursula K. Le Guin
Die linke Hand der Dunkelheit
(1974/1991/1992) (2000)
The Left Hand of Darkness (1969)
Ü: Gisela Stege und Erik Simon
(➶ 84, ➶ 96 (Auszug), ➶ 3400/ NA unter neuer Nummer und neuem Titel)

8208 David Brin
Sternenflut (1983/ 1993/2000)
Startide Rising (1983)
Ü: Rainer Schmidt
(➶ 4450)

8209 Isaac Asimov
Die Foundation-Trilogie (C)
(1991/1994/1997) (2001)
Ü: Rosemarie Hundertmarck
(➶ 79, ➶ 5200, ➶ 8100, ➶ 8108/ überarb. NA unter neuer Nummer)

David Brin
Vorwort
Foreword
Ü: Erik Simon

Der Tausendjahresplan (1966)
Foundation (1951)
Ü: Wulf H. Bergner
(➶ 3080)

Der galaktische General (1966)
Foundation and Empire (1952)
Ü: Wulf H. Bergner
(➶ 3082)

Alle Wege führen nach Trantor (1966)
Second Foundation (1953)
Ü: Wulf H. Bergner
(➶ 3084)

Michael F. Flynn
Einführung in die Psychohistorik
An Introduction to Psychohistory (1988)
Ü: Heinz Nagel

8210 Alfred Bester
Der brennende Mann (2000)
The Stars My Destination (1956/1984/1996)
Ü: Gisela Stege, Irene Bonhorst und Erik Simon
(➶ 24, ➶ 3051, ➶ 4306/NA unter neuer Nummer und neuem Titel)

8211 Walter M. Miller jr.
Lobgesang auf Leibowitz
(1973/1979/1986) (2000)
A Canticle for Leibowitz (1959)
Ü: Jürgen Saupe und Walter Erev
(➶ 49, ➶ 3342)

8212 Frank Herbert
Der Wüstenplanet
(1967/1978/1984/1986/
1991/1992/1994/2000)
Dune (1965)
Ü: Ronald M. Hahn
und Erik Simon
(➶ 97 (Auszug), ➶ 3108, ➶ 4150,
➶ 4280, ➶ 4808, ➶ 5213,
➶ 6356 AR)

[...]

8300 Andreas Eschbach
Quest (2001)

8301–8302 (erschienen 2000)

8303 David Brin
Der Sieg der Foundation (2001)
Foundation's Triumph (1999)
Ü: Irene Holicki

8304 Brian Herbert &
Kevin J. Anderson
Das Haus Atreides
Der Wüstenplanet.
Die frühen Chroniken 1
(2001)
Dune: House Atreides
(1999)
Ü: Bernhard Kempen

8305 Brian Herbert &
Kevin J. Anderson
Das Haus Harkonnen.
Die frühen Chroniken 2
(2001)
Dune: House Harkonnen
(2000)
Ü: Bernhard Kempen

8306 (in Vorb.)

8307 Kim Stanley Robinson
Antarktika (2001)
Antarctica (1997)
Ü: Peter Robert

(weitere Bände in Vorb. bzw.
geplant)

Heyne Fantasy

9000–9055
(bereits erschienen)

9056 L. E. Modesitt
Der Chaos-Pakt (2001)
The Chaos Balance (1997)
Ü: Jürgen Langowski

9057–9060
(bereits erschienen)

9061 Jody Lynn Nye
Die Halle der Schläfer (2001)
Waking in Dreamland (1998)
Ü: Joachim Pente

9062–9077
(bereits erschienen)

9078 Katherine Kurtz
Der falsche Prinz
(in Vorb.)

9079–9086
(bereits erschienen)

9087 Roland Green
Conan der Gnadenlose (2001)
Conan the Relentless (1992)
Ü: Edda Petri

9088 (noch nicht erschienen)

9089–9094
(bereits erschienen)

9095 R. A. Salvatore
Bollwerk der Dunkelheit (2001)
Bastion of Darkness (2000)
Ü: Michael Morgental

9096 L. E. Modesitt
Die weiße Ordnung (2001)
The White Order (1998)
Ü: Siglinde Müller

9097 L. E. Modesitt jr.
Die Farben des Chaos (2001)
Colors of Chaos (1999),
Erster Teil
Ü: Jürgen Langowski

9098 L. E. Modesitt jr.
Der Magier von Fairhaven
(2001)
Colors of Chaos (1999),
Zweiter Teil
Ü: Jürgen Langowski

9099–9110
(noch nicht erschienen)

9111 (bereits erschienen)

9112 Micha Pansi
Das Buch der Tore (2001)

9113 (bereits erschienen)

9114 Robert N. Charrette
Das Schlangenauge (2001)
Eye of the Serpent/Second Chronicle of Aelwyn (1996)
Ü: Christian Jentzsch

9115 Robert N. Charrette
Der magische Pakt (2001)
Wizard of Bones/Third Chronicle of Aelwyn (1997)
Ü: Christian Jentzsch

9116 (noch nicht erschienen)

9117 William King
Der graue Prophet (2001)
Skavenslayer. A Warhammer Novel (1999)
Ü: Dieter Schmidt

9118–9120
(noch nicht erschienen)

9121 Jane Gaskell
Der Turm der Göttin (C)
(1976/1976) (2001)
The Serpent (1966)
Ü: Horst Pukallus

Der Turm der Göttin
The Serpent, Teil 1
(➶ 3508)

Der Drache
The Serpent, Teil 2
(➶ 3516)

9122 Jane Gaskell
Im Reich der Atlantiden (C)
(1977/1977) (2001)
Ü: Horst Pukallus

Im Reich der Atlantiden
Atlan (1965)
(➶ 3530

Im Land der Affenmenschen
The City (1966)
(↗ 3543)

9123 Jane Gaskell
Die Länder des Sommers (1987/2001)
Some Summer Lands (1977)
Ü: Horst Pukallus

9124 Valerio Evangelisti
Der Schatten des Inquisitors (2001)
Nicolas Eymerich, Inquisitore (1994)
Ü: Barbara Kleiner

9125 Valerio Evangelisti
Das Blut des Inquisitors (2001)
Il corpo e il sangue di Eymerich (1996)
Ü: Barbara Kleiner

9126 (noch nicht erschienen)

9127 Harald Evers
Die Bruderschaft von Yoor (2001)

9128 Harald Evers
Leandras Schwur (2001)

9129 Harald Evers
Der dunkle Pakt (2001)

9130 (bereits erschienen)

9131 Sean Russell
Wolkensammler (2001)
Gatherer of Clouds (1992), Erster Teil
Ü: Norbert Stöbe

9132 Ursula K. Le Guin
Die Regenfrau (C) (2001)
Searoad – Chronicles of Klatsand (1991)
Ü: Hilde Linnert

Schaumfrauen, Regenfrauen
Foam Women, Rain Women

Das *Schiff Ahoi*
The Ship Ahoy (1987)

Hand, Tasse, Muschel
Hand, Cup, Shell (1989)

Wunderliche Käuze
Geezers (1991)

Herein und hinaus
In and Out (1989)

Bill Weisler
Bill Weisler (1990)

Wahre Liebe
True Love (1991)

Schlafwandler
Sleepwalkers (1991)

Quoits
Quoits (1991)

Kreuzworträtsel
Crosswords (1990)

Texte
Texts (1990)

Hernes
Hernes

9133 (noch nicht erschienen)

9134 Brian Stableford
Das Blut der Schlange (2001)
Serpent's Blood – The First Book of Genesys (1996)
Ü: Michael Siefener

9135 Brian Stableford
Das Feuer des Salamanders (2001)
Salamander's Fire – The Second Book of Genesys (1996)
Ü: Michael Siefener

9136 (noch nicht erschienen)

9137 Jennifer Roberson
Schwerttänzer/Schwertsänger (C) (1994/1994) (2001)
Ü: Karin König

Schwerttänzer
Sword-Dancer (1986)
(➶ 5072)

Schwertsänger
Sword-Singer (1988)
(➶ 5073)

9138 Jennifer Roberson
Schwertmeister/Schwertmagier (C)
(1993/1995) (2001)
Ü: Karin König

Schwertmeister
Sword-Maker (1989)
(➶ 5074)

Schwertmagier
Sword-Breaker (1991)
(➶ 5078)

9139 Jennifer Roberson
Schwertprinz (2001)
Sword-Born: A Novel of Tiger and Del (1998), Teil 1
Ü: Karin König

9140 Sean Russell
Der Goldene Khan (2001)
Gatherer of Clouds (1992), Zweiter Teil
Ü: Norbert Stöbe

9141 Guy Gavriel Kay
Das Komplott (2001)
Sailing to Sarantium (1998), Erster Teil
Ü: Irene Holicki

9142 Guy Gavriel Kay
Das Mosaik (2001)
Sailing to Sarantium (1998), Zweiter Teil
Ü: Irene Holicki

9143 (noch nicht erschienen)

9144 Dave Luckett
Dunkle Reise (2001)
A Dark Journey – The Tenebra Trilogy, Book Two (1999)
Ü: Walter Brumm

9145 Dave Luckett
Dunkle Burg (2001)
A Dark Victory – The Tenebra Trilogy, Book Three (1999)
Ü: Walter Brumm

9146 Dirk Strasser
Der verschlungene Pfad (2001)
Zenith: First Book of Ascension (1993)
Ü: Michael Windgassen

9147 Dirk Strasser
Die Windreiter (2001)
Equinox: Second Book of Ascension
(1995)
Ü: Michael Windgassen

9148 (noch nicht erschienen)

9149 Freda Warrington
Die Bernstein-Zitadelle (2001)
The Amber Citadel (1999), Erster Teil
Ü: Peter Pape

9150 Freda Warrington
Der Turm von Heliodor (2001)
The Amber Citadel (1999),
Zweiter Teil
Ü: Peter Pape

9151–9152
(noch nicht erschienen)

9153 Ursula K. Le Guin
Das Vermächtnis von Erdsee
(C) (2001)
Tales from Earthsea (2001)
Ü: Barbara Kleiner

Vorwort
Foreword

Der Finder
The Finder

Schattenrose und
Diamant
Darkrose and Diamond
(1999)

Die Gebeine der Erde
The Bones of the Earth

Im Hochmoor
On the High Marsh

Schwebender Drache
Dragonfly (1997)

Eine Beschreibung von
Erdsee
A Description of Earthsea

9154 Delia Sherman
Die Blume der Diener (2001)
Through a Brazen Mirror (1989)
Ü: Michael Siefener

9155 Michael A. Stackpole
Der Weg des Richters (2001)
Talion Revenant (1997)
Ü: Reinhold H. Mai

9156–9159
(noch nicht erschienen)

9160 Jennifer Roberson
Schwertrache (2001)
Sword-Born: A Novel of Tiger and Del (1998), Teil 2
Ü: Karin König

9161 Erik Simon &
Friedel Wahren (Hrsg.)
Tolkiens Erbe (A) (2001)

Friedel Wahren &
Erik Simon
Schwerter, Zaubersprüche und gar
unlösbare Aufgaben –
Eine Vorbemerkung

Lord Dunsany
Die Zwingburg so keiner
bezwingt denn Sacnoth
das Schwert (1985)
The Fortress Unvanquishable,
Save for Sacnoth (1908)
Ü: Friedrich Polakovics

E. R. Eddison
Zora Rach nam Psarrion
(Kap. XXVIII/Auszug aus
»Der Wurm Ouroboros«)
(1981)
Zora Rach nam Psarrion
(*The Worm Ouroboros,*
Auszug)
(1926/1962)
Ü: Reinhard Heinz

Stephen R. Donaldson
Tochter der Könige
(1985)
Daughter of Regals
(1984)
Ü: Horst Pukallus

Jack Vance
Liane der Wanderer
(1988)
Liane the Wayfarer
(1950)
Ü: Andreas Brandhorst

Andrzej Sapkowski
Die Grenze des
Möglichen
(Auszug aus »Das
Schwert der Vorsehung«)
(1998) (2000)
Granica możliwo'sci
(*Miecz przeznaczenia,*
Auszug) (1992)
Ü: Erik Simon

Michael Moorcock
Könige in Dunkelheit
(Auszug aus
»Im Banne des
Schwarzen Schwertes«
(1980) (1984/1994)
Kings in Darkness
(*The Bane of the*
Black Sword,
Auszug) (1977)
Ü: Thomas Schlück

Tanith Lee
Die Tochter des Magiers
(1989)
The Daughter of the
Magician
(1987)
Ü: Irene Holicki

Barrington J. Bayley
Das Schiff des Unheils
(1988)
The Ship of Disaster
(1965)
Ü: Franz Rottensteiner

Ursula K. Le Guin
Drachenkind (1999)
(2000)
Dragonfly (1998)
Ü: Joachim Körber

N. H. Beard &
D. C. Kenney
Die Brücke über den
Gallweinfluss
(Auszug aus »Dschey Ar
Tollkühn: Der Herr der
Augenringe«) (1983)
(*Bored of the Rings,*
Auszug) (1969)
Ü: Margaret Carroux

Esther M. Friesner
Grausputz
Death Swatch (1996)
Ü: Erik Simon

Terry Pratchett
Der Zauber des
Wyrmbergs
(Auszug aus »Die Farben
der Magie«) (1992)
(2001)
The Lure of the Wyrm
(*The Colour of Magic,*
Auszug) (1983)

9162 Alan Dean Foster
Der Geist des Speers (2001)
Carnivores of Light and Darkness
(1998)
Ü: Siglinde Müller

9163–9166
(noch nicht erschienen)

9167 Matthew Woodring
Stover
Eiserne Dämmerung (2001)
Iron Dawn (1997)
Ü: Alfons Winkelmann

9168 (noch nicht erschienen)

9169 Roger Zelazny
Der Clan der Magier (2001)
A Night in the Lonesome October (1993)
Ü: Peter Pape

9170–9184
(noch nicht erschienen)

9185 Hans Joachim Alpers
Die Piraten des Südmeers – Drei Romane in einem Band (C) (1996/1997/1998) (2001)

Hinter der eisernen Maske
(➶ 6015)

Flucht aus Ghurenia
(➶ 6019)

Das letzte Duell
(➶ 6023)

9186–9200
(noch nicht erschienen)

9201 Robert Jordan
Das Herz des Winters (2001)
Winter's Heart (2000),
Erster Teil
Ü: Andreas Decker

9202 Robert Jordan
Die Herrschaft der Seanchaner (2001)
Winter's Heart (2000),
Zweiter Teil
Ü: Andreas Decker

9203 Robert Jordan
Flucht der Sklaven (2001)
Winter's Heart (2000),
Dritter Teil
Ü: Andreas Decker

(weitere Bände in Vorb. bzw. geplant)

Bibliothek der Science Fiction-Literatur

1–87 (bereits erschienen)

88 (noch nicht erschienen)

89–100 (bereits erschienen)

101 James Gunn (Hrsg.)
Wege zur Science Fiction, Zwölfter Band (A) (2001)
The Road to Science Fiction 5: The British Way (1998),
Zweiter Teil
Ü: Margret Krätzig/
Ü: Werner Bauer (Zwischentexte)

James Graham Ballard
Die Stimmen der Zeit (1976)
The Voices of Time (1960)
Ü: Wolfgang Eisermann

James Graham Ballard
Der ertrunkene Riese (1973)
The Drowned Giant (1965)
Ü: Alfred Scholz

John Brunner
Die sehr Reichen
(1987)
The Totally Rich (1963)
Ü: Edda Petri

David I. Masson
Der Schlund der Hölle
The Mouth of Hell
(1966/68)

David G. Compton
Die feine englische Art
It's Smart to Have an English Address
(1967)

Anthony Burgess
Die Muse
The Muse (1968)
Ü: Gertrud Baruch

Michael Moorcock
Die Ursache der Katastrophe
The Nature of the Catastrophe
(1970)

Bob Shaw
Der glücklichste Tag deines Lebens
The Happiest Day of Your Life
(1970)

Josephine Saxton
Die Macht der Zeit
The Power of Time
(1971)

Kingsley Amis
Masons Leben
Mason's Life (1972)

M. John Harrison
Friede auf Erden
Settling the World
(1975)

Brian W. Aldiss
In den Raumschiffdocks
(1974)
Working in the Spaceship Yards (1969)
Ü: Charlotte Winheller

Brian W. Aldiss
Anschein von Leben
(1978)
Appearance of Life
(1976)
Ü: Charlotte Winheller

Christopher Priest
Ein endloser Sommer
(1979)
An Infinite Summer
(1976)
Ü: René Mahlow

James White
Kleider machen Leute
(1983)
Custom Fitting (1976)
Ü: Joachim Körber

Tanith Lee
Zeichen im Wasser
Written in Water (1982)

Ian Watson
Das große Atlantik-Wettschwimmen
The Great Atlantic Swimming Race
(1986)

Brian M. Stableford
Meine Angst vor dem Tod ist euer Leben
And He Not Busy Being Born (1986)

102–103 James Gunn (Hrsg.)
Wege zur Science Fiction
(in Vorb.)

104–105 (bereits erschienen)

Heyne Allgemeine Reihe

10217 Barbara Hambly
STAR WARS – Planet des Zwielichts (2001)
Star Wars: Planet of Twilight (1997)
Ü: Heinz Nagel

10218 Michael A. Stackpole
STAR WARS – Der Kampf des Jedi (2001)
Star Wars: I, Jedi (1998)
Ü: Ralf Schmitz

10222 Kevin J. Anderson & Daniel Wallace
STAR WARS – Die ultimative Chronik (2001)
Star Wars – The Essential Chronology (2000)
Ü: Ralf Schmitz

10223 K. W. Jeter
STAR WARS – Die mandalorianische Rüstung (2001)
The Mandalorian Armor (1998)
Ü: Ralf Schmitz

10390 Marion Zimmer Bradley
Das Wort des Hastur (1999)
Snows of Darkover (1994)
Ü: Ronald Böhme

10585 Peter Straub
Hellfire Club. Reise in die Nacht (1997) (2001)
The Hellfire Club (1996)
Ü: Joachim Körber

10626 Clive Baxter
Das Sakrament (1999)
Sacrament (1996)
Ü: Thomas Hag

10967 Pierre Ouellette
Die dritte Plage (2001)
The Third Pandemic (1996)
Ü: Peter Pfaffinger

10978 Kim Wilkins
Das Teufelsmal (1999)
The Infernal (1997)
Ü: Thomas Hag

13139 Wolfgang Hohlbein
Wolfgang Hohlbeins Fantasy Selection (A) (1998) (2001)

Wolfgang Hohlbein
Proudly Presents: Vorwort

Wolfgang Hohlbein
Feuervögel

Dieter Winkler
Amadons Opfer

Bernd Kreimeier
Zeit des Jägers

Alisha Bionda
Mondvogel

Bernhard Hennen
Am Aschermittwoch

Frank Rehfeld
Die Bibliothek

Harald Braem
Die Nebelbarke

Rebecca Hohlbein
Collin

13199 Wolfgang Hohlbein
Die Templerin (1999/2000)

13208 Stephen King
Atlantis (1999) (2001)
Hearts in Atlantis (1999)
Ü: Peter Robert

13213 Al Sarrantonio (Hrsg.)
999 – Festmahl des Grauens (A) (1999)
999. New Stories of Horror and Suspense (1999)
Ü: Heinz Zwack

Einleitung
Introduction

Kim Newman
Amerikanski tot im Moskauer Leichenschauhaus
Amerikanski Dead at the Moscow Morgue

Joyce Carol Oates
Die Ruinen von Contracœur
The Ruins of Contracœur

Thomas M. Disch
Miezekatz und Eule
The Owl and the Pussycat
Ü: Hans Schuld

Stephen King
Der Straßenvirus zieht nach Norden
The Road Virus Heads North
Ü: Jochen Stremmel

Neil Gaiman
Andenken und Schätze. Eine Liebesgeschichte
Keepsakes and Treasures: A Love Story
Ü: Christiane Winkler

T. E. D. Klein
Es sprießt und wächst
Growing Things
Ü: Hans Schuld

F. Paul Wilson
Karfreitag
Good Friday
Ü: Regina Schirp

Chet Williamson
Auszüge aus den *Protokollen des New Zodiac* und den Tagebüchern von Henry Watson Fairfax
Excerpts From the Records of The New Zodiac *and the Diaries of Henry Watson Fairfax*

Eric Van Lustbader
Quälgeister
An Exaltation of Termagants

Tim Powers
Reisebericht
Itinerary
Ü: Regina Schirp

Nancy A. Collins
Catfish Gal Blues
Catfish Gal Blues

Ramsey Campbell
Der Unterhaltungskünstler
The Entertainment

Edward Lee
Intensivstation
ICU

P. D. Cacek
Das Grab
The Grave

Thomas Ligotti
Der Schatten, die Dunkelheit
The Shadow, the Darkness

Rick Hautala
Das Klopfen
Knocking

David Morrell
Rio Grande Gothic
Rio Grande Gothic

Peter Schneider
Des saucisses, sans doute
Des saucisses, sans doute

Ed Gorman
Angie
Angie

Al Sarrantonio
Das Schnurding
The Ropy Thing

Gene Wolfe
Der Baum ist mein Hut
The Tree Is My Hat

Edward Bryant
Der Fluss Styx
Styx and Bones

Steven Spruill
Hämophage
Hemophage

Michael Marshall Smith
Das Buch der irrationalen Zahlen
The Book of Irrational Numbers

Joe R. Lansdale
Der Tolle-Hunde-Sommer
Mad Dog Summer

Bentley Little
Das Theater
The Theater

Thomas F. Monteleone
Proben
Rehearsals

Dennis L. McKiernan
Dunkelheit
Darkness

William Peter Blatty
Anderswo
Elsewhere
Ü: Barbara Schnell

13214 Peter Straub
Schattenbrüder (2000) (2001)
Mr. X (1999)
Ü: Bernhard Kleinschmidt
(➶ 142 HC/NA
unter neuer Nummer
und neuem Titel)

13225 Barbara Büchner
Kopfkönig (2001)

13236 Barbara Erskine
Am Rande der Dunkelheit (1999) (2001)
On the Edge of Darkness (1998)
Ü: Ursula Wulfekamp

13249 Kage Baker
Im Land der Unsterblichkeit (2001)
In the Garden of Iden (1997)
Ü: Elvira Bittner

13251 Martin Hocke
Die verlorenen Wälder (2001)
The Lost Domain (1993)
Ü: Irene Bonhorst

13253 Neil Gaiman
Die Messerkönigin (2001)
Smoke and Mirrors (1998)
Ü: Ingrid Krane-Müschen

1325 7 Arthur C. Clarke &
Stephen Baxter
Das Licht ferner Tage (2001)
The Light of Other Days (2000)
Ü: Martin Gilbert

13258 Dean Koontz
Mitternacht/Das Versteck: Zwei spannende Psychothriller (C)
(1990/1993) (2001)

> Mitternacht
> *Midnight* (1989)
> Ü: Joachim Körber
> (↗ 8444 AR)

> Das Versteck
> *Hideaway* (1992)
> Ü: Alexandra v. Reinhardt und Susanne Dickerhof-Kranz
> (↗ 9422 AR)

13276 Wolfgang &
Heike Hohlbein
Drachenfeuer (1988) (2001)

13283 Arthur C. Clarke
2001: Odyssee im Weltraum (C)
(1971/1994/2000) (2001)
(↗ 3259, ↗ 5203, ↗ 8201)

> Stephen Baxter
> Vorwort
> *Foreword* (2000)
> Ü: Erik Simon

> Arthur C. Clarke
> 2001: Odyssee im Weltraum
> *2001: A Space Odyssey* (1968)
> Ü: Egon Eis

> Der Wächter (1989)
> *The Sentinel* (1951)
> Ü: Irene Holicki

13287 Barbara Büchner
Das Hotel Agarthi (2001)

13313 Wolfgang &
Heike Hohlbein
Spiegelzeit (1991) (2001)

13325 Julianne Lee
Das Schwert der Zeit: Vogelfrei (2001)
Son of the Sword (o. J.)
Ü: Nina Bader

13333 Stephen King/Richard Bachman
Desperation/Regulator (C)
(1996, 1998/1996, 1998) (2001)
Ü: Joachim Körber

> Desperation
> *Desperation* (1996)
> (↗ 10446 AR, ↗ 44 HC)

> Regulator
> *Regulators* (1996)
> (↗ 10454 AR, ↗ 45 HC)

13347 Terry Pratchett
Rincewind, der Zauberer (C)
(1992/1989,1999/1990/1992) (2001)
Ü: Andreas Brandhorst

> Die Farben der Magie
> *The Colour of Magic* (1983)
> (↗ 4912)

> Das Licht der Phantasie
> *The Light Fantastic* (1986)
> (↗ 4583, ↗ 13097 AR)

Der Zauberhut
The Sourcery (1988)
(➶ 4715)

Eric
Eric (1992)
(➶ 4953)

13353 John Saul
Jäger des Grauens (2001)
Nightshade (2000)
Ü: Usch Pilz

13354 Bill Slavicsek
Das große STAR WARS-Universum
Von A–Z (2001)
A Guide to the STAR WARS *Universe* (2000)
Ü: Ralf Schmitz

13360 Stephan Grundy & Melodi Grundy
Die Flucht des Falken (2001)
Flight of the Falcon (1999)
Ü: Friedrich Mader

13379 Bram Stoker
Dracula (1967/1993/2001)
Dracula (1897)
Ü: Wulf H. Bergner
(➶ 526/27 AR, ➶ 8487 AR)

13389 R. L. Stine
Der Anruf (2001)
Blind Date (1986)
Ü: Barbara Radke

13390 R. L. Stine
Die Halloween Party (2001)
Halloween Night (1993)
Ü: Antoinette Gittinger

13391 R. L. Stine
Der Anhalter (2001)
The Hitchhiker (1993)
Ü: Ingeborg Ebel

13392 R. L. Stine
Die Geisterfahrt (2001)
Hit and Run (1992)
Ü: Marion Koppelmann

13393 R. L. Stine
Die Babysitterin (2001)
The Baby-Sitter (1989)
Ü: Marion Koppelmann

13394 R. L. Stine
Tödliche Freundin (2001)
The Girlfriend (1991)
Ü: Ingeborg Ebel

13412 Douglas Adams
Der elektrische Mönch (1988) (2001)
Dirk Gently's Holistic Detective Agency (1987)
Ü: Benjamin Schwarz

13418 Barbara Büchner
Liebhaber des Todes (2001)

13439 Thomas Harris
Die Hannibal-Lecter-Romane in einem Band
(C) (1994/2001)
(➶ 8820 AR)

Roter Drache (1988/1993/1995)
Red Dragon (1981)
Ü: Sepp Leeb
(➶ 7684 AR, ➶ 8922 AR, ➶ 115 HAF)

Das Schweigen der
Lämmer
(1990/1991)
The Silence of the Lambs
(1988)
Ü: Marion Dill
(➶ 8294 AR, ➶ 20 JUM)

13453 Dean Koontz
Im Bann der Dunkelheit
(2000) (2001)
Seize the Night (1999)
Ü: Uwe Anton
(➶ 153 HC)

13479 R. L. Stine
Die große Prüfung (2001)
Twisted (1987)
Ü: Barbara Aman

13485 Erik Simon &
Friedel Wahren (Hrsg.)
Retter der Ewigkeit: Geschichten
zwischen den Wirklichkeiten
(A) (2001)

Terry Pratchett
ifdefDEBUG +
»WORLD/
ENOUGH« + »TIME«
 # ifdefDEBUG
»WORLD/ENOUGH«
+ »TIME« (1990)
Ü: Andreas Brandhorst

Jorge Luis Borges
Der Tintenspiegel
El espejo de tinta
(1935)
Ü: Karl August Horst

Howard Schoenfeld
Logisch aufgebaut
Built Up Logically
(1949)
Ü: Erik Simon

Gregor Simsel
Retter der Ewigkeit

Marion Zimmer Bradley
Der Tag der
Schmetterlinge
(1987)
The Day of the Butterflies
(1976)
Ü: Lore Strassl

Cyril M. Kornbluth
Dreizehn Uhr (1985)
Thirteen O'Clock
(1941)
Ü: Birgit Reß-Bohusch

Alfred Bester
Die Nummer mit dem
Verschwinden (1976)
Disappearing Act
(1953)
Ü: Walter Brumm

Ray Bradbury
Das Kinderzimmer
(1962, 1973) (
The Veldt (1951)
Ü: Peter Naujack

Carl Amery
Nur einen Sommer
gönnt ihr
Gewaltigen (1984)

Alan Dean Foster
Was treibt das einfache
Volk? (1997)
What Do the Simple Folk
Do? (1979/1984)
Ü: Susanne Walter

J. G. Ballard
Anleitung zum
virtuellen Tod
A Guide to Virtual Death
(1991)
Ü: Joachim Körber

Theodore Sturgeon
Gestern war Montag
Yesterday Was Monday
(1941)
Ü: Lore Strassl und Susi Matthaey

John Shirley
Fahrkarte zum Himmel
(1991)
Ticket to Heaven
(1988/1989)
Ü: Norbert Stöbe

Nelson Bond
Hader im Hades
(1983)
Union in Gehenna
(1942/1946)
Ü: Thomas Schlückk

R. A. Lafferty
Eine Sekunde der Ewigkeit
(1982)
Been a Long, Long Time
(1969)
Ü: Heinz Nagel

H. L. Gold
Was kosten Flügel?
What Price Wings
(1962/1996)
Ü: Erik Simon

Robert Silverberg
Basileus
Basileus (1983)
Ü: Erik Simon

13489 Marion Zimmer Bradley
Magier der Nacht
(2000) (2001)
Heartlight (1998)
Ü: Andreas Nohl
(➶ 157 HC)

20068 Frank Herbert
Dune – Der Wüstenplanet
(1967/1978/1984/1986/1991/1992/1994/2000/2001)
(2001)
Dune (1965)
Ü: Ronald M. Hahn
(➶ 97 (Auszug), ➶ 3108, ➶ 4150, ➶ 4280, ➶ 4808, ➶ 5213, ➶ 6400, ➶ 8212, ➶ 6356
AR,/überarb. NA
unter neuer Nummer
und neuem Titel)

20074 Torsten Dewi
Dune der Wüstenplanet:
Der Story-Bildband.
Das offizielle Buch zum Film
(2001)

20078 Brian Aldiss
Künstliche Intelligenzen – Geschichten aus derZukunft
(C) (2001)
Supertoys Last All Summer Long and Other Stories of Future Time
(2001)
Ü: Usch Kiausch

Einleitung:
Stanley Kubrick, Steven Spielberg und ein kleiner Roboter
Foreword: Attempting to Please

Superspielzeug hält den ganzen Sommer
Supertoys Last All Summer Long

Superspielzeug bei Einbruch des Winters
Supertoys When Winter Comes

Superspielzeug in anderen Jahreszeiten
Supertoys in Other Seasons

Größte Erdferne
Apogee Again

III
III

Die alte Geschichte
The Old Mythology

Kopflos
Headless

Rindfleisch
Beef

Nichts im Leben reicht für alle Zeiten
Nothing in Life Is Ever Enough

Eine Frage der Mathematik
A Matter of Mathematics

Die Pausentaste
The Pause Button

Drei Arten von Einsamkeit
Three Types of Solitude

I) Die Kehrseite des Glücks
Happiness in Reverse

II) Der Künstler, den nur eines beschäftigte
A Single-Minded Artist

III) Sprechende Würfel
Talking Tubes

Steppenpferd
Steppenpferd

Kognitive Fähigkeiten und die Glühbirne
Cognitive Ability and the Light Bulb

Gesellschaft der Finsternis
Dark Society

Galaxis Z
Galaxy Zee

Wunder der Utopie
Marvells of Utopia

Wie aus der Larve ein Schmetterling wird
Becoming the Full Butterfly

Ein weißer Mars
A Whiter Mars

20079 Arthur C. Clarke
2001: Odyssee im Weltraum (C) (1971/1994/2000/2001) (2001) (➶ 3259, ➶ 5203, ➶ 8201, ➶ 13283 AR)

Stephen Baxter
Vorwort
Foreword (2000)
Ü: Erik Simon

Arthur C. Clarke
2001: Odyssee im Weltraum
2001: A Space Odyssey (1968)
Ü: Egon Eis

Der Wächter (1989)
The Sentinel (1951)
Ü: Irene Holicki

20093 Douglas Adams
Per Anhalter durch die Galaxis. Alle 5 Romane in einem Band (C) (2001)
Ü: Benjamin Schwarz

Per Anhalter durch die Galaxis (1998)
The Hitchhiker's Guide to the Galaxy (1979)
(➶ 10822 AR)

Das Restaurant am Ende des Universums (1998)
The Restaurant at the End of the Universe (1980)
(➶ 10823 AR)

Das Leben, das Universum und der ganze Rest (1999)
Life, the Universe and Everything (1982)
(➶ 10824 AR)

Mach's gut, und danke für den Fisch (1999)
So Long, and Thanks for All the Fish (1984)
(➶ 10825 AR)

Einmal Rupert und zurück (1998)
Mostly Harmless (1992)
(➶ 9404 AR)
Ü: Sven Böttcher

Pavillon

159 Dean Koontz
Flüstern in der Nacht (1998) (2001)
Whispers (1980)
Ü: Heinz Nagel
(➶ 10534 AR)

168 John Saul
Am Strand des Todes (1995) (2001)
Cry for the Strangers (1979)
Ü: D. D. Melur
(➶ 9459 AR)

185 John Saul
Im Banne des Bösen (1989) (2001)
The Unwanted (1987)
Ü: Walter Brumm
(➶ 7873 AR)

Piazza

1 Wolfgang Hohlbein
Die Templerin (1999)

9 Neil Gaiman
Sternwanderer (2001)
Stardust (1999)
Ü: Christine Strüh

Tipp des Monats

175 John Saul
Zwei spannende
Psychothriller (C)
(2000)

Höllenfeuer (1988/1996)
Hellfire (1986)
Ü: Joachim Pente
(↗ 7659 AR, ↗ 127 TdM)

Blitze des Bösen
(1996)
Black Lightning
(1995)
Ü: Peter Schwertner
(↗ 9963 AR)

Heyne Hardcover

179 Barbara Erskine
Das Lied der alten Steine (2001)
Whispers in the Sand (2000)
Ü: Andreas Nohl

182 Dean Koontz
Stimmen der Angst (2001)
False Memory (1999)
Ü: Waltraud Götting

Teil Zwei

Alphabetisches Verzeichnis sämtlicher Autoren
und ihrer im
Wilhelm Heyne Verlag im Jahr 2001
publizierten Werke

ADAMS, Douglas
Einmal Rupert und zurück
: 9404 AR,
auch ➶ 20093 AR
Mostly Harmless

Das Leben, das Universum und der ganze Rest : 10824 AR,
auch ➶ 20093 AR
Life, the Universe and Everything

Mach's gut, und danke für den Fisch : 10825 AR, auch
➶ 20093 AR
So Long, and Thanks for All the Fish

Per Anhalter durch die Galaxis. Alle 5 Romane in einem Band
: 20093 AR

Per Anhalter durch die Galaxis : 10822 AR,
auch ➶ 20093 AR
The Hitchhiker's Guide to the Galaxy

Der elektrische Mönch
: 13412 AR
Dirk Gently's Holistic Detective Agency

Das Restaurant am Ende des Universums : 10823 AR, auch
➶ 20093 AR
The Restaurant at the End of the Universe

ALDISS, Brian W(ilson)
Die alte Geschichte
➶ 20078 AR
The Old Mythology

Anschein von Leben ➶ 101,
auch ➶ 3602
Appearance of Life

III ➶ 20078 AR
III

Drei Arten von Einsamkeit
➶ 20078 AR
Three Types of Solitude
I) Die Kehrseite des Glücks
Happiness in Reverse
II) Der Künstler, den nur eines Beschäftigte
A Single-Minded Artist
III) Sprechende Würfel
Talking Tubes

Ein weißer Mars
➶ 20078 AR
A Whiter Mars

Eine Frage der Mathematik
➶ 20078 AR
A Matter of Mathematics

Einleitung: Stanley Kubrick, Steven Spielberg und ein kleiner Roboter
➶ 20078 AR
Foreword: Attempting to Please

Galaxis Z ➶ 20078 AR
Galaxy Zee

Gesellschaft der Finsternis
➶ 20078 AR
Dark Society

Größte Erdferne ➶ 20078 AR
Apogee Again

In den Raumschiffdocks ➶ 101,
auch ➶ 3398
Working in the Spaceship Yards

Kognitive Fähigkeiten und die Glühbirne ➶ 20078 AR
Cognitive Ability and the Light Bulb

Kopflos ➶ 20078 AR
Headless

Künstliche Intelligenzen – Geschichten aus der Zukunft : 20078 AR
Supertoys Last All Summer Long and Other Stories of Future Time

Nichts im Leben reicht für alle Zeiten ➶ 20078 AR
Nothing in Life Is Ever Enough

Die Pausentaste ➶ 20078 AR
The Pause Button

Rindfleisch ➶ 20078 AR
Beef

Steppenpferd ➶ 20078 AR
Steppenpferd

Superspielzeug bei Einbruch des Winters ➶ 20078 AR
Supertoys When Winter Comes

Superspielzeug hält den ganzen Sommer ➶ 20078 AR
Supertoys Last All Summer Long

Superspielzeug in anderen Jahreszeiten ➶ 20078 AR
Supertoys in Other Seasons

Vorwort ➶ 8204

Wie aus der Larve ein Schmetterling wird ➶ 20078 AR
Becoming the Full Butterfly

Wunder der Utopie ➶ 20078 AR
Marvells of Utopia

ALPERS, Hans Joachim
Flucht aus Ghurenia : 6019, auch ➶ 9185

Hinter der Eisernen Maske : 6015, auch ➶ 9185

Das letzte Duell : 6023, auch ➶ 9185

Die Piraten des Südmeers : 9185

AMERY, Carl
Nur einen Sommer gönnt ihr Gewaltigen ➶ 4000, auch ➶ 13485 AR

Vorwort ➶ 8211

AMIS, Kingsley
Masons Leben ➶ 101
Mason's Life

ANDERSON, Kevin J./
WALLACE, Daniel
STAR WARS – Die ultimative Chronik : 10222 AR
Star Wars: The Essential Chronology

s. HERBERT, Brian/
ANDERSON, Kevin J.

ASIMOV, Isaac
Alle Wege führen nach Trantor ➶ 79, auch : 3084, auch ➶ 5200, auch ➶ 8100, auch ➶ 8108, auch ➶ 8209
Second Foundation

Ein Sandkorn am Himmel ➶ 7033, auch ➶ 8100, auch ➶ 8106
Pebble in the Sky

Die Foundation-Trilogie : 79, auch : 5200, auch ➶ 8100, auch ➶ 8108, auch : 8209

Die frühe *Foundation*-Trilogie : 7033, auch ➶ 8100, auch : 8106

Der galaktische General ➶ 79, auch : 3082, auch ➶ 5200, auch ➶ 8100, auch ➶ 8108, auch ➶ 8209
Foundation and Empire

Sterne wie Staub ➶ 7033, auch ➶ 8100, auch ➶ 8106
The Stars, Like Dust
(auch : *The Rebellious Stars*)

Ströme im All ➶ 7033, auch ➶ 8100, auch ➶ 8106
The Currents of Space

Der Tausendjahresplan ➶ 79, auch : 3080, auch ➶ 5200, auch ➶ 8100, auch ➶ 8108, auch ➶ 8209
Foundation

BACHMAN, Richard
s. KING, Stephen/BACHMAN, Richard

BAKER, Kage
Im Land der Unsterblichkeit : 13249 AR
In the Garden of Iden

BALLARD, J. G.
Anleitung zum virtuellen Tod ➶ 13485 AR
A Guide to Virtual Death

Der ertrunkene Riese ➶ 101, auch ➶ 3324, auch ➶ 4000, auch ➶ 6598 AR
The Drowned Giant

Der Garten der Zeit ➶ 28, auch ➶ 3509, auch ➶ 5075, auch ➶ 6370
The Garden of Time

Die Stimmen der Zeit ➶ 101, auch ➶ 3509
The Voices of Time

BATTLETECH
s. 6250

BAUER, Werner
Phantastische Literatur im Heyne Taschenbuch 2000
Eine Bibliografie ➶ 6369

BAXTER, Clive
Das Sakrament : 10626 AR
Sacrament

BAXTER, Stephen
Vakuum-Diagramm : 6374
Vacuum Diagrams

Vorwort ➶ 94, auch ➶ 8201, auch ➶ 13283 AR

s. CLARKE, Arthur C./BAXTER, Stephen

BAYLEY, Barrington J.
Das Schiff des Unheils ➶ 4518, auch ➶ 9161
The Ship of Disaster

BEAR, Greg
Slant : 6357
Slant

BEARD, N. H./KENNEY, D. C.
Die Brücke über den Gallwein-Fluss (Auszug aus »Dschey Ar Tollkühn: Der Herr der Augenringe«) ➶ 9161
Bored of the Rings (Auszug)

BENFORD, Gregory
Cosm : 6356
Cosm

Himmelsfluss : 4694, auch : 7029
Great Sky River

Lichtgezeiten : 4761, auch : 7030
Tides of Light

BESTER, Alfred
Der brennende Mann : 8210
The Stars My Destination
(auch als »Die Rache des Kosmonauten« und als »Tiger! Tiger!«)

Die Mörder Mohammeds ➶ 28, auch ➶ 3624, auch ➶ 4000, auch ➶ 5075, auch ➶ 6370
The Men Who Murdered Mohammed

Die Nummer mit dem Verschwinden
➶ 3520, auch ➶ 13485 AR
Disappearing Act

BETTERMANN, Ulrich
s. TRÖSTER, Horst G.

BIONDA, Alisha
Mondvogel ➶ 13139 AR

BLATTY, William Peter
Anderswo ➶ 13213 AR
Elsewhere

BOND, Nelson
Hader im Hades ➶ 3960, auch ➶ 13485 AR
Union in Gehenna

BORGES, Jorge Luis
Der Tintenspiegel ➶ 13485 AR
El espejo de tinta

BOVA, Ben
Nachwort ➶ 6375

Rückkehr zum Mars : 6375
Return to Mars

Vorwort ➶ 8206

BRADBURY, Ray(mond Douglas)
Fahrenheit 451 : 33, auch : 3112, auch : 8204, auch : 8134 AR
Fahrenheit 451

Das Kinderzimmer ➶ 3057, auch ➶ 4000, auch ➶ 13485 AR
The Veldt

BRAEM, Harald
Die Nebelbarke ➶ 13139 AR

BRENNERT, Alan
Der Mann, der die See liebte
➶ 6354
The Man Who Loved the Sea

BRIN, David
Der Sieg der Foundation : 8303
Foundation's Triumph

Sternenflut : 4450, auch : 8208
Startide Rising

Thor trifft Captain America
➶ 4513, auch ➶ 6370
Thor Meets Captain America

Vorwort ➶ 8209

BRUNNER John
Die sehr Reichen ➶ 101, auch ➶ 4352
The Totally Rich

BRYANT, Edward
Der Fluss Styx ➶ 13213 AR
Styx and Bones

BÜCHNER, Barbara
Das Hotel Agarthi : 13287 AR

Kopfkönig : 13225 AR

Liebhaber des Todes : 13418 AR

BURGESS, Anthony
Clockwork Orange : 8205, auch : 928 AR, auch : 6777 AR
A Clockwork Orange

Die Muse ➶ 28, auch ➶ 101, auch ➶ 3790, auch ➶ 5075, auch ➶ 10108 AR
The Muse

CACEK, P. D.
Das Grab ➶ 13213 AR
The Grave

CAMPBELL, Ramsey
Der Unterhaltungskünstler ➶ 13213 AR
The Entertainment

CAREY, Diane
Endspiel : 5823
Endgame

CHARRETTE, Robert N.
Der magische Pakt : 9115
Wizard of Bones/Third Chronicle Of Aelwyn

Das Schlangenauge : 9114
Eye of the Serpent/Second Chronicle of Aelwyn

CLARKE, Arthur C(larke)
In tausend Jahren ➶ 6369
A Thousand Years Hence

Der Wächter ➶ 94, auch ➶ 8201, auch ➶ 13283 AR
The Sentinel

2001: Odyssee im Weltraum : 3259, auch : 5203, auch : 8201, auch : 13283 AR, auch : 20079 AR
2001: A Space Odyssey

CLARKE, Arthur C./
BAXTER, Stephen
Das Licht ferner Tage : 13257 AR
The Light of Other Days

CLEMENTS, Pamela
Mission außer Kontrolle: Maria Doria Russells *Sperling* und *Gottes Kinder* ➶ 6369
Mission Uncontrolled: The Age of Exploration in Maria Doria RUSSELL's The Sparrow *and* Children of God

CLUTE, John
Vorwort ➶ 8207

COLEMAN, Loren
Gezeiten der Macht : 6249
Patriots and Tyrants

Trügerische Siege : 6248
Illusions of Victory

COLLINS, Nancy A.
Catfish Gal Blues ➶ 13213 AR
Catfish Gal Blues

COLLINS,
Cyberskin : 6360
X
X

COMPTON, David G(uy)
Die feine englische Art ➶ 101
It's Smart to Have an English Address

COX, Greg
Das Q-Kontinuum 2:
Die Entführung
: 5772
The Q-Continuum: Q-Zone

Das Q-Kontinuum 1:
Die galaktische
Barriere: 5771
The Q-Continuum 1: Q-Space

Das Q-Kontinuum 3:
Der Widersacher
: 5773
The Q-Continuum 3: Q-Strike

DAVID, Peter
Märtyrer : 6553
Martyr

Die Waffe : 6554
Fire on High

DECKER, Andreas
Und das Rad dreht sich ...
Vorwort ➶ 9201

DEWI, Torsten
Dune der Wüstenplanet: Der
Story-Bildband. Das offizielle
Buch zum Film : 20074 AR

DICK, Philip K(indred)
Das Orakel vom Berge : 8203
The Man in the High Castle

DISCH, Thomas M.
Miezekatz und Eule ➶ 13213 AR
The Owl and the Pussycat

Sternschnuppenwünsche:
Science Fiction als Religion
➶ 6369
*When You Wish upon a Star:
Science Fiction as Religion*

DONALDSON, Stephen R
Tochter der Könige ➶ 4225,
auch ➶ 9161
Daughter of Regals

DUNSANY, Lord Edward
Die Zwingburg so
keiner bezwingt denn
Sacnoth das Schwert
➶ 6598 AR, auch ➶ 9161
*The Fortess Unvanquishable,
Save For Sacnoth*

EDDISON, E(ric) R(ucker)
Zora Rach nam Psarrion
(Kap. XXVIII/Auszug aus
»Der Wurm Ouroboros«
: 3833, auch ➶ 9161)
Zora Rach nam Psarrion
(*The Worm Ouroboros,*
Auszug)

EGAN, Greg
Orakel ➶ 6354
Oracle

Teranesia : 6362
Teranesia

EISFELD, Rainer
A. E. Van Vogt ➶ 6369

ERSKINE, Barbara
Am Rande der Dunkelheit
: 13236 AR,
auch : 137 HC
On the Edge of Darkness

Das Lied der alten Steine
: 179 HC
Whispers in the Sand

ESCHBACH, Andreas
Quest : 8300

Die Neuromancer-Trilogie : 8202

GOLD, H. L.
Was kosten Flügel? ➶ 13485 AR
What Price Wings

GOLDEN, Christie
Seven of Nine : 5818
Seven of Nine

GORMAN, Ed
Angie ➶ 13213 AR
Angie

GRÄFE, Lutz/WIMMER, Jürgen
Zehn kleine Negerlein
und andere alte Hüte
: Die wichtigsten SF-Filme
der Saison 1999/2000
➶ 6369

GREEN, Roland
Conan der Gnadenlose
: 9087
Conan the Relentless

GRESSMAN, Thomas
Luftpiraten : 6702
Devil's Flight

Die Spitze des Dolches : 6247
Dagger Point

GRIBBIN, John
Das Schiff der Visionen : 5996
Innervisions

GRUNDY, Melodi
s. GRUNDY, Stephan/
GRUNDY, Melodi

GRUNDY, Stephan/
GRUNDY, Melodi
Die Flucht des Falken : 13360
Flight of the Falcon

GUNN, James
Wege zur Science Fiction,
Zwölfter Band : 101
The Road to Science Fiction 5:
The British Way, Zweiter Teil

HALDEMAN, Joe
Der ewige Krieg : 2, auch : 3572,
auch : 8206
The Forever War

HAMBLY, Barbara
STAR WARS – Planet
des Zwielichts
: 10217 AR
Star Wars: Planet of Twilight

HARDY, Jason
Gefecht in den Wolken
: 6703
Falcon's Prey

Geisterflieger : 6705
Ghost Squadron

HARRIS, Thomas
Die Hannibal-Lecter-Romane in
einem Band : 8820 AR, auch
: 13439 AR

Roter Drache : 7684 AR, auch
: 8922 AR, auch 115 HAF
Red Dragon

Das Schweigen der Lämmer :
8294 AR,
auch : 20 JUM
The Silence of the Lambs

HARRISON, Harry/HOLM, John
Der Hammer des Nordens
: 6321
The Hammer and the Cross

König und Imperator : 6323
King and Emperor

Der Pfad des Königs : 6322
One King's Way

Vorwort ➶ 6321
Foreword

HARRISON, M. John
Friede auf Erden ➶ 101
Settling the World

HAUBOLD, Frank W
Der Garten der Persephone
➶ 6354

HAUSER, Linus
Nachwort ➶ 6356

HAUTALA, Rick
Das Klopfen ➶ 13213 AR
Knocking

HEID, Peter
Phoenix : 6252

HENNEN, Bernhard
Am Aschermittwoch
➶ 13139 AR

HERBERT, Brian/
ANDERSON, Kevin J.
Das Haus Atreides : 8304
Dune: House Atreides

Das Haus Harkonnen : 8305
Dune: House Harkonnen

HERBERT, Frank
Dune – Der Wüstenplanet :
20068 AR
Dune
(auch als »Der Wüstenplanet«)

Der Gottkaiser des
Wüstenplaneten
: 3916, auch : 4280, auch : 4808,
: 5216, auch : 6403
God Emperor of Dune

Der Herr des Wüstenplaneten
: 3266, auch : 4280, auch : 4808,
: 5215, auch : 6401
Dune Messiah

Die Ketzer des Wüstenplaneten
: 4141, auch : 4280, auch : 4808,
: auch 5217, auch : 6404
Heretics of Dune

Die Kinder des Wüstenplaneten
: 3615, auch : 4280, auch 4808,
: 5215, auch : 6402
Children of Dune

Die Ordensburg des
Wüstenplaneten
: 4234, auch : 4280, auch
: 5217, auch : 6405
Chapterhouse Dune

Der Wüstenplanet: 97 (Auszug),
auch : 3108, auch : 4150,
auch : 4280, auch : 4808, auch
: 5213, auch : 6400, auch
: 8212, auch : 6356 AR,
Dune
(auch als »Dune – Der
Wüstenplanet«)

HOCKE, Martin
Die verlorenen Wälder
: 13251 AR
The Lost Domain

HOHLBEIN, Heike
s. HOHLBEIN,
Wolfgang/HOHLBEIN,
Heike

HOHLBEIN, Rebecca
Collin ➶ 13139 AR

HOHLBEIN, Wolfgang
Feuervögel ➶ 13139 AR

Die Templerin : 13199 AR, auch : PIA

Wolfgang Hohlbein Proudly Presents: Vorwort ➶ 13139 AR

Wolfgang Hohlbeins Fantasy Selection : 13139 AR

HOHLBEIN, Wolfgang/
HOHLBEIN, Heike
Spiegelzeit : 13313 AR

HOLM, John
s. HARRISON, Harry/
HOLM, John

IWOLEIT, Michael K.
Wege ins Licht ➶ 6354

JANUSZ, Grzegorz
Guten Morgen ➶ 6354
Dzien dobry

JAROSLAWZEW, S.
Ein Teufel unter den Menschen ➶ 6354
Краткая история одного псевдонима

JESCHKE, Wolfgang
Allah akhbar – And So Smart Our NLWs

Editorial ➶ 6369

Ikarus 2001 – Best of Science Fiction : 6370

Reptilienliebe : 6354

Das Science Fiction Jahr # 16 : 6369

Vorbemerkung ➶ 6370

JETER, K. W.
Das Böse : 5433
Warped

STAR WARS – Die mandalorianische Rüstung : 10223
The Mandalorian Armor

JORDAN, Robert
Die Herrschaft der Seanchaner : 9202
Winter's Heart, Zweiter Teil

Das Herz des Winters : 9201
Winter's Heart, Erster Teil

KAMARIS, Heike/
RADDATZ, Jörg
Blutrosen : 6055

KASPER, Hartmut
Warum, warum, warum? Ochlokinetik, Pataphysik, und andere Forschungszweige der phantastischen Wissenschaft ➶ 6369

KAY, Guy Gavriel
Das Komplott : 9141
Sailing to Sarantium, Erster Teil

Das Mosaik : 9142
Sailing to Sarantium, Zweiter Teil

KENNEY, D. C.
s. BEARD, N. H./KENNEY, D. C.

KENSON, Stephen
Ragnarock : 6142
Ragnarock

Väterchen Frost ➶ 6250
Ghost of Winter

KIAUSCH, Usch
»Schreiben ist ein Akt der Hoffnung« – Ein Gespräch mit Octavia E. Butler ➶ 6369

KIESOW, Ulrich
Das zerbrochene Rad – Erster Teil: Dämmerung : 6056

Das zerbrochene Rad – Zweiter Teil: Nacht : 6057

KING, J. Robert
Strom der Zeiten : 6615
Magic – the Gathering: Time Streams

KING, Stephen
Atlantis : 13208 AR, auch : 131 HC
Hearts in Atlantis

Der Straßenvirus zieht nach Norden ➶ 13213 AR
The Road Virus Heads North

KING, Stephen/
BACHMAN, Richard
Desperation : 10446 AR, auch ➶ 13333 AR, auch : 44 HC
Desperation

Desperation/Regulator : 13333 AR

Regulator 10454 AR, auch ➶ 13333 AR, auch : 45 HC
Regulators

KING, William
Der graue Prophet : 9117
Skavenslayer. A Warhammer Novel

KLEIN, T. E. D.
Es sprießt und wächst ➶ 13213 AR
Growing Things

KOCHAŃSKI, Krzysztof
D.L.NET ➶ 6354
D.L.NET

KOONTZ, Dean
Flüstern in der Nacht : 10534 AR, auch : 159 PAV
Whispers

Im Bann der Dunkelheit : 13453 AR, auch : 153 HC
Seize the Night

Mitternacht : 8444 AR, auch ➶ 13258 AR
Midnight

Mitternacht/Das Versteck: Zwei spannende Psychothriller : 13258 AR

Stimmen der Angst : 182 HC
False Memory

Das Versteck : 9422 AR, auch ➶ 13258 AR
Hideaway

KORNBLUTH, Cyril M.
Dreizehn Uhr ➶ 4254, auch ➶ 13485 AR
Thirteen O'Clock

KREIMEIER, Bernd
Zeit des Jägers ➶ 13139 AR

KRESS, Nancy
Moskito : 6414
Stinger

LAFFERTY, R. A.
Eine Sekunde der Ewigkeit ➶ 3920, auch ➶ 13485 AR
Been a Long, Long Time

LAMBE, Dean R.
Tefé Lauswurz ➶ 5160,
auch ➶ 6370
Damn Shame

LANSDALE, Joe R.
Der Tolle-Hunde-Sommer
➶ 13213 AR
Mad Dog Summer

LEE, Edward
Intensivstation ➶ 13213 AR
ICU

LEE, Julianne
Das Schwert der Zeit: Vogelfrei
: 13325 AR
Son of the Sword

LEE, Tanith
Die Tochter des Magiers ➶ 4603,
auch ➶ 9161
The Daughter of the Magician

Zeichen im Wasser ➶ 101
Written in Water

LE GUIN, Ursula K(roeber)
Bill Weisler ➶ 9132
Bill Weisler

Drachenkind ➶ 9161, auch
➶ 13175 AR, auch 124 HC
Dragonfly
(auch als »Schwebender Drache«)

Eine Beschreibung von Erdsee
➶ 9153
A Description of Earthsea

Die Erzähler : 6382
The Telling

Der Finder ➶ 9153
The Finder

Die Gebeine der Erde ➶ 9153
The Bones of the earth

Hand, Tasse, Muschel ➶ 9132
Hand, Cup, Shell

Herein und hinaus ➶ 9132
In and Out

Hernes ➶ 9132
Hernes

Im Hochmoor ➶ 9153
On the High Marsh

Kreuzworträtsel ➶ 9132
Crosswords

Die linke Hand der Dunkelheit
: 84, : 96 (Auszug) : 3400,
auch : 8207
The Left Hand of Darkness

Quoits ➶ 9132
Quoits

Die Regenfrau : 9132
*Searoad – Chronicles
of Klatsand*

Schattenrose und Diamant
➶ 9153
Darkrose and Diamond

Schaumfrauen, Regenfrauen
➶ 9132
Foam Women, Rain Women

Das *Schiff Ahoi* ➶ 9132
The Ship Ahoy

Schlafwandler ➶ 9132
Sleepwalkers

Schwebender Drache
➶ 9153
Dragonfly

Das Tagebuch der Rose ➶ 47,
auch ➶ 3627, auch ➶ 4060,
auch ➶ 6370
The Diary of the Rose

Texte ➶ 9132
Texts

Der Schlund der Hölle ➶ 101
The Mouth of Hell

MEYER, Kai
Karel Thole – Ein Nachruf
➶ 6369

MILLER jr., Walter M.
Der Darfsteller ➶ 13,
auch ➶ 3870, auch ➶ 4307,
auch ➶ 6370
The Darfsteller

Lobgesang auf Leibowitz : 49,
auch : 3342, auch : 8211
A Canticle for Leibowitz

MODESITT, L. E.
Der Chaos-Pakt : 9056
The Chaos Balance

Die Farben des Chaos : 9097
Colors of Chaos, Erster Teil

Der Magier von Fairhaven : 9098
Colors of Chaos, Zweiter Teil

Die weiße Ordnung : 9096
The White Order

MONTELEONE, Thomas F.
Proben ➶ 13213 AR
Rehearsals

MOON, Elizabeth
s. McCAFFREY, Anne/MOON,
Elizabeth

MOORCOCK, Michael
Könige in Dunkelheit
(Auszug aus »Im Banne des
Schwarzen Schwertes«) : 3753,
auch ➶ 4101, auch ➶ 5226,
auch ➶ 9161

Die Ursache der Katastrophe
➶ 101
The Nature of the Catastrophe

MOORE, Ward
Der große Süden : 70, auch
: 3760, auch : 8012
Bring the Jubilee

MORRELL, David
Rio Grande Gothic ➶ 13213 AR
Rio Grande Gothic

MÜLLER, Frank
Lobgesänge auf
Walter M. Miller jr.
A Canticle for Leibowitz und
seine deutsche Rezeption ➶ 6369

MÜLLER, Ondřej
Warten auf einen Fluss ➶ 6354
Ćekání na řeku

NEUHAUS, Wolfgang
»Das Raumschiff zerstört die
klassische Lebensform.«
Gotthard Günther und die
klassische Science Fiction-
Literatur ➶ 6369

NEWMAN, Kim
Amerikanski tot im Moskauer
Leichenschauhaus ➶ 13213 AR
*Amerikanski Dead at the
Moscow* Morgue

NYE, Jody Lynn
Die Halle der Schläfer : 9061
Waking in Dreamland

OATES, Joyce Carol
Die Ruinen von Contracœur
➶ 13213 AR
The Ruins of Contracœur

ODOM, Mel
Runner sterben schnell : 6140
Run Hard, Die Fast

s. PARDOE. Blaine Lee/
ODOM, Mel

OUELLETTE, Pierre
Die dritte Plage : 10967 AR
The Third Pandemic

PANSI, Micha
Das Buch der Tore : 9112

PARDOE, Blaine Lee,
Die erste Bürgerpflicht : 6251
Measure of a Hero

Triumphgebrüll ➶ 6250
Roar of Honor

PARDOE, Blaine Lee/
ODOM, Mel
Blutsverrat ➶ 6250
By Blood Betrayed

PERCHTOLD, Ute
s. TRÖSTER, Horst G.

POWERS, Tim
Reisebericht ➶ 13213 AR
Itinerary

PRATCHETT, Terry
Eric : 4953, auch ➶ 13347 AR
Eric

Die Farben der Magie : 4912,
auch ➶ 13347 AR
The Colour of Magic

ifdefDEBUG +
»WORLD/ENOUGH«
+ »TIME« ➶ 13485 AR
 # ifdefDEBUG + »world/enough«
+ »time«

Das Licht der Phantasie : 4583,
auch : 13097 AR

Rincewind, der Zauberer
: 13347 AR

Der Zauber des Wyrmbergs
(Auszug aus
»Die Farben der Magie«)
: 4912, auch ➶ 9161, auch
➶ 13347 AR
The Lure of the Wyrm
(*The Colour*
of Magic, Auszug)

Der Zauberhut : 4715,
auch ➶ 13347 AR
The Sourcery

PRIEST, Christopher
Ein endloser Sommer ➶ 29,
auch ➶ 101, auch ➶ 3646
An Infinite Summer

RADDATZ, Jörg
s. KAMARIS, Heike/
RADDATZ, Jörg

REHFELD, Frank
Die Bibliothek ➶ 13139 AR

REEVES-STEVENS, Garfield
s. REEVES-STEVENS, Judith/
REEVES-STEVENS, Garfield

REEVES-STEVENS, Judith/
REEVES-STEVENS, Garfield
Die Föderation : 5684
Federation

REYNOLDS, Alastair
Unendlichkeit : 6376
Revelation Space

ROBERSON, Jennifer
Schwertmagier : 5078,
auch ➶ 9138
Sword-Breaker

Schwertmeister : 5074,
auch ➶ 9138
Sword-Maker

Schwertmeister/
Schwertmagier
: 9138

Schwertprinz : 9139
Sword-Born: A Novel of Tiger and Del,
Teil 1

Schwertrache : 9160
Sword-Born: A Novel of Tiger and Del,
Teil 2

Schwertsänger : 5073,
auch ➶ 9137
Sword-Singer

Schwerttänzer : 5072,
auch ➶ 9137
Sword-Dancer

Schwerttänzer/
Schwertsänger
: 9137

ROBINSON, Kim Stanley
Antarktica : 8307
Antarctica

Der blinde Geometer ➶ 4477,
auch ➶ 6370
The Blind Geometer

Vorwort ➶ 8203

RUSSELL, Sean
Der Goldene Khan : 9140
Gatherer of Clouds,
Zweiter Teil

Wolkensammler : 9131
Gatherer of Clouds,
Erster Teil

RZESZOTNIK, Jacek
An Bord der goldenen Teufels-Galeere. Ein Streifzug durch die apokalyptischen Visionen in der polnischen phantastischen Literatur der 90er Jahre
➶ 6369

SALVATORE, R. A.
Bollwerk der Dunkelheit
: 9095
Bastion of Darkness

SAPKOWSKI, Andrzej
Die Grenze des Möglichen (Auszug aus »das Schwert der Vorsehung«) : 9007,
auch ➶ 9161, auch
➶ 13256 AR
Granica możliwo'sci
(*Miecz przeznaczenia,* Auszug)

SARRANTONIO, Al
Einleitung ➶ 13213 AR
Introduction

999 – Festmahl des Grauens
: 13213 AR
999. *New Stories of Horror and Suspense*

Das Schnurding ➶ 13213 AR
The Ropy Thing

SAUL, John
Am Strand des Todes : 9459 AR,
auch : 168 PAV
Cry for the Strangers

Blitze des Bösen : 9963 AR,
auch ➶ 175 TdM
Black Lightning

Höllenfeuer : 7659 AR, auch
➶ 127 TdM, auch ➶ 175 TdM
Hellfire

Im Banne des Bösen : 7873 AR,
auch : 185 PAV

Jäger des Grauens : 13353 AR
Nightshade

SAXTON, Josephine
Die Macht der Zeit ➶ 101
The Power of Time

SCHNEIDER, Peter
Des saucisses, sans doute
➶ 13213 AR
Des saucisses, sans doute

SCHOENFELD, Howard
Logisch aufgebaut ➶ 13485 AR
Built Up Logically

SELL, Gundula
Ich hat etwas gefunden ➶ 6354

SHATNER, William
Die Bewahrer : 5705
Preserver

Dunkler Sieg : 5704
Dark Victory

SHAW, Bob
Der glücklichste Tag deines
Lebens ➶ 101
The Happiest Day of Your Life

SHEFFIELD, Charles
Feuerflut : 6365
Aftermath

Vorwort ➶ 8208

SHEPARD, Lucius
R & R ➶ 4380, auch ➶ 6370
R & R

SHERMAN, Delia
Die Blume der Diener : 9154
Through a Brazen Mirror

SHINER, Lewis
s. STERLING. Bruce/
SHINER, Lewis

SHIPPEY, Tom
Vorwort ➶ 8205

SHIRLEY, John
Fahrkarte zum Himmel ➶ 4825,
auch ➶ 13485 AR
Ticket to Heaven

SILVERBERG, Robert
Basileus ➶ 13485 AR
Basileus

Vorwort ➶ 8210

SIMON, Erik/WAHREN, Friedel
Tolkiens Erbe : 9161

s. WAHREN, Friedel/SIMON, Erik

SIMSEL, Gregor
Retter der Ewigkeit ➶ 13485 AR

SLAVICSEK, Bill
Das große STAR WARS-
Universum von A–Z
: 13354 AR
A Guide to the STAR WARS
Universe

SMEDMAN, Lisa
Kopf oder Zahl : 6143
Tails You Loose

SMITH, Michael Marshall
Das Buch der irrationalen Zahlen
➶ 13213 AR
The Book of Irrational Numbers

SPINRAD, Norman
Die Transformationskrise
➶ 6369
The Transformation Crisis

Das tropische Millennium
: 6378
Greenhouse Summer

Vorwort ➶ 8212

SPRUILL, Steven
Hämophage ➶ 13213 AR
Hemophage

STABLEFORD, Brian
Das Blut der Schlange : 9134
Serpent's Blood – The First Book Of Genesys

Das Feuer des Salamanders
: 9135
Salamander's Fire – The Second Book of Genesys

Meine Angst vor dem Tod ist euer Leben ➶ 101
And He Not Busy Being Born

STACKPOLE, Michael A.
STAR WARS –
Der Kampf des Jedi
: 10218 AR
Star Wars: I, Jedi

Der Weg des Richters : 9155
Talion Revenant

STERLING, Bruce
Brennendes Land : 6381
Distraction

Heiliges Feuer : 6361
Holy Fire

STERLING, Bruce/SHINER, Lewis
Mozart mit Spiegelbrille
➶ 4544, auch ➶ 6370
Mozart in Mirrorshades

STINE, R(obert) L(awrence)
Der Anhalter : 13391 AR
The Hitchhiker

Die Babysitterin : 13393 AR
The Baby-Sitter

Die Geisterfahrt : 13392 AR
Hit and Run

Die große Prüfung : 13479 AR
Twisted

Die Halloween-Party : 13390 AR
Halloween Night

Tödliche Freundin : 13394 AR
The Girlfriend

STOKER, Bram
Dracula : 526/27 AR, auch 8487 AR, auch : 13379 AR
Dracula

STOVER, Matthew Woodring
Eiserne Dämmerung : 9167
Iron Dawn

STRASSER, Dirk
Der verschlungene Pfad : 9146
Zenith: First Book of Ascension

Die Windreiter : 9147
Equinox: Second Book of Ascension

STRAUB, Peter
Hellfire Club. Reise in die Nacht
: 10585 AR, auch : 59 HC
The Hellfire Club

Schattenbrüder : 13214 AR
Mr. X
(auch als »Mister X«)

STRUGATZKI, Arkadi/
STRUGATZKI, Boris
Unsere Biographie (Auszug)
➶ 6369
Наша биография.
Auszug aus
›Комментарии к пройденному‹

s. SIMON, Erik/
WAHREN, Friedel

WALLACE, Daniel
s. ANDERSON, Kevin J./
WALLACE, Daniel

WARRINGTON, Freda
Die Bernstein-Zitadelle
: 9149
The Amber Citadel,
Erster Teil

Der Turm von Heliodor
: 9150
The Amber Citadel,
Zweiter Teil

WATSON, Ian
Das große Atlantik-
Wettschwimmen ➶ 101
The Great Atlantic
Swimming Race

WEIXNER, Bärbel
s. TRÖSTER, Horst G.

WHITE, James
Kleider machen Leute ➶ 101,
auch ➶ 3944
Custom Fitting

WICHERT, Alexander/
THON, Christian
Blakharons Fluch : 6060

WILKINS, Kim
Das Teufelsmal : 10978 AR
The Infernal

WILLIAMS, Walter Jon
Dinosaurier ➶ 4570,
auch ➶ 6370
Dinosaurs

WILLIAMSON, Chet
Auszüge aus den *Protokollen*
des New Zodiac und den
Tagebüchern von Henry Watson
Fairfax ➶ 13213 AR
Excerpts *From the* Records of the
New Zodiac *and the Diaries*
of Henry Watson Fairfax

WILLIS, Connie
Die Farben der Zeit oder
Ganz zu schweigen
von dem Hunde
und Wie wir des Bischofs
Vogeltränke schließlich doch
noch fanden : 6379
To Say Nothing of the Dog or
How We Found the Bishop's
Bird Stump at Last

WILSON, F. Paul
Karfreitag ➶ 13213 AR
Good Friday

WIMMER, Jürgen
s. GRÄFE, Lutz/
WIMMER, Jürgen

WINKLER, Dieter
Amadons Opfer ➶ 13139 AR

WOLFE, Gene
Der Baum ist mein Hut
➶ 13213 AR
The Tree Is My Hat

WOMACK, Jack
Vorwort ➶ 8202

WRIGHT, Susan
Die Badlands 1 : 6475
The Badlands 1

Die Badlands 2 : 6476
The Badlands 2

ZELAZNY, Roger
Der Clan der Magier : 9169
A Night in the Lonesome October

Der Former ➶ 3360,
auch ➶ 3790, auch ➶ 6370
He Who Shapes

ZETTEL, Sarah
Das Gottesspiel : 6363
Playing God

ZIMMER BRADLEY, Marion
Magier der Nacht : 13489 AR,
auch : 157 HC
Heartlight

Der Tag der Schmetterlinge
➶ 4353, auch ➶ 13485 AR
The Day of the Butterflies

Das Wort des Hastur : 10390
Snows of Darkover